PETER
MANSO

MARLON BRANDO

EINE BIOGRAPHIE

DEUTSCH VON
URSULA GRAWE

WUNDERLICH

Die Originalausgabe erschien
1994 unter dem Titel «Brando. The Biography»
bei Hyperion, New York

Redaktion Heiner Höfener

1. Auflage März 1998

Fotos des Tafelteils: *MOH Picture Collection*
Schutzumschlag- und Einbandgestaltung Beate Becker
(Foto: Lu Wortig/INTERFOTO; © Warner Bros.)
Satz aus der Garamond (Linotronic 500)
Gesamtherstellung Clausen & Bosse, Leck
Printed in Germany
ISBN 3 8052 0493 0

Für meinen Vater Leo Manso (1914–1993)

und für Ellen Hawkes

Inhalt

Prolog 9

1 Omaha: 1893–1930 11
2 Evanston: 1930–1938 22
2 Libertyville: 1938–1941 29
4 Shattuck: 1941–1943 45
5 New York – Sayville: 1943–1944 63
6 New York – Provincetown: 1944–1947 92
7 New York – Hinter den Kulissen: 1945–1948 119
8 *Streetcar* und das Actors Studio: 1947–1949 141
9 Hollywood: 1949–1953 175
10 *Die Faust im Nacken:* 1953–1954 227
11 Abblende: 1954–1958 250
12 Wendepunkt: 1958–1962 316
13 Die sechziger Jahre (I): 1962–1968 389
14 Die sechziger Jahre (II): 1963–1971 457
15 *Der Pate* und *Der letzte Tango in Paris*: 1970–1973 479
16 Die amerikanische Indianerbewegung: 1972–1976 533
17 Tahiti: 1972–1983 571
18 Die achtziger Jahre: 1982–1989 594
19 Der Schuß: 1990–1994 627

Filmographie 699
Personenregister 715

Prolog

Ich stamme von einer langen Reihe irischer Säufer ab. Mein Onkel, der Großonkel meiner Mutter ... meine beiden Schwestern haben getrunken. Ich habe meine Mutter wie meinen Vater zu den Anonymen Alkoholikern begleitet, und warum es nicht auf mich abgefärbt hat, weiß ich nicht. Ich war nie ein Säufer, obwohl ich oft genug betrunken war. Irgendwie bin ich davon verschont geblieben und bin auch sonst nie süchtig gewesen. Höchstens nach Essen, aber darüber schreiben die Zeitungen ohnehin.»

Marlon Brandos Versuch, einen humorvollen Ton anzuschlagen, löste unter den Zuschauern im vollbesetzten Gerichtssaal im kalifornischen Santa Monica nur hier und da ein nervöses Lachen aus. Es war am Morgen des 28. Februar 1991, am dritten Tag der Gerichtsverhandlung, die über das Schicksal seines ältesten Sohnes Christian entscheiden sollte, der gestanden hatte, den Freund seiner Stiefschwester umgebracht zu haben. Brando selbst war als letzter in den Zeugenstand gerufen worden und saß, um seine gewaltige Leibesfülle unterzubringen, seitlich im Zeugenstuhl. Sein langes, ergrautes, vorne stark gelichtetes Haar war hinten mit einem Gummiband zu einem Pferdeschwanz zusammengebunden. Aschgrau im Gesicht, mit zusammengekniffenen, leblos wirkenden Augen, fuhr er mit seiner Aussage fort und beschrieb die Ehe mit Christians Mutter, Anna Kashfi.

«Inzwischen genoß ich einen ziemlich zweifelhaften Ruf. Ich führte ein eher zielloses Leben und jagte den Frauen nach», fügte er hinzu, offenbar in der Hoffnung, den Richter zur Nachsicht seinem Sohn gegenüber bewegen zu können. «Ich versuchte, seinem Leben eine gewisse Stabilität zu geben. Aber vielleicht habe ich als Vater versagt. Man neigt dazu, dem anderen Partner die Schuld zu geben, aber sicher hätte ich vieles anders machen können, wenn ich es damals besser gewußt hätte.»

Nach zweistündiger Aussage verließ Brando den Zeugenstand mit tränenüberströmtem Gesicht. Es war die vielleicht bewegendste Leistung, zu der er seit Jahren Gelegenheit gehabt hatte: kein Kurzauftritt für Unsummen von Geld, keine abgeschmackte Rolle, die er hinhauen und verächtlich machen konnte. Unter den Anwesenden im Gerichtssaal war an diesem Tag niemand, den Brandos Auftritt nicht betroffen gemacht, ja zutiefst erschüttert hätte. Er war es doch gewesen, der die amerikanische Kultur mit seinen T-Shirts, seinen engen Jeans, seinen Lederjacken und seiner Empfindsamkeit unter der rauhen Schale revolutioniert hatte. Jetzt war der Mythos, der sich lange im amerikanischen Bewußtsein gehalten hatte, zerstört und hatte dieser trostlosen Figur Platz gemacht: Marlon Brando, ein Mann von über dreihundert Pfund Lebendgewicht, müde und geschlagen, von Schuldgefühlen und Selbstvorwürfen geplagt, bekannte öffentlich sein Versagen als Vater.

Wie war es dazu gekommen?

Ungläubig sahen Reporter aus aller Welt von der Pressegalerie des Gerichtssaals aus zu. Zweifellos war die Sorge um Christian nicht spurlos an Brando vorübergegangen. Doch genau besehen, hatte er das Ruder schon zwanzig Jahre vorher aus der Hand gegeben. Im Laufe seiner bewegten Karriere hatte er dem Film zuliebe zuerst auf die Bühne verzichtet, seinem politischen Engagement zuliebe dann auf den Film und schließlich seiner sogenannten Familie zuliebe all seinen brennenden politischen Anliegen den Rücken gekehrt. Aber auch die Familie hatte sein Leben nicht ausgefüllt, und so hatte er sich schließlich in eine selbstauferlegte Isolation zurückgezogen. Indem er seinen Ruf als der begabteste Schauspieler der Welt verspielte, indem er sich selbst und seine Leistungen ständig herabwürdigte, büßte er seinen Elan, ja seine Identität und sein inneres Gleichgewicht ein. Darin lag sein Versagen ebenso wie in dem eingestandenen Fehlverhalten als Vater. Im Kontext von Marlon Brandos eigener wechselvoller Lebensreise erschien die Gewalttat seines Sohnes eher als ein unvermeidlicher Unfall – der letzte Akt einer Tragödie, die Jahrzehnte vorher begonnen hatte.

Omaha

1893–1930

EINS

Marlon Brando jr. wurde kurz vor Mitternacht am 3. April 1924 in Omaha, Nebraska, geboren. Er war das dritte Kind von Dorothy Pennebaker Myers und Marlon Brando sen. Nach der Geburt zweier Töchter hatten die Eltern sich sehnlichst einen Sohn gewünscht, dem bei seiner Ankunft die Ehre zuteil wurde, den Namen seines Vaters zu tragen.

Die Brandos waren seit Generationen im Mittleren Westen ansässig. Auf der Suche nach Erfolg und bürgerlichem Ansehen hatten ihre Vorfahren eine Mischung aus Pioniergeist, Abenteuerlust und Wißbegierde verkörpert. Dem kleinen Brando wurden solch widersprüchliche Impulse wie Redlichkeit und Phantasie, Konventionalität und Freiheitsdrang, gesunder Menschenverstand und Mystizismus, typisch für das Herzland Amerikas, gleich mit in die Wiege gelegt.

Nach seinem Eintritt in die Kadettenanstalt Shattuck im Herbst 1909 hatte sich Marlon Brando sen. sehr schnell auf akademischem wie sportlichem Gebiet ausgezeichnet. Seine Noten waren überdurchschnittlich gut, und er erhielt fünf von sieben möglichen «Silbersternen» für gutes Betragen. Als Juniorkadett einer angesehenen Militärakademie verkehrte er mit den Sprößlingen der Geldaristokratie des Mittleren Westens, imitierte die Kleidung und die gesellschaftlichen Gepflogenheiten dieser Elitegruppe und gab auf Fragebögen sogar an, der Episkopalkirche anzugehören. Shattuck verkörperte eine Struktur, eine Ordnung und eine Konformität, die er für den Rest seines Lebens für den Inbegriff von Geschliffenheit und «Anstand» halten sollte. Schon damals erwog er sehr sorgfältig, wie er es am ehesten zu Erfolg und Ansehen bringen könnte, obwohl er aus Geldmangel an die staatliche Oberschule in Omaha überwechseln und dort das Abitur machen mußte. Anschließend studierte er ein Jahr lang an der Universität von Nebraska, bevor er sich im Ersten Weltkrieg zum Militär meldete.

In der Zwischenzeit hatte er bereits seine zukünftige Frau Dorothy Pennebaker Myers getroffen. Freunde beschrieben «Dodie» als lebhaft, begabt, hübsch und von «hellseherischer Einfühlsamkeit». In den Gesellschaftsspalten der Zeitung wurde sie schon als Teenager häufig als eine der treibenden Kräfte im kulturellen Leben von Omaha bezeichnet. Sie hatte ein klares, wohlgeformtes Gesicht mit hohen Wangenknochen, volle, geschwungene Lippen und tiefliegende, leuchtendblaue Augen. Der dunkelblonde, in der Mitte gescheitelte Pagenschnitt fiel ihr locker auf die Schultern. Ihr direkter, offener Blick verriet Unerschütterlichkeit und ausgeprägtes Selbstbewußtsein.

Dodie war am 20. Januar 1897 in Grand Island, Nebraska, geboren worden. Ihr Vater, der Bankangestellte William John Pennebaker, war im Grunde seines Herzens ein unerschrockener Abenteurer, der in Mexiko und in den Rocky Mountains in Colorado nach Gold und Silber schürfte. Er starb bereits 1899 an Tuberkulose. «Meine Mutter hatte nur eine einzige Erinnerung an ihren Vater: wie er in einem verdunkelten Zimmer im Bett lag und die Arme nach ihr ausstreckte», sagte Jocelyn. «Er lag im Sterben, doch sie wurde von jemandem mit den Worten zurückgehalten: ‹Nein, nein, du kannst nicht zu ihm.› Sie war damals erst zwei Jahre alt und mußte anschließend Flanellhemden tragen, weil man glaubte, sie schützten vor TB. Deshalb war er für sie der Vater, den sie nie gehabt hatte.»

Zum Zeitpunkt seines Todes war Pennebaker erst vier Jahre verheiratet gewesen. Dodies Mutter, Bessie J. Gahan, war die Tochter von Dr. Myles J. Gahan, ebenfalls eine Legende im Westen Nebraskas. Gahan war als einer der ersten praktischen Ärzte 1846 von Dublin nach Amerika gekommen und innerhalb kürzester Zeit Vorsitzender der Medizinischen Gesellschaft von Nebraska geworden, leitender Arzt der Union Pacific Railroad, Untersuchungsrichter, Direktor der Bau- und Kreditgesellschaft von Grand Island und einer der Gründer des örtlichen Franziskus-Hospitals.

Bessie wurde 1876 als ältestes der Gahan-Kinder geboren; ihr folgten Vine, June und Myles junior. Doch war die Ehe nicht glücklich. Der Doktor ließ sich immer seltener zu Hause blicken, und je mehr er trank, desto schlechter ging seine Praxis. Nach zehn Jahren verschwand er völlig. 1899 reichte seine Frau, ein schlichtes Gemüt vom Land, die Scheidung wegen böswilligen Verlassens ein.

Wenn Bessie geglaubt hatte, durch ihre eigene Ehe mit William Pennebaker vor der mütterlichen Misere bewahrt zu bleiben, so sah sie sich bald enttäuscht. Das Leben mit Will Pennebaker bot keinerlei finanzielle Sicherheit. Von einem Tag auf den andern stand sie als junge Witwe mit einer kleinen Tochter und ohne jeden Lebensunterhalt da. Sie hatte die Wahl, entweder bei Mutter, Schwestern und Bruder draußen in der Prärie Zuflucht zu finden oder als alleinstehende Frau in Omaha nach Arbeit zu suchen, ein Schritt, der für damalige Zeiten zumindest umstritten war. Als Tochter ihres Vaters entschied Bessie sich für das letztere. 1905 übernahm sie eine Stelle in der Praxis von J. L. Webster, einem der erfolgreichsten Anwälte in Nebraska, der für den Obersten Gerichtshof nominiert worden war. Zwanzig Jahre zuvor hatten Webster und sein Partner A. J. Poppleton den Häuptling des Ponca-Stammes, Standing Bear, in einer Bürgerrechtsklage verteidigt, der in die Rechtsgeschichte einging und entscheidend dazu beitrug, daß den amerikanischen Ureinwohnern die volle amerikanische Staatsbürgerschaft zugesprochen wurde.

Websters Einfluß als Mentor war für Bessie von unschätzbarem Wert. Der Anwalt brummte ihr ein regelmäßiges wöchentliches Lektürepensum aus seiner mehr als 2000 Bücher umfassenden Privatbibliothek auf. Er förderte die Wißbegierde, die sie von ihrem unkonventionellen Vater geerbt hatte, und verhalf ihr in einer Zeit, die durch enorme gesellschaftliche Veränderungen gekennzeichnet war, zu einer fortschrittlicheren, humanistischen Lebensanschauung. Bessie sollte sich in den folgenden Jahren als würdige Schülerin erweisen.

Im selben Jahr, 1905, verheiratete sie sich wieder. Ihr zweiter Mann, Frank A. Myers, war der Sohn eines Pioniers, der es mit einer Schaf-Ranch zu großem Vermögen gebracht hatte. Omaha war die «letzte Haltestelle» vor Denver, dem zweitgrößten Eisenbahnknotenpunkt nach Chicago, und das Warendepot der Terminal Warehouse and Mercantile Storage Company war das größte im Staat. Der überzeugte Republikaner und Freimaurer Frank Myers und die laute, energische Bessie waren ein merkwürdiges Gespann. Farblos und einsilbig, «ein Mann mit einem Loch im Mund, wo er die Zigarre reinsteckte», nahm Myers selbst an den Mahlzeiten schweigsam teil und zeigte der Familiensaga zufolge mit dem Finger auf das, was er wollte. Unbeirrt pflegte Bessie daraufhin zu fragen: «Dies, Frank? Willst du dies?» Doch Myers bot ihr finanzielle Sicherheit.

Die sechs Jahre, in denen Bessie arbeiten mußte, hatte Dodie zuerst bei ihrer Großmutter auf der Familienfarm und anschließend in einem katholischen Pensionat verbracht, so daß sie ihre Mutter nur sporadisch zu sehen bekam. Doch jetzt konnte Bessie ihre Tochter nach Hause holen und ihr ein neues Heim in einer der angesehenen Wohngegenden von Omaha bieten. Myers war zwar kein Vaterersatz, aber sein Schweigen konnte Dodies Freude über das Wiedersehen mit ihrer Mutter nicht trüben. Sobald die Achtjährige in der örtlichen Volksschule angemeldet war, blühte sie förmlich auf.

Bessies geistige Unabhängigkeit färbte auf ihre Tochter Dorothy ab. Sie wuchs zu einem hübschen jungen Mädchen heran, nicht groß, aber mit einer ansprechenden Figur, und verstand sich geschickt, gelegentlich sogar mit ausgesprochen exzentrischem Flair zu kleiden. Sie war gesellig und besaß ein ansteckendes Lachen. Die Oberschule, die sie im Herbst 1911 begann, absolvierte sie mit passablen, wenn auch unausgeglichenen Noten, überdurchschnittlich gut in den geisteswissenschaftlichen, knapp ausreichend in allen Fächern, die sie nicht interessierten. Doch Bessie drängte sie nicht. Dodie oder «Dode», wie sie als Teenager genannt wurde, traf ihre ersten Verabredungen, und an Verehrern war kein Mangel. Sie genoß die Aufmerksamkeit und akzeptierte ein paar Heiratsanträge, die zu einigen kurzlebigen Verlobungen führten.

Dann trat Marlon senior in ihr Leben, der für sein letztes Schuljahr von Shattuck an die staatliche Oberschule übergewechselt war. Er war siebzehn, zwei Jahre älter als sie, immer wie aus dem Ei gepellt und verband militärischen Schneid mit sportlicher Attraktivität. Seine Entschlossenheit, es im Leben bald zu etwas zu bringen, hatte ihn gelehrt, zur rechten Zeit schweigen zu können, und gleichgültig, ob er seine Schachzüge insgeheim im voraus plante oder nicht – auf Dodie wirkte er ordentlich und diszipliniert, anständig und verantwortungsbewußt. Angesichts ihrer eigenen chaotischen Kindheit fand sie diese Qualitäten ebenso unwiderstehlich wie sein gutes Aussehen. Unter seinem Optimismus entdeckte sie ebenfalls eine latente Trauer, die sie fälschlich für ein Zeichen von Tiefsinn oder Empfindsamkeit hielt. Brando bestachen ihr hübsches Äußeres und ihr unermüdlicher Elan ebenso wie die offensichtliche Geschäftstüchtigkeit ihres Stiefvaters. Nach seiner Einberufung war er bei der Ballon-Nachrichtentruppe in Fort Omaha stationiert, was ihrer Liaison zugute kam.

Dodie absolvierte das erste Jahr einer Krankenschwesternausbildung, ohne das zweite Jahr zu vollenden, da Marlon im Frühjahr 1918 an die Westküste versetzt wurde. Aus Angst, ihn zu verlieren, akzeptierte die Einundzwanzigjährige seinen Heiratsantrag. Am 22. Juni 1918 wurden Marlon und Dodie getraut.

Als fünf Monate später der Waffenstillstand erklärt wurde, reisten die Neuvermählten nach San Francisco, wo Dodie ein kleines Apartment in der Nähe des Golden Gate Park fand. Marlon nahm aufgrund seiner beim Militär erworbenen Ingenieursausbildung eine Anstellung bei der neuen Telefongesellschaft an, denn er sah in der Telefonbranche eine Chance für sein berufliches Fortkommen.

Inzwischen war Dodie mit Jocelyn, ihrem ersten Kind, schwanger. Als sie im fünften Monat war, explodierte ein Ölofen in ihrer Nähe, was sie beinahe das Leben gekostet hätte. Jocelyn wurde die Geschichte später folgendermaßen erzählt: «Mutter trug einen von diesen damals modernen langen Röcken, und der fing Feuer. Auf dem Flur war ein Chinese, der Teppiche reinigte. Sie riß eine Wolldecke vom Bett und befahl ihm, sie darin einzuwickeln. Meine Tante Betty war ebenfalls im Haus. Da meine Mutter einen Schwesternkurs gemacht hatte, riß sie sich die Kleider vom Leib und sagte zu Betty: «Ich lege mich auf den Boden, und du holst zwei Stühle aus dem Eßzimmer, stellst sie über mich und legst ein paar Wolldecken darüber. Und dann ruf den Arzt und Marlon an.»

Marlon kam auf schnellstem Wege aus dem Büro. Nach Aussagen der Ärzte waren die Verbrennungen bedenklich, doch gab es 1919 noch keine Abhilfe dagegen. Man fürchtete, die Verbrennungen zweiten und dritten Grades, die sich von den Knien über die Schultern, über den ganzen Rücken und bis auf die Hände erstreckten, könnten sich entzünden.

«Die Ärzte rieten Mutter zu einer Abtreibung», sagte Jocelyn. «Aber sie weigerte sich, weil sie glaubte, ich würde Philip, der Sohn, den Papa und sie sich gewünscht und dem sie bereits einen Namen gegeben hatten. Mutter hatte mit zwei Jahren ihren Vater und ebenfalls einen kleinen Bruder verloren, deshalb wünschte sie sich sehnlichst einen Jungen.»

Bessie kam aus Omaha, um ihre Tochter zu pflegen. Während der restlichen Schwangerschaft konnte Dodie, in feuchte Tücher gehüllt, nur auf der Seite liegen. Die Behandlung war aber erfolgreich, und am 18. November 1919 wurde Jocelyn geboren und auf den Namen einer der beiden unverheirateten Tanten getauft, bei denen Marlon aufgewachsen war.

«Ich wog bei meiner Geburt nur drei Pfund», sagte Jocelyn. «Deshalb legten sie mich in eine Zigarrenkiste und zogen mir Puppenkleider an. Ich war zwar ein Neunmonatsbaby, im Mutterleib aber nicht ausreichend ernährt worden.»

Der Unfall und die geradezu wundersame Geburt blieben auf die Familie nicht ohne Wirkung. Dodie litt für den Rest ihres Lebens unter den Narben und mußte ihren Rücken oft mit Salben behandeln, um die Schmerzen zu lindern. Aber die schwierigen Monate der Rekonvaleszenz brachten sie und ihre Mutter näher zusammen, so daß die Brandos einen Monat später wieder zurück nach Omaha in ein gemietetes Haus in der Thirty-first Street zogen, nur wenige Blocks von Bessie und Frank entfernt. Auf Marlon wartete dort zwar keine Anstellung, aber er mietete ein Büro in der South Tenth Street 702, auf dessen Tür MARLON BRANDO, FABRIKANT zu lesen stand – obwohl niemand wußte, was die Firma eigentlich fabrizierte. Als Geschäftsadresse gab er das Warendepot von Dodies Stiefvater, Frank Myers, an.

Nach Dodies und Marlons Rückkehr nach Omaha verbrachten

Mutter und Tochter viel Zeit miteinander. Sie unterhielten sich stundenlang über Geschichte, Kunst, Philosophie, selbst über ihre bevorzugten Kitschromane und Zeitschriften. Sie nahmen zusammen Gesangstunden, übten miteinander auf Dodies Klavier oder spielten Schallplatten mit Jazz oder Country-music. Sie ließen auch keine Gelegenheit aus, über ihre Umgebung zu lästern, und da sie fraglos über mehr Grips und mehr Schwung verfügten als ihre gesamte Bekanntschaft – ihre Männer eingeschlossen –, verübelten sie sich gegenseitig auch den gelegentlichen boshaften Seitenhieb nicht. Bessie stand Dodie während ihrer zweiten Schwangerschaft mit ihrer Tochter Frances bei, die im September 1922 geboren wurde, und als Marlon junior anderthalb Jahre später geboren wurde, vergötterte sie ihren ersten Enkel geradezu.

Bei Marlons oder «Buds» (wie ihn seine Großmutter nannte) Geburt waren die Brandos bereits in ein geräumiges, von einer Glyzine umranktes Holzhaus in der Mason Street 3135 gezogen, eine Gegend, die von Kaufleuten, Versicherungsagenten und Bankmanagern bevorzugt wurde, dem Rückgrat der erfolgreichen Mittelschicht der Stadt. Marlon senior war neunundzwanzig Jahre alt, hatte seine eigene Firma aufgegeben und arbeitete bei der Western Limestone Products Company als Vertreter, dessen Einzugsgebiet sich bis nach Missouri, Iowa und Kansas erstreckte. Er arbeitete sieben Tage die Woche und war oft unterwegs, entschlossen, seine Kontakte in den Jahren des wirtschaftlichen Aufschwungs möglichst weit auszudehnen.

Im Frühjahr 1926, zwei Jahre nach Buds Geburt, zogen die Brandos zu Bessie in die Thirty-second Street. Dodies Stiefschwester ging inzwischen aufs College, und Frank hatte ebenfalls das Haus verlassen und war in den Club in die Stadt gezogen. Bessie war nicht nur sein provokatives Schweigen auf die Nerven gegangen, auch war sie dahintergekommen, daß seine Abende außer Haus mehr den Frauen gewidmet waren als seiner Arbeit. Sie trennten sich allerdings freundschaftlich und verzichteten auf eine Scheidung. Frank kam von Zeit zu Zeit zum Essen und saß dann da und paffte seine Zigarre. Vier Jahre später zog er schwer krebskrank wieder bei ihr ein.

Das Haus in der Thirty-second Street wimmelte ständig von Besuch. Zwanglosigkeit war an der Tagesordnung. Dodie hielt sich am liebsten im Bett auf, umgeben von Kreuzworträtseln, Schreibzeug und Büchern. Das Haus wirkte gemütlich, obwohl nach gängigen Maßstäben große Unordnung herrschte, worüber Dodie sich aber, auch wenn Gäste da waren, keine grauen Haare wachsen ließ. Marlon senior, der sehr viel konventionellere Ambitionen hatte als seine Frau, verhielt sich ihrem gesellschaftlichen Verkehr gegenüber reserviert. Meist stand er, in dem Bedürfnis größer zu erscheinen als seine eigentlichen ein Meter zweiundsiebzig, mit dem Ellbogen auf den Kamin gestützt in dem großen Wohnzimmer. Er trank ebensoviel wie Dodie, konnte Alkohol aber besser vertragen als sie und ihre Gäste. Durch sein Schweigen gab er allen zu verstehen, daß dies Dodies «Szene» war – ihre Freunde, ihre Interessen, ihr rasantes Tempo.

Seine Kinder hatten schon damals eine leichte Scheu vor ihm. «Es war merkwürdig», meinte Jocelyn später. «Außerhalb der Familie war er bei allen beliebt, alle fanden ihn charmant, attraktiv und witzig. Aber wir waren eine Art Verlängerung seiner selbst. Wenn wir nicht parierten, fiel es auf ihn zurück; da war nichts zu machen. Sobald wir seinen Ansprüchen nicht genügten, wurden wir abgekanzelt. Diese Disziplin war wohl das, was er unter väterlicher Liebe verstand.»

Trotzdem – an der Oberfläche war das Leben in der Thirty-second Street in diesen Jahren vor der Depression geradezu idyllisch. Das Haus lag in einer Sackgasse, so daß Bud, Fran und Jocelyn ungehindert umherstrolchen konnten. Da es keine weiteren Kinder in der Gegend gab, hingen die drei wie die Kletten zusammen. Der Hanscom Park lag in der Nähe, und oft bestaunten sie die Affen im Gewächshaus, fuhren im Winter Schlitten oder fütterten bei warmem Wetter die Fische im Teich mit den Wasserlilien. Sie klauten ihren Eltern Zigaretten und versuchten zu rauchen oder spielten Schwarzer Peter und Siebzehnundvier. Und natürlich gab es Haustiere, einen Hund, mehrere Katzen und eine ganze Schar Zwerghühner.

Die Reserviertheit ihres Mannes hielt Dodie mit ihrem Interesse für Menschen nicht davon ab, sich gesellschaftlich und politisch vielseitig zu engagieren. Obwohl sie ihre Schwesternausbildung nie beendet hatte, half sie auch beim Ausbruch der großen Grippeepidemie in Omaha bei der Krankenpflege. Später setzte sie sich für die Abschaffung der Kinderarbeit ein, wobei sie sich von Bessie sowie der bekannten Frauenrechtlerin Grace Abbott inspirieren ließ, deren Familie in Grand Island mit den Gahans befreundet gewesen war. Bei den bevorstehenden Wahlen in Nebraska standen vor allem die Probleme straffälliger, vernachlässigter Kinder, die Ausbildung unverheirateter Mütter, Richtlinien für Gesundheit und Sicherheit am Arbeitsplatz auf dem Programm. Gemeinsam mit Grace' Schwester Elizabeth Abbott machte sich Dodie für das Referendum stark. Mit Fitzy Doyle, der Frau von Marlon seniors Klassenkameraden Lom Doyle, fuhr sie in einem klapprigen Auto an die Colorado-Linie und hielt unterwegs bei jedem Halt eine zündende Rede.

Als nächstes begeisterte sie sich für Omahas neues Community Playhouse, nachdem Freunde, darunter Harriet Fonda, die Schwester des damals noch halbwüchsigen Fonda, sie bekniet hatten, im Februar 1925 für eine kleine Theaterrolle vorzusprechen. Keine zwei Monate später hatte sie in Arthur Wing Pineros *The Enchanted Cottage* ihr Bühnendebüt mit einer größeren Rolle neben Henry Fondas älterer Schwester Jayne. Obwohl sie nie Schauspielunterricht genommen oder jemals auf der Bühne gestanden hatte, fand sie bei der Kritik großen Anklang. «Selten war eine Schauspielerin in einer eindrucksvolleren Szene auf der Bühne zu sehen als Mrs. Brando in den letzten Augenblicken, bevor der Vorhang fiel», schrieb der *World Herald*. Im Laufe der nächsten vier Jahre stand der Name Dorothy Brando gleichbedeutend für das Playhouse.

Während Dodie vom Theater in Anspruch genommen wurde, war ihr Mann immer seltener zu Hause. 1927 hatte die Firma der Western Limestone, bei der er arbeitete, drei ihrer stärksten Konkurrenten übernommen. Mit wachsender Arbeitslast wuchs Brandos Entschlossenheit, geschäftlich zu reüssieren, so daß seine Geschäftsreisen immer länger und zahlreicher wurden. «Marlon lebte in einer völlig anderen Welt als Dodie», erinnerte sich Elizabeth Woolward, eine Theaterkollegin Dodies. Trotzdem begann er, wie um die Entfremdung von Dodie zu überspielen, ebenfalls am Theater mitzuarbeiten, und half beim Kulissenbau mit. Bei einer Aufführung hatte er sogar die Bühnenleitung. Aber soviel Mühe er sich auch geben mochte, die Unbefangenheit und Spontaneität seiner Frau gingen ihm ab.

Der Alkohol wurde bereits ein zentrales Problem ihrer Ehe. Die Prohibition war noch in Kraft, aber nach dem Volstead-Gesetz im Oktober 1919 verschafften sich immer mehr Amerikaner Zugang zu illegalem Alkohol. In den meisten Städten wurden privat jede Menge Wein gegoren und Bier gebraut. In Omaha stellte ein einheimischer Bierbrauer, ein unterhaltsamer Bohemien vom gegenüberliegenden Flußufer in Council Bluffs, Iowa, das nötige Zubehör zur Verfügung, und man sah ihn seinen Lastwagen regelmäßig in der South Thirty-second Street parken und Kanister mit Sirup, Zucker, Hopfen und Fässer für die Heimbrauerei abladen. Dann zog bei den Brandos der Duft von fermentierendem Hopfen durchs Haus – «es roch herrlich», erinnerte sich Fran. Manchmal explodierte zum Vergnügen der Kinder mitten in der Nacht mit lautem Knall einer der Behälter im Keller. Gin wurde auch hergestellt. Dickbauchige Flaschen mit Quellwasser standen hinten in der vollgestopften Speisekammer, wo der Inhalt nach dem Standardrezept der Zeit mit Alkohol und Wacholderbeeren versetzt wurde. «Der Gin wurde in Waschzubern gemacht und dann in riesige Flaschen abgefüllt», erinnerte sich Jocelyn, die den Prozeß neugierig verfolgte.

Dodie verdrängte mit dem Alkohol wie mit den vielen anderen Aktivitäten außer Haus die zunehmende Entfremdung von ihrem Mann. Wenn sie nicht auf der Bühne stand, sprang sie als Maskenbildnerin am Kindertheater ein, saß im Vorstand der Liga für Frauenwahlrecht, nahm Zeichenunterricht oder war auf dem Weg zu einem ihrer häufigen Lunches im schicken Aquilla Court, wo sie oft stundenlange Gespräche führte. Sie war ständig unterwegs und überließ die Sorge um die Kinder zunehmend der Haushälterin Ermalene.

Marlon senior trank ebenfalls, versuchte seine Unzufriedenheit aber auch auf andere Weise zu kompensieren. Seine hemmungslose Weinseligkeit bei geschäftlichen Anlässen machte ihn zum Gespött seiner Kollegen im ganzen Mittleren Westen, besonders weil er in nüchternem Zustand auf die würdige Fassade des vollkommenen Gentlemans Wert legte. Inzwischen wußte Dodie, daß er mit anderen Frauen schlief, und zwar nicht nur unterwegs, sondern auch in der Stadt, und, was schlimmer war, daß bereits darüber geredet wurde.

ZWEI

Evanston

1930–1938

Im Juni 1930 übernahm Marlon senior eine neue Stellung als Verkaufsmanager für die Calcium Carbonate Company in Evanston. Bei einem Gehalt von 1000 Dollar im Monat zuzüglich Provisionen glaubte er, endlich seine Nische gefunden zu haben. Allerdings bedeutete der Wechsel, daß die Familie Omaha verlassen und nach Evanston, Illinois, einem Vorort von Chicago, umsiedeln mußte.

Obwohl Dodie in den Umzug einwilligte, fiel es ihr schwer, sich damit abzufinden. Vielleicht wurde ihr Alkoholismus deshalb zu einem ernsthaften Problem, das der Familie über die nächsten fünfzehn Jahre schwer zu schaffen machte und Wunden riß, die nie wieder heilen sollten. Das Problem mag, wie die spätere medizinische Forschung nahelegt, erblich bedingt gewesen sein, doch für den Laienblick schien es, als versuchte Dodie mit dem Alkohol die Risse in ihrer Ehe zu kitten, die durch den Umzug nur noch deutlicher sichtbar geworden waren. Die Notwendigkeit «weiterzukommen», wie ihr Mann es nannte, bedeutete für sie, auf ihr geliebtes Theater und ihre gesellschaftliche Stellung, die ihr großes Selbstwertgefühl gegeben hatten, verzichten zu müssen.

Das schindelgedeckte große Haus der Brandos in der Judson Avenue in Evanston gehörte nicht unbedingt zu den herrschaftlichen Gebäuden an der North Shore von Chicago, aber mit seinen vier Schlafzimmern, einem Marmorkamin und der an die friedliche, von Bäumen gesäumte Straße grenzenden Rasenfläche war es ein ruhiges und bequemes Haus, das Marlons Vorstellungen von bürgerlicher Achtbarkeit entsprach. Die Lincoln-Schule, die der inzwischen sechsjährige Bud und die achtjährige Franny besuchten, stand im Ruf, eine der besten Schulen im ganzen Land zu sein. Mit der zehnjährigen Jocelyn als Babysitter tippelten die drei häufig zum nur zwei Blocks entfernten Strand am Lake Michigan oder zur Stadtbibliothek, denn alle drei waren leidenschaftliche Leseratten.

Dodie kam gar nicht auf den Gedanken, dem snobistischen Glenview Club in Evanston beizutreten oder an den nachmittäglichen Bridgepartien teilzunehmen. Von Anfang an hatte sie für ihre gutbürgerlichen Nachbarn – «teetrinkende Erzkonservative» – wenig übrig. Chicago dagegen war nur eine halbe Stunde entfernt, und es dauerte nicht lange, bis sie wie in Omaha eine neue Gruppe künstlerisch interessierter Leute um sich geschart hatte. Es war eine enge, unternehmungslustige Clique, die sich am Rand der Chicagoer Kulturszene bewegte. Sie tranken viel, zogen durch die Bars an der Rush Street oder feierten gemeinsame Parties. Auf diese Weise lernte Dodie den Bankier David Salinger kennen, der sehr bald einer ihrer treuesten und verläßlichsten Freunde wurde. Marlon seniors Reserve und vor allem seine häufige Abwesenheit machten das Problem noch akuter. Ein Jahr nach dem Umzug nach Omaha sah Dodie sich als frustrierte Hausfrau, deren Träume von einer Schauspielerkarriere verflogen waren.

1931 begann sie eine Affäre mit einem Offizier in Omaha. Die Entfernung zwischen ihnen komplizierte das Verhältnis, das sich mit Unterbrechungen über einen Zeitraum von zwanzig Monaten hinzog. Gegen Ende 1932 fuhr Dodie auf dem Weg zu einem Rendezvous in Nebraska den Familien-Ford zu Bruch, wobei sie sich den linken Arm brach. Marlon wurde ins Krankenhaus gerufen. Als sich die Gemüter beruhigt hatten, mußte Dodie die Beziehung abbrechen, und der Offizier kehrte zu seiner Frau zurück. Marlon und Dodie stritten sich, aber wie immer kam es zu keiner Entscheidung, denn Marlon wich den Problemen wie immer aus. Kühl und reserviert, wie er war, hatte er sich nie auf ein offenes Gespräch eingelassen, und die Folge war, daß Dodies Affären im gleichen Tempo zunahmen wie ihre Alkoholprobleme.

Von Omaha her hatten die Brandos die Angewohnheit beibehalten, ihr eigenes Bier zu brauen, doch hatte die Sache inzwischen beängstigende Formen angenommen. Die Trinkerei der Eltern führte zu Streitigkeiten, die sich oft vor den Kindern abspielten. Die

Auseinandersetzungen wurden von Monat zu Monat heftiger und arteten häufig in laute, nächtliche Schimpfkanonaden aus. Bud machte seiner Frustration einmal dadurch Luft, daß er die leeren Bierflaschen seiner Eltern wie Kegelfiguren auf dem Trottoir vor dem Haus aufreihte. Da Evanston das Zentrum der christlichen weiblichen Antialkoholikerbewegung war, kann man vermuten, daß diese Geste einiges Aufsehen erregte.

Dodies Alkoholkonsum beschränkte sich allerdings nicht auf zu Hause, obwohl Evanston auch nach der Aufhebung der Prohibition 1933 «trocken» geblieben war. Oft war sie in Kneipen außerhalb der Stadtgrenze zu finden und kam erst nach Hause, wenn die dreizehnjährige Jocelyn das Abendessen bereits auf den Tisch gebracht hatte. Wenn Marlon senior sich zu Hause blicken ließ, mußte Dodie erneut seinen Zorn über sich ergehen lassen, so daß der unterschwellige Sog von Vorwürfen, Schuldgefühlen und Wiedergutmachungsversuchen die Familie immer tiefer in die Verzweiflung riß.

«Von Zeit zu Zeit hatten wir Familienzusammenkünfte, Vater, wir drei Kinder und Mutter, um zu besprechen, was wir tun sollten», sagte Jocelyn. «Mutter weinte meist und sagte: ‹Es tut mir leid, ich weiß nicht, wie es passiert. Ich will versuchen, daß es nicht wieder vorkommt.› Und Papa sagte dann: ‹So kann es auf keinen Fall weitergehen.›»

Das schlimmste war, daß man nicht wußte, was einem bevorstand. Dodie trank nicht täglich, und wie viele Alkoholiker hatte sie Rückfälle von unterschiedlicher Intensität und Dauer. «Es war wie eine Explosion, völlig unberechenbar», sagte ein Nachbar, der die Auseinandersetzungen gelegentlich mitbekam. «Sie tranken alle beide, deshalb wußte man nie, wann sie anfangen würden zu schreien.»

Die Kinder mußten von Tag zu Tag mit dieser Unsicherheit leben. Ob es zu Tätlichkeiten kam, wie Bud später erbittert behauptete, läßt sich nicht mit Sicherheit sagen. Wenn die Kinder nach der Schule Freunde mit nach Hause brachten, konnte man nie wissen, ob Dodie noch nüchtern war. Wenn nicht, bestand sie darauf, im Zentrum der Aufmerksamkeit zu stehen.

«Häufig mußten wir klassische Musik mit ihr hören», erinnerte sich Jocelyn. «Sie drängte uns: ‹Kommt doch rein, setzt euch!›, und man konnte nicht nein sagen. Mozart, Beethoven, aber meistens mußten wir Strawinskys *Frühlingsopfer* anhören, das ihr besonders gefiel, weil es so gefühlvoll war. Sie hielt uns einfach fest und sagte immer: ‹Nun hört euch das an. Ist das nicht schön? Ist das nicht ergreifend?›»

Bud war zwar klein und drahtig, in den Schultern aber inzwischen breiter geworden. Er hatte schlechte Augen und mußte eine Brille tragen. Meist sprach er hastig und überstürzt, ohne die vielsagenden Pausen, die später zu seinem Markenzeichen wurden. Am auffälligsten an ihm waren die verträumten großen Augen, die beinahe etwas Romantisches hatten; trotzdem tauchte er Woche für Woche morgens zerkratzt und blutend, das weiße Hemd mit Grasflecken beschmutzt, zur ersten Schulstunde auf. Wenn er erklären sollte, warum er sich auf dem Schulhof gebalgt hatte, berief er sich auf seine «Ehre», auf die Notwendigkeit, einen Klassenkameraden zu beschützen.

«Er war nicht besonders anhänglich oder liebevoll», sagte Mildred Milar, seine Lehrerin in der vierten Klasse. «Kleine Jungen in dem Alter haben oft eine Schwäche für ihre Lehrerinnen und sind noch jung genug, es einem offen zu zeigen. Manchmal bringen sie einem Obst oder Blumen mit oder bleiben nach der Stunde, um die Tafel sauberzumachen. Nicht Bud. Er mußte immer den starken Mann markieren. Er zog ein mürrisches Gesicht und es schien, als wären ihm die Balgereien ein inneres Bedürfnis. Er war überzeugt, etwas zu tun, was getan werden mußte. Offenbar reagierte er damit etwas ab, obwohl er nicht darüber reden konnte oder wollte.»

Während Bud einerseits die Verteidigung der Außenseiter und Benachteiligten auf dem Schulhof am Herzen lag, wollte er häufig auch einfach nur Stunk machen. Als seine Lehrerin Mildred Milar es wieder einmal nötig fand, die Eltern über sein störendes Benehmen in der Klasse zu informieren, rief sie Dodie zu sich, die aber, wie so oft, nicht zu erreichen war. «Es war nicht an sie heranzukommen», sagte Mildred Milar. Immer hatte sie etwas um die Ohren, irgendwelche Beschäftigungen außer Haus. Wenn sie schließlich auftauchte, dauerten unsere Besprechungen oft eine Stunde. Ich betonte Buds Qualitäten, bevor ich auf die Probleme zu sprechen kam, bei denen ich auf ihre Hilfe hoffte. Legte er dies Benehmen zu Hause auch an den Tag? War er verstört, ehe er morgens zur Schule ging? Was war ihre Meinung dazu? Sie zeigte durchaus Verständnis, war aber zu sehr mit sich selbst beschäftigt. Es fehlte ihr der Sinn für das Naheliegende – sie war kein in sich ruhender, mütterlicher Typ, was den Fall sehr viel einfacher gemacht hätte.»

Im Juni 1934 zog die Familie aus dem Haus in der Judson Avenue in eine weiter südlich gelegene Wohnung am Sheridan Square, ein Schritt, der, wie Jocelyn erklärte, die Haushaltsführung vereinfachen sollte: «Solche Maßnahmen waren an der Tagesordnung, wenn Mutter trank.» Es war eine weniger noble, sehr verkehrsreiche, näher an Chicago gelegene Gegend, aber es sollte ein neuer Anfang werden. Deshalb fuhr Dodie unmittelbar nach dem Umzug mit Bud und Fran in ein Sommerlager in Süd-Wisconsin, wo sie als Betreuerin arbeitete, während die Kinder das Lagerleben genossen.

Der Ferienaufenthalt war beschlossen worden, weil Dodie und Marlon sich von ihren Konfrontationen erholen mußten. Jocelyn war in der Schule sitzengeblieben und blieb bei ihrem Vater zu Hause, um das Versäumte nachzuholen.

Das Sommerlager, in der Nähe von Delafield gelegen, anderthalb Autostunden nördlich von Chicago, bot 600 Jungen und Mädchen, meist Kinder wohlhabender Familien aus ganz Amerika, Ferien in ländlicher Umgebung. Dodie engagierte sich sofort im Theater, um den angehenden jungen Schauspielern auf die Sprünge zu helfen. Sie baute Kulissen, half mit Kostümen und Make-up und stellte ihre Talente zur Verfügung, wo immer sie gefragt waren. Sie trank, aber offenbar nicht mehr als die anderen Betreuer, mit denen sie abends die örtlichen Kneipen besuchte.

Bud nahm ebenfalls an den Theateraufführungen teil und machte dabei sehr bald von sich reden. «Tagsüber stromerte er draußen herum», sagte Bob Becker, der die Neuankömmlinge betreute. «Meist ging er seine eigenen Wege. Die Schwimmlehrerin sagte zum Beispiel, daß er der einzige war, der im Wasser darauf bestand, rückwärts statt vorwärts zu schwimmen. Ansonsten war er mit Leib und Seele an den Stücken beteiligt, die seine Mutter inszenierte, obwohl sie ihn gar nicht drängelte. Sie inszenierte *Good News*, ein damals beliebtes Broadway-Musical, und dann den *Sommernachtstraum*. Bud machte bei beiden mit, und obwohl er nicht überwältigend war, gab er sich Mühe, denn das Theater schien das einzige zu sein, was ihn wirklich interessierte.»

Er tauchte regelmäßig bei den wöchentlichen Veranstaltungen auf, die wie üblich aus Musicals, Pantomimen und Lesungen bestanden. Allerdings erregte er Aufmerksamkeit durch sein Talent, die Leute in seiner Umgebung spontan imitieren zu können. Bald legte er sich einen breiten südlichen Akzent zu, den er einer Gruppe von Jugendlichen aus Nashville abgelauscht hatte. «Es war frappierend», sagte einer der Betreuer. «Er war einfach in den Klang verliebt.»

Bei ihrer Rückkehr nach Evanston im September kam Dodie das Haus verlassen und trostlos vor, denn inzwischen war auch Jocelyn an einer Pensionatsschule in St. Louis. Außerdem mußte sie zugeben, daß der sommerliche Lageraufenthalt nicht die gewünschte Wirkung erzielt hatte. Insgeheim hatte sie im Jahr zuvor eine weitere Affäre unterhalten und gehofft, daß ihre Abwesenheit der Sache von selbst ein Ende machen würde. Doch angesichts Marlon seniors anhaltender Gleichgültigkeit fühlte sie sich erneut zu dem Mann hingezogen, der, wie sie Freunden gestand, die «große Liebe ihres Lebens» war.

«Es war ihr sehr ernst», erklärte eine Freundin, der Dodie sich in späteren Jahren anvertraute. «Der Mann war ein bekannter Frauenheld, ein prominenter Neurologe aus Chicago. Sie hielten die Affäre äußerst geheim. Er wohnte in der Nachbarschaft, und sie verkehrten in den gleichen gesellschaftlichen Kreisen.»

«Ich weiß nicht, ob er sie oder sie ihn schließlich sitzenließ», fuhr die Freundin fort, «es mag auch auf Gegenseitigkeit beruht haben. Sie wußte, daß an ein gemeinsames Leben mit ihm nicht zu denken war. Er hatte einen verheerenden Ruf, und ihr war klar, daß er sie ausnutzte. Trotzdem konnte sie nicht von ihm lassen.»

Die Beziehung zog sich über weitere achtzehn Monate hin, und Dodies Krankengeschichte zeigt, daß sie sich während dieser Zeit einer Abtreibung unterzog. Die zusätzliche Belastung durch Mann und Kinder machte die Affäre nicht leichter, so daß sie wieder anfing zu trinken.

Es gab Zeiten, wo das Geld trotz des wirtschaftlichen Aufschwungs der Kaliwerke nicht reichte, um die Rechnungen zu bezahlen. Marlon senior ließ durchblicken, daß Dodie das Haushaltsgeld an die Kinder verschwendete, während Dodie behauptete, daß er das Geld mit seinen Freundinnen verjubelte. Tatsächlich war der Haushalt so chaotisch, daß niemand wußte, wo das Geld eigentlich blieb; selbst einer von Buds Freunden vermutete, daß sie «über ihre Verhältnisse lebten».

Im Sommer 1936 hatte die Spannung in der Familie Brando die Grenzen des Erträglichen erreicht, und Dodies Mutter schlug eine Lösung vor: Dodie brauchte eine Atempause. Warum fuhr sie nicht eine Weile mit den Kindern zu den Tanten Fine und June und ihrer Stiefschwester Betty an die Westküste nach Kalifornien? Es brauchte ja keine offizielle Trennung daraus zu werden. Marlon konnte während der Ferien zu Besuch kommen. Vielleicht fand die Familie auf diese Weise wieder zusammen.

Libertyville
1938–1941

DREI

Im Sommer 1938 beschloß Dodie, mit der ganzen Familie zu Marlon senior zurückzukehren und es in der ländlichen Abgeschiedenheit von Libertyville, Illinois, fünfunddreißig Meilen nordwestlich von Chicago, noch einmal mit ihrer Ehe zu versuchen. Als die Brandos in das «alte Waller-Haus» in der Bradley Road, einem ungepflasterten, spärlich bebauten Weg zwischen weiten Feldern, einzogen, wurden sie von den Nachbarn sofort als «anders» betrachtet, als Außenseiter, die etwas Mysteriöses an sich hatten.

Wie in allen Provinzstädten blühte der Klatsch, und der gesellschaftliche Rang, das Benehmen, die Vermögensverhältnisse und die Einstellungen einer Familie wurden ausgiebig durchgehechelt. «Jeder wußte, wer was hatte oder wer krank wurde», sagte ein älterer Bewohner. «Wenn ein Ehepaar Krach miteinander hatte, wußte es bald die ganze Stadt. Zwar wußte niemand Genaues, aber das spielte keine Rolle, denn worüber hätte man sonst reden sollen.» Kein Wunder, daß über die Brandos die «wildesten Gerüchte», wie ein Nachbar es nannte, in Umlauf waren, besonders weil Dodie sich über die geltenden strengen Anstandsregeln hinwegsetzte. «Dodie machte kein Hehl daraus, daß sie Libertyville nicht ausstehen konnte», sagte einer von Jocelyns Freunden. «Sie verachtete die meisten Leute zutiefst für ihren Provinzklatsch, ihre konservative Haltung und ihren Antisemitismus.»

Die Brandos wohnten jetzt in einem weitläufigen alten Farmhaus am Ende einer Auffahrt mit hoher Bankette, wo Dodie einen Gemüsegarten anlegte. Hinter dem Haus standen verschiedene Schuppen und ein Stall, wo die Honoratioren des Ortes mehr als ein Dutzend Pferde untergebracht hatten. Das Haus hatte vier Schlafzimmer, jedes mit einer Art Alkoven. In dem großen Wohnzimmer befand sich nichts als ein durchgesessenes Sofa, einige Sessel, ein Klavier und ein zerschlissener Teppich. Im Eßzimmer stand ein Eichentisch, ein altes Familienstück. «Reich waren wir nicht», sagte Jocelyn. «Trotz Papas teurer Anzüge wurde an Äußerlichkeiten kein Geld verschwendet.»

Auch Zeit wurde an Äußerlichkeiten nicht verschwendet, da Dodie Hausarbeit haßte. «Meist sah es bei uns aus wie in einem Schweinestall», erinnerte Jocelyn sich. «Keiner kümmerte sich darum, bis kurz vor fünf, wenn Papa nach Hause kam. Dann rief Mutter: ‹O Gott! Wir müssen klar Schiff machen!› Wir spritzten in alle Ecken – Fran, Bud, alle miteinander – damit es aufgeräumt aussah, wenn er aus dem Büro kam.»

Den Leuten in Libertyville war die Familie von Anfang an ein Rätsel. «Sie kamen uns wild, aber wohlhabend vor», sagte Sheila Petry, eine von Buds Klassenkameradinnen. «Sie hatten etwas Aristokratisches an sich, weil sie besser angezogen waren und nicht aus der Gegend stammten.»

Die Brandos mußten sorgfältig unter die Lupe genommen und in die gesellschaftliche Hierarchie eingeordnet werden, und natürlich war Geld der endgültige Maßstab. Marlon senior verdiente ungefähr 15000 Dollar im Jahr, nach heutigen Maßstäben eine Summe von rund 75000 Dollar. Doch das abgelegene Haus war nur gemietet, und die Einrichtung entsprach keineswegs den örtlichen Ansprüchen, was die Einordnung noch erschwerte. Gleichzeitig ging das Gerücht um, daß die Familie in chronischen Geldschwierigkeiten sei.

«Dodie hat sich nie über Geldmangel beklagt», sagte eine Bekannte. «Aber irgendwie hatte ich das Gefühl, daß sie sich einschränken mußte.» Beim Kaufmann ließ Dodie oft anschreiben, und es wurde gemunkelt, daß sie das Haushaltsgeld vertrank. Der Klatsch wollte monatelang kein Ende nehmen, und bei dem zurückgezogenen Leben, das die Brandos führten, war man sich allgemein einig, daß irgendwas mit der Familie nicht stimmte.

Solche Äußerungen waren an der Tagesordnung und wurden durch Buds Benehmen zu Beginn des Schuljahrs 1938/39 noch verstärkt. Fotos aus der Zeit zeigen den vierzehnjährigen Brando in einer Übergangsphase. Das blonde Haar ist nachgedunkelt. Die berühmte Stirn und die kühn gebogene Nase sind bereits da. Die Schultern sind auch ohne die Hanteln, deren er sich bald unablässig bedienen sollte, breiter geworden. Er hat dieselben sinnlichen, vollen Lippen, langen, flatternden Wimpern und beinahe katzenartigen Augenbrauen wie auf späteren Fotos. Von kleiner Statur, macht er ein «Bubigesicht», wie eine von Frans Freundinnen es nannte; und da er ein Spätentwickler war, ist sein Bart bloßer Pfirsichflaum.

Als Neuling an der Oberschule von Libertyville hatte er es nicht leicht. Seine vorherigen Noten waren mittelmäßig, aber seinen Klassenkameraden hätte es auch durchaus nicht imponiert, wenn der Neue in ihrer Mitte ein Einstein gewesen wäre. Die meisten kannten sich von früher, und wie die Eltern war niemand bereit, einen Neuling zu akzeptieren, dessen Einstellung ihn von Anfang an als Außenseiter abstempelte.

Die meisten Jungen trugen lange Hosen und Pullover, aber Bud kam meist in T-Shirts, Bluejeans und Turnschuhen zur Schule. Er war der einzige, der sich diesen Aufzug erlauben konnte; außerdem war er dafür bekannt, daß er grellbunte Hemden trug, so daß seine Klassenkameraden ihn damit hänselten, daß er im Pyjama erscheine.

«Wenn Bud zur Schule kam, sah er oft aus, als wäre er gerade unter einem Auto hervorgekrochen», erzählte ein früherer Klassenkamerad, «und meistens kam er auch noch zu spät.» Wenn der Lehrer nichts sagte, marschierte er direkt zu seinem Pult, aber nicht etwa klammheimlich oder zerknirscht. Nach diesem Auftritt warf er seine Bücher aufs Pult und setzte sich hin. Doch von *sitzen* konnte eigentlich keine Rede sein. Vom ersten Tag an war der Neuling in Libertyville High dafür berühmt, wie er sich in die Bank flezte.

«Er flegelte sich breitbeinig auf seinen Sitz», sagte William Roser, ein anderer Klassenkamerad. «Streckte einfach alle viere von sich und tat, als sei ihm alles scheißegal.»

«Über Stunk in der Schule wurde nicht geredet», sagte Ed Sawusch, einer der wenigen Klassenkameraden, die je bei den Brandos zu Hause waren. «Auch wenn er Krach mit seinen Eltern hatte, verlor er kein Wort darüber. Es gab einfach Zeiten, da war er in sich gekehrt und deprimiert; dann hielt er sich abseits und schien für nichts Interesse zu haben.»

Bud blieb in der Schule bald hinter seinen Klassenkameraden zurück, verbarg seine Schwierigkeiten aber hinter der üblichen Fassade aus Desinteresse und Aufsässigkeit. Er las langsam und unsicher, und seine Rechtschreibung war verheerend. Um seine Verlegenheit zu verbergen, wenn er laut in der Klasse vorlesen mußte, gewöhnte er sich ein provozierendes Nuscheln an, das die Lehrer auf die Palme brachte.

«Er nuschelte einfach vor sich hin», sagte Joe Spery. «Wenn er in der Klasse den Mund aufmachte, betrachtete er immer seine Fingernägel und hatte die Augen auf halbmast. Er murmelte etwas mit dieser monotonen Stimme, hielt inne, redete dann ganz leise weiter und schwieg wieder, um auch sicher zu sein, daß wir alle zuhörten. ‹Tja, ich weiß nicht, ob ich so was überhaupt lernen will, aber ... also, ich meine, wenn man ...›» Ein anderer Klassenkamerad fügte bestätigend hinzu: «Er fiel durch seine Gesten und seine Art zu reden auf.»

«Aber er war sich immer bewußt, daß er im Rampenlicht stand», sagte Spery. «Die Voraussetzungen für seinen späteren Stil waren schon da: die Mittel, die er einsetzte, um zu erreichen, was er wollte, die physische Präsenz, der geschmeidige Körper und seine attraktiven Gesichtszüge. Wenn er seine Sprüche abzog, wußte er genau, eins der Mädchen in der ersten Reihe würde sich nach ihm umdrehen und denken: ‹Was macht er denn jetzt schon wieder?› Bud, der Rätselhafte – das genoß er.»

«Ich glaube nicht, daß es Lehrer an der Oberschule in Libertyville gab, die er mochte oder denen er vertraute», sagte Robert Dunn, ein weiterer Klassenkamerad. «Der einzige, an dem er wirklich hing, war Pater Rogers. Der bot ihm ein Zuhause.»

Der Pfarrer an der episkopalischen Kirche St. Lawrence, Hochwürden Tom Rogers, war auch ein Außenseiter in Libertyville. Er war angeblich homosexuell, trunksüchtig und liberal, aber für seine Gemeindemitglieder war er jederzeit da. «Wenn im Krankenhaus morgens um zwei oder drei Uhr Unfälle eingeliefert wurden, wer war zur Stelle?» erinnerte sich Ray Meyers. «Pater Rogers.» Später ging das Gerücht um, er habe Kirchengelder veruntreut, um Obdachlosen zu helfen. Als man ihn schließlich aus der Stadt vergraulte, landete er in Chicago und leitete bis zu seinem Tod 1983 eine Ghettogemeinde.

Zwar wurde über Rogers' Trunksucht und Homosexualität geklatscht, aber gleichzeitig schätzte man ihn als verständnisvollen und mitfühlenden Zuhörer. Bud tauchte nach der Schule oft im Gemeindehaus neben der Kirche auf, wo Rogers mit seiner Mutter und zahlreichen Katzen wohnte. «Pater Rogers merkte, daß Bud das Zeug zu etwas Besonderem hatte», sagte Spery. «Er wußte auch, daß Dodie trank und der Vater ein Schürzenjäger war, und hatte Verständnis für Buds Probleme.»

Pater Rogers war für die ganze Familie Brando da. Fran vertraute sich ihm von Zeit zu Zeit an, und wie sie fühlte sich auch Dodie zu dem Pfarrer hingezogen, weil sie auf einer Wellenlänge lagen und mehr an Menschen als an Konventionen interessiert waren. Für Bud war er der einzige Erwachsene am Ort, mit dem er ohne Angst, verdammt oder verdonnert zu werden, reden konnte.

Bud erwies sich in Leichtathletik als Naturtalent, und trotz der Bedeutung, die dem Sport an Schulen im Mittleren Westen beigemessen wurde, hätte er es in diesem Fach zu etwas bringen können, wenn seine Einstellung im Sportunterricht ihm nicht einen Strich durch die Rechnung gemacht hätte. Er weigerte sich beharrlich, Sportzeug zu tragen, rebellierte gegen die Anordnungen des Sportlehrers oder erschien einfach nicht zum Unterricht. In der einen Sportart, in der er es dank seines Talents bis in die Schulmannschaft brachte, im Football, blieb er häufig dem Training fern, wenn er fand, es sei «zu kalt, um draußen zu sein». Wenn er tatsächlich erschien, alberte er meist nur herum.

Manche nannten es Faulheit, aber Ray Strand, ein Freund Frans, hatte eine andere Interpretation. «Bud gab Football auf und wandte sich der Leichtathletik zu, weil er nicht angerempelt werden wollte», behauptete er. «Danach fing er an zu boxen, denn da hatte er ein Publikum. Wir waren ein erfolgreiches Boxteam, und alle sahen gut aus im Ring und bekamen eine Menge Applaus. Danach stellte er fest, daß ihm das Sparring beim Training nicht gefiel, und damit war es mit dem Boxen auch vorbei.»

Doch dann kam die Bühne.

Jungen, die sich fürs Theater interessierten, wurden eigentlich nicht für voll genommen, aber Brando war fast vom ersten Schultag an mit dabei. M. J. Bergfold, der Leiter der Gruppe, war ein korrekt gekleideter, sturer Norweger und wie die meisten von Buds Lehrern seit Jahren in Libertyville ansässig.

«Bergfold hatte keine hochgespannten Erwartungen», sagte Joe Spery. «Er fragte sich nie: ‹Wozu ist dieser Schüler fähig?› Aber er hatte Angst, daß Bud ihm auf der Nase herumtanzen würde, wenn er versuchte, ihm irgendwelche Vorschriften zu machen.»

Für Bud war Bergfolds Persönlichkeit ein rotes Tuch, vor allem, weil Dodie zu Hause auch noch ihren Senf dazugab. Bergfald erinnerte sich noch Jahre später an die Zusammenarbeit. «Es gab kleine Klassen von fünfzehn oder zwanzig Schülern, die sich zwei-, dreimal die Woche trafen», erklärte er. «Die Stücke waren modern, zum Beispiel Moss Harts *You Can't Take It with You* – allerdings kein Ibsen, kein Shaw, kein Shakespeare. Es ging ausschließlich um die leichtere Muse, was gar nicht Brandos Stärke war. Er war am besten in emotionalen, ernsten Stücken, obwohl er große Mühe hatte, den Text auswendig zu lernen.

Er war ziemlich eigensinnig und ließ sich nicht gern etwas sagen. Gelegentlich konnte er geradezu unverschämt werden. Irgendwann habe ich mal zu ihm gesagt: ‹Wenn du jemals Erfolg haben willst, dann mußt du lernen, dich anzupassen, pünktlich zu sein und deine Sache gut zu machen.›»

Ray Meyers, der für Beleuchtung und Vorhang zuständig war, berichtete: «Bergfold stand da und sagte: ‹Lies die Zeile noch mal, und zwar so.› Daraufhin sagte Bud: ‹Nein, das klingt nicht richtig. Die Betonung ist falsch.› Er versuchte, zu argumentieren und dem Lehrer seine eigene Interpretation zu erläutern, und man hatte das deutliche Gefühl, er verstand tatsächlich was davon und wollte sich nicht nur aufspielen. Aber wenn Bergfold nicht auf ihn hörte, wurde er so wütend, daß er einfach verschwand. Er stürmte nach draußen, als wollte er sagen: ‹Es lohnt sich nicht, weiterzudiskutieren, wenn du nichts von der Sache verstehst.›»

Die Folge war natürlich, daß Bud nicht in einer einzigen Schulaufführung auftreten durfte, während die anderen auf der Bühne ihren Spaß hatten. Spery glaubte sogar, daß Dodie an der ablehnenden Haltung ihres Sohnes nicht ganz unschuldig war, da sie sich bei Diskussionen der lokalen Theatergruppe mit Bergfold angelegt und sich für O'Neill und Shaw statt für die traditionellen seichten Komödien, an denen dem Lehrer lag, stark gemacht hatte.

«Ich glaube, Mrs. Brando war eine sehr ehrgeizige Mutter», sagte Dorothy Bradford, die Theaterdirektorin, die sich meist gegen Dodies Versuche wehrte, relevantere Stücke zu inszenieren oder den Aufführungen zumindest einen professionelleren Anstrich zu geben. Für Joe Spery, der als Regisseur von Fernsehreklamen später viel mit Bühnenmüttern zu tun hatte, gehörte Dodie allerdings ganz und gar nicht zu dieser Kategorie, sondern hatte sich mit Überzeugung für «Kunst und Kreativität» eingesetzt.

«Für örtliche Verhältnisse», fügte er hinzu, «war sie unglaublich progressiv. Sie war nicht nur engagiert, sondern setzte sich auf der Bühne auch anstandslos über die sogenannten guten Sitten hinweg, was man ihr verübelte. Man war neidisch auf ihre Fähigkeiten und auf ihre Phantasie. Bergfold, der am Ort als Theaterexperte galt, wollte Musicals auf die Bühne bringen, aber sie setzte sich für Eugene O'Neill ein und sprach auch von ihren Erfahrungen am Theater in Omaha. Sie hatte Ähnlichkeit mit Bud und scherte sich einen Dreck darum, was die Leute dachten.»

«Wenn Bud tatsächlich vom Theater sprach», sagte Spery, «tat er es auf seine typische völlig unemotionale, beinahe rätselhafte Art. Keine Aufschneiderei, sondern unerschütterliches Selbstbewußtsein. Als wollte er zu sich selbst sagen, ja, ich will Schauspieler werden, und daß ihr's nur wißt, Leute, daraus wird was.»

Dabei vertraute Bud sich selten jemandem an, nicht einmal der Person, die ihn am ehesten verstanden hätte – seiner Mutter. Sie hatte wieder angefangen zu trinken und war häufig unzugänglich und teilnahmslos. In nüchternem Zustand war sie immer unorganisiert und chaotisch, schlief lange und versuchte dann auf die Schnelle, ihren mütterlichen Pflichten nachzukommen. Bei Ruth Felgar, der Sekretärin des Direktors, der sie jeden Freitag in der Schule auf die Bude rückte, hatte sie sich bereits unbeliebt gemacht.

«Mrs. Brando tauchte mit schöner Regelmäßigkeit jeden Freitagmorgen im Büro auf», sagte Mrs. Felgar. «In zwei Umschlägen brachte sie das Lunchgeld für Bud und Fran mit, das ich ihnen geben sollte. Die beiden waren in verschiedenen Teilen des Gebäudes, mußten das Geld aber vor der Mittagspause haben. Ich brachte es natürlich hin, wodurch der Unterricht gestört wurde. Als das sechs Monate lang so gegangen war, sagte ich schließlich zu ihr: ‹Mrs. Brando, so geht das nicht weiter. Warum geben Sie den Kindern das Geld nicht morgens mit zur Schule?› Sie war nicht rechtzeitig zur Bank gegangen. ‹Dann müssen Sie donnerstags Geld von der Bank holen›, sagte ich, ‹und es ihnen am Freitag vor der Schule geben.›

Ständig rief sie mich an», fuhr die Sekretärin fort, «damit ich Bud ausrichtete, daß er nicht vergessen sollte, zum Frisör zu gehen. Ich fand nicht, daß das die Aufgabe der Schule war; sie hätte es ihm morgens ja selbst sagen können.»

Dazu war Dodie allerdings oft genug nicht fähig, so daß sich herumsprach, daß Brandos Mutter morgens nicht aus dem Bett kam, weil sie einen Kater hatte.

Während des vorhergehenden Jahres hatte seine Schwester Frances sich stark in der Schule engagiert, an der Schulzeitung mitgeschrieben, war zum Cheerleader gewählt und Mitglied des Chors, des Lateinclubs und des Spanischclubs geworden. «Sie war eine richtige kleine Puppe, wie aus dem Bilderbuch», sagte ihre beste Freundin Dorothy Behm de Rivera. «Gescheit, hübsch, zugänglich – das genaue Gegenteil von Bud. Sie beendete die Schule als Klassenbeste.»

Freunde meinten, daß Fran mit ihrem Ehrgeiz die Anerkennung ihres Vaters gewinnen wollte, denn die Mutter zog Bud den beiden Töchtern ganz offensichtlich vor. Aber auf Dodies Fürsorge und Enthusiasmus war bei ihren eingefahrenen Trinkgewohnheiten kein Verlaß: Perioden der Nüchternheit wurden immer wieder von ein oder zwei durchzechten Tagen unterbrochen. Wenn die Kinder von Alkoholikern ohnehin darunter leiden, daß ihre Familie «anders» ist, dann muß die aggressive Mittelmäßigkeit von Libertyville dieses Gefühl noch verschlimmert haben. Wenn Dodie ihren Rappel hatte, mußten die Kinder sich um sich selbst kümmern. Jahre zuvor hatte ein Freund der Familie in Omaha erwähnt: «Die Peanutbutter und die Marmelade mußten so niedrig stehen, daß die Kinder daran kommen konnten, um nicht zu verhungern.» Zu Beginn des Schuljahres im Herbst 1939 sah die Situation nicht besser aus, denn jetzt warteten Bud und Fran oft stundenlang bei Freunden, daß ihr Vater sie nach der Schule abholte.

Bei allen guten Absichten, die Familie wieder zusammenzubringen, war Marlon senior ebenfalls in seine alten Gewohnheiten zurückgefallen. Immer häufiger war er auf Geschäftsreisen unterwegs, und wenn er einmal zu Hause war, wahrte er eine kühle, höfliche Distanz, und das nicht nur gegenüber den Leuten am Ort. Er war bereits den Anonymen Alkoholikern in Chicago beigetreten, um seinem eigenen Alkoholproblem beizukommen. Dabei ging es eigentlich nicht so sehr um ihn, sondern eher darum, Dodie zum Beitritt zu bewegen.

Aber er hatte immer noch das Sagen im Haus.

«Papa war sehr streng, sehr brüsk und sehr autoritär. Ich komme schick angezogen und fix und fertig zum Ausgehen nach unten, und er sagt: ‹Hübsch siehst du aus, mein Schatz. Aber da ist ein kleiner Riß im Kleid.› Uns graute einfach vor seiner Anwesenheit im Haus.»

Für seinen Sohn hatte er noch weniger Nachsicht, kommandierte ihn herum, ermahnte ihn, bessere Noten zu bekommen, und zwang ihn sogar, vor einer Verabredung noch die Kuh zu melken. Eine so traumatische Episode, daß Brando sie Jahre später als Zentralszene im *Letzten Tango in Paris* benutzte. Unter seinen Freunden in Libertyville mochte Bud auf das Alkoholproblem seines Vaters anspielen, aber wenn es um seine eigene aufgestaute Feindseligkeit ging, war er eher zurückhaltend.

«Er versuchte immer, sie zu überspielen», erinnert sich Spery. «Er betrachtete seine Fingernägel und nuschelte etwas in den Bart, ohne einen dabei anzusehen. ‹Mein Alter will, daß ich bessere Noten mit nach Hause bringe›, sagte er. Der Vater hatte den Ruf eines Zuchtmeisters. Bud ließ einmal durchblicken, daß sein Vater ihn geschlagen hatte – ‹Er hat mir eine verpaßt, daß ich nicht wußte, wo mir der Kopf stand.›»

Tag für Tag befanden Vater und Sohn sich in einem Machtkampf und belauerten sich wie Gladiatoren, die am Gegner eine Blöße zu entdecken suchen. Die Spannungen zwischen den beiden wirkten lähmend auf die Familie, obwohl alle versuchten, sie zu ignorieren.

«Meistens ging es um Buds Schulprobleme», sagte Don Hanmer, der Jocelyns wegen oft ins Haus kam. «Es gab regelrechte Wortgefechte. Dodie sagte zu Marlon: ‹Rede du mit ihm, aber fang um Gottes willen nicht an zu schreien.› Und Marlon sagte: ‹Ich weiß schon, was ich tue.› Und dann gingen Marlon und Bud nach draußen oder in ein anderes Zimmer, und ihre Stimmen wurden zunehmend lauter, bis sie sich schließlich anbrüllten. Es endete immer mit einem anständigen Krach.»

Die Ironie lag darin, daß Marlon senior im Endeffekt nichts erreichte, da er in seinem eigenen Haus nicht nur überstimmt und als Außenseiter betrachtet, sondern während seiner Abwesenheit auch noch ausgelacht wurde. Dodie ließ Buds Streiche und Protestaktionen nicht nur durchgehen, sondern amüsierte sich auch noch öffentlich darüber.

«Man hatte den Eindruck», sagte Richard Loving, «daß in Marlon seniors Abwesenheit alle tun und lassen konnten, was sie wollten. Sie konnten trinken, Unsinn machen und sich nach Herzenslust amüsieren. Acht Stunden uneingeschränkter Freiheit. Wenn er dann um halb sechs nach Hause kam, hieß es: Antreten zur Inspektion.»

Aber im großen und ganzen war Dodie die «Stimmungskanone», der «Kleister» und die «treibende Kraft», die trotz ihres Trinkens das Tempo bestimmte.

Ihre großzügige Einstellung kommt am besten in einem Gespräch zum Ausdruck, das sie mit ihrer Mutter über einen ihrer Nachbarn führte. Dodie hatte sich über den benachbarten Farmer lustig gemacht: «Jamie ist oben auf dem Berg, Mama, und bumst seine Ziege.» Worauf ihre Mutter erwiderte: «Schließlich ist es ja seine Ziege.»

Die Antwort wurde zum geflügelten Wort unter den Brandos und wurde oft auf Marlon junior angewandt. «Schließlich ist es ja

Jamies Ziege» hieß «schließlich ist es ja dein Leben» und bedeutete, daß die Geschwister sich vorurteilsfrei akzeptierten.

«Es war nicht zu glauben, was sich in dem Haus abspielte», sagte Jocelyns Freund Hanmer, «es blieb nicht bei Unflätigkeiten.» Richte nicht, auf daß du nicht gerichtet werdest, war die Parole, die auf Dodies Überzeugung beruhte, ein zerbrechliches Menschenleben sei den unumstößlichen Grundsätzen, mit denen ihr Mann «den Einbruch des Chaos» aufhalten zu können glaubte, gar nicht gewachsen. Vom Beginn ihrer Beziehung an hieß sie die sexuelle Intimität zwischen Jocelyn und Don Hanmer gut, weil ihr Gefühle zu wichtig waren, als daß sie auf dem Altar bürgerlicher Konventionen geopfert werden durften. Solch menschliches Verständnis war typisch für sie, wenn sie nüchtern war, und der Unterschied zwischen Dodie und Marlon senior hätte nicht deutlicher werden können, als bei Hanmers Entschluß, die älteste Tochter der Brandos zu heiraten.

«Kurz bevor Jocelyn und ich heirateten», erinnerte sich Hanmer, «fuhr ich zu einem Gespräch mit Marlon in sein Büro in die Stadt. Dodie war ebenfalls anwesend. Es war eine förmliche Angelegenheit, mit ‹Ich-möchte-um-die-Hand-Ihrer-Tochter-anhalten› und allem Drum und Dran. Jocelyn war nicht dabei, und alles, was ich von ihrem Vater zu hören bekam, war: ‹Hier die Gründe, warum ich dagegen bin. Geht meinetwegen miteinander ins Bett, aber eine Heirat schlagt euch aus dem Kopf. Du bist Schauspieler. Du hast keinen Pfennig auf der Naht. Weißt du nicht, daß sie alle zwei Tage eine Flasche Mundwasser vergurgelt? Hast du eine Vorstellung, was da finanziell auf dich zukommt? Wovon wollt ihr denn leben?› Es ging nur um Geld, Sicherheit, Verantwortung, den ganzen scheinheiligen Kram.»

Dodie war während dieser Unterredung ins Vorzimmer verbannt worden. Don versuchte, sich zu rechtfertigen und Jocelyns Vater zu versichern, daß sie sich liebten und daß sie es schaffen würden. «Marlon redete über eine Stunde lang auf mich ein», sagte Hanmer. «Schließlich öffnete Dodie die Tür und sagte: ‹Das hat nun lange genug gedauert. Don hat sich tapfer geschlagen, aber nun reicht's. Die beiden heiraten.› Die gleiche Einstellung hatte sie, als Jocelyn

Schauspielerin werden wollte», fügte Hanmer hinzu. «Wenn das ihr Wunsch ist, gut. Aber sie muß es wissen.»

Doch auch ihr gesunder Menschenverstand konnte nicht verhindern, daß sie, vielleicht aus Frustration über ihr eigenes Leben, immer heftiger trank. Sie war Stammgast in einer ganzen Reihe von Kneipen in der Umgebung von Libertyville, nicht nur in Bars, sondern sogar in einer der Tankstellen.

Gelegentlich kam sie nicht nach Hause, weil sie «vergessen» hatte, wo sie ihren Wagen geparkt hatte. Sie demolierte Autos, und bei wenigstens einer Gelegenheit kam sie wegen Erregung öffentlichen Ärgernisses in einer Bar ins Gefängnis. Freunde, und nicht etwa Marlon senior, fanden sie und sorgten dafür, daß sie gegen Kaution wieder freigelassen wurde.

In der Stadt zerriß man sich das Maul über sie. Dorothy Behm de Rivera erinnerte sich, daß Fran sich oft normale Eltern gewünscht hatte. Buds Schulfreund Carl Peterson hatte Dodie einmal allein zu Hause angetroffen, und der Vorfall hatte ihn so schockiert, daß er sich noch Jahre später daran erinnerte: «Natürlich hatte ich von Mrs. Brandos Alkoholproblem gehört», sagte er. «Als ich an die Hintertür klopfte, hörte ich, wie sie rief: ‹Ich bin unten im Keller.› Bud war nicht zu Hause, ich sollte runterkommen. Als ich in den Keller kam, saß sie ganz allein da unten im Halbdunkel. Ich konnte keine Flaschen sehen, aber sie war komisch, geradezu geschwätzig, und wollte mich nicht wieder loslassen. Sie redete lauter wirres Zeug, und mir Fünfzehnjährigem war ziemlich mulmig zumute. Sie lallte beim Sprechen und wiederholte sich ständig. Offensichtlich war sie betrunken – aber es war ein trostloser Anblick. Sie wollte Gesellschaft, und ich blieb ungefähr zwanzig Minuten und hörte ihr zu, obwohl ich mich am liebsten verdrückt hätte.»

Dodie hatte es in einer Klinik in Wisconsin versucht und auf Drängen ihres Mannes ebenfalls an Treffen der Anonymen Alkoholiker teilgenommen, aber es hatte nichts bewirkt. Im Herbst 1940 hatte sie einen Tiefpunkt erreicht und angeblich sogar einen Selbstmordversuch unternommen.

Im Frühjahr und Sommer 1940 plagte Bud wie gewöhnlich die Langeweile, so daß er gelegentlich nach Chicago fuhr und seinen Vater in seinem Büro besuchte. «Meist benahm er sich unmöglich», sagte Doris Puffer, die Buchhalterin der Firma. «Er hämmerte auf den Schreibmaschinen herum, spielte mit seinen Trommelstöcken auf Fensterbänken und Schreibtischen und flirtete mit den Mädchen. Mr. Brando war machtlos dagegen. Meist kam er samstags morgens, wenn das Büro geöffnet war, aber manchmal kam er auch, wenn er eigentlich in der Schule hätte sein sollen.»

Carmelita Pope, die Bud im vorhergehenden Sommer im Lake Zurich Playhouse kennengelernt hatte, wohnte mit ihren Eltern in der Monroe Street in Chicago, und Bud lud sich mit zunehmender Regelmäßigkeit bei den Popes zum Abendessen ein. Oft blieb er über Nacht, manchmal sogar zwei oder drei Tage. Es war ein weiterer heimlicher Unterschlupf, ohne daß er sein Bleiben je erklärt hätte.

«Er war einfach nicht zum Aufbruch zu bewegen», erinnerte sich Pope. «Plötzlich sagte er: ‹Ach, jetzt ist es zu spät, nach Hause zu fahren, es ist zu weit.›» Die Popes hatten eine an Carmelitas Zimmer angrenzende Veranda, in der eine Chaiselongue stand. «Er sagte einfach: ‹Ach, ich kann hierbleiben. Ihr habt ja Platz.› Meine Mutter war besorgt und fragte: ‹Was sagen denn deine Eltern dazu, Bud?› Worauf er antwortete: ‹Meine Mutter weiß ja nicht mal, wo sie selbst ist. Woher soll sie wohl wissen, daß ich nicht zu Hause bin?›»

Bud unterhielt sich besonders gern mit Carmelitas Vater, einem Rechtsanwalt, der ihn mit Geschichten über die Chicagoer Unterwelt erfreute, zum Beispiel, wie ihm Ralph Capone, Al Capones Bruder, in einer Seitengasse einen Revolver in den Rücken gedrückt und zu ihm gesagt hatte: «Wir sind nicht daran interessiert, daß du Richter wirst. Also halt dich da raus, oder wir knöpfen uns deine beiden Töchter vor.»

«Bud fragte ihm ein Loch in den Bauch», erinnerte sich Carmelita. «Ihn faszinierte die Mafia, unsere italienische Kultur mit ihrer Wärme, und die unmittelbaren Gefühle sprachen ihn an. Einmal unterhielten wir uns darüber, wie schwer man es manchmal hat und wie verletzlich man ist. Er erzählte mir, das schlimmste für ihn sei, die Lokale nach seiner Mutter absuchen zu müssen. Es war das erste Mal, daß er ihre Trunksucht erwähnte. Mir wurde dabei klar, warum er nicht wollte, daß man sich in sein Leben mischte, und wütend wurde, wenn man zu viele Fragen stellte.»

Nach seinem eigenen Geständnis hatte Marlon seine ersten sexuellen Erfahrungen mit Ermy, dem Hausmädchen in Omaha und Evanston, gemacht. Später prahlte er Wally Cox und anderen Freunden gegenüber damit, daß er «das schwarze Hausmädchen in Libertyville schon mit vierzehn gebumst» hätte. In der Schule ließ er durchblicken, «daß er uns in puncto Mädchen weit überlegen sei», sagte einer seiner Klassenkameraden. Tatsächlich eiferte er mit seinem Vater um die Wette, nicht nur was die Heimlichtuerei, sondern auch was seine grundsätzliche Einstellung betraf. Er unterschied zwischen den «anständigen Mädchen» (wie Carmelita), die seine Bedürfnisse nicht befriedigen konnten, und den anderen, die er für verfügbar hielt. Schon damals war sein sexueller Appetit unersättlich, und er schien nichts anderes im Kopf zu haben.

«Seine Libido war hochgradig entwickelt», sagte sein ehemaliger Schwager, der Künstler Richard Loving. «Ich sah darin ein hohes Maß an Kreativität, eine animalische Energie. Auch seine Streiche entsprangen diesem sexuellen Trieb. Es gibt Sinnlichkeit, die nur aufs Vögeln aus ist, und es gibt Sinnlichkeit, die sublimiert werden kann. Bud dagegen hatte so viel überschüssige Energie, daß er sie aufs Vögeln und auf die Kunst verwenden konnte.»

Im Laufe seiner drei Jahre an der Oberschule von Libertyville hatte Bud keine feste Freundin. Er ging mit vielen Mädchen aus, und die einzige Konstante dabei war, daß es immer die hübschesten Mädchen in der Klasse waren.

Gleichzeitig frequentierte er das Nuttenviertel von Waukegan, nicht weit vom Hafen entfernt. Die Gerüchte über seine Abenteuer trugen zu seinem Ruf an der Schule bei. «Er besuchte die Gegend jeden Sonnabend», sagte Harvey Obenauf und wiederholte damit nur, was an der Schule allgemein bekannt war. Andere Schüler waren ebenfalls dort zu finden, aber nur, um nach einer Filmvorführung im Genesee Theater von weitem einen Blick auf die Nutten zu werfen. Was Bud betraf, «so war die Rede davon, daß er aufs Ganze ging. Und er selbst machte auch keinerlei Hehl daraus.»

Im Laufe von drei Schuljahren in Libertyville konnte Bud in fünfzehn Fächern nur sechs passable Ergebnisse vorweisen. Vieren und Fünfen oder ein Ungenügend für abgebrochene Kurse überwogen in seinen Noten. Französisch hatte er im ersten Jahr dreimal wiederholen müssen, Grundbegriffe der Algebra zweimal, und selbst in Englisch war er mit zwei Vieren und der unorthodoxen Note «3–5» im letzten Semester nur knapp durchgerutscht. In Sport, wo wenig mehr als regelmäßige Anwesenheit im Unterricht verlangt wurde, brachte er es zu einer Reihe von Fünfen.

Sein Bedürfnis nach Aufmerksamkeit war nicht zu übersehen. Seit der Zustand seiner Mutter sich verschlimmert hatte, Jocelyn nur noch selten zu Hause war und Fran an der Universität von Los Angeles Kunst studierte, war er noch einsamer als früher.

Dodie nahm es einfach nicht zur Kenntnis. «Sie erwartete anscheinend, daß Marlon senior sich darum kümmerte», sagte Don Hanmer, der inzwischen offiziell mit Jocelyn verlobt war. «Es war die alte Leier: ‹Warte nur, bis dein Vater nach Hause kommt.› Dodie schien sich über Buds Zukunft keine Sorgen zu machen. Ich habe nie gehört, daß sie einmal energisch wurde und sagte: ‹Du bringst jetzt wenigstens Dreien nach Hause, sonst kannst du was erleben.›»

Im Frühjahr 1941 mußten beide Eltern allerdings mehrmals bei Direktor Underbrink vorsprechen. Selbst Dodie mußte nun einsehen, daß Bud in ernsten Schwierigkeiten war, obwohl sie weiterhin laut verkündete, daß das Problem sich «zurechtwachsen» würde.

In nüchternem Zustand war ihr allerdings bewußt, daß es mit Bud so nicht weitergehen konnte. Schließlich war es Marlon senior, der den Entschluß faßte, ihn auf eine Militärakademie, und zwar nach Shattuck, seine eigene Alma Mater, zu schicken, und er setzte sich mit dem Direktor in Verbindung, um die Aufnahme seines Sohnes zu bewirken. Der Gedanke an Bud in Uniform war Dodie ein Greuel, doch sie wußte, daß sie ihren Mann in diesem Punkt nicht umstimmen konnte.

Buds Klassenkameraden rätselten, ob er von der Schule gewiesen worden war. Manche behaupteten, er sei rausgeflogen, weil er im Korridor Rollschuh gelaufen sei; andere sagten, er habe im Unterricht geraucht. Die meisten meinten, es habe gar keinen krönenden Abschluß gegeben, er sei am Ende des Schuljahres einfach abgegangen.

Gleichgültig, was wirklich dahintersteckte – auf jeden Fall war Bud in jenem Frühjahr auf Nimmerwiedersehen verschwunden. Nur Bob Hoskins und Spery durchschauten seine teilnahmslose Fassade. «Er war enttäuscht, enttäuscht über sich und die Tatsache, daß er es nicht geschafft hatte», sagte Spery. «Abgesehen von seiner Abneigung gegen eine Kadettenanstalt, mußte er der schlichten Tatsache ins Auge sehen, daß er versagt hatte.»

Anders konnte man es nicht nennen. Mit bereits siebzehn Jahren und nach drei Jahren High-School wurde er im Herbst 1941 in Shattuck um zwei Klassen zurückversetzt, von Anfang an ein unüberwindliches Handicap. Trotz seiner erprobten Überlebenstaktiken standen ihm Erfahrungen bevor, die zu den schmerzhaftesten und demütigendsten seines jungen Lebens gehören sollten.

Shattuck

1941–1943

VIER

An einem strahlenden Septembermorgen im Jahre 1941 lieferte Marlon senior seinen Sohn Bud in der Militärakademie Shattuck mit der strikten Anweisung ab, seine Einstellung und seine Noten gefälligst zu verbessern. Nachdem er sich gemeldet hatte, reihte der Siebzehnjährige sich in die Schlange der anderen neuaufgenommenen Kadetten ein, um seine Uniform in Empfang zu nehmen. Ähnlich wie bei der Aufnahme im Gefängnis oder beim Arbeitsdienst fackelte der Schneider nicht lange, peilte beim Maßnehmen über den Daumen, rief die jeweilige Größe aus und überreichte den Jugendlichen ihr Kleiderbündel.

Als Marlon an der Reihe war, trat er vor und erklärte dem Schneider, daß er auf sorgfältigeres Maßnehmen Wert lege. Der Schneider musterte ihn von oben bis unten und drückte ihm wortlos die Standardgröße in die Hand.

Marlon drehte sich auf dem Absatz um. «Wer hat schon Lust, sich mit diesem Affenarsch anzulegen», zischte er dem hinter ihm stehenden Jungen zu.

Marlon hatte seinen Eröffnungsschuß abgegeben, als wollte er von Anfang an das Terrain abstecken. Die Kadettenanstalt war nicht weniger streng als ihr Gründer, Ehrwürden Henry Benjamin Whipple, der erste episkopalische Bischof von Minnesota. Auf einem Hügel mit Blick über die kleine landwirtschaftlich geprägte Stadt Faribault in Minnesota gelegen, war Shattuck mit dem ausdrücklichen Ziel gegründet worden, «Männlichkeit, stramme Haltung und Führungsqualitäten» in den Jugendlichen zu entwickeln.

Der Krieg in Europa und die Aussicht auf Amerikas unmittelbar bevorstehenden Eintritt führte 1941 dazu, daß die tägliche Routine noch strikter gehandhabt wurde als sonst. Die Schule betrachtete es als ihre Mission, die Jugendlichen zu strammstehenden, perfekten

Soldaten zu erziehen: früh aufstehen zur Andacht (sonntags mußten die Kadetten zwei Gottesdienste absolvieren), gefolgt von Leibeserziehung und dem morgendlichen Unterricht, wobei die meisten Lehrer auf prompte Wiedergabe von Fakten und Auswendiglernen von klassischen Autoren Wert legten. Nachmittags erhielten die Kadetten militärischen Unterricht, vielleicht das Herzstück der Ausbildung. Sie wurden von Offizieren unterrichtet, die aktiven Dienst an der Schule leisteten und von den Streitkräften der Vereinigten Staaten bezahlt wurden, so daß das Programm nach strengsten Grundsätzen ausgerichtet war.

In Marlon muß der Wechsel nach Shattuck einen Wirbel widerstreitender Gefühle ausgelöst haben. Nach seinem Rausschmiß in Libertyville wußte er, daß er die Scharte wieder auswetzen mußte. «Pop», wie er seinen Vater nannte, bezahlte jährlich 1500 Dollar Schulgeld, was ihm nicht leichtfiel. Er hegte sogar die Hoffnung, daß Bud sich nicht nur zusammenreißen, sondern so hart arbeiten würde, daß er die Schule in zwei statt in drei Jahren absolvieren konnte. Aber die finanziellen Sorgen seines Vaters kümmerten Bud weniger als die Tatsache, daß er wegen seiner schlechten schulischen Leistungen in Libertyville um zwei Jahre zurückversetzt worden war. Noch schlimmer war, daß seine phantasievolle, spontane Offenheit dem Leben gegenüber – zu der Dodie ihn gerade ermutigt hatte – in seiner neuen Umgebung als ein Zeichen von Schwäche und als Charakterfehler verurteilt wurde.

Zuerst schien Marlon Anstrengungen zu machen, den Unterricht ernst zu nehmen, doch als er merkte, wie weit er schulisch hinter den anderen zurück war, fühlte er sich schnell frustriert. Er besaß weder die sprachlichen noch die mathematischen Fähigkeiten seiner Klassenkameraden. Ein schwerwiegendes Problem war seine Rechtschreibschwäche. Oft verwechselte er beim Sprechen wie beim Schreiben Silben, was 1941 wohl kaum als Legasthenie diagnostiziert wurde, schon gar nicht an einer Militärakademie. Anfang Oktober machte der Anstaltsdirektor Harry Drummond Marlon senior die enttäuschende Mitteilung, daß sein Sohn das Klassenziel nicht erreichen würde.

Indem er sich wie gewohnt des majestätischen «Wir» bediente, schrieb der ältere Brando zurück, daß «wir weder überrascht noch enttäuscht sind», sondern das Problem auf Marlons «fehlende Arbeitsdisziplin, seinen Mangel an Ausdauer und die Notwendigkeit, Konzentrationsfähigkeit zu lernen», zurückführen. Seiner Meinung nach litt Bud noch immer unter Heimweh. Er versicherte, seinen Sohn «zu bestärken, sich nicht entmutigen zu lassen und durch verdoppelte Anstrengungen seine Leistungen zu verbessern».

Natürlich verbarg sich hinter Buds schwachen Leistungen und seiner Auflehnung gegen die Rituale und Traditionen in Shattuck die Wut, überhaupt in der Anstalt sein zu müssen. Statt der «verdoppelten Anstrengungen», die ihm sein Vater nahelegte, bewirkte der zusätzliche Druck Trotzreaktionen in ihm, die zu unverschämten Bemerkungen und ständiger Aufsässigkeit führten. Vom ersten Tag an schockierte er seine Klassenkameraden mit seinen provozierenden Äußerungen und zynischen Sprüchen. Bald merkten die Schlafsaalinsassen in Whipple Hall, daß seine Streiche über die üblichen Dummheiten an Boarding Schools hinausgingen: Er gab sich nicht damit zufrieden, ahnungslos unter seinem Fenster wandernden Kadetten eine eiskalte Dusche zu verpassen. Statt dessen offerierte er eine Variante einer seiner erfolgreichen Nummern aus Libertyville und versteckte Limburger Käse in den Lampen der Bibliothek, so daß der Raum wegen des penetranten Geruchs geräumt werden mußte. Als weiteren Gag legte er eine «Lunte» aus alkoholhaltigem Haarwasser über den Flur bis an die Wand seines Klassenzimmers und schrieb «Scheiße» an die Wand. Dann zündete er die Lunte an, und mit lautem Knall war das Wort unauslöschlich auf der Wand verewigt.

«Er entfaltete dabei eine enorme Phantasie», sagte einer der Mitbewohner von Whipple Hall. «Er war unheimlich kreativ, aber die Einfälle waren durchaus nicht spontan. Er wußte ganz genau, was er tat, und hatte die Absicht, die Schulroutine, so weit es ging, zu unterminieren.

Neue Kadetten hatten gefälligst zu kuschen, wenn ältere Semester sie in den Hintern traten oder mit geballter Faust zwischen die Schulterblätter trafen – eine altbewährte Methode, die berühmte West-Point-Haltung zu erzielen. Jeder ältere Kadett erkor einen der Neuankömmlinge zu seinem «Burschen», der ihm die Schuhe putzen, seine Uniform zurechtlegen, ihn morgens wecken und ihm beim Ankleiden helfen mußte. Wenn der Grünschnabel es an Pflichtbewußtsein fehlen ließ, wurde er mit abgebrochenen Hokkeyschlägern verdroschen.

Wie nicht anders zu erwarten, ließ Marlon sich diese Behandlung nicht bieten. Dick Denman, Brandos Flurnachbar, war eines Abends zufällig im Zimmer, als einer der Älteren hereinmarschiert kam, um Marlon zu bestrafen.

«Wehe, du rührst mich an», warnte ihn Marlon.

«Beug dich vor und umfaß deine Knie!» befahl der ältere Kadett.

«Einen Scheiß werd ich tun. Von einem Schlappschwanz wie dir laß ich mich zu nichts zwingen.»

Der Ältere verließ das Zimmer und kam mit drei Football-Spielern zurück. Gemeinsam brachten sie Marlon dazu, die Ritualhaltung einzunehmen. «Sie haben ihm anständig den Arsch versohlt», erinnerte sich Denman, «und Marlon nahm es hin, ohne einen Mucks von sich zu geben. Er hat sich nie dafür gerächt, aber er hatte Eindruck hinterlassen. Es blieb das einzige Mal während seiner ganzen Zeit in Shattuck, daß sich jemand an ihm vergriff.»

Seine schulischen Leistungen dagegen hatten sich nicht gebessert, so daß sein Vater nach dem ersten Zeugnis Ende Oktober sein unverhohlenes Mißfallen äußerte. «Ich habe nicht damit gerechnet, daß Du in drei Fächern durchfallen und im vierten nur mit knapper Not durchkommen würdest», schrieb er. «Noch enttäuschender ist die Tatsache, daß Du Dir keine Mühe gibst ... Du bist beinahe achtzehn Jahre alt und müßtest Dir langsam darüber im klaren sein, daß Du Dir nur selbst etwas vormachst. Also reiß Dich am Riemen und tu, was von Dir verlangt wird.»

Als Reaktion auf seinen Brief teilte Marlon seinem Vater mit, daß er von Don Henning, dem Leiter der Schule, Nachhilfestunden bekomme. Den hochgewachsenen, liebenswürdigen Henning hielten die meisten Studenten für flexibler und verständnisvoller als den unnachsichtigen Lehrkörper der Militärs. Wahrscheinlich ergriff Henning den Stier bei den Hörnern und befaßte sich mit Marlons Konzentrationsschwäche, seiner mangelnden Ausdauer und seiner

Unlust zu blindem Auswendiglernen. Ob er in den Gesprächen unter vier Augen aber jemals tiefer in ihn drang, ist fraglich. Henning war ein ehemaliger episkopalischer Priester und kein ausgebildeter Psychologe. Selbst wenn er versucht hätte nachzuhaken, wäre Marlon seinen Fragen vermutlich ausgewichen.

Das einzige, wofür Marlon Begeisterung verriet, war die Theatergruppe unter der Leitung des Englischlehrers Earle «Duke» Wagner, eines Mannes von Anfang Vierzig. Mit seinen prägnanten Zügen und dem bleistiftdünnen Lippenbart verkörperte Wagner alles, was Shattuck nicht war – Weltoffenheit, Witz, sogar Bildung. Meist trug er ein weites Cape zu eleganten britischen Tweedanzügen, farbigen Krawatten und seidenen Taschentüchern. Er zitierte mit Vorliebe seinen Lieblingsdichter Byron und pflegte bei gutem Wetter in einem glänzenden, schwarzen Packard Cabriolet mit offenem Verdeck, seine englische Bulldogge neben sich auf dem Sitz, auf dem Exerzierplatz der Schule vorzufahren. Die Kadetten nannten ihn «a gay blade» und sehr einschmeichelnd, einen Mann, der «ein Image kultivierte und ihm unbedingt gerecht wurde».

Wagner war Junggeselle und wohnte ebenfalls in Whipple Hall in einer kleinen Suite, die mit orientalischen Teppichen, behäbigen Ledersesseln, Bücherwänden voller Klassiker in Ledereinbänden sowie Lithographien und Radierungen des achtzehnten Jahrhunderts ausgestattet war. Als Shattucks Pendant zu Mr. Chips lud er seine Schüler abends häufig in seine Wohnung. Während sie auf dem Fußboden zu seinen Füßen lagen, unterhielt er sie mit Monologen über den Zustand der Welt, deklamierte Szenen aus *Hamlet* oder *Macbeth* und streute gelegentlich einen Analwitz ein, um sie bei Laune zu halten.

Doch war Wagner keineswegs lax mit seinen Schülern. Wenn sie seine Erwartungen enttäuschten oder es an Loyalität fehlen ließen, war er ebenso streng wie die anderen Mitglieder des Lehrkörpers. Besondere Ansprüche stellte er an die Jungen, die in seinen Inszenierungen mitmachen sollten. Das Flair des Lehrers sowie seine eigene Liebe zur Schauspielerei und Pantomime mögen Marlon zum Mitmachen bewogen haben; jedenfalls trat er der Theatergruppe bei und bekam sofort eine Rolle in der Shattuck-Inszenierung *A Mes-*

sage from Khufu, eins von drei kurzen Stücken, die im Herbst am Thanksgiving Day aufgeführt werden sollten. Ausnahmsweise erhielt Marlon senior einen positiven Zeugnisbericht: «Ich habe Marlon eine ziemlich schwierige Rolle zugedacht», schrieb Wagner. «Er scheint ernsthaft bemüht, sich mit der Interpretation der Rolle, die ich ihm vorgeschlagen habe, auseinanderzusetzen.»

Marlon senior las den Brief allerdings mit gemischten Gefühlen. Wagner hatte offensichtlich Marlons Talent entdeckt und empfahl deshalb, seine schauspielerischen Fähigkeiten zu kultivieren. Um die Schwächen in seinen akademischen Fächern zu beheben, schlug Wagner außerdem ein spezielles Kursprogramm vor, das das Übel an der Wurzel packen und dem Jungen erlauben würde, sich auf das zu konzentrieren, «wozu er am besten geeignet war». Marlon senior wird kaum begeistert gewesen sein, daß es sich hierbei ausgerechnet um Theaterspielen handelte. Er war sogar empört über Wagners Vorschlag, Marlon in Englisch und Französisch eine Klasse zurückzuversetzen, was unweigerlich ein weiteres Jahr in Shattuck bedeutet hätte.

Als seine Eltern am Wochenende der Aufführung erschienen, war Bud in wesentlich besserer Stimmung. Dank Hennings Nachhilfestunden hatten sich seine Noten etwas verbessert, und sein Auftritt in der Schulaufführung war ein Triumph und wurde als Leistung betrachtet, die weit über seine Jahre hinausging. Niemand war glücklicher als Dodie, als die Kritik in der Schulzeitung ihn als «ein vielversprechendes neues Talent» pries.

Dodie bat Wagner um seine ehrliche Meinung über ihren Sohn: Besaß er wirklich Talent? Wagner bestätigte es. Er war überzeugt, das Theater sei mehr für ihn als eine vorübergehende Laune oder eine Ausflucht, ernsthafter Arbeit aus dem Weg zu gehen. Daraufhin machte Dodie einen langen Spaziergang durch die Parkanlagen mit ihrem Sohn, um ein ernsthaftes Gespräch über seine Zukunft zu führen.

Jahre später behauptete Jocelyn, dieses Wochenende und besonders das Gespräch mit seiner Mutter seien ein Wendepunkt in Buds Leben gewesen – zum ersten Mal habe er ernsthaft erwogen, Schauspieler zu werden. Im Laufe des Gesprächs gratulierte Dodie ihm zu seiner Leistung und bestätigte ihm, daß er alle ihre Erwartungen übertroffen hätte. Doch trotz ihrer Begeisterung und Wagners Lob müsse er hart an sich arbeiten, wenn er tatsächlich Schauspieler werden wolle. Er müsse sich mit Theaterliteratur und mit Schauspieltechniken befassen und sich auf eine lange Durststrecke einrichten, gleich, ob er nun an die American Academy of Dramatic Arts in New York ginge oder bei ihrem alten Freund Bernie Szold studierte. War er wirklich entschlossen, aus seinem Talent etwas zu machen? Besaß er auch die nötige Ausdauer und Disziplin, um die Schauspielerei zu seinem Beruf zu machen? Wenn ja, würde sie versuchen, die Einwände seines Vaters auszuräumen, ihm das zusätzliche Schuljahr unter Wagner zu sichern und ihm später an der Schauspielschule finanziell unter die Arme zu greifen.

In Bud kann ihr Versprechen, seinen Vater umstimmen zu wollen, nur Skepsis ausgelöst haben. Denn wie Pop ihm bei ihrem Gespräch unter vier Augen unmißverständlich zu verstehen gegeben hatte, war es nach Aussage des Direktors trotz seiner besseren Leistungen immer noch zweifelhaft, ob er das Klassenziel nach zwei Jahren erreichen würde. Wagner und Dodie mochten sagen, was sie wollten – Marlon senior erwartete nach wie vor, daß Bud die Schule nach zwei Jahren seinen Vorstellungen entsprechend abschloß. Wieder zu Hause angekommen, zog Dodie sich in ihren Alkoholrausch zurück, ohne ihren Mann dazu bewegen zu können oder zu wollen, seine Meinung zu ändern.

Weihnachten kehrte Bud in ein schweigsames, unfrohes Haus zurück. Jocelyn war mit ihrem Verlobten Don Hanmer auf der Suche nach einem Theaterengagement in New York, und Fran hatte es vorgezogen, bei ihrer Tante Vine in Los Angeles zu bleiben. Da keine der beiden Schwestern während der Weihnachtsferien zu Hause war, um Zeuge der Auseinandersetzungen zu werden, waren ihre Erinnerungen an diese Zeit ziemlich verschwommen, als hätten sie erst später davon erfahren, daß der Konflikt zwischen Bud und seinem Vater sich inzwischen zugespitzt hatte. Marlon junior versuchte, seinem Vater nach Möglichkeit aus dem Weg zu gehen, doch Pop nahm ihn mit auf die Veranda hinaus, und obwohl er sich um Zurückhaltung bemühte, dauerte es nicht lange, bis die beiden anfingen, sich lautstark Vorwürfe an den Kopf zu werfen. Später erwähnte Marlon seinen Freunden gegenüber, daß es Zeiten gegeben hatte, wo sein Vater und er um ein Haar aufeinander losgegangen wären.

Dodie ihrerseits versuchte, den Konflikt zu ignorieren. Die wenigen Male, bei denen sie eingriff, provozierte sie nur Marlon seniors Ärger über ihre Trunksucht und ihre bescheidenen Hausfrauenqualitäten. An manchen Abenden kam Marlon senior nicht vor Mitternacht nach Hause. Offiziell arbeitete er länger oder traf sich mit Geschäftsfreunden in seinem Club in Chicago. Doch bei aller Erleichterung, den Alten nicht mit schwerem Schritt durchs Haus trapsen zu hören, war Bud sicher, daß der scheinheilige Lügner sich irgendwo mit einer seiner Freundinnen herumtrieb. Dodie schien sich ebenfalls darüber im klaren zu sein, ertränkte ihre Einsamkeit aber in einer weiteren Flasche Gin.

Der Anblick war so bedrückend, daß Marlon junior meist nach Chicago floh, eine Tour durch die Jazzlokale in der Rush Street machte, trank und die Nutten beäugte.

Nach dem ernüchternden Besuch zu Hause kehrte Marlon in die bittere Winterkälte nach Minnesota zurück. In der zweiten Jahreshälfte war er wegen Husten, «Mattigkeit» und Kopfschmerzen, aber auch wegen Fieber, Erkältung und Grippe zwölfmal im Schulkrankenhaus gewesen, von bloßen Stippvisiten bis zu viertägigen Aufenthalten. Einige seiner Zimmergenossen behaupteten allerdings, er habe nur krank gespielt.

Während eines solchen Krankenhausaufenthalts lernte er William Burford kennen, einen der wenigen Kadetten, mit dem er eng befreundet war, obwohl sie ihre Meinungsverschiedenheiten hatten. Burford lag mit Grippe im Bett, und da er hohes Fieber hatte, war er in das Zimmer für die schweren Fälle verlegt worden. «Ich war gerade aufgewacht», berichtete er, «als ich Marlon im Bett neben mir entdeckte, kerngesund und dabei, sein Thermometer in die Wärmflasche zu stecken.»

Sie unterhielten sich eine Weile, und nach ihrer Entlassung wurde eine richtige Freundschaft daraus. Burford tauchte gelegentlich in Marlons Zimmer auf und war beeindruckt von den Büchern, die er hatte. «Er las Philosophie», berichtete Burford, «Schopenhauer, Kant, mehr Bücher als jeder andere Schüler – und das nur, weil er den Sinn des Lebens ergründen wollte. Ich merkte schon damals, daß er in Shattuck völlig aus dem Rahmen fiel, eine Art verfrühtes Blumenkind. Er hielt sich auf seine halb mystische, halb listige Intuition, eine Art existentielle Ahnung, etwas zugute und behauptete, auf der Suche nach tieferen Erkenntnissen zu sein. Dabei war er völlig ungebildet», fuhr Burford, der später Professor für Literatur wurde, fort, «und hatte keine Ahnung von literarischen oder historischen Klassikern. Was er las, lag am Rande, esoterische Autoren, wie zum Beispiel Ouspensky.»

Marlon gab sich den Anschein von Überlegenheit, wenn er mit Burford redete, und tat, als durchschaute er seinen Freund. Burford war intelligent, paßte sich in Shattuck allerdings an. Er war bereits zum Hauptfeldwebel avanciert, war Herausgeber der Schulzeitung und ein fleißiger Schüler. Marlon machte abfällige Bemerkungen darüber und versuchte ihm einzureden, daß er bei aller äußerlichen Konventionalität im Grunde doch ein ganz anderer Mensch sei. «Marlon fing damit an, daß er sagte: ‹Also nun hör mal zu, Burford ...›, und dann ließ er ein paar bissige, herablassende Bemerkungen fallen. ‹Du tust zwar, als läge dir was dran, Offizier zu werden und diese ganzen Posten zu haben, aber im Grunde bist du doch ganz anders›», berichtete Burford später.

Manchmal drückte Marlon seinem Freund, wenn er ihn analysiert hatte, eins von den okkulten Werken oder sogar Freud mit den Worten in die Hand: «Versuch's mal hiermit. Ich habe dich beobachtet, und ich glaube, dies könnte dir weiterhelfen.» Bei all seinem Interesse für Psychologie war er allerdings immer nur geneigt, sein Gegenüber zu analysieren und nie sich selbst.

Es steckte etwas in Marlon, was er sorgfältig vor den anderen verbarg, und es war diese geheimnisvolle Aura, die ihm angesichts des banalen Anstaltstags von Shattuck etwas Besonderes gab. «Er hatte eine merkwürdige Lache», sagte einer der Kadetten, der in der Messe am Tisch neben Marlon saß. «Er lachte irgendwie haltlos und wurde dann plötzlich ganz melancholisch. Und er hatte dieses komische Lächeln, verwirrend und gleichzeitig provozierend. Es war kein besonders angenehmes Lächeln, und man wußte nicht recht, was es bedeuten sollte. Wir wußten nie genau, wie weit man bei ihm gehen durfte, ob man ihm nicht zu nahe trat, weil er diese unglaublichen Stimmungsschwankungen hatte.»

«Wenn einer wagte, ihm zu widersprechen, konnte er glatt zu ihm sagen: ‹Du bist ja nicht ganz dicht im Kopf und kannst mich am Arsch lecken›», erinnerte sich sein Klassenkamerad Jim Fite. «Es war, als kochte etwas in ihm, das, einmal explodiert, ernsthaften Schaden anrichten könnte. Ich habe seine Nähe immer gemieden. Er war mir unbehaglich.»

Seine Kameraden in Whipple Hall beobachteten, daß er sich oft eingehend im Spiegel beobachtete; außerdem hatte er die Angewohnheit, nackt herumzulaufen, und zwar nicht nur vom Zimmer in die Dusche, sondern über die Flure, als wollte er, oft zum Ärger und zum Entsetzen der Kadetten, die solche Zwanglosigkeit von zu Hause nicht gewohnt waren, mit seiner Nacktheit etwas demonstrieren.

«Er hatte diesen Tick mit natürlichen Körperölen», erklärte Burford. «Ich will nicht gerade sagen, daß er *besessen* war, aber er hatte diese Theorie, daß es nicht gut sei, sich gründlich zu waschen, wenn man die natürlichen Hautöle bewahren wolle, was mir ziemlich hirnverbrannt vorkam. Er sagte ständig zu mir: ‹Burford, du darfst nicht zuviel duschen.› Er wollte überhaupt nicht duschen, wurde aber manchmal dazu gezwungen, weil die Stubenältesten auf dem Flur bereits verkündet hatten: ‹Brando hat ein Waschproblem.›»

Unter seinen Bekannten fiel nur Burford auf, daß sich unter Marlons rauher Schale ein weicher Kern verbarg. Wenn er ihn vor Menschen geheimhielt, so ließ er sich im Umgang mit Tieren, deren Gesellschaft er häufig die seiner Kameraden vorzog, nicht verleugnen. Oft balgte er sich mit Duke Wagners sabbernder, hundert Pfund schwerer Bulldogge, einem der wenigen Tiere auf dem Campus, und es war ihm gleichgültig, ob er den Unterricht versäumte oder ob ihm jemand dabei zusah. Sie fochten regelrechte Ringkämpfe miteinander aus, und wenn sie Ball spielten, redete er dem Tier gut zu, während er ihm furchtlos das Gebiß auseinanderbog.

Als das Ende des Schuljahres nahte und Marlons Noten ebenso

schlecht waren wie vorher, begann Marlon senior sich langsam mit der Realität abzufinden. Dabei halfen ihm zwei unmißverständliche Briefe des Anstaltsdirektors vom 16. und 30. Mai 1942, in denen er zu einem Nachhilfekurs während der Sommerferien riet. Doch fügte er warnend hinzu, daß Marlon auch nach erfolgreichem Abschluß zweier Sommerkurse sowie aller Fächer im Laufe des folgenden Schuljahres wenig Aussicht hätte, im Juni 1943 das Abitur in Shattuck zu bestehen.

Unter normalen Umständen wäre ein Kadett mit Buds verheerenden schulischen Leistungen von der Schule gewiesen worden, und vermutlich hat sein Vater ihm nicht verschwiegen, daß ihm nur deshalb eine zweite Chance vergönnt war, weil er Drummond und Pletcher diskret darauf hingewiesen hatte, daß Shattuck sozusagen «in der Familie lag». Obwohl der junge Marlon die Schule verachtete, beugte er sich den Plänen seines Vaters und fuhr täglich zur Oberschule ins nahe gelegene Winnetka, um seine Schwächen in Englisch und Geometrie auszubügeln.

Da Bud und Fran während der Ferien zu Hause waren, nahm das Familienleben wieder seinen gewohnten Gang. Allerdings war der Haushalt erweitert, denn Don Hanmer, der inzwischen mit Jocelyn verheiratet war, wohnte im Sommer als Hausgast bei ihnen, während seine Frau als zweite Besetzung für Dorothy McGuire aus Omaha mit dem Theaterstück *Claudia* auf Tournee war. Er wartete auf seine Einberufung zur Luftwaffe und arbeitete währenddessen ebenfalls als Vertretung an einer Bühne in Chicago. Sie vertrieben sich die Zeit mit Lesen, Einkäufen in der Stadt, Katzenfüttern, Postabholen und gelegentlichen Ausflügen an den Lake Bluff zum Schwimmen. «Wenn Marlon senior nicht da war, vergingen die Tage in völliger Zwanglosigkeit», sagte Hanmer. «Bei Dodies entspannter Einstellung durfte jeder kommen und gehen, wie er Lust hatte.»

Wenn Bud nicht die Schule besuchte, wanderte er gelegentlich in die Stadt und traf sich mit seinen alten Freunden Bob Hoskins und Joe Spery. Meist trug er dabei seine Uniform, denn bei aller Verachtung für Shattuck legte er Wert darauf, seiner von Kriegsfieber und Patriotismus erfüllten Umgebung zu beweisen, daß er ebenfalls «Soldat» war und sich nicht zu schämen brauchte. Gelegentlich erwähnte er Spery gegenüber, wie schwer ihm das Jahr gefallen war, und erzählte von seinem Versagen oder von Schindereien wie dem Spießrutenlaufen unter den Knüppeln der älteren Kadetten. «Er war stolz darauf, daß er es durchgestanden und keine Träne dabei vergossen hatte», erinnerte sich Spery. «Aber obwohl er es nicht zugeben wollte, hatte ich insgeheim das Gefühl, daß seine Tage in Shattuck gezählt waren.»

Von Zeit zu Zeit ging er auch am Great Northern Theater in Chicago vorbei, wo Carmelita Pope ihr erstes Engagement hatte. Er war fasziniert vom Theater, trieb sich hinter den Kulissen herum und machte sich bei den Bühnenarbeitern unbeliebt. Doch gleichzeitig äußerte er seine Skepsis gegenüber der Schauspielerei und wollte immer wieder von Pope wissen: «Wieso willst du denn unbedingt Schauspielerin werden? So was Verlogenes! Was ist das für ein Leben? Was findest du daran so faszinierend?»

Trotzdem engagierte er sich in Shattuck weiter im Theaterclub, und Wagner überließ ihm bei der Aufführung von *Four on a Heath* sogar die Hauptrolle. Vielleicht ahnte der Lehrer, daß nur jemand mit Marlons Talent der Rolle gewachsen war. Sie erforderte einen britischen Akzent (Marlon hatte seine erstaunliche Begabung, ausländische Akzente zu imitieren, unter Beweis gestellt), und außerdem hatte das Stück eine spektakuläre Schlußszene, in der der Darsteller sich aufhängen mußte.

Während der Proben versetzte Marlon sich mit solch beängstigender Intensität in die Rolle, daß seinen Schauspielerkollegen angesichts seiner Todeszuckungen angst und bange wurde. Am Schluß der eigentlichen Aufführung ging er sogar noch einen Schritt weiter und hinterließ eine solche Wirkung, daß die Zuschauer nach dem Fallen des Vorhangs beinahe dreißig Sekunden lang stumm dasaßen, bevor sie in wilden Applaus ausbrachen, der Marlon mehrmals vor den Vorhang rief. «Niemand wußte, was er davon halten sollte», sagte Tommy Hormel. «Eine solche Leistung hatte man noch nicht einmal bei einem professionellen Schauspieler erlebt, geschweige denn bei einem Schüler.»

Vielleicht ahnte Marlon zum ersten Mal in seinem Leben, wozu er mit seinem ungeheuren Talent fähig war. Während seine Darbietung auf dem Campus Tagesgespräch war, hüllte er sich allerdings in Schweigen, und wenn er sich Gedanken über eine etwaige Bühnenkarriere machte, dann behielt er sie für sich.

William Burford hatte Marlon das ganze Jahr über die Freundschaft gehalten, während der Rebell weiterhin versucht hatte, Burford zu «reformieren», seine «wahre Natur» zu analysieren und ihm während ihrer «philosophischen» Diskussionen Ratschläge zu erteilen. «Er hielt sich für eine Art Weisen und hielt damit auch nicht hinter dem Berg», sagte Burford. «Er wollte mir immer noch einreden, daß mein Engagement an der Schule reine Scharlatanerie sei, daß nichts davon etwas mit meinem ‹wahren Selbst› zu tun habe. Er wollte mich überreden, meine konventionelle Lebensweise aufzugeben und mich selbst zu befreien.

Er hatte diese Vorstellung von einem in philosophischer und psychologischer Hinsicht freien Leben. Es war eine sehr merkwürdige anarchische Welt, zu der zweifellos auch die Sexualität gehörte, aber seine Avancen hatten nichts mit sexueller Promiskuität zu tun. Es war eher eine Art Schaumbad. Er erwartete, daß man sich völlig in seine Welt versenkte. Ich hatte zwar keine Angst davor, aber es war mir klar, daß er absolute Intimität, völlige Entsagung und Hingabe von mir verlangte. Ich hatte das Gefühl, als zwinge er mich zu etwas, worauf ich mich nicht einlassen wollte.»

Diese Manipulationen à la Svengali gehörten zur späteren Brando-Legende, doch schien Marlon auch zu diesem Zeitpunkt schon einen untrüglichen Instinkt dafür zu besitzen, wie man Leute manipulierte, sie ausnutzte und ihre eigene Unsicherheit gegen sie ausspielte. Bei Burford ging es ihm darum, den Freund zu provozieren, aus sich herauszugehen und über seine eigene Mittelmäßigkeit hinauszuwachsen. Auch hielt ihn Burfords unverhohlene Zurückhaltung nicht davon ab, ein Thema anzuschneiden, über das er noch nie offen gesprochen hatte.

«Bei seinem Versuch, mich umzuerziehen, wollte er mir einreden, daß Beziehungen zwischen Männern in Ordnung seien», erinnerte sich Burford. «Er glaubte, meine wirkliche Natur zu kennen, und sagte Dinge wie: ‹Sei doch nicht so verklemmt, Burford. Ich kann dich mit jemandem bekannt machen, der dir wirklich gefällt.›

Schließlich ließ er sich genauer darüber aus, was sich abspielte, wenn er nachts aus dem Fenster kletterte. ‹Ihr glaubt, ich sei hinter den Dienstmädchen her›, sagte er, ‹aber die sind es nicht. Ich habe einen Freund› – er benutzte das Wort Freund und sagte nicht etwa: ‹Ich habe einen Liebhaber›, das war nicht seine Art –, ‹ich habe einen Freund in der Stadt, den ich besuche.› Seitdem wußte ich, daß es ein Junge war und nicht die Dienstmädchen, derentwegen er zweimal die Woche oder sogar öfter verschwand.»

In späteren Jahren sprach Marlon offen über die Verbindung zwischen seiner Bisexualität und seiner Suche nach dem Sinn des Lebens. Seinen Klassenkameraden fiel während dieser Zeit auf, daß er eine innere Krise durchmachte und immer irgendwie auf der Flucht war. Sorgfältig hielt er seine Freunde voneinander getrennt. Wenn er nicht im Unterricht oder beim Essen war, wußte keiner so recht, wo oder mit wem er sich herumtrieb: ob er beim Präzisionsdrill, Theaterclub, bei der Leichtathletik, bei einem Sonntagsempfang in der St.-Mary-Kirche oder auf einem seiner mysteriösen außerschulischen Ausflüge war. Jede Tätigkeit ergab einen unauffälligen Punkt auf seiner privaten Landkarte. Trotz seiner publikumswirksamen Streiche und öffentlichen Theaterauftritte pflegte er seine rätselhafte Erscheinung mit Erfolg. Wie bei einem mythologischen Wesen wußten alle, daß es ihn gab, aber niemand durchschaute ihn.

Mit Ausnahme von zwei Menschen vielleicht: Duke Wagner, dem Theaterregisseur, und Mary Henning, der Frau seines Nachhilfelehrers Don Henning.

Die Affinität zwischen Marlons Capricen und Wagners Exzentrizität war niemandem verborgen geblieben, denn die beiden umkreisten sich schon seit gut anderthalb Jahren. Aber die heftigen Spannungen zwischen ihnen waren nicht einfach damit zu erklären, daß Marlon unbedingt mit dem Kopf durch die Wand wollte. Ihr Konkurrenzverhalten, das gelegentlich an offene Feindseligkeit grenzte, hatte tiefere Gründe, und bei Marlons erotischem Spürsinn war nicht auszuschließen, daß er an Wagners intimste Geheimnisse gerührt hatte.

Der Duke mit seinem Ruf als Lebemann und Don Juan hatte immer etwas Skandalumwittertes gehabt. Außerdem trank er. Aber bei den Gerüchten um Wagner ging es weniger um Frauen als um sexuelle Beziehungen zu Kadetten, so daß Marlons Antagonismus gegen seinen Lehrer darauf beruhen mochte, daß er dessen Avancen zurückgewiesen hatte.

«Ihr intimes Verhältnis kühlte sehr plötzlich ab», erinnerte sich Geordie Hormel, ein weiterer Schützling Wagners. «Wagner hat nie etwas darüber verlauten lassen, und selbst Marlon hat später, als wir zusammen Parties feierten, nie davon gesprochen.» Hatte Marlon mit dem von seinem schauspielerischen Talent faszinierten Lehrer Katz und Maus gespielt und dem verkappten Homosexuellen mit seiner Hellsichtigkeit womöglich einen Schreck eingejagt? Angesichts der folgenden Ereignisse klingt die Vermutung plausibel.

Wagner hatte beschlossen, das zweite Schulhalbjahr mit einer Aufführung von Molières *Der Arzt wider seinen Willen* zu eröffnen, um seinem Starschüler eine herausragende und vielschichtige Rolle zu geben. Doch Marlon erschien absichtlich zu spät zu den Proben, was die Spannungen zwischen ihnen nur noch erhöhte.

«Es kam zu heftigen Auseinandersetzungen darüber, wie Marlons Rolle interpretiert werden sollte», sagte Stewart Dalrymple, der den Machtkampf verfolgte. «Wagner hatte sehr genaue Vorstellungen, die Brando aber nicht teilte. Der Duke versuchte, ihn an die Kandare zu nehmen. Man darf nicht vergessen, daß Wagner schon öfter durch Marlons Eigenwilligkeiten in Verlegenheit gebracht worden war und daß Eltern und Ehemalige bei der Aufführung zugegen sein würden. Wagner wollte sich seine Lorbeeren verdienen, und Marlon war ihm dabei zweifellos Mittel zum Zweck.»

Während der Konflikt zwischen Marlon und Wagner sich zuspitzte, waren gleichzeitig Gerüchte über Mary oder «Ma» Henning, wie die Schüler sie nannten, in Umlauf. Ihr Mann, der bei Marlon als Therapeut fungiert hatte, war inzwischen als Militärpfarrer an der italienischen Front. Man munkelte, daß sie sich in seiner Abwesenheit mit anderen Männern, darunter Wagner, einließ, aber ebenfalls eine Liaison mit Marlon unterhielt, und daß die Konfrontation zwischen den beiden darauf zurückzuführen war.

Mary Henning hatte das gleiche ansprechende, nordeuropäische Äußere wie Dodie, und wie Dodie war sie unvoreingenommen, einsam – und trank. Während der Abwesenheit ihres Mannes im Schuljahr 1942/43 bewohnte sie das Schulhaus allein. Sie setzte sich über alle Konventionen hinweg, trug gern Hüte mit Schleiern, in die sie Löcher für die unvermeidliche Zigarette geschnitten hatte, und nahm junge Leute unter ihre Fittiche.

Gleichgültig, was an den Gerüchten über Wagner und Ma Henning, Henning und Marlon oder Marlon und seinen Lehrer Wahres gewesen sein mochte – Ende März verkündete Brando, daß er nicht die Absicht habe, im Herbst nach Shattuck zurückzukehren. Wie um seinen Entschluß zu bekräftigen, trieb er den Schabernack auf die Spitze, indem er zuerst auf den Turm der Shumway Hall kletterte und die Seile der Schulglocken zerschnitt. Bis der Schaden behoben werden konnte, wurden Bläser postiert, die das morgendliche Wecken vornahmen und Beginn und Ende der Unterrichtsstunden ankündigten. Da die Bläser noch unerträglicher waren als die Glocken, ließ Marlon sich etwas Neues einfallen und verübte einen Anschlag auf die geheiligten Rituale der Schule.

Zuerst besorgten Brando und zwei weitere Kadetten sich in Whipple ein halbes Dutzend Wecker. Sie stellten die Wecker im Abstand von fünf Minuten, schlichen sich in die Kapelle, befestigten sie unter den Bänken und versteckten einen sogar im Innern der Orgel. Während der Andacht am nächsten Morgen schrillte zuerst der eine Wecker, wurde aber schnell entdeckt und abgestellt. Fünf Minuten später klingelte der zweite, und die Kadetten fingen an zu lachen. Als der dritte losging, wurde die Andacht unterbrochen und man forderte die Schüler auf, nach weiteren Uhren unter den Bänken zu forschen.

«Als sie glaubten, alle Wecker gefunden zu haben, wurde die Andacht fortgesetzt», erinnerte sich Denman. «Ehrwürden McKee las gerade aus der Bibel, als, klingelingeling, der nächste Wecker losging. Das gesamte Kadettenkorps brüllte vor Lachen, und die Kapelle mußte geräumt werden.»

Marlon konnte der Vorfall nur ein ironisches Lächeln entlocken.

Inzwischen waren seine Schwänke zum Leidwesen der Schule dem Bischof der episkopalischen Diözese in Minnesota zu Ohren gekommen. Hinter verschlossenen Türen machte Direktor Drummond unmißverständlich klar, daß Shattuck ohne Rücksicht auf Marlons Unentbehrlichkeit für die Schulaufführung nicht bereit sei, es mit der Diözese oder mit dem Schulrat in Minneapolis zu verderben.

Commandant Edward Thompson hatte ebenfalls die Geduld mit Marlon verloren. Thompson, ein gewissenhafter, pedantischer West-Point-Absolvent, bestand vor dem Kollegium darauf, Brando strengstens zu bestrafen. Da Marlon seine Knieverletzung wiederholt als Ausrede benutzt hatte, um dem militärischen Drill zu entgehen, forderte Thompson, ihn aus dem Kurs auszuschließen und damit den kritischen Augen der Armeeinspekteure zu entziehen, die am 20. und 21. Mai ihre jährliche Inspektionsrunde über den Campus machen sollten. Als Brando, nachdem er sich wegen eines Arztbesuchs vom Militärdrill entschuldigt hatte, in der Stadt erwischt wurde, machte Thompson seine Drohung wahr.

Es fehlte nicht mehr viel, damit Pletcher eine Handhabe hatte, Brando endgültig von der Schule zu weisen.

Vielleicht hat Brando geahnt, daß man ihm eine Falle stellte. Vielleicht war es ihm auch egal. Jedenfalls wurde das Kollegium am 21. Mai unerwartet zu einer außerordentlichen Sitzung einberufen. Marlon wurde mit der Anweisung auf sein Zimmer geschickt, dort die Entscheidung über sein Schicksal abzuwarten.

Welcher Umstand zu dieser Sitzung geführt hatte, blieb Marlons Klassenkameraden ein Rätsel. Zwar waren die Schüler sich einig, daß Marlon entschieden zu weit gegangen war, doch die Einzelheiten blieben ihnen verborgen. «Eine Erklärung wurde nie abgegeben», erinnerte sich sein Klassenkamerad Jim Leigh. «Wir haben endlos darüber gerätselt, ob er vielleicht eins der Mädchen im Ort geschwängert hatte und deswegen schnellstens von der Bildfläche verschwinden mußte.»

Marlon wartete in seinem Zimmer, während das Kollegium abstimmte. Sobald der Verweis feststand, schickte Commandant Thompson seinen Stellvertreter, Charles Betcher, um Marlon die Nachricht zu eröffnen. Betcher sollte warten, bis Marlon seine Sachen gepackt hatte, und ihn direkt zum Zug nach Chicago bringen. Weder beim Packen noch während der Fahrt zum Bahnhof sagte

Marlon ein einziges Wort. «Er verzog keine Miene», erinnerte sich Betcher. «Er saß einfach da und sah aus dem Fenster.»

In ihrer Empörung über die Entscheidung des Kollegiums rief Mary Henning Marlons Freund Bill Burford an und bat ihn, Marlon am Bahnhof zu verabschieden. Betcher hatte zwar die Anweisung, den Bahnhof nicht vor Abfahrt des Zuges zu verlassen, doch als Burford eintraf, war Marlon allein. Die beiden Freunde hatten Zeit, in der Kneipe am Bahnhof in Faribault ein Bier zu trinken.

«Seinen Vater erwähnte er nicht», erinnerte sich Burford, «und ließ sich auch nicht darüber aus, wie er die Nachricht zu Hause an den Mann bringen würde. Er war ziemlich schweigsam und nachdenklich.»

Während die beiden Kadetten über ihrem Bier saßen, schien Marlon sich mit der Entscheidung der Schule abgefunden zu haben. Stumm starrte er in sein Glas. Schließlich blickte er seinen Freund an. «Warum hauen wir nicht gemeinsam ab und lassen diesen gräßlichen Ort hinter uns, Burford?» fragte er leise. «Kauf dir eine Fahrkarte und komm mit mir nach New York.»

New York – Sayville

1943–1944

Nach der Ankunft des Zuges an der Union Station in Chicago wanderte Marlon bis zum Beginn der Geschäftszeit zwei Stunden lang durch den Loop, bevor er im Büro seines Vaters in der East Ohio Street 43 auftauchte. Mit einem herausfordernden Grinsen steckte er den Kopf durch die Tür.

«Bin ich hier richtig? Kann ich reinkommen?» fragte er.

Marlon senior war ein reservierter Mensch, der seine Gefühle nie zeigte, doch an diesem Tag war er so erregt, daß er mit seinem Sohn das Büro verließ und den Rest des Tages nicht wieder erschien. Die Angestellten ahnten bereits, daß Bud von der Schule geflogen war.

Als Vater und Sohn Dodie die Nachricht eröffneten, war sie zwar nicht überrascht, machte sich aber tagelang bittere Vorwürfe. Bud besaß keinen Schulabschluß, hatte nichts gelernt, und wegen seiner Knieverletzung stand ihm weder die Armee noch die Handelsmarine offen.

«Papa war fuchsteufelswild», erinnerte Jocelyn sich und wies darauf hin, daß die Spannungen im Haus nicht nur auf die allgemeine Sorge um Buds Zukunft, sondern auch auf das Rätselraten über den wirklichen Grund für seinen plötzlichen Rausschmiß zurückzuführen waren. Das Thema war tabu; Bud schwieg sich aus, und aus Marlon senior war ebenfalls kein Wort herauszubringen. «Wir hatten keine Ahnung», sagte Jocelyn. «Bud war natürlich alles zuzutrauen. Aber sosehr wir auch bohrten, wir erfuhren nichts.»

Als den Kadetten in Shattuck mitgeteilt wurde, ihr Klassenkamerad sei einstimmig von der Schule gewiesen und nach Hause geschickt worden, entschloß sich sein Bataillon im Frühjahr 1943 zu einer unerhörten Maßnahme. Die Kadettenoffiziere organisierten eine Schülerversammlung, von der das Kollegium ausgeschlossen war, und man beschloß zu streiken.

Major Edward Thompson erschien vor den versammelten Kadetten. Auch er gab keinerlei Erklärung ab, sondern verkündete nur unwiderruflich, Brando habe gehen müssen, weil er «ein Schandfleck für die Schule» gewesen sei. Die Kadetten hatten geschworen, nicht zum Unterricht zu erscheinen, bis Marlon wieder zugelassen würde, und veranstalteten noch am selben Abend ein «Schweigemahl». Daraufhin erklärte sich die Schulleitung bereit, eine Abordnung der Schüler, das sogenannte Fünferkomitee, anzuhören.

Am folgenden Morgen einigte man sich auf einen Kompromiß. «Es wurde beschlossen», sagte David Claypool, ein Mitglied des Komitees, «Marlon Gelegenheit zu geben, die Sommerkurse in Shattuck zu besuchen und damit das Schuljahr zu beenden. Auf diese Weise konnte er wenigstens an eine andere Schule überwechseln und seine Abschlußprüfung machen.»

Offenbar war das Kadettenkorps von dem Vorschlag nicht sonderlich beeindruckt. Sie schrieben an Marlon, drückten ihm ihr Mitgefühl aus und berichteten ihm von dem Streik und von ihren Anstrengungen, ihn an die Schule zurückzuholen. Einige Wochen später schickte Marlon ihnen eine Antwort voll orthographischer Fehler, in der er seine Dankbarkeit ausdrückte, jedoch alle Angebote zurückzukommen kategorisch ablehnte. (Die Sympathieerklärung der Kadetten bewahrte er jahrelang auf und hängte sie sogar eingerahmt in seinem Zimmer in Beverly Hills auf, als er im Alter von dreiundsechzig Jahren gemeinsam mit seinem Sohn Christian versuchte, über den zweiten Bildungsweg seinen High-School-Abschluß nachzumachen.)

Die Schule hatte auch bei Marlon senior angerufen, um Buds Rausschmiß zu erklären. Der Patriarch hatte sich seinen Sohn zwar wie gewohnt gehörig vorgeknöpft, doch als die Schule einen offiziellen Brief schickte, in dem sie die unerwartete Demission erklärte (ein Brief, der später merkwürdigerweise in Brandos Shattuck-Akte fehlte), reagierte der Vater mit einer langen, vorwurfsvollen Epistel. Aus der Antwort ging hervor, daß weder er noch Dodie die geringste Vorstellung hatten, warum ihr Sohn hinausgeworfen worden war; gleichzeitig machte er Shattuck für das Versäumnis verantwortlich, ihn während der vorhergehenden zwei Jahre über die Probleme seines Sohnes nicht hinlänglich informiert zu haben.

Doch bei aller Heimlichtuerei über die wirklichen Hintergründe sprach Vater Brando nun ein Machtwort und bestand darauf, daß sein hoffnungsloser Sohn während des Sommers arbeitete. Bud war einverstanden, und als die Wochen vergingen, begann seine Stimmung sich erwartungsgemäß langsam zu heben. Gehorsam legte er Fliesen oder hob Bewässerungsgräben aus und schuftete in der heißen Julisonne neben einem älteren Landarbeiter, der allgemein als Dorfidiot bekannt war. Als sich die Lage zu normalisieren begann, hörten zuerst Dodie und dann Jocelyn, wie Bud davon anfing, daß er Schauspieler werden wolle.

Jocelyn stand ihm auf ihre praktische Art zur Seite. «Ich hatte in New York schon einige Male auf der Bühne gestanden», sagte sie. «Mutter und Bud dachten an die American Academy of Dramatic Arts, wo ich im Vorjahr gewesen war. Aber ich hatte auch viel Gutes über Erwin Piscator und seinen Dramatic Workshop an der New School gehört. Man hatte dort mehr Gelegenheit aufzutreten als an der Academy, wo es nur eine Aufführung am Ende des ersten Jahres und vielleicht zwei im zweiten Jahr gab. Am Dramatic Workshop war viel mehr los. Schließlich sagte Papa: ‹Meinetwegen soll er da anfangen.›»

Nach zwei Jahren Studium in Los Angeles war Fran als angehende Malerin nach New York gegangen. Marlon wohnte bei ihr am Patchin Place, einer urigen Sackgasse in Greenwich Village, keine fünf Minuten zu Fuß von der New School entfernt. Seine Schwester studierte bei dem berühmten expressionistischen Maler Hans Hofmann und arbeitete nebenbei in einem Schuhgeschäft. Sie teilte die Wohnung mit einer Engländerin und bekam wie ihr Bruder Unterhaltszahlungen von zu Hause.

Für Brando war New York gleichbedeutend mit Freiheit. Im Gegensatz zu Libertyville oder Shattuck bot die große Stadt Anonymität und ein unbegrenztes Eroberungsfeld. Seine erste Freundin, die er wenige Wochen nach seiner Ankunft traf, war Celia Webb, eine zierliche, exotische und temperamentvolle Frau. Sie war ungefähr zehn Jahre älter als Marlon und hatte ein Kind aus einer früheren

Ehe. Sie arbeitete als Dekorateurin und wohnte Fran gegenüber in einem Einzimmerapartment. Marlon zog bald bei ihr ein. Richard Loving beschrieb Celia als weise, erfahrene Frau: «Sie hatte etwas Vornehmes und gleichzeitig etwas Mysteriöses, einen Zug, den sie kultivierte. Noch anziehender waren die tiefen, bis zur Taille offenen Dekolletés, die sie trug.»

Erwin Piscators Dramatic Workshop war 1940 an der New School for Social Research gegründet worden. Zu den berühmten Absolventen gehören Harry Belafonte, Shelley Winters, Ben Gazzara und Tony Curtis; auch Tennessee Williams nahm an einem Dramakurs teil. In der Präbeatnik-Ära der vierziger Jahre war das Institut eine Brutstätte unerschöpflicher studentischer Experimentierlust. Walther Matthau, ebenfalls ein Piscator-Schüler, sprach von der «Neurotischen Schule für Sexuelle Forschung». – «Deshalb werden Leute doch nur Schauspieler», sagte Matthau. «Sie wollen gebumst werden von hier bis nach China.»

Piscator war in den Jahren zwischen den Kriegen nicht nur einer der führenden Bühnenregisseure, sondern auch einer der größten Innovatoren des modernen Theaters. Seine linken, gegen den Krieg gerichteten Inszenierungen hatten Theatergeschichte gemacht, und sein Konzept des Epischen Theaters wurde schließlich von Bertolt Brecht, der 1927 als Dramaturg unter Piscator gearbeitet hatte, zu einer einflußreichen Theorie entwickelt.

Piscator hatte Deutschland 1931 verlassen. Seine Anhänger behaupteten, er habe den Schritt aus Angst vor dem drohenden Faschismus unternommen. In Wirklichkeit waren es rechtliche Probleme und eine bevorstehende Vaterschaftsklage, die ihn zwei Jahre vor Hitlers Machtübernahme 1933 zur Flucht aus Deutschland bewogen hatten. Mit seiner Frau Maria Ley, einer ehemaligen Tänzerin aus Wien, ging er 1939 von Paris nach New York, um im Auftrag von Dr. Alvin Johnson, dem Direktor der New School, eine Schauspielabteilung aufzubauen.

Die Schule wurde zu einem Hafen für politische Flüchtlinge aus Europa und zum Zentrum fortschrittlichen Denkens. Unter den prominenten Amerikanern im Kollegium waren der berühmte

Theaterhistoriker John Gassner, Theresa Helburn, James Light, der mit Eugene O'Neill zusammengearbeitet hatte, sowie die gefürchtete Stella Adler, eine Veteranin des Group Theatre, das die amerikanische Kultur in den turbulenten dreißiger Jahren vermutlich mehr als jedes andere moderne Theaterensemble revolutioniert hat.

Abgesehen vom Schauspielunterricht, bot der Workshop Kurse in Regieführung, Bühnenbildnerei, Dramaturgie, Laientheater sowie im Verfassen von Bühnenstücken und Hörspielen. Piscator unterrichtete einen eigenen Kurs über das Epische Theater und zog in seinen Klassen oft gegen die Kommerzialisierung des Broadway-Theaters zu Felde, da er sich ausschließlich dem Avantgarde-Theater verschrieben hatte. In Lesungen und Aufführungen kamen hauptsächlich Klassiker zu Wort – Shaw, Synge, Tolstoi, Kaiser oder Tschechow. Gelegentlich hielten Produzenten Vorlesungen über die praktischen Aspekte des Theaters, aber die Schule – und besonders der elitäre Piscator – machten kaum Anstrengungen, Agenten, Manager oder auch nur die wichtigsten Kritiker zu seinen Inszenierungen einzuladen.

Der Stundenplan des Workshop war vollgepackt und anregend. Vollzeitstudenten wie Marlon waren von zehn Uhr morgens bis Mitternacht (und später) beschäftigt und erhielten nicht nur Unterricht in Schauspiel, Bewegung, Make-up, Tanz, Akrobatik, Gesang- und Sprechtechnik, sondern besuchten auch Proben und Vorlesungen über Kunstgeschichte, Literatur, Psychologie und andere Fächer. Piscator, Berghof und Adler schöpften aus ihrem reichen Erfahrungsschatz, und ihr Ruf zog andere Koryphäen an. Sanford Meisner und Harold Clurman, Kollegen Stellas aus dem Group Theatre, gaben Gastvorlesungen, und Künstler wie Bertolt Brecht und Paul Robeson besuchten die Premieren.

In den ersten Monaten des Herbstsemesters kam Brando den meisten seiner Studienkollegen charmant und auf eine verdrehte Art egozentrisch vor, doch ohne herausragendes Talent oder besonderen Ehrgeiz. Manche Schüler hatten sich ein Ziel gesetzt, doch wie die Bühnenbildnerin Joy Thomson sagte: «Marlon schien das Studium nicht besonders ernst zu nehmen. Wenn ihm eine Aufgabe leichtfiel, machte er sie, aber wenn er sich deswegen abrackern mußte, dann wurde nichts daraus. Er wäre nicht auf den Gedanken gekommen, sich die Nacht um die Ohren zu schlagen, weil er unbedingt Hamlet spielen wollte. Eigentlich war er nur an sich selbst interessiert.» In theoretischen Fächern wie Theatergeschichte sparte er sich die Lektüre, und in den Tanzklassen erschien er oft im Schlafanzug.

Die Klasse, in der alle Schüler zusammenkamen, das Aushängeschild des Dramatic Workshop, war der «March of Drama», die sogenannte Dramenparade, in der Professor John Gassner über dramatische Literatur seit den Griechen las und die Studenten jeden Freitagabend Lesungen ausgewählter Stücke veranstalteten. Gelegentlich erschienen auch Agenten kleinerer Bühnen auf der Suche nach neuen Talenten.

Marlon nahm am 29. Oktober 1943 zum ersten Mal in der Rolle des Bruder Martin aus Shaws *Heiliger Johanna* an einer Lesung der Dramenparade teil. Während einer der Kollegen behauptete, Brando sei «atemberaubend» gewesen, hielt Norman Rose, Gastschauspieler am Workshop, seine Leistung für wenig vielversprechend. «Mein erster Eindruck von Marlon war der eines sehr angespannten, introvertierten Menschen, der sich schreckliche Mühe gab, etwas zu tun, was über seine Kräfte ging – nämlich ein klassischer Schauspieler zu sein. Sehr zu meinem heutigen Verdruß fand ich damals, daß er von allen Studenten in der Klasse zu den geringsten Hoffnungen berechtigte, weil er weniger zu bieten hatte als die anderen.»

Erst im Januar, nach vier Monaten am Workshop, hatte Brando seinen ersten Erfolg in Gerhart Hauptmanns Stück *Hanneles Himmelfahrt,* in dem ein kleines Mädchen seine letzten Stunden zwischen Wachen und Träumen verbringt, bevor es ins Wasser geht. Marlon hatte eine Doppelrolle zu spielen: Er war Gottwald, der Dorfschullehrer, der Hannele nach ihrem Selbstmordversuch ins Armenhaus trägt, und gleichzeitig der Fremde, der Hannele im Traum erscheint.

Die Lesung fand im Rahmen einer vollständigen Bühneninszenierung im Studio Theatre statt, und Marlons Auftritt war ein Wendepunkt. «Die Leute wurden plötzlich auf ihn aufmerksam», erinnerte sich Mae Cooper. «Es war so gut, so verhalten, daß es einem kalt über den Rücken lief – wie der Aufbruch zu etwas ganz Großem. Ich konnte kaum glauben, daß ich Marlon vor mir hatte. Es war wie das große Erwachen. Als wenn der Familientrottel plötzlich Mozart spielt. Die Haare standen einem buchstäblich zu Berge.»

Neben Dodie war es Stella Adler, die zuerst als Lehrerin, dann als Mentorin den stärksten Einfluß auf Marlons Leben und Karriere ausüben sollte. Sie machte ihn mit Agenten und Regisseuren bekannt, aber vor allem adoptierte sie Marlon, der mit ihrer Tochter Ellen befreundet war und bald zum Adlerclan gehörte. «Marlon war ständig bei uns», sagte Ellen Adler. «Er war ja noch jung, neunzehn oder zwanzig, als er zum ersten Mal wie ein Engel in unser Leben trat. Durch uns kam er auch zum ersten Mal mit dieser kulturell reichen internationalen Welt in Berührung, denn Stella und (mein Stiefvater) Harold Clurman gehörten einer größeren Szene an, die sich nicht auf den Broadway beschränkte. Meine Großmutter, Sarah Adler, wohnte ebenfalls bei uns, und es herrschte eine typisch jüdische Atmosphäre.» Für Marlon war es der Eintritt in eine gebildete, kultivierte Welt.

Elia Kazan erinnerte sich, daß Brando später jeden, der ihn mit dem Actors Studio oder mit Lee Strasberg in Zusammenhang brachte, mit den Worten korrigierte: «Nein, nein, ich bin bei Stella in die Schule gegangen.» Ähnlich behauptete Karl Malden, daß Brando bei der gemeinsamen Arbeit in *Endstation Sehnsucht* ständig auf Stella Adler hingewiesen habe: «Wenn Stella nicht gewesen wäre, hätte ich es nie soweit gebracht – von ihr habe ich lesen gelernt, von ihr habe ich gelernt, Kunst zu betrachten und Musik zu hören.»

Vor allem ermutigte sie Brando, seiner vielschichtigen Persönlichkeit zu vertrauen und sich auf seine Intuition zu verlassen. «Sie gab ihm die Erlaubnis, sich selbst auszuloten», wie Jocelyn es nannte.

Zwischen Stella Adler und Erwin Piscator herrschte von Anfang an eine starke Rivalität. Darüber hinaus gab es fundamentale philosophische Unterschiede: Adler förderte in den jungen Schauspielern die Beobachtungsgabe, das einfühlsame Studium menschlichen Verhaltens, während Piscator im Schauspieler einen Sklaven des Regisseurs sah und im Regisseur den gehorsamen Diener des Dramatikers.

Die Folge war, daß Adler ihren eigenen Betrieb innerhalb des Dramatic Workshop unterhielt – «eine isolierte Schauspielklasse», wie Piscator es einmal entrüstet im Laufe einer ihrer Auseinandersetzungen nannte. Sie arbeitete nicht an Stücken, sondern an einer Vielfalt von Improvisationen und Übungen, in denen sie sich auf die eigenen Wünsche, Ängste und Hemmungen der Schauspieler konzentrierte. Viele der Studenten fühlten sich hin und her gerissen. Unten im Keller unterrichtete Stella und schrie beim leisesten Anzeichen von Übertreibung: «Schluß mit dem Agieren!», während Piscator oben auf der Hauptbühne «Mehr Pathos!» rief, wenn jemand nicht aus sich herausging.

Stella flirtete meist mit jedem Mann in Sicht, auch wenn sie sich mit nur drei Männern unter den ungefähr zwanzig Schülern in der Klasse begnügen mußte. Blond, mit herrlich langen Beinen, im schicken Kostüm und dazu passendem Hut, kam sie gelegentlich mit halbstündiger Verspätung in ihre Elf-Uhr-Klasse gestürmt. «Marlon, mein Schatz», sagte sie dann, «könntest du mein Taxi bezahlen?» Sie hatte wunderbare Geschichten über Clurman auf Lager, was für ein idealer Ehemann er sei, auch wenn sie ihn manchmal mit den Worten aus dem Schlaf reißen mußte: «Hör auf, wie ein Genie zu schnarchen! Schnarch gefälligst wie ein normaler Sterblicher!» Angeblich soll sie bei einem Aufmarsch der Sozialisten zum 1. Mai gesagt haben, sie könne in jedem kommunistischen Land leben, solange sie die Königin sei.

Brandos Faszination und Loyalität ist um so erstaunlicher, als viele Schüler Stella Adler für affektiert hielten. «Hier kam Stella, aufgedonnert und ganz ‹grande dame›», erinnerte sich Brandos Busenfreund Darren Dublin, «aber Marlon fand sie amüsant. Ihre Herkunft beeindruckte ihn überhaupt nicht, aber das ganze Getue, die riesigen Ringe an den Fingern und wie sie in die Klasse gerauscht kam, all das überspannte Gehabe, das imponierte ihm. Außerdem hatte er einen Respekt vor ihr, der an Ehrfurcht grenzte.»

Wenn Adler ein sicheres Gespür für Brandos ungeschliffenes Talent hatte, so erkannte er ihre Fähigkeit, ihn aus sich herauszulokken. Die Seelenverwandtschaft zwischen ihnen lag vom ersten Tag an auf der Hand: Sie war eine Kreuzfahrerin auf der Suche nach einem Gefolgsmann – während Marlon wie immer jemanden brauchte, dem er vertrauen konnte.

Adler war begeistert von Brandos Talent und erzählte Freunden, daß dieses «Hündchen», wie sie ihn nannte, «der beste junge Schauspieler auf der amerikanischen Bühne sein wird».

Stella bestätigte diesen Eindruck später selbst: «Ich habe Marlon nichts beigebracht. Ich habe ihm Möglichkeiten eröffnet, zu denken, zu fühlen, Erfahrungen zu sammeln, und während ich die Türen aufgemacht habe, ist er hindurchgeschritten ... Er ist der hellsichtigste, einfühlsamste Mensch, den ich kenne ... Und er besitzt ein untrügliches Gespür. Wenn jemand eine heimliche körperliche oder seelische Wunde hat, zielt er genau darauf ab. Er will es gar nicht, aber man kann ihm nichts vormachen. Er weiß einfach, was in einem Menschen vorgeht. Wenn du den Raum verläßt, könnte er du selbst sein.»

Für Brando hätte dieser Goldregen zu keinem glücklicheren Zeitpunkt kommen können. Er hatte keinerlei Pläne und von sich als Schauspieler keinerlei Vorstellung. «Er war auf der Suche. Ermutigung war alles, was er brauchte», sagte seine Schwester Jocelyn. Doch Stella gab ihm mehr als nur Ermutigung. Sie war der erste Mensch, der seinen inneren Widersprüchen Berechtigung gab und seine angeborene Leidenschaft zu beobachten guthieß. Tatsächlich glich ihr Schauspielunterricht therapeutischen Sitzungen. «Er vertraute Stella, weil sie über sein Innenleben sprach. Durch sie gelang es ihm zum ersten Mal, einen Draht zu sich selbst zu finden», sagte seine Schwester Jocelyn. «Sie gab ihm die Erlaubnis, sich auszuprobieren, ermutigte ihn, das zu tun, wozu er Lust verspürte, selbst wenn er sich nicht ganz sicher war, warum. Bis dahin war er aus Widerspenstigkeit, aus Protest immer nur gegen den Strom geschwommen, aber Stella lag so sehr an ihm, daß sie sagte: ‹Das ist eine interessante Reaktion. Geh doch noch einen Schritt darüber hinaus.›»

Trotz seiner gewohnten Zurückhaltung faßte Brando seine Empfindungen Jahre später selbst in Worte. «Stella Adler», sagte er, «war eine sehr verständnisvolle Frau voll tieferer Einsichten, die mich führte und mir half. Abgesehen von ihrem phänomenalen Talent, Ideen zu vermitteln und verborgene Antennen in Menschen zu aktivieren, hat sie mir in einer sehr schwierigen Zeit meines Lebens beigestanden. Sie bringt Menschen zu sich selbst. Ihr verdanke ich die unschätzbare Einsicht, wie man die Mechanismen seiner eigenen Emotionen und damit die anderer Leute durchschaut.»

Stella war der sichere Hafen im Sturm, und schon wenige Wochen nach seiner Einschreibung an der New School verkehrte er bei ihr zu Hause. Die Einrichtung der Adlerschen Wohnung war gutbürgerlich-jüdisch: Satinvorhänge, Lampenschirme mit rosa Fransen, Möbel im französischen Stil und an den Wänden Pastellzeichnungen von Numa Rabinowitz, dem Sohn von Shalom Alejchem. Die Atmosphäre war bei der talentierten, warmherzigen Lebhaftigkeit der Adlerschen Frauen alles andere als steif, ständig nahmen sie Marlon in den Arm, und es hieß «Marlon hier, Marlon da». Harold Clurman, Adlers Ehemann, war zwar ein brillanter und anregender Gesellschafter, sah zu Hause aber meist geduldig zu, wie Stella und ihre Mutter das Regiment führten. Wenn Stella etwas sagte, mußten alle anderen springen.

Marlon tauchte in legerem Pullover und Turnschuhen auf, nahm seine Lotosposition auf dem Fußboden ein und machte sich liebevoll über Stella lustig, indem er sie wie ein Papagei nachäffte. Wenn Stella mit einem Glas Scotch vor sich und einer Zigarette in der Hand dasaß, holte Marlon sich ebenfalls etwas zu trinken, setzte sich ihr gegenüber und imitierte jede ihrer Bewegungen in perfekter Synkopierung.

Als Dodie im Frühjahr nach New York kam, besuchte sie Stella, um sich bei ihr zu bedanken, denn Marlons Mutter begriff, daß er es Stella verdankte, wenn er seinen Weg gefunden hatte. Stella, die in Dodie ein «sehr hübsches, verstörtes, mädchenhaftes Wesen» sah, sprach Marlons eigentlicher Mutter gegenüber ganz offen von Marlons Talent. Später erklärte sie: «Ich habe schnell gemerkt, daß er brillant war. Er versuchte zwar häufig zu bluffen, so daß ich eines Tages zu ihm gesagt habe: ‹Marlon, hör auf, dir etwas vorzumachen. Er hat tatsächlich aufgehört.› Er war mit ganzer Seele bei der Sache. Da er in mir auf Unnachgiebigkeit, Entschlossenheit und genaue Vorstellungen gestoßen war, fühlte er sich sicher. Sonst hätte er die ganze Sache hingeschmissen. Genau das habe ich ihr gesagt, und seine Mutter hat es begriffen.»

Sein Umgang mit jüdischen Intellektuellen führte dazu, daß er begann, Bücher zu kaufen. Keine zeitgenössischen Romane, sondern Klassikerausgaben von Freud, Krafft-Ebing und Dostojewski. Im Gegensatz zu seinen früheren willkürlichen Lesegewohnheiten hatte sein jetziger Eifer etwas geradezu Rührendes, so sehr war er bemüht, Versäumtes nachzuholen.

Seine Rolle als Stellas Schützling hatte Marlon im Workshop in eine schwierige Lage versetzt. Einerseits erkannte Piscator sein Talent; andererseits war das, was er von seinen Schauspielern erwartete, nicht nur etwas anderes – es widersprach auch allem, was Adler unterrichtete. Wer Adler treu war, mußte mit Piscator aneinandergeraten.

Bei den Proben zu *Was ihr wollt* forderte Piscator Marlon auf, mehr «aufzudrehen». Marlon weigerte sich und ließ sich auch auf keinerlei Diskussion ein. Er sagte einfach: «Das kann ich nicht.»

«Er konnte trotzig sein und sogar maulen oder einfach nicht reagieren, während Herr Piscator ungeduldig im Parkett auf und ab schritt», erinnerte sich Sara Farwell. «Schließlich sagte Piscator: ‹Komm mal her!› Marlon sah ihn an, ohne sich vom Fleck zu rühren, und nach einer Weile sagte er beinahe im Flüsterton: ‹Wollen wir die Probe abbrechen?› Vielleicht war es etwas noch Frivoleres, jedenfalls explodierte Piscator und schrie: ‹Raus aus meinem Theater! Und zwar sofort!›»

«Wir standen alle da wie vom Donner gerührt. Einen solchen Eklat hatte noch nie jemand erlebt. Marlon schwebte aus dem Theater und gab mit jedem Schritt zu verstehen, daß ihn die Sache völlig kaltließ.»

Wie in Shattuck hatte er wieder einmal unmißverständlich klargemacht, daß er zu Kompromissen nicht bereit war. «Er hatte etwas Bedingungsloses», sagte ein Schüler, der seinen Abgang beobachtet hatte. «Wir anderen hätten alles getan, um vor unseren Lehrern Gnade zu finden, obwohl wir um Aufrichtigkeit bemüht waren. Marlon dagegen war unfähig, nicht er selbst zu sein. Er hatte seine eigenen Maßstäbe, und was er tat, tat er um seiner selbst willen.»

Brandos Aufmüpfigkeit war von seiner schauspielerischen Begabung nicht zu trennen, was ihm die komplexe Persönlichkeit gab. Die Auflehnung gegen jede Autorität war seine Art, «sich treu zu bleiben». Daß er keinerlei Absicht verriet, sein Talent auszuschlachten und eine Karriere daraus machen zu wollen, erhöhte sein Ansehen nur noch. L'art pour l'art gehörte zum Zeitgeist. Die Nonchalance, mit der er ein paar Kurse belegte, weil er offenbar nichts Besseres zu tun hatte (Kurse, die seine Eltern bezahlten), erweckte bei vielen seiner Klassenkameraden den Eindruck, daß er gelegentlich ein Zyniker war.

Es läßt sich schwer bestimmen, was eigentlich ein Genie ausmacht, doch scheinen einige Züge vorherrschend zu sein: Instinktsicherheit, bedingungslose persönliche Maßstäbe und was Bobby Lewis «eine tiefgreifende Ambivalenz» nennt. Lewis, der Brando später im Actors Studio unterrichtete, sagt von Brando: «Er war wie ein Tier. Er konnte die Dinge vielleicht nicht artikulieren, aber er hatte immer den richtigen Riecher.» Maureen Stapleton sieht darin eine außergewöhnliche Art von Intelligenz: «Ich glaube, er hat Verständnis für Dinge, die so tief verwurzelt sind, daß man sie nur als Schmerz bezeichnen kann. Deshalb konnte ihm niemand etwas vormachen.» Dick Loving sprach von einer weiteren Komponente, «einer untrüglichen Ader für die Bedeutung der Sexualität in Leben und Kunst».

Zum ersten Mal in seinem Leben hatte Marlon Erfolg. Er genoß wachsendes Ansehen an der Schule, die Unterstützung von Stella und ihrer «Mischpoke», aber auch die «Offenheit» von New York City, die ihm erlaubte, seine eigene Psyche zu erforschen. Was er fand, läßt sich vielleicht aus einem Brief vom Januar 1944 an seinen früheren Vertrauten und Ratgeber in Shattuck, Don Henning, erahnen:

«Um mein Leben kurz zusammenzufassen ... Ich landete in New York und ging an die Schauspielschule, schlug ausgiebig über die Stränge und frönte genüßlich meinen Leidenschaften ..., stellte fest, daß ich ungewöhnliches schauspielerisches Talent hatte – nutzte es, machte einen erfolgreichen, vielversprechenden Schauspieler aus mir, verlor mich in Kants Metiphisik (sic!), hatte aus Mangel an Selbstbewußtsein und Anleitung fast einen Nervenzusammenbruch, beschloß, daß meine Seele Teil eines harmonischen Ganzen ist, in dem es nichts zu fürchten gibt, und wenn doch, dann ganz bewußt – ich weiß auch, daß ich zu meinen Lebzeiten sehr wenig wissen werde, daß der Tod (als Ende) nicht existiert – daß Wandel eine Notwendigkeit ist und sich aus ganzem (sic!) ehrlich und willig darum zu bemühen eine Erztugend ...»

Wenn man von dem forschen Ton absieht, läßt sich nicht leugnen, daß er zumindest in seinen eigenen Augen ungeheure Anforderungen an sich stellt, sich an die Kandare nimmt und die Stadt und alles, was er erlebt, als Anlaß zu persönlichem Wachsen nutzt. Allerdings stürzte in kürzester Zeit so viel Neues auf ihn ein, daß er immer bewußter, immer unzugänglicher, in seinen Reaktionen immer perverser wurde, je näher er an den gefürchteten Punkt kam.

«Was immer mit dem ‹ausgiebig über die Stränge schlagen› gemeint war», sagte Dick Loving, «es brachte ihn an den Rand des Abgrunds. Sein Leben brachte ihn an den Rand des Abgrunds ... Er ging psychisch aufs Ganze und testete seine emotionale Widerstandsfähigkeit. Ich weiß nicht, wie bewußt dieses Experiment war, aber er betrachtete seine sexuellen Exzesse als Mittel zum Zweck, und gelegentlich muß ihm angst und bange dabei geworden sein, denn es konnte ihm nicht entgehen, daß sie potentiell, wenn nicht tatsächlich destruktiv waren. Aber er mußte sich allen Extremsituationen aussetzen. Als Schauspieler mußte er alles kennenlernen. Jede Art von Ausschweifung war ihm ‹nützlich›. Gleichzeitig konnte er damit alles, was er tat, rechtfertigen.»

Marlons engster Freund während dieser Zeit war Darren Dublin. Diese merkwürdige symbiotische Beziehung, bei der die beiden sich buchstäblich jeden Tag sahen und oft vierundzwanzig Stunden zusammen verbrachten, sollte fast ein Dutzend Jahre lang halten – zuerst in New York, später in Hollywood. Sie beinhaltete gemeinsame Freundinnen, führte zu Konflikten mit Dublins Frau und verschaffte Darren Rollen in einigen Brando-Filmen.

Rein äußerlich war Dublin das genaue Gegenteil von Marlon. Klein und bebrillt, hatte er eine gewisse Ähnlichkeit mit dem jungen Woody Allen, war aber mit einem gewaltigen Gebiß ausgestattet. Er kam aus einer kleinbürgerlichen jüdischen Familie in der Bronx und hatte einen perversen Sinn für Humor. Er hatte sich 1942 im Dramatic Workshop eingeschrieben, wurde aber kurz darauf zum Militär eingezogen. Nach nur neun Monaten wurde er aus «psychoneurotischen Gründen» wieder entlassen. Er kehrte an die New School zurück und begegnete Brando gleich nach seiner Ankunft in New York.

Als sie sich zum ersten Mal trafen, unterhielten sie sich die ganze Nacht im Keller der Schule, bis sie schließlich auf einem Berg von Kostümen einschliefen. Sie fühlten sich spontan zueinander hingezogen, und die Anziehung beruhte offenbar auf drei gemeinsamen Vorlieben: der Lust am Theater, einem verqueren Sinn für Humor und Frauen.

Während Brandos ungewöhnliches Talent sofort erkannt wurde, hatte Darren weniger Erfolg. Manche Klassenkameraden bezeichneten ihn als «unbegabt», und selbst Marlon machte sich gelegentlich über Darrens Auftritte lustig. Allerdings kamen Darrens Fähigkeiten zwischen den beiden nie zur Sprache. (Jahre später versuchte Marlon, ihm einen Job als Agent bei MCA zu verschaffen, woraus Darren entnahm, Marlon wolle ihm zu verstehen geben: «Ein großer Schauspieler wird sowieso nicht aus dir, mein Freund.»)

Wenn sie nicht in der Schule waren, gingen sie ins Kino in die Forty-second Street, nahmen irgendwo einen Imbiß und sahen sich danach einen Film an, manchmal noch um ein Uhr morgens. Die Wahl der Filme blieb immer Marlon überlassen – der neueste ausländische Film, eine Laurel-und-Hardy-Komödie und immer wieder Chaplin – denn Darren lag vor allem daran, mit Marlon zusammenzusein. «Ich fand seine Gesellschaft so unterhaltsam, daß alles, was er vorschlug, immer noch interessanter war als mein Leben in der Bronx.»

Es war keine ausgewogene Freundschaft, und Eddie Grove spricht wohl für die meisten Workshop-Schüler, wenn er die beiden als «der König und sein Narr» beschreibt. Darrens Rolle bestand vorwiegend darin, Marlon mit einer endlosen Reihe von Schwänken über seine Depressionen hinwegzuhelfen, worauf sich niemand so gut verstand wie der respektlose Dublin.

Darren war ein Meister der Invektive, immer am Sticheln und voll diabolischer Einfälle, wie er Marlons Selbstgefälligkeit aufs Korn nehmen und ihm spöttisch zu verstehen geben konnte: ‹Komm, mach halblang.› Als Brando einmal eingeschnappt war und mit freiem Oberkörper dastand, pflanzte Darren sich hinter ihm auf, nahm die Pickel und Leberflecke auf seinem nackten Rücken unter die Lupe und begann, ihn mit deutschem Akzent wie ein Schlachtfeld zu beschreiben: «Ah, zo vee vent down here, but den vee invaded ...» Brando blieb schließlich nichts anderes übrig, als mitzulachen.

Sie erlaubten sich auch anderen Blödsinn, Mutproben, bei denen Darren zusah und seinen Kommentar abgab. Das Dach der New School lag sechs Stockwerke über der Straße, und eines Abends schlich sich die Gruppe hinauf, um an der Brüstung, die das Dach umgab, entlangzubalancieren. Marlon konnte es nicht lassen, unmittelbar an den Rand zu treten, und während die anderen schweigend zusahen, bemerkte Darren trocken, man könne ja mit der Post arrangieren, die Überreste nach Libertyville zurückzuschicken.

Ein weiteres gemeinsames Band zwischen Marlon und Darren waren Frauen. Mae Cooper berichtete: «Sie waren dauernd auf der Lauer, wer mit wem ging, wer eine Affäre hatte und wer dies oder das machte. Es war witzig, aber auf eine völlig unmännliche Art. Sie benahmen sich eher wie zwei alberne Gänse.» Andere fanden ihr Benehmen einfach kindisch. Eine junge Frau meinte, sie habe jahrelang unter einem Trauma gelitten, als ihr nach einem Techtelmechtel mit Marlon aufging, wie ausdauernd und hemmungslos die beiden sich «durch die Welt bumsten» – neben den Auserwählten im Workshop übrigens auch mit von der Straße aufgelesenen Kellnerinnen, Minderjährigen, Obdachlosen oder Tippsen.

Während die Aufführungen am Dramatic Workshop ihren Fortgang nahmen, mehrten sich die Gerüchte über Marlons erotische Abenteuer. Männer waren wegen des Krieges Mangelware, nicht alle waren an Frauen interessiert, und sogar Jocelyn mußte, wenn auch vielleicht etwas zu nachsichtig, einräumen, wie vorrangig Sex für ihren Bruder war. «Schließlich war er schüchtern und unsicher. Wenn jemand sagte: ‹Geh mit mir ins Bett›, dann sagte er: ‹Warum nicht.› Wenn sich die Gelegenheit bot, und das Mädchen war nett und konnte ihm nichts anhaben, warum eigentlich nicht. Er war schließlich neunzehn und auf dem Höhepunkt seiner sexuellen Reife.»

Interessanter als die bloßen Zahlen war Marlons Methode, die auf einem sorgfältig ausgetüftelten Plan beruhte, an den er laut Dublin eine Unmenge Zeit, Energie und Einfallsreichtum verschwendete. «Er spielte ein raffiniertes Spiel: Erst ging er mit einem Mädchen aus, regalierte sie mit Speis und Trank, war lieb und nett, und dann brachte er sie nach Hause, sagte gute Nacht und verschwand. Die Mädchen wurden förmlich hysterisch. Drei Wochen lang ging er mit einer anderen aus, ohne von sich hören zu lassen. Wenn er die erste schließlich wieder anrief, war sie in einem solchen Zustand, daß er gar nicht mehr zu sagen brauchte: ‹Komm mit ins Bett.›»

Marlon hielt seine Frauen sorgfältig voneinander getrennt, was kein Problem war, da die meisten nicht am Workshop studierten. Judith Malina zufolge prahlte er einmal in der Klasse oder draußen auf dem Flur über eine Affäre mit einer der Dozentinnen, was ganz gegen seine Natur war. Die Frau kam dahinter und gab ihm eine Ohrfeige. («Stella war es nicht», fügte Malina hinzu. «Ich weiß nicht, wer es war.»)

Ein liebenswerter Zug an Marlons Sexualleben war seine Vorliebe für unattraktive Frauen – für Mauerblümchen. Auf gesellschaftlicher Ebene war die Aufmerksamkeit, die er diesen Frauen schenkte, natürlich Teil seines Image, aber sie war auch ehrlich gemeint. Von Valerie Judd, einer angehenden Kostümbildnerin, die zu Marlons Kreis gehörte, sagte Dublin: «Sie war ein nettes jüdisches Mädchen, eine von diesen hausbackenen Typen, aber er mochte sie wirklich.»

Blossom Plumb, auch eine Studentin am Workshop, stellte eine entschiedene Ausnahme unter Marlons damaligen Freundinnen dar. Einmal war ihre Beziehung unverhältnismäßig dauerhaft, und zum andern konnte die in Connecticut aufgewachsene Plumb, die aus wohlhabendem Hause stammte, kaum als Mauerblümchen betrachtet werden. Die meisten Leute beschrieben sie als ausgesprochen apart – «unbedingt eine Dame». Ihre Schönheit hatte «etwas Erlesenes, Feines, das an die Gabor erinnerte». Maureen Stapleton erinnert sich an den Abend, als sie Blossom und Marlon zum ersten Mal in der Mensa der New School traf. «Sie waren wie füreinander geschaffen. Er war hinreißend, sie war hinreißend. Man dachte, o ja, so muß es sein.» Offenbar hatte sich Blossom Hals über Kopf in Marlon verliebt, obwohl er sich weiterhin regelmäßig mit anderen Frauen traf.

Eine merkwürdige, eher bedenkliche Episode in Marlons Liebesleben betraf seine Mitstudentin Elaine Stritch. Sie war die Tochter eines reichen katholischen Fabrikbesitzers aus Detroit und mit ihren siebzehn Jahren ebenfalls hoffnungslos in Marlon verliebt. Ihre Eltern hatten ihr nur unter der Bedingung nach New York zu gehen erlaubt, daß sie in einem Konvent in der Ninety-first Street wohnte. Eine Freundin beschreibt sie als sehr behütetes, wohlerzogenes Mädchen, das kein Hehl daraus machte, unter keinen Umständen vor der Ehe mit einem Mann schlafen zu wollen. Elaine gehörte eindeutig zu den begabteren Studentinnen am Workshop, doch sie war schüchtern und nahm am Studentenleben kaum teil, da sie abends zur festen Zeit im Konvent sein mußte.

Marlon war fasziniert von ihr und beschloß, es mit ihr zu probieren. Bei ihrer ersten und einzigen Verabredung nahm er sie auf eine lange, systematische Wanderung durch die Synagogen und Kirchen der Stadt mit. Nachdem sie jede Konfession abgeklappert hatten, landeten sie schließlich in einem italienischen Restaurant in Greenwich Village. «Ich war im siebten Himmel», erinnerte Stritch sich.

«Dieser Mann will Künstler, will Schauspieler werden, und wir sind mitten in New York City. Er benimmt sich überhaupt nicht wie die Jungen zu Hause. Ich konnte es gar nicht abwarten, ein paar Gläser Wein intus zu haben, um mich zu entspannen.»

Er hatte versprochen, ein Varieté mit ihr zu besuchen, doch nach dem Essen fand sie sich plötzlich in einer Striptease-Bar und mußte «die anstößigste Show über mich ergehen lassen, die man sich vorstellen kann. Ich war am Boden zerstört», sagte sie. «Aber ich hatte nicht den Mumm zu sagen: ‹Hör mal, das interessiert mich nicht, laß uns was anderes machen.› Ich weiß nicht, wie lange ich durchgehalten habe, aber ich glaube, ich habe schließlich geweint.»

Anschließend erklärte sie sich bereit, auf einen Drink mit in seine Wohnung in der Twelfth Street zu kommen, direkt gegenüber der Schule. Es schneite, und Marlon machte ein Feuer im Kamin. «Es gab ein kleines Wohnzimmer mit einem durch einen Vorhang abgetrennten Schlafteil, und als nächstes verschwand er hinter dem Vorhang und tauchte im Pyjama oder im Bademantel wieder auf, genau erinnere ich mich nicht. Er verzog keine Miene und tat einfach, als sei es die selbstverständlichste Sache der Welt», sagte Stritch, deren Hilflosigkeit inzwischen in Entsetzen umgeschlagen war. «Ich gab ihm zu verstehen, daß ich nach Hause wollte. Immerhin war es zwei Uhr nachts, und die Konventtore wurden um zwölf Uhr geschlossen. Aber bringt er mich nach Hause? Keine Spur, er bleibt im Pyjama, bringt mich zur Tür, und das war's. Ich gehe die Treppe hinunter, steige in den Bus und bin um Viertel vor drei im Konvent. Ich mußte die arme Oberin aus dem Bett klingeln, damit sie mir die Tür aufmachte.

Als ich am nächsten Montag zur Schule komme, spricht Marlon nicht mit mir. Tatsächlich hat er mich den Rest des Jahres keines Wortes gewürdigt – einschließlich der Sommerferien, als wir alle Sommertheater in Sayville gespielt haben.»

Im April 1944 verließ Dorothy Brando ihren Mann und zog nach New York. Ihre Freundin Marian Johnsen aus Libertyville erinnerte sich, daß Marlon senior, der mit Hilfe der Anonymen Alkoholiker aufgehört hatte zu trinken, ihr ein Ultimatum stellte: «Entweder du reißt dich zusammen, oder wir sind geschiedene Leute.» Dodie war noch nicht soweit. Also mietete sie eine große Zehnzimmerwohnung in der West End Avenue in New York. Marlon senior zog wieder ins Zentrum von Chicago in seinen Club, und damit war ihre zweite größere Trennung innerhalb von acht Jahren vollzogen. Diesmal sollte sie länger als zehn Monate dauern.

Offiziell hieß es, Dodie sei in New York, um ihren Kindern, die denn auch prompt bei ihr einzogen, den Haushalt zu führen. Der alte Brando zahlte die Miete, das Hausmädchen und alle anderen Ausgaben. Jocelyn hatte inzwischen ein drei Monate altes Baby, Davey, und Don war zum Militär eingezogen. Fran war an der Hoffman School und arbeitete nebenbei für eine Schuhfirma, deren maßgearbeitete Gesundheitstreter sie mit einem solch religiösen Eifer anpries, als böten sie neben Fußkomfort auch Seelenfrieden. Bud war nach über einem halben Jahr allein in New York, «immer noch sehr konfus». Und ein weiteres Familienmitglied, das Zuwendung erforderte, war Dutchie, die inzwischen gebrechliche, alte Familiendogge.

Meist wimmelte es in der Wohnung von Leuten, «den verrücktesten Typen» laut Joy Thomson, die zur Clique der New School gehörte, zu der neben Darren, Celia, Sara und Elaine auch George Bloostein, Adele Dashevsky und Marcia Mann zählten. Maureen Stapleton tauchte mit ihrer Zimmergenossin Janice Mars auf, und Dick Loving fehlte ebenfalls selten. Thomson erinnert sich, «daß die ganze Clique meist abends etwas unternahm, anschließend bat Marlon uns alle zu sich rauf, und bald waren wir ziemlich beschwipst. Dodie hielt hof ... Es war wie ein Salon. Sie sorgte für Unterhaltung. Sie glaubte zwar, wir sorgten für Unterhaltung, aber das Gegenteil war der Fall.

Sie war hinreißend», fuhr Thomson fort, «eine Mutter, wie wir noch keine erlebt hatten.» Für Darren gehörte sie trotz ihres Alters einfach dazu, man fühlte sich in ihrer Gegenwart immer wohl. Jeder konnte nach Belieben kommen und gehen, auf der Couch oder auf dem Fußboden schlafen, wenn es zu spät für den Bus oder die U-Bahn war, und sogar unangemeldet fremde Gesichter mitbringen. «Man wußte nie, wie viele Leute zum Essen um den Tisch sitzen würden», meinte Jocelyn. «Einmal haben wir zwölf Personen mit einer Dose Thunfisch und Unmengen von Kartoffeln bewirtet. Wir hatten Selleriestangen, und es gab im Ofen gebackene Kartoffeln und eine Riesenportion Selleriesalat mit Thunfisch.»

Selbst nach mehreren Monaten ahnten die wenigsten von Marlons Freunden, wie schwerwiegend das Alkoholproblem seiner Mutter war, geschweige denn, wie sehr beide darunter litten. Edie Van Cleve, Marlons spätere Agentin, erinnerte sich, wie Bud einmal eine Verabredung nicht eingehalten und sich damit entschuldigt hatte, daß seine Mutter Alkoholikerin sei und er in den Kneipen nach ihr gesucht habe. Ein paar Tage später rief Mrs. Brando an und lud sie zum Lunch ein. «Ich konnte nicht ablehnen», sagte Van Cleve, «aber ich war ziemlich nervös. Was fange ich bloß mit dieser Schnapsnase an, dachte ich. Deshalb fiel ich aus allen Wolken, als ich dieser intelligenten, gepflegten, selbstbewußten Dame gegenüberstand. Vor dem Essen fragte ich sie, ob sie einen Cocktail wollte. Sie sagte: ‹Nein, nein!› …, aber es schwang etwas in ihrer Stimme mit, als sie ablehnte, das mich stutzig machte.»

Jocelyn behauptete, ihre Mutter sei die meiste Zeit durchaus imstande gewesen, den Haushalt zu führen, einzukaufen und sogar zur Leihbücherei an der Ecke zu gehen. «Ich glaube nicht, daß wir bedrückt waren», sagte sie.

Dick Loving dagegen zeichnete ein ziemlich deprimierendes Bild: Seiner Meinung nach hielt Jocelyn den Haushalt zusammen, während Dodie das letzte quälende Stadium erreicht hatte. «Sie bestach Leute – das Hausmädchen oder sonstjemanden –, ihr die Flaschen in die Wohnung zu schmuggeln.»

Am meisten belastete die Kinder, daß Dodie zeitweilig verschwand, wenn sie trank. Da sie keine Stammkneipe hatte, war sie meist nirgendwo aufzutreiben. Es konnte vorkommen, daß sie mit dem Hund losging und später mit dem Gesicht im Dreck liegend auf der Straße gefunden wurde. Don Hanmer hatte von Jocelyn gehört, daß Dodie «auf eine ihrer Sauftouren gegangen und dann in irgendeiner Absteige mit Gott weiß wem im Bett gelandet war». Marian Johnson hörte die Geschichte später bei einem Treffen der Anonymen Alkoholiker von Dodie selbst: «Eines Morgens wachte sie mit einem einbeinigen Kerl neben sich im Bett auf. Sie hatte keine blasse Ahnung, wie sie dahin gekommen war. Sie hatte ihn in irgendeiner Bar aufgegabelt, und am nächsten Morgen lag er neben ihr im Bett.»

Das Mutter-Sohn-Verhältnis war eine Sache für sich. Jeder hatte seine eigenen vordringlichen Bedürfnisse, die aber die enge Beziehung nicht beeinträchtigten. «Bud verehrte sie, er betete sie einfach an», erinnerte sich Ann Lombard Osborne, eine von Dodies engsten Freundinnen, «sie war die wichtigste Person in seinem Leben. Andererseits war er ihr kleiner Junge – sie war überzeugt von seiner Genialität, und ich glaube, insgeheim hielt sie sich für nicht weniger genial.»

Für Mutter und Sohn hatte das Zusammenleben bedenkliche Folgen. Auch wenn Marlon sich zu Hause in Dodies wallendem Morgenmantel herumtrieb, versank er, sobald sie verschwand, in tiefe Depressionen und wurde abwechselnd von Einsamkeit, Trotz und Angst gepeinigt – die typische Abhängigkeitsskala. Als sie im folgenden Winter beschloß, nach Chicago zurückzukehren, beschwor er sie, in New York zu bleiben. «Er wollte sie unbedingt davon abhalten, zu Marlon senior zurückzukehren», sagte Kay Phillips Bennett, die im Laufe der nächsten Jahre ebenfalls zu Dodies Adoptivkindern gehören sollte. «Sie sollte sich für einen von beiden entscheiden. Es war der reinste Ödipuskomplex, und natürlich war sie sich darüber im klaren.»

Abgesehen davon, daß er die ganze Bande aus dem Workshop mit nach Hause brachte, hatte Marlon nicht die geringsten Hemmungen, mit seinen Freundinnen in der Wohnung seiner Mutter die Nacht zu verbringen. «Er trieb es ein bißchen weit», sagte Jocelyn. «Sie waren auch alle noch so jung und unschuldig. Mutter war nicht gerade glücklich darüber. Aber Bud war eben Bud.»

Sein provozierendes Verhalten war seine Art, seine Liebe zu zeigen. Außerdem ging er damit einer direkten Konfrontation aus dem Wege, für die sie beide nicht reif waren. Joy Thomson erzählt eine Geschichte, die die chaotischen Zustände verdeutlicht. «Ich kam eines Abends in die Wohnung, und alle waren in heller Aufregung. Dodie war nicht da, aber die beiden Mädchen waren zu Hause. Marlon hatte beschlossen, sich aus purer Angabe aus dem Fenster zu hängen. Anscheinend war es schick, so wie Fingerhakeln, und er hatte ein dankbares Publikum. Dabei wohnten sie mindestens im elften Stock. Meist wußte man ja, daß er einen nur auf den Arm nehmen wollte, aber diesmal machten sich die Mädchen ernsthafte Sorgen, besonders Fran. ‹Wenn er sich nun umbringt! Wir können ihn doch nicht halten! ... Was machen wir bloß?› In dem Moment kam Dodie nach Hause. Sie rauschte einfach ins Zimmer und sagte: ‹Marlon, laß die Dummheiten. Komm sofort herein.› Es war wirklich, als habe eine Göttin den Raum betreten, auf die er nur gewartet hatte. Also hievte er sich ins Zimmer zurück, und zwar ruck, zuck.»

Die Studenten des Dramatic Workshop waren auf die Idee gekommen, ein ständiges Sommertheater zu gründen. *Was ihr wollt* war ein großer Erfolg gewesen, so daß die Gruppe sich gegen Ende des Semesters unter Führung von Beulah Roth und Sara Farwell mit ihrem Vorschlag an Piscator wandte. «Wir würden gern zusammenbleiben. Wollen Sie nicht mitkommen und die Regie übernehmen?» Piscator willigte ein, vorausgesetzt, ihm blieben die Suche nach einem Theater und die ganze lästige Organisation erspart.

Marlon und Darren gehörten ebenfalls zu dieser Delegation, aber Roth und Farwell waren die Organisatoren. «Alle mußten hundert Dollar beisteuern, um die Kosten zu decken», erinnerte sich Farwell, «und mit den zweitausend, die zusammenkamen, sahen wir uns nach einem Theater um.» Sie mieteten ein wunderschönes, heruntergekommenes altes Sommertheater in Sayville auf Long Island, das seit Jahren nicht benutzt worden war. «Der Besitzer verlangte tausend Dollar Miete für die Sommermonate, und mit der anderen Hälfte engagierten wir einen Koch.»

Der Sinn der Sache war, daß die Schauspielschüler, die nun Mitglieder einer Truppe waren, wie in einer Kommune zusammen aßen, schliefen und arbeiteten.

Abgesehen vom harten Kern dieser Truppe gab es auch ein paar neue Gesichter. Ein reservierter, dunkelhäutiger junger Mann hielt sich eher befangen abseits und fiel schon wegen seiner städtischen Kleidung und seiner ausgefallenen Frisur auf. Carlo Fiore hatte keinerlei Schauspielerfahrung und lebte von einem Stipendium. Marlon hatte sich ihm während der Zugfahrt vorgestellt, war aber verschwunden, sobald sie das Theater erreichten. Als er ohne sein Gepäck wieder auftauchte, schlug er Carlo vor, sich mit ihm zusammenzutun, und bat ihn, ihm beim Transport einiger klappriger Möbelstücke zu helfen, die er draußen vorm Theater gestapelt hatte.

Fiore war der Sohn sizilianischer Emigranten, ein mit allen Wassern gewaschener Brooklyner mit einer Schwäche für blaue Wildlederschuhe. Nach einem Jahr High-School war er in die Fabrik gegangen und hatte Männerhosen gebügelt. Ein enger gemeinsamer Freund bezeichnete ihn später als einen von Marlons «Fürsorgefällen», denn er litt nicht nur an starken Minderwertigkeitskomplexen, sondern war seit der Oberschule auch heroinabhängig. Trotzdem gab es zwischen Marlon und ihm Gemeinsamkeiten. Beide kultivierten einen unauffälligen, beinahe lauernden Stil, und Carlo sah sich ähnlich wie Marlon als Außenseiter, der sich von den «hochgestochenen» Truppenmitgliedern, die Shakespeare zitieren konnten, unterschied. Sex stand ebenfalls auf ihrer gemeinsamen Tagesordnung. Beide bezogen ihr Selbstwertgefühl aus der Zahl ihrer Eroberungen, denn im Gegensatz zu den meisten aus gutbürgerlichem Hause stammenden Truppenmitgliedern verstanden sie den Sommer als Jagdpartie, als ehrgeizige Rammelei nach Punkten, bei der nach ihrer und nicht etwa nach Piscators Pfeife getanzt werden sollte.

Das zwölfwöchige Sommerrepertoire bestand aus zehn Bühnenstücken mit jeweils drei Aufführungen, wobei sich leichte und gewichtigere Kost die Waage hielten. Die Saison wurde am 4. Juli mit der Aufführung von *Claudia* eröffnet, einem Stück, dessen Proben bereits in New York begonnen hatten. Marlon hatte seinen ersten Auftritt in der zweiten Woche in *Sganarell.* Er spielte die Titelrolle des Sganarells, einen Holzfäller, der sich als Arzt ausgibt, um Argans Tochter von ihrer plötzlichen Unfähigkeit zu sprechen zu heilen. Das Programm kündigt eine «zügige, einfallsreiche Inszenierung an, die ein unterhaltsames, ungewöhnliches Theatererlebnis verspricht». Der Anklang beim Publikum war groß.

Am folgenden Wochenende führte die Truppe *Hanneles Himmelfahrt* auf, und hier spielte Marlon die Doppelrolle des Dorfschullehrers, der das junge Mädchen nach ihrem Selbstmordversuch ins Armenhaus trägt, und die Christusfigur, die ihr im Traum erscheint, um den betrunkenen Stiefvater zu vertreiben. Mit dieser Rolle hatte er bereits in New York Aufsehen erregt.

Im Zuschauerraum saß Maynard Morris, einer der einflußreichsten Agenten in New York City. Zäh, enthusiastisch und bekannt für seine unermüdliche Suche nach neuen Talenten, hatte Morris sich mit der Agentin Edie Van Cleve zusammengetan, die noch im vorhergehenden Winter Leiterin der Theaterabteilung von MCA gewesen war, der größten Talentagentur Amerikas. Ihr hatten Gregory Peck, Charlton Heston und Tyrone Power ihre Karriere zu verdanken. Morris hatte Marlon bereits an der New School in *Hanneles Himmelfahrt* gesehen, aber Stella hatte ihn überredet, sich die Aufführung in Sayville noch einmal anzusehen. Was er sah, war atemberaubend.

«Ich weiß gar nicht, wie ich Marlon in *Hannele* beschreiben soll», erinnerte sich Sara Farwell. «Ein Zwanzigjähriger, der Hannele als Jesus Christus im Traum erscheint und in diesem leuchtenden Gewand auf die Bühne tritt. Er stand im vollen Scheinwerferlicht – erst als blonder, junger Gott von bezaubernder Schönheit, später als älterer Mann mit Brille. Er verkörperte beide Gestalten vollkommen, und während wir anderen uns quälten, die von Piscator gewünschte Präsenz zu erreichen, schlüpfte er einfach in die Rollen, als seien sie für ihn gemacht.»

Es war unverfälschter Brando, intuitiv und strahlend. «So etwas hatte noch niemand gesehen», sagte ein anderer Schüler. «Das war kein Schauspieler, der eine Rolle spielte. Man hatte das Gefühl, einem Genie zu begegnen.»

Morris' Besuch sollte ein Wendepunkt in Marlons Leben werden, denn sobald der Agent nach Manhattan zurückkehrte, begann er sich, obwohl die beiden noch keinen Vertrag abgeschlossen hatten, nach Rollen für Marlon umzusehen. Piscator allerdings war nicht begeistert. Nicht nur erboste ihn Marlons lässige Einstellung, er fühlte sich auch betrogen. «Er fürchtete, einen Schüler zu verlieren», sagte Joy Thomson, denn kaum war Morris fort, als die Gerüchte über das Interesse des Agenten an dem Goldjungen der

Truppe aus dem Boden schossen. Der Erfolg war, daß Piscator die Truppe noch härter als vorher an die Kandare nahm. Marlon reagierte damit, daß er den deutschen Akzent des Regisseurs unerbittlich nachäffte.

In der Zwischenzeit hatten in der Wohnung an der West End Avenue einige Veränderungen stattgefunden. Fran war mit Dick nach Provincetown gezogen, um ihre Malklassen mit Hans Hofmann fortzusetzen, während Jocelyn und das Baby bei Don zu Besuch waren, der in Los Angeles stationiert war. Auf sich allein gestellt, war Dodie eine Zeitlang nach Chicago zurückgekehrt. Doch dann bot man ihr eine Rollenvertretung in *Cry Havoc* an und holte sie als Mitglied der Truppe nach Sayville. Sie traf Mitte Juli ein, mehr als zwei Wochen vor Beginn der angesetzten Proben und gerade rechtzeitig für das Premierendebakel von *Was ihr wollt.*

Cry Havoc hatte eine vorwiegend weibliche Besetzung, und Dodies Fans wie Elaine Stritch und Joy Thomson fanden nichts dabei, daß Dodie in Sayville mitmachte. «Es gab eine phantastische Rolle für sie. Sie sah toll aus: Bubikopf à la Katharine Hepburn, flottes Kostüm, ganz schlicht und einfach.»

Dodies Motive, für jemanden einzuspringen, waren allerdings etwas komplexerer Natur. Zwar mischte sie sich mit gewohnter Ungezwungenheit unter die jungen Leute und half sogar beim Kulissenbau, aber gleichzeitig redete sie Marlon wegen seiner mangelnden Ernsthaftigkeit ins Gewissen. Eines Tages fiel Carlo Fiore Marlons Niedergeschlagenheit auf. Dodie hatte ihn wegen seiner Darstellung am vorhergehenden Abend «und tausend anderer Kleinigkeiten» kritisiert. Als Carlo Fiore ihn damit zu trösten versuchte, daß Mütter zu solchen Tiraden neigten, vertraute Marlon ihm an, Dodie sei weitergegangen und habe ihm geraten, entweder endlich erwachsen zu werden und den Schauspielberuf ernst zu nehmen oder nach Chicago zurückzukehren und in die Firma seines Vaters einzutreten. Fiore gibt das Gespräch in seinem Buch über Brando wieder.

«Sie weiß, daß ich niemals im Geschäft meines Vaters arbeiten würde ... Dies ist das erste Mal, daß ich Mist gebaut habe, und gleich schlägt sie zu. Kurz, hart und trocken.»

«Wer erlebt schon gern einen Versager», sagte ich.

«Stimmt», sagte Marlon. «Nicht mal die eigene Mutter. Aber trotzdem ...» Er hob einen Stein auf und schleuderte ihn heftig gegen einen Baum. «Scheiße!»

Cry Havoc hatte am 11. August Premiere, und laut Elaine Stritch war Dodie in der Rolle der Doc «wunderbar». Marlon allerdings war zu dem Zeitpunkt schon nicht mehr in Sayville: Er war aus der Truppe geflogen oder, wie Farwell es nannte: «Gott hatte Adam aus dem Paradies vertrieben.» Der zürnende Gott war natürlich Erwin Piscator. Die Rolle der Eva fiel der goldblonden, blauäugigen Blossom Plumb mit der pfirsichweichen Haut zu, deren Kommen und Gehen der Regisseur seit Wochen mißtrauisch beobachtet hatte. Die Schuld- und Sühneepisode war ein solcher Skandal, daß sie in die Legende des Dramatic Workshop einging. Hier die Version, die Judith Malina ein Jahr nach Marlons Rausschmiß hörte:

«Er hatte eine Affäre mit einer jungen Dame, die sehr romantisch und sehr verliebt in ihn war, und offenbar hatten sie die Nacht in einer Garage verbracht, wo Piscator sein Auto untergestellt hatte, das sie als Boudoir benutzten. Morgens fand Piscator die Garage verschlossen, klopfte an die Tür und rief: ‹Ich kann Sie hören. Sofort die Tür aufmachen!› Worauf Brando auf seine zwanglose Art antwortete: ‹Ich kann nicht. Ich bin am Bumsen.›»

Die Autogeschichte ist vermutlich erfunden, doch den Grundzügen nach entspricht die Handlung der Wahrheit. Die Episode fand in der Scheune statt, in der Marlon und Carlo ihr Lager aufgeschlagen hatten und die gleichzeitig als Joy Thomsons Kulissenwerkstatt fungierte.

«Marlon und Blossom hatten oben diese gemütliche kleine Nische entdeckt, ihr privates Liebesnest», erinnerte sich Thomson und fügte hinzu, daß Piscator Marlon schon vor Wochen zum x-ten Mal gewarnt hatte, sich den Spielregeln anzupassen. Aber Brando fand, Piscator habe überhaupt kein Recht, sich in seine Angelegenheiten zu mischen. «Er hat mir verboten, Blossom zu vögeln. Aber ich mache, was ich will.»

Auf ihre loyale, vermittelnde Art hatte Thomson versucht, ihm ins Gewissen zu reden. «Er ist hier der Boss, Marlon. Wenn er nein sagt, dann laß es bleiben. Du hast hier ja schließlich nichts zu sagen.» Worauf Marlon geantwortet hatte: «Ach, halt's Maul!»

Piscator hatte, ohne daß die meisten es wußten, die Angewohnheit, nächtliche Inspektionsrundgänge zu machen, und um seiner Schnüffelei zuvorzukommen, zog Marlon die Leiter auf den Heuboden, wenn er ungestört sein wollte. Diesmal hatte er sich allerdings verkalkuliert.

«Als Piscator merkte, was Marlon trieb», erklärte Thomson, «bekam er einen Wutanfall und stürmte in die Requisitenkammer, um eine zweite Leiter zu holen, die er auch tatsächlich zur Scheune hinüberschleppte und gegen das Fenster lehnte, wo Marlon schlief. Marlon war mit Blossom im Bett und erzählte mir später: ‹Wenn ich nur geistesgegenwärtiger gewesen wäre. Aber ich bekam einen furchtbaren Schreck. Plötzlich erscheint dieses Gesicht mit der weißen, im Mondlicht leuchtenden Toscanini-Mähne im Fenster und schreit: ‚Ach so, Mr. Brando!' Wenn ich die Leiter umgestoßen hätte, wäre er hops gewesen. Ich hätte nur der Leiter einen Schubs zu geben brauchen, und er wäre hintenübergekippt ...›»

Es war ungefähr drei Uhr morgens, als Piscator sein «Raus!» brüllte.

Am nächsten Morgen gegen zehn Uhr erschienen die beiden Missetäter im Theatergebäude, wo der Großteil des Ensembles versammelt war, und die erbitterte Chouteau Dyer, Piscators Regieassistentin, explodierte. Marlons Reaktion darauf war: «Du kannst mich nicht rausschmeißen, weil ich im nächsten Stück auftrete, und Blossom kannst du auch nicht rausschmeißen, weil sie die Hauptrolle hat.»

«Später erschien Dodie, um zu sehen, was los war», berichtete Dyer. «Ich erzählte ihr, daß ich Marlon und Blossom entlassen hätte. ‹Ich bin fertig mit ihnen. Sie blockieren die Arbeit der ganzen Truppe.› Sie sagte nur: ‹Du hast völlig recht. So geht's nicht. Es tut mir leid.›»

Die Ironie dabei war, daß Piscators Unnachgiebigkeit Marlon zu einer Rolle am Broadway verhalf. Vier Wochen nach der Aufführrung von *Hanneles Himmelfahrt* war Maynard Morris' Begeisterung keineswegs erloschen, und kaum war Marlon in New York zurück, als der Agent ihn anrief.

«Maynard war ein liebenswerter Mann, der als Agent ein echtes Interesse an jungen Leuten hatte und keine Mühe scheute, um neue Talente zu entdecken», sagte Jocelyn, die nach ihrer Rückkehr in die Wohnung die Telefongespräche entgegennahm. Der Agent ließ nicht locker, er wollte um jeden Preis wissen, ob Marlon «bereit sei, zu unterschreiben», so daß sie beschloß, ihren Bruder an die Hand zu nehmen und mit ihm nach Manhattan in Morris' Büro zu fahren.

«Bud saß einfach da», erinnerte sie sich. «Maynard geriet auf seine leicht affektierte, enthusiastische Art ins Schwärmen, aber Bud sagte kein Wort. Ich fand es peinlich, weil er ihm in keiner Weise entgegenkam. Er saß einfach nur da, und nach einer Weile standen wir auf, um zu gehen. Als wir an der Tür waren, sagte ich: ‹Los, unterschreib den Vertrag!›»

Die Nachricht von Marlons Glück sprach sich schnell herum, und niemand war überrascht, als Piscator verkündete, er sei entzückt darüber, so als hätten sein hysterischer Anfall und Marlons Hinauswurf nie stattgefunden. Darren dagegen kehrte dem ganzen Unternehmen den Rücken, um Marlon nach Cape Cod zu begleiten.

«Er rief mich an und sagte: ‹Wir fahren nach Provincetown. Pack deine Sachen. Wir treffen uns an der Penn Station›», erinnerte Dublin sich.

Die Reise war entspannt und Marlon völlig gelassen, obwohl seine Interessen nun von dem Agenten mit den besten Beziehungen in New York vertreten wurden. Keiner von beiden wußte, wo sie auf Cape Cod wohnen würden, aber das Glück wollte es, daß sie am Tag nach ihrer Ankunft bei zwei Studentinnen aus Boston unterkommen konnten. Nur darauf bedacht, seine Freiheit zu genießen, machte Marlon sich daran, die Kunstgalerien, Strandpavillons und verwitterten Anleger näher zu erkunden. «Er war von Anfang an in den Ort verliebt», sagte Dublin. «Wir haben uns nur herumgetrieben und Unsinn gemacht.» Das war genau das, was Marlon nach der Arbeit mit Piscator brauchte. Nach anderthalb Wochen teilte er Darren jedoch mit, daß sie ihren Aufenthalt abbrechen müßten.

Maynard Morris hatte offenbar Erfolg gehabt. Es war nicht mehr aus Marlon herauszubringen, als daß er nach New York zurückkehren müsse, um für «irgendeine beschissene Broadway Show» vorzusprechen.

New York – Provincetown
1944–1947

SECHS

Bei der «beschissenen Broadway Show» handelte es sich immerhin um *I Remember Mama.* Einige Wochen zuvor war Marlon von Morris für eine Rolle in der Theaterbearbeitung von Kathryn Forbes' beliebter Kurzgeschichtensammlung *Mama's Bank Account* vorgeschlagen worden. Van Druten, dessen *Voice of the Turtle* im Vorjahr ein Hit gewesen war, sollte auch sein neues Stück wieder selbst inszenieren. Für die Hauptrollen hatte er bereits Mady Christians und Oskar Homolka engagiert. Mit Richard Rodgers und Oscar Hammerstein, die gerade mit *Oklahoma!* großen Erfolg als Produzenten gehabt hatten, war das Stück dazu angetan, einem unbekannten jungen Schauspieler die Wege zu ebnen. Marlon allerdings war alles andere als begeistert.

Er nahm das Drehbuch mit nach Hause in die West End Avenue, um es Dodie und Jocelyn zu zeigen. Die Rolle des jungen Nels, den er spielen sollte, stellte den schüchternen, liebenswerten fünfzehnjährigen Sohn einer norwegischen Emigrantenfamilie in San Francisco dar. Der Junge träumt davon, Arzt zu werden, und wird in der Schlußszene erwachsen. Die Familie fand die Rolle unbedeutend und langweilig und das Stück auch nicht besser als *Life with Father* oder ähnlichen trivialen Kitsch, der während des Krieges an den Broadway-Theatern gezeigt wurde. Erst als Stella Adler – die wie Morris der Meinung war, es sei an der Zeit, daß Marlon sein Talent öffentlich unter Beweis stellte – dem Stück großen Erfolg prophezeite, erklärte Marlon sich zögernd bereit, für die Rolle vorzusprechen.

Die Prozedur fand in Richard Rodgers' Büro statt. Doch statt mit Glanz und Gloria zu bestehen, stotterte und stolperte Marlon durch den Text, und seine Schüchternheit wirkte so lähmend, daß allen Anwesenden unbehaglich zumute wurde.

«Ich war so nervös, daß ich kurz vorm Schlaganfall stand», bekannte Brando später. Van Druten hatte noch nie jemanden so schlecht vorsprechen hören; trotzdem ließ ihn bei aller Stotterei die ungewöhnliche Einfühlsamkeit aufhorchen. Lucinda Ballard, die Kostümbildnerin der Aufführung, war ebenfalls anwesend. Ihr fiel auf, wie ähnlich Marlon dem nordischen Teenager war und die Vorstellungen des Produzenten auch dann noch unterstützte, als er das Büro nach Beendigung der Tortur durch einen Wandschrank statt durch die Bürotür verlassen wollte.

Fran Heflin, die die Rolle einer der Töchter spielte, fiel Brandos Unbeholfenheit schon bei der ersten Probe im September 1944 auf. Entspannt war er nur, wenn er auf den Beinen war. Während viele der beteiligten Schauspieler Hörspielerfahrung hatten, war Marlon unfähig, vom Blatt zu lesen. Wiederholt wurde er aufgefordert, lauter zu sprechen, doch wenn er schließlich den Mund aufmachte, brachte er entweder kein Wort heraus oder verhaspelte sich hoffnungslos. In der zweiten Woche erschien er abgerissen und mit blauem Auge zur Probe. «Er war richtig dreckig», sagte Herbert Kenwith, ebenfalls ein Anfänger. «Seine Kleidung war verlottert, sein Haar zerzaust, und als wir ihn fragten, was passiert sei, sagte er nur ‹Wieso? Nichts.› Er tat so gelassen, als litten wir alle unter Halluzinationen. Wir machten uns über seinen Geisteszustand Gedanken und befürchteten, er könne durchdrehen oder verschwinden.»

Brando hatte nur eine kleine Rolle, und als das Stück am 19. Oktober 1944 Premiere feierte, wurde sein Name von den meisten Kritikern nicht einmal erwähnt. Doch Kennern entging sein Auftritt nicht. Bobby Lewis, ein ehemaliger Schüler des *Group Theatre,* hielt Brando sogar für einen Laienschauspieler. «Als der Vorhang aufging, standen Mady Christians und Oskar Homolka auf der Bühne und waren in ihrem Element», erinnerte er sich. «Plötzlich kommt hinten dieser Junge die Treppe herunter und kaut an einem Apfel. Hier werfen sich diese beiden Theatergrößen ins Zeug, und da kommt dieses Bürschchen und sieht aus, als ob er da oben tatsächlich haust. Er fing an, seinen Text zu sprechen, und ich dachte: ‹Das ist ein Kulissenschieber. Der ist aus Versehen auf die Bühne geraten. Oder einer von den Schauspielern ist erkrankt, und er ist eingesprungen, denn eigentlich spielt er gar nicht.›»

Marlene Dietrich war ebenfalls bei der Premiere und schwärmte während der Pause, Marlon ist «das größte Naturtalent, das ich je gesehen habe». Wie Lewis erkannte sie seine Fähigkeit, sich zu entspannen. So verkrampft und gehemmt Brando bei den Proben war – auf der Bühne gelang es ihm, wie Laurence Olivier oder Alfred Lunt eine unerschöpfliche innere Energie zu aktivieren, die es ihm erlaubte, äußerlich völlig entspannt zu sein. Seine Ausstrahlung, die ihm eine überraschende Selbstsicherheit verlieh, schien von innen zu kommen. «Dieser Bursche kann Spannung erzeugen», sagte sich Lewis, «aber er weiß, daß es nichts mit physischer Anspannung zu tun hat.»

Brando blieb seiner speziellen Arbeitsmethode zeit seines Lebens treu: er experimentierte, er feilte und setzte alles auf eine Karte. «Vielleicht sah er einen nur anders an, änderte die Betonung oder legte eine Pause ein, die er vorher nicht gemacht hatte», sagte Heflin und hob hervor, daß Van Druten diese Änderungen bei der Veröffentlichung seines Drehbuchs berücksichtigte. Er hatte Brando viele «Kleinigkeiten» zu verdanken, die nicht im Original standen, und legte Wert darauf, daß der veröffentlichte Text reflektierte, was tatsächlich auf der Bühne passiert war. «Ich glaube nicht, daß ich diese Fähigkeit je bei einem anderen Schauspieler erlebt habe», fuhr Heflin fort. «Es war eine sehr persönliche, sehr verinnerlichte Arbeitsmethode.»

Marlon war nicht dazu zu bringen, auf der Bühne Make-up oder gar ein Hemd zu tragen, sondern begnügte sich mit einer falschen Hemdbrust mit Kragen und Manschetten unter der Jacke seines Kostüms. In seiner Garderobe lagen überall dreckige Handtücher, Papier und Taschentücher verstreut. Wenn er auf die Toilette ging, ließ er häufig die Tür offenstehen, damit er sich weiter mit seinem Besuch unterhalten konnte, und nach Aussagen von Ensemblemitgliedern konnte es vorkommen, daß er aufstand, ohne Papier zu benutzen. Kenwith berichtete, wie schockiert er war, als er zum ersten Mal Zeuge dieser Szene wurde, und erinnerte sich ebenfalls, wie Brando eines Abends ganz knapp vor Aufführungsbeginn erschienen war, sich ausgezogen und Damenspitzenunterwäsche getragen hatte. Er sei bei einer «Schickse» gewesen, erklärte er und habe in der Eile ihre Unterhose gegriffen, weil er es eilig hatte.

Da er nie badete, litt er oft unter Körpergeruch, womit seine Kollegen sich abfinden mußten. Womit sie sich schwerer taten, war seine Angewohnheit, vor seinem Auftritt zu masturbieren und mit einer leichten Erektion auf die Bühne zu treten. Die Schwellung war selbst im Publikum zu sehen, da er ein Paar ziemlich enger Knickerbocker trug, und es dauerte nicht lange, bis es auch Van Druten auffiel. «Du mußt mit ihm reden und ihm sagen, er soll ein Suspensorium tragen», schärfte der Regisseur Kenwith ein. «Man kann sehen, daß er eine Erektion hat. Das wirkt störend.» Worauf der Schauspieler erwiderte: «So etwas kannst du ihm gefälligst selbst sagen. Ich muß schließlich jeden Abend mit ihm auf der Bühne stehen.»

Brando schloß auch seine Garderobe nie ab, was innerhalb der engen, inzestuösen New Yorker Theaterwelt dem Klatsch über Brando und seine Mentorin Stella Adler zusätzliche Nahrung gab. Ein Schauspieler überraschte die beiden einmal. «Marlon war nackt, Stella nicht», erinnerte er sich. «Sie lagen beide auf dem Fußboden. Ich hatte gesehen, wie sie in seine Garderobe ging, und als ich eintrat, drehte sie sich um und sah mich. Marlon sah mich auch, aber es störte ihn nicht. Er sah mich genauso gelassen an wie damals, als ich ihn mit einer exotischen Schönheit überrascht hatte, und sagte: ‹Komm doch rein.›»

Die meisten Mitglieder der Truppe taten die Episode mit Stella als «Lehrer-Schüler-Techtelmechtel» ab. Kompliziert wurde die Sache allerdings dadurch, daß Stellas fünfzehnjährige Tochter Ellen seiner Garderobe ebenfalls einen Besuch abgestattet hatte, und zwar hatte man sie noch am Abend vor dem Rendezvous mit Stella ebenfalls mit Marlon zusammen gesehen.

Marlons Freundschaft mit Ellen sollte allerdings sämtliche Beziehungen, Ehen, Kinder und Scheidungen der beiden überdauern. Sie malten sich aus, wie sie in späteren Jahren ihren Lebensabend Seite an Seite im Schaukelstuhl miteinander verbringen würden. Jetzt, im Alter von fünfzehn, war Ellen eine auffallende Schönheit – nicht blond wie ihre Mutter, sondern ein dunkler Zigeunertyp mit pechschwarzem Haar, wachen Augen und einer Selbstsicherheit im Auftreten, die viele als frühreif irritierte. Der Atmosphäre um Stella und ihren Stiefvater Clurman verdankte sie eine geistige Reife, die weit über ihre fünfzehn Jahre hinausging, denn im Haus ihrer Eltern verkehrten Künstler wie John Garfield, Franchot Tone, Jacques Lipchitz, Irwin Shaw, Aaron Copland und zahllose andere. Ellen hatte die Privatschulen Dalton und Manumet besucht. Am Bard College, einer kleinen, humanistisch orientierten Eliteschule, die sie wenige Wochen vor der Premiere von *Mama* verlassen sollte, studierte sie Literatur statt Theaterwissenschaft und vermied den Kontakt mit den Schauspielschülern des College, für die der Name Adler ein Mythos war.

Obwohl sie ihrem Studienfreund Standish Thayer versicherte, Marlon sei «nur ein guter Freund», machte sie aus ihrer Schwärmerei für ihn kein Hehl. Zu Hause saßen sie manchmal Hand in Hand auf dem Sofa, oder Marlon massierte ihr den Oberschenkel und tätschelte ihr die Waden. Sie holte sich ein Glas Orangensaft oder Kakao, ließ sich damit auf seinem Schoß nieder und «versetzte ihn in den siebten Himmel», wie Stellas Freund, der Komponist David Diamond, es nannte. «Marlon ließ sich gern provozieren und ging nur zu bereitwillig darauf ein. Ellen war noch so jung, sie hatte keinerlei Erfahrung, aber sie schwärmte von seiner verspielten Zärtlichkeit, seinen sanften Händen, seiner Vorliebe für erregende erotische Neckereien vor dem tatsächlichen Liebesakt. Von Küssen über den ganzen Körper. Von seiner Schwäche für Zehen, Ohrläppchen und Brustwarzen.» Sie fühlte sich geliebt und verwöhnt, obwohl Marlon gleichzeitig mit Celia Webb und vielen anderen Frauen schlief. Zwar wußte sie davon, fand sich jedoch ebenso damit ab, wie sie die Augen davor zu schließen schien, daß Marlon eine Affäre mit ihrer Mutter hatte.

Stella dagegen konnte ihre Eifersucht nicht ganz verbergen, obwohl sie sie als mütterliches Mißfallen über die Beziehung ihrer Tochter zu ihrem Protegé kaschierte.

Im Frühjahr 1945 war *Mama* seit sieben Monaten auf der Bühne. Inzwischen hatte Brando seine Faszination für die Tanzschule von Katherine Dunham entdeckt, eine exotische Welt von Conga-Trommeln und geschmeidigen schwarzen Körpern, wo niemand nach Herkunft, Schulbildung oder Zukunftsplänen befragt wurde. Mehr noch als der Dramatic Workshop wagte die Dunham School sich an die Entdeckung von Neuland.

Mehr als fünfundsechzig Prozent der Dunham-Schüler waren Schwarze, Haitianer oder Spanier. Mit Ausnahme eines Studios, das an Lee Strasberg vermietet war, nahm die Schule ein ganzes Gebäude in der Forty-third Street zwischen der Sixth und Seventh Avenue ein. Brando war auf die Dunham School gestoßen, als er vorübergehend im selben Gebäude als Hörer an Strasbergs Privatklasse teilgenommen hatte. Später stritt er ab, je bei Strasberg gelernt zu haben, doch war er einige Male dort aufgetaucht, hatte dabei die Musik im angrenzenden Studio gehört und bei einer Stippvisite festgestellt, daß ihn die Dunham School sehr viel mehr interessierte als der Schauspielunterricht. Dabei faszinierten ihn nicht nur die Trommeln, sondern vor allem der Lehrer Henri «Papa» Augustine, der *hungan* oder Voodoo-Priester der Truppe.

Der Trommler, ein großer, ebenholzschwarzer Mann von Ende Vierzig, hatte sich den Spitznamen «Papa» als Zeichen des Respekts erworben, denn der Beiname «Papa» ist bei den Haitianern den Göttern vorbehalten. Untersetzt, mit durchdringenden, wachen Augen, genoß er unter den Haitianern in New York den Ruf, «an die guten Seiten der Götter zu glauben». Er besorgte Neuankömmlingen aus Port-au-Prince Unterkunft in New York, zelebrierte aber vor allem in seiner Harlemer Wohnung wie bei der Premiere jeder Dunham-Vorstellung im New York Theatre oder unterwegs auf Tournee «beschützende» Beschwörungszeremonien.

Marlon war gerade einundzwanzig geworden, ein junger Mann aus dem Mittleren Westen, der noch keine zwei Jahre in Manhattan war. Die Trommelklassen mit Augustine eröffneten ihm eine exotische, faszinierende Kultur, die ihn fast noch mehr fesselte als das intellektuelle Milieu bei den Adlers.

Diese Begegnung war ganz nach Marlons Geschmack. Seine

pseudointellektuelle Suche nach Alternativen, die Kenntnis Gurdjieffs durch Dodie und ihre Mutter und die Leidenschaft fürs Trommeln während der Schulzeit waren die besten Voraussetzungen dafür, daß er in Augustine einen neuen Mentor fand.

Die Vielseitigkeit und «Offenheit» der Schule waren natürlich Dunham selbst zu verdanken, die ebenfalls aus der Hand lesen konnte und sich auf Tarotkarten verstand. Im Gegensatz zu Dunham war Augustine jederzeit verfügbar und verkörperte eine primitive Welt, die sich von allem unterschied, was der junge Brando bisher kennengelernt hatte. Ob Conga- oder Bonga-Trommeln, sie brachten Marlon in Kontakt mit Haitianern, Schwarzen aus Harlem und heißblütigen Latinos. In Augustines Klasse übte er so ausdauernd, daß ihm die Haut an den Händen aufplatzte; trotzdem ließ er es sich nicht nehmen, seinen Mentor anschließend im Unterricht zu begleiten. «Ja, du bist begabt», ermutigte ihn Augustine. «Aber du mußt an dir arbeiten, um noch besser zu werden. Arbeiten gibt Kraft. Du mußt arbeiten, damit du begreifst, was du tust.» Die Tanzschule war der Ort, wo er sich «gehenlassen» konnte, genau wie bei den «boules blanches», den monatlich stattfindenden Wohltätigkeitsfeten der Schule, bei denen eine gemischte Gesellschaft aus Weißen und Schwarzen zusammenkam und die zu den berühmtesten und anspruchsvollsten Veranstaltungen New Yorks gehörten.

Brando war einer der wenigen Weißen unter dem guten Dutzend schwitzender Trommler, zeigte aber die größte Ausdauer.

Nach wie vor kultivierte er diese geheimnisvolle Aura, die seinen Ruf noch erhöhte. Obwohl die Frauen scharf auf ihn waren, unterließ er meist jeden Blickkontakt, «was ihn bei der Aufdringlichkeit der anderen nur um so verführerischer machte», wie Joyce Crosbie, eine der Tanzschülerinnen, bekannte.

Eine Frau, die ihn besonders verfolgte, war Crosbies engste Freundin, Julie Robinson. Wie viele von Brandos Freundinnen war die aparte Tanzschülerin so dunkelhäutig, daß viele sie für eine Indianerin hielten. Dabei war die dunkle Schöne mit dem offenen, brünetten, in der Mitte gescheitelten Haar Jüdin. Robinson war die Tochter eines wohlhabenden Liberalen aus Greenwich Village und war über das progressive Little Red Schoolhouse und die High-School of Music and Art an die Dunham-Tanzschule gekommen. Im Gegensatz zu den meisten Studenten hatte sie eine verwöhnte Kindheit genossen und fand nichts dabei, sich in den besten Geschäften der Stadt auf den Kredit ihrer Mutter zu berufen. Zwischen Marlon und ihr entwickelte sich schnell eine feste Beziehung, obwohl er aus Ellen, Celia, Blossom oder den vielen anderen Frauen kein Geheimnis machte.

«Julie und ich wollten mit meinem Stiefvater nach Mexiko fahren», erinnerte sich Crosbie, «und Marlon brachte uns zum Schiff. Ich wußte, daß er sie zur Verzweiflung trieb. Mal schien er Hals über Kopf verliebt, dann wieder ließ er wochenlang nichts von sich hören. Als wir gegen Ende des Sommers zurückkamen, hat sie sich wohl wieder breitschlagen lassen, obwohl er sich auch weiterhin mit Ellen Adler traf.»

Da Julie im Sommer 1945 abwesend war und *Mama* eine Sommerpause machte, gönnte Marlon sich mit Darren im Schlepptau ebenfalls einen längeren Urlaub. Er entschied sich für Provincetown, das ihm im Vorjahr so gut gefallen hatte und sich unter Eingeweihten an Dunhams Tanzschule ebenfalls großer Beliebtheit erfreute, besonders bei Sid Shaw, einem homosexuellen Liederschreiber, der sich schon im Juni auf Cape Cod niedergelassen hatte. Provincetown oder «P-town», wie es unter Eingeweihten hieß, wurde zu Marlons bevorzugtem Aufenthaltsort.

An der äußersten Spitze von Cape Cod gelegen, wußte die Stadt schon immer zu leben und leben zu lassen und galt in einschlägigen Kreisen als eigentlich kreatives Zentrum der amerikanischen Kultur. Portugiesische Fischer und amerikanische Bootsbauer lebten hier seit Jahren einträchtig zusammen, ohne sich von den Künstlern in ihrer Mitte beirren zu lassen. Damals waren neben dem jungen Jackson Pollock und seiner Frau Lee Krasner auch Peggy Guggenheim und Max Ernst in Provincetown zu finden. George Grosz, William Baziotes und Pollocks abstrakter Kollege Adolph Gottlieb lebten ebenfalls dort sowie der junge Tennessee Williams, der gerade an seinem ersten größeren Stück, der *Glasmenagerie*, arbeitete.

Schon damals verkehrten Homosexuelle in Provincetown offen und ungeniert miteinander und waren Teil dieser verrückten Szene aus Malern, Schriftstellern und Faulenzern, mit der die Einheimischen sich abfanden.

Der Krieg ging zwar seinem Ende entgegen (Deutschland hatte im Mai kapituliert), doch in Provincetown gab es noch keine Touristen, nur Maler und Schriftsteller. Vom einen Ende der Commercial Street, der Hauptdurchgangsstraße, zum anderen waren es nur anderthalb Meilen, und angesichts der noch geltenden Benzinrationierung und Lebensmittelkarten war das Atlantic House oder «A-House» der Anziehungspunkt der Stadt. Zu den Attraktionen gehörte Ella Fitzgerald, und auch Imogene Coca zog allabendlich ein Publikum aus Hetero- und Homosexuellen an. Tonangebend in der Szene war Clayton Snow, selbstgekürte «Queen» am Ort, der häufig Gäste zu wöchentlichen Parties zusammentrommelte. Snow war bereits eine Legende, selbst für Provincetown ein Phänomen.

«Claytina», wie er genannt wurde, war Bartender im New Central House, einer kleinen Bar am Strand neben dem Provincetown Playhouse. Geistreich und schlagfertig, hatte er sich bereits als fünfzehnjähriger Schüler «geoutet». Trotz seiner dürren, aufgeschossenen Gestalt war er dank seines schamlosen Flairs der erklärte Impresario der Halbwelt.

Das New Central House war Claytons Bühne, er hatte das Haus, wie es hieß, «fest im Griff». Nebenan im Playhouse trat Dame May Whitty in *Night Must Fall* auf, und zu der endlosen Prozession von Gästen gehörten (echte oder eingebildete) Größen aus Ballett und Show Business sowie Stammkunden wie der Pianist Gil Evans und seine Frau Lila, die Managerin des Theaters. Vier weitere Stammgäste waren Victor Bruno, ein schwarzhaariges Vitalis-Modell, Parker Tyler, der New Yorker Herausgeber der Zeitschrift *Flair,* Marlons Freund Sid Shaw und Shaws Liebhaber, Hugh Shannon. Seit Anfang des Sommers wohnten alle in Claytons heruntergekommenem Strandhaus, vor dem ein Wunschbrunnen stand.

Laut Snow war Brando durch diese Verbindung nach P-town gekommen. «Ich wußte nicht einmal, daß Hugh und Sid kommen wollten», erinnerte sich Snow. «Aber da ich Platz hatte, legten wir

Matratzen auf den Fußboden. Marlon hatte Sid an der Dunham-Schule getroffen, daher die Bekanntschaft. Es wurde nie geklärt, ob Sid eigentlich wußte, daß Marlon kam oder ob Marlon einfach so auftauchte; jedenfalls gehörten Marlon und Darren von Anfang an wie selbstverständlich zu unserer Clique in der Stadt und im Strandhaus.»

Keine Woche nach seinem Einzug in Claytons Haus am Pumkin Hollow war Marlon Stadtgespräch. Wenn der baumlange Clayton häufig mit Eleanor Roosevelt verglichen wurde, so hielt man seinen neuen Freund für einen Adonis. Der Klatsch blühte, und noch heute schwärmen alteingesessene Gays in Provincetown von Brandos «unglaublicher Ausstrahlung», «seiner sinnlichen Schönheit» oder – noch exaltierter – «blond, blond, blond, zum Anbeißen sexy und mit Engelsvisage». Snow hatte immer im Ruf gestanden, sich keine Gelegenheit entgehen zu lassen – «wer bedient werden wollte, brauchte sich bloß an Clayton zu wenden» –, und diese Promiskuität in Verbindung mit Snows exponierter gesellschaftlicher Stellung katapultierte Brando unweigerlich ins Zentrum von P-towns aufgeheizter Atmosphäre. Wie immer reagierte er auf Spekulationen, wes Geistes Kind er war, mit spröder Gleichgültigkeit.

Harold Norse, ein Freund von Tennessee Williams, erinnerte sich lebhaft an das Getratsche. «Ich kam zu Beginn des Sommers dazu und lernte Clayton durch Tennessee kennen. Marlon hatte damals noch etwas sehr Reserviertes. Ich traf ihn auf einer Party und flog förmlich auf ihn. Aber Tennessee ging überall herum und erzählte, Marlon und Clayton hätten eine Affäre. Schließlich redete alle Welt darüber. Tennessee behauptete sogar: ‹Clayton hat Marlon an die Kette gelegt und hält ihn unter Verschluß, damit keiner an ihn rankommt.›»

Wie in New York schwankte Marlon zwischen dem Bedürfnis, sich zurückzuziehen und aufzutrumpfen, so daß er gelegentlich sogar die Clique und selbst Snow dominierte. Er trank zwar nicht exzessiv, doch häufig – auf jeden Fall mehr als sonst –, und schnappte sich im A-House gelegentlich eine der Sängerinnen oder Schauspielerinnen, um sich mit ihr auf der Tanzfläche auszutoben. Wenn eine der Frauen ihm einen Korb gab, zog er sich zu Clayton und den anderen zurück und trommelte im Rhythmus der Musik selbstverloren auf der Tischkante. Was die Gays betraf, die mit dem Rücken zur Bar standen und ihn förmlich mit den Augen verschlangen, so schienen sie ihn ebenfalls kaltzulassen. «Marlon war eine Schönheit, klar. Aber Schönheiten gab es in Provincetown wie Sand am Meer», bemerkte Snow herablassend. «Ich brauchte ihn nicht zu beschützen. Außerdem habe ich immer nach dem Motto gelebt: ‹Wenn schon, denn schon ...› Das war *seine* Sache.»

Inzwischen schossen die Gerüchte aus Halbwahrheiten und phantasievollen Erfindungen über Marlons Beziehung zu Snow ins Kraut, ein Beweis, wieviel der Schwulengemeinde daran lag, den attraktiven Neuankömmling zu den Ihren zu zählen. Einer der Barkeeper berichtete, wie Snow in die *Old Colony* gekommen sei und verkündet habe: «Ich weiß, wie lang Marlon Brandos Schwanz ist.» – «Tatsächlich?» meinten einige Gäste lachend. «Wie lang denn?» – «So lang», soll Snow geantwortet haben, wobei er so tat, als lutsche er ein Eis am Stiel, während die Umstehenden in Gelächter ausbrachen.

Nach ihrer damaligen Beziehung befragt, bestritt Snow alle Behauptungen, Marlon und er seien mehr als «bloße Freunde» gewesen. «Alles andere ist aus der Luft gegriffen», wiederholte er nachdrücklich. «Was Sex zwischen Marlon und anderen Männern betrifft ... na ja, er hat natürlich experimentiert, was man damals tat, wenn man auch nur einen Funken Sensibilität, Intelligenz oder Neugier besaß.»

Nach mehr als fünfundzwanzig Jahren kam Brando zum ersten Mal auf seine angebliche Bisexualität zu sprechen. 1976 gab er dem Klatsch neue Nahrung, als er in dem Film *The Missouri Breaks* (dt.: *Duell am Missouri*) einen Transvestiten spielte, der ausgerechnet den Namen Clayton trug. «Wie viele Männer», sagte er als Reaktion darauf, «habe auch ich homosexuelle Erfahrungen gemacht und schäme mich deswegen nicht. Ich habe nie Rücksicht darauf genommen, was über mich geredet wird. Im Grunde meiner Seele bin ich ambivalent, und ich sage das nicht, um den sieben von zehn Frauen, die mich – vielleicht unberechtigt – als Sexsymbol betrachten, eins auszuwischen. Meiner Meinung nach ist Sex etwas, was sich gar nicht genau definieren läßt. Man könnte sogar sagen, geschlechtliche Beziehungen seien geschlechtslos.»

Jahrelang hatten Gerüchte ihn mit dem Romancier James Baldwin in Verbindung gebracht, mit Schauspielern wie Wally Cox, Christian Marquand und sogar mit Leonard Bernstein und Gore Vidal. Brandos erste Frau, Anna Kashfi, deutete an, daß es noch weitere männliche Partner gegeben habe. Manches davon ist zweifellos Medienklatsch, aber auch wohlmeinende langjährige Kollegen wie Karl Malden und Elia Kazan oder Mitglieder von Marlons eigener Familie (besonders Fran und Dick) hatten sich gelegentlich gefragt, ob Marlons Bisexualität nicht der Schlüssel zu seinem merkwürdigen geheimnistuerischen Verhalten sei.

Nach New York zurückgekehrt, setzte Brando seine Bühnenarbeit, seinen Unterricht an Dunhams Tanzschule und seine komplizierten Beziehungen mit einer Unzahl von Frauen fort, unter anderem mit Ellen Adler und Julie Robinson.

Ellen pendelte zwischen Bard und New York hin und her und traf sich mit ihm trotz der Einwände ihrer Mutter – und trotz seiner unverhohlenen Affäre mit Robinson. Sie tauchte allerdings kein einziges Mal bei den «boules blanches» auf, obwohl ihr Freund Diamond mit der Schauspielerin Canada Lee und manchmal sogar mit Stella dort regelmäßig zu Gast war. Vermutlich blieb sie fern, weil Robinson bei diesen Veranstaltungen auftrat, und verabredete sich mit Marlon entweder bei Freunden oder im Park Savoy, wo er inzwischen wohnte. Gleichzeitig übte Julie Druck auf ihn aus und erwartete «eine Entscheidung». Bald ließ er sich sogar noch auf eine weitere Beziehung mit Dunhams Sekretärin, einer weißen Tanzschülerin, ein.

«Er machte sich ernsthafte Gedanken über sein Verhältnis zu Julie, denn die beiden waren wirklich ineinander verliebt», behauptete Dunham. «Vielleicht war Marlon einfach noch nicht reif genug – schließlich wollte Julie ihn vor den Traualtar zerren –, und deshalb machte er Schluß. Zuerst konnte sie es nicht fassen und war am Boden zerstört. Aber zum Glück sprang Harry Belafonte in die Bresche.»

Inmitten all des Trubels, den er nicht zuletzt entfachte, um sich die Langeweile bei *Mama* zu vertreiben, traf Marlon eine schicksalsschwere Entscheidung. Obwohl das Stück bis Juni 1946 angesetzt war, verließ er das Ensemble im Februar, um eine Rolle in Maxwell Andersons *Truckline Café* zu übernehmen.

Diese Rolle – und nicht *A Streetcar Named Desire* anderthalb Jahre später – war es, der Brandos Karriere die entscheidende Wendung verdankte. In *Mama* hatte es zuviel Prominenz gegeben, das Stück war zu nichtssagend, und obwohl *Truckline* beim Publikum durchfiel, war es immerhin ein Reinfall, der die Aufmerksamkeit einflußreicher Leute weckte. Außerdem brachte *Truckline* Brandos Intensität auf eine Weise zur Geltung, die nicht einmal Edie Van Cleve, seine neue Agentin, hatte voraussehen können.

Als erste gemeinsame Inszenierung des neugegründeten Teams Harold Clurman und Elia Kazan weckte *Truckline* Erinnerungen an das Group Theatre und die längst vergangenen turbulenten Jahre. Kazan oder «Gadg», wie ihn seine Freunde nannten, hatte als Schauspieler in Odets Agitproptheater *Waiting for Lefty* begonnen. Als Mitglied der kommunistischen Fraktion des Group Theatre hatte er sich intensiv für die Inszenierung von linken und antifaschistischen Stücken an den Theatern der League of Workers eingesetzt, bevor er 1936 aus der KP austrat. Ein Jahr später begann seine Karriere als Regisseur. Seine phantasievolle Inszenierung von Thorton Wilders *The Skin of Our Teeth* mit Tallulah Bankhead, Florence Eldridge, Fredric March und dem jungen Montgomery Clift machte ihn 1942 mit einem Schlag berühmt. Mit seinem ersten Film, der äußerst erfolgreichen Bearbeitung von Betty Smith' Bestseller *A Tree Grows in Brooklyn* nur wenige Monate vor der Premiere von *Truckline*, war er zum Geheimtip am Broadway wie in Hollywood geworden.

Im Gegensatz zu Clurman war Kazan kein Prophet, sondern ein zäher, intuitiver Regisseur. In *Truckline* war er der Produzent und Clurman der Regisseur. Kazan hatte für Stella Adler, die Frau seines Partners, nie viel übrig gehabt, und nun wollte ausgerechnet sie Marlon die kleine, aber eindringliche Rolle des Sage MacRae zuschustern. «Wenn du heute abend mit mir ins Bett willst, dann engagier ihn gefälligst», soll sie angeblich zu Clurman gesagt haben.

Marlons Auftritt vor Kazan und Clurman war genauso hilflos wie sein Vorsprechen für *Mama*, doch ließ er Clurman aufhorchen. Es war nur eine kleine Rolle, nicht mehr als sechs Minuten auf der Bühne, aber die eindringliche, gequälte Gestalt des Sage schien Brando auf den Leib geschrieben, so daß Clurman Kazan überreden konnte, ihn zu engagieren.

Eine weitere Hürde entstand, als Marlons Agentin eine wöchentliche Gage von 500 Dollar für Marlon verlangte.

«Ich dachte, Kazan würde in Ohnmacht fallen», erinnerte sich Edie Van Cleve, «denn er hatte eher an 125 pro Woche gedacht. Nach langem Feilschen einigten wir uns schließlich auf 275.»

Zweifellos hatte Clurmans Persönlichkeit den Ausschlag gegeben, daß Marlon die Rolle annahm, denn wie Stella konnte man ihm vertrauen. Clurman hatte bereits eine ungewöhnliche Besetzung zusammengestellt – Karl Malden, Kevin McCarthy, Lou Gilbert und Richard Waring.

Kazan machte Clurman später für den Mißerfolg des Stückes verantwortlich und gab ihm die Schuld, daß der Autor, Maxwell Anderson, kein brauchbares Drehbuch zustande gebracht hatte. In Wirklichkeit war den beiden entgangen, daß selbst ein aufgeklärtes Publikum wie das von New York noch nicht bereit war, drei Dollar für einen Theaterabend auszugeben, der an den Krieg erinnerte. Sie wollten *Oklahoma!*, das drei Jahre lang am Broadway Furore gemacht hatte.

Obwohl Clurman Kazans unfehlbarer Theaterinstinkt abging, war er es, der Marlons Nuscheln erfolgreich zu Leibe rückte. Zu Beginn der Proben ging er den Text ganz allein mit dem verschüchterten Brando und seiner Partnerin, Ann Shepherd, durch. Brandos Arbeit wurde besser, kaum daß er seinen Rhythmus gefunden hatte. Seine Charakterisierung war bis ins Detail durchdacht, aber er sprach so gedämpft, daß man ihn über die fünfte Reihe hinaus nicht mehr verstehen konnte.

Clurman forderte ihn auf, lauter zu sprechen. Wenn er nicht reagierte, verlor er die Geduld. «Ich kann nichts verstehen!» schrie er. «Du mußt lauter sprechen!» Kazan sparte ebenfalls nicht mit Ratschlägen. Er saß im verdunkelten Theater in der letzten Reihe und rief: «Hör auf zu nuscheln! Wenn diese Inszenierung eine Pleite wird, möchte ich wenigstens hören, warum.»

Clurman versuchte es mit einem neuen Trick. Er schickte alle Schauspieler außer Marlon von der Bühne. Dann forderte er ihn in aller Ruhe auf, den ganzen Text laut zu schreien, auch den abschließenden Monolog, in dem er gesteht, seine untreue Frau ertränkt zu haben.

«Brando hob die Stimme», erinnerte Clurman sich später. «‹Lauter›, befahl ich. Er gehorchte. ‹Noch lauter›, beschwor ich ihn. Das wiederholte sich mehrere Male, und natürlich begann meine Forderung nach immer größerer Lautstärke den Schauspieler zu erschöpfen und sichtlich in Rage zu bringen. Dann rief ich: ‹Kletter an dem Seil hoch!› und zeigte auf ein Seil, das vom Schnürboden herunterhing. Ohne Zögern begann er daran hochzuklettern, während ich ihn anhielt, weiter seinen Text zu schreien.»

Die übrigen Ensemblemitglieder kamen bei dem beängstigenden Geschrei besorgt auf die Bühne gelaufen.

«Als Brando wieder unten war, dachte ich, er würde auf mich losgehen. ‹Und jetzt spielst du die Szene ganz normal›, sagte ich ruhig. Er riß sich zusammen und tat, wie ihm geheißen. Und tatsächlich sprach er ohne jede Anstrengung lauter. Nach ein paar Tagen hatte er die Szene im Griff. Bei der Premiere und bei allen anschließenden Aufführungen wurde sein Auftritt mit einem Applaus belohnt, wie ich ihn im Theater noch nie erlebt habe.»

Zwar war die «Siegessaison» 1945–46 Kriegsdramen ohnehin nicht gnädig gesinnt, doch erhielt keins so vernichtende Kritiken wie *Truckline.* John Chapman von der New Yorker *Daily News* geißelte es als das schlechteste Stück, das er in seiner ganzen Kritikerlaufbahn je gesehen hätte, während die *New York Times* schrieb, Maxwell Anderson müsse das Stück wohl «bei Nacht und Nebel mit links» geschrieben haben. Der Kritiker von *Cue* war geradezu gnädig, als er das Stück nur «langweilig, antiquiert und an den Haaren herbeigezogen» fand. Die Kritiken erschütterten das Ensemble um so mehr, als das Premierenpublikum mit anhaltendem Applaus reagiert hatte.

Weder Clurman noch Kazan hatten mit solch niederschmetternden Kritiken gerechnet. Entgegen allen Gepflogenheiten beschlossen sie, einen an das «theaterliebende Publikum» gerichteten Aufruf in die *New York Times* zu setzen. Die Kritik, schrieben sie, maße sich zunehmend Befugnisse an, die ihr weder aufgrund ihrer Ausbildung noch ihres Geschmacks zukämen.

Dahinter steckte die Absicht, die öffentliche Meinung umzustimmen, und in gewissem Sinne hatten sie damit Erfolg. Fast eine ganze Woche lang wurde die Auseinandersetzung in diversen Artikeln und Leserbriefen in der Lokalpresse weitergeführt, und wenn die Kontroverse das Stück auch nicht retten konnte, so machte sie *Truckline* immerhin zum Stadtgespräch, mit Brando im Mittelpunkt. In Theaterkreisen, unter den Schauspielern, Regisseuren, Dramaturgen, Produzenten und Agenten und selbst unter den Martinis schlürfenden Finanzmoguln im «21», wurde Marlon mit Montgomery Clift verglichen und als eins der vielversprechenden neuen Talente begrüßt.

«Sein Monolog schlug ein wie der Blitz», erinnerte sich Karl Malden. «Gut eine Drehbuchseite, warum er seine Frau umgebracht hat. In meinen fünfzig Jahren beim Theater habe ich so etwas nie wieder erlebt: Er brachte die Aufführung zum Stehen. Anderthalb, zwei Minuten konnte man sein eigenes Wort nicht verstehen. Das Publikum schrie, die Leute kreischten und trampelten mit den Füßen.»

Ein noch größeres Kompliment kam von Sarah Adler, der Matriarchin der Familie, die von Marlon bisher nicht sonderlich beeindruckt gewesen war. «Marlon», sagte sie eines Abends zu ihm, «meinetwegen kannst du dich von jetzt an Adler nennen.»

Marlon nahm den Erfolg gelassen zur Kenntnis. Er war sich seiner Wirkung bewußt und brachte es fertig, im Russian Tea Room in Jeans und zerlumptem weißem Oberhemd, einmal sogar mit abgerissenem Kragen, zu erscheinen. Auf schnieken Parties tauchte er in Turnschuhen und einem alten Regenmantel auf und wechselte den ganzen Abend mit niemandem ein Wort. «Ich kann mich nicht erinnern, jemals ein ernsthaftes Gespräch übers Theater mit ihm geführt zu haben», sagte Fred Sadoff, ein Schauspielerkollege und enger Freund von Maureen Stapleton und Jocelyn. «Er hielt sich immer betont zurück und kultivierte diese mysteriöse Aura, so daß sich niemand die Mühe machte, ihm näherzukommen.»

Scheinbare Gleichgültigkeit war Brandos Markenzeichen. Er wußte, daß er sich in keine bestehende Kategorie einordnen ließ, als Schauspieler höchstens dem «poetischen Typ» entsprach, und wenn er sich ungeniert in der Öffentlichkeit berührte, sich wie ein toskanisches Modell die Brust massierte oder die Nackenmuskeln rieb, dann wurde die Ratlosigkeit, aber auch die Verzauberung im Publikum nur noch größer.

Selbst bei den Adlers fiel er gern in eine seiner Rodin-Posen, bis Diamond rief: «Marlon, nimm die Hand von der Hüfte.» – «Er mußte sich immer irgendwo anlehnen, stand lässig gegen das Piano gelehnt, tätschelte sich die Pobacken oder spielte mit seinem Ohrläppchen. Und wenn er einem zuhörte, musterte er eingehend seine Hände.»

Einmal fragte er Diamond: «Meinst du, man könnte mich als gutaussehend bezeichnen? Findest du, daß ich so gut aussehe wie Monty?»

Der Name Clift war seit der drei Jahre zurückliegenden Aufführung von *The Skin of Our Teeth* in aller Munde. Kevin McCarthy hatte Marlon bereits mit ihm bekannt gemacht und damit ein Konkurrenzbewußtsein ausgelöst, das bis 1957 anhalten sollte, als sie gemeinsam in *The Young Lions* (dt.: *Die jungen Löwen*) auftraten. Clift war sechsundzwanzig, Marlon vier Jahre jünger.

«Monty lebte damals in New York», sagte McCarthy, «und Marlon wußte ebenso gut, daß er ein Star war, wie Monty wußte, daß man mit Marlon zu rechnen hatte. Im Grunde hatte Marlon für die minuziöse, eher unterkühlte Arbeitsweise von Monty kein Verständnis. Monty wußte immer, was er tat, er ging viel analytischer vor als Marlon. Nicht, daß es ihm an Emotionen fehlte, aber sein Ansatz war intellektuell. Marlon dagegen agierte rein intuitiv. Nichts war einstudiert, es passierte einfach – und deshalb hielt er Monty für verklemmt.»

Brando verließ sich ganz auf seine Intuition und behauptete sogar, Stella Adler gehe zu technisch vor und ihre Schüler seien verkrampft. Montys intellektuellen Ansatz lehnte er ab und erzählte

McCarthy, sein Freund Monty bewege sich, «als hätte ihm jemand einen Stock in den Arsch gerammt». – «Wenn die beiden auf der gleichen Party erschienen, konnte man sich auf etwas gefaßt machen», sagte eine Freundin, die damals in New York lebte. «Man wußte nicht, wen man zuerst ansehen sollte. Marlon besaß eine solch primitive, animalische Ausstrahlung, daß die Leute verstummten, wenn er sich dazugesellte. Monty dagegen war der Inbegriff vornehmer Eleganz.»

Sogar Ellen Adler pflichtete dem bei. «Ich war ungefähr sechzehn», sagte sie. «Wir müssen uns nach dem Theater irgendwo auf einen Drink getroffen haben. Monty war mit ein paar Freunden da, und wir kamen miteinander ins Gespräch. Er war außerordentlich höflich und charmant und hatte immer das Streichholz für die Zigarette parat. Schließlich hielt Marlon es nicht länger aus, kam zu uns herübergestürzt und zog mich weg. ‹Das ist meine Jüdin, Monty!› schrie er ihn an. Monty zuckte nur grinsend die Achseln.»

Noch hatte David Diamond allerdings Marlons Frage nicht beantwortet, wer von den beiden besser aussah. «Bisher hat niemand am Broadway Monty den Rang streitig machen können, Marlon», sagte er zu ihm, «und dabei fehlt ihm das gewisse Etwas. Du hast Sex-Appeal, und den hat Monty nicht.»

«Marlon sah mich an», fuhr Diamond fort, «legte die Hände an die Hüften und machte diesen typischen Schlenker. Dann sagte er: ‹Ich bin ganz Ohr.›»

Obwohl Brando im Juni 1946 arbeitslos war, lehnte er eine Rolle in Noel Cowards leichtgewichtiger Komödie *Present Laughter* mit der Begründung ab: «Wissen Sie, daß in Europa Menschen verhungern?» Außerdem machte er am Broadway dadurch von sich reden, daß er einen Abzählreim deklamierte, als er vor Alfred Lunt und Lynn Fontanne für eine Rolle in *O Mistress Mine* vorsprechen sollte. Sein erratisches Benehmen war zum Teil auf schiere Erschöpfung zurückzuführen. Seit der Premiere von *I Remember Mama* im Herbst 1944 hatte er fast zwei Jahre lang ohne Unterbrechung gearbeitet. Aber dank Stella hatte er eine Vision, und trotz seiner angeborenen Faulheit schien er ihren Glauben an die «hohe Mission der Kunst» sehr viel ernster zu nehmen, als seine späteren geringschätzigen Bemerkungen über die Schauspielkunst nahelegen.

Tatsächlich hatte er unter dem Einfluß ihrer linken Überzeugungen ein Angebot von MGM in Höhe von 3000 Dollar pro Woche mit einem siebenjährigen Vertrag, den Louis B. Mayer persönlich unterzeichnet hatte, abgelehnt. Gleichzeitig lehnte er nicht nur das Angebot eines weiteren Studios ab, das ihm bei der Auswahl unter erst sechs, dann acht Skripts freie Hand ließ, sondern ignorierte auch die Avancen des berühmten Produzenten Hal Wallis. Edie Van Cleve versuchte Lew Wasserman, den kommenden Mann bei MGM, mit der Erklärung zu besänftigen, daß Brandos Bedingungen – keine albernen Komödien, keine seichten Liebesgeschichten, keine DeMille-Spektakel – zwar «übertrieben», aber unumstößlich seien. «Wenn wir ihn unter Druck setzen, geht er uns durch die Lappen, und das können wir uns nicht leisten, denn der Junge ist Gold wert.»

Wenn die angebotenen Filme Brandos künstlerischen Ansprüchen nicht genügten, so fand er in seiner nächsten Rolle in *A Flag Is Born* ein echtes Anliegen. Schon während seiner Entstehung hatte dieses Propagandaspektakel von Ben Hecht die New Yorker Linken ähnlich geeint, wie die Antikriegsdemonstrationen der sechziger Jahre Künstler, Musiker und Studenten zusammenschweißen sollten.

Es war der Herbst 1946. Seit dem Ende des Krieges forderten die Juden in aller Welt, den Überlebenden des Holocaust die Tore Palästinas zu öffnen, während die britische Regierung mit ihrem Territorialanspruch jede Einwanderung verweigerte. Daraufhin starteten die Streitkräfte der jüdischen Untergrundbewegung Haganah eine Schmuggelaktion, mit der sie illegal Menschen ins Land schleusten. Oft wurden die kleinen Schiffe von Zerstörern der britischen Marine abgefangen und die Passagiere in Internierungslager auf Zypern verfrachtet. Angesichts der Tatsache, daß die Krematorien von Auschwitz und Bergen-Belsen kaum verloschen waren, schlugen die Wellen der Emotionen hoch.

Hechts Drama ist ein unverhohlenes Lehrstück. Die Zentralfiguren sind Tevya und Zelda, Überlebende des Konzentrationslagers Treblinka, die ihre zehn Kinder in den Gaskammern verloren haben. Sie möchten nach Palästina auswandern und machen auf einem jüdischen Friedhof halt, wo sie David, einem weiteren Überlebenden, begegnen, einem verbitterten, zynischen jungen Mann, der das genaue Gegenteil von Tevya ist. Während Tevya und David über ihre Zukunft diskutieren, gedenken sie der vergangenen Größe des Judentums und sehen, wie die biblischen Könige Saul und Salomon als Traumvisionen hinter einer Leinwand erscheinen. Das Stück schwankt zwischen Gegenwart und Vergangenheit und endet auf dem Friedhof, wo das Judentum «vernichtet» wird und Tevya und Zelda schließlich an Erschöpfung und Verzweiflung sterben. David, der die Zukunft der Juden verkörpert, will Selbstmord begehen, als er plötzlich den Gesang der Widerstandskämpfer in Palästina hört. Sie fordern ihn auf, an ihrem Kampf für die Freiheit teilzunehmen. Er zieht den Gebetsschal von der Leiche Tevyas, heftet den Davidsstern in die Mitte und schwenkt unter den prophetischen Klängen der Hatikwah, der zionistischen Hymne, die neugeborene Flagge des jüdischen Staates, die vom Triumph des Staates Israel kündet.

Hecht hatte Luther Adler die Regie von *A Flag Is Born* übertragen, der damit als Regisseur debütierte. Er war es auch, der Marlon engagierte.

«Ich bin sicher, es war Luthers Idee, Brando die Rolle des David anzubieten», meinte Ellen Adler. «Marlon hatte bereits mit *Truckline* von sich reden gemacht, und sein Talent hatte sich in Theaterkreisen herumgesprochen. Stella schlug Marlon ständig für irgendwelche Rollen vor, und als Luther sie fragte: ‹Glaubst du, er kann das?›, erwiderte Stella: ‹Der kann alles.›»

Das Stück hatte am 5. September 1946 im Alvin Theatre in der Fifty-second Street Premiere. Dodie kam aus Chicago und wohnte bei Stella, um der Premiere beiwohnen zu können. Alles, was Rang und Namen hatte, selbst Frank Sinatra, erschien anschließend auf der Party im Toots Shor's. Brooks Atkinson, graue Eminenz der New Yorker Kritikerwelt, war überwältigt und sprach dem Schauspieler Paul Muni seine «tiefste Dankbarkeit» für die Verkörperung des Tevya aus, ein Höhepunkt seiner Schauspielerkarriere. Celia Adler als Zelda wurde ebenfalls hoch gelobt. Und Robert Garland vom *Journal American* nannte Brando den «leuchtenden Stern» der Aufführung.

Wie in *Truckline Café* hatte er einen erschütternden Monolog, in dem er sich direkt an das Publikum wandte und mit lauter Stimme schrie: «Ihr habt sechs Millionen umkommen lassen!» Die Wirkung war wie ein elektrischer Schock, «der einen im Innersten traf», sagte Marlons Freund Jack Bittner, einer seiner Kommilitonen von der New School. «Die Zuschauer hielten den Atem an. Sie waren wie elektrisiert.»

Jocelyn reagierte emotionaler und war unter Tränen aus dem Theater gestürzt. «Bei dem Gedanken daran sitzt mir noch jetzt ein Kloß im Hals», erinnerte sie sich Jahre später. «Mit dem Rücken zum Publikum hob Bud die Fahne auf ... Ein unvergeßlicher Moment. Sein Rücken war so sprechend, daß ich in die U-Bahn gerannt bin und den ganzen Heimweg geheult habe.»

Selbst der eher zynische, schnoddrige Darren war so überwältigt und ergriffen, daß er sein langes Schweigen über das Thema Schauspielkunst brach und von Marlon wissen wollte, wie ihm diese Leistung gelungen war.

«Ich wußte, was vor einem Auftritt in ihm vorging», erklärte Darren, «aber diesmal war er so engagiert, daß ich ihn anschließend fragte: ‹Was ist dir dabei durch den Kopf gegangen?› Denn schließlich kann man sich als Schauspieler nicht mit sechs Millionen Menschen identifizieren, die man gar nicht kennt, sondern muß einen persönlichen Aufhänger finden. Seine Antwort? ‹Ich habe daran gedacht, wie die Polizei am Times Square die Neger zusammenschlägt.›»

Jeden Abend stahl Brando den anderen mit seinem emotionalen, zornigen Monolog die Show. Während einer Aufführung geriet ein Jude bei den Worten «Wo wart ihr, als die Mörder kamen?» in solche Erregung, daß er aufsprang und rief: «Und wo warst du?» Jeder Abend brachte anhaltenden Applaus, und die meisten Zuschauer waren bereit, den Blankoscheck auszufüllen, den die Amerikanische Liga für ein Befreites Palästina ins Programm gelegt hatte. Nach Beendigung der Überlandtournee beliefen sich die Einnahmen aus Spenden und Kartenverkauf auf beinahe 400 000 Dollar, die zum Kauf eines kleinen Schiffs in Frankreich verwendet wurden. Das Boot, das auf den Namen «SS Ben Hecht» getauft wurde, soll 500 Flüchtlinge von Europa nach Palästina gebracht haben.

Marlons Einsatz für die «jüdische Sache» war damit allerdings noch nicht beendet. Wenig später nahm er an einem Programm teil, bei dem Schauspieler ausgebildet wurden, für die jüdische Untergrundbewegung Irgun in New Yorker Synagogen Spendenaktionen zu veranstalten. Meist war er dabei gelangweilt und zappelig, konnte aber, wie sich Bernie Herold, einer der Gründer des Programms, erinnerte, über die ergreifenden Darbietungen einiger Teilnehmer «gelegentlich zu Tränen gerührt» sein. Brandos Freund Igor Tamarin war ebenfalls dabei, und nach einer Woche Ausbildung wurde den beiden eine Reihe von Synagogen in Brooklyn zugewiesen. Den Pendelverkehr zwischen Greenwich Village, wo sie gemeinsam ein Apartment bewohnten, und Brooklyn hielten die beiden kaum mehr als eine Woche durch.

«Er war der Goi, und ich war der echte Jude», sagte Tamarin. Marlon trat als erster auf, um beim Publikum «emotional auf die Tube zu drücken», ehe er seinem Partner die Bühne für den ausführlicheren historischen Teil überließ. Anschließend wurde ein Klingelbeutel herumgereicht. An dem Abend, als Marlon beschloß, vom vorgeschriebenen Text abzuweichen, ging die Sache allerdings gründlich schief.

«Marlon zieht seine Nummer vor einem Publikum ab, in dem Hunderte von bärtigen alten Juden sitzen. Als ich auf die Bühne komme, sieht er mich mit diesem provozierenden Lächeln an und wendet sich wieder dem Publikum zu. ‹Also die Daten, die er Ihnen über Irgun gibt›, sagt er, ‹das ist alles kalter Kaffee.› Ich versuche die Situation dadurch zu retten, daß ich ins Publikum rufe: ‹Dies ist zwar nicht der Ort, Witze zu machen, aber Sie müssen wissen, er ist Komiker von Beruf …› Die Zuschauer waren natürlich empört. Sie standen auf und verließen in Grüppchen von fünf oder zehn den Saal. Also wandte ich mich an Marlon und beschwor ihn: ‹Bitte, sag etwas, Marlon. Ich will das Publikum nicht verlieren, jedenfalls nicht so. Sag ihnen, sie sollen hierbleiben.› Darauf Marlon: ‹Die können mich mal!›»

Als Marlon den Tempel geleert hatte, jammerte Tamarin, daß sie ihren Job verlieren würden. «Weißt du, daß wir keinen Pfennig mehr besitzen?» sagte er.

«Ach, das wird sich schon finden», erwiderte Marlon geradezu aufgeräumt. «Ist doch alles scheißegal.»

Brando sollte nicht lange arbeitslos sein. Van Cleve hatte gehört, daß Tallulah Bankhead nach einem Hauptdarsteller für die bevorstehende Aufführung von *The Eagle Has Two Heads* suchte. Tallulah hielt Brando für den perfekten Stanislas, den leidenschaftlichen Dichter-Revolutionär in Jean Cocteaus Melodrama über eine Königin des neunzehnten Jahrhunderts, die von ihrem neuen Liebhaber ermordet wird. In einem dreißig Minuten langen Monolog mußte Bankhead als Königin den hübschen Dichter dazu bringen, sich in sie zu verlieben. Doch als sie seine Avancen zurückweist, verliert er die Beherrschung und erschießt zuerst sie und dann sich selbst.

Das Drehbuch kann Marlon kaum gereizt haben. Mehr noch aber irritierte ihn, daß Bankhead im Ruf stand, eine temperamentvolle Alkoholikerin zu sein. Sie neigte zu genau den schrillen, egozentrischen Divaallüren, die er an Frauen haßte. Mit ihren dreiundvierzig Jahren hatte sie sich gerade mit ihrem versierten Hauptdarsteller und Liebhaber Donald Cook überworfen, und es ging das Gerücht, sie erwarte, der neue Partner werde gleichzeitig die Rolle des Bettgefährten übernehmen.

Marlons Hauptsorge waren allerdings ihre unverträglichen Arbeitsmethoden. Tallulah huldigte dem Kult, der dem Group Theatre diametral entgegengesetzt war. Wenn sie sprach, durfte sich niemand mucksen, während Marlon das Bedürfnis hatte, sich auf der Bühne zu Hause zu fühlen, herumzuwandern und dazuzugehören. Für Tallulah war die Bühne ein Schaukasten, und zwar *ihr* Schaukasten. «Das Publikum kommt meinetwegen», pflegte sie zu sagen, und Bobby Lewis, ihr Freund und Nachbar, stand nicht allein mit seiner Behauptung, das Stück selbst «interessiert sie einen Scheißdreck».

Ernsthaft besorgt wandte Marlon sich im November 1946 mit seinem Problem an Lewis, der sich in seinem Landhaus in Pound Ridge aufhielt, nicht weit von Bankheads eigenem Landsitz entfernt.

Mit Blossom Plumb im Schlepptau tauchte Marlon erst Stunden nach dem verabredeten Lunch auf, und während seine Freundin im Haus verschwand, saß Brando mit Lewis auf der Terrasse und versuchte, ihm kettenrauchend seine Probleme auseinanderzusetzen.

«Wir sprachen über die möglichen Spannungen, die sich aus der Zusammenarbeit mit Tallulah ergeben konnten», schrieb Lewis später in seinen unterhaltsamen Memoiren *Slings and Arrows.* «Da sie völlig unterschiedliche Arbeitsmethoden, gleichzeitig aber beide ihren eigenen Kopf hatten, war mit einer Konfrontation zu rechnen.»

Brando machte sich nicht etwa Sorgen über seine Karriere, sondern darüber, wie er «dieses Aas, diesen Drachen, diese Schlange» in den Griff bekommen konnte, und Lewis riet ihm, auf einer Vertragsklausel zu bestehen, die ihm erlaubte, innerhalb von zwei Wochen aus der Show auszusteigen – eventuell sogar, bevor das Stück nach New York kam.

Nach beendeten Beratungen setzte Lewis Marlon vor Tallulahs Tür ab. Statt sie zu begrüßen, überfiel er sie schon auf der Schwelle mit der Frage: «Sind Sie etwa Alkoholikerin?»

«Nein, mein Schatz, ich trinke nur gern und viel», antwortete sie schlagfertig und führte ihn ins Wohnzimmer. Wie Brando Lewis später berichtete, dauerte es nicht lange, bevor sie ihre Hand in seinen Jeans hatte. «Und wie hast du reagiert?» wollte Lewis wissen. «Mich hat die Sache mehr vom technischen Standpunkt her interessiert», erwiderte Brando und erklärte ihm, daß sie unten an seinem Hosenbein angefangen hätte. «Ich wollte wissen, ob man, ohne den Reißverschluß zu öffnen, ebenfalls zum Ziel gelangt. Und tatsächlich», fügte er hinzu, «es geht.»

Die Diva ließ sich durch Marlons Gleichgültigkeit ihren Avancen gegenüber nicht abschrecken. Eine Woche später erschien die unverwüstliche Tallulah in einem knöchellangen Nerzmantel an seiner Wohnungstür in New York. Während sie in die Wohnung rauschte, verkündete sie unter Tränen: «Ach, Marlon, mein Leben ist eine einzige Enttäuschung. Erst nutzen mich alle aus, und was bleibt, ist Enttäuschung, Enttäuschung, Enttäuschung.» Nach einer zwanzigminütigen Tirade erhob sie sich, öffnete mit dramatischer Geste ihren Nerz, um ihm zu offenbaren, daß sie darunter völlig nackt war. «Was soll ich tun?» fragte sie. Marlon musterte sie mit einem schnellen Blick und erwiderte: «Da ist das Fenster. Warum springen Sie nicht?»

«Er war ziemlich grausam zu ihr», gab Lewis zu, «aber wenn man zu Tallulah durchdringen wollte, mußte man grausam sein.» Im Laufe der Proben nahmen die Spannungen zwischen den beiden zu. Da Bankhead den Geruch von Erdnüssen nicht ausstehen konnte, aß Brando sie vor jedem gemeinsamen Auftritt pfundweise. Sie telefonierte ständig hinter ihm her, so daß er bei ihren atemlosen, langen Gesprächen schließlich den Telefonhörer in die Tasche steckte und nur hervorholte, um ein gelegentliches «Mhm» hineinzuknurren. Er verpaßte ihr den Spitznamen «Schnapsdrossel» und erzählte allen, die es wissen wollten: «Sie läßt sich von ihrem Hund besteigen und sich von ihm abschlecken.»

The Eagle Has Two Heads hatte am 2. Dezember 1946 in Washington, D.C., Premiere. Während Tallulahs Monolog – vermutlich dem längsten Monolog der Theatergeschichte – sollte Marlon sich nicht rühren und sie unverwandt ansehen. «Statt dessen zappelte er unruhig herum», berichtete Richard Maney, Tallulahs Presseagent und Ghostwriter. «Er bohrte sich in der Nase, befingerte seine Genitalien, grinste ins Publikum, musterte das Mobiliar und richtete den Blick statt auf seine Partnerin auf einen Bühnenarbeiter in den Kulissen.» Aber diese Ungezogenheiten waren nichts, verglichen mit dem Knüller, den er sich zum Schluß leistete. Auf ein Stichwort sollte er die Königin erschießen, mit ansehen, wie sie kopfüber die Treppe hinabstürzte, und sich dann selbst erschießen und umgehend sterben. Aber unter Nichtachtung von Cocteaus Regieanweisungen und dem, was sie geprobt hatten, fiel er nicht etwa zu Boden, sondern torkelte über die Bühne und mimte einen ausgedehnten, übertriebenen Todeskampf.

Die Darbietung von Cocteaus ergreifendem Melodrama als Klamotte löste beim Publikum hysterisches Lachen aus. Die auf der Treppe hingestreckte Tallulah war außer sich vor Empörung. «Wieso gab dieser unglückselige Clown nicht schnellstens den Löffel ab?» schrieb der gehorsame Maney über die Provokation. «Er lag mindestens eine Minute lang in den letzten Zügen, bevor er, wie von unsichtbarer Hand getroffen, plötzlich zusammenbrach. Wenn Tallulah einen Revolver zur Hand gehabt hätte – der Beerdigungsunternehmer wäre um einen Kunden reicher gewesen.»

Auch in den folgenden Aufführungen setzte Marlon die Albernheiten fort. Tallulah plazierte Spione im Publikum, die ihr berichten sollten, ob er in Szenen, wo sie ihn nicht im Auge hatte, kasperte und gestikulierte. Es nützte nichts. Als sie einige Abende später mit den Worten «Was ist eine Königin? Ein Schatten in einem Abendkleid» die Treppe im Zentrum der Bühne hinunterschritt, trat Marlon auf die Schleppe ihres Abendmantels, der am Hals zugebunden war. Die grandiose Tallulah stolperte nicht, sondern stieß nur ein lautes Röcheln aus, weil die Schleife am Hals sie zu ersticken drohte. Das Publikum wollte sich totlachen. Am selben Abend ereignete sich die berühmte «Revolverepisode». Der Requisiteur hatte vergessen, die Mordwaffe mit Knallpatronen zu füllen, und als Marlon den Revolver abfeuerte, herrschte anhaltendes Schweigen. Sekunden vergingen, bis er schließlich improvisierte: «Bumm, bumm.»

Während einer der letzten Aufführungen in Washington verspürte Marlon mitten in Tallulahs endlosem Monolog ein plötzliches Jucken unterm Fuß, so daß er sich ganz langsam mit ausgestreckter Hand nach seinem Stiefel bückte. Es gelang ihm, sich zu kratzen, und in dem Moment fiel der Vorhang. Tallulah ging auf ihn los und schrie hysterisch: «Du brächtest es vermutlich auch fertig, dich am Sack zu kratzen!»

Als das Stück schließlich in Boston zur Aufführung kam, hatten böse Zungen in New York es bereits in «The Turkey Has Two Heads» umgetauft. Van Cleve erhielt fast täglich flehentliche Anrufe von Marlon, ihn von seinem Vertrag zu erlösen. Tallulah Bankheads Eröffnungsmonolog war inzwischen auf dreißig Minuten angewachsen, dank ihres Einfalls, die Szene durch einen Treppensturz aufzulockern, den der Kritiker John Lardner mit den Worten kommentierte: «Eine Tollkühnheit, die ich mir nicht einmal in einer Torwartkluft zutrauen würde.» Bei aller Komik hatte das Publikum inzwischen ebenfalls genug. Nach weniger als einem Dutzend Aufführungen in Boston erwirkte Marlon schließlich seinen Rausschmiß. Herb Kenwith, der während der Aufführung von *Mama* die Garderobe mit ihm geteilt hatte, will die Schilderung von Marlons skandalösem Benehmen angeblich von Tallulah selbst gehört haben.

«Es gab eine Szene am Fuß der Treppe», berichtete Kenwith, «in der sie einen weiteren ungefähr fünfzehn Minuten langen Monolog halten mußte. In der Hand hielt sie eine Reitgerte, mit der sie beim Sprechen durch die Luft fuhr. Marlon sollte dabeistehen und zuhören. Schon während der Proben hatte er angefangen, unruhig zu werden und sich zu kratzen. Tallulah hatte ihm daraufhin eingetrichtert: ‹Wenn wir vor dem Publikum stehen, haben Sie ruhig dazustehen. Ich möchte, daß Sie sich still verhalten und zuhören.› Aber er nahm keine Notiz von ihren Worten und juckte und kratzte sich weiter. Tallulah war drauf und dran, die Geduld zu verlieren, und am letzten Abend schlug sie schließlich mit der Reitgerte nach ihm und traf ihn am Arm. Er sah sie an, riß ihr die Gerte aus der Hand und hieb auf sie ein. Sie lief die Treppe hinauf, aber Marlon setzte ihr nach und schlug weiter nach ihr. Die Treppe schloß oben mit einem schweren Vorhang ab, einer bloßen Kulisse, die nirgendwohin führte, und als Tallulah die oberste Stufe erreichte, verschwand sie hinter dem Vorhang. Aber dahinter war es dunkel, und da die Treppe nicht weiterführte, geriet sie ins Stolpern, griff dabei nach dem schweren Vorhang und riß ihn im Fallen hinter sich her. Das Publikum sprang auf und applaudierte begeistert. Die Leute spendeten ihr tosenden Beifall, weil sie glaubten, die Szene gehöre dazu.»

New York – Hinter den Kulissen

1945–1948

SIEBEN

Trotz der Bruchlandung von *The Eagle Has Two Heads* war 1946 ein verhältnismäßig erfolgreiches Jahr für Marlon gewesen. Er hatte Anklang bei der Kritik gefunden und im Gegensatz zu anderen jungen Schauspielern ein regelmäßiges Einkommen erzielt. Sein persönliches Leben allerdings war noch ebenso chaotisch und vom Zufall bestimmt wie eh und je, und die Konfusionen und Konflikte wurden eher noch größer. Vielleicht war die zunehmende Ziellosigkeit auch darauf zurückzuführen, daß seine Mutter, die trotz ihrer eigenen Probleme sein eigentlicher Halt gewesen war, New York verlassen hatte. Im Herbst 1945 hatte Dodie ihren Entschluß mitgeteilt, sich den Anonymen Alkoholikern anzuvertrauen und mit der Rückkehr nach Chicago zu versuchen, ihre Ehe zu retten. Sie hatte den Sommer 1945 in New Yorker Vorort Rye verbracht, und dabei war ihr aufgegangen, daß sie älter als ihre achtundvierzig Jahre aussah, zwei Schachteln Pall Mall pro Tag rauchte und ihren Alkoholkonsum noch immer nicht im Griff hatte.

Den Ausschlag zu diesem Schritt hatte vermutlich die Bekanntschaft mit Marty Mann gegeben, der ersten Frau, die es den Anonymen Alkoholikern zu verdanken hatte, daß sie ein für allemal «trokken» war. Marty Mann machte einen tiefen Eindruck auf Dodie. Sie besaß Vitalität, eine fortschrittliche Gesinnung, Klugheit und einen kompromißlosen Unabhängigkeitsdrang – Eigenschaften, die Dodie nicht nur bewunderte, sondern auch selbst besaß. Darüber hinaus war Marty unbedingt entschlossen, den Dingen auf den Grund zu gehen. Sie erkannte, daß weibliche Alkoholikerinnen unter einem «doppelten Stigma» litten, und begriff, daß der Alkoholismus, wie die medizinische Forschung später bestätigen sollte, keine Sünde, sondern eine genetisch und psychologisch bedingte Krankheit war.

Es war ein entscheidender Wendepunkt in Dodies Leben, als Mann sie in ihrem Entschluß bestätigte, nach Chicago zurückzukehren und «auszutrocknen». Dodie zog zu Marlon senior in den vornehmen Lake Shore Club, wo er seit ihrer Trennung lebte, und blickte von da an nicht mehr zurück. Sie erholte sich gesundheitlich und trat in Chicago der neugegründeten Antialkoholiker-Bewegung bei, in der sie eine einflußreiche, dynamische Rolle spielen sollte.

Bereits ein Jahr nach ihrer Ausnüchterung wurde sie gebeten, bei einer der ersten großen AA-Versammlungen im Loop in Chicago zu sprechen, wozu die Organisation nur ihre gewandtesten Redner einlud. Im vollbesetzten Versammlungssaal stand Dodie vor einem Publikum von mehr als dreihundert Alkoholikern und Freunden von Alkoholikern, darunter auch Marlon senior. In maßgeschneidertem Wollkostüm und hochhackigen Schuhen wirkte sie elegant und souverän und strahlte Selbstvertrauen und Aufrichtigkeit aus.

«Ich heiße Dodie und bin Alkoholikerin», verkündete sie. Dieses für eine Frau der damaligen Zeit radikale Eingeständnis wurde ihre Losung. Mit ihrer kristallklaren Stimme drang sie durch Schwaden von Zigarettenrauch auch zu denen durch, die am Erfolg des neuen Programms immer noch zweifelten, und übte mit ihrer gut zwanzigminütigen Rede eine geradezu hypnotische Wirkung auf ihre Zuhörer aus.

Marlon senior schien auf Dodies neue Rolle ebenfalls stolz zu sein. Er war den Anonymen Alkoholikern noch vor ihrer Trennung im Jahre 1944 in der Hoffnung beigetreten, sie würde ihm folgen.

Dodie mietete im Lake Shore Club ein eigenes Zimmer direkt neben dem ihres Mannes. Das Etablissement mit seinen Kronleuchtern, der Mahagonitäfelung und der erlauchten Mitgliedschaft, der Marlon senior zeitlebens zu imponieren versuchte, ließ auf amerikanische Geldaristokratie schließen. Da Dodie keinen Haushalt zu führen brauchte, fühlte sie sich hier wohl. Sie hatte Muße, sich auf die Anonymen Alkoholiker, ihre Freunde und ihren Mann zu konzentrieren.

Die Ehe der Brandos, die beinahe an Alkohol und Untreue gescheitert wäre, begann sich zu erholen. Marlon senior schien von der neuen Frau, in die Dodie sich verwandelt hatte, geradezu bezaubert, auch wenn sie weiter in zwar angrenzenden, doch getrennten Räumen lebten. Freunde fragten sich allerdings, wie weit das gute Einvernehmen ging und ob sie die sexuellen Beziehungen je wiederaufgenommen hatten, denn schon nach den ersten Monaten wiedergefundenen Glücks war Marlon senior erneut zu Seitensprüngen bereit. Dodie wurde auf ihre Art damit fertig. Statt sich wie früher dem Alkohol zu ergeben, sann sie auf Rache. Eines Abends, als er sich ausgehbereit machte, weckte die ungebührliche Sorgfalt, die er auf seine Toilette verwandte, ihren Verdacht. Sie durchsuchte seine Anzugtaschen und fand eine in Geschenkpapier gewickelte Flasche mit teurem Parfum, das nicht ihrer eigenen Marke entsprach. «Während er im Badezimmer beschäftigt war», erzählte sie ihrer Freundin Phyllis Stewart, «kippte ich das Parfum aus, pinkelte in die Flasche und schraubte sie wieder zu.» Dann steckte sie die eingewickelte Flasche wieder in Marlons Jackett und amüsierte sich bei dem Gedanken an den lieblichen Duft, der der anderen später am Abend in die Nase steigen würde.

Während Dodie aufblühte, hatte Marlon senior beruflich einen schweren Rückschlag erlitten, der das Gleichgewicht der Kräfte in der Familie Brando auf Dauer verschieben sollte.

Im Krieg hatten die Geschäfte von Calcium Carbonate floriert. Eine ganze Serie von neuen Produkten von Kitt bis zu Autoreifen waren ins Sortiment aufgenommen worden, und Brando senior, der inzwischen Hauptgeschäftsführer geworden war, hatte sein möglichstes getan, um vom Aufschwung zu profitieren. Gegen Ende 1946 wurden Gerüchte laut, das Unternehmen solle umstrukturiert werden. Kurz darauf rief Marlon seinen Vertreter Leo Knapp, dem in seiner Abwesenheit die Geschäftsleitung unterstand, ins Büro.

«Bevor du irgendwelche Fragen stellst», sagte Marlon senior zu ihm, «lies diesen Brief.»

Knapp überflog den Brief. «Versteh ich das richtig? Du willst kündigen?»

«Ja, ich kündige», sagte Marlon mit trockenem Lachen. «Nur so kann ich ihnen zuvorkommen.»

Wenig später erschienen zwei Vorstandsmitglieder und verschwanden zu einem vierstündigen Gespräch in Marlon seniors Büro. Als sie wieder auftauchten, teilten sie Leo Knapp mit, er sei zum Hauptgeschäftsführer befördert worden, da Marlon «uns verlassen will».

Offiziellen Verlautbarungen zufolge hatte Marlon seinen Posten aufgegeben, um sich der erfolgreichen Karriere und der geschäftlichen Belange seines Sohnes anzunehmen. So wurde es auch in der Familie erzählt, obwohl Pop in Wirklichkeit wegen Veruntreuung fristlos entlassen worden war.

Aber auch der schimpfliche Abgang bei Calcium Carbonate konnte Marlon seniors Sehnsucht nach dem großen Coup nicht dämpfen. In den kommenden Jahren sollten ihm für die Jagd nach dem Glück sogar noch größere Summen zur Verfügung stehen, denn Bud hatte begonnen, Geld nach Hause zu schicken, damit sein Vater es investierte – und mit seinem wachsenden Erfolg nahmen auch die Geldsummen zu.

Als Dodie New York im Herbst 1945 verließ, hatte Marlon junior sich eine neue Unterkunft suchen müssen, und wie üblich war ihm das Glück dabei in den Schoß gefallen. Als Tallulah ihn aus ihrer Truppe hinauswarf, zog er gemeinsam mit Darren in das Park Savoy Hotel in der Fifty-sixth Street, nur zwei Blocks von der Adlerschen Wohnung entfernt. Es war ein ziemlich zwielichtiges Gebäude, in dem alkoholsüchtige Rentner, obdachlose Homosexuelle und Strichmädchen vom Broadway wohnten, aber gleichzeitig bot es jungen Schauspielern Unterschlupf, denen die wöchentliche Zimmermiete von nicht einmal zwanzig Dollar gerade recht war. Inbegriffen war die Benutzung eines gemeinsamen Kühlschranks und einer Elektroplatte.

Das Gebäude mit seinen chaotischen Zuständen glich einem überfüllten Schlafsaal. Gegen zwei oder drei Uhr morgens hallten die Flure vom Gekeife seiner homosexuellen Bewohner wider. «Wenn man die Küche betrat, konnte es vorkommen, daß eine Frau sich gerade die Strümpfe schwarz färbte, weil ihr Mann am Abkratzen war», sagte ein ehemaliger Bewohner. «Es gab sogar eine Katze, die wir auf den Namen Salami getauft hatten, weil sie jemand aus dem Delikatessengeschäft geklaut hatte.»

Es ließ sich nie genau sagen, wer eigentlich in dem Hotel wohnte, weil ein ständiges Kommen und Gehen herrschte. Darren hatte ein Zimmer im siebten Stock. Neben Florence Goodman, Darrens rothaariger Freundin, wohnte auch Celia Webb mit ihrem kleinen Sohn dort. Marlon pflegte auch von hier aus seine über die ganze Stadt verstreuten zahlreichen Freundschaften, die er sorgfältig voreinander geheimhielt, obwohl viele ihn regelmäßig im Savoy besuchten. Die meisten waren arbeitslos, und wie in der West End Avenue war Marlon die Hauptperson in ihrem Leben – eine Rolle, die er im Laufe der nächsten vierzig Jahre für die meisten von ihnen beibehalten sollte.

Zu dieser Gruppe gehörten auch die beiden Männer, mit denen Marlon eine lebenslange Freundschaft verband, wenn auch mit den bei ihm üblichen Unterbrechungen: Wally Cox, sein Kumpel aus der Schulzeit in Evanston, und Philip Rhodes.

Von all seinen Freunden aus der New Yorker Zeit war Wally am eigenwilligsten und schwersten zu durchschauen. Viele schüttelten über die Freundschaft der beiden den Kopf. Aber Brando meinte dazu später, bei Wallys «Meuchelmördermentalität» brauche man sich über ihre Freundschaft nicht zu wundern.

Nach der Schulzeit in Evanston hatte Cox am City College in Manhattan Botanik studiert, während Marlon in Shattuck war. Seine alkoholsüchtige, lesbische Mutter hatte ihn und seine Schwester von Michigan über Illinois bis nach New York geschleppt, und die Geschwister hatten auf ihrem Grab angeblich ein Picknick veranstaltet. Von einem glücklichen Leben konnte bei Cox keine Rede sein. Er bezeichnete sich selbst als «verlorene Seele» und hatte wohl nicht im Traum an eine Zukunft im Showbusiness gedacht.

Mitte 1944 war Marlon seinem alten Freund zufällig in New York wieder über den Weg gelaufen. Marlon schob gerade einen Einkaufswagen durchs Village und wollte Fran überreden einzusteigen, als Wally an ihnen vorbeiging.

«Hallo, Bud», sagte Cox wie beiläufig, als hätten sie sich zum letzten Mal am Tag zuvor und nicht vor neun Jahren gesehen.

«Hallo, Wally», reagierte Brando nicht weniger lakonisch auf das zufällige Wiedersehen. Unbeirrt fuhr er fort: «Fran soll in den Wagen einsteigen, Wally ...» Aber da Fran sich hartnäckig weigerte, erbot Cox sich statt ihrer. Fran berichtete später einem Journalisten von *Coronet*: «Wally kletterte in den Einkaufstrolley, Marlon schob ihn die Straße entlang, und seitdem waren die beiden ein Herz und eine Seele.»

Die meisten Leute, die Brando und Cox zusammen erlebten, sahen Cox in der Rolle des Clowns, der Brando zum Lachen bringen und die Situationen entspannen sollte. Dabei unterschied er sich allerdings von Darren. Cox war nicht Marlons Papagei, sondern interpretierte ihn und enthob seinen Freund damit der Mühe, das zu tun, was ihm nur auf der Bühne gelang. «Wie machst du das eigentlich, so wie du veranlagt bist?» hatte ein gemeinsamer Bekannter Wally einmal gefragt. «Bei deiner Dünnhäutigkeit und Sensibilität, wie hältst du das alles aus?» Worauf Wally geantwortet haben soll: «Ganz einfach. Ich sehe die Leute an, als kämen sie von einem anderen Stern. Sie sind die Eindringlinge auf meinem Planeten. Nicht ich.»

Inzwischen war auch Philip Rhodes auf Marlons aufsteigenden Stern aufmerksam geworden. Rhodes war in Cincinnati aufgewachsen und hatte dort an der Universität Interesse am Theater gefunden. Im Laufe seines Jurastudiums hatte er berühmte Gerichtsprozesse für die Bühne bearbeitet. Er war enorm belesen und kannte sich in Literatur, Philosophie und Kunstgeschichte aus. Während der Kriegsjahre studierte er bei Ouspensky und ging später sogar nach Paris, um unter Gurdjieff zu studieren. Aus seiner Liebe zu Malerei und Skulptur entwickelte sich sein Interesse an der Maskenbildnerei. Während er in New York gelegentlich als Schauspieler oder Modell arbeitete, hatte er sein Talent vervollkommnet und sich Geld als Maskenbildner verdient. Seine italienische Frau Marie kam aus Boston und arbeitete schon seit ihrem dreizehnten Lebensjahr als Schauspielerin.

1944 hatte Rhodes von einem Bekannten von Piscators Workshop und von Brando gehört, den er 1946 zum erstenmal in *Truckline Café* auf der Bühne sah. Einige Monate später tauchte eine befreundete Ballettänzerin mit Brando bei den Rhodes auf. Danach war Marlon ein ständiger Gast bei ihnen, erpicht darauf, Philips Ausführungen über Literatur und Malerei, über Ouspensky und die Theorien Gurdjieffs, ja sogar über Theater und Schauspielerei zuzuhören. «Er war schon damals ein intelligenter Zuhörer», sagte Rhodes. «Mit kleinen Zwischenfragen lenkte er einen zielsicher auf die Probleme, auf die es ihm ankam. Er nahm einen aufs Korn und schoß sich, zack, auf das ein, wovon er etwas wissen wollte. Allerdings hielt Marlon seinen Clan immer säuberlich in Schubfächern getrennt», erklärte Rhodes, «und spielte mal den Clown, mal den Philosophen, je nachdem, mit wem er zusammen war. Was sich zwischen ihm und den anderen abspielte, hielt er sorgsam geheim. Man bekam immer nur eine Facette seines Lebens zu sehen; was sich sonst darin abspielte, ging einen nichts an. Er steckte das Terrain säuberlich ab, und man merkte sehr schnell, wann man auf Grenzen stieß. So erfuhr ich zum Beispiel erst Jahre später, daß er Wally Cox kannte. Ich schwärmte ihm vor, was für ein großartiger Komiker dieser Cox sei. «Wieso ist er komisch», wollte Marlon wissen. «Worum geht's denn bei ihm?» Als ich es ihm genauer erklärte, meinte er nur: «Was soll daran so komisch sein?»

«Als Wally und ich uns schließlich begegnen durften und ich merkte, daß er gut mit Marlon befreundet war, stellte ich allerdings fest, daß sie sich zwar seit ihrer Kindheit kannten, aber sonst eigentlich nicht viel gemeinsam hatten. Wally wurmte es, daß er im Gegensatz zu Marlon nicht attraktiv auf Frauen wirkte. Er wäre gern Marlon gewesen, obwohl seine Interessen ganz woanders lagen.»

Rhodes tauchte gelegentlich im Park Savoy Hotel auf, wo außer zwei Modellen, die er kannte, auch Igor Tamarin wohnte. Tamarin war für Rhodes immer der «nette Junge gewesen, der ständig eine Geige und ein Florett bei sich hatte und auf dem Tisch tanzte». Er hatte keine Ahnung, daß Igor ebenfalls zu Marlons Freunden gehörte.

Aber es überraschte ihn nicht. Wie Wally und Darren gehörte Tamarin mit seiner Schlagfertigkeit und seinen ironischen Seitenhieben zu den Clowns, die hinter die Fassade der Dinge blicken und die Welt durch eine melancholische Brille sehen. Tamarin war ebenfalls Marlons Charme verfallen, lehnte es aber ab, sich gegen Darren, Sam Gilman oder einen der vielen anderen Verehrer ausspielen zu lassen, die er abfällig «die Arschkriecher» nannte.

Mehr als jeder andere in Marlons Clique sprudelte Tamarin vor Einfällen, verkörperte Duchamp, Dalí und Jack Kerouac in einer Person und hatte es Brando wegen seines originellen Anarchismus angetan. Die beiden waren sich zufällig über den Weg gelaufen. Tamarin war eines Tages mit seiner Violine unterwegs gewesen, vor dem Park Savoy auf einen befreundeten Tänzer gestoßen und dort über Nacht geblieben. Wie sich Tamarin erinnerte, klingelte am nächsten Morgen das Telefon. «Ich dachte, es sei meine Mutter, aber die Verbindung wurde gestört, so daß ich nach unten ging, und da saß Marlon und bediente die Telefonzentrale.»

«Bist du verrückt, mein Gespräch zu unterbrechen!» schrie ich ihn an. Die ganze Konsole steckte voller Stöpsel, diese altmodischen Stöpsel an langen Drähten, und er saß lachend davor und brachte alles durcheinander. Er war für jemanden eingesprungen, und da er Mist gebaut hatte, war ihm alles egal und er richtete ein einziges Chaos an, bei dem alle durcheinanderredeten.»

Tamarin zog unverzüglich ins Park Savoy ein. Er dachte sich nichts dabei, morgens um zwei in Bade- oder Unterhose auf irgendein Bett – gleichgültig, ob seins, Darrens oder Marlons – zu springen und eine Bach-Sonate zu spielen, und wenn nicht alle andächtig lauschten, rief der hohlwangige Mini-Heifetz empört: «Haltet doch mal die Scheißklappe!» Und Marlon pflichtete ihm lachend bei: «Ja, wenn euch die Scheißkultur kaltläßt, dann verduftet!» Die beiden spielten Schach miteinander, eine von Brandos Leidenschaften, und Tamarin erteilte ihm Fechtunterricht. Bei ihren Box- oder Ringkämpfen ging häufig das Hotelmobiliar zu Bruch, aber das kümmerte sie nicht. Und immer wurde gefrotzelt. «Du alter Jude, ich werd dich anschwärzen», zischte Marlon, während er Tamarin in einem Doppelnelson hielt. Worauf sich der hagere Russe mit dem Satz revanchierte: «Du langweilst dich nicht mit mir, du langweilst dich mit dir. Ich bin viel zu intelligent für dich, und das weißt du genau!»

Immer die Trümpfe in der Hand zu behalten war seit der Schulzeit Marlons bevorzugte Taktik gewesen, aber Igor zahlte es ihm heim. Kalt lächelnd ließ er sich von Brando aushalten, wenn er mal knapp bei Kasse war, oder überließ Brando die Rechnung, wenn sie irgendwo Bagels oder Spaghetti aßen. Tamarin hatte keinerlei Hemmungen. Er log, er heuchelte und hielt sich an keine Spielregeln. Sein Motto war: «Die Welt ist mein Aschenbecher.»

Bei allem Drunter und Drüber vernachlässigte Brando keineswegs seine Damenbekanntschaften – nicht nur seine langjährigen Freundinnen Ellen Adler, Blossom Plumb und Celia Webb, sondern auch die Quickies auf die Schnelle. Ein neues Gesicht im Kreis seiner Verehrerinnen war die Tänzerin Sondra Lee. Sie begriff, daß Marlon der Mittelpunkt, der Leithammel war, der seine Freunde aber gleichzeitig unter seine Fittiche nahm.

«Ich konnte ihn jederzeit anrufen und sagen: ‹Ich hab Probleme›, erinnerte sich Lee. «Wir waren Waisen, verlassene Kinder, von unseren Familien wie von der Gesellschaft verstoßen, und das schweißte uns zusammen. Er benutzte das Wort *Geborgenheit* oft und sagte Dinge wie ‹Wir laben uns am Brunnen gegenseitiger Zuneigung›. Es war beinahe wie im Mutterleib.»

Lee war erst fünfzehn, als sie Marlon 1945 zum ersten Mal in Olga Terasavas Ballettunterricht traf, aber sie freundete sich erst ein Jahr später in Washington, D.C., an, als Brando mit dem unglückseligen *The Eagle Has Two Heads* auf Tournee war. Lee trat als minderjährige Tänzerin in einem russischen Nachtclub auf und war nach der Aufführung im National Theatre hinter die Bühne gegangen. Wenig später begannen die beiden, lange Spaziergänge miteinander zu machen. Sie unterhielten sich allerdings nicht über so «triviale Themen wie Nachrichten, Politik oder Essen», sondern diskutierten Fragen, die Marlon bei seinen philosophischen Exkursen aufstießen – die Zukunft, die Rolle des Schicksals, ihre Lebenschancen.

Innerhalb weniger Wochen waren beide wieder in New York. Marlon hatte die zierliche Tänzerin «Peanuts» getauft und war von ihrer Intensität und Energie fasziniert. Lee war intelligent, beredt und phantasievoll, beileibe kein Durchschnittsteenager, und das

Kompliment, sie habe «Häkchen in den Augen», sollte besagen, sie sei *zu* sensibel, *zu* verwundbar und entschieden *zu* gescheit. «Ich war einer starken Persönlichkeit begegnet, der ich folgen und vertrauen konnte», gestand Lee. Brando nahm sie bei sich auf.

Für Darren Dublin war das alles nichts Neues, weder was den Reiz der Verführung noch die unerschöpfliche, ehrliche Neugier seines Freundes betraf; doch der schnelle Entschluß, Lee im Park Savoy einzuquartieren, kam selbst für ihn überraschend. Während Wally und Darren daneben standen, griff Marlon eines Abends zum Telefonhörer, rief Lees Eltern in New Jersey an und stellte sich als ihr «Sponsor» vor. Ein oder zwei Tage später zog sie bei ihm ein, und es dauerte nicht lange, bis sie miteinander ins Bett gingen. Wie es dazu gekommen war, verstand Lee am allerwenigsten.

«Wir haben wohl herumgealbert, und da ist es eben passiert. Marlon versicherte mir, ich brauchte keine Angst zu haben.» Aber sie fühlte sich trotzdem gedemütigt. «Wir waren bei Darrens Vater in der Bronx, es waren auch noch andere Leute dabei – nicht im Zimmer, aber von Privatsphäre konnte keine Rede sein. Wir sind damals immer im Rudel herumgezogen. Alle schliefen in einem Bett und redeten und lachten, es war fast wie im Zeltlager.»

Bald begann Marlon Lee wie ein Renaissancegelehrter unter seine Fittiche zu nehmen. Literatur, Dramen und Kunstausstellungen gehörten zum Repertoire. Sie mußte sich *Brief Encounter* ansehen, David Leans düsteres Drama über eine unglückliche, bürgerliche Liebesaffäre. Als sie das Theater verließen, versicherte Marlon der Sechzehnjährigen: «Mit vierundzwanzig wirst du eine hinreißende Frau sein.» Da Lee bereits mit ihm geschlafen hatte, fühlte sie sich nicht gedemütigt oder mißbraucht und hatte auch nicht den Eindruck, Marlon wolle ihr nur seine Überlegenheit dokumentieren.

«Er hatte eine ganz besonders sensible Antenne für die Verletzlichkeit anderer Menschen», sagte sie. «Er erzählte mir zum Beispiel von seiner Familie und von seinen Ängsten, der Angst vor dem Alkohol, der Angst, von Frauen ausgenutzt zu werden, sich lächerlich zu machen oder an Mamas Rockzipfel zu hängen. Ich weiß nicht, ob man es Verantwortungsbewußtsein nennen kann, aber er sah es als seine Pflicht an, für die Gefühle, für das Leben anderer Menschen Verständnis aufzubringen.»

Obendrein war Marlon in Geldfragen unglaublich großzügig. Da er im Vorjahr ein ziemlich regelmäßiges Einkommen gehabt hatte, fühlte er sich für alle verantwortlich, beteiligte sich an Miet- und Lebensmittelkosten und teilte sogar Taschengeld aus. Sid Shaw, der Liedermacher, mit dem Marlon den Sommer 1945 in Provincetown verbracht hatte, schoß unter den Bittstellern allerdings den Vogel ab, als er Brando einmal um 200 Dollar bat. «Zweihundert Dollar? Wofür?» wollte Marlon wissen.

«Ich hab einer ein Kind gemacht», log der homosexuelle Shaw.

«Hier», sagte Marlon lachend. «Und hier sind noch mal hundert, falls die Abtreibung schiefgeht.»

Als eine Freundin von Darren in eine Anstalt eingeliefert wurde, finanzierte er die Schocktherapie. Er steuerte ebenfalls Geld für Carlo Fiores Heroinabhängigkeit bei. Außerdem griff er Celia Webb unter die Arme und bezahlte ihre Miete, wenn sie keine Arbeit als Dekorateurin oder Bürohilfe finden konnte. Er hatte zwar mehr Geld als seine Kumpel, war aber beileibe kein Krösus. Seit er seinem Vater die Verwaltung seines Einkommens überlassen hatte, lebte er wie ein Student von einer monatlichen Zuwendung. «Viele dieser Leute waren abhängig von Marlon», sagte Sandra Lee, «und gehörten zu seiner Gefolgschaft.»

Doch wie so häufig bei großen Stars, fand Marlon diese Abhängigkeit belastend und litt unter der ständigen Angst, ausgenutzt zu werden. Dem konnte er nur dadurch abhelfen, daß er sich mit doppelter Anstrengung zum großzügigen Spender machte – zum unfehlbaren, rätselhaften, alles beherrschenden Zentrum.

«Weißt du, wie ich Freunde mache?» vertraute er später Truman Capote an. «Ich fange es ganz vorsichtig an und kreise meine Beute unauffällig ein. Ganz sachte komme ich immer näher. Dann strecke ich die Hand aus und berühre sie – aber nur ganz sacht. Darauf ziehe ich mich wieder zurück. Warte eine Weile. Lasse sie zappeln. Im richtigen Moment bin ich wieder da. Berühre sie, kreise sie ein, so daß sie gar nicht wissen, wie ihnen geschieht. Und bevor sie es merken, sind sie gefangen und sind verstrickt. Ich habe sie. Und bin plötzlich alles, was sie haben. Oft sind es nämlich Menschen, die nirgendwo dazugehören. Sie werden nicht akzeptiert – man hat sie verletzt, zu Krüppeln gemacht. Aber ich will ihnen helfen, und sie können sich auf mich verlassen. Ich bin der ‹Duke›, der ‹Duke› in meinem Reich.»

Tatsächlich war Marlon der «Duke» in zwei Reichen, denn er litt an einer intellektuellen und emotionalen Persönlichkeitsspaltung. Die eine Hälfte berief sich auf das stimulierende, kritische Denken von Clurman und seinem Zirkel. Die andere konzentrierte sich auf die Gruppe um Darren, Igor und Wally, die alle in den Tag hinein lebten mit ihrer Präbeatnik-Vorstellung, das Leben sei nur Improvisation, niemand habe das Recht, Urteile zu fällen, und der Instinkt, nicht etwa der Verstand sei der verläßlichste Führer durchs Leben. Ansichten, die Barbara Grimm, einer Pianistin, die Brando durch Igor Tamarin kennengelernt hatte, schon damals «wie Schwachsinn» vorkamen. «Ich bezweifle nicht, daß Marlon alles ungeheuer tiefsinnig fand», sagte sie. «Aber wer waren denn diese Leute, mit denen er sich umgab? Mit nichts hatten sie sich kritisch auseinandergesetzt. Sie waren beschränkt und oberflächlich und hofften, durch Marlons Fürsprache beim Theater zu landen.»

Brando war auf dem besten Wege, in seiner Gruppe die Rolle des Gurus zu spielen. Von seiner Gefolgschaft umgeben, neigte er noch immer dazu, sich stumm in sich selbst zurückzuziehen, doch nach dem Erfolg von *Truckline* wurde sein Schweigen plötzlich für tiefsinnig gehalten. «Was uns betraf, so hätte er das größte Rindvieh der Welt sein können, ein stummes Rindvieh», sagte Fred Sadoff, der das Treiben aus den Kulissen beobachtete. Sadoffs Meinung nach benahm Marlon sich unter seinen Freunden, als habe er Kontakt mit dem «Jenseits», als besitze er «den Schlüssel zu den tiefsten Geheimnissen des Lebens». Damit meinte er die langen Pausen, den entrückten, allwissenden Blick in den Augen und die Art, wie er sich die Sprache der Psychoanalyse angeeignet hatte. Dazu gehörten Schlagwörter aus seiner Lektüre und dem, was er in Gesprächen aufgeschnappt hatte. Dahinter steckte die Botschaft: «Wir sitzen alle im gleichen Boot. Wir sind alle angeschlagen, geschädigt und hilflos einer höheren Macht ausgeliefert.»

Wally und Marlon waren weiterhin unzertrennliche Busenfreunde. Cox hatte immer noch seine Probleme mit Frauen, scheute sich jedoch nicht, sich auf Partys mit dem zu begnügen, was Marlon verschmäht hatte. «Ob Wally wählerischer war als Marlon? Nein», meinte ein enger gemeinsamer Freund. «Beide krochen mit allem und jedem in die Falle.»

Es ist fraglich, ob Cox am Gruppensex teilnahm, an dem Marlon Geschmack zu finden begann, oder ob er überhaupt von Brandos Vorliebe für Männer wußte. Dabei redeten die beiden stundenlang in den drastischsten Einzelheiten über Sex, obwohl sich ihre Gespräche sonst größtenteils um die tiefsinnigen Probleme des Lebens drehten: Fragen wie Tod, Ehe, Treue, Kindheit und dergleichen. «Sie waren die großen Gurus, die allwissenden Menschenbeobachter», bemerkte Everett Greenbaum, ein Freund von Cox. «Sie waren den Antworten auf die großen Fragen auf der Spur, und das ging jahrelang so.»

Gegen Ende des Sommers 1947 beschloß Marlon, das Park Savoy zu verlassen und in Maureen Stapletons Haus in der Fifty-second Street ein Studioapartment zu mieten. Redfield wohnte ein paar Häuser weiter, Blossom lebte in der Nachbarschaft, und Darren war mit seiner Freundin Florence in die Fifty-eighth Street gezogen, nicht weit von Wally, Dick und Fran.

Brando bevorzugte einen ganz bestimmten Frauentyp. Er schätzte dunkelhäutige junge Frauen, die das genaue «Gegenteil» von Dodie waren. Nach Everett Greenbaums Aussagen war sein Sexualleben «schlicht erstaunlich». Gleichgültig, ob es sich um Ballettänzerinnen, Modelle, angehende Schauspielerinnen, frühreife Fünfzehnjährige oder gelegentlich sogar um reiche, reifere Damen der Gesellschaft handelte, alle hatten sie die gleiche passive, oberflächliche Persönlichkeit. «Sie kamen einem vor wie aus Plastik», erklärte Philip Rhodes. «Sobald Marlon merkte, daß sie auch nur ein Fünkchen Eigenwillen besaßen, gab er ihnen den Laufpaß. Der geringste Verdacht, daß sie Ansprüche auf ihn erheben oder ihn gängeln wollten, und es war aus.»

Doch im Notfall konnte er immer noch auf Ellen Adler und Celia

Webb zurückgreifen; mit Celia hatte er sogar einmal Heiratspläne geschmiedet.

Blossom Plumb gehörte genauso dazu wie Faith Dane, eine große athletische Tänzerin mit rauchiger Andy-Devine-Stimme, mit der er ein platonisches Verhältnis hatte. Und nach wie vor waren es die Kellnerinnen, die seine täglichen Bedürfnisse befriedigten.

«Naive kleine Mädchen in Röcken mit Leopardenmuster», sagte Barbara Grimm. «Mit einem Anflug von Exotik und dem Sex-Appeal mittelmäßiger Schauspielerinnen, wie Yvonne DeCarlo oder Hedy Lamarr. Sie mußten dunkles Haar und ein südländisches Aussehen haben, schwarze Strümpfe tragen und Zebrastreifen. Dschungelmädchen. Ich will nicht sagen Flittchen – eher Proletariermilieu. Heldenvergötterung, ziemlich schäbig und nichts im Kopf.»

Maila Nurmi, eine Schauspielerin, die später als «Vampira» im Fernsehen vorübergehend Furore machte, hatte ihre eigene denkwürdige Begegnung mit Brando, obwohl er ihr deutlich zu verstehen gegeben hatte, daß große Blonde eigentlich nicht sein Typ waren, vor allem, wenn sie aussahen, «als hätten sie die Öfen in Buchenwald bedient». Aber eines Abends fand sie sich plötzlich in seiner Wohnung.

«Wir saßen auf dem Fußboden», erinnerte sich Nurmi. «Er kannte mich nicht gut genug, um seine Flüstermasche abzuziehen, also sagte er: ‹Hier, sieh dir mal das Buch an.› Dann legte er andere Musik auf und entzündete auch noch eine Kerze. Er hatte dabei etwas ganz Sanftes und sprach mit leiser, eher verschreckter Stimme und einer verhaltenen Intensität. Es faszinierte ihn, daß ich in einem Nachtclub arbeitete. ‹Ich bin noch nie in einem Nachtclub gewesen›, sagte er. ‹Trittst du jeden Abend dort auf? Erzähl doch mal.›

Von ‹Ich will mit dir schlafen› war gar keine Rede. Es war einfach Schlafenszeit. Es gab nur ein Bett, also krochen wir beide hinein. Wir haben ein bißchen geschäkert, und das war's. Kein Sex.

Am nächsten Morgen standen wir gegen elf oder zwölf auf, und als wir runtergingen zum Kaffeetrinken, schwebten wir beide wie auf Wolken. Was für ein romantischer kleiner Junge er ist, dachte ich, so zartfühlend. Das ist der Mann meines Lebens, der erste Mensch, der auf meiner Wellenlänge liegt.

Läßt er wieder von sich hören? Keine Spur. Ich litt Höllenqualen. Schließlich verließ ich New York und ging nach Kalifornien. Ich konnte es einfach nicht in derselben Stadt aushalten, ohne ihn zu treffen, es tat zu weh ...»

Nach wie vor verstand Marlon, seine vielen Verabredungen geschickt zu koordinieren. Wenn er mit einem Mädchen ausging, spendierte er ihr vielleicht einen Karottensaft oder einen frischen Salat im vegetarischen Restaurant Vim und Vigor oder lud sie in sein bevorzugtes mexikanisches Restaurant am Times Square oder ins Chinaviertel ein, wo er darauf bestand, daß sie mit Stäbchen aßen. Eine Fahrt durch den Central Park auf seinem Motorrad konnte ebenfalls dazugehören. «Weißt du, was die Ursache für die meisten Motorradunfälle ist? Pferdescheiße!» erklärte er (ganz im Gegensatz zu seinem Image aus *The Wild One* war er ein vorsichtiger, wenn nicht gar ängstlicher Motorradfahrer). Anschließend tranken sie vielleicht einen Kaffee oder gingen spazieren und machten einen Schaufensterbummel am Broadway. Manchmal war Wally mit von der Partie und bestritt größtenteils das Gespräch.

«Ich hatte meine Vorbehalte gegenüber Marlon», sagte eine Bekannte, die noch nicht lange zur Szene in Manhattan gehörte und später eine der erfolgreichsten Dramatikerinnen am Broadway wurde. «Er hatte praktisch mit allen geschlafen, die ich kannte. Er hatte enormen Appetit, unterschiedslos auf alles, und die Tatsache, daß ich da war – es war wie mit dem sprichwörtlichen Berg: Wenn er da ist, muß man ihn besteigen.»

Für den jungen Brando war alles eine Frage der Macht. Er konnte Leute mit einem Blick an die Wand nageln, doch seine Lieblingsstrategie bestand darin, wortlos und ohne Blickkontakt abzuwarten, bis die Leute von selbst auf ihn zukamen. Mit den Mitgliedern seiner diversen Cliquen konferierte er gern telefonisch zu den unmöglichsten Zeiten und rief sie gegen zwei oder drei Uhr morgens an. Kein Mensch wäre auf den Gedanken gekommen, den Hörer aufzulegen. «Welche Farbe trägst du gerade?» fragte er leise flüsternd. «Erzähl mir, wie sich deine Sachen auf der Haut anfühlen.» Oder: «Kannst du dir vorstellen, du hast Federn im Hals?» Er täuschte gern ausländische Akzente und fremde Identitäten vor oder «Ferngespräche aus Paris». Barbara Grimm gegenüber gab er sich als Kumpel ihres Freundes Earl Hammond aus. «Mein Telefon klingelte», erinnerte sich Grimm, «und eine unbekannte Stimmte sagte: ‹Du kennst mich nicht, aber Earl hat mich gebeten, dich anzurufen. Er ist hier und hilft mir, Rollos in meiner Wohnung anzubringen, aber unglückseligerweise ist er gefallen und hat sich den Besenstiel in den Arsch gerammt.› Ich wußte gleich, daß mich jemand auf den Arm nehmen wollte, aber irgendwie sah es Earl ähnlich, deshalb mußte ich lachen und sagte: ‹Da will mich doch jemand verarschen!›»

«In gewisser Weise umwarb er mich», meinte Grimm. «Es schmeichelte mir, und Earl, in den ich ernsthaft verliebt war, hatte natürlich das Nachsehen.»

Das Enigmatische und Provozierende war neben der Angst, auf Ablehnung zu stoßen, der auffälligste Wesenszug an Marlon. Im Telefonbuch war er unter dem Namen Leonard Sloot eingetragen. Eingehende Anrufe ließ er vom Auftragsdienst entgegennehmen, erwartete aber von den Mitgliedern seines geheiligten inneren Zirkels, «daß sie emotional ständig für ihn auf Abruf waren». Wenn er anrief, hieß es: «Komm und spiel mit mir Schach», oder er wollte die Bedeutung oder Schreibweise eines Wortes für einen Brief wissen, den er angeblich gerade schrieb. Andererseits konnten seine Anrufe «äußerst liebevoll und fürsorglich sein, meist Anzeichen, daß er im Begriff war, sich einzuladen».

«Ich hielt immer saubere Bettwäsche und etwas besonders Delikates zu essen und zu lesen für ihn bereit», sagte Sandra Lee, «was Marlon zu schätzen wußte. Inzwischen war ich aus dem Park Savoy in eine Wohnung gezogen, und eines Abends tauchte er unerwartet bei mir auf. Gegen ein oder zwei Uhr morgens lagen wir im Bett und unterhielten uns bei brennendem Licht, und er fing wieder an, über das Gefühl der Geborgenheit zu sprechen – die Geborgenheit bei einem anderen Menschen zum Beispiel und wie man immer neue Seiten aneinander entdeckt, was ja eigentlich das Wesentliche an einer Beziehung ist.»

Die Geborgenheit, die von seinem zärtlichen Liebesspiel und seinem Flüsterton ausging, stand in nahezu völligem Einklang mit der weiblichen Psyche. «Nicht nur seine Worte, sondern seine Hände, sein ganzer Körper strahlten eine wunderbare Einfühlsamkeit aus», sagte Sandra Lee und bestätigte damit die Meinungen anderer. «Er war der erste Mann, den ich kannte, der geschmeidige Stoffe liebte; unter seinem Pullover trug er immer ein ganz weiches Seidenhemd.»

Mehr als sexueller Appetit bewegte ihn der Wunsch nach menschlichem Kontakt, der ihn auch veranlaßte, aus purer Neugier mit Lesben zu schlafen. «Ich habe ihn niemals vulgär erlebt, weder in sprachlicher noch körperlicher Hinsicht», sagte eine seiner Liebhaberinnen. «Ich erinnere mich, daß er am Telefon einmal mit mir über eine bekannte Schauspielerin sprach und zu mir sagte: «Sie könnte sehr leicht lesbisch werden.» Ich war nicht sicher, was er damit meinte, aber später wurde sie eine bekannte Lesbe. Er hatte eine Nacht mit ihr verbracht und hätte ebensogut sagen können: ‹Das ist bestimmt eine verdammte ...› Aber so etwas kam ihm nicht über die Lippen.»

Er konnte wortlos die Hand ausstrecken und das Gesicht einer Frau berühren oder ihre Hand nehmen und die Fingerspitzen liebkosen oder (wie einmal am hellichten Tag auf der Seventh Avenue) mitten im dicksten Menschengewühl stehenbleiben, um einer Freundin das vom Wind zerzauste Haar aus der Stirn zu streichen. Als er Barbara Grimm zum ersten Mal in einem Raum voller Menschen traf, berührte er ihre Nase und sagte: «Eiskalt. Ob deine Brustwarzen wohl auch so kalt sind?» Wenn es auch fraglos Methode hatte, so verschafften ihm die Freiheiten, die er sich herausnahm, doch eine Aura, und seine Gelassenheit, sein Zeitlupenschweigen gaben ihm etwas Gewisses.

Barbara Grimm beschrieb die Art, wie Marlon sein Gegenüber unwiderstehlich in seinen Bann zog. «Er bezirzte einen im wahrsten Sinne des Wortes. Aber nicht, um den anderen seiner Individualität zu berauben, sondern eher um sich in seine Individualität hineinzuversetzen, als wollte er einem unter die Haut schlüpfen.»

Ob er einen anzüglichen Kasernenton anschlug oder auf einer

Party im Schlafzimmer auf einem Berg von Mänteln eine Frau vernaschte, die Wirkung war meist dieselbe. Auch ließen die Frauen sich nicht durch Gerüchte über die zahllosen Abtreibungen abschrecken, die seinem Leichtsinn angeblich zu verdanken waren. Womöglich machte ihn die Tatsache, daß er bereit war, dafür geradezustehen, und «reihenweise Abtreibungen finanzierte», nur noch attraktiver.

Die Zahl ging «in die Hunderte», sagte Sondra Lee, «und obwohl Abtreibungen damals verboten waren, hatte er angeblich zwei Ärzte an der Hand, die praktisch auf Vorschuß arbeiteten. Der eine, ein «richtiger» Arzt, praktizierte in Flushing in Queens, der andere, der leicht humpelte, in der Bronx. Beide machten es unter Narkose für 700 Dollar.»

«Der Typ aus Queens landete schließlich im Gefängnis», sagte eine von Marlons Partnerinnen. «Es hatte Komplikationen gegeben, und das Mädchen war gestorben. Marlon begleitete mich zu dem humpelnden Doktor in der Bronx. Ich war vor Angst wie gelähmt. Das erstemal ging ich allein, aber ich mußte noch mal hin, weil irgend etwas nicht stimmte. Als ich Marlon davon erzählte, ging er sofort mit.»

Wie alle in der Gruppe benutzte Brando selten Verhütungsmittel. «Das fand man damals berechnend, deshalb war es verpönt», erklärte Lee.

Aber es störte auch niemanden, einen sogenannten Frühjahrsputz in Kauf nehmen zu müssen. Eine der Schauspielerinnen, eine hübsche, graziöse junge Frau, die aus einem Bild von Botticelli hätte stammen können, hatte vier Abtreibungen hinter sich, die allesamt auf Brandos Konto gingen. Tamarin wußte von drei weiteren. Als eine der Tänzerinnen an der Dunham School im Winter 1948 schwanger wurde, verriet die Art und Weise, mit der die Sache gehandhabt wurde, den Grad von Marlons Nonchalance.

«Die Abtreibungsparty? Ich weiß nicht, ob ich darüber sprechen kann», sagte Barbara Grimm. «Es war selbst für damalige Zeiten zu abscheulich.»

In der Fifty-second Street fand eine riesige Party statt, eine Art Massenveranstaltung. Die Wohnungstür zum Treppenhaus stand offen, und drinnen saß Marlon und schlug seine Trommeln. Barbara Grimm saß draußen mit Wally Cox auf den Stufen.

«Ich hatte keine Ahnung, daß die Party ein ‹Outing› für den Embryo sein sollte», erinnerte Grimm sich. «Ich hörte erst von Wally, daß eine Abtreibung stattgefunden hatte und daß jemand mit einem Becher herumging und das Ergebnis der Abtreibung herumzeigte.

Schließlich stand die Frau, die sich der Abtreibung unterzogen hatte, sogar selbst an der Tür, begrüßte die Gäste und stellte das Prachtexemplar zur Schau. ‹Herzlich willkommen, dies ist ...›, sagte sie und zeigte auf den Inhalt des Bechers. Niemand war sicher, ob es sich tatsächlich um den Fötus oder nur um ein Stück rohe Leber handelte. Aber das spielte auch keine Rolle.»

«Diese Leute zerbrachen sich den Kopf», bemerkte einer der damaligen Gäste, «um auf möglichst absurde und schockierende Ideen zu verfallen.» Und ein anderer meinte: «Uns schien jeder Sinn für das Grauenhafte oder auch nur Geschmacklose der Sache abhanden gekommen zu sein. Natürlich waren wir alle jung, aber ich fragte mich im stillen, was für Moralvorstellungen Marlon hatte und ob er nicht eine ziemlich verkorkste Persönlichkeit war.»

Wie sich herausstellte, war die Party das Ende seiner Affäre mit dieser Freundin. Doch oft genug landeten die von Marlon Verschmähten oben bei Maureen Stapleton, um sich an ihrer Schulter auszuweinen, und das nicht selten mitten in der Nacht. Es kam häufig genug vor, daß Stapleton den Spitznamen «Tante Maureen» bekam.

Maureen Stapleton und Brando waren sich an der New School begegnet und kannten sich seit drei Jahren. Im Gegensatz zu Marlon stand Maureen allerdings mit beiden Beinen im Leben. Nach einer entbehrungsreichen Kindheit war sie mit 100 Dollar in der Tasche nach Manhattan geflohen und hatte ihre Ausbildung nicht mit einem Scheck von zu Hause, sondern mit «einer ganzen Reihe von Scheißjobs» finanziert. Ohne sich auf mehr als ihr Talent berufen zu können – keinen Maynard Morris, keine Edie Van Cleve und schon gar kein «vermarktbares» Aussehen –, bekam sie ihr erstes Engagement, als sie Guthrie McClintic aus lauter Verzweiflung telefonisch um einen Vorsprechtermin für eine Rolle in *The Playboy of the Western World* gebeten hatte.

Auf *The Barretts of Wimpole Street* folgte *Antony and Cleopatra*, Aufführungen, die ihr den Ruf einer der vielversprechendsten jungen Schauspielerinnen ihrer Zeit einbrachten. Aber mehr als ihr schauspielerisches Talent faszinierte Marlon ihr Sinn fürs Praktische. In der vielköpfigen Familie, die das Gebäude an der Fifty-second Street bewohnte, waren Marlon und sie wie Geschwister. Oft sprintete er zum Frühstück nach oben und riß die protestierende Stapleton aus dem Schlaf: «Ich weiß, ich weiß, aber hier ist Not am Mann ...» Selbst Dodie tauchte bei ihren Besuchen in New York in Stapletons Apartment auf, wo Maureen die Gastgeberin spielte und sogenannte Fünf-Uhr-Tees zelebrierte. Selbst Marlon senior schaute, wenn er in New York war, bei ihr vorbei und präsentierte sich immer als der aus dem Ei gepellte, erfolgreiche Geschäftsmann. Stapleton war entzückt von seinem unwiderstehlichen pseudobritischen Charme. «Wenn einer sexy war», sagte sie, «dann Marlons Vater.»

In Marlons Apartment herrschte ein ständiges Kommen und Gehen, doch Maureens Wohnung war das Zentrum, der ruhende Pol. Wally Cox' damalige Freundin, eine gelenkige Zirkusreiterin, kampierte auf der Couch. Helene Franklin, eine weitere Schauspielerin, bewohnte das Kabuff neben dem Wohnzimmer, bis sie eine eigene Unterkunft fand. Stapleton feierte ebenfalls Thanksgiving in ihrer Wohnung, und das Festmahl (Weißbrot mit Erdnußbutter) war eine so ausgelassene Fete, daß die ganze Bande – Darren, Wally, der Schauspieler David Stewart, Janice, Marlon und andere – die Fenster aufrissen und, während sie sich vor Lachen ausschütten wollten, «Vielen Dank, Gott!» auf die Straße hinunterschrien. Das Apartment diente ebenfalls als Gemeinschaftsgarderobe, wo Freunde, die nicht der Gewerkschaft angehörten, sich umziehen konnten, wenn sie irgendwo vorsprechen mußten.

Im Gegensatz zu vielen anderen nahm Maureen den Schauspielerberuf sehr ernst und verstand außerdem, mit Geld umzugehen. Marlon war chronisch bankrott, und «ich war immer die Böse», erinnerte Stapleton sich. «Er pumpte sich Geld von den anderen, weil er seins verschenkt hatte, und dann traute sich keiner, es von ihm zurückzufordern. Schließlich war er ja der Goldjunge. Also kamen sie zu mir und klagten: ‹Mo, Marlon schuldet mir fünf Dollar.› Daraufhin sagte ich zu ihm: ‹Du schuldest ihr Geld. Zahl es gefälligst zurück.› Es waren immer nur kleine Summen, aber die Leute hatten Angst, sie zurückzuverlangen.»

Bei dem platonischen Verhältnis zwischen ihnen konnte sie sich diese Dreistigkeit erlauben. Andererseits konnte Marlon bei der zwischen ihnen herrschenden Zwanglosigkeit auf seine üblichen Finten verzichten.

Hinter ihrem burschikosen Umgangston verbarg sich bei beiden ein hellhöriger Geschwafeldetektor. Gleichzeitig hatten sie ein feines Gespür für den jeweiligen Kummer des anderen, und Maureen durchschaute vielleicht am ehesten Marlons abweisendes Schweigen. «Mannomann, wenn einer gelitten hat, dann Marlon», gestand sie später und betonte gleichzeitig, daß sie sich immer auf ihn verlassen konnte, auch als ihr Alkoholismus zu einem echten Problem wurde.

«Er hat weiß Gott alles versucht», sagte sie und berichtete, wie er eines Nachmittags, als sie völlig betrunken war, bei ihr aufgetaucht war. «Der Mann, den ich liebte, hatte mich verlassen. Ich heulte seit zwei Tagen und Marlon sagte: ‹Also gut, willst du weitertrinken?› Ich bejahte. Er nahm mich mit nach unten, und wir zogen von einer Bar zur anderen. Wenn ich umfiel, hob er mich wieder auf. Schließlich sagte er: ‹Willst du jetzt nach Hause?› Ich sagte: ‹Ja›, und er schleppte mich die vier Treppen hinauf und warf mich aufs Bett. ‹Geht's dir besser?› fragte er. Ich verneinte. ‹Na, dann reiß dich zusammen›, befahl er mir und deckte mich zu. Meine Wohnungsgenossin Janice kam herein, und ich hörte, wie er sagte: ‹Sie ist völlig betrunken. Bleibst du bei ihr?›

Aber indem er mich durch die Bars schleppte und zusah, wie ich mich sinnlos betrank, sorgte er dafür, daß ich über das Schlimmste hinwegkam. Er selbst trank nichts, sondern wartete nur ab, bis ich wieder vom Hocker fiel. Die Botschaft hieß, ich bin da. Trink meinetwegen, soviel du willst. Schließlich ist es dein Suff und dein Leben.»

Um diese Zeit ging seine Beziehung mit Blossom Plumb in die Brüche. Es begann mit einem Streit. Marlon zog sich zurück und forderte schließlich: «Meine Bedingungen oder Schluß.» Blossom tröstete sich bald danach mit dem Regisseur George Auerbach. Das Verhältnis zu Celia Webb hatte sich ebenfalls abgekühlt. Sie wohnte noch immer in dem Apartment, das Marlon ihr im Village gemietet hatte. Doch bei gemeinsamen Einladungen brachte er meist andere Frauen mit und tat, «als sei Celia Luft».

Wenn etwas für Brandos seelisches Dilemma symptomatisch war, dann der abrupte Umschwung von leidenschaftlicher Besessenheit zu abweisender Kälte im Umgang mit Frauen. Es war ein typisches Verhaltensmuster, in dem sich der mütterliche Liebesentzug, sein Kindheitshaß auf Dodie als «Hure» und seine eigene Promiskuität als Erwachsener mit leichtlebigen Frauen, die als Ersatz für die verachtete, doch begehrte Mutter herhalten mußten, spiegelte. Das ganze Problem beruhte auf seiner Selbstverachtung. Selbst der naive Darren Dublin erkannte, daß sein Freund unfähig war, «Liebe oder Vertrauen von Frauen zu akzeptieren, und dazu neigte, gerade das zu zerstören, was er liebte, und sich gegen die Leute zu wenden, die ihn schätzten».

Während dieser chaotischen Monate im Jahr 1947 mitten im Trubel des New Yorker Theaterlebens war Brando sowohl der wirbelnde Derwisch als auch der ruhende Pol im Auge des Sturms. Während es ihm dank seiner Fähigkeit, andere zu beherrschen und zu manipulieren, gelang, die eigenen Alpträume in Schach zu halten, sollte ihm die bevorstehende Rolle in *A Streetcar Named Desire* (dt.: *Endstation Sehnsucht*) nicht nur zu ungeahntem Ruhm verhelfen, sondern ihn trotz seiner Zuflucht zur Psychoanalyse, von schlimmen Ängsten und Zweifeln gequält, zerrissener zurücklassen als je zuvor.

Streetcar und das Actors Studio

1947–1949

Weder war Brando die erste Wahl für die Rolle des Stanley Kowalski gewesen noch war vorgesehen, daß er der Heldin des Stücks die Show stehlen und die Figur von Kowalski zu einer amerikanischen Ikone machen sollte. Als Tennessee Williams sein Stück *A Streetcar Named Desire* im Sommer 1946 fertigstellte, trug es noch den Titel *The Poker Night* – die Geschichte von Blanche Du Bois, einer einsamen, neurotischen Südstaatenschönheit, die ihr Familienvermögen verloren hat und gezwungen ist, in New Orleans bei ihrer Schwester und ihrem brutalen Schwager Zuflucht zu suchen. Das Drama ihres Zusammenbruchs war eindeutig Williams' Zentralthema und spiegelte die Zerstörung der Südstaatenkultur durch eine rücksichtslose, vulgäre moderne Welt. Doch daß Blanche ihren Familiensitz und ihren Verstand verliert, ist mehr als eine Reflexion sozialer und geschichtlicher Phänomene. «Ich beziehe meine Charaktere aus mir selbst», sagte der scheue, geplagte Schriftsteller. Wie Williams' Biograph, Donald Spoto, hervorgehoben hat, repräsentieren der fürsorgliche, aber destruktive Stanley und die esoterische, aber sinnlich-manipulative Blanche die Sehnsucht des Schriftstellers nach Sicherheit und seine Vorliebe für vielseitige und kurzlebige sexuelle Affären. Die in Williams' Charakteren wie auch im Schriftsteller selbst angelegten Konflikte sollten die schwerste und anhaltendste Krise in Marlons Leben heraufbeschwören.

Zwei Jahre vorher hatte *The Glass Menagerie* mit der unvergleichlichen Laurette Taylor in der Hauptrolle Williams den Ruf eines vielversprechenden zeitgenössischen Dramatikers eingebracht. Als bekannt wurde, daß Irene Mayer Selznick die Produzentin seines neuesten Werks sein sollte, reagierte man am Broadway verstimmt und entrüstet. Böse Zungen meinten, *Streetcar* sei für Selznick, eine blutige Anfängerin aus dem Westen, Tochter des Filmmoguls Louis B. Mayer und Frau von David O. Selznick, dem Produzenten von *Gone with the Wind*, nur ein wohlfeiles Spielzeug, das sie nur gegen ihren berühmten Ehemann, von dem sie sich gerade getrennt hatte, ausspielen wolle. (David O. Selznicks Affäre mit der Schauspielerin Jennifer Jones hatte sich inzwischen herumgesprochen.) Den sechsunddreißigjährigen Williams und seinen Agenten Audrey Wood ließ diese Kritik allerdings kalt. Irene Selznick hatte Beziehungen. Schließlich hatte sie erfahrene Hasen beim Kauf der Rechte für das Stück aus dem Feld geschlagen und verfügte angeblich über 16 Millionen Dollar. Außerdem war sie bereit, 25 000 Dollar des Gesamtetats von 100 000 Dollar aufzubringen, während Freunde wie Cary Grant und John Hay Whitney den Rest beisteuern sollten.

Zu Beginn des Sommers 1947 hatte Irene Selznick sich für den Regisseur Joshua Logan entschlossen, der sich am Broadway einen Namen gemacht hatte. Inzwischen war Williams in New York eingetroffen und hatte Arthur Millers *All My Sons* gesehen. Der Regisseur war niemand anderes als Elia Kazan, der mit seinem Film *Gentleman's Agreement* seinen ersten Oscar gewinnen sollte. Die beiden Männer fanden sich sofort sympathisch, und der engagierte achtunddreißigjährige Kazan erklärte sich bereit, die Inszenierung von Williams' Stück zu übernehmen. Nur nicht mit Irene Selznick als Produzentin.

In einer Welt überempfindlicher Egos und höchster künstlerischer Ansprüche waren Kazans Wünsche nichts Ungewöhnliches: er wollte freie Hand in allen künstlerischen Entscheidungen und die Garantie, das Stück selbst produzieren zu können. Williams saß zwischen zwei Stühlen. Einerseits war er Selznick verpflichtet, doch andererseits wollte er auf Kazan nicht verzichten. Die Verhandlungen zwischen der Produzentin und dem Anwalt des Regisseurs zogen sich über mehrere Tage hin, mit dem Erfolg, daß Kazan schließlich in nahezu allem seinen Willen bekam: zwanzig Prozent der Einnahmen, absolute Entscheidungsfreiheit und ein noch nie dagewesener Vorspann, der lautete: «Irene Selznick präsentiert eine Produktion von Elia Kazan.»

Unterdessen nahm die Suche nach der Darstellerin der Blanche eine neue Wendung: Das Actors Lab in Los Angeles hatte *Portrait of a Madonna,* einen von Williams' frühen Einaktern, ausgegraben. Die zentrale Figur des Stücks, eine Vorstudie zu Blanche aus *Streetcar*, wurde unter dem Beifall der Kritik von der britischen Schauspielerin Jessica Tandy gespielt. Regie führte Tandys umsichtiger Ehemann Hume Cronyn, der sich mit der Inszenierung eines Williams-Stückes gleichzeitig einen Werbeeffekt für seine Frau versprach. Nachdem Selznick, Kazan und Williams sich das Stück in Los Angeles angesehen hatten, beschlossen sie einstimmig, Tandy die Rolle der Blanche anzubieten.

Inzwischen war Mitte August 1947, und die Eröffnung der Theatersaison stand bevor. Als nächstes wurde die Rolle von Stanleys Freund Mitch mit Karl Malden besetzt, dessen Arbeit Kazan aus *Truckline Café* kannte. Dann ließ man Kim Hunter, die noch nie am Broadway aufgetreten war und sich auch im Film bisher durch nichts ausgezeichnet hatte, nach New York kommen. Obwohl sie beim Vorsprechen nervös war, bekam sie die Rolle der Stella. Für die zentrale Rolle des Stanley wurden neben Burt Lancaster, der andere Verpflichtungen hatte, Van Heflin, Edmond O'Brien, John Lund und Gregory Peck in Betracht gezogen. Zu diesem Zeitpunkt erhielt Kazan einen Anruf von Edie Van Cleve, die ihm Marlon Brando ans Herz legte.

Brando war wegen seiner Jugend bereits abgelehnt worden – er war erst dreiundzwanzig, während Kowalski bei Williams dreißig ist. Außerdem fand man, er sei zu «hübsch» und sehe eher wie ein Dichter aus, nicht wie ein trinkfester Autoschlosser. Doch Van Cleve ließ nicht locker und hielt Kazan mit ihrer Überzeugungskraft an der Strippe. Als jemand, der gern alles auf eine Karte setzt, wußte Kazan von *Truckline,* daß Marlon über die gewünschte animalische Ausstrahlung verfügte, und drängte Selznick, es sich noch einmal zu überlegen. Bei einem weiteren Telefongespräch argumentierte Van Cleve, «daß Vorsprechen sich erübrigt, weil Marlon hoffnungslos vom Blatt liest», was Kazan ebenfalls wußte.

Auf Marlon machte das Stück einen tiefen Eindruck, erfüllte ihn aber gleichzeitig mit Respekt. «Ich kam zu dem Schluß, daß es eine

Nummer zu groß für mich war», erzählte er später dem Reporter Bob Thomas, «also rief ich Gadg deswegen an. Aber das Telefon war besetzt. Hätte ich damals mit ihm gesprochen, ich hätte die Rolle vermutlich nie gespielt. Ich beschloß, die Sache erst einmal auf sich beruhen zu lassen, aber am nächsten Tag rief Gadg mich an und fragte: ‹Also, was ist – ja oder nein?› Ich schluckte und sagte: ‹Ja.›»

Kazan wollte trotzdem, daß er Williams, der sich mit seinem sprunghaften Liebhaber Pancho Rodriguez gerade in Provincetown aufhielt, vorsprach.

«Ich hatte ungefähr dreißig Sekunden gelesen», erinnerte Brando sich später, «als Williams meinen stotternden Vortrag unterbrach. Ich verriete soviel Selbstsicherheit und soviel Verständnis für sein Stück, meinte er, ich wäre genau der richtige Mann für die Rolle. Dann lieh er mir das Fahrgeld für die Busfahrt zurück nach New York, damit ich den Vertrag im Büro der Produzentin unterzeichnen konnte.»

Brando verpflichtete sich für zwei Jahre. Nach Erledigung der Formalitäten sollte seine erste Unterredung mit Selznick stattfinden. «Er benahm sich weder wie jemand, der gerade das große Los gezogen hatte», schrieb sie später in ihren Memoiren, «noch versuchte er, Eindruck zu schinden. Offensichtlich hatte er Mühe, klug aus mir zu werden, und hatte etwas anderes erwartet. Er wußte nicht recht, wie er mich einschätzen sollte. Mal reagierte er stur, dann wieder keß, gestand mir unaufgefordert, daß er von der Schule geflogen sei, und grinste mich dabei provozierend an. Ich ging nicht darauf ein. Doch danach lief alles wie am Schnürchen. Er richtete sich im Stuhl auf und war zugänglich, vernünftig, ja sogar zuvorkommend.»

Die meisten Mitwirkenden, darunter die zweite Besetzung Nick Dennis und Rudy Bond, kamen aus dem neugegründeten Actors Studio, das unter der Leitung von Kazan und Bobby Lewis erst vor wenigen Wochen zustande gekommen war. Tandy war die einzige unter den Hauptdarstellern, die nicht dem Studio angehörte. Joe Mielziner, der führende Bühnenbildner am Broadway, sowie Lucinda Ballard, die Kostümbildnerin aus *I Remember Mama,* waren ebenfalls mit von der Partie. Alex North, Ehemann von Anna Sokolow, der Tanzlehrerin des Studios, sollte die wichtige Jazzuntermalung des Stücks schreiben. Ein geeignetes Theater zu finden war nicht einfach, da *Streetcar* am Broadway allgemein als finanzielles Risiko galt. Die dreieinhalb Wochen dauernden Proben begannen am 6. Oktober auf provisorischer Basis im New Amsterdam Roof Theatre. Das Theater war ein riesiges, unheimliches Gebäude, abgelegen und ruhig, ganz wie Kazan es schätzte.

Der Regisseur, der für seine kurzen, intensiven Proben bekannt war, verbrachte die ersten zehn Tage damit, die «Beziehungen» des Stückes zu erforschen. Die Schauspieler saßen im Halbkreis auf der Bühne und lasen einzelne Szenen immer wieder laut vor, während er seine Gedanken über das «Skelett» jedes einzelnen Charakters laut werden ließ: Blanche, erklärte er, «sucht Schutz»; Stanley «möchte die Oberhand behalten»; Stella «klammert sich an Stanley»; und Mitch, deutete er aus psychoanalytischer Sicht, «muß sich von seiner Mutter lösen. Brandos Stanley sieht sich im Netz dieser widerstreitenden Wünsche gefangen und kämpft gegen den Eindringling Blanche um die Erhaltung des Status quo.»

Aufgrund seiner Ausbildung in der Actors Group und nicht zuletzt seines ganz persönlichen Stils legte Kazan Wert darauf, Beziehungen zwischen Williams' Drehbuch und den persönlichen Erfahrungen der Schauspieler herzustellen. Er gab sich größte Mühe, die Schauspieler eingehend zu beobachten und jeden einzelnen, meist bei einem Drink in einer benachbarten Bar, ausführlich zu interviewen. Familie, Religion, Schulausbildung, sexuelle Vorlieben und Abneigungen, nichts war ihm zu trivial, wobei er psychologisch sehr geschickt vorging und, um das Vertrauen seiner Schauspieler zu gewinnen, auch über sein eigenes Leben sprach.

Nicht einmal Kazans engste Freunde wie Harold Clurman oder Bobby Lewis wußten, daß Avram, der Bruder des Regisseurs, praktizierender Psychoanalytiker, ja, sogar orthodoxer Freudianer war und Geld in das Unternehmen investiert hatte. Zweifellos hatte Kazan einige Methoden seines Bruders übernommen, aber selbst wenn Marlon sich dessen bewußt gewesen wäre, hätte es ihn nicht beeindruckt: Mehr als alle anderen weigerte er sich, den entschlossenen kleinen Regisseur in seinem Leben «herumschnüffeln» zu lassen.

Kazan war sich darüber bereits im klaren, und während er darauf aus war, unter der Oberfläche zu schürfen und ans Tageslicht zu bringen, was er später Brandos «reiche Bodenschätze» nannte, wußte er, daß er mit aller Vorsicht zu Werke gehen mußte. «Mit anderen Schauspielern bin ich meist sehr viel rigoroser umgesprungen», erklärte er später. «‹Mach das so. Nein, das gefällt mir nicht. Mach das lieber so.› Bei Marlon mußte es eher heißen: ‹Hör mal zu und überleg, ob du damit was anfangen kannst.› Ich hatte von seinen Eltern gehört, aber nicht von ihm selbst, und fragte deshalb auch nicht weiter danach. Ich habe ihn behandelt wie ein rohes Ei. Ein Grund, warum er mir als Regisseur vertraut hat, war, daß ich seine Privatsphäre respektiert habe ... Ich habe bei ihm immer auf ein Wunder gehofft, und es ist häufig genug eingetreten.»

Trotzdem war es ein langwieriger Prozeß. Von Marlon ging so gut wie keine Initiative aus, und wenn Kazan Anweisungen gab, verschwand er oft, bevor der Regisseur mit seinen Ausführungen fertig war; nicht aus Protest, sondern um in Ruhe darüber nachzudenken.

Marlons Ängste waren ganz konkreter Natur, und da Malden, Hunter und die erfahrene Tandy sich mit der Vielschichtigkeit von Williams' Stück ebenfalls schwertaten, wiederholte er immer wieder: «Ihr hättet John Garfield für die Rolle des Stanley engagieren sollen, nicht mich.» Garfield kam allerdings gar nicht in Frage. Stanley, wie Brando ihn sah, war «aggressiv, spontan, extrovertiert». Der Charakter, den er in den Griff bekommen sollte, war «ein Mann ohne jedes Feingefühl und ohne moralische Grundsätze, der auf seine weinerliche Art nur darauf besteht, seinen Willen zu bekommen ... einer von diesen schwer arbeitenden Muskelprotzen, denen jede Subtilität abgeht. Sie können sich nicht entspannen. Wie ein Raubtier packen sie alles mit ihrer Pranke und können vor lauter Kraft kaum sprechen.»

In diesem Punkt waren sich Stanley und Brando gefährlich ähnlich. Angesichts Brandos eigener aufgestauter Wut und seiner lähmenden sprachlichen Ungewandtheit, ganz zu schweigen von seiner sexuellen Promiskuität, konnte man sich vorstellen, daß ihm mit der Figur, in deren Haut er sich wohl fühlen sollte, eine psychologische Kraftprobe bevorstand. Kazan ahnte den Konflikt, war aber auf seine unnachahmlich «brutale» Art entschlossen, Brando mit seiner eigenen Vorstellung von Kowalski zur Auseinandersetzung mit sich selbst zu zwingen.

Bei aller Ambiguität wußte Kazan, daß er es «mit einem Schauspieler, einem gefühlsbetonten Menschen» und nicht mit einem Intellektuellen zu tun hatte, und ließ Brando deshalb die größtmögliche Bewegungsfreiheit. Am Ende der ersten Probenwoche stellte Brando sich eine Pritsche ins Theater, und während er mit seiner Rolle kämpfte, lauschte er nachts auf die ungeheure Stille des leeren Saals. Eine Woche später sah es aus, als hätte er bei dem Kampf den kürzeren gezogen. Eines Morgens tauchte er blaß und unrasiert mit Verspätung zur Probe auf. «Er kam lustlos auf die Bühne», erinnerte Irene Selznick sich. «Gadg ging zu ihm hinüber. Ich hielt schon den Atem an. Aber es gab keine Szene. Während Gadg Marlon zuhörte, legte er ihm fürsorglich den Arm um die Schultern. Ich war gerührt, einen so knallharten Mann wie Gadg so zärtlich zu sehen. Gadg gab ihm Geld, damit er frühstücken konnte; geschlafen hatte er auch nicht. Um jeder Kritik meinerseits vorzubeugen, nahm Gadg Marlon in Schutz und betonte, daß er sich mit seiner Rolle herumschlage.»

Der Vorfall war ein Wendepunkt, auch wenn Selznick es damals nicht ahnte. Marlon fiel es so schwer, die Rolle zu packen, weil der Ansatz aus ihm selbst kommen mußte. Er arbeitete intuitiv, viel intuitiver als die anderen, und er wußte einfach nicht, ob er vorankam. Alle vier Hauptdarsteller hatten Mühe, ihren Rhythmus zu finden, also ließ Kazan Brando gewähren und gab sich mit «halblaut gestammelten Zeilen» zufrieden.

Auf diese Weise konnte er seine Autorität behaupten. Marlon begann sich auf seinen Text zu konzentrieren, statt den Fluß des Stückes ständig durch den Rückgriff auf «Krücken» zu unterbrechen – die einleitenden Seufzer, Murmelgeräusche und Körperbewegungen, mit denen Schauspieler sich emotional einstimmen. Trotzdem brachten seine unmotivierten Urlaute seine Partner, vor allem Tandy, ständig aus dem Konzept. Bei ihrem klassischen britischen Schauspielhintergrund und ihrer fast zwanzigjährigen Bühnenerfahrung konnte sie mit Marlon einfach nicht warm werden, besonders nicht mit seinem idiosynkratischen Benehmen. Die Trommeln und Hanteln hinter der Bühne, die einsamen Nächte im Theater, wo er sich völlig angezogen auf seine Pritsche haute, waren ihr nicht geheuer. Der Gipfel war die geplatzte Naht hinten in seiner Hose, ein einfacher Riß, der aber im Laufe der Zeit immer größer wurde, so daß er fast bis zum Schritt reichte. Tandy war schockiert. Sie sprach mit Kazan, der Marlon riet, die Hose in die Reinigung zu bringen und flicken zu lassen.

Solche Zwischenfälle konnten das Band zwischen Marlon und seinem Regisseur allerdings nur festigen und Kazan in seinem Engagement bestärken. «Ich glaube nicht, daß er jemals das Heft aus der Hand gab», sagte Jay Presson Allen. «Gadg war der Überlegene.» Da beide den Ton angeben wollten, beobachtete Marlon mit einer gewissen Schadenfreude, wie der Regisseur sich Selznick, die eine Neigung hatte, ihm Ratschläge ins Ohr zu flüstern, täglich vom Leib hielt, bis er schließlich «Bleib mir vom Hals!» rief und sich weigerte, sie überhaupt in seiner Nähe sitzen zu lassen. Was Brando sah, war eine unbedingte Kompromißlosigkeit, eine intuitive innere Sicherheit, die er selbst auch besaß. Kazan glaubte an ihn, und sein Vertrauen wuchs noch, während er, darauf bedacht, den Schauspieler seinen eigenen Weg finden zu lassen, vorsichtige Korrekturen an seiner Darstellung vornahm.

In gewisser Weise lernte Marlon eine neue Art von *machismo* kennen. Kazan wirkte auch äußerlich überzeugend. Er kleidete sich leger, trug saloppe, ungebügelte Hosen und bewegte sich wie ein Kampfhahn, obwohl er die Universitäten Williams und Yale besucht hatte. Er war zäh, mit einem sicheren Instinkt für Machtstrukturen, aber gleichzeitig bereit, seine Schauspieler alle erdenklichen Fehler machen zu lassen. Seine Botschaft war, daß sie alle miteinander auf der Suche waren. Also reichte er Brando eine Notiz auf die Bühne, während Tennessee Williams, Irene Selznick und der Bühnenleiter Bob Downey in der ersten Reihe saßen – eine Änderung oder ein Einfall, der ihm plötzlich gekommen war –, und Marlon nickte und murmelte: «Wir können's versuchen.» Gelegentlich rang Kazan sich sogar ein Lächeln ab. Wenn er Tandy für «kleinkariert», «einen Witz» oder eine «altjüngferliche Tante» hielt, so war Brando sein Adoptivsohn, der zum ersten Mal Anstalten machte, im Team zu arbeiten.

Um sich die nötigen Muskeln für seine Rolle zu verschaffen, hatte Marlon sein tägliches Muskeltraining wiederaufgenommen und arbeitete mit Gewichten, damit Brustumfang und Bizeps seiner Vorstellung von Stanley entsprachen. Leute, die ihn eine Zeitlang nicht gesehen hatten, staunten über seine Verwandlung. Truman Capote hielt ihn sogar für einen Bühnenarbeiter, als er ihn eines Morgens vor der Probe schlafend an einem Tisch fand. «Seine gedrungene Athletenfigur, die Gewichtheberarme, die Charles-Atlas-Brust» standen, wie der Schriftsteller bemerkte, in frappierendem Gegensatz zu seinen Gesichtszügen. «Es sah aus, als habe man seinem athletischen Körper einen fremden Kopf aufgesetzt, wie in retuschierten Fotografien.»

Außerdem versuchte er, dem unersättlichen Stanley näherzukommen, indem er sich einer Hungerkur unterzog. Brando hatte immer einen herzhaften Appetit, aber eines Nachmittags bestellte er sich einen Hamburger mit Pommes frites in einem Restaurant und setzte sich einfach davor. «Ich hatte alles auf meinem Teller verputzt», sagte ein Kollege, «aber er hatte keinen Bissen angerührt. Er wollte wissen, wie sein Körper auf den Nahrungsentzug reagierte.»

Lucinda Ballard hatte die Kostüme für Williams' *The Glass Menagerie*, *I Remember Mama* und viele andere Aufführungen entworfen, aber der ungeschlachte Kowalski bereitete ihr Kopfzerbrechen. Schließlich ließ sie sich von einer Gruppe von Straßenarbeitern mitten in Manhattan zu dem betont saloppen Aufzug inspirieren, der Kowalski zum neuen Symbol amerikanischer Männlichkeit machen sollte.

«Sie waren so verschwitzt», erinnerte sie sich später, «daß ihnen die Kleidung am Körper klebte. Dabei sahen sie wie Statuen aus. Diese unverfälschte Primitivität», dachte ich, «das ist der Look, auf den ich aus bin.»

Das traditionelle T-Shirt wurde damals locker getragen, und die Ärmel reichten bis zum Ellbogen. Bei Stanley sollte es allerdings eng anliegen; also änderte sie ein halbes Dutzend Unterhemden, färbte sie zu einem verwaschenen Rot ein und brachte an der rechten Schulter sorgfältig einen Riß an, der andeuten sollte, daß Stella Stanley gekratzt oder ihn am Hemd gezerrt hatte.

Als nächstes entwarf sie das erste Paar hautenger Jeans und revolutionierte damit nicht nur das amerikanische Theater, sondern auch die amerikanische Mode. «Ich dachte dabei an die Mode zur Zeit der Regentschaft in Frankreich», sagte sie. «Deshalb mußten die Jeans naß anprobiert und abgesteckt werden. Ich hatte sieben Paar Jeans, die ich vierundzwanzig Stunden lang in der Waschmaschine wusch. Dann gingen Marlon und ich zur Eaves Costume Company. Auf einem Podest stehend betrachtete Marlon sich im Spiegel und bestand darauf, daß die Jeans abgesteckt wurden, ohne daß er Unterwäsche trug.»

Der Schneider, ein würdiger Italiener der alten Schule, der gewöhnt war, Barrymore und Lunt in violettem Samt auszustaffieren, war entsetzt, doch Ballard war einverstanden und verließ die Garderobe. Als sie zurückkehrte, hatte der Schneider die Hose bereits gereiht, und Marlon «war förmlich aus dem Häuschen». «Er tanzte in diesem Kostüm, das seinen Körper betonte, wie ein Irrer zwischen den Vitrinen herum und machte förmliche Luftsprünge», erinnerte sich die Kostümbildnerin. Der Schneider belächelte ihn wie ein Kind, aber Brando ließ sich nicht beirren und wiederholte nur immer: «Genau so habe ich sie mir immer gewünscht!»

Ab Mitte Oktober probte das Ensemble täglich bis in die tiefe Nacht. Auf Williams' Wunsch wurde am Drehbuch nichts mehr geändert. Bei einer Probe in Gegenwart von Stella Adler und Hume Cronyn ungefähr eine Woche später «klickte es plötzlich bei Marlon», wie Irving Schneider, Selznicks Regieassistent, es nannte. Cronyn fand allerdings, daß in seiner Frau eigentlich mehr stecke, und bat Kazan, sie weiter zu ermutigen. Ihm war nicht entgangen, daß das Kräfteverhältnis im Stück sich verlagert hatte, und ahnte, daß Brandos Darstellung die Waage ins Schwanken bringen und den jungen Schauspieler zum Star der Aufführung machen würde.

Am 3. Dezember 1947 hatte *Streetcar* Premiere im Ethel Barrymore Theatre in New York. Der Andrang war dank der heftigen Propaganda auch außerhalb New Yorks groß, und neben Marlons

Eltern, seinen Schwestern und Dick Loving waren auch Stars wie Paul Muni, Montgomery Clift und Edward G. Robinson anwesend. Irene Selznick beschrieb das Ereignis später mit den folgenden Worten: «Damals erhob man sich nur, wenn die Nationalhymne gespielt wurde. Aber an dem Abend erlebte ich zum ersten Mal, wie ein Theaterpublikum von den Sitzen sprang ... immer wieder, Vorhang nach Vorhang, bis Tennessee unter Applaus auf der Bühne erschien.»

Das Publikum applaudierte eine volle halbe Stunde, und als Marlon vor den Vorhang trat, drohte das Dach einzustürzen. Als Williams die letzten Ovationen entgegengenommen hatte, war auch hinter der Bühne die Hölle los. Wally Cox und sein Freund Peter Turgeon gelang es, sich einen Weg zu Marlons Garderobe zu bahnen, wo sie ihn allein mit einer Schachtel Pralinen und einer Handvoll Telegramme im Arm fanden, während Malden eine Gruppe von Gratulanten mit Champagner traktierte. Das Telegramm von Dodie lautete: «Paß auf, daß du dich nicht blamierst.» Über das Telegramm von Williams mußte er schmunzeln: «ZEIG'S IHNEN MEIN JUNGE. VOM SCHMIERIGEN POLACKEN WIRST DU ES EINES TAGES ZUM MELANCHOLISCHEN DÄNEN BRINGEN, DENN DU HAST ETWAS, DAS DIR EINE THEATERWELT UNBEGRENZTER MÖGLICHKEITEN ERÖFFNET.»

«Du bist über Nacht zu einem Star geworden», sagte Turgeon zu Marlon. Brando zuckte nur die Achseln und sagte: «Daß ich nicht lache.»

Nach der Aufführung traf sich das Ensemble zu einer Party im obersten Stock des «21», um die Kritiken abzuwarten. Louis B. Mayer war da, entzückt über den Erfolg seiner Tochter, bedauerte aber, daß das Stück kein «Happy-End» hätte. Williams tigerte unruhig auf und ab, kippte ein Glas Champagner nach dem anderen hinunter und war trotz des donnernden Applauses von Zweifeln geplagt. Als Marlon in die Tür trat, drehten sich alle nach ihm um und klatschten. Kurz nach Mitternacht rief der Presseagent des Theaters an und verkündete, daß die Reaktion gut, ja hervorragend sei. Marlon war gegen halb zwei Uhr morgens verschwunden, aber Kazan erhob sich mit den Zeitungskritiken in der Hand, und während er sie laut vorlas, hallte der Raum von lautem Applaus und erleichtertem Gelächter wider.

Die New Yorker Kritiker waren nahezu einstimmig in ihrem Lob – womit niemand gerechnet hatte. Brooks Atkinson von der *Times* war begeistert von Williams' Stück, Kazans Regie und Tandys schauspielerischer Leistung. Für Howard Barnes von der New Yorker *Herald Tribune* besaß Marlon eine «brutale Überzeugungskraft». Der *New Yorker* lobte Brando für die «brutal wirksame Charakterisierung», während Robert Garland «den eindrucksvollsten jungen Schauspieler unseres Theaters in seiner bisher eindrucksvollsten Rolle» sah. Richard Watts jr. ließ sich in der *New York Post* sogar zu den Worten hinreißen: «Ich habe die Begeisterung der meisten Kritiker für Marlon Brando bisher nicht geteilt, aber seine dumpfe, gewalttätige Verkörperung von Blanches Nemesis ist eine einmalige Leistung.»

Obwohl die meisten Kritiker sich vor Lob überschlugen, sah nicht ein einziger voraus, daß Brandos Leistung das Gesicht des amerikanischen Theaters ein für allemal verändern sollte. Eingeweihte allerdings begriffen, was vor sich ging. Robert Whitehead war sich bewußt, daß es für «Marlon keine Vorbilder gab» und daß jemand wie John Garfield inzwischen zum alten Eisen gehörte. «Sein Gespür für Williams' Klangwelt und dessen poetische Realität war besonders beeindruckend; was Tennessee schrieb, funktionierte sowohl in bezug auf die Zeit als auf Marlons Sensibilität. Diese besondere Art von Realität wurde auf eine bisher nie dagewesene Weise lebendig.» Für Maureen Stapleton lag der Fall noch klarer – kein Schauspieler außer Olivier, vielleicht noch Gable, Joel McCrea und Bogart, waren der Sache je so nahe gekommen. «Das ist mehr als Talent», erkannte sie. «Das ist männlich. Talent *plus*.» Don Richardson, ein gleichaltriger Schauspielerkollege, hatte mit Gary Merrill und einem vielversprechenden jüngeren Kollegen im Publikum gesessen. Als der Vorhang zum letzten Mal fiel, waren alle drei überwältigt. «Merrill wollte das Theater nach diesem Abend an den Nagel hängen», erinnerte sich Richardson. «‹Jetzt spiele ich nur noch die zweite Geige›, sagte er zu mir. Joan Copeland sprach für viele Studenten im neugegründeten Actors Studio, als sie meinte: «Wenn man ihm zusah, glaubte man, im Auge des Sturms zu sein.»

Streetcar war ein Bombenerfolg, und Brando war der Schlager der Saison. Seit überall Plakate für *Streetcar* hingen, war es mit seiner Anonymität vorbei. Seine Gage betrug 550 Dollar pro Woche, was dem heutigen Wert von 7500 Dollar entspricht. Aber die Produzenten konnten es sich leisten. Die Vorstellungen waren ausverkauft, und Eintrittskarten wurden unterderhand für 50 Dollar pro Stück, das Zehnfache des eigentlichen Preises, gehandelt.

Obwohl Williams den Pulitzer-Preis wie auch den Preis der Theaterkritiker gewinnen und Tandy mit einem Tony belohnt werden sollte, war Marlon der eigentliche Liebling der Presse: Er war jung, sexy, ein bißchen überkandidelt, und wie Jocelyn es nannte, «wollten sie alle ein Scheibchen von ihm». Berühmtheiten wie Cecil Beaton photographierten ihn. Die Leute zeigten auf der Straße auf ihn. Eine Persönlichkeit war im Werden.

«Das Theater ist für mich ein Job wie jeder andere. Wie Holzhacken zum Beispiel», erzählte Marlon der *New York Post* in einem Interview mit dem Titel «Portrait des Schauspielers als junger Mann». «Aber eine angenehme Art, Holz zu hacken; die Bezahlung ist besser.» Er betonte, wie wichtig es sei, auf seine eigene Stimme zu hören, und vergaß nie zu erwähnen, wieviel er Adler und Kazan zu verdanken hatte. Er sprach davon, was der Erfolg anrichten konnte, und da er aus seinem Herzen keine Mördergrube machte, wirkte er um so aufrichtiger: «Nichts ist leichter, als am Theater die Perspektive zu verlieren – sich am Broadway nur noch selbst zu bespiegeln. Und wer all den überflüssigen Verlockungen nachgibt, läuft Gefahr, sich selbst zu zerstören.»

Über Theaterkritiker sagte er: «Man braucht sie nicht zu lesen, weil sie ohnehin nichts vom Theater verstehen. Sie dringen nie unter die Oberfläche. Es geht nur darum, was man von sich selbst hält.»

Über Interviews: «Sie geben ein verzerrtes Bild vom Erfolg … Die Leute glauben, sobald man Erfolg hat, blutet man nicht mehr, wenn man sich schneidet. Nichts ist weniger wahr ... Warum sollte ich solchen Unsinn bestätigen?»

Jahre später sah er die Ereignisse jener Zeit sehr viel nüchterner: «Ich habe lange gebraucht, bis ich begriffen habe, daß ich tatsächlich ein großer Erfolg war. Ich war so mit mir selbst und meinen eigenen Problemen beschäftigt, daß ich gar nicht merkte, was um mich herum vorging. Ich bin meilenweit durch New York gewandert, oft mitten in der Nacht, ohne etwas wahrzunehmen. Ich war mir nie sicher, ob ich eigentlich wirklich Schauspieler werden wollte, auch heute noch nicht. Eines Abends, als *Streetcar* schon seit ein paar Monaten lief, hörte ich wie aus ganz, ganz weiter Ferne plötzlich dieses Tosen. Es war, als käme ich aus dem Schlaf und hätte mit einemmal das große Los gezogen.»

Der Trubel um seine Person nahm kein Ende und war ihm unbehaglich. Jocelyn allerdings behauptete, der plötzliche Erfolg habe keinen Einfluß auf ihn gehabt. «Er sagte sich, ich bin am Broadway aufgetreten, ich habe meine Sache gut gemacht, aber bin ich deshalb ein anderer Mensch? Nein. Er kam sich nicht anders vor. Er spielte weiterhin seine Trommeln, bespritzte sich weiterhin mit Wally mit Wasserpistolen und aß Erdnußbutter. Nicht er hatte sich verändert, sondern die Welt um ihn herum war verrückt nach ihm.»

Trotzdem hatte er in den ersten Monaten das Bedürfnis, der Last des plötzlichen Erfolgs zu entfliehen, und besuchte Dodie und Marlon senior, wann immer er Zeit dazu fand. Es war eine Art Schritt zurück in die Vergangenheit, denn im Februar 1948 hatten seine Eltern sich wieder in Libertyville niedergelassen. Zu Hause traf er eine völlig veränderte Dodie, «trocken» und vollauf damit beschäftigt, sich ein neues Leben aufzubauen.

Im Jahr zuvor hatten Marlon senior und Dodie ein bescheidenes Zwei-Zimmer-Apartment in Chicago bewohnt, das ihr nicht besonders gefallen hatte. Ihre neue Bleibe in Libertyville war ein graues viktorianisches Farmhaus auf einem ausgedehnten Grundstück an der St. Mary's Road im Osten der Stadt. Es hatte knarrende Dielen, abgetretene Teppiche und einen gußeisernen Ofen. Dodie hatte das Haus beim Einzug «The Little Mohee» getauft und bei

Dick Loving die Plakette einer asiatischem Göttin in Auftrag gegeben, die sie über der Eingangstür anbringen wollte. Sie sollte ihrer neuen Umgebung eine spirituelle Aura geben.

«Sie hatte es nicht leicht, als sie in die Stadt zurückkam», sagte Marian Johnsen, eine Nachbarin, die von Dodie mit zu den Anonymen Alkoholikern genommen wurde. «Die Bewohner von Libertyville hatten eine bestimmte Vorstellung von ihr, während sie sich grundlegend gewandelt hatte. Aber sie ließ sich von dem, was die Leute dachten, nicht beirren.»

Auch ohne Alkohol war Dodie dieselbe spontane, unkonventionelle Frau wie früher. Meist ging sie in Hemdblusen und Jeans, arbeitete im Garten, malte Landschaften in Aquarell und nahm, als sie «das Bedürfnis hatte, sich ein bißchen aufzulockern», Steppunterricht in Chicago.

Sie war eine großzügige Hausfrau und schlief meist lange, trank wie viele reformierte Alkoholiker täglich bis zu zwanzig Tassen Kaffee und hatte ständig einen Vorrat harter, in Zellophanpapier gewickelter Sauerdrops im Haus. Allerdings war sie noch immer Kettenraucherin. Wenn sie ihre Besorgungen erledigt hatte, zog sie sich mit einem Buch und einem Teller Süßigkeiten in ihr Zimmer zurück. Dort stand auch ein Nachttopf, damit sie nicht auf die einzige Toilette nach unten zu gehen brauchte.

Die beiden mochten Freunden und Nachbarn in Libertyville wie ein altmodisches Liebespaar vorkommen, doch widmete Dodie ihre meiste Zeit den Anonymen Alkoholikern. Bei den regelmäßigen Treffen war sie eine begehrte Rednerin und wußte ihr Publikum mit eigenen Erfahrungen, die sie vorbehaltlos bis ins kleinste, entwürdigendste Detail preisgab, zu fesseln.

«Sie tat, als wäre sie durch nichts aus der Fassung zu bringen», sagte Marian Johnsen. «Dabei muß sie selbst auch von Selbstzweifeln geplagt gewesen sein, aber sie ließ sich nichts davon anmerken. Sie besaß die gleiche Selbstbeherrschung wie Bud – die beiden benutzten sogar dieselben Techniken, die gleichen Pausen, die gleiche erstaunliche Gelassenheit.»

Die Beobachtung war zutreffend, denn ohne sich dessen bewußt zu sein, nahm Dodie auch Einfluß auf das Leben anderer Menschen und «manipulierte ihr Bewußtsein». Wie bei Bud war dabei auch ein kosmisches Element im Spiel; worauf sie vor allem Wert legte, war transzendentales Selbstvertrauen.

«Von ihr habe ich vor allem gelernt, daß man keinen Grund hat, sich selbst leid zu tun», erklärte Phillips Bennett, die große Stücke auf Dodie hielt. «‹Laßt euch von niemandem in die Ecke drängen, in der ihr nicht sein wollt›, sagte sie immer. ‹Seid euch im klaren, daß ihr euer Leben selbst in die Hand nehmen und eure eigenen Entscheidungen treffen könnt.›»

Dodies «Wiedergeburt» in der Rolle der Helferin und Spenderin wurde durch Buds unerwarteten Erfolg in *Streetcar* noch bestätigt. Sie hatte immer an sein Talent geglaubt und ihn seit Jahren ermahnt, sich und seine Begabung ernst zu nehmen. Nun schien er auf dem richtigen Weg. «Sie war überglücklich und dankbar», sagte Kay Phillips Bennett. «Sein Erfolg war gleichzeitig die Erfüllung ihrer eigenen Wünsche. Bud war auf merkwürdige Art eine Verlängerung ihrer selbst – ihrer Intensität und ihrer unerschöpflichen Energie. Sie war vernarrt in ihn.»

Inwieweit der Erfolg ihn verändern würde, wußte sie nicht. Aber knapp einen Monat nach der Premiere von *Streetcar* kam er zu Silvester überraschend nach Hause und besuchte ebenfalls alte Freunde, die er seit dem Rausschmiß aus Shattuck nicht mehr gesehen hatte.

Seinen ehemaligen Kameraden war sein Erfolg in New York natürlich nicht entgangen, und wenige waren überrascht, daß sein Benehmen noch ebenso merkwürdig und unverständlich war wie eh und je. Kevin O'Brien, ein ehemaliger Klassenkamerad, hatte eine Party geplant und einen Anruf von Bob Hoskins bekommen, ob er «einen Freund von auswärts» mitbringen könne. «Als es klingelte, stand Bud im flotten blauen Anzug mit weißem Hemd und Schlips an der Tür, aber vorm Bauch hing ihm eine Serviette, als wäre er gerade vom Eßtisch aufgesprungen.» – «Ach, Bud, wie geht's?» sagte O'Brien, der ihn jahrelang nicht gesehen hatte. Brando stürzte wortlos an ihm vorbei und ließ O'Brien wie einen dummen Jungen stehen.

In der Wohnung oben lümmelte er sich nachlässig in einen Polstersessel, streckte die Beine von sich und starrte an die Decke. Nach diesem spektakulären Auftritt brauchte er sich nicht zu wundern, daß die anderen Gäste irritiert verstummten. Ist das wirklich Bud? dachten alle. Und wenn, was denkt er sich eigentlich dabei?

«Mr. Großkotz war heimgekehrt», sagte Bente Claussen, die ihm mit ihrer Schwester zufällig bei seiner Mutter begegnet war. Beide Claussen-Mädchen himmelten ihn an, aber bei seinem Benehmen verging ihnen die Schwärmerei schnell. «Er kam in einem bunten T-Shirt ins Zimmer geschwebt und sah einfach hinreißend aus», sagte Bente. «Der geschmeidige Gang und das ganze Drum und Dran.» Den Rest des Nachmittags spielte er sich allerdings so auf, daß Dodie über sein Gehabe belustigt die Augen verdrehte.

«Er benahm sich vor uns beiden Teenagern wie ein Hahn im Korb, so unglaublich das klingt», fuhr Bente fort. «Er spreizte sich förmlich. Aber Dodie war fabelhaft – sie machte gar nicht den Versuch, sein dämliches Benehmen zu überspielen. Er kommandierte sie auf diese dreiste Art herum, aber sie sagte nur ganz gelassen: ‹Immer mit der Ruhe, junger Mann.›»

Dodie ahnte, daß das exzentrische Benehmen ihres Sohnes – die Wutausbrüche, die Verkrampftheit und die Angstzustände, unter denen er neuerdings litt – seinen Ursprung weitgehend im Familienleben der Brandos hatte. Da sie sich Selbstvorwürfe machte, legte sie Bud nahe, einen Psychiater aufzusuchen, und empfahl ihm sogar ihren eigenen in Chicago.

Aber Marlon beschränkte sich darauf, den Hausarzt und Freund der Familie, Dr. John Ward, aufzusuchen. Er machte sich Sorgen über eine wiederkehrende Geschlechtskrankheit, aber ein erneuter Bluttest ergab, daß keinerlei Infektion vorlag. Während Dr. Ward sich die frühere Knieoperation und die mehrfach ausgekugelte rechte Schulter ansah, klagte Bud über diverse Schmerzen im Kreuz, über Panikanfälle, Angst vor Herzschmerzen, Schlaflosigkeit und Blähungen – alles Symptome für den Streß und die Ängste, unter denen er während des ersten Jahres von *Streetcar* zu leiden hatte.

Als sich diese Symptome verschlimmerten und seine Angstzustände zunahmen, nahm er schließlich professionelle Hilfe in Anspruch. Er suchte Dr. Edward Hilpren auf, einen New Yorker Psychiater, der auch Jocelyn und Don Hanmer behandelt hatte. Aber laut Hanmer verließ er die Praxis schon während der ersten Sitzung und weigerte sich sogar, die Rechnung zu bezahlen.

Marlons anfänglicher Widerstand gegen eine psychiatrische Behandlung war um so merkwürdiger, als seine Mutter ihm dazu riet und auch Fran sich einer Therapie unterziehen wollte. Schließlich war die Psychoanalyse in New Yorker Theaterkreisen zu dieser Zeit *de rigueur.* Die Zuwanderung europäischer Psychoanalytiker, die vor Hitler geflohen waren, und die «deprimierenden» psychologischen Dramen von Schriftstellern wie Arthur Miller, William Inge und Tennessee Williams machten die Freudsche Psychoanalyse zu einem gemeinsamen Idiom unter Künstlern und Intellektuellen. Im Actors Studio mit seiner Betonung der tatsächlichen Lebenserfahrungen eines Schauspielers war die Psychoanalyse gang und gäbe. Das Ziel war, Trauma in Drama zu verwandeln oder, wie Kazan es ausdrückte, «die Psychoanalyse ans Licht zu bringen». Alle Welt schien in psychoanalytischer Behandlung. Wally Cox erlaubte sich den Scherz, Maureen Stapleton zu raten, sich auch auf die Couch zu begeben, und als sie wissen wollte, warum, witzelte er: «Damit du nicht die letzte bist.»

Harold Clurman war nicht entgangen, daß Brando Abwehrmechanismen einsetzte, um sich mit seinen tiefsten seelischen Verwundungen nicht auseinandersetzen zu müssen. «Brandos Mutter war eine großartige, gebildete Frau, aber eine hoffnungslose Alkoholikerin», gestand Clurman. «Er litt unendlich darunter und hatte die Verzweiflung seiner Kindheit tief verinnerlicht. Es fällt ihm schwer, darüber zu sprechen. Er weiß ja selbst nicht, was in ihm vergraben liegt. Dieser namenlose «Komplex», der ihn von Zeit zu Zeit überfällt, löst eine unsagbare Niedergeschlagenheit in ihm aus. Er kann dem verborgensten Teil seiner selbst nicht Ausdruck geben: es schmerzt zu sehr. Darauf ist zum Teil auch sein Nuscheln zurückzuführen.»

Gegen Ende 1948 war Brando einem Nervenzusammenbruch nahe. Nach wie vor litt er unter Schlafstörungen, Herzflattern und häufigen Angstzuständen. Wie er Maureen Stapleton Jahre später gestand, fürchtete er, jemanden umzubringen. «Er hatte Angst, in einem Anfall von Rage jemandem etwas anzutun, jemanden tatsächlich umbringen zu können», erklärte sie, «denn er wußte, daß er dazu fähig war. Aber ich bezweifle, daß er wußte, worauf diese Wut zurückzuführen war.» Manchmal verließ er das Gebäude in der Fifty-second Street und traktierte sein Motorrad mit Fußtritten. Als ihn eines Tages ein Polizist dabei überraschte, schrie er: «Ich kann damit machen, was ich will, denn es ist schließlich meins.»

Als er sich am Ende seiner Kräfte fühlte, wandte er sich an Kazan um Rat. «Es hat kein einziges Gespräch stattgefunden, in dem er sich mir anvertraut oder mich um Hilfe gebeten hätte», erinnerte sich der Regisseur. «Das letzte, wozu man ihn bringen konnte, war ein Eingeständnis von Schwäche. Er hat einfach zu mir gesagt: ‹Ich möchte mit jemandem sprechen.› Also habe ich ihn zu Mittelmann geschickt.»

Kazan war selbst bei Dr. Bela Mittelmann, einem ungarisch-jüdischen Psychiater, in Behandlung, seit seine Frau, Molly Day Thatcher, ihm ein Ultimatum gestellt hatte: Entweder wir unterziehen uns gemeinsam einer Therapie, oder ich lasse mich scheiden. Nachdem Kazan Mittelmann «gebilligt» hatte, gab Brando seinen langjährigen Widerstand gegen die Psychoanalyse auf. Damit begann eine jahrzehntelange Auseinandersetzung mit ihr. Bis zu seinem Tod 1959 sollte Mittelmann Ersatzmutter und -vater des Schauspielers sein.

Mittelmann muß den Umstand, Brando als Patienten zu haben, als einen Glücksfall betrachtet haben. Dr. Arthur Weider, ein junger Analytiker, der wissenschaftlich mit Mittelmann zusammengearbeitet hatte, bestätigte diese Meinung: «Es muß ihm persönlich geschmeichelt haben, den erfolgreichsten jungen Schauspieler am Broadway zu behandeln. Er war nicht gerade ein bescheidener Mensch und warf gern mit Namen um sich, obwohl man ihm sicherlich keinen Vertrauensbruch vorwerfen kann.»

Mit einem Spezialisten in der Familie wußte Kazan, was man von einem guten Psychoanalytiker erwarten konnte, deshalb war Mittelmann für ihn nicht viel mehr als ein schulterklopfender Hausarzt. «Der alte Mittelmann pflegte mir zu sagen: ‹Wozu machst du dir

Sorgen? Du bist erfolgreich, du bist berühmt. Reg dich ab und genieß das Leben.› Muß ich diesem Rindvieh dafür auch noch 50 Dollar die Stunde zahlen? dachte ich schließlich bei mir. Ich begriff, daß er nichts taugte, und fand später einen sehr viel besseren Analytiker.»

Aber für Marlon schien Mittelmann genau der Richtige, gerade weil er so zugänglich war. «Weil Mittelmann so unkritisch war, konnte Marlon mit ihm reden», sagte Kazan. «Auf der Couch zu liegen und reden zu können, ohne die Angst, kritisiert zu werden, war wichtig für Brando.» Ein anderer Psychoanalytiker hielt es für fraglich, ob Brando sich überhaupt einer traditionellen Analyse unterzog. «Ich bin nicht sicher, ob Brando dem gewachsen war», meinte er. «Wie Marilyn Monroe brauchte er wahrscheinlich die entspanntere Gesprächsatmosphäre, in der er sich auf Mittelmann verlassen und ein menschlicheres Verhältnis zu ihm entwickeln konnte.»

«Alle Welt wußte, daß Mittelmann Marlons Analytiker war und eine enorme Rolle in seinem Leben spielte», sagte Sondra Lee. «Wenn ein Problem auftauchte, sagte er meist: ‹Darüber muß ich erst mit Mittelmann reden›, oder er begann einen Satz mit ‹Ich habe mit Mittelmann gesprochen› oder ‹Mittelmann sagt›. Übrigens war James Dean später so verschossen in Marlon, daß er keine Ruhe gab, bis er auch zu Mittelmanns Patienten gehörte.»

«Ich wußte, daß Marlon zu Mittelmann ging», fügte Philip Rhodes hinzu. «Er war damals der Lieblingspsychiater aller Schauspieler, obwohl er eigentlich ein Scharlatan war. Marlon hatte schließlich die Kontrolle über ihn, denn der Psychiater ließ sich von ihm Theaterkarten besorgen und mit anderen Schauspielern bekannt machen. Deshalb war Marlon von ihm so angetan. Er hatte Mittelmann in der Hand.»

Brandos größte Sorge war seine zunehmende Unsicherheit, wie er Abend für Abend den Stanley Kowalski spielen sollte. Trotz der anfänglichen Schwierigkeiten hatte die schiere Brillanz seiner Darstellung das Stück völlig aus dem Gleichgewicht gebracht. Wie Harold Clurman scharfsinnig beobachtete, hatte Marlon unter den «Muskeln, unter der plumpen Sinnlichkeit und brutalen Energie»

Stanleys eine innere Verletzlichkeit durchscheinen lassen. «Für den größten Teil des Stücks», schrieb Clurman, «identifiziert das Publikum sich mit ihm ... Mit dem Einverständnis des Publikums, das nicht länger auf der Seite der Engel ist, wird das Stück zu einem Triumph Stanley Kowalskis.»

Inzwischen war er allerdings nicht mehr nur unsicher, sondern gelangweilt, und die Qualität seiner Leistung hing von seiner Stimmung ab. An manchen Abenden konnte er atemberaubend sein, an anderen war er einfach nicht anwesend. Tandy versuchte vergeblich, der ursprünglichen Einstudierung treu zu bleiben. Sie hatte gehofft, nach der Erneuerung ihres Vertrags ihren Namen an erster Stelle zu finden, doch statt dessen stand auf der Außenwerbung: MIT MARLON BRANDO UND JESSICA TANDY IN DEN HAUPTROLLEN. Die Kritiken und Berge von Verehrerpost, selbst die Verleihung des Tony änderten nichts an der Tatsache, daß das Publikum kam, um Brando zu sehen. *Streetcar* war Stanleys Show, und Blanches Niederlage wurde immer mehr zu Tandys eigener.

«Abend für Abend mußte ich gegen das Publikum kämpfen», erinnerte Jessica Tandy sich. «Ich mußte die Leute für mich gewinnen, ihre Aufmerksamkeit und ihr Verständnis erzwingen. Schließlich ging ich zu einem Therapeuten. Zwei- oder dreimal saßen wir uns an seinem Schreibtisch gegenüber, dann bat er mich auf die Couch. Nach einer langen Pause sagte er zu mir: ‹Was geht Ihnen durch den Kopf?› Ich sagte: ‹Daß ich versagt habe.› Ich stand seit 1927 auf der Bühne und fragte mich, ob ich wirklich mit Gielgud, mit Olivier und Guthrie aufgetreten war oder ob alles nur Illusion war.»

Das Problem bestand darin, daß das Publikum und nicht nur Marlon Blanches Demütigung genoß und selbst in ihren verzweifeltsten Momenten lachte. Bei aller Unausgewogenheit war Brandos Darstellung brillant, aber er hatte Kowalski so verharmlost, daß das Tier nicht mehr ambivalent war. Seine Partnerin war hilflos. Sie zog sich eine Grippe zu und erzählte ihrem Therapeuten, daß ihr Berufsleben «im Eimer» sei.

Brando behauptete später, er habe mit der immer neuen Darstellungsweise nur für Abwechslung sorgen wollen, doch erreichte er damit nur, daß die übrigen Mitspieler dumm dastanden und «seine Bälle auffangen mußten».

«Marlon war schwierig», erklärte Tandy. «Er besaß keinerlei Disziplin. Wenn er müde war, was oft vorkam, dann spielte er den Müden. Wenn er sich langweilte, und er langweilte sich oft, dann spielte er den Gelangweilten.»

Aber es spielte gar keine Rolle, ob er gelangweilt, müde oder einfach abwesend war. Das Publikum war gekommen, um einen bestimmten Schauspieler zu sehen, und ging mit der Überzeugung nach Hause, er sei brillant gewesen. «Ich glaube kein Wort davon – die Show muß schließlich weitergehen», äußerte Brando gegenüber Journalisten, als die Spannungen in der Presse laut wurden. «An manchen Abenden läuft alles wie geschmiert. An anderen muß ich auf und ab gehen und darüber nachdenken, was mich in Wut bringen könnte, bevor ich weitermachen kann.» Über Tandy sagte er: «Sie lernt eine Rolle und läßt sie abspulen. Außerdem erwartet sie, daß man sich rasiert, bevor man ins Grüne fährt, und Erdnußbutter kann sie nicht ausstehen.»

Dazu meinte Tandy später: «Wenn man das Skelett einer Rolle einmal erarbeitet hat, kann man so viel ändern, wie man will – das Wesentliche bleibt trotzdem erhalten. Das funktioniert allerdings nicht, wenn man die Einstellung hat, ‹ich mache das jetzt mal ganz anders, damit es eine tolle Wirkung hat und ich dabei ganz groß herauskomme›.»

Schlimmer zu ertragen waren Marlons Mätzchen. Er setzte dem Publizisten Eddie Jaffe den Floh ins Ohr, Tandy habe von einem ihrer heißblütigeren Verehrer eine Morddrohung erhalten. Prompt erschien die Geschichte in der *Daily News*. Auf der Bühne waren seine Taktiken noch weniger diskret. Mitten in einem ihrer ergreifenden Monologe merkte Tandy, daß im Publikum gelacht wurde. Als sie sich nach Brando umdrehte, sah sie, wie er sich mit unbeweglicher Miene eine Zigarette ins Nasenloch schob.

Eines Abends passierte es, daß das Hähnchen, das bei der Geburtstagsfeier auf den Tisch kommt, nicht gar war. Marlon spuckte das Fleisch wieder aus und stürmte mit den Worten von der Bühne: «Da kann ich ja gleich Hundescheiße fressen!» In der nächsten Vorstellung wurde ihm ein künstliches Kothäufchen auf dem Teller serviert. Wochenlang revanchierte er sich damit, daß er an den unmöglichsten Stellen – im Kühlschrank, sogar in Blanches Koffer – solche künstlichen Häufchen hinterließ. «Wann immer jemand während der Vorstellung einen fand, mußten wir uns zusammenreißen, um nicht loszuprusten», erinnerte sich Kim Hunter und mußte im Rückblick immer noch lachen.

Karl Malden in der Rolle des Mitch sollte weinen, als Blanche in die Irrenanstalt abgeführt wird, doch um ihn aus dem Konzept zu bringen, brummelte Marlon Obszönitäten vor sich hin. Während eines längeren Dialogs der beiden weiblichen Darstellerinnen hatten die beiden Männer eine etwa zehnminütige Pause. Da das Barrymore Theater keine Klimaanlage hatte, traten sie bei geeignetem Wetter nach draußen auf die Forty-seventh Street.

Eines Abends ging Malden ins Theater zurück, kam aber gleich wieder herausgestürzt und rief: «Marlon, du hast dein Stichwort verpaßt!»

Brando raste ins Theater zurück und auf die Bühne. Tandy und Hunter starrten ihn entgeistert an. Er war fünf Minuten zu früh aufgetreten.

«Du Idiot!» zischte Tandy. «Was willst du denn hier?»

Hunter improvisierte schnell: «Ach, Stanley, gedulde dich noch ein bißchen», und Marlon schlich betreten von der Bühne. In den Kulissen stand Malden und sagte lachend: «Da hast du dein Fett!»

Später in der Garderobe sagte Malden zu ihm: «Ich hoffe, das ist dir eine Lehre, Marlon. Laß in Zukunft die Albernheiten. Meine Rolle ist nicht groß. Ich habe neunzehn Auftritte, du dagegen hast mindestens neunundvierzig. Wenn ich Eindruck hinterlassen will, darf ich keinen versäumen, sonst ist alles für die Katz. Also bitte, mach keinen Scheiß.»

Doch trotz des Versprechens, sich in Zukunft zusammenzureißen, setzte Marlon seine lustigen Einlagen fort. Nick Dennis, im wirklichen Leben einer von Brandos Gefolgschaft, spielte in der Pokerszene einen von Stanleys Kumpeln. Ob Marlon ihn angestiftet hatte oder nicht – Dennis jedenfalls stand eines Abends mit offenem Hosenschlitz vom Tisch auf. Tandy, der Marlon den Spitznamen «die Glucke» verpaßt hatte, bat Dennis, den Scherz zu unterlassen, und beschwerte sich bei Irene Selznick, als das nichts bewirkte. Als jedoch auch Selznick nicht weiterkam, war es mit Tandys Beherrschung vorbei. Sie war nervlich so zerrüttet, daß sie sich zwischen den Auftritten erbrechen mußte, und bat Kazan, eine Disziplinarprobe einzuberufen. Brando ließ sich dabei nicht blicken. Eine weitere Probe wurde anberaumt, bei der er erst auftauchte, als Tandy und Kazan gegangen waren. Daraufhin bat ihn der Regisseur, sich zu entschuldigen, und Marlon ließ Tandy eine schriftliche Entschuldigung zukommen, auf die sie mit einem langen Brief antwortete: «Ich schrieb ihm, wie sehr ich ihn bewunderte», erinnerte sich Tandy, «für wie begabt ich ihn hielt und daß ich ihm zutraute, einer der größten Schauspieler zu werden und eine Rolle zu spielen, wie Olivier sie damals innehatte – aber er müsse es selbst wollen.»

Tandy erhielt erst viele Monate später eine Antwort von Marlon aus Paris. «Seine Orthographie und seine Schrift waren die eines Achtjährigen», sagte Tandy. «Er schrieb, daß er meinen vor *Streetcar* gedrehten Film *A Womans's Vengeance* gesehen und sehr gut gefunden habe. Vielleicht war das seine Art, ‹Tut mir leid› zu sagen, aber in dem Brief stand davon kein Wort.»

Was Tandy nicht verstehen wollte oder konnte, war seine grundlegende Ambivalenz gegenüber der Schauspielerei. Seine kindischen Späße waren nichts als eine Kriegserklärung an das Establishment, seine Art der Selbstbehauptung. Damit gelang es ihm, sich selbst davon zu überzeugen, daß nichts sich geändert und er die Lage noch immer unter Kontrolle hatte. Kim Hunter begriff eher, was in ihm vorging, und meinte, er sei emotional erschöpft, ja geradezu ausgebrannt gewesen. «Wegen seines unbedingten Wahrhaftigkeitsanspruchs war Schauspielern für Marlon immer eine Quälerei», sagte sie. «Karl hatte das begriffen, als er einmal sagte: ‹Marlon kann falsche Entscheidungen treffen, auch schlimme, aber er könnte niemals unaufrichtig sein.› Sich Abend für Abend die nötige Überzeugungskraft abzuringen kostete ihn deshalb unendliche Kraft.»

Die Anzeichen von Erschöpfung waren zahlreich. Abgesehen von den lähmenden Angstzuständen, denen er mit Dr. Mittelmanns Hilfe beizukommen versuchte, war sein Nuscheln auf der Bühne schlimmer denn je. An manchen Abenden konnte das Publikum auf den Rängen kein Wort verstehen, und Edie Van Cleve mußte ihm gut zureden, damit er lauter sprach. «Da oben sitzen die Leute, die an dir interessiert sind, Marlon, nicht im Parkett. Denen bist du eine anständige Aussprache schuldig.» Worauf Marlon mit einem Lachen antwortete: «Manchmal ist der Text so schlecht, daß ich nuscheln muß.»

Zeitweise litt er auch unter Gedächtnisausfall. Das Stück lief inzwischen über ein Jahr. Brando und Hunter waren mitten in der Szene, in der Stanley Stella über Blanches Vergangenheit, über das Hotel Flamingo und die jungen Männer, mit denen sie verkehrte, aufklärt. Plötzlich merkten beide, daß er denselben Text zweimal gesprochen hatte. Das Publikum merkte es auch und lachte.

Allerdings war Marlon nicht das einzige Ensemblemitglied, das Anzeichen von Erschöpfung verriet. Nach dem ersten Jahrestag der Aufführung wurde Kazan gebeten, ein paar Modifikationen an der Regie vorzunehmen. Zwar war der Andrang nach Karten nach wie vor groß – *Streetcar* hatte allein im ersten Jahr über 1,4 Millionen Dollar eingespielt und dem Regisseur einen ansehnlichen Profit von über einer Viertelmillion Dollar eingebracht –, aber die Inszenierung begann abgestanden zu wirken. Brando und Tandy standen auf Kriegsfuß, und Hunter hatte mit persönlichen Problemen zu tun. Der Probelauf von *Streetcar* unter der Regie von Harold Clurman hatte in Chicago vor vollen Häusern gespielt. Anthony Quinn spielte die Rolle des Stanley und sollte sie in New York übernehmen, wenn Brando die Truppe im Mai verließ. Selznick hatte Bedenken, daß Quinns Interpretation der Marlons gefährlich nahekam, ohne allerdings die subtilen Nuancen zu haben. Auch die beiden Frauen sollten im Mai abgelöst werden, Tandy durch Uta Hagen und Hunter entweder durch Mary Welch oder Carmelita Pope, was Selznick ebenfalls Kopfzerbrechen bereitete.

Quinn war ehrgeizig, und Selznick hatte Carmelita Pope, Hunters Vertretung, geraten, ein Auge auf ihn zu haben. Sie wußte, daß niemand besser mit Marlon und seinen Manierismen vertraut war als Pope. «Ich möchte keinen schwachen Abklatsch von Brando», warnte Selznick. «Brando ist einmalig.»

Die Situation wurde noch dadurch kompliziert, daß Clurman behauptete, Brando sei zwar der bessere Schauspieler, Quinn werde jedoch dem Stück gerechter – ein Einwand, der seiner Kritik der New Yorker Premiere entsprach. Seine Meinung kam schließlich auch Marlon zu Ohren, der vermutlich nicht vergessen hatte, wie Harold seinen Auftritt in *Candida* mit der herablassenden Bemerkung «Ganz nett für den Anfang, Marlon!» kommentiert hatte. Pope zufolge war Quinn allerdings entschlossen, Brando an die Wand zu spielen, und als die beiden Ensembles sich bei den Vorbereitungen zur Ablösung vorübergehend gleichzeitig in New York aufhielten, umkreisten die beiden Schauspieler sich wie zwei «lauernde Bestien».

Selznick bevorzugte Mary Welch für die neue Stella und hatte Kim Hunters Protegé, Carmelita Pope, kaltgestellt. «Wenn sie dich nicht auf der Bühne sehen, bekommst du die Rolle nie», meinte Hunter zu Pope.

«Donnerstag abend spiele ich krank. Also halt dich bereit.» Als es soweit war, forderte eine hysterische Selznick Carmelita auf einzuspringen, und Marlon zeigte sich besonders hilfsbereit.

«Er wich mir nicht von der Seite», erinnerte Pope sich, «und hatte sogar die Fußmarken geändert, damit er mir näher war und das Publikum mich auch zur Kenntnis nahm. Wenn ich mich nach ihm umdrehte, um ihn anzusprechen, stand er schon neben mir. ‹Du schaffst es, du bist toll. Mach dir keine Sorge›, versicherte er mir immer wieder. Als er mich zum Bett getragen hatte, wollte er mich gar nicht wieder aufstehen lassen. Wir mußten uns eigentlich für die nächste Szene umziehen, aber er drückte mich an sich und sagte: ‹Du bist phantastisch.› Er machte alles anders an dem Abend, sogar die Betonung, damit ich wußte, daß er da war.»

Da Tandy sich immer noch auf einem Tiefpunkt befand, gelang es Selznick, die Aufmerksamkeit auf ihre Zweitbesetzung zu lenken. Eine Probe wurde anberaumt. Carmelita Pope saß neben Kazan und sah zu, wie Marlon sich für die Vergewaltigungsszene an die ursprünglichen Fußmarken hielt. Nach dem ersten Durchgang wandte sich der Regisseur an Pope und sagte: «Soll ich dir mal zeigen, wie man das noch besser machen kann?» Er kletterte auf die Bühne, flüsterte Marlon etwas ins Ohr und rief: «Los, das Ganze von vorn.»

«Stanley will Blanche in die Enge treiben und verführen», erklärte Pope. «Aber diesmal setzte Marlon ihr von Anfang an gnadenlos zu. Sie erschrickt, und Marlon grapscht nach ihrem Kleid. Er versucht tatsächlich, es ihr vom Körper zu reißen, und sie protestiert: ‹Was willst du? Was soll das heißen?› Er drängte sie gegen die Wand, unaufhaltsam, drohend und brutal. Es war eine völlig neue Interpretation – viel gemeiner als vorher.»

«Was sagst du dazu?» meinte Kazan. «Sollen wir noch einen Schritt weitergehen?» Er kletterte noch einmal auf die Bühne und bat den Bühnenarbeiter um ein Stück Bindfaden. Er schnitt es mit dem Taschenmesser durch und befahl der jungen Ersatzschauspielerin: «Knie dich hin. Hände hinter den Rücken», berichtete Pope. «Dann band er ihr Hände und Füße zusammen. Er nahm Marlon beiseite und flüsterte ihm etwas zu. Bud nickte. Sie begannen die Szene von vorn. Blanche lag jetzt gefesselt auf den Knien und konnte sich nicht bewegen. Marlon stellte sich breitbeinig über sie und redete von oben auf sie hinab. Ihr Kopf war zwischen seinen Beinen, und plötzlich schlug er sie unvermittelt ins Gesicht. Sie konnte sich nicht wehren, und echte Angst und Wut standen ihr im Gesicht. Er schlug sie noch einmal und spuckte sie sogar an – ihr hing tatsächlich Speichel im Gesicht, und das gab ihr den Rest. Weinend brach sie zusammen.»

Das Actors Studio war erst eine Woche vor Beginn der Proben zu *Streetcar* gegründet worden. Obwohl Brandos Teilnahme daran immer wieder betont worden ist, waren seine Besuche eher sporadisch, und in späteren Jahren flachste er selbst, sein Beitrag habe sich eigentlich «aufs Bumsen» beschränkt. Kazan zog ihn natürlich an, aber sonst hatten Marlon und das Actors Studio wenig miteinander zu tun. «Er kam ins Studio mit dem, was er besaß», sagte Mitbegründer Martin Balsam, «und hat es genauso wieder verlassen.» Für die stimmgewaltige Elaine Stritch war der Fall noch einfacher: «Wenn man Marlon in die Schule schicken wollte, damit er die Methode lernte, hätte man ebensogut einen Tiger in die Dschungelschule schicken können.»

Kazan hatte die Werkstatt mit dem unermüdlichen Bobby Lewis gegründet. In den sieben Jahren seit der Auflösung des Group Theatre hatte Lewis in New York und Los Angeles eine Reihe von Aufführungen inszeniert und produziert, darunter das Erfolgsmusical *Brigadoon* von Lerner und Loewe, wie auch selbst in einigen Hollywood-Filmen mitgespielt. Künstlerischer und finanzieller Erfolg waren ihm allerdings kein Ersatz für einen eigenen Standort, und so gründeten Kazan und er das Studio als Werkstattbühne, wo Schauspieler Risiken eingehen und ihr Talent ausschöpfen konnten, ohne auf die kommerziellen Erfordernisse ihres Berufs Rücksicht nehmen zu müssen. Kazan vor allem wollte einen Workshop gründen, in dem die Darsteller die gleiche künstlerische Sprache sprachen, «eine Farm», wie es David Garfield, der Historiker des Actors Studio, nannte, «wo er eine neue Generation von Schauspielern in den Techniken unterweisen konnte, die er selbst in der Group School gelernt hatte». Wie Kazan der Schauspielerin Lenka Peterson anvertraute, sah er den Sinn des Studios darin, «eine gemeinsame Sprache unter Schauspielern zu entwickeln, wie ich sie mit Marlon spreche».

Noch bevor die Gründung des Actors Studio am 12. September 1947 in der *New York Times* bekanntgegeben wurde, hatte das Studio sich als Geheimtip herumgesprochen. Es wurde eine ideale Zuflucht, ein lebendiger stimulierender Treffpunkt für Schauspieler, die arbeiten, experimentieren und lernen wollten. Noch heute basiert das Studio auf der Theorie der Methode – oder zumindest auf Strasbergs Version von Konstantin Stanislavskys Theorie, in der Strasberg die Lebenserfahrungen der Schauspieler bei der Gestaltung emotionaler Wahrheiten mit einbezieht. Gleichzeitig war das Studio der Sammelpunkt für eine neue Generation von Schauspielern, die den Theaterprofis dank ihres überragenden Talents als Ideal und als Material dienten. Die Liste der Schauspieler (und Regisseure), die mit dem Actors Studio zu tun hatten, ist ein «Who's Who» des amerikanischen Spitzentheaters.

Das erste Treffen fand am 5. Oktober in der West Twenty-ninth Street statt, und unter den Teilnehmern waren Berühmtheiten wie Arthur Miller, Tennessee Williams und Harold Clurman. Marlon nahm gemeinsam mit Montgomery Clift, Maureen Stapleton, Billy Redfield, Eli Wallach, Kevin McCarthy, Sidney Lumet und anderen an Bobby Lewis' Fortgeschrittenenklasse teil.

Obwohl es zuging wie in einer großen Familie, blieb Marlon oft bloßer Zuschauer. Im Unterricht lümmelte er sich auf seinem Stuhl, spielte mit seinen Zigaretten oder machte aus der Silberfolie der Zigarettenschachtel kleine Hütchen. Seine Mitstudentin Vivian Nathan erinnerte sich, wie er eines Tages in Kazans Stunde auftauchte und der Regisseur, der von *Streetcar* beurlaubt war, ihn fragte: «Und wie warst du gestern abend?» Worauf Marlon schüchtern erwiderte: «Vermutlich o. k.» Anne Jackson fand ihn «völlig erratisch ... und ein bißchen komisch». Beim Frühjahrspicknick des Studios in Wilton, Connecticut, kreuzte er mit einem Loch hinten in der Badehose auf und steckte sich als lustigen Einfall «ein Gänseblümchen in den Arsch».

In Lewis' Klasse saß er «immer neben irgendeinem Mädchen, von dem er die Finger nicht lassen konnte», und eines Nachmittags fragte Lewis ihn: «Marlon, was habe ich gerade gesagt?» Ohne mit der Wimper zu zucken, antwortete Brando: «In was sind Sie reingetreten?» Es sollte ein Witz sein, aber es bestätigte nur, daß er gar nicht zugehört hatte.

Auch nachdem er mehrere Monate lang den dreimal wöchentlich stattfindenden Klassen beigewohnt hatte, war Brando zu keiner Mitarbeit mehr zu bewegen und weigerte sich vor allem, eine dramatische Szene vorzubereiten. Schließlich sprach Lewis ein Machtwort: «Marlon», befahl er, «entweder du spielst eine Szene, oder du fliegst raus.»

Karl Malden besuchte dieselbe Klasse und schlug ihm vor, gemeinsam eine Szene aus *Desire Under the Elms* aufzuführen, aber Marlon hielt Robert Sherwoods *Reunion in Vienna* für interessanter. Das Stück war in den dreißiger Jahren mit den Lunts am Broadway gespielt worden und wurde gern im Unterricht benutzt. Es war die Geschichte eines Habsburger Familientreffens nach dem Ersten

Weltkrieg in Wien. Marlon sollte den Erzherzog Rudolf Maximilian spielen, einen Adligen, der als Fiakerkutscher sein Leben fristet. Als er seine ehemalige Geliebte trifft, die inzwischen einen Wiener Psychiater geheiratet hat, kehrt er, um sie zu verführen, den vermögenden, erfolgreichen Aristokraten heraus. Das Wesentliche an der Szene war die Vorspiegelung falscher Tatsachen; es mußte deutlich werden, daß der gepflegte Aristokrat mit den vollendeten Manieren in Wirklichkeit keinen Pfennig besaß. Wie Malden sich erinnerte, verfiel Marlon auf eine brillante Lösung: Nach einem formvollendeten Auftritt würde er plötzlich beiseite treten, den Schuh ausziehen und ein riesiges Loch im Strumpf präsentieren, aus dem ein dreckiger Zeh heraussah.

Als Partnerin wählte Marlon Joan Chandler und ließ sich von Lucinda Ballard eine fesche Husarenuniform aus dem Fundus der Kostümfirma Brooks zusammenstellen. Er nahm sich Lewis' Ermahnung zu Herzen und studierte eingehend die Velazquez-Portraits der Habsburger für seine Maske – besonders die berühmte Habsburger Lippe, die er mit einem dünnen Bärtchen zierte. Als *pièce de résistance* besorgte er sich einen Wiener Walzer als Begleitmusik. Alles war startklar, doch Marlon schob die Aufführung immer wieder hinaus. «Nächste Woche, ich hab den Trick mit dem Monokel noch nicht raus», sagte er oder: «Ich habe die Musik nicht bei mir ... ich habe die Schallplatte vergessen.» Schließlich verlor Lewis die Geduld. «Entweder findet jetzt ein Durchbruch, meinetwegen auch ein Zusammenbruch statt, aber etwas passiert», sagte er.

Das Actors Studio war vom Broadway in ein Tanzstudio in der East Fifty-ninth Street umgezogen, wo die Bühne nur klein war. Als die Szene im späten Februar 1948 endlich aufgeführt wurde, forderte Karl Malden die Anwesenden auf Marlons ausdrückliche Bitte auf, die Augen zu schließen, bis der Vorhang aufging.

Als die Zuschauer erwartungsvoll die Augen aufmachten, fielen sie aus allen Wolken. Statt des Flegels aus *Streetcar* hatten sie einen richtigen Prinzen in Uniform vor sich, vollendet mit Degen und Monokel. Marlons Aussprache war perfekt, sein österreichischer Akzent einwandfrei, und schon mit den ersten Worten erzielte er einen großen anerkennenden Lacherfolg, der Lewis zufolge wie eine «Bluttransfusion» wirkte. «Als ginge ihm mit einemmal auf, großer Gott, es klappt ja. Ich kann komisch sein.»

Brando kam in Schwung. Er stolzierte um Chandler herum, musterte eingehend ihre Figur und schlug sie unvermutet ins Gesicht, bevor er ihr einen Kuß gab, der kein Ende nehmen wollte. «Bist du schon jemals so geküßt worden?» wollte er unter dem schallenden Gelächter des Publikums von ihr wissen. Spontan und völlig unerwartet goß er ihr Champagner ins Dekolleté, so daß sie zetermordio schrie. Es war eine einzigartige Verführungsszene, und er fiel bis zum Schluß nicht aus der Rolle, als er sich unter großem Applaus förmlich aus der Hüfte verbeugte. «Er erinnerte an den jungen John Barrymore», bemerkte Lewis, «der geborene Komiker.»

Marlon machte im Studio meist nicht viel Aufhebens von sich, war aber immer für Überraschungen gut. Seine Fähigkeit zu improvisieren war phänomenal, und meist füllte sich das Auditorium, wenn er an der Arbeit war. Bei einem anderen Sketch spielte Eli Wallach einen FBI-Agenten, der Marlons Wohnung nach Rauschgift durchsuchen sollte. Er hatte Brando gebeten, ihm genügend Zeit zu lassen, damit das Publikum merkte, daß er ohne sein Wissen in der Wohnung war, aber Marlon ließ sich nichts vorschreiben. Er kam auf die Bühne, sah, wie Wallach seine Sachen durchwühlte, und herrschte ihn an: «Was machen Sie denn hier, Sie Arsch?» Wallach war über die drastische Ausdrucksweise ziemlich schockiert, bewahrte aber die Fassung und erklärte entschuldigend, der Hausmeister hätte gesagt, die Wohnung sei zu vermieten. «Das Lügenmaul hat wohl den Arsch offen!» fuhr Marlon ihn an. Wallach verschlug es die Sprache. Doch Marlon setzte seine Beschimpfungen fort: «Der Scheißkerl hat gar nichts erzählt. Also verpiß dich, aber ein bißchen dalli.»

Wallach begann, die Beleidigungen persönlich zu nehmen. «Moment mal, so laß ich nicht mit mir reden», wandte er empört ein, aber Marlon war nicht zu bremsen. Laut fluchend schubste er Wallach vor sich her.

«Von dir Arschloch laß ich mir noch lange nichts vorschreiben. Ich sag doch, verpiß dich!»

Wallach machte halbherzige Anstrengungen, sich zur Wehr zu

setzen. «Unterstehen Sie sich, mich anzufassen.» – «Scheißkerl», zischte Marlon und schubste ihn ungerührt vor sich her. In seiner Empörung klammerte Wallach sich an seine Rolle und weigerte sich abzugehen. Da packte Marlon ihn unter den Achseln und trug ihn von der Bühne. Als Wallach durch die Kulissentür wieder hereingestürzt kam, sah er, wie Marlon sich vor Lachen bog. Die Klasse war ebenfalls in Tränen vor Lachen.

In der anschließenden Diskussion wurde kritisiert, daß Wallach der Aufgabe nicht gerecht geworden war. Obendrein lernte er eine noch wichtigere Lektion: daß Marlon ihn herausfordern wollte, indem er mit der Szene ernst machte.

In vieler Hinsicht entsprach das Studio genau dem, was Kazan und Lewis sich vorgestellt hatten: ein Kollektiv, in dem Regisseure, Schauspieler und Schriftsteller ein eigenes gültiges Vokabular entwickeln konnten. Kein Wunder, daß die meisten Außenstehenden Mühe hatten, mit Studioleuten zu kommunizieren. Innerhalb des Studios herrschte allerdings eine so lebendige, anregende Atmosphäre, daß die Studenten alles taten, um nur ja keinen Unterricht zu versäumen. Geld war zweitrangig, das Zusammengehörigkeitsgefühl um so wichtiger, was Marlon besonders beeindruckte. Er begriff, «daß Schauspieler sich gegenseitig brauchen», wie sein Freund David Pressman es nannte, und ähnlich wie bei Carmelita Pope in *Streetcar* sparte er nicht mit Zuspruch und Ermutigungen, wenn jemand eine Szene verpatzt hatte.

Das gleiche Gemeinschaftsgefühl herrschte später, als Lee Strasberg Anfang der fünfziger Jahre das Studio übernahm und Brando sporadisch in seinen Klassen auftauchte. Strasberg hielt alljährlich eine kritische Abschlußrede, die oft ziemlich grausam ausfiel. Marlon hatte sich demonstrativ in die erste Reihe gesetzt und war in die *New York Times* vertieft, als Lee auch auf seine eigene Arbeit zu sprechen kam. Vivian Nathan sah darin einen Protestakt. «Die meisten fanden Marlons Reaktion arrogant», sagte sie. «Aber ich glaube, er wollte Strasberg zu verstehen geben: ‹Du hast kein Recht zu dieser Kritik, und dies ist meine Kritik an dir.›»

Brando sah dem Ende der *Streetcar*-Spielzeit mit Erleichterung entgegen. Dabei war sein Privatleben nicht weniger chaotisch als im Jahr zuvor. Enttäuscht über das uneingelöste Heiratsversprechen, war Celia Webb Anfang 1949 nach Paris geflohen. Ellen Adler hatte ebenfalls versucht, sich von Marlon zu lösen, indem sie nach Paris ging und sich auf eine andere Beziehung einließ, die vier Jahre dauern sollte. Es war ein sich immer wiederholendes Verhaltensmuster in Brandos Umgang mit Frauen. Er weigerte sich, Verpflichtungen einzugehen, und wurde aufsässig, wenn die Frauen darauf bestanden. Doch sobald sie ihm den Rücken gekehrt hatten, verfolgte er sie hartnäckig und wollte sie nicht loslassen.

Im Grund war seine Abwehrreaktion leicht zu durchschauen. Von Selbstzweifeln geplagt, türmte er Barrikaden um sich auf, die auch enge, wohlmeinende Freunde nicht an ihn herankommen ließen. Seit er die täglichen Auftritte in *Streetcar* als erschöpfende Tortur empfand, zweifelte er mehr denn je an seiner Berufung zum Schauspieler. Das Handwerk der Schauspielerei war ihm zur Last geworden, doch hatte er keine genauen Vorstellungen von seiner Zukunft.

Nach mehr als 500 Vorstellungen von *Streetcar* rechneten die meisten Leute damit, daß sein nächstes Ziel Hollywood sein würde. Tatsächlich hatte der Produzent Jerry Wald 1947 mit Jack Warner über Peter Viertels Bearbeitung von *Rebel Without a Cause* verhandelt. Doch Warner verlor das Interesse an dem Projekt. Die Rolle wurde später bekanntlich an James Dean vergeben. Marlon schien einer Filmkarriere allerdings durchaus nicht abgeneigt. Bei aller früheren Voreingenommenheit ahnte er vielleicht, daß es leichter war, vor der Kamera zu agieren, als über eine lange Saison Abend für Abend auf der Bühne neue Energie aufbringen zu müssen. Auch hatte Kazan sich gegen die Studios durchsetzen können, eine Tatsache, die Marlon das Filmen vielleicht schmackhafter gemacht hatte. Geld und das Bewußtsein seiner eigenen Stellung unter gleichaltrigen Schauspielern mag ebenfalls eine Rolle gespielt haben, als er Edie Van Cleve fragte: «Was bekommt Clift für einen Film?» und hinzufügte: «Ich möchte einen Dollar mehr.»

Doch wie so häufig in seinen jungen Jahren war er unentschlossen. Statt nach Hollywood aufzubrechen, legte er alle Pläne auf Eis und machte sich auf den Weg nach Paris. Vermutlich waren Celia Webb und Ellen Adler nicht ganz unschuldig daran, aber gleichzeitig war Marlon entschlossen, alles an Bildung nachzuholen, was er bisher versäumt hatte. Die Monate in Paris waren Brandos akademische «Wanderjahre», eine Zeit, in der er sich sowohl der europäischen Kultur aussetzte als auch Beziehungen anknüpfte, die sein Identitätsbewußtsein für den Rest seines Lebens bestimmen sollten.

Hollywood

1949–1953

NEUN

Wenige Tage nach seinem Ausscheiden aus *A Streetcar Named Desire* brach Brando seine Zelte an der Fifty-seventh Street ab. Er ließ das wenige, das er außer seinen Trommeln besaß, zurück und flog zu einem Treffen mit dem französischen Regisseur Claude Autant-Lara nach Paris. Autant-Lara bezahlte den Flug, offenbar in der Hoffnung, Brando für eine Verfilmung von Stendhals Roman *Rot und Schwarz* gewinnen zu können.

Kaum in Paris, schloß Brando sich allerdings einer Gruppe brotloser Avantgarde-Schauspieler an, mit denen er bei hitzigen Debatten über Sartre und den Existentialismus nächtelang zusammenhockte. Knapp eine Woche später war er mit ihnen in Paris unterwegs und veranstaltete Straßentheater.

Meist pendelte er zwischen seinen trostlosen Absteigen und dem gepflegten Appartement am Quai Voltaire hin und her, das Ellen Adler mit ihrem neuen Liebhaber, einem amerikanischen Komponisten, teilte. Glücklicherweise war David Diamond ebenfalls von der Partie. Zu dritt und gelegentlich zu viert streiften sie stundenlang zu Fuß durch die französische Hauptstadt. Seit langem war Marlon nicht mehr so zugänglich und entspannt gewesen.

Obwohl aus den Plänen mit Autant-Lara vorerst nichts wurde (der Film entstand erst 1954 mit Gérard Philipe in der Hauptrolle), blieb Marlon in Paris. Zwar versuchte er später oft, seine mangelnde Schulbildung zu kaschieren, und ließ gelegentlich sogar durchblikken, er habe die Universität besucht, aber seine eigentliche Universität war Europa. Er vertiefte sich in Paris in die europäische Geschichte und Zivilisation, besuchte regelmäßig den Louvre und suchte die Bekanntschaft interessanter Leute.

Zu diesen gehörte Hervé Mille, der Direktor der führenden europäischen Wochenzeitschrift *Paris Match*. Der elegante, kultivierte

Mille, der aus seiner Homosexualität kein Geheimnis machte, kannte alle Welt, von Sartre und Cocteau über Aznavour und Piaf bis zu dem berühmten Photographen Walter Carone. Er war Anfang 1949 in New York gewesen, hatte *Endstation Sehnsucht* gesehen, die französischen Rechte gekauft, um das Stück in Paris aufzuführen, und seinen Freund Cocteau gebeten, das Stück zu bearbeiten. Die große französische Schauspielerin Arletty sollte die Rolle der Blanche spielen, nur für Kowalski hatte er bisher noch keinen geeigneten Schauspieler gefunden. Eines Abends im Frühsommer meldete das Hausmädchen, im Salon warte ein Herr. Mille ging hinaus, konnte aber niemanden entdecken. Als er aus dem Fenster in den großen Garten vor dem Haus blickte, sah er einen jungen Mann schlafend im Gras liegen, den Kopf in den Armen vergraben. Mille näherte sich der schlafenden Gestalt und tippte ihr leicht auf die Schulter. Der junge Mann erwachte und hob den Kopf. «Ich hatte ihn in New York nur ein einziges Mal auf der Bühne gesehen», erinnerte Mille sich, «aber zu meiner Überraschung habe ich ihn sofort wiedererkannt.»

Marlon hatte eine einfache Erklärung für seinen unangemeldeten Besuch: «Einer meiner Freunde hat gesagt, wenn ich mich in Paris amüsieren wolle, sollte ich Hervé Milles Bruder besuchen.»

Mille bat ihn, zum Essen zu bleiben, und stellte ihn seinem Bruder Gérard vor. «Er kam mir sehr unkompliziert vor», sagte Hervé. «Wie er sich so ganz zwanglos zum Essen einlud und anschließend sagte: ‹Hervé, ich möchte dich näher kennenlernen. Wenn es dir paßt, komme ich morgen zum Lunch.› Er erschien auch tatsächlich, und mein Bruder und ich machten ihn mit acht oder neun unserer Freunde bekannt, darunter Christian Marquand.» Elegant, charmant und immer zu lachen bereit, versuchte Marquand sich in der aufkommenden französischen Filmindustrie als Produzent einen Namen zu machen. Er und Marlon verstanden sich auf Anhieb, und nach dem ersten Lunch bei den Milles war Marlon in den engeren Kreis der Brüder aufgenommen.

Hervé brachte ihn bald mit Jean Cocteau und einem weiteren Freund, dem Direktor des Théâtre Antoine zusammen, der eine französische Version von *Endstation Sehnsucht* inszenieren wollte.

Sie begannen über das Stück zu sprechen, und es dauerte nicht lange, bis Marlon «französisch» sprach, ein allerdings imaginäres, erfundenes Französisch. «Die Worte bedeuteten nichts», erinnerte Mille sich lachend, «aber wie ein Papagei imitierte er haargenau die Pausen, die Intonation und den Akzent. Dabei ging mir auf, daß er die Sprechweise meines Bruders so verblüffend nachahmte, als säße Gérard tatsächlich mit uns am Tisch.»

Nach dem ersten gemeinsamen Lunch traf Cocteau Brando häufig bei Mille und war wie Hervé von der Liebenswürdigkeit und Unkompliziertheit des jungen Mannes beeindruckt. Marlon schien in Paris einiges von der Arroganz abgelegt zu haben, hinter der er in New York seine Schüchternheit und Unsicherheit verbarg. Cocteau hatte zu Hervé gesagt, Marlon sei der einzige Mensch, der Krach machen könne, ohne jemanden dabei zu stören. «Besser konnte Cocteau ihn nicht beschreiben», fügte Mille hinzu, «er traf den Nagel auf den Kopf.»

Einige Tage später war Marlon wieder bei den Milles zum Dinner und lud sich erneut zum Lunch ein.

«Tut mir leid, Marlon», sagte Hervé, «aber morgen fahren mein Bruder und ich nach Biarritz, nach Saint-Jean-de-Luz.»

«Schön», erwiderte Marlon, «ich komme mit.»

«Aber dann mußt du um sieben Uhr hiersein.»

Als Hervé und Gérard am nächsten Morgen das Haus verließen, wo der Chauffeur bereits auf sie wartete, wanderte Marlon zwar noch halb verschlafen, aber startbereit vorm Haus auf und ab.

Hervé musterte den jungen Mann, der in Jeans und Jacke, aber ohne jedes Gepäck vor ihm stand.

«Hast du kein Gepäck?» fragte er ihn.

Statt einer Antwort zog Marlon zwei Zahnbürsten aus der Jackentasche. «Eine für morgens und eine für abends», sagte er.

Mille ließ es dabei bewenden, und sie machten sich auf den Weg quer durch Frankreich. Während der ersten Stunden lag Marlon auf dem Rücksitz und schlief. Aber als sie sich Poitiers näherten, kam er zu sich und machte zum ersten Mal den Mund auf.

«Schrecklich, einfach schrecklich!» rief er aus.

«Was ist denn so schrecklich, Marlon? wollte Mille wissen.

«Schrecklich, was wir mit den Indianern machen.»

Danach schlief er wieder ein und kam erst zehn Stunden später, als sie vor einem Restaurant in Saint-Jean-de-Luz hielten, wieder zu sich.

Als die Milles spät in der Nacht zu ihrem Hotel im nahe gelegenen Ascain fahren wollten, war Marlon nirgends zu finden.

«Mr. Brando hat mich gebeten, ihn morgen mittag abzuholen», erklärte der Chauffeur. Mille begriff, daß Marlon mit einem Mädchen verschwunden war, mit dem er schon den ganzen Abend geflirtet hatte.

Am nächsten Tag lieferte der Chauffeur Marlon in einem kleinen Dorf in der Nähe von Ascain ab, wo die Milles beim Lunch saßen. Lässig kam Marlon an ihren Tisch geschlendert. «Schrecklich, einfach schrecklich», wiederholte er.

Diesmal meinte er allerdings nicht die Indianer, sondern die junge Dame, mit der er die vergangenen zwölf Stunden verbracht hatte.

«Eine schreckliche Geschichte», erklärte er Mille. «Ich habe mich glänzend mit ihr amüsiert, und sie hat mir ein herrliches Frühstück gemacht. Gott sei Dank, dachte ich schon, die will nichts von mir, aber das war ein Irrtum. Als ich ging, sagte sie: ‹Wann sehen wir uns wieder?› Schrecklich – davor hat mir die ganze Zeit gegraut.»

Wieder in Paris, setzte Brando seine unangemeldeten Besuche bei den Milles fort. Er verstand sich ebenfalls gut mit Christian Marquand, einem großen, gutaussehenden Franzosen, der, wie Mille berichtet, «Marlon jede Frau besorgen konnte, die er haben wollte». Marquand hatte den Ruf eines Frauenhelden, und auch über Marlons Eskapaden, wie die abenteuerliche Eroberung von Juliette Greco, waren bereits Gerüchte in Umlauf. Greco hatte seine Annäherungsversuche seit mindestens einer Woche abgewehrt, als Marlon eines Nachts zu ihrem Appartement hochkletterte und kurz entschlossen durchs Schlafzimmerfenster im zweiten Stock stieg.

Außerdem wurde gemunkelt, Marlons Beziehung zu Marquand gehe über eine bloße Freundschaft hinaus. Marquand und sein anderer Busenfreund, der Regisseur Roger Vadim, machten sich einen Spaß daraus, sich mit ihren sexuellen Neigungen aufzuziehen, betont zweideutige Anspielungen zu machen und sich vielsagende Postkarten zu schicken, die sie ihren Freunden keinesfalls vorenthielten. «Aber das war alles nur Jux», erklärte Mille. «Pour épater les bourgeois. Bei Marlon lag die Sache etwas anders. Mit dem wurde, im Gegensatz zu Vadim, nicht darüber geflachst.»

Inzwischen hatte Marlon das Hotel Voltaire verlassen und wohnte gemeinsam mit Marquand, Vadim, Jean-Paul Faure und dem französischen Schauspieler Daniel Gélin in einer geräumigen Wohnung am Quai d'Orléans. Gélin war ein großer Bewunderer der amerikanischen Kultur, und er und Brando freundeten sich schnell an. (Sie sollten sich Jahre später wiedertreffen, als Gélins uneheliche Tochter Maria Schneider mit Brando im *Letzten Tango in Paris* auftrat.)

Wenn Marlon zu Hause war, frönte er seiner Leidenschaft für Bücher und widmete sich «seinen schöngeistigen Interessen. Aber außer Tennessee Williams ließ ihn die amerikanische Kultur kalt», erinnerte sich Gélin. «Einmal hat er uns zwar die Theorie des Actors Studio erklärt, aber hauptsächlich interessierte er sich für Philosophie, Okkultismus und Religionen ... besonders die deutschen Philosophen, vor allem Nietzsche, und die Religion der Hindus. Es handelte sich um keine bloße Laune, sondern um ein ernsthaftes Bedürfnis nach Wissen und eine Suche nach spirituellen Werten.»

Die Freunde taten nichts lieber, als ihre Umwelt zu schockieren, und schreckten auch vor Schuljungenstreichen nicht zurück. «Wir waren ziemlich infantil. Es konnte vorkommen, daß wir alle am Fenster standen und nach draußen pißten. Es ging darum, wer am weitesten pissen konnte.»

Obwohl Gélin Marlon nie direkt darauf ansprach, fragte er sich bei der engen Freundschaft mit den Milles, wie weit Marlons sexuelle Experimentierfreudigkeit ging. «Die Brüder Mille waren als Homosexuelle bekannt», erklärte Gélin, «und hatten diesen riesigen Freundeskreis, zu dem auch Cocteau gehörte. Cocteau war fasziniert von Marlon, nicht nur von seiner Adonisgestalt, sondern auch von seiner Eigenwilligkeit und seinem Talent. Er hatte Marlon als erster in Frankreich entdeckt und in Paris populär gemacht.

Ich erinnere mich, wie er aus New York zurückkam und verkündete: ‹Ich habe ein Stück von Tennessee Williams gesehen, und da war eine Bestie auf der Bühne› – womit natürlich Marlon gemeint war.»

Es war offensichtlich, daß Marlon sich über seine Zukunftspläne als Schauspieler überhaupt nicht im klaren war. «Er bekam jeden Tag Telegramme», erinnerte Mille sich. «Immer aus Hollywood, entweder von MGM oder von den anderen Studios. Er sollte zurückkommen und einen Film drehen. Aber die Angebote ließen ihn völlig kalt.» Gegen Ende seines Aufenthalts machten Mille und Cocteau ihm den Vorschlag, in Paris zu bleiben und den Kowalski auf französisch zu spielen.

«Du sprichst mit einem perfekten Akzent Französisch», sagte Mille, als Brando zögerte, die Rolle in einer fremden Sprache zu übernehmen. «Bei deinem Imitationstalent könntest du den französischen Text auswendig lernen und hättest mit der Aussprache keine Probleme.»

Mille bot ihm ein ideales Theater, ein phantastisches Bühnenbild, eine erstklassige Bearbeitung von Cocteaus Hand und glaubte schon, ihn überzeugt zu haben.

Ein paar Tage später kam Marlon noch einmal auf das Thema zu sprechen: «Ist das wirklich dein Ernst?» wollte er wissen.

Mille versicherte ihm, er sei zu dem Angebot fest entschlossen.

Nach weiterem Zögern lehnte Marlon jedoch endgültig ab. «Es geht nicht», sagte er. «Ich muß nach Amerika zurück und mein drittes Jahr absolvieren.»

Mille stutzte. Wieso wollte Marlon sein drittes Jahr absolvieren, wenn er doch gar nicht studierte?

Das Mißverständnis wurde schnell geklärt. Marlon wollte nach New York zurück, um das dritte Jahr seiner psychoanalytischen Therapie zu beenden. Ihm lag daran, seine Probleme zu bewältigen – die Ambivalenz gegenüber seiner Schwester Jocelyn und seiner Homosexualität. Und eventuell würde er dann doch nach Hollywood gehen. Aber bevor er sich endgültig entschied, wollte er mit Christian Marquand eine Reise nach Italien machen. In Italien legte er sich, immer noch «wie auf Wolken», wie er Reportern erzählte, mitten in eine blumenübersäte Wiese und träumte einen «paradiesischen Traum – der einzige vollkommene Glücksmoment, den ich in meinem Leben je genossen habe».

Ein paar Tage später kehrte er völlig abgebrannt nach Paris zurück und stieß dort eines Abends zufällig auf Maynard Morris. Der Agent erklärte, MCA sei verzweifelt auf der Suche nach ihm. Unter den üblichen Telegrammen aus Kalifornien befand sich ein sechs Seiten langes Resümee für einen Film mit dem Produzenten Stanley Kramer sowie ein Rückfahrticket. Es handelte sich laut Morris um eine Rolle, die er auf keinen Fall ausschlagen dürfe.

The Men (dt. *Die Männer*)

Wie Filmhistoriker bestätigen, waren Stanley Kramers Filme meist halbherzige Kompromisse aus zeitkritischer Reportage und Kitsch, doch *Battle Stripe* oder *The Men* (dt.: *Die Männer*), wie der Film später genannt wurde, machte eine Ausnahme. Der Film spielt auf einer Station für Querschnittsgelähmte in einem Veteranenkrankenhaus und behandelt das Schicksal des Kriegsveteranen Ken Wilochek, eines jungen Infanterieleutnants, der von der Taille abwärts gelähmt ist und unter dem Schock seiner Rehabilitation leidet. Er fällt in Depressionen, trennt sich von seiner Verlobten und wird auf Anordnung des Arztes auf eine offene Station verlegt, wo ihn die sarkastische Burschikosität und der schwarze Humor seiner Mitpatienten zwingen, mit seinem Gebrechen fertig zu werden.

Der Gedanke zu dem Drehbuch war Kramer gekommen, als er den im Vorjahr mit Kirk Douglas gedrehten Film *Champion* vor Patienten eines Militärkrankenhauses in Van Nuys, nordwestlich von Hollywood, zeigte. Einer der Ärzte führte ihn auf die Station für Querschnittsgelähmte, wo die Patienten im Gegensatz zu anderen Stationen ganz andere Sorgen hatten, als ihn mit neugierigen Fragen übers Boxen oder den Glamour der Filmindustrie zu löchern. Douglas war dem Sarkasmus der gelähmten Männer, die sich auch durch einen «Filmstar» nicht beeindrucken ließen, nicht gewachsen. Angeblich verschwand er sofort. Kramer dagegen sah darin Stoff für einen Film.

Carl Foreman, der bereits zwei erfolgreiche Drehbücher für Kramer geschrieben hatte, sollte einen Entwurf machen. Mit Hilfe von Dr. Ernst Bors, dem Leiter der Station für Querschnittsgelähmte in Van Nuys, der seine Patienten zur Mitarbeit ermutigte, entstand ein Entwurf, der sowohl authentische Dialoge wie Episoden aus dem tatsächlichen Leben der Veteranen enthielt. Wilochek setzt sich aus mehreren Personen zusammen, aber andere Gestalten wie z. B. Norm, der verbitterte Intellektuelle des Films, oder der brüske, aber sensible Dr. Borck entsprechen tatsächlichen Vorbildern. Die Auseinandersetzung der Veteranen mit Depressionen, Alkoholismus und sexuellen Problemen, ihre selbstmörderischen Autounfälle und grausamen, aber heilsamen Witze gaben dem Text zusätzliche Wirklichkeitsnähe.

Kramer hatte ebenfalls *Endstation Sehnsucht* in New York gesehen, war Brando aber zum ersten Mal während des Probelaufs von *The Eagle Has Two Heads* nach der Vorstellung hinter der Bühne begegnet. Zufällig hatte er gehört, wie Marlon in aller Ruhe verkündete: «Daß Sie's nur wissen, Miss Bankhead, mit Ihnen steige ich auch noch ins Bett», was die temperamentvolle Dame schlagfertig mit dem Satz quittiert hatte: «Worauf Sie sich verlassen können, mein Junge.» Kramer beschwor die Authentizität der Geschichte, merkte aber später, daß Brandos provozierende «Ehrlichkeit» nichts als eine wirkungsvolle Fassade war. Der Produzent traf sich wenige Tage nach Brandos Rückkehr aus Frankreich mit ihm in New York. «Marlon war reserviert», erinnerte Kramer sich, «aber der Gedanke, vom Rollstuhl aus zu arbeiten, in der Gewißheit, für den Rest seines Lebens nicht mehr laufen zu können, faszinierte ihn.»

Zweifellos fiel das Projekt für Brando in die Kategorie «relevante Arbeit».

Nach kurzem Aufenthalt in Chicago erschien Marlon Anfang September 1949 in Hollywood, ein Umstand, den er später scherzhaft mit dem Satz kommentierte: «Ich hatte nicht die Charakterstärke, soviel Geld auszuschlagen.» Außerdem gestand er einem seiner zukünftigen Freunde unter den Querschnittsgelähmten des Krankenhauses: «Ich bin so besoffen aus dem Zug gestiegen, daß ich kaum gerade stehen konnte ... Ich hatte nicht nur Manschetten vor Kramer, sondern war mir nicht mal sicher, ob ich euch eigentlich begegnen wollte.»

Auf dem alten Santa-Fe-Bahnhof im Zentrum von Los Angeles erwarteten ihn außer Tante Betty und «Nana» Bessie der Vertreter von MCA, ein junger Agent namens Jay Kanter. Allerdings keine Studio-Limousine und keine Reservierung im Beverly Hills Hotel.

Da Marlon praktisch niemanden in Hollywood kannte, bot Kramer ihm an, ein paar Tage in seinem Apartment in Beverly Hills zu übernachten. Marlon war erstaunlich entspannt Kramer gegenüber und erzählte dem Produzenten, daß er nicht das mindeste Interesse habe, Starlets oder sonstige Filmgrößen zu treffen, geschweige denn, auf Parties zu gehen. Später erklärte er der *New York Times*: «Ich hatte keine Ahnung, wo ich war oder was ich tat. Ich war so konfus und nervös wie noch nie in meinem Leben.» Im Laufe der nächsten zwei Monate führte Brando das reinste Landstreicherleben und kampierte an fünf verschiedenen Orten. Schon nach knapp einer Woche zog er zu seiner Tante in den bescheidenen Vorort Eagle Rock, fünfzehn Meilen von Hollywood entfernt.

Kramers eigentlicher Dreharbeit gingen eine intensive Vorproduktion und gründliche Proben voraus, denn der Produzent hatte zusätzlich fünfundvierzig Patienten für kleinere Rollen ausgewählt. Außerdem legte er Wert darauf, daß die Schauspieler sich im Krankenhaus umsahen. Marlon gab sich damit allerdings nicht zufrieden. Er ließ sich auf eigene Faust in die Zweiunddreißig-Betten-Station einweisen, um Tag und Nacht mit den Querschnittsgelähmten zusammenzusein. Er verbrachte die dreiwöchige Probenzeit ausschließlich im Rollstuhl und unterzog sich der gleichen anstrengenden Gymnastik- und Schwimmtherapie wie die behinderten Patienten.

Pat Grissom, Präsident des Vereins gelähmter Veteranen und wichtigster Verbindungsmann zwischen Veteranen und Filmcrew, begleitete Marlon auf seiner ersten Tour durch die Station. Zwei Stunden lang führte er Brando von Bett zu Bett, wobei der junge Schauspieler kaum ein Wort herausbrachte. Plötzlich stellte Grissom fest, daß sein Schützling verschwunden war. Er suchte überall vergeblich nach ihm und fand ihn schließlich, von den Eindrücken überwältigt, draußen im Krankenhausgarten. «Das haut mich um», sagte Marlon flüsternd, ohne Grissom anzusehen. Dann bat er um einen eigenen Rollstuhl und bestand darauf, daß ihm ein Paar Beinschienen angepaßt wurden.

Die Veteranen waren gerührt, wie ernst er die Rolle nahm, und erklärten ihn zum «Ehrenkrüppel». Ausnahmsweise war Marlon der Presse freundlich gesinnt. «Manchmal möchte ich mich am Fuß kratzen», erzählte er einem Reporter. «Aber das geht nicht, ein Querschnittsgelähmter kratzt sich nicht am Fuß. Er hat gar kein Gefühl darin.»

Zwar war das Gerücht, Brando trage sogar einen Urinsack, leicht übertrieben, doch sonst kämpfte er mit dem normalen Alltag eines Querschnittsgelähmten. Immer wieder fiel er aus dem Rollstuhl, wenn er versuchte, einen Kantstein zu erklimmen oder morgens aus dem Bett zu kommen. Aber er ließ nicht locker, und nachdem er die Tücke des Objekts einmal gemeistert hatte, war er ganz der tollkühne alte Bud, der auf Rädern die Krankenhausflure entlangraste oder sich wirbelnd im Rollstuhl um die eigene Achse drehte.

Die eigentlichen Dreharbeiten für *Die Männer* begannen im späten Oktober. Anfangs tat Brando sich schwer mit dem Text, da er sich an die Hollywood-Gepflogenheiten gewöhnen mußte, daß einzelne Szenen aus dem Zusammenhang gedreht wurden. Außerdem mußte er lernen, sich entspannt vor der Kamera zu bewegen, wenn Techniker und Aufnahmegeräte die Tonbühne bevölkerten. «Er war unter enormem Streß», sagte der Regisseur Fred Zinnemann, der sogar Kazan in New York telefonisch um Rat bat. «Ich habe Marlon Brando hier in den *Männern.* Was um Gottes willen fange ich mit dem an?»

«Gar nichts», riet ihm Kazan. «Der schafft das. Laß ihn einfach gewähren.»

«Ich war anfangs immer schon um halb sieben da», erinnerte sich Brando, «so daß ich gegen zehn, wenn es losging, mein Pulver bereits verschossen hatte. Wenn eine Szene endlos wiederholt wird, ist man schließlich wie ausgelaugt; deshalb muß man sich ganz langsam einstimmen.»

Einer der Schauspieler, der ehemalige Kinderstar Richard Erdman, hatte ein Ein-Zimmer-Apartment am Hollywood Boulevard, und nach einigen Wochen quartierte Marlon sich bei ihm ein und kampierte auf der Wohnzimmercouch. Zu Erdmans Befremden gehörten Liegestütze und ständige Streckübungen mitten in dem kleinen Wohnzimmer ebenso zu Marlons täglicher Routine wie der ausschließliche Konsum von chinesischen Fertiggerichten und Erdnußbutter, die er gläserweise verschlang. Mehr noch irritierte den versierten Gourmet-Koch, daß Brando weder den Inhalt des Kühlschranks nachfüllte noch sich am Haushaltsgeld beteiligte, obwohl er eine Gage von 40000 Dollar gegenüber Erdmans 5000 bezog.

Erdman fand Marlons Benehmen «ziemlich erratisch» und irritierend. Marlon hatte die Angewohnheit, mitten im Gespräch völlig zusammenhanglose Fragen zu stellen oder eine seiner taktlosen «Beobachtungen» anzustellen, meist über den Fahrstil oder die Rauch- oder Trinkgewohnheiten seines Gastgebers. Gelegentlich kam er nachts gar nicht nach Hause oder tauchte erst in den frühen Morgenstunden auf und haute sich unausgezogen auf die Couch.

Eines Abends saßen die beiden im Gespräch zusammen, und Erdman holte ein Exemplar der Zeitschrift *Theater Arts* hervor. Marlon warf einen Blick darauf und war sichtlich betroffen: Oben auf der Seite prangte ein Bild von ihm als Kowalski. Die Unterschrift lautete: «Das Verräterische liegt in den Augen.» Es handelte sich um Eric Bentleys Besprechung von *Streetcar*, in der er auf Brandos Homosexualität anspielte. Zwei Tage lang sprach Marlon kein Wort mit Erdman. Sein schwelender Zorn entlud sich, als das ganze Filmteam auf die John Ford Ranch im San Fernando Valley hinauszog, um Aufnahmen in einem Schwimmbad zu machen. Brando war nach wochenlangem Training mit den Veteranen im Krankenhaus in körperlicher Hochform. Plötzlich stürzte er sich unvermutet auf Erdman und drückte ihm ausdauernd den Kopf unter Wasser. Als der Schauspieler prustend und verzweifelt nach Atem ringend wieder an die Oberfläche kam, tat Marlon, als könne er kein Wässerchen trüben. Während die Umstehenden ihn entgeistert anstarrten, mimte er den Clown und stieß unbekümmert sein merkwürdig schrilles Lachen aus.

Nach und nach schloß Brando sich in den Hügeln von Hollywood einem neuen Kreis an. Luther Adler war zu der Zeit ebenfalls in Hollywood und wohnte im Haus seines Neffen Alan Adler. Alan und seine Frau Mary vermieteten Zimmer, und im Haus wimmelte es von jungen Mädchen.

Brando begann bald eine Beziehung mit einer Pianistin, der Freundin von Luther Adlers Bruder Jay, der Schauspielunterricht im Haus von Clifford Odets gab. Es war ein klassisches Beispiel dafür, was Carlo Fiore Marlons Vorliebe, «anderen die Frau auszuspannen», nannte.

Es gab noch einen Jay auf der Bildfläche und zwar Jay Kanter, Brandos neuen Agenten bei MCA, der in Brando den aufsteigenden Kometen sah. Während seines Wirtschaftsstudiums an der Universität von Los Angeles hatte Kanter einen Job in der Postabteilung von MCA angenommen. Wie damals in Hollywood üblich, bekam er den Auftrag, Brando bei seiner Ankunft in Los Angeles abzuholen und ihn herumzuchauffieren. Nach Ablauf der ersten Woche hatte Brando sich mit so bekannten MCA-Größen wie Lew Wasserman, George Chasen, Arthur Parks, Jennings Lang und anderen getroffen, um zu entscheiden, wer von ihnen ihn als Agent betreuen sollte – doch statt für einen von ihnen entschied er sich für «das Bürschchen», das ihn am Bahnhof abgeholt hatte. Inzwischen war Kanter in seinem förmlichen Anzug oft bis spät in die Nacht bei den Adlers zu finden. Er zeichnete sich durch Liebenswürdigkeit, Anstand und eine geradezu bürgerliche Zielstrebigkeit aus und bewies unbedingte Loyalität, was Marlon bestach.

Brando hatte selbst in späteren Jahren, als Kanter es zum Präsidenten von MCA gebracht hatte, absolutes Vertrauen zu ihm. Im Haus der Adlers galt Marlons Aufmerksamkeit allerdings vor allem den Frauen. Unter anderem hatte er eine kurze Affäre mit der blonden Schauspielerin Shirley Ballard sowie einer von Wallys Cox' Freundinnen aus New York, die ebenfalls im Haus wohnte.

Eine weitere von Brandos Flammen war Shelley Winters, die ihn mit dem jungen Norman Mailer bekannt machte. Mailer war nach dem Erfolg seines Kriegs-Bestsellers *Die Nackten und die Toten* von Sam Goldwyn nach L. A. geholt worden und hoffte nach seiner

Mitarbeit an einem Drehbuch zu *Miss Lonelyhearts* in die Fußstapfen von F. Scott Fitzgerald zu treten. Im Gegensatz zu Brando stürzte Mailer sich kopfüber in Hollywoods gesellschaftlichen Trubel. Um seinen «Deal» mit Goldwyn gebührend zu feiern, beschloß er, zu Weihnachten eine Superparty zu geben, und kämmte das *Players Directory* nach allem durch, was in Hollywood Rang und Namen hatte.

«Die Party war ein Fiasko», sagte Winters, die mitten in einem Wolkenbruch im blonden Bibermantel mit Marlon am Arm bei Mailer eingetroffen war. «Norman hatte ganz Hollywood eingeladen, von links bis rechts, und das war 1949 einfach nicht opportun. Adolphe Menjou war da, um Charlie Chaplin die kalte Schulter zu zeigen. Bogart tat, als sei Ginger Rogers Luft. Monty, Elizabeth Taylor und Marlon fühlten sich deplaziert, und John Ford sah sich plötzlich Cecil B. DeMille gegenüber. Die Atmosphäre war wie geladen. Marlon trug einen von Jay Kanter geliehenen Frack, der ihm zu klein war. Es gab einen schwarzen Barkeeper, und Marlon stand die ganze Zeit in seinem rausgewachsenen Anzug hinter der Bar und unterhielt sich mit ihm. Ich versuchte, mit Leuten ins Gespräch zu kommen und mich möglichst sexy zu geben, aber mein Kleid war klitschnaß. Monty hatte sich mit jemandem angelegt ...»

Ganz plötzlich wollte Brando nach Hause. Die politischen Gespräche waren zu hitzig, die Gruppe zu groß. «Die Party machte ihn nervös», erinnerte sich Winters, «aber Norman hielt uns an der Tür fest und sagte: ‹Wohin wollt ihr denn? Es ist doch noch viel zu früh.› Da explodierte Marlon: ‹Was hast du hier eigentlich zu suchen, Mailer? Du bist doch gar kein Drehbuchautor. Warum gehst du nicht nach Vermont zurück und schreibst dein nächstes Buch?›»

Mailers Antwort ging im allgemeinen Aufruhr unter. Winters hatte versehentlich Elizabeth Taylors Bibermantel und Brando den Mantel von Mickey Knox, einem angehenden jungen Schauspieler, mitgenommen, dessen Auto obendrein die Auffahrt blockierte. «Man konnte nicht rein noch raus», berichtete Winters. «Um drei Uhr morgens rief mich Hal Wallis, Mickeys Boss, an, und schickte einen Polizeiwagen vorbei, um Mickeys Autoschlüssel abzuholen ... Marlon schlief natürlich einfach weiter.»

Während der letzten Woche der Dreharbeiten von *Männer* fand zwischen Brando und Erdman trotz aller Spannungen eine regelrechte Verbrüderung statt. Es war damals üblich, daß Statisten oder Drehbuchassistenten beim Dialog soufflierten, wenn ein Schauspieler allein vor der Kamera stand, aber Zinnemann verlangte, daß die anderen Schauspieler bei jeder Einstellung zur Verfügung standen. Erdman war Marlon nicht von der Seite gewichen und bat ihn, in der Szene, in der er in der Rolle des Leo beim Rennen gewinnt, um die gleiche Gefälligkeit. Es war eine ziemlich anspruchsvolle Szene, da der Schauspieler aus dem Bett kommen und im Rollstuhl die Flure auf und ab rasen mußte. Marlon verbrachte geschlagene neun Stunden auf dem Set. Als guter Teamarbeiter stellte er mit jedem Take höhere Ansprüche. Ohne sich einzumischen, sah Zinnemann zu, wie die Darstellung immer intensiver wurde. «Als wir schließlich fertig waren, konnte ich mich nicht beherrschen», erinnerte sich Erdman. «Ich ging zu Marlon rüber und sagte: ‹Nimm mir's nicht übel, aber ich liebe dich.› Wir fielen uns in die Arme. Es war ein ganz besonderer Moment, denn trotz allem, was vorgefallen war, wußten wir, daß uns etwas Einmaliges gelungen war.»

Trotzdem wurde Erdman aus Brandos Benehmen oft nicht schlau, ähnlich wie Jack Cooper, der erfahrene Presseagent des Films, der seit Beginn der Proben gemeinsam mit Kramers Partner George Glass Marlons Kontakt mit der Presse gemanaged hatte. Trotz vorheriger Absprachen und Jay Kanters diskreter Ermahnungen hatte Brando bei Interviews seinen eigenen Kopf: Entweder kam er zu spät, oder er erlaubte sich, einem Reporter mit einer Gegenfrage den Wind aus den Segeln zu nehmen, und verstand schon gar keinen Spaß, wenn es um seine behinderten Freunde ging.

Es hatte sich schnell in Hollywood herumgesprochen, daß Brando sich weigerte, die Rolle des Stars im herkömmlichen Sinne zu spielen. Kramer und Glass waren hauptsächlich über den Eindruck besorgt, den er auf die beiden großen gesellschaftlichen Klatschbasen Louella Parsons und Hedda Hopper machte. Parsons hatte eine Leserschaft von 17,5 Millionen, während die bissige, chauvinistische Hopper in der *Los Angeles Times,* in den New Yorker *Daily News,* in der *Chicago Tribune* sowie in 3000 kleineren

Tages- und 2000 Wochenzeitungen zu Wort kam. Wenn Walter Winchell scherzhaft vorgeschlagen hatte, die Stadt Parsons zu Ehren in Lollywood umzutaufen, dann bestand kein Zweifel, daß beide Kolumnistinnen ohne weiteres über Erfolg oder Mißerfolg eines Films oder eines Schauspielers entscheiden konnten. Beide erwarteten, daß Neuankömmlinge am Altar althergebrachter Traditionen das Knie beugten.

Aber Brando ließ sich so leicht nicht beirren. Er hatte bereits Faye Emerson im Fernsehen lächerlich gemacht, als er darauf hinwies, daß sie etwas unterm Schuh hatte, und die Kolumnistin Sheilah Graham mit der Frage düpiert, ob sie Jessica Tandys Mutter sei. Als Hedda Hopper schließlich in Kramers gemietetem Hauptquartier nicht weit vom Cahuenga Boulevard zu ihrem ersten ausführlichen Interview mit Brando erschien, gab er lustlos Antwort auf ihre Fragen und wischte sogar ihren unvermeidlichen Hüten eins aus. Als sie ihn fragte, ob er das Interview fortsetzen wolle, winkte er ab.

Wider Erwarten war Brando bei Erscheinen von Hoppers Kolumne plötzlich «Hollywoods große Sensation». Seine «exzentrische Art», wie sie es nannte, vertrug sich mit seinem disziplinierten Talent, seiner Ernsthaftigkeit und Ehrlichkeit. Ihre blumige Prosa strotzte von Superlativen, die Brando eine große Zukunft und dem neuen Film einen riesigen Kassenerfolg prophezeiten. Möglicherweise hatten Kramer, Cooper, Lew Wasserman oder die hohen Herren bei United Artists, dem Verleiher des Films, ein bißchen nachgeholfen. Bei Parsons, die Brando als «Dickmadam» tituliert hatte, hatte diese Methode allerdings keinen Erfolg. Die gefürchtete Dame meinte, es nütze ihm wenig, der begabteste Schauspieler Amerikas zu sein, wenn er sich weiterhin so «zugeknöpft» erweise. «Wir Amerikaner», schrieb sie, «gestatten nicht einmal unseren Präsidenten den Luxus ihrer Privatsphäre.»

Dagegen ließ sich die Zeitschrift *Life* auf sechs Seiten ausführlich über sein Privatleben aus. Chasen's und das Brown Derby, rosa Cadillacs und Villen am Roxbury Drive hätten für den Schauspieler «keine Bedeutung», was Hoppers Behauptung entsprach, daß «seine Integrität nicht käuflich» sei. *Life* wußte zu berichten, Brando habe einem alten Freund einmal erzählt: «Manchmal mache ich den Leuten was vor, und dann denken sie, ich sei gefühllos. Dabei lege ich nur eine Art Schutzpanzer an, weil ich in Wirklichkeit sehr dünnhäutig bin. Wenn sich zweihundert Menschen in einem Raum befinden, von denen mich einer nicht leiden kann, dann muß ich da raus!»

Der Film *Die Männer* hatte im Juli 1950 Premiere – unglücklicherweise nur zwei Wochen nach dem Ausbruch des Koreakrieges. Der Zeitpunkt hätte nicht unglücklicher gewählt sein können; doch obwohl der Film kein finanzieller Erfolg wurde, war das Urteil der Kritik einhellig positiv:

> «Ein ausgezeichneter, eindringlicher Film ... Marlon Brando spielt seine Rolle als Kriegsveteran so lebensecht, so dynamisch und einfühlsam, daß die Darstellung hundertprozentig überzeugt. Seine Züge, der Rhythmus seiner Bewegungen und besonders das eigenartige, oft gebrochene, klagende und jungenhafte Timbre seiner Stimme besitzen höchste Ausdruckskraft. Stummes, eisiges Schweigen schlägt um in leidenschaftliche Zornesausbrüche, als würde ein bis zum Äußersten gespanntes Kabel plötzlich durchschnitten. Gleichzeitig verrät er die verhaltene Zärtlichkeit, die ein Arzt einem Kind erweist.»
>
> Bosley Crowther, *New York Times* (21. Juli 1950)

Brando konnte seine Freude, ja sogar seinen Stolz nicht verhehlen. Als er auf der Titelseite von *Cue* erschien, kaufte er hundert Exemplare und verbrachte den Abend damit, sie an alle Bekannten zu verteilen, die ihm über den Weg liefen, darunter Barkeeper und Kellner. Noch vor Freigabe des Films hatte er bei einer Probeaufführung seine Genugtuung nicht verbergen können, obwohl er vor der Presse behauptet hatte, das Ende und die schwülstige Begleitmusik von Dmitri Tiomkin gefielen ihm nicht. In seiner Begleitung war Jocelyn, die sich damals gerade von Don Hanmer scheiden ließ und den Schriftsteller Eliot Asinof heiraten wollte.

«Wir saßen vielleicht zu acht oder neunt in einem kleinen Vorführraum», erinnerte sie sich. «Ich saß direkt hinter Marlon. Der Film beginnt damit, daß die Soldaten ins Feld ziehen. Bud ließ sich tief in seinen Sitz hinunterrutschen. Als er zum ersten Mal auf der Leinwand erschien, drehte er sich zu mir um und flüsterte: ‹Das bin ich›, als wollte er sagen: ‹Das bin ich da oben, komisch, nicht?› Dabei grinste er über beide Ohren.»

«Als ich zuerst nach Hollywood kam», gestand Brando einem Reporter, «hatte ich diese snobistische Vorstellung, daß Filmemachen ein Kinderspiel ist und Filmschauspieler ihr Geld im Schlaf verdienen. Aber nachdem ich meinen ersten Film hinter mir habe, kann ich nur sagen, daß kein Bühnenschauspieler mit seiner Ausbildung fertig ist, ehe er einen Film gedreht hat. Ich kann mir nichts Anspruchsvolleres vorstellen, und erst wer einen Film erfolgreich hinter sich gebracht hat, kann sich mit Recht Schauspieler nennen.»

Zum ersten Mal wußte er auch, daß er bei Zinnemann, Kramer und dem geschäftstüchtigen Lew Wasserman tatsächlich zählte. So hatte ihm Jack Warner, dessen Studio die bevorstehende Verfilmung von *Endstation Sehnsucht* finanzierte, 50000 Dollar für die Filmrolle des Kowalski angeboten, aber auf Kanters Rat hatte Brando begonnen, seine Karten in Hollywood vorsichtig auszuspielen und auf zusätzliche 25000 Dollar zu spekulieren.

A Streetcar Named Desire (dt. *Endstation Sehnsucht*)

Die Rechte für die Verfilmung von *Endstation Sehnsucht* hatte der ehemalige Agent und jetzige Produzent Charles Feldman schon vor Beendigung der Dreharbeiten von *Männer* im Dezember 1949 erstanden. Feldman, der Gründer der Famous Artists Agency, verdankte diesen Coup seinen geschickten Verhandlungen mit Irene Selznick. Nachdem er die Finanzierung durch Jack Warner gesichert hatte, gelang es ihm obendrein, Elia Kazan als Regisseur zu gewinnen. Mehr noch als Kramer war Feldman ein Visionär, dem der «package deal» zu verdanken ist, ein Geschäftspaket, das Drehbuch, Besetzung und Regisseur beinhaltete und den Stars einen nie dagewesenen Einfluß gab. Als Agent hatte Feldman Schauspieler wie Cary Grant, Claudette Colbert, John Wayne, Lauren Bacall, William Holden und Regisseur George Stevens vertreten. Dank seiner verbindlichen, unaufdringlichen Art hatte er den Spitznamen «der jüdische Clark Gable». Nicht weniger legendär war sein Telefonbuch mit den Nummern sämtlicher verfügbarer Starlets, darunter auch der Marilyn Monroes.

Am 10. April 1950 wurden die Einzelheiten von Brandos Vertrag bekannt: Seine Gage hatte sich verdoppelt, sein Name würde auf Abspann, Außenwerbung und Werbeanzeigen in Titelgröße erscheinen, und während der ersten Produktionswoche konnte er gegen Kostüme, Maskentests und Presseinterviews Einspruch erheben. Wie in seinem Vertrag mit Kramer gab es keine Mehrfilmklausel, so daß ihm die Entscheidung über zukünftige Filme freistand.

Es war das Jahr 1950, eine Zeit, die Hollywood-Historiker später die «Pestjahre» nennen sollten. Auch wenn Tennessee Williams' Darstellung von geistiger Umnachtung und innerfamiliärer Gewalttätigkeit auf der New Yorker Bühne keinerlei Anstoß erregt hatte, so ließ die hauseigene Zensur der Filmindustrie, das Joseph Breen Office, keinen Zweifel daran, daß für den Film ganz andere Regeln galten. Erst drei Jahre zuvor, im Frühjahr 1947, hatte der Senatsausschuß zur Untersuchung unamerikanischer Umtriebe unter dem berüchtigten Senator McCarthy die sogenannten Hollywood-Zehn zu Gefängnis verurteilt.

Feldman und Jack Warner wußten ebenso wie Williams und Kazan, woher der Wind wehte, und waren entschlossen, den Stier bei den Hörnern zu packen, indem sie dem Breen Office das Drehbuch vorlegten, noch bevor eine Entscheidung über die Besetzung gefallen war. Wie zu erwarten, forderten die Zensoren, daß alle anstößigen Stellen gestrichen wurden; darüber hinaus mußte Williams sich bereit erklären, die Homosexualität als Motiv hinter dem Tod von Blanches Ehemann zu kaschieren. Allerdings weigerte er sich, die kritische Vergewaltigungsszene zu streichen, und setzte damit seine 350000 Dollar für die Filmrechte und seine Mitarbeit als Drehbuchautor aufs Spiel.

Breen gab schließlich nach und verlangte nur, daß Kowalski «bestraft» würde. Williams zog sich dadurch aus der Affäre, daß Stella ihrem neugeborenen Kind erzählt, daß sie nicht zu Kowalski zurückkehrt. Das Kinopublikum konnte sich seinen eigenen Vers darauf machen: entweder hatte Kowalski seine Ehe zerstört, oder Stella versöhnte sich später wieder mit ihm.

Es war eine halbwegs vertretbare Lösung, und Kazan und Williams glaubten, sich elegant aus der Affäre gezogen zu haben. Inzwischen stand Brando als Kowalski fest, doch statt Jessica Tandy wollten Warner und Feldman die Rolle der Blanche mit Olivia de Havilland besetzen, weil die zweimalige Oscar-Gewinnerin ein großer Kassenmagnet zu werden versprach. Kazan willigte ein. Als Entschädigung gestanden ihm die Produzenten Karl Malden, Nick Dennis, Rudy Bond, Peg Hillias und Ann Dere zu, so daß die New Yorker «Familie» einigermaßen intakt blieb. Obwohl Jack Warner ursprünglich gegen Kim Hunter war, weil er sie für «eine negative Leinwandpersönlichkeit» hielt, gab auch er schließlich nach.

De Havilland verlangte allerdings eine Gage von 175000 Dollar, so daß Warner und Feldman sich an Vivien Leigh wandten, die unter der Regie ihres Mannes gerade acht Monate lang in der Londoner Aufführung von *Endstation Sehnsucht* auf der Bühne gestanden hatte. Nicht nur hoffte Warner, aus ihrem Erfolg als Scarlett O'Hara in *Vom Winde verweht* Kapital zu schlagen, er versprach sich auch etwas von der Spannung zwischen Brandos ungehobeltem Kowalski und Leighs dezenter Kultiviertheit. Diese Kombination, der Inbegriff von *la belle et la bête*, war der Traum jedes Produzenten. Jack Warner hatte nicht einmal mit der Wimper gezuckt, als Leigh für die Rolle 100000 Dollar verlangte, womit sie die höchstbezahlte Filmschauspielerin ihrer Zeit war. Er verzichtete sogar auf seine sonstige Knauserigkeit, als Kazan darauf bestand, die Kostümbildnerin Lucinda Ballard über den Atlantik zu schikken, um Vivian Leigh, die gerade von Tuberkulose genesen war, die Strapazen einer Anprobe in letzter Minute zu ersparen.

Marlon freute sich auf die erneute Zusammenarbeit mit Kazan. Nach seiner Ankunft in Los Angeles Ende Juli zog er bei Jay Kanter ein. In dem geräumigen, in der Nähe des Warner Bros. Studios in Burbank gelegenen Apartment im zweiten Stock wohnte neben zwei weiteren MCA-Angestellten noch Tony Curtis, der auch bei Warner unter Vertrag war. Die Dreharbeiten zu *Endstation Sehnsucht* sollten am 10. August beginnen und sechsunddreißig Tage dauern. Brando sah seinen Aufenthalt in Hollywood als bloße Stippvisite.

Leigh machte die Zugfahrt von New York in Begleitung von Kazan und traf vier Tage vor Brando in Hollywood ein. Die Zusammenarbeit mit ihr bereitete Kazan aus zwei Gründen Kopfzerbrechen. Einmal war Blanche in der Londoner Inszenierung praktisch eine Prostituierte gewesen, und zum anderen hatte die englische Schauspielerin noch nie «nach der Methode» gearbeitet. Während der Londoner Aufführung war Leigh angeblich durch das Nuttenviertel im West End geschlendert und hatte sich mit den Mädchen unterhalten, um Anregungen zu bekommen. Wie ihr Freund, der Theaterkritiker Alan Dent, berichtete, hatte sie sich so in die Rolle hineingesteigert, daß sie an manchen Abenden «zitternd wie Espenlaub und mit bebenden Lippen» von der Bühne gekommen war. Sie hatte mitten in der Nacht «Stimmen» gehört, als machte Williams' Drehbuch ihre schlimmsten Befürchtungen wahr: «Blanche ist eine Frau, die sich völlig entblößt hat», gestand sie Jahre später. «Sie ist eine tragische Gestalt, und ich verstehe sie. Aber die Rolle hat mich an den Rand des Wahnsinns gebracht.»

Doch Leigh war, nachdem sie das Stück in New York auf der Bühne gesehen hatte, entschlossen, ihr Bestes zu geben. Eine Woche nach ihrer Ankunft trafen sich die Mitwirkenden im Studio in Burbank. Leigh hatte durch Lucy Ballard bereits von Marlons gutem Einvernehmen mit Kazan gehört. Um sie zu beruhigen, arrangierte der Regisseur in Jack Warners privatem Speisezimmer ein Lunch zum allgemeinen Kennenlernen.

«Warum tragen Sie immer Parfum?» wollte Marlon wissen, der in T-Shirt und salopper Hose erschienen war.

«Weil ich gern gut rieche. Sie nicht?»

«Ich? Ich wasche mich nur», sagte er. «Dabei steige ich nicht mal in die Badewanne. Ich spucke in die Luft und laufe drunter durch.»

Angeblich reagierte die Leigh darauf mit einem herzlichen Lachen, das in schadenfrohes Entzücken überging, als Marlon eine boshafte Imitation von Oliviers Agincourt-Rede aus *Heinrich V.* zum Besten gab. Schließlich machte er sich sogar über die Presse lustig, in der nach den Gerüchten über Vivien Leighs zerrüttete Ehe bereits Spekulationen über eine Beziehung zwischen den beiden in Umlauf waren.

Am 14. August, dem ersten Drehtag, wäre das ganze Projekt beinahe ins Wasser gefallen.

«Ich hatte Vivien einen bestimmten Vorschlag gemacht», schrieb Kazan später, «woraufhin sie uns ausführlich erzählte, wie sie und Larry die Szene viel überzeugender interpretiert hätten. Während sie sprach, merkte ich, daß die anderen Schauspieler mich ansahen. Sie wußten, was ich wußte, daß es sich nämlich um einen Moment handelte, wo ich meine Autorität ins Spiel bringen mußte. ‹Aber du machst den Film nicht mit Larry in London, Vivien› sagte ich. ‹Du machst ihn hier mit uns.› Und beharrte so zartfühlend, wie es irgend ging, auf meiner eigenen Interpretation.»

Es war ein kritischer Moment, und es dauerte zwei Wochen, ehe sie die gequälten Manierismen, die ihr zur zweiten Natur geworden waren, endlich ablegte.

Laut Kazan war die Leigh «nur mäßig begabt, aber um so wilder entschlossen, ihr Bestes zu geben», und obwohl sie weniger Szenen mit Marlon hatte, als es der dramatischen Wirkung nach scheint, stellte sie Brando in den Schatten. Tandys Interpretation war solider gewesen, längst nicht so überspannt. Marlon vermochte die Unterschiede zwischen den beiden Frauen zwar nicht zu artikulieren, doch reagierte er seismographisch auf das Ungezähmte in Leighs Fragilität. Und dabei brachte er etwas ans Licht, was selbst an seinen besten Abenden in New York verborgen geblieben war. Er schlug Kapital aus ihrer «britischen» Sprödigkeit und verstand gleichzeitig, das meiste aus Harry Stradlings Nahaufnahmen zu machen. Ohne die Finger von seinem herrlichen Adonisleib lassen zu können, irrte er wie ein gefangenes Tier durch die klaustrophobische Enge von Mielziners Set, schnaubte der Leigh brüllend seinen Speichel ins Gesicht und zerpflückte ihre prüde Ehrbarkeit so erbarmungslos, daß seine Wut sich gegen ihn selbst zu kehren schien. Es war, als müsse er an Stanleys ungehemmter Wollust ersticken. Seine Feindseligkeit war so roh, daß sein Schweigen, wie Kazan schrieb, «oft vielsagender war als der Text, den er sprechen mußte». Der Funke war zwischen den beiden übergesprungen.

Im Gegensatz zu Tandy hatte auch Leigh einen sechsten Sinn für die Untiefen in Williams' Stück, und es ließ sich unschwer erraten, warum. Gerüchte über ihre Affären mit Alexander Korda, Peter Finch und selbst einigen Londoner Taxifahrern waren in Umlauf. Ihre Depressionen und ihre latente Erbitterung über Olivier, die sich in sexuellen Eskapaden entlud, waren kein Geheimnis und erinnerten Marlon unweigerlich an seine eigene Mutter. Leighs täglicher Kampf gegen den Nervenzusammenbruch erfüllten ihn gleichzeitig mit hilflosem Mitleid und tiefer Verachtung.

Selbst einem Marlon gegenüber kritischen Beobachter wie Bosley Crowther von der *New York Times* entging nicht, wieviel eindringlicher Brando in der Filmfassung wirkte. Kazan merkte es auch, doch war ihm wie den anderen Beteiligten der Bezug zu Marlons innersten Dämonen nicht klar. Statt dessen sprach er mit Karl Malden über Brandos sexuelle Ambivalenz.

Marlon selbst mag die unmittelbare Reaktion auf die Leigh auch nicht durchschaut haben. Laut Peter Turgeon schwärmte er von Leighs «großartigem Arsch und großartigen Titten» in Briefen an Wally Cox, die dieser seinem Zimmergenossen Turgeon laut vorlas. «Es war alles ziemlich vulgär und infantil, und meist ging es darum, daß Marlon die Leigh so heftig vögeln wollte, bis er schielte, aber ihr Mann paßte wie ein Luchs auf sie auf.»

Die Dreharbeiten von *Endstation Sehnsucht* dauerten fast acht Wochen, und Mitte Oktober war der Film, abgesehen von drei Drehtagen mit Leigh vor Ort in New Orleans, unter Dach und Fach. Zum zweiten Mal sollte die «Familie» auseinandergehen – aber nicht bevor Marlon sich den Jux erlaubt hatte, bei der Abschiedsparty der Oliviers in Schlips und Kragen zu erscheinen, nur um sich bis auf die Unterhosen zu entkleiden und in den Swimmingpool zu springen. Die Leigh mit ihrem Sinn für skurrile Späße führte ihren Mann an den Rand des Beckens und sagte: «Larry, *das* ist Marlon.» Brando hob zur Begrüßung eine tropfende Hand aus dem Wasser, doch Olivier war keineswegs um eine Antwort verlegen. «Junger Mann», sagte er, «Sie nehmen es mir hoffentlich nicht übel, wenn ich mich nicht auch entkleide und hineinspringe.»

Wenn Kazan, Feldman und Williams glaubten, nach dem Konflikt mit der Zensur alle Probleme überwunden zu haben, dann irrten sie sich. Plötzlich sollte sich Kazans mehr als sechzehn Jahre zurückliegende Zugehörigkeit zur kommunistischen Partei als bedrohliches Hindernis erweisen, da Cecil B. DeMille darauf bestand, sämtlichen Mitgliedern der Directors Guild einen Loyalitätsschwur abzuverlangen. Die berüchtigten Hollywood-Zehn saßen längst hinter Schloß und Riegel. Das Dies Committee hatte bereits erfolgreich sogenannte graue Listen als Druckmittel eingesetzt, obwohl die Screen Actors Guild unter Ronald Reagan die Existenz solcher Listen hartnäckig bestritt. Die Directors Guild war bereit, Köpfe rollen zu lassen, vor allem den von Kazan und Joseph L. Mankiewicz, dem viermaligen Oscar-Gewinner und Präsidenten der Organisation. Die Folge war, daß Jack Warner kalte Füße bekam und die Verfilmung von *Endstation Sehnsucht* ernsthaft gefährdet war.

Mankiewicz, ein kurioser, finster blickender Mann, eilte aus dem Urlaub nach Hollywood zurück und setzte noch in derselben Nacht mit Kazans Hilfe einen Text auf, in dem er sich auf die traditionellen Grundsätze der Directors Guild berief. Bei der am nächsten Tag stattfindenden Mitgliederversammlung im Beverly Hills Hotel gelang es ihm, DeMilles Putsch mit Unterstützung von John Ford, John Huston und George Stevens, die alle nicht für ihre linken politischen Gesinnungen bekannt waren, niederzuschlagen. Für Kazan und *Endstation Sehnsucht* war der Schaden allerdings nicht wiedergutzumachen. Kazan selbst war dem entscheidenden Treffen ferngeblieben, um nicht unnötig Aufsehen zu erregen, aber nun schien der Zeitpunkt gekommen, wo er der Auseinandersetzung mit seiner politischen Vergangenheit nicht länger aus dem Weg gehen konnte.

Trotz aller Schwierigkeiten mit der Zensur stieß *Endstation Sehnsucht* bei der Premiere in Los Angeles auf den einstimmigen Beifall der Kritik, genau wie Kazan prophezeit hatte. Dick Williams vom *New York Mirror* und Bosley Crowther von der *Times* erklärten ihn zum besten Film des Jahres; er wurde für zwölf Academy-Auszeichnungen nominiert. Malden und Hunter erhielten einen

Oscar, ebenso wie Vivien Leigh, von der viele Kritiker fanden, sie habe die überzeugendste Leistung ihrer Schauspielerkarriere vollbracht. Wer mit den Intrigen der Academy vertraut war, den konnte es nicht überraschen, daß Kazan und sein unkonventioneller Goldjunge leer ausgingen – der Regisseur wegen seiner politischen Vergangenheit und der zum erstenmal nominierte Brando, weil das Establishment von Hollywood es nicht übers Herz brachte, seinem Liebling Humphrey Bogart in Hustons *African Queen* seine Gunst zu versagen.

Man weiß nicht, welchen Einfluß diese Entscheidung auf Brando hatte. Vielleicht hatte er im stillen damit gerechnet, leer auszugehen, als er Darren Dublin bat, die Statue für ihn in Empfang zu nehmen. Vielleicht ödete ihn der Hollywood-Trubel auch einfach nur an. Jedenfalls floh er nach New York. Außerdem verkündete er, daß er den Schauspielerberuf an den Nagel hängen und an die New School zurückgehen würde, um Kurse in französischer Konversation und – ausgerechnet – Graphologie zu belegen.

Doch auf der Leinwand hatte eine Revolution stattgefunden. *Endstation Sehnsucht* hatte die Produktionskosten von beinahe zwei Millionen Dollar längst eingespielt und war der zweitgrößte Kassenschlager der Saison. Schauspieler, Regisseur, Kameramann, künstlerischer Direktor, Kostümbildner und Komponist waren eigens für *Endstation Sehnsucht* aus New York geholt worden. Wichtiger noch war der unmittelbare Bezug zur Methode – und die Methode war nach diesem Film gleichbedeutend mit Brando.

«Einfach unglaublich. Stanley Kowalski hat sie alle in die Pfanne gehauen», sagte Anthony Quinn, mit dem Marlon in *Viva Zapata* spielen sollte. «Bis dahin verlief alles normal. Aber dieser Kowalski und sein napoleonischer Code – ‹Ein Mann ist ein König, laut Verfassung ist er ein König!› – hat die ganze Welt auf den Kopf gestellt. Plötzlich fingen alle an, sich wie Brando zu benehmen.»

Endstation Sehnsucht hatte Brando zum Filmstar gemacht, seinen Namen vergoldet und seiner Karriere einen Schwung verliehen, der mit *On the Waterfront* (dt. *Die Faust im Nacken*) ihren Höhepunkt erreichte. Seine ersten sechs Filme sollten ihm ein für allemal den Ruf eines Genies unter den Schauspielern eintragen.

Viva Zapata! (dt. *Viva Zapata*)

Emiliano Zapata, der Anführer des mexikanischen Landarbeiteraufstands von 1910, war schon, Jahre bevor Kazan im Herbst 1948 mit dem Schriftsteller John Steinbeck zusammenarbeitete, in Hollywood im Gespräch gewesen. Kazan war zum ersten Mal 1944 auf das Projekt verfallen, weil ihm die Biographie des Mestizenführers als idealer Filmstoff erschien. Gleichzeitig hielt er sie für politisch brisant, denn er sah Parallelen zwischen Zapatas Schicksal und dem der idealistischen Revolutionäre, die den stalinistischen Säuberungsaktionen in Rußland zum Opfer gefallen waren.

Nach seinem Austritt aus der amerikanischen Kommunistischen Partei 1935 hatte Kazan sich dem liberalen antikommunistischen Lager angeschlossen und war entschlossen, die totalitären Tendenzen der Linken anzuprangern. Vier Jahre nachdem das Thema Zapata zum ersten Mal aufgetaucht war, hörte er, daß John Steinbeck bereits für eine mexikanische Filmgesellschaft an einem Drehbuch gearbeitet hatte und Zapata ebenso antikommunistisch interpretiert hatte wie er. Selbst die Hysterie der McCarthy-Ära durfte laut Kazan kein Hinderungsgrund sein, bei einem der größeren Studios mit dem Thema auf Interesse zu stoßen.

Nach etlichen überarbeiteten Versionen verfaßte Steinbeck mit Kazans Hilfe schließlich eine erste Drehbuchfassung. Im April 1949 wandte der Regisseur sich statt an Warner Bros. an Darryl Zanuck, den sprunghaften, zigarrenrauchenden Produktionschef von Twentieth Century-Fox. Zanuck war nicht gerade überwältigt, akzeptierte das Drehbuch jedoch. Seiner Meinung nach war *Viva Zapata* kein politischer Filmstoff, sondern einfach ein «guter Western». Ganz gegen seine republikanischen Überzeugungen gab Zanuck grünes Licht für ein Filmprojekt, in dem ein Rebell sich gegen seine Regierung auflehnt.

«Vögelt er sie oder nicht? Kriegt er sie oder nicht? Das durften wir bei Zanuck auf keinen Fall übersehen, wenn wir einen Film machen wollten», sagte Kazan Jahre später. Aber das war nicht der ganze Zanuck. Ehrgeizig, sprunghaft, streitsüchtig und enorm kreativ, machte er seinen Einfluß in allen Bereichen der Produktion geltend. Über seine Leidenschaft für Großwildjagd und Polospiel und den verdienten Ruf, nahezu jedes verfügbare Sternchen aufs Kreuz gelegt zu haben, hinaus hatte der «letzte der großen Produzenten» einen scharfen Blick für das Außergewöhnliche. Wenn etwas nach allgemeiner Übereinkunft unmöglich erschien, war das für Zanuck Grund genug, ein Projekt in Angriff zu nehmen.

Ende April 1951 machte Marlon sich mit dem unterzeichneten Vertrag in der Tasche allein nach Sonora auf, wo er sich eingehend auf seine Rolle vorbereitete, unter der Landbevölkerung lebte und (erfolglos) versuchte, Spanisch zu lernen. Er unterhielt sich mit älteren Leuten, die sich noch an Zapata erinnerten, studierte das hagere, scharf gezeichnete, seinem so unähnliche Gesicht des Revolutionärs auf Photographien und versuchte, soviel wie möglich über die Menschen der Region und was sie bewegte herauszufinden.

Kazan hatte inzwischen beschlossen, den Film in Zapatas Heimatdorf Cuautla zu drehen, und machte sich mit Steinbeck auf die Suche nach geeigneten Schauplätzen. Bei einer Sitzung in Hollywood wurde ihm allerdings das Protokoll von Gesprächen zwischen Vertretern von Fox und der mexikanischen Zensur vorgelegt: Die mexikanische Regierung wünschte, Zapata «als einen Mann mit kommunistischen Überzeugungen» dargestellt zu sehen, und lehnte das vorliegende Drehbuch ab. Die Mexikaner gingen noch einen Schritt weiter und warnten, falls der Film ohne ihre Zustimmung gemacht werde, könne das in Mexiko einen Boykott weiterer Fox-Produktionen nach sich ziehen. Sollte das Drehbuch wider Erwarten die Zensur passieren, müsse es trotzdem dem mexikanischen Verteidigungsministerium vorgelegt werden, das vor den aufrührerischen Indianern im Süden Mexikos gewarnt habe. Nur das Militär könne die Sicherheit der Filmcrew garantieren.

Das war ein schwerer Schlag. Kazan hatte zwei Filme in Vorbereitung. Der eine, Arthur Millers *The Hook*, war bereits an Produktionsproblemen gescheitert. Im gegenwärtigen politischen Klima schien nun sogar Steinbecks Drehbuch zu gewagt. Zanuck «hatte einen Betrieb unter sich und mußte Profit machen, sonst war er weg vom Fenster». Kazan gab dem Projekt keine Chance und hielt es für das beste, nach New York ans Theater zurückzukehren.

Zu seiner Überraschung fühlte Zanuck sich durch die Taktik der Mexikaner herausgefordert. Er hatte sich schon einmal zur Wehr gesetzt, als die Filmmoguln ihn zwingen wollten, *Gentleman's Agreement* aufzugeben. Ebenso hatte er eine Mahnung des Breen Office ignoriert, daß die Heldin des Films keine geschiedene Frau sein dürfe. Jetzt marschierte er, seinen winzigen Poloschläger schwingend, erregt in seinem Büro auf und ab und verkündete, wenn die Mexikaner *Viva Zapata* nicht wollten, solle Kazan den Film doch einfach auf der texanischen Seite des Rio Grande drehen. Aber er brauche Zeit, darüber nachzudenken.

Am nächsten Tag tauchte Kazan noch einmal im Büro des Produzenten auf und schlug vor, seine Gage von 162000 auf rund 100000 Dollar zu reduzieren, da er mit einer Vorladung vor den Senatsausschuß zur Untersuchung unamerikanischer Umtriebe rechnen müsse und sein Erscheinen in Washington dem Film schaden könne. Zanuck verzog keine Miene. Er wandte sich an seinen Assistenten, Ray Klune, und fragte: «Halten die Leute hier diesen Film für kommunistisch?» Als Klune verneinte, deutete Zanuck durch eine Geste mit seinem Schläger an, daß weder Druck aus Washington noch aus Mexiko ihn von seinen Plänen abbringen könne. *Zapata* war gerettet. Dann wandte er sich an Kazan: «Was Ihre Gehaltskürzung betrifft – akzeptiert. Und nun besorgen Sie sich einen Requisiteur, einen Art Director und einen Wagen, fahren Sie an der mexikanischen Grenze entlang und suchen Sie einen geeigneten Drehort.»

Aus Angst, Zanuck könne sich eines anderen besinnen, besetzte Kazan eiligst die übrigen Rollen und legte den 29. Mai 1951 für den Beginn der Dreharbeiten fest. Anthony Quinn hatte 1943 den Film *The Ox-Bow Incident* für Zanuck gemacht und sollte die Rolle von Zapatas Bruder übernehmen. Für den streitsüchtigen, vorlauten Eufemio war Jack Palance vorgesehen. Als Drehort kamen die texanischen Städte McAllen, Del Rio, Laredo, San Ygnacio und Roma in Frage; Roma hatte eine herrliche alte Kirche aus Lehmziegeln und einen riesigen kopfsteingepflasterten Marktplatz. Die Stadt war bereit, der Bevölkerung dreiwöchige Ferien zu gewähren, damit alle als Statisten mitmachen konnten.

Die Mehrzahl von Zapatas Guerilla-Anhängern waren allerdings keine Mexikaner, sondern Mitglieder des Actors Studio. Darunter auch Fred Sadoff, der berichtete, wie er sich mit Henry Silva, Irving Winter, Lou Gilbert und ein oder zwei anderen – den sogenannten jüdischen Cowboys – drei Wochen lang täglich im Central Park in New York getroffen hatte, um reiten zu lernen.

Vor Beginn der zehnwöchigen Dreharbeiten kam die Truppe zwei Wochen lang zu Proben und Make-up-Tests in Los Angeles zusammen. Marlons Maske vor allem war heikel, und er wandte sich deswegen extra an seinen alten New Yorker Freund Philip Rhodes und bat ihn, «sein Schminktäschchen» mitzubringen. Rhodes ließ sich von Zapata-Fotos sowie von dem berühmten Porträt von Diego Rivera inspirieren und benutzte flüssiges Latex, um Marlon Schlitzaugen zu verpassen. Seine Nasenflügel wurden durch Plastikröhrchen verbreitert. Auch eine Perücke war nötig, um Marlons bereits gelichtetes Haupthaar zu verbergen.

Rhodes war in New York bei seiner Arbeit an Marlons Make-up aufgefallen, daß Marlons Nase sich verändert hatte und der Schauspieler sich kurz vor Beginn der Arbeit an *Endstation Sehnsucht* offenbar einer Nasenoperation unterzogen haben mußte. Später traf er den Arzt, der die Operation vorgenommen hatte, und dieser bestätigte seine Vermutung. «Es war nicht wegen seiner chronischen Schleimhautentzündung oder wegen des Nuschelns», berichtete Rhodes. «Der Arzt sollte Knorpel verpflanzen, um den Nasenrükken zu verlängern und ihm ein ‹römisches Aussehen› zu geben. Also wurde die Scheidewand durchbrochen und ein Stückchen Knorpel verschoben, damit Marlon ein männlicheres Aussehen bekam.»

Rhodes war immer von Marlons Gesicht fasziniert gewesen. «Er hatte ein Gesicht, das einen Künstler interessiert. Als hätte man ihm hinten eine Jupiterlampe reingesteckt, die aus allen Poren leuchtete. Es war ein androgynes Gesicht mit den üppigen Lippen und den tiefliegenden Augen, die wegen seiner Neigung, unter dichten Brauen hervorzublicken, eigentlich kleiner schienen, als sie in Wirklichkeit waren.»

Viva Zapata war Brandos erster nicht im Studio gedrehter Action-Film und sein erster Kostümfilm. In den verwegenen Reitszenen vertrat ihn ein dreißigjähriger reicher Rancher aus dem südlichen Texas, obwohl der Schauspieler die Kampfszenen größtenteils selbst spielen mußte. In einer Szene mußte er ein Maschinengewehr mit dem Lasso einfangen, in einer anderen einen Bauern retten, der am Seil hinter einem galoppierenden Pferd hergezogen wird. In den ersten Drehwochen zog er sich eine ernsthafte Knieverletzung zu, als sein Pferd ihn gegen eine Mauer warf; doch hielt er den Drehplan strikt ein, indem er sich einen beweglichen Gips zulegte, so daß er zwischen den Szenen behandelt werden konnte.

Kazan wies Marlon darauf hin, daß er sich in *Endstation Sehnsucht* selbst gespielt hatte, während er hier einen Bauern, also einen Angehörigen einer anderen Kultur darstellen mußte. Das ging über Maske und Kostümierung hinaus, und Brando hörte aufmerksam zu, worauf der Regisseur hinauswollte, ließ Kazan nicht aus den Augen und akzeptierte seine Vorschläge als Bausteine für seine künftige Arbeit. «Ich erklärte ihm, daß ein Landarbeiter nicht zeigt, was in ihm vorgeht», erinnerte sich Kazan. «Wenn ihm etwas zustößt, verzieht er keine Miene. Er weiß, sobald er Reaktionen zeigt, ist er als Versager gezeichnet und riskiert den Tod. Ich setzte ihm auseinander, worauf ich hinauswollte, und noch bevor ich fertig war, nickte er und stand auf. Er hatte kapiert, worauf es ankam, und war mir wie immer weit voraus.»

Kazans Ausführungen über die Psychologie der Landbevölkerung wie auch seine Bemerkungen über Zapatas Einstellung seiner Frau gegenüber hätten auf keinen fruchtbareren Boden fallen können. «Laß dir von dem Scheiß im Drehbuch nicht etwa einreden, daß er seine Frau liebt», sagte Kazan. «Er braucht keine Frau. Frauen sind dazu da, gebraucht, geschwängert und verlassen zu werden. Glaub nicht, das sei Liebe in unserer Bedeutung des Wortes. Er liebt seine *compadres.* Die sind bereit, für ihn zu sterben, ebenso wie er alles für sie tun würde.»

Er riet Marlon, die Szenen mit Jean Peters nicht im konventionellen romantischen Stil zu spielen, sondern wie ein Bauer, für den «Bumsen zum Alltag gehört». Das leuchtete Marlon auf Anhieb ein, wie Kazan sich ohne Ironie erinnerte. «Er war ja genauso. Soweit ich weiß, wurde er richtig warm nur mit Männern. Was ich ihm für den Landarbeiter Zapata empfahl, entsprach im Grunde Marlons eigener Lebensweise. Alle beide hatten dringendere Bedürfnisse als ‹romantische Liebe›.»

Natürlich war Marlon, kaum daß der Drehtag vorbei war, hinter Jean Peters her, schon deshalb, weil Kazan ihr auch bereits den Hof gemacht hatte. Freunde wie Sam Shaw gaben ihm ernsthaft zu bedenken, daß Howard Hughes mit seiner Mormonen-Leibwache auftauchen könne, aber Brando ließ sich nicht einschüchtern. Er trieb sich in Peters' Garderobe herum und ließ sich auch durch Anrufe ihres millionenschweren Freundes nicht beirren. Mitten in der Nacht warf er Steine an ihr Fenster und erkletterte im Schatten der Dunkelheit sogar den Baum vor ihrem Wohnwagen, um ihr ein Ständchen auf seiner Blockflöte zu bringen. Die gleiche Gunst erwies er Marilyn Monroe, die sich ebenfalls auf dem Set befand. Sie war während der ersten Drehwochen aus Los Angeles gekommen, um ihre Affäre mit Kazan fortzusetzen. Als Familie zu Besuch auftauchte, blieb es Marlon überlassen, Monroe in Peters' Wohnwagen zu unterhalten.

Seine ständige Begleiterin wurde allerdings Movita Castenada, eine mexikanische Statistin Anfang Dreißig, bei der es sich nicht um eine bloße Liebelei handelte. «Mo» war älter und erfahrener als Brandos sonstige Freundinnen und bereit, sich mit dem Auf und Ab ihrer Beziehung abzufinden, die die nächsten fünfzehn Jahre überdauern sollte. Sobald sie auf dem Set erschien, verschwanden die beiden für Stunden in Marlons Wagen. Sie war dunkelhäutig mit «leicht indianischem Einschlag», und wie viele seiner Freunde bestätigten, hatte es zumindest den Anschein, als komplizierte sie sein Leben nicht weiter.

«Sie war beileibe keine aristokratische Schönheit», sagte Sondra Lee, die später in New York mit Movita befreundet war, «aber sie hatte etwas von der erregenden Nervosität eines ungebändigten Hengstes. Wie eine Zigeunerin besaß sie eine Art sechsten Sinn und glaubte an übernatürliche Kräfte. Sie lebte in einer animalistischen Welt, in der alles lebendig und miteinander verbunden war. Außerdem besaß sie Lebenserfahrung und hatte eine romantische Vergangenheit, und das alles faszinierte Marlon.»

Movita hatte bereits zahlreiche Affären mit bekannten Schauspielern hinter sich, darunter angeblich mit Errol Flynn und Clark Gable, den sie bei den Dreharbeiten zu *Mutiny on the Bounty* kennengelernt und der ihr den Spitznamen «Chili» gegeben hatte. Außerdem hatte sie Jack Doyle, einen irischen Schwergewichtsboxer und Sänger, geheiratet. Sie besaß keinen Schulabschluß, aber was ihr an Bildung fehlte, machte sie durch Instinktsicherheit wett; halb Mutter, halb Geliebte, war sie für Marlon eine Art Katalysator. Sie sagte «feck» – wie in «*Go feck yourself*» («Geh und verpiß dich») –, und laut Sondra Lee «haute sie Marlon regelmäßig beim Schach in die Pfanne, so daß er am Boden zerstört war».

Bei Junitemperaturen von über vierzig Grad wurde die Arbeit zur Tortur, und Kazan hatte Mühe, den Produktionsplan einzuhalten, obwohl erst weniger als ein Viertel des Drehbuchs im Kasten war. Als die ersten Arbeitskopien bei Zanuck in L. A. eintrafen, bombardierte er Kazan mit Telegrammen. Abgesehen von der zu erwartenden Kostenexplosion meckerte Zanuck am meisten über Brando, dessen «Genuschel» er nicht verstehen konnte.

Dagegen gefiel ihm Anthony Quinn, der Zapatas Bruder spielte. Quinn hatte mit Brando in der Rolle des Kowalski rivalisiert – zuerst in der Tourneeaufführung von *Endstation Sehnsucht* und später als Marlons Ersatz am Broadway. Angeblich hatte Zanuck die Hauptrolle in *Viva Zapata* an Quinn statt an Brando vergeben wollen, nachdem Kazan sich gegen Tyrone Power entschieden hatte. Quinn selbst verneinte, daß ihm die Rolle jemals angeboten worden war; er sei froh gewesen, überhaupt eine Rolle zu bekommen, «da wir im Actors Lab alle von der ‹grauen Liste› betroffen waren und ich den Job bitter nötig hatte».

Trotzdem gab es von Anfang an Kompetenzstreitigkeiten zwischen den beiden Schauspielern, die nicht nur durch die beiden gewaltigen Egos, sondern auch durch die unterschiedlichen Vorstellungen, die sie von diesem Film hatten, angeheizt wurden.

«Der Film lag mir sehr am Herzen», erinnerte sich der irisch-mexikanische Quinn, der drei Jahre bevor die Revolutionäre 1918 die Waffen niederlegten, geboren wurde. Seine Eltern und Verwandten hatten unter Pancho Villa gekämpft, und als Kind hatten ihre Erzählungen einen tiefen Eindruck auf ihn gemacht. «Man sucht immer nach einem Film, mit dem man sich identifizieren kann», erklärte er, «und nichts entsprach mir so sehr wie dieser revolutionäre Streifen. Das war ich, das war mein Hintergrund. Ich konnte eine Rechtfertigung für meine Familie finden.»

Außerdem war Quinn ein hervorragender Reiter, und zwar im «Caballero»-Stil, und obwohl Marlon zu Pferd keine schlechte Figur machte, konnte er Quinn nicht das Wasser reichen. «Das Pferd war *macho*, aber Tony war erst recht *macho*», sagte Kazan. Er war in seinem Element, er konnte sein Pferd in vollem Galopp in einer Staubwolke herumreißen, und Kazan war entschlossen, das meiste aus seinem Geschick zu machen. Vor allem hatte er sich in den Kopf gesetzt, die Spannungen zwischen den beiden männlichen Stars auszunutzen und sie gegeneinander auszuspielen.

Quinn beklagte sich, daß Kazan Marlon mehr Aufmerksamkeit zukommen ließ als ihm, obwohl er später einräumte, Brando sei «der größte Schauspieler seiner Zeit». Als sie sich dem entscheidenden Zweikampf zwischen den beiden Zapata-Brüdern näherten, setzte Kazan alles auf eine Karte. Er nahm sich die beiden Schauspieler einzeln, ohne Wissen des anderen, vor. «Tony lebt in der Vorstellung, daß er in *Endstation Sehnsucht* besser war als du», ließ er Marlon wissen. Und während Marlon vor Wut kochte, machte er dasselbe mit Quinn und hetzte die beiden so für die bevorstehende Sequenz gegeneinander auf.

Obwohl die Kollegen die Wogen zu glätten versuchten, artete die Szene beinahe in ernsthafte Handgreiflichkeiten aus.

«Alle Schauspieler sind ehrgeizig», erklärte Quinn, «aber Marlon riß mich tatsächlich am Haar, so daß ich ihm den verdammten Säbel am liebsten durch den Leib gejagt hätte. So weit hätte er es nicht zu treiben brauchen. Er hätte die Geste nur anzudeuten brauchen, und ich wäre von selbst aufgestanden. Schließlich bin ich Schauspieler.»

Marlon reagierte mit einem drohenden «Leck mich am Arsch!» in Kazans Richtung auf die Intrige und ließ sich drei Tage lang nicht blicken. Um sich nichts zu vergeben, stürmte Quinn ebenfalls davon und war für den gleichen Zeitraum nicht zu sprechen.

Kazan, für den der Zweck alle Mittel heiligte, hätte sich die Szene nicht besser wünschen können. Quinn hatte ihn – wie immer – nicht enttäuscht, und Brando war in seiner Wut sogar noch über sich hinausgewachsen und hatte die Hände des toten Quinn in einer beredten Geste unaussprechlicher Trauer an sein Gesicht gelegt. «Marlon gab immer mehr, als ich von ihm erwartete», sagte der Regisseur Jahre später. «Er gab immer mehr als hundert Prozent seiner selbst.»

Brando schien begriffen zu haben, wie sehr Zapata unter seiner eigenen Widersprüchlichkeit litt. Er ist teils Macho-Idealist, teils Landarbeiter mit bürgerlichen Vorstellungen, ein Konflikt, den Steinbeck in seinem Drehbuch nur angedeutet hatte.

Marlon lieferte schließlich ein Porträt, das Zerrissenheit, Niederlage und Verzweiflung widerspiegelte und die historische Vorlage des Drehbuchs insofern weit übertraf, als er seinem eigenen Instinkt vertraute. Gelegentliche typische Manierismen mögen störend wirken, aber das Ideologische trat völlig hinter der überzeugenden, hautnahen Darstellung zurück. Brando übertraf einfach alles, was er bisher im Film geleistet hatte. Obwohl vor Ort gedreht wurde und er eine Gestalt verkörpern mußte, die einer ganz anderen Zeit und Kultur angehörte, zeichnete seine Darstellung sich dadurch aus, daß er sich das Medium Film zum ersten Mal wirklich zu eigen machte, ohne sich von Kameras, Mikrophonen und Aufnahmegeräten irritieren zu lassen, die seine Spontaneität früher beeinträchtigt hatten.

Viva Zapata sollte im Februar 1952 in den Kinos anlaufen. Spyros Skouras, der Präsident von Twentieth Century-Fox, war allerdings nervös. Er bat alle Mitwirkenden um eine schriftliche Darstellung ihrer politischen Überzeugungen, die er daraufhin dem Publizisten und Kommunistenfresser George Sokolsky unterbreitete. Gerüchte waren im Umlauf, Kazan sei insgeheim vor den Senatsausschuß zur Untersuchung unamerikanischer Umtriebe zitiert worden und habe sich «als wenig zugänglicher Zeuge» erwiesen. Bald darauf veröffentlichte der *Hollywood Reporter* eine Abschrift seiner Aussage, in der er bekannt hatte, «Mitglied der kommunistischen Partei gewesen zu sein, sich aber weigerte, irgendwelche Aussagen über seine alten Freunde vom Group Theatre, darunter John Garfield, zu machen».

Trotz gewisser Bedenken wegen der historischen Treue von *Viva Zapata* konzentrierte die Kritik sich mehr auf Brando als auf die

Politik. Marlon, schrieb die *Times,* sei zwar weniger überzeugend in den Liebesszenen, doch brächten seine Zornesausbrüche «die Leinwand zum Erbeben».

Time, *Newsweek*, *Variety* und die meisten Besprechungen in Los Angeles schlossen sich dieser Kritik an. Die Rolle sollte Brando seine zweite Oscar-Nominierung einbringen. Er selbst war allerdings gar nicht mit sich zufrieden. Die Gestalt des Revolutionsführers, die ihm vor Augen schwebte, war viel krasser als seine eigene Darstellung, und wie er Sam Shaw gestand, war er «im Vergleich zum echten Zapata zu romantisch, zu weich und zu nett».

Sein Instinkt trügte ihn nicht. Er war auf die gleiche poetische Masche, eine fast feminine lyrische Note, zurückgefallen, deren er sich zehn Jahre zuvor in der Rolle des Marchbanks bedient hatte und auf die er immer dann zurückgriff, wenn er «intellektuellen» Problemen gegenüberstand. Wie Quinn durchschaute, «hatte er von der Revolution keine Ahnung», und der Film brachte dieses Manko ans Licht. Mit seinen achtundzwanzig Jahren schien es Brando deshalb ratsam, eine völlige Kehrtwendung zu machen und *Julius Caesar* (dt. *Julius Cäsar*) in Angriff zu nehmen, womit er sich auf gefährliches und gefürchtetes Terrain begab.

Julius Caesar (dt. *Julius Cäsar*)

Für die Nachbearbeitung von *Viva Zapata* kehrte Marlon mit Movita im Gefolge nach Los Angeles zurück. Er ließ sein verletztes Knie behandeln, doch nach kurzer Zeit zog es die beiden wieder nach New York in sein Apartment an der Fifty-seventh Street.

Aber auch in New York hielt es Marlon nicht lange. Er ging eine Weile nach Paris, um bei Christian Marquand und seinen anderen französischen Freunden auszuspannen – «eine schöne, lange Sause», wie er es nannte. Movita saß derweil auf dem trockenen. Sie versuchte, sich mit ihrem Mann Jack Doyle zu versöhnen, aber Doyle bekam keine Einreiseerlaubnis nach Amerika. Ihr wiedererwachtes Interesse an einem anderen Mann genügte allerdings, um Marlons Leidenschaft für sie erneut zu entfachen, so daß sie bei seiner Rückkehr ihre Beziehung wiederaufnahmen. Movita war über seine Wohnverhältnisse entsetzt, fand sich aber vorerst damit ab und lernte nun auch Marlons Familie und Freunde kennen.

Jocelyn fühlte sich zu der neuen Gefährtin ihres Bruders sofort hingezogen. «Sie war älter als Bud, dabei warmherzig und liebenswürdig», erinnerte sie sich. «Sie kochte mexikanisch für uns, und ich fand sie unheimlich nett. Ich glaube, sie liebte ihn und wollte ihn heiraten. Sie kam mir vernünftig vor, sogar weise auf eine beeindruckende, weibliche Art, mit dem Instinkt der fürsorglichen, mütterlichen Frau.»

Vorläufig betrachtete Brando New York als sein Standquartier. Doch dann wurde ihm eine Filmrolle angeboten, die ihn gleichzeitig reizte und erschreckte. John Houseman war der neue Besetzungsberater bei MGM. Gemeinsam mit Regisseur Joseph Mankiewicz wollte er eine neue Filmversion von *Julius Cäsar* drehen. In letzter Minute war ihnen der Gedanke gekommen, Brando eine Rolle in einem klassischen Shakespearedrama anzubieten.

Shakespeares historisches Drama war erst Housemans zweiter Film bei MGM. Er genoß den Ruf eines hochgebildeten Theaterexperten und hatte mit Orson Welles das Mercury Theatre gegründet, Hörspiele für Helen Hayes geschrieben und nicht nur Leslie Howards Wiederentdeckung von *Hamlet*, sondern auch eine erfolgreiche Broadway-Produktion von *King Lear* inszeniert.

Der drahtige kleine Mankiewicz war der ideale Regisseur für das Projekt. Er hatte zweimal nacheinander einen zweifachen Oscar für Drehbuch und Regie für *A Letter to Three Wives* (1949) und *All About Eve* (1950) bekommen, und da er gleichzeitig Schauspieler war, bestand Houseman zufolge keine Gefahr, «daß er den Shakespearetext durch filmische Tricks entstellen würde». Mankiewicz hatte sich immer etwas auf seine Fähigkeit zugute gehalten, mit Schauspielern umgehen zu können, darunter mit so «schwierigen» Leuten wie Bette Davis, Spencer Tracy oder Rex Harrison.

Brando ließ ihn wissen, daß er sich an den Gedanken, Shakespeare zu spielen, gewöhnen müsse. Doch das Projekt reizte ihn, und er besorgte sich sofort Schallplatten mit den Shakespeare-Rezitationen berühmter Schauspieler. Dick und Fran Loving waren damals in New York und besuchten Bud in seiner Wohnung in der Fifty-seventh Street. Als Dick einen Kassettenrecorder im Wohnzimmer entdeckte und ihn anstellte, war «Buds Stimme zu hören, wie er das berühmte ‹Freunde, Römer, Landsleute› immer wieder von vorn deklamierte. Den halben Monolog, wohl ein dutzendmal, immer mit neuer Betonung.»

«Ich glaube, er wollte damit sagen: ‹Ich bin nicht nur Stanley ...› Niemand möchte gern auf eine einzige Rolle festgelegt werden, und man merkte, wie er sich unauffällig dagegen wehrte, sich elegant kleidete, gelegentlich sogar einen Filzhut trug, nur um das Image von Stanley loszuwerden.»

Dodie war an seiner Entscheidung, die Shakespeare-Rolle zu übernehmen, nicht unschuldig. «Du verstehst nichts vom Theater, solange du nicht Shakespeare gespielt hast», hatte er jahrelang zu hören bekommen, und daß seine Mutter begeistert sein würde, stand für ihn fest. Unzählige Male hatte er mit Dodie am Telefon über seine Vorbehalte gegen die Rolle gesprochen, und sein Entschluß, «den Stier bei den Hörnern zu packen», befriedigte nicht nur Dodies Ehrgeiz, sondern beschwichtigte auch ihre Besorgnis, ja, ihre Schuldgefühle in bezug auf seine Zukunft. «Sie hatte ihr eigenes Leben in Ordnung gebracht», sagte Kay Phillips Bennett, «und wünschte ihm dasselbe. Diese einfältigen Flittchen – Gott weiß, wie oft er den Tripper hatte –, seine kindische Ichbezogenheit und die ständige Angeberei machten ihr große Sorgen.»

Marlon überließ es Movita, in seiner Höhle in der Fifty-seventh Street in New York klar Schiff zu machen. Er verbrachte über eine Woche in Mundelein bei seiner Mutter, um die Rolle mit ihr durchzusprechen. Anschließend fuhren sie gemeinsam mit Marlon senior auf die Ranch in Nebraska, und Marlon konnte es selbst im Auto nicht lassen, laut seinen «Freunde-Römer-Landsleute»-Monolog zu intonieren. Da Mark Anton seine Rede vor einer dichten Menschenmenge hält, von der der Klang seiner Stimme abprallen würde, glaubte er, den gleichen Effekt erzielen zu können, indem er sein Gesicht beim Sprechen in ein Kissen drückte. Zuerst war Dodie von seinem Einfallsreichtum beeindruckt, aber schließlich wurde es selbst ihr zu bunt, und sie befahl ihm, die Klappe zu halten.

«Er hatte ihre Worte förmlich verinnerlicht», kommentierte Phillips Bennett, und als er schließlich in Kalifornien ankam, wiederholte er vor der Presse beinahe wortwörtlich, was seine Mutter gesagt hatte, als wollte er ihr eine Botschaft senden.

«Ich habe diese Rolle akzeptiert, weil ich mir eine unschätzbare Erfahrung davon verspreche – Erfahrung und vor allem Disziplin. Mir liegt ein eher ungezwungener Stil. Ich muß locker und entspannt sein, wenn ich eine Gestalt verkörpern will. Aber Shakespeare ist eine andere Sache. Es werden einem bestimmte Grenzen gesetzt, die man nicht überschreiten darf.»

Als Vorbereitung auf seine Rolle ging er das Drehbuch einen ganzen Monat lang sorgfältig mit Mankiewicz durch. Dem Regisseur lag an einer zeitgemäßen Shakespeare-Interpretation, und er hielt Gielgud und seine traditionelle Darstellungsweise für überholt. «Shakespeare war damals beinahe zum Ballett, zur Oper hochstilisiert worden», erklärte er und fügte hinzu, daß man seiner Forderung nach dreiwöchigen Proben anstandslos nachkam. Die erste Lesung mit verteilten Rollen in der letzten Juliwoche 1951 sollte, wie Houseman später ausführlich berichtete, eine einzige Katastrophe werden:

> «Gielgud, der zu Recht als einer der kultiviertesten Sprecher auf der englischsprachigen Bühne galt, meisterte die Rolle des Cassius mit beängstigender Bravour; Mason, deprimiert und verschreckt von der Brillanz seines Landsmanns, entschloß sich, die Rolle des Brutus mit fest zwischen die Zähne geklemmter Pfeife zu lesen; Calhern, der beim ersten Lesen immer versagte, las den Cäsar mit dem schwülstigen Pathos eines antiquierten Schmierenschauspielers; O'Brien und Kerr waren passabel; Miss Garson gab sich sehr britisch und damenhaft. Brando, der im gestreiften Pulli und mit Schirm erschien und auf den alle gespannt waren, gab sich als perfekter, nur unzulänglich mit der englischen Sprache vertrauter, stotternder Dorftrottel.»

Gertrude Fogeler, die Sprechexpertin des Studios, wurde zu Hilfe gerufen, und Marlon holte seine Aufnahmen von Barrymore, Maurice Evans und Olivier wieder hervor. Gleichzeitig bat er Gielgud, seine Stimme seiner Sammlung von Tonbändern hinzuzufügen, besonders als Mark Anton. Ihm war nicht nur klar, daß er die knapp bemessene Probenzeit verschwendete; er hatte außerdem größte Mühe, den langen, ungebrochenen Shakespeare-Text zu bewältigen. Ein einwandfreier Ton war unerläßlich, denn späteres «Looping» – die übliche Studiopraxis, den Dialog aufzunehmen und mit den Lippenbewegungen der Schauspieler auf der Leinwand zu synchronisieren – kam nicht in Frage. Brandos Monologe waren einfach zu kompakt, um in willkürliche Bruchstücke zerlegt werden zu können.

Während Marlon versuchte, seine Ängste zu kaschieren und sich mit größter Ausdauer auf seine Arbeit zu konzentrieren, machte Gielgud keinerlei Hehl aus seinen eigenen Hemmungen. Abgemagert bis zum Skelett und mit den Zügen eines Jagdfalken, war er der ideale Cassius. Doch hatte er seit 1936 nur einen einzigen Film gedreht und stand «Todesängste» aus, seine Homosexualität könne ihm auf der Leinwand womöglich anzumerken sein. Er fürchtete, hatte Mankiewicz ihn sagen hören, durch einen affektierten Gang oder überspannte Gesten aufzufallen. Der Regisseur beruhigte ihn mit dem Versprechen, ein Auge darauf zu haben. Marlon dagegen war weniger verständnisvoll.

Es war allgemein bekannt, daß der englische Schauspieler seinen Liebhaber mit nach Hollywood gebracht hatte. Gleichzeitig war niemandem entgangen, daß Gielgud häufig auf dem Set erschien und Brando, abseits sitzend und aus einer eleganten langen Dunhill-Spitze Zigaretten rauchend, bei der Arbeit zusah. Er war der Mentor der Truppe, doch anfangs machte Marlon kein Geheimnis daraus, daß er sich diesen affektierten Homosexuellen – «diese weibische Person in Gamaschen» – schwerlich als römischen Soldaten vorstellen konnte.

«Es war interessant», sagte Jack Larson. «Als Gielgud schließlich seinen Brustpanzer anlegte, fiel Marlon aus allen Wolken. Es war ihm eine Lehre, denn mit einemmal war Gielgud ganz der römische Feldherr, er war in die Rolle hineingewachsen, und sobald die Persönlichkeit zur Geltung kam, war Marlons Bewunderung grenzenlos.»

Die Dreharbeiten, die am 8. August 1951 begonnen hatten, fanden nach Möglichkeit in chronologischer Reihenfolge statt. Sie waren mitten in der berühmten Forumsrede, wie Mankiewicz sich erinnerte, als Brando bei der Nachricht, Kazan sei noch einmal vor dem Senatsausschuß zur Untersuchung unamerikanischer Umtriebe in Washington erschienen und habe – wie viele es nannten – «die Katze aus dem Sack gelassen», fast einen Nervenzusammenbruch hatte. Die Aussage des Regisseurs hatte für Schlagzeilen in der Tagespresse gesorgt, und die Wirkung auf Marlon war so, daß Mankiewicz sich Sorgen machte, ob er die Dreharbeiten überhaupt durchstehen würde.

Im Januar, bei seinem ersten Erscheinen vor dem Senatsausschuß, hatte Kazan zugegeben, von Anfang 1934 bis Ende 1935 Mitglied der kommunistischen Zelle der Group School gewesen zu sein, sich aber geweigert, die Namen seiner Genossen zu nennen. Am 10. April erschien er noch einmal in Washington und räumte ein: «Es war ein Fehler, dem Ausschuß die Namen vorzuenthalten, weil ihre Geheimhaltung nur den Kommunisten in die Hände spielt.» Daraufhin nannte er acht Mitglieder der Zelle namentlich, darunter Clifford Odets und die Schauspieler Art Smith, Morris Carnovsky, Phoebe Brand, J. Edward Bromberg, Paula Miller (Mrs. Lee Strasberg) und verschiedene andere. Die Aussage verschonte ihn natürlich vor weiterer Belästigung, und als sei die Preisgabe der Namen noch nicht schlimm genug, machte er dem Ausschuß das zusätzliche Versprechen, alle seine Filme – einschließlich *Viva Zapata* – auf «kommunistisches Gedankengut» untersuchen zu wollen.

Die Theater- und Filmwelt im Osten wie im Westen Amerikas war schockiert. Kazan, seit Jahren das große Vorbild, war plötzlich der «Inbegriff eines Verräters», ein «Polizeispitzel», eine «Ratte». Bis zu seinem Tod 1977 nannte Zero Mostel, der fast zehn Jahre lang auf der schwarzen Liste gestanden hatte, bevor er es am Broadway wieder zu Erfolg brachte, seinen alten Freund nur «die Klapperschlange». Im Actors Studio wurde Kazan nicht nur geschnitten, viele Mitglieder verlangten obendrein seinen Ausschluß. «Es war furchtbar», erinnerte sich Maureen Stapleton. «Die anderen wollten ihn rausschmeißen, aber ich habe gesagt, Moment mal, wir können ihn gar nicht rausschmeißen, denn der Laden gehört ihm. Statt ihn rauszuschmeißen, sollten *wir* aussteigen.» Stapleton machte ihre Worte wahr und kehrte dem Studio, der Heimstatt so vieler Schauspieler, tatsächlich den Rücken. Lou Gilbert, einer der jüdischen Cowboys aus *Zapata*, sprach vielen aus der Seele, als er am Broadway auf die andere Straßenseite ging, um seinem Mentor nicht ins Gesicht sehen zu müssen.

Brando war tief erschüttert, als das Thema Kazan zwischen ihm und Mankiewicz zur Sprache kam.

Mankiewicz sagte später: «Wir hatten den ganzen Morgen geschuftet und gingen zusammen die Studiostraße entlang. Brando sagte kein Wort. Nach vielleicht hundert Metern warf ich ihm einen Blick zu und sah, daß ihm die Tränen übers Gesicht liefen.

‹Was ist denn los, Marlon?› fragte ich. Er starrte eine Weile vor sich hin, dann sagte er kleinlaut: ‹Was soll ich bloß machen, wenn ich ihm begegne?›

Er sah mich dabei nicht an, sondern ging stur geradeaus, aber ich wußte natürlich, worum es ging. Aber was sollte ich sagen? Mein erster Gedanke war, wie bringe ich ihn auf andere Gedanken und zurück zu Mark Anton? Er erwähnte Kazan mit keinem Wort, sondern wiederholte nur immer wieder: ‹Was soll ich machen, wenn ich ihm begegne? Soll ich ihm eine in die Fresse hauen?›»

Beim Essen versuchte der Regisseur zu erklären, unter welchem Druck Kazan gestanden hatte, besonders von Twentieth Century-Fox, die sich in finanziellen Schwierigkeiten befanden. Er suchte nach Entschuldigungen. «Denk dran, wie er sich vorkommt», sagte er. «Er muß selbst darunter leiden.»

Marlon machte sich mit noch größerem Eifer an das Ausfeilen seiner Forumsrede. Am meisten beeindruckte Mankiewicz seine Fähigkeit, sich Zurückhaltung aufzuerlegen und die emotionale Wegstrecke, die vor ihm lag, richtig abzuschätzen.

Jahre zuvor hatte Brando von Jacob Adler gelernt, daß die Voraussetzung für die dramatische Gestaltung einer Szene die Fähigkeit war, «sich zurückzuhalten» und dem Drang, seine Energie vorzeitig zu verausgaben, zu widerstehen. Diese Technik bedurfte erbarmungsloser Selbstdisziplin, einer vollkommenen Unterjochung des

Ich, und nirgendwo wurde dies deutlicher als in der Szene nach dem Triumviratstreffen, als Mark Anton allein zurückbleibt und ihm zum ersten Mal klar wird, daß er Cäsars Nachfolge antreten wird. Dazu hatte Mankiewicz eine riesige Cäsarbüste auf der Tonbühne aufstellen lassen. Während Marlon den Blick über Rom schweifen ließ, drehte er die Statue, ohne daß es in den Regieanweisungen stand, ganz langsam herum, bis sie ihn direkt ansah. Allein mit des Kaisers Büste sitzt er auf Cäsars Thron und blickt stumm über die Stadt, die der Pöbel in Brand gesteckt hat. Mark Anton ist Cäsar geworden, so wie die Zukunft sich in einer aus den Fugen geratenen Welt spiegelt.

Abgesehen von vagen Gerüchten, daß Movita in den Kulissen wartete, während Marlon ungeniert mit Deborah Kerr und Greer Garson flirtete, wußte Mankiewicz so gut wie nichts über Brandos sorgsam gehütetes Privatleben. Hartnäckig – manche behaupten selbstlos – war sie Marlon von Texas über Los Angeles nach New York und wieder zurück nach Hollywood gefolgt. Sie wollte, daß er sie heiratete, doch obwohl sie ihn, wie Freunde sagten, «wirklich liebte und treu umsorgte», stritten sie sich häufig. «Er wollte, daß ich im Hintergrund blieb und mich versteckte», erzählte sie Johnny Brascia, mit dem sie später zusammenlebte. «Er wurde nicht mit ihr fertig», berichtete Brascia, «deshalb stritten sie sich ständig. Sie mußte ihn wie eine Sklavin bedienen. Er ließ sich gern verwöhnen, und wenn er seinen Willen nicht bekam, rastete er aus, tobte durch die Wohnung, schlief auf dem Sofa und war die ganze Nacht beleidigt.»

Sie beklagte sich über Brandos Launen und Allüren, seine Angewohnheit, aus dem Haus zu stürmen, ohne zu sagen wohin, obwohl sie den Verdacht hatte, daß er fremdging. Wie sie Brascia erzählte, hatte er überall seine Flittchen.

Trotz seines chaotischen Privatlebens gelang es Brando, vor der Kamera einen «sehr entspannten» Eindruck zu machen, obwohl ihm die Feuerprobe als klassischer Schauspieler, die Forumsszene, noch bevorstand. Nach Wochen eingehender Vorbereitung hatte er sich sogar dazu überwunden, Houseman die Szene vorzulesen, und ihm aufgeregt von seinen Entdeckungen berichtet. Wie sich der Produzent erinnerte, «hatte er plötzlich entdeckt, daß es bei einem Dramatiker von Shakespeares Genialität und einer so brillant und raffiniert gestalteten Rede wie der Mark Antons gar nicht nötig, ja, nicht einmal möglich war, zwischen den Zeilen zu spielen, und daß er, nachdem er den Charakter und die Persönlichkeit Mark Antons selbst im Kopf konzipiert hatte, Shakespeares Worten gestatten müsse, die ganze Fülle seiner eigenen Emotionen vom Anfang bis zum Ende der Szene zu tragen.»

Damit hatte er den Methodenansatz hinter sich gelassen und Mankiewicz bestätigt, daß er der Aufgabe gewachsen war. «Mir ist aufgegangen, daß man den Text spielen muß», sagte Brando. «Man kann nicht drunter oder drüber oder drum herum spielen wie im modernen Theater. Der Text ist alles.»

Zu Beginn der Forumszene sieht es ganz so aus, als lasse die Menge sich von Brutus (Mason) umstimmen. Dann tritt Marlon auf, den schweren, ein Meter neunzig großen Louis Calhern auf den Armen, und legt Brutus die Leiche Cäsars zu Füßen. «Freunde, Römer, Landsleute ...», beginnt er. Doch die Menge aus 250 Statisten unterbricht ihn und läßt ihn nicht weitersprechen. Er beginnt noch einmal, doch wieder fallen sie ihm ins Wort, so daß Mankiewicz, der die Statisten angestachelt hatte, ihm zuruft: «Gib ihnen Saures!» Brando in seiner safranfarbenen Toga hebt also noch einmal an.

«Freunde, Römer, Landsleute, hört mich an», deklamiert er mit Nachdruck, während die Menge verstummt. Über die ganzen vierunddreißig Zeilen des Monologs schwillt Brandos Stimme an wie ein reißender Strom, bis der Regisseur «Cut!» ruft. Niemand rührte sich. Dann brach der gesamte Aufnahmestab auf MGMs Bühne 24 in Beifall aus.

«Mir lief es kalt über den Rücken», erinnerte Mankiewicz sich. «Es war der erhebendste Augenblick meiner ganzen Karriere. Dafür allein hat sich die Arbeit gelohnt.»

Durch schnelle Bildwechsel zwischen Großaufnahmen von Mark Anton und individuellen Gesichtern in der Menge gelang es Mankiewicz, die Spannung allmählich zu steigern. Gielgud war von dieser Strategie nicht überzeugt, besonders, als Marlons Stimme unter der Anstrengung zu leiden begann.

«Tag für Tag mußte Marlon diesen anspruchsvollen Text vor der Kamera sprechen», sagte Gielgud, «bis es ihm im wahrsten Sinne des Wortes die Stimme verschlug und er nicht weiterarbeiten konnte. Um die Zeit zu nutzen, wurden individuelle Gesichter in der Volksmenge gefilmt, bis Brando sich erholt hatte und für die nächste Rede im Studio erschien. Vermutlich hoffte der Regisseur, das Ganze später im Schneideraum zusammensetzen zu können, aber Shakespeare ist dafür einfach eine Nummer zu groß.»

Mankiewicz hatte seinen strikten Drehplan bereits aufgegeben; doch selbst Houseman, der als Produzent im Endeffekt alle Verzögerungen zu verantworten hatte, war über Brandos unendliche Langmut erstaunt. «Während der einen endlosen Woche ging er seine Rede immer wieder durch, ohne an Konzentration einzubüßen. Wenn er sich verhaspelte oder versprach, brach er ab, entschuldigte sich, faßte sich wieder und begann von neuem.»

Julius Cäsar besaß klassische Würde und Stil, und als die ersten Kritiken erschienen, stand fest, daß der Film ein voller Erfolg werden würde. Die New Yorker *Daily News* gab ihm vier Sterne, *Time* nannte ihn «den besten Shakespeare, den Hollywood je gedreht hat», und die *New York Times* fand, mit diesem Tribut an den englischen Barden, der selbst Oliviers *Hamlet* in den Schatten stelle, sei «Tinseltown» endlich erwachsen geworden.

Gielgud, Calhern, Mason, selbst Deborah Kerr wurden lobend erwähnt. Doch «die größte Überraschung» für die Kritik war Brando. «Athletisch und dickköpfig», schrieb die *Times,* «sieht er einem Römer von allen am ähnlichsten ... Zum Glück ist Mr. Brandos Diktion, die in früheren Filmen stark zu wünschen übrigließ, in diesem Film klar und deutlich ... Ein vielversprechendes Talent ist aufgetaucht.»

Brando selbst gestand, daß er bei aller Unzulänglichkeit «als Schauspieler einen Schritt nach vorn» gemacht hätte. Seine Leistung erregte Aufsehen, auch wenn ihm nach seiner dritten Oscar-Nominierung die ersehnte Trophäe versagt blieb. Immerhin hatte er sich selbst und damit seiner Mutter etwas bewiesen, und Dodie beglückwünschte ihn zu «seiner phantastischen Leistung».

Unkomplizierter sollte sein Leben nicht werden. Nie hatte er härter an sich gearbeitet als in *Julius Cäsar* oder sich bereitwilliger von dem befreit, was er sein «verletzliches, scheues Ich» nannte. Als Mark Anton hatte er sich in einer klassischen Rolle bewiesen. Seinen nächsten Film wählte er, weil er sein soziales Gewissen beruhigen wollte. Das Establishment war schockiert.

The Wild One (dt. *Der Wilde*)

Brandos Entschluß, im *Wilden* aufzutreten, war durchaus nicht spontan. Er wußte, daß die Wahl eines Filmprojekts ebenso wichtig war wie das, was man damit anfing, und obwohl er in den drei Jahren seit *Männer* Hollywoods meistdiskutierter männlicher Darsteller geworden war, ließ er die Dinge gelassen auf sich zukommen. In der Zwischenzeit amüsierte er sich in Filmen bei MCA, auf Parties bei Charly Chaplin und bei Tennismatches an Sonntagnachmittagen. Er lehnte ein lukratives Skript nach dem andern ab und erklärte der Presse, wenn John Wayne, Gene Autry, Roy Rogers und andere «mit ihren Filmen das große Geschäft machen wollen, ist das gut und schön, aber ich bin kein Geschäftsmann».

Er war noch immer auf der Suche nach einem geeigneten Film, als er im September 1952 einen Anruf von Stanley Kramer bekam. Kramer erklärte, seine kleine unabhängige Filmgesellschaft habe nach dem Erfolg von *Männer* einen Vertrag mit Columbia Pictures abgeschlossen, die sich bereit erklärt hätten, bei Zusage «völliger Autonomie» 25 Millionen Dollar für dreißig Filme zu garantieren. Kramers bisherige Filme, darunter *Death of a Salesman* (1951), hatten enttäuschend niedrige Gewinne eingespielt, so daß Harry «the King» Cohn, Columbia-Chef und einer der gefürchtetsten Studiotyrannen, sich gezwungen sah, die Zügel fester anzuziehen.

Kramer schlug Brando ein Filmprojekt vor, das Marlons natürlicher Parteinahme für die Unterlegenen entgegenkam. *The Cyclists' Raid* beruhte auf einem Artikel in der Zeitschrift *Harper's* über die Invasion einer nordkalifornischen Kleinstadt durch eine Gang von Motorradfahrern an den Feiertagen zum 4. Juli 1947. Wie in *Männer* ging das Drehbuch auf tatsächliche Ereignisse zurück. Ungefähr dreitausend Motorradfahrer, viele von ihnen Mitglieder der beiden in Los Angeles ansässigen Banden «The Booze Fighters» und «The Nomads», hatten die verschlafene Ortschaft Hollister besetzt. Freihändig auf ihren Harleys stehend, machten sie mit halsbrecherischen Rennen die Hauptstraße unsicher, wirbelten mit ohrenbetäubendem Lärm den Straßenstaub auf und schmissen mit leeren Bierflaschen die Schaufenster ein, bis sie völlig betrunken vom Motorrad fielen. Die Orgie hatte rund um die Uhr stattgefunden, und die umliegenden Ortschaften hatten ihre Sheriffs ausgesandt.

Für die Presse war die Geschichte natürlich ein gefundenes Fressen. Solche «Straßenzigeuner» waren in den Nachkriegsjahren ein neues Phänomen und riefen wegen ihrer Lederjacken, ihrer lärmenden Motorräder und ihrer Bandenkameraderie überall Befremden hervor. Kramer lag das Thema am Herzen. «Es sprach mein gesellschaftliches Verantwortungsbewußtsein an», sagte er. «Ich wollte Marlon für die Rolle des Bandenführers Johnny gewinnen.»

Kramers Überredungskunst und seiner Beschreibung des geplanten Films war es zu verdanken, daß Marlon seine Zusage gab. Es spielte keine Rolle, daß die «Booze Fighters» eigentlich nichts anderes als rebellierende Mittelstandsveteranen waren. Wie Kramer war er der Meinung, daß die gesellschaftlichen Zwänge in Amerika nach dem Zweiten Weltkrieg die jungen Leute auf die Barrikaden trieben. Deshalb mußte der Film die Bürger von Hollister als das zeigen, was sie in Wirklichkeit waren, nämlich Chauvinisten und Heuchler, die auf die lederbekleideten Motorradfahrer mit der Hysterie reagierten, die die Gruppe überhaupt erst zu Gewalttätigkeit veranlaßt hatte. In den grauen Eisenhower-Jahren sollte es ein Film über eine Gruppe von Außenseitern werden, die sich gegen den Status quo auflehnten. Über das Vergnügen hinaus, daß Brando sein eigenes Motorrad vor der Kamera fahren durfte, versprach der Film zeitgenössische Relevanz, indem er zeigte, wie Ansässige und Außenseiter Verständnis füreinander aufbrachten.

Drehbuchautor John Paxton hatte Mary Murphy, eine Zwanzigjährige mit Elfengesicht, für die Rolle der Kathie, Brandos Flamme, vorgeschlagen. Ohne nennenswerte Schauspielerfahrung war sie von Paramount ausgeliehen worden und wäre vermutlich besser im Werbefernsehen aufgehoben gewesen als ausgerechnet in einer Motorradgang. Doch das Projekt faszinierte sie, und als sie hörte, daß sie Marlon Brando persönlich vorsprechen sollte, «war sie hin und weg».

Marlon war das neue Filmprojekt nach Gielgud und *Julius Cäsar* wie auf den Leib geschrieben. Was ihn am meisten daran reizte, war die kalte Verachtung, die diese Einzelgänger in ihrer Welt schwerer Maschinen, langer Touren und unartikulierter Ängste für den Wunschtraum jedes Durchschnittsamerikaners hatten, sich mit einem gefügigen Frauchen und dem illusorischen Gefühl von Geborgenheit ins behagliche Nest zu setzen. «Scheiße, Mann!» hatte einer von ihnen sich den Schauspieler vorgeknöpft. «Eine beliebige Stadt, eine beliebige Straße, ein Haufen Motorradfahrer – und das gleiche passiert noch mal ... Tja, mein Herr, wir haben Hollister plattgewalzt.» Es war nicht lange nach Marlons Besuch in Hollister, daß die Zensur ihre Eröffnungssalve abfeuerte und Paxtons Drehbuch «gesellschaftsfeindlich, wenn nicht unverhohlen kommunistisch» nannte.

Anstoß erregte die These, daß gesellschaftlicher Druck und eine aussichtslose Jobsituation zu Gewalttätigkeit unter Jugendlichen führten. Ebenso mißfiel, daß die Bande das Städtchen am Schluß des Films ungestraft verlassen durfte. In diesem Punkt entsprach das Drehbuch nicht ganz den historischen Tatsachen, doch Sam Goldwyn wußte, was er sagte, als er die Grundsätze der Filmindustrie in dem Credo zusammenfaßte: «Gute Gesinnung muß belohnt werden. Schlechte Gesinnung *muß* bestraft werden!» Jack Viszard vom Breen Office sah die Sache wesentlich enger: «Weiß Gott», rief er aus, «wenn sie das in meiner Stadt versucht hätten, hätte ich zuerst geschossen und die Fragen auf später verschoben.» John Paxton kehrte also an die Schreibmaschine zurück, und die Schlußszene, in der die Motive der Bande erklärt werden, wurde ganz gestrichen. Brando war empört und unternahm sogar selbst den Versuch, die

Szene umzuschreiben (der erste Versuch von vielen), obwohl nicht überliefert ist, ob er tatsächlich etwas zu Papier gebracht hat.

Auch wenn das Niveau des Films damit auf das einer Seifenoper gesunken war, stürzte Brando sich voller Begeisterung in die Arbeit. Gleich am ersten Tag bewies er in der Café-Szene mit Mary Murphy, in der Kathie und Johnny sich zum erstenmal begegnen, seine ganze Umsicht. Die unerfahrene junge Schauspielerin gab sich krampfhaft Mühe, ihre Nervosität zu verbergen, doch Marlon unterbrach die Szene sofort. «Mit erstaunlichem Feingefühl» nahm er Murphy beiseite, unterhielt sich mit ihr und flirtete auf zwanglose Art, um ihr die Angst zu nehmen. «Ich erinnere mich, daß wir am Tisch saßen, und während er sich mit mir unterhielt, sah er mir unverwandt in die Augen.»

In kürzester Zeit war die Szene nach nur wenigen Einstellungen im Kasten. Murphy war beeindruckt, wie nahtlos Brando der Übergang von zwanglosem Geplauder zu äußerster Konzentration gelang, als er das Credo der Bande verkündete: «Mann, bist du kleinkariert. Wach doch mal auf ... Weißt du überhaupt, wovon du redest? ... Du mußt laut aufheulen!»

Noch nie hatte sie jemanden so ungekünstelt sprechen hören. Besonders beeindruckt war sie von der Szene, in der er den Kaffee bezahlen mußte. Lässig zog Marlon ein Geldstück aus der Tasche und ließ es auf dem Tresen hin- und herrollen, so daß Murphy vergeblich danach griff – er spielte buchstäblich Katz und Maus mit ihr. Nichts davon stand im Drehbuch, der Ansatz war ihr völlig neu.

Brando brauchte nie Zeit, sich vorzubereiten oder sich «in Stimmung» zu bringen. Loftin war deshalb überrascht, als er sah, wie Marlon vor der Prügelszene mit den Dorfleuten auf der Stelle rannte. Beinahe verlegen entschuldigte Brando sich: «Schließlich habe ich nach der Methode gelernt und muß wirklich außer Atem sein.»

Zwischendurch tauchte Jocelyn im Studio auf, um ihrem Bruder bei der Arbeit zuzusehen. «Er lachte und unterhielt sich zwanglos mit mir», sagte sie, «konnte sich aber sofort wieder in seine komplexe Rolle versetzen. Ich habe mich gefreut, wie konzentriert er bei der Arbeit war. Keine Nachlässigkeit, keine Schluderei, obwohl ich wußte, daß er mit dem Regisseur nicht besonders glücklich war.»

Gegen Ende der ersten Woche ging Brando absichtlich zu Murphy auf Distanz, um ihre professionellen Beziehungen nicht zu komplizieren. Die meiste Zeit hielt er sich in seinem Wohnwagen auf, meist mit Darren, dem er eine Rolle als Bandenmitglied verschafft hatte. Manchmal war er auch mit Movita zusammen, die ihren Wagen allerdings nur in seiner Gegenwart verließ. Seine Gefolgschaft, bemerkte Murphy, bestand neben Darren aus Sam Gilman und Larry Duran, einem mexikanischen Schauspieler, den er auf dem Set von *Viva Zapata* kennengelernt hatte, und alle drei kamen Movita «wie hilflose kleine Bubis vor».

Marlon hatte sich in L. A. bereits in Kneipen umgesehen, die von *pachucos* frequentiert wurden, den kalifornisch-mexikanischen Banden. Er spendierte Whiskyrunden, kippte sein Glas selbst aber heimlich auf dem Boden aus. Eines Abends machte die Polizei eine Razzia und nahm die Hauptverdächtigen, darunter Brando, fest. Er mußte eine Leibesvisitation über sich ergehen und seine Arme nach Einstichen untersuchen lassen. Dann ließen sie ihn laufen, ohne dahintergekommen zu sein, wer er war.

Wenn Brando nicht durch Los Angeles streifte, hielt er sich bei Darren am Laurel Canyon auf, unweit der Wohnung, die er für Movita und sich gemietet hatte. Trotz der Nähe zu seinem eigenen Apartment hatte er sich bei Darren Dublin praktisch einquartiert und sah Movita nur noch selten. «Natürlich hat sie manchmal angerufen», sagte Darren. «Aber ich habe immer nur gesagt: ‹Er ist nicht da.› MCA, Kramer, Movita, gleichgültig, zu wem.» Marlon neigte noch immer dazu, gelegentlich das Telefon gegen die Wand zu werfen, wenn ihm das Klingeln auf die Nerven ging. Auch die Blödeleien zwischen Darren und Marlon waren noch genau so verrückt wie zu ihren Glanzzeiten in New York. «Ich bin mal mit dem Gartenschlauch durchs ganze Haus gegangen», sagte Dublin und wollte sich nachträglich noch ausschütten vor Lachen. «Marlon hat sich fast totgelacht.» Die beiden hockten stundenlang zusammen, und zwischen Erinnerungen, Tagträumereien und philosophischen Spekulationen zog Marlon nicht nur über Regisseur Laslo Benedek her («Er sollte lieber Filme mit Doris Day machen»), sondern auch über seinen Kollegen Lee Marvin, der gelegentlich auftauchte, um freundschaftliche Beziehungen anzuknüpfen.

Marvin, Ex-Mariner, hochdekorierter Kriegsveteran und nach allgemeinen Aussagen einer anständigen Prügelei nie abgeneigt, war seit drei Jahren beim Film. Er war laut, gesellig und mit den echten Bikern auf du und du. Außerdem trank er, und Kramer ließ nichts unversucht, um die Rivalität zwischen Marvin und Brando anzuheizen und vor der Kamera auszuschlachten.

«Lee war eifersüchtig auf Marlon und wollte ihn von seinem hohen Roß herunterholen», berichtete Mary Murphy und fügte hinzu, daß Marvin sich durch Brandos «Sensibilität» bedroht fühlte. Ähnlich wie Quinn in *Viva Zapata* ärgerte Marvin sich, daß Brando bei Benedek einen Stein im Brett hatte und Einfluß auf die Regie nahm. Im Gegensatz zu Marlons ruhigem, verhaltenem Johnny war die Rolle des vorlauten Chino wie auf Marvin zugeschnitten. Die Mehrzahl der echten Biker gehörte zu Marvins Gang, den Beatles, aber im Gegensatz zu Brando hatte Marvin sich nie die Mühe gemacht, die Motorradszene genauer zu erforschen, vielleicht weil er ihnen selbst so ähnlich war.

Marvin war auch durchaus nicht geneigt, Brando zuliebe sein Licht unter den Scheffel zu stellen, besonders wenn er getrunken hatte. Die Lage wurde ernst, als es vor versammelter Mannschaft schließlich zu der im Drehbuch vorgesehenen Konfrontation zwischen den beiden Schauspielern kam.

Natürlich erforderte die Szene Doubles, aber nachdem die Stuntmen Markierungen und Choreographie für die geplanten Nahaufnahmen festgelegt hatten, besann Benedek sich und bat die beiden Schauspieler, die Szene weitgehend selbst zu spielen. Wie einer der Anwesenden berichtete, «waren sie drauf und dran, sich ernsthaft zu verprügeln. Sie wälzten sich im Staub, und als Brando, wie das Drehbuch vorschrieb, als Sieger aus dem Kampf hervorgegangen war, machte Marvin die physische Niederlage durch eine großspurige Geste wett und stach mit ausgestrecktem Zeigefinger in die Luft.»

Beruflich sollte der Film Marvin zum Durchbruch verhelfen. Dabei trug er ein so bizarres Sammelsurium von Lumpen am Leib, als wollte er sich über Brandos schnieke Lederkluft und alberne Schirmmütze lustig machen. Außerdem lag auf der Hand, daß Marvin eher den Bikern als dem Regisseur imponieren und durch dreistes Improvisieren und Trunkenheit vor der Kamera seinem Rivalen klarmachen wollte, wer von den beiden wirklich «cool» und männlich war.

Für Marvin und die Statisten war aus dem Film inzwischen eine «bloße Mickymaus-Version einer Biker-Bande» geworden, wie Chuck Clayton, Herausgeber der Zeitschrift *Biker*, es nannte, obwohl Brando in Kramers Augen aus seiner Rolle noch immer «etwas Besonderes» zu machen versuchte. Doch mit wachsendem Druck und bei oft bis in die Nacht dauernden Dreharbeiten nahmen die Spannungen zu – nicht nur zwischen den beiden Stars, sondern auch zwischen Brando und Benedek.

Darren Dublin durchschaute, was sich abspielte. «Benedek war der europäische Gentleman – Umgangsformen, Anstand, Benimm, alles da –, aber er hatte keinen Mumm, und immerhin hatte er es mit Lee Marvin zu tun, der fast nur noch besoffen war.»

Benedek stand dem Szenenjargon völlig hilflos gegenüber. Er konnte die Biker in ihren schwarzen Lederjacken nicht auseinanderhalten, und seine Regieassistenten waren nicht besser. Der Erfolg war, daß dem Film jede Kontinuität abhanden kam und der rote Faden von einem Drehtag zum andern fehlte.

«Mit all diesen Filmleuten, Schauspielern und Statisten kam man sich vor wie im Zirkus», fuhr Dublin fort. «Wenn man zu Beginn einer Szene zufällig anwesend war, hieß es: ‹Los, du bist dran.› Einmal war ich schon zu Hause, als mir plötzlich einfiel: ‹Moment mal, ich sollte doch in dieser Szene mitspielen.› Die Regieassistenten bauten Scheiß, Benedek baute Scheiß, und manche Statisten kamen häufiger auf die Platte als die Hauptdarsteller. Marlon hatte einen ernstzunehmenden Film machen wollen. Wie jeder anständige Schauspieler hatte er eine genaue Vorstellung von seiner Rolle. Aber Sie kennen ja Marlon. Wenn er das Gefühl hat, daß dem Regisseur das Konzept fehlt, dann tanzt er ihm auf der Nase herum.»

Angeblich soll Benedek am Ende des vierundzwanzigsten Drehtags, am 17. März 1953, einfach in Tränen ausgebrochen sein. Die abschließende Liebesszene wollte trotz mehrmaligen Umschreibens nicht klappen, und die immer neuen Fassungen und das zeitraubende Synchronisieren zerrten an den Nerven. Das Resultat war, daß George Glass, Kramers Publicity-Manager, sich in der Hoffnung, die Chancen des Films beim Publikum zu erhöhen, einen neuen Titel aus den Fingern saugen mußte. Aus *The Cyclists' Raid* wurde erst *Frenzy* und schließlich *Hot Blood,* ein Titel, der bei Columbia im Vertrieb natürlich auf Begeisterung stieß. Aber da bissen sie bei Kramer, der beim Drehbuch bereits unzumutbare Zugeständnisse gemacht hatte, auf Granit, und im Dezember wurde der Film unter dem Titel *The Wild One* – dank Harry Cohn schlecht – verkauft. Trotz vorheriger Warnung der Zensurbehörde reagierten die Kritiker noch schärfer auf die rohe Gewalt als erwartet:

> «Die größte Schwäche des Films besteht darin, daß er die Hauptschuldigen nicht zur Verantwortung zieht, d. h. die Banden und ihre Anführer, bei denen es sich nicht etwa um jugendliche Kriminelle, sondern um sensationslüsterne Erwachsene handelt, die sadistischen Terror ausüben.»
>
> *New York Daily News* (26. Dezember 1953)

> «Die Themen von Boogie und Terror steigern sich unter Musikboxgedudel und Motorengeheul zu einem gewalttätigen Crescendo. Statt ein gesellschaftliches Problem zu beleuchten, ist der Film nur darauf aus, dem Kinobesucher einen Adrenalinschub zu verpassen.»
>
> *Time* (18. Januar 1954)

In Memphis, Tennessee, wurde der Film sofort verboten. In England erregte er solches Aufsehen, daß er fünfzehn Jahre lang, bis 1968, unter Verschluß blieb, ehe er mit dem Prädikat «jugendgefährdend» wieder aus der Versenkung auftauchte.

Frustriert und verbittert räumte Marlon öffentlich ein, der Film habe seinen Zweck verfehlt. «Wir hatten die löbliche Absicht, einen

Film zu drehen, der die Psychologie der ‹Hipster› erklären sollte», sagte er in Anspielung auf das Buch des Psychiaters Robert Lindner, *Rebel without a Cause*. «Aber irgendwie haben wir uns verirrt. Statt herauszufinden, warum junge Leute sich in Gruppen zusammenrotten, die sich durch Gewalt definieren, haben wir lediglich die Gewalt gezeigt.»

Brandos Enttäuschung war größer, als er zugeben mochte. Mit *Julius Cäsar* hatte er gehofft, die «Gosse» und seinen Ruf als der «Nuschler in Bluejeans» hinter sich lassen zu können. Sein Aufstieg zum klassischen Schauspieler hatte ihn ein für allemal von der Unsicherheit befreien sollen, die ihn überfiel, wenn er nicht sicher war, ob er ein Wort richtig buchstabiert hatte oder sich in Gegenwart von «gebildeten» Leuten befand. Er hatte sogar einmal falsche Angaben über seine Ausbildung gemacht, als er der *Los Angeles Times* gegenüber den Wunsch äußerte, «Kunst, Dramaturgie, Musik und dergleichen an der New School belegen zu wollen, weil ich meine Chance nicht genutzt habe, als mein Vater mich auf die Uni geschickt hat. Ich war physisch, aber nicht geistig anwesend.» Trotzdem war er für die *Times* immer noch ein Halbstarker – «ein Schauspieler, dessen morose Züge, undeutliche Aussprache und verschlafener Blick ihn zum idealen Repräsentanten einer verdrossenen Jugend gemacht haben».

Die Faust im Nacken

1953–1954

ZEHN

Arms and the Man

Nach Beendigung des *Wilden* kehrte Brando wieder nach New York zurück, und zwar nicht nur, wie er der Presse erzählt hatte, aus prinzipieller Abneigung gegen die Westküste, sondern weil ihn sein letzter Film so kalt gelassen hatte, daß er am liebsten «einen Gauguin gemacht» und sich auf die Pazifischen Inseln oder nach Nebraska zurückgezogen hätte. Die Absicht, sich zurückzuziehen, sollte er im Laufe der nächsten Jahre ungefähr alle sechs Monate beliebig wiederholen.

In Manhattan beschloß er, mit seinem Freund Billy Redfield nach Europa zu gehen, doch kurz vor dem Aufbruch lief er im Village Valerie Judd über den Weg und hörte von ihr, daß sie und die meisten seiner übrigen Freunde arbeitslos und pleite waren. Er machte sich sofort auf den Weg zu seiner ehemaligen Agentin Edie Van Cleve, die inzwischen von Jay Kanter abgelöst worden war. Als Van Cleve vom Lunch zurückkam, lag Marlon auf dem Fußboden in ihrem MCA-Büro und blätterte den *Players Guide* durch. Sie war baff, als er ihr erzählte, er wolle im Sommer mit seinen Schauspielerfreunden auf eine vierwöchige Tournee gehen. Sinn der Sache sei, Geld lockerzumachen und seinen Freunden Arbeit zu verschaffen. Als er sie bat, die notwendige Organisation in die Hand zu nehmen, weigerte sie sich. «Wenn sich herumgesprochen hätte, daß Marlon Brando auf Sommertournee gehen wollte, wären wir mit Hunderten von Angeboten überschüttet worden, aus denen vier auszuwählen viel Zeit und Takt gekostet hätte. Außerdem war Marlon wählerisch – am liebsten wollte er nur an der Ostküste, in der Gegend von Connecticut, Long Island, Cape Cod auftreten. Als ich versprach, einen Produzenten und Manager aufzutreiben, der aus

Liebe zur Sache mitmachen würde, war er einverstanden.» Sie schlug ihm Morton Gottlieb vor, einen Presseagenten, den er von *Truckline Café* her kannte.

Gottlieb organisierte Engagements in Massachusetts, Rhode Island und Connecticut. In der ersten Juliwoche sollte die Premiere von Bernard Shaws *Arms and the Man* stattfinden.

Marlon machte sein Versprechen, seinen Freunden mit der Aufführung des Stücks eine Chance zu geben, wahr und begnügte sich mit der Rolle des Sergius, dem anspruchsloseren der beiden männlichen Hauptdarsteller. Er erwies Redfield die gleiche Gefälligkeit, die Olivier seinem Freund Ralph Richardson in einer kürzlichen Aufführung am Old Vic in London erwiesen hatte, und überließ ihm die interessantere Rolle des Bluntschli. «Eigentlich wäre Marlon der ideale romantische Liebhaber gewesen», erinnerte Gottlieb sich, «aber der Sergius hat ihn auch gereizt.»

Man spielte sogar mit dem Gedanken, das Stück anschließend nach New York zu bringen. Laut Gottlieb stammte die Idee von Brando, der die Sommertournee als Vorbereitung auf eine Saison am Broadway betrachtete, in der Hoffnung, Harold Clurman für die Regie zu gewinnen. Dieser Schritt sollte Brando den Weg zu *Hamlet* ebnen.

Die Tournee von *Arms and the Man* begann am 6. Juli 1953 im Theatre-by-the-Sea in Matunuck auf Rhode Island; zusätzlich waren drei einwöchige Engagements in Falmouth auf Cape Cod, in Ivoryton, Connecticut, und Framingham, Massachusetts, in der Nähe von Boston, vorgesehen. In den Lokalzeitungen war kräftig die Werbetrommel gerührt worden, und der Kartenverkauf versprach eine Laufzeit von weiteren vier Wochen. Doch inzwischen schien Brando das Interesse verloren zu haben. Gelegentlich war er auf der Bühne in Hochform, doch die meiste Zeit lavierte er sich durch, und Redfield war über die Nonchalance seines Freundes enttäuscht.

«Marlon konnte seinen Text nicht», sagte Ellen Andrew. «Er hatte einen sehr langen Monolog, in dem er erklärt, worum es in dem Stück eigentlich geht, aber er konnte einfach den Text nicht behalten. Also trat er frech und gottesfürchtig an die Rampe und deklamierte völligen Unsinn. Trotzdem sprang das Publikum von den Sitzen und schrie ‹Bravo!› Marlon hatte die Gabe, sein Publikum mitzureißen, ähnlich wie bei Parademärschen, wo man auch leicht vergißt, welchem Krieg man eigentlich applaudiert.»

Tag für Tag versuchte Billy Redfield, Marlon aus seiner Lethargie zu reißen und das Ensemble auf Trab zu bringen. Marlon revanchierte sich lediglich damit, daß er seinem Partner eines Abends kurz vor seinem Auftritt die Schuhe hinter der Bühne festnagelte. Das eigentliche Problem bestand aber nicht in der Rivalität zwischen den beiden Freunden. Ohne die lenkende Hand eines Regisseurs, dem er vertrauen konnte, war Brando unfähig, das Stück oder sich selbst ernst zu nehmen. Während einer der Vorstellungen in Framingham kletterte er vor den Augen des Publikums auf den Schnürboden über der Bühne und ließ eine Angelschnur vor den Schauspielern unter sich auf und ab tanzen, um sie aus dem Konzept zu bringen.

«Ich will nicht arbeiten, ich will Quatsch machen, Fratzen schneiden, einen Schnurrbart tragen, wie Groucho Marx mit dem Publikum schäkern», sagte er zu Carlo.

Obwohl die Tournee ohne die Hilfe verständnisvoller Freunde niemals zustande gekommen wäre, erklärte Marlon plötzlich, dem Theater ein für allemal den Rücken kehren zu wollen. Obwohl er selbst für das Scheitern des Unternehmens verantwortlich war, beklagte er sich, daß man ihn überhaupt in das Unternehmen hineingezogen hatte.

Sofort nach Beendigung der Spielzeit Anfang August brachen Marlon und Redfield nach Frankreich auf – allerdings nicht, bevor Marlon seinen Paß verloren oder, wie er behauptete, sich hatte stehlen lassen. Die beiden wollten zwei Monate, vielleicht auch länger fortbleiben. Obwohl Zanucks Angebot für *Viva Zapata* weiterhin galt, hatte Brando keine unmittelbaren Pläne, sondern zog es vor, in den Tag hineinzuleben und sich in Paris mit seinem Freund Christian Marquand die Zeit zu vertreiben. Nachdem er eine Reihe von Projekten abgelehnt hatte, tauchte der Plan eines neuen Films mit Elia Kazan auf. Doch Brando hockte schmollend in seiner Ecke und war nicht dazu zu bewegen, etwas Neues in Angriff zu nehmen. Auf diese Weise hätte er sich beinahe den Film an der Nase vorbeigehen lassen, der zweifellos der Höhepunkt seiner Filmkarriere werden sollte.

On the Waterfront (dt. *Die Faust im Nacken*)

Obwohl *Die Faust im Nacken* heute für fast alle Kritiker unwidersprochen zu den zehn besten Filmen der Welt gehört, stand die Produktion von Anfang an unter einem ungünstigen Stern. Die künstlerische Entwicklung, die Brando während der Dreharbeiten durchmachte, und die Leistung, zu der er sich durchrang, gaben der Freudschen Binsenweisheit «Kunst macht Neurosen fruchtbar» neue Bedeutung.

Der Plan zu dem Film war im Sommer 1949 entstanden, als der Romancier Budd Schulberg beauftragt wurde, nach der Vorlage von Malcolm Johnsons mit dem Pulitzer-Preis ausgezeichneter Artikelserie «Crime on the Waterfront» ein Skript über Hafenarbeiter und Gewerkschaftskorruption zu verfassen. 1951 hatte die unabhängige kleine Filmgesellschaft Monticello Films, für die Schulberg arbeitete, allerdings ihre Sponsoren verloren, da die Thematik als zu kontrovers galt. Doch Schulberg wollte auf das Projekt nicht verzichten und kaufte die Rechte an seinem Skript sowie am gesamten Quellenmaterial.

Elia Kazan und Arthur Miller hatten für Columbia ebenfalls an einem Hafen-Skript, *The Hook*, gearbeitet, aus dem Miller allerdings wieder ausstieg. Es war ähnlich kontrovers wie das Skript von Schulberg. Die Studios scheuten wegen des Gewerkschaftsaspekts davor zurück und fanden die Story obendrein «deprimierend und unerfreulich». Außerdem sprach Miller nach der Vernehmung von Kazan vor dem McCarthy-Ausschuß nicht mehr mit Kazan, so daß *The Hook* in der Luft hing. Im Winter 1952 erhielt Kazan plötzlich einen Brief von Schulberg mit einer Einladung zum Lunch.

Bis heute schweigt Kazan, der sonst mit Informationen nicht geizt, sich darüber aus, warum er sich auf den Weg zu Schulbergs Farm in Pennyslvania machte. Die beiden unterhielten sich bis in die tiefe Nacht, und dabei entstand der Plan einer Zusammenarbeit. Kazan erläuterte, was bei Columbia mit *The Hook* passiert war, und als Schulberg daraufhin sein Drehbuch hervorholte, war Kazan tief beeindruckt. Er erkannte sich in der Geschichte des Denunzianten Terry Malloy wieder. Als die Kritik ihm Jahre später vorwarf, er betreibe politische Propaganda, war er ehrlich genug, zuzugeben, damit ein Bedürfnis nach Rache befriedigt zu haben: «Wenn die Kritiker sagen, ich hätte aus meinem Herzen keine Mördergrube gemacht, um das Denunzieren zu rechtfertigen, dann haben sie recht.»

Während der nächsten Monate war Schulberg praktisch im Hafen von Hoboken zu Hause. Er klapperte die Kneipen ab, freundete sich mit den Hafenarbeitern und ihren Familien an und fand in Pater John Corridan, dem Hafenpriester von Hoboken, eine unschätzbare Quelle.

«Pater Johns Einfluß auf mich sollte meine Einstellung der Kirche gegenüber revolutionieren», schrieb er später. «In dem langen, schnell sprechenden, kettenrauchenden, dickköpfigen und gelegentlich fluchenden Priester fand ich das genaue Gegenstück zu dem in Hollywood so beliebten väterlichen Priesterklischee.»

Das sich von New York bis nach New Jersey erstreckende Hafengebiet war, wie Schulberg entdeckte, ein unabhängiger Stadtstaat: 750 Meilen Küste, 1800 Piers, wo pro Jahr 10 000 Ozeanriesen mit über 35 Millionen Tonnen Fracht im Wert von mehr als acht Milliarden Dollar abgefertigt wurden. Der aus irischen und italienischen Mafiosi bestehende «Mob» kontrollierte das Gebiet wie ein privates Lehnsgebiet und forderte einen Tribut von mindestens zehn Prozent auf ein- und ausgehendes Frachtgut. Für die 25 000 Hafenarbeiter, deren Lebensunterhalt von ihrem Kanthaken, dem beim Laden benutzten Haken, abhing, gehörte Bestechung zum täglichen Brot.

Mehr noch als Pater John verdankte Schulberg den Zugang zum Hafenmilieu einem seiner treuesten Jünger, Arthur «Brownie» Brown. Mafiaschläger hatten den gedrungenen, breitnasigen Hafenarbeiter einmal bewußtlos geprügelt, ehe sie ihn halbtot in den eisigen Hudson River geworfen hatten. Brownie Brown mit seinem provozierenden Lachen und seinem urigen Hafenjargon gab Schulberg Deckung, indem er verbreitete, die beiden hätten sich beim Bodybuilding in Manhattan getroffen. Wochenlang wohnte der Schriftsteller bei dem «zu kurz geratenen Lazarus» und seiner Frau in ihrer komfortlosen Wohnung und schrieb wie besessen am Küchentisch. «Ich habe Sätze von ihm gehört, auf die ich allein nie gekommen wäre», gestand er später.

Schulberg verband ebenfalls eine enge Freundschaft mit Kazan. «Wir waren wie Brüder», schrieb Kazan später im Rückblick auf diese Zeit enger Zusammenarbeit. Im Mai war das Drehbuch fertig, und sie gingen eine erste Vereinbarung mit Spyros Skouras ein, dem Präsidenten von Twentieth Century-Fox. Darauf rief Produzent Darryl Zanuck sie zu sich, und während sie im Zug auf dem Weg nach Westen waren, drang Kazan darauf, daß sie sich außer bei der Besetzung und in allgemeinen Produktionsfragen zu keinerlei Zugeständnissen hinreißen ließen. Ermutigt durch eine Anzahl von Martinis, verglich er Schulbergs Drehbuch mit Stücken wie *Tod eines Handlungsreisenden* und *Endstation Sehnsucht* und lobte sein Skript als eins der drei besten, die er je verfilmt hatte.

Als sie in Los Angeles ankamen und die erwartete Studio-Limousine ausblieb, begann Kazans Euphorie zu schwinden. Als sie in der Suite, die Fox ihnen im Beverly Hills Hotel gebucht hatte, auch keine Blumen vorfanden, sank seine Stimmung auf den Nullpunkt.

Bei ihrer ersten Begegnung mit Zanuck ließ der Produzent sich die ersten zehn Minuten in den höchsten Tönen über die Erfindung von Cinerama aus. Das Thema war gar nicht von Belang, da Kazan bereits deutlich gesagt hatte, den Film in Schwarzweiß drehen zu wollen. Schließlich fragte er Zanuck geradeheraus, ob er ihr Drehbuch eigentlich gelesen hätte.

«Gelesen ja», entgegnete der, «aber leider hat mir nicht eine einzige Zeile davon gefallen.»

Am nächsten Tag stellte sich heraus, daß Warner Bros., Paramount, MGM und selbst Harry Cohn von Columbia, ihre letzte Hoffnung, das Drehbuch postwendend zurückgeschickt hatten. Der *Hollywood Reporter* verkündete in seiner Spätausgabe, das Projekt sei von allen größeren Gesellschaften abgelehnt worden, und Kazan überlegte ernsthaft, ob er das Skript nicht mit nach New York zurücknehmen und auf der Bühne inszenieren sollte. Schulberg hatte nur noch einen Wunsch, auf seine Farm zurückzukehren und einen Roman daraus zu machen.

Angesichts ihrer gedrückten Stimmung begannen die beiden, sich mehr aus Langeweile als aus Neigung dem Alkohol zu ergeben. An dem Abend gab es sonst ohnehin nichts zu tun. Doch am nächsten Morgen nahmen sie sich das Drehbuch noch einmal vor. Abwechselnd saßen sie an der Schreibmaschine, die sie bei Fox abgestaubt hatten, um Szenen zu straffen, auszufüllen oder umzuschreiben. «Der Fußboden war mit zerknülltem Papier übersät», sagte Schulberg. «Schwärmer hätten von inspirierter Kreativität gesprochen.»

Der Zufall wollte es, daß in der Suite gegenüber ebenfalls eine Veranstaltung stattfand, und zwar eine laute, weinselige Party des Produzenten Sam Spiegel, die sich auf den Korridor verlagert hatte. Während Schulberg und Kazan auf ihrer alten Schreibmaschine hämmerten, erschien Spiegel in elegantem blauem Blazer und einer Duftwolke aus teurem Eau de toilette in der offenen Tür. Er warf einen Blick auf das Schlachtfeld und lud die beiden zu sich herüber, wo sie Champagner und Filmsternchen mit hohen Wangenknochen erwarteten. Schulberg und Kazan nahmen die Gelegenheit wahr, ihm ihr Herz auszuschütten. Daraufhin forderte der beleibte, Zigarren rauchende Produzent Schulberg auf, vor seinem Abflug am nächsten Morgen in aller Herrgottsfrühe auf «einen kleinen Schwatz» bei ihm vorbeizukommen.

Spiegel besaß Risikofreudigkeit und Chuzpe. Als junger Mann war er vor den Nazis aus Berlin geflohen und hatte zwischen Wien und London eine Spur von geplatzten Schecks hinter sich gelassen. Sobald er sich in Amerika etabliert hatte, war er von schönen Frauen umgeben, ob im Chasen, Romanoff oder im «21», und trug, selbst wenn er pleite war, die feinsten maßgeschneiderten Anzüge. In Hollywood hatte er einmal eine Party für tausend Gäste im Lucy gegeben, einem der nobelsten Restaurants der Stadt, die Rechnung aber erst drei Jahre später bezahlt. Er hatte Steuern hinterzogen und eine Hypothek auf sein Haus genommen, um *The African Queen* zu finanzieren, und seine Machenschaften waren so legendär, daß sie zu einer neuen Wortschöpfung geführt hatten: «gespiegelt» zu werden hieß, sich vertrösten, beschwatzen oder übers Ohr hauen zu lassen.

Punkt sieben Uhr am nächsten Morgen bahnte Schulberg sich einen Weg durch die Partytrümmer in Spiegels Schlafzimmer, wo der Produzent, auch «S. P. Eagle» genannt, «wie aufgebahrt auf seinem Lager ruhte».

«Mir blieb nicht viel Zeit, wenn ich mein Flugzeug noch erwischen wollte», erzählte Schulberg, «also begann ich, eher stockend, da ich Mühe hatte, auf eine stumme, unsichtbare Gestalt einzureden. Aber ich redete mich in Begeisterung, während ich Terry Malloys Leidensweg durch den New Yorker Hafen verfolgte.» Als der Schriftsteller mit seinem Vortrag fertig war, herrschte minutenlang tiefes Schweigen. «Dann rührte sich etwas unter der Decke. Der Kopf hob sich einige Zentimenter vom Kissen. Eine schwache Stimme ließ sich vernehmen. «Geht in Ordnung. Wir machen den Film.»

Auf einer Geschäftsreise nach New York handelte Spiegel mit United Artists vertraglich eine Billigproduktion aus. Für die Hauptrolle hatte er Brando im Auge. Zwar hatte Kazan ihm in Los Angeles angedeutet, Brando sei wegen seiner Aussage in Washington vermutlich noch verschnupft, aber mit typischer Nonchalance hatte der Produzent diesen Einwand beiseite geschoben: Brandos Name auf den Ankündigungen garantierte nicht nur einen Kassenerfolg, sondern womöglich auch einen größeren Produktionsetat als die von United Artists zugesagten 500000 Dollar. Obwohl Spiegel auch Frank Sinatra die Hauptrolle zugesagt hatte, verfolgte er Brando hartnäckig.

Jay Kanter versuchte ebenfalls, Brando mit allen Mitteln zu überreden, den Film zu machen. Als er seinen Klienten in der letzten Oktoberwoche schließlich dazu gebracht hatte, über die Bedingungen zu reden, zeigte Marlon allerdings die Krallen. Kazan bekäme 25 Prozent der Einnahmen, Schulberg 10 Prozent, erklärte ihm Kanter: wenn der Film Erfolg hätte, könne bei einer ähnlichen prozentualen Beteiligung erheblich mehr für ihn herausspringen als bei einer fixen Gage. Es sei eine Billigproduktion, warum also keinen

Kompromiß eingehen? Marlon jedoch blieb hart und bestand auf einer Vorauszahlung von 125 000 Dollar in bar – «keine leeren Versprechungen, keine Kungelei mit Spiegel». Es gab nur einen Grund, warum er den Film überhaupt mache. Er brauche jeden Pfennig, um wöchentlich seine vier Sitzungen mit Mittelmann bezahlen zu können.

Es war ein Geschäftstrick, den er von seinem Vater gelernt hatte: mißtrauisch, stur, ein simples Friß-oder-stirb-Ultimatum. Aber wie immer sollte Kanter recht behalten. Nach Ablauf von sechs Monaten hatte *Die Faust im Nacken* 4,2 Millionen Dollar eingespielt – und Marlon war «der Angeschissene». Selbst als der Vertrag aufgesetzt wurde, hatte er noch Extrawünsche. Da der Film in Hoboken gedreht werden sollte, bestand er darauf, täglich ab vier Uhr frei zu haben. Wenn abends gedreht werden müsse, wolle er verfügbar sein; ansonsten gehe seine Psychoanalyse vor.

Eine selbst nach Hollywood-Maßstäben unerhörte Forderung – aber Spiegel und Kazan gaben nach.

Inzwischen hatte Frank Sinatra Wind davon bekommen, daß er kaltgestellt worden war. Erbittert beschwerte er sich bei seinem Agenten, Abe Lastfogel, dem Chef von William Morris, der ihm allerdings von einer Klage abriet. «Wozu an die große Glocke hängen, daß Hollywood nicht an dir interessiert ist?» Als Trostpflaster bot Spiegel Sinatra die Rolle des Priesters, Pater Barry, an, was die Sache noch verschlimmerte, da Kazan unter keinen Umständen auf Karl Malden verzichten wollte. Sinatra verklagte Spiegel schließlich auf 500 000 Dollar, aber er ließ seinen Ärger auch an Brando aus und nannte ihn öffentlich «den Nuschler» und «den am meisten überschätzten Schauspieler der Welt».

Der Produktionsplan sah eine Drehzeit von fünfunddreißig Tagen vor, ein trotz des erhöhten Budgets äußerst knapp bemessener Zeitraum. Außerdem bestand Spiegel auf immer neuen Textänderungen. Tag für Tag hockten Kazan und Schulberg in Spiegels Suite im St. Regis Hotel und mußten den Text umschreiben, obwohl sie ihn längst für filmreif hielten. Eines Tages wurde Schulbergs Frau morgens um drei von ihrem vollständig angekleideten Mann, der übers Wochenende zu Besuch war, geweckt. Was los sei, wollte sie wissen. «Ich fahre nach New York.» Und wozu? «Um Sam Spiegel umzubringen.» Doch Spiegel war unerbittlich. Die Story brauche mehr Spannung, mehr Bewegung, mehr Straffung; wenn man erst einmal in Hoboken sei, bleibe fürs Umschreiben keine Zeit mehr.

Schulberg platzte verschiedentlich der Kragen. Er drohte, den ganzen Kram hinzuschmeißen. Kazan verhielt sich diplomatischer und erinnerte ihn daran, daß sie am kürzeren Hebel säßen. «Du mußt zugeben, daß Sam Spiegel uns aus der Patsche geholfen hat.»

Vorbild für Marlons Interpretation des Terry Malloy, der Hauptgestalt des Films, war Al Lettieri, ein ausgefuchster Hüne aus dem Village und Freund von Carlo Fiore, der schließlich ein so passabler Schauspieler wurde, daß er neben Brandos Don Corleone den Sollozzo in *The Godfather* (dt. *Der Pate*) spielte. Lettieri starb später mit achtundvierzig Jahren an Alkoholismus, aber sein damaliges Laster war Heroin.

«Al tauchte häufig mit einer Art Mafia-Schatten, einem Leibwächter, auf», sagte Marilyn Sorel, die zu der Zeit im Village verkehrte. «Carlo und Al waren zusammen aufgewachsen, daher die Beziehung zu Marlon. Obwohl Marlon Drogen strikt ablehnte, war er von Al fasziniert, weil Al aus dem einschlägigen Milieu kam. Ihm verdankte er auch die Szene im Taxi zwischen Terry und seinem Bruder, denn einer von Als Verwandten, ein Mafioso, hatte Al mal einen Revolver an die Schläfe gesetzt und gesagt: ‹Du mußt runter von dem Stoff. Wenn du zugedröhnt bist, quatschst du zuviel und wir müssen dich hopsnehmen.› Für Marlon war das Straßenliteratur, die er unbedingt verarbeiten mußte.»

Die eigentlichen Dreharbeiten begannen am 17. November, während ein scharfer Wind die Temperaturen am Hafen von Hoboken weit unter Null sinken ließ. Kazan und sein Aufnahmeteam waren startbereit, aber Spiegel im eleganten dicken Winterulster hielt hof wie ein Medici-Prinz. Flankiert von Hobokens Bürgermeister und Polizeikommissar, wollte er sein Bild unbedingt in den Zeitungen sehen und hatte deshalb als Auftakt zu den Dreharbeiten Pressephotographen und Reporter eingeladen.

Während der ersten Tage sahen die Hafenarbeiter den Dreharbeiten neugierig zu. Niemand brauchte diesen «hartgesottenen Gorillas» ein Drehbuch zu zeigen, und es dauerte auch nicht lange, bis sie Blut geleckt hatten. Gelegentlich schwenkte einer von ihnen vielsagend seinen Kanthaken, denn es war ein offenes Geheimnis, daß die Gewerkschaftsbosse Spitzel geschickt hatten, damit sie ein Auge auf die Filmarbeit warfen. Kazan hatte sogar den Bruder des örtlichen Polizeichefs als Leibwächter bekommen, doch wurde die Lage nie ernsthaft brenzlig.

Anders war es mit der Kälte. Die Crew klaubte Holz am Hafen zusammen und machte in großen Tonnen Feuer, um sich aufzuwärmen. Zwar konnten die Schauspieler sich in den Pausen ins nahe gelegene Grand Hotel zurückziehen, doch wurden sie häufig zu Proben nach draußen gerufen, wo sie eine halbe Stunde oder länger dem Wind ausgesetzt waren. In manchen Szenen stand ihnen beim Sprechen der dampfende Atem vorm Mund, und die Kälte trieb ihnen die Tränen in die Augen. Marlon meinte später, es sei der körperlich anstrengendste Film gewesen, den er je gemacht hätte. Obwohl er sich einen dicken, knielangen Wintermantel besorgt hatte, mußte er gelegentlich mit Gewalt ins Freie gezerrt werden. Malden, ohne Hut und im Priesterkragen, litt stumm, während Eva Marie Saint sich mit Thermalunterwäsche zu helfen wußte.

Saint war eine intelligente, gebildete Frau mit vielseitiger Bühnen- und Fernseherfahrung. Doch nach Ablauf der ersten Woche war sie gründlich verschüchtert. «Wie alle diese Leute mich anstarrten – die Techniker, die Crew, die Leute hinter der Kamera. Dabei ging mir erst auf, daß ich mich in einem FILM befand», erinnerte sie sich. «In meiner ersten Szene stand ich mit Marlon oben auf dem Dach, und wir sollten uns küssen. Auf seine gewohnte ruhige Art sagte Kazan zu mir: ‹Du hast eine Heidenangst, Eva. Du bist ein katholisch erzogenes Mädchen und nicht gewöhnt, dich nachts mit Männern herumzutreiben.› Mir brauchst du von Angst nichts zu erzählen, Gadg, dachte ich im stillen, ich bin ohnehin wie gelähmt und würde am liebsten im Boden versinken.»

Das Tempo der Dreharbeiten war erbarmungslos. «Man hatte keine Zeit, zu lesen, Briefe zu schreiben oder mit seinem Agenten zu sprechen», erklärte Saint. «Wenn wir gerade nicht dran waren, weil Gadg mit Karl oder mit Rod Steiger beschäftigt war, saßen wir nicht etwa herum und unterhielten uns, sondern gingen den Text durch. Sobald die beiden fertig waren und die Nahaufnahmen drankamen, war Kazan gleich bei uns, hörte zu, machte Vorschläge und ging anschließend wieder an seine Szene zurück. Wenn Rod oder Karl abgefertigt waren, kamen wir an die Reihe.»

Brando und Saint waren bald unzertrennlich. Trotz seiner größeren Erfahrung war Marlon eher Reisegefährte als Lehrer, «immer auf der Suche, genau wie ich», sagte Eva Marie.

Brando war in Schwung, und die beiden inspirierten sich gegenseitig. Die Intensität ihrer gemeinsamen Arbeit sorgte dafür, daß er «sein Ego vergaß», sagte Saint. «Marlon gab einem das Gefühl, man sei der einzige Mensch auf der Welt, der wirklich zählte. Er war natürlich unglaublich attraktiv, aber das spielte keine Rolle. Ich habe sogar bewundert, welch geringe Rolle es für ihn spielte. Wir waren beide eher verschlossene Naturen und fühlten uns im Umgang miteinander sicher.»

«Brando war mit Leib und Seele bei der Sache», sagte Kazan. «Aber das meiste war unterschwellig.» Brando schlüpfte so überzeugend in die Rolle des halb femininen, halb kraftmeierischen Terry, daß Kazan eine unerschütterliche, emotionale Intensität dahinter verspürte, die er getrost sich selbst überlassen konnte.

Nirgends wurde das deutlicher als in der berühmten Taxi-Szene. An dem Morgen, als die Szene gedreht werden sollte, ging alles drunter und drüber. Ursprünglich sollte ein echtes Taxi im Verkehr gefilmt werden, doch das war Spiegel zu teuer. Er versprach also, ein altes Taxichassis und das nötige Projektionszubehör für den Hintergrund zu besorgen. Leider beließ er es bei dem Taxi, so daß Kazan und sein Assistent Maguire improvisieren mußten. Dank Boris Kaufmans straffer, konzentrierter Kameraführung klappte es besser als erwartet, obwohl Brando wie immer auf seinem pünktlichen Feierabend bestand.

Als Marlon in der kritischen Szene schließlich vor der Kamera stand, hielt er sich Wort für Wort an das Drehbuch. Das Ergebnis war einer der denkwürdigsten Momente in der Filmkunst des zwanzigsten Jahrhunderts.

Brandos Schmalspurboxer, Terry Malloy, ist ungewollt am Tod

von Edies Bruder, einem Gegner der Mafia, mitschuldig geworden und wird von seinem Gewissen gequält. Unter dem Einfluß des Priesters Karl Malden löst Terry sich in einem schmerzhaften Prozeß von seinem Bruder Charley, dem von Steiger gespielten Anwalt der Mafia. Charley stellt fest, daß er Terry nicht länger bestechen kann und dieser die Absicht hat, gegen die Kriminellen auszusagen, um den Hafen von der Mafiakontrolle zu befreien. Jetzt im Taxi wird Terry mit einemmal klar, daß Charley sogar bereit ist, seinen eigenen Bruder zu verraten und dem Mafiaboss Johnny Friendly und seinen Kohorten auszuliefern.

Der Augenblick ist eine Art Offenbarung für Terry. Noch in keinem Film war Brando eine so artikulierte, so meisterlich beherrschte Darstellung gelungen. Die subtile Körpersprache, mit der er auf Steigers Waffe reagiert, ist beredter als alle Worte.

Die innere Stringenz der Darstellung war überwältigend, kein falscher Ton und in Kazans Worten «das beste, was ein amerikanischer Filmschauspieler je vollbracht hat». Für Malden war es schlicht «genial», und fast vierzig Jahre später erinnerte Saint sich noch genau, wie Brando seine eigene Kadenz zu Steigers abgehacktem Gemurmel fand. «Ich könnte wirklich nicht sagen, wie er das gemacht hat», sagte sie, «aber dies kleine Augenflackern, es war unglaublich. Olivier wäre die Szene vermutlich viel intellektueller angegangen, aber bei Marlon geschah alles so spontan, daß er es beim zweiten Mal bestimmt ganz anders gemacht hätte.»

Die gleiche Innerlichkeit wird spürbar, als Terry die Leiche seines Bruders an einem Kanthaken aufgehängt findet. Die Szene in der düsteren, schmuddeligen Gasse sollte die Kreuzesstationen Jesu symbolisieren und war im Drehbuch ziemlich hölzern und schwerfällig geraten. Doch Marlon brachte Leben hinein. Als er seinen Bruder sieht, stützt er sich stumm mit dem Arm gegen die Wand, um sich aufrecht zu halten, bevor er die Leiche mit einer Geste des Verzeihens in die Arme nimmt. Er flüstert Charleys Namen und bettet ihn fürsorglich auf die Erde, ehe er in gequälter Wut einen Schrei ausstößt.

Der Atem, den Marlon Schulbergs Drehbuch einzuhauchen verstand, entsprang genau den Widersprüchen und Konflikten, die ihn persönlich quälten. Welchem Schauspieler war es je gelungen, eine solch zarte Einfühlsamkeit mit dem draufgängerischen Gehabe eines Hafenarbeiters zu verbinden? Wer hatte je gewagt, in solche Tiefen vorzudringen und sein Innerstes bloßzulegen? Mit *Faust im Nacken* fand Brando seinen eigenen Weg, er entdeckte ein Ventil für seinen Zorn oder gab sich zumindest die «Erlaubnis», diesen Zorn auf eine nie dagewesene Weise zu verpacken. Kazans Geduld und Schulbergs Drehbuch hatten das Ihre dazu beigetragen, aber vor allem war es Eva Marie Saint, oder besser ihre Verkörperung mittelamerikanischer Anständigkeit, vor der Brando sein Leben lang auf der Flucht gewesen war, die das Wunder zustande gebracht hatte.

Wenn Marlons Zugänglichkeit und professionelle Einstellung während der Dreharbeiten auch ein Beweis für Kazans glückliche Hand waren, so dienten sie Brando gleichzeitig als Fassade, hinter der er seinen Dämonen entgehen konnte. Seine seelische Verfassung war bedenklicher denn je. Schulberg hatte etwas von «ernsthaften Schwierigkeiten mit einem Mädchen» gehört. Kazan machte sich ernsthafte Gedanken über Marlons Verstörtheit, deren Ursache er immer deutlicher in dem Konflikt seiner Bisexualität sah.

Doch wußte niemand, was wirklich los war, denn am Ende jedes Drehtags gingen alle ihrer Wege, und Marlon sprach sich mit niemandem aus.

«Er vertraute sich keinem an», sagte Kazan. «Er fragte mich nie um Rat. Selbst daß er nachmittags während der Drehzeit zu Mittelmann ging, war mit Spiegel vereinbart worden, der Marlons Wünsche an mich weitergab.»

Trotz Tabletten litt Brando unter Schlaflosigkeit, und obwohl er um 6.45 Uhr geweckt wurde, war er oft um ein oder zwei Uhr morgens noch auf den Straßen in Manhattan unterwegs, wo er, den Kopf gegen den Wind gestemmt, seine Schlaflosigkeit zu bekämpfen versuchte. Er lenkte sich durch nächtliche Telefongespräche ab. Auch seine Trommeln verschafften ihm in den frühen Morgenstunden oft mehr Linderung als Phenobarbiturate oder Seconal. Seine Gehemmtheit auf Parties war inzwischen legendär. In einem Raum voller Leute konnte er den ganzen Abend mit dem Rücken zur Wand in einer Ecke stehen. Wenn ihn nicht jemand in ein Gespräch verwickelte, verdrückte er sich meist schnell. Zur Entschuldigung hieß es: «Zuviel Trubel, zu viele Fragen.» Auf einer Party in Norman Mailers Apartment unterhalb der Brooklyn Bridge saß er einen Abend lang abseits «wie ein Buddha», bevor er sich, obwohl er in Begleitung von Rita Moreno war, Mailers Frau aufdrängte. Dann verschwand er lange vor den anderen Gästen. Bei Helene und David Stewart saß er nur da und «musterte schweigend die Leute», und einmal zog er sich in Gegenwart von James Dean in eine Ecke zurück, schlug ein Buch auf und tat, als ob er lese. «Marlon sprach einen nur an, wenn er einem einen Streich spielen und sehen wollte, wie man reagierte», sagte Helene Stewart.

Am bekanntesten ist die Episode, wie er nachts einmal vor Stella Adlers Haus erschien und laut ihren Namen schrie, als wollte er die berühmte Szene aus *Endstation Sehnsucht* wiederholen. Die Gründe für diese Anwandlungen waren zahlreich, doch von seinen Sitzungen mit Mittelmann wußte er, daß Movita unmittelbar dahintersteckte. Bereits vor Weihnachten hatte er Carlo anvertraut, daß er sich endgültig von ihr trennen wollte. Heiraten sei nun mal nicht «sein Bier».

Movita war ihm nach Beendigung des *Wilden* ergeben nach New York gefolgt und hatte sich trotz der Spannungen in Kalifornien darangemacht, seine Wohnung in Manhattan häuslich einzurichten. Sie kochte, sie putzte und nahm sogar den Waschbären Russell in Kauf. Marlon empfand sie als «Klette». Wie Jocelyn bestätigte, haßte er es, wenn man sich an ihn klammerte, und ihre Betulichkeit machte ihn nervös. Je größer ihre Anstrengungen, desto mehr beklagte er sich gegenüber Freunden wie Carlo Fiore, Sam Gilman, Wally Cox und in Ferngesprächen sogar gegenüber Darren Dublin über sie. Movita versuchte sich bei Carlo, bei Sondra Lee und bei Jay Kanters neuer Frau Judy Rat zu holen. «Marlon weiß nicht, wie man mit richtigen Frauen umgeht», war eine ihrer Hauptklagen.

Wie immer suchte Brando Hilfe bei Mittelmann. Der beleibte Ungar hatte schon einmal entscheidend in sein Leben eingegriffen, als er ihm riet, die Rolle in *Faust im Nacken* zu übernehmen. Wie Kanter war Mittelmann der Ansicht gewesen, daß Marlon trotz Kazans Aussage in Washington damit «genau das Richtige» tat. Die Abhängigkeit von Mittelmann ging sogar so weit, daß der Arzt sich bereit erklärte, auch Movita zu behandeln.

Nach orthodoxen Freudschen Vorstellungen galt es als undenkbar, in manchen psychiatrischen Kreisen sogar als moralisch verwerflich, wenn ein Analytiker zwischen Patient und Partner vermittelte. Mittelmann dagegen behandelte Movita nicht nur allein, sondern bestellte die beiden sogar gemeinsam zu sich.

Sondra Lee hatte von Marlon gehört, zwischen Mittelmann und ihm habe eine echte «Übertragung» stattgefunden. Mittelmanns Kollegen glaubten allerdings, daß es sich weniger um Eheberatung als um Mittelmanns übliche Taktik handelte, Marlons Bedürfnissen und Wünschen entgegenzukommen. «Freud würde sich im Grabe umdrehen», sagte ein Kollege, der Mittelmann gut kannte, «doch ich bin überzeugt, daß er sich bei Marlon und Movita nur einmischte, weil Marlon ihn unter Druck gesetzt hat und von ihm bestätigt werden wollte.»

Während einer von Brandos regelmäßigen Sitzungen verkündete Mittelmann sein abschließendes Urteil: Er riet ihm von einer Heirat ab, da Marlon noch nicht reif dafür sei. Er hätte seinen Zorn auf Dodie noch längst nicht verarbeitet, und die inzwischen sechs Jahre währende Therapie könne von einer so plötzlichen Änderung seiner Lebensumstände ernstlich gefährdet werden.

Auch Darren Dublin war überzeugt, daß die Idee, Movita den Laufpaß zu geben, von Marlon selbst stammte. «Marlon konnte Mittelmann jeden Floh ins Ohr setzen», erklärte der langjährige Freund und ließ durchblicken, daß Brando die Vorschläge des Psychoanalytikers auch früher oft selbst initiiert hatte. Hinzu kam, daß Movita, wie Nahestehende bestätigten, den Arzt nicht nur einschüchterte, sondern von ihm als Bedrohung empfunden wurde. Kazan meinte dazu: «Ich habe die Erfahrung gemacht, daß Psychoanalytiker ziemlich eifersüchtig sein können. Mittelmann war keine Ausnahme. Schließlich konnte oder wollte er nicht Marlons Liebhaber werden, also mußte er sich etwas anderes ausdenken.»

«Movita besaß eine innere Stärke, der Mittelmann nicht gewachsen war», fügte Sondra Lee hinzu. «Sie fürchtete sich vor nichts. Sie hatte bereits ihr eigenes Leben gelebt, und wenn ich mich recht entsinne, war die Rede davon, daß Marlon sich zwischen ihr und dem Analytiker entscheiden sollte.»

Aber Marlon wäre nicht Marlon gewesen, wenn er sich mit einem einfachen Lebewohl begnügt hätte. Movita war noch am Renovieren, und in der Wohnung steckten die Handwerker.

«Überall war jemand am Streichen, am Hämmern, am Putzen, so daß es Marlon schließlich zu bunt wurde und er auszuziehen beschloß», erinnerte sich Sidney Armus, der mit Sondra Lee in der Thirty-fourth Street wohnte. Marlon zog also bei Armus und Lee ein, während Movita in seiner Wohnung blieb. «Die ideale Methode, sich einer Frau zu entledigen, mit der man zusammenlebt. Er schlief also auf unserer Couch, und ich glaube nicht, daß er je zu ihr zurückgekehrt ist.»

Anschließend mietete Brando ein geräumiges Studio im Gebäude der Carnegie Hall, wo er sich eine Künstlerbude einrichtete, in der zwei Couchen, ein Fernsehapparat für Boxkämpfe, zwei opalisierende Marmortische und ein paar Bücher standen. Das Studio diente ihm während der nächsten Jahre als Absteige, wenn er aus Kalifornien zurückkehrte. Von Pflanzen, Bildern oder Vorhängen war nichts zu sehen, und wie Jocelyn sich erinnerte, mußte das große, offene Wohnzimmer oft als «Football-Feld» herhalten, wenn Marlon, Wally und Sam sich mit einem riesigen Schwamm amüsierten.

Movita reagierte auf Marlons Verschwinden genauso wie im August, als die Truppe von *Arms and the Man* ihn und Billy Redfield vor ihrer Europareise am Hafen verabschiedet hatte: Damals hatte sie weinend am Kai gestanden und ihm nachgewinkt. In Marlons unmittelbarem Freundeskreis war niemand über seine Untreue überrascht. Er hatte immer andere Frauen gehabt, «viele sogar». Der Damenstrom riß nicht ab. Wann immer Judith Braun bei ihm vorbeischaute, fand sie ihn mit einer Frau im Bett. «Er feixte, weil es mir peinlich war. ‹Warte, bis ich aufstehe›, sagte er, ‹ich bin splitterfasernackt.› Die Mädchen, die er bei sich hatte, waren meist Dutzendware, nicht der Rede wert, und ich kann mich nicht erinnern, daß eine je den Mund aufgemacht hätte.»

Sein Konsum an Marsriegeln, die er meist mit einer Tüte Milch hinunterspülte, war enorm, wurde aber an Hemmungslosigkeit von seinem sexuellen Appetit noch übertroffen. «Er war die reinste öffentliche Bedürfnisanstalt», sagte einer seiner Freunde. ‹Du mußt bekloppt sein, habe ich ihm erklärt. Wer will sich mit jemandem einlassen, der sich wahllos durch die Welt bumst?› Aber er hat mich ausgelacht. Meine Verständnislosigkeit hat ihn amüsiert.»

Trotz der vielen Frauen in seinem Leben ließ Movita ihn nicht los. Einmal fühlte er sich sexuell von ihr angezogen, da sie angeblich «außergewöhnlich versiert» im Bett war. Doch gleichzeitig fesselte ihn die Mutterrolle, die er ihr zuerteilt hatte und die sie ihm unentbehrlich machte – um so mehr, als ihre ausgedehnte Familie in Los Angeles ihn mit offenen Armen empfangen hatte. Eine zufällige Begegnung mit ihr ließ ihn völlig den Kopf verlieren, so daß er sich eines Abends, als er Movita ganz in Weiß auf der gegenüberliegenden Straßenseite entdeckte, mit den Worten «Bin gleich wieder da» von seiner Begleiterin verabschiedete und nicht mehr gesehen ward.

Movita bot ihm schon deshalb Zuflucht, weil er im Laufe des Sommers 1953 «eine Menge Türen hinter sich zugeschlagen hatte», sagte Valerie Judd, die ihn ebenso wie Billy Redfield nur noch selten zu Gesicht bekam. «Marlon machte es einem schwer, ein Verhältnis zu ihm zu entwickeln, denn er tat immer nur das, wozu er Lust hatte. Und deshalb verbrachte er seine Zeit mit Leuten, die ihm nach dem Mund redeten und ihm das Leben leichtmachten.»

Brandos endlose Überlegungen, ob er in Manhattan bleiben oder sich in Los Angeles niederlassen solle, konnten zu nichts führen, solange er sich mit seinen «Schranzen» umgab. Er redete sich ein, in ihrem Kreis ein ganz «normaler Mensch» sein zu können, übersah dabei aber, daß seine Kumpel von seinem Erfolg so abhängig waren, daß sie gar nicht daran dachten, seine Handlungen und Entscheidungen jemals in Frage zu stellen.

«Er erwartete, von seinen alten Freunden in New York anders behandelt zu werden als von Hollywood», bemerkte Valerie Judd. «Er bildete sich ein, Wert auf unsere unvoreingenommene Meinung zu legen, aber da er immer den Weg des geringsten Widerstandes ging, war er drüben in Hollywood eigentlich viel besser aufgehoben.»

Kurz nach Neujahr 1954 besuchten Dodie und Marlon senior Hoboken und sahen ihrem Sohn das erste Mal bei den Dreharbeiten zu. Sie hatten einige Monate in Kalifornien verbracht und wollten anschließend Urlaub in Mexiko machen.

Als sie morgens in Hoboken eintrafen, nieselte es. Das Filmteam war oben auf den Dächern am Drehen. Der immer gefällige Carlo Fiore nahm sich ihrer sofort an. Als die Szene beendet war, kam Marlon herunter, um sich mit seinen Eltern und einem lächelnden Sam Spiegel photographieren zu lassen. Danach stellte er ihnen Kazan, Maguire und Malden vor und machte sie auf seine charmante Art mit Saint bekannt. Marlon hatte seine Mutter zum letzten Mal im Oktober gesehen. Er fand sie abgespannt und älter geworden und stellte fest, daß sie stärker rauchte denn je.

Inwieweit er sich über ihren beunruhigenden Gesundheitszustand im klaren war, ist ungewiß. Sie lebte seit einem Monat nach einer salzlosen Diät und von gegrilltem Hähnchen. Kurz vor Weihnachten hatte sie unter Herzbeschwerden gelitten und wollte sich in Kalifornien sofort einer gründlichen Untersuchung unterziehen. Sie litt an überhöhtem Blutdruck, woran im Vorjahr auch ihre Mutter gestorben war. Ihre unmittelbare Sorge betraf Frannys und Buds Zukunft – «ganz besonders Buds», wie sie Kay Phillips Bennett anvertraute, die sie zu Stillschweigen verpflichtet hatte. «Ihrer Meinung nach befand er sich auf schwankendem Boden, war von dämonischer Besessenheit getrieben und hatte sich nicht in der Gewalt.»

Die Dreharbeiten von *Faust im Nacken* hatten alle erschöpft. Dank Spiegels ständigem Drängen war es Kazan auch tatsächlich gelungen, den vorgesehenen Zeitplan einzuhalten. Als der Regisseur sich schließlich an den Schneidetisch setzte, ahnte er noch nicht, daß *Die Faust im Nacken* einmal ein Klassiker werden sollte. Harry Cohn von Columbia interessierte nur, was der Film gekostet hatte, und angeblich schlief er bei der ersten inoffiziellen Vorführung ein.

Nach wochenlangen, endlosen Sitzungen mit seinem Cutter Gene Milford im Schneideraum durfte Kazan aufatmen und konnte Spiegel informieren: «Sam, du hast endlich einen anständigen Film gemacht!» Danach organisierte er eine Probeaufführung für die Hauptdarsteller des Films, darunter Brando. Zwar hatte diese Version schon die endgültige Länge, wirkte aber unausgeglichen und holprig, und außerdem fehlte die Musik. Als die letzte Spule abgelaufen war, stand Brando, der direkt hinter Kazan gesessen hatte, auf und verließ wortlos den Vorführraum.

Als Malden ihm folgte, drehte Marlon sich zu ihm um. «Was meinst du?» fragte Brando.

«Ein verdammt guter Film», entgegnete Malden. «Was meinst *du*?»

«Mal rein, mal raus», sagte Marlon im Weitergehen.

«‹Mal rein, mal raus› war eine gängige Redensart», erklärte Malden später. «Es hieß, manchmal war ich in der Rolle drin und manchmal nicht. Das war alles, was er sagte, ‹mal rein, mal raus›. Kein Wort über den Film oder ob er ihm gefallen hatte. Aber Marlon war viel zu hellhörig, als daß er nicht gewußt hätte, was los war.»

Als *Die Faust im Nacken* im Juli 1954 im New Yorker Astor Theatre Premiere hatte, standen die Leute bereits am frühen Morgen Schlange. Die Kritiker nannten den Film schon nach einer Woche ein Meisterwerk: Seine Liebesszenen, sein «Realismus» und vor allem Brandos Darstellung würden ihn zum besten Film des Jahres machen.

«Ich lege meine Hand dafür ins Feuer, daß dieses Jahr kein Schauspieler Mr. Brando das Wasser reichen kann.»

New Yorker (31. Juli 1954)

«*Die Faust im Nacken* ist Filmkunst auf höchstem Niveau ... und dank Marlon Brando ein brillanter und ergreifender Einblick in die Seele eines armen, versklavten Hafenarbeiters ... Ein bewegendes Drama, wie ein einzelner über einen Tyrannen und über die Finsternis in der eigenen Seele triumphiert.»

Bosley Crowther, *New York Times* (8. August 1954)

Marlon erhielt die besten Kritiken, die er je bekommen hatte, so daß sich sein Preis auf dem Hollywood-Bazar verdreifachte. Als *Die Faust im Nacken* schließlich für zwölf Academy-Auszeichnungen nominiert wurde, hatte der Film bereits über sechs Millionen Dollar eingespielt, drei der vier New Yorker Filmkritikerpreise eingeheimst und beim Filmfestival in Venedig den Preis der Biennale gewonnen.

Als Brando in Hollywood für einen Oscar für die beste schauspielerische Leistung nominiert wurde, wollte Kazan jedoch unbedingt auf Nummer Sicher gehen. Schulberg und Roger Donoghue, Marlons Boxtrainer, wurden ausgeschickt, um ihm auf die Finger zu sehen. Wenn jemand ein Talent hatte, sich vorbeizubenehmen, dann war es Marlon, und die Konkurrenz bei dem Wettbewerb war erbittert. Er trat gegen zwei von Hollywoods Lieblingssöhnen an, Bing Crosby für *The Country Girl* und Humphrey Bogart für *The Caine Mutiny.* Kazan lag daran, daß sein Star sich an die Spielregeln hielt.

Am Abend des 30. März 1955 erschien Brando mit Jay Kanter, seiner Sekretärin, seiner Tante, seinem Vater und dem *Life*-Photographen Phil Stern, der ihm seit den frühen Morgenstunden auf den Fersen gewesen war, im Gefolge zur Preisverleihung im Pantages Theatre auf dem Hollywood Boulevard. Eine Zeitung schrieb, er habe «leicht verstört» ausgesehen, als er erst seinen Vater in der Menschenmenge verlor und dann kurz vor Beginn der Zeremonie auf dem Weg zur Toilette von einem Sicherheitsbeamten festgehalten wurde, weil er seine Eintrittskarte zu Hause vergessen hatte.

Die Bühne im Pantages Theatre mit ihrem aufgemalten dreidimensionalen Horizont war selbst für Hollywoodmaßstäbe geschmacklos. Um die Fernsehübertragung zu beschleunigen, verzichteten die Organisatoren darauf, die Namen der Kandidaten vor der Preisverleihung zu verlesen. Nachdem Charles Brackett, der Präsident der Akademie, Bob Hope vorgestellt hatte, eröffnete Humphrey Bogart den Siegeszug von *Faust im Nacken,* indem er Boris Kaufman den Preis für die beste Schwarzweißphotographie überreichte. Marlon betrat die Bühne und verlieh die Auszeichnung für die beste Regieführung an Kazan, der auf einer großen Fernsehleinwand erschien und seine Dankesrede aus dem NBC Century Theatre in New York hielt.

Als nächster überreichte Malden Schulberg den Preis für das Originaldrehbuch. Frank Sinatra verkündete einen weiteren Oscar, den vierten, für die beste Nebendarstellerin. Die im achten Monat schwangere Eva Marie Saint konnte sich in New York vor Lachen nicht helfen und stöhnte: «Ich glaube, es wird eine Frühgeburt.»

Die nächste Auszeichnung ging an den besten Nebendarsteller. Rod Steiger, Lee J. Cobb und Karl Malden waren alle drei nominiert worden, doch konnte die Jury sich nicht einigen, so daß der Preis an Edmond O'Brien für seine Darstellung in Mankiewicz' *The Barefoot Contessa* ging. Richard Day und Gene Milford wurden allerdings für künstlerische Leitung und Schnitt ausgezeichnet, womit sie die Zahl der Oscars auf sechs brachten.

Als der Applaus verstummt war, erschien Bette Davis, um den Oscar für die beste schauspielerische Leistung zu überreichen. Als sie verkündete: «Marlon Brando für *Die Faust im Nacken*», nahm Marlon sein Kaugummi aus dem Mund und lief mit strahlendem Gesicht auf die Bühne. «Vielen, vielen Dank», begann er. «Hmm ... vielen, vielen Dank ... hmm ... er ist viel schwerer, als ich dachte ... hmm ... ich ... hmm ... wollte etwas sagen, aber ... hmm ... ich kann mich beim besten Willen nicht erinnern ... hmm ... was ich sagen wollte. Ich glaube ... hmm ... noch nie in meinem Leben haben so viele Leute dazu beigetragen, daß ich mich so freue. Es ist ein einmaliger, unvergeßlicher Augenblick, und ich bin von Herzen dankbar dafür.»

Niemand war überrascht, als *Die Faust im Nacken* schließlich auch als bester Film ausgezeichnet wurde. Mit seinen acht Oscars hatte er *Gone with the Wind* und *From Here to Eternity* eingeholt.

Nach der Veranstaltung stellte Marlon sich hinter der Bühne mit einer begeisterten Bette Davis den Photographen. «Ich bin eine große Bewunderin deiner Filme», erklärte sie. «Und wie wird meine Nichte eifersüchtig sein, wenn sie hört, daß ich ihren Lieblingsschauspieler geküßt habe.» Dann erzählte sie den Reportern: «Ich bin begeistert, daß Marlon Brando den Oscar bekommen hat.

Wir beide sind uns sehr ähnlich. Er ist genauso ein Perfektionist wie ich und hat sich viele Feinde gemacht.»

Als sie fertig war, mußte Brando sich neben eine schluchzende Grace Kelly stellen, die den Oscar als beste Hauptdarstellerin gewonnen hatte. Er holte eine Zigarette heraus, zertrat sie aber mit dem Fuß, als ein Photograph ihn bat, den Arm um sie zu legen. Ein anderer bat die Schauspielerin, ihn zu küssen, aber Kelly erwiderte: «Ich finde, er sollte mich küssen.» Marlon entsprach ihrem Wunsch und küßte sie so lange, bis alle Photographen zufrieden waren. In seiner Begeisterung wollte er sich gerade dazu hinreißen lassen, auch Hedda Hopper zu umarmen, als er merkte, wen er vor sich hatte, und ihr statt dessen schnell die Hand schüttelte.

Während Kelly, Merle Oberon und Bing Crosby im Romanoff feierten und Jerry Lewis bei Chasen sein Publikum mit Marlon-Brando-Imitationen amüsierte, war Marlon auf einer Party bei Jay Kanter, wo er auf der Couch saß und Champagner aus einem Kaffeebecher trank. Sein Oscar stand auf einem Tischchen vor ihm. Er hatte die Schuhe ausgezogen und die Fliege abgenommen und nahm mit stummem Kopfnicken die Gratulationen der versammelten Gäste entgegen. Er dachte nicht daran, Glückwunschtelegramme zu verschicken oder seinen Kollegen Malden und Saint, geschweige denn Kazan und Schulberg zu gratulieren. Statt dessen schenkte er sich Champagner in seinen Becher nach, entbot der Statue vor sich einen stummen Toast und schlief prompt ein.

Abblende

1954–1958

ELF

Brandos nächstes Projekt war Darryl Zanucks 4-Millionen-Dollar-Spektakel in CinemaScope *The Egyptian.* Das Drehbuch stammte von dem bekannten Autor Philip Dunne und beruhte auf dem Bestsellerroman von Mika Waltaris. Zur Hollywood-Traumbesetzung aus Strahlemann und Co. gehörten Victor Mature, Gene Tierney, Jean Simmons und in der Hauptrolle Brando als der edle junge Arzt Sinuhe, der um einer edlen mesopotamischen Hure willen auf alles verzichtet.

Selbst für ein so kraß kommerzielles Unternehmen wie *The Egyptian* war das Drehbuch ein Witz. Brando in ägyptischer Aufmachung um die Sphinx herummarschieren zu sehen konnte kaum den Erwartungen seiner Fans entsprechen. Schlimmer war, daß die Rolle seiner Angebeteten ausgerechnet Zanucks jüdisch-polnischem Schützling Bella Darvi zugefallen war, aus der der Produktionschef unbedingt einen Star machen wollte. Wie alle wußten, war der mittelalterliche Zanuck ganz verschossen in sie. Die junge Schauspielerin hieß eigentlich Bella Wegler; ihr Bühnenname Darvi war ein Kürzel aus Darryl und Virginia, dem Namen von Zanucks bemitleidenswerter Frau (tatsächlich hatte Darvi monatelang im Gästebungalow des Studiochefs gewohnt, während Hollywood sich kaputtlachte). Publicitychefs bei Fox mußten für die neue Schauspielerin mit den hohen Wangenknochen die Werbetrommel rühren – obwohl ihr letzter Film *Hell and High Water* ein Reinfall gewesen war. Darvi hatte zwar keine Spur von Talent, aber Zanuck sah den Erfolg des Films allein durch die Millionen gesichert, die das Studio in die üppige Ausstattung, die Kostüme und die Verpflichtung von Schauspielern wie Brando und Simmons investiert hatte.

Angesichts dieser grotesken Umstände ging Marlon gleich am ersten Probentag im späten Januar auf Distanz. Nach der Begegnung mit Michael Curtiz, dem eingebildeten ungarischen Regisseur von *Casablanca*, der nicht gerade für sein Fingerspitzengefühl im Umgang mit Schauspielern berühmt war, verschwand er plötzlich. Abends rief Jay Kanter Zanuck zu Hause an, um ihm mitzuteilen: «Marlon ist nach New York zurückgekehrt.»

«Wieso?» wollte Zanuck wissen.

«Mike Curtiz ist nicht sein Typ», erklärte Kanter. «Die Rolle gefällt ihm auch nicht. Und Bella Darvi kann er nicht ausstehen.»

«Das kann er mir nicht antun!» rief Zanuck.

Aber Kanter bluffte nicht. Als er den Hörer auflegte, saß Brando bereits im Zug nach New York. Drei Tage später, am 2. Februar, traf ein Telegramm von Bela Mittelmann im Studio ein: Marlon, teilte der Psychoanalytiker in seiner Rolle als Arzt dem Regisseur mit, sei «ernstlich krank und geistig verwirrt» und für einen Zeitraum von wenigstens zehn Wochen arbeitsunfähig. Zanuck war sprachlos und verschob den Drehbeginn um eine Woche.

Durch seine Anwälte verlangte Fox, daß Brando sich von einem zweiten Psychiater untersuchen ließ und ihnen Zugang zu seiner Krankengeschichte gewährte. Man war sogar bereit, Mittelmann für die Zeit der Dreharbeiten nach Kalifornien zu holen. Während die Geschichte im ganzen Land für Schlagzeilen sorgte, telefonierte Kanter hinter seinem Klienten her, der spurlos verschwunden war. «Alle waren auf der Suche nach ihm», erinnerte sich Darren Dublin. «MCA lag uns ständig in den Ohren: ‹Habt ihr nichts von Marlon gehört?› – ‹Nein, keine Ahnung, wohin der sich verpißt hat.› Dabei wußten wir genau, daß er untergetaucht war.»

Nach dreiwöchigem Versteckspiel verließ Marlon allerdings sein Glück. Ein Polizist war ihm von Anfang an auf der Spur gewesen und hatte ihn schließlich in seinem Studio in Carnegie Hall gestellt. Der Polizist gab an, Brando einige Male in der Nachbarschaft gesehen, ihn aber nicht gleich erkannt zu haben, weil Brando sich mit Nadelstreifenanzug und falschem Schnurrbart, Spazierstock und Aktenkoffer in einen «Diplomaten der Vereinten Nationen» verkleidet hatte.

Währenddessen befanden sich die Anwälte von MCA in hektischen Verhandlungen mit Vertretern von Fox, um ihrem Klienten einen Prozeß zu ersparen. Doch Zanuck blieb hart. Nicht nur hatte sich der Mogul durch Brandos abfällige Äußerungen über Darvi – seinen aufgehenden Stern – gedemütigt gefühlt, sondern obendrein den zweiten für Schlagzeilen in der Presse sorgenden Korb im Laufe eines einzigen Jahres hinnehmen müssen. Marilyn Monroe, die während der Dreharbeiten von *Pink Tights* verschwunden war, um mit Joe DiMaggio ihre Flitterwochen zu verbringen, war inzwischen in Japan gelandet, und Zanuck fühlte sich mit jedem Zeitungsphoto, auf dem sie die aus Korea zurückgekehrten Soldaten unterhielt, von ihr auf den Arm genommen. Inzwischen hatte Louella Parsons Wind von Brandos «Festnahme» bekommen und ihren Lesern mitgeteilt, Fox stecke mit zwei Millionen in den roten Zahlen, seit der Schauspieler fahnenflüchtig geworden sei.

Diese Zahl war zwar eine maßlose Übertreibung, kam Zanuck aber sehr gelegen. Fox war nämlich bereit, auf eine Klage gegen Brando zu verzichten, wenn der Schauspieler erstens bereit war, die Hälfte der entstandenen Kosten zu tragen und zweitens den vertraglichen Verpflichtungen für einen weiteren Film nachzukommen. Fox hatte vor, *Désirée* zu verfilmen, eine historische Liebesgeschichte nach dem Bestseller von Annemarie Selinko, und Marlon sollte Napoleon spielen.

Marlon war in Nöten. Zanucks Bußgeld sowie Verluste auf der Ranch in Nebraska würden ihn um seine gesamten Ersparnisse bringen. Er hatte die Wahl zwischen *Désirée* oder einem langwierigen Prozeß. Während die Anwälte beider Parteien an einem Vergleich arbeiteten, legte MCA ihm dringend nahe, klein beizugeben. Seine Karriere stände auf dem Spiel, und kein Mensch in Hollywood würde einen Schauspieler beschäftigen, der eine Produktion von mehreren Millionen aufs Spiel gesetzt hatte.

Um das Maß vollzumachen, erreichte ihn mitten in den Verhandlungen die Nachricht, daß Dodie bei den Lindemeyers in Pasadena einen Zusammenbruch erlitten hatte und im Krankenhaus lag. Fran machte sich sofort von Chicago und Marlon von New York aus auf den Weg.

«Papa war die ganze Zeit bei ihr», erinnerte Jocelyn sich, «und als Bud eintraf, wohnten wir alle bei Betty und lösten uns paarweise im

Krankenhaus ab.» Marlon senior und Fran waren ein Team, Jocelyn und Bud das andere. So vergingen zwei Wochen. Dodie war meist bei Bewußtsein, fiel aber immer wieder in ein Koma, und ihr Zustand verschlechterte sich zusehends. «Sie war sehr tapfer und sehr gefaßt», berichtete Jocelyn.

«Wir hatten alle das Gefühl, das Leben wollte sie nicht loslassen. Jedesmal, wenn sie ausatmete, entstand eine lange Pause, als hätte sie den letzten Atemzug getan. Wir wußten, daß sie erlöst werden wollte, und waren darauf vorbereitet. Bud wußte es auch. Wir wünschten es ihr inständig, denn einmal hatte sie die Augen geöffnet und gesagt: ‹Ich habe keine Angst, und ihr braucht auch keine Angst zu haben.›»

Als Dodie am 31. März 1954, morgens um 5.20 Uhr, endlich starb, saßen Bud und Jocelyn an ihrer Seite und hielten ihre Hand.

Marlon war in den darauffolgenden Tagen sehr schweigsam und verlor kaum ein Wort über seinen Kummer. Freunde in New York, Libertyville und L. A. bezeigten ihr Beileid. Valerie Judd rief sogar aus New York an und schickte Blumen, obwohl sie eigentlich bankrott war. Doch sie fand Marlon «ziemlich schroff», als er sie, um ihr Mitgefühl abzuwehren, wegen der unnötigen Geldausgabe zurechtwies. Joy Thomson, eine Freundin aus den Tagen des Dramatic Workshop, rief ebenfalls an. «Ich versicherte ihm, wie leid es mir tat», sagte sie. «Dann muß ich so etwas gesagt haben wie, ‹wenn Dodie betrunken war und diese phantastischen Einfälle hatte›, worauf er mir mit den Worten ‹Wieso? Meine Mutter hat nie getrunken› ins Wort fiel. Da wußte ich, daß es ihm dreckig ging, denn schließlich wußten alle, daß sie Alkoholikerin war.»

Es war kein Zufall, daß Fox seine endgültigen Bedingungen unmittelbar am Tag nach Dodies Tod bekanntgab. In seiner damaligen Verfassung blieb Marlon nichts anderes übrig, als die Bedingungen des Studios zu akzeptieren.

Das ganze nächste Jahr blieb ihm Dodie so nah, daß er ihre Gegenwart bei der Oscar-Verleihung am 30. März 1955 unmittelbar spürte. Sie hatte ihrem Sohn diesen Preis immer gewünscht und war verzweifelt gewesen, daß sein mangelndes diplomatisches Geschick ihm diesen Triumph bisher vorenthalten hatte. Als der Kritiker Sidney Skolsky sich über seine verhaltene Reaktion an dem Abend wunderte, erklärte Marlon ihm: «Es ist genau ein Jahr her, daß meine Mutter gestorben ist, und deshalb ist mir nicht nach Feiern zumute.» Dasselbe sagte er später in einem Interview zu Edward R. Murrow und drückte mit einem Blick auf ein großes Ölportrait von Dodie über dem Kamin sein Bedauern darüber aus, daß seine Mutter seinen Triumph nicht mehr miterlebt hatte.

Desiree (dt. *Désirée*)

Als Marlon senior gemeinsam mit Fran Dodies Asche auf der Ranch in Nebraska verstreute, war Marlon bereits mit den Dreharbeiten von *Désirée* beschäftigt. Er hatte sich eine neue Freundin zugelegt, die zierliche, knabenhafte neunzehnjährige Josanne Mariani-Berenger, der er im Februar 1954 auf einer Party bei Stella Adler begegnet war. Sie hatte als Model in Südfrankreich gearbeitet, war als Au-pair in die Familie eines mit Mittelmann befreundeten Psychiaters nach Amerika gekommen, nahm jetzt bei Stella Schauspielunterricht und schien mit ihren riesigen traurigen Augen, dem kurzgeschorenen Haar und dem gebrochenen Englisch die Unschuld in Person. In seinem verstörten, verzweifelten Zustand hatte Marlon sich auf sie gestürzt. Als er nach Kalifornien ging, folgte sie ihm und zog bei ihm ein.

Im Gegensatz zu dem, was Brando seiner Mutter auf dem Totenbett angeblich versprochen hatte, war sein Benehmen während der Dreharbeiten zu *Désirée* ganz auf Provokation angelegt. Der Regisseur war Henry Koster, ein gemütlicher Studio-Hengst, der für Zanuck bereits *The Robe* gedreht hatte. Koster war weder ein Kazan, ein Mankiewicz oder ein Zinnemann, nicht einmal ein Laslo Benedek, und wenn er sich auf seine Napoleon-Kenntnisse etwas zugute hielt, so ließ Marlon von Anfang an keinen Zweifel daran, wer der eigentliche Experte war.

So behauptete Brando, als Vorbereitung auf seine Rolle unzählige Biographien über den französischen General gelesen zu haben. Auch machte er schon in der ersten Woche deutlich, daß er nicht bereit war, irgendwelche Anweisungen entgegenzunehmen, und wenn Koster ihn aufforderte, seinen Platz einzunehmen, dann erwiderte Brando: «Soll ich wirklich da drüben stehen? Ich finde, wir sollten es hier machen.»

«Jawohl, Mr. Brando, machen wir's da.»

«Oder hier vielleicht?»

Koster ließ sich von Brando so ins Bockshorn jagen, daß ihm jede Autorität abhanden kam und er sich schließlich aufs Bitten verlegen mußte: «Was meinen Sie, Marlon? Wären Sie einverstanden? Sind Sie etwa gekränkt, Marlon? Habe ich Ihnen etwas getan?»

Brando beschwerte sich, daß Koster das Drehbuch nicht verstanden hätte, und verlangte, daß Produzent Julian Blaustein eingriff. Gleichzeitig verunsicherte er den geplagten Regisseur mit immer neuen Mätzchen. Entweder er lernte seinen Text nicht oder erschien nicht zu den Proben, und als die Szene gefilmt werden sollte, in der Napoleon sich selbst die Krone aufsetzt, fing er an, vor den versammelten Statisten mit einer Wasserpistole um sich zu spritzen.

Aber ein Umstand wurmte ihn noch mehr als Kosters Unbedarftheit: Auf der anderen Seite der Stadt bei Warners arbeitete Kazan mit James Dean an *East of Eden*, und wie sich bereits herumgesprochen hatte, versprach Dean Hollywoods nächster großer Star zu werden. Marlon konnte es sich nicht verkneifen, selbst nach dem Rechten zu sehen. Er erschien also auf dem Set von *Eden*, ließ sich mit Kazan, Julie Harris und James Dean photographieren, tat aber, als sei Dean Luft für ihn. Bei der Freigabe des Films sagte er nur: «Mr. Dean bedient sich nicht nur meiner vorjährigen Garderobe, sondern auch meines vorjährigen Talents.»

«Man fühlte sich an Apollo mit dem Sonnenwagen erinnert», sagte einer der Statisten bei Warners. «Er sieht sich um, und da geht eine zweite Sonne am Horizont auf. Während Brando in einem miserablen Schinken festsitzt, arbeitet Jimmy mit seinem Lieblingsregisseur.»

Marlon litt schon länger unter Eifersucht. Schon vor Jahren hatte ihm Stella in New York ins Gewissen geredet, Dean nicht so ernst zu nehmen. «Ihr habt nichts gemeinsam. Er ist ein Grünschnabel.» Einmal war er Dean auf einer Party bei Barbara Baxley begegnet, wo das ganze Actors Studio versammelt war, und es hatte ihn ganz offensichtlich geärgert, daß sie miteinander verglichen wurden. «Inzwischen ahmten ihn alle nach. Wenn die jungen Schauspieler von der Kritik wegen ihrer ‹Authentizität› gelobt wurden, bedeutete das nur, daß sie Brando kopierten», sagte Janet Ward, eine Kollegin aus dem Studio. «Rod Steiger, Gazzara, alle miteinander. Er fühlte sich dadurch bedroht. Bei der Party sagte er zu mir: ‹Siehst du den jungen Mann, der da gerade reinkommt? Kennst du den?› – ‹Natürlich, das ist Jimmy›, sagte ich. Darauf er: ‹Wollen wir wetten, daß er seinen Mantel auf den Fußboden schmeißt?›

Jimmy begrüßte die Leute. Es war Winter, und er trug einen Mantel. Langsam knöpfte er ihn auf. Ich fragte Marlon: ‹Woher weißt du das?› Darauf er: ‹Weil *ich* es tue. Paß auf.› Tatsächlich schmiß Jimmy den Mantel auf den Boden. Marlon grinste über das ganze Gesicht. Ich erinnere mich, wie er zur Bestätigung beide Hände mit den Worten hob: ‹Hab ich's nicht gesagt?›»

Marlon spielte Blockflöte, also fing Dean ebenfalls an, Blockflöte zu spielen. In Hollywood nahm er Unterricht bei Jack Costanzo, Marlons Bongo-Partner, und der erinnerte sich: «Während einer unserer Sessions fragte Dean mich auf seine knappe, kaum verständliche Art: ‹Wie spielt Marlon eigentlich?› Und als ich antwortete: ‹Toll›, sagte er nur: ‹So.›» Die Motorräder, die engen Jeans, die Turnschuhe, die Pullover mit V-Ausschnitt – alles Imitation von Brando.

«Jimmy war so verschossen in Marlon, daß er wie ein Häufchen Unglück wirkte», sagte Kazan, und selbst blasierte Sunset-Strip-Typen sprachen von einer «krankhaften Übertragung», einer Besessenheit, die «ziemlich unmöglich» war.

Wenn Brando von Dean in der Öffentlichkeit sprach, nannte er ihn immer nur «den Kleinen». Sondra Lee vertraute er an, Dean mache «eine Identitätskrise» durch. Als er von Jack Costanzo erfuhr, daß Dean kein begnadeter Trommler sei, konnte er seine Schadenfreude nicht verbergen. Er lächelte leise vor sich hin und sagte: «Tatsächlich?»

«Dean war total auf mich fixiert. Alles, was ich machte, machte er auch», erklärte Brando später und fügte hinzu, daß er einmal zugehört hatte, wie der jüngere Schauspieler versucht hatte, ihn über seinen telefonischen Auftragsdienst zu erreichen. «Aber ich habe mich nicht gemuckst. Ihn nie zurückgerufen.»

«Er machte sich einen Spaß daraus, Jimmy zu imitieren», sagte der Komponist David Diamond. «Er beneidete ihn um seine Unterlippe. Er wollte sogar von mir wissen, ob ich fände, daß er gut aussähe.» Kurioserweise hatte Marlon ihm dieselbe Frage bereits über Monty Clift gestellt. «Jimmy hatte diesen Drang zur Selbstzerstörung und konnte eine Flasche zerschlagen und drohen, sich damit die Pulsadern aufzuschneiden. Er unternahm mehrere Selbstmordversuche. Marlon wußte davon. Aber Jimmy hatte einen Heidenrespekt vor Marlon. Ich erinnere mich, wie ich einmal zu Jimmy gesagt habe: ‹Geh doch hin und nimm ihn in den Arm. Er wird schon nicht beißen.› Dean errötete wie ein kleines Mädchen.»

Am Morgen nach Marlons Besuch bei Warners tauchte Dean in seinem *Eden*-Kostüm vom Abend vorher auf dem Set von *Désirée* auf. Er setzte sich an die Seite und verfolgte gebannt jede Geste Brandos, um ihm «sein Geheimnis» zu entlocken, obwohl Brando sich nicht die geringste Mühe gab. Doch es fiel kein Wort zwischen den beiden. Einige Abende später trafen sie sich bei einer Party für Sammy Davis jr. wieder. Marlon unterhielt sich mit Mel McCarter, Luther Adlers ehemaliger Freundin, als Dean auftauchte und Brando ihn wiederum ignorierte.

«Marlon stand mit dem Ellbogen auf dem Kaminsims gelehnt, sah Dean auf sich zukommen und dreht den Kopf zur Wand», erinnerte sich McCarter. «Dean brannte darauf, mit ihm zu sprechen, und stand ein paar Sekunden unschlüssig herum. Dann ließ er resigniert den Kopf hängen und verschwand in ein anderes Zimmer, um zu trommeln.»

Nach ungefähr einer Stunde tauchte er wieder auf. Brando behauptete später, Dean habe sich «wie ein Irrer aufgeführt». Jedenfalls nahm er Dean beiseite, machte ihm klar, daß er ihn für «krank» hielt, und gab ihm Mittelmanns Adresse, damit er den Psychoanalytiker bei seiner Rückkehr nach New York aufsuchte.

Inzwischen hatten die Spannungen auf dem Set von *Désirée* sich bis zur Unerträglichkeit gesteigert. Produzent Julian Blaustein ahnte, daß sich hinter Marlons blasierter Haltung «nur die Angst verbarg, das Publikum könnte ihn für einen der Irren in den vielen französischen Anstalten halten, die sich als Napoleon ausgeben». Marlon hatte sich bereits strikt gegen die «Hand-in-der-Jacke-Masche» gewehrt und brach über die Interpretation seiner Rolle immer neue Diskussionen vom Zaun. Die gesamte Produktion war ins Schleudern geraten.

Dabei hatte Produzent Blaustein Brando geradezu in sein Herz geschlossen, wenn auch vor allem deswegen, weil er sich ausgelassen mit den Kindern des Produzenten auf dem Fußboden balgte, wenn er bei ihm zum Essen eingeladen war. Aber alles hatte seine Grenzen.

«Wir sind zwar gute Freunde, Marlon, und ich weiß das zu schätzen, aber schließlich habe ich hier die Verantwortung», begann er. «Ich habe dich mehr als einmal ermahnt, und du hast mir mehr als einmal dein Versprechen gegeben. So kann es nicht weitergehen. Du hast den Film zwar nicht machen wollen, aber jetzt sind wir einmal dabei und machen ihn auch fertig. Richte um Gottes willen nicht noch einmal den gleichen Schlamassel an. Schlag dir die Anwälte aus dem Kopf. Und eins laß dir gesagt sein: Wenn du nicht spurst, wenn der Regieassistent dich ruft und alle bereitstehen ...»

Er unterbrach sich, holte tief Luft und fuhr kopfschüttelnd fort:

«Wie kannst du bei deiner politischen Einstellung und deinem sozialen Gewissen so mit den Leuten da draußen umspringen? Ich rede nicht von Jean Simmons und Merle Oberon – um die brauche ich mich nicht zu sorgen. Das sind die Stars. Aber die Statisten, die sich die meiste Zeit wie eine Hammelherde vorkommen, haben schließlich Kinder zu ernähren. Wie kannst du denen solche Verachtung zeigen? Und sie im heißen Scheinwerferlicht herumstehen lassen, bloß weil der große Filmstar nicht auftrittbereit ist?»

Brando nickte bei diesen Worten. «Ja, du hast recht», sagte er, «du hast völlig recht.»

«Es ist mein letztes Wort», fuhr Blaustein fort. «Das nächste Mal breche ich die Dreharbeiten ab. Und dann wirst du dein blaues

Wunder erleben, weil du finanziell ruiniert bist. Die Filmgesellschaft wird dich auf Schadenersatz verklagen, und zwar nicht nur für jeden Pfennig, den sie in diesen Film investiert hat – und das ist kein Pappenstiel, ich kann dir die Bücher zeigen –, sondern auch für etwaige Gewinne, die ihr entgehen. Und bei den Kosten, die da auf dich zukommen, kannst du am besten gleich Vertreter werden, Marlon. Beim Film bekommst du kein Bein mehr an Deck. Also, reiß dich zusammen.»

Es war vermutlich die unverblümteste Standpauke, die Marlon je über sich hatte ergehen lassen müssen. Für Blaustein war die Filmbranche ein Geschäft wie jedes andere, in dem es «um eine Menge Kohle ging». Als der Produzent sich Jahre später zu der Konfrontation äußerte, meinte er, Brando habe ihm vermutlich nicht geglaubt, doch sei sein Benehmen von dem Tag an «einwandfrei» gewesen – auch wenn seine schauspielerische Leistung alles andere als inspiriert war. Ohne daß jemand zu fragen wagte, warum, hatte Brando sich einen englischen Akzent nach dem Vorbild von Claude Rains zugelegt. Der Akzent war schon deshalb unangebracht, weil Brando sich ständig am Hintern, an der Nase oder im Schritt kratzte und sich dabei laut darüber ausließ, daß er an Ausschlag oder an Krätze litt. Er lernte seinen Text meist erst eine Stunde vor seinem Auftritt und war eigentlich nur an seiner Maske interessiert. Auf die Hilfe von Rhodes und Harry Maret, dem hauseigenen Maskenbildner von Fox, glaubte er verzichten zu können. Stundenlang war er mit seiner falschen Nase beschäftigt, experimentierte mit einem Weißstift, um ihre Krümmung zu betonen, und stopfte sich die Taille immer mehr aus, um den Alterprozeß, den Napoleon im Lauf des Films durchmacht, zu unterstreichen.

Er traf den Nagel auf den Kopf, als er später prahlte: «Eigentlich habe ich der Maske die Rolle überlassen.» Als Sid Armus auf dem Set erschien und Brando zusah, hielt er seine Napoleon-Darstellung für «völlig abwegig». In seiner Begleitung war Sondra Lee. Sie ahnte, daß ihr Freund und Idol «tief verstört» war.

«Ich hätte erwartet, daß ihn die Gestalt Napoleons faszinierte», fügte sie hinzu. «Aber er vergaß ständig den Text, ein sicheres Zeichen, daß ein Schauspieler seine Arbeit innerlich ablehnt. Meist beruht so etwas auf Antipathie, Unsicherheit oder auch Krankheit.»

Josanne Mariani-Berenger verbrachte ihre Zeit derweil unsichtbar hinter den Kulissen in Marlons Wohnwagen, während er sich weiterhin mit Rita Moreno und anderen Frauen traf. Schon bald machte er Anstalten, Josanne vom Set zu entfernen. Nur wenige Wochen nachdem sie bei ihm eingezogen war, eröffnete er ihr, sie müsse sich eine eigene Unterkunft besorgen, da das Studio sein Haus an Philip und Marie Rhodes vermietet habe. Es waren die gleichen Ausflüchte wie damals, als er wegen der Renovierungsarbeiten bei Movita in der Fifty-seventh Street ausgezogen war. Josanne kam seinen Wünschen widerspruchslos nach und zog mit einer anderen jungen Schauspielerin zusammen. Nun erwartete Marlon, daß Philip und Marie Rhodes sich um Josanne kümmerten. «Wir sollten aufpassen, daß sie nicht auf dem Set erschien», erinnerte Rhodes sich. «Und an den Wochenenden erwartete er, daß wir mit ihr nach San Francisco fuhren. Er wollte sie ganz offensichtlich loswerden, obwohl er versprochen hatte, sie zu heiraten.»

Kaum war Josanne aus dem Weg, da erschien Marilyn Monroe. Monroe nahm die Gelegenheit wahr, Zanuck für das Nachspiel zu ihrem Vertragsbruch in dem Film *Pink Tights* eins auszuwischen. Auf ihre neckische Art verkündete sie den Reportern, sie habe säkkeweise Fanpost «von Teenagern erhalten, die Marlon vergöttern und unbedingt wollen, daß wir zusammen einen Film machen». Tatsächlich hatten Brando und Monroe ihre Beziehung wiederaufgenommen und tauchten gegen Ende des Jahres bei einer Wohltätigkeitsveranstaltung für das Actors Studio sogar gemeinsam in der Öffentlichkeit auf. Josanne kehrte, offenbar auf Marlons Rat, bald nach Frankreich zurück. «Er sah zu, daß er sie endgültig los wurde», sagte Rhodes, «und uns dazu. Sobald sie fort war, befahl er uns auszuziehen, so daß wir uns für die beiden letzten Wochen von *Désirée* noch eine Wohnung suchen mußten.»

Als *Désirée* Ende September 1954 endlich unter Dach und Fach war, ging Brando nach Europa. Der Zweck der Reise war, im Ausland Propaganda für *Die Faust im Nacken* zu machen und Verhandlungen über eine etwaige Rolle in einer italienischen Verfilmung von *War and Peace* aufzunehmen. In einem früheren Interview mit James Bacon, dem Hollywood-Korrespondenten von AP, hatte Brando allerdings nicht verschwiegen, daß er wieder einmal aus Hollywood floh.

«Clowns, die lebendigen Hühnern im Zirkus den Kopf abbeißen, sind die gemeinste Form der Publikumsunterhaltung», hatte er bissig gemeint. «Meist werden sie mit billigem Fusel entlohnt. Die Presse hat mich zu solch einem Zirkusclown erklärt, der 150000 Dollar pro Hühnerkopf erhält. Wenn ihr Journalisten euch noch die Nacht um die Ohren schlagt, um meine Arbeitsscheu anders zu umschreiben, liege ich längst mit einer wunderschönen Puppe an der Riviera und lasse mich mit Weintrauben füttern.»

Sein Sarkasmus sprach Bände. In New York bestieg er die Ile-de-France, und es war den Journalisten ein gefundenes Fressen, als Brando, der berüchtigte Linke und Star der *Faust im Nacken,* kleinlaut die Streikposten der Hafenarbeiter passieren mußte. In Paris verbrachte er zwei Wochen mit seinen Freunden Christian Marquand und Hervé Mille, bevor er zu einem Rendezvous mit Josanne nach Südfrankreich aufbrach. Als er in ihrem Heimatort, dem kleinen Fischerdorf Bandol, eintraf, mußte er feststellen, daß die Straße vor dem Haus der Mariani-Berenger von Hunderten von Photographen und Reportern versperrt war. Am nächsten Tag erschienen in der internationalen Presse Bilder von den beiden, wie sie in identisch gestreiften Pullis mit U-Boot-Kragen am Strand entlangschlenderten. Noch mehr Aufsehen erregten die internationalen Schlagzeilen. Der Bericht in *Newsweek* beschwor das Bild eines neuen romantischen Brando, eines gezähmten Kowalski:

«Auf seiner gegenwärtigen Europareise machte der launische Macho-Schauspieler Marlon Brando zwei Wochen lang Station in Paris. Dann zog er sich in das kleine Fischerdorf Bandol an der französischen Riviera zurück. Dort streifte er stundenlang auf einem gemieteten Motorroller mit Josanne Mariani-Berenger durch die Gegend, der neunzehnjährigen Stieftochter eines einheimischen Fischers ... Zwei Tage nach Brandos Ankunft erschien in der Zeitung in Toulon eine kurze Anzeige: ‹Monsieur und Madame Paul Berenger freuen sich, die Verlobung ihrer Tochter Josanne mit Marlon Brando bekanntgeben zu dürfen.› Josanne verkündete, Brando habe ihr zwei Stunden nach ihrer ersten Begegnung einen Heiratsantrag gemacht. Darauf Brando: ‹Natürlich sind wir verlobt – die Sache ist überhaupt kein Geheimnis.›»

Rita Moreno gab daraufhin in Los Angeles einen ihrer seltenen öffentlichen Kommentare über Brando ab und äußerte Überraschung und Ungläubigkeit. «Ich dachte, er wollte sich nicht binden», sagte sie. «Er hat einmal zu mir gesagt, die Gesellschaft will einen nur festnageln. Er dagegen wollte sich lieber auf eine Insel zurückziehen und tun, wozu er Lust hätte. Die Nachricht von seiner Verlobung hat mich überrascht. Andererseits macht er den Eindruck einer verlorenen Seele auf der Suche nach einer Nische. Offenbar hat er seine Nische gefunden.»

Movita gestand ebenfalls, sie halte ihn nicht «für reif genug, um sich zu binden». Außerdem glaubte sie nicht, «daß er sie umgehend heiraten wird. Vielleicht sind sie verlobt, ja. Er ist sehr charmant, aber für mich war er ein bißchen zu unreif ... oder besser, ich bin reifer als er. Aber er meint es bestimmt ernst», fügte sie hinzu. «Er braucht unbedingt jemanden. Aber er ist nicht der Typ, der sich unbesonnen auf etwas einläßt.»

Seine New Yorker Freunde waren ebenfalls skeptisch, als Brando zwei Tage später allein aus Bandol verschwand und sich nach Italien aufmachte. Er habe die «Verfolgungsjagd» satt, erklärte er empört den Reportern. Josanne war ebenfalls verschwunden, wie die Presse feststellte – zuerst nach Paris und dann weiter nach Kalifornien. «Wir sind immer noch ineinander verliebt», behauptete sie und meinte, Heiratspläne würden ihrer Hollywood-Karriere keinen Abbruch tun.

Zwei Tage später, am 1. November, traf Marlon mit dem Schnellzug von Nizza in Rom ein. Gerüchte, er habe seine Verlobte verlassen, tat er wegwerfend als «Gossengeschwätz» ab. «Ich liebe Josie. Dies ist keine Zufallsliebe», behauptete er. «Aber wir wollen nicht gleich heiraten. Sie hat noch einiges nachzuholen. Es wäre nicht fair, ihr das Leben vorzuenthalten, bevor es begonnen hat.»

Am nächsten Tag meldete er ein Gespräch nach Paris an und versicherte Josanne, sie sei «die einzige Frau, die ich je heiraten wollte». Das junge Mädchen erklärte daraufhin öffentlich: «Wir sind immer noch ineinander verliebt. Es wird so viel über Marlon geredet ... daß er schwierig ist und so. Aber das stimmt nicht. Ich kenne ihn und habe keine Schwierigkeiten mit ihm.»

Bei Tagesanbruch fand Paul Berenger sich in hüfthohen Fischerstiefeln und zerrissenem Pullover beim Entladen seines täglichen Fangs in Bandol von Reportern umringt. Er teilte ihnen mit, daß er die Nase voll hätte. Er zweifelte nicht, daß Brando seine Tochter heiraten würde, fügte jedoch gereizt hinzu: «Das will ich ihm jedenfalls geraten haben.»

Zwei Wochen später, am 26. November 1954, traf Marlon an Bord der *United States* wieder in New York ein und fand sich gleich an der Pier von der Presse umringt. «Ich habe alle Absichten, das Mädchen zu heiraten», wiederholte er immer wieder. Merkwürdigerweise war Josanne, die inzwischen ebenfalls in New York war, nicht zu seiner Begrüßung erschienen. Er erklärte diesen Umstand damit, daß er sie vom Schiff aus angerufen habe und später treffen werde. Daraufhin verfolgte ihn ein Schwarm von Paparazzi bis zu seinem Studio in der Carnegie Hall, und die Abendausgaben der Boulevardpresse berichteten in Ermangelung weiterer Neuigkeiten, daß er vier Hemden in die Reinigung gegeben habe.

Am späten Nachmittag tauchte endlich Josanne auf und bahnte sich einen Weg durch das Blitzlichtgewitter. Mehrere Stunden vergingen, bevor sie Arm in Arm mit ihrem Galan am Eingang zu Brandos Apartment erschien. «Ich werde mich öffentlich nicht über meine privaten Gefühle äußern», sagte er nachdrücklich, räumte aber ein, sie hätten beschlossen, den Heiratstermin «auf irgendwann im nächsten Monat» zu verschieben.

Josanne mit ihrer kessen Bubikopffrisur machte einen leicht übernächtigten Eindruck, strahlte aber, wie *Newsweek* am 6. Dezember verkündete, gleichzeitig wie «ein Fischweib, das einen guten Fang gemacht hat». Die Meute von Reportern im Gefolge, verließen die beiden das Gebäude und suchten ein Restaurant auf. Die Presse blieb ihnen den ganzen Abend hart auf den Fersen, bis es Marlon zu bunt wurde. Die «Geier», wie er die Reporter nannte, ließen sich nicht abschütteln. «Aber es wird ihnen nicht gelingen, unsere Liebe kaputtzumachen ... Ich werde mir noch einen Schlapphut und eine dunkle Sonnenbrille besorgen und in Hintergassen durch die Stadt schleichen müssen. Was für ein Leben!» Sondra Lee, die Josanne für «eine dumme Pute und nicht der Rede wert» hielt, gewann einen etwas anderen Eindruck. Josanne habe ihm wegen eines Nerzmantels «in den Ohren gelegen», erzählte er Lee, und er sei so wütend geworden, daß er in einen Laden gegangen und ihr einen Vogel gekauft hätte.

Für Lee gab es nur eine Erklärung: «Eine einfältige kleine Französin, ein schäbiges Fischerdorf ... und als er zu sich kommt, ist er verlobt. Unglaublich, was der Mann für Mist baut. Man fragt sich, wie jemand, der so reich und so berühmt ist, so dämlich sein kann. Aber er ist tatsächlich so dämlich ... und nun sitzt er in der Falle.»

Die Dreharbeiten von *Guys and Dolls* (dt. *Schwere Jungs und leichte Mädchen*), dessen Vertrag Brando noch vor Beendigung von *Désirée* unterschrieben hatte, sollten in weniger als einem Monat beginnen, also wurde Josanne im Dezember nach Kalifornien geschickt. Dabei hatte Marlon durchaus seine Hintergedanken. Er wußte, daß die bisher unbekannte Ursula Andress, die in Manhattan mit Josanne die Wohnung geteilt hatte, auch noch einen kleinen, mit Wein bewachsenen Bungalow oberhalb des Sunset Boulevard besaß und daß die attraktive Andress mit ihrem Häuschen nur auf ihn wartete.

«Ursula war entzückt», sagte Maila Nurmi, die in Hollywood war, als Josanne und Ursula dort gemeinsam eintrafen. Marlon folgte wenig später nach. Der Vorteil des Arrangements war, daß Marlon jederzeit zu Besuch kommen konnte. Ursula und Marlon waren sich sehr ähnlich: Sie war ebenfalls eine Eroberernatur und hatte nichts anderes im Sinn, als ihrer Freundin den Verlobten auszuspannen. Dabei ging sie kaltblütig über Leichen. Also folgte sie der kleinen französischen Gans nach L. A. und bekam prompt, was sie wollte.

Im Frühjahr 1955 tat Josanne zwar noch so, als stünde die Hochzeit unmittelbar bevor, doch war sie inzwischen in ein eigenes Häuschen am Havenhurst gezogen und arbeitete als Verkäuferin, um die Miete bezahlen zu können. Marlon besuchte sie weiter, selbst als ein junger Kabarettsänger namens André Philippe bei ihr einzog. Philippe, ein in Brooklyn geborener Jude, der eigentlich Everett Cooper hieß, erinnerte sich, «daß sie sich nach Brando verzehrte ... Er war ein Nachtmensch», sagte Philippe und spielte damit auf Marlons Telefonanrufe gegen drei oder vier Uhr morgens an. «Sie wartete, bis er anrief, und dann fing sie an zu trinken und wurde depressiv. Sie verschwand im Badezimmer und schmiß Gläser gegen die Badewanne. ‹That son-of-a-beetch!› schrie sie mit ihrem französischen Akzent. ‹Dieses Arschloch!› Sie meinte, er hätte ihr Leben ruiniert, aber sie wartete trotzdem weiter auf ihn.»

Jahre später heiratete Josanne einen anderen, bekam ein Kind, ließ sich scheiden und kehrte nach L. A. zurück. Sie wurde praktizierendes Mitglied der Sikh-Sekte, kleidete sich ganz in Weiß, hörte auf, Fleisch zu essen, und lebte im Ashram der Sekte, wo sie schon vor Tagesanbruch ihre Gebete verrichtete. Philippe, ebenfalls verheiratet und wieder geschieden, begegnete Brando später zufällig in einem Restaurant im San Fernando Valley. Er ging an Brandos Tisch, stellte sich vor und erwähnte, daß er drei Jahre lang mit Josanne zusammengelebt hätte.

Marlon stand auf, schüttelte ihm die Hand und sagte: «Mein herzliches Beileid.»

Guys and Dolls (dt. *Schwere Jungs und leichte Mädchen*) und *The Teahouse of the August Moon* (dt. *Das kleine Teehaus*)

Brando in einem Musical auftreten zu lassen war die Idee des genialen Showman und Produzenten Sam Goldwyn. Er hatte MGM, Paramount und Columbia mit einer Rekordsumme von einer Million Dollar überboten, um die Rechte für die langjährige Broadway-Show *Schwere Jungs und leichte Mädchen* nach den Geschichten von Damon Runyon zu erwerben. Ursprünglich hatte der Produzent Gene Kelly für die Hauptrolle im Sinn gehabt, aber MGM weigerte sich, ihn gehen zu lassen. Kirk Douglas, Robert Mitchum und Burt Lancaster waren weitere Kandidaten. Bing Crosby und

Clark Gable waren ebenfalls an der Rolle interessiert, doch tauchte der Name Marlon Brando bei den Besprechungen immer wieder auf, weil der gerissene Goldwyn dem ahnungslosen Publikum einen Köder hinhalten wollte: Brando, das launische Enfant terrible, hatte noch nie auf der Leinwand gesungen, und der Werbeeffekt allein versprach einen Bombenerfolg.

Regisseur Joseph Mankiewicz hatte keine Ahnung, ob Marlon überhaupt singen konnte, und es war ihm auch ziemlich egal. Brando hatte anfangs ähnliche Bedenken wegen der Rolle wie bei Shakespeare. Mankiewicz schickte ihm auf Goldwyns Rat ein Telegramm aus London: «GROSSES INTERESSE, DASS SIE MASTERSON SPIELEN, EINE ROLLE, DIE IHNEN AUF DEN LEIB GESCHRIEBEN IST, ÄHNLICH ANSPRUCHSVOLL WIE MARK ANTON. HABEN BEIDE NOCH KEIN MUSICAL GEDREHT. ABER AUCH KEINEN SHAKESPEARE. WÄRE BESTIMMT EINE AUFREGENDE, LOHNENDE UND BEREICHERNDE ERFAHRUNG FÜR UNS BEIDE.»

Mankiewicz wollte, abgesehen von Marlon in der Rolle des Sky Masterson, die gesamte New Yorker Besetzung des Musicals übernehmen. Goldwyn dagegen drängte ihn, Betty Grable durch den Publikumsliebling Vivian Blaine zu ersetzen, aber Mankiewicz wehrte sich mit Händen und Füßen gegen das amerikanische Pin-up-Girl. «Ich drehe keinen Tittenfilm», teilte er Goldwyn mit. «Besorg mir eine Frau mit normalem Busen, und ich verdiene dir eine goldene Nase.»

Da erschien Marilyn Monroe auf der Bildfläche, die auch an der Rolle interessiert war. Sie rief Mankiewicz von New York aus an, wo sie gerade *The Seven Year Itch* drehte. «Schließlich bin ich jetzt ein Star», zwitscherte sie dem Mann, mit dem sie sechs Jahre vorher *All About Eve* gedreht hatte, ins Ohr. Mankiewicz gab ihr den gutgemeinten, wenn auch ziemlich ruppigen Rat: «Zieh dir erst mal was an, Marilyn, und hör auf, mit dem Hintern zu wackeln.» Als sie nicht lockerließ, teilte er ihr mit, daß die Rolle bereits vergeben sei.

Es gelang ihm, Goldwyn Vivian Blaine abzuringen, aber nicht ohne die Rolle des Nathan Detroit an Frank Sinatra abtreten zu müssen, der sich darum beworben hatte. Obwohl er Spannungen mit Marlon voraussehen konnte, war Mankiewicz bereit, den populären Sänger statt des Broadway-Schauspielers Sam Levene zu engagieren.

Mankiewicz machte Sinatra und Brando draußen vor dem Tonstudio miteinander bekannt. Brando tat den ersten Schritt. «Frank», sagte er, «ich habe so etwas noch nie gemacht; wie wär's, wenn ich in deine Garderobe käme und wir den Dialog einmal durchgingen?» Sinatra hatte noch nicht verwunden, daß man ihn für die Rolle des Terry Malloy in *Faust im Nacken* übergangen hatte. Er sah Brando eiskalt an und erwiderte: «Komm mir bloß nicht mit diesem Actors-Studio-Scheiß.»

Innerhalb von Tagen flogen die Fetzen, obwohl Mankiewicz die knisternde Spannung zwischen den beiden Stars später herunterzuspielen versuchte. In der ersten Szene bei Mindy, Damon Runyons Version von Lindy's Delikatessengeschäft in New York, muß Sinatra Käsekuchen essen, während er Marlons Sky Masterson zuhört. Ob mit Absicht oder nicht, verhaspelte Brando sich so häufig im Text, daß Sinatra, bei dem es meist schon bei der ersten Einstellung klappte, schließlich der Kragen platzte. Nach dem vierunddreißigsten Take drehte er sich zu Brando um und schrie: «Jetzt mach ich das noch *einmal.* Siehst du den Käsekuchen hier? Wenn es beim nächstenmal nicht klappt, dann stopfe ich dir das verdammte Ding ins Maul. Also reiß dich zusammen!»

Obwohl die Spannungen mit Sinatra anhielten, sorgten parallellaufende Handlungen im Drehbuch dafür, daß sie selten gemeinsam vor der Kamera standen. Damit war Marlons Bammel vor den musikalischen Einlagen allerdings nicht behoben, denn gleichgültig, ob er gut, schlecht oder mittelmäßig, groß oder klein dabei herauskam – seine Darbietung würde auf jeden Fall an dem «Typ aus Hoboken» gemessen.

«Er hatte fürchterliche Manschetten, weil er nicht wußte, was ihm bevorstand», sagte Mankiewicz. «Genausogut hätte er sich in einem Faß die Niagarafälle hinunterstürzen können.» Verständlicherweise wurde Brandos Nervosität größer, je näher der Tag seiner großen Gesangsnummer «Luck, Be a Lady Tonight» rückte. Als die Szene gedreht werden sollte, wurde die Presse vom Set verbannt, damit sich das Wunder von Marlons Stimme auch entsprechend entfalten konnte. Aber es sollte noch schlimmer kommen, als Marlon ohnehin schon befürchtet hatte. Entgegen üblichen Gepflogenheiten wurden die musikalischen Einlagen live gedreht, so daß die Schauspieler gleichzeitig singen, sich bewegen und schauspielern mußten. Nachdem er einen Take nach dem andern verpatzt hatte – die Zahl der Wiederholungen wurde von manchen auf über hundert geschätzt –, wandte Marlon sich verzweifelt an Goldwyn und war entschlossen, die Flinte ins Korn zu werfen.

«Besorgt euch jemand anders», sagte Marlon. «Ich schaffe es nicht.»

Goldwyn schüttelte den Kopf. «Auf keinen Fall», erwiderte er. «Wenn die Leute ‹Brando singt› auf den Ankündigungen sehen, dann stürmen sie die Kinos. Wart's nur ab.»

Inzwischen hatte Sinatra, wie so viele Brando-Kollegen vor ihm, das unangenehme Gefühl, die zweite Geige zu spielen, und beschwerte sich bei Mankiewicz. Brando revanchierte sich prompt. Die Truppe war ohnehin schon gespalten in Brando, Mankiewicz und Jean Simmons auf der einen Seite und Sinatra und seinem Gefolge auf der anderen. Marlon heizte die gespannte Atmosphäre noch an, indem er seinen Co-Star absichtlich nie beim Namen nannte. Gleichzeitig war er ein viel zu guter Schauspieler, um sich seine Antipathie öffentlich anmerken zu lassen. Wenn er sich versprach, entschuldigte er sich so aufrichtig, daß Sinatra nichts sagen konnte, ohne sich lächerlich zu machen.

Im Grunde war keinem von beiden ein Vorwurf zu machen, da sie aus völlig entgegengesetzten Richtungen kamen. Wie nicht anders zu erwarten, weigerte Sinatra sich, mit Brando und anderen Mitgliedern der Besetzung in Ed Sullivans Fernseh-Show «Toast of the Town» zu erscheinen, um Propaganda für den Film zu machen; für ihn waren Film und Fernsehen das gleiche Geschäft, und deshalb wollte er für den Auftritt bezahlt werden. Brando hatte nur den einen Kommentar über Sinatra abzugeben: «Frank gehört zu den Leuten, die in den Himmel kommen und sich beim Herrgott beschweren, daß er ihnen eine Glatze gemacht hat.»

Als die Dreharbeiten ihrem Ende zugingen, war Mankiewicz

nicht der einzige, der Brando verwöhnte. Zusätzlich zu seiner Gage von 200000 Dollar für vierzehn Wochen Arbeit präsentierte Goldwyn ihm ein Überraschungsgeschenk. «Marlon, mein Junge», verkündete der frühere Handschuhverkäufer, «du hast den Sky Masterson so großartig gespielt, daß ich mich erkenntlich zeigen möchte.» Draußen stand ein funkelnagelneuer Ford Thunderbird Cabrio, und kaum hatten die Studio-Photographen im Bild festgehalten, wie der großzügige Produzent Marlon die Schlüssel überreichte, als Marlon sich hinters Steuer schwang, um eine Schar von Sekretärinnen nacheinander um den Block zu kutschieren.

Die Sache hatte allerdings einen Haken. Als *Schwere Jungs und leichte Mädchen* freigegeben werden sollte, rückte der Produzent mit seinen eigenen Erwartungen heraus: Marlon sollte bei der New Yorker Premiere des Films anwesend sein und sich nicht nur der Presse zur Verfügung stellen, sondern auch anderweitig für den Film Reklame machen. Er haßte diese Publicity-Arbeit zwar, fügte sich aber widerspruchslos.

Für Mankiewicz, der Brando sicher durch *Julius Cäsar* geschleust hatte, steckte mehr als nur ein Gratisauto hinter Brandos Entgegenkommen. «Marlon hatte sich vor diesen Publicity-Kampagnen immer gedrückt», erklärte er, «aber vielleicht hat er sich diesmal gesagt: ‹Ich habe mich ziemlich unbeliebt gemacht, weil mir der Film gleichgültig war. Vielleicht muß ich mich mal zusammenreißen. Ich kann mich zur Abwechslung ja mal anständig benehmen und sehen, wie weit ich damit komme.›»

Goldwyn setzte vor der Premiere des Films im New Yorker Capitol Theatre am 4. November 1955 eine seiner größten Propagandakampagnen in Gang – nicht nur mit der Ed-Sullivan-Show, die an eine Veranstaltung im Sahara Hotel in Las Vegas angeschlossen war, sondern ebenfalls mit einer einstündigen Sendung im ABC-TV, landesweiten Radiointerviews und einem Lunch bei Sardi. Brando war überall dabei. Bei der Premiere säumten die Zuschauer im strömenden Regen in zwanzig Mann tiefen Reihen beide Seiten des Times Square, während die Studio-Limousine sich im Schrittempo einen Weg durch die Menge bahnen mußte.

Brando traute seinen Augen nicht. Der Menschenandrang muß

ihn in Todesängste versetzt haben. Trotz der Anwesenheit von Margaret Truman, Mel Ferrer, Audrey Hepburn, Mary Martin, dem Gouverneur von New York Averell Harriman, Humphrey Bogart, Hume Cronyn, William Holden und zahllosen anderen Filmgrößen wartete die Menge nur auf Brando. Auf der Fifty-fourth Street durchbrachen Fans die Polizeisperren und hämmerten auf Brandos Wagen ein. Einer jungen Frau gelang es sogar, die Windschutzscheibe einzuschlagen, bevor die Polizei sie festnehmen konnte. Als Marlon schließlich vor dem Theater eintraf, bedurfte es der gemeinsamen Anstrengungen von zweiundfünfzig Polizisten und zwei Polizeipferden, um ihm einen Weg durch die Menge der Zuschauer zu bahnen. Mehrere Menschen mußten anschließend ins Krankenhaus eingeliefert werden.

«Es war das schrecklichste Erlebnis meines Lebens», sagte Brando nach der Party im Ambassador East Hotel. «Es war fürchterlich, ich kam mir vor wie in einem U-Boot.»

Da die Premiere von *Schwere Jungs und leichte Mädchen* für Aufsehen gesorgt hatte, konnte man mit ausführlichen Besprechungen in Filmpublikationen wie *Variety* sowie den großen Tageszeitungen rechnen. Alle waren von der technischen Raffinesse und der Star-Besetzung des Films angetan. Das Projekt hatte 5,5 Millionen Dollar an Produktionskosten verschlungen, eine unerhörte Summe für damalige Zeiten. Trotzdem konnte *Time* sich nicht enthalten zu schreiben: «Bei aller Detailtreue verfehlt der Film den Ton des Originals.» Die Kritik im *New Yorker* hatte die Überschrift: «Der Film ist zu lang, Sam.» Brando, schrieb der Kritiker, «sänge durch eine ziemlich verstopfte Nase», Jean Simmons gesangliche Anstrengungen «verfehlten den Kammerton», und «alles in allem» hätte der Film «eine nette Abendunterhaltung» sein können, wenn er nur nicht «so verdammt süßlich» wäre.

Doch *Schwere Jungs und leichte Mädchen* kam dem anspruchslosen Geschmack der fünziger Jahre entgegen und spielte mehr als 13 Millionen Dollar ein. Er wurde viermal für einen Oscar nominiert – für Musik, Dekorationen, Kostüme und Photographie – und war laut *Variety* der erfolgreichste Film des Jahres 1956. Nach dem Kassenerfolg in Amerika schickte Goldwyn die «Goldwyn Girls» auf eine Tour um die Welt, von Australien bis nach Südamerika. Auf dem internationalen Markt fand der Film den gleichen Anklang wie MGMs *Gone with the Wind.* Der Produzent mit dem spärlichen Haupthaar wollte bei der Premiere des Films in Japan zugegen sein und bat Brando, der sich wegen der Dreharbeiten von *The Teahouse of the August Moon* (dt. *Das kleine Teehaus*) in Tokio aufhielt, ebenfalls zu erscheinen. Aber Marlon weigerte sich mit den Worten: «Nun habe ich für den schwarzen Thunderbird genug getan.»

Marlon hatte sich ausdrücklich um die Hauptrolle im *Teehaus* beworben und machte sich von Anfang an konzentriert an die Arbeit. Wie in der Bühnenfassung geht es um eine Gruppe von Dorfbewohnern auf Okinawa, die so tun, als bauten sie den Amerikanern ein Teehaus für Geishas, womit die «Amerikanisierung» fremder Kulturen kritisiert werden sollte. Bei aller Einfalt war es dieser Gedanke, der Brando zuerst an dem Stück fasziniert hatte – er behauptete, das Stück viermal gesehen und so laut gelacht zu haben, «daß ich der Dame vor mir beinahe den Hut vom Kopf gepustet hätte». Schon bevor er nach Nara aufbrach, einer Kleinstadt in der Nähe von Kyoto, wo der Film gedreht werden sollte, hatte er angefangen, sich mit japanischer Kultur, Zen und sogar Ikebana zu beschäftigen, und brachte nicht selten das Gespräch zum Verstummen, wenn er einen Aphorismus eines alten orientalischen Philosophen wie zum Beispiel Laotse zitierte.

Das Unternehmen stand vom Beginn der Dreharbeiten im April 1956 unter einem unglückseligen Stern. Zuerst starb unerwartet Louis Calhern, der den zerstreuten Oberst Purdy spielte. Also wurde Glenn Ford, der die Rolle bereits am Broadway gespielt hatte, über den Pazifik nach Japan geholt, und Calherns Szenen mußten noch einmal gedreht werden. Marlon war nach der Zusammenarbeit mit Calhern in *Julius Cäsar* von dessen Tod tief betroffen. Mit Fords Eintreffen sollte es zwischen den beiden zu ernsthaften Differenzen kommen.

Einige der Schauspieler behaupteten, die Rivalität zwischen Brando und Glenn Ford habe schon mit Marlons Erscheinen am japanischen Drehort begonnen, wo sofort ungefähr 300 Schulkinder aus Nara auftauchten, um einen Blick von ihrem Idol zu erhaschen. Entscheidender war Fords eher stereotype Darstellungsweise, die bürgerliche Integrität und Tatkraft repräsentierte. Er war wie viele seiner Kollegen von entschieden konservativem Zuschnitt und hatte MGM mit dem gerade freigegebenen Film *Blackboard Jungle* ein Vermögen eingebracht.

Brando konnte ihn nicht ausstehen, und zwar aus Gründen, die über ihre beruflichen Meinungsverschiedenheiten hinausgingen. Im Endeffekt ging es um Politik. Marlon konnte es nicht lassen, seine gesamte Umgebung mit seinen neuerworbenen Kenntnissen über den Orient zu traktieren. Er legte sogar los, als Ed Sullivan zu einem Interview nach Japan kam. Die Dreharbeiten mußten unterbrochen werden, als der Star dem Fernseh-Showmaster einen Vortrag über die japanisch-amerikanischen Nachkriegsbeziehungen, über Wirtschaftsfragen, die Souveränität der Dritten Welt und den «neuen Frieden» hielt. Dasselbe geschah vor der versammelten Presse: «Wenn irgendein Land auf der Welt unter Rückständigkeit leidet, dann ist es Amerika», erklärte er auf einer Pressekonferenz. «Die Asiaten sind längst nicht so auf Erfolg versessen wie wir. Sie halten die moralische Entwicklung des Menschen für ebenso wichtig.» Bei anderer Gelegenheit intonierte er: «Die Amerikaner machen nicht einmal Anstalten, die Asiaten zu begreifen ... Unser Verständnis der Asiaten wird erst besser werden, wenn wir uns abgewöhnen, sie als dürrbeinige kleine Menschen mit Hasenzähnen und merkwürdigen Gepflogenheiten zu sehen.»

In einer der ersten Sequenzen am Drehort in Nara spielten 500 Statisten mit, und achtundzwanzig Einstellungen waren nötig, vor allem, weil Fords Rede an die versammelten Okinawaner von Sakini (Brando) ins Japanische «übersetzt» werden mußte. In der Szene, in der die Bevölkerung Kapitän Fisby (Ford) Geschenke überreicht, unterbrach Brando die Dreharbeiten plötzlich mit der vorwurfsvollen Frage an Regisseur Mann: «Sehen Sie, wo ich stehe?» Der Regisseur stellte fest, daß Ford unauffällig und ganz allmählich seinen Standort gewechselt hatte, so daß Brando der Kamera den Rücken zudrehte. Ford machte Brando den gleichen Vorwurf, und im Laufe der nächsten Tage waren die beiden Schauspieler vollauf damit beschäftigt, sich gegenseitig zu übertrumpfen.

«Es war geradezu kindisch, sie versuchten nicht einmal, sich zu verstellen», sagte Mann. «Es ging so weit, daß sie sich in manchen Szenen buchstäblich den Weg vertraten. Entweder Brando war halb von Ford verdeckt oder umgekehrt. Schließlich riß mir die Geduld. ‹Jetzt ist Schluß›, sagte ich. ‹Ihr seid überhaupt nicht bei der Sache, sondern macht nur vor, wie zwei Schauspieler sich gegenseitig verarschen.›»

Auch die Zusammenarbeit litt unter diesen Sperenzien. Brando fand den Umgang mit Mann schwierig, während der Regisseur fand, das einzig Konsequente an Brando sei seine Inkonsequenz. Mal war Brando in Hochstimmung und schwärmte für die Japaner und ihre Kultur; dann verfiel er in dumpfes Brüten und wirkte vor der Kamera eher wie ein Schlafwandler. «Marlon war das reinste Kaleidoskop», sagte Eddie Albert, der den Kapitän McLean spielte. «Jeden Tag eine neue Konstellation.»

Mit den anderen Mitwirkenden hatte Brando wenig Kontakt. Er mied den gemeinsamen Eßsaal, und an den freien Wochenenden absentierte er sich mit Philip und Marie Rhodes oder mit Machiko Kyo, der zierlichen japanischen Schauspielerin, die die Rolle der Lotus Blossom spielte. Wenn die Schauspieler nach der Arbeit ins Hotel zurückkehrten, verschwand er meist, um ein heißes Bad zu nehmen, «ohne sich ein einziges freundliches Wort abzuringen», sagte Mann.

Der Regisseur bedauerte, daß nichts von der Magie des Bühnenstückes auf der Leinwand wiederzufinden war. Die Kritiker stimmten ihm zu. Selbst Bosley Crowther, Brandos größter Verehrer unter den amerikanischen Kritikern, sah in seinem Sakini nur «einen affektierten Clown». Der Kritiker der *Times* schrieb: «Er schäkert und scherzt, gestikuliert mit den Händen und babbelt in seliger Unbekümmertheit drauflos ... Mit seinem verunglückten Augen-Make-up und der Perücke aus glänzendschwarzem Haar hat Brando an seiner eigenen kleinen Show einen Heidenspaß ... Mr. Ford und Mr. Brando», schloß die Kritik, «gerieren sich in den Hauptrollen wie eine leicht verklemmte Version von Dean Martin und Jerry Lewis.»

Ablenkungsmanöver

In den neunzehn Monaten zwischen der Oscar-Verleihung im März 1955 und der Premiere des *Kleinen Teehauses* hatte Brando kaum ein Drehbuch gelesen. Meist wurden mehrere auf einmal in großen Umschlägen von MCA bei ihm abgeliefert – oft zwei, drei oder sogar ein halbes Dutzend pro Woche. Ein Grund, warum er alle Projekte ablehnte, war die neue Produktionsgesellschaft, Pennebaker Inc., die er unmittelbar nach dem Oscar in Partnerschaft mit seinem Vater und seinem Freund George Englund gegründet hatte. Der andere Grund war seine neueste Freundin, die junge angehende Schauspielerin Anna Kashfi, die seine ganze Aufmerksamkeit in Anspruch nahm.

Die eigentlich treibende Kraft hinter Pennebaker war MCA gewesen, die auch für eine Reihe ihrer anderen Klienten Scheinfirmen eingerichtet hatte. Charlton Heston, Frank Sinatra, Kirk Douglas und Burt Lancaster hatten im Laufe der fünfziger Jahre aus künstlerischen und finanziellen Gründen alle ihre eigene unabhängige Produktionsgesellschaft gegründet. Dies gewährte den Schauspielern steuerliche Vorteile und größeren Anteil am Profit. Der Superstar hatte größere Kontrolle über sein Produkt und erhielt ein Geschäftspaket mit bestimmten Vorbedingungen, während die großen Gesellschaften den Verleih und die Finanzierung übernahmen. Auf diese Weise wurde der Schauspieler sein eigener Produzent.

Der Nachteil war, daß man sich mit einer eigenen Produktionsgesellschaft auch um den endlosen Kleinkram, von der Besetzung bis zur Werbung, kümmern mußte, den früher die Studios erledigt hatten. In der Rolle des Produzenten war ein Schauspieler plötzlich sein eigener Finanzchef und konnte es sich nicht leisten, eine Rolle zu übernehmen, die keinen Profit versprach. Eine freie künstlerische Hand war gut und schön, aber der Film mußte Geld einbringen, besonders wenn keins der größeren Studios durch langfristige Verträge die finanzielle Garantie für mehrere Filme gleichzeitig übernahm. Die Hoffnung, riskante oder avantgardistische Projekte zu verwirklichen, war, wie der Filmhistoriker Gary Carey betonte, meist eine Illusion.

Der Name Pennebaker war Dodies Mädchenname, und mit Marlon senior am Steuer schien der junge Marlon allen Ansprüchen auf Kreditwürdigkeit Genüge zu tun. George Englund, der zweite Partner, ein großer, mäßig begabter Mann, war ein langjähriger Freund, der durch Sydney Chaplin (Charles Chaplins Sohn) in die Filmindustrie gekommen war und weitläufige Kontakte in der Branche hatte. Bald kamen zwei weitere Partner hinzu: George Glass, der frühere Partner von Stanley Kramer und stellvertretender Produzent von *The Men,* und Walter Seltzer, der angesehene Publizist und Produzent, der für Hal Wallis, MGM, Warners, Columbia und die unabhängige Hecht-Lancaster-Gesellschaft gearbeitet hatte. Paramount hatte der Firma für eine «unbegrenzte Zahl» von Filmen ihre Unterstützung zugesagt und Brando damit praktisch einen Blankoscheck ausgestellt.

«Der Vertrag mit Paramount war geradezu ideal», erinnerte Seltzer sich. «Pennebaker standen Büros, Sekretärinnen und die nötigen Mittel zur Einstellung von Personal, darunter von Marlon senior, George Glass und mir, zur Verfügung. ‹Senior›, wie ich ihn nannte, bezog anfangs vielleicht ein Gehalt von tausend Dollar pro Woche, kein schlechtes Geld. Marlon erhielt ein Grundgehalt und darüber hinaus eine Gage für Filmrollen oder Regieführung. All das wurde von MCA ausgehandelt. Paramounts Verpflichtungen sollten jährlich erneuert werden, und Bedingung war, daß Marlon dem Studio treu blieb. Schließlich war Marlon ein Megastar, und Paramount wollte ihn so lange halten wie möglich.»

Schon bald nach der Einstellung von Glass und Seltzer stellte sich allerdings heraus, daß nichts passierte und Brando nicht das mindeste Interesse an der Firma hatte. «Seine übliche Ausrede war: ‹Wie könnt ihr daran denken, Filme zu machen, wenn Millionen Inder verhungern?›» sagte Seltzer. «Schließlich nahmen George Glass und ich ihn uns vor und sagten: ‹Marlon, es wird Zeit, daß du dir statt über hundert Millionen Inder über zwei arme Juden, nämlich deine Partner, den Kopf zerbrichst, die schlicht verhungern, wenn du dich nicht endlich an die Arbeit machst.› Darauf hat Marlon nur gelacht.» Glass und Seltzer kannten eine Mitarbeiterin der indischen Filmkommission, deren Aufgabe es war, Reklame für die

Filmindustrie ihres Landes, eine der größten der Welt, zu machen. Leider waren indische Filme meist von so mäßiger Qualität, daß sie im Ausland keinen Anklang fanden. «Wir erzählten ihr von Marlon und seinem Mitgefühl für die beklagenswerte Lage der Inder», erklärte Seltzer. «Sie war Feuer und Flamme. Wenn Marlon als Gast in einem indischen Film eigener Wahl aufträte, sagte sie, würden ihm nicht nur alle zu Füßen liegen, sondern er könnte etwas für die Inder tun und der indischen Filmindustrie ein Tor zur Welt öffnen.»

Da Seltzer und Glass wußten, daß Marlon das Elend in Indien ernsthaft am Herzen lag, unterbreiteten sie ihm den Vorschlag. Er fiel ihnen allerdings schnell ins Wort.

«Moment mal, Moment mal. Soll das etwa heißen, daß ich arbeiten muß?» fragte er in scherzhaftem Ton. Als seine Partner seine Frage bestätigten, erwiderte er nur: «Leckt mich doch.»

Brando senior trug zwar den Titel eines Direktors, doch als Angestellter seines Sohnes war er der letzte, der ihn hätte motivieren können. Jocelyn bestätigte, daß ihr Vater täglich im Büro war, über Drehbücher verhandelte und die Finanzen verwaltete. «Bud und er kamen gut miteinander aus», sagte sie. «Sie gerieten sich nie in die Haare, obwohl es bestimmt Meinungsverschiedenheiten gab. Wenn Papa sagte: ‹Ich rate dir, das und das zu tun›, meinte Bud nur: ‹So?› Aber ich glaube nicht, daß Papa sich unbehaglich in seiner Rolle fühlte, jedenfalls nicht mehr als andere Väter von berühmten Söhnen. Das belastet, aber Papa wußte damit fertig zu werden. Es schien ihn nicht weiter zu bedrücken.»

Brando senior hatte sich endgültig in L. A. niedergelassen, ein bescheidenes Apartment unterhalb des Sunset Boulevard gemietet, sich einen munteren kleinen Terrier sowie einen grünen Thunderbird gekauft und trug weiter seine Tweedanzüge à la Anthony Eden. Wenn er in diesem Lotusland aus Palmen und Swimmingpools wie ein Fremdkörper wirkte, so war ihm die Leitung einer Filmgesellschaft schließlich nicht an der Wiege gesungen worden. Als Geschäftsführer der Firma war es seine Aufgabe, Marlon «den ganzen beschissenen Kleinkram» vom Hals zu halten, und weitgehend gelang ihm das auch mit relativer Gelassenheit. Nur gelegentlich explodierte er. Seltzer erinnerte sich an die heftigste dieser Auseinandersetzungen. Die Pennebaker-Partner und ihre Sekretärinnen waren im Verwaltungsgebäude von Paramount untergebracht, und die Post wurde ihnen von der Poststelle des Studios zugestellt. Eines Tages öffnete Marlon senior versehentlich einen an Marlon junior adressierten Brief. Er schrieb auf den Umschlag: «Tut mir leid, Bud. Dies scheint für dich» und leitete den Brief an seinen Sohn weiter.

Glass und Seltzer saßen in ihren Büros, als Marlon einige Tage später hereingestürmt kam.

«Das lasse ich mir nicht gefallen!» rief er. «Pop kann nicht einfach meine Post öffnen.»

Die beiden Produzenten lachten. «Na, komm», sagte Seltzer auf seine vernünftige Art. «So schlimm ist es nun auch wieder nicht.»

Aber Marlon war nicht zu beruhigen. «Das lasse ich mir nicht länger bieten!»

«Du kannst doch mit deinem Vater und seiner Sekretärin sprechen, und schon ist die Sache erledigt.»

«Kommt beide mit», befahl Marlon, und sie folgten ihm ins Büro seines Vaters.

Marlon senior saß stumm in seinen Pfeifenrauch gehüllt, während er sich die Vorwürfe seines Sohnes anhörte.

«Und was soll ich nun tun?» fragte er, als Marlon geendet hatte.

«Ich möchte, daß du deinen Namen änderst», sagte Marlon junior, ohne mit der Wimper zu zucken.

Sein Vater zog eine Weile schweigend an seiner Pfeife, bevor er sie ausklopfte. «Tja, Bud», sagte er schließlich, «ich trage diesen Namen immerhin fünfundzwanzig Jahre länger als du. Ich schlage also vor, du änderst deinen.»

Selbst auf Gebieten, wo der Vater sich auskannte, wie bei den Finanzen, hatte sein Sohn das letzte Wort. Laut Vereinbarung mit Paramount lief das Geld des Studios über Kanters Büro, der zehn Prozent einbehielt und die restliche Summe an Pennebakers Buchhalter Guy Gadbois überwies. Marlon junior war für die laufenden Ausgaben zuständig und enthielt sich meist jeden Kommentars, wenn sein Sohn ihn um einen Scheck bat.

«Ich bin sicher, Marlon hatte ein, wenn nicht sogar mehrere Konten», sagte Seltzer, «aber seine Hauptgeldquelle war Pennebaker, und er brauchte nur zu sagen: ‹Ich brauche 10000 Dollar› oder ‹Ich brauche 5000 Dollar.› Senior stellte selten Fragen, obwohl Glass und ich uns ständig fragten, wo das ganze Geld eigentlich blieb.»

«Wir dachten natürlich gleich an uneheliche Kinder», sagte Seltzer. «Als er 1960 nach Tahiti ging, muß er in New York, Los Angeles, in England und auf den Südseeinseln zehn oder zwölf uneheliche Kinder gehabt haben – besonders auf den Inseln, denn später hatte er ein Mädchen aus Hawaii. Aber das war natürlich alles nur Spekulation. Schon im eigenen Interesse haben weder George noch ich ihn je danach gefragt. Aber wozu brauchte er sonst so viel Geld? Doch vermutlich für Mädchen und seine Vorliebe, sie zu schwängern. ‹Hoppla, da kommt die nächste›, sagten wir zueinander. Manchmal ging das Geld weg wie warme Semmeln.»

Marlon senior verhielt sich, was das Benehmen seines Sohnes betraf, eher zurückhaltend. Er selbst ließ sich schon bald nach Dodies Tod in Begleitung von Frauen in der Öffentlichkeit blicken und lebte angeblich mit der Sekretärin der Firma zusammen, einer jungen Frau in den Zwanzigern namens Alice Marchak, die von Paramount übernommen worden war. Aber es gab noch weitere Frauen in seinem Leben, und als eine von ihnen schwanger wurde, soll er sie mit einer Entschädigung abgefunden haben. Gelegentlich amüsierte ihn das Lotterleben seines Sohnes; oft schüttelte er darüber nur den Kopf. Dabei war er sich im klaren, daß eine Aussprache sinnlos war, und bekannte Seltzer gegenüber: «Mein Sohn ist total verkorkst, aber ich bin machtlos dagegen.»

Es steckte eine gewisse Weltfremdheit dahinter, sich ausgerechnet in eine Beziehung mit Anna Kashfi einzulassen, die Marlon zum ersten Mal im November 1955 bei Paramount getroffen hatte, einige Monate bevor er nach Japan ging, um *Das kleine Teehaus* zu drehen.

«Ich habe Marlon zum erstenmal mit Eva Marie Saint am Tisch gesehen, die damals für Paramount einen Film mit Bob Hope machte», erinnerte Kashfi sich. «Ich saß mit Pearl Bailey beim Lunch, und der Produzent A. C. Lyles stellte uns vor. Es war nichts Besonderes. Wir begrüßten uns, aber am nächsten Tag rief er mich an.»

Kashfi wohnte in Hollywood im Carlton Hotel, als Brando sie anrief: «Hier ist Marlon Brando, ich möchte Sie zum Essen einladen.» Sie betonte, er sei «sehr höflich», ja geradezu galant gewesen. Zwei Abende später tauchte er in weißem Hemd und weißen Hosen mit seinem Thunderbird bei ihr auf. Als sie in die Hotelhalle hinunterkam, fand sie ihn im Gespräch mit einem kleinen Jungen, dem er gerade die Schnürsenkel zuband.

Beim Essen in einem chinesischen Restaurant sei sie «nervös» gewesen, erinnerte sie sich, doch das habe sich in seiner Gegenwart schnell gelegt.

Anschließend nahm er sie mit zu sich, um ihr «die Aussicht» auf die Hügel von Hollywood zu zeigen, und brachte sie gegen halb zwölf nach Hause. Eine Woche später rief er wieder an. Dank der Bemühungen von Harry Mines, dem Presseagenten von Paramount, dem Marlon Kashfis Telefonnummer verdankte, hatte sich bereits herumgesprochen, daß sie miteinander verkehrten. Es schien, als sei Marlon über beide Ohren verliebt, obwohl Kashfi gestand, keine rechten Vergleichsmöglichkeiten gehabt zu haben.

Im Frühjahr 1956, mitten in einer Kostümprobe zu Dean Martins Film *Ten Thousand Bedrooms,* wurde Kashfi auf Tuberkulose diagnostiziert und ins City-of-Hope-Krankenhaus eingeliefert, wo sie die nächsten drei Monate das Bett hüten mußte. Marlon brachte ihr Bücher, redete endlos über Zen, die Konflikte mit seinem Vater und vor allem über sein Bedauern, daß Dodie sie nicht mehr kennenlernen konnte. Er bezirzte ebenfalls das Personal und bot sich an, den Kommentar zu einem Dokumentarfilm über die medizinischen Errungenschaften des Hospitals zu sprechen.

«Er war ungewöhnlich feinfühlig», erinnerte Kashfi sich. «Solange ich im Krankenhaus war, solange ich ihn brauchte, war er rührend um mich bemüht.»

Marlon brachte ihr Dodies Lieblingskissen sowie ihren Schmuck und ihre Bibel. Er setzte seine Besuche im Krankenhaus den ganzen

Sommer über fort. Wenn er in New York war, rief er sie regelmäßig an, sonst war er während der dreimonatigen Behandlungszeit täglich an ihrer Seite.

Kashfi tat alles Erdenkliche, um Marlons Wünschen entgegenzukommen. Sie suchte ausdrücklich die Freundschaft von Jocelyn, die später gestand: «Sie umwarb mich förmlich. Dabei war sie attraktiv, charmant, gepflegt, liebenswürdig und kam mir gar nicht berechnend vor. Aber ganz uneigennützig war sie doch wohl nicht.»

Jedenfalls bekam sie, was sie wollte, nämlich einen Heiratsantrag. «Er kam spätabends», erinnerte Kashfi sich, «denn er durfte auch nach der Besuchszeit kommen. Er wirkte geradezu beschwipst. Er hatte mir vorher schon Dodies Ohrringe geschenkt und sagte immer wieder, wie sehr ich ihn an seine Mutter erinnerte. Dann begann er vom Heiraten zu sprechen und wurde dabei ganz aufgeregt. ‹Ich muß es loswerden, bevor mich die Angst packt und ich es nicht mehr über die Lippen bringe.›»

Marlon lag daran, die Verlobung vorläufig geheimzuhalten, besonders weil er sich noch immer mit Movita traf. Er war jedoch an Kashfis Seite, als sie aus dem Krankenhaus entlassen wurde. Auf einer Familienfeier bei Jocelyn erzählte er seiner Schwester von seiner Verlobung. Doch war nichts entschieden, als Marlon nach Japan zurückkehrte, um seinen nächsten Film, *Sayonara,* zu drehen, und Anna in Los Angeles zurückließ.

Sayonara (dt. *Sayonara*)

Gegen Ende 1955, ungefähr zu der Zeit, als Brando Anna kennenlernte, hatte er sich verpflichtet, in Joshua Logans Film *Sayonara* die Hauptrolle zu übernehmen. Die Firma Pennebaker sollte als Koproduzent fungieren. Bei dem Drehbuch nach James Micheners dickem Wälzer, aus dem inzwischen auch ein erfolgreiches Bühnenstück geworden war, handelte es sich nach den Worten eines Kritikers um eine Mischung aus «Reiseführer und tiefsinnigem Melodram». Obwohl Marlon ursprünglich hatte verlauten lassen, daß er nur am Geld interessiert sei, war seine Entscheidung auch von politischen Überlegungen bestimmt. Die Handlung spielt in den letzten Tagen des Koreakrieges und setzt sich mit dem Chauvinismus der amerikanischen Streitkräfte im Ausland, besonders in Japan auseinander. Der Held, ein erzkonservativer West-Point-Absolvent, verliebt sich in eine japanische Tänzerin, kann sich aber nicht überwinden, sie zu heiraten. Nach langen Überlegungen kommt er zu dem Schluß, daß die kulturellen Barrieren unüberwindlich sind und seine Karriere in Gefahr ist. Er findet sich mit dem Verlust der Frau und seinem Selbstbetrug ab und kehrt zu seiner Verlobten nach Amerika zurück.

Trotz finanzieller Vorteile hatte Brando die Avancen des Regisseurs Joshua Logan anfangs abgewiesen, weil er fand, das auf dem Broadwaystück basierende Drehbuch bekräftige Stereotype und sanktioniere die Vorstellungen der Eisenhower-Ära vom amerikanischen Traum. Doch im Laufe eines Gesprächs hatte der Produzent William Goetz, ein begeisterter Anhänger Adlai Stevensons, angedeutet, daß er zu Zugeständnissen in bezug auf den Handlungsverlauf bereit sei. Wochen später sprach Marlon den Regisseur auf dem Balkon seines über dem East River gelegenen New Yorker Apartments darauf an.

«Mir gefällt der Schluß nicht, wenn der Major Japan verläßt und die Tänzerin zum Theater zurückgeht», sagte er.

«Aber wenn er sie heiratet, wird es ein typisches Hollywood-Happy-End ohne jede Glaubwürdigkeit.»

«Wieso?» wollte Brando wissen. «Menschen unterschiedlicher Hautfarbe heiraten doch dauernd. Warum wie die Katze um den heißen Brei schleichen? Stellen wir die Zuschauer doch vor die vollendete Tatsache, daß ein Amerikaner eine Japanerin heiratet.»

Logan, ein Südstaatler aus Louisiana, hörte geduldig zu, als Marlon auf einer weiteren Änderung bestand: Gruver, der Protagonist, müsse aus dem Süden kommen. Dadurch werde der Rassenkonflikt stärker betont.

Um zu zeigen, wie ernst es ihm war, entschloß Marlon sich zu einem Südstaatenakzent nach dem Vorbild seiner Klassenkameraden an der Militärakademie. «Er haßte diese ganze angelsächsische Überlegenheit», berichtete Logan später. «Seine japanischen

Freunde hatten ihn beschworen, alles zu vermeiden, was die Japaner beleidigen könnte, und deshalb war er so mißtrauisch. Er lag uns den ganzen Tag in den Ohren – mit den Japanern, mit dem Militär und wie er den Militarismus haßte. Typisches Marlon-Geschwafel.»

Doch Brando ließ sich nicht beirren und bestand auf seiner Forderung: «Ich übernehme die Rolle nur, wenn ich die Japanerin heiraten darf.»

Logan versprach, sich mit dem Drehbuchautor Paul Osborn telefonisch in Verbindung zu setzen, der auch sofort einverstanden war. «Der ursprüngliche Schluß ist ein bloßer Abklatsch von *Madame Butterfly*», sagte er. «Marlons Vorschlag ist eine glänzende Idee.»

Produzent Goetz, dem an einer schnellen Abwicklung gelegen war, erklärte sich mit der Änderung einverstanden und versprach Brando obendrein, ihn in allen wichtigen Besetzungsfragen zu konsultieren. «Also gut, Marlon», sagte er, «Sie übernehmen die Rolle?»

«Darüber reden wir morgen», erwiderte Brando und wollte sich zum Gehen wenden. Da allerdings war es mit Logans Langmut vorbei. «Nein, Marlon! Ich erwarte Ihre Entscheidung jetzt!»

Brando blieb stehen. «Sie gefallen mir», sagte er, während er sich zu dem Regisseur umdrehte, dessen Broadway-Schlager *South Pacific* und *Fanny* er eigentlich verabscheut hatte. «Wie Sie so liebevoll die welken Blätter von der Pflanze auf der Terrasse abgeknipst haben, das hat mir gefallen. So viel Sensibilität hätte ich Ihnen gar nicht zugetraut. Also gut, ich übernehme die Rolle.»

Zweifellos sagte ihm auch der Vertrag zu, den MCA im voraus ausgearbeitet hatte. Er sollte einen Vorschuß von 300000 Dollar gegen zehn Prozent der Bruttoeinnahmen erhalten, die beträchtlich zu werden versprachen. Sowohl Micheners Roman wie seine Broadway-Bearbeitung hatten Rekorderlöse eingebracht, und es bestand alle Aussicht, daß der Film einer der Kassenschlager des Jahres 1957/58 werden würde – eine Vermutung, die sich bei Einnahmen von über 10 Millionen Dollar bewahrheiten sollte. (Bis zum Erscheinen des *Paten* war *Sayonara* Brandos lukrativster Film.)

Marlon konnte es gar nicht abwarten, nach Japan zurückzukehren. Carlo Fiore, der als Brandos Dialogberater fungierte, merkte, daß seine wachsende Vorliebe für asiatische Frauen keine geringe

Rolle dabei spielte. Sie beschlossen, eine Woche in Honolulu zu verbringen, wo Brando mit Fiore am Drehbuch zu einem mit Pennebaker geplanten indianerfreundlichen Western arbeiten wollte. Danach wollten sie drei Monate in Japan verbringen und *Sayonara* drehen. Alles auf Kosten von Warners – «Limousinen, Weiber, alles», erinnerte sich Fiore, «und immer nur vom Feinsten.»

Marlon schien in seinem Element. «Die Japaner», hatte er nach seiner ersten Reise gesagt, «sind zurückhaltend und drängen sich nicht auf. Oft machen sie einem kleine Geschenke. Ihr Fleiß, ihre Liebenswürdigkeit und Höflichkeit haben mich sehr beeindruckt. Die Religion scheint bei ihnen zum täglichen Leben zu gehören.»

Am meisten beeindruckten ihn die japanischen Kinder, und er ließ keine Gelegenheit aus, sich mit den lächelnden, uniformierten Schulkindern auf der Straße zu unterhalten. Er besuchte das Waisenhaus am Ort und lud alle zu einer Besichtigung des Filmset ein. In seiner Begeisterung für die musizierenden Troubadoure im Zentrum von Kyoto lud er zwei der Musikanten ein, am Drehort vorzuspielen. Bei seiner Beliebtheit wartete immer eine Menschenmenge in respektvollem Abstand vor dem Eingang zum Hotel Miyako und jubelte ihm zu, wenn er in seine Limousine stieg.

Das einzige, was seine Stimmung dämpfte, war das Wetter. Kyoto war zwar faszinierend, aber allein in der ersten Produktionswoche gingen fünf Tage durch Regen verloren. Logan hatte größte Mühe, der sechsundzwanzigjährigen Miiko Taka, einer Büroangestellten aus Los Angeles, die als Brandos Angebetete verpflichtet worden war, nachdem Audrey Hepburn die Rolle abgelehnt hatte, auch nur eine einzige Gefühlsregung zu entlocken. (Hepburn meinte, sie würde «ausgelacht» werden, wenn sie versuchte, eine Asiatin zu spielen.) Leider erwies sich Red Buttons, der John Cassavetes die Nebenrolle des Piloten Joe Kelly weggeschnappt hatte, als ebenso wenig begnadet wie Miyoshi Umeki, die Geliebte, mit der er in den Tod geht (obwohl beide für ihre Rolle einen Oscar gewinnen sollten).

James Garner, der gerade von Warners langfristig unter Kontrakt genommen worden war, hatte auch Manschetten vor seiner Rolle. «Was ist denn los?» fragte Marlon den stattlichen Schauspieler aus

Oklahoma, der später als Bret Maverick und in *The Rockford Files* zu Fernsehruhm gelangen sollte.

«Ich habe Angst», gestand Garner.

«Wovor?»

«Dies ist mein erster größerer Film. Mir ist angst und bange.»

«Mach dir keine Sorgen. Wenn du Probleme hast, komm zu mir.» Brando stand der schüchternen Taka mit Rat und Tat zur Seite und kümmerte sich auch um Buttons. Dafür ging ihm Josh Logan auf die Nerven. Als einer der erfolgreichsten Regisseure am Broadway stand der nach eigenem Geständnis manisch-depressive Logan auf dem Höhepunkt seiner Karriere, auch wenn seine erfolgreichen Hits gelegentlich ans Manierierte und Kitschige grenzten. Bei Filmen wie *Picnic* und *Bus Stop* war ihm die melodramatische Komödie allerdings zur vulgären Schnulze in Technicolor geraten, und genau das schien er mit diesem Film wiederholen zu wollen. Außerdem mißfiel Brando die Art, wie er seine Mitarbeiter behandelte: Gleich während der ersten Drehtage hatte er der verschreckten Taka eine fürchterliche Standpauke gehalten, als sie verspätet auf dem Set erschienen war, und ihr geraten, sich gefälligst zusammenzureißen, wenn sie das ganze Unternehmen nicht aufs Spiel setzen wollte.

Anfang Februar zog das gesamte Team nach Osaka um, und während der nächsten zwei Wochen amüsierte Brando sich, oft mit Fiore im Schlepptau, mit dem Besuch von Geishahäusern. Auf dem Set ließ er sich von Miiko Taka und den jungen japanischen Statistinnen verwöhnen, die ihm jeden Wunsch von den Augen ablasen. «Er war sich seiner Wirkung genau bewußt und genoß das erotische Spiel», erinnerte Logan sich später. «Wenn er zu früh zu den Dreharbeiten erschien, stellte ich ihm die japanischen Mädchen vor … und zwei Stunden später saß Marlon immer noch wortlos und mit einem seligen Lächeln auf dem Gesicht unter ihnen.»

Das typische japanische junge Mädchen, die *maiko*, war dazu erzogen, Männern gefällig zu sein, und Marlons Bedürfnisse – oder ganz einfach seine Ichbezogenheit – waren grenzenlos. Selbst Jack Warner im fernen L. A. muß eine Ahnung davon gehabt haben, als er Logan am 5. Februar schrieb: «Nach den Arbeitskopien zu urteilen, scheint Marlon sich glänzend mit den Geishas zu amüsieren.» Brando ließ sich auch nicht im geringsten stören, als Rita Moreno mit einem Schwarm Photographen angeflogen kam, und hatte keine Skrupel, auch Carlo Fiore noch ein paar Mädchen auszuspannen.

Aber es war nicht alles nur «Jux und Tollerei». Ende Dezember war Marlon abrupt und ohne Anna davon zu informieren von Los Angeles nach Hawaii geflogen, und nun vermißte er sie. Vor seiner Abreise nach Japan hatte er sie zwar reumütig nach Honolulu geholt, doch hatten sie sich gestritten, so daß sie gleich am nächsten Tag wieder abreiste. Obwohl Tante Betty, Großtante June, Marlon senior, Celia Webb und Philip und Marie Rhodes kurz nach Marlons Ankunft ebenfalls in Japan eingetroffen und um ihn bemüht waren, fühlte er sich verlassen und hatte niemanden, mit dem er reden konnte. Der Regen machte alles noch schlimmer. An manchen Abenden ließ er sich zwar von den Geishas trösten, doch meist saß er allein in seiner Suite und schrieb lange Briefe an Anna, aus denen seine Einsamkeit und seine Sehnsucht nach Wärme sprachen.

Einmal behauptete er, ein Brief, den er halbfertig auf seinem Schreibtisch hatte liegenlassen, sei gestohlen worden, aber ansonsten erreichte sie eine Flut von Briefen, in denen Schilderungen von Japan mit dem Wunsch abwechselten, sie «anständig durchzuvögeln». Er lobte ihren Entschluß, «ihr Leben einer schöpferischen Ordnung zu unterwerfen», und versprach ihr, das gleiche zu tun, damit sie sich beide geistig und seelisch «entfalten» konnten; andererseits gestand er, so «durcheinander» zu sein, daß er allein niemals «den rechten Weg finden würde». Er erzählte vom Besuch seines Vaters und bedauerte, daß Dodie nicht mehr miterleben konnte, wieviel offener «Pop» dem Leben gegenüber war. Und damit Anna sich zur Familie gehörig fühlte, legte er ihr ans Herz, Jocelyn anzurufen, die dringend menschliche Zuwendung brauchte.

Tatsächlich steckte die Ehe seiner Schwester mit Eliot Asinof in einer tiefen Krise. Doch bei aller Anteilnahme drehten Marlons Briefe sich größtenteils um ihn selbst, um seine Suche nach dem Sinn des Lebens und die Schwierigkeit, sich selbst zu erkennen, um «den anderen wirklich begreifen» zu können. Wenn sogar «ein qualifizierter Psychoanalytiker» Jahre brauche, um aus jemandem schlau zu werden (vermutlich hatte er dabei seine eigene Analyse mit Mittelmann im Sinn), dann wundere er sich nicht, daß es so schwer sei, «die Grenzen einer Persönlichkeit abzustecken». Er hatte Erich Fromms «Psy. und Religion», wie er es nannte, gelesen und legte ihr die Lektüre mit der Versicherung nahe, daß er immer wieder versuche, «an sich und anderen zu arbeiten», obwohl er eigentlich «nie wirklich mit sich zufrieden» sei.

Die geschwollenen Worte waren echt empfunden und entsprangen nicht nur der überspannten Phantasie eines Schauspielers. Es schien, als könne er nicht einen einzigen Augenblick lang von sich und der Gewichtigkeit seiner eigenen Stimme absehen. Leider hatten ihn auch Jahre psychoanalytischer Behandlung nicht von seinem Irrglauben abbringen können, daß große Worte und große Ideen «die endgültige Antwort» enthielten.

Sein Leben lang sehnte Brando sich nach «Bildung», nach etwas, das ihm aufgrund seines mangelnden Schulabschlusses entgangen war. Indem er die stille, einfältige Anna zu seiner Schülerin machte, schien er zu glauben, seinem Ziel einen Schritt näher zu kommen. In einem seiner Briefe teilte er ihr mit, er habe Sam Gilman gebeten, ihr Bücher zu besorgen, von denen sie «profitieren» könne, und unterbreitete ihr gleichzeitig einen Vorschlag George Englunds: sie wollten zu Hause «nur um des Lernens willen» wöchentliche Seminare abhalten, bei denen verschiedene Themen diskutiert werden sollten. Universitätsprofessoren sollten eingeladen werden, um Vorträge über «Geschichte, Kunst, Soziologie, Psychologie etc.» zu halten, «und nach dem Vortrag findet eine allgemeine Diskussion statt».

Es hatte etwas Rührendes und zugleich Trauriges. So brillant er als Schauspieler war, so sehr litt er unter der klaffenden Bildungslücke. Im Rückblick war es der Wunsch, intellektuell für voll genommen zu werden, der ihn veranlaßte, einem Interview mit Truman Capote für den *New Yorker* zuzustimmen. Er war auch nicht dadurch zu bremsen, daß man ihn vor dem Schriftsteller warnte. Er brauchte jemanden, mit dem er reden konnte, und das Ergebnis war ein Porträt, das ihn jahrelang verfolgen sollte.

Der kleine Capote war bereits für seine scharfe, geschliffene Feder berühmt, und sowohl Logan wie Goetz hatten schon vor ihrer Abreise nach Japan versucht, das Projekt abzublasen. Sie fürchteten, Brando würde in der Luft zerrissen werden. «Ich wußte aus Gesprächen auf Parties, daß Capote es auf Brando abgesehen hatte und darauf aus war, sein Image zu zerstören», berichtete Logan später. Aber Logan konnte nicht mehr tun, als der Redaktion des *New Yorker* durch Anrufe und Briefe seiner Anwälte zu verstehen zu geben, daß Capote auf dem Set nicht gerade willkommen war. Nach langen Diskussionen mit den Herausgebern des *New Yorker* setzten sich die Publicity-Agenten bei Warner Bros. durch: Capotes Artikel im *New Yorker* über die Rußland-Tournee von *Porgy und Bess* hatte solchen Anklang gefunden, daß alle überzeugt waren, Capote werde dem Big-Budget-Film *Sayonara* den gleichen Gefallen tun.

Doch Capote hatte nichts dergleichen im Sinn. Wie viele Schriftsteller verachtete er Schauspieler und hielt sie für überbezahlte Kretins. Außerdem war er schwul. Seit Jahren machten in der New Yorker *demimonde* Geschichten über Brandos Bisexualität die Runde. In den gleichen Kreisen war von einem gewissen skandalösen Foto die Rede. Manche Leute behaupteten, das Foto tatsächlich gesehen zu haben oder sogar eine Kopie davon zu besitzen. Es ging um eine Profilaufnahme des jugendlichen Brando mit einem erigierten Penis im Mund. Angeblich handelte es sich um einen von Marlons grotesken Scherzen aus seinen New Yorker Theatertagen, aber für Capote war es ein gefundenes Fressen.

Je mehr Capote sich mit dem Interview beschäftigte, desto klarer wurde ihm, daß der interkulturelle Konflikt des Films längst nicht so interessant war wie der enigmatische Brando.

Selbst Logans Schwur, dem Schriftsteller den Zutritt zum Set zu verwehren, konnte Capote nicht von seinem Vorhaben abbringen. Als er am 23. Januar 1957 mit dem Photographen Cecil Beaton in Kyoto eintraf, war er zu allem bereit. Der Zufall wollte es, daß Logan den beiden über den Weg lief, als sie sich im Hotel Miyako anmeldeten. Logan hob den kleinen rundlichen Capote hoch, trug ihn durch die Hotelhalle und setzte ihn draußen vor der Tür ab.

«Nun hör aber auf, Josh», sagte Capote mit seiner näselnden Piepsstimme. «Ich habe gar nicht vor, irgend etwas Abfälliges zu schreiben. Ich will mich nur ein bißchen mit Marlon über den Zustand der Welt unterhalten. Du weißt, wie erbaulich er darüber reden kann. Und schließlich habe ich Cecil Beaton bei mir. Wir möchten uns nach einem ganz kurzen Plausch mit Marlon in Ruhe in Japan umsehen. Also halt dich gefälligst raus aus der Sache, sonst bekommst du auch noch was ab.»

Logan begab sich sofort in Brandos Suite. «Paß auf, daß du nicht mit Truman allein bleibst», warnte er ihn. «Der hat es auf dich abgesehen.» Doch trotz seiner unverhohlenen Verachtung für die Presse lud Marlon den Schriftsteller zum Dinner ein. «Er wußte ja nicht, daß ich ausschließlich über ihn schreiben würde», sagte Capote. «Wie sollte er auch. Ich wußte es ja selbst nicht.»

Als Marlon wenige Tage später einen Anruf von der Rezeption erhielt, Mr. Capote sei auf dem Weg zu ihm, war Fiore gerade in seiner Suite. Die beiden hatten eher lustlos am Drehbuch zu dem neuen Western gearbeitet, und Marlon war das Interview mit Capote ganz entfallen.

Carlo war ebenfalls daran interessiert, den Schriftsteller kennenzulernen.

«Gut, aber dann verduftest du. Wir sollten überall Papier verstreuen, damit es so aussieht, als wären wir mitten in der Arbeit und müßten später unbedingt weitermachen. Wenn du gegangen bist, rufst du mich ungefähr alle Stunde an, dann habe ich einen Vorwand, das Interview jederzeit abzubrechen.»

Als Capote eintraf, «rank und schlank wie ein Jüngling», hatte er eine Flasche Wodka in der Hand, die er auf den Tisch stellte. Marlon ließ Eis kommen. Kaum war Fiore fort, als der Autor zur Sache kam. «Was für ein Erlebnis», schrieb Capote später in sein Tagebuch. «Und wie gern er sich reden hört. Was für ein reicher Wortschatz – er klingt wie ein ‹gebildeter Neger› und brennt darauf, all die langen Wörter zu benutzen, die er sich angelernt hat. Er hat pausenlos geredet, von Viertel nach sieben bis nachts um halb eins.»

Der Alkohol tat das Seine, und sobald Capote merkte, daß er auf eine Goldmine gestoßen war, schürfte er tiefer und hielt auch mit

Marlon Brando zur Zeit seines Filmdebüts, 1950

Marlon mit seiner Schwester Frannie, 1927

Dorothy Pennebaker Brando, Marlons Mutter, 1932

Marlon Brando sen., genannt «Poppa», Marlons Vater, 1930

Marlon im Alter von neun Monaten, 1925

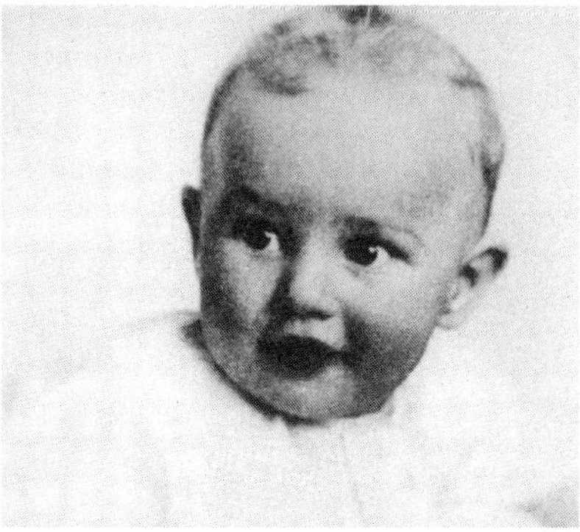

«Bud» am Strand von Balboa, 1935

«Das ist mein Bruder Bud», notierte Brandos Schwester Frannie 1935 zu dieser Aufnahme in das Familienalbum. «Er ist ein wirklich großartiger Typ. Süß und lustig, verdammt idealistisch und oh, so unglaublich jung.»

Stella Adler, Brandos Schauspiellehrerin, 1949

Der «Geheimtip vom Broadway». Brando am Beginn seiner Theaterkarriere, 1946

Szenenphoto aus *Endstation Sehnsucht*, 1951

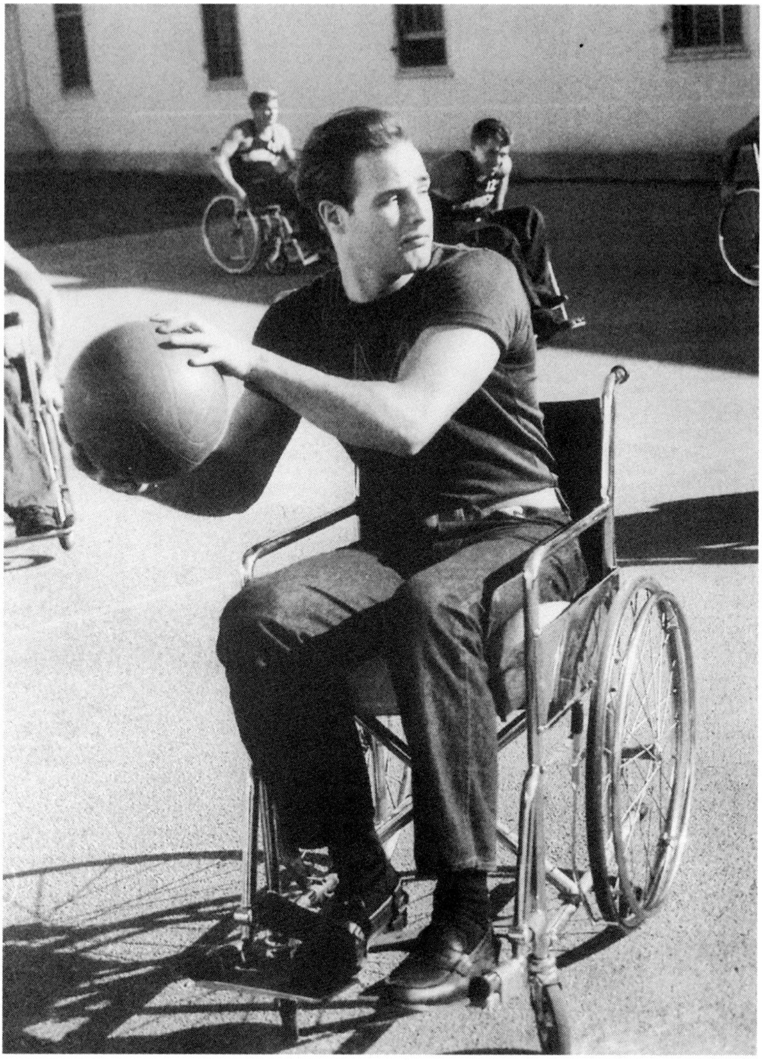

Die Männer, 1950. Brando in seinem Leinwanddebüt

Rechts: «Schweißüberströmt». Brando nach der helfenden Dusche für die Kampfszene in *Endstation Sehnsucht*, 1951

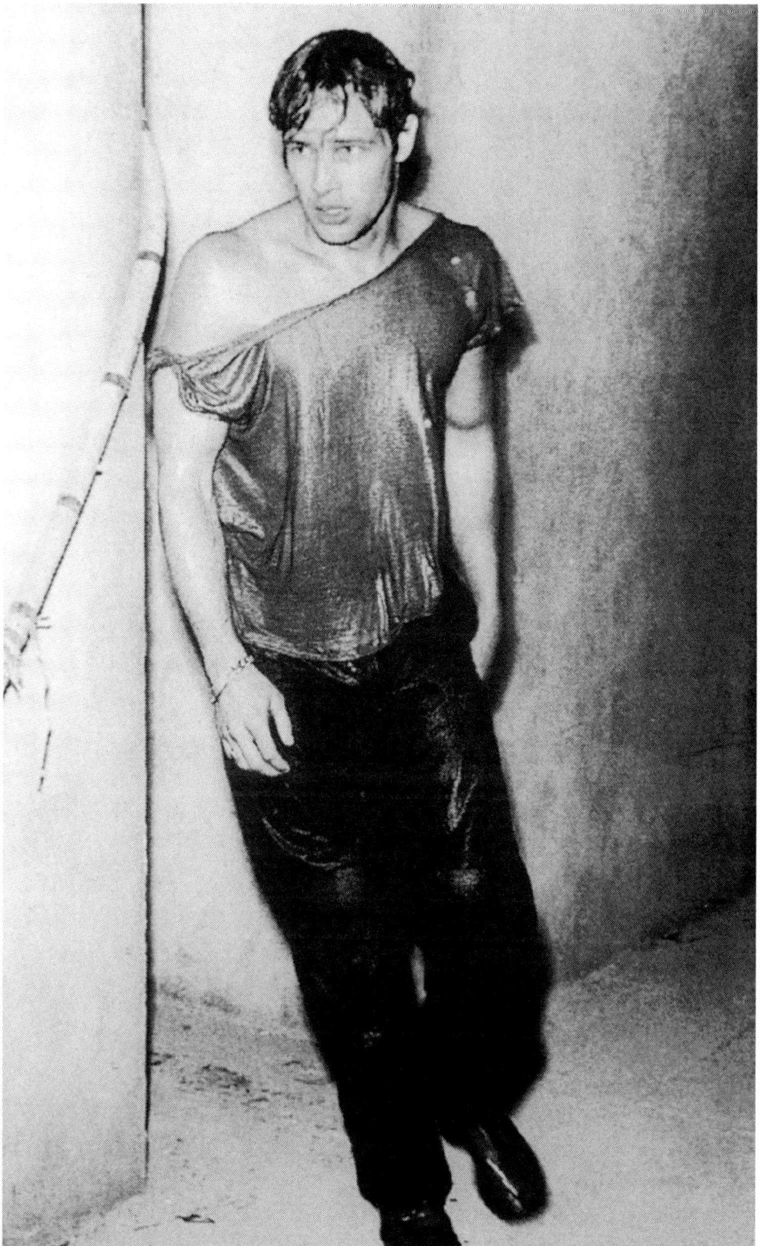

Oben: Brando mit Partnerin Vivian Leigh während einer Drehpause von *Endstation Sehnsucht*, 1951
Rechts: Brando mit Eva Marie Saint in *Die Faust im Nacken*, 1954
Unten: Brandos Vater und «Dodie» am Drehort von *Die Faust im Nacken*, 1954

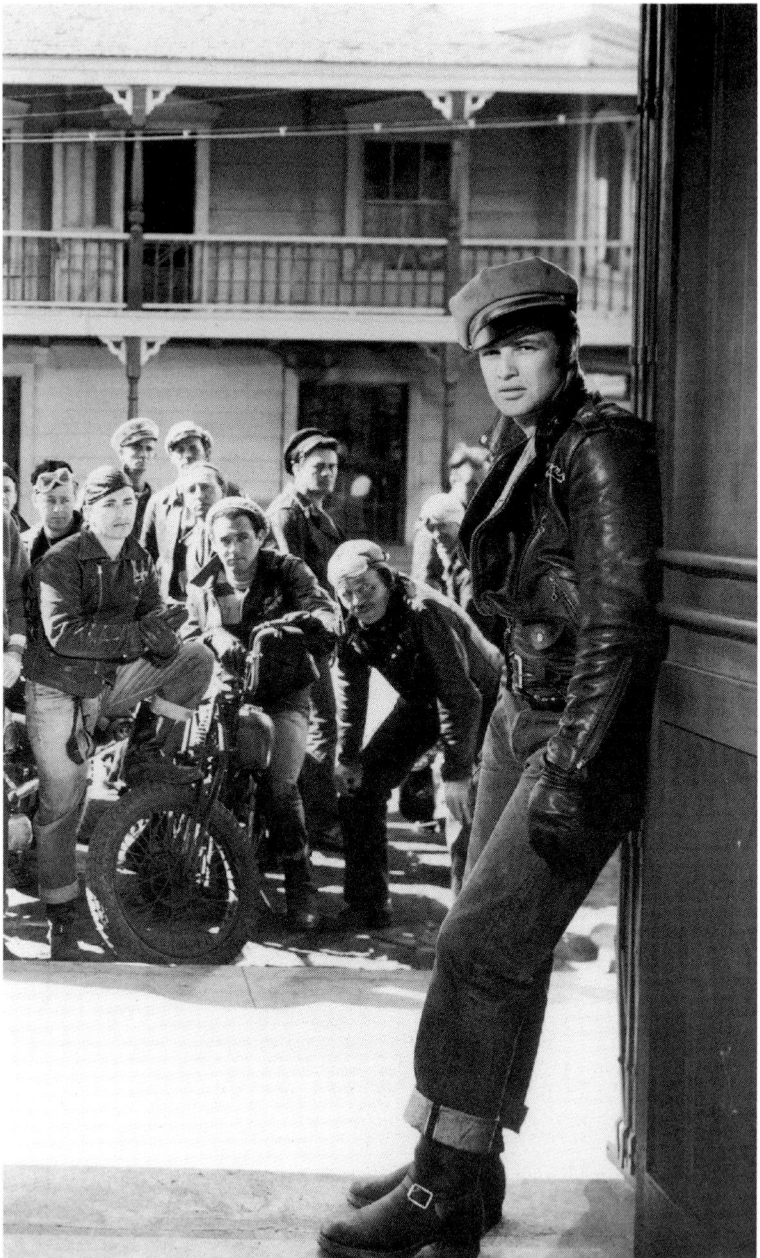

Brando bei den Dreharbeiten zu *Julius Cäsar*, 1953

Links: Brando als Johnny in *Der Wilde*, 1953

Napoleon à la Brando in *Désirée*, 1954

eigenen Problemen nicht hinterm Berg. Die Tatsache, daß der Autor bloße ein Meter fünfzig maß, kam ihm ebenfalls zustatten. Nach außen hin wirkte er harmlos wie ein Mäuschen.

«Das Geheimnis in der Kunst des Interviewens – und es ist eine Kunst – liegt darin, daß man seinem Gegenüber den Eindruck gibt, *er* sei der Interviewer», sagte er später. «Man spricht bereitwillig von sich selbst und spinnt langsam sein Netz, so daß er einem nichts vorenthält. So ist Marlon mir auf den Leim gegangen.» Brando gab ihm später recht. «Das kleine Arschloch hat mir die halbe Nacht seine sämtlichen Probleme offenbart. Was blieb mir anderes übrig, als mich zu revanchieren.»

Das Ironische war, daß Capotes *modus operandi* nicht weniger manipulativ war als die Spielchen, die Marlon selbst sich seit Jahren erlaubte. Kein Thema war ihm zu riskant. Capote erwähnte, daß einer ihrer gemeinsamen Freunde – vermutlich Sandy Campbell, Donald Windhams Liebhaber, ein Schauspieler, den Marlon während der Arbeit an *Endstation Sehnsucht* kennengelernt hatte – sich damit gebrüstet hätte, mit Marlon geschlafen zu haben. «Ich fragte Marlon danach, und er gab es zu. Er erzählte mir, er habe mit allen möglichen Männern geschlafen, betrachte sich aber nicht als homosexuell. Sie hätten ihn nur alle so attraktiv gefunden: ‹Ich dachte, ich täte ihnen einen Gefallen.›»

Der Schauspielerberuf, Hollywood, Broadway-Ruhm, Geld, Darsteller wie John Gielgud, Gérard Philipe und Jean-Louis Barrault, Regisseur Logan und der «Herz-Schmerz-Unsinn» von *Sayonara* – kein Thema blieb verschont. Marlon ließ sich bereitwillig über die Liebe und seine jahrelange Psychoanalyse aus und erklärte, er sei überzeugt, daß sein Telefon abgehört werde.

Mit seiner Neigung zu Monologen sprach er sogar über Dodie. Wie verabredet, rief Fiore ihn mehrmals an, und auch Logan telefonierte, aber Brando war nicht zu bremsen. Am nächsten Morgen teilte er seine Begeisterung Philip Rhodes mit, der allerdings sofort den Verdacht hatte, Marlon könnte den Abend noch bereuen. «Er hat Capote zuviel verraten», erklärte er später. «Nicht nur über den Alkoholismus seiner Mutter, sondern auch, was er von seinen Freunden hält – daß er der ‹Duke› war und nur die Hand auszustrecken brauchte, wenn Leute verstimmt waren. Ein kurzer nächtlicher Zuspruch von Marlon, und schon zappelten sie wieder an der Angel. Und dann die Anspielungen auf seine Homosexualität und die gleichen schwulen Liebhaber, die er und Capote in New York hatten.»

Capote wußte genau, daß er ein Schnäppchen gemacht hatte, und konnte zwei Tage später, bei einem Dinner mit Beaton, Logan, Logans Frau Nedda und den Goetzes, seine Aufregung darüber nicht länger verbergen.

«Wie kommst du auf die Idee, Marlon sei nicht geschwätzig?» fragte er Logan spöttisch. «Egal, was man sagt, es sprudelt. Ich konnte ihn gar nicht bremsen. Über das Alkoholproblem seiner Mutter, seinen Vater, seine Onkel, Tanten, Kumpel, einfach alles. Er hörte gar nicht wieder auf.»

«Das glaube ich nicht, Truman. Du nimmst uns auf den Arm. Marlon hat sich immer gescheut, über intime oder persönliche Dinge zu sprechen.»

«Nicht mir gegenüber.»

«So? Und mit welchen Tricks hast du ihn dazu gebracht, Geheimnisse über seine Familie zu offenbaren?»

Wie Logan berichtete, kicherte Capote nur. «Es bedurfte gar keiner Tricks. Wir haben einfach Erfahrungen ausgetauscht. Er hatte wohl Mitleid mit mir und fing an, selbst auszupacken, damit ich mich besser fühlte. Ein absolut fairer Schlagabtausch.»

«Darüber darfst du auf keinen Fall schreiben, Truman. Das trifft ihn an seiner verwundbarsten Stelle. Und außerdem ist es ungerecht ihm gegenüber.»

«Du brauchst mit Marlon kein Mitleid zu haben, Josh. Er hat auch kein Mitleid mit dir.»

«Was soll das heißen?»

«Wart's nur ab.»

Es dauerte eine Weile, aber am 16. Mai, nachdem alle anderen Japan längst verlassen hatten, begriff Marlon endlich, daß man ihn hereingelegt hatte.

«Hier kommt, wie zu erwarten, die unvermeidliche Reaktion», schrieb er an den Autor und verbarg seinen Zorn hinter bombastischen Worten. «Es ist in der Tat wenig erbaulich, das Netzwerk seines Innenlebens ans Licht des Tages gezerrt und vor den Augen der Öffentlichkeit mit Girlanden behängt zu sehen ... aber vielleicht trägt es ja zur allgemeinen Belustigung bei.» Schlichtes Vertrauen habe ihn veranlaßt, so freimütig zu reden, erklärte er. Er habe geglaubt, bei ihrem Gespräch in Kyoto handle es sich lediglich um den Austausch von Vertraulichkeiten zwischen ihm und Capote als Künstler und Ehrenmann. «Lassen Sie mich abschließend sagen», schrieb er, «wie sehr ich es bedaure, daß aus Ihrem Plan zu einer vollen Travestie nichts geworden ist, denn wenige verfügen wie Sie über die Gabe, eine zeitgenössische Gesellschaftskomödie zu schreiben.»

Capotes Artikel, «The Duke in His Domain», erschien im folgenden November im *New Yorker*, und Truman hätte sich nach den Worten seines Biographen Gerald Clarke «kein größeres Aufsehen wünschen können». Niemals war ein Autor seinem Objekt so hautnah gekommen. Daß seine intimsten Geheimnisse Allgemeingut geworden waren, übertraf Brandos schlimmste Befürchtungen.

Der Artikel befaßte sich ebenfalls mit seiner Ichbezogenheit während der Arbeit an *Endstation Sehnsucht,* seiner Ambivalenz gegenüber dem Schauspielerberuf und der Last der Berühmtheit. Für den durchschnittlichen Leser des *New Yorker* war es ein bewegendes, konfuses, aufrichtiges und gleichzeitig naives Bekenntnis, ein «Porträt des Schauspielers als verwirrter junger Mann». Was Marlon am meisten traf, waren die Enthüllungen über seine Mutter – der Verlust, die Einsamkeit, die Verletzlichkeit und der Schmerz.

Noch nie war dem verschlossenen Schauspieler so auf den Zahn gefühlt worden. Freunde waren überrascht von seiner Offenherzigkeit. Jocelyn nannte den Artikel «ein elegantes, gehässiges Massaker». Logan, dem Marlon wutentbrannt am Telefon mitteilte, er werde den Autor «umbringen», entgegnete ihm, daß es dazu nun zu spät sei: «Du hättest ihn umbringen sollen, bevor du ihn zum Essen einludst.»

Dodies Freunde in Libertyville dagegen waren empört, daß Bud ihr Idol so in den Schmutz gezogen hatte. «Es war der gleiche egoistische, wichtigtuerische Bud wie früher», sagte Kay Phillips Bennett. «Er hat ein völlig unzutreffendes Bild von Dodie gemalt, was mich erbost hat. Sie war nicht am Boden zerstört, als er sie im Stich ließ. Im Gegenteil, sie war es, die ihm den Rücken kehrte und beschloß, nach Chicago zurückzugehen, und vermutlich nahm er ihr damals immer noch übel, daß sie nicht bei ihm in New York geblieben ist. Aber es war gemein, davon in der Öffentlichkeit zu sprechen.» Ann Lombard Osborne, eine weitere Freundin Dodies, war nicht weniger entrüstet über Buds Bemerkungen. «Dodie war kein ‹Porzellanpüppchen›», sagte sie nachdrücklich. «Sie war eine zähe, ernstzunehmende Frau, die ihr Problem bereits zehn Jahre vor ihrem Tod in den Griff bekommen hatte. Das wirkliche Problem lag bei Bud. Er war nie erwachsen geworden.»

Unmittelbar nach der Veröffentlichung von Capotes Artikel versuchte Marlon Walter Seltzer und George Glass zu einer Klage gegen Capote zu bewegen. Keiner von beiden machte ihm irgendwelche Hoffnungen. Seltzer, ein erfahrener Presseagent, sah die ganze Affäre im Kontext. «Er kam aufgekratzt aus Japan zurück, wo er sich blendend amüsiert hatte», erinnerte sich Seltzer. «Dann erzählte er uns von diesem unglaublich netten Kerl, der zu seiner großen Überraschung so sympathisch und verständnisvoll gewesen war, und natürlich handelte es sich um Capote. Wenige Monate später, als dieser Artikel erschien, war seine Euphorie dahin. ‹Marlon›, habe ich ihn gefragt, ‹hast du ihm das wirklich alles erzählt?› Worauf er antwortete: ‹Natürlich. Ich habe ihn ja nicht für einen Journalisten, sondern für einen Freund gehalten. Er hat mich gelinkt.› Ich fragte, was das heißen sollte, und er erklärte mir, Capote hätte ebenfalls über seine Mutter, seine Probleme und die ganze Chose ausgepackt. ‹Tja, Marlon›, habe ich gesagt, ‹dann mußt du dich nicht wundern.› – ‹Doch, doch›, sagte er hartnäckig, ‹es war ja nicht zur Veröffentlichung gedacht.› – ‹Und hast du ihm ausdrücklich gesagt, daß er nicht darüber schreiben soll?› wollte ich von ihm wissen. ‹Nein›, sagte er und ließ mich einfach stehen.» Wie bei vielen anderen von Brandos Drohungen kam die Klage nie zustande.

Mitte März 1957, nachdem die Dreharbeiten einigermaßen pünktlich beendet waren, packte das *Sayonara*-Team ein und verließ Japan. Allerdings standen die Studioaufnahmen in Hollywood noch aus, und Brando hatte geschworen, sie «wie im Schlaf» durchzuziehen. Bei aller Eile ließ er es sich aber nicht nehmen, sich an seinem dreiunddreißigsten Geburtstag am 3. April mit einer Galaparty und einem dreistöckigen Baumkuchen mit Glückwünschen in japanischer Sprache feiern zu lassen.

Gegen Ende des Films war das Tempo so hektisch, daß Schauspieler und Crew in Hollywood wie die «Feuerwehrpferde arbeiteten, die einen Brand gerochen haben». Der Vergleich stammte von Logan und war gar nicht mal aus der Luft gegriffen. Zwar geriet das Studio nicht in Brand, aber Marlon hatte sich mit seiner Abschlußnummer ein kleines «Feuerwerk» geleistet.

Seltzer und Glass waren an dem Tag im Studio erschienen, um beim Lunch geschäftliche Dinge mit Marlon zu besprechen. «Marlon wollte nichts essen», erinnerte sich Seltzer. «Er wollte lieber auf dem Dach in der Sonne sitzen. Also kletterten wir hinauf und saßen oben, als er plötzlich mitten im Gespräch sagte: ‹Ich habe Durst, ich möchte Wasser trinken. Da drüben ist ein Wasserspeier.› Nun muß man wissen, daß Marlon sehr kurzsichtig ist, obwohl er nie eine Brille trug. Also ging er hinüber zu dem ‹Wasserspeier›, beugte den Kopf darüber und drückte auf einen Knopf. Mit einemmal brach ein ohrenbetäubender Lärm aus. Der Wasserspeier war nämlich der Feuermelder, und zwar für das gesamte Studio.» Bald waren die Sirenen der Feuerwehr von Burbank zu hören, doch Marlon blieb gelassen. «Wir kletterten vom Dach, und George und ich suchten sofort den Sicherheitsbeamten des Studios auf, um den blinden Alarm zu melden. Zu spät – acht Feuerwehrwagen standen bereits zur Stelle. Der Beamte hatte einen guten Draht nach Burbank und konnte die Sache vertuschen. Doch es gab ein übles Nachspiel. Einer der Wagen war auf dem Weg durch die Stadt mit einem Güterzug zusammengestoßen und einer der Feuerwehrleute dabei schwer verletzt worden. Das Studio zahlte ihm eine Entschädigung – nicht kleinlich, aber auch nicht gerade großzügig. Sie nannten es einen ‹Beitrag›. Soweit ich weiß, ist der Feuerwehrmann nicht vor Gericht gegangen und die wahre Geschichte nie ans Licht gekommen.»

Als der Alarm losging, mußte die gesamte Arbeit auf dem Studiogelände unterbrochen werden. Drei Filme und Hunderte von Angestellten wurden davon betroffen, und der Verlust an Zeit und Geld war beträchtlich. «Aber Marlon ließ sich dadurch nicht aus der Ruhe bringen», fuhr Seltzer fort. «Er verlor kein Wort über den Vorfall und schien sich auch wegen des Feuerwehrmanns keine Vorwürfe zu machen. Jedenfalls ließ er sich davon nichts anmerken.»

Auch Logan schwieg sich darüber aus, wenn er die Hintergründe überhaupt kannte. Bei nur vier verbleibenden Drehtagen kurbelte er das Tempo noch an und versuchte, die verlorene Zeit aufzuholen.

Als Marlon am 25. April mit der Arbeit fertig war, hatte er für die beiden zusätzlichen Wochen die stattliche Summe von 60 000 Dollar bekommen.

Der im späten November rechtzeitig zur Weihnachtssaison freigegebene Film *Sayonara* war ein unmittelbarer Erfolg, und die zehnprozentige Beteiligung an den Bruttoeinnahmen brachte Brando schließlich über eine Million Dollar ein. Ob das Geld dabei eine Rolle spielte, sei dahingestellt, jedenfalls erhielt Logan Monate nach Freigabe des Films eine Nachricht von Marlon, daß seine japanischen Freunde ihn zu «dem ersten progressiven Film über die Orientalen» beglückwünscht hätten. Er sei stolz auf sie beide. Obwohl er den Regisseur einmal einen «hirnverbrannten Trottel» genannt hatte, wollte er sich nach Betrachten des Films für seinen Irrtum entschuldigen.

Obwohl *Sayonara* die amerikanischen Kinosäle füllte, waren die Kritiker weniger davon begeistert. Zwar äußerte Bosley Crowther von der *New York Times* sich positiv und beglückwünschte Brando, «aus einer konventionellen Liebesgeschichte ein emotionales, lebendiges Drama» gemacht zu haben, aber *Newsweek* bemängelte, «daß Brando und sein Mädchen zweieinhalb Stunden lang weitgehend bewegungslos auf der Stelle treten ... Eine öde Geschichte über die Begegnung zweier Königskinder.»

Ob gut, schlecht oder mittelmäßig, keine der Kritiken nahm die politische Botschaft zur Kenntnis, die Brando mit dem Film vermitteln wollte.

The Young Lions (dt. *Die jungen Löwen*)

In den *Jungen Löwen,* einer Big-Budget-Bearbeitung von Irwin Shaws Bestseller, trat Brando wieder in Uniform auf, diesmal in der eines deutschen Offiziers. Der Film führte ihn nach Paris zurück, und obwohl er wieder bei Fox war, um seinen zahlreichen filmischen Verpflichtungen Zanuck gegenüber nachzukommen, nahm er die Arbeit ernst.

Der Regisseur Edward Dmytryk hatte indirekt dadurch eine Rolle in Brandos Leben gespielt, daß er Kashfi «entdeckt» und nach Hollywood gebracht hatte. Allerdings wußten zu diesem Zeitpunkt nur Marlons engste Freunde von seiner Beziehung zu der Schauspielerin. Es wird wohl auch nicht nur der Horror vor dem Pressetrummel gewesen sein, der ihn veranlaßt hatte, die Verlobung geheimzuhalten, sondern eine grundsätzliche Unschlüssigkeit, von der Kashfi jedoch nichts ahnte. Brando hatte in den vorhergehenden Monaten durchaus nicht auf die Schar schöner Frauen verzichten wollen, die sich oft durch Vermittlung seiner Freunde in seinem Haus in Laurel Canyon die Tür in die Hand gaben.

Kashfi behauptete, zu der Zeit fast jede Nacht mit Marlon verbracht zu haben, und konnte sich deshalb nicht vorstellen, wann und wie er Zeit für andere Frauen gefunden haben sollte. Aber im Januar 1957 kam sie dahinter, daß er immer noch mit Rita Moreno verkehrte.

Eines Nachts wurde heftig an die Tür geklopft, als Marlon und sie im Bett lagen. «Ich bin es, Rita! R-I-T-A», war eine Stimme von draußen zu hören.

«Entscheide dich, Marlon», sagte Kashfi, «entweder sie oder ich.»

Als er zehn Minuten später ins Schlafzimmer zurückkam, war Kashfi verschwunden. Er rief sie am nächsten Tag an, doch sie gab ihm zu verstehen, «mit einer verkorksten Person wie dir will ich nichts mehr zu tun haben», legte auf und schickte ihm die Ohrringe seiner Mutter und andere Geschenke zurück. Er brachte sie ihr am nächsten Tag wieder mit. Sie redeten miteinander, und «wie immer endete es mit gegenseitigen Treueschwüren».

Einige Wochen später entdeckte Kashfi eine dichte schwarze Perücke an seinem Bettpfosten. «Ach, du lieber Gott», stammelte Brando. «Die gehört Rita ... es tut mir leid, ich hätte mich nicht mit ihr einlassen sollen.»

«Im Gegenteil, Marlon, *mir* tut es leid – daß ich mich jemals mit *dir* eingelassen habe.»

Doch weich und nachgiebig, wie sie war, ließ Kashfi sich, im Glauben, am längeren Hebel zu sitzen, erneut von ihm beschwatzen. Auch Movita war keineswegs von der Bildfläche verschwunden, obwohl Marlon sich gehütet hatte, sie von seiner sogenannten Verlobung zu unterrichten. Im späten Frühjahr 1957 erschien er sogar auf einer Party im Haus von Geordie Hormel in Bel Air mit der Mexikanerin, wo sie sich, wie der Tänzer Johnny Brascia beobachtete, den ganzen Abend stritten. Kurz nach Mitternacht traf Brascia Movita allein draußen auf dem Parkplatz.

«Sie weinte und war ziemlich verzweifelt», sagte er, «und ich riet ihr, sich nicht hinters Steuer zu setzen.» Brascia trank einen Kaffee mit ihr, und sie vertraute ihm an, daß Marlon und sie «sich ständig zankten». Aber als Brascia sie um eine Verabredung bat, lehnte sie mit der Begründung ab: «Marlon ist mein Verlobter. Das kann ich ihm nicht antun.»

Zwei Wochen später rief sie Brascia jedoch an und lud ihn zu einer anderen Party ein. Dabei erzählte sie ihm, sie habe es satt, auf Brando zu warten, und mache sich keine Hoffnungen mehr. «Sie trennten sich», berichtete Brascia, «aber gleich darauf war er wieder da und machte ihr das Versprechen, ihr ein Haus zu kaufen und ‹ein ganz normales Leben› mit ihr zu führen.»

Gleichgültig, ob Brando Movita von Kashfi erzählt hatte, gehen lassen wollte er sie jedenfalls nicht und versuchte einmal sogar, Movitas Mutter für seine Zwecke einzuspannen. Er übernachtete gelegentlich bei ihr in Silver Lake und nahm sie und die beiden Schwestern Movitas manchmal mit in ein Drive-in-Kino. Als Brando hörte, daß Movita mit Brascia verkehrte, zog er nähere Erkundigungen über den jungen Mann ein. «Marlon fühlte sich in seiner Ehre gekränkt, weil ich für ihn nicht zählte», sagte Brascia, «kein Geld, kein Star – er konnte nicht begreifen, warum sie ihn meinetwegen sitzenließ.» Es war Movitas Starrsinn, der Marlon immer wieder anzog.

Marlon hätte nicht besser gelaunt sein können, als die Dreharbeiten zu den *Jungen Löwen* näher rückten. Er schien sein Schäfchen ins trockene gebracht zu haben, denn trotz aller Eifersuchtsausbrüche hatte er Kashfi zum Einlenken bewegt. «Liebe», versicherte er ihr, «ist Abbau von Angst, Abbau persönlicher Abwehrmechanismen. Sie ist spontan. Vor allem ist sie ehrlich.»

Am 8. April 1957, kurz vor Beendigung von *Sayonara,* gaben die Filmzeitungen bekannt, daß Brando den Vertrag zu den *Jungen Löwen* unterzeichnet hatte. Als wenige Wochen später publik wurde, daß auch Montgomery Clift in dem Film mitwirken würde, stiegen seine Erfolgschancen erst recht. Allerdings hatten weder *Variety* noch der *Hollywood Reporter* verlauten lassen, daß Marlon wegen seines früheren Vertragsbruchs immer noch zu Kreuze kriechen und sich mit einer Gage von 50000 Dollar begnügen mußte, weniger als die Hälfte dessen, was er drei Jahre zuvor für *Die Faust im Nacken* bekommen hatte. Clift sollte angeblich rund 750000 Dollar verdienen, und selbst Maximilian Schell, der seinen ersten Hollywood-Film machte, erhielt fast 200000 Dollar. Doch gegen Zanuck war Brando machtlos.

Die Nachricht, daß Brando mit Clift, seinem gefürchtetsten Rivalen, gemeinsam in einem Film auftreten sollte, berechtigte zu den schönsten Hoffnungen auf ein Duell zwischen zwei Methode-Schauspielern. Doch während die Publicity-Abteilung bei Fox sich erwartungsvoll die Hände rieb, machte Dmytryk sich Sorgen. Bei einem Treffen mit Brando war ihm «der Schweiß ausgebrochen». Trotz Marlons zuvorkommendem Benehmen hatte der Regisseur sich anschließend in der Stadt umgehört, was an den Schauergeschichten über Brandos Starallüren Wahres sei. Fred Zinnemann erzählte ihm, Brando habe einmal einundsiebzig Einstellungen benötigt, nur um einen Blick aus dem Fenster zu werfen. Daniel Mann, den beim Gedanken an *Das kleine Teehaus* immer noch die Wut ergriff, berichtete, Glenn Ford habe wegen der zahlreichen Takes, auf denen Brando bestand, völlig die Konzentration verloren. Der Film sei die schlimmste Erfahrung seiner ganzen Laufbahn gewesen.

«Wenn Brando und Montgomery Clift jemals in derselben Szene aufgetreten wären, hätten wir den Film an den Nagel hängen können», erklärte Dmytryk später. «Ihre Arbeitsweisen hätten nicht unterschiedlicher sein können. Monty stand ein oder zwei Takes durch; danach arbeitete er nur noch mechanisch.»

Also sorgte der Regisseur dafür, daß das Drehbuch nur eine gemeinsame Szene für die beiden Stars enthielt, in der sie noch nicht einmal ein einziges Wort miteinander zu wechseln brauchten.

Dmytryk hatte auch Clift gegenüber, mit dem er in *Raintree County* zusammengearbeitet hatte, seine Vorbehalte. «Persönlich mochte ich ihn sehr», sagte er. «Aber ich hatte mir geschworen, wegen der Sauferei und der Drogen nie wieder einen Film mit ihm zu drehen. Er wurde zwar nie ausfallend, aber er klappte nach einer Weile einfach zusammen.»

Seit Clift und Brando sich in den späten vierziger Jahren in New York getroffen hatten, waren ihre beruflichen Wege parallel verlaufen, und sie hatten sich gegenseitig nicht aus den Augen gelassen. Es war kein Geheimnis in New Yorker Theaterkreisen, daß Clift Brandos Arbeit in *Endstation Sehnsucht* bewunderte und Brando Clifts Leistung in *The Seagull* sehr schätzte. Doch trotz des gegenseitigen Respekts konnten die beiden wenig miteinander anfangen. Der intellektuelle, belesene Clift hielt Brando für einen Clown, und Marlon fand seinen Rivalen übertrieben «ernsthaft» und «verklemmt». Die Unterschiede waren schon im Actors Studio deutlich geworden, wo Clift einen analytischen Ansatz verriet und Szenen besprechen wollte. Marlon dagegen war, wie Bobby Lewis es nannte, «kein Schriftsteller oder Regisseur – man gab ihm eine Rolle, und er begriff sie teils mit dem Intellekt, teils aus dem Bauch».

Zur Zeit der Dreharbeiten zu den *Jungen Löwen* hatte sich das Kräfteverhältnis zwischen den beiden Rivalen jedoch verschoben. Brando war auf dem Höhepunkt seines Erfolgs. Clift dagegen hatte sich im Vorjahr bei einem Autounfall schwere Gesichtsverletzungen zugezogen, als er nach einer Party bei Elizabeth Taylor gegen einen Telefonmast gefahren und nur knapp dem Tod entgangen war. Trotz langwieriger Gesichtsoperationen wirkte sein Gesicht durch die häßlichen Narben entstellt, und die eine Hälfte sah wie gelähmt aus. Dank seiner engen Freundschaft zu Elizabeth Taylor hatte er die Arbeit zwar wiederaufgenommen, litt aber unter schweren Depressionen, die seine ohnehin selbstmörderische Trunksucht noch verschlimmerten.

Marlon war über seinen eigenen Schatten gesprungen und hatte ihm zu helfen versucht. An einem Wochenende, kurz bevor Clift die Arbeit an *Raintree County* wiederaufnahm, hatte Brando Billy Redfield vorgeschickt, damit er seinen Besuch ankündigte.

Dazu berichtete Jack Larson, ein enger Freund von Clift: «Monty war leicht verstimmt darüber und sagte zu mir: ‹Er schickt einen Spion vor, um zu sehen, wie es mir geht ... ob ich auch nicht zu besoffen bin.›»

Als Brando eintraf, überließ Larson die beiden Männer sich selbst. Das Gespräch dauerte mehrere Stunden. «Ich hatte das Gefühl, Marlon wollte Monty Selbstvertrauen einflößen», sagte Larson. «Es war eine gute Tat.»

Nach Brandos Besuch fuhr Larson Monty Clift zu seinem Orthopäden. Clift hatte Tränen in den Augen. «Monty war tief gerührt», erklärte sein Freund später. «Ich mußte ihm versprechen, kein Wort darüber zu verlieren, weil er sich deswegen schämte. Aber Brando hatte ihm versichert, wie sehr er ihn immer bewundert und im stillen gewünscht hatte, Monty würde im Jahr seiner eigenen Nominierung für *Endstation Sehnsucht* den Oscar für *A Place in the Sun* gewinnen. Er gab auch zu, immer eifersüchtig und neidisch auf Monty gewesen zu sein – er hatte sich Montys Filme angesehen und im stillen gedacht: ‹Wie macht der das nur? Wie kann man so gut sein?›»

«Wie Monty berichtete, hatte Marlon ihn schließlich beschworen, sich auf keinen Fall gehenzulassen. ‹Du bist ein Vorbild für mich›, hatte er gesagt. ‹Also paß auf dich auf, damit ich mich an dir messen kann.›»

Jahre später erwähnte Marlon das Gespräch Maureen Stapleton gegenüber und erzählte, daß er Clift beschworen hätte, den Anonymen Alkoholikern beizutreten, und ihn sogar zu den Sitzungen begleiten wollte. Monty hatte ihm immer wieder versichert, wie gerührt er von dem Angebot sei, aber abgestritten, überhaupt Alkoholprobleme zu haben, obwohl er einen doppelten Wodka nach dem andern gekippt hätte.

Was Dmytryk betraf, so bestand ähnlich wie bei Kazan die Gefahr, daß Brando sich mit ihm seiner politischen Linie wegen anlegen würde. Als einer der ursprünglichen Hollywood-Zehn hatte Dmytryk im Gefängnis gesessen, weil er vor dem Ausschuß die Aussage verweigert hatte, und war anschließend ins Exil nach England gegangen. Doch hatte er 1951, als der McCarthy-Ausschuß die Unterhaltungsindustrie zum zweiten Mal aufs Korn nahm, nachgegeben und die Namen von sechsundzwanzig «Kommunisten» genannt. Brando verlor allerdings nie ein Wort über Dmytryks Vergangenheit. «Wir haben nie über Politik gesprochen», sagte Dmytryk. «Möglich, daß seine Freunde ihm zugesetzt haben, weil er wieder mit Gadg zusammengearbeitet hat, aber danach war die Sache für ihn erledigt, und er konnte auch mit mir problemlos arbeiten.»

Im Juni 1957 brach Marlon nach Frankreich auf, wo die Dreharbeiten von *Junge Löwen* beginnen sollten. Von Paris aus rief er Kashfi regelmäßig an. Sie ging selten aus, obwohl sie einige Male mit dem Charakterschauspieler Curd Jürgens essen ging, den sie seit zwei Jahren kannte und der ihr häufig Blumen schickte. Die Beziehung sei rein platonisch gewesen, sagte sie später, doch Marlon bekam einen Wutanfall, als sein Vater, der im selben Komplex in West Hollywood wohnte wie Anna, ihn darauf aufmerksam machte. Die enge Nachbarschaft wurde nicht gerade erträglicher, als Kashfi eines Nachmittags mithörte, wie Marlon seniors Freundin Alice Marchak laut vernehmbar schrie, sie würde ihn öffentlich bloßstellen und danach in seinem Apartment Selbstmord begehen.

Alice Marchak hatte deswegen so hysterisch reagiert, weil er ihr mitgeteilt hatte, daß er ihre Affäre beenden wollte. «Er hatte vor, Anichka zu heiraten», erinnerte Kashfi sich. «Anichka» war Anna Frenke Paramore, eine junge Frau Ende Zwanzig und Tochter des Produzenten Eugene Frenke. «Alice fühlte sich betrogen und drohte ihm, einen Skandal zu verursachen. Um sie mundtot zu machen, sorgte Pop dafür, daß sie die Privatsekretärin seines Sohnes wurde.»

Während Kashfi Marlon seniors gestrengen Blicken ausgesetzt war – er hatte Anna von Anfang an für eine kaltblütige Schmarotzerin gehalten –, amüsierte Marlon sich in Paris und stürzte sich sogar mit Begeisterung auf seine Rolle. Er arbeitete intensiv an der Perfektionierung seines deutschen Akzents, den er von seinem alten Freund Earl Hammond aufgeschnappt hatte, einem Schauspieler, der auf Dialekte spezialisiert war.

Im Roman ist der Protagonist Christian Diestl anfangs ein harmloser, flirtender Skilehrer, der sich zu einem treuen Anhänger Hitlers mausert und Noah, den sensiblen amerikanischen GI jüdischer Herkunft, dargestellt von Clift, schließlich eiskalt abknallt. Im Film dagegen ist Diestl vom Nazismus enttäuscht und legt sich häufig mit seinem Vorgesetzten Hardenberg an, der mit genüßlicher Kaltschnäuzigkeit von Maximilian Schell verkörpert wird. Diestls Ernüchterung erreicht ihren Höhepunkt, als er den wahren Zweck der von der SS geleiteten Todeslager entdeckt.

Anders als im Buch lauert Brandos Diestl dem von Clift dargestellten Juden am Schluß nicht auf, sondern wirft statt dessen sein Maschinengewehr fort und wandert in amerikanisches Kreuzfeuer. Dabei wird er tödlich getroffen und stürzt in eine seichte (symbolische) Pfütze. Brando deklamiert seinen abschließenden Text mit dem dramatischen Pathos eines Bühnenschauspielers und macht damit seinen Nazi zu einem unbefleckten Märtyrer.

Kritiker und Zuschauer rätselten darüber, ob diese Interpretation Diestls auf Brandos Konto ging. Carlo Fiore, Marlons Textberater, war ebenso wie Rhodes der Meinung, Brando habe die Rolle von Anfang an unter diesem Aspekt gesehen. Marlon hatte ihm gleich zu Beginn der Dreharbeiten erzählt: «Ich mache aus dem Nazischwein einen tragischen Helden. Ich habe vor, die Interpretation der Gestalt völlig auf den Kopf zu stellen, aber dazu gehört eine Menge Arbeit.» Die Zeitschrift *Life* berichtete, er habe Dmytryk, dem Produzenten Al Lichtman und dem Autor Anhalt einen fünfzehnstündigen Vortrag gehalten und ihnen eine eingehende Analyse mit anschließender humanistischer Exegese unterbreitet.

«Davon stimmt kein Wort», protestierte Dmytryk Jahre später. «*Life* hat mir eine Menge Scherereien bereitet ... *Time* hat das gleiche behauptet, dabei war der Autor Anhalt überhaupt nicht dabei, als ich die Rolle mit Marlon besprochen habe. Wir hatten noch nicht einmal ein fertiges Drehbuch ... Anhalt und ich hatten bereits eine ganz bestimmte Vorstellung von der Figur, die ich Marlon auch unterbreitet habe.»

Drehbuchautor Anhalt bestätigte, daß er die Entscheidung, den Nazicharakter der Hauptgestalt abzuschwächen, gemeinsam mit dem Regisseur in der Befürchtung getroffen hätte, daß sonst «kein Hollywood-Star» die Rolle übernehmen würde. «Wir wollten Marlon das Drehbuch zu lesen geben, und ich erinnere mich, wie ich gesagt habe: ‹Wenn der Typ ein solches Ende findet, übernimmt Brando die Rolle nie. Es gibt am Schluß keine Reue, keine Einsicht.› Cagney hat solche Halunken gespielt, aber der hatte auch keine Probleme mit seiner Mutter ... Schauspieler wollen geliebt werden, daran kranken sie alle. Man muß schon Charakter haben, um einen wirklichen Schurken zu spielen.»

Die Dreharbeiten begannen am Ende der ersten Juliwoche in der Nähe von Chantilly, vierzig Kilometer nördlich von Paris. Als sich französische Partisanen in der ersten Szene ergeben, schießt Diestls Einheit weiter, obwohl Diestl seinen Soldaten befiehlt, das Feuer einzustellen. Dmytryk war von der Szene beeindruckt, doch Fiore fand, daß Marlon sich aufspielte und seinen Charakter als ideologisches Sprachrohr benutzte.

«Es hat mich sehr stutzig gemacht», erklärte er später. «Brando sprach nicht mehr als Schauspieler, sondern benutzte den Text zu einer Kundgebung an die Welt ... Mit Sätzen wie ‹Man kann die Welt nicht vom Keller einer schäbigen kleinen Polizeistation aus revolutionieren› begann er als Schauspieler hinter sein soziales Sendungsbewußtsein zurückzutreten.» Genau das hatte Brando auch mit *Sayonara* bezweckt. Einige Abende später erzählte Marlon dem Schauspieler Parley Baer beim Essen: «Ich mache von jetzt ab keine Filme mehr, die keine gesellschaftliche Relevanz oder soziale Botschaft haben.»

Während seines Aufenthalts in Frankreich besuchte Brando den

Schriftsteller Irwin Shaw in Paris und fragte ihn: «Wenn Sie das Buch heute schrieben, hätte Diestl das gleiche Schicksal gehabt?»

Darauf Shaw: «Ich würde vermutlich nicht viel ändern. Das ist die Brut, die zwanzig Millionen Menschen umgebracht hat, und diese Menschen werden nicht wieder lebendig.»

Brando erwiderte: «Aber die Welt kann nicht immer nur rückwärts blicken und sich ihren Haß bewahren. Dann gäbe es überhaupt keinen Fortschritt. Keine Nation ist fehlerlos. In jedem Land gibt es Nazis und Menschen, die guten Willens sind. Wenn wir darauf bestehen, daß alle Deutschen schlecht sind, rechtfertigen wir damit das Argument der Nazis, daß alle Juden schlecht sind.»

Die Debatte wurde in der Öffentlichkeit fortgesetzt, als David Schoenbrun vom CBS-Fernsehen ein Interview zwischen Shaw und Brando arrangierte. Es ging hoch her zwischen den beiden. Shaw warf Brando vor, die Rolle nur deshalb zu ändern, weil er auf der Leinwand sympathischer erscheinen wollte. Brando erwiderte, Shaw fehle jedes Verständnis für die Gestalt.

«Schließlich ist es meine!» entgegnete der Autor.

«Erst der Schauspieler macht eine Gestalt lebendig», konterte Brando. «Ich spiele die Rolle, deshalb existiert sie. Sie ist meine Schöpfung.»

Shaw nannte Brando «einfältig» und verstieg sich sogar zu dem gängigen Vorwurf, alle Stars litten unter Bildungsmangel. «Ein Schauspieler ist wie ein leeres Tintenfaß. Man muß dem verdammten Trottel erst mal Tinte ins Hirn gießen, damit es sich in Bewegung setzt.»

Für Regisseur Dmytryk war das Hauptproblem nicht Brandos Rolle, sondern das Wetter. Aus dem herrlichen französischen Frühling war schnell ein verregneter Sommer geworden, und im Nu hatten sie fünfunddreißig Drehtage verloren.

Während Dmytryk mit jedem Tag stärker von Fox unter Druck gesetzt wurde, kam Marlon die Untätigkeit wie gerufen. Philip Rhodes, Sam Gilman und Carlo Fiore, der sich gerade von seiner Frau getrennt hatte, leisteten ihm Gesellschaft. Christian Marquand und seine Clique waren mit von der Partie, und Marlon hatte ebenfalls Marilyn Sorel, seine alte Freundin aus dem Village, wiedergetroffen, die er seit *Faust im Nacken* nicht mehr gesehen hatte.

Sorel war erst seit kurzem in Paris. Als erklärte Proust-Fanatikerin hatte sie sich in einem heruntergekommenen Hotel niedergelassen, «einem ehemaligen Männerbordell», das von der früheren Haushälterin des Romanciers geleitet wurde. Sorel war völlig abgebrannt, trug einen gestohlenen Nerzmantel und schrieb, um sich ihren Lebensunterhalt zu verdienen, Pornographie für Maurice Girodias' berüchtigte Olympia Press, bei der Henry Miller, Terry Southern und Vladimir Nabokov erschienen.

Die Verbindung war ganz nach Marlons Geschmack. Die schlagfertige Sorel bot willkommene Abwechslung von der «beschissenen» Filmarbeit. Marlon sorgte dafür, daß sie eine Statistenrolle bekam, und die beiden hockten stundenlang in seinem Wohnwagen zusammen und palaverten.

«Ihn interessierten Menschen, deren Leben ihm ein Rätsel war», erinnerte sie sich. «Ich gehörte zu dieser Kategorie ... Ich war das, was er einen ‹wirklichen› Menschen nannte. Er war inzwischen ein Superstar, einsam und neurotisch, der reinste Alptraum. Wenn er die Wohnwagentür aufmachte, standen die Leute in Trauben davor. Null-acht-fünfzehn-Schönheiten starrten mich an und dachten: ‹Was will die denn hier? Wieso verkehrt er mit jemandem wie der?›»

Wie in Japan schrieb Brando regelmäßig an Anna und testete seine Gedanken an ihr. Er versicherte ihr, daß er sich vorbildlich betrage und sein «edles Werkzeug» strikt in der Hose behalte; ausnahmsweise mache ihm die Arbeit Spaß. Während er zugab, immer noch «etwas zuviel zu rauchen», verkündete er stolz, Gewicht verloren zu haben und seine Freizeit «sinnvoll» zu verbringen, statt wie ein Hahn ohne Kopf herumzurennen.

Auch wenn es mit der Vorbildlichkeit seines Betragens nicht weit hersein mochte, verriet der Brief doch ein bisher unbekanntes Verantwortungsgefühl. Es klang, als wollte er das Versprechen, das er seiner Mutter im Krankenhaus gegeben hatte, tatsächlich wahr machen: reumütig, gehorsam, brav wie ein Pfadfinder. Er brauchte Kashfis Ermutigung, auch wenn sie, argwöhnisch von Marlon senior bewacht, 6000 Meilen entfernt von ihm war.

In seiner Freizeit war Christian Marquand ständig an Brandos Seite und hofierte ihn. «Er umwarb Marlon förmlich», sagte Marilyn Sorel, «und sie heckten ständig etwas zusammen aus. Sie waren ziemlich dicke Freunde.» Der französische Schauspieler war so von Brandos Berühmtheit geblendet, daß er offenbar hoffte, Marlon werde in seine Familie einheiraten. «Er schleppte seine Tante, seine Schwester, eine Kusine und Gott weiß wen herbei», fügte Sorel hinzu, «in der Hoffnung, Marlon könnte auf sie hereinfallen. Eifersüchtig wachte er darüber, daß niemand Marlon beanspruchte, also setzten Phil Rhodes und ich uns ab.»

Liliane Montevecchi, die im Film eine Pariser Prostituierte spielt, deren Gefühle für Brandos Diestl mit ihrer Partisanenloyalität in Konflikt geraten, schenkte Brando von Anfang an reinen Wein ein.

«Wir wurden schließlich wirklich gute Freunde, weil ich mich weigerte, mich verführen zu lassen», sagte sie. «Ich bin nicht so leicht herumzukriegen, und schon lange nicht von ihm.»

Montevecchi erzählte, Brando, Marquand und sie hätten «wie drei Musketiere gelebt ... Wir reisten kreuz und quer durch Frankreich, aßen zusammen und schliefen sogar zusammen wie Bruder und Schwester.»

Oft in Marquands unordentlichem, nur mit einer Matratze möbliertem Appartement. «Es war eine herrliche, aufregende Liaison, denn drei so attraktive junge Leute wie wir kamen natürlich bald ins Gerede, was wir von Herzen genossen.»

Handelte es sich bei Brando um Gerüchte, so gab es bei Montgomery Clift keinen Zweifel. Clift lebte auf dem Set mit seinem Liebhaber zusammen und schien unter seiner Homosexualität noch stärker zu leiden als früher. «Es wurde ziemlich viel darüber geredet», sagte Duke Calahan, einer der Kameramänner. «Offenbar wehrte er sich dagegen, wenn er nüchtern war, aber im betrunkenen Zustand gab er nach.» Laut Dmytryk war Clift ernsthaft krank: «Die Frauen waren natürlich auf Marlon und Monty scharf und meinten alle, sie könnten Monty helfen. Aber das war ein Irrtum. Niemand konnte ihm helfen.»

Zwei- oder dreimal war Clift plötzlich ohne Erklärung vom Drehort verschwunden. Dmytryk fand heraus, daß er zwei Pässe besaß und reisen konnte, ohne von der Presse (oder sonstjemandem) erkannt zu werden. Einmal wurde er total betrunken in einem drittklassigen Bordell in Süditalien aufgefunden. «Bei den Dreharbeiten hatte er Augen wie Stecknadelköpfe», schrieb Robert La Guardia. «Er trank immer aus einer Thermosflasche, in der angeblich Saft war.» Wie Anhalt herausfand, handelte es sich um eine Mischung aus Bourbon, zerstampften Demeroltabletten und Fruchtsaft. Kameramann Duke Calahan erinnerte sich, daß Monty nach Möglichkeit vor dem Lunch abgewickelt wurde. «Im Laufe des Nachmittags fing er an zu kichern und konnte die Filmerei nicht mehr ernst nehmen. Er hockte zusammengekauert in einer Ecke und kratzte sich wie ein Affe am ganzen Körper.»

Während Clift an seiner Thermosflasche hing, kämpfte Brando wie immer mit seinem Gewicht, das heftigen Schwankungen unterworfen war. Das ständige Diäthalten half zwar, aber wie Montevecchi sagte, «hatte er das Hungern oft einfach satt.» Das führte zu weiteren Schwierigkeiten, wenn er in seine Uniform geschnürt werden mußte.

Brando ließ keine Gelegenheit aus, seinen «guten Nazi» zu propagieren, sogar in Berlin, wo er zwei Szenen mit Mai Britt drehte. «Irwin Shaw hat das Buch geschrieben, als der durch den Krieg ausgelöste Haß noch lebendig war», erklärte er auf einer gut besuchten Pressekonferenz. «Wir wollen hoffen, daß dieser Haß inzwischen abgeklungen ist. Der Film versucht zu zeigen, daß der Nazismus eine Sache der Einstellung und nicht der Geographie ist; daß es in jedem Land Nazis und Leute guten Willens gibt.»

Die gleiche Botschaft verkündete er, als die Produktion im späten August nach Kalifornien zurückkehrte. Borrego Springs, nicht weit von Palm Springs, sollte der Schauplatz für Rommels Nordafrika sein. Dort wollte Dmytryk die Szene drehen, in der der erschöpfte Diestl mit seinem Vorgesetzten Hardenberg auf dem Soziussitz mit dem Motorrad durch die Wüste fährt. Diestl versucht verzweifelt, die Augen offenzuhalten, und Hardenberg, der angesichts des Rückzugs der deutschen Truppen die Nerven verliert, gibt sich alle Mühe, ihn am Einschlafen zu hindern. Eine ideale Gelegenheit für Marlon, zusätzliche «Relevanz» an den Mann zu bringen.

«Brando weigerte sich, die Rolle drehbuchgetreu zu spielen», beklagte sich Walter Seltzer, «und ich erinnere mich, daß wir sagten: ‹Verdammt noch mal, Marlon, es gab keine guten Nazis.› Darauf entgegnete er – und ich werde seine Worte nie vergessen: ‹Die Welt ist bunt.› Es gibt keine ausschließlich guten oder schlechten Menschen, sondern nur buntgescheckte.»

Eine Woche vor Beendigung der *Jungen Löwen* im Oktober 1957 trafen Clift, Martin und Brando sich in Charlton Flats, nicht weit vom Angeles Crest Highway, um das mit Spannung erwartete entscheidende Treffen von Shaws drei Hauptcharakteren zu filmen. Marlon mit seinem humanistischen Revisionismus hatte auch davon genaue Vorstellungen. Doch trotz seines hinfälligen Zustands weigerte Clift sich hartnäckig, Brandos «gescheckten» Nazi gutzuheißen.

«Brando machte den Vorschlag, Monty sollte Diestl nach dessen Tod auf die Arme nehmen und der untergehenden Sonne entgegentragen», berichtete Jack Larson. «Darauf antwortete Monty: ‹Ich weiß zwar nicht, wie er seinen fetten Arsch da sonst hinkriegen will, aber meine Figur trägt ihn nicht.»

Als Alternative machte Brando den Vorschlag, Diestl ausgestreckt wie Christus am Kreuz auf einem Berg Stacheldraht sterben zu lassen. Aber auch dagegen erhob Clift Einwände. «Wenn Marlon damit durchkommt», sagte er, «steige ich aus.» In der endgültigen Schlußszene des Films landet Brando schließlich mit dem Gesicht nach unten in einer schmutzigen Pfütze und verrenkte sich auch noch die rechte Schulter, als er eine Böschung hinabrollte.

Bei ihrer Rückkehr nach Borrego Springs wurde Marlon anfangs von Kashfi bei guter Laune gehalten, die sich alle Mühe gab, ihn zu verwöhnen, um ihre Verlobung um jeden Preis aufrechtzuerhalten. Selbst beim Baden im hoteleigenen Swimmingpool konnte Brando das Philosophieren nicht lassen. Er palaverte über Psychiatrie und Philosophie und riet ihr: «Entspanne dich und besinn dich auf dich selbst. Es kommt nur auf Selbsterkenntnis und Ausgeglichenheit an.»

Folgsam und ergeben hörte sie zu und war seinem Professor Higgins eine gehorsame Eliza Doolittle. Auch seinem Wunsch nach Sex kam sie jederzeit bereitwillig nach. Bald allerdings «ließ sie ihn nicht mehr aus den Augen», wie Fiore sich erinnerte. «Brando und ich gingen fast jeden Abend gemeinsam essen. Diese liebgewonnene Gepflogenheit weckte sofort Annas Eifersucht.»

Es dauerte nicht lange, bis Kashfi Marlon mitteilte, Carlo habe sich hinter seinem Rücken bereit erklärt, für Joshua Logan zu arbeiten und nutze Marlon um seiner eigenen Karriere willen aus. Doch Fiore gelang es, Brando die Vorwürfe auszureden, und warnte ihn seinerseits vor einer Heirat mit Kashfi. «Die versaut dir garantiert dein Leben.»

Brando saß in einer Zwickmühle. Auch Marilyn Sorel war seine Unentschlossenheit in Paris nicht entgangen. «Er war noch nie verheiratet gewesen», erklärte sie, «und er wußte nicht, ob er Kashfi trauen konnte. Er hatte den Verdacht, daß es eigentlich ihr Wunsch, mit ihm verheiratet zu sein, war, der ihn zu diesem Schritt bewog.»

Doch es steckte mehr dahinter als bloße Unschlüssigkeit oder Ambivalenz, ob Kashfi die richtige Frau sei. «Die eigentliche Crux war, daß er kein wirkliches Verhältnis zu Frauen hatte», fuhr Sorel fort. «Er litt darunter, nur als ‹Schwanz› zu gelten, obwohl er mehr war, und als Sexsymbol zu gelten, was er *war*, so daß Frauen immer nur *so* auf ihn reagieren konnten. Er hatte rigorose geschlechtsspezifische Vorstellungen. Dabei konnte er sehr witzig sein, aber wenn man als Frau eine eher männliche Geste machte, sagte er glatt: «Du hast eine schrecklich maskuline Art zu rauchen.» Körpersprache bedeutete ihm alles, und wer Marlon verstehen wollte, mußte wissen, wie sensibel er in diesem Punkt war. Wenn eine einfältige Frau wie Anna Kashfi erwartete, daß er sich wie ein Mann benahm, dann konnte das nur zu enormen Konflikten führen, in denen er seine eigenen Neurosen auslebte.»

Doch die Umstände erleichterten Brando die Entscheidung. Im September teilte Anna ihm mit, sie sei schwanger, und seine erste Reaktion war: «Laß uns heiraten.» Fiore warnte erneut vor einer Heirat. «Gib ihr, was sie will», sagte er, «aber um Gottes willen heirate sie nicht.»

«Schließlich ist es auch mein Kind», sagte Marlon, der diesmal eine Abtreibung ablehnte.

Als Marlon bei Pennebaker von seinen Heiratsplänen berichtete, konnte Seltzer sich seinen Entschluß nur damit erklären, daß er «einen schweren Anfall von Moralitis» haben müsse. Selbst Anna war sich bewußt, was für einen «gewaltigen Schritt» die Heirat für ihn bedeutete. Es war ein Versuch, sein Versprechen Dodie gegenüber einzulösen und sich von den Gespenstern der Vergangenheit zu befreien.

Nachdem sie sich einmal entschlossen hatten zu heiraten, verlangte Kashfi erneut, daß er auf andere Frauen verzichtete, und stellte ihm sogar ein Ultimatum. «Ich habe ihm genauer auf den Zahn gefühlt und wollte wissen, was los war», erklärte sie später und gestand, damit einen fürchterlichen Streit vom Zaun gebrochen zu haben. Sie stürmte aus dem Haus, aber er kam hinter ihr her und «stieß mich zu Boden. Dann schlug er meinen Kopf mehrmals heftig aufs Pflaster. Ich war wie gelähmt vor Angst und konnte mich nur dadurch wehren, daß ich sagte: ‹Meinetwegen schlag mich tot, Marlon. Mir ist es egal.› Er schrie mich nicht an, war nur hochrot im Gesicht, und schließlich konnte ich entkommen.» Eine Woche später rief er sie an, um sich zu entschuldigen. «Ich habe die Nerven verloren», sagte er. «Was meinst du, wenn wir heute abend zusammen essen gingen?» Sie aßen in einem seiner italienischen Lieblingsrestaurants, er war «charmant», und über den Zwischenfall wurde weiter kein Wort verloren.

Die Hochzeit war für den 11. Oktober geplant. Marlon wollte eine private Zeremonie im kleinsten Kreis, aber entgegen seinen Absichten hatte sich herumgesprochen, daß er «in wehendem Hindu-Gewand» nach Pasadena gefahren war, «um einen Hochzeitsring zu kaufen».

Die Hochzeit fand im Haus von Marlons Tante, Betty Lindemeyer, in Eagle Rock statt. Bei der standesamtlichen Trauung waren Marlon senior, Jocelyn und ihr Mann Eliot Asinof, Marlons Großtante June und sein Cousin Mr. Allen Pardee und dessen Frau anwesend; außerdem Kashfis Freunde Peter Berneis mit Frau und Louis und Kathy L'Amour. Anna trug wie üblich einen Sari, blaßgrün und mit Goldstickerei verziert.

Mit gewohnter Nonchalance hatte Marlon auf alle Flitterwochenpläne verzichtet, so daß die Neuvermählten anschließend kreuz und quer durch Los Angeles fuhren, bevor sie beschlossen, Jay Kanter und seiner Frau Judy einen Besuch abzustatten. Obwohl die Kanters nicht bei der Hochzeit gewesen waren, boten sie ihnen ihr Haus in Beverly Hills als Nachtquartier an.

«Sex fand nicht statt», sagte Kashfi. «Marlon machte sich vor allem Gedanken darüber, was Jay und seine Frau über mich sagen könnten. Irgendwie waren wir beide gehemmt. Ich ganz besonders, weil ich dachte, o Gott, worauf haben wir uns eingelassen?»

Das Hausmädchen brachte ihnen am nächsten Morgen das Frühstück, und danach setzten sich die beiden wieder in Brandos Thunderbird Cabrio und kurvten durch Beverly Hills, ohne zu wissen, was sie mit sich anfangen sollten. Schließlich schlug Anna vor, ihre Freunde, die L'Amours, in La Quinta außerhalb von Palm Springs zu besuchen. Dort blieben sie eine Woche, saßen vorm Fernseher und gingen in der Wüste spazieren. L'Amour, Amerikas produktivster Western-Autor seit Zane Grey, übte sich täglich mehrere Stunden mit Marlon im Abschießen von Konservendosen, während Anna und Kathy kochten und das Haus putzten.

Als sie wieder in Hollywood waren, zog Anna mit ihren Habseligkeiten zu Brando zum Laurel Canyon. Das Haus war vor Jahren inklusive französischer Bauernmöbel, Lampenschirmen mit Zellophanbezug und pastellfarbenen Vorhängen von MCA gemietet worden. Marlons einziger Besitz waren Kleidung, Trommeln, Bücher und ein schwarzer orientalischer Kaffeetisch mit Perlmuttintarsien, den er im Anschluß an *Sayonara* geschenkt bekommen hatte.

Sobald die beiden allein waren, war es endgültig vorbei mit den Flitterwochen. Anna konnte sich über Marlons Veränderung nicht hinwegtäuschen. Seine Kühle rührte vor allem daher, daß ihm noch in Palm Desert, zwei Tage nach der Trauung, eine bestürzende Nachricht zu Ohren gekommen war: William Patrick O'Callaghan, ein Fabrikarbeiter aus Wales, hatte Reportern erzählt, Anna sei seine Tochter. Ihrer Filmkarriere zuliebe müsse sie sich in Kashfi umbenannt haben. Zwar war Anna in Kalkutta aufgewachsen, wo O'Callaghan als Aufsichtsbeamter bei der staatlichen indischen

Eisenbahn gearbeitet hatte, aber er ließ keinen Zweifel daran, «daß es keinen Tropfen indisches Blut in unserer Familie gibt».

Die Medien in Los Angeles und England schlachteten die Nachricht genüßlich aus. Am 18. Oktober schaltete Edward Dmytryk sich ein und erklärte, er habe gewußt, daß Kashfi einen irischen Namen habe, aber angenommen, sie sei anglo-indischer Herkunft.

Während in der Presse die Wogen hochgingen, bat Brando Glass und Seltzer, der Sache auf den Grund zu gehen und die Wahrheit herauszufinden. Daraufhin tauchten die beiden Pennebaker-Angestellten unangemeldet bei Brando zu Hause auf.

«Senior konnte sie ohnehin nicht ausstehen. Er hielt sie für eine Hochstaplerin, und als die Sache publik wurde, befahl Junior Glass und mir, mal anständig bei ihr auf den Busch zu klopfen», erinnerte Seltzer sich. «Marlon nahm sich die Sache gewaltig zu Herzen und wollte unbedingt die Wahrheit wissen. Er wollte sich auf keinen Fall austricksen lassen. Es war eine Machtfrage.»

Seltzer und Glass fanden Kashfi allein im Wohnzimmer vor. Marlon hatte sich zu seinen Trommeln in den Keller zurückgezogen. «Sie war völlig hysterisch und weinte haltlos», fuhr Seltzer fort. «‹Marlon steckt hinter diesem Verhör, dabei habe ich ihm die Wahrheit gesagt›, schluchzte sie. Es war kein vernünftiges Wort aus ihr herauszubekommen. Sie war verstockt und völlig verstört. Dabei log sie ganz offensichtlich. Ich glaube, sie war krank, so daß ich mich gefragt habe, ob man sie überhaupt für zurechnungsfähig halten konnte. Mit tat sie jedenfalls leid.»

Jocelyn glaubte zu verstehen, warum Kashfi in Gegenwart der beiden so verstört gewesen war. «Sie hatte diese fixe Idee und glaubte fest, daß sie Inderin sei und aus Darjeeling käme. Als die Wahrheit herauskam, hatte sie plötzlich ihre Identität verloren, und das führte zu einem Zusammenbruch. Es war alles bloßer Wahn und sehr, sehr traurig.»

Glass war weniger mitfühlend. «Wenn die Inderin ist», meinte er, «dann bin ich der Radscha.» Marlon überlegte, ob er die Ehe annullieren lassen sollte, da Kashfi auf dem Trauschein falsche Angaben gemacht hatte. Allerdings war er nicht einmal bereit, den Konflikt mit Anna persönlich zu besprechen. Statt dessen «sah er mich ohne jede Gemütsbewegung nur durchdringend an und zog sich wortlos zurück.»

Das Schweigen dauerte Tage, denn der Wirbel in der Presse erboste Brando erst recht. So konnte er am 17. Oktober 1957 im *Los Angeles Examiner* lesen, daß er sich zu Hause langweile, weil seine Frau «ihm geistig nicht das Wasser reichen» könne. «Kashfi», schrieb die Zeitung, «hat zwar für seine Beatnik-Kumpel nichts übrig, sich aber todesmutig an der Universität von Los Angeles eingeschrieben, um besser mit ihm über Philosophie diskutieren zu können.»

Einige Tage später rief Esme Chandler, eine Journalistin von Paramount, bei Kashfi an und merkte, daß sie weinte. Anna schüttete ihr ihr Herz aus, erzählte, wie unglücklich sie sei, daß Marlon sich rar mache, und behauptete, in ihrem am Hang gelegenen Haus die Treppe hinuntergefallen zu sein. Chandler machte sich sofort auf den Weg, um sie zu trösten. Keine Stunde später hatte sie die berüchtigte Klatschkolumnistin Hedda Hopper am Apparat und reichte der verweinten Kashfi neben sich auf dem Sofa den Hörer.

Am nächsten Tag, am 14. November, drückte Hopper in ihrer Kolumne kräftig auf die Tränendrüse. «Mein Herz blutet für diese kleine Frau», hieß es in ihrem Artikel. «So grausam behandelt zu werden, hat sie nicht verdient. Brando ist ein Nonkonformist, ein Einzelgänger, der über die Gefühle anderer rücksichtslos hinweggeht. Seine Freunde behaupten, daß er unter starkem psychischem Druck leide, ohne zu wissen warum ... Doch wenn er, wie seine Freunde behaupten, seine Frau tatsächlich liebt, dann wird er zu Verstand kommen, zu Hause bleiben und versuchen, sie glücklich zu machen.»

Marlon war außer sich. Er hatte Kashfi bereits eingebleut: «Reporter sind der letzte Dreck. Bezahlte Clowns. Schreibtischtäter. Mörder.» Er zeigte ihr gegenüber «passive Kälte».

Am 12. Dezember 1957 verkündete *Variety,* der Schauspieler und seine Frau hätten sich getrennt, was jedoch öffentlich von Sam Gilman bestritten wurde. Mit zusätzlichen Informationen von Anna mischte Hopper sich am nächsten Tag ebenfalls wieder ein. Unter der Überschrift «Brando läßt Braut im Stich» wärmte sie das traurige Melodrama noch einmal auf und stellte Kashfi als die mißhandelte Heldin, Marlon als den rohen, ichbezogenen Unhold dar. Kurz darauf ging Anna aus Angst vor einer Fehlgeburt ins Cedars of Lebanon Hospital, was Dorothy Kilgallen zu der Falschmeldung veranlaßte, sie habe das Baby tatsächlich verloren.

Drei Monate später hatte die Lage sich nicht wesentlich gebessert. Am 2. April 1958 hatten *Die jungen Löwen* im frisch renovierten Paramount Theatre in New York Premiere. Brando ließ sich nicht blicken, obwohl die Veranstaltung dem Actors Studio zugute kommen sollte und Lee Strasberg, Cheryl Crawford und Elia Kazan erschienen waren. Brando blieb in Los Angeles. Nachdem Kashfi, die inzwischen im achten Monat schwanger war, sich mehrmals über die gefährlichen Treppen am Laurel Canyon beschwert hatte, zog er mit ihr in einen ebenerdigen, im japanischen Stil eingerichteten Bungalow am Mulholland Drive Nummer 12900.

Schon nach wenigen Wochen hatte er sich in seine neue Behausung verliebt. Das ursprünglich für Howard Hughes gebaute Haus war zwar kein Palast, bot aber, woran ihm am meisten lag: Abgeschiedenheit. Es stand am Ende einer langen privaten Auffahrt auf einer Erhebung der damals noch unbebauten San-Fernando-Bergkette und bot einen weiten Blick über die Hügel von Beverly Hills und das im Norden gelegene Tal. Der gegenwärtige Besitzer, ein im Showbusiness bekannter Weinjournalist, Innendekorateur, Restaurantbesitzer und zeitweiliger buddhistischer Mönch, war bereit, das Haus mit seiner orientalischen Inneneinrichtung für monatlich 1500 Dollar zu vermieten. Teakfußböden und weiße Teppiche, mit orangefarbener thailändischer Seide bezogene Stühle, chinesische Missionarstruhen, Wandbehänge, ein japanischer *shoji*-Wandschirm und ein liebevoll gepflegter japanischer Garten gehörten dazu. Es gab auch einen Swimmingpool, aber am meisten gefiel Brando der Name Ryoanji, nach dem berühmten japanischen Tempel. Als erstes soll er am Tor ein Schild mit der Aufschrift angebracht haben: VON BESUCHEN OHNE VORHERIGE ANMELDUNG WIRD DRINGEND ABGERATEN.

Die Kritiken nach der Premiere der *Jungen Löwen* fielen gemischt aus. Bosley Crowther schrieb, daß «aus Shaws unbelehrbarem Nazi ein harmloser junger Mann geworden ist, der dem Nazismus offenbar nie ernsthaft verfällt. Er betrachtet die ganze Angelegenheit sogar mit zunehmendem Kummer und Abscheu, je mehr die Katastrophe sich zuspitzt.» Brando fand zwar einige Fürsprecher, aber die meisten Besprechungen äußerten sich kritisch über seine Darstellung. Der *New Yorker* kommentierte hämisch, daß sein Diestl «eigentlich nur ein armer, konfuser Skilehrer ist, der beklagt, daß er herumlaufen und Leute erschießen muß, und sich nach dem Tag sehnt, an dem unter den Völkern der Erde eitel Friede herrscht». *Time* fügte hinzu: «Brando spielt die Rolle so verhalten, daß man schon Hellseher sein müßte, um zu ahnen, was in seinem Kopf vorgeht.»

Aber wenige Kritiker gingen so hart mit ihm ins Gericht wie Maureen Stapleton, die das Gespräch mit ihm noch fast dreißig Jahre später nahezu wörtlich wiederholen konnte. Als der Film freigegeben wurde, war sie gerade in Los Angeles und drehte *Lonelyhearts,* ihren ersten Film. Eines Abends ging sie mit Marlon und Sam Gilman essen.

«‹Wie konntest du nur›, habe ich zu ihm gesagt. ‹Wie konntest du einen Nazi zu Jesus Christus hochstilisieren?›» erklärte sie. «Er verteidigte sich heftig und sagte: ‹Hast du das Buch gelesen? Die Nazis im Buch sind nur zu zehn Prozent Menschen. Ich habe versucht, achtzig Prozent daraus zu machen.› Darauf ich: ‹Marlon, der Mann ist ein Nazi, damit scheidet er als Mensch von vornherein aus! Maximilian Schell hat einen Nazi, aber du hast Jesus Christus gespielt!› Inzwischen hatte ich angefangen zu schreien. ‹Reg dich ab›, sagte er zu mir, aber ich schrie weiter: ‹Wie konntest du nur!›

Gilman saß wortlos dabei, also wandte Marlon sich an ihn. ‹Bist du etwa auch ihrer Meinung, Sam?› Natürlich war Sam nicht meiner Meinung, deshalb fing ich wieder an zu schreien: ‹Warum, verdammt noch mal, haben sie dich nicht gebremst?›

An dem Punkt sprang er wütend vom Stuhl auf und schrie ebenfalls: ‹Weil sie keine Ahnung haben! Gadg ist der einzige, der was davon versteht! Die anderen haben doch keine Ahnung!›»

Mit den *Jungen Löwen* ging eine rege, erfüllte, finanziell erfolgreiche Ära für Brando zu Ende. (*Sayonara* wurde ebenfalls ein Riesenerfolg, und Brando gehörte damit zu den zehn größten Kassenattraktionen der Filmbranche.) Aber es sollten zwei Jahre vergehen, ehe sein nächster Film, *The Fugitive Kind* (dt. *Der Mann in der Schlangenhaut*) auf den Markt kam. In der Zwischenzeit quälte Brando sich mit dem Drehbuch zu *One-Eyed Jacks* (dt. *Der Besessene; Noch hänge ich nicht*), mit dem er bei Pennebaker sein Debüt als Regisseur geben wollte.

Nach der Geburt von Christian Devi Brando am 16. Mai 1958 – Marlon bestand darauf, ihn auf den Namen seines Freundes Marquand zu taufen – verschlechterte sich das Verhältnis zu Kashfi weiter. Zwar war Marlon von seinem neuen Sohn «überwältigt» und hatte Tränen in den Augen, als er das Kind im Arm hielt, doch versuchte er, sich von Anna zu lösen und die Beziehung zu Movita wieder anzuknüpfen.

«Er rief ständig mit verstellter Frauenstimme an», erinnerte sich Johnny Brascia, der inzwischen mit Movita in New York zusammenlebte. «Mehrmals pro Woche, bis sie ihm sagte, er solle sie endlich in Ruhe lassen. Ein Monat mochte vergehen, aber dann ging es wieder los!»

Carlo Fiore machte sich über den seelischen Zustand seines Freundes ernsthafte Sorgen. Im Laufe des Sommers 1958 lief Brando Nan Morris mehrmals über den Weg, und sie pflichtete Carlo bei, daß Marlon einen ruhelosen, zerrütteten Eindruck mache und auf dem absteigenden Ast sei. Fiore gab ausschließlich Kashfi die Schuld an Marlons trostloser Verfassung. «Carlo zufolge war sie das durchtriebenste Weib, das er je getroffen hatte, und würde nicht eher Ruhe geben, bis sie ihre ganze Umgebung ins Unglück gebracht hatte.» Eine Prophezeiung, die sich für einen Zeitraum von mehr als zehn Jahren bewahrheiten sollte.

Wendepunkt
1958–1962

ZWÖLF

One-Eyed Jacks (dt. *Der Besessene; Noch hänge ich nicht*)

Kashfi war nicht der einzige Grund für Marlons Niedergeschlagenheit in diesen Monaten. Die Produktionsgesellschaft Pennebaker Inc. existierte 1958 nur noch auf dem Papier. Nachdem Paramount jahrelang Brandos Ausgaben finanziert hatte, ohne je Resultate zu sehen, was hauptsächlich auf Marlons Unentschlossenheit zurückzuführen war, wurden sie ungeduldig. Das Finanzamt hatte begonnen, sich für Pennebaker und ähnliche Firmen zu interessieren, die MCA und andere Agenturen für ihre Star-Klienten gegründet hatten. Bei Pennebaker saßen bereits die Rechnungsprüfer, es mußte also etwas geschehen. Um das Loch zu stopfen, hatten Seltzer und Glass ein Trio von Pennebaker-Filmen ohne Brando angekündigt, die alle im Ausland gedreht werden sollten: *Shake Hands with the Devil* mit James Cagney, *The Naked Edge,* ein Londoner Kriminalfilm mit Gary Cooper, und *Paris Blues,* in dem Paul Newman und Sidney Poitier mitspielen sollten.

Doch um in den Genuß größtmöglicher Steuervergünstigungen zu kommen, mußte Brando selbst in einem Film auftreten und eine Gage beziehen.

«Er liebte das Geld und brauchte Geld», sagte Seltzer und räumte mit dem Mythos auf, Brando sei dem schnöden Mammon abhold gewesen, indem er darauf hinwies, daß Marlon ständig solchen extravaganten Neigungen frönte, wie seinen Bekannten Blumen zu schicken, deren Rechnungen sich jährlich auf Tausende von Dollars beliefen. «Er legte keinen Wert auf Kleidung oder Autos», meinte Seltzer. «Aber er sah sich gern als guten Samariter. Wenn jemandem übel mitgespielt wurde, dann tauchte er wie Superman als Retter in der Not auf. Wurde ein Mädchen geschwängert, so bezahlte er die

Abtreibung. Außerdem aß er gern mindestens drei- oder viermal die Woche in einem teuren Restaurant.»

Das Pennebaker-Team sah die Rettung in einem Western, denn Filme wie *The Searchers, Shane* und *High Noon* hatten alle ein Vermögen eingebracht. Der Plan zum *Besessenen* ging auf das Jahr 1956 zurück, als Pennebaker die Rechte zu Louis L'Amours Buch *To Tame a Land* erworben hatte. Der Romancier Niven Busch, Autor von *Duel in the Sun* und versierter Verfasser von Westernskripts, sollte die Filmversion schreiben. Busch, der Ehemann von Teresa Wright, arbeitete für 30000 Dollar sechs Wochen daran und kam von seiner Ranch südöstlich von San Francisco zu regelmäßigen Besprechungen mit George Englund, der als Koautor, Produzent und Vermittler zu Brando fungierte.

«Zu Marlon hatte ich nur über Englund Kontakt», sagte Busch, «obwohl Marlon gelegentlich hereinkam und mit angezogenen Beinen in Georges Büro auf der Fensterbank hockte.»

Soweit der Autor beurteilen konnte, hatte Brando L'Amours Buch, ein typisches Melodrama aus der Pionierzeit, gar nicht gelesen, sondern schien lediglich vom visuellen Reiz des Titels *To Tame a Land* fasziniert zu sein. Jedenfalls legte er großen Wert auf «die Schönheit der Natur».

«Er betonte immer wieder, daß wir ‹die Flüsse und die Wälder, die herrliche Hügellandschaft und vor allem die Tierwelt› nicht vergessen dürften. Das was eigentlich sein Hauptbeitrag», fügte Busch hinzu. «Man hatte Mühe, sich das Lachen zu verbeißen, denn schließlich ging es um einen hartgesottenen Western.»

Während sich die Besprechungen dahinschleppten, wurde ebenfalls deutlich, daß Brando «jedes Verständnis für die Struktur eines Films fehlte». Sobald es sich um technische Dinge handelte, hieß es immer: «Darum könnt ihr euch kümmern.» Englund kam sich vor wie «ein Seniorpartner, der ein Auge auf den unerfahrenen Juniorpartner haben muß», und es gelang ihm nicht, «Brando bei der Stange zu halten».

Wenn Busch den Schauspieler überhaupt zu sehen bekam, fing dieser unweigerlich an, über Zen zu reden. Marlon hatte sich im Großhandel kartonweise mit Exemplaren des Buches *Zen und die*

Kunst des Bogenschießens eingedeckt und verteilte sie an jeden, der ihm über den Weg lief.

«Er war meist allein und hatte das Buch bei sich», sagte Busch. «Das Thema Zen war damals gerade im Schwange, und er hielt mir einen endlosen Vortrag, wie wichtig das alles für mich sei. ‹Sehr interessant›, konnte ich darauf nur antworten, denn es kam mir alles ziemlich konfus vor und bestätigte nur meinen Eindruck, daß er sich lieber einen anständigen Produzenten besorgen sollte, statt in etwas herumzupfuschen, wovon er nichts verstand.»

Dann begann Marlon den konventionellen Stil von Buschs Drehbuch zu kritisieren, mit dem Erfolg, daß der Autor zwei oder drei Wochen später gefeuert wurde.

Im Sommer 1957, fast ein Jahr nach Buschs Entlassung, brachte der unabhängige Produzent Frank P. Rosenberg (ehemaliger Chef der Publicity-Abteilung von Columbia) das Projekt wieder in Gang, nachdem er im *New Yorker* eine Besprechung des Romans *The Authentic Death of Henry Jones* gelesen hatte. Rosenberg, der Filme wie Zanucks Cinemascope-Hit *King of the Khyber Rifles* produziert hatte, setzte sich sofort mit Charles Neider, dem Autor des Buches, in Verbindung, der ihm die Rechte für 25 000 Dollar überließ.

Rosenberg ließ sich auf ein Risiko ein. Nachdem er vorübergehend mit Rod Serling an einer Drehbuchfassung gearbeitet hatte, lernte er bei der Produktion eines Fernsehfilms den Dialogspezialisten Sam Peckinpah kennen und freundete sich mit ihm an. Peckinpah hatte sich als Drehbuchautor von Fernsehwestern einen Namen gemacht, aber mit Spielfilmen bisher nichts zu tun gehabt. Er zeigte jedoch großes Interesse, die von Serling begonnene Arbeit zu beenden. Rosenberg ließ sich darauf ein und zahlte dem unerschrockenen Peckinpah die damals übliche Summe von 3000 Dollar aus eigener Tasche.

Kurze Zeit darauf schickte George Chasen, Rosenbergs Agent bei MCA, der von Brandos Schwierigkeiten, einen Film auf die Beine zu bringen, wußte, Peckinpahs Drehbuch an Jay Kanter. Marlon erhielt das Skript an einem Donnerstag, und sowohl Rosenberg wie Chasen trauten ihren Ohren nicht, als er es zwei Tage später akzeptierte.

Der Handel kam zustande, bevor Rosenberg Brando überhaupt getroffen hatte. Eine Woche später wurde der Produzent «zum Beschnuppern» zu Seltzer nach Sherman Oaks eingeladen. Bei seiner Ankunft saß Brando, wie Rosenberg sich erinnerte, unter Orangenbäumen in Seltzers Garten und trug eine «sehr, sehr dunkle» Sonnenbrille. «Er hatte diese Jalousien vor den Augen. Nicht zufällig. Er sah mich, aber ich konnte ihn nicht sehen, also wußte ich sofort, daß er das Heft in der Hand haben wollte.»

Rosenberg hegte die üblichen Vorurteile gegenüber Hollywoods berüchtigtem Rebellen, doch kaum hatte Seltzer sie miteinander bekannt gemacht, als Marlon erklärte, das Skript sei «phantastisch», und obwohl es sich um eine erste Fassung handle, habe er nichts daran auszusetzen.

«Sechs Wochen wird es aber wohl noch dauern», warf Rosenberg ein, während Seltzer schweigend dabeisaß.

«Das kann ich mir nicht vorstellen», erwiderte Marlon optimistisch.

Rosenberg widersprach, Seltzer schwieg, und nach kurzem Besinnen erklärte Brando sich einverstanden. Wie sich herausstellte, sollte die Überarbeitung des Drehbuchs noch beinahe acht Monate in Anspruch nehmen.

Bei der Wahl des Regisseurs gehörte Stanley Kubrick zu den Favoriten, der erst zwei Jahre zuvor mit seinem Erstlingswerk *The Killing*, einem spannenden Krimi mit Sterling Hayden, Furore gemacht hatte. Noch mehr Anklang hatte sein nächster Film, *Paths of Glory*, gefunden, ein Drama über den Ersten Weltkrieg, der bereits für das geniale Werk eines Außenseiters gehalten wurde.

Laut Rosenberg war Brando der Name Kubrick durchaus geläufig. Doch Carlo Fiore, der damals für Pennebaker arbeitete, behauptete, Marlon hätte vorher noch nie von ihm gehört. Er hätte sich die beiden Filme von Kubrick bei MCA in Beverly Hills mit Begeisterung angesehen und sich gefragt, warum *The Killing* spurlos in der Versenkung verschwunden sei. Einige Wochen später hatte er Fiore gegenüber in einem mexikanischen Restaurant erwähnt, daß er «einen Kumpel namens Stanley Kubrick» getroffen hätte, und gefragt: «Kennst du den?»

«Hast du vergessen, daß ich dich auf ihn aufmerksam gemacht habe?» sagte Fiore.

«Ich habe beschlossen, daß er in meinem Western Regie führt. Aber *dich* will er nicht dabeihaben.»

Carlo war bereit, zurückzustehen, aber Marlon schüttelte den Kopf und fuhr fort: «Nein, nein. Dies ist *mein* Film. Mein Spielzeug. Und ich lasse mir von niemandem vorschreiben, wer dabei mitmacht und wer nicht.»

Am 12. Mai 1958 wurde Kubrick vertraglich verpflichtet, Peckinpahs Skript zu überarbeiten und die Regie zu übernehmen. In der Zwischenzeit hatte Y. Frank Freeman von Paramount zunehmend Druck auf Pennebaker ausgeübt, sich für die jahrelangen Unkosten- und Gehaltszahlungen endlich erkenntlich zu zeigen.

Kubrick und Brando mieteten eine billige Bude mitten in Hollywood, um ungestört an ihrem Drehbuch arbeiten zu können. Aber statt zu arbeiten, tranken sie, spielten Domino und Schach, und Marlon hatte immer neue Einfälle, die sie vom Schreiben abhielten.

Seltzer, Glass und Brando senior betrachteten Kubrick mit Mißtrauen. «Kubrick war nicht ehrlich», erklärte Seltzer. «Erst erklärt er sich mit dem Drehbuch einverstanden, und drei Wochen später behaupten Marlon und er, das Material sei zu dürftig. Marlon hat sich von Kubricks künstlerischem Ruf blenden lassen.»

Inzwischen hatten die vorbereitenden Produktionsarbeiten begonnen. Im August reiste Rosenberg auf der Suche nach einer Schauspielerin für die Rolle der Louisa, Brandos großer Liebe, allein nach Mexiko. Er entschied sich für Pina Pellicer, eine zierliche, rehäugige, anderthalb Meter große Zweiundzwanzigjährige, die in der mexikanischen Fernsehversion des *Tagebuchs der Anne Frank* aufgetreten war. Sie war ein scheues, unsicheres Mädchen, dessen Ängste ans Neurotische grenzten, und sprach nur gebrochen Englisch. Ihre Schüchternheit war so groß, daß sie bei ihrer Ankunft am Flughafen von L. A. auf die routinemäßige Frage der Einwanderungsbeamten, was sie in den USA zu tun gedenke, in Tränen ausbrach.

Für die übrigen Frauenrollen übernahm Brando die meisten Interviews selbst. Er suchte nach Schauspielerinnen mit roher Emotionalität, bei denen die Leidenschaft «dicht unter der Oberfläche saß», wie er es nannte. Fiore war dabei, als er eines Nachmittags ein

Mädchen namens Nina Martinez für die Nebenrolle der Margarita interviewte.

«Hat ein Regisseur schon mal zu dir gesagt, du sollst den Rock heben?» fragte Marlon.

«Ja», gestand sie.

«Wer?»

Sie zeigte auf Rosenberg, der vor Verlegenheit rot wurde.

«Bist du noch Jungfrau?»

«Nein», sagte sie lakonisch.

«Hast du eine Familie zu Hause? Jemand, den du ganz besonders gern hast?»

«Ja», sagte sie und nannte eine achtjährige Nichte.

Daraufhin entwarf Marlon spontan ein Szenario, in dem die Nichte von einem Lastwagen überfahren und ihre blutigen Körperteile über die Landstraße verstreut wurden, und während seine Beschreibung immer drastischer wurde, brach die junge Schauspielerin in Tränen aus und fing schließlich hysterisch an zu weinen. «Gut», sagte Marlon, «du hast die Rolle.»

Wegen zunehmender Meinungsverschiedenheiten zwischen Kubrik und Marlon wurde der Beginn der Dreharbeiten noch einmal verschoben, diesmal auf den 15. September. Mochte Kubrick Brando ursprünglich durch seine künstlerische Integrität beeindruckt haben, so hinderte gerade diese den Regisseur daran, sich zum bloßen Jasager degradieren zu lassen. Carlo Fiore ergriff dabei Kubricks Partei, was Brando noch mehr erboste.

Im November war das Drehbuch noch immer nicht fertig. Frank Rosenberg spielte mit dem Gedanken, Peckinpah noch einmal einzuspannen, verfiel dann aber auf Guy Trosper, der sich auf Anhieb mit Brando verstand, so daß der neue Autor dem Film – der inzwischen den Titel *One-Eyed Jacks* hatte – während der gesamten schleppenden Dreharbeiten treu blieb und die Dialoge von einem Tag zum andern umschrieb. Als das neue Datum für den Drehbeginn, der Dezember 1958, näher rückte, wurde Kubricks Situation immer unhaltbarer, und es dauerte nicht lange, bevor er endgültig bei Brando in Ungnade fiel.

Dabei behauptete Brando, Kubrick habe ihm den Laufpaß gegeben, so daß die Sache wieder einmal verdächtig an *Rashomon* erinnerte.

Brandos Version: «Unmittelbar vor Drehbeginn sagte Stanley: ‹Marlon, ich weiß gar nicht, worum es in dem Film eigentlich geht.› – ‹Du weißt nicht, worum es in dem Film geht?› habe ich zu ihm gesagt. ‹Es geht um 300 000 Dollar, die ich bereits an Karl Malden gezahlt habe.› Darauf sagte er: ‹Tja, wenn es darum geht, dann bin ich im falschen Film.› Damit war der Fall für ihn erledigt. Ich bin überall herumgelaufen und habe Sidney Lumet, Gagd und wer weiß wen gefragt, mindestens vier oder fünf Leute, aber keiner wollte den Film übernehmen. Mir blieb nichts anderes übrig, als selbst Regie zu führen oder im Armenhaus zu landen.»

Rosenbergs Version: «Bei einer unserer Besprechungen schlug Brando vor, eine chinesische Episode in den Film einzubauen. Er wollte, daß seine Figur, Rio, ein Techtelmechtel mit einer Chinesin hat, weil es gegen Ende des vorigen Jahrhunderts, zur Zeit des Films, eine starke chinesische Präsenz in der Gegend von Monterey gab. Ich hatte Bedenken. Kubrick meinte: ‹Wer soll die Rolle denn spielen?› Darauf Marlon: ‹Wie wäre es mit France Nuyen?› – ‹France Nuyen?› fragte Kubrick ungläubig. ‹Die kann doch gar nicht schauspielern.› An dem Punkt sah Marlon in meine Richtung – da er ein großer Schauspieler ist, begnügt er sich mit sparsamen Gesten –, entschuldigte sich und ging in die Küche. Da ich dem Blick entnommen hatte, daß ich ihm folgen sollte, ging ich hinterher. Wir standen uns in dieser langen, schmalen Küche gegenüber, während er sich den Bauch tätschelte. ‹Wir müssen diesen Kubrick loswerden›, sagte er. Und damit zitiere ich ihn wörtlich. Ob ich vor seinem nächsten Satz: ‹Ich übernehme die Regie des Films selbst› noch irgend etwas gesagt habe, weiß ich nicht mehr.»

Rosenberg war skeptisch und riet ihm, doch lieber in einem weniger kostspieligen Film, in dem er selbst keine Rolle hatte, als Regisseur zu debütieren. Brando flehte ihn an, ihn nicht im Stich zu lassen. Mit einem guten Kameramann und einem guten Cutter, die beide ein Gespür für die Handlung hätten, müßte das Projekt zu verwirklichen sein. Wenn du mir nicht von der Seite weichst, kann ich es schaffen», sagte er. «Aber du mußt mir beistehen.»

Rosenberg willigte ein, wenn auch mit großen Bedenken.

Hatte Brando von Anfang an die Absicht gehabt, die Regie von *One-Eyed Jacks* selbst zu übernehmen? «Ich kann es zwar nicht beweisen, aber ich hatte gleich den Verdacht», sagte Seltzer. «Unterderhand hatte er dafür gesorgt, daß die Kontrolle über Produktion und Regie auf ihn überging, und Jay Kanter war ihm dabei ein willkommener Verbündeter. Brando hat sich immer in der Rolle des Regisseurs gesehen. Er war gescheit, er war der Star zahlreicher Filme, und mit einem anständigen Drehbuch hätte er sicher einen ordentlichen Film zustande bringen können. Das einzige Problem war, daß er es nicht lassen konnte, an jedem Drehbuch herumzudoktern, das er in die Hand bekam.»

Vermutlich steckte hinter Brandos Plädoyer für Kubrick die Hoffnung, Kubricks Regieführung manipulieren zu können. Auf diese Weise hätte er sich das Talent des abtrünnigen Regisseurs zunutze gemacht und gleichzeitig das Steuer in der Hand behalten, ohne ein Risiko einzugehen. Wäre der Film ein Mißerfolg geworden, hätte er jemandem anders die Schuld zuschieben können. Was auch in Brandos Kopf vorgegangen sein mag – der Schauspieler nahm seinen neuen Job unbekümmert, ja, mit Elan in Angriff.

«Ich bin sowieso meist mein eigener Regisseur, deshalb ist es weiter kein Problem», teilte er Joe Hyams von der *Los Angeles Times* mit. «In einer schwierigen Rolle würde ich selbstverständlich nicht Regie führen. Aber wir konnten so schnell niemanden auftreiben, der die Mühe gelohnt hätte. Kein guter Regisseur wollte sich mit nur einer Woche Vorbereitungszeit darauf einlassen, und da ich mich eingearbeitet hatte, habe ich selbst die Regie übernommen. Es lag nahe.»

Im gleichen Atemzug nahm er die Gelegenheit wahr, eine Äußerung über den Schauspielerberuf zu machen, die ihn noch Jahrzehnte verfolgen sollte: «Ich verachte die Schauspielerei», sagte er. «Schauspielern ist nichts als der Ausdruck einer Neurose. Ich habe in meinem Leben noch keinen Schauspieler getroffen, der nicht neurotisch wäre – nicht daß das an sich etwas Negatives wäre, aber es ist auch keine hinreichende Rechtfertigung ... Schauspieler sind Faulenzer und betreiben die reinste Nabelschau», fuhr er fort. «Man wird dafür bezahlt, daß man nichts tut, und heraus kommt auch nichts dabei. Schauspielern ist im Grunde eine Kinderei. Darauf zu verzichten ist ein Zeichen der Reife.»

Was sein Privatleben betraf, so hätte Brando keinen schlechteren Zeitpunkt wählen können, um sich mit den Tücken der Regieführung herumzuschlagen. Anna wurde von Woche zu Woche hysterischer und machte auch in der Öffentlichkeit kein Hehl aus ihrem Groll. Eines Tages lauerte sie Marlon vor seinem gemieteten Bungalow auf, wo er sich mit Rosenberg treffen wollte. Unvermutet sprang sie aus ihrem Wagen, stürzte sich auf Marlon und schlug vor dem verdutzten Produzenten auf ihn ein. Ein anderes Mal erschien Robert Balzer, der Besitzer ihres Hauses, mit dem kambodschanischen Prinzen Sihanouk bei ihr, um ihm das Haus zu zeigen, und sie schlug ihnen die Tür vor der Nase zu.

Im September war Brandos japanisches Hausmädchen in seinem Swimmingpool ertrunken, und eine Woche später zog Kashfi mit dem vier Monate alten Christian in ein eigenes Apartment. Noch im selben Monat überraschte Jay Kanter Anna mit der Nachricht, Marlon habe eine Überdosis Schlaftabletten genommen – ob absichtlich oder nicht, war nicht klar. Sie war überzeugt, es handle sich lediglich um «eine lustige Einlage», mit der er Aufmerksamkeit erregen wollte. Der Knüller war, daß Kashfi am 30. September, elf Tage nach ihrem ersten Hochzeitstag, die Scheidung einreichte und Marlon «schwere seelische und körperliche Grausamkeit» vorwarf. Sie unterbreitete eine anderthalb Seiten lange Anklageschrift, eine der kürzesten, die je im Gerichtshof von Santa Monica vorgelegt worden waren.

Jahre später redete Marlon sich unbeholfen damit heraus, daß für ihn die Ehe schon einen Monat nach der Hochzeit beendet gewesen sei und er die Zeremonie überhaupt nur über sich habe ergehen lassen, «weil ich nicht wollte, daß Christian überall als uneheliches Kind gilt ... Die Sache ging einfach in die Brüche. Schließlich habe ich zu ihr gesagt: ‹Es hat keinen Zweck mehr.›»

Kashfi war ebenfalls darauf bedacht, sich zu rechtfertigen, und beklagte sich in Hedda Hoppers Kolumne erneut über seine ständige nächtliche Abwesenheit, seine gesellschaftlichen Fauxpas, seine Gleichgültigkeit ihren gesundheitlichen Problemen gegenüber und die Parade seiner unterwürfigen «Hofschranzen». Freunden gegenüber wurde sie noch deutlicher, besonders, was Brandos Verhältnis zu Christian Marquand, dem Paten ihres Sohnes, anging. Sie war überzeugt, ihr Mann habe mit Marquand sexuelle Beziehungen gehabt. Der attraktive französische Schauspieler und sein Busenfreund Roger Vadim hatten nach der Fertigstellung der *Jungen Löwen* einige Zeit bei den Brandos in Los Angeles verbracht. Beide hatten, laut Kashfi, «vom Naturell her eine verblüffende Ähnlichkeit mit Marlon». Beide teilten seine vorurteilsfreie Lebensphilosophie, und besonders Marquand hätte eine Zuneigung zu Marlon verraten, die über die üblichen Freundschaftsbezeigungen hinausgegangen sei. «Schon die Art, wie er mit Marlon sprach – unterwürfig wie eine Frau», betonte sie später.

Auch beruflich stand Brando unter Druck. Der Produzent Aaron Rosenberg (keine Verwandtschaft zu Frank P. Rosenberg) hatte sich bereits mit Marlon wegen einer Neuverfilmung von *Mutiny on the Bounty* in Verbindung gesetzt. Gleichzeitig war Brando an Verhandlungen über die Verfilmung von *The Fugitive Kind* nach Tennessee Williams' Theaterstück *Orpheus Descending* beteiligt. Und obendrein sollten die Dreharbeiten zum *Besessenen* beginnen, einem seiner persönlichsten Filme. Da ihm das Projekt ehrlich am Herzen lag, nahm er die Arbeit von Anfang an ernst, so daß von Schlamperei keine Rede sein konnte. «Ich habe die Gelegenheit und die Pflicht, Dinge zu vermitteln, die ich für wichtig halte», sagte er. «Ich möchte einen Frontalangriff gegen alle heiligen Kühe machen.»

Das Ergebnis sollte seine Einstellung der Filmindustrie gegenüber nachhaltig beeinflussen, weil die um 1880 im Nordwesten Amerikas angesiedelte Handlung von eigenen Wertvorstellungen wie Loyalität und Rache bestimmt war. Der Titel des Films handelte von Menschen, die ihre wahre Natur verbergen und als Hasardeure in einer Welt von Geächteten operieren. «Die Helden unserer Pionierzeit waren längst nicht immer ausschließlich tapfer oder gut», erklärte Brando. «Ich stelle in meinem Film einen Mann dar, der intuitiv und mißtrauisch, stolz und wißbegierig ist. Er ist nicht frei von Eitelkeit und hat einen naiven, übertriebenen Sinn für Moral und männliche Tugenden. Er ist einsam und betrachtet menschliche Kontakte mit Argwohn.»

Zur Besetzung des Films gehörte Ben Johnson, ein ehemaliger Cowboy, der die Rolle des Bob spielte und den größten Einfluß auf die Figur des Rio haben sollte. Obwohl Johnson ursprünglich von Kubrick angeheuert worden war, behielt Brando ihn bei. Johnson hatte tatsächlich als Cowboy gearbeitet und war bereits von John Ford für Western wie *She Wore a Yellow Ribbon, Wagonmaster* und *Rio Grande* verpflichtet worden. Schon Wochen vor Beginn der Dreharbeiten hatte Brando den Akzent und die Eigenarten des Schauspielers eingehend studiert und ihn, meist in Gegenwart von Alice Marchak, ausführlich interviewt und sich Notizen gemacht. Er war der eigentliche Experte, und wann immer Johnson Brando um Rat fragte, antwortete Marlon: «Und wie würde Ben Johnson das spielen?»

Brandos Cowboy fand schließlich höchste Anerkennung bei Johnson, der seinen Chef für einen tüchtigen Reiter hielt und lediglich Vorbehalte gegen die Wahl eines Pferdes mit solchem Schwanz und solcher Gangart hatte. (Kein echter Bandit würde ein so auffälliges Pferd reiten, meinte er.) Genau wie Brando war Johnson in einer problematischen Familie aufgewachsen, hatte die Schule vorzeitig abgebrochen und war als zorniger junger Mann ziellos umhergeirrt. Als Mann unter Männern konnte er mit Schußwaffen und Pferden umgehen, schätzte Tugenden wie Stoizismus und Großzügigkeit und hatte ebenfalls seine Erfahrungen mit Frauen gemacht. Die beiden tauschten unentwegt ihre Erlebnisse aus.

Das Drehbuch zum *Besessenen* war zu Beginn der eigentlichen Dreharbeiten noch immer nicht fertig. Marlon hatte bereits 1,25 Millionen Dollar ausgegeben und Rosenbergs Budget von 1,8 Millionen längst überschritten. «Ist es zu fassen, daß wir bereits fünf Tage hinterherhinken?» klagte der Produzent Fiore gegenüber und beschwerte sich, daß von den drei für den ersten Tag geplanten Seiten des Drehbuchs gerade eine halbe Seite gedreht worden war. Inzwischen hatte Brando beschlossen, ganz auf den Text zu verzichten und seine Schauspieler vor laufenden Kameras improvisieren zu lassen. «Was ist schon Ungewöhnliches dabei, vor der Kamera zu improvisieren», verteidigte er seine Methode vor versammelter Presse. «Während der Stummfilmära war es gang und gäbe. Schauspieler sind viel weniger gehemmt, wenn sie aus dem Stegreif sprechen, als wenn sie sich an ein Skript halten müssen.» Er hatte nicht ganz unrecht, denn einige der schönsten Blüten des Films entstanden beim Improvisieren mit Johnson. Brando hatte Paramount bereits mitgeteilt, er mache «einen Film und keinen Stundenplan», und sah sich mehr als gerechtfertigt, als Johnson ihm erzählte, John Ford hätte häufig genauso gearbeitet. «Bei *Rio Grande* kam ein Studiovertreter und sagte zu Ford: ‹Jack, wir sind hinterher.› Darauf erwiderte Ford: ‹So?›, nahm das Skript und riß eine Seite nach der anderen heraus, bis noch ungefähr zwölf übrig waren. Dann schlug er das Drehbuch zu und sagte: ‹Jetzt haben wir wieder aufgeholt.›»

Inzwischen beliefen sich die Kosten auf 50000 Dollar pro Tag. Das Format war 70-Millimeter Vista-Vision, der teuerste Film der Zeit, doch von den durchschnittlich 400 Metern Film, die Brando im Laufe eines Tages belichtete, tauchten nur 90 Meter in der endgültigen Fassung auf. Das Problem war nicht, daß er das Material brauchte. Wenn Chico Day ankündigte, daß der Film zu Ende ging und vielleicht noch 40 Meter in der Trommel waren, ließ Brando den Film durchlaufen, gleichgültig, ob er das Material brauchte oder nicht.

Rosenberg warnte Brando, jedoch umsonst. Vielleicht durchschaute Karl Malden die Situation am klarsten. «Ich weiß nicht, ob je einer ein offenes Wort mit Marlon gesprochen hat», sagte er, «aber Chico Day und sein Kameramann Charlie Lang versuchten ihm auf alle erdenkliche Weise behilflich zu sein. ‹Es geht schneller, Marlon, wenn du dies filmst, du sparst Zeit, wenn du das machst.› Aber er wollte nicht hören. ‹Wir machen es so. So habe ich mir die Sache zurechtgelegt, und so wird es auch gemacht.› Schließlich sagte sich jeder, wozu soll ich mir den Mund fusselig reden, wenn er ohnehin tut, was er will.»

Während man sich bei Paramount die Haare raufte, sollte sich der Film für die Schauspieler dank der Aussicht auf lukrative Überstunden als Sonntagsspaziergang erweisen. Das allgemeine Wohlwollen nahm noch zu, als Brando darauf bestand, das gesamte Team über Weihnachten nach Hause zu schicken. Laut Produktionsplan sollte am Heiligabend bis 16.30 Uhr gearbeitet werden, aber Marlon intervenierte. Wegen eines Streiks charterte er Autos, einen Zug und etliche Flugzeuge und setzte durch, daß alle 120 Mitglieder des Teams über die Weihnachtstage zu Hause blieben, obwohl sie noch keine drei Wochen gearbeitet hatten. Während Paramount allen die volle Gage zahlte, flog Brando angeblich nach New York, um sich mit France Nuyen zu treffen.

Trotz der Verzögerungen hatte Malden weiterhin vollstes Vertrauen zu Marlon, auch als Regisseur. «Karl, kann der Maskenbildner nicht etwas gegen deine buschige Löwenmähne machen?» hatte Brando gesagt. Also wurde Malden mit einem Toupet ausgestattet und fand die Lösung brillant. «Marlon hatte einen untrüglichen Blick», sagte der erfahrene Schauspieler. «Vor der Kamera weiß ich Bescheid, aber was sich hinter der Kamera tut, davon habe ich keine Ahnung. Marlon dagegen verstand etwas von Beleuchtung und von bildnerischer Umsetzung und wußte genau, was er tat.»

Um sicherzugehen, daß sie genügend Filmmaterial hatten, hatte Rosenberg sich zu dem ungewöhnlichen Schritt entschlossen, den Filmredakteur Archie Marchek hinzuzuziehen. Doch das eigentliche Verdienst für das geradezu malerische Flair des *Besessenen* gebührt zweifellos Brando selbst. Auch wenn Niven Busch sich über Brandos Schwärmerei über «die Schönheit der Natur» lustig machte, so bestand kein Zweifel, daß Brando sich über die visuelle Umsetzung seiner Ideen Gedanken gemacht hatte: Die tosende Brandung an der Felsküste von Monterey war als zentrale Metapher für die sich wandelnden Gesichter seiner Figuren zu verstehen, erklärte er Malden und Seltzer. «Es war Marlons Einfall, am Meer zu filmen … und zwar ausschließlich aus visuellen Gründen. Es steckte nichts Esoterisches dahinter; er sah den Film als Roman», erklärte Seltzer. Die grandiose Szenerie, die Kameramann Charles Lang vorzüglich eingefangen hatte, fand selbst bei den heftigsten Kritikern des Films Anklang.

Als die tatsächliche Arbeit am Drehort begann, stand Brando am Sucher und machte jede Einstellung selbst. Er komponierte die Bilder mit äußerster Sorgfalt und filmte aus jedem erdenklichen Blickwinkel. Um eine konkrete Vorstellung von seiner eigenen Rolle zu bekommen, hatte er den Bühnen- und Filmschauspieler Steve Marlo angeheuert. Er mußte den Rio spielen und nicht nur dessen Kostüm tragen und sich an den richtigen Stellen plazieren, sondern auch den Text sprechen und die dazugehörigen Gesten ausführen.

«Es war anstrengend», sagte Brando nach Weihnachten. «Die ersten paar Wochen waren sehr schwierig, aber jetzt läuft es schon besser. Ich arbeite vierzehn Stunden pro Tag. Die Regieführung selbst ist schon schwierig genug. Aber ich habe festgestellt, daß die Grenzen zwischen Schauspieler und Regisseur eigentlich fließend sind. Die beiden Rollen sind so miteinander verwoben, daß man nicht weiß, wo die eine anfängt und die andere aufhört.»

Karl Malden erwies sich wieder einmal als erfahrener Filmhase, und Sam Shaw betonte, wie sehr die beiden aufeinander eingespielt waren. «Es gab keinerlei Spannungen und keine Diskussionen, wenn plötzlich etwas geändert wurde», wie zum Beispiel bei Marlons spontanem Einfall, daß Malden ihm die Hand mit dem Gewehrkolben zerschlagen sollte. Die Szene wurde in den Besprechungen als unnötig gewalttätig kritisiert – Penns *Bonnie and Clyde* und Peckinpahs *The Wild Bunch* lagen noch in weiter Zukunft –, doch Marlon verließ sich hier ganz auf seinen Instinkt.

Gilman hatte noch nie auf einem Pferd gesessen, und Brando verbrachte Stunden damit, ihm Reitstunden zu geben und ihm beizubringen, aus der Hüfte zu schießen. Sehr viel drastischer ging er mit dem unerfahrenen Larry Duran um. Als der Mexikaner auf seine Regieanweisungen nicht reagierte, packte Brando ihn und schlug ihm mit dem Handrücken ins Gesicht. «Er schlug ziemlich hart zu», sagte Johnson. «Das war das einzige Mal, daß mir etwas gegen den Strich ging. Hätte er das bei mir gemacht, er hätte was erleben können. Aber Larry hat sich nicht gemuckst.»

Schwieriger war die Arbeit mit Pina Pellicer, die bei allem Einfühlungsvermögen für die Rolle der Louisa so ängstlich und unsicher war, daß Marlon ihr schon nach einer Woche den Spitznamen «Täubchen» gegeben hatte.

So überzeugend sie bei den Proben war, so verkrampft wirkte sie oft vor laufender Kamera. Brando versuchte, sie dadurch zu lokkern, daß er unerwartet einen Schuß in der Nähe abgeben ließ. Mehrmals ging er mit ihr die schwierige, hochdramatische Szene durch, in der Louisa ihrer Mutter, die von Katy Jurado gespielt wurde, mitteilt, daß sie schwanger ist. Als ihre Darstellung endlich seinen Erwartungen entsprach, gab er Lang zu verstehen, die Kamera ohne das verräterische «Action» laufen zu lassen. «Marlon ließ den Finger hinter seinem Rücken kreisen», erinnerte Rosenberg sich. «Pellicer übertraf sich selbst. Plötzlich sagte Marlon: ‹Cut, print.› – ‹Print was?› wollte Charley wissen. Er hatte Marlons Finger nicht gesehen.»

Brando stand Pina auch anderweitig zur Seite. Ein gewisses magisches Svengali-Element, das oft zwischen Regisseur und jungen Schauspielerinnen im Spiel ist, führte unweigerlich zu einer Affäre. Es war kein Geheimnis, daß Brando ebenfalls mit Jurado geschlafen hatte, und im Laufe der Dreharbeiten jonglierte er mit den beiden Frauen, während er sich gleichzeitig mit Colón einließ. France Nuyen tauchte ebenfalls auf dem Set auf, und bald kam noch die junge Chinesin Lisa Lu hinzu.

«Marlon lief damals auf Hochtouren», erinnerte Rhodes sich. «Er hatte Affären mit allem, was Beine hatte. Schließlich erschien auch noch Movita auf dem Schauplatz und machte das Maß voll.»

Ob Movita sich über Marlons hemmungsloses Liebesleben im klaren war oder nicht – jedenfalls hatte sie seinem monatelangen Drängen nachgegeben und war nach Los Angeles zurückgekehrt. Trotz des stürmischen Auf und Ab ihrer Beziehung hatte sie Familie und Freunden mitgeteilt, daß Marlon sie nach seiner endgültigen Scheidung zu heiraten gedenke. Doch an nichts war Marlon in der knisternden Atmosphäre des *Besessenen* weniger interessiert als an einer solchen Bindung, und er machte auch gar nicht erst den Versuch, die sexuelle Bouillabaisse, die er sich eingebrockt hatte, zu verbergen.

Pellicer allerdings war nicht der Typ, der diese verquere Situation seelisch verkraften konnte. Im Gespräch mit der Kostümbildnerin Yvonne Wood war sie eines Nachmittags auf den Selbstmord einer Kollegin zu sprechen gekommen und hatte die Ärmel hochgeschoben und ihre vernarbten Handgelenke gezeigt. «Sie erzählte mir, es wäre nicht der erste Versuch gewesen», erinnerte Wood sich später. «Dabei machte sie sich Selbstvorwürfe, denn sie war katholisch. ‹Es ist Sünde›, wiederholte sie mehrmals, ‹man verliert seine Seele.›»

Verschiedenen Quellen zufolge hatte Brando sich offenbar auf ein «gefährliches Psychospiel» eingelassen.

«Offensichtlich hat er mit Pina mehrfach über Selbstmord gesprochen», sagte Seltzer, «und zwar über die theoretische Berechtigung von Selbstmord – als allgemeines Konzept, wohlgemerkt, aber für Pina sollte es tragische Konsequenzen haben. Ich glaube nicht, daß er ihr geraten hat, sich umzubringen, aber möglicherweise hat er ihr einen Floh ins Ohr gesetzt», fügte Seltzer hinzu. «Nicht nur durch die Blume, sondern ganz offen mit dem Hinweis: ‹Es gibt keinen Ausweg.›»

Seltzers Vermutung war durchaus nicht so abwegig, wie es schien. Schon 1940 hatte Marlon mit David Diamond, seinem damaligen Vertrauten und Alter ego in New York, über Selbstmord diskutiert. «Wir diskutierten ziemlich abstrakt über den Tod», erinnerte sich der Komponist. «Ich riet ihm damals, Paul Valérys Essay über den Selbstmord zu lesen.»

Gia Scala, Pier Angeli und Brandos frühere Sekretärin, Susan Slad – alle ehemalige Brando-Freundinnen –, hatten im Laufe der Jahre Selbstmordversuche gemacht. Kashfi sollte bald ebenfalls dazugehören. Dodie hatte zumindest einen Versuch gemacht, und auch Rita Moreno war keine Ausnahme.

Pellicer dagegen kam nicht mit dem Leben davon. Sam Shaw vermutete, daß ihr Tod auf eine lesbische Beziehung mit einer attraktiven älteren Mexikanerin auf dem Set zurückzuführen war. Was immer dahintersteckte – nach Beendigung der Dreharbeiten ging die hübsche, zierliche Pellicer nach Mexiko zurück, machte noch zwei Filme und nahm sich im Dezember 1964 das Leben.

Brandos krankhafte Eskapaden am Drehort waren als Versuch zu verstehen, sich von den Anstrengungen der Produktion wie auch von persönlichen Sorgen abzulenken. Jocelyn und Eliot Asinof lagen in zermürbendem Scheidungskrieg, was das Alkoholproblem seiner Schwester nicht verringerte. Im Februar war Kashfi mit Hepatitis ins Krankenhaus gekommen, was ihr einen strategischen Vorteil gab, als sie am 16. März nach sechsmonatiger Trennung offiziell die Scheidung einreichte. Ende April wurde ihr eine Entschädigung von einer halben Million Dollar zugesprochen, plus 1000 Dollar Kindergeld im Monat.

Brando litt unter enormen Belastungen und neigte mehr denn je zu erratischen Stimmungsumschwüngen.

«Ich konnte es zwar gefühlsmäßig nicht nachvollziehen, aber verstandesmäßig leuchtete es mir ein», erklärte Seltzer, der nun häufiger auf dem Set erschien, um nach dem Rechten zu sehen. «Er hatte zwei Herzen in der Brust und war entweder himmelhoch jauchzend oder zu Tode betrübt. Es gab immer eine Krise. Wenn nötig, konnte er dabei funktionieren, aber im Grunde war er emotional tief verstört. Man merkte es daran, daß er nicht lächelte, nicht antwortete, auf einen Witz gar nicht reagierte – oder seine Reaktion so übertrieb, daß er sich lächerlich machte.»

Selbst Marlon senior machte sich im Büro über die Stimmungsumschwünge seines Sohnes Gedanken, und wenn er mit Monterey telefoniert hatte, kam es nicht selten vor, daß er verkündete: «Bud ist heute deprimiert» oder auch: «Alles bestens heute.» Er ahnte nicht, daß Marlon rapide an Gewicht zunahm und wie nie zuvor an krankhafter Freßlust litt. Alle Hauptdarsteller wohnten im Tickled Pink Motel außerhalb von Carmel, wo die Motelleitung vergeblich versucht hatte, Brando mit einer fettarmen Diät entgegenzukommen. Selbst die Ermahnungen der unermüdlichen Alice Marchak stießen auf taube Ohren. «Kaum saßen wir beim Essen, schon ging es los», erinnerte sich Malden. «Zwei Steaks, Kartoffeln, zwei Stück Apfelkuchen, ein Liter Milch. Ich weiß nicht, wie es angehen konnte. Vielleicht der tägliche Streß, aber über kurz oder lang mußten sie ihn wieder neu einkleiden. Er platzte einfach aus allen Nähten.»

Die Kostümbildnerin Yvonne Wood mußte ihm Hosen und sogar Oberteile aus elastischem Material anfertigen. Doch selbst in diesen «Mehrgrößen»-Kostümen platzte er aus den Hosen. Wood berichtete, daß sie ihm achtzehn Paar Hosen anfertigen mußte und die Kosten schließlich von der Buchhaltung beanstandet wurden. «‹Yvonne›, sagten sie zu mir, ‹du benutzt das falsche Material.› Aber als ich ihnen den Stoff zeigte, sagten sie bloß: ‹Mein Gott, wie kann jemand da herausplatzen?›»

Sam Shaw mußte einspringen und als sogenannter Wulst-Monitor fungieren, wenn Brando vor der Kamera stand. «Ich zeigte auf mein Kinn, um ihm anzudeuten, den Kopf zu heben, damit man das Doppelkinn nicht sah», erklärte er. «Oder ich zeigte auf meinen Nabel, damit er den Bauch einzog.» Die Schauspieler brachten auf Anregung Marchaks ein Schild mit der Aufschrift an: BITTE DEN REGISSEUR NICHT FÜTTERN.

Im April 1959, nach viermonatigen Dreharbeiten, darunter mehreren Wochen im Death Valley, verlegte Brando die Produktion auf das Paramount-Gelände in Hollywood. Nun konnte er sich nicht länger in der Wüste verstecken, sondern befand sich unter den Augen von Chefs wie Frank Freeman, dem das ausufernde Budget des Films schlaflose Nächte zu bereiten begann. Brando schien das nicht zu kümmern. An den Wochenenden flog er zu einem kurzen Rendezvous mit France Nuyen nach Manhattan und überließ Rosenberg und die anderen ihrem Schicksal.

Freeman war mit seiner Geduld am Ende und drohte Rosenberg sogar mit Rücktritt. Als Rosenberg dem mit seiner Maske beschäftigten Brando diese Nachricht eröffnete, lachte der nur und sagte: «Schließlich ist es mein Geld und mein Film.»

Daraufhin veranlaßte Freeman ein Treffen zwischen dem Schauspieler und Jack Karp, dem Finanzexperten des Studios. Brando ließ sich davon nicht ins Bockshorn jagen. «Erst werden sie sich über den Film beschweren», prophezeite er, «und dann wird jemand sagen: ‹Wollen Sie nicht noch einen Film für uns machen?›, und damit ist die Sitzung gelaufen.»

«Tatsächlich versicherte uns Karp, wenn auch eher gequält, wie toll er das bisher gefilmte Material fände», berichtete Rosenberg. «Dann kam er auf den hoffnungslos überzogenen Etat, den verschleppten Zeitplan usw. zu sprechen, aber trotzdem: ‹Das Material ist toll, Marlon.› Schließlich sagte er: ‹Wir würden uns natürlich freuen, wenn Sie noch einen Film für uns machen würden.› Es lief also genau so, wie Marlon vorhergesagt hatte.»

Der Besessene hatte mit einem Drehbuch ohne Schluß begonnen, und selbst jetzt hatte Brando noch kein zufriedenstellendes Ende für den Film gefunden. «Marlon, wer stirbt heute? Du oder ich?» frotzelte Malden. Der hilflose Brando ließ die Schauspieler sogar über den von ihnen bevorzugten Filmschluß abstimmen.

Malden schlug vor, die abschließende Konfrontation zwischen ihm und Brando am Brunnen stattfinden zu lassen. «Plötzlich kam Marlon die Idee mit der Schießerei», sagte Malden. «Und dann machte er diesen Quantensprung. Typisch Marlon – er dachte sich diese Dinge aus, ohne einem vorher davon zu erzählen.»

Wie nicht anders zu erwarten, fiel Brando auch ein erzählerischer Rahmen für die Schlußszene ein. In seinem unkonventionellen Finale, das zwar gefilmt, aber für die endgültige Studiofassung verworfen wurde, entkommen Rio und Louisa zu Pferd, während der sterbende Vater mit seinem letzten Schuß seine Stieftochter in den Rücken trifft. Rio sieht, daß Louisa verletzt ist, und beschließt resigniert, die Flucht aufzugeben. «Es reicht, ich bin lange genug gerannt», erklärt er, und Louisa stirbt in seinen Armen.

Brando führte Pellicer mit aller Behutsamkeit durch die Todesszene, in der Harry Belafontes ergreifende Wiedergabe von «Shenandoah» ihm die Tränen in die Augen trieb. Bei Brando endet der Film damit, daß Rio mit Louisas Leiche in den Armen in die Stadt zurückreitet; doch zu Maldens Bedauern bestand Paramount darauf, daß *er* als der endgültige Held aus dem Film hervorging. «Sie haben die Einstellung geschnitten, in der Rio erkennt, daß Louisa verletzt ist, und damit den ganzen Schluß entstellt. Dabei sind wir in der ursprünglichen Schlußfassung alle drei erledigt. Als Rio mit ihr auf dem Arm in die Stadt zurückkehrt, kommen die Bewohner aus den Häusern, und damit ist auch Rios Ende besiegelt.»

Offiziell waren die Dreharbeiten im Juni 1959 beendet, obwohl Paramount darauf bestand, daß Brando und Malden ihre Version der Schlußszene am 14. Oktober noch einmal drehen sollten. Im Endeffekt waren über 300 000 Meter Filmmaterial, das Sechsfache des fertigen Films, belichtet und 80 000 Meter entwickelt worden, ein neuer Rekord in Hollywood. Der Etat war von 1,6 auf über 6 Millionen Dollar gestiegen, obwohl Paramount darauf verzichtete, Buch über die laufenden Kosten zu führen, um die Kostenexplosion vor der Presse geheimzuhalten. «Brandos Name in einem erstklassigen Western wiegt die vier bis viereinhalb Millionen, die dieser Film uns kostet, wieder auf», log ein Studiosprecher. «Der Film wird unser Erfolgsschlager für 1960.»

Bei einer tumultuösen Abschlußparty auf dem Studiogelände spielte Marlon seine Trommeln und empfing die Gäste stockschwingend in Frack und Zylinder. «Er hatte schon entschieden Schlagseite», sagte einer der Gäste. Außerdem war er erschöpft. Der Komiker Mort Sahl machte den Conférencier und verkündete: «Ich gebe hiermit offiziell bekannt, daß der Film beendet ist, weil uns das Geld ausgegangen ist.» Als das kalte Buffet mit Verspätung eintraf, kommentierte Sahl: «Warum auch nicht? Alles an diesem Film hatte Verspätung.»

Brando stürzte sich mit Heißhunger auf das üppige Buffet. «Er muß vier Stück Kuchen gegessen haben», erinnerte sich Yvonne Wood. «Danach lehnte er sich zurück, klopfte sich auf den Bauch und rief: ‹Bringt einen Kran.› Die Crew verlieh ihm einen Cowboygürtel mit den Wünschen: ‹Hoffentlich paßt er.›»

Brando hätte einen Urlaub bitter nötig gehabt, bevor er sich an den Schneidetisch setzte; statt dessen mußte er schon am nächsten Tag in New York sein, um den *Mann in der Schlangenhaut* zu drehen. Während der Dreharbeiten flog er jedes Wochenende nach Los Angeles zurück und arbeitete am *Besessenen* weiter. Bei Paramount warteten Tausende Meter Film auf ihn.

In Johnsons Augen hatte das Studio sich die ungeheure Menge an Filmmaterial zum Teil selbst zuzuschreiben. «Sie lagen ihm ständig in den Ohren: ‹Das Budget ist überschritten, wir sind zeitlich in Verzug ...›, so daß er ihnen weitere 1000 Meter aufhalste. Hätten sie ihn in Ruhe gelassen, wäre der Film nur halb so teuer geworden.»

Dieses Argument ist nicht viel glaubwürdiger als eine andere, oft gehörte Ausflucht: daß die Tausende Meter von Filmmaterial ihm nur die Unsicherheit als angehender Regisseur nehmen sollten. «Aus diesem Material kann ich jeden beliebigen Film machen», hatte er Johnson erzählt, und nach dem Motto ging er auch tatsächlich vor. Während der Wochenendsitzungen mit dem Cutter Archie Marchek sah er sich das Rohmaterial an und sagte dann: «Ich möchte dies Stück aus dieser Einstellung und das Stück aus der», um sie anschließend wie Soundtracks im Aufnahmestudio ineinanderzublenden. «Gütiger Himmel», stöhnte Marchek, «wenn er so weitermacht, brauche ich vier Jahre, um den Film fertigzustellen.»

Er sollte nicht ganz unrecht haben. Die Arbeit schleppte sich von Juni 1959 bis März 1960 dahin, während Brando zwischen New York und L. A. hin- und herpendelte und Paramount den Film von einer Seite Amerikas zur anderen transportierte. Vorübergehend richtete er sogar ein Cuttingstudio in Chicago ein. Er gab sich zweifellos unendliche Mühe, aber die peinliche Genauigkeit, mit der er das Material Bild für Bild sichtete, sollte sich nachteilig auswirken. Die Erstellung der Endfassung ließ sich mit der eigentlichen Regieführung gar nicht vergleichen: Mit einemmal fand Brando sich mit Marchek, einer Moviola und Tausenden von unzusammenhängenden Zelluloidstreifen in einem winzigen Raum eingesperrt. Das Edieren setzte genaue strukturelle Vorstellungen über die endgültige Fassung des Films voraus, nicht gerade Brandos starke Seite. «Monatelang passierte gar nichts», sagte Seltzer. «Marchek war der einzige, der in die Moviola guckte.»

Brandos spätere Versuche, verschiedene Drehbücher sowie seine Autobiographie zu schreiben, hatten den gleichen Erfolg. Dahinter verbarg sich die Weigerung, seine Unzulänglichkeit einzugestehen. «Die Sache war ihm über den Kopf gewachsen», bemerkte Malden, «aber vielleicht schämte er sich auch bloß, zu einem guten Cutter zu gehen und zu sagen: ‹Bitte, ich stecke in einer Sackgasse. Komm vorbei, wenn's keiner sieht, und sag mir, was ich tun soll.›»

Nach mehrfachen Ansätzen brachte Brando schließlich eine Fassung von acht Stunden Länge zustande, die Seltzer und Marchek sich ansahen. «Sogar diese achtstündige Version verriet sein Gespür für Handlung, Charaktere und Spannung», erklärte Seltzer. «Er hatte nicht die Absicht, einen achtstündigen Film auf den Markt zu bringen, obwohl er der Überzeugung war, ‹für mein Meisterwerk werden sie Schlange stehen›. Über den Verleih machte er sich keine Gedanken. Aber es steckte eigentlich keine Vision, kein künstlerisches Engagement dahinter, sondern das pure Ego. Wenn wir ihn darauf hinwiesen, daß die Fassung zu lang wäre, nuschelte er nur: ‹Das glaube ich nicht.› Oder machte vage Versprechungen: ‹Ich werde mich mal drum kümmern.›»

Schließlich reduzierte Brando den Film auf viereinhalb Stunden, die er Rosenberg vorspielte. Als das Licht anging, hüllte der Produzent sich in Schweigen. Verlegen fragte Marlon: «Wo gehen wir essen? Bei Chianti?» Im Auto sah er Rosenberg verstohlen von der Seite an; beim Essen konnte er sich schließlich nicht länger beherrschen und fragte unverblümt: «Also, was hältst du von dem Film?»

«Film?» erwiderte Rosenberg. «Das ist kein Film. Das ist ein Sammelsurium von Material.»

Daraufhin schnitt Brando die Fassung auf drei Stunden zusammen, aber inzwischen hatte Paramount die Nase voll. D. A. Doran, einer der Direktoren des Studios, nahm Marlon den Film endgültig aus der Hand. Seltzer bekam vorher Wind davon, behielt die Information aber für sich.

«Eines Tages kam Doran herein», sagte er, «und ruck, zuck war Marlon sein Lieblingsspielzeug ein für allemal los. Kaum hatte Doran ihn ausgebootet, da verlor Marlon jedes Interesse. Er wehrte sich nicht einmal. Er sagte nicht: ‹Scheiße, das lasse ich mir nicht gefallen. Ich mache mich gleich Montag morgen an die Arbeit.› Er nahm es hin und war vermutlich sogar erleichtert. Er hatte das Projekt seit Jahren wie einen Mühlstein um den Hals mit sich herumgeschleppt, und nun war er ihn endlich los.»

Vielleicht hatte er gehofft, mit der dreistündigen Fassung des *Besessenen* einen Beitrag zur Filmgeschichte zu leisten. Sam Shaw, einer der wenigen, der die längere Version zu sehen bekam, nannte sie «ein Meisterwerk, einen der romantischsten Western, die je gemacht worden sind». Leider läßt sich Shaws Urteil nicht mehr nachprüfen, da Paramount das geschnittene Material vernichtet hat – nach Aussagen eines Studiosprechers wegen des wertvollen Nitratgehalts der Negative.

Nach außen hin reagierte Brando mit Verachtung auf die von Paramount sanktionierte 141-Minuten-Version. «Paramount mag damit zufrieden sein, aber das ist nicht der Film, den ich gemacht habe», erklärte er. «In meinem Film lügen alle, sogar das Mädchen. Der einzige, der die Wahrheit sagt, ist die Figur, die Karl Malden spielt. Paramount macht auch aus ihm einen Lügner ... Nun braucht Heuchelei aber nicht unbedingt verwerflich zu sein, und das Publikum kapiert das auch. Wie oft kommt es vor, daß eine Mutter, um ihr Kind zu beschützen, ihren Mann belügt. Jetzt sind die Figuren im Film bloß schwarzweiß statt grau und menschlich, wie ich sie geplant hatte.»

Freunden gegenüber konnte der Schauspieler allerdings nicht verhehlen, daß er tief gekränkt war. Paramount hatte «ihm das Herz gebrochen», wie Sam Shaw es nannte. Sogar der frustrierte Seltzer war dieser Meinung. «Zugegeben, sie haben Bud eine Menge Spielraum gelassen», sagte er, «aber schließlich wollte er etwas beweisen. Er wollte zeigen, daß er als Produzent, Regisseur und Schauspieler einen Film auf höchstem künstlerischem, technischem und ethischem Niveau machen konnte. Schließlich war er nicht weit vom Ziel entfernt, deshalb war er gekränkt. Es kränkte ihn, daß er die Redaktion nicht allein geschafft hatte. Und warum nicht? Weil ihn die Langeweile gepackt hatte. Er hätte sich also nur aufzuraffen brauchen ... und die Sache hätte geklappt.»

Der Besessene wurde als Probeaufführung in Sacramento, Denver und St. Louis gezeigt und stieß auf positive Kritiken. Die offizielle Premiere fand am 30. März 1961 statt, doch Brando nahm nicht daran teil. Allerdings meldete er sich in *Newsweek* zu Wort: «*Der Besessene* ist ein Schinken», erklärte er verächtlich. «Ein durch und durch konventioneller Film. Ich habe allerdings viel Zeit darauf verwandt ... die Dreharbeiten dauerten sechs Monate. Mit der Zeit ist er mir direkt ans Herz gewachsen. Wie ein Hühnerstall, an dem man zwei Jahre gebastelt hat. Wenn man fertig ist, hat man das Gefühl, seine Zeit sinnvoll verbracht zu haben.»

«Künstlerisch läßt der Film stark zu wünschen übrig. Schließlich bin ich ja Geschäftsmann», erklärte er mit beißender Selbstironie. «Ich bin ein Tycoon – nicht mehr und nicht weniger. Alle künstlerischen Ansprüche, die ich je gehabt habe, sind längst verflogen. *Der Besessene* ist ein Konsumartikel, genau wie ... eine Zeitungsnachricht. Nachrichten bringen Geld, Kunst nicht. Deshalb sind Filme keine Kunst.»

Die Kritiker waren dem Film wesentlich freundlicher gesinnt als sein Regisseur, und viele zollten ihm großes Lob.

Ähnlich wie Erich von Stroheims *Greed* gibt *Der Besessene* dem Zuschauer ein vertracktes Rätsel auf. Als ständiger Diskussionsgegenstand unter Filmfanatikern gehört er zu den Lieblingen der Kunstfilmkinos und wird immer wieder als Beweis für Hollywoods schnöde Behandlung des «Künstlers» herangezogen. Der Film ist zugleich landschaftliche Idylle und Propagandavehikel für Brandos rohe Macho-Gewalt. Die unterschwellige Romantik ist ironisch gebrochen, und selbst der schmachtende Ton spiegelt den Zorn des Regisseurs und läßt das persönliche Engagement hinter dem Film durchblicken. *Der Besessene* zeigt Brando an seiner verwundbarsten Stelle und ist seine ehrlichste und enthüllendste Aussage seit dem verunglückten Film *Der Wilde.*

Karl Maldens Worten zufolge war es «eine Leidenschaft, die er sich unbedingt erfüllen wollte». Noch Jahre später besaß Malden ein Foto von Brando und sich, das Marlon ihm kurz nach Beendigung des Films verehrt hatte; es trug folgende Widmung: «Zur Erinnerung an eine Zeit, die nie vergessen sein wird. Wir haben uns das Beste gegeben. Das müßte für ein ganzes Leben langen. In Liebe, Verehrung und Freundschaft, Marlon.»

The Fugitive Kind (dt. *Der Mann in der Schlangenhaut*)

Battle of Angels war das erste Stück von Tennessee Williams, das auf einer professionellen Bühne aufgeführt wurde. Es ging um die tragische Liebesaffäre zwischen einer nicht mehr ganz jungen verheirateten Ladenbesitzerin und einem Exgigolo in einer Stadt in den Südstaaten, doch wurden die Probeläufe in Boston im Jahre 1940 so verrissen, daß das Stück in New York nie auf die Bühne kam. Sechzehn Jahre später und nach zwei Pulitzer-Preisen schrieb Williams das Stück um und nannte es *Orpheus Descending.*

Für die Hauptrollen in der Broadway-Produktion hatte der

Schriftsteller Brando und Anna Magnani im Sinn. Brando war seiner Meinung nach «der vermutlich größte lebende Schauspieler ... größer als Olivier», aber er beklagte die «miesen Filme», die Marlon offenbar nicht nur des Geldes wegen machte. Trotzdem gelang es Williams nicht, Brando mit seinem neuen Stück auf die Bühne zurückzulocken. Obwohl Brando das Stück für brillant hielt, erkannte er, daß die weibliche Darstellerin darin den Vogel abschoß. «Die Rolle der Magnani ist großartig», sagte er. «Sie sagt etwas aus, man empfindet mit ihr – und sie würde mich glatt an die Wand spielen.»

Williams schrieb die männliche Rolle mehrmals um, konnte Marlon jedoch nicht umstimmen.

Magnani, der vitale italienische Star mit dem rabenschwarzen Haar, war eine von Williams bevorzugten Schauspielerinnen und eine gute Freundin. Sie hatte sich mit ihrer leidenschaftlichen Darstellung in Roberto Rossellinis *Open City* und in Jean Renoirs *The Golden Coach* die Bewunderung amerikanischer Bühnen- und Filmkritiker erworben. Für den französischen Regisseur war sie die größte Schauspielerin der Welt, und Williams hatte sich von ihrer Leinwandpräsenz zu der Figur der Serafina in *The Rose Tattoo* inspirieren lassen. Damals fürchtete Magnani allerdings, der Rolle ihrer dürftigen Englischkenntnisse wegen auf der Bühne nicht gewachsen zu sein, so daß *The Rose Tattoo* im Februar 1951 mit Maureen Stapleton in der Rolle der emotionalen, von ihren Erinnerungen verfolgten Witwe Premiere hatte. Magnani spielte die Rolle allerdings in der Verfilmung von 1955 und gewann damit den Oscar für die beste schauspielerische Leistung. (Brando war ebenfalls für den Film in Betracht gezogen worden, doch ging die männliche Hauptrolle an Burt Lancaster.)

Ein Jahr später bat Williams Magnani in Rom, am Broadway in *Orpheus Descending* aufzutreten. Sie lehnte aus Angst vor einer Bühnenrolle in englischer Sprache wiederum ab, erklärte sich jedoch bereit, in der Verfilmung mitzuwirken, wo der Dialog geprobt und in kleinen Portionen aufgenommen werden konnte. Also beeilte sich Hal Wallis, der Produzent von *The Rose Tattoo,* eine Option auf die Filmrechte für sie zu erwerben. Doch als das Stück im

März 1957 in New York Premiere hatte, erwies es sich künstlerisch wie finanziell als Fiasko. Selbst die ungewöhnlich begabte Stapleton – wieder einmal in einer für die Magnani geschriebenen Rolle – konnte *Orpheus Descending* nicht vor dem Verriß retten. Williams' Ruf in Hollywood erlitt damit einen schweren Schlag – besonders, da *Baby Doll* mit Kazan als Regisseur sich erst einen Monat vorher als ähnlicher Reinfall erwiesen hatte.

Obwohl nicht einzusehen war, warum ein Stück, daß zweimal auf der Bühne durchgefallen war, ein Leinwanderfolg werden sollte, bestand Williams auf einer Verfilmung. Nach dem Rückzug von Hal Willis wurden die Rechte an das junge Produktionsteam Martin Jurow und Richard Shepherd verkauft, deren niedriges Angebot mit einer Garantie für Magnani gekoppelt war (was nicht überraschte, da Jurow ihr ehemaliger Agent war).

Wie zu erwarten, wandten die Produzenten sich noch einmal an Brando. Shepherd rief Jay Kanter, seinen besten Freund bei MCA, an, der Marlons Vorbehalte wegen der Favorisierung der Hauptdarstellerin allerdings nur wiederholte.

Williams griff mit dem Titel auf ein Stück zurück, das er einmal zu Collegezeiten inszeniert hatte, und gab der endgültigen Version des Drehbuchs, die sich eng an die ursprüngliche Bühnenfassung hielt, den Titel *The Fugitive Kind* (dt. *Der Mann in der Schlangenhaut*). Es geht um Val Xavier, einen heruntergekommenen, vagabundierenden Blues-Musiker in New Orleans, der sein Leben ändern will. Die unvermeidliche Schlangenhautjacke auf dem Rücken und seine geliebte Gitarre unterm Arm, landet Val in einer bigotten Südstaaten-Kleinstadt, wo Vee, die Frau des korrupten Sheriffs, ihm Unterkunft gewährt und ihm Arbeit in einem Laden besorgt, der einem bettlägerigen Chauvinisten gehört und von seiner vernachlässigten Frau, Lady Torrance, geleitet wird. Die nicht mehr ganz junge Lady verzehrt sich nach Liebe und wirft sich dem Fremden förmlich an den Hals.

Hinter Val ist eine weitere Frau her, Carol Cutrere, das schwarze Schaf einer alteingesessenen Familie von Plantagenbesitzern. Eine Katastrophe bahnt sich an: Ladys eifersüchtiger Ehemann erhebt sich vom Totenbett, um den Laden in Brand zu setzen, und erschießt sie, als sie ihm offenbart, daß sie mit Vals Kind schwanger ist. Als Val versucht, aus dem brennenden Laden zu entkommen, treiben ihn der Sheriff und seine sadistischen Handlanger mit der Wasserspritze in die Flammen zurück. Seine Schlangenhautjacke – das einzige, was von den Flammen verschont bleibt – wird von Carol gefunden, die daraufhin die Stadt verläßt.

Im Dezember erhielt Shepherd einen überraschenden Anruf von Kanter, der ihm mitteilte, daß Marlon sich besonnen habe und nun doch an der Rolle interessiert sei. Laut Kanter hatte Brando neben der Finanzierung seines eigenen gerade begonnenen Films auch noch die Kosten für eine aufwendige Scheidung zu tragen. Zum ersten Mal in seiner Karriere sah er sich gezwungen, sich schnellstens für einen weiteren Film zu verpflichten.

Bei Gesprächen zwischen Shepherd, Jurow und Brando war natürlich von Geld keine Rede. «Marlon hat nie über Geld gesprochen», sagte Shepherd, «das überließ er Jay.» Prompt präsentierte Kanter ihnen Marlons finanzielle Forderungen: eine runde Million Dollar. Diese unerhörte, nie dagewesene Gage (bis Elizabeth Taylor ein Jahr später den Vertrag für *Cleopatra* unterzeichnete) machte fast die Hälfte des gesamten Etats von 2,3 Millionen Dollar aus. Magnani und der Regisseur Sidney Lumet erhielten dagegen vergleichsweise bescheidene 125000 Dollar (zuzüglich einer Beteiligung).

Trotzdem akzeptierte Arthur Krim, der Präsident von UA, den Deal sofort, denn das Gespann Brando-Magnani verhieß sowohl in Amerika wie im Ausland volle Kinokassen. Außerdem hatte Williams sich plötzlich als einer von Hollywoods vielversprechenden Autoren entpuppt. Die Verfilmung von *Cat on a Hot Tin Roof* hatte großes Aufsehen erregt und sollte einer der finanziell erfolgreichsten Filme in der Geschichte von MGM werden. Sein neues Stück, *Suddenly, Last Summer,* fand ebenfalls am Broadway wie in London großen Anklang. Die Filmrechte dazu waren an Sam Spiegel verkauft worden, der den Film mit Elizabeth Taylor und Montgomery Clift in den Hauptrollen drehen wollte.

Offiziell wurde Brandos Gage in der Fachpresse mit 750000 Dollar beziffert, doch sollte diese Summe durch weitere 250000 Dollar in Form von prozentualer Beteiligung, Steuernachlässen und Vergünstigungen für Marlons Produktionsgesellschaft ergänzt werden.

Brando war von diesem Goldregen nicht im mindesten beeindruckt. Als Jurow und Shepherd gegangen waren, erschien Frank P. Rosenberg, um Probleme mit ihm zu besprechen, die sich bei den Dreharbeiten zum *Besessenen* ergeben hatten, und stellte fest, daß Brando zutiefst deprimiert war, «weil er seine Seele verkauft hatte». Brando klagte ihm sein Leid: «Ich habe mich gerade bereit erklärt, für eine Million einen Film mit Magnani zu machen. Und warum? Damit ich meine Alimente bezahlen kann!»

Magnani dagegen sah der Zusammenarbeit mit Brando voller Erwartung entgegen. 1951, auf einer Publicity-Tour in New York für Luchino Viscontis *Bellissima,* hatte sie ihre Übersetzerin Natalia Danesi Murray bereits gebeten, eine Begegnung mit dem von ihr in *Endstation Sehnsucht* bewunderten Brando zu arrangieren. Die Bewunderung war gegenseitig, da Brando seit langem ein Fan des neorealistischen italienischen Films war. Als er in Magnanis Suite in St. Regis erschien, brachte er ihr eine einzige langstielige Rose mit und schlug eine Besichtigungstour durch die Stadt vor. Murray befand sich in ihrer Begleitung und erinnerte sich, daß er sie nach dem Essen in Brandos Lieblingsrestaurant in Chinatown – wohin sie mit der U-Bahn statt in Magnanis Limousine gefahren waren – mit nach Staten Island hinübergenommen hatte, damit sie von der Fähre aus die Lichter von Manhattan bewundern konnten. Murray hielt sich diskret zurück und beobachtete aus der Entfernung die beiden Stars, die an der Reling lehnten und nicht viel sagten – obwohl Marlon in einer Mischung aus Pidgin-Englisch und gebrochenem Französisch größtenteils das Gespräch bestritt. «Anna war fasziniert», sagte Murray. «Auf Staten Island angekommen, kehrten wir gleich wieder mit der Fähre um, und angesichts der spektakulären Kulisse von New York wird Anna wohl der Gedanke an eine etwaige Affäre durch den Kopf gegangen sein.» Tatsächlich teilte Magnani vor der Verleihung des Oscar für *The Rose Tattoo* der Presse vielsagend mit: «Ich möchte, daß Marlon Brando nach Rom kommt und mir den Oscar persönlich übergibt.»

Im Mai 1959 traf «La Lupa» («die Wölfin», wie Magnani genannt wurde) in New York ein und stieg in einer luxuriösen Suite im Sherry Netherland Hotel mit Blick über den Central Park ab. Ein paar Tage später meldete Drehbuchautor Meade Roberts, sie sei «ein Nervenbündel». Sie hatte Kameramann Boris Kaufman zeigen wollen, daß sie «wie Gina Lollobrigida ... oder mindestens wie Sophia Loren» aussehen könne, und zum Beweis einen Filmclip mitgebracht. Dann war sie in schwarzen engen Hosen, großen goldenen Ohrringen, riesiger dunkler Sonnenbrille und Roberts zufolge mit einem Make-up, «das einem den Atem verschlug», im Vorführraum von UA erschienen. Als sie nach der Vorführung mit dem jungen Autor den Broadway zum Büro des Produzenten entlangschlenderte, äußerte sie die Befürchtung, sie könnte erkannt werden. «Am liebsten hätte ich zu ihr gesagt: ‹Anna, so wie du aussiehst, kannst du es mit jeder beliebigen Broadway-Nutte aufnehmen; hier erkennt dich kein Mensch.›»

Die Proben sollten in Brandos altem Jazzschuppen, dem Palladium beginnen, einem nach wie vor deprimierenden Ort. Lumet und die Produzenten erschienen gegen Viertel vor elf. Ein paar Minuten später kam eine Nachricht von Marlon: Er habe seinen frühen Flug verpaßt, werde erst um 10.30 Uhr eintreffen und direkt vom Flughafen kommen.

Laut Roberts war es 11.20 Uhr, als die Magnani, flankiert von Tennessee Williams und seinem Liebhaber, Frank Merlo, mit einer kleinen Entourage auf der Bildfläche erschien. Wieder war sie aufgedonnert «wie eine Nutte vom Times Square». Sie blieb wie angewurzelt stehen. «Wo ist Marlon?» fragte sie mit dramatisch gerolltem r. Als sie hörte, daß er seinen Flug verpaßt hatte, zog sie ein langes Gesicht. «Sie glaubte kein Wort davon», sagte Roberts. «La Lupa war bereits fest davon überzeugt, daß Brando sie auf Platz zwei verweisen wollte, denn der Star erscheint immer zuletzt.»

Marlon tauchte erst um 11.45 Uhr in der Tür auf. Er war allein, außer Atem und hatte ein «verlegenes, jungenhaftes Grinsen» auf dem Gesicht. Mit seiner kleinen Schultertasche und seinem legeren, sommerlichen Aufzug sah er alles andere als imposant aus, aber das erboste Magnani noch mehr, als wenn er mit großem Gefolge erschienen wäre. Als er auf Magnani zuging und ihr «auf die denkbar galanteste Weise» versicherte, wie geehrt er sich fühle, mit ihr arbeiten zu dürfen, nickte sie nur hoheitsvoll und gab ihm deutlich zu verstehen, daß sie ihm das Leben nicht leichtzumachen gedachte.

Die Spannung im Raum stieg spürbar, als die Schauspieler, die um einen Tisch herumsaßen, mit dem Lesen begannen. Brando las seinen Text eher zögernd. Er hatte den Ellbogen auf den Tisch und das Kinn in die Hand gestützt, so daß sein Mund halb verdeckt und seine Stimme kaum hörbar war. Joanne Woodward versuchte vergeblich, die Lesung ein bißchen aufzumuntern, so daß sie schließlich auch in monotones Murmeln verfiel. Magnanis Blick wanderte nervös zwischen ihrem Text und der daneben liegenden italienischen Übersetzung hin und her.

Als sie schließlich an der Reihe war, flüsterte sie so leise, daß kein Wort zu verstehen war. Was Marlon und Joanne können, kann sie schon lange, dachte Roberts und mußte sich das Lachen verbeißen. Schließlich platzte Williams der Kragen, und er schrie: «Ich brauche eine Radarantenne, um ein einziges Wort zu verstehen! Wenn ich meinen verdammten Dialog nicht verstehen kann, kann ich ja nach Hause gehen!» Eine Weile herrschte eisiges Schweigen. Marlon und Anna sahen Williams an. «Es war, soweit ich mich erinnern kann, der einzige Moment, in dem Marlon und Anna sich einig waren», sagte Roberts. «Sie lächelten beide und fingen sofort wieder an, sich im Flüstern zu überbieten.»

Die Empfindlichkeit ging so weit, daß Magnani, als sie sah, wie Brando Roberts eines Nachmittags den Rücken massierte, den Autor als «Marlons Spion» beschimpfte. Natürlich trug der unterschiedliche Schauspielstil der beiden Stars nicht zur Entspannung bei. Brando erarbeitete sich eine Rolle langsam, immer auf der Suche nach neuen Zusammenhängen. Magnani dagegen schoß direkt aufs Ziel los, «wie ein Rennpferd, dem man freien Lauf lassen muß», wie der italienische Regisseur Luchino Visconti es nannte.

In der zweiten Woche nahmen Maureen Stapleton und Victor Jory ebenfalls an den Proben teil. Stapletons Besetzung bereitete allen, außer Stapleton selbst, Kopfzerbrechen. «Es war sehr mutig von ihr, diese kleine Rolle zu übernehmen», gestand Produzent

Shepherd und erinnerte sich, wie peinlich es ihm gewesen war, ihr nach dem Erfolg in der Hauptrolle am Broadway eine kleine Nebenrolle anzubieten. Man hatte sich vor ihrer Ankunft geeinigt, unter keinen Umständen auf die Bühnenversion von *Orpheus* anzuspielen. Eines Tages ergaben sich am Ende des ersten Aktes allerdings Schwierigkeiten mit einer Szene zwischen Anna und Marlon. Als sich nach endlosen Diskussionen noch immer keine Lösung gefunden hatte, rief Williams laut: «Maureen, mein Schatz, was haben wir damit auf der Bühne angefangen?» Wie Roberts erzählte, entging ihm Stapletons unmittelbare Reaktion, «weil ich vor Verlegenheit mit dem Kopf unterm Tisch verschwand». Dann hörte er, wie sie sagte: «Ach, Tenn, das weiß ich nicht mehr.»

Das Verhältnis zwischen Anna und Marlon verschlechterte sich zusehends. Inzwischen nahm Magnani, die für ihre stürmischen Affären mit Partnern und Regisseuren berüchtigt war, an Marlons übertriebener, schon ans Parodistische grenzender Galanterie Anstoß. Er riß die Tür auf und ließ ihr den Vortritt, wann immer sie gemeinsam auf- oder abtraten. Doch wenn sie sich nicht vor der Kamera befanden, zog er ihrer Gesellschaft ein Buch oder ein Fußballspiel mit den Beleuchtern vor. Shepherd, der täglich nervöser wurde, kamen die beiden wie «Wasserstoffbomben vor, die jeden Moment explodieren konnten».

Wie immer testete Marlon, wie weit er mit ihr gehen konnte. «Hier prallten zwei dynamische Kräftefelder aufeinander», erklärte Shepherd, «und das Drehbuch hatte eine verheerende Wirkung auf sie.» Damit das Stück auf der Leinwand seine Wirkung entfaltet, muß der Zuschauer spüren, daß trotz des Altersunterschieds eine starke körperliche Anziehungskraft zwischen den beiden besteht. Shepherd erinnerte sich, daß die einundfünfzigjährige Magnani Marlon unter Druck setzte und «alles tat, um emotional und körperlich attraktiv auf ihn zu wirken, was ihm ganz offensichtlich peinlich war». Maureen Stapleton sagte dazu: «Magnani war zwar keine Baby Doll, aber noch immer eine enorm attraktive Frau. Im Endeffekt waren damals alle scharf auf Marlon. Magnani machte da keine Ausnahme.»

Die Liebesszenen waren besonders qualvoll. «Kann sie denn kein

Enthaarungsmittel benutzen?» beklagte er sich in Anspielung auf Magnanis behaarte Oberlippe. «Warum rasiert sie sich nicht?»

Die Demütigung einer so kühlen Abfuhr traf die Magnani an ihrer verwundbarsten Stelle, und die Thematik des Films, in dem eine ältere Frau sich nach einem jüngeren Mann verzehrt, muß ihr das eigene Dilemma erst recht zum Bewußtsein gebracht haben.

«Sie erzählte dem Kameramann, daß jede einzelne Falte in ihrem Gesicht auf der Leinwand zu sehen sein sollte», sagte Joanne Woodward. «Dabei war sie enorm eitel, und es war rührend, zu sehen, wie sie ihren Hals mit einem Schal verdeckte und ihn ständig höher ans Kinn schob.» Die Maskenbildner unternahmen sogar den Versuch, ihre deutlichsten Runzeln mit Pflaster zu kaschieren. Einer machte den taktlosen Vorschlag, ihr im Nacken eine Klammer anzubringen, eine regelrechte Handwerksklammer, um die Haut zusammenzuraffen. Der Vorschlag wurde sehr schnell verworfen, aber der italienische Star bekam Wind davon, hatte einen Wutanfall und bestand auf der Entlassung des Mannes.

Magnanis Alter schuf ebenfalls mit der Handlung Probleme. Warum zum Beispiel sollte Val Xavier ausgerechnet mit Anna Magnani und nicht mit Joanne Woodward ins Bett gehen wollen? Um Vals Wahl glaubhafter zu machen, wurde Woodward absichtlich entstellt. Sie steckte in einem schlechtsitzenden Trenchcoat, das blondgefärbte Haar war fettig und strähnig, und mit dem weiß geschminkten Gesicht und den schwarz umränderten Augen sah sie aus wie eine Irre.

Was Marlon betraf, so beschränkte er sich auf die Bemerkung, daß er die Magnani erschöpfend fand. «Sie ist wie ein Staubsauger», beklagte er sich bei einem nächtlichen Besuch in Kalifornien Sam Gilman gegenüber. «Sie saugt mich förmlich aus.»

Es war unvermeidlich, daß die Spannungen zwischen Magnani und Brando der Presse zu Ohren kamen. Ein Vorfall machte vor allem die Runde: Wann immer die Magnani mit einer Szene zufrieden schien, machte Brando absichtlich einen Patzer, so daß die Szene wiederholt werden mußte, woraufhin sie ihn in der Presse «einen sadistischen Egozentriker» nannte. Beide Schauspieler überboten sich in Einfällen, gelegentlich mit faszinierendem Erfolg.

Mehrfach hatten die beiden Schauspieler den Dialog für die Szene geprobt, in der Val den Laden betritt, Lady nach einem Job fragt und sie seine Referenzen sehen will. Aber als Lumet «Action!» rief, langte Marlon plötzlich in die Tasche seiner Schlangenhautjacke. «Dann kramte er mit diesem provozierenden Grinsen auf dem Gesicht in den Hosentaschen», sagte Shepherd, «und kostete die Szene sichtlich aus. Schließlich holte er den zerknüllten Umschlag aus der Tasche, glättete ihn umständlich und reichte ihn ihr. Sie stand wortlos dabei und starrte ihn erbost an. Marlon hatte das Ganze natürlich vorher geplant; es war ein schauspielerischer Geniestreich, mit dem er sich aber gleichzeitig in den Vordergrund spielte.»

Lumet rief: «Cut! Das Ganze noch einmal.» Marlon wiederholte die gleiche Prozedur. Als er Magnani jedoch den zerknüllten Brief reichte, revanchierte sie sich und ließ sich unendlich viel Zeit mit dem Glätten und Lesen des Briefes, so daß die Kamera ausschließlich auf sie gerichtet war.

Schließlich ging Natalia Murray, Magnanis Übersetzerin, in Marlons Garderobe, um ein ernstes Wort mit ihm zu reden. Sie bat ihn, Anna weniger brutal und herablassend zu behandeln. «Stell dir vor, du müßtest eine Rolle in einem italienischen Film spielen, ohne Italienisch zu können», sagte sie zu ihm und versuchte ihm verständlich zu machen, wie schwer man es als Ausländer hatte. Außerdem bat sie ihn, in der Auseinandersetzung um den Vorrang ihrer Namen im Abspann nachzugeben. Marlon hörte sich ihre Vorhaltungen schweigend an, ließ Magnani jedoch wenige Tage später einen riesigen Strauß roter Rosen zukommen. Auf seine typische diskrete Art war er ebenfalls bei der Reihenfolge der Namen zu einem Kompromiß bereit und ließ Magnani in Italien den Vortritt.

Während der Aufnahmewochen in New York traf Marlon mit Marilyn Sorel zusammen, die inzwischen aus Paris zurück war. Sorel entging nicht, daß der Konflikt mit Magnani zu keinem unglücklicheren Zeitpunkt hätte stattfinden können und eine verheerende Wirkung auf Marlon hatte.

«Er war mißtrauisch gegenüber Frauen», bemerkte Sorel. «Gegenüber Menschen im allgemeinen, aber besonders Frauen.» Und ganz besonders willensstarken Frauen. Zu dominieren war für ihn entscheidend. Nach der ernüchternden Erfahrung mit Kashfi «bestand er auf Freiraum», und dieses Bedürfnis äußerte sich häufig sogar in offener Feindseligkeit Fans gegenüber oder führte zu langen Auseinandersetzungen mit Autogrammjägern. Oft verstieg er sich zu endlosen Tiraden, wenn ein schlichtes Nein oder ein kleiner Schnörkel genügt hätten. Er verweigerte seine Gunst jedem über siebzehn, und wenn ein Bittsteller sagte: «Dies ist für meine Tochter», antwortete er patzig: «Woher soll ich wissen, daß das stimmt?»

Sein Mißtrauen – oder zumindest seine Selbstgerechtigkeit – nahmen krankhafte Züge an. Er lebte in der Vorstellung, als Mythos und nicht «als Mensch» gesehen zu werden, und begann sogar seinen Freunden zu mißtrauen. Seiner Meinung nach nutzten sie seinen Reichtum, seinen Einfluß oder seine gesellschaftliche Stellung nur aus. Philip Rhodes war in diesem Film wieder für sein Make-up verantwortlich, und seine Frau Marie fungierte als Magnanis Vertretung. Beide merkten, wie besorgt er plötzlich um sein Geld war. «Aber immer nur bei Leuten wie uns, bei den ‹kleinen Leuten›, nicht bei den ‹großen›. Wir kleinen Leute waren ihm suspekt, weil wir kein Geld hatten und deshalb nur darauf aus waren, es ihm aus der Tasche zu ziehen. Er war unglaublich mißtrauisch solchen Habenichtsen wie uns gegenüber. Außerdem hielt er uns für gefährlich, weil wir über ihn Bescheid wußten. Er dachte gar nicht mehr rational. Nach außen hin wirkte er wie ein Eisberg, aber unter der Oberfläche brodelte es wie in einem Vulkan.»

Rhodes konnte Brandos Mißtrauen ihm gegenüber bis zu *Viva Zapata* zurückverfolgen. Mit Marilyn Sorel dagegen verband Brando ein echtes Vertrauensverhältnis, weil sie für ihn, wie zur Zeit ihrer Pariser Eskapaden während der Dreharbeiten zu den *Jungen Löwen,* einer speziellen Kategorie angehörte. «Offenbar hielt er es für eine Art Initiationsritus, mich zu vögeln», sagte sie. «Er wußte, daß ich mit diversen Helden der Subkultur zusammengelebt hatte, und vielleicht hat das seine Phantasie beflügelt. Irgendwie war ich ‹authentisch› für ihn.»

Gelegentlich nahm er Sorel zu privaten Filmvorführungen bei MCA in der Madison Avenue mit, die für ihn – inklusive Barbenutzung – arrangiert worden waren. «Ich merkte, wie er sogar in Gegenwart des Filmvorführers sauer wurde, wenn ich den Mund aufmachte», erinnerte sie sich. Privat ließ er Sorel gewähren, aber in Gesellschaft anderer hatte sie den Mund zu halten. «Sonst kommst du mir wie ein Mann vor», wies er sie zurecht, denn Reden in der Öffentlichkeit hielt er für entschieden «unweiblich». Die Botschaft hieß: «Wenn du still bist, kannst du bleiben.» Das Schweigegebot kam ihr vor allem deswegen verlogen vor, weil er sich einerseits mit lauter Drohnen umgab, gleichzeitig aber das Verhältnis mit ihr als Freigeist kultivierte. «Er beklagte sich ständig über den Mangel an ‹Privatsphäre›, dabei gönnte ihm seine Clique keine ruhige Minute», bemerkte Sorel und erwähnte als Beispiel, wie sie morgens beide noch im Bett gelegen und die Frau, die seine Reisen koordinierte, unangemeldet die Wohnung betreten hätte.

Eines Abends besuchten Sorel und er mit seinem alten Freund Jeff Brown ein Restaurant auf den East Fifties. Brando mußte den üblichen Starkult über sich ergehen lassen – die Besitzer begrüßten ihn überschwenglich, verzichteten später darauf, ihm die Rechnung zu präsentieren, und die Autogrammjäger standen Schlange. Sorel und Brown waren nicht hungrig, also aß Marlon allein, und zwar laut Sorel mit Heißhunger. In der Zwischenzeit unterhielt sie sich mit Brown. Nach einer Weile stand Brando entrüstet auf. «Also gut», sagte er. «Wenn ihr beide euch soviel zu erzählen habt, kann ich euch ja eurem Gespräch überlassen.»

Sorel versuchte, ihn versöhnlich zu stimmen.

«Ich flehte ihn förmlich an, wieder Platz zu nehmen», erklärte sie, «räumte ein, wie unhöflich wir gewesen seien, und redete ihm gut zu.» Er ließ sich auch tatsächlich umstimmen. Doch als sie nach dem Essen zu dritt im Taxi saßen, teilte Marlon ihr mit, die beiden würden sie zu Hause absetzen und ohne sie auf eine Party gehen.

Das war «die Strafe für meine Vermessenheit», wie sie es nannte. Zu Hause angekommen, begleitete Marlon sie in den Flur und fing eine Unterhaltung an, während Brown draußen im Taxi wartete. Nach ungefähr vierzig Minuten schlug er dem Freund vor, ohne ihn weiterzufahren, kehrte in den Flur zurück und redete bis in die frühen Morgenstunden auf Sorel ein. «Er schüttete mir noch einmal sein ganzes Herz über Kashfi und ihre Schachzüge aus, wie er sich hereingelegt fühlte und wie ratlos er sei. Ich hatte das deutliche Gefühl, eine gestörte Persönlichkeit vor mir zu haben.»

Nach sechs Wochen wurde die Produktion des *Mannes in der Schlangenhaut* wieder nach Milton verlegt, wo das gespannte Verhältnis zwischen Brando und Magnani anhielt. Roberts, der von einer kurzen Europareise zurückgekehrt war, fiel auf, daß Magnani dieselben engen Hosen und Ohrringe wie bei den Proben trug. Offenbar hatte sie trotz des schwülen New Yorker Sommers seit einem Monat die Kleidung nicht gewechselt. «Meine Erklärung war», sagte Roberts nur halb im Scherz, «daß sie absichtlich aufs Waschen verzichtete. Wir waren die Feinde, und sie verbreitete einen schützenden Gestank um sich, um uns auf Distanz zu halten.»

Auf dem Set herrschte Kriegszustand. Die einzigen, die Magnanis Partei ergriffen, waren Maureen Stapleton und Joanne Woodward, die Journalisten gegenüber später äußerte: «Sie war auf ihre eigene Art sehr nett zu mir, sogar herzlich.» Woodwards Bekanntschaft mit Brando ging auf das Jahr 1953 zurück, als sie sich durch Jay Kanter kennengelernt hatten und ungefähr einen Monat miteinander gegangen waren. Woodward war gleichzeitig mit Paul Newman befreundet gewesen, der damals aber noch mit seiner ersten Frau verheiratet war. Eine enge Freundin meinte, Brando sei zwar nicht Woodwards Typ gewesen, aber «vermutlich hat sie Newman seinetwegen laufenlassen. Marlon war hinter ihr her, und sie hat sich gesagt: ‹Warum nicht?›» – «Vielleicht wollte sie Newman auch nur eifersüchtig machen, denn damals bestand eine starke Rivalität zwischen Paul und Marlon», vermutete ein früherer Kollege aus dem Actors Studio, der die Affäre miterlebt hatte. «Wie wir alle mußte sie sich erst die Hörner abstoßen. Wir hatten alle Pfeffer im Arsch und haben nichts anbrennen lassen.»

Sechs Jahre später, als Woodward Brando auf dem Set zum *Mann in der Schlangenhaut* wiedertraf, war sie sowohl Oscar-Preisträgerin als auch Newmans Frau. Newman, der Star von *The Long Hot Summer,* litt noch immer unter seinem Image als Brando-Clone, denn in T-Shirt und Jeans ähnelte er Brando nicht nur äußerlich, sondern hatte ebenfalls mit einer Reihe von Tennessee-Williams-Stücken – auf *Cat on a Hot Tin Roof* folgte bald die Broadway-Produktion *Bird of Youth* – sowie einer entschieden brandoesken Reprise von Rocky Graziano in *Somebody Up There Likes Me* Karriere gemacht. Joanne Woodward zufolge trug all dies unterschwellig zu Brandos rüder Behandlung von Anna Magnani bei.

Am letzten, dem zweiundfünfzigsten Drehtag kam es schließlich zum großen Krach. Was die Explosion auslöste, ist unklar. Doch hallte das Set von Geschrei und Beschimpfungen wider. Die Produzenten, die die Gerüchte über die Feindschaft der beiden Stars nicht länger geheimhalten konnten, versuchten den Skandal der Presse gegenüber herunterzuspielen. Die Konfrontation, teilten sie dem *Los Angeles Examiner* mit, sei ein Einzelfall, alles in allem seien die Dreharbeiten außerordentlich produktiv verlaufen. Sie lobten Brando für seine Kooperation, schwiegen sich über Magnani allerdings weitgehend aus. Schließlich kam Seltzer der eigentliche Anlaß zu Ohren: Magnanis Wut darüber, daß Marlon ihre sexuellen Avancen so schnöde abgewiesen hatte. «Wenn er sie tatsächlich hat abblitzen lassen, dachte ich im stillen, dann ist sie das erste Wesen, ob Schlange, Ziege oder Mensch, das er je verschmäht hat.»

Anfang Dezember 1959 fand in Manhattan eine Probeaufführung des *Mannes in der Schlangenhaut* statt. In Meade Roberts' Augen war der Abend eine Katastrophe. Als Woodward in der Friedhofsszene erklärt, daß sie «zerbrechliche Ärmchen und einen Körper wie ein Vögelchen» hat, brach das Publikum in Gelächter aus, das wenige Minuten später in Buhrufe ausartete, als sie auf die Knie sank, den Kopf außerhalb des Bildes, aber irgendwo in der Nähe von Brandos Schritt. Danach übertönte das allgemeine Tohuwabohu im Kino den Dialog auf der Leinwand. Williams weigerte sich, auf dem Weg nach draußen mit Lumet zu sprechen, und erklärte später, er habe während der Vorstellung das Gefühl gehabt, «langsam von einem Eisberg überrollt zu werden». Nach diesem Reinfall wurde der Film völlig neu geschnitten und um fünfundzwanzig Minuten gekürzt. Doch war die neue Fassung so zusammenhanglos, daß der Kritiker des *New Yorker* «die endlosen Verwicklungen der Handlung völlig unverständlich» fand.

Wegen der aufwendigen Überarbeitung wurde der Termin für die

Oscar-Nominierung 1959 verpaßt. Der Film wurde erst im April 1960 freigegeben und spielte vor weitgehend leeren Häusern. Mit vereinzelten Ausnahmen waren die Kritiken vernichtend. Der *Los Angeles Examiner* schrieb emphatisch: «Was zuviel ist, ist zuviel, selbst von Tennessee Williams!» und nannte die Personen «hochneurotisch oder einfach widerlich». – «Niederträchtig» und «abstoßend», wetterte die *Los Angeles Times,* während *Variety* fand, Brando «nuschelt, als hätte er Murmeln im Mund».

Die Einnahmen nach einem Monat Spielzeit waren nicht der Rede wert und nur ein Bruchteil dessen, was *Cat on a Hot Tin Roof* im gleichen Zeitraum eingespielt hatte. Was immer sich zwischen Brando und Magnani abspielte, es fehlte der erotische Funke, der zwischen Elizabeth Taylor und Paul Newman übergesprungen war. Wenn Brando im Laufe der fünfziger Jahre auch häufig zu den zehn meistverdienenden Stars gehört hatte, so schien das Publikum nun an Magnanis Erdmutter-Realismus – und erst recht an Brando – das Interesse verloren zu haben. *Der Mann in der Schlangenhaut* war als erster Brando-Film ein Verlustgeschäft.

Marlon verlor kein Wort darüber, obwohl Seltzer sah, daß «seine Eigenliebe gekränkt war». Zu Beginn der Dreharbeiten hatte er folgende Äußerung über Magnani gemacht: «Diese explosive Frau ist genau der Typ, dem ich gegenüberstehen möchte. Sie ist authentisch. Natürlich ist sie genauso verrückt wie ich, und wir haben unsere Differenzen. Aber als Schauspieler kann man über solche Dinge hinwegsehen. Wir vergessen schnell.» Diese Äußerung revidierte er allerdings bald durch den Zusatz, daß er «nur mit einem Stein in der Faust» noch einmal mit ihr arbeiten würde. Zum Schluß stach er sogar Williams mit seiner Schlagfertigkeit aus. Nach der Premiere in Hollywood erbot Brando sich, Williams in seiner Limousine mitzunehmen. Während der Fahrt kritisierte Williams Brandos Benehmen seiner guten Freundin Anna Magnani gegenüber. «Aber ich habe jetzt nicht die Zeit, dir ausführlich meine Meinung zu sagen», sagte er gekränkt.

Daraufhin wandte Marlon sich an den Chauffeur und sagte: «Der Herr möchte noch ein bißchen länger in Ihrem Auto verschaukelt werden.»

Mutiny on the Bounty (dt. *Meuterei auf der Bounty*)

Noch während der unerfreulichen, zermürbenden und im Endeffekt enttäuschenden Arbeit am *Besessenen* hatte Marlon den Vertrag für seinen nächsten Film, *Meuterei auf der Bounty*, unterschrieben. Wie nicht anders zu erwarten, sollte dieser Film seinen Zynismus Hollywood gegenüber noch verstärken, so daß die Filmarbeit für alle Beteiligten zu einem Alptraum wurde. MGMs Neuaufguß der *Meuterei auf der Bounty* und Twentieth Century-Fox' *Cleopatra* werden oft für die beiden Filme gehalten, die das Hollywood-Starsystem ein für allemal zur Strecke gebracht haben. Nachdem er ursprünglich auf die unerhörte Summe von 12 Millionen Dollar veranschlagt worden war, sollte der Film sich schließlich auf 25 Millionen Dollar belaufen – und das Studio in die Knie zwingen.

Gleichzeitig trieb Brando seine Ichbezogenheit, die nach dem *Besessenen* geradezu gehässige Züge angenommen hatte, in diesem Film auf die Spitze. Während der schleppenden dreizehnmonatigen Dreharbeiten überbot er sich selbst mit sinnlosen Wutausbrüchen, willkürlichen Textänderungen und unverzeihlichem Benehmen. Doch sollte *Meuterei auf der Bounty* sich nicht nur als Wendepunkt in seinem persönlichen und beruflichen Leben erweisen, sondern ihn auch zum ersten Mal mit Tahiti bekannt machen, dem idyllischen Paradies, das ihm Zuflucht vor Hollywood gewährte und zum Symbol seiner Zukunftshoffnungen wurde.

Bei einem Treffen mit Aaron Rosenberg und Sol Siegel, MGMs Produktionschef, wurde beschlossen, den Kriminalschriftsteller Eric Ambler mit dem Drehbuch zu beauftragen. Rosenberg hatte es eilig, nachdem Paramount im Oktober verkündet hatte, James Clavell würde einen Film schreiben, produzieren und inszenieren, der auf den abenteuerlichen Lebensumständen der Meuterer nach der Episode auf der Bounty beruhte. Das war das Material, das auch Brando reizte.

Allerdings war Brando noch nicht bereit, Rosenberg eine hundertprozentige Zusage zu geben. Er hatte sich auf eine Reihe unerfreulicher Gerichtsprozesse mit Anna eingelassen, und am 1. November 1959 standen die beiden sich wegen des Sorgerechts um

Christian in Santa Monica vor Gericht gegenüber. Die *Los Angeles Times* schlachtete die Sensationssaga aus und zitierte Brandos Aussagen vor Gericht ausführlich. «Ich habe ihr zweimal einen Schlag versetzt, einmal ins Gesicht und einmal auf die Schulter, dann habe ich sie anständig verprügelt. Aber als das Kind anfing zu weinen, habe ich aufgehört», hatte Brando angeblich gestanden. «Sie lief mir in die Küche nach. Dabei ergriff sie ein Messer und ging auf mich los. ‹Stich zu, wenn's dir Spaß macht›, habe ich gesagt. Da hat sie das Messer weggeworfen, ist wieder auf mich losgegangen und hat mich an den Haaren gerissen. Ich machte mich los und verließ das Haus.»

Die heftigste Auseinandersetzung hatte, wie Brando berichtete, am 15. August gegen ein Uhr morgens stattgefunden.

«Ich schlief bei mir zu Hause. Plötzlich ging die Tür auf, und die Klägerin stürzte ins Zimmer. Sie schlug auf mich ein und biß mich dreimal. Ich schaffte sie aus dem Haus und schloß die Tür ab. Darauf schlug sie das Fenster mit einem Knüppel ein und stieg wieder ins Haus. Ich überwältigte sie auf dem Bett und fesselte sie mit der Kordel meines Bademantels. Dann rief ich die Polizei und ließ sie in ihre Wohnung bringen.»

Kashfi behauptete, die Auseinandersetzungen seien nicht durch sie, sondern durch Brandos hemmungsloses, gesetzwidriges Verhalten «verursacht und provoziert» worden, das «dem psychischen und physischen Wohlbefinden von Mutter und Kind schweren Schaden zugefügt» hätte.

Der Richter Mervyn A. Aggeler vertagte die Verhandlung auf den 13. Januar 1960, beschränkte Marlons Zugang zu dem Kind allerdings auf zweieinhalb Stunden am Montag, Mittwoch und Freitag, nach mindestens zweistündiger Voranmeldung. Eine Woche später erschien unter Kashfis Namen ein Artikel in *Redbook*, in dem sie Marlons Freunden vorwarf, zu dem Zerwürfnis beigetragen zu haben. «Es sind Blutegel», sagte sie. «Keiner von ihnen kann auf eigenen Füßen stehen. Sie schmarotzen alle von ihm ... und natürlich war ich ihnen im Wege.» Wally Cox, Sam Gilman und Carlo Fiore wurden alle namentlich genannt.

Im Dezember 1959 nahm Anna Christian mit auf eine Reise nach London, nachdem sie Brando zweimal verweigert hatte, den Jungen zu sehen. Als sie ihm sowohl am Heiligabend wie am ersten Weihnachtstag den Zugang verwehrte, ging er am 7. Januar wieder vor Gericht. Kashfi räumte ein, ihn ausgesperrt zu haben, rechtfertigte sich aber damit, daß der Schauspieler mit «einer unbekannten Frau» erschienen sei. Marlon wiederum warf ihr vor, ihn und seine Begleiterin «mit Beschimpfungen überhäuft» zu haben.

Richter Allen T. Lynch unterstrich Brandos Besuchsrecht und ermahnte beide «zu der nötigen Einsicht, um den Beschluß des Gerichts in die Tat umsetzen zu können». Marlons Reaktion war, daß er sein unstetes Liebesleben wiederaufnahm – mit Rita Moreno in Los Angeles und France Nuyen in New York. Er brachte Nuyen sogar zu einem Besuch mit nach Los Angeles. Im März ließ er sie wegen der Schauspielerin Barbara Luna sitzen, woraufhin die verzweifelte Nuyen so dick wurde, daß sie ihre Rolle in *The World of Suzie Wong* verlor. Das Gerücht, sie sei in Wirklichkeit schwanger, bekam neue Nahrung, als sie eine Weile nach Europa entschwand und nach ihrer Rückkehr ihr Verhältnis mit Brando wiederaufnahm.

Währenddessen war die Arbeit am Drehbuch zur *Meuterei auf der Bounty* fortgeschritten, und Mitte Januar 1960 wurde Kanter Amblers erste Skriptfassung mit dem ausdrücklichen Wunsch vorgelegt, Brando möge es noch einmal überdenken.

Brando erwog gleichzeitig, die Hauptrolle in *Lawrence of Arabia* zu übernehmen, hatte aber auch dabei seine Bedenken. «Ich müßte ja bekloppt sein, zwei Jahre meines Lebens in der Wüste auf einem verdammten Kamel zu verbringen!» hatte er in seinem Ärger darüber geäußert, daß Produzent Sam Spiegel voreilig seine Mitarbeit angekündigt hatte. Kurz darauf beschloß er, Strandsand gegenüber Wüstensand den Vorzug zu geben, und beauftragte Kanter, den Vertrag für *Meuterei* auszuhandeln. Der endgültige Deal versprach ihm 500000 Dollar plus 10 Prozent der Bruttoeinnahmen, 5000 Dollar für jeden zusätzlichen Filmtag und 10000 Dollar wöchentlich an Spesen. Bei der unerwarteten Überlänge der Dreharbeiten sollten sich die Extraforderungen als Glücksfall erweisen: Seine Gesamtgage belief sich schließlich auf die Rekordsumme von 1,25 Millionen Dollar.

Mit Brando an Bord verfügte Rosenberg praktisch über einen unbegrenzten Etat. Doch bereitete Marlons Gage dem Produzenten das geringste Kopfzerbrechen. Der Vertrag enthielt nämlich eine entscheidende Klausel, die dem Schauspieler «eine beratende Funktion» einräumte. Marlon hatte sich mit Drehbüchern zwar immer Freiheiten erlaubt, doch diese Klausel gab ihm freie Hand, willkürliche Änderungen vorzunehmen, ein Recht, das er von Anfang an in Anspruch nahm. Schon jetzt bestand er auf einem Schluß, der eine lange Sequenz über die Pitcairn-Siedlung der Meuterer enthielt und ein Drittel des gesamten Films einnehmen würde. Dieser Teil der Geschichte, verkündete er, «stellt im Kern die menschliche Situation in der Geschichte dar: nämlich den Kampf von Schwarz gegen Weiß, Gut gegen Böse, Schaffenstrieb gegen Zerstörungstrieb». Gleichzeitig bestand er darauf, daß alle Südsee-Statisten «echte Eingeborene» sein sollten.

Die Publicity-Abteilung von MGM propagierte *Die Meuterei auf der Bounty* als den *Ben Hur* von 1961. Sir Carol Reed, der kultivierte britische Regisseur, der für zwei so klassische Thriller wie *The Third Man* und *Odd Man Out* verantwortlich war, sollte Regie führen. Im Gegensatz zu der Originalfassung von 1935, die hauptsächlich auf der Insel Catalina gefilmt worden war, sollten 95 Prozent des neuen Films auf der damals noch primitiven Insel Tahiti gedreht werden. Der Film versprach absolute historische Genauigkeit und wartete nicht nur mit einer internationalen Besetzung auf, sondern ebenfalls mit einer 350-Tonnen-Nachbildung des ursprünglichen Dreimasters, der *Bounty,* die bereits in Nova Scotia gebaut wurde.

Im Frühjahr 1960 flogen Rosenberg, Reed, Brando und der Kameramann Robert Surtees, der gerade seinen dritten Oscar für *Ben Hur* gewonnen hatte, nach Tahiti, um nach geeigneten Schauplätzen zu suchen. Sie wurden von einem Dutzend Filmtechnikern und Produktionsassistenten begleitet.

Nachdem der Gruppe von den örtlichen Eingeborenen ein festlicher Empfang bereitet worden war, machten sie sich auf den Weg zur Matavai-Bucht, ungefähr zwölf Kilometer nördlich von Papeete. Hier war Kapitän James Cook, der Entdecker Tahitis, am

26. Juni 1769 mit seinem Schiff vor Anker gegangen, und hier hatte auch Kapitän Bligh geankert. Es handelte sich um ein natürliches Amphitheater, eine riesige, verschlafene Lagune vor dem Hintergrund grüner, üppig bewachsener Hügel. Doch Rosenberg war entsetzt. «Der verdammte Strand ist ja schwarz!» rief er.

«Das ist schwarze Lava von erloschenen Vulkanen», erklärte der beratende Anthropologe Bengt Danielsson, «dagegen ist nichts zu machen.»

«Denkste», sagte der Produzent, winkte den Produktionsleiter herbei und beauftragte ihn herauszufinden, wieviel weißer Sand und wie viele Lastwagen auf der Insel zur Verfügung ständen.

Diese anfänglichen geographischen Schwierigkeiten brachten Rosenberg jedoch nicht um den Schlaf. Laut Danielsson war der Besuch der Bucht «das erste und letzte Mal, daß irgendein Drehort in Augenschein genommen wurde; ansonsten habe ich Aaron und Marlon nur noch ein paarmal gesehen, meist von wogenden tahitianischen Hula-Hula-Mädchen, betrunkenen Matrosen und schwitzenden Touristen umgeben.» Reed erforschte mit Kameramann Surtees noch einige weitere Orte, war aber nicht fit genug, um durch den Regenwald zu marschieren oder die Hänge des 2000 Meter hohen Mount Orohena zu erklimmen. Schließlich zog er sich in seinen Bungalow zurück und arbeitete am Drehbuch weiter.

Am 31. Mai 1960 flogen Rosenberg und Reed nach England, um über die britische Besetzung zu entscheiden. Für die zentrale Rolle von Kapitän Bligh engagierten sie Trevor Howard; Richard Harris, der extrovertierte irische Bühnenschauspieler, bekam die Rolle des durchtriebenen Meuterers John Mills, und der versierte Charakterschauspieler Hugh Griffith sollte den Matrosen Smith spielen.

Während Reed und Rosenberg in London waren, kehrte Brando nach Los Angeles zurück und schwelgte in Erinnerungen an Tahiti. Die violetten Hügel, das blaugrüne Wasser, die üppige Vegetation und die farbenprächtigen Sonnenuntergänge hatten es ihm angetan. Die Insel mußte ihm als idealer Zufluchtsort vor seinen chaotischen Familienverhältnissen und seinem ruhelosen Pendeln zwischen New York und Los Angeles erscheinen. Immerhin ließ sich der Reiz, den das Exotische immer auf ihn ausgeübt hatte, bis in seine

Schulzeit in Libertyville zurückverfolgen. Schon mit zwölf Jahren hatte er bei den Hausaufgaben über den Heften von *National Geographic* gehockt und sich an Illustrationen von polynesischen Stränden, exotischen Fischen, tropischen Wasserfällen und barbusigen Eingeborenenmädchen ergötzt. «Ich habe mich zu diesen Inseln schon immer hingezogen gefühlt», sagte er Jahre später. «Als ich 1960 hierherkam, hat sich nur bewahrheitet, was ich immer schon wußte.»

Der Sommer in L. A. brachte nicht weniger Streß als sonst. Neben Rita Moreno und Barbara Luna trat eine weitere asiatische Schauspielerin, Nancy Kwan, auf die Bildfläche; außerdem teilte Movita ihm mit, daß sie schwanger sei. Dabei war sie seiner so überdrüssig gewesen, daß sie einen früheren Heiratsantrag abgelehnt hatte. «Angeblich hat er gegen ihre Tür gehämmert und sie angefleht», erinnerte sich Maila Nurmi, die die Einzelheiten von Movita erfahren hatte. «Schließlich ging sie an die Tür, wo er ihr einen Verlobungsring aufdrängen wollte. Aber sie hat ihm den Ring ins Gesicht geworfen, ihm mit der Polizei gedroht und die Tür vor der Nase zugeschlagen.»

Doch in der Zwischenzeit hatte sie sich eines anderen besonnen – ob das Kind allerdings wirklich von Marlon und die heimliche Hochzeit am 4. Juni 1960 tatsächlich rechtskräftig war, blieb ein ewiges Geheimnis. Im Oktober 1960 gebar Movita einen Sohn. Aus unerfindlichen Gründen beschloß Marlon, das Kind nach Christian Marquands Bruder Serge zu benennen, obwohl der Junge später mit seinem Spitznamen Miko gerufen wurde. Die Hochzeit selbst wurde über ein Jahr lang geheimgehalten und gab unter den Angestellten bei Pennebaker wie unter Marlons Freunden zu der Vermutung Anlaß, entweder habe Marlon Movita, ähnlich wie Anna, aus Pflichtgefühl dem Kind gegenüber geheiratet, oder Movita habe die Schwangerschaft nur vorgetäuscht und in Mexiko heimlich ein Kind adoptiert, um Marlon finanziell bei der Stange zu halten.

Für eine Adoption durch ein mexikanisches Waisenhaus sprach Movitas fortgeschrittenes Alter (sie mußte in den Vierzigern sein, obwohl niemand ihr genaues Alter kannte). Wie dem auch war – Marlon kaufte Movita bald darauf ein Haus am Coldwater Canyon, nicht weit von dem Haus, in dem sein Vater mit seiner jungen Braut Anna Paramore lebte.

Carlo Fiores Freundin Nan Morris hatte gehört, in Wirklichkeit habe France Nuyen das Baby zur Welt gebracht und heimlich eine «Adoption» mit Movita arrangiert, an die sich dann die heimliche Trauung in Mexiko anschloß. Kashfi war ebenfalls überzeugt, Miko sei Nuyens Kind. In den letzten Monaten ihrer Ehe mit Brando hatte der Schauspieler die eurasische Schauspielerin oft mit nach Hause gebracht. «Sie war damals hochschwanger», bemerkte Kashfi und berichtete, Marlon habe sie einige Monate später um zwei Uhr morgens aus Guadalajara angerufen, wo er diskret dafür gesorgt hätte, daß Nuyen das Kind ohne Aufsehen zur Welt bringen konnte. Am Vortag war ein Junge geboren worden. «Möchtest du ihn vielleicht adoptieren», habe Marlon sie, wie sie später behauptete, ganz ernsthaft gefragt. Im Halbschlaf hatte Kashfi gemurmelt: «Mal sehen. Laß mich darüber schlafen.»

Marlon hatte allerdings keine mexikanische Telefonnummer hinterlassen und war nie wieder auf das Thema zurückgekommen. Wie Walter Seltzer nur immer wiederholen konnte, waren Dichtung und Wahrheit nicht voneinander zu trennen.

Im Oktober 1960 zitierte Marlon Kashfi noch einmal vor den Kadi und warf ihr vor, ihm bei zehn verschiedenen Gelegenheiten das Besuchsrecht vorenthalten zu haben. Ohne zu ahnen, daß er Movita geheiratet oder einen eigenen Sohn von ihr hatte, verlangte Anna von ihrem Ex-Ehemann und seinen Freunden «anständiges Benehmen», wenn Christian sich im Haus seines Vaters aufhielt. Der zweieinhalbjährige Christian Devi, behauptete sie, habe bereits Ausdrücke wie «Scher dich zum Teufel» oder «Verpiß dich» in sein Vokabular aufgenommen.

Richter Benjamin Landis wies Brandos Klage zurück und redete ihm ins Gewissen: «Sie sind ein großer Künstler und haben ein Recht auf eine gewisse Exzentrizität. Andererseits weiß ich, daß Sie sich ein selbstbewußtes, gesundes Kind wünschen. Daraus kann nichts werden, wenn dieser erbitterte Streit anhält.»

Brando erschien auf Tahiti im Spätherbst 1960 und zog statt in die von MGM bereitgestellte hochherrschaftliche Villa in eine mit Palmblättern gedeckte traditionelle *fare* in der Nähe von Danielssons Behausung. Außerdem legte er sich einen weiten *pareo* zu (den bunten tahitianischen Sarong) und übernahm die eingeborene Sitte, eine Frangipaniblüte hinterm Ohr zu tragen. «Mir gefällt es hier. Hier bin ich nicht Brando der Star, sondern Brando der Mensch», vertraute er dem Regisseur Ridgeway Callow schon nach einer Woche an. «Ich kann barfuß und mit entblößtem Oberkörper herumlaufen, kann anziehen, was ich will, und niemand stört sich daran. Hier wird man nach örtlichen Maßstäben gemessen.»

Aber den Tahitianern, die dem Schauspieler begegneten, schien seine Suche mehr zu sein als bloßer Eskapismus eines rastlosen Mannes. Wie viele andere Neuankömmlinge auf Tahiti hatte Brando sein Herz an die Insel verloren. Der Journalist Al Prince verglich Brando mit Tahiti-Liebhabern wie Gauguin, Melville, Maugham und dem Dichter Rupert Brooke. Wie Prince bemerkte, schwärmte Brando ebenfalls vom Mythos des edlen Wilden, der in der Vorstellung der europäischen Kolonialisten herumgeisterte, seit «Cook im achtzehnten Jahrhundert einen Tahitianer in London öffentlich zur Schau gestellt und als reinen, unverdorbenen, primitiven Menschen gepriesen hatte». Auch Brando war auf dies Bild vom Südsee-Eingeborenen hereingefallen – und zwar in aller Naivität.

Alec Ata, Tahitianer chinesisch-polynesischer Herkunft, ahnte von Anfang an, was in Brando vorging. Ata verfügte über erheblichen politischen Einfluß und war Leiter des Tourismus-Ressorts. Zierlich, penibel und mit einer Vorliebe für maßgeschneiderte leinene *puttees,* hatte er in Harvard studiert, interessierte sich für Literatur und Philosophie und wurde von Brando oft zu nächtlichen Diskussionen aufgesucht.

«Er hat nie von sich selbst gesprochen», sagte Ata, «obwohl er mir gestand, daß er sich nie seine eigenen Filme ansieht.» Statt dessen redeten sie über Literatur, «ein bißchen Keats, ein bißchen Shakespeare». Aber am deutlichsten war Ata in Erinnerung geblieben, wie verzaubert Brando von der hinreißenden Schönheit seiner neuen Umgebung war.

«Er schwebte buchstäblich auf Wolken», bemerkte er. «Mitten beim Essen oder auch beim Filmen stand er auf und fuhr ganz allein mit einem Kanu auf die Lagune hinaus, meist mit einem großen Topf Speiseeis. Er unterhielt sich mit den Vögeln und kam manchmal erst kurz vor Sonnenuntergang wieder zurück.» Der Wunsch nach Alleinsein und Abgeschiedenheit war nichts Neues für den scheuen Schauspieler, der sich seit langem mit dem Buddhismus beschäftigte und Trost in der Natur suchte.

«Unbewußt schien er immer verzweifelt auf der Suche nach etwas zu sein», sagte Ata. «Als fühlte er sich von einer großen Ungewißheit getrieben. Man sah es seinen Augen an. Er blickte einen an, nahm einen aber nicht wahr. Selbst auf Parties, wenn er von Trubel umgeben war, schien er nicht wirklich anwesend zu sein.»

Brando ging den übrigen Mitwirkenden aus dem Weg und lud sich abends statt dessen eigene Gäste in seine *fare* ein. Seine Sekretärin Alice Marchak brachte eingeborene Musiker mit, deren Oberkörper mit den traditionellen tintenschwarzen polynesischen Tätowierungen übersät waren. Brando spielte bis tief in die Nacht Trommel mit ihnen, wobei ihm der Schweiß über das ausdruckslose Gesicht rann. «Die Tahitianer waren beeindruckt von seinem Durchhaltevermögen», erinnerte sich Danielsson und fügte hinzu, daß Brando sich in eine andere Welt versenkt hatte und eigentlich nur bei diesen Parties wirklich entspannt war. Zu seiner Unterhaltung brachten die Tahitianer einen Schwarm williger *vahines* mit, üppige exotische Schönheiten, manche nicht älter als sechzehn. Frühere Südseeforscher, wie Bougainville und seine Crew, hatten sich durch die Gastfreundschaft der Eingeborenen, wozu auch die freigebige Darbietung ihrer Töchter gehörte, noch leicht konsterniert gefühlt, doch Marlon war der letzte, den solche Großzügigkeit schockiert hätte. Nichts konnte das *dolce far niente* Polynesiens besser verkörpern als die Gesichter, die Körper, die Bewegungen und der Duft der tahitianischen Mädchen. Alle frönten einem hemmungslosen Müßiggang und einer natürlichen Sexualität, die zu keinerlei Komplikationen führte. Ein bloßer Blick, und man schlenderte gemeinsam zum Strand hinunter, wobei es keine Rolle spielte, ob jemand verheiratet oder bereits vergeben war. Ehebruch wurde nicht nur toleriert, sondern geradezu erwartet und gutmütig von allen geduldet. «Tahiti ist sehr klein», sagte einer der Bewohner. «Jeder weiß, was der andere am Abend vorher gesagt und getan hat. Wir nennen das Kokosnußradio.»

Am 4. Dezember filmte Reed seine erste größere Szene auf Bora Bora, ungefähr 150 Meilen nordwestlich von Papeete, und beschäftigte dabei beinahe alle 1000 Einwohner der Insel als Statisten. Jeder bekam 10 Dollar pro Tag, Kanubesitzer das Doppelte. Achthundert Kanus tauchten auf, und fast alle spielten in der berühmten Szene mit, in der Hunderte von Eingeborenenfrauen durch seichtes Wasser waten und mit den Händen aufs Wasser schlagen, um die Fische in die Netze zu treiben.

Während die Filmcrew ängstlich nach Haien Ausschau hielt, wiesen die Eingeborenen grinsend darauf hin, daß die Barracudas viel gefährlicher seien. Besonders die jungen Mädchen schienen ihren Spaß zu haben. Sie standen brusttief neben Schauspielern und Filmteam im Wasser und griffen den Männern an die Genitalien, so daß Regieassistent Callow und der Schauspieler Noel Purcell aus der friedlichen Lagune schossen, als hätte sie ein elektrischer Aal gebissen. Richard Harris und Brando dagegen waren in ihrem Element. «Die Mädchen stürzten sich auf Marlon, rissen ihm die Kleider vom Leib und warfen ihn kreischend ins Wasser», erzählte Callow.

Zu Weihnachten kehrte das Team von Bora Bora nach Tahiti zurück, wo eine weitere wichtige Szene gedreht werden sollte – die Ankunft der *Bounty* in der Matavai-Bucht. Für diese Szene wurden 7000 Statisten benötigt, alle unter der Leitung von Leo Langomazino, der Anweisungen auf tahitianisch gab. Morgens hatte es geregnet, was katastrophale Wetterbedingungen in Aussicht stellte; doch viel mehr Kopfzerbrechen bereitete Reed die Diskrepanz zwischen seinem Anspruch auf Authentizität und den Vorstellungen der Zensur. Der Regisseur wollte, daß die Frauen barbusig aufträten, hielt es aber für geraten, die Anstoß erregenden Brüste zur großen Erheiterung der Mädchen mit Blumenketten, sogenannten *leis,* und mit «Brustwarzenschützern» zu kaschieren. «Dabei handelte es sich um einen Flecken aus gummiertem braunem Stoff», sagte

Jimmy Taylor, der Kostümbildner der *Meuterei*, «aber die Mädchen sahen trotzdem noch zu nackt aus.»

Da die Blumen in der feuchten Hitze welkten, mußten sie täglich erneuert werden. «Fifi Clark, die uns mit den Ketten versorgte, machte ein Vermögen damit», sagte Taylor. «Aber mit der Zeit wurden die verdammten *leis* immer kürzer. ‹Fifi›, habe ich zu ihr gesagt, ‹wenn sie noch kürzer werden, können die Mädchen sie als Armband tragen.› – ‹Es gibt keine Blumen mehr›, sagte sie. ‹Wir haben Tahiti leer gepflückt.›» Taylor besorgte einen Lastwagen und befahl ihr, mit fünfzig Leuten die gesamte Insel, einschließlich der Hänge des Mount Orohena im Landesinnern, abzugrasen. Er benötigte jeden Morgen tausend frische *leis.*

Sobald die tahitianischen *vahines* züchtig bedeckt und ihre Brustwarzen kaschiert waren, wandte man sich dem Problem ihrer dunkelverfärbten, kariesgeschädigten Zähne zu. «Wenn ein Europäer sich in eine polynesische Frau verliebt oder sie verführen will, kann er ihr keine größere Freude machen, als ihr ein falsches Gebiß zu schenken», sagte Danielsson. Insgesamt wurden 5000 Zahnprothesen für die Mitwirkenden angefertigt, Halbprothesen für oben und unten, «alle nach Schema F», sagte Al Prince. «Aber sie saßen nicht fest, so daß man nicht damit essen konnte.»

Im Laufe der ersten Woche nahmen etliche Statisten ihre Zähne in Empfang und verschwanden auf Nimmerwiedersehen. Von da an wurden die Zähne jeden Morgen unter den Statisten verteilt und abends nach Drehschluß wieder eingesammelt. Inzwischen hatte Rosenberg in seiner Besessenheit tonnenweise weißen Sand von einem nicht vulkanischen Strand auf der anderen Seite der Insel herbeitransportieren lassen.

Das Studio hatte Charles Lederer damit beauftragt, das Skript fertigzustellen, und er zog sich mit der strikten Anweisung, «eine spannende Abenteuergeschichte mit deutlicher Botschaft zustande zu bringen», in seine Inselbehausung zurück. Während er gehorsam Seite um Seite produzierte, wurde er von drei verschiedenen Seiten belagert. MGM zog ein unverfängliches Skript in enger Anlehnung an die klassische Version der *Meuterei* vor; Reed wünschte sich Kapitän Bligh als weniger einseitigen Bösewicht; und Brando bestand bei aller Unfähigkeit zu artikulieren, was er wirklich wollte, vor allem auf «Relevanz».

Dabei war es ihm vollkommen ernst mit «seinem hoffnungslosen Versuch, *Meuterei auf der Bounty* eine idealistische Note zu geben», sagte Danielsson. Lederer gab sich alle nur erdenkliche Mühe. «Es war trostlos, anzusehen, wie er litt, wenn er Brando ein paar weitere Manuskriptseiten aushändigte. Lederer schrieb jeden Abend ein paar Seiten, und am nächsten Tag setzte Brando sich zum Frühstück unter die Palmen und las den Text sorgfältig durch. Wenn er ihm nicht gefiel, riß er die Seiten mit dem Kommentar ‹Unbrauchbar› einfach durch.»

Was niemand vorher mit einkalkuliert hatte, war der sogenannte Tahiti-Faktor – nämlich die Folgen, die der hemmungslose Umgang der Besucher mit den eingeborenen Frauen haben sollte. «Es herrschte totale Konfusion», sagte ein Crew-Mitglied. «Mädchen wurden schwanger und konnten nicht weiter mitmachen, so daß neue Statisten besorgt und ganze Szenen der Kontinuität wegen noch einmal gedreht werden mußten.»

Zur Überraschung und zur Erleichterung der Männer waren die *vahines* nicht etwa auf Geld oder auf Ehemänner, sondern lediglich auf Liebesabenteuer aus. Ob alt, dick, dünn, versoffen oder gebrechlich, die Frauen fielen, oft genug nackt, in Schwärmen über die Behausungen der männlichen Schauspieler her. «Man kam nach Hause, und da waren zwei in deinem Schlafzimmer miteinander am Gange», sagte Taylor. «Sie ließen sich auch gar nicht stören. Man stand dabei und fragte sich, was die im eigenen Haus zu suchen hatten.»

«Sex ist für die Tahitianer ein selbstverständlicher Teil ihres Lebens», erklärte Ridgeway Callow. «Es gab Mädchen, die lebten ein paar Wochen oder einen Monat lang mit einem Mann zusammen, aber wenn sie im Tahiti-Hotel einen am Nebentisch sahen, der ihnen besser gefiel, dann ließen sie den vorigen sitzen und bändelten mit dem neuen an. Callow hatte ein Apartment für fünf Crew-Mitglieder gemietet und war am Tag nach ihrem Einzug bei ihnen eingeladen. Es saßen bereits fünf *vahines* in der Wohnung. Praktisch hatte jeder sein eigenes Mädchen.»

Brando hatte nie Probleme mit wechselnden Sexpartnern gehabt. Was ihm, abgesehen von ihrer außergewöhnlichen Haut, besonders an den tahitianischen Frauen gefiel, war die Tatsache, daß «sie keinerlei Ansprüche an ihn stellten». Nach der streitsüchtigen Kashfi, der hartnäckigen Movita und der beharrlichen, gelegentlich hysterischen Rita Moreno waren diese Frauen eine Erholung.

«Er bumste auf Deibel komm raus, lauter einheimische Ware», sagte Hirshon. «Marlon bezeichnete die Frauen als ‹ehrlich›, womit er natürlich gleichzeitig ‹wohlfeil› meinte.» Manche der Teenager waren so hemmungslos, daß er sogar einen Aufpasser vor seiner *fare* postieren mußte. Sein «Harem» bestand meist aus Tänzerinnen und anderen Statistinnen, aber er war durchaus nicht wählerisch und ließ sich laut Taylor auch «mit den fürchterlichsten Hafenratten der Stadt ein, billigen kleinen *pufias,* wie man hier sagt. Kleine Nutten, die seine Kumpel ihm ins Haus schleppten.»

Während die meisten Tahitianerinnen kleine, stumme Rollen im Film hatten, handelte es sich bei der Häuptlingstochter Maimiti um eine größere Rolle. Reed, Rosenberg und Brando ließen hundert Kandidatinnen vorsprechen und entschieden sich schließlich für die neunzehnjährige Tarita Tumi Teriipaia, eine Tellerwäscherin im Restaurant Les Tropiques. Sie war chinesisch-polynesischer Herkunft und trat im Restaurant, das von ihrem dänischen Liebhaber John Christiansen geleitet wurde, ebenfalls als Tänzerin auf.

Hirshon, Taritas ehemaliger Partner, führte sie dreimal vor, bevor Reed und Brando sich entscheiden konnten.

«Tarita war eine wunderbare Tänzerin, deshalb bekam sie die Rolle schließlich», sagte Ridgeway Callow. Sie war Brando bereits in der Fischszene in der Matavai-Bucht aufgefallen, und er hatte gerufen: «Holt das Mädchen in die erste Reihe. Ich möchte mehr von ihr sehen. Richtet die Kamera auf sie, sie bewegt sich so graziös.» Tarita behauptete, keine Ahnung zu haben, wer Brando war. Sie war alles andere als begeistert, als man ihr die Rolle anbot. «Sie schüttelte immer wieder ablehnend den Kopf», sagte Jimmy Taylor. «Die Tahitianer weinen leicht; sie versicherte uns also unter Tränen, daß sie die Rolle nicht wollte.» Doch nach längerem gutem Zureden willigte sie ein und wurde von MGM langfristig unter Vertrag genommen.

Um ihr über ihre Ängste hinwegzuhelfen, nahm Brando sie unter seine Fittiche. Wie bei Pina Pellicer wurde er ihr Svengali.

«Tarita war enorm leichtgläubig», bemerkte Taylor. «Das Mädchen war nicht im mindesten eingebildet oder egoistisch. Sie hielt sich gar nicht für etwas Besonderes und begriff nicht, warum alle Leute soviel Aufhebens von ihr machten. Deshalb konnte Brando sich zu solchen Sätzen versteigen wie ... ‹Ich mach eine Maimiti aus ihr – sie ist mein Produkt.›»

Ein Problem war allerdings, daß sie ihren Text nicht behalten konnte, deshalb wurde «kilometerweise Film verschwendet». Ihre schauspielerischen Fähigkeiten waren dabei zweitrangig, da ihre Rolle als Fletcher Christians willige Gespielin so anspruchslos war, daß sie im Grunde sich selbst spielen konnte.

«Sie war nicht besonders intelligent», erinnerte sich ihr Freund John Christiansen, den man auf dem Set als Koch angeheuert hatte, damit er bei den «Nachhilfestunden» nicht dazwischenfunkte. Hirshon, der Tarita seit ihrem vierzehnten Lebensjahr kannte und selbst zwei Jahre mit ihr zusammengelebt hatte, pflichtete ihm bei. «Sie hatte nicht viel im Kopf. Ein fünfminütiges Gespräch war schon eine unerhörte Leistung für sie.»

Dafür war sie von überwältigender Schönheit – der Inbegriff unschuldiger, exotischer Südseelässigkeit. Taylor, der für ihre tägliche Garderobe zuständig war, hatte ein besonderes Auge dafür.

«Sie hatte einen appetitlichen, kleinen Po mit winzigen Grübchen», sagte er. «Außerdem einen markanten Venusberg – Fleisch, kein Schamhaar –, der sogar unter ihrem *pareo* hervortrat. Dazu üppige Brüste, prall und strotzend. Beim Gehen wackelte ihr adretter *derrière* hin und her, was ich sonst nur bei Marilyn Monroe beobachtet habe, aber die tat es mit Absicht. Taritas einziger wunder Punkt waren wie bei vielen Polynesierinnen ihre Füße. Breit wie bei einem Kamel.»

Angeblich brauchte Brando sechs Monate, bis es ihm gelang, sie zu verführen, da die Neunzehnjährige ihn für «einen schrecklichen Mann» hielt. Außerdem identifizierte er Tarita mit seinen rousseauschen Vorstellungen von Reinheit und betrachtete sie als die Madonna unter den vielen Eintagsfliegen. Während sich andere

Mädchen bei ihm die Tür in die Hand gaben, «ging er nie mit Tarita ins Bett», sagte Nick Rutgers. «Er schlief auf dem Fußboden, und sie schlief im Bett. Sie gaben sich mit Händchenhalten zufrieden.»

Brando mußte wie viele andere Crew-Mitglieder mit der sogenannten MGM-Grippe für seine Promiskuität bezahlen, da Geschlechtskrankheiten auf der Insel grassierten. Das Problem ließ nicht lange auf sich warten, so daß ein einheimischer Arzt angeheuert wurde, der angeblich über einen riesigen Vorrat an Antibiotika verfügte. Jimmy Taylor behauptete allerdings, der Arzt sei ein Scharlatan gewesen und hätte seine Patienten mit einer bloßen antiseptischen Jodsalbe behandelt, die keinerlei Wirkung hatte. Bald wurde Brandos Hausarzt, Dr. Robert J. Kositchek, für die Summe von 10000 Dollar von Beverly Hills eingeflogen, um einen Fall von «Magenverstimmung» zu kurieren. Rex Kennemer, einer der prominentesten Ärzte der Filmindustrie, wurde auf Marlons Betreiben ebenfalls als Gutachter hinzugezogen. Es war beileibe nicht Marlons erste Begegnung mit dem Tripper, und nach zehntägiger Behandlung konnte der Schauspieler wieder vor die Kamera treten. «Jeder wußte, daß er den Tripper hatte», sagte Taylor, «deshalb konnte ich nicht begreifen, warum sie alle noch immer mit ihm schlafen wollten.»

Offenbar hatte sich Brando inzwischen auch bei seinen britischen Kollegen unbeliebt gemacht. Sein Verhältnis zu Trevor Howard und Richard Harris war so gespannt, daß ständig die Gefahr einer offenen Konfrontation drohte.

In nüchternem Zustand arbeitete Richard Harris zügig und professionell, so daß ihm Marlons Unsitte, auf immer neuen Einstellungen zu bestehen, bald auf die Nerven ging. Als Brando in einer Szene besonders unkonzentriert war und resigniert aufgeben wollte, konnte Harris sich nicht länger beherrschen. «Verdammt noch mal!» schrie er. «Sieh mich an und reiß dich endlich zusammen! Wer glaubst du eigentlich, wer du bist?»

Nicht anders erging es Marlon mit Trevor Howard. «Brando hatte nie seinen Text gelernt. Er improvisierte einfach drauflos, und zwar immer zu seinem eigenen Vorteil», sagte Hirshon. «In einer Szene bestand Brando achtzehnmal auf einer Wiederholung, weil Trevor siebzehnmal besser gewesen war als er.»

«Er ist ein gerissener Manipulator und unterminiert damit meine Arbeit», beschwerte sich Howard. «Er besteht ständig darauf, daß Szenen umgeschrieben werden, so daß man nie weiß, wo man ist. Man hängt in der Luft, weil die nächste Szene keinen Sinn mehr ergibt.»

Zu einem typischen Zwischenfall kam es, als der erfahrene britische Schauspieler eine Szene zu spielen hatte, die fünf Seiten Dialog umfaßte. «Sobald Trevor den richtigen Ton fand, machte Brando einen Patzer», berichtete Vivienne Knight, Howards offizielle Biographin. «So ging das acht Takes lang, eine unerhörte Zahl für Trevor. Aber sobald Brando merkte, daß Howard sich vergriff, ging ihm der Text glatt von der Zunge. Einer der ältesten und übelsten Tricks im Gewerbe.»

Mit betonter Zurückhaltung meinte Howard später: «Ich kann nicht behaupten, daß Brando mir sympathisch war. Andererseits hatte ich auch nichts gegen ihn. Wir sind uns nicht nähergekommen. Das ist wohl auch nicht so einfach. Mir hat der Mann eigentlich nur leid getan. Er hat nicht einen einzigen Freund auf der Welt. Er verkehrt nur mit Leuten, die unbedarfter und jünger sind als er.»

Regisseur Carol Reed war über Brando ebenso erbittert wie über Autor Charles Lederers eindimensionale Konzeption von Kapitän Bligh. Reed und Howard waren sich in ihrer Vorstellung von Bligh einig, so daß Reed sich weigerte, Szenen zu filmen, in denen der Kapitän ausschließlich als abscheulicher Bösewicht dargestellt wurde.

Bengt Danielsson zufolge, der immer noch als Ratgeber fungierte, obwohl er die Produktion offiziell verlassen hatte, waren Reed und Howard auf der richtigen Spur. Der echte Bligh war eine despotische, aber vielseitige und schillernde Persönlichkeit gewesen. Er hatte die Mannschaft mit Vitamin C versorgt, um Skorbut vorzubeugen, sich darum gekümmert, daß das Vorschiff regelmäßig gegen Läuse und Kakerlaken desinfiziert wurde, und zur Unterhaltung einen Fiedelspieler anheuern und ein Sonnensegel aufspannen lassen, damit die Männer an Deck Karten spielen konnten. Doch der Bligh im Drehbuch war ein Simon Legree in Kapitänsuniform.

Neben Skriptproblemen und Brando-Allüren mußte die Filmcrew sich obendrein noch mit dem Wetter herumschlagen. Die Monsunregen hatten begonnen, und im Januar 1961 regnete es siebzehn Tage lang ununterbrochen. Rosenberg war vorher gewarnt worden, aber Brando hatte auf den Beginn der Dreharbeiten vor Beendigung der Regenzeit gedrungen und die MGM-Direktoren beruhigt, mit dem Wetter würde man an Ort und Stelle schon fertig werden.

Obwohl erst ein Drittel des Films gedreht war, wurden die Dreharbeiten im Februar unterbrochen, und das Filmteam zog nach Los Angeles. Nur die Nachbildung der *Bounty* blieb den Winter über im Hafen von Papeete zurück. Während der Arbeit in MGMs Culver City Studios wurde Brando wieder einmal von seinen Frauen in Anspruch genommen. Wie nicht anders zu erwarten, waren die Verhältnisse in L. A. noch komplizierter als auf Tahiti, da auch Tarita inzwischen gelernt hatte, ihren Kopf durchzusetzen.

Als Brandos Flamme mit den anderen *Meuterei*-Tänzerinnen das Flugzeug nach Los Angeles besteigen wollte, sah sie, daß Vaea Benet sich unter ihnen befand. «Wenn Vaea mit ins Flugzeug steigt, bleibe ich hier», verkündete sie trotzig. Offenbar war ihr Marlons Affäre mit Benet längst nicht so gleichgültig, wie sie immer getan hatte.

«Tarita setzte ihren Willen durch», erinnerte sich einer der Mitwirkenden, «was bedauerlich war, denn von allen Tänzerinnen war Vaea die attraktivste. Sie wollte unbedingt nach Amerika oder nach Europa gehen und hätte sicher als Filmschauspielerin Erfolg gehabt, wurde aber von der Reise ausgeschlossen.»

Dafür war Anna Gobray mit von der Partie, und sobald sie mit Leo Langomazino als «Anstandsdame» im Hotel Bel-Air in Los Angeles untergebracht war, setzte Marlon seine Affäre mit beiden Frauen fort. Als Gobray Marlon mit Tarita in einem seiner bevorzugten Restaurants entdeckte, verließ sie demonstrativ das Hotel und flog nach Honolulu zurück.

Die Hollywood-Presse stürzte sich auf die angehende Filmschauspielerin und bezeichnete Tarita als «Wilde, die noch nie im Leben Schuhe getragen hatte». Bei Licht besehen, war sie Brando und MGM hilflos ausgeliefert. Als sie von einem kurzen Abstecher nach Tahiti zurückkehrte und der tahitianische Photograph Gérard Pugin sie fragte, ob sie viel herumgekommen sei, antwortete sie: «Nein, Marlon will nicht, daß ich andere Leute treffe.»

Während Marlon sich mit Movita traf, hatte er ebenfalls eine Affäre mit einer anderen Tänzerin der Truppe. Inzwischen hatte auch Kashfi Wind davon bekommen und versuchte mit allen Mitteln, ihn erneut vor Gericht zu zitieren.

Im März 1961 kehrte die zweite Garnitur der Kameraleute nach Tahiti zurück, während die Besetzung in der dritten Aprilwoche nachkommen sollte. Aber Brando war verhindert, denn am 19. April, wenige Tage vor seinem geplanten Abflug, war Rita Moreno nach einem mißlungenen Selbstmordversuch plötzlich wieder in sein Leben getreten.

«Die temperamentvolle Schauspielerin aus Puerto Rico wurde am Mittwoch von Marlon Brandos Behausung ins Krankenhaus gebracht, nachdem sie eine Überdosis Schlaftabletten genommen hatte», berichteten die Zeitungen in Los Angeles. «Nach Aussagen der Polizei schluckte Moreno die Pillen im Haus von Brandos Sekretärin Alice Marchak und ließ sich dann zu Brandos Wohnung am Mulholland Drive 12900 fahren. Brando war bei ihrer Ankunft nicht zu Hause, wurde aber durch einen Anruf von Miss Marchak alarmiert.»

Moreno war bewußtlos, und Brandos Arzt, Dr. Kositchek, wies sie ins Krankenhaus ein. Brando selbst wurde von Reportern bestürmt, behauptete aber, nichts Genaueres über den Selbstmordversuch zu wissen.

Kashfi hörte die Nachricht, als sie Christian für den Besuch seines Vaters fertigmachte. Der Journalist Harrison Carroll hatte sie telefonisch benachrichtigt: «Schicken Sie Ihren Sohn nicht zu Marlon. Rita Moreno ist dort und hat eine Überdosis Schlaftabletten genommen ... Sie pumpen ihr gerade den Magen aus.» Brando zuliebe hatte Pennebaker eine offizielle Erklärung abgegeben, daß der Selbstmord bei Alice Marchak stattgefunden hätte.

Wenige Tage später war Brando bereits auf dem Weg nach Tahiti. Kurz darauf rief er Kashfi seit fünf Monaten das erste Mal an und verriet ihr das Geheimnis, das er fast ein Jahr für sich behalten hatte.

«Er erzählte mir, daß er Movita im vergangenen Sommer geheiratet hätte, und wollte, daß ihr gemeinsamer Sohn Miko zusammen mit Devi aufwuchs», erinnerte sie sich und benutzte Christians von ihr bevorzugten mittleren Namen. «Devi und ich sollten nach Tahiti ziehen, weil das für Christian das Beste wäre. ‹Ich hasse die Rassenvorurteile in den Staaten, und Christian wird wegen deiner indischen Herkunft darunter zu leiden haben›», meinte er. Kashfi fragte sich, ob er France Nuyen und die Telefonanrufe von Guadalajara völlig vergessen hatte. Sie beabsichtigte mitnichten, nach Tahiti zu ziehen, und wenn Marlon geglaubt hatte, sie mit dem Anruf beschwichtigen zu können, dann war er im Irrtum. Statt dessen zitierte sie ihn erneut vor Gericht.

Während der kurzen Atempause in Los Angeles waren die Probleme der *Bounty*-Produktion auch in Hollywood durchgesickert. «Das Millionen-Epos ist erst zu einem Drittel fertig, und schon jammert MGM, daß die Kosten den Etat weit überschreiten», hatte Hedda Hopper in der *Los Angeles Times* gewarnt. MGMs Aktien waren drastisch gefallen, so daß die Studioleitung sich nach einem geeigneten Prügelknaben umsah. Laut Filmhistoriker Garey Carey war Brando mit seinem Ruf als Querschläger für diese Rolle geradezu prädestiniert. Beschuldigen konnte man ihn, doch hinauswerfen ließ er sich nicht. Statt seiner mußte Regisseur Carol Reed, der ohnehin mit gesundheitlichen Problemen zu kämpfen hatte, seinen Hut nehmen.

Am 26. Februar 1961 wurde Reed entlassen. Obwohl sein Nachfolger Lewis Milestone behauptete, unter der Leitung des britischen Regisseurs sei überhaupt nichts passiert, gingen die spektakulären epischen Szenen, denen der Film später sein mageres Lob verdanken sollte, auf das Konto von Reed. Seine Entlassung rief besonders unter den britischen Schauspielern Empörung hervor, und sie drohten mit Streik.

Trotz des allgemeinen Protests trat Lewis Milestone am 1. März hinter die Kamera. Der fünfundsechzigjährige Regisseur war ein eigensinniger Filmveteran, der an Klassikern wie *All Quiet on the Western Front* (1930) und *Of Mice and Men* (1939) mitgewirkt hatte. Während der ersten beiden Wochen zeigte Brando sich von seiner besten Seite, aber bald merkte Milestone, wie Brando durch private Absprachen mit dem Kameramann seine Autorität zu untergraben versuchte. Wenn der Regisseur das Zeichen zum Abfahren gab, wartete der Kameramann erst auf einen Wink von Brando. Bei einer anderen Gelegenheit wurde die Kamera auf ein Nicken von Brando abgestellt, ohne daß der Regisseur «Cut!» gerufen hatte, und wurde nicht einmal gefragt, ob er die Szene im Film verwenden wollte.

Marlon hatte seine alte Taktik «Ist das eine Frage oder eine Aufforderung?» wiederaufgenommen. Milestone war an produktiver Szenenarbeit gelegen, während Marlon nur seinen Kopf durchsetzen wollte.

Schließlich zog der Regisseur sich resigniert in die Kulissen zurück und las die Zeitung. Auf Rosenbergs Frage, ob er nicht weiterzumachen gedenke, antwortete er: «Wozu? Wenn der Film fertig ist, kann ich mir den ganzen Mist ja im Kino ansehen.» Milestone warnte Siegel: «Dieser Brando ruiniert dich.»

Ein weiteres Problem war Marlons Taillenumfang, der sich dank seiner Schwäche für Speiseeis immer mehr auszudehnen begann. «Ich befahl ihm, die Luft anzuhalten, damit ich ihm die Knöpfe zumachen konnte», erinnerte sich Jimmy Taylor. «Also zog er den Bauch ein, aber wenn er sich gehenließ, hing er ihm weit über die Hose.»

Dabei machte sich Brando mehr Sorgen wegen seiner Statur. «Ich fand selbstgebastelte Einlagen in seinen Schuhen», sagte der Kostümbildner. «Die Schuhe waren authentisch, mit Schnallen und allem Drum und Dran, aber sie hatten zwei Zentimeter dicke Korkeinlagen. Er hatte sie selbst ohne mein Wissen angefertigt. Er wollte unbedingt größer wirken.»

Außerdem bestand Brando auf enggeschnittenen Hosen, und es gelang ihm, im Verlauf der Dreharbeiten zweiundfünfzig Paar Hosen zu verschleißen. «Brando und Tim Seely liefen ständig auf Stelzen herum», sagte Taylor. «Dabei landete er gelegentlich auf seinem fetten Hintern, und zack, platzte ihm die Hose auf. Ich mußte sie zusammenstecken und sein Hinterteil kaschieren.»

Anproben mit Marlon waren ohnehin eine Tortur, nicht nur des variablen Umfangs wegen, sondern auch, weil er Unterwäsche verschmähte.

«Er sollte eine Anprobe machen, also ließ er die Hosen herunter», sagte Taylor. «Und da stand er und ließ alles heraushängen. Ich bot ihm ein Paar nagelneue Shorts an, aber er sagte nur: ‹Die trag ich nicht›, und das war's.

Daraufhin fertigte ich ihm spezielle Unterhosen an und ließ links ein bißchen Spielraum für die Genitalien. Als er sie anprobierte, paßte ihm etwas nicht, und er sagte: ‹Du mußt den Schritt enger machen – der ist zu locker. Ich will keine Einengungen, sondern Ausbuchtungen.› Also bekam er Ausbuchtungen.»

Am 29. Juni 1961 verließ Marlon Tahiti für achtundvierzig Stunden, um in Santa Monica gegen Kashfi vor Gericht anzutreten. Es ging wieder einmal darum, daß eine hysterische Kashfi dem Schauspieler im April Zugang zu seinem dreijährigen Sohn verwehrt hatte. Im Laufe der Verhandlung erwähnte Marlon zum ersten Mal öffentlich seine Ehe mit Movita und die Geburt Mikos.

Dabei gab Brando zu, Kashfi angerufen und ihr von der Heirat erzählt zu haben. Er trug das Haar nach Art britischer Matrosen aus der Zeit der *Meuterei* in einem Zopf und teilte dem Gericht in aller Ruhe mit: «Ja, sie war eifersüchtig auf Maria Movita Castaneda, die Frau, die ich geheiratet habe. Wir sprachen auch über das Verhältnis zwischen dem kleinen Jungen, den ich von der anderen habe, und Christian. Ich fand es fairer, ehrlicher und rücksichtsvoller, wenn sie es von mir statt von anderen erfuhr. Aber sie hat geschrien und mich angekeift.»

Movita war ebenfalls im Gerichtssaal anwesend und erhielt vom Richter einen Verweis, weil sie Anna im Verlauf ihrer Aussage Grimassen geschnitten hatte. Brando bestätigte, daß Miko Movitas Sohn und sie zur Zeit der Heirat schwanger mit ihm gewesen sei. «Aber ich habe seit seiner Empfängnis keine sexuellen Beziehungen zu ihr gehabt», fuhr er fort, «und seitdem auch nicht mehr mit ihr zusammengelebt.» Warum er die Heirat ein Jahr lang verschwiegen hatte, ließ er jedoch offen.

Ebenso unklar blieb, ob die Ehe überhaupt rechtskräftig war. Nach den Einzelheiten der Zeremonie befragt, sagte Brando aus, die

Trauung habe in Mexiko stattgefunden, der zuständige Standesbeamte sei zum Schweigen verpflichtet und die Heiratsurkunde nicht offiziell beglaubigt worden; sie liege in einer Schatulle verwahrt.

Richter Eric Auerbach war vom Benehmen der beiden Ehepartner wenig beeindruckt. Am Schluß der Verhandlung legte er den beiden ans Herz, den Streit endlich beizulegen. «Der Fall artet in eine Vendetta aus, wobei das Kind zu einem Racheinstrument wird.»

Die Nachricht von Brandos mexikanischer Heirat machte in der ganzen Welt Schlagzeilen. Einige Wochen später ließ der irische Tenor und Boxer Jack Doyle aus seinem Londoner Studio verlauten: «Sie kann Brando gar nicht geheiratet haben. Sie ist noch mit mir verheiratet.» Zum Beweis gab er die standesamtliche Trauung 1938 in Kalifornien und die kirchliche 1942 in Dublin an und fügte hinzu, er habe Movitas Wunsch nach einer Scheidung aufgrund seines katholischen Glaubens abgelehnt. Er drohte, Brando wegen «Entfremdung eines Ehepartners» zu verklagen und nicht zu ruhen, bis er seine Frau wiederhatte – «Ehe ist schließlich Ehe.» Niemand schenkte Doyles Anschuldigungen große Aufmerksamkeit, jedenfalls damals nicht.

Unmittelbar nach der Verhandlung flog Brando nach Tahiti und setzte seine Beziehungen mit Tarita und anderen Frauen fort. Wenige Wochen später tauchte er jedoch schon wieder in Los Angeles auf, nach offizieller Verlautbarung wegen einer «Blaseninfektion».

Bei seiner Rückkehr gab es neue Schwierigkeiten mit der Produktion. Am 25. Juni filmte die zweite Filmcrew unter Regieassistent James Haven die Szene, in der Bligh befiehlt, die entlaufenen Meuterer wieder einzufangen. Vier Kanus sollten die Jagd aufnehmen und die Kameracrew in einem Motorboot hinterherfahren. Im Laufe der Dreharbeiten kam ein Sturm auf, bei dem das erste Kanu gegen das Riff geworfen wurde und die Männer über Bord gingen. Ein Tahitianer kam dabei ums Leben, und mehrere Schauspieler und Statisten wurden schwer verletzt.

Der Zwischenfall warf einen Schatten auf das ganze Filmunternehmen. Überraschenderweise nahmen die Tahitianer den Unfall nicht weiter übel. Doch hatten sich die Dreharbeiten inzwischen so in die Länge gezogen, daß sie die Lust verloren hatten und auch mit Geldversprechungen nicht dazu zu bewegen waren, rechtzeitig zur Arbeit zu erscheinen. Die Feiertage anläßlich des 14. Juli verschlimmerten die Lage noch, denn die Festlichkeiten zum Sturm auf die Bastille zogen sich über zwei Wochen hin, und kein Mensch erschien auf dem Set. Abgesandte von MGM tauchten in Tahiti auf, um Rosenberg wegen des exzessiven Budgets zur Rede zu stellen, und ein paar Tage später sprach sich herum, das Studio mache sich ernsthafte Gedanken über Brandos vereinbarte Gage, besonders jetzt, wo die Überstundenregelung in Kraft trat.

Das einzige, was Brando außer den Frauen während der Filmarbeiten interessierte, war Tetiaroa, ein Korallenatoll, das er auf der Suche nach einem geeigneten Schauplatz für die Pitcairn-Sequenzen entdeckt hatte. Tetiaroa lag ungefähr fünfunddreißig Meilen nördlich von Papeete und bestand aus zwölf kleinen *motu,* einzelnen, Riffinselchen, die um eine zentrale Lagune gelagert waren. Brando war von der Schönheit und Friedlichkeit seiner blendend weißen, von Kokospalmen gesäumten Strände entzückt und fasziniert von dem, was er über die Geschichte des Atolls gelesen und gehört hatte. Tetiaroa hatte den königlichen Pomare-Herrschern seit Urzeiten als Kultstätte für ihre heidnischen *tabuas* gedient. Die Insel war angeblich unverkäuflich, doch bat Brando sowohl Rutgers als auch Leo Langomazino, den Sachverhalt genauer zu untersuchen.

Dank der anfallenden Überstunden hatte Brando finanziell nichts zu klagen und war oft zu spontanen, großzügigen Gesten bereit. So ließ er das Kind einer Statistin, das einen Klumpfuß hatte, auf seine Kosten nach Los Angeles fliegen und operieren. Doch gleichzeitig war er immer mit «leichtem Gepäck unterwegs» und pumpte Freunde und Mitwirkende häufig an. Manche bekamen bald kalte Füße und behaupteten, bankrott zu sein, wenn er sie anpumpen wollte. Nur Langomazino kam ihm großzügig entgegen, obwohl er es sich eigentlich nicht leisten konnte. «Leo, ich hasse es, Geld mit mir herumzuschleppen», sagte Brando zu ihm. «Willst du nicht meine Bank sein? Wenn ich Geld brauche, gibst du mir was, und ich zahle es dir später zurück. Ich brauche mal eben zehntausend Francs.» Nick Rutgers kam die Sache nicht geheuer vor, und er warnte Leo: «Menschenskind, laß dir doch wenigstens eine Quittung geben.»

Gegen Ende des Sommers hatte MGM die Nase voll. Nicht bereit, die unerhörten Produktionskosten länger hinzunehmen, rief das Studio das gesamte Filmteam nach Culver City zurück. Die einschlägige Presse schob die Schuld auf Brando und nannte ihn öffentlich verantwortungslos, rücksichtslos und verschwenderisch mit anderer Leute Geld.

Im September 1961 sah Marlon sich zu einer Antwort genötigt.

«Ich kann Ihnen verraten, warum es soviel gekostet hat», teilte er Vernon Scott, dem Reporter von UPI in Hollywood, mit. «Wir haben mit einem unfertigen Skript angefangen und mit sieben verschiedenen aufgehört. Das Studio hat die gesamte Besetzung und Crew nach Tahiti geflogen, wo jeder Tag 32 000 Dollar gekostet hat – und wir waren sechs Monate dort.»

Wall Street war weniger an den Gründen interessiert als an dem, was unterm Strich dabei herauskam. Am 3. Oktober 1961 purzelten MGMs Aktien wegen des Produktionsverzugs um zehn Prozent. Sol Siegel, MGMs Produktionschef, drohte Brando zu verklagen, weil er seine Rolle «geschmissen» und versucht hatte, dem Film seinen eigenen Schluß aufzuzwingen. Außerdem behauptete er, Brando habe versucht, den Film zu sabotieren, indem er der Gestalt des Fletcher Christian absichtlich homosexuelle Züge gegeben habe.

Dieser Vorwurf war nicht nur grotesk, sondern bei dem 1961 herrschenden Klima geradezu verleumderisch. Bei aller provozierenden Absicht steckte hinter Brandos Versuch, den Aristokraten als affektierten Gecken darzustellen, der ernsthafte Versuch, die Rolle vielschichtiger zu interpretieren, besonders da seine Darstellung unweigerlich mit der Clark Gables verglichen werden würde. Auch wenn er sich dabei vergriffen haben mochte, gelang es ihm mit seinem ausgeprägten Bewußtsein für Klassenunterschiede, Politik und Geschlechterrollen, aus der Gestalt etwas zu machen.

Richard Harris ärgerte sich dennoch über Brandos affiges Porträt, besonders in der Szene, in der Brando Harris eine Ohrfeige geben mußte. Brando beließ es bei einer lässigen Handbewegung. Harris empfand die Geste als Beleidigung und küßte Brando daraufhin auf die Wange. Beim nächsten Take wiederholte sich die gleiche Szene. «Soll ich dich vielleicht zum Tanz auffordern?» explodierte Harris schließlich und stürmte vom Set. Als Brando auch am nächsten Tag hartnäckig bei seiner Geste blieb, verschwand Harris und ließ sich drei Tage lang nicht blicken. Wie er später der amerikanischen Presse mitteilte, begrüßte Brando ihn bei seinem Wiedererscheinen mit den Worten: «Nur daß du's weißt, Dick. Ich bin hier der Star. Solche Allüren verbitte ich mir.»

Anfang 1962 stellte Rosenberg eine Rohfassung von *Meuterei* zusammen und war entsetzt. Brando dagegen fand: «Kein schlechter Film – nur der Schluß ist Mist.» Er schlug vor, eine neue kurze Pitcairn-Sequenz zu filmen, und war sogar bereit, für vierzehn Tage Drehzeit in Culver City auf seine wöchentliche Gage von 25 000 Dollar zu verzichten. Aber da noch immer kein zufriedenstellender Text für die abschließenden Szenen vorlag, blieb der Film weitere Monate unvollendet liegen. Nachdem zahlreiche Autoren sich mit dem Schluß herumgeschlagen hatten, war es ausgerechnet der deutschgebürtige Autor und Regisseur Billy Wilder, der fünfzehn Monate nach dem geplanten Abschluß der Dreharbeiten auf die rettende Lösung verfiel.

Bei Wilder schlägt Brandos Fletcher Christian vor, die Meuterer nach England zurückzuschicken und dem Gericht zu überantworten. Seine Gefährten wehren sich dagegen und stecken die *Bounty* in Brand, wobei Christian umkommt. Im Sterben hält er eine Abschiedsrede an Maimiti und an die Seeleute.

Im August 1962 kehrte Tarita mit einigen Meuterern für die abschließenden Szenen des Films nach Los Angeles zurück. Milestone ließ sich pro forma blicken, machte aber um Brando wie um die Kamera einen großen Bogen. Nominell führte der Regisseur George Seaton Regie, der sich bei dem Stigma, das dem Film anhaftete, nur unter der Bedingung darauf eingelassen hatte, daß seine Mitarbeit nicht erwähnt wurde. Im Grunde führte Brando selbst

Regie, und dabei geriet ihm seine auf dem MGM-Gelände gefilmte Todesszene zu der groteskesten Darbietung, die er sich je geleistet hatte.

«Er lag nackt auf dem Boden», erinnerte Jimmy Taylor sich. «Der Maskenbildner hatte ihm überall Brandwunden auf die entblößte Haut verpaßt, und wir hatten angekohlte Stoffpflaster, mit denen wir seine Genitalien kaschieren wollten. ‹Wieso brennen meine Genitalien denn nicht?› wollte er wissen. ‹Das geht nicht, Marlon›, sagte ich, ‹die Zensur kommt uns auf den Hals. Aber wir können natürlich Make-up benutzen, damit die Pflaster Ton in Ton mit der Hose sind.› – ‹Auf gar keinen Fall›, sagte er. ‹Wenn die Hose brennt, muß der Schwanz auch brennen. Das muß zu sehen sein.›

Daraufhin ging ich zu Rosenberg und erklärte ihm Marlons Wünsche. Aarons Reaktion? ‹Wenn er seinen Schwanz unbedingt der amerikanischen Öffentlichkeit vorführen will ... Aber keine Sorge, ich decke ihn mit einer Plane zu.›»

«In meiner ganzen fünfzigjährigen Karriere hatte ich so etwas noch nicht erlebt», fuhr Taylor fort. «Ein Schauspieler, ein Star, der sich mitten auf die Bühne legt und seinen Schwanz raushängen läßt. Die gesamte Crew war dabei – Feuerwehrleute, Statisten, alle – es müssen sechzig oder mehr Leute um ihn herumgestanden haben, und es bereitete ihm keine Verlegenheit.»

Mit dem Brand der *Bounty* gingen die Dreharbeiten zu Ende. Allerdings wurde beschlossen, mit den Überlebenden ein abschließendes dionysisches Fest zu drehen. Da die britische Besetzung längst abgereist und Milestone nicht mehr auf der Gehaltsliste war, bot sich Callow die Chance, in der letzten Szene, in der Marlon und ein Seemann an Land kommen und mit den Eingeborenenmädchen eine trunkene Orgie veranstalten, Regie zu führen.

Brando tauchte mit ein paar Flaschen Whisky unterm Arm auf. «Wenn ich schon mit der Methode groß geworden bin, will ich auch anständig besoffen sein», verkündete er. «Hoch die Tassen!»

Besorgt wandte Callow sich an den Produzenten. «Wir halten uns da raus», wurde ihm beschieden. «Sieh zu, wie du damit fertig wirst.»

«Marlon ließ die Flaschen herumgehen, und die Stimmung stieg merklich», sagte Callow. «Er kam auch zu mir und drückte mir die Flasche in die Hand. Ich nahm einen Schluck und gurgelte damit, doch er ließ sich nichts vormachen. ‹Runterschlucken!› befahl er. Ich gehorchte. Inzwischen waren die beiden so gut wie hinüber.»

Schließlich war Brando so betrunken, daß er gestützt werden mußte. Gegen elf Uhr morgens verlor der andere Schauspieler das Bewußtsein und mußte abtransportiert werden. Wie Callow mit typischem Understatement kommentierte: «Natürlich fiel die Szene unter den Tisch.»

Die seit langem schwelende Kontroverse darüber, wer wem was für wieviel angetan hatte, kam schließlich zum Ausbruch, als die *Saturday Evening Post* mit der Schlagzeile aufwartete: «Sechs Millionen Dollar zum Fenster hinausgeworfen: die Meuterei Marlon Brandos.» Brando, berichtete Milestone der Zeitung bereitwillig, «hat die Produktion mindestens 6 Millionen Dollar und Monate unnötiger Arbeit gekostet. Ich kann nur sagen, daß es traurig um die Filmindustrie bestellt sein muß, wenn so etwas passieren kann, aber vielleicht bringt dieser Vorfall unsere Direktoren ja zu Verstand. Sie haben es nicht besser verdient, wenn sie einem Schmierenkomödianten, einem bockigen Kind, freie Hand in einem solchen Big-Budget-Film lassen.»

Richard Harris ließ sich ebenfalls nicht lumpen: «Der Film war ein einziger Alptraum, Brando war ein einziger Alptraum, und sobald sich meine Nerven von der Strapaze erholt haben, möchte ich das Ganze einfach vergessen.»

Brando, betonte der Artikel ausdrücklich, habe noch ganz andere Dinge auf dem Gewissen. Der gerade für *West Side Story* mit einem Oscar gekrönte Regisseur und Produzent Robert Wise sagte: «Ich glaube, die Schwierigkeiten mit Brando in *Meuterei* bedeuten genauso wie die mit Elizabeth Taylor in *Cleopatra* das Ende des Star-Systems, wie wir es heute in Hollywood kennen. Das Monopol der großen Stars – ein Monster, das wir aus Angst vor dem Fernsehen selbst kreiert haben – ist ein solch aufwendiger Luxus geworden und mit so vielen Problemen befrachtet, daß es sich nicht mehr lohnt ... Brandos Benehmen hat uns die Augen dafür geöffnet, wie untragbar die Situation geworden ist.»

Zum ersten Mal seit dem Interview mit Capote empörte Brando sich öffentlich über das, was die Zeitungen über ihn schrieben. Walter Seltzer war einer der ersten, den er anrief. «Brando rief mich zu sich nach Hause», erinnerte Seltzer sich. «Jay Kanter war bereits da. Abgesehen von damals, als sein Vater versehentlich seine Post geöffnet hatte, habe ich Brando noch nie so wütend gesehen. Er hatte ein Exemplar der Zeitung in der Hand und marschierte aufgebracht auf und ab. Jay auf seine ruhige nachdenkliche Art sagte nicht viel; er ließ sich nie zu vorschnellen Äußerungen hinreißen.»

Seltzer allerdings nahm die Gelegenheit wahr, Brando die Meinung zu sagen. «Ich verstehe dich nicht», sagte er. «Solange ich für dich arbeite, hast du dich immer geweigert, die Wahrheit zur Kenntnis zu nehmen, selbst wenn ich dir irgendwelche verlogenen oder verzerrten Kommentare unter die Nase gehalten habe. Du hast die Augen dagegen verschlossen, als sei das alles ohne Belang. Wieso regst du dich also plötzlich über einen Artikel von Bill Davidson auf, der dich sowieso auf dem Kieker hat, weil dir ein früherer Artikel von ihm nicht gepaßt hat? Warum ist das plötzlich alles so wichtig, wenn es dir jahrelang egal war?»

Marlon schwieg einen Moment und erwiderte dann: «Meine Kinder gehen inzwischen zur Schule, und ich will nicht, daß man zu ihnen sagt: ‹Dein Vater ist ein Trottel.›»

«Das leuchtete mir ein», erklärte Seltzer später. «Mir wurde klar, daß seine Kinder ihn zur Vernunft gebracht und er begriffen hatte, daß das, was er tat, sich auf sie auswirkte.»

Danach wollte Brando wissen, wer der Chef von MGM sei.

«Der Studiochef ist Sol Siegel», sagte Seltzer.

«Und der Chef des gesamten Unternehmens?»

«Joseph Vogel in New York.» Brando befahl Seltzer, ihn anzurufen.

«Marlon, es ist Freitag abend sieben Uhr dreißig in New York», belehrte ihn Seltzer. «Wo soll ich ihn um diese Zeit wohl erreichen?»

«Erkundige dich.»

Dank seiner zahlreichen Kontakte erreichte Seltzer Vogel in seinem Haus in Connecticut und reichte Brando den Hörer.

«Mr. Vogel, ich komme morgen früh nach New York», sagte der Schauspieler in entschiedenem Ton. «Ich erwarte Sie um acht Uhr in Ihrem Büro.»

Noch am selben Abend nahmen Brando, Kanter und Seltzer das Nachtflugzeug nach New York, checkten im Plaza Hotel ein, rasierten sich, duschten und machten sich auf den Weg zu Vogels Büro. Dort trafen sie nicht nur Vogel, sondern auch seinen Stellvertreter, den Chef für Werbung und Publicity.

«Offenbar ahnte Vogel, worum es ging, obwohl Marlon am Telefon kein Wort davon gesagt hatte», fuhr Seltzer fort, «und offenbar tat Marlons Zauber trotz der katastrophalen Erfahrung, die sie mit ihm gemacht hatten, immer noch seine Wirkung. Allerdings hatten sie den Film noch nicht gesehen und ahnten nicht, daß er das Studio an den Rand des Ruins bringen würde.»

Statt seinen Standpunkt zu behaupten, ging Vogel von Anfang an auf Marlon ein. «Sie sind für die Kostenexplosion in keiner Weise verantwortlich», versicherte er ihm. «Wir sind voll und ganz mit Ihnen zufrieden.»

«Gut, dann unternehmen Sie etwas», forderte Marlon.

Nach kurzer Besinnung fragte Vogel: «Und was?»

«Ich möchte, daß Sie eine Erklärung abgeben, aus der hervorgeht, daß Sie mit meiner Leistung zufrieden sind und ich der Filmgesellschaft keinerlei Verluste verursacht habe», sagte Marlon. «Sie erklären, daß die Produktionsprobleme nichts mit mir zu tun hatten, sondern auf das Wetter, das Versagen des Schiffs und die Entscheidung des Studios, mehrfach den Regisseur auszuwechseln, zurückzuführen sind. Kein Wort weniger.»

Vogel erklärte sich dazu bereit, Seltzer setzte einen Text auf – «völliger Unsinn, der Marlon jeder Schuld enthob» –, und Vogel unterschrieb.

Obwohl Marlon über gerichtliche Schritte kein Wort verloren hatte, war Seltzer davon überzeugt, daß er nur nach einer Handhabe suchte, um die Zeitung zu verklagen. Vogels Unterschrift sollte verhindern, daß MGM sich mit der *Saturday Evening Post* verbündete.

Einige Stunden später saßen Marlon und Seltzer wieder im Flugzeug nach L. A. «Marlon hatte ein Exemplar der Zeitung auf dem Schoß und sah mich verschmitzt an», erinnerte sich Seltzer. «Nach einer Weile murmelte er: ‹Was sagst du dazu – Brando wirft sechs Millionen Dollar zum Fenster hinaus. In Wirklichkeit waren es nur vier ...› Dann grinste er und klopfte sich auf die Brusttasche, wo das unterzeichnete Dokument steckte.»

Am 25. Juni gab Vogel wie versprochen eine Erklärung gegenüber der Screen Actors Guild und der Presse ab, in der er jede Beschuldigung gegen Brando, der «während der gesamten Dreharbeiten höchste schauspielerische Kompetenz und größtmöglichen Sachverstand bewiesen und eine der eindrucksvollsten Leistungen seiner brillanten Karriere vollbracht» habe, als ungerechtfertigt zurückwies.

Statt dessen führte er die exorbitanten Kosten des Films auf die verspätete Fertigstellung des *Bounty*-Replikats, die Brände, das Wetter, die Unstimmigkeiten zwischen Regisseuren und Besetzung und die Kündigung des ersten Regisseurs, Sir Carol Reed, zurück.

«Marlon, der meisterhafte Manipulator», sagte Seltzer später versonnen. «Für die Filmindustrie bedeutete es eins – Versagen der obersten Heeresleitung. So etwas wäre zu Zeiten der Louis Mayers und Jack Warners, als noch eine starke Hand die Studios leitete, undenkbar gewesen. Louis Mayer hätte Marlon zum Frühstück verputzt und wieder ausgespuckt.»

Siegesgewiß intrigierte Brando weiter, um sein Verhalten zu rechtfertigen. Die Frage war allerdings, wie er die Situation seelisch verkraftete. Kay Phillips Bennett hatte sich im Verlauf eines Besuchs bei Marlon senior erkundigt, wie Bud mit all der negativen Presse fertig werde. «Er sah mich sehr ernst an», erinnerte Bennett sich, «und sagte: ‹Kay, ich glaube, Bud ist einer der unglücklichsten Menschen auf Gottes Erdboden.›»

Seltzer wußte, daß Marlon nach Mittelmanns Tod 1959 in Gerald Aronson einen neuen Psychoanalytiker gefunden hatte, war aber entsetzt über Marlons übertriebene, wirklichkeitsfremde Selbstgerechtigkeit und virulente Paranoia. «Ich hielt ihn für seelisch labil, völlig verkorkst und verbohrt», erklärte Seltzer. «Natürlich wußte ich von seiner psychoanalytischen Behandlung, wußte aber auch, daß es ihm im Grunde nur darum ging, wegen des Artikels in der *Post* nicht für einen Scharlatan gehalten zu werden. Die Intelligenz eines Menschen zeigt sich ja darin, wie weit er aus vergangenen Fehlern lernen kann, und da haperte es bei Marlon erheblich. Er hatte sich völlig verrannt und handelte ohne jedes Verantwortungsbewußtsein – ein typisches Verhaltensmuster bei Manisch-Depressiven.»

In nächtlichen Telefongesprächen begann Marlon seinen Freunden sein Herz auszuschütten, vor allem, um sie auf seine Seite zu ziehen und sich ihrer Unterstützung zu versichern. Nachdem sie sich sein langes Lamento über den Artikel in der *Post* angehört hatte, gab Maureen Stapleton ihm den mütterlichen Ratschlag, aufzuhören, anderer Leute Geld zu verschleudern.

«Moment mal», wandte er ein. «Nicht ich habe ihr Geld verschleudert. Die haben es mir förmlich nachgeworfen.» Philip Rhodes durchschaute ebenfalls, was sich abspielte, behielt seine Meinung jedoch wohlweislich für sich. Sondra Lee hörte Brando geduldig zu, sagte sich aber im stillen, daß er «besessen war, das letzte Wort zu behalten». Seltzer erinnerten die Vorgänge bei *Meuterei auf der Bounty* verdächtig an die quälende Arbeit am *Besessenen.* Er erkannte, daß Marlon der gleichen Selbsttäuschung verfallen war wie in all den Jahren, als er bei Pennebaker davon geschwafelt hatte, nur «relevante Filme» zu drehen.

Meuterei auf der Bounty wurde im November 1962 freigegeben, volle zwei Jahre nachdem Besetzung und Aufnahmeteam auf Tahiti zum ersten Mal den Fuß an Land gesetzt hatten. Der Publicity-Apparat des Studios gab sich verzweifelte Mühe, den entrüsteten Artikeln über die exzessiven Kosten des Films im voraus den Wind aus den Segeln zu nehmen. Die Zeitungsklatschtanten hatten die einundzwanzigjährige Tarita bereits mit Brando liiert, was durchaus in MGMs Interesse war; leider bestritt die tahitianische Schöne inzwischen, irgend etwas mit ihrem Mentor zu tun haben zu wollen.

Die Premiere des Films fand zuerst im berühmten Egyptian Theatre in Hollywood und anschließend im Loew's State in New York statt. Brando besuchte die 100-Dollar-Veranstaltung in Los Angeles, bei der niemand fehlte, mit Movita, weigerte sich aber, sich mit Regisseur Milestone photographieren zu lassen. Tarita war in Begleitung von Rosenberg und schien Marlon und Movita nicht zur Kenntnis zu nehmen. Anschließend erschien Marlon zur Premiere in New York, wo er von unerschrockenen Fans ausgepfiffen wurde. Nach fünfzehn quälenden Minuten verließ er die Vorstellung.

Die Besprechungen waren gemischt. Während Richard Harris, Trevor Howard und die Szenerie von Tahiti überall großen Anklang fanden, mußte Brando Prügel einstecken. «Der Film hat so eindrucksvolle und ergreifende Passagen, daß man sich scheut, auf gewisse Schwächen hinzuweisen», schrieb Bosley Crowther in der *New York Times*. «Eine ist Marlon Brandos Darstellung von Fletcher Christian als einem Exzentriker, der das gesamte dramatische Gefüge dominiert. Christian gerät Brando zu einer merkwürdig affektierten Persönlichkeit; er überzieht die Figur mit Flitter und Schminke und macht mehr einen Dandy als einen ehrfurchtgebietenden Schiffsoffizier aus ihm.»

Kurz vor Weihnachten erklärte Marlon sich angesichts der einstimmig ablehnenden Kritiken bereit, bei der Premiere in Tokyo zu erscheinen, eine allerdings nicht ganz uneigennützige Entscheidung. Er machte Zwischenlandung in Honolulu, vermutlich um sich mit Anna Gobray zu treffen, hatte sich aber ebenfalls mit Tarita in Japan verabredet. Sie war inzwischen im vierten Monat schwanger, und er hatte die Frau eines tahitianischen Freundes gebeten, sie zu begleiten, in der Hoffnung, sie gemeinsam zu einer Abtreibung bewegen zu können.

«Ich habe genug Schwierigkeiten mit meinen beiden Frauen, ich will das Kind nicht. Ich habe schon zu viele. Du bist eine Frau, rede du mit ihr», soll er die Freundin beschworen haben.

Die Abtreibung wurde arrangiert, doch Tarita war nicht dazu zu bewegen. «Als wir ankamen, teilte er ihr mit, daß er nicht viel Zeit hätte, weil er Weihnachten mit seinen Kindern verbringen wollte. Sie müßte sich also sofort entscheiden.» Tarita blieb bei ihrem Entschluß. Als Marlon merkte, daß er nichts erreichen konnte, kehrte er auf der Stelle nach Los Angeles zurück und überließ es Alice

Marchak, Tarita und die japanische Presse von seiner Abreise zu informieren.

Nach der Geburt eines Sohnes am 30. Mai 1963 auf Tahiti erzählte Tarita ihrer Freundin: «Ich habe das Kind bekommen, und Marlon war sehr böse auf mich.»

Das Kind wurde Teihotu getauft, erhielt allerdings nicht den Namen Brando. Angeblich bestand Marlon auf einer Blutuntersuchung, um feststellen zu lassen, ob er tatsächlich der Vater war. Später begründete er seine Weigerung, die Vaterschaft anzuerkennen, damit, daß die gerichtlichen Auseinandersetzungen mit Kashfi ihn nervlich zu sehr belastet hätten. Vermutlich wollte er es auch mit Movita nicht verderben.

Dabei plante er längst weitere gerichtliche Schritte. Nach seiner Rückkehr aus Tokyo verklagte er die *Saturday Evening Post* wegen Verleumdung. Sein Anwalt Allen E. Susman forderte Schadenersatz in Höhe von 5 Millionen Dollar. Sowohl Seltzer als auch Kanter hatten versucht, Marlon von dem Vorhaben abzubringen, doch die Klage war offensichtlich von langer Hand geplant. Die Bereitwilligkeit, mit der Marlon MGMs Wunsch nachgekommen war, bei der Premiere des Films in Hollywood, New York und Tokyo zu erscheinen, sein großzügiges Angebot, den Schluß des Films neu zu drehen, und die Raffinesse, mit der er Vogel die Unterschrift abgeschwatzt hatte, waren ein eindeutiges Indiz dafür.

Er hatte sich, wie einer seiner Assistenten es später nannte, «in eine James-Bond-Rolle» verrannt und verfolgte seine Pläne mit eiskalter Berechnung.

Dabei versuchte er sogar, Trevor Howard einzuspannen. Im Oktober erhielt der britische Schauspieler einen langen Brief von seinem Kollegen, in dem er sein Bedauern darüber äußerte, daß Howard ihn in dem Artikel in der *Post* als «unprofessionell und absolut lächerlich» bezeichnet hatte. Soweit er wisse, behauptete Marlon, sei er noch nie von einem Kollegen kritisiert worden.

Howard hätte Brando bestimmt am liebsten zum Teufel gewünscht. Statt dessen wurde er von Brando und Produzent Aaron Rosenberg gebeten, in einem Film über den Zweiten Weltkrieg mit dem Titel *The Saboteur: Code Name Morituri* mitzumachen. Die Rolle war unbedeutend, versprach aber eine beträchtliche Gage. Howard, der nach mehreren Autounfällen in Geldnöten war, akzeptierte und unterstützte damit unwissentlich Brandos Klage gegen die *Post*, denn der Artikel hatte behauptet, kein namhafter britischer Schauspieler werde nach *Meuterei auf der Bounty* je wieder mit Brando zusammenarbeiten.

1979, in einem weiteren Interview mit *Playboy*, behauptete Brando, sich nicht erinnern zu können, wie der Fall ausgegangen sei, äußerte aber, «die *Post* war zu einem Vergleich bereit und hat mich entschädigt». In Wirklichkeit hatte er die Klage fallenlassen.

Im ersten Jahr nach seiner Freigabe spielte *Meuterei auf der Bounty* in den Vereinigten Staaten wie im Ausland jeweils nur 10 Millionen Dollar ein – ein verheerendes Ergebnis angesichts der Tatsache, daß 60 Millionen Dollar nötig waren, um die Gesamtkosten von 30 Millionen Dollar wieder einzubringen. Die Folge war, daß MGMs Aktien im April 1963 um 3,39 Dollar sanken. In den Direktorenbüros wurde daraufhin die Axt angesetzt, und Studiochef Sol Siegel wurde seines Postens enthoben.

Meuterei auf der Bounty hätte leicht den Ruin des Studios bedeuten können. «Es war ein Wunder, daß es bei einem solchen Verlustgeschäft nicht dazu kam», kommentierte ein Sachverständiger. Zwar war Brando das Chaos, das der Film angerichtet hatte, persönlich ziemlich gleichgültig, doch wurde auch seine geliebte Insel davon in Mitleidenschaft gezogen. Was zu Anfang wie ein Glücksfall für die Insel ausgesehen hatte, trieb die Preise so in die Höhe, daß das Südseeparadies schnell der Kommerzialisierung zu erliegen drohte.

«Jedes verfügbare Haus auf Tahiti wurde vermietet. Die Leute zogen deshalb sogar aus», sagte Hirshon. «Häuser, für die man sonst 200 Dollar monatlich zahlte, wurden für 3000 Dollar vermietet.»

Während der Dreharbeiten war der Bank von Indochina, damals die einzige Bank auf Tahiti, sogar das Geld ausgegangen, weil MGM täglich 40000 oder 50000 Dollar benötigte, um die Hunderte von

Statisten zu bezahlen. Schließlich mußte Rosenberg mit dem Flugzeug zusätzliches Geld aus Neukaledonien herbeischaffen.

Der Film ließ die Tahitianer ebenfalls auf den Geschmack von *la bonne vie* kommen. «Sie hatten beobachtet, wie die Amerikaner auf typisch amerikanische Art mit dem Geld um sich warfen», sagte Al Prince, der Herausgeber der *Tahiti Sun-Press*, der englischsprachigen Zeitung der Insel. «Als die Filmleute abzogen, verlangten die Einheimischen dieselben Preise. ‹Das ist ja absurd›, sagten die Leute. Aber die Tahitianer zuckten nur die Achseln und meinten: ‹Pech gehabt.›»

Der Film ließ die Wirtschaft explodieren. «Bis zur *Meuterei auf der Bounty* war Tahiti ein verschlafenes, zurückgebliebenes, typisch südpazifisches Nest, wie man es von Somerset Maugham kennt», fügte Prince hinzu. «Mit einemmal war es mehr als ein bloßer Name auf der Landkarte.» Bei verschiedentlichen Besuchen beklagte Brando sich bitterlich über die Menschenmassen und die Auspuffgase, die den Hafen von Papeete verschandelten. Trotzdem kehrte er immer wieder dorthin zurück. Auf Tahiti konnte er seine amerikanischen Sorgen von sich abstreifen und sich ganz der spirituellen Reise nach innen hingeben.

Die sechziger Jahre (I)

1962–1968

Obwohl Marlon von Zeit zu Zeit mit Movita in der Öffentlichkeit erschien, bestand die Ehe 1961 nur noch auf dem Papier. Movita lebte mit Miko weiter in dem großen, im Mittelmeerstil gebauten Haus am Coldwater Canyon, das er für sie und das Kind gekauft hatte. Brando besuchte die beiden oft, denn sie wohnten nur fünf Minuten zu Fuß von der Sackgasse entfernt, wo sein Vater mit seiner zweiten Frau Anna sowie Annas Vater Gene Frenke lebten. Im Laufe der nächsten Jahre war Marlon häufiger Gast in der Frenke-Brando-Enklave, wo sich eine beinahe inzestuöse Seifenoper abspielen sollte.

Der dreiundsechzigjährige Brando senior hatte die dreißig Jahre jüngere Anna oder Anichka, wie sie genannt wurde, 1958 geheiratet. Damit schien sich in ihrem Leben etwas zu wiederholen, denn auch ihr erster Mann, Edward Paramore, ein alkoholsüchtiger Drehbuchautor, der einige Jahre zuvor bei einem grotesken Fahrstuhlunfall ums Leben gekommen war, war wenigstens zwanzig Jahre älter gewesen als sie.

Anichka war eine zierliche, attraktive Blondine, ein Tippi-Hedren-Typ, die sogar eine gewisse Ähnlichkeit mit der jungen Dodie hatte. Sie hatte die hohen Wangenknochen eines Mannequins, und ihre ausgeprägt slawischen Züge wurden von einer Pagenfrisur gerahmt. Sie litt ebenfalls unter Alkoholproblemen, die Freunde auf ihr kompliziertes und unglückliches Verhältnis zu ihrem Vater zurückführten. Frenkes Sekretärin, Louise Monaco, nannte es «einen echten Elektra-Komplex, eine regelrechte Obsession».

Gene Frenke, Grundstücksmakler, wohlhabender Geschäftsmann und eine bekannte Persönlichkeit in Hollywood, war Produzent von Filmen wie *The Barbarian and the Geisha.* Als Mann von Welt hatte er Leute wie Garbo und Chaplin gekannt und war in zweiter Ehe mit der Schauspielerin Anna Sten verheiratet gewesen. Anichka hatte sich von ihrem weltmännischen Vater immer vernachlässigt gefühlt. Sie machte kein Hehl daraus, wie sehr sie ihre Stiefmutter haßte, beschwerte sich aber trotzdem darüber, daß ihr Vater sie in ein Pensionat geschickt und ihr in den entscheidenden Jahren wenig Aufmerksamkeit geschenkt hatte. Obwohl Frenke und Sten nicht mehr zusammen waren, hatte Anichka ihrem Vater nicht verziehen und schien in der Ehe nun den Vater zu suchen, auf den sie angeblich hatte verzichten müssen.

Brando senior mit seinem altmodischen Charme und seinen Blumen mußte ihr als idealer Heiratskandidat vorgekommen sein. «Ich glaube, Senior hat Anna geheiratet, weil er sich einsam fühlte», sagte Walter Seltzer, der das Paar auf seiner Hochzeitsreise nach London begleitete, die zufällig mit der Premiere des Pennebaker-Films *Shake Hands with the Devil* zusammenfiel. «Außerdem imponierte ihm ihre weltgewandte Art. Sie hatte eine traditionelle Erziehung genossen, konnte aber auch sehr spontan sein. Dabei interessierte sie sich für Literatur und verstand wirklich etwas von Kunst.»

Trotz Anichkas stürmischer Haßliebe zu ihrem Vater zog sie mit Marlon senior in ein Haus, das Frenke ihr direkt gegenüber seinem eigenen in Coldwater Canyon gekauft hatte. Man lebte also Tür an Tür mit Freunden und Verwandten.

Wenigstens einmal im Monat kam auch Brando zu Besuch, nicht so sehr um seinen Vater und Anichka, sondern um Gene Frenke zu besuchen, der für ihn eine Kombination aus Alter ego, Seelenfreund und Ersatzvater war. Frenke war ein Bonvivant und geistreicher Plauderer, der nach dem Motto *carpe diem* lebte. Vor allem war er ein berüchtigter Schürzenjäger. Mit seinem aristokratischen Auftreten und seiner europäischen Eleganz, den eindringlichen dunklen Augen und der sportlichen Gestalt war er stolz auf seinen Ruf als einer von Hollywoods erfolgreichsten Frauenhelden. «Er muß damals Ende Sechzig gewesen sein», sagte ein Geschäftsfreund, «und war immer noch ein Don Juan. Er hockte viel mit Marlon zusammen, und es kann dabei nur um *ein* Thema gegangen sein: ihre Erfahrungen mit ihren sämtlichen Frauen.»

Marlon senior arbeitete weiter als Geschäftsführer von Pennebaker, doch ging es nach 1961 mit der Produktionsgesellschaft langsam bergab. Im Laufe der letzten sieben Jahre hatte nur *Der Besessene* Marlon junior die Freiheit erlaubt, seiner Muse zu frönen. Zu Pennebakers erfolgreicheren Produktionen gehörten *Shake Hands with the Devil, Paris Blues* und *The Naked Edge* mit Schauspielern wie James Cagney, Gary Cooper und Sidney Poitier. Marlon junior allerdings machte sich laut Seltzer nicht einmal die Mühe, sich die Filme anzusehen. Sein Interesse an *Paris Blues* 1961 beschränkte sich auf ein Telegramm an seinen Vater, Glass und Seltzer, die sich in Paris aufhielten. «Er schickte uns ein Telegramm aus Beverly Hills, um uns zum Beginn der Dreharbeiten zu beglückwünschen», sagte Seltzer, «und schrieb: ‹Lieber George, Walter und Pop. Ich küsse euch auf alle zwölf Backen. Mazeltov.› Sehr frech, typisch Marlon, aber das war auch alles, was er zu dem Film zu sagen hatte.» Im Oktober 1961 schied John Glass aus und ging zu Universal-International; das Studio war von MCA übernommen worden, um Fernsehprogramme für die Klienten der Agentur zusammenzustellen.

1962 willigte Marlon ein, Pennebaker für angeblich 1 Million Dollar an Universal abzutreten, womit Universal in den Besitz der Pennebaker-Filme kam und sich verpflichtete, Marlon senior eine Pension sowie eine ungenannte Zahl an MCA-Aktien zu gewähren. Dafür erklärte Marlon junior sich bereit, fünf Filme mit einer jeweiligen Gage von 270000 Dollar für Universal zu übernehmen. Jay Kanter, der inzwischen zum Produktionsmanager bei Universal avanciert war, sorgte dafür, daß das Studio die Kosten für Pennebakers *The Ugly American* übernahm, Brandos immer wieder verschobenen «politischen» Film, der endlich in Produktion gehen sollte.

Trotz Kanters Trostpflaster war der Vertrag eine Katastrophe. Wenn man bedachte, daß Brando mit dem *Mann in der Schlangenhaut* die 1-Million-Dollar-Grenze durchbrochen und mit *Meuterei auf der Bounty* wenigstens 1,3 Millionen Dollar verdient hatte, dann waren 270000 Dollar pro Film ein Tropfen auf dem heißen Stein; außerdem mußte er sich zehn Jahre lang durch eine Serie trivialer Filme hindurchwursteln, die nach den Worten eines Filmhistorikers die Qualität von «Bahnhofsautomatenfotos» hatten.

Gleichzeitig ließ er sich in eine Situation hineinmanövrieren, die es den Studioriesen erlaubte, ihn unter Druck zu setzen.

Lew Wasserman, dem Direktor von MCA und damaligen Leiter von Universal, konnte nicht entgangen sein, daß Brando seinen Zenit überschritten hatte. Der mäßige Erfolg von *Meuterei,* dem *Besessenen* und dem *Mann in der Schlangenhaut* war nicht zu übersehen, und damit saß Wasserman am längeren Hebel. Brando mußte die Forderungen des Studios akzeptieren, um das nötige Geld zu verdienen.

«Er ließ sich zum Teil deswegen darauf ein», sagte Seltzer, «weil er trotz seiner Versicherungen vom Vorjahr keine Lust mehr hatte, sich länger mit einer eigenen Firma herumzuschlagen und sich Vorschriften machen zu lassen. Aber der Hauptgrund war natürlich, daß er knapp bei Kasse war und ihm nichts anderes übrigblieb, als kleine Brötchen zu backen. Vorher hatte er natürlich ganz andere Töne gespuckt. Aber er hatte seinen Nimbus verloren und konnte nicht länger wählerisch sein. Deshalb hat er damals alle diese Schinken gedreht – er mußte kurztreten, damit das Geld hereinkam.»

Brandos Geldnot war tatsächlich akut. Die Scheidung von Kashfi, die andauernden Prozesse, sein aufwendiger Lebensstil und seine zusätzlichen Verpflichtungen Movita und Miko gegenüber kamen ihn teuer zu stehen. Leichtsinnige Finanzplanung hatte dazu geführt, daß er weder Kapital noch Einkommen aus Investitionen besaß.

The Ugly American und *Bedtime Story* (dt. *Der häßliche Amerikaner* und *Zwei erfolgreiche Verführer*)

Im Frühjahr 1962 begann Brando endlich mit der Arbeit am *Häßlichen Amerikaner,* die sich wegen *Meuterei* immer wieder verzögert hatte. Der neue Film ging indirekt auf ein UNESCO-Filmprojekt von 1956 zurück, in dem Brando die Entführung von zwei Mitarbeitern der Vereinten Nationen verarbeiten wollte. Er schien entschlossener denn je, einen «relevanten» Film zu machen, in dem es um die Rolle der Dritten Welt, die Bedürfnisse «blockfreier» Nationen und Amerikas arrogante Haltung im Kalten Krieg ging.

Nachdem er vor der Presse begeisterte Erklärungen (durchsetzt mit scharfer Kritik an der amerikanischen Außenpolitik) über den beabsichtigten Film abgegeben hatte, konnte es ihm nur recht sein, daß Senator J. William Fulbright, Vorsitzender des Komitees für Auslandsbeziehungen im Senat, das Projekt als zu kontrovers und sogar unpatriotisch verurteilte. Brando ging zum Gegenangriff über und erklärte, nichts könne ihn von seinem Plan abbringen. «Es gibt nur noch wenige Länder, in denen ein solcher Film gedreht werden könnte», teilte er Reportern mit. «Auf keinen Fall in Frankreich, der einstigen Zitadelle der Freiheit. Ganz sicher nicht in Rußland. Nur in Amerika, England, Schweden und ein paar anderen Ländern ist solche Selbstkritik erlaubt.»

Doch hatte Brando die politische Relevanz des Films bereits diskreditiert, als er seinen Freund und früheren Partner bei Pennebaker, George Englund, als Regisseur verpflichtete. Zwar war Englund mit Brando und dem Autor Stewart Stern durch Asien gereist, um Material über den gescheiterten UNESCO-Film zu sammeln, doch von Regie hatte er keine Ahnung. Er war nichts als ein erfolgreicher Geschäftsmann, der für seine eleganten Anzüge, seine gesellschaftlichen Kontakte zu Leuten wie Paul Newman und Produzent John Foreman sowie seine Ehe mit der Schauspielerin Cloris Leachman bekannt war. Stewart Stern, der den Bestseller von Eugene Burdick und William J. Lederer bearbeiten sollte, hatte sich immerhin als Drehbuchautor von *Rebel without a Cause* (1955) mit Publikumsliebling James Dean verdient gemacht. Doch standen Stern wie Englund weitgehend unter Brandos Einfluß – kein gutes Omen für sinnvolle, knallharte Entscheidungen.

Während Brando den *Häßlichen Amerikaner* als revolutionäres Wagnis betrachtete, sah Universal, die mit der Übernahme von Pennebaker für die Finanzierung des Films zuständig waren, das Projekt sehr viel realistischer. Das Buch von Burdick-Lederer war nicht viel mehr als eine schlecht verhüllte Polemik. Ob die Skepsis des Studios nun auf einer sorgfältigen, unparteiischen Beurteilung des Quellenmaterials oder lediglich auf kalten Füßen beruhte – jedenfalls kam nach Beginn der Produktion die Direktive von oben, die Dreharbeiten im Studio stattfinden zu lassen. Brando fand sich widerspruchslos damit ab. Pünktlich und verläßlich erschien er jeden Morgen auf dem Studiogelände, früh genug, damit Philip Rhodes ihn in aller Ruhe zurechtmachen konnte. Auch auf dem Set zeigte er sich von seiner besten Seite, obwohl er sich nach typischer Brando-Manier die üblichen endlosen Retakes nicht verkneifen konnte. Regisseur Englund zeigte Nachsicht mit Marlon in der Rolle des amerikanischen Botschafters, denn wie er einem Reporter von *Paris Match* erklärte, «hat der Regisseur die Aufgabe, dafür zu sorgen, daß der Schauspieler zu sich selbst findet». Und zur Rechtfertigung seiner Einstellung Marlon gegenüber fügte er hinzu: «Ich warte geduldig, bis der rechte Moment kommt, und brauche ihn nicht zu drängen, denn er ist der beste Schauspieler der Welt. Jeder hat seine Schwächen. Aber vielleicht wird dies seine bedeutendste filmische Leistung, denn das Thema liegt ihm am Herzen.» Bei der Freizügigkeit, die Marlon genoß, hatte er keinen Grund, seinem Freund Englund, dem Produzenten und Regisseur des Films, Knüppel zwischen die Beine zu werfen.

Marlon hatte seiner Schwester Jocelyn die kleine Rolle der Leiterin des Kinderkrankenhauses im Film besorgt. Ihre Schauspielkarriere war inzwischen ins Stocken geraten. Sie lebte allein mit ihren beiden Söhnen in Santa Monica, war in psychotherapeutischer Behandlung und trotz ihrer Zugehörigkeit zu den Anonymen Alkoholikern immer noch alkoholabhängig. «Bud hat mir mit der Rolle sehr geholfen», gestand sie. «Ich brauchte das Geld. Die Kinder wurden größer, und es war nicht leicht, Arbeit zu finden.»

Ende Juli 1962, nach Beendigung der Dreharbeiten zum *Häßlichen Amerikaner,* machte Brando einen zweiwöchigen Urlaub auf Tahiti. Dort hörte er die Nachricht von Marilyn Monroes Selbstmord in den frühen Morgenstunden des 5. August. Der Presse gegenüber enthielt er sich jeden Kommentars.

Als die Premiere des *Häßlichen Amerikaners* näher rückte, ging Brando in die Offensive. Um ähnlich ablehnenden Kritiken wie bei *Meuterei auf der Bounty* vorzubeugen, stellte er sich bereitwillig der Presse zur Verfügung und zeigte ein Entgegenkommen, als müsse er das Publikum mit einem «sanfteren, verbindlicheren» Brando zurückerobern. Eine einleuchtende Taktik, da er damit rechnen mußte, mit dem Film auf noch größere Ablehnung in Amerika zu stoßen.

Dabei bot dieser Film längst nicht soviel Zündstoff, wie Senator Fulbright und die Direktoren von Universal befürchtet oder der Schauspieler selbst prophezeit hatte. Brando spielte die Rolle von Harrison Carter MacWhite, einem ehemaligen konservativen Zeitungsverleger, der zum Botschafter in dem fiktiven südostasiatischen Land Sarkhan ernannt wird und die Unvernunft der amerikanischen Außenpolitik zu begreifen beginnt. Doch wirkte die entschlossene Stellungnahme gegen Amerikas sinnlosen Antikommunismus, die der Weltverbesserer Brando versprochen hatte, im Film ausgesprochen vage und verwässert. «Wenn der Kalte Krieg plötzlich zu Ende wäre», belehrt MacWhite sein Publikum, «müßte das amerikanische Volk den Kampf gegen Unwissenheit, Hunger und Krankheit aufnehmen, weil es so sein muß. Es *muß* so sein.» Die Botschaft war nichts als vages, freiheitlich-demokratisches Geschwafel. Dem Drehbuch fehlte der Biß, da die politischen Ideen der frühen sechziger Jahre auf die nichtssagende Floskel des Protagonisten zusammengeschnurrt waren: «Leben und leben lassen. Hilf deinen Brüdern, weil es so sein muß.»

Als Teil der Publicity-Kampagne für den Film gab Brando am 9. April 1963 David Susskind ein Interview, in dem er seinen politischen Sachverstand dadurch unter Beweis zu stellen versuchte, daß er die Südstaaten-Senatoren James Eastland, Russell Long und Strom Thurmond zu einer Diskussion über Rassenfragen herausforderte. Anschließend begab er sich ausnahmsweise auf eine ausgedehnte Publicity-Tour durch die ganze Welt und machte unter anderem in Hongkong, Tokyo, Honolulu, Boston, Chicago und Washington Station. «Die wundersame Odyssee des Marlon Brando ist die erstaunlichste Metamorphose, seit Garbo ihren Mund verloren hat», schrieb eine Hollywood-Zeitung. «Der bislang so zugeknöpfte Mr. Brando sorgt sich um seine Kinder, grämt sich über zahlreiche weltweite Probleme und glaubt, als Mitglied der menschlichen Rasse öffentlich seine Meinung verkünden zu müssen.»

Bei allen guten Absichten sorgte *Der häßliche Amerikaner* nicht im mindesten für Schlagzeilen. Mochten die öffentlichen Stellungnahmen Brandos zu Menschenrechtsfragen auch zu dem Fiasko an den Kinokassen beigetragen haben (viele Lichtspieltheater in den Südstaaten distanzierten sich von dem Film), so lag der eigentliche Grund des Scheiterns in dem moralinsauren Sendungsbewußtsein. Selbstgerechtigkeit drohte die Bildwelt zu ersticken. Visuell war der Film eine Katastrophe – anämisch, akademisch und vor allem todlangweilig.

Dabei bestand zu Beginn der sechziger Jahre unter den Liberalen in Amerika kein Zweifel, daß die amerikanische Außenpolitik bankrott war; der Film war also «politisch korrekt». Die Berliner Mauer, die Kubakrise, die Tatsache, daß Vizepräsident Richard Nixon 1958 bei einer Goodwill-Tour durch Südamerika in Venezuela und Peru von aufgebrachten Demonstranten beinahe zu Tode getrampelt worden wäre – all das ließ sich ebenso wenig übersehen wie die Liebelei der amerikanischen Regierung mit Despoten wie «Papa Doc» Duvalier und Juan Perón.

Damit gehörte der menschenrechtsbewußte Brando zumindest für eine Reihe von Kritikern, die auf Doris Day und John Wayne verzichten konnten, automatisch auf die Seite der Engel. Und die Kritiken aus diesem Lager waren so einhellig, so unkritisch positiv, daß sie dem konservativen Gerücht einer linken Verschwörung in der Presse neuen Auftrieb gaben.

«Etwaige berufliche Makel, die ihm nach seiner Rolle in *Meuterei auf der Bounty* angehaftet haben mögen, dürften durch die kraftvolle und überzeugende Darstellung in diesem Film gelöscht worden sein», schrieb Bosley Crowther in der *New York Times.* «Brando ist unübertrefflich, wenn das Drehbuch straff und George Englunds Regie überzeugend ist.» – «Eine seiner besten Leistungen», stimmte die New Yorker *Daily News* in den Chor ein. Und obwohl er einräumte, die schauspielerischen Leistungen seien gelegentlich «affektiert und manieriert», legte Leo Mishkin, der Kritiker des *New York Morning Telegraph,* seinen Lesern den Besuch des Films dringend ans Herz.

Während er Art Buchwald seine aufreibende Publicity-Tour erklärte, gab Marlon eine weitere Erklärung für seine neue Umgänglichkeit: «Meine Kinder werden größer. Die Kinder haben mich gelehrt, daß ich Pflichten habe.»

Wie viele Kinder es waren oder was für Vaterpflichten er ausübte, darüber schwieg er sich allerdings aus.

Denn Marlon kam und ging, wie es ihm paßte, und die Besuche bei seinen Kindern in Coldwater Canyon waren sehr unregelmäßig. Kashfi setzte Christian bei ihm ab, aber da Brando häufig nicht da war, mußten die Ruysseveldts, sein Hausverwalterehepaar, sich seiner annehmen. Sie hielten den Fünfjährigen für einen verstörten, schwer zu bändigenden «kleinen Teufel», der sich nichts sagen ließ. Er zerknickte Zigaretten und verstreute den Tabak auf dem Fußboden. Oder er schlich sich, um Aufmerksamkeit zu erheischen, in die Küche, kniff Cécile oder stibitzte halbe Eier und ließ sie angebissen auf dem Tisch liegen.

«Er war ein kleines Biest», meinte Cécile, «und konnte ziemlich grausam sein. Jedesmal, wenn er kam, mußten wir den Hund einschließen. Er besaß Pfeil und Bogen, nicht mit Saugnäpfchen vorn, sondern mit Plastikspitzen, und schoß damit auf unseren Bernhardiner Toto.» Auch Ray fand, daß Christian ungezogen und verwöhnt war. Wenn Ray ihn zurechtwies, rief der Junge heulend nach seinem Vater. «Ich drohte ihm: ‹Wenn du das noch mal tust, zerbreche ich dir Pfeil und Bogen, hörst du?›, worauf er gleich nach seinem Papa schrie, so daß Marlon angelaufen kam», erinnerte sich Ray. «Ich erklärte Brando den Fall, aber er sagte nur ganz ruhig zu Christian: ‹Das darfst du nicht wieder tun.›»

Movita hatte offenbar an Christian kein Interesse, achtete aber darauf, daß Miko parierte. «Miko war ihr ein und alles», sagte Ray. «Sie bestand auf Disziplin. Und Marlon mischte sich nicht ein.»

Neben dem Kinderbeaufsichtigen mußten die Ruysseveldts dafür sorgen, daß der Kühlschrank gut bestückt war – ein tagesfüllender Job, denn wenn Marlon erschien, steuerte er direkt auf die Küche zu, um sich «vollzustopfen», und konnte gelegentlich einen halben Käsekuchen und einen Liter Vanilleeis auf einmal verzehren. Seine Eßgewohnheiten waren so hemmungslos, daß die Ruysseveldts vermuteten, er tauche nur deshalb so selten zu Hause auf, weil er vor der Kamera eine halbwegs akzeptable Figur behalten wollte. Seine oberste Grenze lag bei 180 Pfund. Aber oft wog er, wie Ray vermutete, über 220.

«Movita riet uns, überall, auch am Kühlschrank, Schlösser anzubringen», sagte Ray. Eines Morgens hatte er mit Befremden festgestellt, daß ein großes Stück aus einem frischen runden Brie fehlte. Da die Zahnabdrücke im Käse auf Nagetiere oder den kleinen Christian schließen ließen, ging er zu Movita, doch die hatte eine andere Erklärung dafür. «Das war Marlon», sagte sie. «Der kommt nachts und macht sich über den Kühlschrank her.»

Hinter einer «riesigen Onassis-Sonnenbrille» und einem breitrandigen Schlapphut verborgen, war Marlon häufig in Rays Pontiac unterwegs. Die Camouflage hatte allerdings meist den gegenteiligen Effekt, denn da sein merkwürdiger Aufzug erst recht Aufmerksamkeit erregte, wurde er häufig von neugierigen Gaffern belästigt. Doch sein Appetit übertraf seinen Wunsch nach Anonymität, und so zog er oft noch spätabends in seiner kuriosen Verkleidung mit Movita los. «Sie fuhren zu einem kleinen Imbißstand irgendwo in East Hollywood, nahe der Autobahn», erinnerte sich Ray. «Movita kam meist wütend zurück. ‹Dieser unvernünftige Mann!› sagte sie dann. ‹Er hat wieder sechs Hot dogs gegessen!›»

Die telefonischen Bestellungen im Delikatessengeschäft Hazen, von denen die Stars sich beliefern ließen, beliefen sich angeblich auf monatlich 3000 Dollar, und die Rechnung wurde automatisch von Brandos Finanzverwaltern, Gadbois Management, beglichen. Sie ließen Movita ebenfalls eine Summe von 5000 Dollar monatlich zukommen. «Der Scheck ging allerdings direkt auf ihr Sparkonto», erinnerte sich Cécile. «Ich vermute, sie legte vorsorglich Geld für den Zeitpunkt der Trennung zur Seite.»

Philip Rhodes zufolge, der mit Marie in ihrem Gästehaus wohnte, solange sie noch keine eigene Wohnung gefunden hatten, griff Movita auch ihrer eigenen Familie kräftig unter die Arme. «Oft ließ sie ihre Mutter und Schwestern von Hazen mit Lebensmitteln beliefern», erklärte Philip. «Sie wußte ganz genau, daß das Haus mit Mädchen und Butler keine Dauerlösung, sondern nur eine Fassade war, damit Marlon vor Gericht behaupten konnte, er könne Christian ein anständiges Zuhause bieten. Deshalb versuchte sie herauszuholen, was herauszuholen war.»

Obwohl Kashfi einen großen Bogen um Coldwater Canyon machte, spionierte sie häufig telefonisch hinter Marlon her. «Hier ist Anna Kashfi», schrie sie ins Telefon. «Der Scheißkerl soll herkommen!» Wenn er zu Hause war, nahm Marlon das Telefongespräch in seinem eigenen Zimmer entgegen, während Movita den Ruysseveldts am Swimmingpool oder in der Küche erzählte, Kashfi sei «durchgedreht» und völlig betrunken.

Trotz seiner exzentrischen Allüren schätzten Ray und Cécile Brando als liebenswürdigen, anspruchslosen Boss, der Spaß verstand und selbst Anspielungen auf seine Leibesfülle nicht übelnahm. So ließ er sich nicht aus der Ruhe bringen, als er sich eines Tages bei der «Gartenarbeit» beinahe den großen Zeh mit der Axt abgehackt hatte. «Er wollte auf seinem Grundstück einige Bäume fällen», erinnerte Ray sich. «Also gab er Hunderte von Dollar für Werkzeug aus, mehr als unser monatliches Gehalt. Dann verschwand er pfeifend im Garten. Fünf Minuten später tauchte er leichenblaß in der Küche auf und bat Cécile in höflichem Französisch, einen Arzt zu rufen. Dabei tropfte das Blut auf den Fußboden.»

Er hatte weder Panik noch Schmerzen verraten, das Werkzeug allerdings auch nie wieder angerührt. Der Unfall war auf seine Kurzsichtigkeit zurückzuführen, die inzwischen so schlimm war, daß er ohne Kontaktlinsen nahezu blind durch die Gegend tappte. Einmal hatte Cécile ihm einen Streich gespielt und ein Stück Plastikkäse auf den Tisch gestellt, in das er nichtsahnend hineinbiß.

Neben seinem hektischen Privatleben war Brando in der ersten Jahreshälfte 1963 ebenfalls mit der eher ironisch betitelten Verfilmung von *Bedtime Story* (dt. *Zwei erfolgreiche Verführer*) beschäftigt. Obwohl ihm die Rolle überhaupt nicht lag, blieb ihm keine andere Wahl, denn nicht nur bestand Universal auf der Einhaltung des 5-Filme-Vertrags, er brauchte auch das Geld.

Während Brando-Liebhaber wie Stanley Kauffmann seine Darstellung verteidigten und Bosley Crowther ihn sogar einen «erstklassigen Komiker» nannte, sprachen die meisten Kritiker ihm dieses Talent rundweg ab. Laut Molly Haskell gab es in dem ganzen Film überhaupt nur eine interessante und «bezeichnende» Szene, und zwar, als Brando eine junge Frau dadurch zu verführen versucht, daß er ihr erzählt, er sei von der Taille abwärts gelähmt. Als David Niven in der Rolle des Rivalen ihm daraufhin seinen Spazierstock um die Beine schlägt, sitzt Brando lächelnd und ohne sich den Schmerz anmerken zu lassen, da. Eine Leistung, für die ihm Haskell das Prädikat «größter Leinwandmasochist aller Zeiten» verlieh.

Doch auch solche selbstparodistischen Einlagen vermochten dem sich hilflos dahinschleppenden Film nicht auf die Beine zu helfen. Produzent des ursprünglich *King of the Mountain* betitelten Films war Shapiro, dem Universal eine Reihe von einträglichen, leichten Komödien, darunter *Pillow Talk,* verdankte. Mit Hilfe von Autor Paul Henning hatte der Produzent ein Drehbuch über zwei Gigolos verfaßt, die an der Riviera gemeinsam reiche Witwen und geschiedene Frauen aufs Korn nehmen. Vor Beginn der Produktion hatte Shapiro angeblich ein ernstes Wort mit Brando gesprochen. «Es sind mir ein paar wüste Geschichten über dich zu Ohren gekommen», sagte der Produzent. «Ich weiß nicht, was daran wahr ist. Aber ehe wir zusammenarbeiten, möchte ich eins klarstellen: erstens, daß du pünktlich erscheinst, und zweitens, daß du deinen Text lernst.» Brando fühlte sich nicht im mindesten gekränkt. «Manches davon stimmt nicht», sagte er, «manches mag wahr sein – aber ich hatte meine Gründe. Mach dir keine Sorgen.»

Brando vergaß zwar gelegentlich seinen Text, riß sich im großen und ganzen aber zusammen. Wenn er mit seinem Partner David Niven nicht gerade Blödsinn anstellte, vertiefte er sich sogar in seine ziemlich nichtssagende Rolle. Die einzige Erklärung war, daß ihn die leichte Komödie keine Anstrengung kostete und er seine Energie für die wichtigere Arbeit in der Menschenrechtsbewegung aufsparen konnte, in der er zunehmend engagiert und die vermutlich der eigentliche Grund war, warum er die Presse während der Dreharbeiten hofierte.

Bevor der Film beendet war, mußte Marlon allerdings ein weiteres Buschfeuer in seinem Privatleben löschen. Im vorhergehenden Sommer war Marie Cui häufig bei Frenke zu Gast gewesen und hatte gleichzeitig eine Affäre mit Brando gehabt. Wie sie ihrer Freundin Mallory Jones Danaher später erzählte, hatten Marlon und sie beschlossen, ein Kind zu haben, und sie war bewußt schwanger geworden. Brando habe sich darüber gefreut, behauptete Cui, und sogar die Kosten für die ärztliche Betreuung durch seinen Hausarzt übernommen. Am 27. Februar 1963 wurde ihre Tochter geboren und auf den Namen Maya Gabriella Cui Brando getauft. Nach der Geburt reiste Cui zu einem Urlaub bei ihrer Familie auf die Philippinen. Doch als sie weder von Brando hörte noch finanzielle Unterstützung von ihm erhielt, nahm sie ihr Kind und flog nach Los Angeles zurück.

Auf dem Rückflug machte sie in Hongkong Station und stieß in einem Restaurant auf ein paar Freunde. Sie tauschten die letzten Neuigkeiten aus, und Cui erzählte ihnen von der gerade überstandenen Geburt. Überrascht von dem Zufall, berichteten ihr die Freunde, daß eine andere Bekannte auch gerade ein Kind zur Welt gebracht habe. «Und rat mal, wer der Vater ist?» setzten sie ahnungslos hinzu. «Marlon Brando!»

Cui hatte keine Ahnung, wer die andere Frau war. Es hätte eine der tahitianischen Tänzerinnen aus *Meuterei* oder sogar Tarita sein können, deren Sohn Teihotu am 30. Mai geboren wurde. Doch gleichgültig, wer die Mutter war, Cui war außer sich und bestieg das nächste Flugzeug nach Los Angeles. Wie sie Danaher später erzählte, fuhr sie im Taxi direkt vom Flughafen zu Marlon, marschierte ins Haus und verpaßte ihm eine Ohrfeige. Als der Schauspieler sich weigerte, das Kind anzuerkennen oder sie finanziell zu unterstützen, schickte sie ihm am 19. Juli 1963, während sie in Santa Monica angeblich mit «akuter Nierenbeckenentzündung» im Krankenhaus lag, eine gerichtliche Vorladung ins Haus.

Marlons erste Reaktion auf die Klage und die Sensation, die sie in der Presse hervorrief, war, daß er Philip Rhodes beschuldigte, Informationen über Cui, «die nur er haben konnte», an die Presse lanciert zu haben. Daß Philip und Marie inzwischen in derselben Straße wie Cui wohnten und Philip ebenfalls mit Frenke befreundet war, galt Marlon als hinlänglicher Beweis für seinen Verrat. Dabei hatte Frenke, wie Rhodes später behauptete, Cui deshalb seinen eigenen Anwalt zur Verfügung gestellt, um hinter den Kulissen Informationen aus ihm herauszuholen, die Marlon im Endeffekt zugute kamen. Marlon ließ sich schließlich überzeugen, daß Rhodes nichts mit Cuis Klage zu tun hatte, blieb aber weiterhin mißtrauisch. Als er die beiden Rhodes eines Abends unvermutet bei Movita traf, fing er wieder an, sich über die Lügen zu beschweren, die Philip dem Verfasser des Artikels angeblich mitgeteilt hatte.

«Mir klang es eigentlich alles sehr glaubwürdig», warf Movita ins Gespräch ein, wobei sie sich ein Lächeln nicht verkneifen konnte. «Der Artikel war ausgezeichnet geschrieben, genau wie ich es ihm erzählt habe.»

«Marlon sah sie wie vom Donner gerührt an», berichtete Rhodes. «Er konnte nicht fassen, daß sie die Übeltäterin gewesen war. Danach renkte sich unser Verhältnis wieder ein, doch entschuldigt hat er sich für die Unannehmlichkeiten, die er mir bereitet hat, nie.»

Am 1. August 1963 mußte Marlon in Santa Monica vor Richter Edward Brand erscheinen, ein inzwischen bekanntes Gesicht, da er bereits mehrere Verhandlungen zwischen Brando und Kashfi geleitet hatte. Cui forderte Alimente von monatlich 775 Dollar für sich und ihre Tochter, bis der Fall endgültig entschieden war. In ihrer Eingabe behauptete sie, Brandos Arzt habe das Kind zur Welt gebracht, und Brando habe nicht nur alle Schwangerschafts- und Geburtskosten bezahlt, sondern in ihrem Haus vor Zeugen erklärt, «das Kind ist wahrscheinlich von mir».

Am 6. August lehnte der Richter die Klage ab, nachdem Blutuntersuchungen ergeben hatten, daß Brando nicht der Vater sein konnte. Der Fall machte allerdings weiterhin Schlagzeilen, als Cuis Anwalt der Presse Einzelheiten über die sieben Jahre währende Beziehung zukommen ließ, inklusive Daten von Begegnungen in Manila, Kyoto und Los Angeles sowie Auskünfte über die merkwürdigen nächtlichen Telefongewohnheiten des Schauspielers.

Trotz der Klage setzten Brando und Cui ihre Beziehung im Laufe der nächsten Jahre fort. Danaher behauptete sogar, Cui habe regelmäßig Schecks von Marlons Finanzberatern erhalten, und Maya sei «in dem Glauben aufgewachsen, Marlon wäre ihr Vater».

Angeblich soll Brando 1981 Mayas Ausbildung in Paris bezahlt und ihr gesagt haben, sie dürfe nun «seinen Namen benutzen».

Im Herbst 1963 beschlossen Ray und Cécile, daß die wachsende Arbeitsbelastung sie zu einer Gehaltserhöhung berechtigte. (Da Marlon oft abwesend und Movita viel unterwegs war, mußten sie häufig auf Christian und Miko aufpassen.) Sie hatten sich bereits an Gadbois Management gewandt, jedoch abschlägigen Bescheid erhalten. Als sie das Thema Marlon gegenüber zur Sprache brachten, lehnte er ebenfalls ab und meinte nur, er bedaure sehr, auf sie verzichten zu müssen. Wie im Fall von Philip Rhodes schien er ihnen zu unterstellen, daß sie ihn nur ausnutzen wollten. Mit ähnlicher Begründung hatte er einer Sekretärin bei Pennebaker eine Gehaltserhöhung von 5 Dollar verweigert.

Ray vermutete allerdings noch ein weiteres Motiv hinter Marlons ablehnender Haltung. Er hatte den Verdacht, ihr Arbeitgeber suche nach einem Grund, sie loszuwerden, da «er eifersüchtig auf unser enges Verhältnis zu Miko war». Der Dreijährige fühlte sich mehr und mehr zu den Ruysseveldts hingezogen, besonders zu Ray, der die Rolle eines Ersatzvaters zu spielen schien. Trotz der Sprachbarriere (Miko sprach damals nur Spanisch) hing der Junge mehr an Ray als an dem häufig abwesenden Brando. Wenn die Ruysseveldts sich nach der Arbeit zum Fernsehen in ihr Zimmer zurückzogen, klopfte Miko leise an die Tür. Selbst wenn Marlon zu Hause war, hielt er sich lieber bei den beiden Belgiern auf. «Es war beinahe peinlich», sagte Ray. «Wenn Brando ihn schließlich bei uns abholte, hätte ich oft am liebsten gesagt: ‹Das wurde aber auch Zeit.›»

Cécile fand die Situation ebenfalls belastend. «Miko brauchte einen Vater, aber Marlon ließ sich immer seltener blicken», erklärte sie. «Wir hatten keine eigenen Kinder, und mir war der Junge natürlich sehr ans Herz gewachsen.»

Es kam sogar so weit, daß Miko beim Abschied der Ruysseveldts mitgehen wollte. «Tschüs, Mami», sagte er zu Cécile, während ihm die Tränen über die Backen liefen. Auch Movita weinte, als das Ehepaar davonfuhr.

Wenn Movitas Haushalt jedes Gefühl von Familienzusammengehörigkeit entbehren ließ, so gefiel Anichka sich trotz ihrer ambivalenten Gefühle ihrem «Stiefsohn» Marlon junior gegenüber durchaus in der Rolle der Matriarchin. Angesichts der Rivalität mit ihrem berühmten Vater sonnte sie sich in der Verbindung mit dem berühmten Namen Brando. Eines Tages befanden Marlon senior und sie sich in Lederkluft in einem Fahrstuhl, als ein Mitfahrer witzelte: «Sie halten sich wohl für Marlon Brando, was?» Mit einem triumphierenden Blick auf Marlon senior entgegnete Anichka: «Das ist er ja auch!» Trotz ihrer Vorbehalte gegenüber Marlon junior war sie gut befreundet mit Jocelyn. Auch mit Movita verkehrte sie freundschaftlich und kümmerte sich intensiv um Christian und Miko. «Sie hing besonders an Miko», bemerkte Louise Monaco, Frenkes Sekretärin, «nicht zuletzt deswegen, weil sie Marlon für einen schlechten Vater hielt, der seine Kinder vernachlässigte.»

Morituri (dt. *Morituri*)

Anfang 1964 kehrte Marlon mehrmals nach Tahiti zurück, um Tarita und seinen Sohn zu besuchen und zu sehen, wie weit die Verhandlungen zum Kauf des Zwölf-Insel-Atolls Tetiaroa gediehen waren. Bei seinen lästigen Verpflichtungen und den Mißerfolgen seiner jüngsten Filme konnte allerdings auch die Hoffnung auf ein Leben im Südpazifik seine Laune nicht heben. Doch ehe er seinen Verpflichtungen gegenüber Universal überhaupt nachkommen konnte, hatte er eine weitere «Zwangsvorstellung» zu geben: Die letzte Rate seiner Schulden bei Zanuck und Twentieth Century-Fox, die er durch den Vertragsbruch in *The Egyptian* verursacht hatte, stand noch aus und mußte durch seine Mitwirkung in *Morituri* abgegolten werden. Die Dreharbeiten sollten im Sommer 1964 beginnen.

The Saboteur: Code Name Morituri, wie der Film ursprünglich hieß, hätte ein zügiger, unterhaltsamer, spannender Krimi werden können; statt dessen wurde aus der simplen Abenteuergeschichte an Bord eines Nazischiffes im Zweiten Weltkrieg ein durch schwerfällige Regie und verworrene Nebenhandlungen überfrachtetes Vehikel, das auch Brandos deutscher Akzent nicht vor dem feuchten

Grab bewahren konnte. Filmhistoriker fanden, abgesehen von Conrad Halls Kameraarbeit, nicht viel Lobenswertes daran.

Die Handlung von *Morituri* konzentriert sich auf den von Brando gespielten Robert Crain, einen weinerlichen deutschen Pazifisten, der sich im entlegenen Indien vor dem Krieg drückt. Von dem britischen Geheimdienstagenten Trevor Howard zur Rede gestellt, verweigert Brandos Drückeberger die Mitarbeit, läßt sich aber schließlich doch überreden und übernimmt einen geheimdienstlichen Auftrag: Er soll sich als angeblicher SS-Agent an Bord eines Frachters mit einer kriegswichtigen Ladung Gummi begeben und das Schiff in alliierte Hand bringen. Der Außenseiter Crain findet einen dem Alkohol ergebenen Seelenverwandten in Schiffskapitän Yul Brynner, der dem Krieg ebenfalls skeptisch gegenübersteht. Die beiden verbindet eine merkwürdige, beinahe «metaphysische» Freundschaft. Sie wird noch kompliziert durch Janet Margolins jüdische Flüchtlingsfrau, die in ständiger Gefahr schwebt, von der instinktlosen Besatzung vergewaltigt zu werden.

Brando begrüßte, wie Drehbuchautor Taradash wußte, die Wahl des deutschen Regisseurs Bernhard Wicki, dessen karger, eindringlicher Antikriegsfilm *Die Brücke* von 1959 eine Intelligenz und ein künstlerisches Gespür verrieten, die in Hollywood Mangelware waren. Doch im Laufe der Drehbuchbesprechungen stellte der Autor einen Wandel in Brandos Haltung fest. Sie hatten sich seit einigen Wochen meist gegen elf, zwölf Uhr morgens mit Rosenberg bei Brando zu Hause getroffen. Trotz dieses für ihn idealen Arrangements erschien der Schauspieler zunehmend verspätet, wirkte gelangweilt und lag oft «in Embryohaltung» auf dem Sofa. Gelegentlich machte er eine kritische Zwischenbemerkung, aber meist zuckte er nur teilnahmslos die Achseln. Da er wußte, daß Brynner für die zweite Hauptrolle vorgesehen war, wollte er unbedingt auch eine Glatze haben. «Sonst muß Brynner eine Perücke tragen», hielt er dem entgeisterten Rosenberg entgegen.

Bei aller Abneigung gegen Fox hatte Brynner sich zu dem Film bereit erklärt, weil er ähnlich wie Brando dringend das Geld brauchte. Er verlor kein Wort darüber, daß er auf den Werbeanzeigen hinter dem Star zurückstehen mußte, dem er bereits in den vierziger Jahren begegnet war, als Brynners damalige Frau Virginia Gilmore mit Marlon in *Truckline Café* aufgetreten war. Die beiden hatten seit langem ein stillschweigendes Abkommen, sich nicht in die Quere zu geraten, «auch wenn sie», nach den Worten von Brynners Sohn, «nicht unbedingt dicke Freunde waren».

Mit Spannungen zwischen den beiden ausgeprägten Persönlichkeiten durfte allerdings gerechnet werden. Bei der Pressekonferenz des Studios betraten die beiden Schauspieler von verschiedenen Seiten den Raum, blieben fünfzig Meter voneinander entfernt stehen und sahen sich herausfordernd an. Nach einer dramatischen Pause brachen sie in schallendes Gelächter aus, fielen sich in die Arme und vollführten einen kleinen Tanz miteinander.

Nur ein einziges Mal bestand Brynner während der Dreharbeiten auf seinem Willen. Da fast alle Szenen an Bord eines Schiffes spielen, hatte man einen japanischen 10000-Tonnen-Frachter aus dem Zweiten Weltkrieg gemietet und von Nagoya nach Catalina gebracht, wo die eigentliche Filmarbeit im September 1964 beginnen sollte. Brynner verlangte, daß eine Landeplatte am Heck des Schiffes angebracht wurde, damit er täglich nach beendeter Arbeit mit einem Helikopter an Land gehen konnte. Prompt bestand Brando auf dem gleichen Privileg.

«Beide hatten eine vertragliche Zusicherung, daß sie bei Ankunft des Helikopters, Punkt sechs Uhr, die Arbeit niederlegen konnten, auch wenn sie mitten in einer Szene waren», erklärte Kameramann Conrad Hall. «Die Filmcrew ärgerte sich darüber, denn selbst bei idealen Lichtverhältnissen stieg Brynner in seinen Helikopter und verschwand.» Brando hielt diesen rigorosen Zeitplan angeblich deshalb strikt ein, weil er sich an Fox für die erlittene «beschissene Behandlung» rächen wollte.

Obwohl in den sechs Wochen an Bord meist anspruchslose Action-Szenen gedreht wurden, verfiel Brando bald wieder in eine seiner «Stimmungen». Zwischen den Takes zog er sich in seine Kabine zurück und vergrub den Kopf in den Kissen. Eines Nachmittags lief er Amok und schlug die Inneneinrichtung zu Bruch. Der rundliche, kleine Wicki mit seinem Schnauzbart kam Brando eher wie ein pingeliger Techniker und nicht wie der große Künstler vor, den er erhofft hatte. Außerdem war sein Verhältnis mit der jungen Schauspielerin Janet Margolin äußerst gespannt, hauptsächlich deswegen, weil sie bei ihrer mangelnden Filmerfahrung und ihrer schüchternen Art Marlons Eigenwilligkeiten nach eigenem Geständnis nicht gewachsen war.

Auch nach Feierabend war Brando nicht besonders gesellig und verkehrte ausschließlich mit seiner eigenen Clique – Sam Gilman, Philip und Marie Rhodes, Billy Redfield und Wally Cox, die er alle im Film untergebracht hatte. Rhodes war für seine Maske zuständig, Gilman fungierte als «Dialog-Berater», während Redfield eine kleine Rolle als amerikanischer Kriegsgefangener bekommen hatte. Was Cox betraf, so hatte Marlon ihm die Rolle eines versoffenen Arztes zugeschustert, ganz offensichtlich ein Wink mit dem Zaunpfahl, denn Wally litt unter seiner unglücklichen Ehe und trank. Marlon hatte ihn bekniet, den Anonymen Alkoholikern beizutreten, aber Wally weigerte sich; die Rolle war als Denkzettel für seine Unfähigkeit gedacht, sich am Riemen zu reißen.

Dabei war Brando nicht ganz unschuldig daran, daß sein Freund immer heftiger trank, denn Marlon bewohnte mit Cox und Redfield eine gemietete Villa, wo sie jeden Tag zusammensaßen und über zahlreichen Cocktails am Drehbuch bosselten.

Auch Margolin ließ sich von Brandos erratischem Benehmen zunehmend ins Bockshorn jagen. «Er war wie Quecksilber», sagte sie, «mal unglaublich verführerisch, herzlich, witzig, rücksichtsvoll und zehn Minuten später gehässig, beleidigend und einschüchternd.»

Brandos erratisches Benehmen beschränkte sich allerdings nicht nur auf die Margolin. In einer gemeinsamen Szene mit Brynner probierte er aus, wieviel hartgekochte Eier er sich in den Mund stopfen konnte, ohne seinen Dialog unterbrechen zu müssen. Auch aus seiner Verachtung für Regisseur Bernhard Wicki machte er inzwischen keinen Hehl mehr, selbst wenn er seinen Text nicht konnte und sogenannte Neger zu Hilfe nehmen mußte. Mitten in einer Szene mit Brynner wandte Marlon sich plötzlich ab, trat an ein Bullauge und blickte aufs Meer hinaus. «Wir hatten keine Ahnung, was das sollte, denn es stand nicht im Drehbuch», erklärte Taradash.

«Dann stellten wir fest, daß er draußen eine Tafel mit seinem Text aufgestellt hatte und das Bullauge nur als Vorwand benutzte. Die ‹Neger› tauchten an den unmöglichsten Stellen auf, und das Rätselraten war immer groß.»

Während die Dreharbeiten im Herbst 1964 nur zögernd vorangingen, nahm Brando immer neue Änderungen am Drehbuch vor, und es konnte vorkommen, daß er, wenige Stunden bevor die Schauspieler vor die Kamera treten sollten, ganze Szenen auseinandernahm. Wie nicht zu vermeiden, sprachen sich die Probleme herum, und in der ersten Novemberwoche machte der *Hollywood Reporter* die Geschichte publik: «Fox bestreitet Presseberichte, denen zufolge *Morituri* sein Budget um 1 Million Dollar und den Zeitplan um einen Monat überzogen hat. Statt dessen erklärte das Studio: ‹Der Etat ist lediglich um 162000 Dollar und der Zeitplan um sieben Tage überzogen – und zwar ausschließlich wegen ungünstiger Wetterbedingungen vor Catalina und Maschinenschadens des Frachters, auf dem der Film gedreht wird.›»

Brando nahm Verzögerungen und Kostenüberschreitungen mit gewohnter Blasiertheit zur Kenntnis. «Wozu soll ich mir deswegen graue Haare wachsen lassen?» teilte er dem befreundeten Journalisten Bob Thomas mit. «Wenn der Film gut ist, wird kein Wort mehr darüber verloren. Und wenn er schlecht ist, können wir uns nur einen Lampenschirm auf den Kopf setzen und uns ganz still verhalten, damit es keiner merkt.»

Marlons Vertraute ahnten, daß seine Stimmung nach Beendigung von *Morituri* mutloser und gedrückter war als je zuvor. Er war vierzig, und mit seiner Karriere schien es stetig bergab zu gehen. Im November 1964 gestand er in einem Interview mit der *New York Times* offen ein, in der Vergangenheit Fehler gemacht zu haben, münzte seine Selbstverachtung allerdings in Klagen über Hollywood und den Schauspielberuf im allgemeinen um: «Wenn ich zurückblicke, hätte ich vieles vielleicht anders machen können», sagte er. «Zu meinem eigenen Schaden habe ich mich fast überhaupt nicht um Drehbücher gekümmert. Manchmal mußte ich mich mit dem zufriedengeben, was mir in letzter Minute angeboten wurde, statt mich selbst nach etwas Besserem umzusehen. In den nächsten sechs, sieben Jahren muß ich meinen vertraglichen Verpflichtungen gegenüber Universal nachkommen und habe auch sonst noch ein paar Pläne auf Lager. Wer weiß, was danach kommt? ... Irgend etwas muß ich machen ... aber es muß ja nicht Schauspielern sein.»

Er setzte hinzu, daß er eine Filmversion von Jean Genets *Forbidden Dreams* mit Regisseur Tony Richardson plane und anschließend für Anatole Litvak in *The Deputy* auftreten wolle. «Es ist mir gleichgültig, ob *The Deputy* Geld macht», behauptete er. «Ich spiele auch umsonst mit.»

Bei all seinen Hoffnungen auf gewichtigere Filmangebote (beide Projekte fielen schließlich ins Wasser) schien Brandos Pessimismus angesichts von *Morituri* berechtigt. Zwei Wochen nach dem Start im August 1965 verschwand der Film unter vernichtenden Kritiken in der Versenkung. Selbst ein konservatives Blatt wie *Newsweek*, das sich meist damit begnügte, Filme nach ihrem Unterhaltungswert zu beurteilen, kritisierte Brandos Selbstgefälligkeit und fragte sich, «wie jemand, der sich die Regisseure und Drehbücher aussuchen kann und in allem freie Hand hat, sich mit solch haarsträubendem Unsinn zufriedengeben kann».

Es war offensichtlich, daß die Kritik sich nicht so sehr gegen den Film als gegen seinen Star richtete, dessen Talent und künstlerisches Niveau zunehmend zu wünschen übrig ließen. Obwohl Brando in seinem Interview vom November versucht hatte, die Konflikte, die aus seiner Kunst-versus-Hollywood-These resultierten, zu erklären, vermuteten die Kritiker nicht nur «künstlerische Differenzen», sondern einen Gesinnungswandel, der schon seit *Meuterei auf der Bounty* spürbar gewesen war.

Anna Kashfis Haß hatte sich in der Zwischenzeit ins Unversöhnliche gesteigert, und der sechsjährige Christian befand sich wieder einmal im Kreuzfeuer zwischen den elterlichen Parteien. Mit drei Jahren war er in eine Montessori-Schule eingeschult worden, die er allerdings nach einem Jahr wieder verlassen mußte. Hin und her geschubst zwischen Brandos Haus am Mulholland Drive und Annas gemietetem Bungalow und der Obhut einer Reihe von Kindermädchen, Haushälterinnen und Babysittern überlassen, war er zu einem desorientierten, verstörten Jungen herangewachsen. Das ständig wechselnde elterliche Sorgerecht während der *Meuterei*-Dreharbeiten hatte ihm auch nicht gerade gutgetan, so daß selbst Brando merkte, daß sein Erstgeborener ein nervöses, unsicheres, verschüchtertes Kind war.

«Wir sahen alle, daß die Situation unhaltbar geworden war», sagte Jocelyn. «Anna hatte ständige Wutausbrüche und feuerte ein Mädchen nach dem andern. Es war so weit gekommen, daß Christian niemandem mehr ins Gesicht sah, sondern auf die nächstbeste Person im weißen Kleid zuging, wenn er etwas wollte. Der Streit um das Sorgerecht ging weiter, weil Bud überzeugt war, Christians Leben retten zu müssen. Anna war krank, sie litt an Epilepsie ... Und ihr ging es auch gar nicht um Christian, sie wollte sich nur an Bud rächen.»

Im Herbst 1964 kam es allerdings vorübergehend zum Waffenstillstand zwischen den beiden, als Anna Brando gestattete, Christian mit auf Urlaub nach Tahiti zu nehmen. Die Reise schien eine gute Idee, bis Brando einen weiteren Fehler beging: Er brachte Tarita und ihren anderthalbjährigen Sohn Teihotu anschließend mit nach Los Angeles zurück.

Obwohl Kashfi Tarita während ihres eigenen Besuchs auf Tahiti im Jahr zuvor kennengelernt hatte, verlor sie bei der Nachricht, daß Tarita und das Baby im Mulholland Drive untergebracht waren, völlig die Nerven. Am 7. Dezember 1964 wurde sie nach einer Überdosis Schlaftabletten bewußtlos aufgefunden und in die Universitätsklinik gebracht.

Brando wurde automatisch das vorübergehende Sorgerecht für Christian zugesprochen, den er der Obhut seiner Sekretärin Alice Marchak übergab, während er zur Arbeit an *Morituri* ins Fox-Studio zurückging. Brandos späterer gerichtlicher Aussage zufolge verließ Kashfi noch am selben Tag das Krankenhaus, «brach in mein Haus ein, wurde meiner Sekretärin gegenüber tätlich, warf einen Tisch durch ein Glasfenster und verschwand mit unserem Sohn». Bald tauchte Brando mit seinem Anwalt Allen Susman und zwei Privatdetektiven im vornehmen Bel Air Sands Hotel auf, wohin sie den Jungen gebracht hatte. Als die Beamten Christian aus der Suite holten, lief Kashfi in Nachthemd und Morgenmantel barfuß und laut schreiend hinter ihnen her. Als man ihr den Vollziehungsbefehl zeigte, verlor sie die Beherrschung und ohrfeigte drei Leute, darunter einen Polizisten, bis man sie schließlich überwältigte und wegen Widerstand gegen die Staatsgewalt verhaftete. Am 9. Dezember erhielt sie erneut eine gerichtliche Vorladung. Ihr Eingeständnis, einen Selbstmordversuch gemacht zu haben, veranlaßte den Richter zu der Entscheidung, daß sie ihren Sohn nur in Gegenwart eines Anwalts sehen durfte. Unter Schluchzen gab sie auf dem Flur des Gerichtsgebäudes eine spontane Pressekonferenz vor versammelten Reportern.

«Ich habe sechs Jahre lang in diesem Land einen einsamen Kampf gegen die Studios und gegen Mr. Brando gefochten», sagte sie. «Ich wurde verprügelt. Ich wurde in Gegenwart meines Kindes auf den Kopf geschlagen ... Wenn man geknebelt wird, fehlt nicht viel, daß man den Verstand verliert. Vor allem möchte ich mein Kind zurück ... Ich höre noch, wie er neulich nachts, als vier Männer in mein Zimmer drangen, um ihn mir wegzunehmen, geschrien hat: ‹Ich will nicht mit, ich will nicht mit.›»

In seinem Sorgerechtsantrag hatte Brando behauptet, Kashfi habe einen geladenen Revolver im Haus und sei «imstande, sich und ihrem Sohn körperlichen Schaden zuzufügen». Bei den nächsten Verhandlungen im Januar und Februar 1965 spitzte sich die Auseinandersetzung noch zu, und die amerikanische Presse schlachtete die letzten Kapitel des Brando-Melodramas in allen Einzelheiten aus.

Alice Marchak wurde als Zeugin vorgeladen und sagte aus, daß der fast zweijährige Teihotu Brandos unehelicher Sohn sei. Kashfis Arzt, Dr. Gerald Labiner, diagnostizierte sie als Epileptikerin mit «starken Persönlichkeitsschwankungen, Phasen tiefer Depression und Neigung zu Hysterie». Weitere ärztliche Gutachten lagen von Brandos Arzt, Robert Kositchek, vor, der Kashfi fünfmal zu Hause behandelt hatte und sie «verwirrt» fand. Ein früherer Hauslehrer des Jungen sagte aus, er habe bereits 1959 gehört, wie Anna mehrmals mit Selbstmord gedroht hätte, und einmal habe sie Christian eine Seconal-Tablette gegeben, «aber ich befahl ihm, sie auszuspucken».

Brandos eigene Aussagen brachten weitere bizarre Einzelheiten ans Licht, unter anderem, daß er Kashfi «mit der ausdrücklichen Absicht» geheiratet hätte, «sich nach einem Jahr wieder scheiden zu lassen».

Am Ende der Verhandlungen verfügte Richter Laurence Rittenband, daß Christian für eine sechsmonatige «Abkühlungsperiode» der Obhut von Brandos Schwester Fran übergeben werden sollte. Kashfi mußte sich in Behandlung eines Neurologen und eines vom Gericht bestimmten Psychologen begeben und wurde gewarnt, daß ein Eingriff in Brandos zeitweiliges Sorgerecht sie um zukünftige Ansprüche auf ihren Sohn bringen könne.

Kashfi stürmte daraufhin aus dem Gerichtssaal und verkündete der versammelten Presse, ihr Sohn gerate «in die Hände einer Frau, die ich nicht einmal kenne». Sie entließ ihren Anwalt, den sie verdächtigte, mit Marlon unter einer Decke zu stecken, und heuerte und feuerte innerhalb eines Monats zwei weitere. Doch ihre Versuche, Richter Rittenbands Entscheidung rückgängig zu machen, scheiterten, so daß Christian in die Obhut von Fran und Dick Loving kam.

Am 6. März 1965 brachten Marlon und Alice Marchak Christian zu den Lovings und ihren drei Töchtern auf die Familienfarm der Brandos in Mundelein, Illinois. «Wir waren uns mit Marlon einig, daß die Farm eine Art ruhiger Hafen war», erklärte Richard Loving. «Fran arbeitete als Volksschullehrerin, und wir führten ein friedliches Leben auf dem Land, in das plötzlich dieser kleine Kugelblitz einschlug. Christian war beinahe sieben, aber ein völlig undiszipliniertes Kind. Er war unglaublich aggressiv und ein richtiger Manipulator, der in jeder Situation wußte, wer die Oberhand hatte und wen er für sich gewinnen mußte. Er litt nicht an Zerstörungswut, aber er war aufsässig und hat sich in der Schule sicher ordentlich geprügelt.»

Fran erstattete Richter Rittenband regelmäßig Bericht über Christians Fortschritte in Schule und Familie. Sie gestand dem Richter, weder sie noch Dick hätten «geahnt, in welchem Maß Christian seelisch gestört» sei und «welche Unruhe dadurch in unserem sonst so friedlichen Haushalt» entstand. Ihre Töchter waren anfangs entsetzt über die «grundlose Feindseligkeit» des Jungen und fanden es unerträglich, «angespuckt, gepufft, beschimpft und an den Haaren gerissen zu werden».

Der Junge schien überrascht, erklärte Fran, daß «wir alle Leute, die wir kennen (unsere Freunde, die Lehrer, Geschäftsleute, Hausangestellte, Tischler etc.) gern mögen, daß wir niemanden hassen, niemanden rausschmeißen oder vor Gericht bringen». Christian war die ersten Wochen damit beschäftigt, «zu testen, wie ungehalten wir mit ihm, mit den anderen Kindern oder miteinander waren», und war «sichtlich erleichtert», wenn Dinge im Sande verliefen, ohne daß gezankt, geschrien oder Gegenstände geworfen wurden – was, wie er uns erzählte, bei ihm zu Hause an der Tagesordnung war. Schließlich wollte er von Fran und Dick wissen, ob sie sich je stritten, und als sie ihm erklärten, daß sie höchstens mal ärgerlich aufeinander seien, erklärte er beruhigt: «Gut – ich hasse Streiten.»

In ihrem Brief vom 24. Juli 1965 legte Fran den Finger auf den ihrer Meinung nach wunden Punkt: «Er hat in seinem kurzen Leben eine Menge Willkür und Launen über sich ergehen lassen müssen – vermutlich die unvermeidliche Folge ständig wechselnder Hausangestellter.» – «Er hatte immer noch Schwierigkeiten mit seinen Klassenkameraden», fuhr sie fort, «war zu grob und zu aggressiv, wurde gelegentlich tätlich oder brachte sie mit Hänseleien wie: ‹Gott bringt dich um!› oder ‹Du kommst ins Gefängnis!› zum Weinen.»

Marlon revanchierte sich für die Elternrolle, die die Lovings an seinem Sohn übernahmen, indem er den Ausbau ihres kleinen Farmhauses in Illinois finanzierte und seinem Freund Bob Hoskins die Bauaufsicht übertrug. (Später ließ Marlon die Scheune umbauen und wohnte, wenn er die Familie besuchte, selbst dort.) Während Christians sechsmonatigem Aufenthalt machte er allerdings nur Stippvisiten, telefonierte jedoch regelmäßig.

«So sympathisch ich Bud finde – ein kompetenter Vater war er wohl nicht», meinte Dick Loving. «Sein Beruf und seine eigenen persönlichen Schwierigkeiten machten es ihm sehr schwer, eine Vaterrolle zu übernehmen. Sein Lebensstil, die vielen Frauen – es fehlte jede Regelmäßigkeit. Kashfi war auch eher labil, so daß Christian nie ein geregeltes Leben gehabt hat.»

Brando mußte seine Besuche auf der Farm notgedrungen mit den Dreharbeiten zu seinem nächsten Film *The Chase* (dt. *Ein Mann wird gejagt*) im Frühjahr und Sommer 1965 koordinieren.

Obwohl Marlon die vorige Runde vor Gericht gewonnen hatte, war der Streit um das ständige Sorgerecht für Christian längst nicht beigelegt. Im Juli 1965 war Brando als Zeuge in Kashfis Prozeß wegen ihrer Tätlichkeiten gegenüber dem Polizisten im Dezember vorgeladen worden. (Marlon hatte versucht, sich der Vorladung zu entziehen, indem er seine Bernhardiner auf die Vollzugsbeamten gehetzt hatte; aber es hatte ihm nichts genützt.) Seines Wissens, sagte er aus, leide Kashfi unter «Psychoneurosen, die gelegentlich zu hysterischer Blindheit führten, psychologischer und physischer Abhängigkeit von Barbituraten und Alkohol sowie an Tuberkulose». Die Geschworenen sprachen Kashfi schuldig und legten ihr eine Strafe von 200 Dollar auf.

Am Ende des sechsmonatigen Aufenthalts bei den Lovings kehrte Christian auffällig ruhiger und weniger verstört nach Kalifornien zurück, obwohl er sich die höchst unwahrscheinliche Geschichte ausgedacht hatte, die Lovings hätten ein Bild von Kashfi verbrannt und ihm erzählt, «deine Mutter ist böse. Sie muß ganz tief unter der Erde vergraben werden.» Kashfi schien sich auch gefangen zu haben, so daß ihr bei der nächsten Verhandlung im Oktober 1965 das volle Sorgerecht über Christian zugesprochen wurde. Sie hatte sich von ihrer besten Seite gezeigt, während Brando nicht nur mit Movita verheiratet war, sondern obendrein mit Tarita zusammenlebte, eine Konstellation, die nicht unbedingt für ihn sprach.

Nun war Marlon an der Reihe, sich zu empören. Er beschuldigte Richter Scott, die Presse zu hofieren und Sensationslust zu schüren, und nannte das Urteil «barbarisch». Kashfi, wetterte er, sei «grausam», «gewalttätig» und drogensüchtig. Enge Freunde und Verwandte wie Fran, die im Gericht an seiner Seite gewesen waren, bestätigten, wie nahe es ihm gegangen sei, Christian zu verlieren.

The Chase (dt. *Ein Mann wird gejagt*)

Brando hatte schon bei seinen Besuchen auf der Mundelein-Farm im Sommer 1965 einen depressiven Eindruck gemacht, und seine Stimmung sollte sich während der Arbeit an Arthur Penns *Ein Mann wird gejagt* nicht bessern. Wenn er den Film im Frühjahr in der Hoffnung in Angriff genommen hatte, er würde der Talfahrt ein Ende machen, so wurden seine Erwartungen bald enttäuscht. Er hatte den Vertrag im April 1964 unterzeichnet und sich auf die Arbeit mit Produzent Sam Spiegel von *Faust im Nacken*, mit dem er ein kumpelhaftes Verhältnis hatte, gefreut. Auch die Besetzung mit Robert Redford, Jane Fonda, Robert Duvall und den ehemaligen Actors-Studio-Schülern Janice Rule, E.G. Marshall, Angie Dickinson und James Fox konnte sich sehen lassen. Durch Fürsprache bei Spiegel hatte Marlon auch Jocelyn eine Rolle besorgt.

Am meisten versprach Marlon sich allerdings von Regisseur Penn, der mit Dutzendware im Hollywood-Stil gar nichts am Hut hatte. Der drahtige kleine New Yorker Regisseur war bekannt dafür, daß er Schauspieler mochte. Im Gegensatz zu Hollywoods sterilen Pragmatikern begriff er, was das Wesen von Künstlern ausmachte: Unerschrockenheit, Beherztheit und die Bereitschaft, ihr Innerstes bloßzulegen, um echte Gefühle zu vermitteln.

Außerdem setzte Brando einige Erwartungen in den Film, weil die Autorin Lillian Hellman dem Drehbuch eine politisch relevante Note gegeben hatte: Der Mord an JFK war erst zwei Jahre her, und während die Schauspieler im Sommer 1965 in der Studio-Nachbildung einer rassistischen texanischen Stadt in Hollywood den Aufstand probten, nahm im keine zwanzig Kilometer entfernten Watts die eigentliche Geschichte ihren Lauf.

Trotz seiner hochkarätigen Besetzung sollte *Ein Mann wird gejagt* ein chaotischer Film werden, ein merkwürdiger Zwitter aus *Peyton Place* und *High Noon*, ohne daß die Einzelteile zusammenpaßten. «Schizophren – ein Scherbenhaufen von Banalitäten», schrieb *Newsweek* nach der Premiere Anfang 1966.

Die Gründe für das Scheitern waren zahlreich, doch schob Penn hauptsächlich dem Produzenten Sam Spiegel die Schuld in die

Schuhe. Penn hatte Spiegel gegenüber ausdrücklich betont, daß er die Redaktion des Films wegen anschließender Regieverpflichtungen am Broadway gern in New York machen würde. Doch während der Regisseur an der Ostküste war, hatte der ungeduldige Spiegel sich Penns Filmmaterial unter den Nagel gerissen und den Schnitt des Films allein in England gemacht.

«Der zentrale Teil des Films wurde mir von Sam Spiegel aus der Hand genommen», erklärte Penn Jahre später. «Spiegel und ich verständigten uns damals weitgehend über den Cutter, und ich war ahnungslos wie ein neugeborenes Kind. Als ich schließlich in London ankam, wurden mir acht fertige Filmrollen präsentiert. Marlon war zwar überall drauf, aber all die genialen Improvisationen waren herausgeschnitten. Als hätte jemand gesagt: ‹Du willst diese Szene? Hier ist sie, genau, wie sie im Buche stand. Und hier ist der Dialog.›»

Bei aller Eigenmächtigkeit, die Spiegel sich mit Text und Redaktion erlaubt hatte, waren die Dreharbeiten nicht zuletzt wegen des dynamischen Kräftespiels zwischen den Schauspielern und ihren Reaktionen auf Brando allerdings auch nicht ganz reibungslos verlaufen.

Penn erinnerte sich besonders an eine Szene, in der Brando und Jane Fonda gemeinsam auftraten. «Wir hatten die Nahaufnahme gemacht. Nun war Jane allein an der Reihe, und Marlon soufflierte den Text, den er bereits gespielt hatte, aus dem Abseits. Mittendrin fiel ihm plötzlich etwas Neues ein, und zwar etwas so Ungewöhnliches, daß Jane sich mitten in der Szene unterbrach, ihn staunend ansah und rief: ‹Du bist der beste beschissene Schauspieler der Welt!›

Brando hatte nichts getan, als den Rhythmus und die Intonation seiner Worte zu ändern, was sich einfach nicht gehörte», fuhr Penn fort. «Es war so, als wenn er sich über eine ernste Sache totgelacht hätte. Das kommt im täglichen Leben zwar vor, aber vor der Kamera wagt es keiner.»

Hinter Brandos Willkür und Spontaneität steckte die Weigerung, sich von der Kamera ins Bockshorn jagen zu lassen. «Ich kenne keinen Schauspieler, den der ganze technische Aufwand nicht irgendwie einschüchtert», sagte Penn. «Aber Brando hatte den Mut zu sagen: ‹Ich mache es so, wie ich es für richtig halte. Gleichgültig, ob es brauchbar oder konsequent ist.› Er war wie ein Raubtier, das aus einem engen Käfig entlassen wird.» Da Penn merkte, daß Marlons schauspielerischer Instinkt ihn nie verließ, stellte er zwei Kameras auf, eine für Nahaufnahmen, die andere für Gesamtaufnahmen, und filmte mit beiden gleichzeitig. «Das wirkte befreiend auf ihn», setzte Penn hinzu. «Es erlaubte ihm, sich auf seine Eingebung zu verlassen, ohne sich eingeengt zu fühlen.»

Die Gestalt, die Brando im Film spielt, war ursprünglich als Gegenbild zu dem stereotypen Sheriff in traditionellen Western gedacht. Statt in einer gesetzlosen Stadt Ordnung wiederherzustellen, zieht der Protagonist in *Ein Mann wird gejagt* es vor, sich aus dem Konflikt herauszuhalten. Doch Marlon war sich durchaus bewußt, daß es in den Straßen von Watts bereits lichterloh brannte. *Echte* soziale Kämpfe wurden dort ausgetragen, aus denen er als verantwortungsbewußter, mitdenkender Bürger sich nicht heraushalten konnte. Seine Rolle in *Ein Mann wird gejagt* brachte ihn in ein Dilemma: Gegen sein Gewissen und sein Engagement in der Bürgerrechtsbewegung mußte er einen Charakter darstellen, dessen Überzeugungen seinen eigenen widersprachen.

Der politische Aktivismus, der das nationale Bewußtsein Mitte der sechziger Jahre zunehmend bestimmte, konnte den Gegensatz zwischen Schauspielerei und politischem Engagement für Brando nur verschärfen. Nachdem er bereits mit Martin Luther King nach Washington marschiert war und in Kalifornien an Streiks gegen Rassendiskriminierung teilgenommen hatte, nahm er nun an einer Reihe von gemeinnützigen Spendenaktionen im Haus von Penn und Paul Newman teil. Gleichzeitig erschien er bei öffentlichen Versammlungen, die von CORE und der Southern Christian Leadership Conference veranstaltet wurden. Doch das Dilemma, in dem er steckte, ging tiefer als der traditionelle Konflikt zwischen Kunst und gesellschaftlichem Bewußtsein.

Je mehr Spiegel am Drehbuch herumpfuschte und Szenen umschrieb, die nach Meinung vieler Beteiligter (darunter Penn) nur dazu dienten, dem Publikum den Film schmackhafter zu machen, ihm in Wirklichkeit aber das Rückgrat brachen, desto gereizter wurde Brando. Doch der Produzent wischte die Einwände des Schauspielers mit der Bemerkung vom Tisch, Brando wolle sich mit «seiner Pseudotortur nur selbst aufgeilen». Für Brando wiederholte sich damit der klassische Konflikt Kunst gegen Kommerz. «Wenn ihr so blöd seid», gab er Spiegel und dem Studio daraufhin zu verstehen, «dann nehme ich das Geld, tue, was ihr wollt, und verschwinde.»

Doch die Enttäuschung über den Film und über seine Arbeitsbedingungen waren nicht alles. Die endlosen Diskussionen über seine Rolle können auch ein Zeichen dafür gewesen sein, daß er sich über seine eigenen schauspielerischen Fähigkeiten Gedanken machte. Der Psychoanalytikerin Margaret Brenman-Gibson fiel auf, wie vage und konfus Brandos Beschwerden waren, als sie den Schauspieler während der Dreharbeiten für ihre Biographie über Clifford Odets interviewte.

Odets, der berühmte Dramatiker des Proletariats, hatte zum inneren Zirkel des Group Theatre in New York gehört, und seine Freunde Harold Clurman, Stella Adler und Bobby Lewis hatten Brandos Schauspielerkarriere auf die Sprünge geholfen. Allerdings hatte Marlon Odets in New York kaum gekannt und erst sehr viel später mit ihm verkehrt, als Odets nach Hollywood zog und von ernsthaften Theaterleuten wegen seines «Ausverkaufs» an Film und Fernsehen verachtet wurde. Odets hatte Brando immer bewundert und sich gefreut, wenn der Schauspieler anrief oder ihn besuchte.

Als Odets an Krebs erkrankt war, hatte Marlon im Januar 1963 gemeinsam mit Elia Kazan einen Abend bei ihm verbracht. Kazan merkte, daß Odets unter Schmerzen litt und sein bevorstehender Tod Brando naheging. Während des Besuchs hatte Brando seine Scheu abgelegt und seine eigene Verzweiflung und Hoffnungslosigkeit gestanden. «Hier sitze ich, ein betagter Versager mit angehender Glatze, und komme mir wie ein Hochstapler vor, wenn ich vor der Kamera stehe. Ich habe alles versucht – Weiber, Alkohol, Arbeit. Es bedeutet mir nichts. Warum können wir nicht so sein wie ... wie die Tahitianer?»

Brenman-Gibson, eine Psychoanalytikerin an der medizinischen Fakultät in Harvard, hatte Odets durch ihren Mann, den Dramatiker William Gibson, der häufig mit Penn zusammenarbeitete, kennengelernt. Sie war Odets' literarische Nachlaßverwalterin und kannte Brando gar nicht. Als sie vor seinem Wohnwagen erschien, empfing er sie in halbbekleidetem Aufzug, ohne Hemd und in Unterhosen.

«Waren Sie Cliffords Geliebte?» fragte er ziemlich unvermittelt.

Als sie verneinte, wollte er wissen: «Warum nicht?»

«Vermutlich, weil wir uns gegenseitig nicht besonders attraktiv fanden», erwiderte sie.

«Und finden Sie mich attraktiver als Clifford?»

Brenman-Gibson war sich bewußt, daß Marlon «den ersten Zug gemacht hatte», und sie gestand: «Wie jede Frau, die einigermaßen bei Verstand ist, fand ich diesen Mann natürlich enorm attraktiv. Allerdings nicht vorbehaltlos, denn mir war klar, daß ich mich am Ende einer langen Schlange von Frauen befand, die ihm alle zu verstehen gegeben hatten: ‹Ein Wort genügt.› Das ist nicht unbedingt mein Fall.

Es gibt beiläufige Ladykiller und vorsätzliche Ladykiller», fuhr sie fort. «Der beiläufige Ladykiller ist ein Mann, der keine Beziehung anknüpfen, sondern eine Frau nur durch seine sexuelle Ausstrahlung erobern möchte. Der vorsätzliche Ladykiller hat viel mehr Phantasie und spielt ein raffiniertes Spiel, das heißt, er umgarnt einen mit seinen Einfällen, seinen Ideen. Die Verführung ist raffinierter – allerdings muß er damit rechnen, daß die Frauen sich unweigerlich in ihn verlieben.»

Brenman-Gibson war Marlons Frustration während der Dreharbeiten zu *Ein Mann wird gejagt* nicht entgangen. Die Mehrzahl der Kollegen dagegen hegten eine solche Ehrfurcht vor der Legende Brando, daß sie ihm geradezu in die Hand spielten. Jane Fonda gehörte zu seinen berühmtesten Eroberungen. Sie bewunderte ihn nicht nur seiner Professionalität wegen, sondern war ebenso fasziniert von seinem politischen Engagement und dem rechtschaffenen Zorn, der aus seiner Darstellungsweise sprach. Fonda hatte ihre umstrittene Reise nach Hanoi zwar noch nicht angetreten, war mit ihren siebenundzwanzig Jahren jedoch bereits eine der vernehmbarsten politischen Stimmen Hollywoods. Amerikas Rolle im Südostasienkrieg, die Bürgerrechtsbewegung und das Elend der amerikanischen Ureinwohner gehörten zu den Themen, für die sie sich einsetzte. In gewissem Sinne war Brando als der wahre *artiste engagé* ihr Vorbild. Gleichzeitig fühlten sie sich durch den Bühnenkontakt ihrer Familien aus der Omaha-Zeit und durch Janes kürzliche Heirat mit dem französischen Regisseur Roger Vadim, einem von Christian Marquands ältesten und engsten Freunden, miteinander verbunden, mit dem Brando in Paris die Wohnung geteilt hatte.

Niemand verlor ein Wort darüber, wenn weibliche Besetzungsmitglieder, deren Freundinnen und der übliche Schwarm von Verehrerinnen Marlon in seinem Wohnwagen aufsuchten. Es entsprach den Gepflogenheiten der Stars und wurde geflissentlich übersehen. Anders war es im Fall von Pat Quinn, einer achtundzwanzigjährigen Schauspielerin irisch-kolumbianischer Herkunft, die mit Richard Bradford zusammenlebte, dem chauvinistischen Volksanführer im Film, der Sheriff Calder beinahe totschlägt. Sie war in Bradfords Begleitung gekommen, war aber mehr als nur ein Anhang, denn da sie unter Stella Adler und Lee Strasberg studiert hatte und verschiedentlich am Broadway aufgetreten war, hatte Penn ihr in *Ein Mann wird gejagt* ebenfalls eine kleine Rolle angeboten. Doch der eigentliche Grund für ihre Reise nach Kalifornien war weder Bradford noch der Film, sondern ihre sogenannte «Mission». – «Mit vierzehn habe ich die *Die Männer* gesehen, eine Art Offenbarung für mich», gestand sie. «Der Film ließ mich nicht wieder los. Ich beschloß damals, diejenige zu sein, die Marlon Brando im Rollstuhl herumschieben würde.»

Im Mai 1965, als Penn die Schauspieler zu einer ersten Lesung zusammenrief und Quinn Brando zum ersten Mal begegnete, fand sie den arrivierten Schauspieler nicht weniger attraktiv als das Idol ihrer Jugend. Während Penn um den Tisch ging und die Anwesenden vorstellte, überging er Quinn. «Arthur und ich kannten uns von CBS her, wo ich für ihn und Fred Coe Tipparbeiten erledigt hatte», sagte Quinn, «ich weiß also nicht, warum er mich ausließ. Vielleicht aus Jux, vielleicht aus Versehen. Aber plötzlich legte mir jemand die Hand auf den Kopf, so daß Penn sagen mußte: ‹Und dies ist Pat Quinn.› Die Hand gehörte natürlich Marlon.»

Quinn übernahm die Rolle der abwesenden Angie Dickinson. Als sie im Verlauf der Lesung über einen schwer auszusprechenden griechischen Namen stolperte und ihn sorgfältig Silbe für Silbe wiederholte, wurde sie von lautem Gelächter unterbrochen. Wieder war es Brando. «Da saß ich in meiner ganzen Hilflosigkeit, und er lachte mich aus, und zwar lauthals», erzählte sie später.

Auf dieses Vorgeplänkel folgte eine dreiwöchige intensive Kampagne. «Er war ständig hinter mir her», sagte Quinn. «Er flirtete mit mir, forderte mich aber auch ganz direkt auf, mit ihm zu schlafen. Philip Rhodes nannte mich bereits ‹Prinzessin Pat›, und ich klagte Richard mein Leid, daß ich mir Marlon nur mit Mühe vom Hals halten konnte.»

«Marlon bezirzt einen», meinte Quinn. «Ein Lächeln, ein Blick – er weiß genau, was er tut und welche Wirkung er hat. Er beherrscht die Situation und manövriert andere wie Schachfiguren.»

Marlon hatte die Absicht, Quinn Bradford auszuspannen, und während die Tage vergingen, ließ er seinen ganzen Sex-Appeal spielen. «Blicke, Lachen, Pausen, die ganze Tonleiter», sagte Quinn, die ihn allerdings abblitzen ließ.

Nach fünf oder sechs Wochen kam er bei einer Nachtszene auf sie zu und fragte dreist: «Wie wär's heute nacht?» Diesmal erwiderte Quinn: «Ich werde es mir überlegen.» Sie machte einen Spaziergang über das Studiogelände und erklärte sich – wie nicht anders zu erwarten – einverstanden.

Gegen Mitternacht tauchte sie bei ihm zu Hause am Mulholland Drive auf. Zu ihrer Überraschung saß er mit dem Zeitungskolumnisten Bob Thomas, der wegen seiner Recherchen für eine Brando-Biographie aus New York gekommen war, in seinem Schlafzimmer und trank. Man unterhielt sich eine Weile angeregt, bis Brando plötzlich zu ihr sagte: «Du mußt natürlich mit uns beiden schlafen.»

Thomas blieb der Mund offenstehen. Quinn verließ wortlos das Zimmer und ging zu ihrem Auto. Marlon kam hinter ihr hergelaufen. «Das war doch nur ein Scherz», sagte er entschuldigend. «Bitte, komm wieder rein.»

Sie folgte ihm ins Haus. «Ein unverzeihlicher Fehler», wie sie später lachend gestand.

Inzwischen hatte Thomas sich in sein Gästequartier zurückgezogen. Brando führte sie ins Schlafzimmer zurück, wo im Kamin ein riesiges Feuer loderte. Aus dem Radio ertönten die romantischen Klänge des Jackie-Gleason-Orchesters.

«Er war ein unerhört sinnlicher Mann und ein ganz selbstloser Partner», erinnerte Quinn sich. «Ich hatte das Gefühl, mit jemandem zusammenzusein, dem mein Vergnügen wirklich am Herzen lag. Natürlich machte er einen versierten Eindruck. Ich fühlte mich nicht im mindesten mißbraucht. Es war ein gemeinsames Erlebnis.»

Trotzdem bat Marlon sie, ihm anschließend einen Gefallen zu tun: «Geh zu Bob und sag ihm, ich hätte dich vorher eingeweiht.»

Sie kam seinem Wunsch nach, weigerte sich dann aber, den Rest der Nacht bei ihm zu verbringen. Gleichzeitig beschloß sie, Bradford den Vorfall zu beichten. Als sie nach Hause kam, wartete er bereits auf sie, und sie erzählte ihm, wo sie gewesen war.

«Ich bin monogam», sagte sie, «ich fürchte, ich muß ausziehen.»

«Nein, das brauchst du nicht», hatte er darauf erwidert. «Du hast mein vollstes Verständnis. Alle wollen mit Marlon schlafen, auch wenn sie es nicht zugeben.»

Quinn zog trotzdem aus, und Brando begann sie mit seinen Telefonanrufen zu belagern. Wenn sie nicht da war, hinterließ er Nachrichten unter seinem Decknamen «Martin Bumby». Oft brachten sie Philip Rhodes nach der Filmarbeit nach Hause und tranken irgendwo einen Milchshake auf dem Weg zum Mulholland Drive, wo sie häufig die Nacht verbrachte. Auf seinem Schreibtisch im Schlafzimmer stand ein gerahmtes Foto von Dodie, und wiederholt erzählte er ihr, wie sehr sie ihn an seine Mutter und auch an seine Schwester Jocelyn erinnerte. Sie lauschte andächtig, wenn er von seiner Schulzeit in Shattuck erzählte und sich damit brüstete, den Glockenturm der Schule in Brand gesteckt zu haben. Es war mehr Dichtung als Wahrheit, verfehlte aber die beabsichtigte Wirkung nicht. Schließlich bat er sie sogar, bei ihm einzuziehen.

«Ich hatte geglaubt, es sei ihm genauso ernst wie mir», sagte Quinn, «aber ich kam bald dahinter, daß es noch eine andere neben mir gab, eine Frau namens Florine. Er nannte uns ‹Hoé› und ‹Pitou› – Eins und Zwei auf tahitianisch – und wollte, daß wir beide bei ihm wohnten. Tarita auf Tahiti und Hoé und Pitou am Mulholland Drive, aber das war für mich nicht der Himmel auf Erden. Ich war gekränkt, ließ mir aber nichts anmerken.»

Marlons Depressionen und seine auf Angstzuständen beruhende Schlaflosigkeit waren verständlich. Nicht nur hatte *Ein Mann wird gejagt* ihn erschöpft und enttäuscht, außerdem war sein Vater wenige Monate zuvor gestorben. Anfang Juni 1965 hatte man bei Marlon senior ein bösartiges Melanom auf dem Handrücken diagnostiziert. Vater und Sohn wußten, daß der Krebs trotz Chemotherapie tödlich und nicht operierbar war. Marlon senior «verriet eine stoische Haltung», als er zum letzten Mal ins Krankenhaus ging, doch sein Sohn war, Walter Seltzer zufolge, «sichtlich erschüttert». – «Ich hatte ihn noch nie so mitfühlend gesehen. Er war nachdenklich und liebevoll – es gab Telefonanrufe, Besuche und Blumen, und Anichka und er kamen sich während der Zeit näher als je zuvor.» Marlon senior starb sechs Wochen später, am 18. Juli 1965, im St. Vincent's Hospital in Santa Monica. In einem Nachruf wurde er als «erfolgreicher Geschäftsmann» beschrieben, dessen einziges Bedauern darin bestanden hatte, «seinem berühmten Schauspielersohn seinen Namen gegeben zu haben».

Dem Wunsch seines Vaters gemäß gab es keine Beerdigung, sondern die Leiche wurde verbrannt und die Asche angeblich auf den Feldern in Mundelein in alle Winde verstreut. Fran und Dick hatten die Nachricht von der Krebserkrankung ihres Vaters zuerst von Marlon gehört, der aber nicht ernsthaft besorgt schien. Danach hielt Brando sie über den sich langsam verschlechternden Zustand auf dem laufenden. «Er rief an und sagte: ‹Pop geht's gar nicht gut.› Aber es klang eigentlich nicht besorgniserregend, bis es mit einemmal hieß: ‹Mit Pop geht's bergab› und schließlich: ‹Pop hat's überstanden.›»

Marlons Absicht, die Asche seines Vaters nach Mundelein bringen zu lassen, verstieß gegen eine gesetzliche Bestimmung in Kalifornien, nach der Urnen außerhalb Kaliforniens nur auf einen Friedhof überführt werden durften. Daraufhin schickte Marlon die Urne mit der Asche unter der Anschrift «Penny-Poke-Friedhof» direkt an die Farm in Mundelein. «Wir fanden das ganz witzig», sagte Loving. «Ich erinnere mich, wie ich eines Tages an unseren kleinen ländlichen Briefkasten ging, und da war das Paket mit der Urne. Ich schüttelte das Paket und dachte: ‹Marlon ist heimgekommen.› Ungefähr drei Wochen später kam Bud. Nach dem üblichen Familienessen schob er seinen Stuhl zurück und sagte: ‹Dann will ich mal nach draußen gehen und Papas Asche verstreuen.›»

Beim Schütteln der Urne hatte Loving ein leichtes Klappern gehört und gemerkt, daß sich unter der Asche seines Schwiegervaters noch Knochenreste befanden. Als Marlon die Urne aufhob und nach draußen tragen wollte, hörte er das gleiche Geräusch, und die beiden warfen sich einen vielsagenden Blick zu. Damals hatten die Lovings einen Collie, der zur Tür schoß, sobald jemand aufstand. «Wir hatten beide gleichzeitig die Vorstellung, wie der Hund sich über Pops Knochen hermachen würde», setzte Loving lachend hinzu. «Also hielt ich den Collie fest, während Bud nach draußen ging und die Asche auf dem Feld verstreute.»

Die Stimmung im Haus war, wie Loving sich erinnerte, gar nicht gedrückt oder traurig. «Bud empfand ein gewisses dumpfes Mitleid mit seinem Vater, aber ich glaube nicht, daß ihm sein Tod besonders naheging. Ich erinnere mich vor allem, daß es in unserem Gespräch um Buds Besorgnis ging, ebenfalls an Krebs zu erkranken.»

Das Verhältnis zwischen Anichka und Marlon blieb freundschaftlich, solange sie um ihren Mann trauerte. «Eine Weile spielte sie die trauernde Witwe», erinnerte Louise Monaco sich. «Aber dann fing sie wieder an zu trinken. Irgendwann gestand sie mir, Marlon senior und sein Sohn seien in ihren Augen ‹miese Typen›. Sie erhielt jährlich eine gewisse Summe der Pennebaker-Pension. Vielleicht zehn- oder zwölftausend Dollar. Doch sie beschuldigte Marlon, ihr Geld vorzuenthalten, das ihr rechtlich zustand.»

Brando selbst verlor auch engen Freunden gegenüber nie ein Wort über den Tod seines Vaters. Doch wird er nicht spurlos an ihm vorübergegangen sein und das Gefühl der Hoffnungslosigkeit in diesen Monaten nur noch verstärkt haben. *Ein Mann wird gejagt* wurde bei seinem Erscheinen als interessantes Experiment betrachtet, das aber auch Brando und eine ausnahmsweise interessante Besetzung nicht vor chauvinistischer Sensationslüsternheit bewahren konnte. Zu Brandos Leidwesen warteten bereits zwei weitere Projekte von Universal auf ihn: *Appaloosa* (dt. *Südwest nach Sonora*) und Charly Chaplins *A Countess from Hong Kong* (dt. *Die Gräfin von Hongkong*), Filme, die seine Talfahrt noch beschleunigen sollten.

The Appaloosa (dt. *Südwest nach Sonora*)

Mit dem Tod seines Vaters muß Brando die Ironie seiner Verpflichtungen gegenüber Universal erst recht aufgestoßen sein, da sie zum Teil als dessen Lebensversicherung gedacht waren. *Südwest nach Sonora* war Marlons dritter Film für das Studio und eine weitere Bestätigung von Bob Thomas' Prognose, daß Marlon sich aufgrund seines Vertrages mit Universal «mit seinen ehemaligen Agenten, die offensichtlich mehr an Geld als an Kunst interessiert waren, prostituiert hatte».

Seine Erfahrungen in den vorhergehenden beiden Filmen hatten seine Verachtung für profitgierige Geschäftsleute und mittelmäßige Drehbuchautoren nur noch verstärkt. Doch saß er am kürzeren Hebel, und es war deshalb kein Wunder, daß er den Dreharbeiten mit Widerwillen entgegensah. Seine Stimmung war auf dem Tiefpunkt, als er den Drehbuchautor James Bridges Anfang Mai zu sich zitierte. Bridges hatte zwar an Alfred Hitchcocks Fernsehsendung mitgearbeitet, doch war dies sein erster Spielfilm, und er fuhr deshalb mit einem gewissen Herzklopfen zum Mulholland Drive.

«Ich war damals achtundzwanzig und in regelrechter Panik», erklärte Bridges. «Universal hatte mir gesagt, daß Brando den Film machen wollte und das Skript ihm gefiel. Dabei hatte er es nicht einmal gelesen. Außerdem war von seinen Verpflichtungen Universal gegenüber die Rede, man hatte mir also offensichtlich etwas vorgemacht. Aber eigentlich war er sehr nett zu mir, obwohl er kein gutes Haar an meinem Skript ließ und mir deutlich zu verstehen gab, daß ich von den amerikanischen Indianern keine Ahnung hätte. Er weigerte sich auch strikt, in einem seiner Filme jemals einen Indianer umzubringen. «Politisch unmoralisch» war der Ausdruck, den er benutzte. Er gab mir vierzig Bücher über Indianer mit und sagte: ‹Lesen Sie die erst mal, bevor Sie ein weiteres Wort schreiben.›

Wie gewohnt spielte er natürlich Katz und Maus mit mir», fuhr Bridges fort. «Er wollte testen, ob ich überhaupt was vom Film verstand oder mich an die Wand drücken ließ. Als wir zu meinem Wagen hinausgingen, sagte er beiläufig zu mir: ‹Ich habe zwar nichts Positives über Ihr Skript gesagt, aber wenn es mir nicht gefiele, wären Sie gar nicht hier.›»

Wie Bridges von Produzent Alan Miller wußte, hatte Brando sich Kazan als Regisseur gewünscht, der allerdings auf Anfragen gar nicht reagierte. George Stevens hatte Interesse gezeigt, war aber zu krank, um das Projekt durchzustehen. Nachdem Marlon sich eine Reihe neuerer Filme angesehen hatte, entschied er sich für den Kanadier Sidney J. Furie, dessen Spionagethriller *The Ipcress File* Michael Caine berühmt gemacht hatte.

Der Name Brando genügte, damit Furie seine Zustimmung gab, obwohl das Drehbuch ihn auch nicht gerade begeisterte. «Es gibt nicht viele wirklich überzeugende Drehbücher», sagte Furie, «aber immerhin handelte es sich um einen Vertrag mit Universal, den Jay Kanter zustande gebracht hatte, und Brando sollte mit von der Partie sein. Das Skript war von der Konzeption her gut, aber Handlung und Struktur ließen zu wünschen übrig. Bridges und ich wollten es noch einmal überarbeiten.»

Der Protagonist des Films ist Matt Fletcher, der dem Mörder seiner indianischen Frau auf der Spur ist. Es war keine weltbewegende Geschichte, aber der zweiunddreißigjährige Furie hatte jeden Film gesehen, den Brando je gemacht hatte, und war zu jedem Risiko bereit, nur um mit dem von ihm bewunderten Schauspieler arbeiten zu können.

Bei ihrer ersten Begegnung im Büro von Universal fühlte Furie sich von dem Mann, den er für den größten amerikanischen Schauspieler hielt, eingeschüchtert. Nebenbei stellte er fest, daß Brando zu dick und «nicht in besonders guter Form» war.

«Warum denn ausgerechnet *dies*?» fragte Brando unvermittelt und in geradezu abfälligem Ton.

«Weil ich mit Ihnen zusammenarbeiten möchte», erwiderte Furie.

«Kommen Sie mir bloß nicht mit der Leier», sagte Brando mit zynischem Lachen.

Im Rückblick räumte Furie ein, daß er wahrscheinlich anders hätte taktieren sollen. «Er schien mir nicht abzunehmen, daß ich wirklich auf die Arbeit mit ihm erpicht war», sagte er. «Vielleicht hätte ich sagen sollen: ‹Ich weiß, daß mit dem Material nicht viel los ist, aber es ist ein Western, die Story ist im Kern gut, du bist mit von der Partie, also laß uns sehen, daß wir was draus machen.› Oder ich hätte die Finger gleich davon lassen sollen. So nahm er mich nicht ernst, weil ich mich zu solch trivialem Material herabließ.»

Mehr als das Material ärgerten Brando die vagen Vorstellungen von Produzent Alan Miller, einem ehemaligen Agenten bei MCA, der mit der Übernahme von Universal zum unabhängigen Produzenten avanciert war und dem das Studio mit *Südwest nach Sonora* seinen ersten Film übertrug. Seltzer hatte Miller bereits gewarnt, Marlon könne «schwierig» werden, aber Miller hatte selbstbewußt verkündet: «Spar dir deine Ratschläge. Ich weiß schon, wie ich mit Marlon Brando fertig werde.»

«Alan machte den Fehler, Marlon Honig um den Bart zu schmieren», sagte James Bridges. «Er war der argloseste, unbeholfenste Mensch, den man sich vorstellen kann, und *Südwest nach Sonora* wäre beinahe sein Ende gewesen. Es blieb der einzige Film, den er je produzierte, weil ihn die Behandlung durch Brando und das Studio tödlich gekränkt hat.»

Die ersten Tage verliefen reibungslos. Laut Bridges war Marlon «phantastisch, konnte seinen Text und strahlte Selbstvertrauen aus», so daß die täglichen Arbeitskopien alle «in Euphorie» versetzten. Die Stimmung schwang um, als Brando erkrankte. Die Ärzte diagnostizierten eine geschwollene Lymphdrüse, doch Marlon bestand (wie bei *Meuterei)* darauf, daß sein eigener Arzt aus Los Angeles eingeflogen wurde. Es stellte sich heraus, daß sein Ozelot, ein Geschenk von Pat Quinn, ihn am Hals gekratzt hatte. Die Infektion mußte geschnitten werden, und er bekam Umschläge auf Kopf und Nacken. Die Filmarbeiten verzögerten sich um eine Woche, während deren Brando sich bestens erholte, gleichzeitig aber auch an Gewicht zunahm.

Um die verlorene Zeit wettzumachen, versuchte Furie ohne seinen bettlägerigen Star auszukommen, setzte Doubles ein und filmte wie in *The Ipcress File* Einstellungen über die Schulter. Als Brando Wind davon bekam, bestand er darauf, die Kopien zu sehen, und weigerte sich anschließend, die Szenen zu vollenden. Das Ergebnis war, daß Furie alle Szenen noch einmal drehen mußte.

Bridges hatte bisher als Vermittler zwischen Brando und dem Regisseur fungiert, war aber inzwischen nach Los Angeles zurückgekehrt. «Ich erhielt einen hysterischen Anruf von Alan», erklärte er, «und flog auf schnellstem Wege zurück. Alan und Sidney holten mich vom Flughafen ab und erzählten mir, daß Brando sich strikt weigerte, die Szenen in ihrer jetzigen Form zu akzeptieren. Offenbar spielte er total verrückt. Ein Problem war sein Gewicht – so wollte er zum Beispiel, wie im Drehbuch vorgeschrieben, sein Hemd nicht ausziehen. Die Szene sollte am nächsten Tag gedreht werden, und die beiden drückten mir das Drehbuch zum Umschreiben in die Hand.»

Bridges zog sich in sein Hotelzimmer zurück und schrieb bis spät in die Nacht drei verschiedene Versionen der einen Szene. Eine davon wurde Marlon am nächsten Morgen vorgelegt.

Marlon sah sie durch und sah Miller an. «Und was soll ich mit diesem Text anfangen, Alan? Ihn so spielen, wie er hier steht?»

Miller merkte nicht, daß Marlon ihn auf die Schippe nahm, und versicherte ihm, der Text sei brillant.

«Ich halte ihn aber nicht für brillant, Alan», erwiderte Marlon lakonisch und weigerte sich, die Szene zu spielen.

Während Furie die Planung und Ausleuchtung machte, bat er Marlon, die Szene noch einmal mit Bridges zu besprechen. Die beiden verschwanden in Marlons Wohnwagen.

«Was soll ich bloß mit dieser Szene anfangen, Marlon», sagte Bridges. «Kannst du, während du dich schminkst, nicht einfach drauflosimprovisieren?» Und während Marlon loslegte, tippte Bridges den Dialog wortwörtlich in die Maschine.

Draußen auf dem Set drückte Bridges Marlon die Seiten mit dem neuen Text in die Hand. Marlon las ihn durch, sah Bridges an und äußerte wiederum sein Mißfallen.

«Marlon, das habe nicht ich geschrieben, sondern *du*!» rief Bridges empört. «Das sind deine eigenen Worte.»

Ungerührt schleuderte Brando die Seiten in die Luft. Damit war Bridges am Ende seiner Geduld und kehrte nach L. A. zurück.

Innerhalb weniger Tage besann Brando sich und wollte ihn zurückholen. Doch inzwischen arbeitete der Schriftsteller an einem anderen Projekt und teilte Miller am Telefon mit: «Das ist nichts für mich. Besorgt euch einen Stenographen oder sonst einen Schreibtischhengst.» In einer Presseerklärung ließ das Studio verlauten, Bridges werde «aufgrund von Schwächen im Drehbuch» durch den Autor Roland Kibbee ersetzt. Kibbee merkte gleich bei seinem Eintreffen, wie es um die Produktion bestellt war.

Furie und Brando standen ebenfalls auf Kriegsfuß. «Wenn ich einen Film mache, habe ich das letzte Wort», verkündete Furie diktatorisch. «Die Stars können mir gestohlen bleiben. Sie wünschen immer eine Extrawurst. Was Brando betrifft, so genießt er das Chaos geradezu. Er besitzt keinerlei Disziplin. Er weiß nicht, was er will. Jeden Tag hatte er neue Beschwerden – mal tut ihm der Bauch, mal der Kopf weh.»

Furie versuchte später, die Ursache der Spannungen genauer zu analysieren. «Für mich und die anderen im Film war er immer noch der große Marlon Brando», sagte er. «Wir waren kein Haufen von Verrätern, die die Kritiken seiner letzten drei Filme gelesen und beschlossen hatten: ‹Ach, der ist doch längst passé, nach dem kräht kein Hahn mehr.› Er war immer noch ein Held für uns. Alle hatten Respekt vor ihm, nur hatte er keinen Respekt vor sich selbst … Und darin lag die ganze Crux dieses verdammten Vertragssystems. Brando war ein Vollblutschauspieler, aber sie ließen ihn auf dem Jahrmarkt tanzen. Es war weder ihm noch uns gegenüber fair.»

Das Verständnis, das Furie im Rückblick für Brandos Dilemma hatte, ließ er allerdings vermissen, als er ihm einige Jahre nach dem Film in London über den Weg lief. Brando war überraschend freundlich. «Ich brauche lange, bis ich mit Leuten warm werde», soll er zu Furie gesagt haben. «Ich habe dich anfangs für einen

Hochstapler, einen Lügner, einen schäbigen Betrüger gehalten. Inzwischen weiß ich, daß du ein Regisseur mit großer visueller Begabung bist. Wollen wir nicht noch einen Film zusammen machen?»

«Niemals!» erwiderte Furie.

«Einerseits ist er ein Mistkerl», fuhr Furie fort, «aber gleichzeitig ist er ein lieber kleiner Junge. Wenn er etwas angestellt hat, möchte er es gleich wiedergutmachen.»

Als Beispiel nannte Furie Brandos Erscheinen bei der Abschlußparty von *Südwest nach Sonora.* Der Film war ohne Brando in Antelope Valley fertiggestellt worden, doch Marlon charterte extra einen Helikopter, begrüßte alle mit Handschlag und tanzte mit sämtlichen Ehefrauen. «Er wollte unbedingt von allen gemocht werden. Erst hat er der Crew diesen ganzen Mist eingebrockt, und dann tut er auf der Party, als wollte er Abbitte leisten.»

Furie erklärte im Hinblick auf Brandos spätere Karriere, aus den Erfahrungen mit dem Schauspieler gelernt zu haben, daß man sich auf keinen Fall aufgeben dürfe. «Denn genau das hat Brando getan – er hat das Handtuch geworfen. Vielleicht ist es schon nach *Der Besessene* passiert; aber als er merkte, daß seine Karriere nicht an dem Punkt angekommen war, wo sie hätte sein sollen, da gab er einfach auf. Und die Tatsache, daß er später nie mehr als ein oder zwei Wochen an einem Film mitmachte, war ein Beweis, daß es ihm gleichgültig geworden war. Der Schauspielerberuf war nur noch ein Mittel, um Geld zu verdienen und seinen aufwendigen Lebensstil zu finanzieren. Es erinnert an Dorian Gray – wenn ich nicht jung bleiben kann, will ich mich auch nicht mehr anstrengen. Ich nehme das Geld und werde Charakterschauspieler.»

Als *Südwest nach Sonora* im September 1966 auf den Markt kam, verurteilten Kritiker wie Philip Scheuer in der *Los Angeles Times* sowohl Furies stilisierte Regie wie Brandos genuschelte Darstellungsweise. «Der arme Marlon Brando!» schrieb Pauline Kael im *New Yorker.* «Nun ist er schon wieder in einem elenden Schinken gelandet. Aber Mr. Brandos abwegige Interpretation des Helden und Sidney J. Furies nicht minder abwegige Regie mußten ja danebengehen. Nicht zum ersten Mal bietet uns Mr. Brando eine müde, kurzatmige Karikatur des verbohrten stammelnden Einzelgängers.

Wenn er sich in einer Sackgasse befindet, dann ist er selbst daran schuld.»

Während der Arbeit an *Südwest nach Sonora* zog Brando es vor, sein künstlerisches Dilemma wieder einmal durch Intrigieren in seinem Privatleben zu überspielen. Er traf sich weiter mit Quinn, die inzwischen allein lebte und beschlossen hatte, Marlon und seine Frauen von der heiteren Seite zu nehmen. Eines Abends, als sie bei Brando zu Hause war, erschien eine zweite Frau auf der Bildfläche. Quinn zuckte nicht mit der Wimper. Als sie sich zu keiner Eifersuchtsszene hinreißen ließ, soll Brando angeblich gerufen haben: «Was ist denn los mit dir! Ich versuche dich kleinzukriegen, aber es klappt nicht!»

Um ihre Unabhängigkeit zu beweisen, hatte sie begonnen, mit anderen Männern auszugehen. Brandos Telefonanrufe nahmen daraufhin zu. «Er spionierte mir ständig nach und wollte wissen, was ich machte und wen ich träfe», erklärte Quinn. Sein Ehrgeiz war erst recht geweckt, als es darum ging, einen Rivalen wie Bob Dylan auszustechen.

Dylan trat damals in der Hollywood Bowl auf, und Quinn bat Marlon, sie nach dem Konzert auf eine Party zu begleiten. Er weigerte sich. Doch bei ihrem Eintreffen stellte sie fest, daß er bereits da war, und zwar in Begleitung von Christian Marquand und seiner neuen Frau, der Tochter von Jean-Pierre Aumont. «Er war von Frauen und Groupies umringt», erinnerte sich Quinn, «der reinste Hahn im Korb. Sobald er mich kommen sah, zog er mich in den Kreis und erklärte den versammelten Hippies, wie abgeschmackt sie ihm vorkämen: Ich sei die einzig Wahre.»

Als Dylan erschien, stellte sich sehr schnell heraus, daß er sich von Brando nicht einschüchtern ließ. Herausfordernd warf er ein Auge auf Quinn in ihren Cowboystiefeln und hautengen, gepunkteten Jeans, was dem Schauspieler gar nicht paßte.

«Dylan bewundert und verehrt Marlon und phantasiert womöglich sogar von ihm», sagte Quinn. «Aber in dem Augenblick galt seine ganze Aufmerksamkeit mir, so daß Marlon sich Miles Davis' Frau Frances zuwandte, einer hinreißenden Schönheit. Ein, zwei Stunden später verschwand Bob, und ich setzte mich zu Marlon.

Aber er verkündete kalt lächelnd: ‹Ich nehme diese schwarze Hure mit nach Hause.› Das waren seine tatsächlichen Worte. Daraufhin fuhr ich ins Château Marmont und klopfte an Dylans Tür. ‹Da bin ich›, sagte ich und verbrachte die Nacht bei ihm.»

Brando nahm Frances Davis tatsächlich mit nach Hause. Einige Wochen vor der Party bei Dylan war die Frau des genialen Jazzmusikers (und Freundin von Julie Belafonte, mit der sie in der Dunham-Truppe getanzt hatte) in panischer Angst vor der hemmungslosen Drogensucht ihres Mannes aus Manhattan geflohen. Brandos Aufmerksamkeit an dem Abend kam ihr wie gerufen. Doch als sie sich in seinem Schlafzimmer befanden, war er zu Zärtlichkeiten nicht aufgelegt und ließ statt dessen Pornofilme ablaufen.

«Ich kam mir wie ein billiges Spielzeug vor», sagte Davis, die die Kränkung Jahre später noch nicht verwunden hatte. «Wir lagen nebeneinander auf dem Bett, aber dann stand er plötzlich auf, um meine Reaktion zu beobachten. Er stand einfach da und beobachtete mich, ohne ein Wort zu sagen. Ich hatte meine Brille nicht auf, konnte also auf die Filme gar nicht reagieren, was ihn irgendwie irritierte. Schließlich wurde die Situation so peinlich, daß er den Apparat abstellte. Ich weiß nicht mehr, ob ich weinte, aber ich erinnere mich, daß er mich fragte: ‹Was hast du denn? Was ist denn los mit dir?› Als wollte er meine Gedanken lesen.»

Nach Quinns Nacht mit Dylan lud der Sänger sie ein, ihn zu seinem Hell's-Angels-Konzert in Berkeley zu begleiten. Vier Tage später, als sie in einem Charterflugzeug nach L. A. zurückflogen, sagte Dylan zu ihr: «Ich würde Marlon gern wiedertreffen.» Quinn setzte sich mit Brando, der noch mit *Südwest nach Sonora* beschäftigt war, in Verbindung, und er ließ am Tor von Universal Passierscheine für sie hinterlegen. Ein paar Tage später erschienen Quinn und Dylan in seinem Wohnwagen.

«Als allererstes nahm Marlon diesen Klunker vom Hals und hängte ihn mir um», erinnerte Quinn sich. «Es war ein Skalp, ein echter menschlicher Skalp. Er erhob damit Anspruch auf mich.» Als Dylan um eine Coca bat, wurden die Flaschen ohne Flaschenöffner gebracht, so daß Marlon sie mit den Zähnen öffnete. Im Hinausgehen meinte Dylan zu Quinn: «Weißt du, woran ich gemerkt habe, daß er hetero ist? Daran, daß er die Flaschen mit den Zähnen aufgemacht hat.»

Quinn war nicht ganz sicher, was er damit meinte, obwohl es kein Geheimnis war, daß Dylan Marlon «unheimlich attraktiv fand». – «Mir selbst ist nie etwas aufgefallen», sagte sie, «aber es gingen Gerüchte um, daß Dylan nach beiden Seiten orientiert war.»

Brando und Dylan hatten sich abends bei Quinn am Laurel Canyon verabredet. «Es herrschte eine merkwürdige Stimmung im Raum», sagte Quinn. «Ich fühlte mich deplaziert. Es war eine Art Gipfeltreffen. Dylan war der Neue. Er war vierundzwanzig und Marlon einundvierzig, und obwohl Bob sich ziemlich forsch gab, vergötterte er Marlon. Sie waren wie zwei lebende Legenden, die sich gegenseitig beäugten.»

Dylan hatte einige Musiker seiner Band mitgebracht, und als Quinn sich an einem bestimmten Punkt in das Gespräch einmischte, reagierte er sehr unwirsch. «Er gab mir zu verstehen, daß ich fehl am Platze wäre und verduften sollte. Aber Marlon protestierte energisch und legte beschützend den Arm um mich.»

Quinn zufolge trafen Dylan und Brando sich danach noch einige Male; ob in Gesellschaft anderer oder unter vier Augen, wußte sie allerdings nicht. «Ich weiß von Christian Marquand, daß die beiden sich trafen», sagte sie, «deshalb bin ich sicher, daß irgend etwas im Busch war, und ich glaube, Marquand war auch mit von der Partie.»

Trotz ihrer Rivalität um Quinn sprach der sonst so schweigsame Dichter-Rocker noch wochenlang von Brando und erzählte seinem Biographen wie seinen Freunden in New York, er habe einen Seelengefährten, einen Magier getroffen. «Ich war ständig mit Marlon Brando zusammen», prahlte er. «Wir haben vier, fünf Stunden lang miteinander geredet. Er war bei meinem Konzert und hat mich angerufen ... Marlon Brando ist mein Freund ... Ich liebe ihn. Irgendwie hat ihm der Dreck, den ihm die Presse und die Öffentlichkeit nachgesagt haben, nichts anhaben können.»

Quinn durchschaute Brandos Manipulationen inzwischen und war nach seiner Rückkehr von *Südwest nach Sonora* längst nicht mehr so empfindlich wie früher. Obwohl er ständig behauptete, sie sei «verrückt» und solle sich einer Psychoanalyse unterziehen, weigerte sie sich. Sie ahnte, daß ihm jemand eine tiefe Wunde zugefügt hatte; vermutlich sein Vater, der ihm eingehämmert hatte, er sei «ein so schlechter Mensch, daß niemand ihn lieben könne».

In der zweiten Jahreshälfte 1965 schlief die Beziehung zwischen Quinn und Brando ein, bis eines Tages Dylan anrief und sie bat, den Schauspieler mit zu seinem Konzert nach Los Angeles zu bringen. Marlon und Quinn besuchten die Veranstaltung in Begleitung von Christian Marquand und einer Freundin und gingen anschließend ins Château Marmont. Doch als Brando die Limousinen und die Scharen von Dylan-Fans vor dem Hotel sah, fuhr er schnurstracks wieder nach Hause, vielleicht sogar deshalb, weil er dort eine eigene Party geplant hatte.

Vor seiner Haustür stand erwartungsvoll und mit einem Koffer in der Hand Reiko Sato, eine seiner japanischen Freundinnen, die sich ebenfalls Hoffnungen auf Hollywood machte. Sie war direkt vom Flughafen gekommen. «Reiko!» rief Marlon und schloß sie in die Arme. «Na gut», dachte Quinn resigniert, «heute ist eben Reiko dran.»

Als Marlon sie zum Bleiben aufforderte, lehnte Quinn ab. «Wer weiß, was passiert wäre?» meinte sie. «Aber zu fünft, das war nicht nach meinem Geschmack. Also ließen meine Freundin und ich Christian zurück und kehrten zu der Party ins Château Marmont zurück. Ich verbrachte die Nacht mit Dylan.»

Brando war darüber alles andere als beglückt. Bei aller Gleichgültigkeit wurmte es ihn, daß sie keinen Unmut und keine Eifersucht verriet. «Wenn man die andere Frau nicht mindestens erstechen wollte», bemerkte Quinn, «glaubte Marlon, man liebte ihn nicht oder es lag einem nichts an ihm.» Prompt interpretierte er den Vorfall im Verlauf des nächsten Jahres als Beweis ihrer Untreue: Quinn war die Verräterin, nicht er. Wann immer er sie anrief, begann er das Gespräch mit den Worten: «Und was macht dein Freund Bob Dylan?»

Ein amerikanischer Star in Europa: Countess und *Reflections* (dt. *Die Gräfin von Hongkong* und *Spiegelbild im goldnen Auge*)

Bald darauf reiste Brando zu den Dreharbeiten des Films *Die Gräfin von Hongkong* nach London. Bei dem dritten Streifen für Universal hatte er sich nicht zu überwinden brauchen und mit großer Begeisterung zugesagt. Kurz vor Beendigung von *Südwest nach Sonora* hatte er sich Furie gegenüber am Telefon sogar aufgeregt über die bevorstehende Arbeit mit Charlie Chaplin, einem seiner eigenen Idole, geäußert.

Brando war Chaplin in den fünfziger Jahren begegnet, als er und Darren Dublin auf dem privaten Tennisplatz des großen Komikers Tennis gespielt hatten. Die Bekanntschaft war durch Brandos und Chaplins gemeinsame Freunde Gene Frenke und Philip Rhodes erneuert worden. Über die gesellschaftlichen Beziehungen hinaus war Brando seit langem ein Fan der Komödien aus der Stummfilmära, und obwohl er Chaplin persönlich nicht besonders mochte (laut Rhodes fand er seine Monologe ermüdend und langweilig), hielt er ihn für ein Genie. Brando war so versessen darauf, mit Chaplin zu arbeiten, daß er sich nicht einmal die Mühe machte, das Drehbuch zu lesen. Auf Befehl des Meisters versprach er sogar abzunehmen.

Die Gräfin von Hongkong wird allgemein als Brandos eklatantester Mißerfolg und Chaplins trauriger Schwanengesang betrachtet. Ursprünglich 1930 für Chaplin und Paulette Goddard geschrieben, ächzte die Produktion nicht weniger schwerfällig als die Dielen ihrer Schiffskulissen.

Bei seiner Ankunft im Pinewood-Studio in London im Januar 1966 bereitete Brando die Aussicht, als ernstzunehmender Komiker auftreten zu müssen, einiges Kopfzerbrechen. Der siebenundsiebzigjährige Chaplin konnte ihn nicht beruhigen, da er an einer in London grassierenden Grippe erkrankt und abwechselnd schläfrig oder ungehalten war. Bald darauf erkrankte Brando selbst, was zu weiteren Verzögerungen führte und das übliche Gerücht in Umlauf brachte, er sabotiere die Finanzierung des Films. Wegen seines diesbezüglichen Rufs ließ Brando seinen privaten Arzt Dr. Robert

Kositchek eine ausdrückliche Erklärung vor der Presse abgeben, seine Abwesenheit sei auf eine Blinddarmentzündung zurückzuführen.

Immerhin war der Regisseur eine so ehrwürdige Institution, daß Brando ihm alle Rücksicht erwies. Seiner Partnerin Sophia Loren gegenüber nahm er jedoch schon wenige Wochen nach Beginn der Arbeit kein Blatt mehr vor den Mund und beleidigte die Schauspielerin, wann immer sich die Gelegenheit bot. Als sie eines Abends das Trader Vic's betrat, wo Brando beim Essen saß, rief er laut: «Da geht Sowjet Loren!» Während seiner ersten Kußszene mit dem italienischen Star flüsterte er ihr ins Ohr: «Weißt du, daß dir schwarze Haare aus der Nase wachsen?»

Die ungekrönte Königin des italienischen Films, die erst vor kurzem den Produzenten Carlo Ponti geheiratet hatte, war über Brandos plumpes Benehmen schockiert. Sie spielte eine Tänzerin aus einem Tingeltangel in Hongkong, die sich als blinder Passagier in der Luxuskabine eines von Brando dargestellten, öden saudiarabischen Botschafters versteckt. Und sie bestand darauf, daß ihr Name auf den Ankündigungen an erster Stelle erschien. Obwohl Chaplin Brando in diesem Fall den Vortritt gelassen hatte, ergriff sie zunehmend seine Partei und verbündete sich mit ihm gegen Brando. «Du mußt ihn zurechtweisen», drängte sie Chaplin. «Laß ihn mit diesem Benehmen nicht durchkommen.» Chaplin befolgte ihren Rat, und als Brando eines Morgens verspätet auftauchte, knöpfte Chaplin ihn sich vor. «Du arbeitest hier für Charlie Chaplin», ließ er ihn wissen. «Wenn du glaubst, dich auf die faule Haut legen zu können, dann kannst du ins nächste Flugzeug nach Hollywood steigen. Wir kommen ohne dich aus.»

Brando war diplomatisch genug, weder direkt noch über die Presse zurückzuschlagen. Angeblich gehorchte er «wie ein Schuljunge». Selbst wenn er die Nacht mit Christian Marquand durchgemacht hatte, zog er sich morgens auf dem Weg ins Studio hastig in seiner Limousine an, um rechtzeitig zu Drehbeginn zu erscheinen. Und als Chaplin ihn noch einmal ermahnte abzunehmen, nahm er den Verweis ohne Widerrede zur Kenntnis.

Doch hätte der Schauspielstil der beiden Schauspieler nicht gegensätzlicher sein können. Brando brauchte wie immer Raum, um sich entfalten zu können; Chaplin dagegen war ein Choreograph, der ihm genau vorschrieb, wo er zu stehen hatte, wie viele Schritte er machen und wie weit er zählen sollte, bevor er sich umdrehte. Bei aller Bewunderung für Chaplins Virtuosität bei den Demonstrationen des Regisseurs, wie er selbst eine Szene spielen würde, blieb Brandos Darstellung bleiern und leblos.

Eines Tages erschien der Autor Ron Moseley auf dem Set und sah Chaplin bei der Arbeit mit Brando und Loren zu. «Chaplin wollte alles genau so, wie er es vorher geplant hatte», erinnerte Moseley sich. «Wenn sie nicht begriffen, was er wollte, sagte er: ‹Seht mal her.› Dann spielte und artikulierte er zuerst Marlons Rolle – wie in einem Spiegel. Anschließend tat er das gleiche mit Sophia. Hier mimte der große alte Komiker ihre Rollen und konnte es natürlich viel besser als sie. Brando war offensichtlich wie gelähmt vor Angst, daß er die Szene genauso nachspielen mußte, wie Chaplin sie vorgemacht hatte.»

Doch wenn Brando die Arbeit mit Chaplin in Interviews beschrieb, spielte er seine Bedenken herunter. «Ich begnüge mich damit, eine lebendige Marionette zu sein», teilte er einem Reporter mit und setzte hinzu, daß er Chaplin «für ein Genie» hielt. «Was immer ich auf der Leinwand mache – in Wirklichkeit ist es Mr. Chaplin, der auf der Bühne agiert und spricht. Er sagt, ob ich mir am Ohr zupfen, die Arme verschränken oder die Beine überschlagen soll. Ich komme mir vor wie in der Schule.» Anschließend meinte er, daß «fast jeder Schauspieler höchstens mit jedem fünften Film erfolgreich» sei, und setzte beinahe entschuldigend hinzu, «Ich weiß nicht, ob dieser Film ein Erfolg oder mein Schwanengesang wird.»

Später behauptete er allerdings: «Dieser Chaplin war ein gemeiner Kerl, geradezu sadistisch. Ich habe miterlebt, wie er seinen Sohn gequält, ihn gedemütigt, beleidigt und lächerlich gemacht hat. Er (Sydney Chaplin) hatte eine kleine Rolle in dem Film, aber was Chaplin ihm alles an den Kopf warf! Als ich Sydney fragte, warum er sich das gefallen lasse, erwiderte er nur: ‹Ach, der alte Herr ist betagt und nervös, es spielt keine Rolle.› Aber das ist keine Entschuldigung. Chaplin hat mich an den Ausspruch Churchills über die Deutschen erinnert: ‹Entweder sie kriechen im Staub oder gehen einem an die Gurgel.›

Mit mir hat er es auch versucht. Aber ich habe ihm klargemacht, daß er so nicht mit mir umspringen kann. Mein Gott, war ich wütend. Es war schon ziemlich spät, und er fing an, sich furchtbar aufzuregen, aber ich habe zu ihm gesagt, er könnte seinen Film nehmen und ihn sich wer weiß wohin stecken, Bild für Bild.

Da wußte ich längst, daß der Film eine Katastrophe würde. Er war kein begnadeter Regisseur, jedenfalls nicht mehr. Bei seinem Talent sollte man vermuten, daß er mal einer war. Aber Mensch und Talent sind zwei grundverschiedene Dinge. Ein bemerkenswertes Talent, aber als Mensch ein Schwein.»

Trotz der unerfreulichen Arbeit amüsierte Brando sich im London der sechziger Jahre glänzend. Miniröcke waren in, Proletarierjargon schick, und es gab Discos, Drogen und nächtliche Parties.

Mit Christian Marquand als Partner war Brando dem gesellschaftlichen Trubel weniger abgeneigt als sonst. In Europa schien er sogar seinen Status als Superstar zu genießen und half bei der Organisation einer Fernseh-Galaveranstaltung für UNICEF, bei der die Elite der europäischen Gesellschaft, darunter Madame Pompidou, anwesend war. Gemeinsam mit anderen Stars sorgte er für die Unterhaltung und erntete frenetischen Beifall, als er barfuß, in Jeans und mit einer Blume im Haar in einer tahitianischen Tanzgruppe auftrat. Durch Pat Quinn, die inzwischen Anhängerin des Maharishi Mahesh Yogi geworden war und für ein transzendentales Meditationszentrum in Los Angeles arbeitete, hatte er sogar den Maharishi und die Beatles zu der Veranstaltung einladen lassen. (Marlon konnte sich anschließend nicht die Bemerkung verkneifen, daß ihr «Freund, der Maharishi, elektrisch beheizte Thermalunterwäsche unter seinen Gewändern trug». Für Quinn ein weiterer Beweis für sein Bedürfnis, Menschen, die ihr etwas bedeuteten, trotz seiner eigenen Neigung zum Spirituellen lächerlich zu machen.)

Seine Freunde durchschauten, was sich abspielte. Er verkehrte in gehobenen Londoner Kreisen und war offensichtlich erleichtert, daß seine absteigende Karriere sich auf dieser Seite des Atlantik noch nicht herumgesprochen hatte. Eines Abends erschien er ziemlich angetrunken auf einer Party anläßlich des Wahlsiegs der Labour Party bei dem Theaterkritiker Kenneth Tynan und seiner Frau Kathleen. Zu den Gästen gehörten Größen aus Literatur und Film wie Gore Vidal, Richard Harris und Michelangelo Antonioni, und Brando forderte den Gastgeber in ihrem Beisein auf, ihm «als Siegel ihrer Freundschaft» einen Kuß auf den Mund zu geben. Später zirkulierte das Gerücht, Brando und Vidal hätten eine kurze Affäre gehabt.

Zu dem Zeitpunkt lebte auch Igor Tamarin, Marlons pfiffiger, anarchischer Freund und ehemaliger Zimmergenosse aus New York, in London. Eines Morgens wurde Tamarin durch einen Telefonanruf geweckt und war überrascht, als die Stimme am anderen Ende der Leitung ein Kauderwelsch redete, das wie Jiddisch klang.

Da Tamarin Brando diesen Unsinn beigebracht hatte, wußte er sofort, wer am Apparat war. Brando wohnte in London im Savoy und bat Tamarin, auf der Stelle vorbeizukommen.

«Großer Gott, Marlon, es ist halb neun morgens», protestierte Tamarin. «Ich bin noch längst nicht ausgeschlafen. Ich rufe dich später wieder an.»

Kurz darauf klingelte es bei Tamarin. Es war Brandos Chauffeur mit dem Auftrag, Tamarin abzuholen. Da dieser ohnehin wach war, zog er sich an und fuhr mit.

«Marlons Tür stand offen, also trat ich ein», erzählte Tamarin. «Weit und breit war niemand zu sehen, aber ich hörte die Dusche laufen, also ging ich dem Geräusch nach ins Bad. Hinter der durchsichtigen Duschtür war der fetteste Arsch zu sehen, den ich in meinem Leben je erblickt habe. Da ich selbst noch nicht geduscht hatte, zog ich mich aus, riß die Tür auf und versetzte ihm einen Tritt. Überrascht drehte er sich um, und ohne ein weiteres Wort zu verlieren, ließen wir uns wie in alten Zeiten miteinander in einen Ringkampf ein.»

Am Schluß der Balgerei musterte Brando seinen Freund von oben bis unten. «Mein Gott, du bist ja immer noch so dünn!»

«Was man von dir nicht gerade behaupten kann!» feixte Tamarin. «Was hast du denn gemacht?» Das enorme Frühstück, das sie anschließend einnahmen, erklärte alles.

Marlons neue Freundin und ständige Begleiterin in dieser Zeit war Esther Anderson, eine zweiundzwanzigjährige Jamaicanerin. Sie hatte unter Stella Adler in New York studiert, war anschließend nach London gegangen, wo sie eine Affäre mit dem Erben der Firma Cross und Blackwell hatte, und war auch mit Marquand und Al Lettieri befreundet (der inzwischen für Kastner in London arbeitete). Sie hatte ebenfalls eine winzige Rolle in der *Gräfin von Hongkong*. Im Laufe der Dreharbeiten war auch Tarita in London eingetroffen, die Tamarin mitnichten wie eine «durchgeistigte Schönheit» oder ein «primitives Gauguin-Wesen» vorkam. «Unsinn», sagte er. «Sie wußte genau, was sie wollte, und war offenbar nicht auf den Kopf gefallen. Marlon ließ sie gewähren.»

Aller guten Dinge sind drei, muß Marlon gedacht haben, als im März 1966 auch noch Movita mit Miko in London auftauchte. Im September desselben Jahres kündigte sie die Geburt ihrer Tochter Rebecca an, obwohl sie während ihres Londoner Besuchs keinerlei Anzeichen einer Schwangerschaft verraten hatte und auch in den folgenden Monaten keine Rede davon war. Die Tatsache, daß Movita fast fünfzig war und Brando Los Angeles zum Zeitpunkt der angeblichen Zeugung im Dezember 1969 bereits verlassen hatte, gab später Anlaß zu allerlei Spekulationen über die Herkunft des Kindes.

Movitas Freundin, die New Yorker Schauspielerin Sondra Lee, hielt Marlon weder für den Vater von Miko, geschweige denn von Rebecca. Dagegen schloß Louise Monaco eine Vaterschaft bei Miko nicht aus, hatte bei Rebecca jedoch auch ihre Zweifel. Einer von Marlons Angestellten bestätigte, der Schauspieler habe seine Vaterschaft bei dem Kind ausdrücklich bestritten, obwohl Rebecca seinen Namen trug. Sie selbst erzählte ihren Geschwistern später, daß sie Brando auch nicht für ihren biologischen Vater hielt.

Marlons Eskapaden während dieser Zeit hielten die Klatschspalten der Presse mehr in Atem denn je. Wie der Reporter Joe Hyams in einem ausführlichen Bericht über Marlons Frauen schrieb: «Es bedürfte eines Statistikers statt eines Reporters, wollte man sich über Marlon Brandos Affären einen annähernden Überblick verschaffen.» Anschließend gab er einen «Abriß» von Marlons «Liebesaffären der letzten zehn Jahre», und obwohl er um Vollständigkeit nicht bemüht war, glaubte er den Artikel zu Recht mit «Brando – als der große Liebhaber scheint er in der zeitgenössischen Filmgeschichte seinesgleichen zu suchen» betiteln zu können.

Nach den unersprießlichen Dreharbeiten mit Chaplin sah Brando im Herbst 1966 seinem nächsten Film, *Spiegelbild im goldnen Auge* unter der Regie von John Huston, mit gewissen Erwartungen entgegen. Huston hatte sich als Regisseur inzwischen einen Namen gemacht, und sein kühner, aggressiver Stil reizte Brando. Er nahm also seine letzte Verpflichtung Universal gegenüber mit der Hoffnung in Angriff, daß sie sich inspirierend auf sein schwindendes Talent auswirken würde.

Es steckten auch emotionale Beweggründe hinter seinem Entschluß, bei der umstrittenen, immer wieder hinausgezögerten Verfilmung von Carson McCullers' Roman mitzumachen. Fast zwei Jahre vorher hatte er die Rolle, genau wie andere Schauspieler, ihrer unverhohlenen homosexuellen Thematik wegen abgelehnt. Elizabeth Taylor hatte bereits die weibliche Hauptrolle übernommen. Sie war es, die Huston als Regisseur gewann und den kranken Montgomery Clift, ihren langjährigen Freund, überredete, ebenfalls mitzumachen. Die Produktion wurde allerdings mehrfach verschoben, weil die Studioleitung Bedenken hatte, ob der alkoholabhängige Clift die Dreharbeiten überhaupt durchstehen würde. Um das Studio unter Druck zu setzen, ging Taylor an die Öffentlichkeit und verkündete vor der Presse, daß Clift und sie zum ersten Mal seit *Plötzlich im letzten Sommer* wieder gemeinsam auftreten wollten. Doch dem Studio war das Risiko zu groß.

Während Clift *The Defector* beendete, lag der Drehbeginn für *Spiegelbild* noch immer im Ungewissen. Kurz vor Abschluß der Verhandlungen im Sommer 1966 sollte sich die Verzögerungstaktik des Studios auszahlen: Clift wurde am 23. Juli 1966 nach einem Herzschlag tot in seiner Wohnung in Manhattan aufgefunden.

Danach wurden Richard Burton und Lee Marvin für die Rolle in Betracht gezogen, scheuten aber auch vor der homosexuellen Thematik zurück. Brando zögerte ebenfalls.

Bevor er einen endgültigen Entschluß faßte, flog Brando nach Irland, um das Projekt mit Huston auf dessen Landsitz zu besprechen. «Er hatte Bedenken wegen der Rolle», schrieb Huston. «Er hatte das Buch gelesen, war aber nicht sicher, ob es geeignet sei. Während unseres Gesprächs wurde das endgültige Manuskript getippt, so daß ich ihm riet abzuwarten. Marlon las das Skript und machte anschließend bei Gewitter einen langen Spaziergang. Als er zurückkam, sagte er kurz und bündig: ‹Ich übernehme die Rolle.›»

Es war ein kühner Entschluß. Brando ging das Risiko ein, seinen ohnehin schwer angeschlagenen Ruf noch weiter zu gefährden, nicht nur weil *Spiegelbild* der erste Hollywood-Film war, der sich offen mit dem Thema der Homosexualität auseinandersetzte, sondern auch weil Warner Bros. das Projekt nicht voll finanzierte. Sobald Brando sich verpflichtet hatte, beschloß Warner Bros., daß seine Gage die 1 Million Dollar von Elizabeth Taylor nicht übersteigen dürfe, ohne dabei zu ahnen, daß diese Summe den Hungerlohn, den Brando bei Universal erhielt, um ein Beträchtliches übertraf. Brando war mit diesen Bedingungen sowie mit der Forderung des Studios, den Film größtenteils in Italien zu drehen, einverstanden. Obwohl die Handlung auf einem Militärstützpunkt im amerikanischen Süden spielt, gab man Rom aus Rücksicht auf Elizabeth Taylor und Huston, die «aus steuerlichen Gründen» beide im Ausland arbeiten wollten, den Vorzug. Außerdem war es kein Geheimnis, daß der Einsatz italienischer Aufnahmeteams und Statisten die Produktionskosten niedrig halten würde.

Nachdem Brando im September an «Fish-ins» der Indianer im Staat Washington teilgenommen (und die New Yorker Premiere von *Südwest nach Sonora* geflissentlich übersehen) hatte, verbrachte er eine Woche mit Aufnahmeexperimenten für *Spiegelbild* in Mineola auf Long Island, ehe er im späten Oktober zu den zehnwöchigen Dreharbeiten im Dino-De-Laurentiis-Studio nach Rom flog.

In Rom wurde Brando genau wie in London als amerikanischer Superstar gefeiert und von den Paparazzi belagert. Jeden Morgen weckte Alice Marchak ihn mit einer Tasse Kaffee und erstattete Bericht über die Menschenmenge, die sich vor seinem gemieteten Apartment eingefunden hatte. An einem sehr stürmischen Tag wäre er beinahe tätlich geworden, als er feststellte, daß im Baum vor seinem Fenster ein Photograph hockte. Trotzdem genoß er Rom. Christian Marquand sowie Philip und Marie leisteten ihm Gesellschaft, und die Burtons waren ebenfalls mit von der Partie.

Burton holte Elizabeth Taylor täglich nach der Arbeit im Studio ab und erwies Brando häufig die Ehre, da er früher erschien, um ihn bei der Arbeit zu beobachten. Zwar waren Gerüchte im Umlauf, der Walliser Schauspieler sei eifersüchtig auf Brando, vielleicht sogar argwöhnisch, daß sich zwischen seiner Frau und ihm etwas abspielte, doch Burtons Tagebüchern zufolge hätte nichts weiter von der Wahrheit entfernt sein können:

> «3. Nov. 1966: Marlons Philosophie der Unmoral ist ehrlich und sauber. Ich halte ihn für einen wirklich guten Menschen; obendrein ist er intelligent. Er hat etwas zu sagen. Kein Wunder, daß er ein so überzeugender Schauspieler ist. Natürlich verstellt er sich und gibt sich vager, als er in Wirklichkeit ist. Dabei entgeht ihm nichts, wie ich festgestellt habe.»

Brando spielt in *Spiegelbild im goldenen Auge* den Major Weldon Penderton, einen Offizier, der unter seiner latenten Homosexualität leidet und schließlich einen sexuell ambivalenten Soldaten umbringt, der sich aus Vorliebe für die Unterwäsche seiner Frau in deren Schlafzimmer schleicht. Elizabeth Taylor in der Rolle der Ehefrau ist in ihrer Promiskuität, ihrer Liebe zu Pferden und ihrer sadomasochistischen Schwäche für Peitschen hochgradig neurotisch. Sie macht aus ihrer Affäre mit einem anderen Offizier (Brian Keith), der mit einer labilen, übersensiblen Frau (Julie Haris) verheiratet ist, kein Hehl.

Die Zusammenarbeit zwischen Huston und Brando war so erfreulich, daß Huston später versuchte, ihn für *Fat City*, seinen Comeback-Film, zu engagieren. Zwar gab Brando sich im Gegensatz zu der bestens vorbereiteten Elizabeth Taylor selten mit einer einzigen Einstellung zufrieden, doch war seine Phantasie unerschöpflich, und Huston war klug genug, ihm alle erdenklichen Freiheiten zu lassen.

«Vielleicht erinnern Sie sich an die ziemlich lange Szene, in der er am Kamin steht, übers Militär spricht und dabei mit einer Kerze spielt», sagte Huston. «Ich hätte es wie sonst bei einem Take bewenden lassen können, aber da ich Marlon und seinen Arbeitsstil kannte, ließ ich die Szene dreimal wiederholen, und jedesmal war sie anders; ich hätte sie alle drei benutzen können. So etwas habe ich noch bei keinem anderen Schauspieler erlebt.»

Huston war ebenfalls beeindruckt, wie weit Marlon sich mit seiner Rolle identifizierte. Bei ihrem ersten Treffen in Irland hatte der Regisseur wissen wollen, ob Marlon reiten könne. Marlon hatte ausweichend (und unzutreffend) geantwortet, er sei auf einer Pferderanch groß geworden. «Später, während der Filmarbeit», schrieb Huston, «hatte Brando eine solche Angst vor Pferden, daß selbst Elizabeth Taylor, die eine gute Reiterin war, sich davon anstecken ließ. Ich fragte mich, ob Marlons Furcht daher rührte, daß er sich so in seine Rolle versenkt hatte. Denn die Figur, die er darstellte, hatte ebenfalls Angst vor Pferden.»

Huston hielt *Spiegelbild im goldnen Auge* für einen seiner besten Filme, «Szene für Szene nahezu makellos», doch als der Film im Oktober 1967 herauskam, zeigten die Kritiker ihm überraschenderweise die kalte Schulter. Bosley Crowther vom *New Yorker* sprach für viele, als er den Film «spannungslos und banal» fand. Er lobte Brian Keith, fand Brando dagegen nur mittelmäßig, obwohl er seit Jahren keine so überzeugende Leistung geboten hatte. Der Film war ein enttäuschender Reinfall, was Produzent Ray Stark auf die Thematik zurückführte. «Das Publikum war damals noch nicht soweit, für Homosexualität Verständnis aufzubringen», sagte er, betonte jedoch, daß er sehr stolz auf den Film sei.

Spiegelbild im goldnen Auge war um etliches besser als die Schmarren, die ihm vorausgegangen waren und noch folgen sollten. Zum erstenmal seit Jahren schien Brando innere Kräfte zu mobilisieren und bereit zu sein, sein Talent auszuloten, während die Manieriertheit und die Selbstparodie früherer Filme nichts als Ausflucht und Vorwand gewesen waren. Hier schien er sich, jedenfalls in den erfolgreichen Szenen, wieder auf die Methode zurückzubesinnen. Die hinter burschikoser Fassade verborgene Verletzlichkeit früherer

Filme, die androgyne Mischung aus männlichen und weiblichen Wesenszügen kam endlich wieder zum Vorschein. Leider nicht für lange. Sein nächster Film, *Candy* (dt. *Candy*), wurde sein größter Selbstbetrug.

«Marlon war auf diesen albernen Film geradezu versessen und wollte unbedingt, daß Burton mitmachte», erinnerte Rhodes sich kopfschüttelnd. «Er machte Burton Geschenke und schickte ihm, als Burton in Afrika war, sogar eine der allerersten Videokameras, die auf den Markt kamen. Wenn Marlon sich etwas in den Kopf gesetzt hatte, dann ließ er nicht locker, und schließlich gelang es ihm, Burton zu überreden.» Die Dreharbeiten sollten Ende 1967 in Rom stattfinden, und Brando mußte seinen Kurzauftritt geschickt mit seinem nächsten Film, *The Night of the Following Day* (dt. *Am Abend des folgenden Tages*), koordinieren.

(*Candy* und *The Night of the Following Day*)
(dt. *Candy* und *Am Abend des folgenden Tages*)

Vielleicht liegt die einzige Erklärung für Brandos Mitwirkung an einem Schinken wie *Candy* darin, daß er sich Christian Marquand verpflichtet fühlte, der gemeinsam mit seinem Bruder Serge dazu beigetragen hatte, den Widerstand der tahitianischen Behörden gegen Brandos Kauf von Tetiaroa zu überwinden. Das Haupthindernis bei diesem Kauf war, daß der Zugang zum Atoll seit Jahrhunderten der tahitianischen königlichen Familie vorbehalten und inzwischen für den aufblühenden Touristenverkehr der Gegend von unschätzbarem Wert war. Brando allerdings hatte sich nicht entmutigen lassen. Bei seinen Verhandlungen mit der Opposition im Parlament von Tahiti (unter der Führung von Jacques-Denis Drollet, dessen ermordeter Sohn bei den späteren Schwierigkeiten des Schauspielers eine große Rolle spielen sollte) behauptete er immer wieder, die edelsten Absichten zu haben. Marquand verhalf den Bemühungen schließlich zum Erfolg. Dank der guten Beziehungen des Franzosen in Paris forderte der damalige französische Premierminister George Pompidou den Gouverneur von Französisch-

Polynesien, Jean Sicurani, auf, Drollet zu bewegen, seinen Widerstand aufzugeben. Wie Drollet sich erinnerte, hatte der Gouverneur zu ihm gesagt: «Ich kann dem Premierminister der französischen Republik keine Bitte abschlagen.»

Der erste Teil des Handels wurde im Oktober 1966 perfekt, als Marlon für die Summe von 200000 Dollar der Kauf von 438 ha zugestanden wurde, die mehrere Inseln des Atolls umfaßten. Den Rest von Tetiaroa erstand er im Januar 1967 für 70000 Dollar. Während Norman Garey, Brandos neuer Anwalt aus Beverly Hills, auf dessen juristischen Scharfsinn Marlon sich zunehmend verließ, ebenfalls zum Abschluß der einjährigen Verhandlungen beitrug, gebührte Marlons Dankbarkeit vor allem Marquand, der sich von Anfang an für das *Candy*-Projekt eingesetzt hatte. Die bizarre Sex-Farce konnte mit einer vielversprechenden Liste von Namen aufwarten: Verfasser des Bestsellerromans war Terry Southern, Drehbuchautor von *Dr. Strangelove.* Buck Henry, der gerade mit *The Graduate* groß herausgekommen war, hatte das Drehbuch verfaßt. Die Hauptrolle spielte die unbekannte Ewa Aulin, eine schmollmündige siebzehnjährige Blondine aus Skandinavien. Zugnummer von *Candy* war allerdings nicht Aulin, sondern die internationale Starparade: neben Burton und Brando waren James Coburn, Walter Matthau, John Huston, Charles Aznavour, Ringo Starr, Sugar Ray Robinson und sogar Anita Pallenberg, die Frau des Rolling-Stones-Gitarristen Keith Richards, mit dabei.

Hinter dieser Phalanx illustrer Namen stand ähnlich wie bei manchen Sinatra-Filmen nichts als die Absicht, Geld zu machen. Die Schauspieler bezogen eine Wochengage von 50000 Dollar, und Burton, Starr, Brando und Coburn waren obendrein prozentual beteiligt. Brando hatte den Ausschlag gegeben, und sobald er Burton engagiert hatte, waren Coburn und die anderen sehr bald dazugestoßen. Offenbar irritierte niemanden, daß Marquands einziger Regieversuch, *Le Grand Chemin,* eine Katastrophe gewesen war. Niemand bezweifelte, daß die eindrucksvolle Latte prominenter Namen diesen kleinen Mangel mehr als wettmachen würde. ABC-TV spekulierte auf den expandierenden Jugendmarkt und hatte deshalb kräftig in das mit 3 Millionen veranschlagte Projekt investiert.

Coburn hatte sich sogar Hoffnungen auf einen unterhaltsamen, einfallsreichen, riskant-subversiven Film gemacht. «Immerhin waren es die sechziger Jahre, und wir hatten alle diese aufmüpfigen Ideen im Kopf», erinnerte er sich. «Wir waren ungeheuer optimistisch. Zum ersten Mal waren Nacktheit und Sex auf der Leinwand zu sehen, und es ging viel ungezwungener zu. Jeder sollte seinen Senf dazugeben dürfen. Wir konnten frei improvisieren, denn Buck Henry würde uns dabei schon auf die Finger sehen. Es sollte eine echte Gemeinschaftsarbeit werden.»

Leider fehlte dem Film thematisch oder auch politisch der rote Faden. Trotzdem gelang es Marquand, die Produktion in den ersten Winterwochen 1967–68 im Griff zu behalten, während die Schauspieler ihren siebentägigen Verpflichtungen nachkamen. Wie geplant arbeitete die Besetzung «schichtweise», ohne daß sich ihre Auftritte überschnitten. Ringo Starr war in der ersten Woche an der Reihe, Brando in der zweiten und Coburn in der dritten, obwohl der unerschütterliche Coburn bei seinem Eintreffen in Rom feststellen mußte, daß es in der Woche zuvor eine kleine Panne gegeben hatte. «Es ging zu wie am Fließband, zack-zack, eine Woche Arbeit und ab», erklärte er. «Ich traf am vorgesehenen Tag ein, aber Christian empfing mich schon am Flughafen mit den Worten: ‹Wir haben ein kleines Problem. Eventuell müssen wir eine Woche pausieren, bis wir eine Szene drehen können, in der Ewa nicht auftritt.›»

Offenbar hatte Aulin sich durch Brandos Mätzchen so verunsichern lassen, daß sie vor der Kamera in unkontrollierbares Lachen ausbrach. Um ihrer Hysterie abzuhelfen, hatte man ihr eine «Kur» verschrieben. Wie Coburn erfuhr, war man übereingekommen, sie nach Taormina, einen kleinen Ort an der sizilianischen Küste, «auszulagern».

Es sprach sich bald herum, was hinter der merkwürdigen Geschichte steckte.

«Aulin war unglaublich jung und naiv», sagte Coburn. «Und alle waren natürlich scharf auf sie. Sie hatte einen entzückenden Hintern, und Marlon konnte wie immer nicht widerstehen. Er überfiel sie mit seinem unwiderstehlichen Charme, selbst wenn sie vor der Kamera standen.» Wie bei Janet Margolin in *Morituri* zog er sämtliche Register seiner Kunst, um bei dem hilflosen Teenager Eindruck zu schinden. «Er ließ nichts unversucht», fuhr Coburn fort, «und war Vater, Psychiater und gestrenger Lehrmeister zugleich. Sie war so überwältigt und verwirrt, daß sie nur noch hemmungslos lachen und nicht mal mehr ihren Text sprechen konnte.»

In seiner grotesken Rolle als der Große Guru Grindl steckte Brando in weiten indischen Gewändern und trug eine strähnige Perücke, die ihn noch alberner aussehen ließ. Auf der Stirn prangte ihm ein dickes Kastenzeichen. «Sie brauchte ihn unter seiner fürchterlichen Perücke nur anzusehen», sagte Coburn, «und schon wurde sie hysterisch. Er war so witzig und charmant gewesen – aber jetzt ging er aufs Ganze, und dabei flippte sie einfach aus.»

In den sechziger Jahren gab es in der Schweiz Prominentenkliniken, in denen Patienten gegen exzessive Rauch-, Trink- und Eßgewohnheiten sowie psychische Ängste mit Hilfe von Drogen einer Schlafkur unterzogen wurden. Das Filmteam von *Candy* in Rom wollte sich nichts nachsagen lassen und kreierte eine eigene Version dieser Kur: Das junge Mädchen wurde in ein Hotel an der Küste geschafft und mit Spritzen in einen Dauerschlaf versetzt. (Die Geschichte war so unglaubwürdig, daß in Hollywood Gerüchte umgingen, das Mädchen sei «aus Spaß high gehalten worden». Nach dem Film hörte man nie wieder etwas von ihr.)

Brando saß also untätig herum, während Aulin ihre «Schlafkur» durchmachte, und in der Zwischenzeit hatten Coburn und er Gelegenheit, sich näher kennenzulernen. Eines Tages erschien er überraschend in Coburns Garderobe und schüttete ihm sein Herz aus.

«Merkwürdig», sagte Marlon, «aber die letzten zehn Jahre liegen wie in Nebel gehüllt hinter mir – ich weiß eigentlich gar nicht, was in der Zeit passiert ist.»

Coburn war überrascht, als Marlon anfing, von seinen Kindern und von seiner Angst zu sprechen, «die Frauen könnten ihm die Kinder entreißen». Vielleicht war Marlon zu dem Zeitpunkt besonders niedergeschlagen, weil Movita im Juni desselben Jahres die Scheidung aufgrund von seelischer Grausamkeit eingereicht und das Sorgerecht für ihre beiden Kinder beantragt hatte. Vielleicht sah er die gleichen zermürbenden gerichtlichen Auseinandersetzungen

Anläßlich der Premiere von *Désirée* präsentierte sich Brando im Kostüm und an der Seite seiner langjährigen Freundin Marilyn Monroe, 1954

Oben: Brando und sein Bewunderer James Dean während der Dreharbeiten zu *Désirée*, 1954
Rechts: Frisch vermählt mit Anna Kashfi, 1957
Unten: Kampf der Giganten – Brando und Hope im Gerangel um den Oscar, 1955

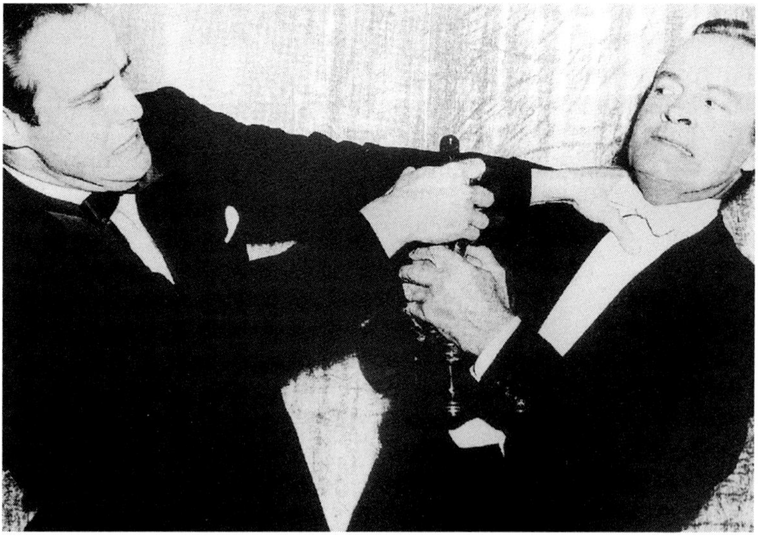

Oben: Neben Jean Simmons, Frank Sinatra und Vivian Blaine in *Schwere Jungs und leichte Mädchen*, 1955
Links: Brando als «junger, goldener Kriegsgott» Christian Diestl in *Die jungen Löwen*, 1958
Unten: *Ein Mann wird gejagt*, 1966

Brando während «der schönsten Zeit meines Lebens» – 1961 auf Tahiti bei den Dreharbeiten zu *Meuterei auf der Bounty*

Das kleine Teehaus – Brando in der Rolle des Tausendsassas Sakini, 1956

Anjanette Comer und Marlon Brando in *Südwest nach Sonora*, 1966

Der Mann in der Schlangenhaut – Anna Magnani und Marlon Brando in der Verfilmung von Tennessee Williams' Theaterstück, 1961

Brando als der sadistische Killer Robert Lee Clayton in *Duell am Missouri*, 1976

«Take the money and run.» Sowohl Elizabeth Taylor als auch Brando sahen ihre Mitwirkung in John Hustons schwülstigem Machwerk *Spiegelbild im goldnen Auge* als eine «reine Geldbeschaffungsaktion» an, 1967

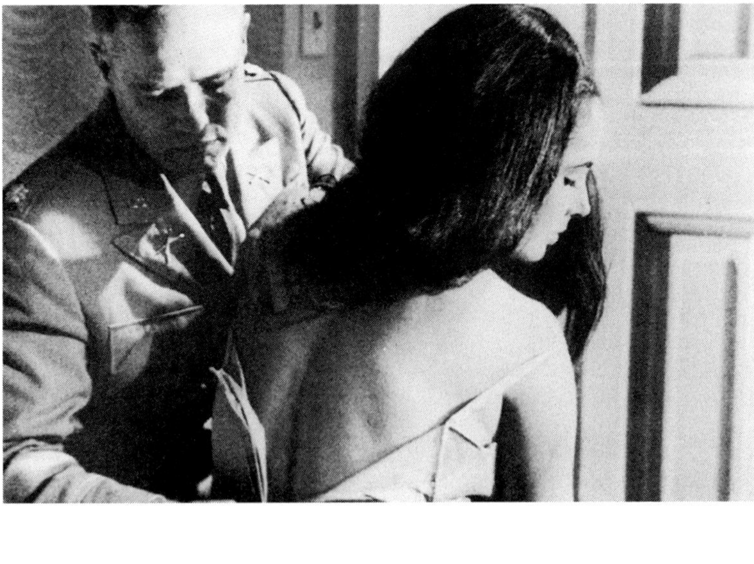

Marlon Brando als Mafiaboss Don Corleone in Francis Ford Coppolas Meisterwerk *Der Pate*, 1972

Brando an der Seite von Maria Schneider in Bertoluccis Film *Der letzte Tango in Paris*, 1972

«Mama Brando» – Marlon als Drag-Queen-Killer in *Duell am Missouri*, 1976

Brando als «ergreifend kahler» Oberst Kurtz in *Apocalypse Now*, 1979

Freshman – Brando als Parodie auf sich und seine Rolle als Pate, 1990

Don Juan de Marco – Szenen einer Winter-Romanze mit Faye Dunaway, 1995

Sunset-Portrait, 1994. Tragisches Ende einer Legende?

auf sich zukommen wie mit Kashfi. Tatsächlich drehte es sich im Gespräch mit Coburn hauptsächlich um seinen Sohn Christian. «Marlon hatte Angst, sein Sohn könne an der Labilität der Mutter kaputtgehen», sagte Coburn. «Ich hatte den Eindruck, daß er sehr an seinen Kindern hing und sich Sorgen um sie machte.»

Marlon wollte wissen, ob Coburn auch Kinder hatte.

«Ja, zwei», erwiderte Coburn, «aber ich sehe nicht viel von ihnen.»

«Ich auch nicht», sagte Marlon bekümmert, «und ich weiß gar nicht, was aus ihnen werden soll.»

Marlon schien während ihres Gesprächs «irgendwie weggetreten», sagte Coburn. «Ich hatte das Gefühl, er war mit seiner Weisheit am Ende und suchte deshalb meine Freundschaft.»

In der Folgezeit ging Coburn verschiedentlich mit Brando und Marquand essen. Marihuana, Alkohol und Frauen gab es im Überfluß, und auch Esther Anderson, die Marlon aus London mitgebracht hatte, fehlte nicht. Brando stand immer im Mittelpunkt der Aufmerksamkeit und verzauberte sein Publikum mit gewohntem Charme. «Er zog die Leute an wie ein Magnet», sagte Coburn. «Gleichzeitig machte er einen spürbaren Unterschied zwischen seinem Clan und denen, die nicht zur Clique gehörten. Offenbar fürchtete er, daß die Leute ihn übers Ohr hauen wollten. Man könnte fast behaupten, daß er unter Verfolgungswahn litt. Wenn er jemanden nicht kannte oder ihm mißtraute, mußte der erst auf Herz und Nieren geprüft werden.»

Leider hatte die ungezwungene Atmosphäre auf dem Set nicht den befreienden komischen Effekt auf den Film, den man sich davon versprochen hatte. Marquand besaß weder das Regieverständnis noch das untrügliche «Timing» für Komik, um einen sinnvollen oder witzigen Film zustande zu bringen. Die *New York Times* verurteilte den «üblen Rassenfanatismus» des Films als geschmacklos. Am schwersten unter Beschuß geriet Brando, als *Newsweek* und andere Publikationen hinter dem ganzen Unternehmen nur die Gier nach dem schnöden Mammon witterten. «Der erbärmliche Dilettantismus von *Candy* sucht seinesgleichen», schrieb *Newsweek*. «In dieser schäbigen europäischen Produktion geht es um nichts als um Geld: Hier bereichert sich eine Gruppe von Schauspielern in Rom, und eine amerikanische Fernsehgesellschaft ist bereit, die Rechnung zu begleichen, um aus einem schlüpfrigen Film, den sie selbst nicht zeigen darf, Kapital zu schlagen. Marlon Brando gelingen als Guru in einem Wohnmobil ein paar komische Momente ... aber im Grunde kommt er einem vor wie Peter Sellers als Quilty in *Lolita*.»

Mochten die letzten zehn Jahre für Brando unter einem gnädigen Schleier verborgen liegen, so sahen seine Kritiker um so klarer. Sie fürchteten, daß er sich mit Ausnahme von *Spiegelbild im goldnen Auge* den Zugang zu echten Emotionen versperrt hatte und zu den eindringlichen, erregenden Leistungen seiner früheren Jahre nie wieder fähig sein würde. Maske und Manipulation hatten die innere Intensität verdrängt; er wirkte desorientiert. Wie Philip Rhodes, der die Veränderungen an seinem Freund im Laufe der Jahre beobachtet hatte, zutreffend bemerkte: «Marlon hat viele Identitäten. Es sind Bilder, die sich ständig bewegen, miteinander verschwimmen und sich schließlich auflösen. Statt eines festen Kerns gibt es nur einen vagen, emotionalen Strudel. Es fehlt das zentrale Muster im Teppich.»

Die Liste seiner seichten, nichtssagenden Filme und seine unverhohlene Verachtung für die Schauspielerei sowie für Kritiker und Publikum schienen nur ein Spiegel seiner Selbstverachtung. In ihrem langen Essay, «Marlon Brando: Ein amerikanischer Held», zitiert Pauline Kael Emersons Aphorismus über die Lebensweise des Künstlers: «Ihr müßt eine lange Saison den Narren spielen.» Im Hinblick auf Brando verstand Kael diese «lange Saison» nicht als Jugendzeit, in der der Künstler sein Talent erst unter Beweis stellen muß, sondern als die Zeit nach dem großen Erfolg, wenn er unter «der Demütigung der Publikumsschelte» leidet.

Stella Adler, Marlons Mentorin und Ersatzmutter, empfand seinen Abstieg sogar als persönlichen Affront. James Coburn merkte in einem Gespräch mit ihr, wie sehr das Thema Brando sie belastete. «Wenn man auf Marlon zu sprechen kam, dann sagte sie: ‹Ach, Marlon ...› und wechselte schnell das Thema. Ich glaube, sie war sehr enttäuscht, daß aus dem Schauspieler ein Hanswurst geworden war.»

Kollegen begannen seinen Qualitätsverlust ebenfalls zu kommentieren. Während Burton noch Bewunderung für Brandos Arbeit in *Spiegelbild* geäußert hatte, behauptete er bald das Gegenteil. «Marlon muß erst einmal sprechen lernen», rügte er. «Wie of habe ich erlebt, daß Marlon einen Auftritt durch mangelnde Artikulation versaut hat ... Sein Unglück war Gadg Kazan, das Actors Studio und diese unglaubliche Lobhudelei, als er noch naß hinter den Ohren war ... Ich würde ihn gern mal am Nacken packen und wachrütteln.»

The Night of the Following Day (dt. *Am Abend des folgenden Tages*), ein billiger Thriller, war Mitte September 1967 angekündigt worden und ging schon vier Wochen später in die Produktion. Im Zentrum der Handlung steht die Entführung einer jungen Erbin (gespielt von der britischen Schauspielerin Pamela Franklin). Mitwirkende sind Richard Boone als sadistisches Bandenmitglied, Rita Moreno als drogensüchtige Komplizin und Brando in blonder Perücke und schwarzem T-shirt in der Rolle des Kidnappers, der in letzter Minute zur Einsicht kommt und das Opfer der Bande rettet.

«Ein bloßer B-Film», erklärte die Produzentin Marion Rosenberg. «Marlon war immer knapp bei Kasse. Vielleicht hat er ein-, zweihunderttausend Dollar bekommen, was gar nicht seinem Marktwert entsprach. Als Direktor von Universal in London konnte Kanter jedes Projekt bewilligen, und ein schneller, anspruchsloser, billiger Film war die einfachste Methode, damit Marlon seine Verpflichtungen gegenüber Universal abarbeitete.»

Der einzige Reiz des Film war die beklemmende Kulisse der kahlen Dünenkette an der bretonischen Küste, wo im Oktober 1967 die Dreharbeiten begannen. Die für Hollywood-Verhältnisse kleine sechzigköpfige Besetzung und Crew war in dem nahe gelegenen Ferienort Le Touquet untergebracht. Für Nachsaisongäste war nur das Hotel Bristol geöffnet, und das Filmteam konnte die wenigen Restaurants, den Nachtclub und den Kolonialwarenladen in dem verlassenen Ferienort buchstäblich mit Beschlag belegen. Marlon hatte sich in das circa zwanzig Kilometer entfernte Château de Montreuil zurückgezogen – «un ravissant hôtel» aus dem neunzehnten Jahrhundert, wie die hauseigene Broschüre verhieß.

Zum ersten Mal seit langer Zeit sah er schlank und fit aus. Physisch blieb er während der Arbeit in Topform, doch war ihm die Unzufriedenheit über die schleppenden Dreharbeiten sehr bald anzumerken. Schon am Ende der ersten Woche sprach er Regisseur Cornfield und seiner französischen Crew jede Kompetenz ab. Problematischer war die ständige Anwesenheit von Rita Moreno, deren vertrackte Beziehung zu Marlon sich unweigerlich auf die tägliche Arbeit auswirken mußte.

Brando hatte sich nie entschließen können, vergangene Affären ein für allemal hinter sich zu lassen, und so war er es gewesen, der Moreno engagiert hatte, um ihr über «eine Durststrecke» hinwegzuhelfen. Zwei Jahre zuvor hatte Moreno den New Yorker Kardiologen Dr. Leonard Gordon geheiratet. Aber es war offensichtlich, daß sie Brando noch immer nachtrauerte.

Die Spannung zwischen Moreno und Brando entlud sich in der dritten Woche während einer gemeinsamen Szene. Der Schauplatz war eine kleine Villa in den Dünen, wo die Protagonistin zu Brandos Erbitterung ihrer Leidenschaft für Kokain und Heroin frönt, so daß es zu einer Auseinandersetzung kommt. «Vor laufenden Kameras brach Marlon den Hals einer Flasche ab und reichte ihn Moreno, damit sie zuschlagen sollte», erinnerte Rosenberg sich. «Plötzlich artete der inszenierte Streit in eine echte Schlägerei aus. Sie packte ihn an den Haaren, und die Fetzen flogen. Gleichzeitig beschimpften sie sich gegenseitig, und Moreno machte ihrer ganzen aufgestauten Wut und Frustration Luft, während Lenny und das Kind aus den Kulissen zusahen. Der Raum, in dem wir drehten, war so winzig, daß der Kameramann sich förmlich an die Wand drücken mußte, um dem Bild überhaupt eine gewisse Tiefe zu geben. Einiges von der Szene ist im Film dringeblieben, denn wenn Moreno auch vom Drehbuch abwich, so war ihr Auftritt nicht von schlechten Eltern.»

Tatsächlich blieb der größte Teil der Handgreiflichkeiten erhalten, und die Kritik hob diese Szene als einen der seltenen Momente im Film heraus, der einen Funken Lebendigkeit verriet. Die Crew war nach dem emotionalen Schlagabtausch vollkommen sprachlos und verließ betreten das Set. Moreno tat, als sei nichts geschehen, und kehrte in aller Ruhe mit Mann und Kind zum Abendessen ins Hotel zurück. Marlon dagegen war alles andere als gefaßt. Statt sich in sein Château zurückzuziehen, blieb er in der Stadt und verbrachte den Abend ziemlich ernüchtert in der Bar des Bristol.

Drehbuchautor, Regisseur und Produzent Hubert Cornfield hatte sich den Film als einen Traum vorgestellt, der eine Vorahnung von der Entführung der Erbin geben soll. Laut Drehbuch sollte Marlon sich in seine Gefangene verlieben. «Doch als wir die Verführungsszene filmen wollten», erinnerte der Regisseur sich, «wollte Marlon von einer romantischen Beziehung zwischen ihm und dem Mädchen plötzlich nichts mehr wissen.» Als Cornfield ihn auf die Wichtigkeit der Szenen hinwies, antwortete Brando lakonisch: «Ich bin an einer Diskussion darüber nicht interessiert.»

Um die Traumatmosphäre zu betonen, hatte Cornfield es unterlassen, den Figuren im Drehbuch Namen zu geben. Doch Marlon bestand hartnäckig darauf, die Charaktere willkürlich mit Namen zu belegen. (Sich selbst gab er allerdings seinen eigenen Spitznamen Bud.) Cornfield ließ ihn gewähren, «denn ich konnte die Namen ja später im Schneideraum wieder entfernen». Marlon wiederum verstand sein Nachgeben nur als ein Zeichen von Schwäche. (In der Endfassung waren die Namen wieder enthalten, da Universal den Film um ein paar Minuten zu kurz fand und man die geschnittenen Sequenzen wieder einsetzen ließ, um «ein paar Sekunden herauszuschinden».)

In der Szene, in der Brando auf einem Privatflugplatz darauf wartet, von Moreno abgeholt zu werden, und statt dessen die Polizisten auf sich zukommen sieht, wollte Brando dem Polizeiwagen wie einem Taxi winken. «Du verrückter Kerl würdest das natürlich tun, aber deine Filmfigur käme gar nicht auf die Idee», protestierte Cornfield energisch. «Damit waren die Flitterwochen endgültig vorbei», erklärte er später. Als Marlon auch in der Schlußszene des Drehbuchs seine eigenen Vorstellungen durchsetzen wollte, nahm Kastner Cornfield beiseite und riet ihm, Brandos Version zu drehen, mit der Versicherung, sie später unter den Tisch fallen zu lassen. Der Regisseur gab nach und gab Marlon damit neuen Anlaß zu glauben, daß man auf Cornfield «herumtrampeln» könne.

Die Feindseligkeiten zwischen den beiden waren nicht das einzige Problem. Das Drehbuch ließ noch immer zu wünschen übrig, und um die Mängel auszubügeln und die Dreharbeiten zu beschleunigen (der trostlose Küstenort ging längst allen auf die Nerven), wurde Al Lettieri mit dem Umschreiben beauftragt. Bei einer Flasche Cognac arbeitete er bis spät in die Nacht und versuchte, die Szenen für den nächsten Tag fertigzustellen. Doch trotz seiner Anstrengungen improvisierte Marlon drauflos, alberte herum, schnitt in fast jeder Szene Grimassen vor der Kamera und verzögerte die Arbeit noch mehr.

Marlons Allotria beschränkte sich nicht allein auf die Filmarbeit. Gelegentlich warf er sich abends im Hotel in ein schwarzes Samtjackett von Pierre Cardin und hielt im Speisesaal des Château Montreuil hof. Nach Berichten eines Reporters von *Paris Match* kam er aufgemacht wie ein «Märchenprinz» die Treppe herunter und spielte beim Essen die Rolle des Feudalherrn, versetzte der Bedienung einen Schlag auf den Hintern, knallte Messer und Gabel auf den Teller und lachte dröhnend. Frauen, die ihm in die Augen stachen, konnten sich auf etwas gefaßt machen. Er setzte sich an ihren Tisch, unterzog sie einem peinlichen Verhör und brachte sie mit seinen zudringlichen Fragen in Verlegenheit.

Marlon benahm sich so unmöglich, daß Esther Anderson, seine jamaikanische Freundin, schließlich die Nase voll hatte und nach London zurückkehrte.

«Er war verrückt nach Esther», erinnerte Jan Lettieri sich, der Anderson in London bei der Arbeit an *Gräfin* kennengelernt hatte. «Sie war wild und leidenschaftlich, hatte ihren eigenen Kopf und war sehr sexy. Die beiden lagen abends im Bett und wetteiferten, wer am lautesten furzen konnte. Außerdem hatte sie einen enormen Konsum an Hasch und Pot.»

Als das gesamte Filmteam einige Wochen später nach Paris umzog, wohnte Marlon mit Tarita und ihrem vierjährigen Sohn im Hotel Raphael. «Tarita hatte täglich einen Zahnarzttermin», erzählte

Jan. «Tatsächlich jeden Nachmittag. Schließlich wurde Marlon stutzig und ließ sie beobachten. Es stellte sich heraus, daß sie eine Affäre hatte. Ich weiß nicht, mit wem, aber jedenfalls unterhielt sie eine hübsche, kleine Liaison, und Marlon war baff.»

Die Komplikationen in seinem Privatleben wollten kein Ende nehmen. Obwohl Movita bereits vor Monaten die Scheidung eingereicht hatte, tauchte sie mit Mutter und ihren sieben- und einjährigen Kindern ebenfalls in Marlons Hotel auf. Doch selbst im Beisein seiner Kinder versuchte Marlon, jede Frau zu erobern, die seinen Weg kreuzte. «Es gab keine Frau, an der er sich nicht vergriff», sagte Marion Rosenberg. «Ständig fummelte er einer am Busen oder am Hintern herum, hauptsächlich, um zu sehen, wie sie reagierten. Er konnte seine Hände einfach nicht beherrschen. Als ich ihn das erste Mal traf, schob er mir die Hand unter den Pullover und ließ sie auf meiner Brust liegen, solange es irgend ging.»

Angesichts der gespannten, exzentrischen Atmosphäre, die bei den Dreharbeiten zum *Abend des folgenden Tages* geherrscht hatte, konnte der Film nur auf einer chaotischen Note enden. Die Arbeit zog sich (mit einer Unterbrechung von wenigen Wochen, als Marlon in *Candy* auftrat) bis Ende 1967 hin. Als das Material endlich im Kasten war, wurde ein Redakteur aus London geholt, damit er in die Rollen beliebiger Szenen eine gewisse Ordnung brachte. «Es war der reinste Zirkus», sagte Rosenberg. «Keiner wußte, was los war. Wir saßen da, sahen uns Filmmaterial von drei oder vier Stunden Länge an und versuchten, das Beste daraus zu machen.» Sogar Kastner war von dem Ergebnis enttäuscht. «Er hätte Cornfield am liebsten erwürgt, weil er alles versaut hatte», sagte Rhodes. «Ich habe zum ersten Mal miterlebt, wie Elliott die Nerven verlor. Andererseits hatte er es auch nicht besser verdient.»

Als der Film im Januar 1969 schließlich erschien, wurde er von der Kritik verrissen. «Der Zuschauer hat den Eindruck, als würde der Dialog improvisiert ... Die Schauspieler sind durchweg unter aller Kritik.»

Für Brando sollte dieser unsinnige Film ernsthafte Folgen haben.

Seine Karriere war an einen Punkt gekommen, wo ihm kein Hollywood-Studio mehr eine ernsthafte Rolle anbieten wollte, nicht einmal bei verminderter Gage. *Am Abend des folgenden Tages* war sein elfter Mißerfolg und schien zu bestätigen, daß er die Flinte endgültig ins Korn geworfen hatte.

Die sechziger Jahre (II)

1963–1971

Trotz seiner Drohung, sich Anfang 1968 nach Ableisten seines Frondienstes bei Universal endgültig aus dem Filmgeschäft zurückzuziehen, erhielt Brando noch einmal neuen Auftrieb. Diesmal kam die Rettung in Form von zwei neuen Filmverträgen außerhalb von Hollywood, und zwar mit Gillo Pontecorvos *Burn!* (dt. *Queimada*) und Elia Kazans Verfilmung seines autobiographischen Romans *The Arrangement.*

Mit *Queimada* erfüllte Brando sich den langgehegten Wunsch, endlich einen politisch relevanten Film zu drehen. In *Queimada* fand er nicht nur die gesuchte politische Botschaft, sondern auch einen Regisseur, dessen radikaler Ruf eine Garantie dafür schien, daß die Botschaft nicht verwässert wurde. Brando hegte große Bewunderung für Pontecorvos *Battle of Algiers*, die vielgepriesene Darstellung eines städtischen Guerillaaufstands, die ihm 1966 eine Oscar-Nominierung für den besten ausländischen Film einbrachte, und hatte dem Regisseur versichert, daß er an einer Zusammenarbeit mit ihm interessiert sei.

Pontecorvos neuer Film sollte eine Verurteilung von Kolonialismus, internationaler Finanzwelt und Sklaverei sein, eine Kombination aus «romantischem Abenteuerfilm und philosophischem Problemfilm». Marlon zögerte anfangs, so daß Pontecorvo James Coburn die Rolle anbot. Doch Coburn wollte Marlon nicht auf die Füße treten und fragte ihn nach seiner Meinung über den Regisseur. «Ich weiß nicht warum, aber er gefällt mir», sagte Marlon. «Er hat solche ehrlichen blauen Augen; ich glaube, er meint es ernst.» Marlon mußte sich offenbar selbst erst gut zureden, bis er sich entschloß, das Angebot anzunehmen.

In Anspielung auf die Unruhen in Watts und das Schlagwort «Burn, baby, burn!» wurde der Film in den Vereinigten Staaten schließlich von *Queimada* in *Burn!* (dt. *Queimada*) umbenannt. (Obwohl der radikale Jargon wenig mit Pontecorvos Drehbuch zu tun hatte, witterte United Artists, der Verleiher des Films, Revolution und schlachtete diesen Umstand bei der Vermarktung zynisch aus.)

Brando ging sehr viel weniger blasiert an die Rolle des weißen Kolonisten heran. Das Projekt stand in direktem Zusammenhang mit seinem Engagement in der Bürgerrechtsbewegung. Als er die Vertragsunterzeichnung für den Herbst 1968 bekanntgab, erklärte er ausdrücklich, daß ihn nur der unmittelbare Zusammenhang zwischen seinen politischen Überzeugungen und der Thematik des Films dazu bewogen habe, noch einmal vor die Kamera zu treten.

Während des vergangenen Jahres hatte er sich die Gelegenheit entgehen lassen, mit Paul Newman, David Lean und anderen zusammenzuarbeiten, um sich ganz dem Bürgerrechtskampf zu widmen, und verzichtete deshalb, wie er behauptete, auf die volle Gage. Das entsprach allerdings nicht der Wahrheit. Laut Produzent Alberto Grimaldi erhielt Brando für *Burn!* 750 000 Dollar – eine recht stattliche Summe für die damalige Zeit. Aber immerhin hatte er sich wieder ernstzunehmenden Themen zugewandt und nahm mit der Ankündigung seiner neuen Rolle obendrein die Gelegenheit wahr, seine Ansichten über die Bürgerrechtsbewegung zu artikulieren. In den Jahren, in denen einige seiner schlimmsten Filme entstanden, war der politische Aktivismus sein einziger Halt in einer sonst sinnlosen und seichten Filmwelt gewesen, und Freunde führten seinen Wunsch, die Welt zu verändern, auf seine eigenen Selbstzweifel zurück. «Da er nicht weiß, ob er seinen eigenen Ansprüchen jemals genügen kann, möchte er anderen helfen», sagte Harold Clurman. «Sein Engagement, ob sinnvoll oder nicht, ist immer absolut aufrichtig, gerade weil er diesen Wunsch nach Läuterung hat.»

Brandos intensiver Einsatz für die amerikanische Bürgerrechtsbewegung ging zweifellos auf das soziale Engagement seiner Mutter zurück. Der Zustand der Welt und das Wohlergehen der Benachteiligten, der Armen und der Arbeiterklasse hatten Dodie immer am Herzen gelegen, und Marlon war mit dieser Parteinahme für die Zukurzgekommenen aufgewachsen. Er war sich der Rassenprobleme in den Vereinigten Staaten seit Anfang der sechziger Jahre bewußt und machte sich sogar Vorwürfe, sich nicht früher Gedanken darüber gemacht zu haben. «Ich fürchte, wir haben uns alle nicht gedrängelt», gestand er. «Ich hätte mich schon vor zwanzig Jahren mit den sozialen Problemen dieses Landes beschäftigen können, aber ich habe mich gedrückt.»

Dabei hatte eine neue Phase gesellschaftlichen Engagements für Brando bereits in den Jahren begonnen, als er seine vertraglichen Verpflichtungen in läppischen Filmen nur noch routinemäßig abgehakt und den eigentlichen Sinn seines Lebens außerhalb Hollywoods kitschiger Traumfabrik gefunden hatte.

Die «Probleme des Landes» waren Brando zum ersten Mal durch Martin Luther Kings Anstrengungen, den Süden zu integrieren, zum Bewußtsein gekommen. Er wurde einer der ersten weißen Prominenten in Amerika, die den Kampf unterstützten. Bei den Dreharbeiten von *Bedtime Story* setzten er und Schauspieler wie Paul Newman und Burt Lancaster sich in Hollywood für Kings Southern Christian Leadership Conference ein. Ihre Bemühungen führten im Mai 1963 im alten Wrigley-Field-Stadion in Los Angeles zu einer Demonstration mit Prominentenbesetzung und anschließender privater Wohltätigkeitsveranstaltung bei Lancaster zu Hause. Edmund G. Brown, der Gouverneur von Kalifornien, hatte die Einladungen verschickt, und King selbst war anwesend. Als ein Anwalt aus Hollywood verkündete, daß die Organisation der Konferenz täglich 1000 Dollar verschlang, griff die Mehrzahl der Schauspieler zum Scheckbuch. Wie Taylor Branch in seiner Geschichte der Bürgerrechtsbewegung schreibt, «warnte Brando vor bloßem An-die-Brust-Klopfen und investierte 5000 Dollar in die Organisation einer ganzen Woche». Die Begegnung mit King an dem Abend bestärkte ihn noch in seinen Überzeugungen, besonders da sein alter Freund Harry Belafonte sich innerhalb der Filmwelt inzwischen zum Wortführer und Organisator gemacht hatte.

Mit der Ermordung von Medgar Evers am 12. Juni 1963 und den anschließenden Unruhen im Süden der Vereinigten Staaten verstärkte King seine Bemühungen, Präsident Kennedy auf die sich zuspitzende Situation aufmerksam zu machen. Doch JFK zögerte.

Unbeirrt teilte King seinen Beratern Stanley Levison und Clarence Jones mit: «Wir stehen vorm Durchbruch. Wir brauchen eine Massenkundgebung.» Er dachte an einen Protestmarsch von etwa 100 000 Menschen nach Washington, um Kennedy zu bewegen, der Bürgerrechtsgesetzgebung seine volle Unterstützung zu geben. Nach Aussagen seiner Berater boten sowohl Brando als auch Paul Newman ihre Hilfe an.

Während die Vorbereitungen zu Kings Marsch auf Washington in Atlanta in vollem Gange waren, fuhr Brando mit Newman nach Sacramento zu einem CORE-Sit-in auf den Stufen des dortigen Kapitols. Hier wie an anderen Orten wiederholte Brando im Laufe des Sommers vor der Presse seine üblichen Vorbehalte gegenüber dem Showgeschäft. Er betonte, der Schauspielerberuf sei nicht nur Kinderei, sondern gehe an den wichtigen Themen der Zeit völlig vorbei. Seine Helden seien Persönlichkeiten wie King, Roy Wilkins und James Baldwin.

Für die wenigen, die den persönlichen Hintergrund des Schauspielers kannten, muß die Erwähnung Baldwins besonders interessant gewesen sein. Brando hatte den Schriftsteller zum ersten Mal an der New School for Social Research kennengelernt, und zwar wie Baldwin sich erinnerte, schon 1944. «Ich hatte noch nie einen Weißen wie Marlon kennengelernt», sagte Baldwin. «Er war zweifellos enorm begabt – eine echte schöpferische Kraft –, unkonventionell, unabhängig und schön wie eine Wildkatze. Er hatte keinerlei Rassenvorurteile und verabscheute jede Art von Diskriminierung.»

Die beiden wurden gute Freunde. 1953, als Baldwin die letzten Kapitel von *Go Tell It on the Mountain* schrieb, das ihn weltberühmt machen sollte, steuerte Brando 500 Dollar bei, damit der Autor seine Pariser Hotelrechnung bezahlen und zu einer Besprechung mit seinem Verleger nach New York fliegen konnte. Einige Jahre später wurde Brando in einer Dramatisierung von Baldwins letztem Roman, *Giovanni's Room*, im Actors Studio die Rolle des David angeboten, eines Amerikaners mit homosexuellen Neigungen. Paul Newman und Montgomery Clift wurden ebenfalls angesprochen, da man hoffte, sich mit einem großen Star den Zugang zum Broadway zu erleichtern. Baldwin war überrascht und erfreut, daß Brando als einziger reagierte. Als die beiden sich Anfang der sechziger Jahre bei den Bürgerrechtsveranstaltungen wiedertrafen, war die alte Freundschaft sofort wiederhergestellt. Baldwin und der charismatische Harry Belafonte inspirierten Brando mit ihrer Intensität und ihrer Entschlossenheit. Brando setzte seine finanzielle Unterstützung fort und engagierte sich im Juli 1963, zwei Monate nach der Begegnung mit King, gemeinsam mit anderen Größen aus dem Showgeschäft, darunter Newman, Lancaster, Franciosa, Charlton Heston und James Whitmore, für Reformen in Film und Fernsehen.

«Man spricht zu Recht von Vorurteilen in der Filmwelt», verkündete Brando. «Ich habe einen Studiodirektor sagen hören, er würde keinen Film propagieren, in dem es um Rassenvermischung geht. Ich kenne Leute, die sich geweigert haben, Neger [in der Filmindustrie] zu engagieren. Wir verlieren vierzig Prozent des Markts, sagen sie zur Rechtfertigung. Wir haben moralische Verpflichtungen den Banken gegenüber, behaupten sie ... Aber wir alle können etwas dagegen unternehmen. Wir müssen es sogar. Dies ist keine Bewegung, die ausschließlich die Neger betrifft, sondern eine demokratische Bewegung.»

Um seinen Worten Nachdruck zu verleihen, drohte er der Filmindustrie mit Boykott, falls sie eine «faire Repräsentation von Negern in Filmen» ablehnte. In der folgenden Woche, während die letzten Szenen von *Bedtime Story* gedreht wurden, ging er sogar noch einen Schritt weiter und versprach sein Erscheinen in Cambridge in Maryland, wo das Militär Bürgerrechtler seit mehr als einem Monat brutal unter Druck setzte, um ihre Kampagne für die Wahlberechtigung von Negern im Keim zu ersticken.

In einem vielgelesenen Interview mit der *New York Post* nahm Brando zu einer Reihe von Problemen Stellung und erwähnte dabei Rosa Parks, die schwarze Hausangestellte, die der Rassensegregation in öffentlichen Verkehrsmitteln den Kampf angesagt und 1955 in Montgomery den Boykott von Bussen ausgelöst hatte. «Sie hatte es satt. Sie war erschöpft. Sie hat einfach gesagt: ‹Ich will nicht länger hinten sitzen›», erklärte Marlon. «Andere haben sich davon inspirieren lassen ... und die Folge ist, daß viel mehr Menschen ihr

Scherflein beitragen ... Was diesem Land fehlt, ist mehr Toleranz für die Meinungsfreiheit des einzelnen ... Als ich beschloß, nach Maryland zu fahren, bekam ich von einer Negerorganisation die merkwürdige Nachricht, daß Marlon Brando dort nichts verloren habe und nur Propaganda für sich selbst machen wolle. Meine Antwort darauf war, daß diese Bewegung nicht nur die Neger betrifft – sie betrifft mich ebenso wie alle anderen.»

Am 28. August 1963 fand der berühmte Marsch nach Washington statt, der entscheidende Moment in der Bürgerrechtsbewegung der sechziger Jahre. Vorher hatten Brando und Newman mit 2000 anderen einer Veranstaltung in New York beigewohnt, um Geld für den Marsch zu sammeln, und waren anschließend gemeinsam nach Washington gefahren, wo sie sich einer Delegation von ungefähr neunzig Berühmtheiten aus dem Showbusiness unter der Leitung von Harry Belafonte anschlossen.

Eine Viertelmillion Menschen marschierte friedlich zum Lincoln Memorial, um Dr. Kings denkwürdige «I-have-a-dream»-Rede zu hören, die den Tagesausflug in einen Kreuzzug verwandelte. In der Menge waren bekannte Persönlichkeiten wie Burt Lancaster, James Baldwin und Josephine Baker. Aus New York kamen Sidney Poitier, Diahann Carroll und Tony Curtis, und zu der Gruppe aus Hollywood gehörten Sammy Davis jr., Lena Horne, Charlton Heston und James Garner. Brando trug auf dem Protestmarsch einen Stachelstock, mit dem Vieh angetrieben wird.

«Ich saß neben Dorothy Dandrige, Tony Franciosa und Paul Newman», erinnerte sich Joe Mankiewicz, Brandos Regisseur aus *Julius Cäsar*. «Brando erzählte mir, jemand hätte ihm den Stock in Alabama geschenkt und er hätte ihn mit nach Washington gebracht, um zu zeigen, womit die Schwarzen da unten traktiert wurden. Als ich nicht aufpaßte, pikte er mich damit in den Hintern, so daß ich vor Schmerz in die Luft gesprungen bin.» Als Brando später mit Baldwin, Heston, Poitier und Belafonte im Fernsehen erschien, trug er das Souvenir aus Alabama immer noch bei sich, um es der Öffentlichkeit zu zeigen.

Trotz des Aufhebens, das um seine Person gemacht wurde, versicherte Brando der Presse immer wieder, daß er nicht als Star an der

Demonstration teilnehme, sondern «als Staatsbürger, der ebenso gut Zahnarzt in Duluth sein könnte». Die Führung der Bürgerrechtsbewegung dagegen wußte seinen Ruhm und seine Popularität durchaus zu schätzen, denn es war nicht zuletzt seinem Engagement zu verdanken, daß der Marsch zu einem der folgenschwersten politischen Ereignisse der sechziger Jahre wurde.

In den ersten Monaten des Jahres 1964 erlahmte Marlons Interesse, weil ein neues politisches Anliegen seine Aufmerksamkeit erregt hatte: die beginnende Indianerbewegung. Er sollte ihr Sprecher, Führer und Guru werden und sein Name eher mit der Freiheitsbewegung der Ureinwohner Amerikas in Verbindung gebracht werden als mit der der schwarzen Amerikaner. Obwohl Brando seine entscheidende Rolle in der American Indian Movement (AIM) erst Mitte der siebziger Jahre spielte, begann er bereits 1964 mit indianischen Aktivisten zusammenzuarbeiten.

Nicht, daß er Dr. King und seinen Anhängern den Rücken gekehrt hatte; in gewisser Weise gehörten die beiden Bewegungen für ihn zusammen, obwohl er sich für die Indianer mit neuer Energie in die Bresche warf. Am 17. Januar 1964 sprach er in Washington, D.C., bei einer Sitzung des National Congress of American Indians und erklärte: «Die meisten Leute in diesem Land wissen nicht, daß die Verträge, die Amerika mit den Indianern abgeschlossen hat, gebrochen wurden. Sie wissen nicht, daß man die Indianer erpreßt hat zu schweigen, und das Bureau of Indian Affairs im Innenministerium kein anderes Ziel hatte, als die Indianer auszurotten. Der Tiefpunkt war während der Regierungszeit von Präsident Eisenhower erreicht ... Den Indianern bleiben noch fünf Jahre, den Kampf um Anerkennung zu gewinnen, danach sind sie vom Aussterben bedroht.» Am Schluß seiner Rede gab er zum ersten Mal öffentlich sein oft wiederholtes Versprechen ab, einen Film finanzieren und drehen zu wollen, «der die rätselhafte Vergangenheit der heutigen amerikanischen Indianer erzählt».

Neben seinen politischen Aktivitäten widmete Marlon sich einem weiteren Filmprojekt, das er hoffte, vor Beginn der Arbeit mit Pontecorvo beenden zu können. Nach Ablauf seines Vertrags mit Universal kam das Angebot von Elia Kazan, die jahrelangen Spannungen zu vergessen und die Hauptrolle in der Verfilmung seines eigenen erfolgreichen Romans, *The Arrangement*, zu übernehmen, wie gerufen.

«Ich war überzeugt, daß Marlon die ideale Besetzung für die Rolle war», schrieb Kazan in seiner Autobiographie. «Er war der beste Schauspieler weit und breit und obendrein jemand, zu dem ich einmal ein sehr enges Verhältnis gehabt hatte. Nach meiner Aussage vor dem Ausschuß ging er mir aus dem Weg, erklärte sich aber bereit, in *Faust im Nacken* mitzumachen ... Danach habe ich ihn nur noch selten gesehen; offenbar wollte er mit mir nichts mehr zu tun haben nach dem, was er von Freunden gehört hatte: daß ich nämlich ein reaktionäres Schwein sei.»

Marlon reagierte auf Kazans Anruf mit einem indifferenten «Ich kann's ja mal versuchen». Verstimmt über das Desinteresse, schrieb Kazan Marlon daraufhin einen sehr ehrlichen, persönlichen Brief.

Der Regisseur erhielt keine umgehende Antwort von Brando, schon gar nicht «mit der Offenheit, auf die ich gedrungen hatte». Statt dessen veranlaßte Marlon seinen Agenten, die Vertragsverhandlungen in Gang zu setzen. Als der Vertrag am 1. März 1968 unter Dach und Fach war, rief Marlon Kazan schließlich an; doch sprachen die beiden nur über die Toupets, die Marlon bei einem Perückenmacher in Rom bestellt haben wollte. Ansonsten fand im Verlauf der nächsten Wochen nur der übliche Informationsaustausch über Drehbuch und Zeitplan statt.

Am 4. April wurde Martin Luther King jr. ermordet. Marlon war zu Hause, als er die Nachricht hörte, und war nach Aussagen von Freunden fassungslos. Er führte zahlreiche Telefongespräche, unter anderem mit Kazan, auf den Marlon einen «verstörten Eindruck» gemacht hatte, als er ihn zu sich in den Mulholland Drive bat.

Bei Kazans Eintreffen erwartete Marlon ihn bereits vor dem Haus und hielt ihm einen langen, weitschweifigen Vortrag über den schrecklichem Zustand des Landes und die Bedeutung von Kings Tod für Amerika und seine Zukunft.

«Er sprach so eindringlich und so überzeugend, daß ich gar nicht merkte, daß er mich zu meinem Auto zurückbegleitete und mir die Tür öffnete», erinnerte Kazan sich. «Bevor ich mich hinters Steuer setzte, teilte er mir mit, daß er die Rolle in meinem Film nicht übernehmen könne. Dabei küßte er mich und machte einen so bemitleidenswerten Eindruck, daß ich losfuhr, ohne irgendwelche Fragen zu stellen. Im Rückspiegel sah ich, wie er ins Haus zurückging und verschwand. Ein Bild des Jammers.»

Wie auf viele Amerikaner schien Kings Ermordung eine radikalisierende Wirkung auf Brando zu haben, noch verstärkt durch den Anruf von Bobby Seale, einem der Führer der Black Panthers, der Marlon bat, ihm die Reise zu Kings Begräbnis in Atlanta zu finanzieren. Brando ließ ihm auf der Stelle drei Flugtickets zukommen und buchte Hotelzimmer nicht nur für Seale, sondern auch für Earl Niel, den Pastor der Panther, sowie eine Frau mit dem Titel Captain of the Sisters.

In Atlanta teilte Brando ein Zimmer mit Anthony Franciosa, der bestätigte, daß Brando von Kings Tod «zutiefst erschüttert» gewesen sei. Nach der Trauerfeier nahm Marlon Seale mit in seine Hotelsuite, wo Franciosa, Peter Lawford, Sidney Poitier, Eartha Kitt, Sammy Davis jr., Belafonte, Baldwin und andere sich eingefunden hatten. «Marlon wollte mich unbedingt trösten und von mir wissen, warum ich so deprimiert wäre», sagte Seale. «Ich erzählte ihm, daß ich nicht nur an Martin, sondern auch an Bobby Hutton denken mußte.»

Nur zwei Tage nach Kings Tod war «Little Bobby» Hutton, der siebzehnjährige Schatzmeister der Panther, vor der Parteizentrale in Oakland von Polizeikugeln getötet worden. Seale beschrieb, wie die Polizei das Gebäude gestürmt und die Panther gezwungen hatte, nackt nach draußen zu gehen; dabei hatte sie Hutton erschossen, Cleaver verwundet und acht andere verhaftet. Marlon äußerte den Wunsch, an Huttons Beerdigung teilzunehmen, die ein paar Tage später in Oakland stattfinden sollte.

Am 12. April 1968 war Brando unter den 800 Trauergästen bei der zweistündigen Feier, über die ausführlich in der Presse berichtet wurde. In seiner kurzen Ansprache bekundete Brando seine Sympathie für die militante Gruppe, indem er erklärte: «Hutton könnte mein eigener Sohn sein.» Er versprach ebenfalls, Spendenaktionen zu organisieren und die Brutalität der Polizei gegenüber der Gruppe publik zu machen.

Doch im Laufe des Sommer 1968 schien Brando sich vom politischen Aktivismus generell zurückzuziehen. Kings persönlicher Berater Clarence Jones war nicht überrascht. «Er war wie von einem Dämon besessen», sagte er. «Wenn man ihn reden hörte, dachte man, mein Gott, ist dieser Mann engagiert. Aber dann passierte nichts, so daß man sich fragte, warum soviel Engagement nicht in die Tat umgesetzt wurde. Ich glaube, schuld daran war sein verrücktes Privatleben.»

Jones hatte vermutlich recht. Als Movita im Jahr zuvor die Scheidung einreichte, hatte sie auf getrenntem Unterhalt für sich, Miko und Rebecca bestanden, woraufhin Brando im Juli 1968 auf Bluttests bei den Kindern bestand und bei Richter Edward R. Brand (der den Sorgerechts- und Vaterschaftsklagen mit Kashfi und Cui vorgesessen hatte) durchsetzte, daß der Scheidungsprozeß unter Ausschluß der Öffentlichkeit stattfand.

Nach der Gerichtsverhandlung wurde der Presse lediglich mitgeteilt, die Ehe mit Movita sei annulliert worden, da sie zum Zeitpunkt ihrer angeblichen Heirat mit Brando noch mit dem irischen Boxer Jack Doyle verheiratet gewesen war. Einzelheiten über den Prozeßausgang sowie Aussagen oder Beweismaterial, aufgrund dessen die tatsächlichen biologischen Eltern der Kinder bestimmt worden waren, liegen nicht vor, da die Unterlagen aus dem Gerichtsgebäude verschwanden (im zuständigen Archiv in Los Angeles ist vermerkt: «Akte bei der Herstellung von Mikrofilmen verschwunden.»).

Movita hatte angeblich auf 8 Millionen Dollar geklagt, doch Sondra Lee bezweifelte diese Summe. «Ich kann mir nicht vorstellen, daß sie soviel bekommen hat», sagte sie. «Marlon finanzierte die Ausbildung der Kinder, aber für sie kann nicht viel dabei herausgesprungen sein, denn sie mußte bei ihrer Mutter einziehen.» Philip Rhodes war der gleichen Meinung: «Sobald die Scheidung durch war, suchte Marlon einen Käufer für ihr Haus im Coldwater Drive, das auf seinen Namen lief ... Christians sogenanntes Zuhause wurde wie eine Filmkulisse abgebaut und verkauft.»

Auch wenn persönliche und familiäre Krisen Brandos Interesse an der Bürgerrechtsbewegung in jenem Sommer erlahmen ließen – mit Beginn der Dreharbeiten von *Queimada* im Dezember 1968 stand die Politik wieder im Vordergrund. Bei aller Skepsis gegen die radikalen Theorien der Panther war er im Begriff, sich auf einen Film einzulassen, der die Notwendigkeit von Gewalt im politischen Kampf unterstrich, und mit einem Regisseur zusammenzuarbeiten, der in seinen Filmen ausdrücklich den Guerillakrieg propagierte. Kein Wunder, daß er bei aller anfänglichen Begeisterung für *Queimada* – einen Film mit fast ausschließlich schwarzer Besetzung und hochaktueller Thematik – mit den gleichen gemischten Gefühlen an das Projekt heranging wie an seine früheren Filme.

Brando übernahm die Rolle des William Walker, eines britischen Agent provocateur aus dem achtzehnten Jahrhundert, der unter den Eingeborenen einer portugiesischen Kolonie in der Karibik Unruhe stiften soll, um die Kontrolle der Engländer über den Zuckerrohrhandel der Insel zu garantieren. Nach erfolgreicher Mission läßt Walker eine schwarze Truppe unter der Leitung seines Jüngers José Dolores zurück, wird aber zehn Jahre später, als Dolores einen Aufstand gegen die englische Kolonialmacht unternimmt, erneut auf die Insel geschickt. Walker läßt die Insel durchkämmen, wobei sein früherer Verbündeter und jetziger Freiheitskämpfer gefangengenommen wird. Statt Walkers Fluchtangebot wahrzunehmen, zieht Dolores den Märtyrertod vor. Nach Dolores' Tod wird Walker von einem jungen Schwarzen erstochen, der eine neue revolutionäre Generation repräsentiert.

Trotz Brandos ständig bekundetem Interesse an Filmen mit zeitgenössischer politischer Relevanz sollte Pontecorvo bald feststellen, daß sein größtes Problem nicht darin bestand, die vielen technischen Hindernisse bei den im kolumbianischen Cartagena stattfindenden Dreharbeiten zu lösen, sondern seinen Star bei Laune zu halten. Zwar führten tropische Regengüsse dazu, daß die kolumbianische Marine Crew und Besetzung von einer nahe gelegenen Insel retten mußte, doch ließ sich die Arbeit zwischen Regisseur und Schauspieler während der ersten Wochen gut an. Als Pontecorvo im Laufe der Dreharbeiten jedoch immer häufiger auf der Wiederholung von Szenen bestand, wurde Brando rabiat. Die Sprachbarriere zwischen ihnen trug auch nicht eben zur gegenseitigen Verständigung bei.

Produzent Grimaldi merkte bald, daß sein Star und sein Regisseur auf Kriegsfuß standen. Ähnlich wie Charlie Chaplin führte Pontecorvo mit eiserner Hand Regie. «Er war anspruchsvoll und penibel», sagte Grimaldi. «Das Drehbuch war das Drehbuch; er ließ sich zwar auf Diskussionen ein, gestattete aber keinerlei Freiheiten. Als Marlon sich dagegen wehrte, kam es zu Spannungen. Marlon hatte den Eindruck, Pontecorvo wollte ihm das Kreuz brechen.»

Gleichzeitig hatte die schwüle kolumbianische Hitze für die Mitwirkenden den Grad des Erträglichen überschritten. Marlon begann sich abzusetzen, charterte ein Privatflugzeug nach Miami und verbrachte die Wochenenden in Los Angeles. «Wir andern saßen fest», sagte Philip Rhodes. «Da die Regierung Flugzeugentführungen nach Kuba befürchtete, dauerte es zwei Wochen, bis wir unsere Pässe zurückbekamen. Marlon allerdings hatte sein kleines Privatflugzeug und konnte nach Belieben kommen und gehen.»

Doch war seine Unzufriedenheit damit nicht behoben. Insekten und Hitze machten allen das Leben zur Hölle, und das Essen war aus Mangel an Kühlmöglichkeiten ungenießbar. Wegen der vielen Statisten und der bewaffneten Wachmannschaften, die das Lager umgaben, wimmelte es überall von Menschen, und der Lärm war unerträglich.

«Die Arbeitsbedingungen hätten nicht schlechter sein können», bestätigte Rhodes. «Wir waren von diesen Banditen umgeben, die aus den Bergen kamen und alles mitgehen ließen, sogar die Kostüme. Wir mußten auf den Flohmarkt gehen und die gestohlenen Sachen wieder zurückkaufen. Schließlich konnten wir nicht mal mehr ohne bewaffnete Begleitung pinkeln gehen, wenn wir nicht ausgeraubt werden wollten.»

Marlon behalf sich mit Ohropax gegen den Lärm, aber die ständige Unruhe auf dem Set irritierte ihn ebenso wie die Tatsache, daß er es Pontecorvo nie recht machen konnte. «Wenn er ein violettes Lächeln wollte», sagte Brando, «und er bekam ein lila Lächeln von mir, dann gab er nicht eher Ruhe, bis er bekam, was er wollte, selbst wenn ich mir inzwischen den Kiefer ausgerenkt hatte.»

Die Situation wurde durch den hemmungslosen Drogenkonsum auf dem Set noch verschlimmert. Das Aufnahmeteam war die meiste Zeit high. Marlon zog sich erbittert und angewidert zurück, machte seinem Unmut allerdings durch ungerechtfertigte politische Vorwürfe Luft. Pontecorvo, behauptete er, mißhandle die schwarze einheimische Besetzung und beute sie aus. Besonders machte er sich über Pontecorvos Aberglauben lustig, denn bei aller Besonnenheit und nüchternen Pedanterie hatte der italienische Regisseur seine «Fetische». (Die Crew spottete öffentlich darüber und behauptete, Pontecorvo trage täglich das gleiche Suspensorium wie bei den Dreharbeiten von *The Battle of Algiers.*) Um den naiven Aberglauben des Regisseurs auf die Schippe zu nehmen, schlich Brando sich eines Tages mit einem Hammer und einem Spiegel von hinten an ihn heran und zerschlug den Spiegel mit lautem Knall, als wollte er die Produktion verhexen. Pontecorvo war außer sich vor Wut und soll mit den Worten «Ich bringe den Scheißkerl um!» in der Hotellobby auf und ab marschiert sein.

Zu allem übrigen Ärger zog Brando sich auch noch einen Ausschlag im Gesicht zu, der zwischen den Einstellungen immer wieder behandelt werden mußte. Anschließend brach eine Grippeepidemie aus, der er wie viele andere Mitwirkende ebenfalls zum Opfer fiel. Dann kam allerdings der Knüller: Pontecorvo ließ ihn vor einem brennenden Zuckerrohrfeld in der Sonne stehen und bestand darauf, daß eine einzige Szene vierzigmal wiederholt wurde. Wortlos verließ Brando Cartagena und kehrte nach Hause zurück.

Pontecorvo machte auch ohne ihn weiter. Während sein Sohn mit Ruhr im Bett lag, kundschaftete der Regisseur verschwitzt, verdreckt und müde geeignete Schauplätze aus für den Tag, an dem sein Hauptdarsteller wieder auftauchen würde, was eine Woche, einen Monat oder länger dauern konnte. Obwohl Pontecorvo nicht verschwieg, daß der Drehplan ernsthaft in Verzug und das Unternehmen in finanziellen Schwierigkeiten war, blieb er seiner Vision unbeirrt treu. Wie er einem Interviewer mitteilte, hegte er die unerschütterliche Hoffnung, daß der Film einem «Aufruf zur Revolution» gleichkommen werde. Eigentlich hätten seine Worte Musik in Marlons Ohren sein müssen: «Ich wünsche mir, daß die Leute an *allen* meinen Filmen einen gemeinsamen Zug entdecken, nämlich ein gewisses liebevolles Verständnis für die Menschheit, eine Zuneigung, die auf der Verletzlichkeit der *conditio humana* beruht.»

Verständnis war das letzte, was Brando nach seiner abrupten Abreise aufbringen konnte. Er zog sich in sein Zimmer am Mulholland Drive zurück und war außer für Christian Marquand, George Englund und Wally Cox für niemanden zu sprechen. Oft schlief er bis Mittags. Er irrte ziellos durchs Haus und nahm nicht einmal die Telefongespräche von Norton Brown, seinem Finanzberater, entgegen. Wenn er nicht auf den flackernden Bildschirm am Fußende seines Bettes starrte, führte er seine nächtlichen Telefongespräche mit den zahlreichen Frauen in seinem Leben und beorderte sie gelegentlich zu sich. Aber meist blieb er allein und kapselte sich, bis auf eine Handvoll Freunde, von allen ab.

Es schien, als wären die Stützpfeiler seines Glaubensgebäudes eingeknickt. Seine Karriere ließ ihn kalt, und die Hoffnung, sich durch den Pontecorvo-Film sowohl als Schauspieler wie als politisch engagierter Staatsbürger legitimieren zu können, hatte sich zerschlagen.

Obwohl Brando sich zu dem Zeitpunkt in unregelmäßigen Abständen in psychotherapeutischer Behandlung befand und gelegentlich sogar mehrere Psychoanalytiker gleichzeitig konsultierte, wandte er sich nun an Thelma Schnee Moss, eine Psychologin an der Universität von Los Angeles und frühere Schauspielerin, die er vom Actors Studio her kannte. Sie fand Marlon brillant, aber so verklemmt, daß der schwelende Zorn seiner frühen Rollen nur noch zu ahnen war. «Er hatte eine solche Wut auf seine Mutter», sagte Moss, «daß jede Frau, die in sein Leben eingriff, ihn an sie erinnerte und ihn in Harnisch brachte.»

Moss war als Psychologin auf Parapsychologie und ähnliche übersinnliche Phänomene, jedoch nicht auf Persönlichkeitsprobleme spezialisiert. In den späten sechziger Jahren trat sie verschiedentlich in Talk-Shows auf, um ihr neuestes Buch, eine Studie über LSD-Therapien, vorzustellen. Was Marlon dazu bewogen hatte, sie in ihrem Büro anzurufen, war sein plötzlich erwachtes Interesse für das «Paranormale» – LSD, Leben auf anderen Planeten, Telepathie und Gedankenlesen. Vor allem wollte er über seine Erfahrungen mit Acid reden; er hatte die Droge versehentlich einmal genommen und seitdem zweimal bewußt mit Halluzinogenen experimentiert. Die mystischen und religiösen Visionen, die er dabei gehabt hatte, wollten ihn nicht loslassen. Moss hatte selbst ähnliche Visionen erlebt und kannte ihre bestürzende Wirkung.

«Ich wußte, wovon er redete», sagte Moss. «Ich hatte auch solche Visionen, religiöse Gestalten, archetypisch oder aus der Bibel, Buddha, Jesus, weise alte Männer und so wirklichkeitsnah, als ständen sie lebendig vor einem. Die Erscheinungen sind ein Schock für jemanden, der nie an solche Phänomene geglaubt hat.»

Moss begriff, wie sehr Marlon die nichtrationale, durch Drogen hervorgerufene Erfahrung verstört haben mußte, und fand die Erklärung dafür in seiner jahrelangen psychoanalytischen Behandlung. Sie erinnerte sich, daß er ihr zu Anfang ihrer Bekanntschaft erzählt hatte, wie er mit Hilfe der Therapie imstande gewesen sei, «seinen Zorn, seine Liebe und seinen Haß auf seine Mutter, seine Wut auf seinen Vater, seine sexuelle Verwirrung unter Kontrolle zu halten – alle diese emotionalen Kräfte, die man Neurosen oder Psychosen nennen könnte». Plötzlich schien das tragende Gerüst eingestürzt zu sein. Seine Fragen waren nichts anderes als ein Hilfeschrei.

«Er hatte das Gefühl, von einem Energieschub förmlich überwältigt zu werden», erklärte Moss. «Ich wußte genau, wovon er redete, denn es kommt einem bei dieser Art Erfahrung vor, als verlöre man die eigene Identität und das Ich würde vollkommen ausgelöscht. Man erlebt einen ekstatischen Zustand, ein grandioses explodierendes Feuerwerk, bei dem man allerding *selbst* der Sprengkörper ist, der sich in den Feuergarben verzehrt. Ich nahm an, daß die jahrelange Analyse ihn von der Nichtexistenz Gottes überzeugt hatte. Das war der Felsen, an den er sich klammerte, um seinen Zynismus zu rechtfertigen. Dann hatte er plötzlich diese Visionen und fragte sich, woran habe ich eigentlich geglaubt? Haben diese Dinge die ganze Zeit existiert, während ich mich darüber lustig gemacht und getan habe, als gäbe es sie nicht?»

Brando setzte die Telefongespräche mit Moss über die nächsten Wochen fort, wenn auch wahllos und ohne sich aus der Reserve locken zu lassen. Meist begründete er seine Anrufe damit, daß er von bestimmten Erfahrungen *gelesen*, sie aber nicht selbst gemacht hatte.

«Ich hatte damit gerechnet, er würde verrückt werden», sagte Moss, «weil er das unbedingte Bedürfnis hatte, über alles und alle in seiner Umgebung die Kontrolle zu haben. Dabei ging es eigentlich nur darum, daß er sich selbst unter Kontrolle hielt. Er war von Natur so fahrig und undiszipliniert, daß er entweder nie aus dem Bett kam oder sich dumm und dämlich aß, wenn er sich selbst überlassen blieb. Deshalb hatte er eine außerordentliche Selbstdisziplin entwickelt, um diesem Mangel an Selbstbeherrschung beizukommen. Wie ein Pendel schwang er zwischen Anfällen von schwerer Trunksucht, langen Perioden der Enthaltsamkeit und dem ständigen Kampf mit seiner Freßlust hin und her. Die jahrelange Therapie hatte ihn zwar gelehrt, sich zu beherrschen, aber seinen Telefonanrufen entnahm ich, daß er den Glauben an diese Strategien verloren hatte.»

Am 16. Juni 1969 hatte Brando Pontecorvo ein Ultimatum gestellt: Entweder er verlegte den Drehort für zehn Tage, an denen Brando noch für drei Szenen benötigt wurde, von Cartagena an einen erträglicheren Ort, oder Brando würde den Film nicht beenden.

«Der Konflikt zwischen den beiden resultiert aus schierer Erschöpfung nach sieben Monaten ununterbrochener Dreharbeiten in einer feindlichen und unwirtlichen Gegend, abgeschnitten von den Annehmlichkeiten der Zivilisation», berichtete *Variety*. «Wenigstens einer der Mitwirkenden bei *Queimada* ergriff angesichts des unerträglichen Klimas und der primitiven Lebensumstände Brandos Partei und vermutete, daß fünfzig Prozent der Crew entweder bettlägerig war oder das Handtuch geworfen hatte.»

Brando selbst gestand später, daß er Pontecorvo mit seiner Drohung nur zum Handeln hatte zwingen wollen. «Ich wollte den Film nicht torpedieren, dazu war er mir zu wichtig», erklärte er. «Es hätte ein hervorragender Film werden können. Aber ich mußte ihm deutlich zu verstehen geben, daß mir alles scheißegal war und ich das Unternehmen auffliegen lassen würde.»

Produzent Grimaldi interpretierte Marlons Motive anders. «Ich glaube, er betrachtete *Queimada* als wichtige politische Aussage», sagte er. «Aber er ahnte, daß er finanziell kein Erfolg werden würde, und deshalb ließ er es drauf ankommen.»

Nur wenige Tage vor der Fertigstellung des Films blieb Grimaldi nichts anderes übrig, als Brandos Forderungen nachzugeben, obwohl ein Monat vergehen sollte, bis ein geeigneter Drehort gefunden wurde. Die Wahl fiel schließlich auf Marokko, und der Umzug kostete weitere 700 000 Dollar, die der Produzent auf seine Kappe nehmen mußte. Grimaldi verklagte Brando später auf Schadensersatz, einigte sich aber mit ihm, weil er in *Last Tango in Paris* nicht auf ihn verzichten wollte.

Hatte Grimaldi Brando in der Frage des Drehorts nachgegeben, so weigerte er sich, Pontecorvo die Regie zu entziehen. «Ich konnte doch den Regisseur nicht entlassen», erklärte der Produzent. «Es handelte sich schließlich nicht um einen x-beliebigen Publikumsschlager. Ohne Pontecorvo gab es keinen Film.»

Der Umzug nach Marokko hatte auf Brandos Verhältnis zu Pontecorvo oder seine Stimmung wenig Einfluß. Der Perfektionismus des Regisseurs ging ihm auf die Nerven. Als der New Yorker Dramatiker Josh Greenfield zu einem Interview mit Brando erschien, fragte er den Schauspieler im Verlauf des Gesprächs, ob er jemals den Wunsch gehabt hätte, jemanden umzubringen.

«Ich habe zehn Jahre auf der Couch verbracht und weiß noch immer nicht, was ich mit dem Drang zu töten anfangen soll», erwiderte Brando. «Im Moment hätte ich Lust, Pontecorvo umzubringen. Und zwar allen Ernstes, weil er keinerlei Mitgefühl hat ... Ich habe einmal versucht, meinen Vater umzubringen. Tatsächlich ... ich habe mir immer vorgestellt, ich würde ihn dadurch umbringen, daß ich ihm die Augen ausreiße.»

Marlons aufgestaute Wut, die innere Aggression, unter der er so oft zu leiden hatte, machte sich Luft. Er ließ die bekannte Tirade gegen die Schauspielerei, gegen die Filmindustrie und gegen das Starwesen in Hollywood vom Stapel. Obwohl er sich weigerte, den

Film selbst zu diskutieren, «bis ich sehe, ob bestimmte Vorstellungen, die ich habe, darin vertreten sind oder nicht», ließ er die übliche Selbstkritik laut werden. «Filmschauspieler sind bedeutungslos», behauptete er. «Freud, Gandhi, Marx, das sind Leute, die zählen. Das Filmgeschäft dagegen ist nichts als eine öde, langweilige, kindische Arbeit.»

Im Grunde schien er zu sagen, daß er abgesehen von dem, was auf der Leinwand zu sehen war, keine Identität besaß. «Die Leute *kreieren* mich», sagte er nachdrücklich. «Wer ich wirklich bin, ist gar nicht von Bedeutung. Das vergißt man so leicht. Man glaubt, man sei die Person, die da oben auf der Leinwand zu sehen ist, auch im wirklichen Leben. Das war Marilyn Monroes Irrtum.»

Als *Queimada* Ende 1969 in Europa und Amerika in die Kinos kam (in den Vereinigten Staaten war der Film um zwanzig Minuten gekürzt worden), sah sich die Kritik in ihren Erwartungen auf einen politisch anspruchsvollen Film arg enttäuscht. Nachdem sie die ungekürzte Version von 132 Minuten gesehen hatten, reagierten italienische Kritiker positiver auf Pontecorvos weitsichtige Vision als auf den Film selbst oder auf Brando, der «mit gottähnlicher Pose den klassischen Filmhelden» spielte und ihnen «zu intellektuell» war. Außerdem regte sich Unmut, daß Marlon nicht zur Premiere des Films erschienen war, obwohl er seit beinahe zwei Jahren keinen Film gemacht und ausdrücklich betont hatte, «die antirassistische Thematik des Films» habe ihn zur Leinwand zurückgebracht.

Die amerikanischen Kritiken waren ähnlich gemischt, obwohl sie Brando freundlicher gesinnt waren als dem Vulgärmarxismus des Films. Kevin Thomas von der *Los Angeles Times* lobte Brandos Darstellung, während der Kritiker von *Playboy* «die vielen unglückseligen und enttäuschenden Kompromisse» sowie «Brandos orientierungslose Darstellungsweise» bemängelte.

Seit 1967 hatte Brando Tahiti und sein privates Atoll Tetiaroa als Zufluchtsort benutzt, um Hollywood und seinen privaten Dämonen zu entrinnen. Er blieb ein, zwei Wochen und wohnte bei Tarita und ihrem Sohn Teihotu in dem am Wasser gelegenen Bungalow, den er ihnen in der wohlhabenden Gegend von Punaauia, nicht weit vom Faaa-Flughafen, gekauft hatte. Oft fuhr er auch nach Tetiaroa hinüber, wanderte allein am schneeweißen Strand des Atolls entlang und hing seinen Träumen von einem privaten Paradies nach.

Die zwölf *motu* des Atolls bestanden aus Korallenformationen, die auf den Resten eines erloschenen Vulkans ruhten. Nach außen war das Atoll von einem Riff umgeben, das man nur bei Flut überqueren konnte. Der Amerikaner, von dem Brando die Insel gekauft hatte, hatte weder den zum Riff führenden Anleger noch die kleinen Hütten auf der Insel instand gehalten, so daß Brando bei der Übernahme eine *tabula rasa* vorfand, die er nach persönlichen Vorstellungen gestalten konnte. Tatsächlich waren die Zustände auf der Insel so primitiv, daß Besucher nicht nur Nahrung, sondern auch Trinkwasser mitbringen mußten.

Während der ersten Jahre hatte Brando keine genaueren Vorstellungen, was er mit der Insel eigentlich anfangen wollte, sondern diskutierte nur vage Pläne mit tahitianischen Freunden. Hugh Kelley war einer der ersten Gäste, den Brando auf das Atoll mitnahm. Dem Amerikaner gehörten mehrere Ferienanlagen auf Tahiti und der benachbarten Insel Mooréa. Marlon machte mit Kelley eine Rundfahrt, bei der er die Vorzüge der einzelnen Inseln hervorhob und von seinen Zukunftsvisionen schwärmte. «Ich will eine Kolonie errichten, wo Intellektuelle aus der ganzen Welt zusammenkommen, diskutieren und Ideen austauschen können», sagte er. «Künstler, Wissenschaftler, Schriftsteller, berühmte Leute aller Art. Und sie können hier alle umsonst wohnen.» Aber da er das Atoll vor allem gekauft hatte, um in Ruhe und Abgeschiedenheit leben zu können, wollte er sich selbst auf einem eigenen *motu* niederlassen. Kelley war von Brandos Vision nicht sonderlich beeindruckt.

Brando nahm also Kontakt mit Unternehmern und Spezialisten auf, die Erfahrung mit Polynesien hatten. Er traf sich mit Alec Ata, dem Minister für Tourismus, den er von *Meuterei* her kannte, und unterbreitete ihm seine Pläne für das zukünftige Atoll. «Brando tauchte mit immer neuen Plänen und Entwürfen auf», erinnerte sich Ata, der stets um seinen Kommentar gebeten wurde. Aber einen genauen Zeitplan hatte er nicht.

Gelegentlich brachte er Familienmitglieder und Freunde mit nach Tahiti. Einmal überredete er Alice Marchak und Jocelyn, gemeinsam mit einer Gruppe tahitianischer Freunde, darunter die Amerikanerin Dolly Higgins, die Fahrt nach Tetiaroa zu machen.

Sie nahmen Proviant für mehrere Tage an Bord. Nachdem sie die gewaltigen Brandungswellen hinter sich gelassen und das Riff überquert hatten, erreichten sie die Lagune. Ihre Unterkunft auf Onetahi, dem größten *motu*, bestand aus einer größeren, ziemlich verfallenen Wohn-*fare*, einer Küchen-*fare* mit Sandfußboden und einer Latrine. Regenwasser stand in Fässern bereit. Marchak und Jocelyn stellten ihre Pritschen in der baufälligen *fare* auf, während Marlon zur Axt griff und für sich und die anderen Männer eine notdürftige Hütte baute. Die Tahitianerinnen zelteten am Strand. Aus einer durchlöcherten Kokosnuß bastelte Marlon sogar eine «Dusche» und freute sich kindisch über seine Erfindung. Abends bereitete er ein Mahl aus flambierten Bananen und Rumpunsch.

Selbst wenn sich seine Stimmung in diesen Jahren auf dem Nullpunkt befand, kam Brando in Interviews immer wieder auf sein politisches Engagement und auf Tahiti zu sprechen und schwärmte von seinem Traum, auf Tetiaroa eine utopische, ökologisch ausgewogene Gemeinschaftsform zu gründen. Obwohl er immer noch keine definitiven Pläne für das Atoll hatte, waren inzwischen ein paar Arbeiter aus Mooréa angeheuert worden, die die verfallenen *fares* reparieren sollten.

Doch die Arbeit ging langsam voran, und Brando beschwerte sich oft, daß die Tahitianer «keine Arbeiter» seien. Sie kehrten den primitiven Zuständen auf Tetiaroa häufig den Rücken, um ein paar freie Tage auf Mooréa oder in Papeete zu verbringen.

Dolly Higgins hatte sich bereit erklärt, in Marlons Abwesenheit ein Auge auf die Bauarbeiten zu haben. Wie Hugh Kelley wußte sie aus eigener Erfahrung, wie schwierig es war, Menschen und Material auf das Atoll zu schaffen. Außerdem stellte sie bei einem ihrer Besuche fest, daß die Arbeiter die zum Abdecken der Dächer benutzten Palmblätter nicht mit Wellblech unterlegten. Auf ihren

Protest erklärte der Vorarbeiter ihr allerdings: «Der weiße Mann will es so.»

«Aber Sie wissen es doch besser», wandte Higgins ein.

«Natürlich», stimmte er ihr zu, «aber er will nicht auf mich hören.»

Als sie Marlon zur Rede stellte, warum er das Dach nicht auf bewährte Weise reparieren ließ, meinte er, es sei angenehmer, von unten auf Palmblätter als auf Wellblech zu blicken.

«Aber in ein paar Monaten wird es durchregnen.»

Brando zuckte nur die Achseln. «Ich zahle ja schließlich. Deshalb kann ich machen, was ich will.»

Brando hatte Leo Langomazino, seinen Partner aus *Meuterei*-Tagen, gebeten, sich in seiner Abwesenheit um die Bezahlung von Rechnungen und andere geschäftliche Dinge zu kümmern. Langomazino nahm ebenfalls Marlons Geschäftsinteressen auf Tahiti wahr. Obwohl er Marlons Nonchalance in Geldfragen von *Meuterei auf der Bounty* her kannte, übernahm er diese Aufgaben aus purer Gefälligkeit. Seine Freunde hatten ihn bereits gewarnt, über seine Ausgaben Buch zu führen, und ihm prophezeit: «Wenn du eines Tages von Marlon dein Geld zurückverlangst, Leo, wird er dich für einen Gauner halten.» Doch Leo ließ sich nicht beirren, bezahlte sogar fällige Rechnungen aus eigener Tasche und rechnete damit, daß Brando ihn bei seinem nächsten Besuch auf Tahiti entschädigen würde.

Mit zunehmenden Depressionen schlug Marlons Vergeßlichkeit allerdings in Geiz und Mißtrauen um.

Als Leo ihm eine Quittung über 750 Dollar präsentierte, sah Marlon seinen alten Freund nur ungerührt an. «Niemand hat dich beauftragt, die Rechnung zu bezahlen.» Brando weigerte sich, das Geld zurückzuzahlen, und das war das Ende ihrer Freundschaft.

Tarita war von allen Frauen in Brandos Leben noch am ehesten bereit, seine Bedingungen zu akzeptieren. Sie war jederzeit für ihn da, erhob selten Ansprüche, hatte aber auch ihre Freiheit. Affären waren bei den Tahitianern zwar gang und gäbe, doch Freunden zufolge war Tarita Brando treu. Ihm verdankte sie schließlich den inzwischen gewohnten Lebensstil: Haus am Wasser, Swimmingpool, Mercedes und finanzielle Sicherheit. «Für die tahitianischen Frauen geht es darum, wer den größten Fang macht», sagte eine auf Tahiti lebende Amerikanerin. «Und mit Brando hatte Tarita den dicksten Fisch gefangen.»

Der Pate und Der letzte Tango in Paris

1970–1973

FÜNFZEHN

Ich bin völlig ruiniert», teilte Brando dem Autor des *Paten* 1970 in einem Telefongespräch mit. «Wie soll ich wohl den Don Corleone spielen? Mich engagiert doch kein Studio mehr.»

Er legte den Hörer auf und wandte sich achselzuckend an Pat Quinn, die im Mulholland Drive zu Besuch war.

«Ich soll einen alten Mann darstellen», sagte er. «Ich kann doch keinen Sechzigjährigen spielen.»

«Du brauchst bloß in den Spiegel zu sehen, Mar», frotzelte Quinn.

Brando warf ihr einen so vernichtenden Blick zu, daß sie hastig hinzufügte: «Außerdem ist mit Phils Hilfe alles möglich.»

Brandos Pessimismus verriet, daß er genau wußte, welchen Schaden hanebüchene Filme und mangelndes Engagement seinem Ruf im Lauf der letzten zehn Jahre zugefügt hatten. Deprimiert, orientierungslos und obendrein in finanziellen Schwierigkeiten, sah er sich im November 1970 gezwungen, sich für die relativ bescheidene Gage von angeblich 50000 Dollar für vier Wochen Arbeit auf einen weiteren billigen, zweitklassigen Film einzulassen – den skurrilen psychologischen Reißer *The Nightcomers* (dt. *Das Loch in der Tür*) unter der Regie von Michael Winner.

Puzo ließ sich allerdings nicht abwimmeln. Ihn beeindruckte die Ehrlichkeit, mit der Brando seinen verminderten Marktwert eingestand. Die Probleme und Pannen bei den Dreharbeiten von *Queimada* hatten Brandos Ruf als Querulant zwar besiegelt, aber Puzo verkehrte nicht in den einschlägigen Filmkreisen und hatte ihm in einem bewundernden Brief noch einmal bestätigt, daß er sich keinen besseren Schauspieler für seinen Mafia-Don vorstellen könne. Schon bei der Gestaltung der Romanfigur hatte ihm Brando als Schauspieler vorgeschwebt. 1965 hatte Puzo diversen Verlagen einen zehnseitigen Entwurf zu einem umfangreichen, weit ausholenden und vor allem lukrativen Roman über die Mafia vorgelegt. Weit davon entfernt, ein literarisches Genie zu sein, hatte der Autor die Hoffnung, mit einem gut verkäuflichen Wälzer seine finanzielle Misere zu beheben. Da er eine große Familie zu ernähren und erhebliche Spielschulden hatte, akzeptierte er einen Vorschuß von 5000 Dollar von Putnam. Doch nachdem er die ersten 100 Seiten fertiggestellt hatte, war er wieder knapp bei Kasse, und als Paramount 12000 Dollar für eine Option auf die Filmrechte (sowie weitere 38000 bei Ausübung der Option) anbot, nahm er das Angebot gegen den Rat seines Agenten an.

Nach seinem Erscheinen 1969 gelangte *Der Pate* sehr schnell auf die Bestsellerliste der *New York Times* und blieb dort siebenundsechzig Wochen lang; allein in den Vereinigten Staaten wurden über eine Million gebundene Exemplare und sechs Millionen Taschenbücher verkauft. Paramount war ekstatisch, daß der Schmöker sich als erfolgreichster Verkaufsschlager seit Jacqueline Susanns *Valley of the Dolls* erwies, und am 12. September 1969 verkündete Robert Evans, daß *Der Pate* in Produktion gehen würde, und zwar nicht mit großen Namen, sondern eher «authentischen von Unbekannten».

Puzo schrieb das Drehbuch selbst. Um zu verhindern, daß Don Corleone dem Studio zur Karikatur geriet, erwähnte er Produzent Al Ruddy gegenüber den Namen Brando. Der Paramount-Boss reagierte wie nicht anders zu erwarten: «Ausgeschlossen. Ein Mann mit einer solchen Liste von Fehlanzeigen hat uns gerade noch gefehlt.» Statt dessen schlug er George C. Scott vor. Inzwischen hatte Evans im Dezember 1970 den einunddreißigjährigen Francis Ford Coppola als Regisseur verpflichtet.

Coppola machte von Anfang an klar, daß er sich von Paramount nicht hineinreden lassen und die Drehbuchbearbeitung und Regie des *Paten* nur übernehmen würde, wenn Paramount auf die gewohnte Knauserigkeit verzichtete und den Film am Schauplatz der Handlung in New York drehen ließ. Seine zweite Bedingung, eine «unbekannte, authentische» Besetzung, entsprach Evans' Wünschen, obwohl die Klatschspalten bereits berichtet hatten, daß Laurence Olivier und der berühmte italienische Produzent Carlo Ponti ernsthaft für die Rolle Corleones in Erwägung gezogen würden.

Sobald Coppola zugesagt hatte, traf Puzo sich mit ihm in Los Angeles und brachte sofort das Thema Brando zur Sprache. Coppola, ebenfalls ein eingeschworener Hollywood-Gegner, biß sofort an. Er hatte dem Schauspieler im Vorjahr das Skript von *The Conversation* zugeschickt. Nun streckten Coppola und Ruddy gemeinsam die Fühler aus. Brandos Reaktion war lauwarm; soweit er gehört habe, handle es sich um einen anspruchslosen Schmöker à la Harold Robbins. Aber wenigstens ließ er sich dazu überreden, den Roman zu lesen, bevor er eine endgültige Entscheidung traf.

Drei Tage später erklärte er sich bereit, den alternden Don zu spielen. Ähnlich wie bei anderen Filmprojekten, die ihn wegen ihrer «politischen Botschaft» überzeugt hatten, war er sich mit Coppola einig, daß es in *Der Pate* viel mehr um den amerikanischen Kapitalismus als um die Mafia ging. Die Story machte klar, warum das organisierte Verbrechen in Amerika so erfolgreich war – es handelte sich nur um eine andere Form von privatwirtschaftlichem Unternehmen und war eng mit den Wirtschaftsinteressen der Nation verzahnt.

Als nächstes mußte Coppola Paramounts Widerstand gegen Brando überwinden. «Al Ruddy zufolge war Francis der beste Verkäufer aller Zeiten», sagte Puzo, «was ich bestätigen kann. Der Erfolg von *Der Pate* war Coppolas Einsatz für Brando zu verdanken.» Stanley Jaffe, der Präsident des Studios, blieb allerdings stur. «Ich versichere Ihnen», sagte er zu Coppola, «daß Marlon Brando in diesem Film nicht auftreten wird, und verbiete Ihnen als Präsident der Filmgesellschaft, noch ein einziges Wort über den Fall zu verlieren.»

Aber Coppola in seiner Besessenheit blieb hartnäckig. Erstens, argumentierte er, werde Brando mit seiner «Aura» andere Schauspieler zum Mitmachen bewegen. Und zweitens sei kein Schauspieler außer Brando der Rolle gewachsen. Als seine Argumente nichts fruchteten, erlitt er, offenbar aus Erregung über Jaffes Starrköpfigkeit einen plötzlichen Zusammenbruch und wälzte sich schmerzgekrümmt und nach Luft ringend am Boden. In seiner Besürzung gab Jaffe nach, stellte aber drei Bedingungen: daß Brando keinen Vorschuß erhielt; daß er aufgrund seiner notorischen Verzögerungstaktiken eine Kaution zur Deckung etwaiger Mehrkosten hinterlegte; und schließlich, daß er sich einem Leinwandtest unterzog – Brandos erster seit *Julius Cäsar*.

Ruddy und Coppola saßen in der Klemme. Wie konnten sie Marlon zu einem Leinwandtest bewegen, ohne daß er sich gedemütigt fühlte? Doch zu ihrer Überraschung erklärte Brando sich mit den Bedingungen einverstanden. Nicht nur reizte ihn der Gedanke, in die Maske eines alten Mannes zu schlüpfen (so wie ihn das Spiel mit Make-up, Perücken, Kostümen und Verkleidungen schon immer fasziniert hatte); ihn interessierten auch Begriffe wie Familie und Ehre, Macht und Kontrolle, die die Gestalt des Don seiner Meinung nach verkörperte. Er machte Journalisten wie Coppola gegenüber kein Hehl aus seiner finanziellen Misere: «Die Frauen haben mich ruiniert. Ich habe nie nein sagen können ... nie auf den Pfennig gesehen, wenn es darum ging, die Frau zu bekommen, die mir gefiel. Aber eines schönen Tages stand ich vor dem Ruin.»

Ende 1970 vereinbarten Brando und Coppola, die sich in ihrer rebellischen Haltung gegenüber den Studios bereits wie zwei Verschwörer vorkamen, daß der Test privat bei Marlon zu Hause stattfinden sollte, wo Coppola mit dem Schauspieler Salvatore Corsitto und einem Video-Kameramann erschien. Während Corsitto draußen wartete, ging der Regisseur hinein, um die Vorbereitungen zu treffen. Marlon schlief noch, erschien aber bald in einem langen, wehenden Kaftan in Begleitung von Philip Rhodes. Sie hatten sein dunkel gefärbtes Haar glatt nach hinten gekämmt und ihm Schatten unter die Augen gemalt, damit er älter aussah. Als Coppola das dünne Menjoubärtchen seines alten italienischen Onkels beschrieb, zog Rhodes schnell einen dünnen Strich auf Marlons Oberlippe. Dann stopfte er ihm oben und unten Wattebäusche zwischen Kiefer und Wange, um Hängebacken anzudeuten. «Es war nicht schwer, ihm diesen bärbeißigen Ausdruck zu geben», erinnerte sich der Maskenbildner. «Marlon war damals ziemlich füllig und hatte kein markantes Kinn.» Als die Verwandlung komplett war, zog Marlon ein altes Hemd, einen Schlips und ein abgetragenes Sportjackett über, während Coppola einen Teller mit Äpfeln und Käse und eine kleine Espressotasse auf den Tisch stellte.

Bei laufender Kamera rief Coppola Corsitto herein und stellte ihn Brando ohne vorherige Warnung als einen von Corleones Günstlingen vor. Brando fiel anstandslos in die Rolle des Don, und die beiden Schauspieler improvisierten gemeinsam eine Szene. Als Coppola Brando das Video anschließend auf einem Monitor vorspielte, war der Schauspieler mit dem, was er sah, sehr zufrieden. «Es war das Gesicht einer Bulldogge», sagte er selbst, «bissig, aber nicht ohne Herzlichkeit.»

Puzos Meinung nach hatte Paramount mit dem Test nur das Gesicht wahren wollen; auf jeden Fall gelang es mit Hilfe des Filmclips, die Direktion davon zu überzeugen, daß Brando der richtige Mann für die Rolle war. Ohne ihnen den Namen des Schauspielers zu verraten, spielte Coppola Evans und Jaffe das Video vor. «Italienisch sieht er ja aus», sagte Evans, «aber wer ist das?» Sobald der Name Brando fiel, wollte Charles Bluhdorn, dessen Firma Gulf + Western Paramount besaß, den Raum verlassen, ließ sich aber doch überreden, die Szene bis zum Schluß anzusehen. Schließlich mußte auch er gestehen, daß Marlons Darstellung des alternden Mafia-Bosses nicht überzeugender hätte sein können.

Am 28. Januar 1971 gab Paramount öffentlich bekannt, daß Brando den Paten spielen würde. Das Studio verzichtete auf die Kaution für eventuelle Verluste und gestand Brando eine bescheidene Gage von 50000 Dollar zu, plus wöchentlich 10000 Dollar für Unkosten während der sechswöchigen Dreharbeiten. Außerdem war er mit einem Prozent an den Bruttoeinnahmen nach Einnahme der ersten 10 Millionen Dollar beteiligt; ein Anteil, der sich bei 60 Millionen auf fünf Prozent erhöhen würde. «Er arbeitet im Akkord», meinte Evans, als er die Besetzung bekanntgab. «Wenn der Film ein Erfolg wird, macht er ein Vermögen.»

The Nightcomers (dt. *Das Loch in der Tür*)

Das Loch in der Tür war ein billiger, langatmiger psychologischer Thriller unter der Produktionsleitung von Brandos ehemaligen Freunden Elliott Kastner, Jay Kanter und Alan Ladd jr.

Daß Brando sich über die Rolle des düsteren viktorianischen Butlers Quint, geschweige denn über seinen Text keine großen Gedanken machte, schien dem britischen Regisseur Michael Winner, der nicht den Ruf hatte, lange zu fackeln, kein Kopfzerbrechen zu bereiten. Winner, der eher für seine grobgestrickten Kassenschlager als für sein subtiles Regietalent bekannt war, wußte allerdings, daß er Brando in der Hand hatte. Nach den Worten von Brandos Partnerin, der einundzwanzigjährigen englischen Schauspielerin Stephanie Beacham, schien er die Situation sogar zu genießen, denn er wußte, daß Brando ein «einwandfreies Führungszeugnis» brauchte, wenn er für den *Paten* überhaupt in Frage kommen wollte.

Niemand auf dem von hohen Mauern umgebenen, streng bewachten Gelände des britischen Herrenhauses war besser geeignet, Brandos Stimmung zu beurteilen, als Beacham. Sie hatte eine klassische Bühnenausbildung an der Royal Shakespeare Company genossen, war gebildet, und ihr gesunder Menschenverstand wie ihre unkonventionelle Art unterschieden sich deutlich von den unbedarften Frauen, die sich Brando an den Hals warfen und teuer dafür bezahlen mußten. Der erste Drehtag begann mit einer kleinen Kontroverse zwischen den beiden. Als sie durch den Park schlenderten, pflückte Beacham eine Rosenknospe von einem Strauch und reichte sie Brando.

«Danke», sagte er und begann die Blüte zu zerrupfen.

«Das sollte ein Geschenk für dich sein!» rief sie voller Entrüstung. Er blieb stehen, sah sie durchdringend an und führte sie zu dem Rosenstrauch zurück.

«Gibt es davon noch mehr?» fragte er ruhig.

«Ja», gestand sie und pflückte ihm eine zweite Blüte. Er steckte sie sich ans Revers seiner Jacke, wo sie während der ganzen Dreharbeiten blieb.

Nach Beendigung der ersten gemeinsamen Szene schrieb Beacham am 28. Januar in ihr Tagebuch: «Eine wunderbare, vielseitige, schlichte, konfuse, anarchistische, erstaunliche Begabung ... Marlon hat ein Bild in mein Drehbuch gezeichnet und etwas auf japanisch darunter geschrieben, was ich gar nicht übersetzt haben möchte, weil ich mir so alles mögliche darunter vorstellen kann. Die

Tatsache, daß er nicht richtig buchstabieren kann, rührt mich unsäglich. Leider rührt mich noch sehr viel mehr an ihm. Ich muß mich schnell dagegen wappnen, sonst wird die Trennung von ihm unerträglich.»

Die schwache Rechtschreibung und die unbeholfene, kindliche Handschrift auf den Nachrichten, die sie von ihm erhielt, hatten etwas Schuljungenhaftes. «Er erwähnte irgendwelche Ideen, schrieb aber ‹Idehen›, sagte sie und gab zu, daß sich angesichts seiner offensichtlichen Verlegenheit geradezu mütterliche Gefühle in ihr geregt hätten. Die Möglichkeit einer Affäre lag in der Luft, doch Beacham war nicht bereit, «auf ihre Überlegenheit zu verzichten. Außerdem», fügte sie hinzu, «wußte ich, daß ich verloren war, wenn ich mich mit einem Mann wie Marlon einließ.»

Brando spielte in *Ein Loch in der Tür* den ungehobelten Butler Quint, der Beachams verklemmte Gouvernante mit den Freuden der Sexualität bekannt macht. Das Drehbuch gestattete Brando alle Freiheiten, seine provozierenden erotischen Spiele zu treiben, und in vielen Szenen fiel es ihm schwer, die Hände von Beachams Körper zu lassen. Gelegentlich konnte er es sich nicht verkneifen, ihr einen Streich zu spielen und so die Oberhand zu gewinnen. «Als wir die Fesselungsszene probten, hat er mich verschnürt wie ein Brathuhn», erzählte Beacham. «Dann hat er mir frech zugezwinkert und sich zum Lunch davongemacht.» Selbst der Requisiteur konnte die festgezurrten Taue nicht aufbekommen. Schließlich mußte Brando herbeigeholt werden, um sie von ihren Fesseln zu befreien. «Er wußte ganz genau, daß sie ihn zurückrufen mußten, um mich loszumachen. Es war ihm ein Heidenspaß, den Tunichtgut zu spielen», sagte sie.

Brando bestand darauf, daß Beacham in den ziemlich freizügigen Sexszenen nur von der Taille aufwärts nackt zu sehen war. Natürlich war er nur deshalb so prüde, weil ihm die fünfzehn Pfund peinlich waren, die er angesetzt hatte, denn er weigerte sich sogar, wenn er aus der Entfernung von hinten photographiert werden sollte, nackt zu erscheinen. Beacham merkte ihm seine Verlegenheit an, wenn er «mit seinen kleinen Wurstfingern» hastig sein Oberhemd zuknöpfte. Sie schrieb in ihr Tagebuch: «Großer Gott, beim Anblick von Oliver Hardy, wie Marlon sich selbst tituliert, in Unterhosen und Gummistiefeln bin ich vor Lachen fast gestorben.»

Brandos Bedenken wegen seines Umfangs waren auch der Grund, warum die ursprünglich «normalen» Sexpositionen so gedreht werden mußten, daß es so sah, als nähme Marlon Beacham von hinten. «Ich drehte ihm die Kehrseite zu, um seinen Schmerbauch zu verdecken», erklärte sie, «und er witzelte darüber.» Manchmal nahm er sich allerdings ernstlich vor abzunehmen. «So geht es nicht weiter», erzählte er ihr. «Ich kann nicht mal mehr bumsen, weil mir der Bauch im Weg ist.» Als sie sich am Ende der Dreharbeiten voneinander verabschiedeten, machte er sich noch immer über seine Leibesfülle lustig. «Wir sind wie zwei Schiffe, die sich im Dunkel der Nacht begegnen – obwohl es sich in meinem Fall eher um einen Schlepper handelt.»

Marlon gab sich ebenfalls alle Mühe, die Peinlichkeit der drastischen Sexszenen durch allerlei Klamauk zu überspielen. Auch Beacham, von der unverblümten Sprache des Dialogs leicht schokkiert, konnte ihre Empfindlichkeit durch flapsige Bemerkungen kaschieren. Während einer Szene, in der Marlon seine Beine eng um ihre geschlungen hatte und mit ihren Brustwarzen spielte, witzelte sie: «Und was machen wir anschließend?»

Eine von Brandos speziellen Marotten war seine Fixiertheit auf Kostüme und Maske. Sie erleichterten es ihm, sich mit seiner Rolle zu identifizieren. So war er nicht dazu zu bewegen, Quints Jagdhemd wieder abzulegen, obwohl es im Laufe der Dreharbeiten nicht gerade sauberer und wohlriechender wurde. Schließlich fertigte die Kostümbildnerin zwei zusätzliche identische Hemden an, schlich sich heimlich in seine Garderobe und tauschte das schmutzige Hemd ohne sein Wissen gegen ein sauberes aus.

Brandos Hemden wurden auch deshalb so schmutzig, weil er unbedingt sein Make-up selbst auflegen wollte. «Philip Rhodes saß dabei und las Gedichte, während Marlon sich schminkte», erklärte Beacham. «Er ist einer der wenigen Macho-Männer, die an Schminke Gefallen finden. Ich glaube, ihn faszinierte das Ritual, die Zeremonie, mit der er langsam in seine Rolle schlüpfen konnte.»

Brando konnte seine Abneigung und sein Mißtrauen Regisseur

Michael Winner gegenüber, der für seine Unbeherrschtheit und seine rüden Beschimpfungen bekannt war, nicht verbergen. «Ich habe Michael sehr gern», sagte Beacham später, «aber er kann ein schrecklicher Tyrann sein. Auf dem Set hat er ständig herumgeschrien. Marlon gegenüber beherrschte er sich, aber andere brüllte er in seiner Gegenwart an, so daß Marlon sich fragte: ‹Glaubt der, ich sei taub?›» Brando reagierte damit, daß er die Person, die Winner im Laufe des Morgens am lautesten angeschrien hatte, ausdrücklich zum Lunch einlud.

The Godfather (dt. *Der Pate*)

Anfang 1971 standen Besetzung und Drehort des *Paten* noch immer nicht fest. Obwohl die Dreharbeiten offiziell am 1. März beginnen sollten, damit der Film rechtzeitig zur Weihnachtssaison auf den Markt kam, stand Robert Evans mit Coppola auf Kriegsfuß und wollte dessen hochfliegende Pläne unbedingt beschneiden, so daß die Produktion bereits in Verzug war.

Coppola machte sich darüber keine Gedanken und verbrachte einige Tage mit Brando über dem vorläufigen Drehbuch. Marlon wollte Hintergrundinformationen über «echte» Mafiosi, deshalb hörten die beiden sich Tonbänder an, auf denen Mafia-Boss Frank Costello Aussagen über organisiertes Verbrechen vor dem Senatsausschuß machte. Costellos Stimme war überraschend hoch, und Brando staunte über den leisen, heiseren Ton. Aber Coppola meinte nur: «Mächtige Männer brauchen nicht zu schreien.» Brando waren Begriffe wie Machtausübung und Kontrolle so geläufig, daß er beschloß, diese Eigenart für seine Darstellung des Paten zu übernehmen.

Während Coppola in Rom war, um die kleineren Rollen für den sizilianischen Teil des Films zu besetzen, arbeitete Brando sich weiter in die Rolle ein. Mit Philip Rhodes experimentierte er einen ganzen Tag lang an den Hängebacken, die bei seinem ersten Leinwandtest in Los Angeles so überzeugend gewirkt hatten. Der Maskenbildner Dick Smith, der Dustin Hoffman in *Little Big Man* in einen hundertzwanzigjährigen Mann verwandelt hatte, wurde hinzugezogen. Er verfiel auf eine Idee, wie man die schwerfälligen Bakken, die Rhodes mit Wattebäuschen kreiert hatte, noch verbessern konnte, indem er ein dreieckiges Mundstück aus Plastik entwarf, das die Lippen vorschob, das Kinn herausragen ließ und die Hängebacken betonte, ohne beim Sprechen hinderlich zu sein.

Rhodes und Smith entwickelten ebenfalls eine Methode, Brandos Gesichtshaut altern zu lassen. «Ich habe ihm die Haut stramm gezogen», erklärte Rhodes, «und Dick hat sie mit Gummilösung bestrichen. Als der Gummi getrocknet war, ließ ich die Haut wieder los, so daß der Gummi schrumpelte und wir die Runzeln durch Schminke hervorheben konnten.» Anschließend experimentierten sie mit Brandos Haar und betonten die mächtige Stirn, indem sie die Strähnen glatt zurückkämmten. «Ihm ging vorne das Haar aus, deshalb kämmte er es in die Stirn», erzählte Rhodes. «Wir bürsteten es erst hoch und dann nach hinten und färbten es dunkel. Das funktionierte trotz der beginnenden Glatze, weil er einen wohlgeformten Schädel hat.»

Solange der Drehbeginn nicht festlag und die Rolle von Corleones Sohn Michael nicht besetzt war, blieb Brando in Kalifornien. Etliche bekannte Schauspieler, darunter Rod Steiger, hatten sich um die Rolle beworben, aber Coppola gab dem Italo-Amerikaner Al Pacino den Vorzug, der bisher nur als Junkie in dem vielgepriesenen *Panic in Needle Park* zu sehen gewesen war. Paramount zog Warren Beatty, Jack Nicholson, Robert Redford oder Frank Langella vor, doch Coppola bestand auf einem zweiten Leinwandtest für Pacino. Der erste Test war ein Reinfall gewesen, weil Pacino seinen Text nicht gelernt hatte, so daß Coppola ihn einen «Selbstkrepierer» nannte. Der zweite Test war auch nicht viel besser; Pacino konnte seinen Text wieder nicht und wurde zum zweiten Mal abgelehnt.

Trotzdem war Coppola überzeugt, daß er der richtige Mann für die Rolle war, und auch Brando setzte sich bei Evans für Pacino ein. «Er ist ein Grübler, Bob», sagte er. «Und wenn er meinen Sohn spielen soll, paßt das genau, denn auch ich bin ein Grübler.» Es war Brandos «sechster Sinn», wie Evans später gestand, der ihn veranlaßte, Al Pacino am 4. März unter Vertrag zu nehmen. Inzwischen war die Besetzung fast vollständig: Diane Keaton sollte Michaels Frau, James Caan seinen älteren Bruder Sonny spielen; Robert Duvall war für die Rolle des stoischen irisch-deutschen Ratgebers Tom Hagen vorgesehen und John Cazale für den labilen mittleren Sohn Fredo. Talia Shire, Coppolas Schwester, übernahm die Rolle von Michaels Schwester Connie. Al Lettieri verdankte seiner langjährigen Freundschaft mit Brando die Rolle des Drogenhändlers Virgil Sollozzo, der den Mafiakrieg auslöst.

Für den Make-up-Test mußte Kameramann Gordon Willis Brando vor einem Glas Wein filmen, während er eine Orange schält und italienische Volkslieder singt. Coppolas Wahl war ausdrücklich auf Willis gefallen, weil er dem Film die Patina alter Photographien geben wollte. Obwohl Willis vowiegend in New York gearbeitet hatte, war er über Brandos eigenwilliges Temperament bestens informiert. Doch zu seiner Überraschung verstanden die beiden sich glänzend. «Brando hätte nicht entgegenkommender sein können», sagte Willi später. «Er begriff sofort, daß es bei all der Schminke entscheidend auf die Beleuchtung ankam. Hätte ich ihn direkt von vorne beleuchtet, so wäre die Wirkung der Maske völlig verpufft. Ich mußte mir also etwas einfallen lassen, was auch für den Rest des Films zu gebrauchen war.»

Hinderlich während dieser ersten Sitzung war nur, daß Coppola und Willis wegen der fleischfarbenen Ohrenstöpsel, die Brando des Lärms und der größeren Konzentration wegen trug, ihre Anweisungen gelegentlich wiederholen mußten. Zwischen den Takes war Brando entspannt und unterhielt sich mit der Crew, ohne dabei die Aura des alternden, aber mächtigen Mafiabosses abzulegen.

Bei der ersten vollständigen Probe wurde sofort klar, wie sehr ihm die Rolle auf den Leib geschrieben war. Um die Eingangsszene im Büro des Paten anzudeuten, hatte man Stühle aufgestellt, und Duvall, Caan, Pacino und Frank Puglia (in der Rolle des Mannes, der den Paten beschwört, seine Tochter zu rächen) saßen im Kreis, als Brando eintrat. «Es wurde geredet und gelacht», sagte Produzent Ruddy, «aber als Marlon den Raum betrat, verstummten alle schlagartig.»

Es war, als spielte Brando in der fast ausschließlich männlichen Runde von Schauspielern, die ihn alle bewunderten und verehrten, eine tatsächliche Patenrolle. Die jüngeren unter ihnen «verehrten ihn wie einen Gott», bestätigte Puzo. «Er war der Schauspieler, mit dem sie alle auftreten wollten, und hier bot sich ihnen die große Chance. Sogar der Regisseur und der Produzent erstarrten in Ehrfurcht vor seinem Talent.»

Besonders Coppola war voller Bewunderung. Alle wußten, daß zwischen Brando und dem Regisseur ein echtes Vertrauensverhältnis entstanden war. Brando bewegte bei dieser Sitzung vor allem die Frage, an welchem Punkt des Films die negativen Seiten des Paten zutage treten sollten. Coppola wollte sie schon in der Anfangsszene angedeutet haben; Brando dagegen argumentierte, sie dürften erst später ans Licht kommen.

Am 14. April fand Brandos erster großer Auftritt im nachgebauten Büro der Genco Olive Oil Company in Little Italy statt. Die Anfangsszene mit Al Lettieris Sollozzo verlief ziemlich schleppend, so daß Brando auf zusätzlichen Proben bestand. Doch Coppola weigerte sich, da er pro Woche bereits zwei Tage verloren hatte und vom Studio unter Beschuß war. Einige Tage später hörte er mit Entsetzen, daß Paramount die Arbeitskopien der Brando-Sollozo-Szene langweilig und undramatisch gefunden hatte. Als er daraufhin beschloß, die Szene doch neu zu filmen, wurde ihm seine Unschlüssigkeit erst recht zum Vorwurf gemacht. Unter der Crew ging das Gerücht, Paramount beabsichtige, ihn durch Elia Kazan oder Aram Avakian zu ersetzen, so daß Coppola schon Alpträume hatte, Kazan Platz machen zu müssen.

Als das Gerücht Brando zu Ohren kam, ergriff er sofort Coppolas Partei: «Wenn sie dich rausschmeißen, gehe ich auch», versicherte er ihm.

«Brando war mein rettender Engel», bestätigte der Regisseur später. «Am nächsten Morgen habe ich den ganzen Drehplan über den Haufen geworfen und zu Brando gesagt: ‹Wir drehen die Szene noch einmal. Sie feuern mich ohnehin.› Aber auf Brando war Verlaß.»

Gleichgültig, ob das Studio sich durch Marlons Drohung hatte umstimmen lassen oder ob die Kosten eines Regisseurswechsels während der Dreharbeiten ihre Entscheidung bestimmt hatten – jedenfalls durfte Coppola bleiben. (Evans gestand später, Paramount sei viermal drauf und dran gewesen, Coppola den Laufpaß zu geben.) Am folgenden Montag, dem 19. April, versammelte sich die Crew noch einmal in der Mott Street in Little Italy, um die Szene zu filmen, in der Corleone von Sollozzos Gangstern niedergeschossen wird. Die Straße war gegen die Menschenmassen abgesperrt, und eine Horde von Reportern und Photographen drängte gegen die Absperrungen, um einen Blick von Brando als alterndem Mafia-Boss zu erhaschen. Als Brando auf der Straße erschien, gerieten die Fans außer Rand und Band, und als Brando vorbeiging, schrie eine Frau: «Ich habe ihn angefaßt! Ich habe ihn angefaßt!»

Brando in seiner Rolle als Pate gönnte der Frau keinen Blick, sondern konzentrierte sich ganz auf seine Arbeit. Nach dem ersten Durchlauf ließ Coppola die Szene mehrmals wiederholen. Jedesmal trieben MG-Salven Brando über die Straße, wo er, am Hals getroffen, gegen einen geparkten Wagen fiel und schließlich zu Boden sackte. Bei jeder Darbietung zollte die Menge Brando lauten Beifall und ruinierte gelegentlich sogar die ganze Einstellung dadurch, daß sie vor Beendigung der Szene zu klatschen anfing. Nach jedem Applaus stand Brando auf und machte vor den Zuschauern einen tiefen Kratzfuß, was noch größeren Jubel auslöste.

Doch trotz der allgemeinen Begeisterung wollte die Arbeit an dem Morgen nicht recht vorangehen. Die Sonne war zu grell, und der starke Wind erschwerte das Befestigen der Planen, mit denen das Licht gedämpft werden sollte. Während Willis und seine Crew sich damit abplagten, kam Marlon herübergeschlendert, um auch seinen Senf dazuzugeben. Willis starrte ihn nur wortlos an.

Brando erwiderte seinen Blick. Dann sagte er mit verlegenem Lächeln: «Ich weiß schon – Mund halten und schauspielern, stimmt's?»

«So ist es», erwiderte Willis.

Auch Coppolas Nerven waren dem Druck der Dreharbeiten nicht gewachsen. Nicht nur waren die Kopien der neugefilmten Sollozzo-Szene enttäuschend, es stellte sich auch noch heraus, daß das ganze zuletzt gedrehte Filmmaterial im Labor unterentwickelt worden war, wodurch ein weiterer Tag verlorenging. Coppola schlief schlecht (der Studioarzt verschrieb schließlich Schlaftabletten) und versuchte durch übermenschliche Anstrengungen, den Zeitverlust wieder aufzuholen. Einmal schrie er aufgebracht, daß er sich «ausnahmsweise» einmal absolute Ruhe am Drehort wünsche.

Marlon verbrachte die Wochenenden in Los Angeles, verpaßte aber mit schöner Regelmäßigkeit den Nachtflug, der ihn pünktlich zum Drehbeginn am Montagmorgen nach New York bringen sollte. Um seine Verspätung zu rechtfertigen, verfiel er auf einen alten Trick und versuchte, die Schuld auf das Drehbuch zu schieben. Bald kam ihm der Regisseur auf die Schliche: Wenn Brando eine halbe Stunde zu spät kam, beschwerte er sich über eine bestimmte Stelle. Bei einer Stunde behauptete er, eine Szene nicht verstanden zu haben. Bei einem halben Tag allerdings erklärte er schlichtweg: «Die ganze Szene paßt mir nicht.»

Unbegreiflich war Coppola, daß Brando nicht imstande war, seinen Text zu behalten, obwohl er für den *Paten* seine Rolle ausnahmsweise einmal gelernt hatte. Brando holte also seine Spickzettel und «Neger» wieder hervor und klebte sie an Kameras, auf Schreibtische und sogar gegen die Obstschale auf Don Vito Corleones Tisch.

«Überall hatte er irgendwelche Texte hingekritzelt», erinnerte Willis sich lachend. «Manchmal sogar auf die Hand oder auf den Ärmel. Vielleicht liegt in diesen dramatischen Pausen, dem hilflos suchenden Blick das Geheimnis des berühmten Brando-Stils? Ich hätte mich jedesmal darüber totlachen können, was er sich alles einfallen ließ, nur damit er den Text lesen konnte, den er sich auf die Hand geschrieben hatte.»

Brandos Kollegen fanden seine «Neger» allerdings eher irritierend, und als sich die Ehrfurcht vor seinem legendären Ruf etwas gelegt hatte, beschlossen sie, ihm eine Lektion zu erteilen. Caan überredete den früheren Ringer Lenny Montana, der den Ganoven Luca Brasi darstellte, ihm einen Streich zu spielen. Am 3. Mai hatte Montana seine eine große Szene mit Brando. Während die Kameras liefen, zog Brando seine «Neger»-Masche ab und behielt einen

Umschlag, den er Montana überreichen sollte, in der Hand, so daß er den Text in aller Ruhe davon ablesen konnte.

Als sein Stichwort kam, öffnete Montana nur den Mund und steckte die Zunge heraus. An seiner Zungenspitze klebte ein Stück Hansaplast mit der Aufschrift: «Leck mich, Marlon.» Brando brach in Gelächter aus, und auch Coppola lachte herzlich. Nach einer Pause wurde die Szene wiederholt. Diesmal war es Brando, der Montana die Zunge herausstreckte. Daran klebte ein Stück Pflaster mit den Worten: «Danke, gleichfalls.»

Bei allem Jux konnte Coppola seinen Ärger über Brandos Unbelehrbarkeit doch nicht ganz verbergen, obwohl er eine Engelsgeduld bewies. Doch eines Tages wurde es ihm zu bunt, und er wollte wissen, worin der Grund für Brandos Vergeßlichkeit lag.

Brando stritt ab, unter Gedächtnis- oder Konzentrationsschwächen zu leiden, und behauptete statt dessen, es gehöre zu seinem naturalistischen Schauspielstil. «Hat dir *Faust im Nacken* etwa nicht gefallen?» wollte er wissen. «Na bitte, ich mache genau dasselbe wie damals. Im wirklichen Leben weiß man auch nicht immer, was man sagen will, und ist oft über seine eigenen Worte überrascht. Genau so muß es im Film auch sein. Wenn man den Text kennt, klingt es leicht wie ein Abzählreim. Die Zuschauer ahnen instinktiv, daß man den Text nur auswendig gelernt hat.»

Inwiefern «Neger» zur Spontaneität beitrugen, darüber schwieg er sich allerdings aus. Coppola versuchte, seine Ängste zu beschwichtigen, indem er den Text ständig mit den Schauspielern diskutierte und Szenen mehrmals wiederholen ließ, wenn sich eine andere Interpretation anbot. Wie Brando wußten auch die anderen Mitwirkenden dieses Entgegenkommen zu schätzen: «Coppola ist bei Schauspielern beliebt. Er betrachtet sie nicht als Requisiten, sondern bezieht sie mit ein und interessiert sich für ihre Meinung», bestätigte einer.

Besonders dankbar war Coppola für Brandos spontane Einfälle, selbst mitten in einer Szene. «Bei seinen ausgefallenen, scheinbar verrückten Einfällen wurde mir klar, woher er seinen Ruf hatte», sagte Coppola. «Aber die verrückten Ideen, die ich aufgegriffen habe, erwiesen sich ausnahmslos als Perlen.»

Auch mit seinem Kameramann Gordon Willis legte Coppola sich gelegentlich an. Dabei ging es meist nicht um Willis' angebliche Antipathie gegen Schauspieler, sondern um Coppolas mangelndes technisches Verständnis. «Francis war sich damals nicht darüber im klaren, daß Kunst nicht ohne handwerkliches Können zustande kommt. Inzwischen hat er es begriffen. Man kann nicht willkürlich eine Szene markieren, ohne dabei zu bedenken, daß man einen Film dreht. Die Markierungen müssen nicht nur die Schauspieler und den Regisseur in Betracht ziehen, sondern auch der Kamera gerecht werden. Wenn die Szene nicht in das kleine Loch paßt, durch das man hindurchsieht, ist alles für die Katz. Wenn der Regisseur seine Emotionen und Interpretationen nicht visuell umsetzen kann, sind sie bedeutungslos.»

Trotzdem schaffte Coppolas gründliche Arbeitsweise ein gutes Arbeitsklima; Brando jedenfalls hatte lange nicht mehr so entspannt gewirkt. «Hier hatten sich zwei gleichgesinnte Geister getroffen, und das zahlte sich aus», meinte Willis. «Wenn Marlon merkt, daß jemand die Sache im Griff hat, dann reißt er sich zusammen. Er schlägt nur über die Stränge, wenn die straffe Führung fehlt. Als ob er ein Leck im Boot entdeckt hat und in Panik gerät.»

Brandos Regievorschläge bezogen sich gelegentlich auch auf andere Schauspieler. Besonders unzufrieden war Coppola mit der Szene, in der Al Martino in der Rolle des Sängers Johnny Fontaine Corleone bittet, seiner erlahmten Karriere auf die Sprünge zu helfen. Martino bemängelte den mehrfach geänderten Text, doch für Coppola lag der Haken nicht im Dialog, sondern in der Darstellungsweise. «An dem Punkt hatte Brando den rettenden Einfall», erinnerte sich Willis. «Er schlug vor, der Pate solle den Sänger ohrfeigen, ‹um ihn zu Verstand zu bringen›. Martinos Reaktion wirkte ziemlich echt, denn die Ohrfeige hatte ihn tatsächlich verdattert.»

Natürlich war die Ohrfeige ein uralter Gag aus der Mottenkiste, doch selbst Produzent Al Ruddy war von Brando und seinen kleinen improvisierten Gesten, die dem mächtigen, rücksichtslosen Don ein menschlicheres Gesicht verliehen, beeindruckt. «Es sind diese kleinen Macken des Paten, auf denen die eigentliche Wirkung des Films und der Gestalt beruht», erklärte der Produzent. «Sie sind ganz allein Brandos Verdienst. Wenn er sich zum Beispiel nach den Worten ‹Schließlich sind wir ja keine Mörder› unterbricht, um an einer Rose zu riechen, und dann fortfährt, ‹gleichgültig, was der Beerdigungsunternehmer denkt.› Und dann zu Anfang die Sache mit der Katze. Davon steht nichts im Drehbuch. Es war zufällig eine Katze im Studio, und Brando begann sie während der Szene zu streicheln. Es war das erste Mal, daß ich in Hollywood einem Genie bei der Arbeit begegnet bin. Der Kerl ist einfach genial.»

Brando hatte ein Faible für echte Mafiosi, von denen sich etliche als «inoffizielle Beobachter» auf dem Set herumtrieben. Brando beobachtete sie insgeheim und studierte eingehend ihre Bewegungen. «Ich habe beobachtet, wie Marlon unmittelbar vor einer Szene auf bestimmte charakteristische Gesten verfiel», sagte Philip Rhodes. «In *Schwere Jungs und leichte Mädchen* gibt es zu Beginn eine Straßenszene in New York, in der alle möglichen Leute mitmachen, darunter auch echte Straßenhausierer, die Schlipse auf der Straße verhökern. Marlon sah einem dieser Hausierer zu – ein Blick, und der Typ war das Vorbild für seinen Sky Masterson.»

Al Lettieri mit seinen Verbindungen zur Mafia in New Jersey war eine weitere Quelle für ihn. Lettieri organisierte sogar ein Dinner, damit Brando ein echtes «Familientreffen» miterleben konnte. Brando, Rhodes und einige andere Mitwirkende wurden in Limousinen abgeholt, vor dem stattlichen Haus von Lettieris Schwester in einem New Yorker Vorort abgesetzt und in eine luxuriös ausgestattete Kellerbar geführt.

«Geld schien für diese Leute gar keine Rolle zu spielen», sagte Rhodes. «Es waren ungefähr vierzig Menschen anwesend, das Essen war erstklassig, das Personal zahlreich. Lettieri machte Marlon mit einigen Leuten bekannt, und der war von ihren Umgangsformen beeindruckt. Einer von Als Verwandten, ein Mafiamitglied, verließ vorsichtshalber noch am selben Abend die Stadt. Die Organisation war nicht gerade glücklich über den Film, weil er zu sagen wagte, daß es so etwas wie die Mafia überhaupt gab.»

Am 14. Mai zog das ganze Filmteam für die Außenaufnahmen der Hochzeitsszene nach Staten Island, doch ein heftiges Unwetter warf alle Pläne über den Haufen. Dabei zerstörte der Sturm auch die

Tomatenpflanzen, die Coppola liebevoll für die Todesszene des Paten gezogen hatte. Der Authentizität wegen hatte der Regisseur ausdrücklich auf italienischen Roma-Tomaten bestanden, und nun hatten Wind und Regen sie ruiniert. Brando brauchte laut Vertrag nur noch zwei Tage zu arbeiten, bevor er Anspruch auf Überstunden hatte, und Al Ruddy bereiteten die rund 100 000 Dollar Kopfzerbrechen, die er das Studio bis zur Beschaffung neuer Tomatenpflanzen kosten würde; deshalb suchte er Brando im Hotel auf.

«Ich möchte dir einen Kompromiß vorschlagen, Marlon», verkündete Ruddy. «Francis hat extra diese Tomaten für deine letzte Szene gepflanzt. Es mußten unbedingt italienische Roma-Tomaten sein, aber nun sind sie hin. Wenn du nun darauf bestehst, daß morgen dein letzter Arbeitstag ist, dann klebe ich einfach Plastiktomaten an die Stecken, und wir drehen die Szene so. Ich darf das Budget nämlich nicht überschreiten. Wenn du aber eine Woche nach Hause fährst und wir dich zurückrufen können, sobald die Tomaten reif sind, ohne dich bezahlen zu müssen, dann geht alles nach Francis' Wunsch. Die Entscheidung liegt bei dir.»

Brando besann sich nicht lange. «Wenn Francis so viel an den Tomaten liegt», erwiderte er, «dann soll es mir recht sein. Ich reise ab, und wenn ihr soweit seid, komme ich zurück, ohne daß es euch etwas kostet.»

Er hielt Wort. Da es voraussichtlich eine Woche bis zehn Tage dauern würde, bis die letzte Szene gedreht werden konnte, machte er Pläne für einen kleinen Abstecher nach Tahiti.

Bei allem Entgegenkommen ließ Brando sich vermutlich nur auf Ruddys Vorschlag ein, weil er eine Atempause brauchte. Wer ihn besser kannte als Besetzung und Crew, spürte die Kluft, die sich auftat zwischen der Unbekümmertheit, die er nach außen zur Schau trug, und den privaten Sorgen, die ihn noch immer belasteten. Er lebte weitgehend isoliert, zog sich abends in sein Hotel zurück und traf sich höchstens mit Philip und Marie und seiner Sekretärin Alice.

Eines Abends tauchte seine langjährige Freundin Pat Quinn bei ihm auf. Sie war dabeigewesen, als Marlon zum ersten Mal mit Puzo über die Rolle gesprochen hatte. «Wir hatten uns viel zu erzählen», sagte sie. «Dabei entging mir nicht, daß Marlon sich verändert hatte. Die vergangenen Jahre hatten ihn ziemlich mitgenommen, und er kam mir an dem Abend viel älter und müder vor, geradezu erschöpft und energielos.»

Der Druck, der auf Brando lastete, kam von allen möglichen Seiten. Einmal stand er noch immer mit Anna Kashfi auf Kriegsfuß. Ihr verstärktes Alkoholproblem und ihre selbstmörderische Stimmung nach der Ablehnung eines neuen Sorgerechtsantrags ließen ihn nichts Gutes ahnen. Christian war ein ernsthaftes Sorgenkind – seelisch gestört und bereits alkohol- und drogengeschädigt. Dabei war die Auseinandersetzung mit Kashfi nicht das einzige Problem, das ihn finanziell belastete.

Im Anschluß an die Dreharbeiten von *Queimada* war Brando von Produzent Alberto Grimaldi auf Schadenersatz in Höhe von 700 000 Dollar verklagt worden. Grimaldi warf ihm vor, eine «verständnislose Haltung» und «offene Feindschaft» gegenüber Regisseur Gillo Pontecorvo bewiesen, durch ständiges Zuspätkommen die Dreharbeiten verzögert und das Studio durch seine abrupte Abreise aus Kolumbien gezwungen zu haben, die Produktion nach Marokko zu verlegen. Obwohl Grimaldi einräumte, daß er Brando vertraglich garantiert hatte, ihn nicht belangen zu wollen, wurde der Schauspieler beschuldigt, den Vertrag durch sein ungehöriges Benehmen gebrochen zu haben.

An den Wochenenden in Los Angeles hatte Marlon sich ebenfalls um seine Schwester Jocelyn kümmern müssen, die schwere Zeiten durchgemacht hatte. Eine Zeitlang war das Verhältnis zwischen den beiden gespannt gewesen, doch inzwischen hatte sich die Beziehung normalisiert. Jocelyns Freund Fred Sadoff, der nach zehnjähriger Abwesenheit in London wieder in Los Angeles war, fiel das liebevolle Verhältnis zwischen den beiden auf. «Jocelyn hatte ungern über Marlon gesprochen», erklärte er. «Aber als ich zurückkam, hatte sich ihr Verhältnis offenbar gebessert. Sie sprach plötzlich mit großer Wärme von ihm. Diese Art von Familienanhänglichkeit war etwas ganz Neues.»

«Wir waren immer füreinander da, gleichgültig, was passierte», behauptete Jocelyn später und bestritt, daß es zwischen ihr und

Marlon in den sechziger Jahren Spannungen oder Verstimmung gegeben hätte. «Wenn einer von uns eine Krise durchmachte, konnte er sich immer auf die anderen verlassen. Wir ergreifen zwar nicht Partei, aber wenn einer von uns etwas Unsinniges tut, halten wir mit unserer Meinung auch nicht hinter dem Berg.»

Die Brando-Kinder, meinte Jocelyn, hätten immer zusammengehalten. «Aber wir drängen uns nicht gegenseitig auf. Nach dem Motto unserer Großmutter – ‹Schließlich ist es Jamies Ziege› – haben wir uns immer alle Freiheiten gelassen. Wir streiten uns wie alle Geschwister, aber wenn es gegen Dritte geht, halten wir zusammen wie Pech und Schwefel.»

Am meisten Kopfzerbrechen bereitete Brando zu der Zeit der Gedanke an Tahiti. Während seiner zehntägigen Pause konnte er der Insel einen kurzen Besuch abstatten, seine beiden tahitianischen Kinder besuchen und nachsehen, wie weit seine Bauvorhaben gediehen waren.

Die Reise schien ihm neuen Auftrieb gegeben zu haben, und als er am Morgen des 26. Mai nach New York zurückkehrte und die Innenaufnahmen der Hochzeitsszene im Haus gedreht wurden, war er mit Leib und Seele bei der Sache. Am späten Nachmittag drohte ein weiterer Sturm, und Willis befürchtete, die dunkle Bewölkung würde die Beleuchtung für die Außenaufnahmen ruinieren. Jack Ballard vom Paramount-Büro in Manhattan rief an und befahl Coppola, trotz des Unwetters weiterzudrehen. Aber als die Szene erneut ausgeleuchtet worden war, war es inzwischen zum Weiterdrehen zu dunkel, so daß Feierabend gemacht wurde. In der nächsten Woche stieß Coppola auf die gleichen Beleuchtungsprobleme und fürchtete schon, sämtliche Hochzeitsszenen noch einmal drehen zu müssen, weil das Filmmaterial nicht zusammenpaßte.

Willis löste das Problem dadurch, daß er eine Lichtqualität erfand, für die der Film im Endeffekt berühmt werden sollte.

«Die Hochzeitsfeierlichkeiten wurden draußen in einem hellen Kodachrome gefilmt, der an die vierziger Jahre erinnerte», erklärte Willis. «Ich habe einen rötlichgelben Ton für diese Szenen benutzt, was ihnen den leicht antiquierten Anflug gab. Die ganze Sequenz wurde absichtlich stark belichtet; dadurch konnten wir aus dem Dunkel des Arbeitszimmers, wo Brando unter den Seinen hofhielt, in diesem orangefarbenen Farbton ganz plötzlich zur Hochzeitsszene nach draußen zurückschwenken.

Als die Studioleitung die Arbeitskopien sah, fand man die Szenen unterbelichtet. «Sie beschwerten sich, daß der Film für die Drive-ins zu dunkel sei», sagte Willis. «Ihr könnt mich mal mit euren Drive-ins, habe ich zu ihnen gesagt. Denn tatsächlich habe ich die Beleuchtung im amerikanischen Film revolutioniert. Bei uns kam die Beleuchtung nur von oben, was wegen Brandos Make-up nicht anders ging. Das war an sich nichts Neues, aber dabei entstand ein wirklichkeitsgetreuer Effekt, den man bis dahin noch nie gesehen hatte.»

Am 2. Juni, einen Tag nach Beendigung der Hochzeitsszene, gab es Schwierigkeiten, an denen zum ersten Mal Brando schuld war. Coppola wünschte sich eine Sequenz, in der die emotionale Bindung zwischen dem Paten und seinem Sohn Michael stärker zum Ausdruck kam. Er war von Pacino in der bisher einzigen Szene mit Brando (in der er seinen Vater im Krankenhaus bewacht) begeistert und schrieb eine zusätzliche Szene, um die spezielle Beziehung zwischen den beiden sowie die Übergabe der Macht vom Vater auf den Sohn stärker zu betonen. Daraufhin kam Brando den ganzen Morgen nicht aus seiner Garderobe und ließ nach gewohnter Manier durch einen Regieassistenten bestellen, «er sei noch nicht soweit».

Abgesehen von *Spiegelbild im goldnen Auge* war dies seit zehn Jahren der erste Film, den Brando ernst nahm, deshalb war es ihm auch mit seinen Bedenken wegen der Textänderungen ernst. Coppola konnte ihn schließlich damit überreden, aus seinem Versteck herauszukommen, daß die Lichtverhältnisse «perfekt» waren. Er bot Brando einen Kompromiß an: Er würde Pacino und ihn von weitem filmen, während sie ihr Gespräch auf einem Spaziergang durch den Garten improvisierten. Die Szene würde dann später mit dem neugeschriebenen Text synchronisiert werden. Inzwischen rief Coppola Drehbuchautor Robert Towne herbei, um den Text noch am selben Abend überarbeiten zu lassen.

Die Lösung schien Brando zuzusagen. Pacino und er wurden mit

Mikrophonen verdrahtet und schlenderten durch den Garten, während in der Entfernung die Kameras liefen. Dabei bekamen nur die Toningenieure über ihre Kopfhörer mit, daß Brando nicht etwa einen Dialog improvisierte, sondern Pacino Obszönitäten und schmutzige Witze ins Ohr flüsterte.

Wie Pacino dabei ernst bleiben konnte, grenzte an ein Wunder. Als er später nach seiner einen großen Szene mit dem legendären Brando gefragt wurde, antwortete er nur: «Haben Sie eine Vorstellung, was es bedeutet, mit ihm zusammenzuarbeiten?» Auf die Frage, was er aus der Zusammenarbeit mit Brando gelernt habe, parierte er: «Von Brando habe ich die Kunst der Verzögerung gelernt.»

Am selben Abend trafen Drehbuchautor Towne und Coppola sich mit Brando in seiner Garderobe, um die Textänderungen der Szene zu besprechen. Brando kritisierte, daß der Pate seinen Sohn in Townes letzter Version zu sehr manipulierte. «Ein einziges Mal möchte ich erleben, daß dieser Mann *nicht* nach Worten ringt, sondern sich ausdrücken kann», sagte er. Brandos Meinung nach mußte der Machthunger des Don der Zuneigung zu seinem Sohn, der im Begriff ist, das Imperium zu übernehmen, untergeordnet werden. Wenn Vito Corleone seinen Sohn fragt, wie er die fünf anderen Familien in den Griff zu bekommen gedenke, sollte Michael der Versuchung widerstehen, über die bereits getroffenen Vorkehrungen zu sprechen, und statt dessen anfangen, von den Enkelkindern des Don zu reden. Wenn Familienangelegenheiten im Mittelpunkt ihres Gesprächs standen, würde Corleones Bedauern, daß Michael in «die Firma» hineingezogen wurde, statt als «Senator Corleone» im öffentlichen Leben Karriere zu machen, viel überzeugender klingen.

Das entscheidende Kriterium für Brando war, die Zentralgestalt des Films zu vertiefen und ihr eine zusätzliche Dimension zu geben. Am 4. Juni war Brandos letzte Szene an der Reihe. Ihm war eine grandiose Idee gekommen, wie er den Paten, der beim Spielen mit einem seiner Enkel im Garten einen Schlaganfall erleidet, darstellen konnte. Philip Rhodes hatte ihm einmal erzählt, daß sein Vater sie als Kinder manchmal mit einem monströsen, aus einer Orangenschale gebastelten Gebiß erschreckt hatte. Tatsächlich war

Rhodes' Vater bei diesem «Monsterspiel» mit einem seiner Enkelkinder gestorben. «Marlon hat ein kreatives Gedächtnis», sagte Rhodes, «und setzte diese Begebenheit in der Todesszene des Don ein.»

Die Episode wurde zu Recht die berühmteste Szene des ganzen Films. Durch das improvisierte «Spiel» mit dem Enkel war Brando imstande, die ganze widersprüchliche Komplexität des Paten zu vergegenwärtigen – das Ungeheuer mit dem weichen Herzen, den liebevollen Großvater und den sterblichen alten Mann in seinem massiven Panzer aus Macht und Manipulation.

Mit der Todesszene war Brandos Mitarbeit am *Paten* beendet. Zu seiner Abschiedsparty erschienen selbst die Schauspieler, die an dem Tag keinen Auftritt hatten. Als Brando abgeschminkt, in Lederjacke und schwarzen Jeans aus seiner Garderobe trat, sah er jünger aus als seine siebenundvierzig Jahre. Die Frauen aus dem Produktionsbüro umschwärmten und umarmten ihn liebevoll und baten um Autogramme. Bei allem Charme, Witz und Wohlwollen, mit dem er das Lob für seine Arbeit entgegennahm, konnte er sich einen selbstkritischen Ton schließlich doch nicht verkneifen.

«Her mit den Negativen, damit ich sie verbrenne», rief er Gordon Willis zu, während er von allen Seiten mit Komplimenten überschüttet wurde.

Es war die schon von früher her bekannte Haltung, aus der nicht nur falsche Bescheidenheit, sondern ein Herabsetzen der eigenen Person und des eigenen Talents sprachen. «Ich hatte den Eindruck, er empfand eine tiefe Verachtung für alles», sagte Willis, «ganz besonders aber für sich selbst. Warum, habe ich nie begriffen, aber es war aus seiner Bemerkung am letzten Tag deutlich herauszuhören.»

Andererseits mag ein Bedürfnis nach Selbstschutz dahintergesteckt haben. Negative Reaktionen der Regieassistenten, Zweifel der Cutter an den Arbeitskopien und der gehässige Klatsch über Coppolas Inkompetenz als Regisseur werden ihm vermutlich nicht entgangen sein. Vielleicht hegte er sogar selbst ernsthafte Zweifel, ob Coppola tatsächlich imstande sein würde, die Probleme auszubügeln, die sowohl während der Dreharbeiten wie in den Kopien zutage getreten waren. Es sollte mehrere Monate dauern, bevor Coppola und Evans, die 200000 Meter Film zu verarbeiten hatten, wußten, was sie vor sich hatten.

Obwohl Brando sich nach dem *Paten* eine lange Atempause gönnen wollte, zwangen ihn die Umstände, seine Pläne noch während der letzten Drehtage zu ändern. Eines Nachts erhielt Alice Marchak im Hotel einen Anruf von Luigi Luraschi aus Rom, mit dem Brando sich bei der Arbeit für Paramount angefreundet hatte. Luraschi leitete inzwischen das Paramountbüro in Rom und wollte seinen ersten Film unter der Regie des jungen italienischen Regisseurs Bernardo Bertolucci produzieren, der mit seinem dritten Film, *The Conformist,* gerade außerordentlichen Anklang bei der Kritik gefunden hatte.

Luraschi und Bertolucci wollten Brando für ihr nächstes Projekt gewinnen. Marlon lehnte das Angebot jedoch ab, da er zuerst bei der französischen Regierung in Paris wegen seiner Tetiaroa-Pläne vorsprechen und anschließend auf das Atoll zurückkehren wollte. Doch Luraschi ließ sich nicht abwimmeln und teilte ihm mit, Bertolucci sei auf die Zusammenarbeit mit Brando so erpicht, daß er bereit sei, ihm ein Drehbuch auf den Leib zu schreiben und sogar nach Tahiti zu kommen, um mit ihm darüber zu sprechen.

Am gleichen Tag kam ein erregter Anruf von Brandos Finanzberater in Los Angeles: Produzent Grimaldi war es mit Hilfe seiner Anwälte gelungen, Brandos sämtliche Konten bis auf die bloßen «Lebenshaltungskosten» einzufrieren. Brando war außer sich. Wie sollte er nach Paris kommen, um die Finanzierung seines Tetiaroa-Projekts bei der französischen Regierung durchzusetzen. Er entließ Alice Marchak mit den Worten: «Laß dir gefälligst was einfallen, Alice.»

Bei einem weiteren Telefongespräch gelang es Marchak, bei Luraschi eine Europareise für Brando herauszuschlagen. Als Entschädigung dafür, daß Brando sich mit Bertolucci und Luraschi in Paris traf, würden sie die Kosten für seinen Paris-Aufenthalt übernehmen und ihm einen Urlaub in Südfrankreich spendieren.

Bertolucci hatte seinen ersten Brando-Film, *Viva Zapata*, mit elf

Jahren gesehen. Als er den Schauspieler nun in Paris traf, fühlte er sich gehemmt und förmlich von Ehrfurcht überwältigt. Sein Unbehagen stieg noch, als Brando geschlagene fünfzehn Minuten stumm dasaß, bevor er den Italiener zum Sprechen aufforderte. Sein bevorzugtes Thema: Marlon Brando. Bertolucci umging diese Aufforderung, indem er die Gestalt beschrieb, die ihm für seinen Film vorschwebte.

Bertolucci hatte gerade eine Ausstellung mit Gemälden des britischen Malers Francis Bacon gesehen. Ein Bild hatte ihn besonders tief beeindruckt, und zwar das eines Mannes «in äußerster Verzweiflung». Genau das, erzählte er Brando, wollte er in seinem Film darstellen. «Bei Bacon gibt es Menschen, die ihr Innerstes buchstäblich herauswürgen und die Bescherung anschließend mit der eigenen Kotze übertünchen», sagte er später. «Der gleiche Zug fiel mir bei Marlon Brando auf.»

Er zeigte Marlon das Bild im Ausstellungskatalog, den er extra mitgebracht hatte. Brando war von dem intellektuellen, literarisch gebildeten Regisseur und seinem intuitiven, unerschrockenen Verständnis von Verzweiflung beeindruckt. Die beiden gaben sich in gegenseitigem Einverständnis die Hand, doch behielt Marlon sich die endgültige Zusage vor. Er wollte zuerst das Drehbuch sehen und seinen Urlaub in der Provence genießen.

Last Tango in Paris (dt. *Der letzte Tango in Paris*)

Nach diesem französischen Urlaub kehrte Brando nach Los Angeles zurück und pendelte mehrmals zwischen Amerika und Tahiti hin und her. Allmählich begann er die Pfunde zu verlieren, die er bei den Dreharbeiten zum *Paten* angesetzt hatte und an denen er Coppola die Schuld gab. «Er hat ein fettes Schwein aus mir gemacht», sagte er. «Aber er macht auch die köstlichsten Spaghetti der Welt.» Zwar hatte er offiziell mit dem Film nichts mehr zu tun, doch machte er sich weiter Gedanken darüber, und obwohl er sich seine eigenen Filme in der endgültigen Version grundsätzlich nie ansah, machte er eine Ausnahme und besuchte Coppola in San Francisco, um sich die vorläufige Fassung anzusehen.

Er verschwieg seine Begeisterung nicht und nannte den *Paten* öffentlich «eine der relevantesten Aussagen, die je über Amerika gemacht worden ist». Am besten gefiel ihm die Szene, in der Diane Keaton sagt: «Senatoren lassen niemanden umbringen» und Pacino entgegnet: «Sei nicht so naiv.»

Insgeheim mag Brando bezweifelt haben, ob Coppola tatsächlich den Erfolgsfilm gedreht hatte, auf den alle Welt mit Spannung wartete. Vielleicht hatte er gehört, daß Robert Evans so enttäuscht von Coppolas Rohfassung war, daß er sie für «unzeigbar» hielt. «Die ganze Struktur war verlorengegangen», behauptete Evans später. «Der Film sollte zu Weihnachten herauskommen, aber ich habe bei Paramount energisch Einspruch dagegen erhoben. Die hätten mich fast hinausgeworfen. Aber immerhin wurde die Premiere hinausgeschoben, und wir haben noch fünfzig Spielminuten hinzugefügt.»

Entweder es war Brandos Skepsis über den tatsächlichen Erfolg des *Paten* oder seine zunehmend prekäre finanzielle Lage, die ihn im Sommer 1971 zu dem unseligen Schritt veranlaßte, Evans um eine Änderung seines Vertrags und einen Vorschuß zu bitten. «Marlon brauchte unbedingt 100000 Dollar», erklärte Evans, der den Wunsch anschließend mit Charlie Bluhdorn besprach. Als zäher Geschäftsmann willigte der Direktor zwar ein, befahl Evans aber, Brandos prozentuale Beteiligung am Erlös des Films zu streichen. Brando war unklug genug, den Scheck zu akzeptieren und auf die Prozente zu verzichten. Das schnelle finanzielle Trostpflaster sollte ihn im Endeffekt 11 Millionen Dollar kosten. Als Brando später merkte, was der Film einbrachte und wieviel ihm entgangen war, rief er Evans an und wollte den Handel rückgängig machen. «Er wäre am liebsten die Wand hochgegangen, und ich kann es ihm nicht verdenken», sagte Evans. Brando bot sich sogar an, in Paramounts geplanter Verfilmung von *The Great Gatsby* aufzutreten, doch Evans weigerte sich mit der Begründung, «die beiden Filme hätten nichts miteinander zu tun».

Tatsächlich hatte Brandos finanzielle Zwangslage sich im Laufe des Sommers noch verschlimmert. Seine Konten blieben dank Grimaldi weiterhin eingefroren, und die von der französischen Regierung erhofften Kredite wurden trotz der auf Tetiaroa begonnenen

Arbeiten abgelehnt. Es blieb ihm nichts anderes übrig, als sich auf einen weiteren Film einzulassen. Da *Der Pate* noch nicht auf dem Markt war, standen seine Aktien schlecht, so daß er sich mit Sidney Lumets *Child's Play* begnügen mußte. Der Film war David Merricks Debüt als Filmproduzent, und die Dreharbeiten sollten Anfang November beginnen.

Brando versuchte auch auf andere Weise, Geld zu sparen. Er hatte sich immer über die Unterhaltszahlungen an Movita geärgert, zu denen er bei der Annullierung ihrer Ehe verpflichtet worden war, und nahm nun im Juni die Nachricht von einer neuen Liebesaffäre zum Anlaß, die monatlichen Zahlungen von 1400 Dollar einzustellen. Prompt ging Movita vor Gericht, so daß sein Anwalt Norman Garey im folgenden Jahr einen weiteren Rechtsstreit für ihn auszufechten hatte. Auch dieser Schritt sollte sich als kurzsichtig erweisen, da Gareys berüchtigt hohe Anwaltsgebühren sich vermutlich auf die gleiche Summe beliefen wie die Unterhaltszahlungen an Movita.

Mit Kashfi sah es keineswegs erfreulicher aus. Christian hatte Schulferien und wohnte bei ihr am Havenhurst Drive, wohin sie zwei Jahre vorher gezogen war. Der Junge hatte sich mit Virginia Hardy, einer Nachbarin, angefreundet und verbrachte täglich ein paar Stunden bei ihr. Oft tauchte er schon zum Frühstück bei ihr auf, wenn Kashfi nach durchzechter Nacht noch im Bett lag. Im Laufe des Sommers konnte Hardy beobachten, wie Kashfis Zustand sich verschlimmerte. Sie nahm Drogen und trank, und oft schrie sie Christian so laut an, daß Hardy von ihren hysterischen Ausbrüchen geweckt wurde.

Doch Brandos unruhiger Lebensstil war auch kein Ersatz für ein stabiles Familienleben. Gelegentlich verbrachte Christian den Nachmittag und die Wochenenden bei ihm, aber da Brando beliebig kam und ging, blieb der Junge oft sich selbst überlassen.

Brandos Konzentrationsspanne ließ auch bei seinem eigenen Sohn zu wünschen übrig. Besorgnis und Zuwendung gingen schnell in Teilnahmslosigkeit über, so daß er sich mit seinen Geldsorgen und seinen Tahiti-Plänen in seine vier Wände zurückzog.

Außerdem hatte Marlon einen neuen Nachbarn, der sehr viel

mehr Abwechslung versprach. Im August 1971 kaufte Jack Nicholson das an Marlons Auffahrt angrenzende Grundstück. «Kaum war Jack eingezogen, da war Marlon hinter seinen Frauen her», berichtete Pat Quinn. «Das alte Spiel begann von neuem.»

Im Herbst 1971 flog Brando zum Beginn der Dreharbeiten von *Child's Play* nach New York. Vielleicht hatte er geglaubt, Regisseur Lumet ebenso gängeln zu können wie bei den Dreharbeiten zum *Mann mit der Schlangenhaut*; jedenfalls verzichtete er von vornherein auf die Rolle des verständnisvollen, umgänglichen Kollegen, die er im *Paten* gespielt hatte. Schon wenige Tage nach seiner Ankunft in New York legte Brando sein gewohntes aggressives Verhalten an den Tag und bestand auf Drehbuch- und Schauplatzänderungen, bevor er auch nur einen Fuß vor die Kamera gesetzt hatte. Produzent David Merrick sah sich die Sache nicht lange mit an. Als er von Brandos Forderungen und Verzögerungstaktiken hörte, fackelte er nicht lange und ersetzte den Schauspieler kurzerhand durch Robert Preston. Nach den «Meinungsverschiedenheiten» befragt, die den Rausschmiß verursacht hatten, erwiderte Merrick: «Meinungsverschiedenheiten? Die gab es nicht. Ich habe Mr. Brando hinausgeworfen. Er wollte die Handlung des Films umkrempeln, und das hat mir nicht gepaßt.»

Endgültig erklärte Brando sich zu einer Zusammenarbeit mit Bertolucci erst im November 1971 bereit, nachdem der Regisseur mit Franco Arcalli, seinem Mitarbeiter und Redakteur in *The Conformist*, eine erste Drehbuchfassung zusammengestellt und Alberto Grimaldi als Produzenten gewonnen hatte, ein Schritt, der Brando schließlich veranlassen sollte, in *Tango* mitzumachen.

Niemand wußte besser als Grimaldi, in welchen finanziellen Schwierigkeiten Brando sich befand. Nicht nur saß er ihm mit seinem eigenen Prozeß im Nacken, er wußte durch seine Kontakte mit Paramount auch, daß Brando seinen Vertrag für den *Paten* geändert hatte. Nach Absprache mit Bertolucci legte der Produzent einen zusätzlichen Köder aus. «Ich wollte ihn unbedingt für *Tango* gewinnen, also habe ich seinen Agenten angerufen und ihm gesagt, daß ich bereit sei, den Prozeß auf sich beruhen zu lassen, wenn

Brando den Bertolucci-Film mache. Außerdem bot ich ihm 250000 Dollar plus zehn Prozent der Bruttoeinnahmen an», erinnerte Grimaldi sich später.

Als Bertolucci im November mit seinem Drehbuch in Los Angeles erschien, konnte Brando nichts anders, als sich ernsthaft für das Projekt zu interessieren. Er hatte sich von Rhodes und anderen bereits über *The Conformist* informieren lassen, und als Bertolucci bei ihm erschien, wollte er von ihm Genaueres über die Rolle des Paul erfahren. Bertolucci verbrachte die erste halbe Stunde damit, ihm zu beschreiben, wie er sich den Protagonisten vorstellte, dann hielt er abrupt inne und sagte: «Reden wir über uns – unser Leben, unsere Lieben, über Sex. Darum geht es in dem Film nämlich.»

Die Begegnung artete in eine zweiwöchige psychoanalytische Sitzung aus. Bertolucci erschien jeden Tag, und die beiden Männer diskutierten ausführlich über ihre sexuelle Identität, ihren Familienhintergrund sowie über die Leidenschaften und Obsessionen, die sie aneinander entdeckten. «Ich habe versucht, eine vorrationale Beziehung zu ihm herzustellen», sagte Bertolucci, dem es gelungen war, Brando aus seiner gewohnten Defensive zu locken und die dunklen, ungezügelten Kräfte zu entdecken, die nur wenige seiner Freunde kannten. «Es steckt eine wilde, irrationale Gewalttätigkeit in ihm. Wenn es einem gelingt, Zugang zu seiner Welt zu finden und seine Intuition und Gewalttätigkeit zu zügeln, dann stößt man auf eine unglaubliche Intelligenz.»

Bertolucci gab Brando das Skript zu lesen und betonte, wie sehr ihm bei der endgültigen Verfilmung an Improvisation gelegen sei. «Fertige Drehbücher sollen nur Eindruck bei den Produzenten schinden», sagte der Italiener. «Das Drehbuch ist nur ein Hinweis auf das, was ich von meinen Schauspielern erwarte.» Da er mit Hilfe von Brandos Filmcharakter Themen wie Isolation, Verzweiflung und sexuelle Besessenheit untersuchen wollte, fragte er den Schauspieler nach seinen Kindheitserinnerungen, seiner Haltung seinen Eltern gegenüber, seinen abgründigsten sexuellen Phantasien. Überraschenderweise faßte Brando Vertrauen zu ihm und sprach über seine frühen Jahre in Libertyville, die Strenge seines Vaters und die Alkoholprobleme seiner Mutter. Er erzählte ihm von seiner Leidenschaft für Trommeln und schwärmte von seinem Zufluchtsort auf Tahiti. Bertolucci hörte aufmerksam zu, und tatsächlich fanden viele Einzelheiten sich später in seinem Film wieder.

Wie gewohnt schwankte Brando zwischen emotionaler Aufgeschlossenheit und abweisender Kühle, aber auch dafür hatte Bertolucci ein Gespür. «Als Mensch ein Engel und als Schauspieler ein Ungeheuer», sagte der Regisseur später von ihm. «Er ist ganz Intuition, dabei aber ein unendlich komplexes Wesen: Einerseits möchte er von allen geliebt werden; andererseits ist er eine Maschine, die unablässig Charme absondert; und obendrein besitzt er die Abgeklärtheit eines fernöstlichen Weisen.»

Die Erfahrungen, die beide mit der Freudschen Psychoanalyse gemacht hatten, wurden ein wesentliches Kriterium für den Film. «Es fand eine erstaunliche Synchronisation statt. Ich wollte darauf hinaus, daß er Paul vergaß und sich ganz auf sich selbst und auf das, was in ihm steckte, konzentrierte. Für ihn war das eine völlig neue Methode. Das Risiko faszinierte ihn, aber gleichzeitig hatte er Angst, seine Intimsphäre könne verletzt werden.»

«Er war einfach wunderbar», schwärmte Bertolucci später von Brando. «Ich bin immer in meine Schauspieler und Schauspielerinnen verliebt, ganz besonders aber in Marlon.» Der Regisseur hatte ein ausgesprochenes Faible für Brando, nicht nur für sein mühsam beherrschtes, vulkanartiges Temperament, sondern auch für seine körperliche Attraktivität. Er hielt ein Foto von Marlon in der Hand und rief: «Ist er nicht herrlich? Dieses unvergleichliche Gesicht!» Dann führte er das Bild an die Lippen und küßte es. «Ach, Marlon», sagte er, «ich hab dich zum Fressen gern.»

Bertolucci rechnete mit einer Drehzeit von sieben Wochen. Der Unternehmer Bernie Cornfield hatte Brando seine Suite angeboten, eine Zimmerflucht in der Nähe des Arc de Triomphe, die ursprünglich von Napoleon für seine Generäle bestimmt gewesen war. Brando traf rechtzeitig ein, so daß er abspecken konnte, ehe er vor die Kamera trat.

Bertolucci und sein Kameramann Vittorio Storaro begannen die Dreharbeiten am 12. Februar. Bertolucci berief sich in seiner Konzeption von Anfang an auf Autoren wie Céline, Bataille und Henry Miller sowie auf seine eigenen psychoanalytischen Erfahrungen und ermutigte Brando, seine Rolle auf fast klinische Weise «auszuleben», wie er es in seinen besten Darstellungen unter Kazan getan hatte. Indem Brando unbewußte emotionale Reserven und «verschüttete» Momente spontan zum Leben erweckte, gelang es ihm, die psychosexuellen Qualen und das existentielle Dilemma des Protagonisten überzeugend zu vermitteln.

In groben Zügen skizziert, stellt Brando einen lebensmüden, verzweifelt einsamen und desillusionierten Mann dar, der nach dem Selbstmord seiner Frau von der schönen zwanzigjährigen Jeanne besessen ist. Während ihrer dreitägigen anonymen sexuellen Orgie in einer leeren Wohnung dominiert und unterdrückt er sie, untersagt ihr die Benutzung von Namen und jede Anspielung auf ihre Vergangenheit oder die Außenwelt, gibt seiner Frauenfeindlichkeit und seiner Zärtlichkeit Ausdruck und benutzt Sex als Waffe, um seinem Zorn und seiner Rache an gesellschaftlichen Konventionen Luft zu machen. Während *Tango* später seiner eindeutigen sexuellen Szenen wegen Anstoß erregte, hatten die Themen, die Bertolucci – und Brando – am Herzen lagen, viel mehr mit Trauer, Schmerz und Einsamkeit als mit Erotik zu tun.

Trotzdem waren die sexuellen Szenen in Bertoluccis Drehbuch so drastisch, daß Alice Marchak, die Marlon nach Paris begleitet hatte, zutiefst schockiert war. Es war ihre Aufgabe, Marlons Dialoge ohne Zwischentexte und Regieanweisungen abzutippen, damit er sie auf seine «Neger» übertragen konnte. Sie war schockiert über die «Pornographie», die ihr Chef auf der Leinwand sprechen und darstellen sollte, und äußerte ihre Mißbilligung. Brando beruhigte sie und erklärte ihr, daß die im Drehbuch beschriebenen Szenen nicht so drastisch auf der Leinwand erscheinen würden.

Alice beruhigte sich, und Brando wurde am ersten Tag von seinem Fahrer ordnungsgemäß am Drehort abgesetzt. Es war ein kalter Morgen, und er trug bereits das von ihm selbst gewählte Kostüm, einen Kamelhaarmantel über einem Pullover mit V-Ausschnitt. Seine Maske war wie immer von Philip Rhodes, den die Crew sofort als Brandos «Freund, Berater, Vertrauten und Psychoanalytiker» erkannte. Doch sein eigentlicher Therapeut sollte im Verlauf der nächsten Wochen Bertolucci werden, der ihn zu seiner authentischsten Leistung seit *Faust im Nacken* befähigte.

In der Anfangsszene des Films, in der Brando unter der Bir-Hakeim-Brücke steht, während die Metro über seinen Kopf hinwegdonnert, beschloß Bertolucci, den Schauspieler, die Hände über den Ohren, von hinten zu filmen. Nach fünfzehnminütiger Probe beklagte Brando sich bei dem zweiten Regieassistenten Jean-David Lefebvre:

«Bernardo kann doch nicht im Ernst wollen, daß ich der Kamera den Rücken zudrehe.» Aber er fügte sich und übertrumpfte Bertolucci sogar noch. Während die Kamera lief, hielt Brando sich nicht nur die Ohren zu, sondern stieß einen durchdringenden Schrei aus. «Ich war schockiert», sagte der Regisseur. «Er begann mit solcher Intensität, daß ich mich fragte, ob ich der Eindringlichkeit dieses Schauspielers gewachsen war. Ich hatte richtige Angst.»

Gebannt sah Bertolucci Brando während der nächsten Szenen zu. Wie er seinem langjährigen ersten Regieassistenten, Fernand Moskowitz, anvertraute: «Ich bin eine Katastrophe als sein Regisseur. Er ist so brillant, daß ich gar nicht wüßte, was ich zu ihm sagen sollte.»

Brando und Bertolucci entwickelten ein festes Arbeitsmuster. Jeden Tag hockten sie mehrere Stunden zusammen, tauschten ihre Gedanken aus, überlegten, welche Emotionen wo und warum angebracht waren und wie sie sich auswirken würden. Bezeichnenderweise wurden aus diesen Gesprächen wechselseitige psychoanalytische Sitzungen. Da beide Männer brennend an diesen Fragen interessiert waren, inspirierten sie sich gegenseitig und ermutigten sich zu immer gewagteren. Brando hatte seit Jahren nicht mehr so aktiv und so konzentriert gearbeitet. «Er befand sich in einem ausgesprochenen Hoch», meinte Philip Rhodes, der ihn am besten kannte. «Er hatte den *Paten* hinter sich, und jetzt ging es um die Rolle eines Lebens.»

Obwohl Bertolucci immer neue Varianten der Anfangsszene durchprobieren ließ, war Brando unermüdlich. Er hatte ein entspanntes Verhältnis zum Aufnahmeteam, das ihn gern mit seinem amerikanischen Französisch aufzog. Bei Telefongesprächen mit

Freunden ließ er durchblicken, wieviel Spaß ihm der Film machte und wie gut die Arbeit voranging. Marion Rosenberg, die Marlon bei der Arbeit am *Abend des folgenden Tages* kennengelernt hatte, war überrascht, als er sie anrief. «Er hatte gerade mit *Tango* begonnen», sagte sie, «und erzählte mir, es sei das interessanteste Projekt seit Jahren, die anregendste Beziehung, die er je mit einem Regisseur gehabt hätte. Ein merkwürdiges Bekenntnis für Marlon, denn es war das einzige Mal, daß er jemals mit mir über seine Arbeit gesprochen hat.»

Mit seiner Vorliebe für Improvisationen gestattete Bertolucci Brando die Freiheit, zu probieren und zu experimentieren, die viele seiner früheren Regisseure als exzentrische Selbstgefälligkeit des Schauspielers abgetan hatten. Er ging sogar noch einen Schritt weiter. Aufgrund ihres gemeinsamen Interesses an der Psychoanalyse ermutigte Bertolucci Brando zu etwas, was er noch nie gewagt hatte – nämlich das ganze Reservoir an Gram und Zorn in seinem Innern auszuloten. «Alle meine Filme sind Dokumentarfilme über meine Schauspieler», erklärte der Regisseur. «Ich folge ihnen. Ich lasse sie machen, was sie wollen.» Mit dieser offenen Form gestattete Bertolucci Brando nicht nur, sich zu entfalten, sondern schuf darüber hinaus einen sicheren Zufluchtsort – nicht nur ein abgeschlossenes Set, sondern einen subtilen Dialog, der Brando aus der Seele sprach und bei dem er alle seine Vorbehalte ablegen konnte.

Nach einigen Drehtagen lernte er schließlich auch Maria Schneider kennen, die junge Französin, von der sein Filmcharakter besessen ist. Ohne daß Bertolucci es ahnte, hatten sie einen gemeinsamen Berührungspunkt. Schneider war die uneheliche Tochter des französischen Bühnenschauspielers Daniel Gélin, einer von Brandos Wohngenossen aus dem Sommer 1949. Jetzt sollte Brando auf der Leinwand eine sadomasochistische Affäre mit der Tochter seines alten Freundes unterhalten.

Schneider war noch keine zwanzig, als sie in letzter Minute für Bertoluccis eigentliche Wahl, die schwangere Dominique Sanda, einspringen durfte. Der Regisseur interviewte mehr als 100 Kandidatinnen, und obwohl Schneider kaum Schauspielerfahrung mitbrachte – sie war mit fünfzehn von zu Hause ausgerissen, hatte in einer französischen Show getanzt, als Brigitte Bardots Stand-in gearbeitet und in zwei kleinen Filmrollen gespielt –, war sie für Bertolucci der Inbegriff der ausgeflippten Studentin aus gutbürgerlichem Hause. «Sie war eine Lolita, nur perverser», erklärte er. Als er sie beim Leinwandtest aufgefordert hatte, sich auszuziehen, «bewegte sie sich viel natürlicher als vorher».

Schneider hatte in Paris ein wildes, hemmungsloses Leben geführt und ganz bewußt eine aufmüpfige *Épater-les-bourgeois*-Philosophie angenommen, um ihren Marihuanakonsum, ihren Glauben an «freie Liebe» und ihre Bisexualität zu rechtfertigen. Mit ihrem schulterlangen, welligen kastanienbraunen Haar, den großen grünen Augen und der üppigen Figur strahlte sie eine verlockende, überreife, ja beinahe dekadente Unbekümmertheit aus.

Als Marlon ihr am ersten Tag vorgestellt wurde, versuchte er sie zu schockieren, obwohl er genau wußte, daß sie die Tochter seines alten Freundes war.

«Komm, wir machen einen Spaziergang, Maria», sagte er und ging mit ihr in ein Café in der Nähe. «Schließlich mußt du mir den Finger in den Arsch stecken, also sollten wir uns besser kennenlernen.»

Auf dem Weg zum Café fragte Brando sie nach ihrem Sternzeichen, und es stellte sich heraus, daß sie ebenfalls Schütze war. Als sie drinnen Platz genommen hatten, starrte Marlon sie schweigend an.

«Fällt es dir schwer, jemandem für längere Zeit in die Augen zu blicken?» fragte er.

«Manchmal ja», erwiderte sie.

«Dann schweig und sieh mich unverwandt an», forderte er sie auf.

Aber bei aller scheinbaren Naivität war Schneider nicht so leicht aus der Fassung zu bringen, und tatsächlich schien sie den Test bestanden zu haben, denn am selben Abend ließ er ihr einen großen Blumenstrauß ins Hotel bringen.

Von dem Augenblick an war er ihr «zweiter Daddy».

Trotz (oder vielleicht gerade wegen) ihrer Unerfahrenheit war Schneider auf Bertoluccis improvisierenden Arbeitsansatz gespannt. «Er weiß, worauf er aus ist, aber er überläßt es einem selbst, die richtigen Gefühle zu entdecken und auszudrücken. Er will, daß man mitdenkt.» Trotzdem merkte die Crew bald, daß Schneider es nicht leicht hatte. Wie vielen anderen entging ihr nicht, daß Brando und Bertolucci ein exklusives Gespann bildeten und sie über die spontanen Änderungen, die sie nach ihren tiefschürfenden Sitzungen an einer Szene vorgenommen hatten, oft im dunkeln ließen. Ein weiteres Problem war, daß Brando während der ersten Wochen darauf bestand, jeden Abend, wie im Vertrag vereinbart, um acht Uhr Feierabend zu machen. Meist traf er sich mit Christian Marquand und anderen Freunden zum Essen. Schneider besaß weder den Mut noch den Vertrag, sich ebenfalls aus dem Staub zu machen, so daß Bertolucci sie oft bis Mitternacht auf dem Set behielt.

«Mit Brando stand Bertolucci völlig auf du und du», erklärte Fernand Moskowitz, «aber Maria kommandierte er herum. Die Proben verliefen auf typisch italienische Art – rein technische Probeläufe –, aber dann wurden die Szenen nach den Besprechungen zwischen Bernardo und Brando immer wieder modifiziert. Brando und Maria hatten allerdings ein ausgezeichnetes Verhältnis zueinander. Er kam ihr zu Hilfe, wenn sie Schwierigkeiten hatte, zum Beispiel in der Szene, in der sie ihn masturbieren sollte. Sie weigerte sich, und er half ihr.»

Trotz Bertoluccis Bemühungen, den vorgesehenen Drehplan strikt einzuhalten, wurde Schneiders Einstellung zu ihrer Arbeit zunehmend laxer. Philip und Marie Rhodes waren immer schon früh auf dem Set (Philip als Maskenbildner, Marie als Marlons Stand-in für die Ausleuchtung der Szenen), deshalb wurden sie morgens oft ausgeschickt, um Schneider im Taxi abzuholen.

«Unsere tägliche Routine begann damit, daß wir uns auf die Suche nach der Primadonna machten», erinnerte sich Rhodes. «Man wußte nie, wo sie steckte; sie hielt es mit Männern wie mit Frauen. Wenn wir sie schließlich gefunden hatten, stieg sie ins Taxi, öffnete unweigerlich ihre Marihuanadose und zündete sich einen Joint an, so dick wie eine Zigarre. Sie verstreute die Asche übers ganze Taxi, brannte Löcher in die Sitze, aber wir lieferten sie wohlbehalten auf dem Set ab.»

Brando war auch nicht gerade der Pünktlichste. Bei all seiner Begeisterung für den Film mußte ihn immer jemand wecken und am Drehort abliefern. «Fast jeden Morgen mußte ihn jemand irgendwo aufstöbern», behauptete Schneider. «Sonst wäre er nie zur Arbeit erschienen.»

Es wurde später viel darüber spekuliert, ob Schneider und Brando eine Affäre hatten – eine Tatsache, die Schneider ihrem Vater gegenüber bestätigte. «Niemand hatte Zutritt zum Set», erinnerte sich Daniel Gélin. «Maria war immer ziemlich unglücklich, wenn ich sie traf, denn sie hatte es nicht leicht in dem Film. Sie war zwar keine Jungfrau mehr, aber sie war noch so jung, daß ihr manche Szenen sehr schwerfielen. Aber sie versicherte mir, daß Marlon sie sehr liebevoll behandelte. Die Affäre bahnte sich offenbar bei den vielen Gesprächen an, die sie miteinander hatten. Und anschließend machten sie gemeinsam ein paar Wochen Urlaub.»

Doch bei Schneider muß die Beziehung einen bitteren Nachgeschmack hinterlassen haben, denn sie äußerte sich später ziemlich abfällig über Marlons Alter und seine mangelnde Fitneß. «Ich habe Brando sexuell nie attraktiv gefunden», sagte sie. «Er ist fast fünfzig, und schön ist er nur bis hier», fügte sie hinzu und deutete auf ihren Hals. «Er hatte schreckliche Komplexe wegen seines Gewichts und verschwand immer hinter einem Vorhang, wenn er sich umzog.»

Bertolucci hatte von Anfang an klargestellt, daß er in den erotischen Szenen keine falsche Scham zulasse. «Andeutungen und Anspielungen hätten nur bewirkt, daß der Zuschauer sich peinlich berührt fühlte, deshalb beschloß ich, kein Blatt vor den Mund zu nehmen», erklärte er. Aber als die Kameras in der leeren Wohnung installiert wurden, wo die dreitägige Begegnung zwischen den beiden gefilmt werden sollte, stellte Brando zu seinem Entsetzen fest, daß der Regisseur erwartete, sie sollten sich nackt ausziehen. Schneider hatte keinerlei Scheu, aber Brando weigerte sich und gestand seiner Sekretärin später seine Bestürzung. Die prüde Marchak riet ihrem Chef, sofort aus dem Film auszusteigen.

«Das geht nicht», erwiderte Marlon, dem der Schock von Grimaldis Klage noch in den Gliedern saß. «Der Film ist erst halb fertig. Das kostet mich Millionen.»

Also schlug Brando Bertolucci einen Kompromiß vor. Er würde in den Sexszenen entweder die Kleider anbehalten oder einen Mantel tragen, ein Kunstgriff, der später als Symptom für die Teilnahmslosigkeit seiner Figur interpretiert wurde. Der Vorschlag entsprang nicht etwa seinem Schamgefühl, sondern dem Wunsch, seine Korpulenz vor der Kamera zu verbergen. Bertolucci bestand allerdings darauf, daß die Schauspieler in bestimmten Szenen nackt auftraten. «Marlon machte noch immer seine Diät», erinnerte sich Regieassistent Moskowitz. «Er legte Wert darauf, die Szenen, in denen er nackt erscheinen mußte, aufzuschieben. ‹Wartet doch noch ein bißchen›, sagte er, ‹ich bin noch nicht dünn genug.› Schließlich dunkelte Kameramann Vittorio Storaro die Aufnahmen von Brandos Hinterteil ab und vermied, ihn völlig nackt zu zeigen. (Schneiders Körper war dagegen von allen Seiten zu sehen und wurde oft so plaziert, daß er Brandos Taille und Hüften verdeckte.)

Bertolucci behauptete später, der Schauspieler hätte nichts dagegen gehabt, nackt gefilmt zu werden, und die Idee, ihn weitgehend bekleidet zu zeigen, stamme von ihm selbst. «Ich wollte klarmachen, daß es sich um eine ödipale Beziehung handelt», sagte er. «Ihr gibt die Nacktheit etwas Kindhaftes, während ihn die Kleidung eher zu einer Vaterfigur macht.» Er hatte auch eine Szene gedreht, in der Brandos Genitalien zu sehen waren, «aber ich habe sie schließlich kastriert, um den Film zu kürzen.» Nachträglich ging Bertolucci über dieses kleine Kastrationswortspiel hinaus: «Möglicherweise habe ich mich so mit Brando identifiziert, daß ich mich selbst schämte. Ihn nackt zu zeigen hätte bedeutet, mich selbst nackt zu zeigen.»

Im Verlauf der Proben für die Sexszenen stellte Bertolucci eine Forderung, die Brando tatsächlich als Zumutung empfand.

«Ich möchte, daß du Maria auf der Leinwand bumst», teilte er dem Schauspieler mit.

«Ausgeschlossen», antwortete Brando prompt. «Dann dreht sich der ganze Film nur noch um unsere Sexualorgane.»

Bertolucci war von seinen eigenen Freudschen Komplexen so besessen, daß er kein Pardon gab. Später bezeichnete er den Film als seine persönliche Katharsis. Die sadomasochistischen Szenen sollten die Verzweiflung und Desillusionierung des modernen Menschen zum Ausdruck bringen. Er riet Brando, sich weiter mit den Bildern Bacons zu beschäftigen. Inzwischen zogen sich die Dreharbeiten bis weit in die Nacht hinein, und es entstand zunehmend der Eindruck, daß der Regisseur sich in seine eigenen Obsessionen verrannt hatte – ein Gefühl, das er selbst zu teilen schien. «Was machen wir hier eigentlich?» wollte er eines Tages von seinem Regieassistenten wissen. «Worum geht es in diesem Film?»

Während er Brando und Schneider an einem der nächsten Tage bei der Probe zusah und sie aufforderte, alle Prüderie abzulegen, sagte er zu Marlon: «Du verkörperst meinen eigenen Schwanz. Du bist sein Symbol.»

Brando neigte später dazu, die Bedeutung des Films herunterzuspielen: «Was soll der Satz? Ich glaube, Bertolucci wußte selbst nicht, worum es in dem Film eigentlich ging», sagte er. «Er lief überall herum und erzählte, es ginge um seinen Schwanz!» Worin die Konflikte des Regisseurs bestanden, darüber schwieg Brando sich aus, und Bertolucci trug auch nicht zu ihrer Erhellung bei, als er erklärte: «Ob Schauspielerinnen oder Schauspieler, ich verliebe mich in alle. Sie sind die Verlängerung meines Penis. Jawohl, meines *Penis*. Mein Penis wächst wie Pinocchios Nase.»

Und nach einer wirkungsvollen Pause setzte er hinzu: «Um Mißverständnissen vorzubeugen, das soll kein Eingeständnis meiner Bisexualität sein.»

Schneider dagegen behauptete, bei dem Film keinerlei Verständnisschwierigkeiten gehabt zu haben, da sie die gleichen sexuellen Vorlieben hatte, die Brando und Bertolucci nachgesagt wurden. Auf ihre unverblümte Art erklärte sie, Brando und sie verständen sich so gut, «weil wir beide bisexuell sind und es von Herzen genießen». Die Sexszenen dienten eigentlich nur zur Bewältigung von Bertoluccis sexuellen Problemen. «Er ist viel intellektueller als Brando oder ich. Wir sind animalischer … unkomplizierter … Es geht also um Probleme, von denen Bernardo besessen ist.»

Interessanterweise war es Ingmar Bergman, der nach der Freigabe des Films die Meinung vertrat, in Wirklichkeit sei *Tango* ein Film über Homosexuelle, nur hätten Brando und Bertolucci sich nicht getraut, «an geheiligte Tabus zu rühren ... So ist der Film eminent frauenfeindlich; aber wenn man ihn so interpretiert, daß der Mann in einen Jungen verliebt ist, dann wird er verständlich.» Als Brando später auf Bergmans Vermutung, Bertolucci habe sich nicht getraut, Schneider von einem Jungen spielen zu lassen, angesprochen wurde, antwortete er: «Zutreffender hätte er es nicht formulieren können. Schließlich ist Schneider nach eigenem Bekenntnis ... homosexuell.»

Die kritische Auseinandersetzung mit sich selbst im vorhergehenden Sommer und Herbst hatte es Brando ermöglicht, Bertoluccis Erwartungen gerecht zu werden. Nun zwang ihn eine weitere persönliche Krise, sich mit den Problemen von Eltern, Kindern und Familie in seinem eigenen Leben auseinanderzusetzen.

Während er in Paris war, hatte Kashfi versucht, mit aggressiveren Mitteln denn je ihr Sorgerecht für Christian durchzusetzen. Wie der Zufall es wollte, hatte sie sich mit Giselle Fermine angefreundet, einer Prostituierten aus Hollywood, der Brando ein Apartment finanziert hatte (sie hatte den Kontakt zu ihm inzwischen abgebrochen). Zwei Jahre später, 1971, wurde Giselle von einem Freund und Liebhaber Kashfis gebeten, Anna Schlaftabletten gegen ihre Schlaflosigkeit zu besorgen. Fermine konnte Rezepte von ihrem eigenen Arzt sowie von der Universitätsklinik beziehen, wo sie wegen einer Geschwulst behandelt wurde.

Sie ließ sich also Schlaftabletten verschreiben, die sie wie gewünscht bei Kashfi am Havenhurst ablieferte.

«Ach, Sie sind die Voodoo-Spezialistin», sagte Kashfi, als Fermine vor ihrer Tür stand. «Ich habe schon viel von Ihnen gehört.»

Danach verbrachten Kashfi und Fermine häufig die Abende zusammen, und Kashfi ließ sich über ihr Alkoholproblem und ihre Drogenabhängigkeit aus und beklagte sich endlos über Brando, seinen Anwalt Norman Garey und seinen Privatdetektiv Jimmy Briscoe.

Fermine hörte geduldig zu, obwohl ihr manche der Geschichten so unwahrscheinlich vorkamen, daß sie Briscoe, mit dem sie flüchtig bekannt war, fragte, ob Brando ihn tatsächlich angeheuert hätte. Er stritt Kashfis Behauptungen ab. «Anna war am ganzen Körper grün und blau», sagte Fermine. «Es sah aus, als sei sie geschlagen worden, aber in Wirklichkeit fiel sie dauernd die Treppe hinunter, wenn sie betrunken und unter Drogen war.»

Im Februar 1972, nach Brandos Abreise nach Paris, hatte Kashfi ihr Apartment verlassen und war zu Fermine gezogen. «Ich konnte nicht mit ihr fertig werden», sagte Fermine, die selbst kein Kostverächter, aber gegen Kashfi ein Waisenkind war. «Sie hatte immer eine offene Flasche bei sich und eine zweite in Reserve.» Kashfis Anwesenheit in der Wohnung beeinträchtigte ebenfalls den Kundenverkehr, so daß Fermine sie bei einer Freundin unterbrachte, die nach einer Mitbewohnerin suchte.

Im selben Monat wurden Kashfi und Brando von der Ojai Valley School benachrichtigt, Christian habe den Schlafsaal in Brand gesetzt. Kashfi war davon überzeugt, daß Christian nur dem schlechten Vorbild seines Vaters nacheiferte, der sich immer damit gebrüstet hatte, aus der Kadettenanstalt geflogen zu sein, weil er angeblich den Glockenturm angezündet hatte. «Sein Vater war schuld, daß Devi auf die schiefe Bahn geriet», behauptete sie. «Ich beschloß deshalb, ihn vor dem Abgrund zu retten. Also fuhr ich zur Schule, um Devi zum Wochenende nach Hause zu holen, und versprach, ihn vor Montag rechtzeitig zurückzubringen.»

Das allerdings unterließ sie, weil Christian angeblich eine Bronchitis hatte. Statt dessen bat sie James Wooster, einen Freund der Frau, bei der sie wohnte, Christian und sie nach Mexiko zu fahren. Ein Arzt hatte ihr angeblich geraten, der Junge brauche ein warmes, trockenes Klima, um sich zu erholen.

Daraufhin war der Teufel los. Auf die Benachrichtigung durch die Schule, daß Kashfi den Jungen nicht zurückgebracht hatte, legte Norman Garey Beschwerde wegen erneuter Verletzung der Sorgerechtsregelung ein. Außerdem schickte er den Privatdetektiv Briscoe zum Mulholland Drive, um herauszufinden, ob Reiko Sato Näheres von Kashfi gehört hatte. Sato, eine ehemalige Freundin Brandos, die während seiner Abwesenheit als Sekretärin und Hausverwalterin fungierte, hatte tatsächlich von Kashfi gehört. Zuerst hatte sie einen Anruf von Kashfis Wohnungsgenossin erhalten, die sich über ihre Trunksucht und ihr lautes, ungebührliches Betragen beschwert hatte. Wenige Stunden später war ein blonder Mann in einem blauen Lieferwagen mit Christian erschienen, hatte ein paar Kleidungsstücke in seinem Zimmer zusammengeklaubt und war wieder verschwunden.

Detektiv Briscoe benachrichtigte Anwalt Garey von seinen Nachforschungen, und der machte Anstalten, die Sorgerechtsverletzung vor Gericht zu bringen. Doch um fünf Uhr am folgenden Morgen, als Kashfi noch total betrunken und unzurechnungsfähig war, hatte ihre Mitbewohnerin Christian in ein Taxi gesetzt und ihn zum Mulholland Drive zurückgeschickt. Kaum merkte Kashfi, daß Christian fort war, warf sie sich ins Auto, um ihn wieder zurückzuholen. In ihrer Ratlosigkeit rief die Mitbewohnerin bei Fermine an.

«Anna kann hier nicht länger bleiben», erklärte sie. «Ich kann sie nicht bändigen. Sie ist betrunken und schreit herum, weil Christian zu seinem Vater zurückgegangen ist. Und nun ist sie hinterhergefahren.»

Fermine rief Reiko an, um zu sehen, ob der Junge bei ihr angekommen war, und sie vor Kashfis Absichten zu warnen. Da Reiko Anna auf Brandos ausdrücklichen Befehl auf keinen Fall ins Haus lassen durfte, rief sie Norman Garey herbei, der Anna bei seiner Ankunft in der Auffahrt in ihrem Auto sitzend vorfand. Garey ging ins Haus, um mit Christian zu sprechen, und kam zu dem Schluß, daß der Junge nichts mit seiner Mutter zu tun haben wollte. Vor Gericht sagte Garey später aus, Kashfi sei daraufhin durch die Hintertür ins Haus gedrungen und habe versucht, Christian nach draußen zum Auto zu zerren. Die Polizei wurde gerufen, und während des allgemeinen Tumults erklärte Christian sich bereit, seine Mutter zu begleiten, damit sie sich beruhigte, bestand aber darauf, noch am gleichen Abend zurückzukehren.

Am folgenden Tag, dem 7. März, forderte Kashfi ihren Freund Wooster auf, Christian und sie nach Baja California zu fahren. Möglicherweise hatte die bevorstehende Vorladung am 9. Mai, weil sie verabsäumt hatte, Christian in die Schule zurückzubringen, sie zu diesem Schritt veranlaßt – jedenfalls ließ sie den Dreizehnjährigen allein mit Wooster in Baja und kehrte allein nach Los Angeles zurück. Ihre Mitbewohnerin befürchtete, Christian sei gekidnappt worden, und benachrichtigte Fermine. Ein paar Stunden später telefonierte Kashfi selbst mit Fermine.

«Deine Mitbewohnerin hat gerade angerufen und gesagt, Christian sei entführt worden», sagte Fermine.

«Devi ist mit ein paar Freunden von mir auf eine Angeltour gegangen», behauptete Kashfi. «Du kennst doch James Wooster, der mir beim Umzug geholfen hat. Ich treffe mich morgen mit ihm und Christian in Mexiko.»

Fermine war überrascht. Kashfis Dreistigkeit veranlaßte sie, Jimmy Briscoe zu benachrichtigen; dann rief sie noch einmal bei Kashfi an und fragte, ob sie selbst an der Angeltour teilnehmen könne, was Kashfi bejahte. Um vier Uhr morgens tauchten Woosters Freunde auf, um die beiden Frauen abzuholen, doch an der Grenze stellte Fermine fest, daß sie keinen Ausweis bei sich hatte. Schnell wurde ein neuer Plan entworfen: Woosters Freunde sollten die mexikanische Grenze überqueren, Christian holen und ihn mit nach El Centro zurückbringen, dem Grenzort, wo die beiden Frauen sie erwarten würden.

Während Fermine und Kashfi den ganzen Tag in einer Bar verbrachten, steigerte Kashfi sich in immer größere Erregung hinein. Schließlich brach ein lautstarker Streit zwischen den Frauen aus, mit dem Ergebnis, daß die Polizei gerufen werden mußte und ein Photograph Wind davon bekam, daß Brandos Exfrau sich in der Stadt befand. Als Kashfi auf den Photographen einschlug und seine Kamera beschädigte, wären sie beinahe verhaftet worden, wenn Fermine die Polizei nicht überredet hätte, sie unter dem Versprechen, mit dem nächsten Bus aus der Stadt zu verschwinden, laufenzulassen. Als Garey hörte, daß Kashfi ohne Christian nach Los Angeles zurückkehrte, rief er Brando in Paris an, um ihn davon zu unterrichten, daß der Junge nach Mexiko entführt worden und spurlos verschwunden sei. Brando beauftragte Brisco, den bekannten Detektiv Jay J. Armes anzuheuern, der beide Hände verloren hatte und hakenähnliche Prothesen trug. Es war offensichtlich, daß Brando sich große Sorgen machte. «Er weinte und sagte, sein Sohn sei verschwunden», berichtete Regieassistent Moskowitz. «Er verschwand noch am selben Tag und war eine Zeitlang abwesend.» Offiziell war Brando für eine Woche von *Tango* beurlaubt, damit er am 14. März bei der New Yorker Premiere des *Paten* anwesend sein konnte. In Wirklichkeit flog er nach Los Angeles und versicherte allen, daß von Kidnapping keine Rede sein könne, daß Christian sich in Sicherheit befinde und nur mit Freunden zum Tauchen nach Mexiko gegangen sei.

Obwohl Kashfis Anwälte die Entführung für ein Gerücht erklärten, machte Detektiv Armes sich in einem Helikopter nach Brandos Sohn auf die Suche. Am 10. März entdeckte er auf einem Campingplatz einen blauen Lieferwagen. Er landete in einem nahe gelegenen Ort, trommelte eine Gruppe von *federales* zusammen und stürmte das Lager, wo er Wooster mit vier bärtigen, langhaarigen Männern, einer älteren Frau und einem jungen Mädchen vorfand. Von dem Jungen weit und breit keine Spur.

Die *federales* stellten die verwahrloste Gruppe mit gezücktem Revolver zur Rede.

«Wo ist Christian?» wollte Armes wissen.

«Welcher Christian?» entgegnete Wooster.

Aber einer seiner Gefährten war so eingeschüchtert, daß er auf eins der Zelte deutete.

Armes marschierte zu dem Zelt und schob die Plane beiseite. Drinnen fand er den aufgeschossenen, hageren Jugendlichen unter einem Berg von Kleidern versteckt. Christian versuchte davonzulaufen, aber Armes holte ihn ein.

Wooster legte ein Geständnis ab. «Anna hat uns zehntausend Dollar versprochen, wenn wir den Jungen eine Weile aus dem Verkehr ziehen.»

Der Rest der Gruppe bestätigte seine Aussage. Es fanden sich Vorräte für mehrere Monate auf dem Campingplatz, als hätte man sich auf einen längeren Aufenthalt eingerichtet.

Drei Tage später, am 13. März, erschienen Brando und Kashfi in Santa Monica vor Richter Rittenband. Kashfi bestritt, irgend etwas mit der Entführung zu tun zu haben, doch laut Aussage von Jay J. Armes hatte James Wooster gestanden, Kashfis Angebot von 10000 Dollar für Christians Verschwinden angenommen zu haben. Der

Richter verschob die Verhandlung über Brandos Antrag auf alleiniges Sorgerecht um einen weiteren Monat, erlaubte ihm aber, den Jungen bis zur Beendigung der Dreharbeiten zum *Letzten Tango* mit nach Paris zu nehmen.

Nach der Entführung von Christian war Brandos Geduld mit Kashfi am Ende. Der Zwischenfall hatte eine traumatische Wirkung auf den Teenager, der Jahre später berichtete, dabei mißbraucht worden zu sein. Einer seiner Freunde führte seine «Paranoia» und seine Leidenschaft für Waffen darauf zurück, daß er «schreckliche Angst hatte, noch einmal gekidnappt zu werden».

Brando wurde später von der Polizei informiert, daß man versucht habe, Christian sexuell zu mißbrauchen. Christian selbst schwieg sich darüber aus und behauptete sogar, daß er sich in Mexiko gut amüsiert habe; doch Brando konnte Kashfi nicht verzeihen, ihren Sohn solcher Gefahr ausgesetzt zu haben.

Mitten in dieser schwierigen persönlichen Krise nahm Brandos Karriere einen erneuten Aufschwung, als *Der Pate* in die Kinos kam. Nach langen Verzögerungen im Schneideraum versprach der Film schon bald, ein außerordentlicher Erfolg zu werden.

Vincent Canby von der *New York Times* nannte den *Paten* «eine der brutalsten und bewegendsten Chroniken des amerikanischen Lebens, die im Rahmen der Unterhaltungsindustrie je versucht worden ist», und betonte die Bedeutung der Rolle für Brandos Karriere: «Nach zu vielen mittelmäßigen oder halbherzigen Filmen sehen wir Marlon Brando endlich in einer Rolle und in einem Film, auf den Amerikas eigenwilligster Filmschauspieler stolz sein kann und der auch diejenigen Kritiker, die seit langem den Kopf über ihn schütteln, nicht in Verlegenheit bringt. Seine Darstellung wirkt echt und wie aus einem Guß und ist gerade an Stellen, wo man es am wenigsten erwartet, außerordentlich ergreifend. Und das liegt nicht nur an den überzeugend dargestellten, wenn auch manchmal übertriebenen Emotionen, sondern auch daran, daß wir miterleben, wie ein großer Schauspieler sein zweifellos immer noch bemerkenswertes Talent souverän beherrscht.»

Pauline Kael legte sich ebenfalls ins Zeug, begeisterte sich für

Coppolas Regie und Pacinos Begabung, behielt sich aber das überschwenglichste Lob für Brando vor. Sie hob das Besondere an seiner Darstellung hervor und schrieb: «Die Rolle des Don Vito Corleone erlaubt ihm, die sensiblen Züge zu zeigen, die ihn in seinen Draufgängerrollen so verführerisch und berunruhigend wirken ließen ... Brandos Stil ist in den letzten Jahren zurückhaltender geworden; er wirkt weniger unmittelbar als früher, weil die spontanen, heftigen Gefühlsumschwünge fehlen.

Einer der Korrespondenten der *New York Times* erklärte, was die Öffentlichkeit an Brandos Darstellung so faszinierte: Es war der Versuch der «Wiedergutmachung», die «versöhnliche Note, die noch durch unser Wissen um alles Vorhergegangene verstärkt wird. All die Skandalgeschichten, die Arroganz, die Temperamentsausbrüche, die sich um das Genie Brando ranken. Es ist die Legende. Deshalb sind die letzten Szenen so ergreifend; plötzlich wird uns bewußt, daß die Legende ein alter Mann geworden ist, ein Großvater, der mit seinen Enkeln im Garten spielt. Es liegt eine melancholische Würde darin, eine Legende mit solcher Menschlichkeit agieren zu sehen.»

Während Brandos Loblied gesungen wurde, waren die meisten Kritiker erleichtert, daß Amerikas berühmtester und begabtester Schauspieler wieder unter den Lebenden war. Ausnahmsweise schien Brando daran gelegen, von der Kritik geliebt zu werden. Seit seiner hektischen PR-Tour für den *Häßlichen Amerikaner* hatte er sich der Presse nicht mehr so ausführlich zur Verfügung gestellt. Wieder konnte er es nicht lassen, unter dem Vorwand, den Film interpretieren zu wollen, politische Erklärungen abzugeben. Shana Alexander, eine seiner glühendsten Verehrerinnen, interviewte ihn in Paris für *Life*. Atemlos verkündete sie: «Brandos Ketzerei besteht darin, daß er sich weigert, vor seinem eigenen Altarbild auf den Knien zu liegen.» Ausführlich zitierte sie, was er über den *Paten* zu sagen hatte: «Meiner Meinung nach reflektiert der Film die Gesinnung der amerikanischen Wirtschaft. Wenn die Cosa Nostra schwarz oder sozialistisch gewesen wäre, säße Corleone vermutlich im Gefängnis oder wäre tot. Aber da die Mafia sich die Wirtschaftswelt mit ihrer kaltschnäuzigen Einstellung gegenüber Geld und

Politik zum Vorbild nahm, floriert sie. Die Mafia ist so … *amerikanisch*. Ein Schlüssel zu dem Film ist für mich der Satz, mit dem jeder Mord gerechtfertig wird: ‹Reine Geschäftssache. Nichts Persönliches.›»

Als Brando mit Christian nach Paris zurückkehrte, gewannen seine Improvisationen in *Tango* unter dem Einfluß seines jüngsten Erfolgs an Eindringlichkeit. «Er verlieh dem Film eine Intensität, mit der niemand gerechnet hatte», sagte Fernand Moskowitz. «Er versenkte sich so in seine Rolle, daß es schwerfiel, Mensch und Rolle voneinander zu trennen. Und er schlaffte nicht etwa ab, als wir die Dreharbeiten gegen Schluß aus Zeitgründen auch noch beschleunigen mußten.»

Endlich schien es Brando zu gelingen, ein Ventil für seine Selbstverachtung und seinen Zorn zu finden. In der Szene, in der er sich über seine Schwiegermutter und deren Religiosität erregt, bekam er einen regelrechten Wutanfall und schlug so heftig gegen die Tür, daß er sich dabei die Hand verletzte. Er mußte ins Krankenhaus, und Bertolucci fürchtete schon, die Arbeit verschieben zu müssen. Doch am nächsten Tag war Brando wieder da und tat die Wunde mit einer Handbewegung ab.

«Ich bin verrückt», meinte er der Crew gegenüber. «Wie konnte ich nur?»

Doch war es gerade die Entfesselung unbewältigter Dämonen – der Krieg gegen Kashfi, seine Animosität gegenüber Frauen –, die ihn für die Rolle motivierten.

Die Butter, die Paul für den Analverkehr mit Jeanne benutzt, war Bertoluccis Idee. «Gib die Butter her!» befiehlt Marlon, während er Schneider von hinten nimmt und sie zwingt, seine blasphemischen Worte gegen Konventionen, Religion und Familie nachzusprechen. «Ich werd' dir was über die Familie erzählen … Sprich mir nach … ‹Heilige Familie, Kirche aller braven Bürger …› Sprich mir nach! ‹Die Kinder werden gequält, bis sie die erste Lüge aussprechen … Der Welt wird das Rückgrat gebrochen … Die Freiheit wird ermordet … Die Familie … die beschissene Familie›», bricht es in einem orgiastischen Wortschwall aus ihm heraus, während Schneider die schwarze Litanei unter Schluchzen hervorstößt, bis er erschöpft über ihr zusammensinkt.

Die Butter, die Schneider noch jahrelang anhängen sollte, war allerdings nur der Anfang. Wenig später im Badezimmer ist Brandos Stimmung noch beklemmender.

«Du bist allein, du bist ganz allein, und du wirst dich von dem Gefühl der Einsamkeit nicht befreien können, bis du dem Tod ins Antlitz siehst», deklamiert er und wehrt Schneiders zärtliche Annäherungsversuche ab. «Das klingt wie Scheiße, wie romantischer Mist. Bis man dem Tod in den Arsch kriecht, direkt in den Arsch, bis man im Schoß der Furcht landet ...», und plötzlich fügt er hinzu: «Ich will, daß du mir die Finger in den Arsch steckst.»

«Versuch, dich in deine Kindheit zurückzuversetzen», sagte Bertolucci, während Brando auf dem Bett lag und seine Mundharmonika spielte, und befahl Kameramann Storaro, 300 Meter Film in die Kamera einzulegen. «Die Szene war ganz und gar improvisiert, und Marlon war in dem Augenblick *wirklich* nackt», erklärte er später. «Ich hatte keine Ahnung, wie lang die Szene dauern würde.»

«Bei Bertoluccis Aufforderung fiel mir alles mögliche ein», erzählte Brando später, «zum Beispiel die Kuh, die ich melken mußte, oder wie meine Mutter sich betrank.» Wieder verriet er dabei das Understatement, die leichte Abfälligkeit, als müsse er betonen, die Szene sei längst nicht so intensiv oder so enthüllend gewesen, wie der Zuschauer sie empfand. Dabei war ihm ein vielschichtiger Text gelungen, der nicht nur die seelische Vereinsamung des Protagonisten, sondern auch die immer noch schmerzenden Wunden seines eigenen Lebens bloßlegte. Mit verhaltener, stockender Stimme sprach er über seine Eltern und die Kinderjahre in dem Haus in Libertyville mit dem Stall dahinter. Es war das aufrichtigste, offenste Bekenntnis, das er selbst seinen engsten Freunden gegenüber je gemacht hatte.

Der improvisierte Monolog wurde durch Schneiders Frage ausgelöst: «Warum gehst du nicht nach Amerika zurück?»

«Ich weiß nicht – unangenehme Erinnerungen vermutlich», antwortete Brando.

Und als Schneider fragte: «Erinnerungen woran?», machte Brando eine lange Pause und rieb sich das eine Auge, als wollte er sich in eine Art Trance versetzen.

«Na ja», sagte er mit einem Seufzer, «mein Vater war Alkoholiker.»

Er hielt inne, schüttelte leicht den Kopf, als hätte er den Mistgeruch noch in der Nase.

Schneider ermutigte ihn. «Gar keine?» fragte sie.

«Doch, ein paar», sagte er gedehnt und begann eine Szene aus seiner schwierigen Jugend zu beschreiben – die Erinnerung an den Sommer, als er in Shattuck rausgeflogen war und gedemütigt nach Hause zurückkehren mußte, wo er der unerbittlichen Härte seines Vaters ausgeliefert war. Doch die Person, die er beschrieb, war gar nicht sein Vater, sondern der alte Mann, mit dem er in dem Sommer die Drainage gelegt hatte.

Brando erinnerte sich an eine tatsächliche Gestalt aus seiner Vergangenheit, einen Mann, mit dem er zusammengearbeitet und der in Libertyville gelebt hatte. Doch im Gegensatz zu früheren Szenen, in denen er das Schluchzen markiert hatte, stiegen ihm jetzt echte Tränen in die Augen. Wie nicht anders zu erwarten, war es die Erinnerung an Dodie, die ihn in Rührung versetzte.

Die Erinnerung überwältigte ihn, und er verstummte. Als er auf seine Mutter und den geliebten Hund seiner Kinderzeit zu sprechen kam, versagte ihm die Stimme.

Bertolucci unterbrach die Stille mit dem Ausruf: «Phantastisch, einfach phantastisch.»

Brando stand vom Bett auf, warf dem Regisseur einen merkwürdig grimmigen Blick zu und verließ den Raum.

«Ich befürchtete schon, er würde am nächsten Tag nicht auf dem Set erscheinen», erklärte Bertolucci später. «Vermutlich ergriff ihn pures Entsetzen bei der Enthüllung seiner geheimsten Gedanken, gleichzeitig war er aber auch fasziniert davon.»

Doch Brando war am nächsten Tag wieder da. Trotz der ungeheuren seelischen Belastung, die das Improvisieren bedeuten mußte, war er bereit weiterzumachen, die Arbeit bis in den späten Abend fortzusetzen.

Mit zwölfeinhalb Wochen hatten die Dreharbeiten inzwischen die vorgesehene Zeit überschritten. Die letzten Tage waren der liebevoll choreographierten, durchstilisierten Szene in dem muffigen Tango-Palast gewidmet. Die Schauspieler hatten die Salle Wagram, ein altmodisches Pariser Tanzlokal, eingeklemmt zwischen einem Pferdeschlachter und einer *triperie* in einer Seitengasse in der Nähe des Étoile, bereits kennengelernt. Hier feierte Brando am 4. April seinen achtundvierzigsten Geburtstag, während Bertolucci die Szene vorbereitete.

Auf Bertoluccis Kommando nahmen alle ihre Plätze ein, und Brando machte sich an die Arbeit. Auf dem Hintergrund des Tangoturniers bot er die Parodie einer verschrobenen Cary-Grant-Galanterie.

Brando ließ sich seinen Part des Dialogs auf der Zunge zergehen. Während er Schneider ein gemeinsames Leben in einem «Haus auf dem Lande» vorschlug, wurde die Szene immer verspielter.

Zum Schluß sollten Brando und Schneider den letzten Tango des Turniers mit ihren beschwipsten Albernheiten auf der Tanzfläche stören, woraufhin die Organisatorin, eine energische ältere Dame, sie aus dem Saal weisen mußte. Doch Bertolucci war über die ersten Takes enttäuscht und rief: «Laß dir was Verrücktes einfallen, Marlon!»

Während ihm die gestrenge Tanzmeisterin auf den Fersen war, ließ Brando mit einem schnellen Griff an den Gürtel die Hosen fallen, beugte sich vor und streckte der entsetzten Frau den blanken Hintern entgegen.

«Küßchen! Küßchen!» rief er ihr zu.

Der Schock der Dame war nicht etwa gespielt, als er ihr «Lebwohl, meine Pfirsichblüte» über die Schulter zurief und sich beim hastigen Abgang mit Schneider die Hosen hochzog.

Der Zwischenfall lockerte die Stimmung während der letzten Drehtage allerdings nur vorübergehend auf, denn in der Todesszene zeigte Brando sich wieder von seiner schwermütigen Seite und gab der Szene eine eigenwillige abschließende Note. Als Schneider ihn erschießt, stolpert er auf den Balkon hinaus und deklamiert: «Unsere Kinder, unsere Kinder werden daran denken.» Dann nimmt er sein Kaugummi aus dem Mund und klebt es unter die Balkonbrüstung. Bevor er zusammengekauert auf dem Boden liegenbleibt, improvisiert er noch einmal – ein kaum hörbares, unverständliches Wort.

Bertolucci wollte später von ihm wissen, was er gesagt hatte. Offenbar hatte es sich um ein tahitianisches Wort gehandelt, aber Brando weigerte sich, seine Bedeutung zu verraten. Der große Meister hatte wie immer das letzte Wort behalten. Während es dem Regisseur gelungen war, in sein Innerstes vorzudringen, enthielt Brando ihm ein letztes Geheimnis vor.

Kurz nach der Abschiedsparty bei Régine bekannte der Schauspieler, Bertolucci sei in *Tango* zu weit gegangen. «Einen solchen Film mache ich nie wieder», sagte er. «Zum ersten Mal habe ich mich zutiefst mißbraucht gefühlt. Es wird das letzte Mal gewesen sein.» Später allerdings wollte er von dem emotionalen Druck, unter dem er während der Filmarbeit gestanden hatte, nichts mehr wissen. «Halb so schlimm», ließ er einen Interviewer wissen. «Sobald die mich loslassen, hau ich ab nach Tahiti oder in die Wüste.»

Der letzte Tango hatte am 14. Oktober 1972, am letzten Abend des spektakulären New Yorker Filmfestivals, Premiere. Im Gegensatz zu anderen Filmen auf dem Programm war *Tango* vorher nicht gezeigt worden, weil Grimaldi und Bertolucci wegen der Sexszenen bereits mit der Zensur aneinandergeraten waren. Da der Film eine französisch-italienische Koproduktion war, unterlag er der italienischen Zensur. Um die Zensoren zu umgehen, ließen sie eine einzige Kopie im Diplomatenkoffer per Flugzeug aus Italien bringen, verzichteten auf eine Vorschau für die Rezensenten und schickten den Film nach der Vorführung am 14. Oktober sofort nach Italien zurück. Die allgemeine Geheimniskrämerei sorgte dafür, daß *Der letzte Tango* vor ausverkauften Häusern spielte und dem Publikum der Atem stockte.

Pauline Kael traf die Reaktion im Zuschauerraum, als sie schrieb, *Tango* sei «der schockierendste und vermutlich revolutionierendste erotische Film, der je gemacht worden ist». Sie prophezeite, daß die Gemüter sich noch jahrelang erhitzen und der Tag der Aufführung ein Meilenstein in der Geschichte des Films werden würde, «vergleichbar der Bedeutung des 29. Mai 1913 – der Premiere von *Le Sacre du Printemps* – für die Musikgeschichte ... Bertolucci und Brando haben das Gesicht einer Kunstform verändert».

Kael betonte die Bedeutung des improvisierten Drehbuchs und Brandos enthüllenden Monologs für die Struktur des Films und erklärte, kein Schauspieler außer Brando wäre imstande gewesen, so tief zu schürfen und so mit der Rolle zu verschmelzen. «Man glaubt, er hätte einen direkten Draht zum Geheimnis von Bertoluccis Gestalt ... Paul ist so ‹echt› und geht einem so unter die Haut, daß das Medium Film eine neue Dimension erreicht hat.» Vor allem war Kael von den subtilen Beziehungen zwischen der Leinwandgestalt und dem, was über den legendären Schauspieler im Laufe der Jahre an die Öffentlichkeit gedrungen war, fasziniert. «Es ist Brando selbst, den wir auf der Leinwand beobachten, mit allen Implikationen, die das haben mag», schrieb sie. «Seine Bereitschaft, eine umfassende Studie der Aggressivität männlicher Sexualität zu wagen und zu zeigen, wie männliche körperliche Gewalt den daraus erwachsenden Wahnsinn glaubhaft macht, verleiht dem Film eine tiefe, tragische Würde.»

Die Kontroverse, die den Film von Anfang an umgeben hatte, heizte die Neugier des Publikums noch an. Allein in New York wurden im Vorverkauf Karten für über 100 000 Dollar verkauft. Nach der Freigabe des Films schlugen die Wogen der Erregung noch höher. Manche Kritiker und Zuschauer verurteilten den Film als pornographisch; andere verglichen ihn mit «echter» Pornographie und fanden ihn sterbenslangweilig. Feministische Rezensentinnen verdammten ihn in Grund und Boden: Grace Glueck zum Beispiel verriß ihn als «typische Macho-Seifenoper» und behauptete: «Brandos und Bertoluccis Abneigung gegen Frauen ist extrem.»

Bertolucci, Brando und *Der letzte Tango*, so schien es, verkauften Porno-Schick unter dem Deckmäntelchen sexueller Emanzipation. Eintrittskarten zum Film waren heiß begehrt. Man traute sich auf keine Party, ohne den Film gesehen zu haben, und sogar die Prinzessin Lee Radziwill, Jacqueline Kennedy Onassis' Schwester, bettelte um eine Karte. Die hitzigste Debatte auf dem Cocktailkarussell drehte sich nicht etwa darum, ob die Sexszenen zu eindeutig waren; die einzig brennende Frage war, ob Brando und Schneider es tatsächlich vor der Kamera miteinander «getrieben» hatten.

Während Bertolucci die Entstehung des Films ein «psychoanalytisches Abenteuer» nannte, schwieg Brando sich weitgehend aus. Ihm lag nur daran, all denen den Wind aus den Segeln zu nehmen, die sein privates Ich mit Hilfe seiner Leinwandrolle analysieren wollten. «Wenn Sie wissen wollen, ob *Tango* mehr von mir zu enthüllen scheint als meine sonstigen Rollen», sagte er, «dann liegt die Betonung auf *scheint* ... Jede Rolle absorbiert etwas von einem selbst. Mal mehr, mal weniger – je nachdem, was verlangt wird.» Im Gegensatz zu dem Publicity-Rummel für den *Paten* hielt Brando sich mit Kommentaren zu *Tango* zurück. Er schien den Eindruck zu haben, daß die Kritik zuviel in den Film hineingeheimnissen wollte. «Ich habe keine Ahnung, worum es in dem Film geht», behauptete er Jahre später sogar.

Der letzte Tango sollte sich für Brando als wahre Goldgrube erweisen, «die große Wende, die ihm Millionen einbrachte», wie David Chasman, Manager von United Artists, es nannte, denn diesmal war er an den Einnahmen des Films tatsächlich prozentual beteiligt. «Die Herstellungskosten von 1,4 Millionen Dollar haben sich bei 3 Millionen Dollar amortisiert», erklärte Grimaldi. «Der Film hat über 45 Millionen Dollar eingespielt und war noch zwanzig Jahre später ein Geschäft. Ich vermute, Marlon hat daran mindestens 4 Millionen Dollar verdient, wenn nicht sogar mehr.»

Das meiste Geld wollte Brando in sein Tahiti-Projekt stecken. Während Marlon sich im Februar 1973 in Polynesien aufhielt, starb sein Freund Wally Cox unerwartet im Alter von achtundvierzig Jahren. Cox' Leiche wurde in Hemd, Hose und Schuhen zusammengesunken auf seinem Bett gefunden. Auf dem Nachttisch befand sich eine nahezu leere Flasche mit rezeptpflichtigen Schlaftabletten. Viele Freunde vermuteten Selbstmord, doch Gerichtsmediziner Dr. Thomas Noguchi führte Cox' Tod auf einen starken Herzanfall zurück und bestätigte, daß sich «Spuren eines Medikaments nur in geringfügigen Mengen im Körper befanden».

Wally sollte eingcäschert werden und ein Gedenkgottesdienst stattfinden, falls, wie die *New York Times* berichtete, «die Familie seinen engsten Freund Marlon Brando, der sich zur Zeit auf Tahiti befindet, erreichen kann». Sobald Brando vom Tod seines Freundes hörte, flog er nach Los Angeles zurück. Er half Pat Cox, die Kremierung zu arrangieren, und erklärte sich sogar bereit, Cox' Asche hinter seinem Haus am Mulholland Drive im Wald zu verstreuen, wo Wally und er so oft spazierengegangen waren.

Statt einer offiziellen Andacht lud Pat Wallys engste Freunde nach der Einäscherung zu sich nach Hause ein. Das Treffen glich eher einem irischen Leichenschmaus als einer Totenfeier. Mit Anekdoten über seinen Witz und Humor erwiesen die Freunde ihrem alten Kumpel die letzte Ehre. Brando allerdings hielt sich aus der Runde heraus und saß mit eher verdrossenem als betrübtem Gesichtsausdruck abseits in einer Ecke.

«Alle bestätigten, wie gern sie Wally gehabt hatten», erinnerte Rhodes sich. «Alle bewiesen ihm ihre Anhänglichkeit. Nur Marlon wollte nichts davon wissen und schien über die ganze Gesellschaft geradezu verstimmt. An einem bestimmten Punkt sagte er sogar: ‹Dies sind gar nicht Wallys Freunde. *Ich* war sein einziger Freund.› Er erhob diesen unglaublichen Besitzanspruch – die Leute gehörten ihm. Sogar im Tod mußte er Wallys *einziger* Freund sein.»

In den Monaten nach Cox' Tod hatte Philip Rhodes den Eindruck, als fiele es Brando schwer, sich über seine Beziehung zu Cox klarzuwerden. «Er konnte einfach nicht glauben, daß Wally tot war», sagte Rhodes. «Ständig schwelgte er in Erinnerungen an ihre gemeinsamen Spaziergänge durch die Wälder hinterm Mulholland Drive. Er liebte Wally, sprach aber über seine Gefühle zu ihm genau so, wie er manchmal über alte Freundinnen oder sogar Exhuren sprach. ‹Ich hätte sie heiraten und glücklich mit ihr werden können›, sagte er zum Beispiel, ‹wir haben so viel zusammen gelacht.› Genauso sprach er über Wally. Es war die gleiche Trauer über etwas Unwiederbringliches – das Bedauern darüber, was hätte sein können und nie war.»

Vielleicht hatten die Arbeit an *Tango* und Cox' Tod in Brando eine Ahnung seiner eigenen Sterblichkeit aufkommen lassen. Seine unmittelbare Reaktion auf den Tod seines Freundes war, daß er sich nach Tetiaroa zurückzog, sich in seine Pläne vertiefte und sich ganz seiner Rolle als «Weltverbesserer» widmete. Wenn er schon seinen Freund nicht retten konnte, wollte er wenigstens die Welt retten. Brando schien bei den polynesischen Inselbewohnern wie bei den Ureinwohnern Amerikas auf der Suche nach Authentizität zu sein. Doch auch bei diesen Bemühungen sollte er sich als ebenso unzuverlässig und unbeständig erweisen wie in den vielen gemeinsamen Jahren seinem alten Freund gegenüber. Das Traurige war, daß er an einem Punkt angelangt war, an dem es für ihn keine Alternative mehr gab.

Die amerikanische Indianerbewegung
1972–1976

SECHZEHN

Am 27. März 1973, gegen Ende eines langen Abends von mäßig sprühendem Witz und langatmigen Reden, standen Liv Ullmann und Roger Moore bei der jährlichen Oscar-Verleihung auf der Bühne und verkündeten die Kandidaten für die Auszeichnung des besten männlichen Schauspielers: Marlon Brando für den *Paten*, Michael Caine und Laurence Olivier for *Sleuth*, Peter O'Toole für *The Ruling Class* und Paul Winfield für *Sounder*. Es herrschte erwartungsvolles Schweigen, als Liv Ullmann den Umschlag öffnete: «Der Sieger ist ... Marlon Brando!»

Brando war nur einmal bei der Zeremonie erschienen, um seinen Oscar für *Die Faust im Nacken* entgegenzunehmen. Während Hollywood sein Comeback im *Paten* feierte, glänzte Brando diesmal durch Abwesenheit. George C. Scott hatte der Academy bereits zwei Jahre zuvor die kalte Schulter gezeigt, indem er die Auszeichnung für *Patton* ablehnte; Brando dagegen ließ sich durch ein photogenes Apachenmädchen vertreten. Als das mit Prominenz gespickte Publikum bei der Verkündung von Brandos Namen in donnernden Applaus ausbrach, bahnte sie sich einen Weg zum Podium. Moore wollte ihr die goldene Statue überreichen, doch sie hob mit unmißverständlicher Geste die Hand. Das Klatschen verstummte, und während im Publikum Äußerungen des Erstaunens und hörbares Stöhnen laut wurden, trat die junge Frau ans Mikrophon, um das Wort an die versammelten Gäste zu richten.

In traditioneller Indianertracht, das Haar zu Zöpfen geflochten, war Sacheen Littlefeather erst wenige Minuten vor Ankündigung der männlichen Oscar-Anwärter am Dorothy-Chandler-Pavillon eingetroffen. Einer der Portiers ahnte gleich nichts Gutes, als sie in Begleitung von Brandos Sekretärin Alice Marchak erschien, Brandos Eintrittskarten in der einen und ein Bündel Papiere in der anderen Hand. Howard Koch, Produzent der Veranstaltung der Academy of Motion Picture Arts and Sciences, wurde umgehend informiert.

Er empfing sie hinter der Bühne und machte ihr klar, daß ein Verlesen der umfangreichen maschinegeschriebenen Rede nicht in Frage kam, da man ohnehin schon unter Zeitdruck sei. Sacheen schüttelte energisch den Kopf. Wenn Marlon den Oscar gewinnen sollte, würde sie den Text vorlesen, den der Schauspieler selbst aufgesetzt hatte.

«Wenn Sie das tun, dann stelle ich Ihnen den Ton ab», ließ Koch sie wissen.

Als sie fünf Minuten später vor der Kamera stand, verzichtete sie auf Brandos Vortrag und sprach aus dem Stegreif. «Ich bin Apache und Präsidentin des National Native American Affirmative Image Committee», sagte sie. «Ich vertrete heute abend Marlon Brando, der mich gebeten hat, Ihnen in einer langen Rede, die ich aus Zeitgründen nicht verlesen kann, aber anschließend gern der Presse übergebe, mitzuteilen, daß er außerordentlich bedauert, diese großzügige Auszeichnung nicht annehmen zu können. Der Grund liegt in der Behandlung der amerikanischen Indianer durch die Film- und Fernsehindustrie.

Ich hoffe, daß ich die heutige Veranstaltung nicht gestört habe und daß wir uns in Zukunft mit Herz und Hand Liebe und Verständnis entgegenbringen. Ich danke Ihnen im Namen Marlon Brandos.» Dann zitierte sie die Schlußworte von Brandos Manuskript: «Ich wäre gern selbst gekommen, doch bin ich überzeugt, daß ich mich in Wounded Knee nützlicher erweisen kann.»

Der verschmähte Oscar wanderte versehentlich mit Roger Moore nach Mexiko und landete schließlich im Archiv der Academy. Verstimmt über Brandos Dreistheit, die Zeremonie mit einer Gardinenpredigt über die Indianer zu entern, konnten die nachfolgenden Ansager sich die Anspielungen nicht verkneifen. Rock Hudson, noch immer unbeflecktes Idol des amerikanischen Durchschnittsbürgers, kommentierte selbstgefällig: «Reden ist Silber, Schweigen ist Gold», während Raquel Welch nach der Verlesung der Kandidatinnen für die Auszeichnung als beste Schauspielerin hinzufügte:

«Hoffentlich haben sie nicht auch was auf dem Herzen.» Clint Eastwood fragte sich laut, ob man die Auszeichnung für den besten Film nicht «all den Cowboys widmen sollte, die im Laufe der Jahre in John Fords Western erschossen wurden».

Während der Abspann über Millionen von Fernsehschirmen lief, verteilte Littlefeather die Kopien von Brandos fünfzehnminütiger Erklärung, in der er Amerika und die Filmindustrie für die schäbige Behandlung der amerikanischen Ureinwohner verdammte, an die Presse. Außerdem bestätigte sie, daß Marlon sich auf den Weg nach Wounded Knee, South Dakota, machen wollte, um die Demonstranten der American Indian Movement (AIM) zu unterstützen, die sich seit vier Wochen im Belagerungszustand befanden.

Brandos langatmige Erklärung über die Notlage der Indianer hatte den gewohnten gutgemeinten, sentimentalen Tenor:

> «Seit zweihundert Jahren haben wir sie belogen, um ihr Land betrogen, ausgehungert und zum Unterschreiben betrügerischer Vereinbarungen gezwungen, die wir Verträge nennen und nie gehalten haben. Wir haben sie zu Bettlern degradiert auf einem Kontinent, der ihnen seit Menschengedenken als Lebensunterhalt diente. Und nach meiner unmaßgeblichen Interpretation der Geschichte haben wir ihnen unrecht getan ...
>
> Es hat den Anschein, daß der Respekt vor Grundsätzen und die Liebe zum Nächsten in unserem Land verlorengegangen sind ... Meiner Meinung nach hat die Filmindustrie in nicht geringem Maße zur Erniedrigung der Indianer und der Verächtlichmachung ihres Charakters beigetragen.
>
> Sie wurden als feindselig, unzivilisiert und boshaft dargestellt. Kinder haben es schwer genug, in dieser Welt groß zu werden – aber wenn Indianerkinder Fernsehen und Filme sehen, in denen ihre Rasse so gedemütigt wird wie bei uns, müssen sie unvorstellbare seelische Schäden erleiden ... Als Bürger der Vereinigten Staaten sehe ich mich deshalb außerstande, heute abend eine Auszeichnung entgegenzunehmen ... Ich bin überzeugt, daß ich mich in Wounded Knee nützlicher erweisen kann.»

Die allgemeine Reaktion auf Brandos Ablehnung des Oscar war helle Empörung, noch verstärkt durch den Umstand, daß Hollywood sich nach zehnjähriger Schmähkampagne förmlich überschlagen hatte, um Brando mit offenen Armen wieder aufzunehmen. Rona Barrett ging zum Angriff über. «Wenn er der Welt unbedingt seine Meinung über die Schwarzen Panther, die Indianer oder wer weiß was verkünden will, warum muß er dann eine angebliche Indianerprinzessin vorschicken?» fragte sie. Sie unterstellte ihm Feigheit und warf ihm vor, Hollywoods geheiligte Institution mißbraucht zu haben. «Flegelei» lautete die Schlagzeile in *Variety*.

Marlons Hollywoodschelte wurde von manchen auch als Ausdruck seiner jahrelangen Ambivalenz gegenüber der Filmindustrie und den Studios interpretiert. Sie schien ein Zeichen seiner Unsicherheit und seine politische Erklärung nichts anderes als Kompensation seiner Angst, sich lächerlich zu machen, wenn er erschienen und der Oscar an jemanden anders gegangen wäre. Wie ein Brando-Vertrauter bestätigte: «Es steckt nichts als Angst dahinter.»

Die unter ärmlichen Verhältnissen in einem Reservat außerhalb von Tucson geborene Sacheen Littlefeather war bei ihrem Auftritt im Chandler-Pavillon sechsundzwanzig Jahre alt. Daß sie den Namen Maria Louise Cruz trug, war nichts Außergewöhnliches, denn viele Indianer in der Nähe der mexikanischen Grenze hatten spanische Namen, doch den Zeitungen war dies «Beweis» genug, daß sie keine «echte» Indianerin war.

Marlon war bei ihrer Rückkehr von ihrem Auftritt in Hollywood «hell begeistert», berichtete Sacheen. «Er nahm mich in den Arm und sagte: ‹Ausgezeichnet. Du hast sehr gut gesprochen!›» Christian und Miko lagen auf dem Fußboden und verfolgten das Geschehen auf unterschiedlichen Kanälen auf den zwei oder drei Fernsehapparaten, die Brando in seinem Schlafzimmer installiert hatte. Bei Marchaks Erscheinen nahmen alle vorm Fernseher Platz, um die Berichterstattung zu verfolgen. Auf allen Kanälen gab es Interviews, Kommentare, Ausschnitte aus Brandos Filmen bis zurück zu *Endstation Sehnsucht* sowie Aufzeichnungen von Littlefeathers Erscheinen vorm Chandler-Pavillon. Brandos jüngster Handstreich nach dem Erscheinen des *Letzten Tangos* im Monat zuvor hatte den

Schauspieler zum meistdiskutierten und umstrittensten Mann Amerikas gemacht.

Noch vor Ablauf eines Jahres sollte Brando gestehen: «Wenn ich es noch einmal machen müßte, würde ich es vermutlich anders anfangen.» Doch an jenem Tag hockte er noch um halb drei morgens mit so undurchdringlichem Gesicht vor der Flimmerkiste, daß niemand ahnen konnte, was in ihm vorging. Weder die Ankunft von Christian Marquand noch Jack Nicholsons telefonische Glückwünsche konnten ihn aus seiner Passivität aufrütteln. Schließlich stand er auf, packte eine kleine Reisetasche und machte sich auf den Weg nach South Dakota, um seinen indianischen Brüdern an den Barrikaden beizustehen.

In Wounded Knee wurde Littlefeathers Rede und die Ankündigung, daß Brando auf dem Weg sei, wie die langersehnte Wiederkehr des Messias begrüßt. «Niemand von uns kannte Brando damals persönlich», sagte Dennis Banks, der Führer der AIM, später. Durch ihren Kontakt mit Hank Adams hatten sie jedoch von seinem Engagement bei den Fish-ins 1964 im Staat Washington gehört. Adams hatte Brando damals eingehend über die Fischerei-Verträge informiert und hielt große Stücke auf ihn. «Trotzdem hatten wir an dem Abend ganz andere Sorgen, als an die Oscar-Verleihung zu denken.»

«Wir mußten uns gegen bewaffnete Panzerspähwagen verteidigen und waren unter ständigem Beschuß», fuhr Banks fort. «Aber nach dieser dreiminütigen Erklärung von Brando standen wir plötzlich im Mittelpunkt weltweiter Aufmerksamkeit. Soviel Presse hatten wir während der ganzen vierwöchigen Belagerung nicht gehabt. Es kam uns vor, als wäre der Krieg schon gewonnen. Unsere Leute waren euphorisch, rannten jubelnd in den Schnee hinaus und feuerten Gewehrsalven in die Luft. Wir konnten es einfach nicht fassen.»

Genau das hatte Brando bezweckt – er wollte seinen Oscar benutzen, um Aufmerksamkeit auf den Kampf der Indianer zu lenken. Seit seiner Teilnahme an den Fish-ins im Norden von Washington 1964 hatte der Kontakt zu der wachsenden, lautstarken

American Indian Movement und ihren zwei charismatischen Führern, Dennis Banks und Russell Means, brachgelegen, da er sich der schwarzen Bürgerrechtsbewegung zugewendet hatte. Doch die Philosophie der AIM mit ihrem traditionellen Glauben an *ina maku* oder Mutter Erde übte einen Reiz auf ihn aus, der über gesellschaftliche Probleme wie Gerechtigkeit und Gleichberechtigung oder das bloße Ausstellen von Schecks hinausging.

Obwohl er kein Gründungsmitglied war, sollte der athletische, über ein Meter achtzig große und fast zweihundert Pfund schwere Russell Means eine Zentralgestalt der Bewegung werden. Means, ein kompromißloser, gelegentlich rücksichtsloser Oglala Sioux, der in dem Pine-Ridge-Reservat in Porcupine, South Dakota, geboren und in Oakland in Kalifornien aufgewachsen war, hatte die Universität absolviert. Er war bereits zum zweiten Mal verheiratet und hatte vier Kinder, als er der Bewegung 1970 beitrat, und war von tiefer, persönlicher Erbitterung gegen den weißen Rassimus erfüllt. Da er die Dinge schonungslos beim Namen nannte, wurde er zur lebendigen Zielscheibe, so daß im Laufe der nächsten zehn Jahre acht Anschläge auf sein Leben verübt wurden.

Alle diese AIM-Aktivisten waren am 27. Februar 1973 zusammengekommen, um an der Besetzung von Wounded Knee teilzunehmen. Der Schauplatz war wegen seiner symbolischen Bedeutung gewählt worden: Hier, in dem kleinen Ort Wounded Knee, waren 1890 ungefähr 350 Männer, Frauen und Kinder vom Stamm der Lakota von Truppen der Vereinigten Staaten niedergemetzelt worden, und die gegenwärtige Belagerung sollte nicht nur ein Schlaglicht auf die jahrelange Zerstörung der umliegenden kohle- und uranhaltigen Black Hills, die heiligen Paha-Sapa der Indianer, sondern ebenfalls auf die verheerende Korruption innerhalb der stammeseigenen Regierung werfen.

Seit mehr als zehn Jahren stand das Reservat unter der Knute einer Marionette des Bureau of Indian Affairs: Der Vorsitzende des Stammesrats, Richard «Dick» Wilson, regierte wie ein Mafiaboss und wirtschaftete angeblich in die eigene Tasche, indem er sich aus Bundesgeldern bediente, die für das Gesundheitswesen des Reservats vorgesehen waren. Er fälschte Wahlergebnisse, und seine private Polizeitruppe schlug jede Opposition brutal nieder. Prügeleien, Schießereien, Autorempeleien und Brandstiftungen waren an der Tagesordnung, oft mit stillschweigendem Einverständnis der Bundespolizei, die in dem Reservat keine rechtliche Handhabe hatte. «Es war die reinste Terrorherrschaft», sagte John Trudell, späterer Vizepräsident der AIM. Gleichzeitig gab es laut Statistik in ganz Amerika kein Ghetto, das eine ähnlich verheerende Alkoholismus-, Armuts-, Kriminalitäts- und Selbstmordrate hatte wie das fast 800 Millionen Hektar große Reservat.

Die Aktivisten der AIM besetzten zuerst den Gemischtwarenladen im Süden des Pine-Ridge-Reservats, ehe sie die benachbarte Kirche und das Touristenzentrum in Besitz nahmen («Schauplatz des Massakers in Wounded Knee. Massengrab. Alle Kreditkarten akzeptiert»). Sie forderten eine Revision des Vertrags von Fort Laramie von 1868 und die Untersuchung des Bureau of Indian Affairs und seiner dubiosen Machenschaften in Wilsons Stammesregierung durch eine unabhängige Bundeskommission. Means verkündete: «Wir haben Maschinengewehre, Flinten, Sprengstoff und vierzehn Handgranaten. Die Regierung hat die Wahl: Entweder sie greift an und vernichtet uns, oder sie verhandelt.»

Daraufhin brachten die Föderalen ihre Truppen in Stellung. Am 28. Februar, am Tag nach der Besetzung, sahen die Indianer sich von 300 Polizisten und FBI-Agenten umzingelt. Verstärkt durch Wilsons Stammespolizei und BIA-Personal, schwoll die modern ausgerüstete «Spezialtruppe» bald auf mehr als 1000 Mann an. Während Nacht für Nacht kleine Scharmützel stattfanden, trafen unter Umgehung der Straßensperren Sympathisanten der Indianer aus Los Angeles, Seattle, Denver, St. Paul und dem Staat New York ein. Die Polizei hatte sich in ihren Panzerspähwagen auf den Hügeln oberhalb des Ortes verbarrikadiert, während 100 Kilometer entfernt, auf dem Flughafen von Rapid City, Transportmaschinen kamen und gingen und Nachschub an Truppen, Jeeps, Panzerwagen sowie Munition und Proviant herbeischafften.

Am 16. Mai wurde nach dreistündigem Schußwechsel einer der freiwilligen AIM-Sanitäter durch einen Bauchschuß verwundet. Aus Furcht vor einem «weiteren Massaker» beschwor die AIM-

Führung ihren örtlichen Medizinmann, den einunddreißigjährigen Leonard Crow Dog, eine Zeremonie für die zum Letzten entschlossenen Krieger zu veranstalten. Einer nach dem andern trat vor und bekam von Crow Dog einen Strich roter Farbe unter die Augen und quer über den Nasenrücken gemalt. «Das war keine Kriegsbemalung», korrigierte Means die fälschliche Berichterstattung in den Zeitungen. «Es sollte nur bedeuten, daß wir bereit waren, unser Blut zu vergießen.» Manche Krieger brachten angeblich Fleischopfer und folgten damit dem Beispiel von Sitting Bull, der sich wenige Tage vor seinem Sieg über Custer 1876 Hautstücke aus dem eigenen Arm geschnitten hatte. Crow Dog rief sogar den seit langem verbotenen, vier Tage lang in eisigem Schnee stattfindenden Geistertanz wieder ins Leben.

Sympathisanten der Indianer schlugen der Regierung weiterhin ein Schnippchen. Ein ganz besonders hartnäckiger Helfer von der Westküste organisierte mit seiner privaten Cessna sogar eine «Luftbrücke» und brachte der belagerten AIM Nachschub an Munition. Ein anderer flog Proviant ein, der durch Spenden von Jonathan Winters, Carroll O'Connor, Troy Donahue, Jane Fonda, Brando und anderen finanziert worden war. Sammy Davis jr. sorgte für Nachschub an Medikamenten.

Die Ankunft von Journalisten, die sich trotz der Mediensperre einen Weg in die Kriegszone gebahnt hatten, sowie die Nachricht von Brandos bevorstehender Ankunft am 28. März gaben den AIM-Rebellen Auftrieb. Doch ein Tag nach dem andern verging, ohne daß Brando sich blicken oder von sich hören ließ. Allerdings wurde die Enttäuschung über seinen Wortbruch durch eine amerikaweite Umfrage wieder wettgemacht, nach der 60 Prozent aller befragten Amerikaner der Meinung waren, die Indianer würden benachteiligt.

Doch die Regierung ließ sich davon nicht beirren. Am 17. April eskalierten die Unruhen erneut, und im Laufe der nächsten zwei Wochen wurde die Lage zunehmend ernst. Zwei Indianer wurden getötet, zwölf weitere verletzt. Mangel an Trinkwasser sowie mehrere heftige Schneestürme brachten die Rebellen in ernsthafte Bedrängnis. Der Watergate-Skandal begann den Aufstand aus den

Schlagzeilen zu verdrängen und das Interesse der Öffentlichkeit abzulenken.

Am 8. Mai ergaben sich die Rebellen, nachdem ihnen Gespräche mit einer Delegation des Weißen Hauses zugesagt worden waren. Doch statt ernsthafte Verhandlungen zu führen, wurden die AIM-Mitglieder im Laufe der nächsten achtzehn Monate an so weit auseinanderliegenden Orten wie Lincoln in Nebraska, Pierre und Sioux Falls in South Dakota, St. Paul und Rapid City in Iowa vor Gericht gestellt.

Was war aus Brando geworden?

Der Schauspieler selbst gab erst beinahe drei Monate später, am 12. Juni, eine Erklärung ab, als er in der Dick-Cavett-Show im Fernsehen auftrat und gestand, daß er nicht einmal versucht hatte, in das Reservat zu gelangen.

«Wounded Knee war von Bundes- und Staatspolizei, Abordnungen von einheimischen Ranchers und allen möglichen schießwütigen Weißen umzingelt», sagte er. «Es fehlte noch, daß die mich in Wounded Knee verhaftet und damit einen Vorwand gehabt hätten, zu behaupten, ich hätte nur Schlagzeilen machen wollen. Deshalb habe ich mich da rausgehalten.»

(Vom PR-Standpunkt aus gesehen war die Cavett-Show, bei der Brando sich in nichtssagenden Platitüden erging, ohnehin ein Reinfall. Draußen vor dem Studio machte Brando das Fiasko komplett, als er dem Paparazzo Ron Galella den Kiefer brach; Galella verklagte ihn auf 250000 Dollar Schmerzensgeld, allerdings kam es später zu einem Vergleich.)

Brandos Ausrede für sein Nichterscheinen in Wounded Knee klang so dürftig, daß der Schauspieler sich eine andere Variante einfallen ließ, als er im folgenden Winter beim Prozeß gegen Means und Banks in St. Paul von den Indianern zur Rede gestellt wurde. Umgeben von AIM-Führern, behauptete er, auf dem Weg nach Wounded Knee gewesen zu sein, als die Polizei ihn am Flughafen in Denver am Weiterflug gehindert habe. «So hat er es mir jedenfalls erzählt», erinnerte Means sich. «Er hätte L. A. verlassen, aber die Polizei und das FBI hätten ihn aufgehalten. Wie man jemanden in Denver aufhalten kann, ist mir schleierhaft.»

Anna Kashfi zufolge waren Brando und Christian Marquand am Morgen nach der Oscar-Preisverleihung nach Trona in Kalifornien, nicht weit vom Death Valley, gefahren und hatten sich unter dem Namen «Mr. Marquara» und «Mr. Christian» in ein Motel eingecheckt. Am folgenden Tag war Marlon nach Tetiaroa geflogen, wo am 30. März sein aus sechzehn primitiven Bungalows bestehendes Hotel für eine Probezeit von zehn Tagen eröffnet werden sollte. Im Laufe der nächsten Wochen jettete Brando regelmäßig zwischen Tahiti und Los Angeles hin und her – der eigentliche Grund, warum er bei den Aktionen in Wounded Knee durch Abwesenheit glänzte.

Die Einnahmen durch den *Paten* brachen alle Rekorde, und Paramount wollte Brando überreden, in einem kurzen Rückblick auch in der Fortsetzung des Films zu erscheinen. Immer noch erbost über die Prozente, die er sich hatte entgehen lassen, verlangte Brando für den *Paten II* 500 000 Dollar plus 10 Prozent der Bruttoeinnahmen. Dazu war Paramount nicht bereit, obwohl der Schauspieler Coppola in der Hoffnung bekniete, dieser könne die Studio-Oberen zum Nachgeben bewegen.

In den folgenden Sommer- und Herbstmonaten schien Brando sich wieder ziellos treiben zu lassen. Er verkündete, er wolle seinen Agenten entlassen, sich vom Film zurückziehen und seine ganze Energie auf Tetiaroa und den Kampf der amerikanischen Indianer konzentrieren. Doch konnte sich keiner der AIM-Führer erinnern, ihn in dieser Zeit je gesehen zu haben.

Statt dessen machte er im Juli 1973 eine Reise in den Mittleren Westen, um nach den schmerzlichen Enthüllungen im *Letzten Tango* seinen ureigenen Wurzeln nachzugehen. Die Bewohner von Omaha fielen aus allen Wolken, als Brando in Jeans und Cowboystiefeln am Flughafen eintraf, in ein Taxi stieg und sich zur South Thirty-second Street fahren ließ, dem Ort seiner frühesten Kindertage. Unterwegs staunte er über die grünen Ulmenalleen, die gepflegten Rasenflächen und geräumigen Veranden und erzählte dem Taxifahrer, daß er seit zwanzig Jahren zum erstenmal wieder in Omaha sei. Er schwärmte von den Affen, die er als Junge im Hanscom Park Zoo besucht hatte, ließ sich aber nicht näher darüber aus, was er eigentlich in der Stadt wollte. Als sie zum früheren Haus seiner Großmutter kamen, bat er den Fahrer zu warten und wollte von dem gegenwärtigen Bewohner wissen, ob das Haus zu kaufen sei. Dann ließ er sich im Taxi zur Field Club School fahren, wo er die Vorschule besucht hatte, bat den Fahrer, langsam an der Schule vorbeizufahren, und kehrte anschließend wieder zum Flughafen zurück.

Nach dieser Stippvisite flog Brando nach Tahiti zu seiner dortigen Familie zurück und ging damit allen Problemen der vorhergehenden Monate aus dem Weg. Kashfi hatte erneut für Ärger gesorgt. Mehrmals hatte sie Brando in der Presse beschimpft und sich bitterlich beklagt, daß man ihr das Sorgerecht für Christian entzogen hatte. «Man hat ihn mir entrissen und einem Mann überlassen, dem jeder Wirklichkeitssinn fehlt.» Nachdem sie sich abfällig über Brandos Ruf als Liebhaber geäußert hatte («einfach unbeholfen»), zeigte sie sich über die Wirkung besorgt, die seine «Unsicherheit» auf Christian haben konnte. «Ich möchte nicht, daß Christian mit der Vorstellung aufwächst, er muß mit jedem Mädchen ins Bett gehen, bloß um zu beweisen, daß er ein Mann ist.» Brandos Verzicht auf den Oscar hatte Kashfi zum Anlaß genommen, die Presse daran zu erinnern, daß sie als Inderin ebenfalls andersfarbig sei, und gehöhnt: «Ich stimme ihm hundertprozentig zu, daß Farbige in diesem Land mißhandelt werden – zuallererst von Marlon Brando.»

Im Sommer 1973 hatte Marlon Christian mit nach Tahiti genommen. Der Junge schien sich dort wohl zu fühlen, genoß das Leben am Wasser und begann sich für die Arbeit der Wissenschaftler auf dem Atoll zu interessieren. Doch kaum war er im Herbst wieder in Los Angeles, da fiel er in seine alten Gewohnheiten zurück, trank und rauchte Marihuana. Wenn Marlon zu Hause war, schwankte er zwischen strengen Moralpredigten und übertriebenen Liebesbeweisen. Ein Freund, der Christian während dieser Zeit zu Hause erlebte, erinnerte sich, daß es «meist Alice Marchak war, die sich um Christian kümmerte und den täglichen Kleinkram erledigte. Marlon zeichnete sich meist durch Abwesenheit aus. Doch Alice (die den Haushalt am Mulholland Drive praktisch allein organisierte) war eine sehr kühle Frau, eher verklemmt und distanziert. Außerdem hatte sie wohl Angst vor Christian. Sie war so auf Marlon und seine Bedürfnisse fixiert, daß sie die einfachsten emotionalen Bedürfnisse und die Verzweiflung, mit der Christian förmlich um Aufmerksamkeit bettelte, völlig übersah.»

Christian war inzwischen fünfzehn und machte eine schwere Pubertätskrise durch. Bei seinem berühmten Vater und dessen widersprüchlichen Botschaften hatte er es ohnehin schwerer als andere Teenager, seine eigene Identität zu finden, und schien völlig verunsichert, wer er war, wer er sein könnte und und ob er es seinem Vater jemals recht machen würde. Ein ehemaliger Freund und Schulkamerad berichtete, Christian habe sich von seinem Vater oft «manipuliert» gefühlt, da Brando «ein so guter Manipulator ist, daß man es gar nicht merkt. Wie ein geschickter Schachspieler spielt er die Figuren gegeneinander aus». Christians eigenes Verhalten trug nicht zur Entspannung bei. Wenn Marlon versuchte, «die Kluft zu überbrücken, und versöhnliche Gesten machte», erinnerte sich der Freund, «reagierte Christian abweisend. Wenn Marlon nett zu ihm war, argwöhnte er sofort eine Finte und fürchtete, nur wieder zurückgewiesen zu werden.»

Schließlich lief Christian von zu Hause fort und tauchte wieder bei seiner Mutter auf. «Ich kann den Mann nicht ausstehen, ich möchte lieber bei dir wohnen», hatte er, offenbar im Zustand völliger Verwirrung, zu Kashfi gesagt. Doch bei ihr konnte er aufgrund der gerichtlichen Verfügung nicht bleiben, deshalb wurde eine andere Lösung gefunden: Christian erklärte sich bereit, zu Joanne Torres, einer Freundin der Familie, nach Vancouver zu ziehen. In neuer Umgebung, so hoffte man, würde der Teenager sich beruhigen, sich mehr auf die Schule konzentrieren und sich ein Ziel setzen.

Anfang 1974 war Brando noch seltener zu Hause als üblich. Obwohl er bei der Belagerung von Wounded Knee nicht dabeigewesen war, erschien er zu den anschließenden Gerichtsverhandlungen, die am 8. Januar in St. Paul begannen. Dennis Banks und Russell Means waren die ersten von 130 Angeklagten, denen Vergehen vorgeworfen wurden, die von Landesverrat bis zu Widerstand gegen die Staatsgewalt reichten. «Bei einer Verurteilung konnten wir uns auf eine Gefängnisstrafe von 250 Jahren gefaßt machen», erklärte Banks, «außerdem war ich in South Dakota bereits verurteilt worden.»

Unter den vielen Sympathisanten bei dem Prozeß waren aus allen Himmelsrichtungen Amerikas Indianer in traditioneller Tracht erschienen. Manche der Stammesältesten sprachen kein Englisch, einige waren noch als «freie Menschen» im neunzehnten Jahrhundert geboren, bevor man die Ureinwohner Amerikas in Reservaten zusammengetrieben hatte. Bei einigen wenigen lag das Geburtsjahr sogar noch vor 1890, also vor dem Massaker bei Wounded Knee.

Trotz des enormen Zuschauerandrangs war das Echo der Presse auf die Prozeßeröffnung dürftig. Das änderte sich schlagartig, als Brando am 25. Januar mit dem Drehbuchautor Abby Mann auftauchte, der für seine Mitarbeit an *Judgment at Nuremberg* berühmt war. Weder Banks noch Means waren Brando je begegnet, aber sie merkten, welch charismatische Wirkung von seiner Anwesenheit ausging. Andere Prominente wie Harry Belafonte waren ebenfalls zugegen, aber niemand zog die Presse an wie Brando, der den Reportern gegenüber ungewöhnlich zugänglich war. Am Tag seiner Ankunft gab er auf den Stufen des Gerichtsgebäudes eine Erklärung ab und betonte, er wolle die Aufmerksamkeit der Öffentlichkeit auf die Verhandlungen sowie auf die Notlage der amerikanischen Indianer lenken. «Ich bin hier, um Dennis und Russell zu unterstützen», sagte er, «und meiner Hoffnung Ausdruck zu geben, daß man ihnen Gerechtigkeit widerfahren läßt, denn eigentlich steht hier das amerikanische Volk vor Gericht.» Er fügte hinzu, daß er ebenfalls «die Staatsanwaltschaft kennenlernen wollte. Ich möchte wissen, was in deren Kopf vorgeht.»

Abgesehen von seinem Einfluß auf die Medien verfehlte Brandos Charisma auch auf die Geschworenen seine Wirkung nicht. Während einer Verhandlungspause begab er sich zur Anklagebank und umarmte Banks und Means, eine Geste, die auch Anwalt Mark Lane mit Interesse zur Kenntnis nahm.

«Er identifizierte sich mit den Angeklagten, was nicht zu unterschätzen war», sagte Lane. «Nichts hat während der neunmonatigen Verhandlungen eine so entscheidende Rolle gespielt. Alle wollten Marlon treffen – selbst der Richter wollte ein Autogramm von ihm.»

Während Brando in St. Paul moralische Unterstützung leistete, hatte Abby Mann andere Dinge im Kopf. Der Schriftsteller war seit langem in der linken Politik engagiert, hatte sowohl einen Emmy wie einen Oscar gewonnen und war bereits im vorhergehenden September von Brando auf die Zusammenarbeit an einem Drehbuch über Wounded Knee angesprochen worden. Nun begleitete er Brando, um sich aus erster Hand über den Prozeß zu informieren und die Führer der AIM kennenzulernen.

«Brando war von der Geschichte der Indianer besessen», erinnerte sich Mann. «Er hatte eine Menge gelesen und konnte endlos über die Probleme der Indianer reden. Aber jedesmal, wenn ich ihn auf Einzelheiten über Handlung oder Charaktere festnageln wollte, machte er ein Gesicht, als müßte er kotzen.»

Es war Mann, der ihm Wounded Knee schließlich als Thema des Films vorschlug. Die Tatsache, daß Mark Lane und William Kunstler beide gute Freunde von ihnen waren, gab den Ausschlag und brachte eine ernsthafte Diskussion über den Film in Gang. Columbia Pictures ließ sich auf einen Deal ohne Drehbuchvorgabe und festen Abgabetermin ein und gewährte ihnen obendrein einen Vorschuß von 250000 Dollar. «So versessen waren sie auf Brando», sagte Mann.

Im Verlauf des Prozesses gelang es Mann, den Handlungsverlauf des Films zu skizzieren, und bei aller sonstigen Ablenkung begann auch Brando sich dafür zu erwärmen. Die beiden nahmen an diversen Veranstaltungen der Indianer in South Dakota teil und stiegen unterwegs in anspruchslosen Motels ab. Dabei fielen Mann Brandos plötzliche Anfälle von Niedergeschlagenheit auf. «Er wirkte geradezu manisch-depressiv. Wie aus heiterem Himmel verfiel er in düsteres Grübeln.» Immer wieder beklagte er sich über sein Gewicht, tröstete sich dann aber mit der Bemerkung darüber hinweg: «Orson Welles kann sich auch nicht beherrschen und bleibt unter all dem Wabbel doch immer noch Orson Welles.»

Brando schwankte ebenfalls, welche Rolle im Drehbuch er übernehmen sollte – mal reizte ihn die des Richters, am nächsten Tag bevorzugte er die eines Indianers, und am Tag danach wollte er doch lieber der «opportunistische Anwalt» sein, den Mann als Protagonisten vorgesehen hatte.

«Gleichgültig, welche Rolle ich spiele», sagte Brando, «die Leute werden einen verzweifelten Menschen zu sehen bekommen.»

Schuld an seiner Verzweiflung mag das Gefühl gewesen sein, daß man ihm zu nahe getreten war. Aufgrund seines Comebacks waren 1974 eine Reihe von Biographien über Brando erschienen, darunter eine von seinem alten Freund Carlo Fiore. In Brandos Augen war die Veröffentlichung von Fiores gelegentlich gehässiger Darstellung ihrer Freundschaft der Gipfel des Verrats. Seine durch die unfreiwilligen Enthüllungen in *Tango* verstärkte Neigung zu Verschwiegenheit veranlaßte ihn, sich ein tahitianisches Sprichwort als Lieblingsmotto zu wählen: «Keine Spuren im Sand hinterlassen.»

Während der ersten Prozeßmonate hatte Richter Frederick Nichol den Eindruck erweckt, als sympathisierte er mit der Staatsanwaltschaft, und sich häufig in Wortgefechte mit der Verteidigung eingelassen. Doch im Verlauf der Wochen begann er sich zunehmend über das FBI zu ärgern, besonders als die Anwälte des Justizministeriums sich weigerten, ihr Beweismaterial zu unterbreiten. Mitte August, nachdem die Verteidigung die Beweisaufnahme abgeschlossen hatte, brachte der Staatsanwalt unerwartet einen neuen Zeugen, den zweiundzwanzigjährigen Louis Moves Camp, ins Spiel. Seine Aussage sollte die Behauptung des FBI untermauern, die AIM sei Teil «einer internationalen kommunistischen Verschwörung». Nach den Worten eines Anwalts «war er der Lückenbüßer in der Beweisführung der Regierung». Camp behauptete, sowohl in Wounded Knee wie bei der ersten Zusammenkunft des von der AIM unterstützten International Indian Treaty Council im Juni 1974 im Standing-Rock-Reservat dabeigewesen zu sein, wo er angeblich Agenten aus Rußland, China und der Tschechoslowakei gesehen haben wollte.

Nach dieser unglaubwürdigen Behauptung nahm Verteidiger Mark Lane die Aussage zwei Tage lang genauer unter die Lupe und stellte dabei fest, daß der Kronzeuge der Regierung sich an genau dem Tag, an dem er die Konfrontation in Wounded Knee beobachtet haben wollte, in Kalifornien aufgehalten hatte. (Seine Mutter, Ellen Moves Camp, eine Sympathisantin der AIM, war bereit, gegen ihren Sohn auszusagen.) Außerdem kam dabei ans Licht, daß Moves Camp drei Tage vor Prozeßeröffnung wegen Vergewaltigung angeklagt worden war, das FBI die Anklage jedoch im Austausch gegen die Zeugenaussage hatte unter den Tisch fallen lassen. Die Verteidigung erhob Beschwerde gegen die Staatsanwaltschaft und monierte, daß der Kronzeuge einen Meineid begangen und das Justizministerium Moves Camps Aussage nie auf ihren Wahrheitsgehalt geprüft hatte.

Obwohl Richter Nichol einige der Vorwürfe zurückwies, wurde der Fall bald darauf den Geschworenen übergeben. Brando war inzwischen wieder in St. Paul, um dort das Urteil abzuwarten. Am 14. September 1974 luden Mann und er Richter Nichol und seine Frau in St. Paul zum Lunch ins Hilton ein. Später behauptete Nichol, über den Prozeß sei kein Wort verloren worden. Trotzdem schien Brando es darauf anzulegen, den Richter für die Angeklagten einzunehmen, indem er ihm Komplimente über die offene, entspannte Art machte, in der er den Prozeß geführt habe und die sich angenehm von der Kälte und Prinzipienreiterei anderer Richter unterscheide. Dann fügte er mit entwaffnendem Charme hinzu, daß seine Erfahrungen sich natürlich auf Scheidungsprozesse beschränkten.

Damit hatte sich das Gespräch allerdings nicht erschöpft. Als man beim Nachtisch angelangt war, wagte die Frau des Richters, ermutigt durch die schmeichelhaften Aufmerksamkeiten Brandos, ihm Vorhaltungen wegen seiner Rolle im *Letzten Tango* zu machen. «Sie machte aus ihrem Abscheu kein Hehl», erinnerte Mann sich, und Marlon wand sich förmlich vor Zerknirschung. Er schien für die Angeklagten zu jedem Geständnis bereit und meinte: ‹Sie haben völlig recht, gnädige Frau. Verzeihen Sie mir.› Er war geradezu unterwürfig, aber gleichzeitig wußte ich, daß es ihm ernst war – er konnte den Film wirklich nicht ausstehen.»

Weder Brandos Charme noch seine Reumütigkeit waren vonnöten. Am folgenden Montag wies Richter Nichol die Anklage zurück und gab angesichts der himmelschreienden Intrigen im Fall

Moves Camp seiner Enttäuschung darüber Ausdruck, «daß das FBI, das so lange meinen Respekt hatte, so tief sinken konnte».

Nach dem Freispruch nahm Brando weder an der Feier der Indianer im Holiday Inn teil, noch gab er eine Presseerklärung. Sosehr ihn der Triumph der AIM freute – wichtiger war ihm das persönliche Verhältnis, das er im Laufe der vergangenen Wochen mit Dennis Banks angeknüpft hatte.

Auf Einladung Brandos reisten Banks und seine junge Frau Kamook mit ihm nach New York, wo sie Rita Moreno auf der Bühne sahen, und kehrten anschließend mit ihm nach Los Angeles zurück. Unterwegs trafen sich die beiden Männer mit Mann in Minneapolis und fuhren zum White-Earth-Reservat westlich von Duluth, wo sie an einem authentischen indianischen *sweat lodge* unter der Leitung des Stammesältesten Eddie Benton-Banai, eines der Gründungsmitglieder der AIM, teilnahmen.

«Marlon war bei diesem Ritual ein völlig anderer und ehrlicherer Mensch als draußen», sagte Benton-Banai. «Anfangs hörte ich einen kleinen Jungen von vielleicht neun oder zehn Jahren wie ein ängstliches Kind aus ihm sprechen. Dann war es ein Heranwachsender. Und schließlich ein Mann, der zu schätzen wußte, daß er auf dem nackten Boden, im Schoß der Mutter Erde saß. Eine nie geahnte Erleuchtung überkam ihn. Er drang in Regionen vor, die ihm völlig unbekannt waren. ‹Ich bin durch die ganze Welt gereist›, sagte er, ‹aber dies ist das erste Mal in meinem Leben, daß ich mich Menschen – der Erde als Mutter – so nah gefühlt habe.›

Ich spürte deutlich, daß er nicht imstande war, alle seine Gefühle zu artikulieren. Er bezog das Wort *Mutter* nicht ausdrücklich auf seine eigene Mutter, aber es war so gemeint ... Auch war von einer Kadettenschule bei Minneapolis die Rede. Was er sagte, war eindeutig autobiographisch. Es kamen sehr, sehr tiefe Emotionen wie Entsetzen und Schmerz ans Licht», bemerkte Benton-Banai.

Am Ende der Kulthandlung versprach Brando, während ihm Tränen der Dankbarkeit übers Gesicht liefen, der AIM einen Teil seines Landbesitzes zu vermachen, ein Verzicht, mit dem es ihm ernst war.

«Du brauchst uns nichts zu schenken», entgegnete Banks. «Wir wollen nur dein Vertrauen und deine Liebe.»

Anschließend zog Banks mit Frau und Kind in das Haus am Mulholland Drive und beriet Mann und Brando im Laufe des nächsten Halbjahrs bei ihrer Arbeit am Drehbuch.

Dabei wurde er Zeuge der häufigen Spannungen zwischen Brando und seinem rebellischen Sohn Christian. Gelegentlich suchte Brando bei seinem neuen Freund Rat, wie er den Jungen behandeln solle, wenn der seine Aufgaben nicht machte, ihn belog oder mit lahmen Ausflüchten kam. Nach der Rückkehr aus Vancouver besuchte Christian eine Privatschule in Encino, und es war kein Geheimnis, daß er weiterhin Schwierigkeiten in der Schule hatte und seine nächtlichen Zechereien am Sunset Strip für sein häufiges Schuleschwänzen verantwortlich waren.

Brandos schlimmste Befürchtungen sollten sich am 28. Oktober 1974 bewahrheiten, als Christian wegen Besitzes von Marihuana verhaftet wurde. Als er auf der Polizeistation gegen Kaution freigelassen werden sollte, hielt Brando dem Jungen in Gegenwart des Detectives eine fünfzehnminütige Standpauke. Während Christian mit gesenktem Kopf vor ihm stand, warf sein Vater ihm sein mangelndes Verantwortungsbewußtsein vor. Mit gestrenger, erzürnter Stimme ermahnte er den Teenager, sich zusammenzureißen, warnte ihn, daß er mit dem Kiffen sein Leben ruiniere, und wandte sich schließlich mit den Worten an den daneben stehenden Beamten: «Sagen Sie ihm mal anständig die Meinung, Officer.»

«Er gab sich redliche Mühe, Christian ein ordentliches Zuhause zu bieten und so etwas wie ein Familienoberhaupt zu sein», sagte Banks, der miterlebt hatte, wie Brando seinen langhaarigen Sohn beiseite nahm und «manchmal eine halbe Stunde lang auf ihn einredete, daß er ein Ziel im Leben haben» müsse.

Doch Brandos Bemühungen, ein stabiles, geordnetes Familienleben zu schaffen, wurden durch die ständig wechselnden Frauen in seinem Leben untergraben. Banks entging während seines Aufenthalts in Brandos Haus nicht, daß sich die Frauen bei ihm die Tür in die Hand gaben.

Einmal war da Jill Banner. Auch Yachiyo Tsubaki, Gene Frenkes

Schützling, war häufig anwesend. Eine weitere Frau, die sowohl in Brandos wie in Christians Leben eine Rolle spielte, war Caroline Barrett. Sie war gemeinsam mit Brandos ehemaliger Freundin Reiko Sato und seiner Sekretärin Alice für die Organisation des Haushalts sowie für Korrespondenz und Telefon zuständig.

Ebenfalls zu Besuch war der Stammesälteste Eddie Benton-Banai, den Marlon zu weiterer Seelenmassage aus Minneapolis geholt hatte. Am ersten Tag aß der Schauspieler im Fernsehzimmer mit dem Medizinmann zu Abend, zog sich dann aber mit einem «Bis später» in sein Zimmer zurück und ließ sich drei Tage lang nicht mehr blicken. Es dauerte fast eine Woche, ehe Marlon sich eines Mittags draußen zu Benton-Banai in den Garten setzte und andeutete, daß er einem ernsten Gespräch nicht abgeneigt sei.

Wie bei Banks begann er den indianischen Seelsorger um Rat zu fragen, was er gegen Christians Alkohol- und Drogenprobleme unternehmen solle. «Ich hörte die Entfremdung zwischen den beiden heraus und litt mit ihm», sagte Benton-Banai. «Als Vater hatte ich Verständnis dafür, daß er seinem Sohn helfen wollte, gleichzeitig aber völlig ratlos war. Er wiederholte immer wieder: ‹Gleichgültig, was er anstellt, er ist mein Sohn.› Da hätte ich gerne gesagt: ‹Du hast recht, Marlon, aber unsere Kinder sind nicht unser Eigentum. Wir tragen die Verantwortung für sie, aber wir können nicht erwarten, daß sie sich dafür erkenntlich zeigen.›»

Danach verlor Marlon sich in ein zweistündiges Selbstgespräch und ließ Benton-Banai nicht mehr zu Wort kommen. Dann wechselte er abrupt das Thema und begann über den Tod von Wally Cox zu sprechen. Er zeigte auf einen Baum in der Nähe. «Wallys Asche ruht ganz in der Nähe», sagte er und setzte nach einer Pause hinzu: «Der Schurke hat mich hier sitzenlassen.»

«Glaubst du, daß er mich hört?» fragte er in geradezu kläglichem Ton.

«Natürlich kann er dich hören», erwiderte Benton-Banai.

Nach Brandos Bekenntnissen schien es Benton-Banai, als habe der Schauspieler das Bedürfnis, «drei oder vier Tage lang» und nicht nur ein paar Stunden mit ihm zu sprechen. Aber Brando machte sich nach dem Nachmittag rar. Ein paar Tage später kehrte der Medizinmann nach Minnesota zurück, und Brando nahm nie wieder Kontakt mit ihm auf.

Trotz aller gutgemeinten Vorhaltungen stahl Christian sich weiter heimlich aus dem Haus. Wenn er Freunde mitbrachte, zogen sie sich in sein Zimmer zurück und ließen sich stundenlang nicht blikken. Anschließend fand Brando leere Flaschen unter den Möbeln und im Schrank.

Als Brando Christians Drogen- und Alkoholkonsum dadurch beizukommen versuchte, daß er ihm das Taschengeld entzog, fand der Junge andere Wege und ging sogar so weit, sich gelegentlich aus Nachbar Jack Nicholsons Marihuanavorrat zu bedienen. «Einmal hat Jack ihn dabei erwischt», sagte ein Freund. «Anschließend äffte Christian lachend nach, wie Jack ihn mit seiner Stimme aus *Chinatown* ausgeschimpft hatte: Beim nächsten Mal brech ich dir alle die Finger einzeln.»

In seiner Besorgnis über das, was sich hinter Christians verschlossener Tür abspielen mochte, entblödete Brando sich nicht, das Zimmer seines Sohnes über ein Tonband abhören zu lassen, das durch Geräusche aktiviert wurde. Eines Nachts tauchte Christian bei ihm auf und sagte: «Großer Gott, Dad, stell endlich das Tonband ab! Jedesmal, wenn es sich einschaltet, wache ich auf und kann nicht wieder einschlafen.» Warum das Tonband sich anstellen mußte, wenn Christian schlief, blieb ein Rätsel. Wie Brando später gestand, riß er «die halbe Wand mit heraus», als er die Wanze entfernte, und fügte beinahe reumütig hinzu: «Ich dachte, ich hätte es besonders schlau angefangen, aber das war ein Irrtum.»

Cal Prep, Christians neue Schule, war ein kleines Privatinstitut für Kinder aus reichen Familien. Christian verkehrte vorwiegend in den «geilen» Cliquen und hielt sich an die Autofans, Biertrinker und Haschraucher. Klassenkameraden beschrieben ihn als jungen Mann mit zwei Gesichtern: einmal der stille, sensible Christian mit seine Liebe zur Natur, zu Tieren und zu seinen Hunden; und dann der Macho-Typ, «zäh und cool», der einem älteren Jungen auf einer Campingtour «einen Fußtritt versetzt hatte» und zu Jähzorn und Gewalttätigkeit neigte.

Einer von Christians besten Freunden an der Schule war Steve Hunio. Da er viel Zeit am Mulholland Drive verbrachte, bekam er aus erster Hand mit, wie chaotisch Christians häusliches Leben war und das sein widersprüchliches Verhalten erklärte: Seine Liebenswürdigkeit und Gefälligkeit konnten urplötzlich in Zornesausbrüche und Tobsuchtsanfälle umschlagen. «Ich glaube, seine Wut richtete sich vorwiegend gegen ihn selbst», sagte sein Schulfreund. «Er hatte Persönlichkeitsprobleme wegen seines Vaters und wußte nicht, wer er eigentlich war.»

Gelegentlich kehrte Brando den unerbittlichen «Zuchtmeister» heraus; wenn er seinen Sohn mit seinen Freunden beim Kiffen erwischte, konnte es vorkommen, daß «er sie alle aus dem Haus warf». Als Christian weiterhin schlechte Zeugnisse nach Hause brachte, regte Brando sich, Hunio zufolge, furchtbar auf. «Zehn Minuten vorher war er noch nett und freundlich gewesen, aber wie aus heiterem Himmel hielt er Christian eine gewaltige Standpauke und schrie: ‹Reiß dich gefälligst am Riemen, *und zwar sofort!*›»

Hunio war ebenfalls überzeugt, daß Marlons ausschweifendes Sexualleben Christians Einstellung zum anderen Geschlecht entscheidend beeinflußt hatte. «Es fehlte eine Frau, die ein Gegengewicht zu Marlon hätte bieten können», sagte Hunio. «Statt dessen fand zwischen Vater und Sohn ein Konkurrenzkampf um Frauen statt. Und obwohl Brando wahrlich kein gutes Vorbild dafür abgab, wie man Frauen behandeln sollte, bewunderte Christian seinen ritterlichen Charme und seinen Erfolg bei Frauen. Marlon ist ein Frauenheld, und Christian eiferte ihm nach.»

«Gleichzeitig sah er die Loyalität und Hilfsbereitschaft, die sein Vater den Frauen in seinem Leben bewies», erklärte Hunio, «und es kam ihm wie ein Widerspruch vor. Er wußte nicht, was er selbst sein sollte – ein Frauenheld oder ein fürsorglicher, verständnisvoller Liebhaber. Marlon machte gar keine Anstalten, seine Frauengeschichten zu vertuschen – alles spielte sich im grellen Licht der Öffentlichkeit ab. Seine Einstellung war: ‹Wenn's dir nicht paßt, dann verpiß dich.› Einerseits eine gesunde, erfrischende Einstellung. Aber für Christian komplizierte sie die Lage nur.

Marlon war eher ein exzentrischer älterer Bruder als ein Vater», fuhr Hunio fort. «Christian und er waren wie zwei Menschen in Raumfahrtanzügen – sie wollten sich näherkommen, aber ihre Anzüge ließen keine Berührung zu. Sie waren beide sehr gehemmt und warteten, daß der andere den ersten Schritt tat. Christian liebte Marlon und wollte um jeden Preis seine Anerkennung gewinnen, aber er wußte einfach nicht wie.»

Wie Dennis Banks bemerkt hatte, ging Christian Gästen im Haus aus dem Weg und mied auch seinen Bruder Miko, der sich oft bei ihnen aufhielt, weil er die Freizügigkeit am Mulholland Drive Movitas strengem Regime vorzog. Christian hatte immer eine «leichte Aversion» gegenüber Miko gehegt. Wie andere Familienmitglieder und Freunde bezweifelte er, «daß Miko tatsächlich Marlons Sohn war», und lehnte dessen «freimütige, kesse, unbekümmerte Art» ab.

Mit Taritas Kindern schien er sich dagegen besser zu verstehen. Er ging liebevoll auf Cheyenne ein, eine immer lächelnde Vierjährige mit einer Blume im langen schwarzen Haar. Vielleicht riefen die Besuche von Brandos tahitianischer Familie angenehme Erinnerungen an Sommerferien auf der Insel und an entspannte, sorglose Kindertage in Christian wach. Tatsächlich bestätigten Schulkameraden, das einzige Mal, daß Christian im Englischunterricht geglänzt habe, sei an dem Tag gewesen, als er einen Vortrag über Tahiti hielt.

In der zweiten Hälfte des Jahres 1974 beschäftigte Brando sich weniger mit seiner eigenen Familie als mit den Problemen der amerikanischen Ureinwohner. Gemeinsam mit Dennis Banks besuchte er Wohltätigkeitsveranstaltungen, unter anderem in New York City. Die an prominenten Namen reiche Galaveranstaltung war von Lucy Saroyan, der Tochter von Brandos Freundin Carol Matthau und ihrem Exmann, dem Autor William Saroyan, organisiert worden, und das Geld kam der von Hank Adams gegründeten American Indian Development Association (AIDA) zugute.

Am 28. Dezember 1974 verkündete Brando seine Absicht, der AIDA seinen gesamten Grundbesitz, angefangen mit 10000 Hektar im Liberty Canyon in der Nähe von Calabasas überschreiben zu wollen. «Der Verzicht auf meinen Landbesitz in Amerika erlaubt mir, andere zu dem gleichen Schritt zu bewegen», sagte er und entschuldigte sich dafür, «vierhundert Jahre zu spät» gekommen zu sein. Bei der Schenkung handelte es sich um sein Grundstück in Los Angeles, einen Apartmentblock in Anaheim auf einem 125 Hektar großen Grundstück sowie um die Farm der Familie in Mundelein.

«‹Nur über meine Leiche›, sagte Brandos Schwester, Mrs. Richard Loving aus Mundelein, Illinois, als die Rede auf den Familienbesitz kam», berichtete die *Los Angeles Times*. «‹Wir verschenken unser Land nicht – das kommt überhaupt nicht in Frage.›»

Ein kleiner Rückzieher war angebracht, und noch am selben Abend liefen die Telefondrähte zwischen Mundelein und Mulholland heiß. Am nächsten Tag verkündete Brando, seine Schwester werde auf der Farm in Illinois wohnen bleiben, sei aber einverstanden, daß er auf seine Ansprüche verzichte. (Brando unterließ es allerdings, den Indianern seinen Anteil je zukommen zu lassen.)

Die Schenkung von 10000 Hektar im Liberty Canyon hatte ebenfalls einen Haken. Die örtliche Fernsehstation KABC-TV berichtete, der Grund und Boden sei mit 318000 Dollar belastet, eine Summe, die die Indianer bis Jahresende zahlen müßten. Brandos Anwalt bestätigte die Nachricht, versicherte aber, «daß den Indianern diese Summe wohl kaum jemals zugemutet werden wird».

Offenbar hatte Brando sich nach dem Besuch der Verhandlungen gegen die sogenannten Mitläufer von Wounded Knee in Lincoln in Nebraska wieder einmal von seiner Begeisterung hinreißen lassen. Die Prozeßliste von Richter Warren K. Urbom umfaßte nahezu einhundert Fälle, die mindestens ein Jahr in Anspruch nehmen würden. Dennis Banks hatte Brando überreden können, der Publicity wegen am 17. Dezember in Lincoln sein Gesicht zu zeigen, und die beiden nahmen erst an einer Cocktailparty zu Wohltätigkeitszwekken und anschließend an einem von der AIM gesponserten *powwow* an der Universität von Nebraska teil. Dort wurde Brando öffentlich von den Angeklagten und ihren Anhängern umarmt und mit einer Friedenspfeife beschenkt, die die spirituellen Blutsbande mit einem neu gewonnenen Verwandten symbolisieren sollte.

In den folgenden Wochen schränkte Richter Urbom die Anklagen gegen viele der beteiligten Indianer ein oder ließ sie gar fallen und verhalf der AIM damit zu einem entscheidenden Erfolg. Doch gleichzeitig kam es zu neuen Unruhen. In den ersten Stunden des Jahres 1975 hatten fünfundvierzig Menominee-Indianer, die sich die Warrior Society nannten, ein Kloster in dem verschlafenen Ort Gresham in Wisconsin, anderthalb Stunden nordwestlich von Green Bay, besetzt.

Die Menominee-Indianer hatten sich zu der Besetzung entschlossen, weil sie sich durch den Restoration Act betrogen und finanziell benachteiligt fühlten. Dieses Gesetz aus der Eisenhower-Ära war die Grundlage für die Rückgabe von Land, das man den Indianern im neunzehnten Jahrhundert genommen hatte. Die Folge der Wiedergutmachung war jedoch, daß die Indianer nicht mehr unter die Zuständigkeit des Bundes fielen und damit automatisch ihren Anspruch auf Subventionen durch den Bund verloren. Der endgültige Beschluß mußte von den Indianern selbst ratifiziert werden, was zu heftigen Auseinandersetzungen zwischen den einzelnen Stämmen geführt hatte.

Die eine Partei, ungefähr 4500 Menominee-Angehörige, unterstützte den «assimilierten», studierten amerikanischen Indianerführer Ada Deer, der den Stamm erneut dem Bund unterstellen wollte.

Buddy Chevalier, der charismatische Anführer der Gesellschaft der Warrior Society, verurteilte die Gruppe dagegen als «zu weiß» und behauptete, die Frauen betrieben «den Ausverkauf des Reservats an die Föderalen». Mit Hilfe der AIM hatten Chevalier und seine Rebellen – darunter viele zum Teil vorbestrafte Vietnam-Veteranen – ein obskures Gesetz ausgegraben, nach dem die Indianer Anspruch auf unbenutzte kirchliche Gebäude erheben konnten, wenn sie nachwiesen, daß ihnen das Land einmal gehört hatte. Sie wählten das unbewohnte, weitläufige, im Renaissancestil erbaute Kloster, weniger als einen Kilometer vom Reservat entfernt, zum symbolischen Zentrum ihrer Protestbewegung.

Die Besetzung durch die Indianer begann am 1. Januar kurz nach Mitternacht. Umgehend wurden Polizeieinheiten aus Appleton,

Green Bay, Menasha, Wausau und anderen umliegenden Orten mobilisiert. Die Telefonverbindung zum Kloster wurde gekappt und die Elektrizität abgestellt. Wenig später kam es auch von seiten der Bevölkerung zu Schießereien. «Es war zwar nicht so schlimm, wie die Indianer behaupteten», sagte Gary Ehman, ein ortsansässiger Reporter, «aber es gab Leute in der Gegend, die am liebsten einen Überfall gemacht und sie alle umgebracht hätten.»

Brando traf am 31. Januar in Gresham ein und machte nach Aussagen von Ken Fish, einem der gemäßigten Mitglieder der Warriors, «einen ziemlich hilflosen und verlorenen Eindruck».

Marlon war auf das Winterwetter in Wisconsin ebenso schlecht vorbereitet wie vor zehn Jahren bei den Fish-ins in Washington. Statt Stiefel trug er nur Halbschuhe und hatte auch auf die bei der eisigen Kälte notwendigen langen Unterhosen verzichtet. Wegen seiner leichten Bekleidung fuhren ihn die Indianer im Auto zum Kloster hinaus. Als sie die Straßensperre der National Guard erreichten, stieg er aus und lauschte schweigend einer von Trommelwirbeln begleiteten Prozession von Sympathisanten, die die Strecke zu Fuß im Schnee zurückgelegt hatten. Als ihr Gesang verstummte, verkündete er, er würde in Kalifornien Spendenaktionen organisieren, um die 750000 Dollar, die der Orden für das Kloster und das ca. 70000 Hektar große Grundstück verlangte, aufzubringen.

Die große Frage war, ob Brando sich tatsächlich zu den Rebellen ins Kloster begeben würde. Hinter der Absperrung begann eine Art Niemandsland, ein schneebedecktes Stoppelfeld, das sich in ein offenes Tal hinabsenkte, in dem das teilweise durch eine hohe Zederngruppe verdeckte Kloster stand. Der dreistöckige Glockenturm des Gebäudes zeichnete sich scharf gegen den kalten, kristallklaren Winterhimmel ab.

Dies war nicht das karge, von vereinzelten Bergkegeln unterbrochene Flachland von South Dakota, sondern fruchtbares Acker- und Weideland. Jetzt im Winter machte es einen trostlosen, wenig einladenden Eindruck, und es muß Brando einige Überwindung gekostet haben, in den wartenden Wagen zu steigen, der ihn zu den belagerten Kriegern bringen sollte. «Immerhin handelte es sich um einen bewaffneten Konflikt», sagte Hawpetoss. «Die Ganoven auf den Snowmobils schossen mit schweren Geschützen.» Mit im Wagen saß Pfarrer James Groppi, ein eigenwilliger Geistlicher aus Milwaukee, der für sein Engagement in der Bürgerrechts- und Antikriegsbewegung bekannt und entschlossen war, die Rebellen im Kloster zu unterstützen. Banks sollte draußen bleiben, um verwegene Randgruppen in Schach zu halten.

Die Fahrt dauerte nur wenige Minuten, und als der Wagen das Klostergelände erreichte, befahlen die Vietnam-Veteranen Donny Waukechon und Paul Tender (der wie immer seine Derringer trug), daß die Neuankömmlinge einer Leibesvisitation unterzogen wurden.

Brandos Geldbörse und Uhr wurden konfisziert. Danach ließen die indianischen Wachposten Brando und Groppi ins Haus.

Der Schauspieler schien allerdings die schlimmsten Befürchtungen der Menge im überfüllten Refektorium zu bestätigen. Schweigend hörte man zu, als Pfarrer Groppi den Indianern in kurzen, bündigen Worten seine volle Unterstützung zusagte. Dann ergriff Brando das Wort, erregte aber sofort heftigen Unmut, als er beharrlich darauf hinwies, daß das Gebäude es nicht wert sei, Menschenleben aufs Spiel zu setzen.

«Er wiederholte immer wieder: ‹Ist das Gebäude den Kampf wirklich wert? Lohnt es sich, wenn wir es kaufen können? Es geht schließlich auch anders›», erinnerte Hawpetoss sich.

Ein Krieger rief aus den hinteren Reihen: «Wenn du so sicher bist, daß es auch anders geht, warum wird dann auf uns geschossen?»

«Ich bin einer von euch, ich möchte zu euch gehören», erwiderte Marlon leise. «Ich wünschte, ich hätte die gleichen Ahnen wie ihr, denn die Indianer sind dem Schöpfer und der Mutter Erde immer näher gewesen als alle anderen Rassen.»

Dann holte er zu einer langen Rede über die Unterdrückung der Indianer aus. Mehrmals mußte er den Kopf senken, um seine Bewegung zu verbergen. Schließlich war er so von seinen eigenen Worten überwältigt, daß er in Tränen ausbrach. Einen Augenblick lang herrschte Totenstille im Raum. Dann war eine Stimme zu hören: «Der Kerl spielt doch nur Theater.» Hier und da wurde gekichert, dann brach allgemeines Gelächter aus. Brando zuckte die Achseln, verschwand in die angrenzende Küche und ließ sich auf einen Stuhl fallen.

Als die Führer ihn umringten, fragte er: «Glaubt ihr, daß es einen Angriff gibt?»

«Wir haben ihn nur entgeistert angesehen», erinnerte sich Don Waukechon. «Großer Gott, wir wußten doch alle, was gespielt wurde. Die National Guard hatte gedroht, das Gebäude mit Artillerie zu beschießen.»

Marlon spürte ihre Skepsis ihm gegenüber, und um ihnen seine Furchtlosigkeit zu beweisen, bat er, auf den Glockenturm steigen zu dürfen, um sich mal umzusehen. Waukechon, Vietnam-Veteran und erprobter Helikopterschütze, wehrte energisch ab. Der Glokkenturm sei die bevorzugte Zielscheibe der einheimischen Schneemobilfahrer, erklärte er. Es war inzwischen dunkel, und Brando lief Gefahr, beschossen zu werden.

«Ich möchte sehen, was los ist», sagte Brando hartnäckig.

«Der Kerl wollte uns einfach nicht glauben», sagte Waukechon. «Also nahmen wir ihn mit rauf.»

Vom Campanile aus hatte man einen Blick über die umliegende Landschaft bis hin zum Checkpoint der National Guard. Waukechon und Ken Fish erklommen oben auf dem Boden als erste die Eisenleiter. Sie warnten Brando, daß man sich von der zweitobersten Sprosse ab dem Beschuß aussetzte.

«Duck dich, wenn du oben ankommst», befahl ihm Fish, als der erste Krieger die Leiter hochkletterte und oben in die Hocke ging.

Doch Brando schlug die Warnung in den Wind und trat, als er die oberste Sprosse der Leiter erreicht hatte, hochaufgerichtet an die hüfthohe äußere Brüstung. «Er hielt das alles immer noch für ein Spiel», sagte Fish.

Plötzlich ertönten Schüsse.

«Ich stieß ihn zu Boden und warf mich auf ihn», erinnerte sich Waukechon. «Es ging nicht anders, denn er schlug um sich und fing an zu schreien. Er hatte einfach Schiß.»

«Die schießen mit richtigen Kugeln!» rief Brando. «Ich will hier weg!»

Die Indianer zerrten den widerstrebenden, schreienden Mann zur Treppe zurück. Dann nahmen sie ihn zu zweit unter den Arm und trugen ihn nach unten.

Vier Jahre später nahmen sich die Ereignisse in Brandos Erinnerung etwas anders aus als in der Erinnerung der Indianer. In einem Interview mit *Playboy* war von der schlotternden Angst, die die Indianer an ihm beobachtet hatten, nichts zu hören.

BRANDO: «Ich war oben auf dem Dach, und die Kugeln pfiffen uns um die Ohren, hui, hui, ein komisches Geräusch. Die Kugeln kamen geflogen, ehe man den Schuß hörte.»

PLAYBOY: «Hatten Sie Angst?»

BRANDO: «Nein. Aber es war phantastisch. Um halb drei Uhr morgens tauchen Leute mit Kanonen und Munition auf, legen sich in den Schnee und ballern drauflos; alles schläft, dicht aneinandergedrängt wie die Heringe, und versucht, warm zu werden, und dabei zischen die Kugeln nur so vorbei.»

«Wir haben nur gelacht, als wir das lasen», bemerkte Waukechon. «Es war blanker Unsinn.»

Am 2. Februar, nachdem Marlon zwei Nächte im Kloster verbracht hatte, erklärte der Orden sich bereit, den Indianern das Gebäude für «1 Dollar und ideelle Gegenleistungen» zu verkaufen. Noch am selben Tag fand eine zweistündige Schießerei statt. Die Indianer hielten es für ratsam, Brando zur Abreise zu bewegen. Einige Stunden nachdem er das Niemandsland durchquert hatte, fand die Belagerung mit der Kapitulation der Menominee-Indianer ein Ende.

Brando hatte achtundvierzig Stunden im Kloster verbracht, aber in seinem *Playboy*-Interview später wurde daraus «fast eine Woche»:

> «Zweimal täglich wurden die Indianer unter Beschuß genommen, nachmittags und nachts. Infanterie rückte ein, und die Schießereien dauerten über einen Monat. Es gab sogar Pläne, mit Splitterbomben und Gas gegen sie vorzugehen. Das hätte eine Menge Tote gegeben, denn die Indianer wollten sich nicht ergeben. Sie trugen Armbinden mit der Aufschrift: Vertrag oder Tod.

Sie haben ihren Vertrag auch bekommen, aber als die Sache im Sande verlaufen war, hat dieser verdammte Orden, haben die Priester, denen das Grundstück gehörte, den Vertrag wieder rückgängig gemacht. Diese verlogene Bande! Ich war dabei, als der Vertrag ausgehandelt wurde.»

Zum einen war Brando bei den Verhandlungen gar nicht zugegen gewesen, und zum andern hatte die zerstrittene «assimilierte» Führerschaft des Stammes das Land freiwillig an den Orden zurückgegeben, der es anschließend verkaufte.

Das Thema Brando war damit allerdings nicht vom Tisch und sorgte unter den Indiandern für Kontroversen. Manche hielten seine Anwesenheit für überflüssig, andere behaupteten, sein Erscheinen habe für das nötige Echo in der Presse gesorgt und vermutlich Menschenleben gerettet. Dennis Banks beschränkte seinen Kommentar zu dem Zwischenfall auf dem Glockenturm auf den Satz: «Ja ja, es hat ihn tüchtig gebeutelt.» Doch bedeutete die Erfahrung für Brando mehr, als die Indianer ahnten. «Der Zwischenfall bei Gresham», sagte Banks, «brachte Marlon die Anerkennung ein, die ihm noch fehlte. Es war die einzige, an der ihm gelegen war – der als Mensch.»

Der Plan, einen Film über die Indianer zu drehen, wurde nie offiziell begraben, doch blieb es bei halbherzigen Versuchen. Brando entschuldigte sich damit, daß Vorurteile in Hollywood der Finanzierung im Weg ständen. Aber alle Beteiligten wußten, daß der Film nicht an der Finanzierung, sondern an Brandos Unfähigkeit gescheitert war, über abstrakte Diskussionen und endloses Recherchieren hinauszukommen.

Die Beziehung zwischen Banks und Brando wurde davon allerdings nicht beeinträchtigt, sondern aufgrund einer Schießerei im Pine-Ridge-Reservat im Juni 1975, an der eine AIM-Gruppe unter Leitung von Leonard Peltier beteiligt war, sogar eher noch gefestigt. Kurz vor dem Zwischenfall war Banks aus Besorgnis über zunehmende Gewalttätigkeiten in dem Reservat im Winter und Frühjahr 1975 dorthin zurückgekehrt. Wenigstens sieben Indianer, darunter zwei Kinder, waren allein im März von Dick Wilsons BIA-finanzierter Miliz abgeknallt worden. Viele Indianer hatten begonnen zurückzuschießen. Das FBI setzte daraufhin zusätzliche Beamte in dem Reservat ein, und die National Guard schickte tausend Mann Verstärkung in die Black Hills. Am 26. Juni gegen 10 Uhr 30 morgens kam es zu dem Gefecht, mit dem alle gerechnet hatten.

Als die ungefähr siebzehn Mitglieder der Peltier-Gruppe sich plötzlich unter Beschuß fanden, verteidigten sie sich, während Peltier den Rückzug über eine nahe gelegene Brücke zu organisieren versuchte. Im Laufe der Schießerei trafen zusätzliche FBI-Fahrzeuge ein, darunter ein grün-weißer Panzerspähwagen der BIA. Einer von Peltiers Männern wurde durch einen Kopfschuß getötet, und auf der Wiese lagen zwei erschossene FBI-Agenten.

Am späten Nachmittag traf Verstärkung aus so entlegenen Städten wie Philadelphia, New York City, Denver und Minneapolis ein. Peltier, Banks und andere Indianer tauchten etliche Monate lang in dem weitläufigen Reservat unter, bevor sie in einem Konvoi von vier Wagen Richtung Colorado flohen. Währenddessen suchte das FBI in einer der aufwendigsten Menschenjagden seiner Geschichte Pine Ridge mit Polizeihelikoptern ab. «Wir konnten nicht zusammenbleiben», sagte Banks. «Peltier und ich standen an der Spitze ihrer Abschußliste. Schließlich wurde beschlossen, daß einige nach Arizona und andere nach Rapid City gehen, während Leonard und ich bei Marlon Hilfe suchen sollten. ‹Ich kenne Marlons Haus, und die Leute kennen mich auch›, habe ich zu Leonard gesagt. ‹Da kann uns nichts passieren.›»

Brando befand sich zu der Zeit bei den Dreharbeiten von *The Missouri Breaks* (dt. *Duell am Missouri*) in Montana. Bei seinem neugewonnenen Kurswert nach dem *Paten* und dem *Letzten Tango* hätte er sich die Rollen aussuchen können. Statt dessen hatte er drei Jahre nach *Tango* wiederum einen Deal mit Elliott Kastner und Jay Kanter von United Artists abgeschlossen, bei dem finanziell einiges für ihn heraussprang. Kastner hatte den Autor Thomas McGuane mit dem Drehbuch zu einem weiteren Western beauftragt und versuchte, Arthur Penn unter dem Vorwand als Regisseur zu gewinnen, daß Brando und Jack Nicholson bereits zugesagt hätten. Anschließend diente Penn, der gerade mit *Bonnie and Clyde* und *Little Big Man* groß herausgekommen war, als Lockvogel für die beiden Superstars.

Bevor Brando seine endgültige Zustimmung gab, ließ er seinen Anwalt Norman Garey den Vertrag aushandeln. Nach monatelangem Feilschen gelang es dem Anwalt, Brando zu einem neuen Ruf zu verhelfen: Nun lavierte er sich nicht länger als abgetakelte Karikatur seines früheren Ich durch die Filme, sondern war scharf auf großes Geld für kleinen Auftritt.

Brando gab sich schließlich mit einer Gage von über 1,25 Millionen Dollar zuzüglich prozentualer Beteiligung zufrieden, und nach den vertraglichen Verzögerungen ging *Duell am Missouri* Hals über Kopf in Produktion.

Brandos erster Arbeitstag sollte der 4. Juli sein, zwei Wochen nach Beginn der eigentlichen Dreharbeiten. Doch da niemand von ihm gehört hatte, warteten Besetzung und Crew am Morgen des 4. Juli gespannt auf sein Erscheinen. Plötzlich tauchte in der Ferne ein riesiges Gefährt in einer gewaltigen Staubwolke auf – ein Wohnmobil. Als es über dem nächsten Hügel auftauchte, stellten die Zuschauer fest, daß es tatsächlich Brando war, der hinterm Steuer saß und rechtzeitig und mit Aplomb auf der Bildfläche erschien.

Er parkte den Wagen, stieg aus und sah sich unter den Anwesenden um.

«Guten Tag», sagte er, während er jeden einzelnen mit Handschlag begrüßte. «Ich bin Marlon Brando.»

«Ziemlich dämlich», bemerkte Produzent Rosenberg, «denn schließlich wußten wir alle genau, wer er war.»

Am folgenden Tag brach Brando eine lange Diskussion über das Drehbuch vom Zaun und schlug Penn vor, aus Nicholsons Rolle einen Indianer zu machen. Dann bestand er darauf, ebenfalls einen Indianer zu spielen, und bildete sich, wie Penn berichtete, tatsächlich ein, «daß wir das Drehbuch von A bis Z umschreiben würden».

Rosenberg war vom ersten Tag an klar, daß Brando «es auf eine Konfrontation abgesehen hatte. Zum Beispiel hatte er sich diesen albernen irischen Akzent zugelegt. Nachdem er einmal damit angefangen hatte, mußte er natürlich dabei bleiben, und keiner hatte den Mut, ihm zu sagen: ‹Hör mal, was soll der Quatsch?› Schließlich wurde hinter seinem Rücken getuschelt: ‹Ist er nicht mehr ganz dicht? Diese Einstellung ist doch nicht zu gebrauchen!› Aber keiner traute sich, den Mund aufzumachen.»

Wenn Brando nicht gebraucht wurde, zog er sich meist in sein Wohnmobil zurück, das er in einem kleinen Wäldchen am Flußufer geparkt hatte. Dort hatte er seine Trommeln und seine Meditationsbänder sowie Bücher über Tahiti, Sonnenenergie und indianische Geschichte untergebracht. Außerdem versuchte er wieder einmal eine neue Diät aus kalter Putenbrust und Limonade. Wenn die Presse Zutritt hatte, verbreitete er sich bis tief in die Nacht über seinen revolutionären Plan für Tetiaroa, angeblich der Grund, warum er den Film überhaupt machte. «Ich habe Millionen in das Projekt investiert», erzählte er einem Reporter. «Was mich betrifft, geht's bei *Duell am Missouri* nur um die Kohle.»

Wirkte er abends distanziert, so hatte er tagsüber alle Hände voll zu tun. «Er besorgte Gummispinnen und steckte sie den Leuten ins Bett», erzählte einer der Mitarbeiter. «Oder er kaufte Spiegeleier aus Plastik und legte sie einem zum Frühstück auf den Teller. Ziemlich dämliche, kindische Streiche.»

Eines Morgens sah das Kamerateam entgeistert zu, wie er die Dreharbeiten unterbrach, einen lebendigen Frosch aus dem Fluß fischte, ein großes Stück davon abbiß und ihn ins Wasser zurückwarf. Bei anderer Gelegenheit sollte er auf Nicholson in seinem Garten schießen, nahm statt dessen aber vorbeihüpfende Heuschrecken aufs Korn; als die Szene nicht so lief, wie er wollte, stieg er auf seine rote Honda und verschwand in der Prärie. «Na gut», meinte Nicholson achselzuckend, «ein weiterer Tag und weitere Zwanzigtausend.»

Laut Rosenberg wußte Regisseur Penn nicht, wie er mit Brando umgehen sollte, und sah untätig zu, wie rings um ihn herum das Chaos ausbrach. Penn dagegen interpretierte die Streiche des Schauspielers im Rückblick nicht etwa als Zeichen von Verachtung, sondern als Versuch, das chaotische Drehbuch zu beleben und Szenen zu erfinden, die dem Plot auf die Beine helfen sollten. Dennoch standen die Mitarbeiter Tag für Tag wie in einer Geisterstadt beschäftigungslos herum, und es kam vor, daß manche in der glühenden Hitze ohnmächtig wurden. Als Brando einmal zwei Stunden beanspruchte, um sich über seine nächste Szene Gedanken zu machen, drang eine anonyme Stimme aus dem Lautsprecher: «Ist Gottes Geschenk an die Welt schon wieder erschienen?»

Bei aller Toleranz Brandos Eskapaden gegenüber und aller Bewunderung für seine Kreativität schien der Regisseur nicht zu merken, daß Brando ihn für den Mangel an straffer Regieführung ebenso verachtete wie ein Kind, das die mangelnde Konsequenz der Eltern zwar ausnutzt, sich aber gleichzeitig über ihre Schwäche lustig macht. «Mir war völlig klar», sagte Pat Quinn, die 1969 in Penns Film *Alice's Restaurant* die Titelrolle gespielt hatte, «daß er keinen Respekt vor Arthur hatte. Er erzählte mir, Arthur säße zwischen den Stühlen», erinnerte Quinn sich, «und wollte Geschäftsmann und Künstler gleichzeitig sein.» Auch die Kritik war von *Duell am Missouri* nicht sonderlich angetan. Vincent Canby nannte Brandos schauspielerische Leistung «undiszipliniert» und kritisierte, daß Brando nach seinem verspäteten Auftritt «den Rest des Films damit zubringt, den Autor, den Regisseur und die anderen Schauspieler in den Schatten zu stellen». Der Film «wirkt weitgehend oberflächlich, da Brandos Albernheiten eigentlich keinerlei Funktion haben».

Was als großer Kassenerfolg angekündigt worden war, sollte sich sowohl künstlerisch wie finanziell als Reinfall herausstellen. Penns anschließenden Filmen erging es nicht besser, womit er sich der Reihe so angesehener Regisseure wie Elia Kazan, Bernhard Wicki und Gillo Pontecorvo anschloß, die sich von der Filmarbeit mit Brando nie wieder erholen sollten.

Während der Dreharbeiten mußten Brando auch seine Filmpläne über die Indianer sowie der Kampf der AIM durch den Kopf gegangen sein. Der Presse gegenüber erklärte er, *Duell am Missouri* sei als Propagandavehikel für die Indianer gedacht, da es ihm bisher nicht gelungen sei, «einen amerikanischen Geldgeber für seinen seit langem geplanten Film *Wounded Knee* aufzutreiben». Niemand machte sich die Mühe, der Behauptung näher auf den Grund zu gehen. Immerhin hatte Columbia eine Viertelmillion Dollar vorgeschossen, und das Projekt wäre längst in Gang gekommen, hätte Brando das Startzeichen gegeben.

Dabei wußte er nur zu gut, welche dramatischen Folgen die blutigen Auseinandersetzungen in dem Pine-Ridge-Reservat für seine Freunde gehabt hatten; denn zwei FBI-Agenten hatten ihn am Drehort von *Duell am Missouri* aufgesucht und stundenlang über den Verbleib von Banks und Peltier verhört. Zwar nahm er dem Gespräch mit den Agenten gegenüber später eine eher «philosophische» Haltung ein, doch schien ihn die Begegnung bei allem Gleichmut in eine gewisse Panik versetzt zu haben. «Vermutlich wird das Telefon abgehört», sagte er, «Wanzen im Wohnwagen. Die schnüffeln doch überall herum.»

Brando war noch nicht wieder zu Hause, als Banks und Peltier unangekündigt bei ihm in Los Angeles auftauchten. Drei Tage später, gegen elf Uhr morgens, traf der Schauspieler in Begleitung von Jill Banner zu Hause ein und fand Peltier schlafend im Fernsehzimmer.

Bei seinem Anblick rief Brando: «Jill, hol meinen Revolver!» Der Lärm weckte Banks, der aus einem der nach hinten gelegenen Schlafzimmer herbeieilte, um Brando zu begrüßen. Als die beiden Männer sich umarmten, platzte Brando heraus: «Mensch, wer ist der Kerl? Ich dachte schon ein Einbrecher!»

«Er hatte Leonard noch nie gesehen und kannte nicht mal seinen Namen, deshalb konnte der Groschen nicht fallen», berichtete Banks. «Ich erzählte ihm, daß ein Haftbefehl gegen Leonard und mich vorlag. Er nahm es kommentarlos zur Kenntnis.»

«Braucht ihr einen Anwalt?» fragte Brando.

Doch Banks und Peltier hatten nur den einen Wunsch, so schnell wie möglich nach Pine Ridge zurückzukehren, wo sie «ein Blutbad» befürchteten, nachdem das Reservat von BIA-Polizisten, Schlägertruppen und FBI-Agenten umzingelt war. Bei ihrer hartnäckigen Suche nach den Führern der AIM nahmen die Regierungstruppen auch die Bevölkerung des Reservats immer wieder unter Beschuß.

«Marlon begriff, daß unser Entschluß feststand», sagte Banks. «Er wußte, daß sie hinter uns her waren, und war vor allem um unsere Sicherheit besorgt.»

Banks und Brando blieben die ganze Nacht wach und unterhielten sich zuerst im Wohnzimmer, dann draußen auf der Terrasse, da Brando befürchtete, abgehört zu werden.

«Marlon war gefaßt und nüchtern. Er begriff, daß wir sofortige Hilfe brauchten.» Als er am nächsten Morgen den Wagen sah, den die Indianer fuhren, sagte er: «Dennis, mit der Karre schafft ihr es nie. Nehmt mein Wohnmobil. Wenn jemand fragt, sagt ihr, ich hätte es euch schon vor Monaten geliehen und ihr hättet es nur noch nicht wieder zurückgebracht.»

Banks nahm das Angebot an, und Brando wollte wissen, wieviel Geld sie hatten.

«Ungefähr zweihundert Dollar», erwiderte Banks, «genug für die Rückfahrt.»

«Nein», sagte Brando, «ihr braucht mehr.»

Er ließ 10000 Dollar von der Bank holen. Möglicherweise ohne zu ahnen, daß das Geld für Waffen verwendet würde, händigte er Banks das Geld aus – ein Vergehen, das ihn ins Gefängnis bringen konnte, wenn man ihn als Komplizen überführte. Während ihrer nächtlichen Aussprache hatte er Dennis allerdings gestanden, daß er sich freuen würde, «wegen Beihilfe belangt zu werden. Er meinte es tatsächlich ernst», erinnerte Banks sich. «‹Weißt du was?› sagte er zu mir. ‹Ich hoffe sogar, die belangen mich, damit ich öffentlich erklären kann, warum ich davon überzeugt bin, euch helfen zu müssen.›»

Der Abschied von den Indianern am nächsten Tag ging Brando sehr zu Herzen.

«Ich weiß, daß sie wie der Teufel hinter euch her sind», sagte er. «Wenn sie euch kriegen, machen sie vermutlich kurzen Prozeß.»

Die Tränen traten ihm in die Augen. «Vielleicht sehen wir uns nie wieder», sagte er mit erstickter Stimme, als er Banks umarmte. «Seid vorsichtig. Grüß Kamook und die Kinder von mir und laßt von euch hören.»

In South Dakota trafen sich Banks und Peltier mit Banks Frau und seiner kleinen Tochter. Nach Besprechungen mit Stammesältesten fuhren sie nach Seattle, um Gewehre, Munition und Dynamit zu besorgen. Bob Robideau und verschiedene andere aus der ursprünglichen Gruppe um Peltier waren bereits in Kansas verhaftet worden, und die Polizei hatte bei der Durchsuchung seines Wagens angeblich eine .308er gefunden, der einem der getöteten FBI-Agenten gehört hatte. Außerdem wurde eine AR-15 sichergestellt und später als Mordwaffe identifiziert, mit der die beiden Agenten getötet worden waren.

Am 14. November 1975 wurde Brandos mit Waffen beladenes Wohnmobil auf der Interstate 84 in Oregon von der Polizei angehalten. Während die Beamten alle Insassen aufforderten, «sich auf den Boden zu legen» (darunter auch Kamook, die im siebten oder achten Monat schwanger war), durchbrach Banks die Straßensperre in der Hoffnung, das Wohnmobil und seine belastende inkriminierende Fracht irgendwo verstecken zu können.

Nach ungefähr einem halben Kilometer sprang er aus dem fahrenden Fahrzeug und verschwand in den Wäldern. Inzwischen war Peltier bei dem Versuch, über ein angrenzendes Feld zu entkommen, durch einen Schulterschuß verletzt worden. Er verbrachte die Nacht heftig blutend in einem Heuhaufen versteckt.

Nach Aussagen von Polizei und FBI enthielt Brandos Fahrzeug sieben Kisten Dynamit, neun Handgranaten und vierzehn Waffen, darunter eine .357er Magnum, der einem der beiden FBI-Agenten gehört hatte. Außerdem wurden verschiedene auf Brandos Namen ausgestellte Kreditkarten und Flugtickets sichergestellt.

Peltier, dem es gelungen war, nach Kanada zu fliehen, kam auf die Liste der zehn vom FBI meistgesuchten Kriminellen. Einige Wochen nach dem Zwischenfall in Oregon wurde Banks in El Cerrito in Kalifornien verhaftet und machte dem Gericht bei seiner Vernehmung klar, daß eine Auslieferung nach South Dakota seinen sicheren Tod bedeuten würde. Er wurde im Gerichtsgebäude von San Francisco in einer Zelle untergebracht, wo Brando drei Tage später mit dem Autor und Historiker Vine Deloria jr. eintraf.

Das Inter-Tribal Friendship House in Oakland stellte eine Kaution, und Banks kehrte nach Los Angeles zurück, um dort sein

Schicksal abzuwarten. Seine Hauptsorge war seine Auslieferung durch das Gericht in Oregon, da er sich dort der Verhaftung entzogen hatte. Jack Nicholson hatte sich bei den Dreharbeiten zu *One Flew over the Cuckoo's Nest* mit dem Gouverneur von Oregon angefreundet und nahm auf Marlons Drängen Kontakt zu ihm auf. Außerdem setzte Brando sich mit dem Gouverneur von Kalifornien, Jerry Brown, sowie mit Abby Mann in Verbindung, der zum engeren Kreis um Brown gehörte.

Entgegen linken Behauptungen ließ Brown sich Zeit damit, Banks Asyl zu gewähren. Besorgt über die Verzögerung, wandten sich die AIM-Aktivisten schließlich an Brando. «Die Entscheidung muß in den nächsten Wochen fallen. Ich würde an Banks' Stelle lieber das Land verlassen», sagte er und meinte, der ideale Zufluchtsort sei vermutlich Tahiti.

Anfang 1976 machte Banks sich auf die Reise, obwohl bis heute nicht bekannt ist, wie weit Brando ihm dabei behilflich war. «Marlon legt Wert darauf, daß die Einzelheiten meiner Reise nach Tahiti geheim bleiben», erklärte Banks später. «Beschränken wir uns darauf, zu sagen, daß ich in vielen Flugzeugen unterwegs war, ehe ich schließlich in Tahiti gelandet bin.»

Nach fast zwei Monaten in Polynesien kehrte Banks in die Vereinigten Staaten zurück und ergab sich der Polizei. Brando und Abby Mann besuchten ihn in San Francisco im Gefängnis. Mann versuchte weiterhin, Jerry Brown dazu zu bewegen, ihm Asyl zu gewähren, und ging sogar so weit, sich mit ihm in Sacramento zu treffen.

Während die Gewalttätigkeiten im Pine-Ridge-Reservat anhielten, gewährte Gouverneur Brown Banks schließlich auf neun Jahre, also bis 1985, Asyl. Daraufhin schrieb Banks sich an der Universität von Kalifornien in Davis ein, wo er sich bald darauf zum Direktor des indianisch-mexikanischen Studienzentrums machte, das nach der Besetzung von Alcatraz gegründet worden war.

Im Verlauf des Jahres 1976 ließ Brandos Engagement für die AIM langsam nach, obwohl er am 9. April öffentlich bekanntgab, einen Dokumentarfilm im Stil von *Black Like Me* machen und als «Rotgesicht» durchs Land reisen zu wollen, um den Rassismus in Amerika anzuprangern. Als er die alljährliche Auszeichnung für humanitäre Arbeit der NAACP in Hollywood mit den Worten ausschlug, «kein Weißer kann nachempfinden, was es bedeutet, schwarz zu sein», winkte die Kritik gelangweilt ab. «Selbst wohlmeinende Linke möchten bei Brandos endlosen Telefonmonologen nach den ersten fünfzehn oder zwanzig Minuten am liebsten den Hörer auflegen. ZZZzzz, o Pardon! ich bin gerade eingenickt.»

Neue Sorgen nahmen ihn in Anspruch und kosteten Kraft. Sein ehemaliger Freund, der Schauspieler und Autor Billy Redfield, war an Leukämie gestorben, und sein Tod machte Brando um so betroffener, als die Ärzte ihn gewarnt hatten, daß sein Übergewicht ein ernsthaftes Gesundheitsrisiko darstellte. Kurz darauf teilte Christian ihm mit, daß er vorzeitig von der Schule abgehen wolle. Brando war enttäuscht, daß alle seine Erziehungsmaßnahmen, selbst das Verbot, ein Motorrad zu kaufen, nichts bewirkt hatten. Von Zeit zu Zeit schüttete Marlon Pat Quinn sein Herz über Christians Aufsässigkeit und seinen Alkohol- und Drogenmißbrauch aus. Aber er stieß auf wenig Verständnis bei ihr. «Du warst schließlich auch ein Sauf- und Raufbold, bist Motorrad gefahren und hast rebelliert. Aber Christian machst du daraus einen Vorwurf. Ist das nicht Heuchelei?»

«Ich will ihn nur davon abhalten, die gleichen Fehler wie ich zu machen», behauptete Brando und setzte ihr auseinander, wie simpel seine Erziehungsphilosophie sei: «Tu, was ich dir sage, und nicht, was ich tue.»

Tahiti

1972–1983

SIEBZEHN

Brandos rege Aktivität in der amerikanischen Indianerbewegung ging Hand in Hand mit der Entwicklung seiner wissenschaftlichen und ökologischen Projekte auf Tetiaroa. Zwischen 1972 und 1983 war die intensive Beschäftigung mit dem Atoll ein ähnlicher Versuch für ihn, sich von seinen persönlichen Dämonen zu befreien und zu sich selbst zu finden, wie die Suche nach spiritueller Sinngebung durch die amerikanischen Ureinwohner.

Im September 1972 hatte er Tap Pryor, einen Spezialisten für Aquakultur, beauftragt, ein Gremium von Experten auf der Insel zusammenzubringen, die die Verwirklichung einer Hummerfarm und diverser anderer Projekte auf dem Atoll untersuchen sollten. Zu den Eingeladenen gehörten Wallace Heath, ein Fachmann für Aquakultur, der mit den Lummi-Indianern im Staat Washington zusammengearbeitet hatte, Carl Hodges vom Labor für Umweltforschung, ein Spezialist für Gemüseanbau, und John Hughes von der Hummerfarm auf Martha's Vineyard in Massachussetts.

Die Gruppe wurde für drei Tage nach Tetiaroa eingeladen. Als Brando die Experten eigenhändig in einem fünf Meter langen Walfischboot über die Lagune schipperte, stellte John Hughes fest, daß das Boot durch die scharfen Korallenriffe heftig in Mitleidenschaft gezogen und der Rumpf an einer Seite ernsthaft lädiert worden war. Doch war Brando so in die Erläuterung seiner Pläne vertieft, als er seine Gäste durch die schäumende Brandung steuerte, daß ihm ihre Besorgnis völlig entging. Jeder Spezialist sollte das Atoll auf eigene Faust erkunden, Proben nehmen und einen abschließenden Bericht erstatten. Hughes gab ein unmißverständliches Urteil ab: Das Atoll war für die Hummerzucht ungeeignet. Doch Brando legte Wert darauf, auch nach der Rückkehr des Meeresbiologen in die Vereinigten Staaten mit ihm in Kontakt zu bleiben.

«Er wollte mich jederzeit anrufen können und wissen, was ihn das kosten würde», sagte Hughes. «Ich bekam 225 Dollar täglich für Consultingdienste, berechnete ihm also 225 Dollar im Monat. Er schickte mir einen Scheck für fünf Monate und rief mich häufig an, gelegentlich sogar mitten in der Nacht. Ich hielt ihn für einen Pionier bei seinem Versuch, das Meer als Nahrungsmittelquelle auszuwerten, auch wenn die Idee einer Hummerfarm auf Tetiaroa nicht durchführbar war – das Wasser war zu warm, und man hätte ein gut isoliertes Gebäude mit einer komplizierten Wasser-Recyclinganlage konstruieren müssen, was eine verläßliche Elektrizitätsversorgung erforderte. Bei einem solchen Aufwand», fuhr Hughes fort, «hätte man ebensogut in New York Hummer züchten können.»

Tap Pryor dagegen blieb optimistisch. Er schlug vor, die Möglichkeit einer Hummerzucht in überdachten Tanks in der Lagune von Tetiaroa näher zu erforschen. Brando gefiel der Plan, denn die französische Regierung stellte für solche Projekte langfristige Kredite zu niedrigem Zinssatz zur Verfügung. Pryor hatte Erfahrung in der Erschließung von Geldquellen, wußte aber, daß sie persönlich eine Eingabe in Paris machen mußten, wenn sie in Frankreich Geld lockermachen wollten.

Wenige Wochen später rief Brando bei Pryor an und teilte ihm mit, er müsse aus «irgendeinem albernen Anlaß» nach Paris und wolle sich dort mit Pryor treffen.

Der «alberne Anlaß», der Brando nach Paris rief, war die französische Premiere des *Paten*. Da der Film ziemliches Aufsehen erregt hatte, war es Pryor ein leichtes, für Brandos «Auftritt» vor den Regierungsbeamten ein zahlreiches Publikum zusammenzutrommeln – «nicht nur hohe Beamte, die für Frankreichs Überseekredite zuständig waren, sondern auch die Hautevolee aus Gesellschaft, Regierung und Filmwelt». Nachdem Pryor Dias von dem Atoll gezeigt hatte, ergriff Brando das Wort. «Marlon hielt auf französisch ein leidenschaftliches Plädoyer für Tetiaroa, für die polynesische Kultur, die Zukunft der Kinder auf der ganzen Welt und vor allem für den Ruhm Frankreichs», erinnerte Pryor sich. «Er erhielt tosenden Applaus. Selbst den Regierungsbeamten standen die Tränen in den Augen.»

Brando war von seinem Enthusiasmus beflügelt, aber Pryor warnte ihn, sich nicht vorzeitig auf seinen Lorbeeren auszuruhen. Er schlug vor, einen Anwalt in Paris zu Hilfe zu nehmen, um den Antrag sicher durch die französische Bürokratie zu schleusen. Pryor besorgte also einen geeigneten Anwalt und arrangierte ein gemeinsames Lunch. Der Anwalt schien sich in der Materie bestens auszukennen, aber Marlon wurde, Pryor zufolge, «zunehmend hysterisch. Das Lunch war ein Fiasko, ohne daß ich erklären könnte, warum. Vielleicht lag es an Marlons tiefsitzendem Argwohn gegenüber Rechtsanwälten. Vielleicht hielt er das weitere Verfolgen der Sache für überflüssig. Vielleicht wurde ihm das ganze Unternehmen auch einfach lästig. Jedenfalls entließ er, nachdem er 15 000 Dollar in die erfolgreiche Entwicklung der Hummerzucht auf Hawaii investiert hatte, alle Mitarbeiter und stoppte ohne ein weiteres Wort der Erklärung die Finanzierung des Projekts.»

Solch erratisches Benehmen war in Brandos Leben nichts Neues, hatte aber unerhörte Kosten zur Folge. Tetiaroa war ein finanzielles Verlustgeschäft; trotzdem bestand Brando nach der endgültigen Fertigstellung der Landepiste darauf, kurz nach der Oscar-Verleihung im März 1973 seine sechzehn neuen Bungalows auf der Insel als Hotel in Betrieb zu nehmen.

Während das Hotel Gestalt annahm, jagte Brando auch nach der Entlassung Pryors weiteren Experten nach. «Es mußten immer die größten Koryphäen sein», bestätigte seine Schwester Jocelyn. «Wenn ihm ein Gedanke in den Kopf kam, rief er an und sagte: ‹Hier ist Marlon Brando.› Er wollte die besten Informationen, die besten Leute und ließ alle diese Experten auf die Insel kommen.»

Marlons Finanzberater Brown und Kraft in Hollywood hofften inständig, das geplante Hotel würde das nötige Geld einbringen, um die zahlreichen wissenschaftlichen Forschungsprojekte des Schauspielers zu finanzieren. Doch Brando hatte sich bereits neuen Plänen zugewandt und einem Manager und Bauaufseher die Insel überlassen. Obendrein hatte er am Flughafen in Papeete ein Reisebüro eröffnet und einen Geschäftsführer eingesetzt, der Privatflüge für Touristen nach Tetiaroa vermitteln sollte. Leider kam das Hotel das ganze Jahr nicht aus den roten Zahlen heraus.

Trotzdem kündigte er kurz darauf an, im November 1973 zwanzig weitere Bungalows bereitstellen zu wollen. Besorgt über die horrenden Verluste, bestanden Brown und Kraft auf der Einstellung eines erfahrenen Hotelmanagers, der die wachsenden Probleme beheben sollte. 1974 kam Henry Rittmeister, ein gebürtiger Deutscher, an Bord, der bereits Hotels auf Hawaii und Tahiti erfolgreich geleitet hatte.

Ein Problem, das Rittmeister sofort bemängelte, war die Konstruktion der neuen Bungalows. Die schilfgedeckten Dächer waren nicht nach dem Vorbild der traditionellen polynesischen *fares* gebaut worden, sondern nach dem afrikanischer Hütten mit runden, gewölbten Dächern. «Die schilfgedeckten polynesischen Dächer haben sich seit Jahrhunderten bewährt», argumentierte Rittmeister. «Aber Brando gefiel die afrikanische Kuppelform besser, obwohl die auf der Insel benutzten Palmblätter flach sind und sich im Gegensatz zu afrikanischem Schilf der Kuppelform nicht anpassen wollen.»

Außerdem stellte Rittmeister bald fest, daß die Touristen von der stillen, abgeschiedenen Insel und den ziemlich primitiven Gegebenheiten alles andere als begeistert waren. Die Unterkünfte hatten die Anspruchslosigkeit eines Zeltlagers und waren etwas für Gäste, die Brandos Sinn für Pfadfinderromantik teilten oder hofften, einen Blick von dem Star selbst zu erhaschen – was selten der Fall war, da er sich meist in seinen Bungalow zurückzog, wenn er auf dem Atoll war.

Daß die Gäste im Hotel Tetiaroa derweil auf sich warten ließen, mußte 1975 selbst Brando eingestehen. Während er sich scheute, das Unternehmen eine «totale Pleite» zu nennen, waren «die einschlägigen Finanzexperten weit weniger diskret», wie der *National Tattler* bemerkte. Brando hatte schätzungsweise 5 Millionen Dollar in das Projekt gesteckt, die größtenteils darauf verwendet worden waren, wie der *Tattler* bissig hinzufügte, «die Insel *komfortfrei* zu machen – ohne Elektrizität und eine Reihe anderer Annehmlichkeiten, auf die viele Reisende größten Wert legen».

Im April 1975 unterschrieb Marlon einen 3-Millionen-Dollar-Vertrag für den Film *Superman* (dt. *Superman*) und betonte ausdrücklich, den Film nur des Geldes wegen zu machen. Noch im gleichen Herbst erklärte er sich bereit, für 3,5 Millionen Dollar in Francis Ford Coppolas *Apocalypse Now* (dt. *Apokalypse Now*) mitzumachen – wiederum nur, um seine Inselexperimente finanzieren zu können. Inzwischen war die gesamte Anlage im Begriff zu verfallen.

Die Naturgewalten hatten das Ihre getan. Die mangelhaft instand gehaltenen Bungalows waren während der Taifunsaison so schwer beschädigt worden, daß Rittmeister das Hotel im Frühjahr 1976 drei Monate lang wegen Renovierungsarbeiten schließen mußte. Vor Juli war kaum mit der Fertigstellung der Arbeiten zu rechnen.

Während dieser Zeit gab Brando zur allgemeinen Überraschung verschiedene Interviews. Im ersten, das in einer französischen Filmzeitschrift veröffentlicht wurde, bekannte er: «Ich habe auch homosexuelle Erfahrungen gemacht und schäme mich deswegen nicht. Die Homosexualität ist so in Mode gekommen, daß niemand mehr viel Aufhebens davon macht.» Sein Geständnis machte allerdings Schlagzeilen.

Das zweite Interview fand auf Tetiaroa statt, merkwürdigerweise mit seinem alten Erzfeind *Time Magazine*. Brando war bereit, der Presse zur Premiere von *Duell am Missouri* im Mai 1976 entgegenzukommen, erwartete jedoch, daß Interviewer den 15000-Kilometer-Flug zu seiner Insel in Kauf nahmen.

Bei diesem Interview ging es vorwiegend um seine beiden Lieblingsthemen: Tetiaroa und die amerikanischen Indianer; allerdings konzentrierte er sich diesmal weniger auf seine ökologischen Experimente als auf die Sorge um die Zukunft seiner Kinder, ein Thema, das ihn mehr als früher zu beschäftigen schien. «Ich bin überzeugt, daß die Welt ihrem Untergang entgegengeht», sagte er. «Das Ende ist nahe. Ich war deshalb auf der Suche nach einem Ort, wo meine Familie und ich autark sein und die Katastrophe überleben können.» Es war das erste Mal, daß Brando die Insel als eine Art «Bunker» beschrieb, obwohl der *Time*-Reporter Brandos Anspielungen auf die französischen Atomversuche im Pazifik und seine Überzeugung, die Welt befände sich «in einem verheerenden Zustand», für «eine fixe Idee» hielt.

Anfang 1976 war Rittmeisters zweijähriger Vertrag abgelaufen. Er verließ die Insel «in gegenseitigem Einvernehmen», räumte jedoch ein, daß die «Häufung» der durch die Entwicklung Tetiaroas entstandenen Probleme seinen Entschluß mitbestimmt hätte. Brando war im Verlauf des Sommers mehr darauf bedacht, Gewicht zu verlieren, als sich um Tetiaroa zu kümmern. Er hatte Francis Ford Coppola versprochen abzuspecken, bevor er in *Apokalypse Now* vor die Kamera trat.

Apocalypse Now (dt. *Apokalypse Now*)

Apokalypse Now war eine Bearbeitung von Joseph Conrads Roman *Heart of Darkness* durch den Drehbuchautor John Milius und als patriotisches Pro-Kriegs-Vermächtnis für den «Green-Beret»-Offizier Robert Rheault gedacht. Rheault hatte eine Spezialtruppe kommandiert und seinen Abschied nehmen müssen, weil er einen Doppelagenten erschießen ließ. Doch dann geriet das Drehbuch Francis Coppola in die Hände. «Ich muß diesen Film unbedingt drehen», sagte er zu Milius. «Es soll der bedeutendste Film meiner ganzen Karriere werden. Wenn ich darüber sterben sollte, mußt du weitermachen. Und wenn du stirbst, übernimmt George Lucas.» Nachdem er einen Deal mit United Artists ausgehandelt hatte, verbrachte er 1975 damit, die grundlegenden Themen zu überarbeiten und die geeignete Besetzung zu finden.

Coppola hatte beschlossen, dem Film ein Antikriegsmotiv zu unterlegen und den Schwerpunkt von Rheault (der in der endgültigen Drehbuchfassung den Namen Kilgore trägt und von Robert Duvall gespielt wird) auf Kurtz zu verlagern, einen Mann, der sich, von seinem Machthunger getrieben, in den Dschungel zurückzieht und dort sein eigenes Minikönigreich aufbaut. Coppola hoffte, dieser Kampf gegen die zivilisierte Welt wäre ein Thema, das Brando interessieren könnte, doch der Schauspieler reagierte nicht auf seine Anrufe und ließ ihn durch seinen Anwalt wissen, daß er nicht interessiert sei.

Coppola war mehrere Monate auf der Suche nach geeigneten Schauspielern für die Rolle von Kurtz und von Willard, dem Offizier, der Kurtz auf der Spur ist und ihn «mit blinder Voreingenommenheit exekutieren» soll. Bei der Aussicht, siebzehn Wochen lang im Dschungel drehen zu müssen, winkten die meisten Schauspieler ab, selbst wenn ihnen das Skript gefiel. Redford, Nicholson und Caan verzichteten alle drei. Steve McQueen wollte 3 Millionen Dollar für die Rolle von Willard, besann sich dann aber und verlangte die gleiche Summe für die viel kleinere Rolle von Kurtz, woraufhin Coppola sich nach jemand anderem umsah. Als Al Pacino die Willard-Rolle ebenfalls ablehnte, warf Coppola aus lauter Frust seine fünf Oscars aus dem Fenster seiner Wohnung in San Francisco (von denen nur einer überlebte). Schließlich erklärte Harvey Keitel sich bereit, die Rolle zu spielen.

Mitten in diesem Besetzungschaos rief Norman Garey an und teilte Coppola mit, Marlon wolle die Rolle doch übernehmen. Anfang Februar 1976 war Brandos Vertrag unter Dach und Fach – auf seine kompromißlose Art hatte er 3,5 Millionen Dollar für vier Wochen Dreharbeit ausgehandelt, eine Summe, die sogar die Ansprüche von McQueen noch überstieg. Außerdem hatte er Coppola das Zugeständnis abgerungen, den Sommer mit seinen Kindern auf Tahiti zu verbringen. Dafür erwartete Coppola, daß Brando nicht nur abnahm, sondern ebenfalls *Heart of Darkness* las, um ein Gespür für die Thematik des Buches sowie die Rolle des amerikanischen Obersten zu entwickeln, der an der Grenze von Kambodscha eine eigene Truppe aufstellt und von seinen einheimischen Anhängern wie ein großer weißer Gott verehrt wird.

Nach seinen Erfahrungen mit Paramount bei der Verfilmung des *Paten* war Coppola entschlossen, die künstlerische Kontrolle über den Film nicht aus der Hand zu geben. Seine eigene Produktionsgesellschaft, American Zoetrope, hatte zusätzlich zu den 7,5 Millionen Dollar von United Artists 8 Millionen Dollar durch den Verkauf der Vertriebsrechte im Ausland eingenommen. Bei einem Etat von 12 bis 14 Millionen Dollar schienen die Produktionskosten also gedeckt. Der einzige Haken war, daß Coppola mit den Rechten und der künstlerischen Kontrolle auch die volle finanzielle Verantwortung übernahm und sich, falls der Etat überschritten wurde, in einer äußerst prekären Position befinden konnte.

Die Dreharbeiten hatten am 20. März 1976 in Baler begonnen, das von Manila über unwegsame Landstraßen in sechs Stunden zu erreichen war. Innerhalb der ersten Woche trennte Coppola sich aufgrund der enttäuschenden Arbeitskopien von Harvey Keitel und ersetzte ihn durch Martin Sheen, der allerdings nicht vor dem 1. Mai auf den Philippinen sein konnte.

Damit waren die Schwierigkeiten noch nicht zu Ende. Coppola hatte in Baler ein vietnamesisches Dorf nachbauen lassen und Helikopter von Präsident Ferdinand Marcos' Luftwaffe ausgeliehen, die allerdings mitten in den entscheidenden Szenen abgerufen und gegen Aufständische im Bürgerkrieg eingesetzt wurden. Die Kosten eskalierten unter anderem auch deswegen, weil Besetzung und Crew, Coppola eingeschlossen, sich großzügig jeden privaten Luxus gönnten. So hatte der Regisseur für sich, seine Familie und sein gesamtes Gefolge aus San Francisco ein Haus in einem der vornehmsten Stadtteile von Manila gemietet. Und als Kameramann Vittorio Storaros Crew Appetit auf aus Italien importierter Pasta hatte, erhob der philippinische Zoll versehentlich eine Importsteuer von 8000 Dollar, die auch, ohne mit der Wimper zu zucken, bezahlt wurde.

Filmgeräte, Kulissen und Asbestanzüge für die Stuntmen gingen in Flammen auf, als ein Feuer für Spezialeffekte außer Kontrolle geriet und die Schuppen in Brand setzte. Die schwüle Hitze war manchmal so drückend, daß Leute, darunter Martin Sheen, ohnmächtig wurden. Obendrein hatte Coppola gegen den Rat seines Mentors Roger Corman mitten in der tropischen Regenzeit mit dem Filmen begonnen. Am 25. Mai 1976 ging ein Taifun über die Inseln hinweg und zerstörte die gerade errichteten Sets in der Küstenstadt Iba. Die Arbeit mußte für sechs Wochen unterbrochen werden, während am nächsten Drehort, in Pagsanjan, neue Sets gebaut wurden. Dort erwartete Coppola die Nachricht, daß die Produktion nach Schätzung von Zoetropes Finanzexperten das Budget von 7 Millionen Dollar bereits um 3 Millionen überschritten hatte. Der philippinische Alptraum brachte Coppola an den Rand des Bankrotts, und auch das Drehbuch raubte ihm buchstäblich den Schlaf, da er nicht die blasseste Ahnung hatte, wie die Geschichte ausgehen sollte.

Coppola kehrte nach Amerika in sein Haus in Napa zurück und

telefonierte mehrmals mit Brando, ehe er auf den wunden Punkt, nämlich das Geld, zu sprechen kam. Das Wasser stand dem Regisseur bis zum Hals. Angesichts der überschrittenen Drehzeit und der Aussicht auf weitere Verzögerungen blieb ihm nichts anderes übrig, als Brandos Gage zu kürzen und ihn mit einer prozentualen Beteiligung an den Einnahmen zu entschädigen. Brando hatte nicht vergessen, welchen Riesenverlust er beim *Paten* hatte einstecken müssen, und war aus Gefälligkeit seinem guten Freund Coppola gegenüber bereit, sich statt mit 3,5 Millionen für vier Wochen mit nur 1 Million für fünf Wochen zufriedenzugeben – vorausgesetzt, er wurde prozentual beteiligt. Sein guter Freund Coppola griff also tief in die Tasche und garantierte ihm 11,3 Prozent der Bruttoeinnahmen. Sollten die Einnahmen 8,8 Millionen Dollar übersteigen, so konnte Brando damit rechnen, an jeder einzelnen verkauften Kinokarte 34 Cent zu verdienen. Coppola blieb nichts anderes übrig, als diese unerhörten Bedingungen zu akzeptieren.

Danach gingen die beiden zur Tagesordnung über und besprachen Brandos Rolle. Coppola wollte sich am Schluß des Films dicht an das Porträt von Kurtz in Conrads *Heart of Darkness* halten und riet Brando, einen Blick in T. S. Eliots düsteres Gedicht *The Wasteland* zu werfen. Brando versicherte Coppola, er habe Conrads Roman soeben gelesen und stimme seiner Konzeption von Kurtz hundertprozentig zu.

Als Coppola auf die Philippinen zurückkehrte, merkten Besetzung und Crew sehr bald, daß er sich den Verlauf der Story aus den Fingern sog und improvisierte. In Hollywood hatte sich inzwischen herumgesprochen, daß viele Mitglieder der Crew an Drogen geraten waren – vor allem Marihuana, aber auch Kokain, LSD und das überall erhältliche *quaaludes* – und daß die Nächte durchgefeiert wurden. In diesem allgemeinen Durcheinander tauchte am Morgen des 31. August 1976 Brando auf.

Coppola rechnete fest damit, daß Brando mit seinem Improvisationstalent sich nicht nur für die Gestalt von Kurtz, sondern auch für die abschließenden Szenen des Films, mit denen er immer noch rang, etwas einfallen lassen würde. Womit er nicht gerechnet hatte, waren Brandos elefantöse Ausmaße: Er wog über 230 Pfund.

Von Anfang an gab es Meinungsverschiedenheiten über den Umgang mit Brandos Gewicht. Brando wollte, daß seine Korpulenz unbedingt von der Kamera kaschiert wurde. Coppola dagegen wollte seine Beleibtheit ausbeuten und Kurtz als unersättlichen, ständig essenden Typ darstellen. Schließlich fanden sie einen Kompromiß: Sie würden die Szenen so drehen, daß Brando fast zwei Meter groß wirkte, und damit einen Charakter von mythischen Dimensionen kreieren.

Eines Nachmittags tauchte Marlon voller Begeisterung über einen brillanten Einfall aus seiner Garderobe auf und erklärte Coppola die neueste Interpretation seiner Rolle.

«Ich finde, Kurtz sollte mehr Ähnlichkeit mit dem Mann in Conrads Roman haben.»

«Das sag ich doch schon die ganze Zeit», erwiderte Coppola. «Erinnerst du dich nicht an unser langes Gespräch im Frühjahr, als du *Heart of Darkness* gerade gelesen hattest?»

«Das war gelogen», sagte Marlon. «Ich habe das Buch gar nicht gelesen.»

Angesichts der beschränkten Zeit, für die Brando ihm auf dem Set zur Verfügung stand, beschloß Coppola, die Schlußszenen vorwegzunehmen. Zwar waren die Drehbuchprobleme noch nicht behoben, doch hoffte er, der Schauspieler mit seinem sprichwörtlichen Improvisationstalent werde schon eine Lösung dafür finden. Als Brando am nächsten Morgen um acht Uhr an der Reihe war, wartete man jedoch vergeblich auf sein Erscheinen. Als er gegen zehn Uhr schließlich auftauchte, bestand er auf einer weiteren Diskussion über das Skript. Coppola folgte ihm in seine Hausboot-Garderobe, wo sie bis sieben Uhr abends saßen, über Motivationsprobleme diskutierten und Brando jeden einzelnen Schritt seiner Gestalt – «Warum ist er den Fluß raufgefahren? Warum gerade hier?» – ausführlich erklärt haben wollte.

«Es war lachhaft», sagte Philip Rhodes, der für die Maske zuständig und bei den Drehbuchbesprechungen anwesend war. «Wir saßen bei der elenden tropischen Hitze stundenlang in diesem Hausboot und versuchten, Brandos Rolle zu interpretieren. Ich war überrascht, daß er nicht einfach mit der Faust auf den Tisch geschlagen hat, wozu er jedes Recht gehabt hätte, da Coppola sich nicht an den vertraglich festgelegten Drehplan hielt.»

Brando und Coppola setzten ihre nächtlichen Drehbuchbesprechungen auch weiterhin fort. Der Regisseur stellte sich Kurtz als ungeschlachten Wilden vor, einen gauguinähnlichen Dschungeleremiten, der langsam dem Wahnsinn verfällt. Brando dagegen verstand darunter eher einen Daniel-Berrigan-Typ, der in schwarzer Vietcong-Kluft herumläuft und Schuldgefühle über den Krieg laut werden läßt. «Mir mag ja vieles an diesem Film unklar sein, Marlon», wandte Coppola ein, «aber eins weiß ich genau: Von unserem schlechten Gewissen handelt er nicht.»

Nach vielen Stunden hatte Brando einen neuen Geistesblitz: Er würde sich eine Glatze rasieren. Die beiden Männer suchten nach einem symbolischen Aufhänger, aber bei Licht besehen war die Glatze auch nicht die rettende Lösung. Am nächsten Morgen erschien Brando wieder verspätet am Drehort, weil die neugeschriebene Szene nicht zu seiner Zufriedenheit ausgefallen war.

Endlich sprang Kameramann Vittorio Storaro in die Bresche, indem er in der Tempelruine, in der Brandos Szene gefilmt werden sollte, eine unheimliche lichtdurchflutete und rauchige, mystische Atmosphäre schuf. Coppola ermutigte Brando, sich ganz auf sein Improvisationstalent zu verlassen. Er fühlte sich von der Begabung seines Schauspielers inspiriert, und das erhebende Gefühl, Brando nach drei Wochen endlosen Palaverns endlich vor der Kamera zu erleben, schien ihn so zu beflügeln, daß die Szenen sich plötzlich wie von selbst aneinanderzureihen begannen.

Nur der Schluß hing nach wie vor in der Luft, so daß Coppola Dennis Jakob aus Kalifornien kommen ließ, damit er ihm unter die Arme griff. Nach eigenen Aussagen war Jakob Coppolas «Zuhälter», den man anzapfen konnte, wann immer Coppola auf dem trockenen saß. Er traf in Pagsanjan mit einem Sack voller Gemüse und Obst sowie handfesten Vorschlägen ein, was sein Chef mit den Schlußszenen anfangen sollte. «Als ich ankam, war Coppola völlig die Puste ausgegangen», sagte Jakob. «Der Taifun brachte ihn um, er war ständig unter Drogen und sein Grips war wie Pudding.»

«Francis hatte sich total verrannt», fuhr Jakob fort. «Er drehte

Apokalypse nur, um sich etwas zu beweisen. Sein Bruder hatte ihn im Laufe einer Auseinandersetzung ein mittelmäßiges Licht genannt, deshalb war er es sich schuldig, diesen Film zu machen, um zu beweisen, daß er tatsächlich ein Künstler war.»

Als erstes wollte Coppola von Jakob wissen, ob Kurtz am Schluß sterben sollte.

«Er muß sterben», antwortete der Schriftsteller prompt.

«Wieso?» fragte Coppola.

Jakob erklärte, daß er Conrads Roman für eine Variante des *Fisherking* hielt, in dem der König jedes Jahr getötet werden muß, damit die Ernte gedeiht. Um Coppola von der Notwendigkeit der Todesszene zu überzeugen, empfahl er ihm die Lektüre von Fraziers Legendensammlung *The Golden Bough* und *From Ritual to Romance*, T. S. Eliots Quelle für *The Wasteland.*

Ganze Abende ließ Jakob sich in stundenlange tiefsinnige Diskussionen über Mythologie mit Coppola und Brando ein, um ihnen klarzumachen, warum Kurtz sterben mußte. Diese Art anspruchsvoller intellektueller Unterhaltung, bei der man vom Hundertsten ins Tausendste kam, war ganz nach Marlons Geschmack. Dagegen war der frisch eingetroffene Skriptdoktor nicht davon überzeugt, daß Improvisieren des Rätsels Lösung sei. «Anfangs war ich skeptisch, weil Coppola sich auf Brando als Drehbuchautor verließ», sagte Jakob. «Aber dann wurde mir klar, daß Brando tatsächlich am Drehbuch beteiligt sein mußte, weil Coppola die Felle weggeschwommen waren. Brando war zwar körperlich aus dem Leim gegangen, aber sein Gehirn war hellwach.»

Nach diesen Besprechungen verließ Coppola sich ganz auf Brandos Spontaneität. Marlon verfiel beim Improvisieren auf brillante Zeilen, von denen allerdings viele der Schere zum Opfer fielen. Jahre später spielte Jack Jacobsen, der Toningenieur des Films, Meade Roberts, Tennessee Williams' Mitarbeiter am Drehbuch von *Mann in der Schlangenhaut*, das Tonband mit Brandos vollständigem improvisiertem Text vor. «Es waren insgesamt achtzehn Minuten, von denen nur zwei in der Endfassung auftauchten», erinnerte Roberts sich. «Manches war Geschwafel, aber das meiste war tatsächlich brillant. Man konnte förmlich hören, wie Marlons Gehirn arbeitete. Schließlich sagte er: ‹Ich habe mein Letztes gegeben, Francis. Wenn du mehr willst, mußt du dir einen anderen Schauspieler suchen.›»

In der endgültigen Fassung der Schlußszene wird Kurtz von Willard, gespielt von Martin Sheen, in Stücke gehackt, während gleichzeitig ein quälend langsames Ritualopfer an einem brüllenden Stier vorgenommen wird. Der Erfolg der Szene beruhte nicht allein auf Marlons geistreichen, wenn auch willkürlichen Assoziationen, sondern auf ihrer Einbettung in Blut und Gewalt. Die grundlegende Thematik von Wiedergeburt durch Tod wird von der unheilvollen Verzweiflung, die in Marlons abschließenden Worten liegt, noch unterstrichen. So wie Bertoluccis psychologisches Bohren im *Letzten Tango* in Brando auf einen Nerv stieß, so schien sich hier Pessimismus und Ekel über sich selbst wie über die menschliche Situation, die sich seit Monaten in ihm aufgestaut hatten, Luft zu machen. Kurtz' berühmte letzte Worte – «Das Grauen, das Grauen» – waren ein passendes Finale nicht nur für den Film *Apokalypse Now* selbst, sondern auch für seine leidigen Entstehungsprobleme und Brandos düsteren Ausblick in die Zukunft.

Brandos Arbeit war am 8. Oktober 1976 beendet; er flog sofort nach Tahiti. Der eigentliche Film wurde erst Mitte Mai 1977 nach 238 Drehtagen abgeschlossen. Als der Staub sich gelegt hatte, stellte sich heraus, daß der Film beinahe 27 Millionen Dollar verschlungen hatte und Coppola weitere 10 Millionen für die Nachbearbeitung benötigte. Zwei weitere Jahre sollten vergehen, bevor eine aus 500000 Meter Film zusammengeschnittene «Arbeitsfassung» von *Apokalypse Now* beim Filmfestival in Cannes gezeigt wurde, wo sie sich mit Volker Schlöndorffs *Blechtrommel* die Goldene Palme teilte.

Als *Apokalypse* im August 1979 in den Vereinigten Staaten in die Kinos kam, bemängelte die Kritik vor allem die konfuse Thematik und den schwachen Schluß. Vincent Canby von der *New York Times* lobte zwar die grandiose Beschwörung des verheerenden, sinnlosen Vietnamkrieges, beklagte aber den Anflug von «Größenwahn» und Brandos «prätentiöse Theatralik». David Denby von der Zeitschrift *New York* war geradezu fassungslos über Brandos überreife Präsenz: «Dieser Mann ist so massiv geworden und nimmt so viel Raum ein, daß er praktisch nicht mehr zu gebrauchen ist. Wie soll neben ihm noch jemand *schauspielern*? Es bleibt einem nichts anderes übrig, als ihm zu huldigen.»

Die schärfste Abfuhr erteilte ihm Tennessee Williams. Nach dem Besuch des Films in New York fragte ihn ein Freund, was er zu Brandos Gage von 3,5 Millionen Dollar für die Rolle halte. «Was soll ich dazu sagen», antwortete Williams. «Sie werden ihn wohl pfundweise bezahlt haben.»

Trotz aller Gerüchte über Geldverschwendung und Regisseursallüren machte *Apokalypse* Profit. Die Einnahmen in Amerika beliefen sich auf über 40 Millionen Dollar, die im Ausland auf über 100 Millionen. «Das liegt nur daran», sagte Coppola lachend, «daß wir Brando Prozente zahlen!» Das Lachen sollte ihm allerdings bald vergehen, denn Brando hatte das Gefühl, daß «sein guter Freund Coppola» ihn finanziell übervorteilte.

Der Aufschrei in der Presse über die hohe Gage für eine Rolle, die viele Leute für eine bloße Nebenrolle hielten, veranlaßte Brando schließlich, seine Gagenforderungen zu rechtfertigen. «Ich habe ein Recht auf das Geld, das ich bekomme», sagte er. «Erstens zwinge ich niemanden, es mir zu zahlen. Zweitens habe ich im Laufe der Jahre so viel Erfahrung gewonnen, daß ich keinen Lehrer mehr brauche wie ein Anfänger – mir steht die ganze Skala menschlicher Emotionen zur Verfügung.» Vor allem rechtfertigte er sich damit, daß das Geld wohltätigen Zwecken zugute kam: einmal den wissenschaftlichen Experimenten auf Tetiaroa und zum andern der Entwicklung einer Fernseh-Miniserie im Stil von *Roots* über die Indianer – eine weitere Version seines seit langem angekündigten «Indianerfilms», nachdem das Wounded-Knee-Projekt so gut wie in der Versenkung verschwunden war.

Als nächstes sollte Brando, ebenfalls für eine unerhörte Gage, in *Superman* auftreten. Kurioserweise hatte er die Rolle durch Vermittlung seiner alten Freundin Marie Cui bekommen. Sie betreute inzwischen den alternden Hollywood-Agenten Kurt Frings und hatte durch ihn das europäische Vater-Sohn-Team Alexander und

Ilya Salkind kennengelernt. Die Salkinds hatten mit ihren *Musketier*-Filmen Aufsehen erregt und versuchten jetzt, in Hollywood das große Geschäft zu machen. «Cui bahnte den Kontakt zu Brando für sie an», bestätigte ein Freund des Schauspielers. «Allerdings wußte er damals nicht, daß sie für diese Gefälligkeit 30000 Dollar von den Salkinds erhielt. Als er davon hörte, war er sauer, daß sie ihn ausgenutzt hatte. Aber er war trotzdem bereit, den Film zu machen.»

Als Brando die Rolle akzeptiert hatte, brüstete er sich vor seinen bei ihm zu Besuch weilenden indianischen Freunden damit, daß er gerade 3 Millionen Dollar verdient hätte. Dabei sollte ihm der Deal, den Norman Garey im Dezember 1976 schließlich perfekt gemacht hatte, sogar noch mehr einbringen. Für zwölf Drehtage in den beiden *Superman*-Filmen (die gleichzeitig gedreht wurden) erhielt er 3,7 Millionen Dollar, zuzüglich 11,3 Prozent der einheimischen und 5,65 Prozent der ausländischen Bruttoeinnahmen.

Marlon traf bereits eine Woche vor dem vereinbarten 23. März 1977 auf dem Set von *Superman* in den Londoner Shepperton-Studios ein, um Sponsoren für die geplante dreizehnteilige Miniserie über die Indianer aufzutreiben.

An seinem ersten Arbeitstag erschien er jedoch schlecht gelaunt und in Schal und Pullover gehüllt auf dem Set und beklagte sich über Grippe und Jetlag. Regieveteran Richard Donner, der sich einen Namen und ein Vermögen mit *The Omen* gemacht hatte, wußte nicht recht, was er von dem exzentrischen Star zu erwarten hatte, und hatte sich deshalb bereits vertrauensvoll an Coppola gewandt: Jay Kanter habe ihm erzählt, Brando sei arbeitsscheu, und Coppola bestätigte diese Meinung.

Doch wider Erwarten schien Brando zur Zusammenarbeit durchaus willig. Als die Anfangsszene geprobt werden sollte, schlug er Donner vor, die Kameras schon während der Probe laufen zu lassen. «Wer weiß», sagte er. «Vielleicht werden wir fündig.»

In ein langes, fließendes Gewand gehüllt, das seinen Umfang geschickt verbarg, sah er mit seinem silbergrauen, etwas länger gewachsenen Haar wie ein heidnischer Priester aus. Er stellte sich in Positur und begann seinen Eröffnungsmonolog, ein Klagelied darüber, daß er seinen Sohn auf die Erde schicken mußte. Dabei verzichtete er auf den sich anbietenden parodistischen Unterton und deklamierte die väterliche Gardinenpredigt ganz im Stil eines klassischen Shakespeare-Barden. «Als er fertig war, herrschte tiefes, respektvolles Schweigen», sagte Donner. «Die erste Einstellung erschien dann auch im Film.»

Im Laufe der nächsten zwölf Tage ließ die britische Presse sich ausführlich über Brandos Launen, Eitelkeit und Exzentrik aus, obwohl die negative Berichterstattung eher auf der Entrüstung über die hohe Gage als auf seinem tatsächlichen Benehmen auf dem Set beruht haben mag. Donner nahm ihn jedoch in Schutz: der Schauspieler sei zwar grippekrank, aber durchaus nicht schwierig gewesen und habe seine Szenen nahezu fahrplangemäß beendet. «Brando war wunderbar», bestätigte Tom Mankiewicz, der als «künstlerischer Berater» fungiert und das Drehbuch bearbeitet hatte. «Als wir fertig waren, hatten wir über eine Stunde brauchbares Material für *Superman* und *Superman II*.»

Der Film schlug sofort beim Publikum ein. Doch behaupteten Brando, Donner und der ursprüngliche Drehbuchautor Mario Puzo, daß die Salkinds sie um ihren Anteil am Profit betrogen hätten. Nur zwei Tage nach der Premiere des Films strengte Brando eine Klage auf 50 Millionen Dollar gegen sie an. Außerdem beantragte er beim Gericht in Los Angeles eine einstweilige Verfügung gegen den Verleih des Films durch Warners oder die Benutzung von «Name, Stimme und Bild, Darstellungen, Auftritten und Bewegungen und/oder anderen persönlichen Attributen». Am 26. Dezember lehnte das Gericht seinen Antrag mit der Begründung ab, daß sich eine Schädigung nicht nachweisen ließe. Trotzdem verfolgte Norman Garey den Fall noch mehrere Jahre lang. Die Salkinds kündigten Donner derweil als Regisseur von *Superman II*, ersetzten ihn durch den britischen Regisseur Richard Lester und ließen in der Fortsetzung sämtliche Brando-Szenen unter den Tisch fallen.

Nach dem Erscheinen von *Superman* und *Apokalypse Now* wollte Jack Swan, ein alter Freund aus Libertyville, von Fran Loving wissen, wie ihr Bruder für solch kurze Leinwandauftritte soviel Geld verlangen könne. Schlagfertig antwortete sie: «Er hat das viele Geld bitter nötig, denn er finanziert den halben Südpazifik.»

Für Marlon war das durchaus kein Witz. Als er nach den Dreharbeiten von *Superman* nach Tetiaroa zurückkehrte, berichtete er Reportern von seinem neuen Plan, aus den Algen der Lagune Proteine zu gewinnen, mit denen er die Hungernden der Dritten Welt ernähren wollte. Seine Einkünfte aus *Superman* gestatteten ihm angeblich, eine zweijährige Pause einzulegen, um sich ganz auf Tetiaroa und seine Miniserie über die Indianer zu konzentrieren. Doch schon wenige Monate später war er offenbar wieder knapp bei Kasse. Im September 1977 wurde bekanntgegeben, er habe sich zu einem weiteren einträglichen Film, *The Formula* (dt. *Die Formel*), verpflichtet. «Ich war pleite», erklärte er, «und brauchte den Kies. Zehn Tage für 3 Millionen.» Der Film würde zwar nicht von heute auf morgen in die Produktion gehen; trotzdem war es erstaunlich, daß Brando ein halbes Jahr nach der Beendigung von *Superman* schon wieder über Geldsorgen klagte. Man fragte sich, wo das viele Geld blieb.

Kaum war er im Herbst 1977 in Los Angeles zurück, da drückten ihn Familiensorgen. Christian irrte noch immer ziellos umher, so daß Marlon erwog, einen Club oder ein Café zu eröffnen und Christian als Manager einzusetzen. «Das wurde ungefähr fünfzehn Minuten lang in Erwägung gezogen», sagte Christians Freund, Steve Hunio, «bevor Christian Marlons Vorschlag wie gewohnt einfach vom Tisch schob.»

Marlon spielte auch mit dem Gedanken, mit Christian gemeinsam einen Kurs im Schweißen zu machen. Brando hoffte, davon profitieren und die «Korrosion» auf Tetiaroa in den Griff bekommen zu können; er heuerte also seinen alten Freund, den Produzenten Everett Greenbaum an, damit er ihnen Unterricht gab. Der Schauspieler selbst stieg zwar bald wieder aus, erreichte aber immerhin, daß sein Sohn Interesse am Umgang mit Metall zu entwickeln begann und später sogar eine vollständige Schweißerlehre machte und sich als Schweißer etablierte. Im Augenblick zog er es allerdings vor, sich auf einem Fischkutter im Pazifik zu verdingen. Weit weg von Marlons dominierendem Einfluß und Annas erneutem Anspruch auf ihn gelang es ihm vielleicht, zu sich selbst zu finden.

1979 wurde Brando jedoch von seiner Vergangenheit eingeholt. Zu seinem großen Ärger erschienen im August Anna Kashfis offenherzige Memoiren, *Brando zum Frühstück*. Während der Publicity-Tour nannte sie Brando «neurotisch, bisexuell, verlogen, einen hoffnungslosen Liebhaber und Mann ohne Niveau und Kontakfähigkeit». Sie behauptete, das Buch nur deshalb geschrieben zu haben, damit Christian wisse, daß sie schon immer die Wahrheit über seinen Vater gesagt habe. Trotzdem mußte sie zugeben, daß Christian «über das Buch ziemlich verstört war». Angeblich hatte er sich in seine Hütte in Oregon zurückgezogen und das Telefon abgestellt, damit sie ihn nicht anrufen konnte.

Bei all dem Geld, das Brando scheffelte, ließ ihn der Gedanke nicht los, daß er mit den Visionen für seine Insel seinen Kindern eine sichere Zukunft bot. Diese Überlegung wird ihn 1979 dazu bewogen haben, seinen Kindern Cheyenne, Teihotu und Christian und zum Teil auch Tarita das Atoll in Form von Aktien zu übertragen. (Wegen der Kontroverse über seine Vaterschaft bei Miko und Rebecca bei der «Scheidung» von Movita gingen diese beiden Kinder leer aus.) Inzwischen hatte das Hotel auf Tetiaroa wieder geöffnet, und die Reisebüros offerierten für 1450 Dollar pro Person inklusive Flugticket eine zehntägige Reise nach Tahiti, verbunden mit einem fünftägigen Aufenthalt auf dem Atoll. Die wenigen Wohlhabenden, die kamen, räumten zwar ein, daß die Insel ein Paradies sei, fanden die Unterkünfte jedoch noch immer zu primitiv und die Insekten unerträglich.

Freunden auf Tahiti entging nicht, daß Brandos Enthusiasmus zu schwinden begann. Als Alex Ata, der inzwischen zum Sekretär des Gouverneurs avanciert war, Marlon und seinen Sohn Teihotu eines Tages in Papeete zum Lunch einlud, spürte er die zunehmende Frustration des Schauspielers.

«Aus all den hochfliegenden Plänen für die Insel war nichts geworden», sagte Ata. «An dem Tag verlor er kein Wort mehr über seine Südseeprojekte. Es war mir immer ein Rätsel, wonach er dort eigentlich suchte. Vielleicht wußte er es selbst nicht und ist deshalb gescheitert.»

Wieder plagte ihn die Sorge um Christian. Sein Sohn war im Herbst 1980 nach Los Angeles zurückgekehrt und wieder am Mulholland Drive eingezogen. Er fand Arbeit als Baumbeschneider und profitierte von der Freundschaft mit dem zwölf Jahre älteren Bill Cable, der sich zwischen Engagements als Schauspieler und Modell als Spezialist für Bäume über Wasser hielt. «Christian war ein begnadeter Kletterer», sagte Cable, «aber das Fingerspitzengefühl hat er von mir. Wir haben uns über einen Freund in Hollywood kennengelernt und waren uns gleich sympathisch.»

Christian nahm ebenfalls die Beziehung zu seiner früheren Freundin Mary McKenna wieder auf, die als Kosmetikerin in einer Parfümerie in Los Angeles arbeitete. Sie beschlossen zu heiraten, was Brando deshalb begrüßte, weil er sich von Mary einen positiven Einfluß auf Christian versprach. Als Hochzeitsgeschenk überreichte er Mary 17000 Dollar, damit sie die Parfümerie kaufen konnte. Die beiden heirateten am 28. Januar 1981 und wohnten die ersten Monate bei Brando am Mulholland Drive.

Nach der Hochzeit konnte Brando seine Aufmerksamkeit wieder Tahiti zuwenden und nahm Kontakt mit John und Nancy Todd in Massachusetts auf. Die Todds hatten bahnbrechende Experimente in der Nahrungsmittel- und Energiegewinnung durchgeführt und im verglasten Innenhof ihres Hauses ein perfektes Modell eines autarken, durch Sonnenenergie betriebenen Ökosystems in Kleinformat geschaffen – genau das, was Brando seit Jahren vorschwebte.

Mitte Februar 1981 flogen die Todds nach Tetiaroa, um mit Brando über neue Wege zur Nahrungsmittelgewinnung auf der Insel zu sprechen, doch Brando ließ sich nicht blicken. Fast eine Woche lang erkundete das Ehepaar segelnd und tauchend auf eigene Faust die Lagune. Eines Nachmittags sah Nancy eine weibliche Gestalt unter den Palmen dahinwandern. «Sie trug einen rot-weiß geblümten Sarong und der Hitze wegen ein in der Taille geknotetes, langärmliges weißes Hemd», erinnerte sie sich. «Sie hatte schlaffe Brüste, einen blassen, teigigen, plumpen Körper und ging ziemlich schwerfällig. Ich blieb stehen und starrte sie an, weil ich mich fragte, wie ich fünf Tage auf dieser winzigen Insel verbracht haben konnte, ohne dieser alten weißen Frau, die etwas Ehrfurchtgebietendes hatte, begegnet zu sein. Die Person warf mir nur einen flüchtigen Blick zu und ging weiter.» Erst später beim Lunch, als Brando an ihren Tisch kam und sich vorstellte, stellte Nancy fest, daß die alte Frau und der Schauspieler ein und dieselbe Person waren.

Am 9. März wurde die Insel von einem Taifun heimgesucht. Todd war in seinem Bungalow und gab sich alle Mühe, nicht davongeweht zu werden. «Als am nächsten Morgen alles vorbei war», erinnerte er sich, «war ich dankbar, mit dem Leben davongekommen zu sein. Sämtliche Häuser waren zerstört und die Gärten überschwemmt. Meine spontane Reaktion war: ‹Alle Mann anfassen!› Aber Marlon war der Schreck so in die Glieder gefahren, daß er noch immer in Panik war. Er ließ die Insel auf der Stelle räumen. Nur Tarita blieb. Wir anderen wurden nach Papeete geflogen, wo er sich in sein Hotelzimmer einschloß.»

Nach eingehender Besichtigung des Taifunschadens kam Brando erneut auf den ursprünglichen Plan einer ausgedehnten Hotelanlage mit insgesamt fünfundfünfzig Bungalows zurück.

Er spielte mit dem Gedanken, die Insel für die Summe von 7 Millionen Dollar zuzüglich Mieten langfristig an eine Touristikgesellschaft zu verpachten. Das Atoll selbst würde in seinem Besitz bleiben.

In der Zwischenzeit heuerte Brando Cynthia Garbutt von der Universität in Hawaii an, die sein Reisebüro am Flughafen in Papeete sowie alle Haushalts- und Finanzfragen für Tarita und die Kinder in die Hand nehmen sollte. Außerdem ließ er einen neuen Manager mit seiner Frau aus San Francisco kommen. Der Manager hatte noch nie ein Atoll betreten, ging aber sofort tatkräftig ans Werk. Das Ehepaar stellte umgehend zwei Empfangschefinnen und einen Weinkellner sowie mehrere Gärtner ein, die sich um die wild wuchernden Kokospalmen und Pandanusbäume kümmern sollten. Dem Personal wurde der zwanglose Umgang mit den Gästen untersagt und seine Zahl verdreifacht. Geradezu absurd war die neue Etikette auf der Insel: Männliche Gäste mußten in langen Hosen und

Jackett zum Essen erscheinen. Doch trotz der Anstrengungen des Ehepaars machte Tetiaroa 1982 Verluste von einer halben Million Dollar.

An diesem Punkt griffen die Finanzexperten Brown und Kraft ein und machten Brando klar, daß Tetiaroa sich nur noch als Steuerabschreibung rechtfertigen ließ. Doch wurden alle Träume, die Brando noch gehegt haben mochte, im April 1983 von einem zweiten Taifun zunichte gemacht. Meterhohe Wellen rollten von Norden über das Atoll hinweg und zerstörten Brandos private *fare*. Wie eine prähistorische Anlage ragten nur die nackten Betonwände seiner neuen Behausung auf der anderen Seite der Insel aus der Südsee heraus. Auf einem *motu* war kein einziger Baum stehengeblieben, auf den anderen über 500 Palmen entwurzelt worden. Die sonst kristallklare Lagune war mit toten Vögeln übersät. Brando, der sich zu dem Zeitpunkt in L. A. aufhielt, war über das Ausmaß der Verwüstungen entsetzt. Er schickte Christian (der sich bereits wieder von Mary getrennt hatte) mit seinem Freund Bill Cable auf das Atoll, damit sie für Ordnung sorgten.

Nach einer weiteren Serie von verheerenden Unwettern wandte Brando sich 1987 an den Journalisten Alex DuPrel, der praktische Erfahrungen als Bauingenieur und Landvermesser hatte, und bat ihn um Rat. DuPrel schlug vor, die vierzehn verbliebenen, von Grund auf renovierten Bungalows zusammen mit sechs neuen in eine solide gebaute, pflegeleichte und moderne Luxusherberge umzuwandeln. Die Nutzung von Sonnenenergie sollte das ökologische Gleichgewicht der Insel erhalten, die luxuriöse Ausstattung jedoch eine ähnlich exklusive Kundschaft anlocken wie Malcolm Forbes' Inselparadies auf Fiji, wo die Zimmer 800 bis 900 Dollar pro Tag kosteten. «Wir kamen überein, daß er zwischen 500000 und 750000 Dollar in die Renovierungsarbeiten stecken mußte», sagte DuPrel, «damit aber etwas in der Hand hatte, was er seinen Kindern mit gutem Gewissen hinterlassen konnte. Der Deal wurde per Handschlag perfekt gemacht.»

Dank DuPrels kompetenter Geschäftsführung kam das Hotel das erste Mal seit Jahren aus den roten Zahlen heraus. Trotz der eher schlichten Unterkünfte gelang es ihm, internationale Prominenz wie Bo Derek, Jean-Paul Belmondo, den Regisseur Claude Lelouch und Robert De Niro anzuziehen, der DuPrel zufolge mit Vorliebe den Kellner spielte, sich eine Serviette über den Arm warf und die Bestellungen unter den Gästen aufnahm. Sogar Quincy Jones tauchte auf und versenkte sich einunddreißig Tage in Gebet und Meditationen, um sich von einem Nervenzusammenbruch zu erholen.

Trotz des geschäftlichen Aufschwungs fühlte DuPrel sich zunehmend frustriert, da Brando keinerlei Anstalten machte, das Geld für die noch ausstehenden Instandsetzungsarbeiten lockerzumachen. Häufig trafen mit der Morgenpost Expreßsendungen aus Amerika ein, und eines Tages war wieder ein Drehbuch von einem Produzenten darunter, der sich förmlich um Marlon riß.

Brando überflog den beiliegenden Brief.

«Okay», sagte er, «drei Wochen Filmarbeit für 1,5 Millionen Dollar.»

«Phantastisch!» rief DuPrel. «Endlich können wir den Laden auf Vordermann bringen.»

Doch nach der Lektüre der ersten zwei, drei Seiten zog Brando ein gelangweiltes Gesicht.

«Mit solchem Mist will ich nichts zu tun haben», sagte er und warf das Skript wie einen Basketball in den Papierkorb.

«Es war immer dasselbe», erklärte DuPrel später. «Er bekam Angebote für 3 Millionen Dollar und ließ sie einfach sausen.»

Als Brando das versprochene Geld für die Instandsetzung des Atolls auch nach zwölf Monaten noch nicht bereitgestellt hatte, warf DuPrel das Handtuch. «Solange Marlon auf Tetiaroa ist, denkt er an nichts als an Tetiaroa und Tahiti», erklärte DuPrel. «Aber kaum ist er wieder am Mulholland Drive, da verkriecht er sich in sein Schneckenhaus und denkt nicht mehr daran. Also habe ich 1988 nach gut einem Jahr gekündigt und ihm geschrieben: ‹Ich bin es leid, der Verwalter des exklusivsten Slums in der Südsee zu sein.›»

Gegen Ende der achtziger Jahre waren Brandos großartige utopische Pläne für Tetiaroa zu nichts geschrumpft. Er war immer seltener dort. Angezogen von dem kosmopolitischen Leben in der französisch-polynesischen Hauptstadt, verbrachten Tarita, Cheyenne und Teihotu ihre Zeit meist in Papeete und kehrten nur in den Ferien oder zu Wochenendparties mit Freunden auf die Insel zurück. Die Anlage begann zu verfallen.

Das Problem war nicht, daß es Marlon plötzlich egal war. Wie immer litt er an einem Mangelgefühl und war auf der Suche nach mehr. Wenn es einen roten Faden in seinem Leben gab, dann war es der unablässige Drang, sich auf die Suche nach dem Heiligen Gral, nach Reinheit und Authentizität zu begeben. Jedesmal war er der Verwirklichung seiner Träume so nah, daß er glaubte, mit Händen danach greifen zu können. Doch weder die Indianer noch das Atoll brachten ihm die ersehnte Erfüllung.

Obwohl Marlon in diesem Jahrzehnt seines Lebens Millionen von Dollar verdient hatte, schien er sich in seinem beruflichen wie persönlichen Leben immer weiter zu verirren und in eine private Welt am Mulholland Drive zu verkriechen. Dort frönte er seinen Neigungen, erging sich in fixen Ideen und hielt seinen Freunden endlose Vorträge über die Filme, die er schreiben wollte, während er sich immer weiter von der Wirklichkeit entfernte. «Alle suchen nach dem einen Weisen, der die Wahrheit verkündet», erklärte er düster. «Also liest man Laotse, Konrad Lorenz, Melville oder Kenneth Patchen, Menschen, die keine verstiegenen Spinner sind, sondern die Augen von Heiligen und die Wahrnehmungskraft von Geistern haben. Sie sollen uns den rechten Weg weisen ... aber auch ihnen gelingt es nicht, und so irren wir tastend umher, ein billiger Abklatsch dieser großen Vorbilder.»

Die achtziger Jahre
1982–1989

ACHTZEHN

Nachdem Brando zwei Jahre lang relativ untätig gewesen war, riß ihn ein neues Projekt 1982 aus seiner Lethargie. Während eines ausgedehnten Aufenthalts auf Tetiaroa bat er seinen alten Bekannten, den Regisseur Donald Cammell, ihm bei einem Filmskript zur Hand zu gehen, das dem Schauspieler die erste anständige Rolle seit Jahren in Aussicht zu stellen schien. Die Idee zu dem Film war von Brando selbst gekommen und beruhte Cammell zufolge auf seinem Bedürfnis, sich mit dem Mythos des Abenteurers auseinanderzusetzen, «der auf der Suche nach wahrer Liebe von metaphysischen Ängsten getrieben wird».

Der Film sollte den Titel *Fan Tan* haben. Auf dem Hintergrund der zwanziger Jahre wollte Brando einen schmuggelnden Fischer in den Gewässern zwischen China und den Südseeinseln spielen. Als ehemaliger Gefängnisinsasse mit schriftstellerischen Ambitionen schließt der Fischer sich einer Bande von chinesischen Piratinnen an, stiehlt ihnen die Perlen, verliebt sich in eine unschuldige Schöne, die ihn aber sitzenläßt, und findet schließlich, von Schuldgefühlen geplagt, zu Frau und Kindern auf seiner entlegenen Südseeinsel zurück. Ein Großteil der Handlung sollte natürlich auf und um Tetiaroa gedreht werden.

Brando und Cammell hatten das Projekt schon vor Monaten in Los Angeles besprochen, und die Zusammenarbeit schien vielversprechend. Die beiden waren sich vor mehr als fünfundzwanzig Jahren bei den Dreharbeiten zu den *Jungen Löwen* in Paris begegnet. Der Schotte Cammel, ein Freund von Christian Marquand, hatte als Maler begonnen, war später zum Film gegangen und hatte in *Performance* (mit seinem Freund Mick Jagger in der Hauptrolle) Regie geführt. Brando erneuerte den Kontakt Mitte der siebziger Jahre, wenn auch nicht gerade aus freundschaftlichen Motiven.

Cammell hatte damals eine Affäre mit einem jungen Mädchen in noch nicht heiratsfähigem Alter; es handelte sich um China, die jüngste Tochter von Anita Kong, Brandos eigener langjähriger Geliebten, und Schwester von Stefani Kong, der «offiziellen Photographin» des Schauspielers bei *Duell am Missouri* und später *Superman*. Es tat Brandos selbstgerechter Entrüstung nicht den mindesten Abbruch, daß er die Mutter des Mädchens, die in der Nachbarschaft wohnte, selbst häufig besucht und die Affäre mit ihr gegen den Protest ihres Mannes fortgesetzt hatte. Wie Cammell später berichtete, maßte Brando sich ihm gegenüber die Rolle eines überheblichen Zensors an. Als selbsternannter Paterfamilias setzte Brando ihn im Namen der Familie unter Druck und entschuldigte sich erst später, als Donald und China verheiratet waren.

Brandos versöhnlicher Anruf bei Cammell Anfang 1982 war durch die Neuauflage von *Performance* ausgelöst worden, und während der Schauspieler ihm versicherte, wie sehr er seinen Film bewunderte, bat er Cammell um seine Mitarbeit an *Fan Tan* und erklärte, er brauche sowohl einen kompetenten Autor wie einen vertrauenswürdigen Regisseur. Cammell fand das Angebot «sehr verlockend»: Er sollte den Text schreiben und redigieren, den Marlon ihm spontan in die Maschine oder auf einen Kassettenrecorder diktierte. «Diese Arbeitsweise inspirierte ihn», erklärte Cammell. «Bei Marlon ist es wichtig, daß er den einmal gewonnenen Schwung beibehält.»

Nach anderthalb Monaten auf Tetiaroa hatte Cammell einen 150 Seiten langen Entwurf fertig, den er einem der größeren Studios in L. A. unterbreitete. «Die fanden das Skript einfach toll», sagte der Schriftsteller. Doch dann zögerte Brando und konnte sich nicht entschließen, den Film in Produktion gehen zu lassen. Nachdem mehrere Wochen vergingen, ohne daß Cammell seinen Partner telefonisch erreichen konnte, ließ Brando ihn wissen, daß er das Skript zurückziehen wolle.

«Der Meinungsumschwung beruhte auf seiner generellen Unfähigkeit, selbstgeschriebenes Material filmisch umzusetzen», erklärte Cammell, der keinen Einfluß auf Brandos Entscheidung hatte. «Er schob alle möglichen Ausflüchte vor – die Kosten des

Films oder den Umstand, daß es ein Studiofilm war, während er ihn der Kontrolle wegen lieber selbst produzieren wollte, und daß bei den großen Hollywood-Studios nichts zu erreichen sei. Er warf sich selbst Knüppel zwischen die Beine.»

Die Ausreden waren die gleichen, die Abby Mann bei dem geplanten Wounded-Knee-Film zu hören bekam. Brando schien ebenfalls besorgt, daß die von ihm selbst erfundene Hauptgestalt autobiographisch gedeutet werden könnte. Doch ganz wollte er das Projekt auch nicht aufgeben. Also schlug er Cammell vor, das Material in Form eines Bestsellers neu zu verpacken. Ein Buch, behauptete er, könne als Sprungbrett dienen, den Film eigenhändig zu finanzieren.

Cammell war skeptisch, gab aber in der Hoffnung, das Projekt damit retten zu können, seine Zusage. Doch als der Roman zur Hälfte fertig war, warf Marlon erneut Sand ins Getriebe. Er untersagte die Publikation, weigerte sich aber gleichzeitig, den Vorschuß des Verlags zurückzuzahlen. Als ein zweiter Verlag mit einem noch größeren Vorschuß winkte und die Rechte aufkaufen wollte, erfand Brando eine neue Ausrede.

«Angeblich konnte er das Buch nicht lesen, weil er es nicht selbst geschrieben hatte», sagte Cammell. «Er hatte eine Gewissenskrise und bestritt die Mitautorschaft. Er behauptet bis heute, das Buch nie gelesen zu haben. Ich weiß nicht, ob das stimmt. Er nimmt es mit der Wahrheit nicht so genau. Aber das kommt bei Künstlern und Schauspielern häufig vor.»

1982 wurde Brando achtundfünfzig. Er war unverhältnismäßig dick und begab sich seiner Depressionen wegen wieder in Therapie. Seine Niedergeschlagenheit nahm noch zu, als er mehrere enge Freunde verlor. Im Sommer mußte Sam Gilman sich nach einer Krebsdiagnose einer chemotherapeutischen Behandlung unterziehen, doch seine Überlebenschancen standen schlecht. Kurz darauf starb Reiko Sato, die in Los Angeles wieder als Brandos Sekretärin gearbeitet hatte, bei einem mysteriösen Unfall. Brando ging zu ihrer Beerdigung und hielt eine tränenreiche Grabrede.

Nur zwei Wochen später traf ihn ein neuer schwerer Schlag, als Norman Garey, sein treuer Freund, Anwalt und Unterhändler, sich einen Revolver an die Schläfe setzte. Er war sechsundvierzig. Die Erklärungen für den Selbstmord des prominenten Anwalts, über den ausführlich in der Presse berichtet wurde, reichten von finanziellen Schwierigkeiten, Überlastung durch Studiointrigen bis zu Gerüchten über Magenkrebs. Bei der Beerdigung stand Marlon stumm neben Gareys Firmenpartner Allen Susman im grellen Nachmittagslicht und brach nach der Totenfeier in Schluchzen aus.

Es war eine belastende, unglückliche Zeit, die auch durch Christians Alkoholprobleme und die immer heftiger werdenden Zusammenstöße mit seiner getrennt von ihm lebenden Frau Mary nicht erleichtert wurde. Aber statt Zorn, Trauer und Schuldgefühle zu akzeptieren, versuchte Marlon wiederum, mit seinem Schmerz fertig zu werden, indem er ihn nach außen abreagierte. Vor allem stürzte er sich wie besessen auf die bereits laufenden beiden Prozesse und brach zusätzlich noch einen neuen vom Zaun.

Der Anlaß dazu lag bereits etliche Jahre zurück. 1981 hatte Norman Garey mit der Freigabe von *Superman II* die langjährige, sich auf 50 Millionen Dollar belaufende Klage gegen die Produzenten Alexander und Ilya Salkind wiederaufgenommen. Am 6. April 1982 wurde die Klage stillschweigend beigelegt, als die Produzenten und Warner Bros. sich bereit erklärten, Brando einen Anteil von schätzungsweise 10 bis 15 Millionen am Erlös beider *Superman*-Filme zu gewähren. Brando, schrieb eine Zeitung, «hat vor Gericht mehr Geld gemacht als auf der Leinwand». Obwohl die Summe nicht bestätigt wurde, teilte Brando Lawrence Grobel in seinem *Playboy*-Interview später mit: «Ich habe 14 Millionen Dollar bekommen. Das Geld wird dieses Jahr fällig. Nach Abzug der Steuern bleiben sieben oder acht Millionen übrig.» Als Grobel ihn mit den Worten «Nicht übel für zwei Wochen Arbeit» beglückwünschte, korrigierte Brando ihn. Es seien nur zwölf Tage gewesen, sagte er und fügte lachend hinzu: «Ein Witz. Geradezu absurd.»

Trotz der großen Summe war sein Wunsch nach «Rache» noch immer nicht gestillt. Drei Wochen später, am 1. Mai 1982, strengte er eine Klage gegen seinen ehemals verehrten Mentor Francis Ford Coppola an. Dabei ging es um seinen 11,3-prozentigen Anteil an den Bruttoeinnahmen von *Apokalypse Now*. Brando behauptete, zusätzlich zu den noch ausstehenden 8 Millionen Dollar Anspruch auf Schadensersatz in Höhe von 40 Millionen Dollar zu haben.

Der Zeitpunkt hätte strategisch nicht günstiger sein können. Coppola war pleite und seine Filmgesellschaft American Zoetrope bankrott. Nach Gareys Tod hatte Brando dessen Partner, Allen Susman und Marvin Meyer, veranlaßt, den Fall zu übernehmen. Der geplagte Regisseur hatte sich bereits grundsätzlich bereit erklärt, Marlon zu bezahlen, aber wann und wieviel, ließ sich erst nach Abwicklung seiner Hypothekenschulden sagen. Brando hielt verzweifelt nach Leuten in der Branche Ausschau, die er aufgrund von Coppolas Vorzügen und Beziehungen dazu bewegen konnte, Coppolas Schulden zu übernehmen. Er hing ständig mit seinen Anwälten am Telefon, heckte neue Strategien aus und nahm Coppola psychoanalytisch unter die Lupe, um eventuellen Schachzügen zuvorzukommen.

Brandos größte Sorge blieb allerdings Christian. Er hatte sich inzwischen von Mary getrennt, wohnte wieder am Mulholland Drive und hatte Scherereien mit der Polizei.

Am 3. Dezember 1983 wurde er verhaftet, weil er Schießübungen auf einem verlassenen Raketengelände am Mulholland Drive gemacht hatte. Er war in Begleitung von zwei Freunden, einer von ihnen sein mutmaßlicher Halbbruder Bobby, der der Polizei allerdings entwischte. Christian wurde zur Polizeistation gebracht. «Statt Marlon rief er mich an, als die Polizei ihn gegen Kaution freilassen wollte», erinnerte Pat Quinn sich. ‹Mein Vater darf nichts davon erfahren›, sagte er, ‹könntest du mich vielleicht abholen?›» Als sie dort ankam, hatten die Beamten Brando bereits telefonisch erreicht. «Ich sprach am Telefon mit ihm», fuhr Quinn fort, «und er sagte zu mir: ‹Laß ihn dort.› Aber das brachte ich nicht übers Herz. Draußen sagte Christian zu mir: ‹Fahr mich bloß nicht nach Hause. Der bringt mich um.› Aber ich hatte Marlon versprochen, Christian nach Hause zu bringen. Als wir ans Tor kamen, flehte Christian mich an: ‹Laß mich hier raus, sonst bringt er mich um.› Aus früheren Andeutungen Christians wußte ich, daß Marlon ihn regelrecht verprügelte. Er hatte eine Heidenangst, und als wir durchs Tor fuhren, sprang er aus dem Wagen und war verschwunden.»

Christian war bereits 1974 wegen Besitz von Marihuana verhaftet worden, hatte aber trotzdem täglich weitergeraucht und gelegentlich auch mit LSD, PCP und halluzinogenen Pilzen experimentiert. Auch sein Alkoholkonsum war beträchtlich. Er begann unter Ohnmachtsanfällen zu leiden, woraufhin sein Vater ihn zu einer Entziehungskur im St.-John's-Krankenhaus anmeldete. Offiziellen Unterlagen zufolge flog Christian nach drei Tagen wegen «Anpassungsschwierigkeiten» hinaus – er hatte versucht, Alkohol einzuschmuggeln.

Christians abgebrochene Schulbildung schloß eine normale berufliche Laufbahn von vornherein aus. Wenn er auch im Schatten seines übermächtigen Vaters lebte, so war sein eigentlicher Mentor in dieser Zeit Bill Cable, der Christian in seinem Baumgeschäft unter die Fittiche genommen hatte. Brando versuchte zu helfen, indem er ihnen bei Freunden wie Jane Fonda und Jack Nicholson Arbeit verschaffte. Er stellte die beiden auch auf seinem eigenen Grundstück an und kaufte Christian sogar die notwendigen Werkzeuge. (Gleichzeitig untersagte er Christian, in den Universal Studios als Kulissentischler zu arbeiten. «Das hätte Christian liebend gern gemacht», sagte Quinn, «aber Marlon wollte davon nichts hören.»)

Brando konnte sehr großzügig sein. Er blätterte 14 000 Dollar in bar für einen 1984er Camaro hin und kam für Christians sämtliche Reinigungs-, Transport- und Versicherungskosten auf. Außerdem gab er ihm ein monatliches Taschengeld. Wenn Brando als Schauspieler erratisch zwischen Kälte und Herzlichkeit schwankte, so konnte Brando als Vater geradezu gefühlsselig werden und seinem Sohn gelegentlich spontane Liebeserklärungen machen. Bei einer Gelegenheit legte er Christian zum Willkommen ein handgeschriebenes Kärtchen aufs Kopfkissen: «Mein geliebter Sohn – ich bin froh, daß Du wieder da bist. Ohne Dich kommt mir das Haus so leer vor. Schlaf gut – und stell den Radaukasten nicht so laut. Laß Dich umarmen – Da Da.» Als Christian sich später für Holzschnitzerei interessierte, schenkte er ihm ein Schnitzmesser, wieder mit ein paar Begleitzeilen: «Eine kleine Prise von Dad an einem windigen Tag – Kein besonderer Anlaß, nur weil ich Dich liebe. Dad.»

Aber bei anderen Gelegenheiten konnte er sich als unbarmherziger Zuchtmeister aufspielen. Wenn Christian nicht so spurte, wie Marlon es wünschte, fuhr er ihn an: «Glaubst du vielleicht, dies ist ein Hotel?» Wenn sein Vater «wie eine Dampfwalze auf ihn losging», wie Christian es Freunden gegenüber nannte, tänzelte sein Sohn herausfordernd über den Rasen vor ihm her und rief: «Leck mich am Arsch, du Fettsack!» Dann warf er sich in seinen Wagen und raste davon.

Währenddessen trieb er sich weiter in zweifelhaften Kreisen herum und geriet immer tiefer in die Drogenabhängigkeit. Er fuhr ein paar Autos zu Schrott, und seine Autoversicherung stieg auf 3500 Dollar im Jahr. Er umgab sich mit Junkies, Schmarotzern und einfältigen Bimbos, und sein Verschleiß an Frauen war beträchtlich. «Es gab viele Männer, die nicht gut auf ihn zu sprechen waren», meinte einer seiner Bekannten, was zu Christians wachsender Paranoia nur noch beitrug.

«Ich habe mein Leben lang versucht, weniger verrückt zu sein», hatte Brando Pat Quinn einmal gestanden. Jetzt traf er sich mehrmals die Woche mit seinem Therapeuten G.L. Harrington, den er von 1981 bis zu dessen Tod 1988 konsultierte. Wie Fred Sadoff sich erinnerte, brauchte Brando damals dringend Hilfe. «Er war fast sechzig und fragte sich, was aus seinem Leben geworden war. Er mußte mit jemandem über seine Einsamkeit oder sein Bedürfnis, andere zu manipulieren, sprechen. Warum verhalte ich mich so? Was fange ich mit den Indianern an? Was ist mit meinem Sohn? Harringtons größter Vorzug war, daß er seine Patienten nicht mit faulen Ausreden durchkommen ließ, sondern ihnen, ohne aggressiv zu werden, klarmachte, daß sie dummes Zeug redeten.»

Als die Probleme mit Christian sich zuspitzten, meldete Brando seinen Sohn ebenfalls bei Harrington an. Doch waren Christians Sitzungen mit dem Therapeuten offenbar weniger erfolgreich. «Christian fühlte sich mißbraucht», sagte Steve Hunio. «Er hatte den Verdacht, der Arzt würde Marlon alles haarklein weitererzählen, womit er vermutlich recht hatte. Die Erfahrung hinterließ in Christian ein tiefes Mißtrauen nicht nur Psychologen, sondern allen gegenüber, die ihm helfen wollten, mit seinen Selbstwert- und Identitätsproblemen, mit seiner Angst, ein Versager zu sein, fertig zu werden. Ich bin überzeugt, daß Marlon ernsthaft um Christian besorgt war», fuhr Hunio fort. «Aber vielleicht sollte der Arzt, zu dem man seinen Sohn schickt, dem Vater nicht alles brühwarm wiedererzählen.»

Im März 1983 ging Brando daran, mit Hilfe von Tom Papke, einem «Faktotum» mit weitläufiger Erfahrung in Film, Computern und Elektronik, den er durch Sam Gilman kennengelernt hatte, den Haushalt sowie geplante Bau- und Sicherheitsmaßnahmen am Mulholland Drive in Angriff zu nehmen. Papke war für die nächsten vierzehn Monate bei Brando beschäftigt und übernahm anschließend für weitere sechs Jahre besondere Aufgaben.

Papke war ein Typ nach Brandos Herzen – gescheit, loyal, gefällig, aber gleichzeitig unkonventionell und ein bißchen verschroben. Brando war vor allem von Papkes Computerkenntnissen fasziniert. «Während unserer ganzen Zusammenarbeit wollte er mit der Technologie immer nur Geld machen», erklärte Papke. «Immer hieß es: ‹Warum gründen wir keine Firma – laß uns irgendwas in Gang bringen.› Geld war allerdings nicht die einzige Triebkraft dahinter», fuhr Papke fort. «Im Grunde wollte er sich damit den Respekt der Welt als Intellektueller und nicht als bloßer Schauspieler verschaffen. Später sagte er oft zu mir: ‹Was die Leute auf der Leinwand sehen, das bin ich gar nicht. Ich möchte aber nicht als jemand in Erinnerung behalten werden, der ich gar nicht bin.›»

Während Brando das Interesse an der geplanten Computer-Firma bald verlor, stürzte Papke sich voller Energie in seinen Job als Privatsekretär und Mädchen für alles, hielt die Verbindung zwischen Brando und der Außenwelt aufrecht und war für die gesamte Organisation zuständig. Obwohl Brando ihm den geplanten Ausbau des Hauses haarklein erläutert hatte, wurde er vage und unentschlossen, sobald Papke genauer wissen wollte, wo er denn anfangen sollte, und ließ ihn mit den Worten stehen: «Das überlaß ich dir. Mach, was du willst. Wir können später darüber sprechen.»

Papke staunte nicht schlecht über Brandos Wohnverhältnisse und die auf einer Anhöhe gelegene Gesamtanlage seiner Behausung. Einmal gab es das fensterlose Seitengebäude mit Wänden aus dreißig Zentimeter dickem Stahlbeton, Betonfußboden und schweren

Panzertüren. Der Spitzname «Bunker» war durchaus kein Witz – Brando hatte bereits durch Pat Quinn dafür sorgen lassen, daß ein Helikopter im Falle eines Unglücks auf Abruf bereitstand – im Falle eines Erdbebens oder Aufstands oder wie immer Marlon sich sein Armageddon ausmalte, sollte der Helikopter Pat, Jocelyn, Christian, Philip und Marie Rhodes und andere von Marlon Auserwählte abholen und nach Mulholland in den Bunker in Sicherheit bringen.

Die größte Offenbarung für Papke war seine nächste Aufgabe – das Aufräumen des Bunkers, in dem ganze Lagerbestände gehortet waren: Stapel von Bauholz, elektrische Kabel, ein vollständiges Set von Elektrowerkzeug, das einer Meisterwerkstatt Ehre gemacht hätte, dazu vier Apple-Computer, zum Teil noch in der Originalverpackung. Offenbar kaufte Brando blindlings ein und verlor dann das Interesse daran.

Nach Hollywood-Maßstäben war der Lebensstil des Schauspielers nicht übermäßig aufwendig. Das zentrale Wohnhaus, in der Presse oft als «weitläufige Beverly-Hills-Villa» beschrieben, war eher bescheiden: 1000 Quadratmeter offene, weißgekalkte Wohnfläche im japanischen Stil. Sein Wagenpark bestand aus einem Lieferwagen und alten, geleasten Mercedes. Doch wie Papke schnell merkte, neigte Brando zu exzessiven, spontanen Geldausgaben.

Am haarsträubendsten war der Ankauf von fünfzig Säcken Sand, die er zu einem Preis von 18000 Dollar von Tahiti hatte einfliegen lassen. «Er brauchte den Sand für seine Salzwasseraquarien», sagte Papke. «Für ein paar Dollar pro Sack hätten wir weißen Sand vor Ort kriegen können, aber er bestand darauf, die Säcke auf extra dafür reservierten Flugzeugsitzen von Tahiti zu importieren. Selbst *er* mußte schließlich zugeben, daß das zu weit ging.»

Brandos impulsive Entschlüsse trieben Papke und seine Steuerberater zum Wahnsinn. Aus den verzweifelten Anrufen von Brown und Kraft und einfachsten eigenen Überlegungen schloß Papke, daß sein Chef jährlich mehrere hunderttausend Dollar nur für Personal und Nahrungsmittel ausgab. «Er warf das Geld mit vollen Händen zum Fenster hinaus», sagte er. «Ich sollte die Ausgaben im Auge behalten und ihm Bescheid sagen, wenn er es zu weit trieb, aber er war sein eigener schlimmster Feind.»

Dabei war Brandos finanzielle Situation längst nicht so beängstigend, wie Papke vermutete oder Marlon und Norty Brown ihm vorgaukelten. Wie den meisten Leuten in Brandos Umfeld blieb Papke der Blick hinter die Kulissen verwehrt. Brando mochte sich zwar die Haare raufen, daß er Tarita, Movita und seine zahlreiche Nachkommenschaft durchfüttern, Tetiaroa und seine Gerichtskosten finanzieren und obendrein für Jocelyn und Fran, die noch auf der Familienfarm in Illinois wohnten, aufkommen mußte. Aber in Wirklichkeit saß er auf einem Vermögen, das größer war, als er zuzugeben bereit war. Im Verlauf der letzten zehn Jahre hatte er mindestens 35,2 Millionen Dollar aus Filmarbeit und Prozessen bezogen. *Duell am Missouri* war zwar ein Reinfall, hatte ihm aber die unerhörte Summe von 16,5 Millionen Dollar eingebracht. *Superman* hatte den gleichen Erfolg, und mit den 3 bis 5 Millionen für *Tango*, den Einkünften aus *Apokalypse Now* und weiteren 2,7 Millionen für *The Formula* wurde Brandos Einkommen während des letzten Jahrzehnts in der Branche auf 47,2 Millionen oder jährlich rund 5 Millionen Dollar geschätzt. In dieser gewaltigen Summe waren weder die Zinsen aus seinen von Norty Brown getätigten Investitionen noch die Gewinne aus seinem Grundbesitz enthalten.

Wenn Papke die Wertvorstellungen seines Chefs eher frustrierend fand, so verschafften ihm andere Aspekte des Jobs uneingeschränktes Vergnügen. Der Zugang zu Brandos Computern machte ihm ebensoviel Spaß wie ihre häufigen, oft amüsanten Gespräche. Auf Brandos Bitte blieb er manchmal bis zehn Uhr, und über Bergen von Rippenspeer und gegrillten Steaks witzelten sie sich durch den Abend. Marlon verbrachte den größten Teil des Nachmittags von Büchern und Notizblöcken umgeben auf seinem riesigen Doppelbett und gab Tom Anweisungen, was er im Konversationslexikon nachschlagen oder in die Datenbank des Computers einspeichern sollte. Ihre Gesprächsthemen reichten von Geschichte über Philosophie, Elektronik, Medizin, Musik, Astronomie «bis zu Gott weiß was», sagte Papke. Manchmal versuchten sie auch nur, die Texte von bekannten Broadway-Schlagern zusammenzubringen oder auf Marlons elektronischem Schachbrett die Turniere von Spassky und Fisher zu rekonstruieren.

Vieles war, wie Papke später bekannte, «reiner Hokuspokus», aber ihre Gespräche hatten auch eine sehr persönliche Seite. Marlon sprach überraschend freimütig über seine Kinder, besonders über Christian, der, wie er offen gestand, immer stärker drogenabhängig wurde. Doch auch über seine anderen Kinder machte er sich Gedanken. Teihotu hatte für Amerika nichts übrig und wollte unbedingt Masseur werden. «Auch Cheyenne machte ihm Sorgen. Sie war damals noch ziemlich jung, und es gefiel ihm nicht, daß sie auf Tahiti als Model arbeitete», erinnerte Papke sich. «Er sprach auch über Miko und Rebecca, doch Miko ließ sich nicht häufig bei ihm blicken, weil er dauernd mit Quincy Jones und Michael Jackson unterwegs war. Er fühlte sich in der Hollywood-Szene wohl.»

Wegen seiner Menschenscheu sorgte Brando dafür, daß Papke immer raffiniertere elektronische Überwachungsanlagen auf seinem Grundstück installierte. Die Tür zu seinem eigenen Zimmer bekam ein Kombinationsschloß, und die großen Fenster an der Nordseite des Zimmers wurden mit Rolläden versehen, wie man sie im Stadtinnern vor Geschäften sieht. Die Läden konnten durch Knopfdruck bedient werden. Neben seinem Bett und den beiden Sofas, die durch ein Cocktailtischchen getrennt waren, ließ er einen kleinen Safe einbauen. Unter dem Bett verwahrte er einen geladenen .38er und eine Schrotflinte.

Das Manson-Attentat im nahe gelegenen Coldwater Canyon hatte Brando ziemlich verstört, aber mehr noch schockierte ihn der jüngste Zwischenfall, als er nachts aufwachte und einen Schwarzen in seinem Zimmer fand, der einen Zucchino auf ihn richtete. «Mann, du bist doch Marlon Brando, ich hab diesen Zucchino für dich», hatte der Eindringling angeblich zu ihm gesagt. Worauf Marlon seinen Revolver rausholte, eine Salve abfeuerte und den Mann mit einem «Los, verpiß dich!» verscheuchte.

Die «Befestigungsarbeiten», die Papke am Mulholland Drive 12900 ausführen sollte, gingen in Etappen vor sich. Die ersten, schnell wieder verworfenen Pläne reichten von gewaltigen, in der Auffahrt vergrabenen Elektromagneten, die unerwünschte Fahrzeuge blockieren, bis zu Laserstrahlen, von denen Eindringlinge durchbohrt werden sollten. Brando zog ebenfalls die Installierung von Fernsehkameras in Helikoptern in Erwägung, die ständig über der Anhöhe kreisen sollten. Ein weiterer Plan sah vor, rotierende Fernsehkameras und Scheinwerfer an Ballons zu befestigen, die sich im Ernstfall automatisch vom Dach des Hauses erhoben und das gesamte Grundstück abtasteten. Für die Auffahrt spielte er vorübergehend mit dem Gedanken an «pneumatisch betriebene Spikes», begnügte sich dann aber damit, à la Vietnam 300 Bambusbäume um das Grundstück herum anpflanzen und unauffällig mit grünem Stacheldraht durchziehen zu lassen.

Weitere bizarre Ideen? Elektrische Aale, um gratis Strom zu erzeugen. Nachdem Papke eingehende Informationen über die Stromstärke tropischer Fische eingeholt hatte, kaufte Brando zwei Aale, die er, originell, wie er war, Redi und Kilowatt taufte.

«Es waren zwei gräßliche Biester, beinahe einen Meter lang, von ekligem schmuddeligem Grüngrau und mit winzigen Knopfaugen», sagte Papke. «Sie lauerten hinter dem Glas, und wehe, man steckte den Finger in den Tank – schon flog man gegen die Wand. Die Idee war, die Elektrizität in einer Serie von Batterien zu speichern, die angezapft werden konnten, und die Beleuchtung im Haus auf zehn oder wie in Flugzeugen auf vierundzwanzig Volt umzustellen. Er heuerte sogar einen Aquariumswärter an. Mit dem ganzen finanziellen Aufwand hätte man halb Beverly Hills mit Strom versorgen können, aber das spielte keine Rolle.»

Im Endeffekt sollte sich das Aalprojekt als bloße lustige Einlage herausstellen. Ein Projekt, das ausnahmsweise nicht im Sande verlief, war die Konstruktion eines mehrere tausend Pfund schweren Tores am Beginn der Auffahrt, die den größten Teil des Winters und Frühjahrs 1984 in Anspruch nahm. Bis dahin hatte man ungehinderten Zutritt zu Brandos Anhöhe gehabt. Die Auffahrt ging vom Mulholland Drive ab, wand sich circa hundert Meter den Hügel hinauf und zweigte dann rechts zu Jack Nicholsons und Helena Kallianiotas' Behausung und links zu Brandos ab. Für die komplizierte Anlage waren ein Motor, Antriebsarme und eine elektronische Steuerung vonnöten, um das Tor zu aktivieren. Die endgültige Konstruktion beinhaltete ein komplexes System von Aufhängungen und wog so viel, daß das Tor spezielle Führungen benötigte, die buchstäblich einen Eisenbahnwagen tragen konnten.

Mit der Fertigstellung des Tores hatte Brando sich endgültig von der Außenwelt abgekapselt. Papke sah es, Rhodes sah es und Marlon sah es selbst. «Brando wußte, daß er übertrieben mißtrauisch war», sagte Papke. «Er vertraute nur einer einzigen Person auf der Welt, und das war Jay Kanter. Vielleicht noch Alice. Aber hinter allen anderen im Haus schnüffelte er ständig her, kontrollierte die Arbeit und prüfte jeden Pfennig, den wir ausgaben.»

Doch Papkes Gehalt von 1000 Dollar die Woche war nicht schlecht, und wie so viele in Brandos Umfeld konnte auch Papke sich Brandos Charme nicht entziehen. Brando konnte sich wie ein Schwein benehmen, gleichzeitig aber verständnisvoll, großzügig, durchtrieben charmant und umwerfend witzig sein, wovon er einen schlagenden Beweis an dem Nachmittag ablegte, als Papke einen Anruf aus Reagans Weißem Haus erhielt.

«Der Anrufer aus Washington sagte, er hätte Marlon gern bei irgendeiner Veranstaltung zu Ehren von Katherine Dunham dabei», erklärte Papke. «Zuerst dachte ich, jemand machte sich einen Scherz. ‹Nein, nein, hier ist wirklich der Präsident›, insistierte der Anrufer, und dann erkannte ich auch die Stimme. ‹Herr Präsident›, stotterte ich, ‹Marlon Brando liegt noch im Bett, aber ich richte es ihm gern aus.› Als ich Marlon die Nachricht überbrachte, sagte er, ich sollte Reagan zurückrufen. ‹Was soll ich denn sagen?› fragte ich. ‹Sag ihm: Take a flying fuck at a rolling doughnut.›»

Weit war es mit dem, was Brando während dieser Zeit beruflich in Atem hielt, nicht her. Die Miniserie à la *Roots* über die amerikanischen Indianer schmorte weiter in der Schublade. 1981 hatte er Adrian Malone, den Produzenten der erfolgreichen Fernsehserie *The Ascent of Man*, dafür interessieren können. Aber wieder suchte er Ausflüchte und behauptete, es gebe Meinungsverschiedenheiten über die Konzeption. «Ich habe nie ganz begriffen, worin unsere Differenzen bestanden», gestand Malone später. Der springende Punkt schien Brandos tiefsitzendes Unbehagen gegenüber jeder Art von Zusammenarbeit zu sein, und 1984 gab Malone schließlich auf.

Der letzte Versuch, Marlons vielzitierten Indianerfilm zu verwirklichen, war gescheitert.

Inzwischen hatte Brando allerdings ein ganz ungewöhnliches, neues Projekt in Angriff genommen: Er gab Michael Jackson Schauspielunterricht. Der behäbige Brando und der zierliche, junge Pop-Superstar gaben ein kurioses Paar ab; doch seit den frühen Tagen mit Kazan hatte der Schauspieler sich nicht mehr so engagiert und leidenschaftlich über den Schauspielerberuf geäußert.

Brando hatte den Sänger durch Quincy Jones kennengelernt, den er seit den später sechziger Jahren kannte. Er war mit Jones in Kontakt geblieben, «vermutlich deshalb, weil er seine Kinder zu Michael Jacksons Konzerten mitnehmen wollte, vor allem, wenn Cheyenne aus Tahiti zu Besuch war», meinte Pat Quinn. So verdankte Miko es der Vermittlung von Jones, daß er Michael Jacksons Leibwächter wurde. Im Januar 1984 rettete Miko dem Sänger das Leben, als dessen Haar bei den Dreharbeiten einer Pepsi-Reklame Feuer fing. Es war nichts Außergewöhnliches, daß Miko Jackson mit zum Mulholland Drive brachte. Und während Brandos Interesse an Jackson wuchs, begann der junge Sänger Brando als eine Art Vaterfigur und Idol zu betrachten. Brando hatte Martin Scorsese sogar vorgeschlagen, einen Entwurf zu einem Film zu schreiben, in dem Brando Gott und Jackson den Teufel spielen sollte.

«Marlon möchte sich in der Öffentlichkeit eine bestimmte Identität bewahren», bemerkte Pat Quinn. «Und genau das brachte er Michael bei.»

Doch Brando unterwies den Sänger nicht nur in der Kunst, berühmt zu sein, sondern gab ihm vor allem Schauspielunterricht, den Jackson auf Band aufnahm. Unter anderem berichtete ihm Brando, der dabei von sich nur in der dritten Person sprach, von einer Szene, in der er hatte weinen müssen.

«Er mußte also weinen und zu Tode betrübt sein. Den ganzen Tag versuchte er, sich auf die Rolle einzustimmen, und hörte Musik, die Trauer und Schmerz hervorrufen sollte. Es gelang ihm tatsächlich, sich völlig in seine Rolle zu versenken. Dabei hatte er jedoch einen Fehler gemacht: er hatte zu früh angefangen und sein Pulver schon vor seinem Auftritt verschossen. In der Garderobe fühlte er sich noch todunglücklich und mußte furchtbar weinen, aber kaum hatte er die Bühne betreten, da waren die Tränen versiegt; es wirkte nicht mehr echt, weil er sich bereits völlig verausgabt hatte. Er mußte die Kunst der Verzögerung und der Beherrschung lernen.»

Während des Unterrichts entstand sogar ein Gedicht. Darin betonte Brando die Notwendigkeit, seiner Muse zu vertrauen und «zu nutzen, was dich tief bewegt». Unter dem Gedicht stand in Großbuchstaben «GUTER RAT VON BRANDO».

In einer anderen Sitzung lautete Brandos Botschaft: «Schmeichle der Wahrheit. Schmeichle nicht dem Publikum, sondern nur der Wahrheit. Ein Beispiel: Der Choreograph schreibt dir beim Tanzen bestimmte Schritte vor, doch instinktiv spürst du, daß an den Bewegungen etwas nicht stimmt; also verlaß dich auf dein Gespür und mach etwas anderes. Zur Wahrheit kommt man nur durch Instinkt und Gefühl. Laß dir also Zeit, damit die Dinge sich von selbst entfalten können.»

Die Botschaft war reiner Zen, vermischt mit ein bißchen Stanislavsky und in Keats und Allen Ginsberg verpackt. Angesichts von Brandos Arbeit im Verlauf der vergangenen zehn Jahre vielleicht ein Zeichen, daß sein inneres Feuer noch nicht ganz erloschen war. Andererseits war Jackson alles anderes als ein angehendes Bühnengenie, und bei seinem exzentrischen Wesen hätte es die merkwürdigsten Konsequenzen haben können, der Wahrheit näher auf den Grund zu gehen. Das mußte Brando selbst zugeben, als er Pat Quinn 1985 mit zu Jackson nahm, um mit ihm über einen etwaigen Job für sie zu sprechen.

Michael empfing sie in einem Pinocchio-Anzug an der Tür, komplett mit langer Nase. «Es hatte etwas Surrealistisches», sagte Quinn. «Er sah aus wie eine Figur aus einer Disneyland-Parade und behielt die Kostümierung auch die ganze Zeit bei. Wir beide waren ziemlich baff. Brando hatte gemeint, ich könnte in Michaels neugegründete Produktionsgesellschaft einsteigen. Aber nach sechs Wochen hatte ich die Nase voll. Ich stand in Michaels Schlafzimmer, und er sah mir über die Schulter zu, wie ich seinem Schimpansen pflichtschuldig die Windel wechselte. ‹Was mache ich hier bloß?› schoß es mir in dem Moment durch den Kopf, und ich machte mich aus dem Staub.

Marlon war wütend darüber. Er war überzeugt, ich hätte mir eine große Karriere in Jacksons Filmgesellschaft entgehen lassen.»

Während Marlon Jackson belehrte, «der Wahrheit zu schmeicheln», hatte er selbst nicht die mindeste Absicht, sich ernsthaft der Schauspielerei zu widmen.

Mitte der achtziger Jahre lief Joe Mankiewicz, unter dessen Regie Brando in *Julius Caesar* aufgetreten war, Marlon in New York an der Ecke der Fifty-seventh Street und Madison Avenue zufällig über den Weg. Mankiewicz sprach ihn an, während Brando, offenbar in Gedanken versunken, vor sich hin trottete. Die beiden Männer fielen sich in die Arme und traten dann ein paar Schritte zurück, um sich gegenseitig zu mustern.

«Du siehst gut aus», log Mankiewicz mit einem Blick auf Brandos Leibesfülle.

«Was machst du denn hier, du geiler Hengst», parierte Brando.

«Meinst du, du kannst dich noch zu einer letzten Runde aufraffen? Meinst du, du schaffst das?»

«Was meinst du mit ‹schaffen›?» fragte Brando.

«Na ja ... körperlich.»

Brando warf erst einen Blick auf seinen Bauch, dann auf den Regisseur. «Was liegt denn an?»

«Ich möchte *Macbeth* mit dir und Maggie Smith drehen. Was meinst du dazu?»

Die beiden standen an einer der verkehrsreichsten Kreuzungen in New York, und keiner von beiden sagte ein Wort. Schließlich grinste Brando.

«Nee», sagte er, «schaff ich nicht» und wandte sich zum Gehen. «Ciao.»

Für Mankiewicz war dies ein Augenblick der Wahrheit, aus dem ehrliche Selbsteinschätzung sprach. «Als er vor mir stand und mich ansah, ging es darum, ob er noch etwas taugte oder nicht», sagte er später. «An *Macbeth* dachte er dabei vermutlich gar nicht, sondern nur daran, ob ihm noch jemals eine schauspielerische Leistung glükken würde.»

Trotz Brandos abfälligen Äußerungen über die Schauspielerei und seine Karriere hatte er am Theaterspielen noch immer ausgesprochenen Spaß – aber nur in der Abgeschiedenheit seines Schlafzimmers. Während seiner endlosen Gespräche mit Tom Papke legte er manchmal Kostproben seiner eigenen großen Filmrollen ab. Merkwürdigerweise hatte er den Text meist wortwörtlich parat.

«‹Hör mal, Tom›, hieß es meist, ‹hast du einen Moment Zeit?›» sagte Papke. «Dann spielte er mir eine ganze Szene aus *Julius Cäsar* oder *Endstation Sehnsucht* oder der *Faust im Nacken* vor. Wort für Wort. Er lag im Bett oder saß irgendwo und spielte Schach. Und mit einemmal schlüpfte er in die alte Rolle hinein – perfekt mit Intonation, Gesten, alles. Plötzlich hatte ich nicht mehr Brando, den schlampigen Dickwanst, vor Augen, der mich ständig nervte, sondern Mark Anton oder Kowalski oder Terry Malloy.»

Bei aller Faszination entging Papke nicht, daß über Brandos Miniauftritten ein Anflug von Trauer und Verzicht lag. «Am meisten beeindruckt war ich, als er mir die Szene aus *Faust im Nacken* mit Rod Steiger im Fond des Taxis vorspielte», fuhr Papke fort. «Er sagte nur: ‹Schade, daß ich es nicht so gemacht habe› und legte los.»

«Er war sich nicht sicher, ob er nach dem Revolver greifen oder Charley am Arm packen sollte, und sagte deshalb: ‹Also, du bist jetzt Charley, Tom, aber du brauchst nichts zu tun …› Und dann spielte er die Szene zwei- oder dreimal durch, jedesmal mit anderer Intonation, mal aggressiver, mal zurückhaltender. Es ging ihm gar nicht um die ideale Interpretation, sondern nur darum, wie er es *anders* machen könnte.»

Brando führte Papke ebenfalls eine neue Version von *Julius Cäsar* vor. «Es war klassisches Shakespeare-Theater, in voller Lautstärke», sagte Papke. «Wenn er erst einmal in Schwung war, unterlief ihm kein Fehler. Sein Lieblingsfilm war *Queimada*. Er fing so häufig davon an, daß ich ihn schließlich ausleihen mußte. Der englische Akzent hatte es ihm angetan. Plötzlich sah man ihn auf einem Pferd sitzen, ich meine, *buchstäblich*. Am Ende dann Schluß, Cut, Klappe. Ganz abrupt und durch und durch professionell.»

Brando beauftragte Pat Quinn und Lis Hush, Material für *The Sand Creek Massacre*, einen weiteren von ihm geplanten Indianer-Film, zu recherchieren. «Er wollte ihn umsonst machen und Leute wie Redford und Newman dafür gewinnen», sagte Quinn.

Die Story von *The Sand Creek Massacre* ging auf einen Zwischenfall im neunzehnten Jahrhundert zurück. Nach der Unterzeichnung eines Abkommens hatte eine Gruppe von Cheyenne- und Arapaho-Indianern sich bereit erklärt, ihr Lager von ungefähr 200 Kriegern und 500 Frauen und Kindern vierzig Meilen weiter an den Sand Creek in Colorado zu verlegen. Am 29. November 1864 starteten rund 750 Mann Kavallerie unter der Führung von Oberst John M. Chivington im Morgengrauen einen Überraschungsangriff auf die Indianer. Die angebliche Zahl der Opfer, darunter Frauen und Kinder, variiert zwischen 150 und (nach Chivingtons Schätzung) 500. Zuerst wurden die Soldaten als Helden gefeiert, doch nach Untersuchungen durch den Kongreß, eine militärische Kommission und den Kommissar für Indian Affairs mußte der Oberst seinen Hut nehmen. Marlon wollte die Rolle von John Smith übernehmen, dem Händler und Übersetzer der Cheyenne.

Er schickte Quinn in die öffentliche Bibliothek, um historische Nachforschungen anzustellen. Dabei machte Quinn die überraschende Entdeckung, daß, angefangen beim Präsidenten, alle Weißen von Rang, die mit Sand Creek zu tun hatten, Freimaurer waren, eine Tatsache, die Brando zu Pats Erstaunen köstlich amüsierte. Die Erklärung war vermutlich ganz einfach: Marlon senior war Freimaurer gewesen und hatte vor seinem Tod zu den Ranghöchsten des Ordens gezählt.

Lis Hush, Frau des todkranken Sam Gilman, konnte ebenfalls mit Details aufwarten, die Brando entzückten. Eine ihrer interessanten Entdeckungen war die Tatsache, daß das Skalpieren zwar ursprünglich eine Erfindung der Indianer war, von den US-Soldaten aber so häufig praktiziert wurde, daß sie es unbeabsichtigt Stämmen beibrachten, die vorher noch nie davon gehört hatten. Im Anschluß an das Massaker marschierten die Soldaten mit den Skalps, die sie angeblich den Indianern entwendet, in Wirklichkeit aber bei ihrem Gemetzel erbeutet hatten, durch die Straßen von Denver.

Im Mai 1985 schickte Brando Quinn mit dem Resultat ihrer Recherchen zu Sydney Pollack, dem Regisseur von *Tootsie*.

Zwei Wochen später erhielt sie einen Anruf von Pollack. «Pat», sagte er, «das Material ist zu umfangreich. Ich weiß nicht, wie ich daraus einen Film machen soll.»

Daraufhin wandte Brando sich an Thomas Schuhly, einen deutschen Produzenten, der glaubte, mit dem locker strukturierten Material etwas anfangen zu können. Schuhly sicherte die Finanzierung durch einen italienischen Produzenten. «Aber dann ließ Marlon sich am Telefon verleugnen», sagte Quinn. «Und Schuhly machte einen Rückzieher.»

Damit war auch der letzte Versuch, Marlons vielgepriesenen Indianerfilm endlich aus der Taufe zu heben, gescheitert. Sein Zaudern und seine Unfähigkeit, mit einem überzeugenden Skript aufzuwarten, hatten auch den letzten seiner zahlreichen Mitarbeiter vertrieben. «All das spielte sich über einen Zeitraum von beinahe dreißig Jahren ab. Es war wie ein immer wiederholtes Thema ohne Variationen», sagte Philip Rhodes.

Im Herbst 1985, sechs Monate bevor *The Sand Creek Massacre* sich im Sande verlief, stürzte Brando sich auf ein weiteres Projekt, *The Last King*, seinen sogenannten irischen Film, der auf einem Drehbuch aus den fünfziger Jahren basierte. United Artists war ernsthaft an dem Projekt interessiert und beauftragte den Journalisten und ehemaligen linken irischen Parlamentarier Eoghan Harris, das Skript umzuschreiben. An dem Morgen, als er das Drehbuch mit Brando besprechen sollte, bekam Harris einen bescheidenen Blumenstrauß zugeschickt. Auf der beiliegenden Karte stand: «Willkommen in der Stadt der Engel, die es hier nicht mehr gibt. Marlon.»

Im Laufe der nächsten drei oder vier Tage ließ Brando bei Harris durchblicken, daß er das Filmprojekt für völlig verrückt hielt und keinerlei ernste Absichten damit hatte. Doch schien er die langen Gespräche mit dem Drehbuchautor zu genießen und hoffte, sich durch die gemeinsame irische Abstammung mit ihm zu verbrüdern. «Das hat er mir immer wieder versichert», sagte Harris. «Aber wir kamen weder aus dem gleichen Milieu, noch teilte er meine proletarischen Überzeugungen. Er war durch und durch Bohemien – ein Mensch ohne Hemmungen oder Beschränkungen, ohne Geschichts- oder Klassenbewußtsein. Solche ‹deklassierten› Menschen sind zu allem fähig.»

Sie sprachen über Gott und die Welt. Brando spielte sich dabei gern als Philosoph, als Zen-Meister oder Guru auf, «wie ein verdammter Maharishi». «Er hatte ungefähr zwanzig Schlagwörter parat, die das Geheimnis des Universums entschlüsseln sollten», meinte Harris. Wie ein beflissener Oberschüler hatte er einmal von Harris wissen wollen: «Und wen ziehst du vor, Platon oder Aristoteles?»

Bei einem ihrer Gespräche merkte Harris, daß sich auf dem über Brandos Kopf angebrachten Fernsehmonitor, der das Eingangstor überwachte, etwas bewegte. Es war «ein wild gestikulierender junger Mann in T-Shirt und Jeans».

Brando warf einen Blick auf den Bildschirm. «Keine Angst. Das ist nur mein Sohn ... Der will rein.»

«Und warum läßt du ihn nicht?»

«Er will Geld», sagte Brando.

«Wieviel?»

«Hundert Dollar.»

«Na, dann gib sie ihm doch», sagte Harris. «Wenn du sie ihm nicht gibst, bekommt er sie von mir.»

«Stört es dich?»

«Und wie», sagte Harris. «Der Ärmste renkt sich ja Arme und Beine aus.»

«Okay», sagte Brando und stellte «aus Rücksicht» den Monitor ab. Dann erzählte er Harris in ergreifenden Worten von seinem Sohn – daß Christian Geld von ihm wollte, sich mit dem Geld allerdings Drogen besorgte und ständig Scherereien mit der Polizei hatte. «Immer dieselbe Geschichte», klagte er. «Sie hat sich x-mal wiederholt.» Bei all seinem Reichtum und all seiner Berühmtheit, gestand er Harris, sei er im Grunde ein armer Mann, weil er seinen Sohn verloren hatte.

Harris wurde den Verdacht nicht los, daß Brando Theater spielte. «Ich hatte bei Brando immer das Gefühl, daß sich ein innerer Monolog abspulte und es sich um einen Auftritt und nicht um echte Emotionen handelte. Es kam mir vor, als deklamierte er einen Text und sähe sich in einem Stück oder einem Film über sein eigenes Leben zu.

Das Problem bei Brando war, daß er zwischen Drama und wirklichem Leben nicht unterscheiden konnte. Der Schmerz über das, was mit seinem Sohn geschah, wurde von der Rolle, die er spielte, überdeckt. Um echten Schmerz empfinden zu können, muß man als soziales Wesen an der Welt teilnehmen. Marlon war dazu nicht fähig, weil er sich ganz auf sich selbst zurückgezogen hatte.»

Im Verlauf des Jahres 1986 war Brando vollauf mit dem Scheidungsverfahren seines Sohnes beschäftigt. Mary hatte von Christians ständigem Drogen- und Alkoholmißbrauch, ihren stürmischen Auseinandersetzungen und den vielen Frauen, die ihn anriefen oder Nachrichten auf seiner Windschutzscheibe hinterließen, gründlich die Nase voll gehabt. Ihre Geduld war endgültig erschöpft gewesen, als sie ihn mit einer anderen Frau im Bett fand. Inzwischen bewohnte sie ein eigenes Apartment in West Hollywood, wo sie weiterhin ihr Kosmetikgeschäft führte. Christians Kokainsucht hatte Freunden zufolge täglich bis zu 500 Dollar verschlungen, und er hatte begonnen, sich an ihren täglichen Einnahmen sowie an einer kleinen Familienerbschaft schadlos zu halten. Dabei war er es gewesen, der die Scheidung eingereicht hatte.

Mary behauptete später, ihr Schwiegervater sei gegen die Scheidung gewesen und habe seinem Sohn gedroht, ihn zu enterben. Im Juni versuchte Mary mit Hilfe einer richterlichen Verfügung Christian daran zu hindern, sein Vermögen zu kaschieren oder auf andere Konten zu transferieren; damit wollte sie ihm ebenfalls den Zugang zu ihrer Wohnung und zum Laden verwehren und seine lästigen Telefonanrufe unterbinden. Im März 1986 hatte Christian zu ihr gesagt: «Die Anwälte meines Vaters bestehen auf einer Scheidung. Sie brauchen deine Unterschrift.» Als Mary sich weigerte, geriet er in Wut und drohte ihr, sie umbringen zu wollen. «Paß auf, daß eines Tages nicht jemand hinter deiner Tür steht!»

Die Regelung ihrer Finanzen war äußerst schwierig, da ein Großteil von Christians Vermögen, darunter das Haus am Laurel Canyon, auf den Namen seines Vaters eingetragen war. Selbst zu seinem Mündelgeld hatte er erst mit seinem dreißigsten Lebensjahr, also in zwei Jahren, Zugang. Kompliziert wurde die Situation noch dadurch, daß Mary die gleichen Finanzberater konsultierte wie Marlon und die Firma Kraft und Brown natürlich wußte, wem sie die Stange halten mußte. Mary nahm sich den berühmten «Palimony»-Anwalt, Marvin Mitchelson, doch als die Scheidung im März 1987 rechtskräftig wurde, erhielt sie lediglich einen monatlichen Unterhalt von 400 Dollar für das laufende Jahr sowie 1 Dollar für weitere vier Monate.

Auch nach dem Jahreswechsel schienen Brandos Interessen sich auf Christians Scheidung zu beschränken. Pat Quinn fiel auf, daß er immer verschlossener wurde und sich meist, in japanische Gewänder gehüllt, in sein Schlafzimmer zurückzog. Der einzige Kontakt zu seiner Umwelt war das Telefon, doch drehten sich die Gespräche meist um seine Kinder, alte Zeiten und gemeinsame Freunde. Dabei fiel einmal der Name einer seiner alten Flammen, einer Schauspielerin, die Quinn aus New York kannte. Sie war von Marlon schwanger geworden, hatte eine Abtreibung vorgenommen und, als Marlon sie sitzenließ, den Kopf in den Gasofen gesteckt. Er hatte sie jedoch rechtzeitig entdeckt und «ihr das Leben gerettet», wie sie Quinn später berichtete; sie hatte Marlon aber nie erzählt, daß sie sich seinetwegen hatte umbringen wollen. «Ich erwähnte es bei dem damaligen Telefongespräch», sagte Quinn. «Marlon fiel aus allen Wolken, ließ es dabei aber bewenden. Er kam mir während der Zeit völlig apathisch vor.»

«Er wurde immer dicker, litt zunehmend an Verfolgungswahn und brachte für nichts mehr Interesse auf», meinte auch Papke. «Als ich ihn kennenlernte, steckte er voller Energie. Er hatte sogar ausgiebige Wanderungen unternommen, während er sich jetzt kaum noch vom Fleck rührte.»

Anfang 1987 ließ Brando die Nachricht aufhorchen, daß Eugene Hasenfus, ein Kurier des CIA, nach dem Abschuß seines Transportflugzeugs über Nicaragua von den Sandinistas gefangengenommen worden war. Einem Bericht der *New York Times* zufolge hatte Brando neben anderen Prominenten Interesse an Hasenfus' Story über seine Waffenlieferungen an die Contras gezeigt. Frank Snepp, ein früherer CIA-Agent, hatte ebenfalls Kontakt mit Hasenfus aufgenommen. Brando engagierte Pat Quinn und Frank Snepp mit der Absicht, gewisse Aspekte von Hasenfus' Geschichte in seinem eigenen Drehbuchentwurf *Jericho* zu verarbeiten.

Im Mai und Juni traf Brando zu längeren Drehbuchbesprechungen mit Quinn und Snepp zusammen. Nach sechs Wochen warf er vor Verzweiflung über die unergiebige Zusammenarbeit die Arme in die Luft und beschloß, das Skript allein fertigzuschreiben. «Ich bin der einzige, der irgendwelche Ideen dazu beigetragen hat», sagte er. «Das Drehbuch stammt von mir, also bin ich auch der Urheber.»

Brandos Drehbuch war eine merkwürdige Mischung aus angeblichen Enthüllungen von schmutzigen CIA-Tricks und eigenen Zwangsvorstellungen: Der frühere CIA-Agent Jericho, eine Kombination aus Snepp und Brando, zieht sich, verfolgt von seinen Erinnerungen an seine Killermissionen in Vietnam, in eine einsame unterirdische Höhle in Baja California zurück. Seine einzige Gefährtin ist seine langjährige Freundin. Er arbeitet an einem Dokumentarbericht über seine Erfahrungen in Vietnam und beschäftigt sich nebenbei mit Biofeedback und Meditation. Seine völlige Isolation gewährleistet ein vier Meter hoher Stacheldrahtzaun, ein Schwarm Gänse, deren Geschnatter vor Eindringlingen warnen soll, zahlreiche Kamera- und Monitorgeräte, ein großer schwarzer Rottweiler und ein gewaltiger Lastwagen mit hydraulischem Kran, der eine schnelle, unauffällige Flucht erlaubt.

Bestürzend an Brandos Drehbuch war der detaillierte Einblick in eine von Obsessionen gepeinigte Persönlichkeit und ihre unbewußten Assoziationen – ein autobiographisches Puzzle.

Das Skript enthielt eine eindeutige Absage an Drogen. Brando warf dem CIA und der amerikanischen Regierung vor, Drogen ins Land zu lassen und die Jugend der Nation zu korrumpieren. «Erst im Jahr zuvor war Christian erneut wegen Drogensucht im Krankenhaus gewesen, deshalb war Marlon rigoros dagegen», erinnerte Quinn sich. Außerdem war George Englunds Sohn Zeitungsberichten zufolge angeblich an einer Überdosis Drogen gestorben.

Im Juli 1987 legten Brando und Quinn einen gemeinsamen Drehbuchentwurf von *Jericho* vor, und Brandos alter Freund Elliott

Kastner ließ das Projekt durch die New Yorker Klatschkolumnistin Suzy publik machen und sich selbst als Produzenten vorstellen. Emily Lloyd, Cathy Moriarty und Meryl Streep wurden für die Rolle der Tochter in Erwägung gezogen. Rita Moreno zeigte ebenfalls Interesse. Sie war nach langen Jahren der Abwesenheit wieder aufgetaucht, und Quinn mußte (zu ihrem eigenen Verdruß) die Vermittlerin spielen und sich am Telefon als «Rosie» ausgeben, damit Morenos Mann nicht etwa Verdacht schöpfte.

Tatsächlich schien Brando alle seine Freunde großzügig mit Rollen zu bedenken. «Quincy Jones sollte einen schwarzen CIA-Agenten spielen», erinnerte Quinn sich, «und auch für Jocelyn hatte er eine Rolle geschrieben. Als er mich fragte, ob ich auch mitmachen wollte, habe ich nur gesagt: ‹Und als was? Vielleicht als Tochter oder als schwarze Sängerin? Daß ich nicht lache!›»

Leider wurde auch Christian in das chaotische Unternehmen mit hineingezogen. Seinem jüngsten Interesse für Modellarbeit und Filmschauspielerei verdankte er die Rolle des Biff, eines jungen CIA-Agenten. Obwohl er sich geschworen hatte, auf eigenen Füßen zu stehen, war er begeistert, mitmachen zu dürfen, und hoffte, daß die Zusammenarbeit das Verhältnis zu seinem Vater normalisieren würde.

«Ich mache einen Film mit meinem Vater», erzählte Christian aufgeregt seinem überraschten Freund Steve Hunio. «Es war das erste Mal, daß Marlon zu einem solchen Schritt bereit war», sagte Hunio. «Christian fühlte sich seinem Vater so nah wie selten zuvor.»

Dabei brauchte Christian dringend Aufmunterung, denn er war bei der Arbeit mit Cable vom Baum gestürzt und hatte sich dabei so schwer das Knie verletzt, daß er arbeitsunfähig war. «Die Verletzung löste eine schwere Krise aus», sagte Hunio. «Wegen der Schmerzen stand er eine Zeitlang unter Tabletten und hatte deshalb eine gute Ausrede, den ganzen Tag auf der faulen Haut zu liegen. Bald fing er wieder an zu trinken, wurde immer depressiver, und schließlich war er wieder bei Drogen angelangt.»

Abgesehen von gelegentlichen Schweißerarbeiten erschien Christian von Zeit zu Zeit in Skip E. Lowes Hollywood-Fernsehshow –

Lowe war ein lokaler Prominentenjäger und Klatschkolumnist –, und bald vermittelte Lowe ihm Auftritte in Spanien und Italien und nutzte Christians Verbindungen zu Filmstarlets. Er stellte ihn Nan Morris Robinson vor, einer alten Freundin von Carlo Fiore, die in Hollywood als Agentin arbeitete und bereit war, Christians Karriere auf die Sprünge zu helfen. «Er wäre liebend gern zum Film gegangen», sagte Robinson. «Aber er war nicht sicher, ob sein Vater damit einverstanden war. Ich war dafür, machte aber zur Bedingung, daß alles mit rechten Dingen zuging und er die Einwilligung seines Vaters hatte.»

Während die *Jericho*-Pläne sich verzögerten, bot sich dem jungen Brando im August 1987 eine erste Chance. Carmine De Benedittis, ein italienischer Fernsehproduzent, bot Christian in seinem ersten Film, *The Issue at Stake,* eine Rolle an. Christian sagte unter der Bedingung zu, daß Bill Cable und seine Frau ebenfalls eine Rolle bekamen und ihn nach Italien begleiten durften.

In den ersten Wochen schien auf dem Set in Apulien alles glattzugehen. Dann jedoch stellte sich heraus, daß die Verträge die mündlich abgesprochenen Bedingungen nicht einhielten. Christian verkündete, möglicherweise auf Marlons Rat, nach Amerika zurückfliegen und die Verträge durch seine Anwälte neu aufsetzen lassen zu wollen. Außerdem verlangte er die doppelte Gage und bestand darauf, daß De Benedittis ihn zu einem Gespräch mit seinem Vater nach Los Angeles begleitete.

«Christian erzählte mir später, Carmine hätte seinem Vater gegenüber ganz kleine Brötchen gebacken», sagte Cable. «Er hatte Marlon eine große Statue mitgebracht, eine Art Opfergabe, der Marlon jedoch nur einen verächtlichen Blick gönnte, ehe er sie im Schrank verschwinden ließ. Dann nahm er Christian beiseite und fragte: ‹Wer ist dieser Makkaronifresser?› Angeblich war Carmine anschließend wie ausgewechselt, jedenfalls haben wir alle unser Geld bekommen.»

Am 2. Februar 1988 berichtete *Variety* zur allgemeinen Überraschung, daß *Fan-Tan*-Koautor Donald Cammell Regie und Drehbuchberatung in *Jericho* übernehmen würde und bereits mit Brando an der Kürzung seines Skripts arbeitete. Gleichzeitig wurde bekannt, daß Brando eine kleine Rolle in *A Dry White Season* (dt. *Weiße Zeit der Dürre*) übernommen hatte, einer Bearbeitung von André Brinks Südafrikaroman, in dem ein Weißer sich über die Ungerechtigkeit des Apartheidsystems klar wird. Die Dreharbeiten sollten im Herbst 1988 beginnen.

Im August beschloß Brando, einige Wochen auf Tahiti zu verbringen und für die beiden bevorstehenden Filme Gewicht zu verlieren. «Er mußte vielleicht dreißig oder vierzig Pfund abnehmen», erinnerte Papke sich. «Er war mitnichten der dreihundert Pfund schwere Fettkloß, als den ihn die Presse gern darstellte. Er war füllig, hatte aber nur vierzig oder fünfzig Pfund Übergewicht. Wenn er die verlor, würde er topfit sein.»

Bald geriet das *Jericho*-Projekt jedoch ins Schleudern, weil Elliott Kastner und Brando sich wegen Brandos Weigerung, sich auf einen genauen Drehplan festzulegen, in die Haare geraten waren. Angeblich arbeitete Brando intensiv am Drehbuch von *Jericho*, war aber für seinen Textberater Donald Cammell wieder einmal nicht zu sprechen. Aus heiterem Himmel erhielt Pat Quinn eine Kündigung von Brown und Kraft, weil ihre Dienste angeblich nicht länger benötigt wurden. Hatte Marlon diesen Schritt unternommen, weil sie nicht merken sollte, daß er gar nicht an dem Drehbuch arbeitete oder weil er ihre Mißbilligung seiner Affäre mit seinem guatemaltekischen Hausmädchen, Cristina Ruiz, fürchtete, fragte Quinn sich. «Er forderte mich auf, mein gesamtes Material Donald Cammell zu übergeben, und damit war meine Mitarbeit beendet. Ich war tief gekränkt, weil er meine Mitarbeit am Drehbuch nicht öffentlich anerkennen wollte. Vielleicht wollte er mich auch deshalb loswerden.»

Cammell fand Brandos oberflächliche Überarbeitung des Textes nahezu unbrauchbar. «Es waren hundertvierzig teilweise haarsträubende Seiten», erinnerte er sich später. «Nachdem er die Arbeit monatelang vor sich hergeschoben hatte, versuchte er, das Versäumte in einer Woche im Galopp nachzuholen. Es war eine völlige Pleite. Alle brauchbaren Stellen waren verschwunden, und es fehlte jeglicher Zusammenhang. Aber er wollte sich ja von niemandem helfen lassen.»

Marlon hatte eine prompte Ausrede parat: Er konnte nicht am Drehbuch arbeiten, weil er für die Filmarbeit von *Weiße Zeit der Dürre* – erster Auftritt vor der Kamera nach beinahe neun Jahren – in London sein mußte.

Doch weder konnte dieser Film seine Apathie und seine Launenhaftigkeit beheben, noch war er bereit, nach seiner Rückkehr nach L.A. die Arbeit an *Jericho* wiederaufzunehmen. Er weigerte sich, das Projekt überhaupt zu diskutieren und irgendwelche Telefonanrufe entgegenzunehmen. Nachdem Papke, dem er ebenfalls einen Job im Film versprochen hatte, über einen Monat lang nichts von ihm gehört hatte, erwischte er ihn endlich und wollte wissen: «Was gibt's Neues bei *Jericho*?» Abrupt antwortete Brando: «Gar nichts. Ich habe Elliott und Don Cammell gefeuert.»

Für Donald Cammell stand fest, daß er mit Brando nie wieder etwas zu tun haben wollte. «Der Mann kann mir gestohlen bleiben», verkündete der Regisseur. «Ich müßte ja verrückt sein, wenn ich noch einmal auf ihn hereinfiele. Soll er sich jemand anderen suchen. Trottel gibt's ja genug.»

Am meisten enttäuscht über das Scheitern des Projekts war Christian. «Plötzlich stellte sich heraus, daß der Film ins Wasser gefallen war», berichtete Hunio. «Christian glaubte, der CIA sei schuld daran und hätte Druck auf seinen Vater ausgeübt. Das Thema sei zu ‹gefährlich›. Ich weiß nicht, ob er selbst daran glaubte. Vielleicht wollte er nur seine Frustration abreagieren und sich nicht anmerken lassen, daß er genau wußte, daß Marlon der eigentlich Schuldige war.»

«Jedenfalls war es ein schwerer Schlag für Christian», sagte ein weiterer Bekannter. «Er hatte sich so auf die Rolle gefreut. Danach ging es stetig bergab mit ihm. Er versuchte mit seinem Mündelgeld Spekulationsgeschäfte zu machen, und dabei ist er auf die schiefe Bahn geraten. Außerdem brauchte er täglich 500 Dollar, um seine Kokainabhängigkeit zu finanzieren.»

Marlons Unfähigkeit abzunehmen (und das erneut kursierende Gerücht, daß er heftig trank) war Presseberichten zufolge der Grund, daß seine langjährige Gefährtin Yachiyo im Frühjahr 1989 unter Protest das Haus verließ, nachdem sie sich sieben Jahre lang für ihn aufgeopfert hatte. Näherliegend waren die heftigen Auseinandersetzungen zwischen ihnen und Brandos wachsendes Interesse an seinem Hausmädchen Cristina Ruiz.

Cristina war als Teenager aus Guatemala gekommen, Brando hatte sie eingestellt und ihr, da ihm ihre ruhige, gefügige Art gefiel, von Quinn zeigen lassen, «wie Marlon es zu Haus gern hatte ... Marlon legt Wert auf penible Ordnung und Sauberkeit», erklärte Quinn. «Er hat schreckliche Angst vor Bakterien. Alle Angestellten müssen sich die Hände mit antiseptischer Seife waschen, bevor sie das Essen zubereiten. Die Badezimmer haben zu blitzen. Selbst die Unterseite des Kühlschranks, wo sich der Staub fängt, muß gründlich geputzt werden. All das brachte ich Cristina bei.

Sie mußte nach seiner Pfeife tanzen», fuhr Quinn fort. «Mit dreiundsechzig hat er sich eine Sklavin zugelegt – und etwas anderes hat er vermutlich auch nie gewollt. Wenn er mit Frauen reden wollte, hatte er seine Schwestern, aber an einer gleichberechtigten Liebesbeziehung zwischen Mann und Frau war er nie interessiert.»

Als Cristina schwanger wurde, kam eine Abtreibung, gleichgültig, was Marlon davon hielt, für die junge Katholikin gar nicht in Frage. Brando ließ Tom Papke kommen und beauftragte ihn in ziemlich verklausulierten Worten, ein Haus im San Fernando Valley zu kaufen und die finanziellen und rechtlichen Belange zu regeln. In diesem Augenblick betrat die unverkennbar schwangere Cristina Marlons Zimmer, um den beiden eine Coca zu bringen.

«Wie konnte *das* denn passieren?» fragte Tom, als sie das Zimmer wieder verlassen hatte.

«Tja», erwiderte Brando lachend. «Die kalten Winternächte auf den Bergen ...»

Trotz des Scheiterns von *Jericho* war Brando im Juni 1989 entschlossen, einen weiteren Film zu machen und eine umfangreichere Rolle als in *Weiße Zeit der Dürre* zu übernehmen. Die zahlreichen geplanten Projekte, umfangreichen Drehbuchentwürfe und ausführlichen Diskussionen über wichtige politische Themen hinderten ihn nicht, für sein «Comeback» ausgerechnet Andrew Bergmans *Freshman* (dt. *Freshman*) zu wählen, bei dem es sich kaum um einen sozial relevanten oder gewichtigen Film handelte. Brandos Rolle war eine anspruchslose Parodie seiner selbst im *Paten* und setzte seine epochemachende Leistung in Coppolas epischem Werk herab.

Die Dreharbeiten begannen am 12. Juni 1989 in New York. Brando hatte zwölf Tage auf dem Set zu tun, wirkte dabei entspannt und genoß das Wiedersehen mit Maximilian Schell, mit dem er zweiunddreißig Jahre zuvor in den *Jungen Löwen* zusammengearbeitet hatte. Gut einen Monat später mußte er für weitere vier Wochen in Toronto vor der Kamera erscheinen. Dabei ließ er völlig unerwartet seine Wut an seinem alten Freund Philip Rhodes aus, der daraus nur schließen konnte, daß Brando wieder einmal mit den Nerven am Ende war.

Rhodes und Brando waren nach *Weiße Zeit der Dürre* in Unfrieden voneinander geschieden, weil Rhodes und seine Frau Marie Marlon für seine Behandlung von Sondra Lee heftig kritisiert hatten. Als Rhodes von TriStar aufgefordert wurde, Brandos Maske in *Freshman* zu übernehmen, war Rhodes mit dem Honorar nicht einverstanden gewesen. Wieder hatte Brando ihn im Stich gelassen und dem Studio angeblich geraten: «Besorgt euch einen anderen Maskenbildner.» Doch aus alter Freundschaft hatte Rhodes Marlon und seinem letzten Film zuliebe auf seine höheren Gehaltsforderungen verzichtet. Nur wenige Tage nach Drehbeginn in Toronto machte Brando Rhodes plötzlich heftige Vorwürfe, weil er Informationen aus seinem Privatleben an die Presse gegeben hatte. Zwar schwieg er sich über Einzelheiten aus, hatte aber einen maßlosen Tobsuchtsanfall.

«Er hatte sich mir gegenüber noch nie so benommen», sagte Rhodes. «Es war erschreckend, und er sprach daraufhin während des ganzen Films kein Wort mehr mit mir. Ich war einfach Luft für ihn. Mich hat dieser Ausbruch sehr mitgenommen. Meine Gesundheit litt, und ich begriff, daß ich mit einem Menschen wie ihm nicht leben konnte. Er hält Leute wie mich, die über sein Leben genauer Bescheid wissen, für gefährlich; plötzlich hakt es bei ihm aus, und er bekommt diese irrationalen Wutanfälle. Deshalb haben wir im Anschluß an *Freshman* mindestens anderthalb Jahre nicht miteinander gesprochen.»

Brando schienen Angstzustände und Spannungen im Verhältnis zu seinen Kindern stark zu belasten. Christian erzählte seinen Freunden, sein Vater habe ihn nach Kanada gerufen, und erweckte überall den Eindruck, als hoffe er, der Einfluß seines Vaters würde ihm zu einer kleinen Rolle im Film verhelfen. Brando machte ihm allerdings einen Strich durch die Rechnung und beschwor damit eine Auseinandersetzung zwischen den beiden herauf. Er hatte bei der Filmarbeit nie Wert auf die Anwesenheit seiner Kinder gelegt und schien Christians Enttäuschung gar nicht zu registrieren.

Als Cheyenne ihn am 3. August von Tahiti aus anrief und ihre Ankunft in Toronto ankündigte, reagierte er genauso. Er protestierte heftig gegen ihr Kommen, so daß sie sich wieder einmal vor den Kopf gestoßen fühlte. «Er hatte mich belogen», behauptete sie später. «Erst hat er gesagt, ich könnte ihn in Toronto besuchen, und hat sogar die Reise für mich organisiert. Ich wollte gern sehen, wie Filme gemacht wurden, und meinen Vater einmal vor der Kamera erleben. Aber vor allem wollte ich mit ihm zusammensein. Dann hieß es mit einemmal, ich könne nicht kommen. Ich war furchtbar sauer auf ihn. An dem Abend passierte der Unfall.»

Cheyenne stürmte nach dem Anruf aus dem Haus, raste im Jeep ihres Bruders Teihotu mit 160 Stundenkilometern die Straße entlang und landete in einem Graben. Sie erlitt schwere Kopf- und Gesichtsverletzungen, so daß Brando sie in eine Spezialklinik nach Los Angeles fliegen ließ. Er selbst verließ Toronto umgehend, um an ihrem Krankenbett Wache zu halten. In ihren Schädel mußten sieben Metallplatten eingepflanzt und ihr Gesicht umfangreichen Operationen unterzogen werden.

Bei seiner Rückkehr nach Toronto war Brando ein Nervenbündel, obwohl es ihm gelang, seinen Zustand während der nächsten zwei Wochen vor Besetzung und Crew geheimzuhalten. Bergman hatte in seiner Abwesenheit um seine Person herum filmen können und war ohnehin des Lobes voll für seinen Star. «Er ist der Größte – der einzige von diesem Kaliber, jetzt da Olivier tot ist. Er denkt bei der Filmarbeit ständig mit und bringt einen tatsächlich zum Lachen.» Einige Tage vor Beendigung der Dreharbeiten gab Brando eine Party mit einem üppigen Festmahl und machte allen großzügige Geschenke. Am letzten Drehtag ging er abends mit einem großen Kreis von Mitwirkenden zum Essen und war in ausgelassener Stimmung. Dabei hatte er einem Reporter des *Toronto Globe and Mail* hinter jedermanns Rücken ein exklusives Interview gegeben, in dem er ein verheerendes Urteil über die gesamte Produktion abgegeben hatte.

Der Bericht erschien am folgenden Morgen, dem 31. August, und alle waren über Brandos abfälliges Urteil entsetzt. «Ein furchtbarer Film», hatte er gesagt. «Er kann nur ein Reinfall werden, aber ich ziehe mich sowieso zurück. Ich habe die Nase gestrichen voll. Abgesehen von der kanadischen Crew alles in allem eine ziemlich unerfreuliche Erfahrung. Ich wäre lieber auf einer weniger miesen Note abgetreten.»

Wie sich herausstellte, steckte hinter seinen schnöden Äußerungen über den Film auch die Absicht, sich an TriStar zu rächen. Durch seine Londoner Anwältin, Belinda Frixou, hatte Brando Einspruch gegen einen zusätzlichen Arbeitstag erhoben und auf Überstundenzahlung bestanden. Als einer der unteren Chargen bei TriStar sich weigerte, ihm die 50000 Dollar zu zahlen, war Brando giftig geworden und hatte zum Hörer gegriffen.

Papke wollte nach der allgemeinen Entrüstung über das Interview von ihm wissen, warum er sich so abfällig über den Film geäußert hatte. «Die übliche Geschichte», entgegnete Brando. «Die Scheißkerle wollten nicht zahlen.» – «Ist das nicht eine merkwürdige Art, an sein Geld zu kommen?» – «Aber es hat geklappt, oder nicht?»

Auch wenn Brando im Glauben lebte, als Sieger aus der Partie hervorgegangen zu sein, wurden seine Äußerungen allgemein als gehässig, kleinlich, grausam und nachtragend verurteilt. Selbst der *Omaha World-Herald* sah sich bemüßigt, den Sohn der Stadt mit der Bemerkung abzukanzeln, er habe sich im Gegensatz zu Robert Redford «wenig erkenntlich gezeigt».

Doch als Brando aufging, daß der Film ein Erfolg werden und er sich mit seiner Kritik womöglich ins eigene Fleisch schneiden könnte, begann er, seine Worte zurückzunehmen. «Er hatte vergessen, daß er einen Fuß in der Tür hatte und an den Einnahmen beteiligt war», sagte Sondra Lee. «Aber er hatte etlichen Leuten auf die Füße getreten und mußte nun herumgehen und sagen: Ach, *du* warst damit nicht gemeint.»

Zuerst hinterließ er lange Nachrichten auf dem Anrufbeantworter von Kostar Matthew Broderick, doch der junge Schauspieler war so gekränkt, daß er nichts von sich hören ließ. Als Brando ihn schließlich erreichte, distanzierte er sich von den in der Zeitung gemachten Äußerungen. «Der Anruf war ja ganz nett», meinte Broderick später, «aber außer mir hat ihn natürlich niemand gehört.»

Sobald der Schauspieler seine 50000 Dollar von TriStar bekommen hatte, erschien er widerstandslos zu den Synchronisationsarbeiten und ließ durch Pat Kingsley, die wortgewaltige Publizistin der Branche, und ihre Firma PMK eine zerknirschte Erklärung veröffentlichen.

Es war eine anderthalb Seiten lange Mischung aus langatmiger Danksagungsliste, Schuldbekenntnis und gewohntem selbstbeweihräucherndem Kommentar über den Zustand der modernen Gesellschaft. Während Brando einräumte, seine Bemerkungen hätten «bei einigen Leuten zu schmerzhaften Mißverständnissen» geführt, machte er persönliche Schwierigkeiten dafür verantwortlich, dankte Bergman für «ein umwerfend witziges Drehbuch», den beiden jungen Schauspielern Broderick und Penelope Ann Miller für ihre «herrlich komische Darstellung» und Bruno Kirby für eine Leistung, «die, wie ich fürchte, uns allen die Show stehlen wird».

Dann nahm er zu seinen abfälligen Äußerungen über den Film Stellung. «Was die Qualität des Films angeht, so habe ich mich entschieden geirrt», räumte er ein. Unter Vorspiegelung falscher Bescheidenheit wies er darauf hin, daß er bei Kazans *Faust im Nacken* anfangs auch überzeugt gewesen sei, völlig versagt zu haben. «Ich war überrascht, daß die Zuschauer den Film für wert befanden, überhaupt in Erinnerung behalten zu werden.»

Nachdem er *Freshman* nun «zum größten Teil gesehen hatte», war er zu dem Schluß gekommen, daß der Film «Szenen von umwerfender Komik enthält, an die man sich noch jahrzehntelang erinnern wird». Sollte es eine Fortsetzung geben, so würde er nur zu gern mitmachen. «Nichts in dieser verängstigten und beängstigenden Welt ersetzt das Lachen», intonierte er und schloß mit einer «von Herzen kommenden Entschuldigung für alle Unannehmlichkeiten, die ich verursacht haben mag».

Als der Film im Juli 1990 in die Kinos kam, waren die meisten Kritiker von Brandos selbstparodistischer Patenfigur begeistert. Janet Maslin lobte ihn als «unerwartet überzeugenden komischen Darsteller». Was Maslin und andere Kritiker in ihrer Bereitwilligkeit, Brando für die Verulkung seiner Patenrolle zu loben, ganz übersahen, war die unterschwellige Verachtung, die er nicht nur Hollywood, sondern auch sich selbst entgegenbrachte.

Inzwischen drehte sich Brandos Leben fast ausschließlich um seine Familie, obwohl aus den meisten seiner Sprößlinge inzwischen auch junge Erwachsene geworden waren. Seine Freunde hatte er durch den Tod verloren oder sie aus seinem Leben verbannt, so daß die Zahl der Menschen, die ihm nahestanden, erheblich geschrumpft war. Selbst seine treuesten Anhänger hatten seinen Zorn zu spüren bekommen. Nach Philip Rhodes hatte Brando sich auch mit Pat Quinn überworfen. Nach dem Fiasko von *Jericho* war Quinn mehrere Monate arbeitslos gewesen und hatte den Schauspieler telefonisch um einen Kredit von 880 Dollar gebeten, um ihre rückständige Miete bezahlen zu können. Am anderen Ende der Leitung entstand eine lange Pause. Dann knurrte Brando: «Achthundert Dollar, was? Du kannst doch auf den Sunset Strip gehen und jemandem einen blasen.»

Einige Monate später rief er an und hinterließ ein Lied auf ihrem Anrufbeantworter. Entweder hatte er seine frühere Bemerkung vergessen oder war sich nicht bewußt, wie sehr er sie damit verletzt hatte. «Ich nehme an, er langweilte sich und wollte mit jemandem reden», meinte Quinn. «Aber diesmal war er entschieden zu weit gegangen. Das war überhaupt sein Problem. Seine Brutalität kannte keine Grenzen; es war, als müßte er sich ausdrücklich bestätigen, daß niemand ihn wirklich liebte.»

Der Schuß

1990–1994

NEUNZEHN

Zwei Stunden nachdem Marlon Brando der Polizei am Abend des 16. Mai 1990 eine Schießerei in seinem Haus am Mulholland Drive gemeldet hatte, trafen die Kriminalbeamten Lee Kingsford und A. R. Monsue bei ihm ein. Uniformierte Beamte hatten das Grundstück bereits abgesperrt und Experten den Tod durch einen Kopfschuß aus einer .45 er Automatik festgestellt. Christian Brando, der zweiunddreißigjährige Sohn des bekanntesten Schauspielers der Welt, war in Handschellen abgeführt worden und bereits auf dem Weg zum Verhör im Polizeirevier. Er hatte der Polizei spontan gestanden, versehentlich den tahitianischen Freund seiner schwangeren Halbschwester getötet zu haben. «Ich wollte ihn nicht umbringen», hatte er laut Polizeibericht gesagt. «Er wollte mir die Waffe abnehmen... Wir haben uns auf dem Sofa gewälzt... Ich habe gesagt, er soll loslassen. Dabei hat er meine Hand gefaßt, und *bumm*! Aber das war kein Mord ... Jesus, doch nicht im Haus meines eigenen Vaters! Glauben Sie mir!»

Kingsford und Monsue untersuchten den kleinen Fernsehraum, wo das Opfer lag. Um den Couchtisch waren drei weiße Sofas gruppiert, und auf dem mittleren lag ausgestreckt der über zwei Meter große Dag Drollet, barfuß und in blauen Surfershorts, als sei er vorm Fernseher eingeschlafen. Seine Augen waren geschlossen, der Kopf lehnte gegen das Sofa, und über seine Knie war eine Decke gebreitet. In der linken Hand hielt er ein Feuerzeug, einen Tabaksbeutel und ein Päckchen mit Zigarettenpapier. Neben seiner rechten Hand lag die Fernbedienung. Monsue untersuchte die tödliche Wunde: ein münzengroßer geschwärzter Kreis auf der linken Wange des Opfers. Der Wundrand war durch das aus vielleicht zwei, drei Zentimeter Entfernung in die Haut gedrungene Schießpulver schwärzlich verfärbt, und in seiner Mitte schimmerte die Einschußwunde. Die Kugel war im Nacken wieder ausgetreten und hatte nur eine schmale Blutspur auf der Armlehne des Sofas hinterlassen.

«Als ich ins Zimmer trat und den jungen Mann auf der Couch sah, wußte ich gleich, daß etwas nicht ganz koscher war», sagte Monsue. «Für ein Handgemenge oder eine Balgerei gab es keinerlei Anzeichen. Ich hatte im Gegenteil den Eindruck, daß die Sache ein Vorspiel gehabt haben mußte und es sich um keine spontane Tat handelte.»

Nach einem kurzen Rundgang durchs Haus betrat Monsue Brandos Zimmer, wo der Schauspieler ihn aufforderte, auf einem der Sofas Platz zu nehmen. Dann fing er an, sich mit ihm über die Schwierigkeiten der Kindererziehung zu unterhalten. «Er teilte mir mit, daß er neun Kinder hätte, von denen vier adoptiert wären», sagte Monsue. «Ich habe selbst drei Kinder adoptiert, so daß wir etwas gemeinsam hatten. Er sprach ganz allgemein davon, daß wir moralische Maßstäbe brauchten und jeder nach Möglichkeit versuchen müßte, seinen Kindern diese Maßstäbe zu vermitteln. Aber es schien mir, als hätte er in der Beziehung einiges an sich auszusetzen.»

«Müde, geschlagen und kleinlaut, wie ein gedemütigter alter Mann», faßte Monsue seine Eindrücke über den Schauspieler zusammen. «Er hatte etwas Gebeugtes und weinte mehrfach – manchmal war er in Tränen, manchmal schluchzte er nur. In meinem Beruf begegnet man in dieser Stadt vielen verbitterten Menschen, aber Brando wirkte eher wie ein Mann, der nach sechzig Jahren Gefängnis gerade aus der Haft entlassen worden ist. Besonders, wenn er von seinen Kindern sprach.»

Brando erklärte, daß Cheyenne, ihre Mutter Tarita und ihr Freund Drollet auf seine Einladung bei ihm im Haus gewohnt hätten. Cheyenne hatte aufgrund ihres Autounfalls und der anschließenden Gesichtsoperationen im Verlauf des letzten Jahres unter ernsthaften psychischen Problemen gelitten. Brando hatte seine Tochter erst eine Woche vorher zur Schwangerschaftsberatung und psychiatrischen Behandlung aus Tahiti nach Los Angeles geholt. «Sie hat seit der Schädelverletzung sieben Metallplatten im Kopf», erklärte er; deshalb hatte er Tarita und Drollet gebeten, sie nach Los Angeles zu begleiten.

Christian war an dem entscheidenden Abend aus zwei Gründen

am Mulholland Drive erschienen: um seine Pistole dort abzuliefern und um seine Schwester zum Essen einzuladen. Die beiden waren Brando zufolge zwischen neun und zehn Uhr vom Essen zurückgekehrt – wenn er zu Hause war, achtete er angeblich nie auf die Uhr. Ungefähr fünfzehn Minuten nach ihrer Rückkehr hörte er, daß sie im Wohnzimmer waren, und verließ sein Zimmer, um nach dem Rechten zu sehen. Er hatte zwar den Schuß nicht gehört, fand Christian jedoch mit einer Waffe in der Hand im Wohnzimmer. Sein Sohn teilte ihm mit, daß er Dag Drollet erschossen hätte. Brando befahl Christian, die Waffe zu entladen und ihm zu übergeben, woraufhin Christian das leere Magazin aus der Automatik springen ließ; es landete auf dem Tischchen neben der Couch. Dann übergab er seinem Vater die Waffe. Nach Brandos Aussage lag der Geruch von Schießpulver noch in der Luft. Er legte die Waffe im angrenzenden Computerraum unter das Sofakissen. Der sichtlich erregte Christian versicherte ihm, daß er Dag nicht habe töten wollen, sondern daß Dag nach der Waffe gegriffen hätte, die daraufhin losgegangen sei.

Brando wollte seinem Sohn zuerst nicht glauben, doch beim Betreten des Fernsehraums sah er Dag auf dem Sofa liegen. Er fühlte seinen Puls und alarmierte sofort den Notdienst. Dann versuchte er Dag zu beatmen, mußte aber feststellen, daß es dafür zu spät war. Laut Polizeibericht hatte Christian zuerst weglaufen wollen, aber Brando hatte ihm befohlen, dazubleiben und auf die Polizei zu warten.

Wie Brando aussagte, hatte er Christian aufgefordert, alle seine Waffen bei ihm abzuliefern, weil er befürchtete, daß sich automatische Waffen in seinem Besitz befänden, die in Kalifornien verboten waren. Laut Brando war Christian Dag Drollet nur ein-, zweimal begegnet, war aber wütend auf ihn gewesen, weil er gehört hatte, daß er Cheyenne geschlagen hatte. Diesen Umstand bestritt Brando ausdrücklich. Seiner Meinung nach hatte Dag seine Tochter immer sehr gut behandelt – «er war ein höflicher, rücksichtsvoller, anständiger junger Mann». Cheyenne sei in den vergangenen Monaten oft gereizt gewesen, wiederholte ihr Vater, und hätte fälschliche Behauptungen über Familienmitglieder gemacht, um Unruhe in der Familie zu stiften.

Als Monsue ihn näher nach Christian befragte, erwiderte Brando, sein Sohn sei immer unzuverlässig gewesen und hätte seit jeher zu Jähzorn geneigt. Andererseits betonte er, daß Christian immer ein ausgeprägtes Bedürfnis gehabt hätte, seine jüngste Schwester zu beschützen.

«Mir schien, daß Marlon den Worten seines Sohnes Glauben schenkte», sagte Monsue, «ohne dabei zu versuchen, die Tat zu rechtfertigen. Ich gab mir Mühe, mir meine Skepsis nicht anmerken zu lassen, obwohl er sie gespürt haben muß. Ich bezweifelte nicht, daß sein Sohn ihm den Hergang so dargestellt hatte, doch irgendwo schien mir die Sache einen Haken zu haben. Im stillen muß auch Brando geahnt haben, daß sein Sohn ihm nicht die ganze Wahrheit gesagt hatte, denn er wiederholte immer wieder: ‹Ich weiß nicht, was wirklich passiert ist, denn ich war zu dem Zeitpunkt nicht im Zimmer.›»

Inzwischen hatte Detective Kingsford Cheyenne verhört, nach deren Aussage Christian und sie gegen sieben Uhr zum Essen gegangen waren. Unter anderem sagte sie aus: «Wir haben über meine Beziehung zu meinem Vater gesprochen. Nach dem Essen sind wir kurz bei seiner Freundin vorbeigefahren und anschließend nach Hause gekommen. Christian war wütend auf Dag und wollte ihn zur Rede stellen. Ich ging in ein anderes Zimmer. Als ich ein paar Minuten später das Fernsehzimmer betrat, um zu sehen, was los war, hatte Christian eine Pistole in der rechten Hand und unterhielt sich mit Dag. Ich dachte, sie machten nur Spaß. Ich ging also wieder nach nebenan und setzte mich. Sekunden später hörte ich einen Schuß. Dann kam Christian herein und erzählte mir, er hätte Dag erschossen. Ich weiß nicht, wer den Notdienst oder die Polizei angerufen hat.»

Tarita war inzwischen von Detective John Rockford verhört worden. Ihrer Aussage nach hatte sie in ihrem Zimmer ferngesehen, als Christian und Cheyenne vom Essen zurückgekommen waren. Cheyenne war gutgelaunt ins Zimmer gekommen und hatte ihr von dem Abend erzählt. Ungefähr fünf Minuten nachdem ihre Tochter das Zimmer verlassen hatte, hörte sie einen Schuß und ging in die Küche, um Cheyenne zu fragen, was passiert sei. Cheyenne wollte sie davon abhalten, ins Fernsehzimmer zu gehen, aber sie tat es trotzdem. Dag lag auf der Couch. Christian und sein Vater waren im Wohnzimmer, und Brando riet ihr, die Ruhe zu bewahren. Er ging mit Christian in das Zimmer, wo Dag lag, während sie im Wohnzimmer zurückblieb.

Gegen zwei Uhr dreißig morgens, nachdem Brando seine Version der abendlichen Ereignisse geschildert hatte, bat er darum, seinen Anwalt verständigen zu dürfen. Monsue und Kingsford blieben zurück, während Brando seine Sekretärin anrief.

«Verbinde mich mit Bill Kunstler, und zwar *sofort*», befahl er. «Nicht in fünf Minuten, auch nicht in zehn Minuten, sondern *sofort und auf der Stelle*.»

Die Beziehungen zwischen Brando und der Familie Drollet gingen auf die sechziger Jahre zurück, als Jacques Drollet sich als Mitglied des tahitianischen Parlaments heftig gegen den Verkauf von Tetiaroa an einen Ausländer gewehrt hatte. Jacques kannte auch Brandos «polynesische» Kinder, wie er sie nannte, da er Direktor der Schule war, die sie besucht hatten.

Brandos tahitianische Tochter Cheyenne war von einem verwöhnten kleinen Mädchen zu einer erstaunlich schönen jungen Frau herangewachsen, die eine Neigung zum Mystizismus hatte und ihre Abende am liebsten in den Discos am Hafen von Papeete verbrachte. In einer dieser Discos hatte sie im Mai 1987 den damals dreiundzwanzigjährigen Dag Drollet getroffen, mit dem sie vier Jahre lang eine Liebesbeziehung hatte. Dag war, wie sein Vater den amerikanischen Behörden gegenüber betonte, «in geregelten Verhältnissen aufgewachsen». Nach Beendigung der Schule auf Tahiti hatte er in Frankreich studiert und anschließend einen Spezialkurs absolviert, um in das Baugeschäft seines Stiefvaters, Albert LeCaill, einzutreten. Sport spielte in seinem Leben ebenfalls eine große Rolle, er interessierte sich für Speerfischen, Segeln und Surfen und war ein leidenschaftlicher Motorradfahrer. Eigenhändig hatte er für sich und Cheyenne ein Holzhaus im polynesischen Stil gebaut. Es lag an der Lagune auf demselben Grundstück wie das Haus seiner Mutter und seines Stiefvaters, bei dem er seit seinem vierten Lebensjahr wohnte.

Cheyenne hatte im Jahr zuvor die Oberschule abgebrochen. Sie hatte Drogenprobleme und nahm angeblich LSD und PCP oder «Engelsstaub». Nach Aussagen von Cynthia Garbutt, der Managerin von Tetiaroa, schwärmte sie ebenfalls für MMDA oder «Ecstasy», ein mildes Halluzinogen, das ein Gefühl der Geborgenheit und Intimität vermitteln soll. 1988 hatte Dag Cheyenne auf eine Geschäftsreise nach Mooréa mitgenommen, «damit sie von den Drogen loskam». Als Cheyenne unter Entzugserscheinungen litt und nicht mehr zu bändigen war, hatte Dag sie geschlagen. Außerdem waren andere Frauen im Spiel gewesen. Cheyenne gestand, Drollet Vorwürfe wegen einer Affäre mit einem einheimischen Mädchen gemacht zu haben und auch auf Tituana Degage, die Mutter von Dags vierjähriger Tochter Tiairani, nicht besonders gut zu sprechen gewesen zu sein.

«Ich bin das schönste, intelligenteste und dank meinem Vater reichste Mädchen in ganz Polynesien», soll sie sich gebrüstet haben, und vermutlich hatte sie damit recht. Als Brandos Tochter war sie ebenfalls ein bevorzugtes Klatschobjekt auf der Insel. Leider teilte sie mit anderen schönen, reichen Mädchen, die sich von ihrem Vater übergangen fühlen, eine tiefe innere Verunsicherung. «Sie war krankhaft eifersüchtig», sagte Jacques Drollet. «Sie suchte Dags ehemalige Freundinnen in der Schule auf und prügelte sich mit ihnen ... Tituana hat sie in der Pâtisserie sogar einmal eine Torte ins Gesicht geworfen.» Trotz ihrer Intelligenz und Belesenheit fehlten Cheyenne Ehrgeiz und Zielbewußtsein, und sie schien unfähig, auf eigenen Füßen zu stehen.

«Als ich Cheyenne kennenlernte, fand ich sie sehr kühl», sagte Christians Freund Bill Cable, der 1984 bei seinem Aufenthalt auf Tetiaroa ihre Bekanntschaft gemacht hatte. «Ich ging auf sie und ihre Freundin zu, um sie zu begrüßen, aber sie wandten sich brüsk ab. Als Christian eines Tages sah, wie ich sie anhimmelte, sagte er: ‹Paß auf, Cabe. Das ist Papas Augapfel.›»

Trotzdem war Brando ein eher sporadischer Vater, und schon vor ihrem Unfall hatte Cheyenne eine tiefe Bitterkeit gegen ihn erfüllt. Ihr Bruder Teihotu lebte sein eigenes Leben – er war verheiratet und hatte zwei Kinder –, doch Cheyenne hatte sich dem Einfluß ihres Vates nie entziehen können und wurde ständig an die untergeordnete Rolle, die sie und ihre Mutter in seinem Leben spielten, erinnert. Das neugeborene Kind seines Hausmädchens Cristina Ruiz war ihr ebenfalls ein Dorn im Auge und machte ihr die eigene Schwangerschaft nicht gerade leichter.

Nach ihrem Unfall und dem anschließenden Krankenhausaufenthalt im August 1989 hatte Cheyenne sich in Los Angeles erholt und war dann nach Tahiti zurückgekehrt, wo sie sich im Oktober mit Dag versöhnte und bald darauf schwanger wurde. Als Brando von der Schwangerschaft hörte, sorgte er dafür, daß Dag Drollet im Januar 1990 die Bauaufsicht auf Tetiaroa übertragen wurde.

Brando hatte Christian oft erzählt, wie gern er Großvater wäre, deshalb war er von Cheyennes Schwangerschaft begeistert und wollte alles tun, damit das junge Paar glücklich war. Aber die Kluft zwischen Cheyenne und Dag wurde immer größer und Cheyennes seelischer Zustand immer unausgeglichener.

«Dag und Cheyenne lebten wie zwei Skorpione in einem Glas», sagte Jacques Drollet, der miterlebt hatte, wie die Beziehung sich zunehmend verschlechterte. «Sie waren mißtrauisch, sie waren eifersüchtig und sie stritten und schlugen sich ständig.» Auch Marlon war besorgt und überlegte Mitte März 1990 bei einem Gespräch mit Jacques, wie man dem Drogenproblem ihrer Kinder abhelfen könnte. Jacques dagegen behauptete später, er hätte seinem Sohn geraten, die Beziehung abzubrechen. «Nimm dich in acht», hatte er zu ihm gesagt, «sonst endet dein Leben in einer Tragödie.»

Im April hatte Cheyenne sich im Militärkrankenhaus von Tahiti einer psychiatrischen Behandlung unterzogen. Den medizinischen Unterlagen zufolge handelte es sich bei der Zwanzigjährigen um «Aggressionen und irrationales Verhalten ... Schlaflosigkeit und Perioden von Wirklichkeitsverlust als Folge von Drogensucht», begleitet von der Unfähigkeit, «die Existenz dieser Probleme zu erkennen und einzugestehen».

Brando beschloß daraufhin, sie nach Los Angeles zurückzuholen und am Mulholland Drive unterzubringen. Er wollte sie der Obhut amerikanischer Psychiater übergeben und hielt es für besser, wenn sie ihr Kind in Amerika zur Welt brachte. Dag hatte das Verhältnis mit ihr abbrechen wollen, es aber als seine letzte Pflicht angesehen, sie in die Staaten zu begleiten und ihr zu helfen, sich bei ihrem Vater einzuleben.

In der ersten Maiwoche flogen Cheyenne, Tarita und Dag in die Vereinigten Staaten und zogen am Mulholland Drive ein. Cheyenne suchte sofort einen Psychiater auf, aber ihre Stimmung besserte sich nicht, was zum Teil an ihrer Weigerung lag, die psychotropen Medikamente regelmäßig zu nehmen. Detective Monsue zufolge «legte sie sich deswegen mit ihrem Vater an. Er hatte gehofft, Einfluß auf sie nehmen zu können, wenn sie mit ihrer Mutter und ihrem Freund bei ihm wohnte. Ich habe persönlich nicht mit ihr gesprochen, sie aber gesehen. Sie machte einen verstörten Eindruck auf mich und war offensichtlich nicht ganz bei sich.»

Cheyenne war erregt und depressiv, weil Dag ihr mitgeteilt hatte, daß er die Beziehung abbrechen wollte. Er mußte wegen eines Autounfalls, an dem er beteiligt gewesen war, am 20. Mai wieder auf Tahiti sein und konnte deshalb nur noch ein paar Tage bleiben. Dag rief Cynthia Garbutt, Brandos Managerin auf Tahiti, wegen seiner Rückreise an und erzählte ihr unter anderem, daß Cheyenne seinen Paß versteckt hatte, um ihn an der Rückkehr zu hindern.

Die Situation im Hause Brando spitzte sich zu. Im Verlauf der nächsten Tage verschlimmerte Cheyennes emotionaler Zustand sich weiter; sie schluckte Beruhigungstabletten, rauchte ununterbrochen und erklärte Dag bei einer weiteren Auseinandersetzung, daß er gar nicht der Vater des Kindes sei. Am 16. Mai herrschte eine äußerst gereizte Atmosphäre im Haus, obwohl Brando Jay Kanter in einem Anfall von Sentimentalität gerade erzählt hatte, «wie schön es ist, die ganze Familie beieinanderzuhaben».

Christian befand sich in noch bedenklicherer Verfassung als im Jahr zuvor. Aus Angst vor Brandos Zorn und Mißbilligung hatte er sich ganz von seinem Vater zurückgezogen und sogar Einladungen zum Essen mehrmals mit der vagen Entschuldigung ausgeschlagen, daß er «beschäftigt» sei.

Freunden gegenüber hatte er häufiger erwähnt, daß er sich um Cheyenne große Sorgen mache. «Meine kleine Schwester hat einen sehr schweren Unfall gehabt», hatte er seinem Freund Bill Cable berichtet. Er sprach von ihr nur als «meine kleine Schwester» und erzählte, sein Vater könne über ihre Verletzungen nicht hinwegkommen.

Christian versuchte, das chaotische, selbstzerstörerische Leben, das er führte, vor Marlon zu verbergen, hatte aber ironischerweise den Kontakt zu seiner Mutter wiederaufgenommen. Skip E. Lowe hatte gehört, daß Annas zweiter Mann gestorben und sie bei einer Freundin in einem kleinen Ort östlich von San Diego wohnte und auf Sozialhilfe angewiesen war. Er teilte Christian mit, daß seine Mutter ihn unbedingt sehen wolle. Christian willigte ein, rief sie an und sorgte dafür, daß sie bei ihm wohnen konnte.

Er schien sich auf ihren Besuch zu freuen und erklärte Freunden gegenüber sogar, seine Mutter befinde sich in solch bedrängten Umständen nur, weil Brando sie nach ihrer Scheidung in Hollywood unmöglich gemacht hätte. Steve Hunio hatte nach den vielen Horrorgeschichten über Christians Kindheit starke Bedenken wegen dieses plötzlich aufkommenden Mitleids. Seiner Meinung nach waren Christians Alkoholprobleme auf seine Kindheit zurückzuführen, da Kashfi seine Milchflasche angeblich mit Whisky versetzt hatte, um ihn zu beruhigen. «Ich warnte ihn, daß ich die Idee, seine Mutter einzuladen, für hirnverbrannt hielt», erinnerte Hunio sich. «Aber er hatte es sich in den Kopf gesetzt, sie mit offenen Armen zu empfangen.»

Also kaufte er ein neues Bett für sie und erzählte Cable: «Von jetzt ab sorge ich für meine Mutter. Sie ist so abgebrannt, daß sie Geld von mir bekommt und bei mir wohnen kann.» Cable war ebenfalls skeptisch, ermutigte seinen Freund aber. «Ich weiß, du hast es nicht leicht mit ihr gehabt», meinte er, «aber ich wünsche dir Glück.» Wie Hunio hatte auch er von den Greueltaten gehört, die Kashfi an ihm verübt hatte, wenn sie betrunken war und unter Drogen stand; aber gleichzeitig fand er es ehrenwert, daß Christian ihr beistehen wollte.

Als Marlon Wind von Kashfis Besuch bekam, rief er Christian empört an und verlangte eine Erklärung. Cable zufolge versuchte Christian ihm klarzumachen, in welch verzweifeltem Zustand

Anna sich befand und daß er ihr helfen wollte. Worauf Marlon nur «Soll sie doch in der Gosse landen!» geantwortet und aufgelegt hatte.

Ob Brandos Mißbilligung Christians Versöhnungsabsichten ins Wanken gebracht oder Kashfi sich als zu schwierige Hausgenossin erwiesen hatte – jedenfalls währte das Familienglück nur ganze zwei Tage. «Er versuchte wirklich, sich von seiner besten Seite zu zeigen», sagte Skip E. Lowe, «aber irgend etwas kam dazwischen. Was es war, weiß ich nicht, aber Anna war gleich nach ihrer Ankunft wieder verschwunden.» Hunio glaubte, Kashfis überstürzte Abreise habe weniger auf Brandos ärgerlicher Reaktion als auf Christians Feststellung beruht, daß er seiner Mutter gegenüber noch immer starke Aversionen hegte. «Meine Mutter ist wieder abgereist», erzählte er Cable. «Mann, die ist vielleicht verkorkst!»

Es gab noch ein weiteres Mitglied des Brando-Clans, mit dem Christian engen Kontakt hatte, und zwar seinen Halbbruder Bobby, der Dritte im Bunde, als Christian und ein Freund damals bei der Schießerei auf dem Raketengelände am Mulholland Drive von der Polizei erwischt worden waren.

Obwohl Brando Bobby nicht als seinen Sohn anerkannt hatte, tauchte er manchmal in Christians Haus in der Wonderland Avenue auf, wo Christian ihn ungeniert als «meinen kleinen Bruder» vorstellte. Wie er Cable erzählte, lebte Bobby bei seiner Mutter, «die mit einem reichen Mann verheiratet war, der ihm nach seinem Tod ungefähr zwanzig Millionen hinterlassen hat». Keiner von Christians Freunden wußte, wer die Mutter des hübschen jungen Asiaten war oder wie er eigentlich hieß. «Ich habe Bobby nie mit Christian am Mulholland Drive gesehen», sagte Cable, «aber als Christian seine eigene Wohnung hatte, waren sie viel zusammen. Bobby hatte einen leicht asiatischen Einschlag und war etwas jünger als Christian. Er hatte langes schwarzes Haar und interessierte sich für Kung-Fu. Für Drogen oder Alkohol hatte er nicht viel übrig und trank, wenn er zu Besuch kam, nur Saft – ein netter, nachdenklicher Junge. Christian hatte ihn gern, doch Marlon war an ihm nicht interessiert.»

Während Christian Bobby und Cheyenne ausdrücklich als «seinen kleinen Bruder und seine kleine Schwester» bezeichnete, unterließ er es bei Miko nie, zu betonen, daß er «adoptiert» worden war. Mikos Schwester Rebecca, die damals an der Universität von Arizona studierte, erwähnte er dagegen mit keinem Wort. Für Cheyenne empfand er große Zuneigung, doch auf ihren Bruder Teihotu und sein Leben auf Tahiti war er gar nicht gut zu sprechen und schimpfte Cable gegenüber, daß «ich mir hier den Arsch aufreiße, während er den Tag auf Kosten meines Vaters mit Surfen verbringt». Christian gefiel sich offensichtlich in der Rolle des erstgeborenen, von Brando bevorzugten und anerkannten Sohnes, schien aber den Eindruck zu haben, daß der Schauspieler größere Erwartungen in ihn setzte als in seine anderen Kinder – ein Eindruck, den Pat Quinn bestätigte.

Vielleicht war das der Grund, warum Christian sich im Verlauf des vorhergehenden Jahres von seinem Vater distanziert hatte. Er war verzweifelt auf der Suche nach dem eigenen Ich. Dabei schien er zu glauben, es mit seinem Vater aufnehmen zu müssen, mit dem er laut Hunio seit Jahren konkurriert hatte. Cable bestätigte diesen Eindruck. «Christian erzählte gern, wie er als Kind in der Lagune von Teiaroa einmal durchs Wasser gewatet und ein ungefähr ein Meter langer Hai vorbeigeschwommen war. «Du Hurenbock!» hatte Marlon gerufen und dem Hai anständig eine aufs Maul gehauen. Christian erzählte die Geschichte, um zu zeigen, was für ein toller Kerl sein Vater war. «Mann, Pop schreckt vor nichts zurück.» Zu dem Macho-Image, das er von seinem Vater hatte, gehörten ebenfalls Waffen und die Bereitwilligkeit, sie jederzeit zu benutzen. Christian erzählte Cable häufig die Geschichte, wie der Einbrecher bei Brando eingedrungen war und dieser kaltblütig seinen .38er Revolver gezogen hatte. Christians eigenes Interesse an Waffen beruhte auf seinem Wunsch, Brando in nichts nachzustehen, und tatsächlich hatte er sich mit dem 75000-Dollar-Scheck von seiner italienischen Filmarbeit als allererstes eine teure Beretta gekauft.

Andererseits fürchtete Christian seinen Vater und hatte Angst, ihn zu enttäuschen. 1988 hatte er Zugang zu dem von seinem Vater für ihn angelegten Geld, das ihm steuerfrei in monatlichen Raten von 2000 Dollar ausgezahlt wurde. Doch schon nach anderthalb

Jahren hatte er das Geld sinnlos verpraßt. Statt seinem Vater wie versprochen den Kredit für das Wonderland-Haus zurückzuzahlen oder zu versuchen, Ordnung in sein Leben zu bringen, war das Geld für Drogen, ein Motorrad für 9000 Dollar, weitere Waffenkäufe und großzügige Geschenke an seine Freunde draufgegangen. Sein schlechtes Gewissen und seine Selbstverachtung stiegen im gleichen Maße wie sein Drogenmißbrauch und sein unkontrolliertes Benehmen.

Seine alte Freundin Laurene Landon hatte versucht, ihn vom Alkohol abzubringen, aber er hatte sie mit den Worten «Laß mich in Ruhe, du bist nicht meine Mutter» zurückgewiesen. Die Beziehung ging in die Brüche, als Laurene eine Fehlgeburt hatte. «Das gab ihm den Rest», sagte Cable. «Marlon hatte ihm zugesetzt, wie sehr er sich von den beiden ein Enkelkind wünschte.» Christian trank mehr denn je, riß wahllos Frauen auf, und Laurene machte endgültig Schluß.

Von da an trieb Christian sich meist mit einer Bande von Bikern, Junkies und hoffnungslosen Aussteigern herum – den «Down Boys», wie er sie nannte –, denen er sich am Laurel Canyon angeschlossen hatte. Einige von ihnen waren vorbestraft. Christian versorgte sie mit Bier und Drogen, und das Wonderland-Haus wurde eine Absteige für alle diese Schmarotzer, die auch vor Gewalttätigkeit nicht zurückschreckten. Ein besonders gefährliches Mitglied dieser Gruppe war ein fünfunddreißigjähriger Hüne mit dem Namen «Big Bad Frank», offenbar Christians hauptsächliche Drogenquelle. «Frank war ein besserer ‹Zuhälter›», erklärte Hunio. «Mit ihm hatte er einen ausgekochten Drogenhändler im Haus, der die Geschäfte für ihn machte, und den wollte er natürlich nicht rauswerfen.» Das Haus war der reinste Schweinestall, überall lagen schmutzige Wäsche und Bierdosen herum. Wenn Freunde wie Cable oder Steve Hunio Christian ermahnten, Ordnung zu schaffen, schrie er sie an, sich um ihren eigenen Dreck zu kümmern. Meist hatte er schon im Laufe des Vormittags seine sechs Dosen Bier verkonsumiert.

«Die Auszahlung des Geldes 1988 war der Anfang vom Ende», sagte Hunio. «Er brauchte sich keine Gedanken darüber zu machen, woher das Geld kam, und wenn er gegen Monatsende knapp bei Kasse war, dann ging er zu Brown und Kraft, flunkerte ihnen was vor und schwatzte ihnen einen Vorschuß ab. Er wußte nichts mit seinem Leben anzufangen, lungerte nur mit diesen Blutsaugern herum, soff die Nächte durch und stand erst nachmittags auf. Er wußte, daß er sich dabei kaputtmachte, und vielleicht ging er mir aus dem Weg, weil er fürchtete, ich würde ihn abfahren lassen. Davor hatte er nämlich Angst. Trotzdem schmiß er die Bande nicht raus. Es war der reinste Abschaum – von Menschen konnte bei denen keine Rede sein.»

Cable, der Christians Interesse für Waffen teilte, merkte im Verlauf des Jahres, daß eine Veränderung mit seinem Freund vorgegangen war. «Er bekam angeblich diese Telefonanrufe», erinnerte Cable sich, «jemand drohte ihm: ‹Wir werden dich und deine Familie umbringen.› Wenn ich mich mit meiner Frau gestritten hatte, schlief ich manchmal bei ihm, und eines Tages hörte ich die Drohung selbst. Christian wollte nicht, daß sein Vater davon erfuhr, aber er war ernsthaft um seine Sicherheit besorgt und fühlte sich verfolgt.»

Deshalb beschloß er, sein Waffenarsenal durch eine Maschinenpistole zu vervollständigen. Cable, ein ehemaliger Polizist, nahm ihn mit zu B&B Gun Sales, ein Waffengeschäft im Valley. «Ich sollte ihm bei der Auswahl helfen», meinte Cable, «aber er kam mir vor wie ein Kind im Spielwarengeschäft.»

Neben den Waffen verfügte Christian ebenfalls über eine stattliche Kollektion von Frauen, meist nur für einen schnellen Fick. «Es ging nur um Sex», erzählte Cable. «Frauen in Hülle und Fülle. Er vernaschte eine nach der anderen, genau wie sein Vater.» Zu Christians zahlreichen Eroberungen gehörte auch eine Stripteasetänzerin. Sie zog für ein paar Wochen bei den Down Boys ein und nahm an ihren Alkohol- und Kokainorgien teil. Mehrere Leute hatten gesehen, daß Christian sie mißhandelte und auf Parties schlug.

Im Herbst 1989 kam es zwischen Cable und seiner Frau Shirley Cumpanas zum Bruch, woraufhin er sich für ein paar Wochen auf Hawaii zurückzog. In seiner Abwesenheit tauchte Shirley in der Wonderland Avenue auf und begann eine Affäre mit Christian. Hunio war an dem Abend ebenfalls zugegen und war nach eigenen

Aussagen «sprachlos ... Sie tätschelte Christian in aller Öffentlichkeit, und mir war klar, daß sie sich in sein Schlafzimmer verziehen würden, das nicht einmal eine Tür hatte und drinnen nichts als eine Matratze mit einem zerrissenen Laken. Ich fand es ziemlich trostlos, weil ich wußte, daß es Christian nichts bedeutete. Vermutlich hatte er Spaß daran, es seinem Freund Bill Cable mal richtig zu zeigen.»

Christians Vergnügen, seinen älteren Ersatzbruder auszustechen, wurde allerdings von der Angst vor dessen Rache übertroffen. «Bill überraschte uns eines Abends, als er von Hawaii zurück war», erklärte Cumpanas später. «Wir lagen auf dem Bett, und er sagte: ‹Nein, was für ein trauliches Bild!› Wir versuchten, ihn zu überzeugen, daß nichts passiert war, was aber gar nicht stimmte. Danach lebten wir einige Monate zusammen, und Christian stand während dieser Zeit Todesängste aus. Bill besaß alle möglichen Waffen, er war ein Schrank von Mann und hatte einen Ruf als Schläger. Ich hatte ebenfalls Angst vor ihm, weil ich erlebt hatte, wie er im Zorn mit seinen Waffen herumfuchtelte.»

Der Konflikt mit Cable und verschiedene Zusammenstöße mit Junkies führten dazu, daß Christians Paranoia wuchs und er Big Bad Frank als seinen «Leibwächter» anheuerte.

«Frank war zwar der Sauberste von der Bande», sagte Cumpanas, «ansonsten aber auch der Schlimmste. Aber er konnte als einziger mit Bill fertig werden und wurde deshalb Christians bester Freund. Er mußte draußen vor dem Haus Wache stehen und die Augen offenhalten.»

Ob Cable seinen ehemaligen «Bruder» tatsächlich bedroht hatte, ist umstritten, aber Christians Zustand war zweifellos bedenklich. Kurz darauf mietete er eine weitere «Bude» am Laurel Canyon, noch baufälliger und tief in der Schlucht versteckt. Er erklärte diesen merkwürdigen Schritt damit, daß er das Haus an der Wonderland Avenue vermieten wollte, um die Schulden bei seinem Vater zurückzahlen zu können. Gleichzeitig hoffte er, sich den angeblichen Drohungen durch Cable, die Down Boys und etwaige andere Verfolger entziehen zu können. Für Freunde und Familie war er nicht zu erreichen, weil er sein Telefon abgestellt hatte.

Im Herbst 1989 arbeitete Christian gelegentlich als Schweißer und unternahm auch einige halbherzige Versuche, seine Schauspielkarriere fortzusetzen. Im September sollte er Besetzungsdirektor Henry Rakin für eine Ganovenrolle in einem Film vorsprechen.

«Er kam herein und erzählte uns, wir müßten ihn entschuldigen, aber er sei ein bißchen konfus», sagte Rakin. «Der Ex-Ehemann seiner Freundin sei am Morgen mit einem Revolver in sein Apartment eingedrungen. Fast sei er wegen des Vorfalls nicht erschienen, aber das hätte er für ‹unprofessionell› gehalten. Er wolle einen überzeugenden Eindruck bei uns hinterlassen.»

Das Rakin-Projekt wurde verschoben. Christian versäumte Termine mit seinem Agenten Don Gurler oder tauchte direkt von der Arbeit in dreckigen Jeans bei ihm auf. Dann ließ er sich gar nicht mehr blicken, und Gurler hörte von Freunden, daß er sich «auf Parties amüsierte».

Vergeblich versuchte Gurler, Christian telefonisch im Wonderland-Haus zu erreichen. Später erzählte Christian Freunden, er sei aus dem Haus ausgezogen, weil es dort spukte. Eines Nachts hätte er eine Frauenstimme im Badezimmer schreien hören. Dasselbe erzählte er Cumpanas. «Ich habe nie etwas gehört oder gesehen», sagte sie. «Aber er behauptete es steif und fest.»

Vermutlich litt Christian aufgrund seines Drogenkonsums inzwischen unter massiven Halluzinationen. Obwohl er für das Wonderland-Haus keinen Mieter gefunden hatte, zog er aus und ließ Frank als Wächter über seine Siebensachen zurück. Die für monatlich 1300 Dollar gemietete neue Behausung war wie eine Höhle in einen Hügel hineingebaut. Christian richtete nur zwei Zimmer ein, eins mit einem Futon-Bett, das andere mit seinen Schweißgeräten. Freunde vermuteten, daß er in dem neuen Versteck nicht nur vor Cable und den Bad Boys Zuflucht suchte, sondern auch seine Waffen verstecken und seinen Drogenhandel betreiben wollte. Angeblich hatte er versucht, sich selbst als Dealer zu etablieren, das Coke dann aber selbst verbraucht und oft nicht das Geld gehabt, um seine Zulieferer zu bezahlen. «Er glaubte, er hätte Kredit, weil er Marlon Brandos Sohn war», erinnerte sich ein

Dealer vom Sunset Strip, der die Typen kannte, mit denen Christian verkehrte. «Aber denen ist Marlon Brando schnurz, und deshalb rückten sie ihm auf die Pelle.»

Paranoia, Halluzinationen, Alkohol und Kokain, kombiniert mit Waffen, konnten nur eine tödliche Mischung bedeuten. Die Waffen wiederum lösten in Christian die Angst aus, daß die Down Boys sie stehlen könnten, also kaufte er einen großen verschließbaren Schrank. Als auch der seine Ängste nicht beschwichtigte, muß er sich geradezu erleichtert gefühlt haben, als Kalifornien im Januar 1990 ein Verbot für automatische Waffen erließ. Sein Vater forderte ihn auf, alle seine Waffen am Mulholland Drive abzuliefern, damit er sie, wie er später der Polizei erklärte, den Behörden aushändigen konnte.

Ob Brando tatsächlich diese Absicht hatte, ist zweifelhaft, da sowohl Christian als auch seine Freunde den Eindruck hatten, er wollte die Waffen lediglich für seinen Sohn aufbewahren. Christian behielt die .45er Sig-Sauer und bewahrte sie an seinem jeweiligen Wohnort auf.

Während der ersten Monate des Jahres 1990 war Christian wieder ohne festen Wohnsitz und übernachtete gelegentlich bei Jocelyne Lew, asiatisches Model und angehende Schauspielerin, die er durch Skip E. Lowe kennengelernt hatte. Lew gegenüber war er weniger aggressiv und sprach oft von seinen Konflikten mit seinem Vater, der inzwischen darauf bestand, daß Christian nach Tetiaroa gehen und dort arbeiten sollte. Marlon hatte sich auch über sein heftiges Trinken und Rauchen beschwert, obwohl Christians Nikotinsucht gegenüber seiner Kokainabhängigkeit verblaßte. Dabei war Marlon selbst es gewesen, der den dreizehnjährigen Christian zum Rauchen verführt hatte, als sie bei den Dreharbeiten zum *Letzten Tango* gemeinsam in Paris in den Straßencafés gesessen und geraucht hatten. Lew dagegen rauchte und trank nicht und hatte den Eindruck, Christian versuchte durch sie, in vernünftigeren Kreisen zu verkehren. «Wenn ich mit dir zusammen bin, kann ich nicht anders, als mich anständig zu benehmen», hatte er zu ihr gesagt. Trotzdem konnte Christian auf den Alkohol nicht verzichten, um überhaupt heil durch den Tag zu kommen. Wenn Lew und er morgens irgendwo frühstücken gingen, fing er schon mit Kaffee und Whisky an. Bei ihren Vorhaltungen lachte er nur und erzählte ihr von seinem «irischen» Großvater, der weit über neunzig geworden war, obwohl er täglich eine Flasche Bushmills getrunken hatte.

Am Nachmittag des 16. Mai erschien Christian am Mulholland Drive und wurde von Brando in sein Zimmer gerufen, wo die beiden eine Unterredung unter vier Augen hatten. Es blieb auch später umstritten, ob Marlon ihm dabei erzählt hatte, daß Cheyenne, wie sie selbst bestätigt hatte, von Dag geschlagen worden war – jedenfalls hatte Brando Christian mitgeteilt, seine kleine Schwester sei deprimiert, und ihn gebeten, sie aufzumuntern und zum Essen einzuladen. Christian willigte ein, woraufhin Brando eine weitere «Bitte» äußerte, die Christian als Befehl verstand: Er sollte seine letzte Waffe, die .45er Sig-Sauer, mitbringen, wenn er Cheyenne vom Restaurant nach Hause brachte.

Der Raum, in dem Christian nach dem Schuß auf Dag Drollet verhört wurde, war nicht viel größer als ein Ankleideraum. Kurz nach Mitternacht wurden ihm seine Rechte vorgelesen, doch er verzichtete auf die Anwesenheit eines Anwalts. Unablässig rauchend, saß er den beiden Kriminalbeamten Steve Osti und Steve Cunningham bei der Vernehmung am Tisch gegenüber, und seine Stimme schwankte zwischen schriller Panik und großspurigem Gehabe.

Während Christian auf der Polizeistation vernommen wurde, mußte sein Vater zusehen, wie er mit den Folgen der Tat fertig wurde. Die Polizei durchsuchte das Haus, die Kriminalbeamten photographierten den Schauplatz, und die Leiche Dag Drollets wurde in einem braunen Sack abgeholt. Wie die Beamten sich erinnerten, trugen sie den Sack durch die Küche zu einer Seitentür, als Brando sie anhielt und einen letzten Blick auf Dag werfen wollte. Schließlich verschwand das Untersuchungsteam, und Brando zog sich, offenbar völlig verstört, zurück und verbrachte die nächste Stunde damit, nach seinem Valium zu suchen. Anschließend rief er Cynthia Garbutt, seine Managerin in Papeete, an, berichtete ihr von Dags Tod und bat sie um die Telefonnummer seiner Eltern.

Wie Brando später vor Gericht aussagte, hatte er zum letzten Mal drei Jahre vorher mit Jacques Drollet gesprochen, um ihm zu kondolieren, als seine Tochter bei einem Flugzeugunglück ums Leben gekommen war. Jetzt hatte er offenbar Mühe, telefonisch zu ihm durchzudringen. Drollet saß morgens beim Frühstück, als das Büro seines Neffen ihn informierte, jemand versuche, ihn aus Amerika zu erreichen, «weil Dag in Los Angeles Probleme mit der Polizei hatte». Drollet nahm die Nummer entgegen und telefonierte von seinem Schlafzimmer aus. Eine unbekannte Stimme am anderen Ende der Leitung identifizierte sich als ein gewisser Mr. Monsky, Produzent von *Hard Copy*. Er fragte, ob er das Gespräch auf Band aufnehmen könne. Drollet argwöhnte ein Komplott gegen Brando und verbat sich den Unsinn.

«Wissen Sie denn nicht, daß Ihr Sohn von Christian Brando in Marlons Haus erschossen worden ist?» entgegnete der Produzent.

Entgeistert ließ Drollet sich auf sein Bett fallen. «Das ist nicht Ihr Ernst» war alles, was er hervorbringen konnte.

Monsky erwiderte: «Doch, mein vollster Ernst. Ich ...»

«O mein Gott», stöhnte Jacques. «O mein Gott.»

«Was für ein Mensch war Dag?» fuhr der Produzent fort, der sich sein Interview nicht entgehen lassen wollte.

Drollet brach das Gespräch abrupt ab und versuchte Brando zu erreichen. «Jedesmal, wenn ich durchkam, schien jemand den Hörer abzunehmen, aber wenn ich sagte: ‹Marlon, hier ist Jacques-Denis Drollet›, wurde das Gespräch unterbrochen. Das passierte fünfmal.»

Cynthia Garbutt versuchte ebenfalls, Brando zu erreichen. Als sie schließlich durchkam, teilte Brando ihr mit, er werde sofort zurückrufen. Garbutt informierte Drollet davon und riet ihm, den Anruf zu Hause zu erwarten. Später wich Garbutt von dieser Aussage ab und behauptete, Brando hätte «die ganze Nacht» versucht, Drollet zu erreichen.

Brando erreichte Drollet schließlich im Haus von Dags Mutter Lisette und seinem Stiefvater Albert LeCaill. Er teilte Drollet mit, Dag sei «versehentlich in einem Handgemenge» von Christian erschossen worden. Wie Drollet später berichtete, hatte Marlon zu ihm gesagt: «Dag ist tot, wir können nichts daran ändern.» Als

Drollet daraufhin von ihm wissen wollte, wie das Unglück passiert sei, hatte er gesagt: «Cheyenne hat Christian erzählt, daß Dag sie verprügelt hat, aber das ist blanker Unsinn.» – «Das waren seine tatsächlichen Worte», sagte Drollet, «blanker Unsinn. Danach brach er in Schluchzen aus.» Das zwei- oder dreiminütige Gespräch war die letzte private Unterredung, die Brando und Drollet je miteinander hatten.

In den Tagen nach Dag Drollets Tod drängte sich eine Meute von Reportern in der Hoffnung auf etwaige Neuigkeiten um das schwere Stahltor am Fuß der Mulholland-Auffahrt. Manche durchwühlten sogar die Mülltonnen außerhalb des Anwesens, fanden aber nur an Jack Nicholson gerichtete Fanpost. Photographen in Helikoptern kreisten über dem Grundstück. Weltweit hießen die Schlagzeilen: BRANDO-SOHN NACH MORDTAT VERHAFTET. MORD IM HAUSE BRANDO. TOD IN BRANDOS VILLA.

Christian saß bereits drei Tage im Gefängnis, bevor sein Vater ihn schließlich aufsuchte. Brandos Besuch machte erst recht Schlagzeilen: BRANDO IN TRÄNEN oder DER BESORGTE VATER schrieb die Presse und stellte ihn als liebenden Patriarchen dar. Doch die Reporter waren im Irrtum oder gaben jedenfalls nur ein sehr oberflächliches Bild der Ereignisse, denn inzwischen war Brando dabei, auf eigene Faust den Amateurdetektiv zu spielen. Nicht nur verhörte er Cheyenne, er versuchte auch, das Verbrechen zu rekonstruieren, und wandte sich erneut an den Mann, auf dessen wissenschaftliche und technische Kenntnisse er sich schon so oft verlassen hatte: seinen ehemaligen Assistenten Tom Papke.

Papke erschien einen Tag nach dem Todesfall, als ein Team von Untersuchungsbeamten, die den Fernsehraum noch einmal inspiziert hatten, gegen Mittag das Haus verließ. «Marlon war sehr blaß und in sich gekehrt», erinnerte er sich. «Er wirkte ein bißchen angeschlagen.»

Vergeblich hatte die Polizei nach dem .45er Projektil gesucht. Die Möbel waren entfernt und die Couch in den Bunker gebracht worden. Der weiße Teppichboden wies einen knapp ein Meter großen Blutfleck auf. Marlon bat Papke, einen langen, gewundenen Brief zu korrigieren, den er an die Beamten geschrieben hatte, um ihnen für ihre Rücksichtnahme zu danken.

«Laß das lieber, Marlon», riet Papke ihm. «Solche Briefe schreibt man nicht. Du machst dich nur lächerlich.»

«Mir war klar, daß er sich erkenntlich zeigen wollte», sagte Papke später, «aber er war völlig mit den Nerven am Ende und wußte nicht, was er tat.»

Brando wollte jedoch nicht auf ihn hören und schickte den Brief mit der gewohnten fehlerhaften Rechtschreibung ab.

Lieber Sergeant Walker,
die Tatsache, daß es uns versagt geblieben ist, Christian gegen Kauzion und relatif frei wieder bei uns zu Hause zu haben, schmälert nicht im mindesten meine Anerkennung für die rücksichtsvolle Art und Weise, in der Ihre Beamten sich am lezten Dienstag sowie an den volgenden Tagen in meinem Hause verhalten haben. Ich bin allen dankbar, die mir mit Rat und Tat zur Seite standen, denn ich dachte drei oder vier Mal, ich würde den Verstand verlieren. Ich mußt mich gewaltsam beherschen, denn ich dachte, ich würde gleich verrückt werden. Noch immer kommt mir alles wie ein Traum vor, aus dem ich nicht erwachen kann. Manchmal muß man wohl einfach die Zehne zusammenbeißen. Ich war besonders dankbahr, weil meine Tochter schwanger ist und zu all den andern schrecklichen Sachen auch noch einen schweren Autounfall hatte, bei dem sie ernsthafte Kopf- und Gesichtsverlätzungen und tiefgreifende sehliche Schäden und Verhaltenstörungen erlitten hat. Das Benehmen Ihrer Beamten war exemplarisch. Die Rücksicht, die sie mir und meiner Familie erwiesen haben, werden wir ewich zu schätzen wissen. Wenn uns unser Junge im Augenblick auch genommen ist, so werden Sie und die uns erwiesene Güte angesichts ihrer enormen beruflichen Belastung uns immer in Errinnerung bleiben. Wir schließen Sie in unsere Gebete für Dag, Christian und Dags Familje mit ein.

Marlon rief Papke zu sich und ließ ihn die Couch im Bunker sowie den Raum photographieren, wo der Mord stattgefunden hatte. Die Polizei schien die Suche nach dem Geschoß aufgegeben zu haben, aber da sie den Tatort nicht abgesperrt hatte, machte Brando sich selbst an die Suche. Nach einigen Tagen erreichte Papke ein weiterer Anruf.

«Komm her», sagte Brando mit Nachdruck. «Und bring deine Kamera mit.»

«Was ist denn los?»

«Das erzähl ich dir, wenn du hier bist.»

Als Papke seinen Wagen parkte, sah er Brando mit einem Assistenten auf den Eingangsstufen zum Haus stehen. «Sie standen da wie zwei glückliche, fette Katzen», meinte er später.

«Was gibt's?» fragte Papke nach der Begrüßung.

Mit einem Grinsen hielt Brando ihm die geballte Faust entgegen. Langsam öffnete er die Finger. Auf der Handfläche lag wie eine schillernde Perle die Kugel.

«Wo hast du die denn her?» fragte Papke.

«Ich bin barfuß durchs Zimmer gegangen und draufgetreten», erwiderte Brando.

Die Kugel war an einer Seite abgeplattet, aber sonst völlig intakt. Papke war unklar, ob sie sich beim Aufschlag auf den Betonfußboden unter dem Teppichbelag oder unter Brandos Gewicht verformt hatte. Brando jedenfalls war überzeugt, daß die Polizei sich bei ihren ballistischen Berechnungen verkalkuliert hatte. Er werde sich umgehend an die Rekonstruktion des Tathergangs machen, erklärte er, und ausgehend von dem Punkt, wo er die Kugel gefunden hatte, vor allem den Einschußwinkel berechnen.

Damit wollte Brando beweisen, «daß Chris nicht einfach ins Zimmer marschiert ist und Dag auf der Couch abgeknallt hat, sondern daß es eine Auseinandersetzung gegeben haben muß».

Um seine Theorie zu belegen, wollte er den Mord nachträglich haargenau inszenieren. Die Möbel wurden also ins Zimmer zurückgestellt, Brando verwandelte sich vom Detektiv zum Regisseur und wies Papke und dem Assistenten jeweils die Rolle von Christian oder Dag zu. Abwechselnd nahmen die drei Männer den Platz auf der Couch ein und inszenierten das Verbrechen neu – nicht mit Revolvern, sondern auf dem Papier. «Wir spielten die Mordszene in verschiedenen Versionen durch, und Marlon führte Regie», sagte Papke. «Er hatte einen Mordsspaß bei dieser detektivischen Arbeit. Schließlich war er es, der die Kugel gefunden hatte, und nun wollte er den dämlichen Polizisten beweisen, daß tatsächlich eine Auseinandersetzung zwischen den beiden jungen Männern stattgefunden hatte.»

Bei ihren Spekulationen über den Hergang der Tat erwog Brando sogar, der Polizei das Geschoß vorzuenthalten, doch riet Papke ihm davon ab.

Marlon wartete einige Tage, bis er der Polizei die Kugel aushändigte, und war auch dann nur zu vagen Andeutungen bereit, wann und wo er sie gefunden hatte. (Angeblich hatte er Kerzen im Zimmer aufgestellt, um einen «Schrein» für den ermordeten Drollet zu errichten.) Als die Kriminalbeamten der Sache schließlich selbst auf den Grund gingen, war das Mobiliar so häufig umgestellt und der Teppich so gründlich durchgekämmt worden, daß die genaue Einschußstelle, geschweige denn der Schußwinkel oder die vorherige Stellung der Möbel nicht mehr festgestellt werden konnten. Brando hatte einschneidende Veränderungen am Tatort vorgenommen, obwohl er später behauptete, es sei die Polizei gewesen, die den Teppich ruiniert hätte.

Sechs Tage nach der Tat saß Brando mit versteinertem Gesicht in der ersten Reihe des Gerichtssaals im Gerichtsgebäude von West Los Angeles. Zu seiner Linken saß Tarita und hielt seine Hand, neben ihr Teihotu; zu seiner Rechten saßen Rebecca und Miko. Brandos schütteres Haar war ergraut, er trug hellgraue Hosen und ein blaues Sportjackett. Er wirkte eher untersetzt und massiv als hoffnungslos aufgeschwemmt. Abwesend schloß er die Augen, während die Photographen ihn mit zuckenden Blitzlichtern umdrängten. Das berühmte Gesicht war blaß und maskenhaft und verriet keinerlei Anzeichen von Bestürzung oder Demütigung.

Die Staatsanwaltschaft hatte gegen Christian Anklage wegen Mordes erhoben, und vielleicht zum ersten Mal in seinem Leben stand Brando einer Situation gegenüber, die er nicht mit einem Lachen abtun, einfach ignorieren oder zu seinem eigenen Vorteil manipulieren konnte. Nur wenige Meter von ihm entfernt saß sein Erstgeborener in Gefängniskleidung und machte einen ziemlich benommenen Eindruck. Ihm zur Seite saßen Anwalt William Kunstler, der auf Brandos Bitte nach Los Angeles gekommen war, und seine beiden Mitarbeiter.

Es ging um Christians Freilassung gegen Kaution. «Es handelt sich hier um einen tragischen Unfall», begann Kunstler, «eine Konfrontation wegen einer angeblich tätlichen Handlung des Verstorbenen gegenüber Mr. Brandos Tochter Cheyenne und die unbeabsichtigte Auslösung eines Schusses.» Alle dem Angeklagten und Mr. Brando gehörenden Waffen waren der Polizei übergeben worden, fügte er hinzu. Er wies darauf hin, der Angeklagte hätte keine Anstalten gemacht, vom Tatort zu fliehen, sondern nach dem Telefonat seines Vaters auf die Polizei gewartet und «hundertprozentig mit der Polizei kooperiert». Schließlich erwähnte Kunstler, daß Christian aufgrund von Gerüchten über seine etwaige Flucht nach Tahiti einverstanden sei, dem Gericht seinen Paß auszuhändigen.

Achtzehn Nachbarn und Freunde erklärten sich bereit, zu Christians Gunsten auszusagen: Bill Cable, Shirley Cumpanas, Alice Marchak, Laurene Landon, Fran Loving und sogar Jack Nicholson und Helena Kallianiotas gehörten zu denen, die Christian einen guten Leumund bescheinigten. Unerwähnt blieb, daß zehn der Betroffenen Brandos Angestellte gewesen oder immer noch waren. Nach den Zeugenaussagen überließ Kunstler seinem Kollegen Ron Kuby das Wort. «Wir haben meist mit Bürgerrechtsfragen zu tun und versuchen zu verhindern, daß Arme und Benachteiligte aufgrund ihrer Anonymität in die Mühlen des Systems geraten», sagte Kuby. «Hier befinden wir uns in der ironischen Situation, einen Mann verteidigen zu müssen, der einen berühmten Nachnamen hat. Mit Prominenten wird oft unerbittlicher verfahren als mit Alltagspersonen. Aber Christian Brando ist kein Prominenter. Er hat nur zufällig einen prominenten Vater. Er ist ein Mensch, der versucht hat, in der Welt seinen eigenen Weg zu gehen.» Kuby schloß mit der Bitte an den Richter, «Christian wie jeden anderen

Angeklagten zu behandeln ... ohne Rücksicht auf den Namen Brando.»

Staatsanwalt Steven Barshop redete nicht lange um den heißen Brei: Christian Brando, erklärte er dem Gericht, war nach Verlassen des Restaurants auf dem Heimweg zum Haus seiner Freundin gefahren, um die Mordwaffe zu holen. Die Wunde in Drollets linker Wange war eine Kontaktwunde in einem Winkel von fünfundvierzig Grad, woraus hervorging, daß der Tote im Sitzen erschossen worden war. Die Tatsache, daß er Feuerzeug, Zigarettenpapier und einen kleinen Tabaksbeutel in der einen und die Fernbedienung in der anderen Hand gehalten hatte, widerlege die Theorie eines Handgemenges. Marlon hatte in seiner Aussage versucht, dadurch Sand ins Getriebe zu streuen, daß er behauptete, die Fernbedienung nach dem Schuß selbst aufgehoben zu haben, um den Fernseher abzustellen, so daß Drollet eine Hand frei gehabt haben müßte, um nach Christian zu schlagen. Barshop betonte, erst die Erkenntnis, daß Brando bereit war, zugunsten seines Sohnes zu lügen, hätte ihn veranlaßt, Christian die volle Schärfe des Gesetzes spüren zu lassen. «Der Antrag auf Kaution bezieht sich auf einen Fall, bei dem es zum gegenwärtigen Zeitpunkt um Mord geht.»

Um 2.40 Uhr verkündete Richterin Shumsky nüchtern und ohne weitere Erklärung ihren Beschluß: «Das Gericht sieht in diesem Fall keine Veranlassung, eine Kaution zu gewähren.»

Christian, der bewegungslos auf seinem Stuhl gesessen hatte, sackte in sich zusammen. Sein Vater schloß einen Moment lang die Augen. Während die Photographen ihn umdrängten, trat Brando an den Tisch der Verteidigung. Dann verließ er mit dem Rest der Familie eilig den Gerichtssaal, um sich der Presse zu stellen.

Es war, als hätte sich eine plötzliche Lawine in Bewegung gesetzt. Der Mann, der seit vierzig Jahren allen Interviews aus dem Weg gegangen war, der Gerichtssäle und Restaurants meist mit geschlossenen Augen betreten hatte, damit die Photographen ihm nur ja keine seelische Regung anmerken konnten, stand jetzt vor einem Schwarm von Reportern, schenkte selbst der «Räuberpresse» seine ungeteilte Aufmerksamkeit und war zu ausführlichen Erklärungen bereit. Seine Augen wurden feucht, als einer der Reporter ihn fragte: «Was machen Sie im Moment durch?»

«Das kann ich Ihnen unmöglich beschreiben, wenn Sie es nicht am eigenen Leib erfahren haben ...», sagte Brando. Ein weiterer Reporter fragte: «Sie scheinen sehr gefaßt. Woher nehmen Sie die seelische Kraft?» Der Frage war Brando nicht gewachsen, so daß ihm die Tränen erneut in die Augen traten. Er zuckte nur die Achseln und lächelte hilflos.

Während Tarita ihm zur Seite stand, teilte Brando den Reportern mit: «Der Unglücksbote hat an meine und an die Tür von Mr. Jack Drollet in Tahiti gepocht. Wer solche tragischen Umstände nicht selbst erlebt hat, dem brauche ich keine Erklärungen zu geben. Wir müssen stark sein. Die Familie wird uns durch ihre Liebe und gegenseitige Unterstützung die Kraft dazu geben.»

Am 27. Mai 1990, dem Tag von Dag Drollets Beerdigung auf Tahiti, wurde Christian in eine kleine Zelle im Krankenhaustrakt des Gefängnisses geführt, wo man ihn vor angeblichen Bedrohungen durch Mitgefangene schützen wollte.

Bald tauchte ein Strom von Besuchern bei ihm auf. Laurene Landon kam Freunden zufolge jeden Tag und nahm die ganze Besuchszeit in Anspruch. Anna Kashfi kam von San Diego herauf und versuchte, Zutritt zu ihm zu erhalten, doch Christian wollte sie nicht sehen. Bruder Miko erschien ebenfalls sowie Christians Exfrau Mary McKenna Brando, die ihm trotz der heftigen Beschuldigungen bei ihrer Scheidung ihre unverminderte Zuneigung erklärte. Und wie in Hollywood nicht anders zu erwarten, hofften viele, Kapital aus dem Fall schlagen zu können. Kashfi verkaufte ihre Version für angeblich 20000 Dollar an die Presse, Shirley Cumpanas verhökerte Fotos von sich an *Penthouse* und *Playboy*, und überall auf dem Sunset Strip verkauften Christians «Freunde» pikante Einzelheiten an die Klatschkolumnisten und kosteten ihre «fünfzehn Minuten» vor den Fernsehkameras aus.

Cheyenne zog sich unmittelbar nach der Tat ins Haus ihres Vaters zurück und war für niemanden zu sprechen. Eine Woche nach dem Mord fand Helena Kallianiotas sie in der Küche, wie sie sich ein hochgiftiges Reinigungsmittel von den Händen leckte. Kunstler war bereits durch den in Los Angeles ansässigen Verteidiger Robert L. Shapiro ersetzt worden, der der Presse mitgeteilt hatte, es sei zwar «noch ein bißchen verfrüht», durch ein Schuldbekenntnis einen Strafnachlaß auszuhandeln, er hoffe aber, den Fall ohne Vorverhandlung oder Prozeß beilegen zu können. Auf Steven Barshops Drängen gestattete Shapiro Detective A. R. Monsue am 12. Juni endlich, Cheyenne im Haus ihres Vaters am Mulholland Drive zu vernehmen.

Was sie dem Detective zu erzählen hatte, war von ergreifender Schlichtheit. Laut Cheyennes Aussage hatte Christian auf dem Heimweg vom Restaurant seine Pistole sowie ein Messer bei seiner Freundin abgeholt. Unterwegs hatte er mehrmals geschworen, Drollet «abzumurksen» (eine Drohung, die sie jedoch nicht ernst genommen hatte) und ihren tahitianischen Geliebten, wenige Minuten nachdem er das Auto geparkt und den Fernsehraum betreten habe, erschossen. Dem Bericht des Detective zufolge sagte sie aus: «Christian ist ins Zimmer gegangen und hat Dag erschossen. Das ist Mord, wenn Sie's genau wissen wollen.»

Nach diesem Satz machte der anwesende Verteidiger Shapiro der Vernehmung schnell ein Ende. Auf die Information von Monsue, daß die Vernehmung abgebrochen worden war, stellte Staatsanwalt Barshop unverzüglich den Antrag, Cheyenne in Gegenwart ihres Anwalts als Zeugin vor Gericht zu vernehmen. Barshop forderte Monsue auf, Cheyenne die Vorladung persönlich am Mulholland Drive auszuhändigen.

Als der Detective am folgenden Morgen Zugang zu Brandos Behausung zu erlangen versuchte, kam aus der Gegensprechanlage keine Antwort. Aus einer Telefonzelle in der Nähe probierte er die auf dem Polizeibericht angegebenen drei Telefonnummern – ebenfalls vergeblich. Er ging zum Tor zurück, klingelte noch einmal, ohne jedoch eine Antwort zu erhalten.

Seine Versuche, Brando am nächsten Tag zu erreichen, blieben ebenfalls erfolglos. Am Freitag, dem 15. Juni, machten Monsue und Kingsford noch einmal gemeinsam den Versuch, Zutritt zu dem Anwesen zu erlangen, doch war ihre Mühe umsonst.

Die Beamten ahnten nicht, daß Brando wenige Stunden nach Cheyennes Verhör durch Monsue seine langjährige Freundin und Reisebüroagentin Rosetta Valenti angerufen hatte. Wie sie den Untersuchungsbeamten später bestätigte, hatte Brando ihr erklärt, daß er «für Cheyenne ein Ticket für den nächsten Flug nach Tahiti» brauchte, da «Cheyenne nach Tahiti zurückkehren wollte, um dort ihr Baby zur Welt zu bringen». Als sie Cynthia Garbutt in Tahiti das Ticket bestätigte, hatte die ihr erzählt, «Cheyenne hätte sich mit ihrem Vater gestritten, weil sie nicht auf Marlons Vorschläge hören wollte». Wie von Brando verlangt, machte Valenti für Cheyenne unter falschem Namen eine Reservierung für einen 11.15-Uhr-Flug mit Qantas am folgenden Freitag. Dann nahm sie eine zweite Reservierung für einen weiteren Flug vor, um «die Presse und vor allem ‹Hard Copy› von der Fährte abzubringen». Cheyennes Ticket war auf den Namen C. Brando ausgestellt, was man der Polizei gegenüber im Zweifelsfall als Tippfehler statt als vorsätzlichen Versuch, sich den Augen des Gesetzes zu entziehen, ausgeben konnte.

Staatsanwalt Barshops Konzept war durch das plötzliche Verschwinden seiner Kronzeugin über den Haufen geworfen, und er sah sich zur Änderung seiner Strategie gezwungen. Er hatte den Fall anfänglich als fahrlässige Tötung bewertet. «Bei 1,9 Promille», hatte er im Hinblick auf Christians Alkoholgehalt in der Mordnacht gesagt, «kann von Zurechnungsfähigkeit keine Rede mehr sein.» Aufgrund seines auf Band gesprochenen Geständnisses standen Christians Aktien nicht schlecht. «Das meiste war zwar unverständliches Gebabbel, das nicht viel Sinn ergab, aber daß er nicht die Absicht hatte zu töten, stand für mich fest. Ich bin ja nicht von gestern.» Doch nach Cheyennes belastender Aussage und ihrer heimlichen Flucht aus dem Land lag der Fall für Barshop anders. «Jetzt», sagte er, «sieht es nach Mord aus.»

Kaum war Cheyenne auf Tahiti zurück, als sie sich, offenbar unter dem Schock von Dags Ermordung, mit halluzinogenen Drogen vollstopfte, so daß sie einige Tage lang zur Beobachtung in einer psychiatrischen Klinik untergebracht werden mußte. Tarita kehrte zwei Tage nach Cheyenne aus Los Angeles zurück und wurde wegen

Erschöpfungserscheinungen ebenfalls ins Krankenhaus eingeliefert. Am 26. Juni brachte Cheyenne drei Wochen vor dem eigentlichen Termin ihren Sohn Tuki zur Welt, der bei der Geburt angeblich drogensüchtig war.

Jacques Drollet, der Vater des Opfers, war auf Tahiti geblieben, hatte aber das Vorgehen sowohl der Staatsanwaltschaft wie auch Cheyennes aufmerksam verfolgt. Von Anfang an gab es für ihn keinen Zweifel, daß Brando die Situation in seinem Interesse manipulierte. Albert LeCaill, Dags Stiefvater, und Drollets zweiter Sohn Bjarn waren nach Los Angeles geflogen, um Dags Leiche abzuholen, und hatten Brando um ein Gespräch über die tatsächlichen Vorgänge gebeten. Durch seinen Assistenten ließ Brando sie wissen, daß er an einem Gespräch nicht interessiert war. «Seine Nachricht an Cynthia Garbutt war unmißverständlich», sagte Drollet. «‹Ich wüßte nicht, worüber ich mit ihnen reden sollte›, hatte er gesagt. Wenn es tatsächlich ein Unfall war, dann hätte er uns die Hergänge in aller Ruhe erklären können. Aber so erweckte er den Eindruck, daß es sich womöglich um gar keinen Unfall handelte. Obendrein hatte er nichts unternommen, um Dag irgendwie vor dem Unheil zu bewahren. Mag sein, daß er trauerte, aber um wen? Seine Aura? Sein Ego? Schließlich ist er ein großer Schauspieler.»

Später äußerte Drollet Staatsanwalt Barshop gegenüber seine Frustration. «Können Sie sich vorstellen, daß er sich tatsächlich weigert, mit Albert und meinem Sohn, Dags Bruder, zu sprechen?»

Am 2. Juli strengte Drollet auf Tahiti eine Zivilklage an und trat im Verfahren als Nebenkläger auf, indem er gegen Cheyenne Anklage auf Anstiftung zum Mord erhob. Es war eine verständliche Taktik von seiten des trauernden Vaters, der eine Antwort darauf wollte, wie und warum sein Sohn ermordet worden war. Da die Möglichkeit bestand, daß der amerikanischen Staatsanwaltschaft die Auslieferung Cheyennes nach Los Angeles nicht gelang, würde eine Zivilklage zumindest die französischen Behörden auf Tahiti veranlassen, eine eigene Untersuchung in Gang zu bringen.

Vier Tage später diagnostizierte Cheyennes Arzt «erratisches Verhalten» und «geistige Verwirrung» bei ihr und forderte, daß sie weiterhin in psychiatrischer Behandlung blieb. Sie wurde auf die geschlossene Station im Vaiami Hospital verlegt und in einer winzigen, vergitterten Zelle im ersten Stock untergebracht. Teihotu besuchte sie dort und teilte Reportern mit: «In einem Anfall von Wut hat sie ihr ganzes Haar abgeschnitten und sieht nun aus wie ein Junge. Wir haben Angst, daß sie sich etwas antun könnte. Sie haben ihr alle scharfen Gegenstände weggenommen.»

Trotz ihrer angeblich bedenklichen Verfassung veranlaßte Richter Max Gatti, daß Cheyenne am 17. Juli eine erste ausführliche Aussage über die Mordtat machte. Die Vernehmung dauerte vier Stunden. Cheyenne wiederholte, daß es sich ihrer Meinung nach um einen Mord handle. Ihren Worten nach war Christian nach der Tat zu ihr gekommen und hatte gesagt: «Erledigt. Ich habe ihn umgebracht.» Sie deutete ebenfalls ein eher undurchsichtiges Motiv hinter der Tat an, indem sie Gatti gegenüber durchblicken ließ, Christian hätte nicht unbedingt nur «die kleine Schwester» in ihr gesehen. Als Gatti sie nach dem neugeborenen Kind fragte, sagte Cheyenne aus, es sei termingerecht zur Welt gekommen, hätte 2,87 kg gewogen und 49,5 cm gemessen. «Aber für mich», erklärte sie, «ist er, wie ich in meinem Kalender vermerkt habe, am 19. August geboren.» Seit dem 16. Juni, dem Tag ihrer Rückkehr nach Papeete, wichen die Daten in der Zeitung und die «in meinem Kalender» voneinander ab.

Tarita hatte ihre Aussage bereits drei Tage vorher gemacht und bestätigt, daß sie bei Christians und Cheyennes Rückkehr aus dem Restaurant in ihrem Zimmer gewesen war. «Wenig später» hatte sie ein Geräusch gehört, jemand hatte nach ihr gerufen. Sie war ins Fernsehzimmer gegangen, hatte Dag auf der Couch liegen sehen und ihn im Glauben, er schliefe, zu wecken versucht. Als sie die Wunde entdeckt und festgestellt hatte, daß er nicht mehr atmete, war sie ins Wohnzimmer gelaufen, wo Brando ihr befohlen hatte, «die Ruhe zu bewahren».

Tarita sagte außerdem aus, davon gewußt zu haben, daß Dag Cheyenne gelegentlich schlug, weil er «eifersüchtig» war. Dann schien sie sich der vorherrschenden Meinung der Familie anschließen zu wollen und bestätigte, Cheyenne hätte Dag nicht nur bezichtigt, sie zu schlagen, sondern auch an ihrer Drogenabhängigkeit schuld zu sein. Als man ihr Brandos Aussage, diese Behauptung Cheyennes sei «blanker Unsinn», entgegenhielt, schwieg sie. «Ich möchte darauf nicht antworten», sagte sie. Gefragt, ob Cheyenne Dag gewarnt hätte, antwortete sie: «Ich habe dazu nichts weiter zu sagen.»

Am 19. Juli vernahm Richter Gatti Cynthia Garbutt. Brandos Büroleiterin bestätigte Cheyennes Drogensucht und behauptete, sie hätte auf der Reise mit Dag nach Mooréa halluzinogene Drogen genommen.

Richter Gatti kam zu dem Schluß, daß eine Anklage wegen Anstiftung zum Mord aufgrund von Cheyennes eigener Aussage gerechtfertigt war. Dem Richter zufolge hatte sie sich selbst belastet. Nach französischem Recht ist jemand, der von einem schwerwiegenden Verbrechen weiß, dazu verpflichtet, es zu verhindern, solange er sich damit nicht selbst in Lebensgefahr bringt; sonst macht er sich der Anstiftung oder der Beihilfe schuldig. Obwohl Cheyenne behauptete, Christians Drohungen nicht ernst genommen zu haben, gab sie zu, ihr Bruder hätte an dem Abend mehrfach wiederholt, Dag umbringen zu wollen. Trotzdem hatte sie nichts getan, um Dag zu warnen und Christian an der Tat zu hindern. Der Richter zog ihren Paß ein, so daß sie Tahiti nicht verlassen konnte – eine Verfügung, die der Staatsanwaltschaft in Los Angeles die Arbeit erheblich erschwerte.

Jacques Drollet witterte ein Komplott. «Es steht außer Zweifel, daß ich meinen Sohn unter höchst verdächtigen Umständen verloren habe», teilte er Reportern mit. Die Medien waren aus allen Ecken der Welt nach Tahiti geströmt und sahen zu, wie Drollet weiße Blütenblätter auf Dags Grab streute. «Ich bin ein einfacher Mann und hänge an einfachen Familientraditionen. Leider ist mein Sohn auf ein Mädchen hereingefallen, das in der Zelluloidwelt des Films aufgewachsen ist. Er liebte sie von ganzem Herzen, und diese Liebe hat ihn schließlich das Leben gekostet. Glauben Sie nicht, daß ich Bitterkeit oder Haß gegenüber Cheyenne empfinde. Tatsächlich empfinde ich gar nichts für sie. Meine Gefühle für sie wie für Marlon Brando sind erloschen.»

Inzwischen hatte der zweite Staatsanwalt, Bill Clark, alle Hebel in Bewegung gesetzt, um Cheyenne zur Aussage bei Christians Vorverhandlung nach Los Angeles zu bringen.

Jacques Drollet flog in Begleitung von Albert und Lisette LeCaill und anderen Familienmitgliedern nach Los Angeles, um bei der Verhandlung *en famille* zugegen zu sein. Am 20. Juli traf Drollet sich mit Steven Barshop und Bill Clark in Barshops Büro. Da das französische Außenministerium der Staatsanwaltschaft die Erlaubnis erteilt hatte, direkte Informationen mit dem Richter in Papeete auszutauschen, riefen Barshop, Clark und Drollet Richter Gatti auf Tahiti an. Als Barshop ihn rundheraus fragte, ob Cheyenne zwecks Zeugenaussage in die Vereinigten Staaten reisen dürfe, berief Gatti sich auf frühere medizinische Gutachten, die ihr die Reise aus gesundheitlichen Gründen untersagten. Auf jeden Fall bestand er auf einer Garantie, daß Cheyenne am Schluß ihrer Vernehmung nach Französisch-Polynesien zurückkehren würde.

Clark verließ den Raum, um sich mit Beamten des amerikanischen Justizministeriums zu besprechen. «Wir waren uns alle einig, eine solche Garantie wegen Cheyennes amerikanischer Staatsangehörigkeit nicht geben zu können», erklärte Clark. «Kein Richter im Land hatte die Befugnis, Cheyenne zu deportieren. Auslieferung wäre eine Möglichkeit gewesen, aber da Cheyenne sich nach amerikanischem Recht nicht strafbar gemacht hatte, konnten wir sie auch nicht ausliefern.»

Barshop stand mit leeren Händen da. Als am Montag, dem 23. Juli, wie geplant die Vorverhandlung begann, konnte er mit seiner Kronzeugin nicht aufwarten. Seit dem frühen Morgen drängten sich die Menschenmassen vor dem Gerichtsgebäude, und der Medienrummel war so groß, daß Angehörige der Presse auf der Geschworenenbank untergebracht werden mußten. Sobald die rund zweihundert Zuschauerplätze gefüllt waren, mußten die leer Ausgegangenen mit den Fernsehschirmen auf dem Korridor des Gerichts vorliebnehmen.

Zehn Minuten vor Beginn der Verhandlung eilte Brando herbei und teilte mit seiner massigen Gestalt die Menschenmenge wie Moses das Rote Meer. Im Flur herrschte ehrfürchtiges Schweigen, als er in einem engen blauen Blazer, weißem Hemd und locker sitzenden

Hosen auf die Doppeltüren des Gerichtssaals zuging. Sein Gesicht war aschfahl und teigig; er sah unverwandt vor sich hin und schien niemanden um sich her wahrzunehmen. In seiner Begleitung waren Miko, Tom Papke und ein Leibwächter. Die Frau des Verteidigers Robert Shapiro war ebenfalls an seiner Seite und blickte herausfordernd in die Menge, als die Entourage Einzug in den Gerichtssaal hielt. Sie nahmen auf reservierten Plätzen direkt hinter dem Tisch der Verteidigung Platz, wo Christian mit Shapiro saß.

Auf der anderen Seite des Raums stand Staatsanwalt Steven Barshop und studierte durch dunkel gerahmte Brillengläser seine Akten. Barshop hatte in seinem Leben fünfundsechzig Mordfälle bearbeitet. Er war als entschlossener und unerbittlicher Jurist bekannt, der unermüdlich gegen die Bevorteilung der Reichen und politisch Einflußreichen kämpfte und sich, wenn er einen Fall bearbeitete, selten die nötige Nachtruhe gönnte. Auf dem Tisch vor ihm lagen die als Beweismaterial dienenden Waffen, darunter die Mordwaffe. Während Christian verstohlene Blicke in ihre Richtung warf, machte er weniger den Eindruck eines Macho-Großmauls als den eines zugedröhnten Zombies, was manche Journalisten auf die Einnahme von Prozac zurückführten.

Am späten Vormittag wurde Detective Steve Osti aufgerufen und das Band mit Christians Vernehmung in der Mordnacht vorgespielt. Im Gerichtssaal herrschte atemloses Schweigen. Shapiro hatte offenbar nur auf diesen Augenblick gewartet und stürzte sich nun auf die Tatsache, daß Osti es unterlassen hatte, Christian den vollständigen Text seiner Rechte vorzulesen, dem zufolge ein Angeklagter Anspruch auf einen Verteidiger hat, sofern er sich keinen eigenen Anwalt leisten kann. Osti redete sich damit heraus, daß er geglaubt hatte, diese Klausel träfe auf den Sohn Marlon Brandos nicht zu. Als Shapiro beantragte, das gesamte Osti-Verhör als Beweismaterial zurückzuziehen, beugte Miko sich zu seinem Vater hinüber, flüsterte ihm etwas ins Ohr, und die beiden tauschten ein kurzes Lächeln aus.

Obwohl Marlon gelegentlich einen niedergeschlagenen Eindruck machte, schien er über den erfolgreichen Ausgang des Prozesses nicht den leisesten Zweifel zu hegen. So war es auch an diesem Tag.

Als das Gericht nach der Mittagspause wieder zusammentrat, lehnte der Richter den Antrag der Staatsanwaltschaft in der Frage der Rechte ab, was Shapiro zu einem triumphierenden Lächeln veranlaßte. Brando hob den Kopf und warf Osti einen spöttischen Blick zu, als der den Raum verließ. Doch Brandos Hoffnung, Ostis Unterlassungssünde würde zu einem schnellen Prozeßende führen, sollte sich als voreilig erweisen, und als im Verlauf des Tages ein Zeuge nach dem anderen in den Zeugenstand trat, wurde Brandos Gesicht immer blasser, und seine bläulichen Lippen hoben sich immer beängstigender von seinem fahlen Teint ab.

Als der Gerichtsmediziner erschien, um die Ergebnisse der Autopsie mitzuteilen, wurde ein Styroporkopf auf der Schranke des Zeugenstands befestigt. Der Mediziner gab anhand des Modells eine eingehende Erläuterung über die Einschußstelle und den Schußkanal der Kugel ab. Es war ein grotesker Anblick. Als der Arzt eine Stricknadel in den Kopf einführte und sie langsam hindurchstieß, bis sie am anderen Ende wieder herauskam, legte Dags Mutter, Lisette, die Hand über die Augen.

Den Drollets wurde noch einiges mehr zugemutet, als die Ballistikexperten der Polizei bei ihren Aussagen riesige, farbige Vergrößerungen der Leiche Dags zeigten. Unter den vor den Zuschauern aufgebauten Fotos befanden sich auch Nahaufnahmen vom Gesicht des Toten, auf denen die Einschußwunde auf seiner Wange deutlich zu sehen war. Als der Experte aussagte, Dag müsse aus allernächster Nähe erschossen worden sein, da Fleischfetzen am Lauf der Sig-Sauer hängengeblieben waren, vergrub Lisette das Gesicht in den Händen und weinte lautlos. Auch Jacques schien nur mühsam die Fassung zu bewahren. Brando dagegen hatte sich in seinem Sitz zur Seite gewandt und unterhielt sich mit Miko, als gingen ihn die Fotos und das Beweismaterial nichts an.

Später am Tag schien er jedoch mit größerer Aufmerksamkeit bei der Sache, machte sich sorgfältig Notizen und ließ Papke gelegentlich kleine Zettel zukommen. Dabei handelte es sich allerdings um keine wichtigen Botschaften, sondern um typische Kostproben Brandoschen Humors: «Die kürzeste Verbindung zwischen zwei

Punkten ist keine gerade Linie, besonders im Gerichtssaal. In den meisten anderen Fällen übrigens auch nicht.»

Nach der Nachmittagspause waren die Zeugenvernehmungen beendet, und Shapiro stellte mit der Begründung, daß Christian vor der Tat getrunken hatte, den Antrag, die Mordanklage auf Totschlag zu reduzieren. Als weiteren mildernden Umstand bewertete er Christians Empörung darüber, daß der Ermordete seine schwangere Schwester angeblich mißhandelt hatte. Doch Richter Larry Fidler widersprach: Das Beweismaterial der Staatsanwaltschaft «legte den starken Verdacht nahe», daß ein hinreichender Tatverdacht gegeben war, um ein gerichtliches Verfahren zu eröffnen. Daraufhin beantragte Staatsanwalt Barshop, Christian aufgrund von Cheyennes Flucht nach Tahiti die Kaution zu verweigern. In diesem Punkt war Fidler jedoch bereit einzulenken. Er setzte die Kaution auf zehn Millionen Dollar fest, die angeblich höchste Kautionssumme, die in Los Angeles je gefordert worden war. Gleichzeitig verlangte er, daß Christian seinen Paß ablieferte.

Da Shapiro und Brando Erklärungen vor der Presse abgegeben hatten, beschlossen Drollet und LeCaill, ihrem Unmut ebenfalls in einem ausführlichen Interview Luft zu machen. Beide machten einen gefaßten und besonnenen Eindruck und waren sich vor allem in ihrem Entschluß einig, Dags Tod auf den Grund zu gehen.

Einige Tage später wurde eine Schadensersatzklage in Höhe von 100 Millionen Dollar sowohl gegen Christian wie gegen Marlon erhoben. Drollet und LeCaill griffen von zwei Flanken gleichzeitig an – einmal erhoben sie Anklage gegen Cheyenne in Papeete, und zum andern wollten sie mit einer Schadensersatzklage die Schraube in Amerika anziehen. Drollet gab eine weitere Stellungnahme vor der Presse ab, um sein Vorgehen zu erklären. «Wie kann man jemanden erschießen, der auf dem Sofa liegt und fernsieht?» fragte er die Reporter. «Ich verabscheue Christian Brando und seine Familie für diese Tat. Das war eher eine Mafia-Exekution. Mein geliebter Sohn ist aus unmittelbarer Nähe abgeknallt worden. Eine sehr fiese Geschichte.»

Als Brando von der Klage der beiden Männer hörte, meinte er Papke gegenüber: «Die fangen an, lästig zu werden.» Nach einer

Pause fügte er auf *Paten*-Manier hinzu: «Aber ich habe die Sache im Griff.»

Christian blieb auch nach der Gewährung der Kaution im Gefängnis, angeblich deshalb, weil sein Paß erst gefunden werden mußte. Papke erhielt einen Anruf von Shapiro. «Wissen Sie, wo Christians Paß ist?» fragte ihn der Anwalt. Papke antwortete, er könne sich denken, wo der Paß sei, doch Shapiro unterbrach ihn. «Kein Wort mehr», sagte er. «Ich will es gar nicht wissen. Ich möchte nämlich vor der Presse erklären, daß wir ihn nicht finden können. Wenn Sie mir allerdings verraten, wo er ist, kann ich das nicht mehr mit gutem Gewissen behaupten. Aber ich möchte, daß Sie sich den Paß besorgen und ihn sicher verwahren, bis wir ihn brauchen.»

Es gab verschiedene Gründe, warum sich niemand entschließen konnte, Christians verschwundenen Paß zu «finden». Einerseits hatte Brando erklärt, die zehn Millionen Dollar für die Kaution nur mit Mühe aufbringen zu können. Andererseits wollte er in der Öffentlichkeit aber auch nicht den Eindruck erwecken, daß er das Geld für die Freilassung seines Sohnes nicht bezahlen konnte oder wollte. «Er war gar nicht daran interessiert, Christian auf freien Fuß zu setzen», sagte Papke. «Er hielt es für besser, ihn zur Entgiftung im Gefängniskrankenhaus zu lassen. Wir trauten Christian nicht über den Weg: Wenn er durchbrannte, wäre die ganze schöne Kaution im Eimer gewesen.»

Während Christians Vorverhandlung stattfand, war Cheyenne endlich aus der Isolierstation im Vaiami-Krankenhaus in Papeete entlassen worden, wo sie sich seit dem 6. Juli befand. Am 30. Juli wurde sie erneut von Gatti vernommen und erzählte dem Richter, daß sie ihre frühere Aussage revidieren wolle. Offenbar war sie von ihrer Anwältin Marie Léou genauestens instruiert worden, denn in ihrer revidierten Aussage ging es um genau die Fakten, die die Staatsanwalt bewogen hatten, die Anklage wegen Mordes zu erheben. Cheyenne behauptete, das Wort «Mord» nur benutzt zu haben, weil die Beamten, die sie verhört hatten, es ebenfalls benutzt hätten. «Dag ist von Christian umgebracht worden, aber nicht vorsätzlich», behauptete sie nun. «Wie ich bereits ausgesagt habe, glaubte ich, daß Christian Dag seine Waffen nur zeigen und ihm damit einen Schreck einjagen wollte.» Bei genauerer Befragung unterminierte sie allerdings die von ihrem Vater propagierte Version der Tat, indem sie erneut darauf bestand, daß es «keine Handgreiflichkeiten gegeben hat und zwischen den beiden nicht zu Tätlichkeiten gekommen ist».

Drollet gab am Grab seines Sohnes auf Tahiti ein weiteres Interview und schwor, Brando nicht von den Fersen zu weichen. Er hatte eine ganze Serie der Polizeifotos bestellt, auf denen Dags Gesicht mit der Schußwunde in Großaufnahme zu sehen war, und beabsichtigte, sie an die Presse sowie an Brando zu schicken. «Marlon Brando soll nie vergessen, was in seinem Haus passiert ist», erklärte er. «Er ist für den Tod meines Sohnes ebenso verantwortlich wie Christian Brando. Ich will, daß er den Schock und den Schmerz, der mich erfüllt, am eigenen Leibe erfährt.»

Cheyenne absolvierte in Papeete eine Reihe von Telefonanrufen, darunter einen an Albert LeCaill. «Wie sie mir erzählte, hoffte sie, Lisette, mich und Tiairani, Dags vierjährige Tochter, bald zu sehen und uns Tuki vorstellen zu können», berichtete LeCaill. «Tuki sähe genauso aus wie sein Vater Dag, sagte sie, er hätte seine Nase geerbt und wäre ein sehr braves, hübsches Kind.»

Als LeCaill sie fragte, ob Tuki wirklich Dags Sohn sei, schwor Cheyenne, ihm niemals untreu gewesen zu sein. Am nächsten Morgen rief sie Lisette an und bat sie, nach Papeete zu kommen, «damit ich dir erzählen kann, was wirklich passiert ist». Lisette weigerte sich zu kommen und ermahnte Cheyenne, lieber dem Richter gegenüber die ganze Wahrheit zu sagen. «Das kann ich nicht», hatte Cheyenne geantwortet, «ich muß meinen Stiefbruder in Schutz nehmen.»

Am selben Tag suchte Cheyenne Maeva Bonno auf, eine enge Freundin, die sie seit acht Jahren kannte. Als Maeva wissen wollte, warum sie nichts unternommen hatte, um Dags Tod zu verhindern, ereiferte Cheyenne sich. «Warum hat er sich denn nicht selbst verteidigt», rief sie. «Er war doch viel größer und stärker als Christian.» Bevor sie ging, hob sie ihren Rock an und zeigte Maeva die blauen Flecke an ihren Beinen, die ihr Teihotu angeblich zugefügt hatte. «Er hat mich am Haar gerissen und mich getreten, um mich am Ausgehen zu hindern», erzählte sie ihrer Freundin.

Am selben Tag, dem 7. August, wurde Christian zur Verhandlung vorgeführt. Er plädierte auf nicht schuldig, und aus Gründen, die der Staatsanwaltschaft völlig unverständlich waren, reduzierte der Richter seine Kaution von zehn auf zwei Millionen Dollar. Am folgenden Tag wurde Brando vereidigt und erklärte dem Richter, es sei «Ehrensache» für ihn, sein Haus am Mulholland Drive als Sicherheit für die Kaution seines Sohnes zu verpfänden. Nachdem er Christians Paß ausgehändigt hatte, klopfte er Christian auf die Schulter und drückte ihm einen Kuß aufs Haar.

Dann ging er zu Barshop hinüber und packte ihn am Arm.

«Mr. Barshop», sagte er nachdrücklich, «ich möchte wissen, ob Sie Ihre Meinung geändert haben?»

«Worüber», fragte der Staatsanwalt mit einem mißbilligenden Blick auf die Hand, die ihn noch immer am Ärmel hielt.

«Daß Christian ein blindwütiger Totschläger ist. Glauben Sie das noch immer?»

Barshop entzog sich Brandos Hand und starrte ihn verständnislos an. «Und Dag Drollet? Sie sollten sich schämen, Mr. Brando.» Dann drehte er sich auf dem Absatz um und ging kopfschüttelnd davon.

Es dauerte noch einige Tage, bis Christians Freilassung arrangiert war und er am 15. August dem Blitzlichtgewitter von fünfundsiebzig wild auf ihn einredenden Reportern entgegentrat, die zum Teil schon seit Tagesanbruch auf ihn gewartet hatten. «Ich möchte nur nach Hause und die Sache hinter mich bringen», brachte Christian stotternd hervor, ehe sein Vater ihn mit den Worten unterbrach: «Ich bin stolz, daß mein Sohn freigelassen worden ist.» Auf die Frage, ob der Mordfall sein Verhältnis zu seinem Vater beeinflußt hätte, zuckte Christian nur die Achseln und wußte nicht, was er antworten sollte. Doch Brando warf ein: «Ich bin fetter und er ist dünner geworden.»

Es herrschte der gleiche Medienzirkus, für den Brandos Anwesenheit schon bei der Vorverhandlung gesorgt hatte. Im Laufe der folgenden Woche sollte sein ungewohntes Entgegenkommen ihm sogar die Sympathie der Boulevardpresse einbringen.

Jacques Drollet war empört und versuchte mit einem Fernsehinterview zu kontern. Aber er hatte es mit einem gewieften Gegner zu tun. Brandos Vorgehen nahm einen geradezu grotesken Aspekt an, als er Dags Eltern, Albert und Lisette LeCaill, am 24. August einen Brief schrieb, den Jacques Drollet unverzüglich an die Staatsanwaltschaft weiterleitete.

Liebe Lisette, lieber Albert und liebe Tiairani,
wir können Dag nicht wieder zum Leben erwecken. Auch Geld ist kein Ersatz für väterliche Liebe. Aber wir wissen, daß Ihr Tiairani seit ihrer Geburt Mutter und Vater gewesen seid, deshalb schreiben wir Euch diesen Brief.
Aus ganzem Herzen möchten Christian und ich Tiairani die Summe von 1 Million U.S. Dollar ($ 1 000 000) als Lebensversicherung überreichen. Wir begleiten diese Gabe mit unserer Liebe und unseren Tränen. Uns bricht das Herz für Eure ganze Familie.
Ich mache Jacques keine Vorwürfe wegen seiner erbitterten Äußerungen über mich und meine Familie. Vielleicht hätte ich an seiner Stelle dasselbe gesagt. Ich hoffe, der Tag wird kommen, an dem er und ich Tuki zwei glückliche Großväter sein können.
Laßt Euch versichern, daß keinerlei Bedingungen an dieses Geschenk geknüpft sind. Wenn Jacques seine Klage aufrechterhalten will, so ist das seine Sache.
Mit lieben Grüßen an die ganze Familie
Marlon und Christian

Niemandem, der Brando kannte, konnte die Strategie des «Teilens und Eroberns» verborgen bleiben, die hinter diesem Manöver steckte, denn schließlich konnte es nur im Interesse des Schauspielers sein, einen Keil zwischen die LeCaills und den kompromißlosen, zum Letzten entschlossenen Drollet zu treiben.

Obwohl Dags Mutter und Stiefvater Brandos Angebot ablehnten, verfolgte er seine Strategie monatelang. Bald darauf forderten die LeCaills und die Drollets einen DNS-Test, um die Vaterschaft bei Tuki feststellen zu lassen. «Marlon ist dagegen», wurden sie von ihrem Anwalt, Marshall Morgan, belehrt. Morgan hatte von Shapiro gehört, daß Brando den Test «als eine Verletzung der Privatsphäre seiner Familie betrachtete».

Trotz Brandos Empfindlichkeit in bezug auf die Privatsphäre seiner Familie wurde am 27. August öffentlich bekanntgegeben, daß das Baby Tuki nach der Entlassung aus dem Krankenhaus wegen Drogenabhängigkeit behandelt werden mußte. Am Tag darauf wurde Cheyenne selbst wegen einer angeblichen Überdosis auf die Intensivstation gebracht. Ihr Psychiater, Dr. Yves Petit, forderte, daß das Gericht in Papeete Cheyenne in «Sicherheitsverwahrung» nahm, um sie vor sich selbst zu schützen. Richter Gatti billigte das Gesuch und gab gleichzeitig bekannt, das Baby würde bei Cheyennes Mutter Tarita untergebracht.

Zwei Wochen später, am 14. September, erschien Cheyenne erneut im Palais de Justice von Papeete, wo sie eine dritte Vernehmung durch Richter Gatti über sich ergehen lassen mußte. Ebenfalls anwesend waren Jacques Drollet, Drollets Anwalt François Quinquis und Maître Claude Girard in Vertretung für Marie Léou, Cheyennes eigentliche Anwältin.

«Da ich dem Gesetz nach minderjährig und von meinem Vater abhängig bin», erklärte Cheyenne, «hatte ich Angst, daß er mich in den Staaten festhalten würde. Außerdem habe ich ihn in Gegenwart seines Anwalts der Anstiftung zum Mord an Dag beschuldigt, weil ich fand, daß er auf den *Paten* und auf seine Rolle als Mafiaboß fixiert war. Er war eifersüchtig auf mich und mein Glück und wollte, daß ich mich ständig um ihn kümmerte. Als ich siebzehn war, hat er mich einmal ins Beachcomber Hotel eingeladen, aber ich habe mich geweigert zu kommen. Den Vorwurf der Anstiftung zum Mord, den ich bei oder kurz nach Dags Tod gegen ihn erhob, habe ich später allerdings wieder zurückgezogen, weil ich damals wie heute unter einem schweren Trauma litt ...»

Cheyenne wurde daraufhin aufgefordert, die Vorgänge unmittelbar vor der Tat noch einmal genau zu beschreiben. Wie sie berichtete, hatten Christian und sie das Haus durch dieselbe Tür betreten, und zwar sie vor ihm, und er hatte «sein Messer und seine Pistole in die Hand genommen ... Als ich das Fernsehzimmer betrat», fuhr sie fort, «mußte ich wegen des kleinen Bildschirms und weil das Sofa davorstand, näher herantreten... Wie ich schon ausgesagt habe, saß Dag weit zurückgelehnt auf dem Sofa, und Christian stand buchstäblich über ihm. Ich dachte, sie machten nur Spaß ... Ich dachte, Christian wollte Dag mit der Waffe drohen, damit er aufhörte, mich zu schlagen.»

Da die Vermutungen über ihre Behauptung, daß Dag sie geschlagen hatte, weit auseinandergingen, wurde sie auch nach ihrem Verhältnis zu Dag befragt. «Ich habe nie gesagt, daß ich ihm den Tod wünsche», erwiderte sie. «Es stimmt, daß ich ihm erzählt habe, ich hätte ihn am Kreuz hängen sehen ... Als ich schwanger war, ist er mir schrecklich auf die Nerven gegangen. Er wollte mich auch nicht mehr sehen. Wenn er kam, hat er mir immer nur Vorwürfe gemacht und mich sogar sexuell belästigt. Ich dagegen habe ihm seine frühere Freundin Valérie Duguet und andere Frauen vorgeworfen. Und ich kann mich erinnern, Sätze gesagt zu haben wie ‹Den Kerl müßte man umbringen›, ‹Ich schlage ihm die Fresse ein› oder auch ‹Ich töte seine Seele›. Ich muß zugeben, daß ich so etwas auch in Gegenwart anderer Leute gesagt habe... aber nur im Zorn, wenn es Streit gegeben hatte.»

«Da Dag nicht mit mir sprach, weiß ich nicht, ob er mich wirklich verlassen wollte. Ich allerdings wollte nicht allein bleiben, weil ich Angst hatte, mein Vater würde mich festhalten.»

Noch einmal wiederholte sie die Vermutung, daß zwischen ihrem Vater und Christian eine Art Komplizenschaft bestanden und Marlon Christian in dem langen Gespräch unter vier Augen ausdrücklich beauftragt hätte, die Pistole abends mit nach Hause zu bringen. Sie sah diese Vermutung durch die Tatsache bestätigt, daß Christian während des Essens außergewöhnlich «énervé» gewesen war. «Er erzählte mir, er würde Dag einfach so, ohne Grund umbringen... Ich nahm seine Worte nicht ernst», sagte sie. «Christian war schon immer leicht verstört und ziemlich labil ... Ich habe mir bei den Waffen, die er bei sich hatte, gar nichts gedacht. Ich glaubte, er wollte Dag damit nur imponieren.» Als man wegen der Pistole und der Drohungen weiter in sie zu dringen versuchte, verriet sie große Selbstbeherrschung und ließ sich in ihrer Aussage nicht beirren. «Ich bleibe bei der Erklärung, die ich bereits abgegeben habe. Ich habe die Pistole für nicht geladen gehalten, weil sie ganz leicht war; aber ich wußte, daß es eine Pistole war.»

Ausführlicher ließ sie sich darüber aus, was sie Dags Mutter von Christians Gefühlen ihr gegenüber erzählt hatte. «Es stimmt, daß Christian mehr von mir wollte», sagte sie. «Mehrmals hatte ich den Eindruck, daß er mehr in mir sah als nur eine Schwester – ohne daß allerdings jemals etwas zwischen uns vorgefallen wäre. Aber wenn er uns besuchte, hat er sich immer besonders herausgeputzt. Wenn ich jedoch behauptet habe, daß Christian eifersüchtig auf Dag war, dann muß das auf meine Krankheit zurückgeführt werden ... Ich bestreite auch, zu Madame LeCaill gesagt zu haben, ich könnte dem Richter nicht die ganze Wahrheit sagen ... weil ich Christian unbedingt in Schutz nehmen müßte.»

Jacques Drollet, der während Cheyennes Aussage geschwiegen hatte, beschuldigte sie daraufhin, inzestuöse Beziehungen zu ihrem Bruder unterhalten zu haben. Cheyenne brauste auf: «Ich wiederhole noch einmal, daß der Vorwurf, es habe inzestuöse Beziehungen zwischen uns gegeben oder ich wäre dazu gezwungen worden, falsch ist; ich habe darüber nie ein Wort verloren.» Dann wollte sie von ihm wissen, woher er diese Informationen hätte. «Dag hat mir davon berichtet», teilte Drollet dem Richter mit, «nachdem er es von Cheyenne selbst erfahren hatte.»

Auf die abschließende Frage, warum Cheyenne sich dem Verhör durch ein amerikanisches Gericht entzogen hatte, antwortete sie: «Ich konnte nicht in die Vereinigten Staaten zurückkehren, weil ich im Krankenhaus war und auch jetzt noch in Behandlung bin. Wenn mir die ärztliche Erlaubnis erteilt würde, wäre ich jederzeit bereit, in die Vereinigten Staaten zurückzukehren.»

Anfang September 1990 machte Brando in einem Telefongespräch mit seinem alten Kumpel Army Archerd von *Variety* eine überraschende Enthüllung. Trotz seiner Befürchtung, ein DNS-Test könnte «die Privatsphäre seiner Familie verletzen», und der Besessenheit, mit der er jahrelang ängstlich seine Geheimnisse gehütet hatte, erklärte er plötzlich, seine Autobiographie schreiben zu wollen. «Ich suche nach einem Verleger», teilte er Archerd mit, «bin aber mein eigener Agent.» Als Archerd meinte, daß er ja nicht ohne weiteres zu erreichen sei, antwortete Brando lachend: «In diesem Canyon herrscht ein lebhaftes Echo.» Er erklärte dem Publizisten, mit Christians Prozeß sei «ihm die Presse so auf die Pelle gerückt», daß er zu einer Stellungnahme gezwungen sei. ... «Nein, es wird keine schmerzhafte Erfahrung werden. Ich habe keine Hemmungen. Es gibt nichts, was ich zu verbergen hätte.» Dann streute er eine kräftige Prise seines Lieblingsklischees ein, um Archerd seine Zähigkeit zu beweisen: «Was einen nicht umbringt, macht einen stark, auch wenn man dabei ein paar blaue Flecken abbekommt.»

Gegen Ende des Monats verkündete Brandos Londoner Anwältin Belinda Frixou, daß sie als Agentin für das Buch fungiere, und lud Interessenten ein, auf dem Weg zur jährlichen Frankfurter Buchmesse bei ihr vorbeizukommen. Die Nachricht löste weltweit eine wahre Hektik unter Verlegern aus, die sich gegenseitig mit Verträgen in Millionenhöhe überboten. Die Behauptung, der Schauspieler sei zu diesem ungewöhnlichen Schritt gezwungen, um Christians Verteidigungskosten bestreiten zu können, wurde von Frixou heftig bestritten. «Es gibt so viele Bücher und so viele nicht autorisierte Biographien über ihn, daß es Zeit wird, die Mißverständnisse auszuräumen und eine korrekte Version auf den Markt zu bringen.» Sie fügte hinzu, daß Brando auf einen Ghostwriter verzichten und das Buch ganz allein schreiben würde. «Er ist ein guter Schriftsteller und hat bereits eine Reihe von Drehbüchern verfaßt», sagte sie. «Er hat Texte und Gedichte geschrieben und ist ein Autor – na ja, mit wem könnte ich ihn vergleichen? Ich weiß es nicht, jedenfalls hat er einen deskriptiven, barocken Stil. Sehr, sehr poetisch.» Bei der Wahl des Verlags seien für Brando nicht etwa finanzielle Gesichtspunkte ausschlaggebend, betonte sie, sondern ganz allein die Persönlichkeit des Verlegers. Ihren Worten nach brannte der Schauspieler darauf, endlich loszulegen, und wollte schon «in den nächsten Wochen» mit dem Schreiben beginnen.

Während Brandos Fürsprecherin sich noch in Lobeshymnen über seinen Prosastil und sein Bedürfnis, das Buch ganz allein zu schreiben, erging, hatte Brando sich bereits an Philip Rhodes gewandt und ihn gebeten, ihm als Ghostwriter unter die Arme zu greifen. Offenbar hatte er vergessen, daß er noch vor Monaten auf seinen alten Freund nicht gut zu sprechen gewesen war; jedenfalls rief er ihn an und versuchte, ihn ins Allerheiligste zurückzuholen. Der Maskenbildner hörte schweigend zu, während Brando ihn mit dem Versprechen großzügiger Entlohnung zu locken versuchte. Doch Rhodes wollte mit der Sache nichts zu tun haben. Er legte Brando sogar nahe, den Gedanken überhaupt fallenzulassen, und erinnerte ihn an seinen vor langer Zeit abgelegten Schwur, der Öffentlichkeit niemals etwas von seinem Privatleben preiszugeben. Brando versuchte ihm schmackhaft zu machen, was für ihn und für Rhodes bei dem Unternehmen herausspringen könnte. Dabei wußte er nur zu gut, daß Rhodes sein Leben lang ausführliche Tagebücher geführt hatte, während er selbst für sein notorisch schlechtes Gedächtnis berühmt war. Die Benutzung dieser Tagebücher würde ihm das chronologische Gerüst geben, das er selbst niemals zustande bringen konnte.

Anfang Oktober 1990, als Marlon sich angeblich bereits mit potentiellen Verlegern traf, hörte Rhodes erneut von Brando: Wenn er die Autobiographie schon nicht schreiben wollte, würde er dann wenigstens seine Tagebücher zur Verfügung stellen? Rhodes erinnerte sich an seinen Entschluß nach Brandos ausfallendem Benehmen auf dem Set von *Freshman* und an die kalte Schulter, die Brando ihm anschließend gezeigt hatte, und lehnte kategorisch ab.

Am 26. September erschienen Marlon, Christian und Miko vor dem Obersten Gericht in Santa Monica. Wie gewohnt hatte die Presse sich eingefunden, um sich ja keinen pikanten Brocken entgehen zu lassen. Im Gerichtssaal saßen alle drei mit stoischen Gesichtern da, als wollten sie gegen Drollet, seinen Sohn Bjarn und Albert LeCaill, die alle drei die 5000 Meilen zurückgelegt hatten, um an dem gerichtlichen «Scharmützel» teilzunehmen, in geschlossener Formation antreten. Obwohl nur eine kurze Sitzung vorgesehen war, bat Steven Barshop den Richter um eine Verlängerung, damit er seine Anstrengungen, Cheyenne zur Aussage in die Vereinigten Staaten zurückzubringen, fortsetzen konnte. Der vorsitzende Richter, Robert Thomas, gab dem Antrag statt.

Anschließend gab Brando vor dem Gerichtsgebäude seine gewohnte Presseerklärung ab. Zu niemandes Überraschung verfolgte er nun die Strategie, die Schuld auf das Opfer abzuwälzen, indem er erklärte, es lägen unwiderlegbare Beweise vor, daß Dag seine Tochter mißbraucht hätte. «Cheyenne hat unaussprechlich gelitten», sagte er. «Sie ist körperlich mißhandelt worden. Wir haben eindeutige Beweise dafür. Sie hat Kopfverletzungen erlitten, wobei ihr Gesicht so entstellt wurde, daß sie sich ein ganz neues Gesicht machen lassen mußte.»

Verblüfft fragten sich die Zuhörer, ob Brando Cheyennes Unfallverletzungen mit seinen «eindeutigen Beweisen», daß Dag sie mißbraucht hatte, in einen Topf werfen wollte; doch die Tatsachen schienen Marlon nicht weiter zu irritieren. «Sie hat einen Nervenzusammenbruch erlitten», fuhr er fort. «Sie mußte in einem Sanatorium untergebracht werden, und daß dieser Mann (Staatsanwalt Barshop) meine Tochter weiter verfolgt, ist unfaßlich. Als ihr Vater bin ich darüber zutiefst entrüstet.» Brando bewahrte die Fassung, bis er nach Cheyennes kleinem Jungen gefragt wurde. «Tuki geht es gut», sagte er. «Er ist ein gesundes, kräftiges Kind. Cheyenne tut, was sie kann.» Bei diesen Worten begann er leise vor sich hin zu schluchzen.

In Wirklichkeit hatte Brando das Baby nie zu Gesicht bekommen. Er hatte auch auf Richter Gattis wiederholte Aufforderungen, auf Tahiti vor Gericht zu erscheinen, um Cheyenne mit seiner Aussage zu entlasten, nicht reagiert. Selbst seinem getreuen Assistenten Papke begannen Zweifel über Brando als Vater zu kommen. «Aus all diesen Presseerklärungen sprach immer nur Brando, der Schauspieler», sagte Papke. «Ich habe nie erlebt, daß ihn irgend etwas wirklich berührt hätte, nicht einmal die Mordanklage gegen seinen Sohn. Das einzige Mal, daß ich ihn in Tränen gesehen habe, war, als sein Schäferhund starb.»

Brando mochte den Instinkt eines Vaters haben, aber er operierte mit dem Intellekt eines Mafia-Don.

Am 1. Oktober 1990 machte Shapiro ein Angebot, dem zufolge Christian sich des weniger schwerwiegenden Vergehens der «fahrlässigen Tötung unter Benutzung einer Waffe» schuldig bekennen sollte. Während Barshop diese Möglichkeit im stillen ernsthaft in Erwägung zog, nahm er nach außen hin eine abwartende Haltung ein und ließ die Polizei verschiedenen neuen Hinweisen auf Christians Umtriebe am Laurel Canyon nachgehen. In der Zwischenzeit untersuchte der Zweite Staatsanwalt, Bill Clark, etwaige Möglichkeiten, Cheyennes Rückkehr in die Vereinigten Staaten voranzutreiben.

Am 31. Oktober, dem Allerheiligentag auf Tahiti, wenn den Toten Kerzen auf den Gräbern entzündet werden, besuchte Cheyenne mit ihrem neuen Gefährten, Alberto Vivian, den Friedhof. Während der Vollmond am Himmel stand, warf sie sich auf Dags Grab und rief: «Ich habe so viele Menschenleben ruiniert!» Nach fünfundzwanzig Minuten hemmungslosen Schluchzens mußte Vivian die Schreiende vom Friedhof tragen und nach Hause fahren.

Tarita hatte Tuki bereits zu Bett gebracht und schlief selbst. Da Cheyenne noch immer fassungslos war, beschloß Vivian, bei ihr zu bleiben, um sie zu beruhigen. Er legte Schallplatten auf, und sie gingen in Tukis Zimmer, wo Cheyenne dem schlafenden Kind ein französisches Wiegenlied vorsang. Nach ihrer Rückkehr ins Wohnzimmer soll Cheyenne zu Vivian gesagt haben: «Dies war ein schrecklicher Tag für mich. Ich fühle mich deprimiert und verwirrt, weil zuviel auf mich einstürzt.» Dann behauptete sie, sehr müde zu sein, und küßte Vivian zum Abschied. Auf dem Weg nach Hause kamen ihm Bedenken, so daß er umkehrte. Als er Cheyenne weder in ihrem eigenen noch in Tukis Zimmer fand, rief er nach ihr und stellte fest, daß die Badezimmertür abgeschlossen war. Er holte Teihotu aus dem Haus nebenan zu Hilfe, und als die beiden Männer die Tür aufbrachen, fanden sie Cheyenne würgend in ihrem eigenen Erbrochenen auf dem Fußboden liegend.

Ein Krankenwagen brachte sie umgehend ins elf Meilen entfernte Krankenhaus. Während man ihr den Magen auspumpte, erlitt sie einen Kreislaufkollaps. Die Ärzte bearbeiteten ihren Brustkorb und gaben ihr Sauerstoff, doch sie fiel in ein Koma. «Sie mußte beatmet werden», sagte Daniel Pardon, der Sprecher der Familie. «Wir dachten, sie würde sterben. Aber ihr Zustand stabilisierte sich im Laufe des Tages, und am nächsten Morgen öffnete sie kurz die

Augen und drückte den Finger einer Schwester als Beweis, daß sie aus dem Koma erwacht war.»

Obwohl Cheyenne sich bald erholte und aus dem Krankenhaus entlassen wurde, machte sie drei Tage später einen zweiten Selbstmordversuch, indem sie sich mit einer Hundeleine an einem Baum aufzuhängen versuchte. Inzwischen gab Brando sich keine Mühe mehr, die tatsächlichen Vorgänge zu verheimlichen. Am Abend des 11. November sprach er mit einem Reporter der *Los Angeles Times*, der sich positiv über Christians Fall geäußert hatte. «Cheyenne hat versucht sich aufzuhängen», sagte Brando mit bebender Stimme. «Sie ist auf der Intensivstation. Wir wissen nicht, ob das Gehirn in Mitleidenschaft gezogen worden ist.» Er wiederholte, wie gern er an ihrer Seite wäre, doch hätte man ihn gewarnt, daß die tahitianischen Behörden ihn festhalten könnten. «Dieser Prozeß treibt uns alle zur Verzweiflung», sagte er und warf der Staatsanwaltschaft vor, seine Tochter mit der Forderung nach Auslieferung in die Vereinigten Staaten einem unmenschlichen Druck auszusetzen.

Während der Kampf in der Presse weiterwogte, ging Brando in die Offensive und erklärte, seine Tochter sei ihm zwar «das Teuerste, was er auf der Welt besäße», doch könne er den Prozeß seines Sohnes nicht dadurch aufs Spiel setzen, daß er sich auf Tahiti verhaften ließe. «Der verdammte Richter locht mich womöglich ein», sagte er aufgebracht. «Die französischen Behörden nehmen mir den Paß ab, und dann sitze ich auf Tahiti fest.»

Inzwischen hatten Cheyennes tahitianische Anwälte, Claude Girard und Marie Léou, das Gericht aufgefordert, Cheyenne für «nicht zurechnungsfähig» zu erklären und Tarita als Tukis Vormund einzusetzen. Bei der entscheidenden Verhandlung am 6. Dezember gab der vom Gericht bestellte Psychiater, Dr. Bernard Rykkelynck, einen Bericht über ihre bisherige Krankengeschichte und ihren jetzigen Gesundheitszustand ab. Nach der Geburt des Kindes, erklärte er, war sie in einer geschlossenen Anstalt gewesen, wo sie «eine Schwester geschlagen», Selbstgespräche geführt und «das Baby laut lachend unter laufendes Wasser gehalten» hatte.

Dr. Ryckelynck hatte Cheyenne am 22. November untersucht und den folgenden Bericht geschrieben: «Ihre spontanen Reaktionen waren schwach, ihre Konzentration schwankend. Wenn man ihr Fragen stellte, schien sie einen nicht zu hören; fragte man allerdings nach präzisen Fakten, dann reagierte sie, allerdings ohne jede emotionale Anteilnahme. Das einzige Thema, das gefühlsmäßige Reaktionen und moralische Trauer bei ihr auslöste, war der Tod ihres Geliebten. ‹Ich will nicht mehr leben›, sagte sie. ‹Ich will sterben, weil ich nicht ertrage, daß er nicht mehr da ist... Nie werde ich einen solchen Mann wiederfinden.›»

Jacques Drollet war empört, als er miterleben mußte, wie Cheyenne auf den Straßen von Papeete einem Schwarm von Photographen und Reportern erzählte, daß sie für 75000 Dollar durchaus bereit war zu reden. (Angeblich hatte ihr Freund Alberto Vivian *Paris Match* sogar ein Interview für 100000 Dollar angeboten.)

Am 21. Dezember fällte Richter Joel Rudof vom kalifornischen Obersten Gericht seine endgültige Entscheidung und lehnte Clarks Antrag auf Auslieferung Cheyennes ab. Damit waren alle Versuche gescheitert und Brandos Tochter der Reichweite der Staatsanwaltschaft ein für allemal entzogen.

Barshop hatte inzwischen verschiedene Spuren verfolgt, auf die er von unerwarteter Seite gestoßen worden war. Wie der *National Enquirer* am 6. November berichtete, hatte Christian drei Monate vor dem Schuß auf Dag angeblich «seinen besten Freund direkt in den Kopf geschossen – aber der Junge war wie durch ein Wunder dem Tod entgangen, weil die Kugel nur seine Schläfe streifte». Im vergangenen Februar hatte Christian dem Bericht zufolge nach dem Genuß von «Engelsstaub» einen Schuß auf Ricardo Alvarez, einen der Down Boys, abgegeben. Die Staatsanwaltschaft sah, daß Alvarez' eigener Bericht an die Presse genug Informationen enthielt, um nicht nur eine genauere Untersuchung von Christians Neigung zu Gewalttätigkeit in Gang zu setzen, sondern eventuell sogar eine weitere Klage gegen ihn anzustrengen.

Alvarez gab zu, daß Christian, den er «Padrón» nannte, eine teuflische Seite hatte. «Er konnte geradezu gemeingefährlich werden, wenn er unter Drogen stand.» An dem betreffenden Abend waren er und ein paar Freunde mit einem Kasten Bier und einem Tütchen Kokain bei Christian aufgetaucht. «Wir fuhren bei ihm vor, und sobald Christian uns sah, stürzte er wie ein Besessener aus der Tür. Mir blieb fast das Herz stehen, als ich sah, daß er einen Revolver schwenkte und in die Luft schoß.

Einer der Jungs glaubte, mit ihm fertig werden zu können, und stieg mit dem Bier aus dem Wagen. Christian ging sofort auf ihn los. Mit einer Hand richtete er den Revolver auf ihn, mit der anderen schlug er auf ihn ein. Der Junge warf sich zu Boden, ohne sich zu wehren. Laurene stand schluchzend dabei. Sie flehte uns an weiterzufahren, aber dazu war es zu spät. Christian kam zu unserem Wagen herübergeschlendert. Er langte durchs Fenster und hielt dem Fahrer Billy Smith den Revolver an die Schläfe.

‹Padrón, du bist wahnsinnig›, stammelte ich vom Rücksitz. ‹Großer Gott, wir sind doch deine Freunde.› ... In dem Moment merkte ich, wie mir warmes Blut übers Gesicht floß. Ich faßte mir an den Kopf und spürte überm linken Ohr eine brennende Wunde.»

Einer von Alvarez' Kameraden bestätigte diese Aussage. «Die Kugel war im Rücksitz steckengeblieben», erinnerte er sich. «Der Winkel, aus dem Christian geschossen hatte, ließ die Kugel Ricardos Schläfe streifen, aber ernsthaft verletzt wurde er nicht ... Smith haute ab wie ein geölter Blitz und fuhr zu seiner Mutter. Sie reinigte Ricardos Wunde und machte ihm einen Verband. Natürlich dachten wir nicht im Traum daran, zur Polizei zu gehen, weil Smith keinen Führerschein hatte und Drogen im Spiel waren.»

Am 3. Januar rief Staatsanwalt Barshop Christians Anwalt Shapiro an und akzeptierte das Angebot, daß Christian sich wegen fahrlässiger Tötung schuldig bekannte. In einem langen Gespräch konnte Shapiro Christian und seinen Vater von der Ratsamkeit dieser Lösung überzeugen. Offenbar war er optimistisch, daß er mit der vollen Unterstützung durch Sozialarbeiter, Psychiater und Ärzte erfolgreich auf mildernde Umstände plädieren und den Richter eventuell sogar dazu bewegen konnte, die Strafe zur Bewährung auszusetzen.

Am nächsten Morgen, am Freitag, dem 4. Januar, ließ Marlon sich nicht blicken, als Shapiro Christian unter einem grauen, verregneten Himmel ins Gerichtsgebäude von Santa Monica begleitete. Barshop verlas das offizielle Plädoyer der Staatsanwaltschaft und verkündete, da alle rechtlichen Versuche, Cheyenne zur Aussage in Amerika zu veranlassen, erfolglos geblieben waren, «handelt es sich hier um einen Fall von Totschlag, der als solcher bewertet werden muß». Innerhalb von zehn Minuten hatte Richter Thomas die Urteilsverkündung auf den 26. Februar 1991 festgesetzt und die Sitzung vertagt.

Wenn Brando seine Emotionen hinter geschlossenen Türen am Mulholland Drive verbarg, so machte Jacques Drollet aus seinem Herzen keine Mördergrube. In einer Presseerklärung äußerte er die Befürchtung, daß Christian mit einer unbedeutenden Gefängnisstrafe davonkommen würde. «Marlon Brando ist reich, berühmt und seine Anwälte sind gewieft», sagte er. «Sie werden einen Weg finden, damit Christian ungeschoren davonkommt.» Draußen vorm Gerichtsgebäude verteilte Drollet Fotos seines ermordeten Sohnes an die Presse, darunter Großaufnahmen, die weltweit in den Zeitungen veröffentlicht wurden. In einem gesellschaftlichen Klima, das nach «Law and Order» verlangte, schien sich die Sympathie der Öffentlichkeit unter dem Einfluß dieser Bilder und Drollets Äußerungen zu verlagern und auch der Liberalste sich zu fragen, ob Marlon Brandos Sohn womöglich über das Gesetz erhaben war. «Anteilnahme, die der Star genoß, macht Empörung Platz», lautete die Überschrift eines Artikels von Kevin O'Sullivan und Richard Shears in der Londoner *Mail on Sunday.* «Das vielleicht größte Talent seiner Generation hat ein Leben in hemmungsloser Genußsucht geführt, den Finger nie weit vom Abzug ... Nun ist es passiert ... Mit einem liebenden, verständnisvollen Vater hätten seine Kinder diese Identitätskrise vielleicht überstanden. Aber Cheyenne und Christian sind daran kaputtgegangen.»

Bei aller Betroffenheit, die die Probleme seiner Zöglinge in Brando ausgelöst haben mochten, hatte er sich nie selbst zur Rechenschaft gezogen. Die Schuld an Christians Schwierigkeiten hatte er immer auf seine Exfrau Anna Kashfi abgewälzt. Im Fall von Cheyenne schob er die Schuld auf Dag und anschließend auf die Staatsanwälte, ohne auch nur einen Augenblick darüber nachzudenken, daß seine eigenen machiavellistischen Machenschaften für den Alptraum, unter dem sie litt, verantwortlich sein könnten.

Obwohl Cheyenne auf Tahiti unter Anklage blieb, hatte ihr das tahitianische Berufungsgericht bereits erlaubt, sich in psychiatrische Behandlung an der Clinique des Pages, einer exklusiven Klinik am Stadtrand von Paris, zu begeben. Am 8. Januar, nur wenige Tage nach Christians Schuldbekenntnis, flog Brandos Tochter in Begleitung von Tarita nach Paris.

In Los Angeles sorgte Brando dafür, daß sein bevorzugter Reporter bei der *Los Angeles Times* einen exklusiven, herzergreifenden Artikel über Christian als das eigentliche Opfer des Prozesses veröffentlichte. Der Artikel hatte die erwartete Wirkung. Christian berichtete von den Kämpfen um das Sorgerecht, die im Gerichtssaal von Santa Monica ausgetragen worden waren, weshalb ihm der Ort geradezu vertraut war. «Ich bin schon als Kind durch diese Türen ein und aus gegangen.»

«Ich bin bei einer extrem gewalttätigen Mutter aufgewachsen», berichtete er. «Sie trank, und es gab ständig Streit. Abgesehen von meinem Vater hat meine ganze Familie Alkoholprobleme ... Meine Familie ist überhaupt alles andere als normal. Dauernd bekamen wir Zuwachs. Immer saß ich mit lauter fremden Gesichtern am Tisch und mußte fragen: ‹Wer bist du denn?›»

Am Morgen des 26. Februar war das Gerichtsgebäude in Santa Monica noch mehr als sonst von Reportern und Neugierigen umlagert, die unbedingt einen Blick auf Marlon Brando werfen wollten.

Nach drei Tagen ausführlicher Zeugenvernehmungen schienen die Waagschalen der Gerechtigkeit in der Schwebe zu sein, so daß Richter Thomas ein geradezu salomonisches Urteil fällte: sechs Jahre für Totschlag und vier weitere Jahre für den Verstoß gegen das Waffengesetz, also eine Gesamtstrafe von zehn Jahren in einem kalifornischen Gefängnis.

Der Gerichtsdiener führte Christian aus dem Gerichtssaal, und Marlon folgte ihm durch die Hintertür. Nachdem er monatelang die Presse hofiert hatte, konnte er nun auf sie verzichten. Shapiro hatte seinen Mercedes bereits am hinteren Ausgang vorfahren lassen. Die Einfahrt war mit Maschendraht und einem Eisengitter abgesperrt. Davor drängten sich Hunderte von Photographen und Reportern und steckten Kameras und Mikrophone durch das Gitter. Die Augen hinter einer gewaltigen dunklen Sonnenbrille verborgen, trat Brando in den leichten Nieselregen hinaus. Durch die Gitterstäbe gesehen ähnelte er mehr denn je einem Mafiaboss – massig, ungebeugt und regelrecht furchteinflößend.

In der folgenden Zeit mußte Brando weitere traurige und demütigende Niederlagen einstecken: Mikos Frau, Jiselle, kam bei einem Autounfall ums Leben; seine ehemalige Schwiegertochter, Mary McKenna Brando, wurde wegen Prostitution verhaftet. Christians frühere Geliebte, Shirley Cumpanas, erschien nackt in *Penthouse* und war bereit, telefonisch über schlüpfrige Einzelheiten ihrer Affäre mit Marlon Brandos Sohn Auskunft zu geben. Jocelyne Lew, auch eine von Christians Geliebten, verkaufte ihre Version der Geschichte an die Zeitungen. Alles in allem war die Familie Brando, wie die französische Presse es nannte, *«maudits»* – mit einem Fluch belastet. Es lag tatsächlich ein Schatten auf dem Hause Brando, der wie in einer griechischen Tragödie von einer Generation auf die nächste überging.

Bei allen Spekulationen und Mutmaßungen der Experten über das, was sich am Abend des 16. Mai tatsächlich zugetragen hatte, war ein Umstand während des Verfahrens niemals berücksichtigt worden, der einen enthüllenden Einblick in Brandos Psyche bieten und Drollets und sogar Cheyennes Argwohn bestätigen mochte. Hatte Marlon Brando vielleicht nolens volens eine Schlüsselrolle bei der Tat gespielt? Nicht etwa dadurch, daß er selbst die Pistole hielt, sondern daß er die Bühne vorbereitet und die emotionalen Stichworte gegeben hatte, die zu dem Mord führten?

Der Subtext war einfach. Jahre zuvor, nach der Behandlung durch seinen Therapeuten G. L. Harrington, hatte Marlon engen Freunden gegenüber häufig erzählt, daß er endlich in der Lage sei, mit seiner Vergangenheit, seinem sprunghaften Temperament, seinem Zorn und seinen Haßgefühlen fertig zu werden. Während er selten über seine Mutter sprach, erwähnte er seinen Vater oft und erzählte auch seinen eigenen Kindern gern Anekdoten aus seiner Kindheit. Besonders Christian hatte er seine Schuljungenstreiche, seine Mädchengeschichten und die Probleme mit seinem «Alten» anvertraut.

Einen Vorfall in seinem Leben wird er Christian ganz gewiß nicht vorenthalten haben, da es sich dabei um den Beweis seiner Männlichkeit handelte. Während eines Gesprächs mit einem seiner Mitarbeiter über *Jericho* und die menschliche Neigung zu Gewalttätigkeit – zu Waffen, Selbstverteidigung und leidenschaftlicher Wut – hatte er von seinem Vater als einem «besonders hartgesottenen *hombre*» gesprochen, einem «Schläger und Trunkenbold». Er erzählte, daß sein Vater ihm oft Angst eingejagt hätte. Er berichtete auch, seinen Vater zur Rede gestellt zu haben, nachdem er «meine Mutter nach Strich und Faden verprügelt hat». Er war nach oben gegangen, hatte den Revolver seines Vaters und ein langes Fahrtenmesser geholt und gedroht, ihn umzubringen, wenn er seine Mutter weiter mißhandelte. Doch im letzten Moment war er zu sich gekommen und hatte gemerkt, daß er um ein Haar zu weit gegangen wäre.

Die Episode war eine der Quellen für seine Improvisationen in *Tango*. Gleichzeitig war sein Eintreten für seine Mutter geradezu ein Modellfall für die Konfrontation zwischen Christian und Dag. Hatte Christian die Geschichte häufig genug gehört, daß er sich in seiner Einfalt und Beschränktheit einbildete, von seinem Vater einen stillschweigenden Befehl erhalten zu haben? Wenn Brando, wie Cheyenne vermutete, Christian erzählt hatte, daß Dag sie schlug, und ihn in demselben Gespräch aufgefordert hatte, «seine Waffe mitzubringen», hatte Christian diesen Hinweis vielleicht als stumme Aufforderung verstanden, genau das zu tun, was Marlon damals unter ähnlichen Umständen getan hatte? Seine Schwester zu beschützen, so wie sein Vater einst seine eigene Mutter beschützt hatte? Und war er deshalb zu Laurene gegangen und hatte seine Pistole und ein *Messer* geholt, die gleiche Kombination von Waffen, mit der Brando seinen Vater bedroht hatte? Und war anschließend damit am Mulholland Drive erschienen, hatte die Waffe auf Dag gerichtet und wie sein hartgesottener, ehrenwerter Papa gesagt: «Wenn du sie noch einmal anfaßt, bring ich dich um»?

So erschreckend der Gedanke an eine solche Neuinszenierung sein mochte, sowenig war er von der Hand zu weisen – besonders im Kontext des Brandoschen Haushalts, wo sprachliche Kommunikation immer zu kurz gekommen war.

Während Christian zu nur zehn Jahren Gefängnis verurteilt wurde und bei der in Kalifornien üblichen «Bewährung nach Halbzeit» alle Aussichten hatte, nur fünf Jahre absitzen zu müssen, traf seine Schwester Cheyenne ein sehr viel bittereres Los: nämlich die Aussicht auf einen unbegrenzten, eventuell lebenslänglichen Aufenthalt in psychiatrischen Anstalten, mit ihrem Vater als Anstaltswärter.

Die angesehene Clinique des Pages war spezialisiert auf die Behandlung von «akuten Fällen», und nachdem Cheyenne einmal hinter den dicken, hohen Mauern verschwunden war, bekamen sie monatelang nur wenige Leute zu Gesicht. Angeblich war sie «völlig amorph», ihre Augen *«dans le vague»*. Später erzählte sie, es sei wie im Gefängnis gewesen, «eine kleine, drei mal vier Meter große Zelle, ein unbequemes Bett, ein Tisch und ein eiserner Stuhl. Ich konnte nicht mal spazierengehen. Ich besaß keinen Kamm, um mich zu kämmen. Meist habe ich wegen der Medikamente, die ich nehmen mußte, geschlafen oder gelesen und Kassetten gehört. Die Zeit verging sehr langsam.»

Anfang Januar, sechs Wochen vor Christians Verurteilung, schickte Brando Tarita und Tuki in die französische Stadt Le Vésinet und mietete ein teures Apartment im Hotel Ibis für sie, damit sie in Cheyennes Nähe sein konnten.

Die «Kur», der Cheyenne sich unterziehen mußte, erinnerte erschreckend an die Methoden des vergangenen Jahrhunderts: «Schlaftherapie» und «streng verordnete Ruhe». Cheyenne töpferte, las und spielte mit Tuki, wenn Tarita ihn mit in die Klinik brachte. Um den Prozeß verfolgen zu können, hatte sie um einen Fernseher gebeten, aber die Ärzte befürchteten, der Anblick von Christian auf der Anklagebank könnte eine Krise heraufbeschwören. Doch erfuhr Cheyenne nach der Urteilsverkündung durch eine Freundin von der zehnjährigen Haftstrafe. Die Folge war ein zweiter Selbstmordversuch, diesmal mit einer Überdosis Schlaftabletten. «Wir dachten, sie wäre auf dem Wege der Besserung», erzählten Freunde dem *Daily Express*, «aber je näher der Prozeßtermin rückte, desto unruhiger wurde sie.» Dem Krankenhaus zufolge hatte Cheyenne einen großen Vorrat an Pillen gehortet, vermutlich aus der Apotheke der Klinik.

Nach Christians Verurteilung konnte Brando seine ganze Aufmerksamkeit Cheyenne zuwenden. Die Anklage auf Tahiti hatte sie zwar vor Barshops Zugriff bewahrt, doch unterstand sie weiterhin Richter Gatti. Ihre tahitianischen Anwälte hatten gegen die Anklage wegen Anstiftung zum Mord Einspruch erhoben. Doch am 9. April 1991 bestätigte das Gericht in Papeete Gattis Anordnung, Cheyenne unter richterlicher Aufsicht zu behalten, mit der Begründung, daß der Mord an Dag Drollet genügend ungelöste Fragen enthielt, um die Anklage wegen Anstiftung weiterhin zu rechtfertigen.

Cheyennes Anwälte versuchten, Richter Gatti den Fall zu entziehen, doch der Antrag wurde abgelehnt. Daraufhin besorgte Brando Cheyenne einen weiteren Anwalt, Jacques Vergès.

Jacques Drollet fühlte sich durch Brandos Machenschaften sowie die Einstellung des berüchtigten Vergès – eine besonders beleidigende Wahl für einen Juden, der im französischen Widerstand gekämpft hatte – in seiner Entschlossenheit nur noch bestärkt. Inzwischen gab es drei Prozesse – zwei zivilrechtliche und einen strafrechtlichen.

Brando intrigierte noch vor Prozeßende weiter, indem er den Gedanken, seine Autobiographie zu verkaufen, wiederaufleben ließ und sich erneut an den Publizisten Army Archerd wandte. Wie er ihm erzählte, hatte er seine Meinung in einem Punkt geändert: Statt den Verkauf der Buchrechte eigenhändig zu organisieren, hatte er seinen guten Freund George Englund damit beauftragt, einen Vertrag auszuhandeln. Angeblich traf Englund sich in New York bereits mit sechs Verlegern. Unerwähnt blieb die Tatsache, daß Englund ebenfalls die Rechte an der Story des Drogenhändlers und starken Mannes von Panama, Manuel Noriega, an den Mann zu bringen versuchte.

Im Januar 1991 wandte Englund sich mit einer Forderung von 5 Millionen Dollar an die größeren New Yorker Verlagshäuser. Er kam mit sechs Verlegern ins Gespräch, die ihm alle ein Angebot machten. Einer von ihnen, Harold Evans von Random House, wurde am Valentinstag zum Dinner nach New York eingeladen. Evans verbrachte ein paar Tage mit Brando, und drei Wochen später, am 11. März 1991, wurde der Handel zu dem offiziell angegebenen Preis von 3,5 Millionen Dollar perfekt. Allerdings ging das Gerücht, der tatsächliche Preis habe die 5 Millionen weit überschritten, so daß es sich um einen der höchstdotierten Verträge in der Verlagsgeschichte handelte. Was immer Brandos Vertrag in harter, blanker Münze besagen mochte – Aufsehen in Verlegerkreisen erregte der Vorschuß von 750000 Dollar, den Brando gefordert und Evans bewilligt hätte.

Evans rechtfertigte den ungewöhnlichen Vorschuß damit, daß Brando versprochen hatte, die Karten offen auf den Tisch zu legen. «In dem Buch steht alles», erklärte er optimistisch. «Seine Karriere, sein politisches Engagement, seine Ehen, seine Kinder.» Brando selbst äußerte in einer Presseerklärung, daß jüngste Ereignisse ihn davon überzeugt hätten, «wie sinnvoll es ist, einen Blick zurückzuwerfen, allein schon um meinen Kindern im Leben ein Vorbild oder besser noch eine Warnung zu sein». Mit einem Hinweis auf das Hausmädchen der Familie Brando in Evanston fuhr er fort: «Ich habe vor, mein ganzes Leben zu offenbaren, mit allen, die darin eine Rolle gespielt haben, angefangen bei meinen frühesten Erinnerungen an den nackten Körper meiner geliebten schlafenden Ermi in meinem mondbeschienenen Bett bis zu den jüngsten im Bett verfaßten Kritzeleien über vergangene Zeiten.»

Bei aller Ungeduld, der Öffentlichkeit seine eigene Version der Geschichte zu präsentieren, tat er sich weiterhin schwer mit dem Schreiben. Einmal beruhten die Schwierigkeiten auf seiner Unfähigkeit, sich kurz zu fassen, während er im Bett lag und seine Gedanken nicht etwa «niederkritzelte», sondern in einen Kassettenrecorder sprach; zum andern hinderte ihn sein notorisch schlechtes Gedächtnis. Eines Nachts soll er Ursula Andress in Rom aus tiefstem Schlaf gerissen haben. Andress wollte nicht glauben, daß Brando am Apparat war, und ließ sich die Nummer geben, damit sie ihn zurückrufen konnte.

Brando erklärte ihr umgehend den Grund seines Anrufs: Hatten sie je miteinander geschlafen?

Sie hatten tatsächlich, und zwar in den fünfziger Jahren. Während zwei geschlagener transatlantischer Stunden schwelgten die beiden in Erinnerungen, und Brando versprach, das teure Ferngespräch zu bezahlen. Wenn Andress verstimmt war, daß Brando sich an das Intermezzo mit ihr nicht erinnern konnte, so ließ sie sich jedenfalls nichts anmerken. Viel bestürzender – und bezeichnender – war, wieviel Brando aus seinem eigenen Leben vergessen hatte. Freunde faßten sich an den Kopf: Wie wollte er in seiner Abgeschiedenheit am Mulholland Drive mit einer Vergangenheit zu Rande kommen, die so chaotisch war, daß er sich nicht einmal erinnern konnte, Ursula Andress gevögelt zu haben?

Am 25. September 1991 berichtete Army Archerd von *Variety*, daß Brando endlich nach Paris geflogen war, um seine Tochter zu besuchen. Dabei handelte es sich um eine absichtliche Zeitungsente, denn Brando war bereits eine Woche vorher in Paris erschienen. Cheyenne, die in der Klinik unter dem Namen «Christine» registriert war und als «psychotisch, jähzornig, größenwahnsinnig und mythomanisch» galt, hatte die Klinik bereits am 18. September verlassen. Vermutlich war ihre Entlassung von ihrem Vater arrangiert worden – ohne Wissen der Medien, aber auch hinter dem Rücken der Anstaltsleitung.

Dabei war Richter Gatti extra aus Tahiti gekommen und hatte mit ihrem Anwalt Jacques Vergès für den 23. Oktober eine weitere Vernehmung Cheyennes angesetzt. Doch die beiden warteten vergeblich. Gatti rief die Klinik an und erfuhr zu seiner Entrüstung, daß Cheyenne bereits vor vier Wochen entlassen worden war. Daraufhin informierte er die französische Polizei von ihrem Verschwinden, die sofort die Suche nach Cheyenne wie nach Brando aufnahm, der im Verdacht stand, seiner Tochter geholfen zu haben, sich der Justiz zu entziehen.

Am 22. Oktober erhielt Lisette LeCaill in Papeete einen Anruf von Cheyenne. «Ich denke immer an Dag», sagte sie. «Ich muß mit dir sprechen. Tuki geht es gut – er sieht aus wie Dag. Sobald ich wieder in Tahiti bin, kommt er zu dir und nicht zu meiner Mutter.»

Lisette wollte wissen, von wo sie anrief, und Cheyenne log, sie sei noch in der Clinique des Pages.

Am 27. Oktober erließ die Polizei einen Haftbefehl gegen Cheyenne. Gatti war empört über die krasse Nichtachtung seiner Vorladung. Er hatte sich auf das Versprechen ihrer Anwälte verlassen, daß er die Vernehmung fortsetzen könnte, sobald ihr Gesundheitszustand sich gebessert hätte. Nun war Brando ihm zuvorgekommen.

Anwalt Vergès spielte inzwischen sein eigenes Spiel mit der Presse und gab sogar Reportern von *Current Affair* ein Interview. Er bestätigte, daß Cheyenne mit ihrem Vater in Frankreich war, weigerte sich aber zu verraten, wo. Auf die Frage, ob Brando ihn angeheuert hätte, «um seine Tochter vor einem Patt mit der Justiz zu bewahren», erklärte er in vielsagendem Ton: «Wenn Cheyenne nach Tahiti ausgeliefert wird, unternimmt sie bestimmt einen weiteren Selbstmordversuch. Oder ihr Gesundheitszustand verschlechtert sich.» Er stritt ebenfalls ab, daß Cheyenne und Brando sich vor der Polizei versteckt hielten. «Sie entzieht sich durchaus nicht dem Gesetz», behauptete Vergès. «Sie ist mit ihrem Vater zusammen, und der wird nicht gesucht. Er ist incognito. Das ist etwas anderes.» Vermutlich tappte sogar Vergès im dunkeln.

Ohne zu ahnen, daß sie Gefahr lief, ausgeliefert zu werden, oder daß gegen sie ein Haftbefehl vorlag, hatte Cheyenne sich ihrem Vater anvertraut und war in den neuen Golf eingestiegen, den er ihr zum Geschenk gemacht hatte. Nach dem Verlassen der Klinik machten sie sich auf den Weg nach Orléans, südwestlich von Paris. Brando saß mit versteinertem Gesicht und ohne die ganze Fahrt ein einziges Wort zu sagen am Steuer. Während er verärgert und niedergeschlagen wirkte, war Cheyenne froh, nicht reden zu müssen. In Orléans stiegen sie bei Brandos alter Freundin ab, der Schauspielerin und Vertrauten von Tennessee Williams, Maria St. Just. Inzwischen wirkte Brando entspannter. Teihotu gesellte sich ebenfalls zu ihnen. Über seine weiteren Pläne schwieg Brando sich allerdings aus, obwohl er mit seiner englischen Anwältin, Belinda Frixou, gesprochen und angedeutet hatte, nach London fahren und – wie Clark und Barshop vermuteten – von dort nach Los Angeles zurückkehren zu wollen.

Da Cheyenne über seine Pläne völlig im dunkeln tappte und sich übergangen fühlte, wurde sie ärgerlich auf ihren Vater und warf ihm Überheblichkeit vor. Ihren eigenen Worten zufolge fuhr Brando sie daraufhin an: «Ich bin schließlich nicht Gott!» Doch ebendieses gottähnliche Gehabe ihr und der ganzen Familie gegenüber warf sie ihm vor. Als Brando sich zu keiner Antwort herabließ, geriet Cheyenne so in Wut, daß sie aus dem Haus stürmte und genau wie 1989 auf Tahiti einen weiteren Autounfall verursachte. Der VW überschlug sich und landete kopfüber in einem Graben. Zum Glück blieb Cheyenne unverletzt und konnte zu Fuß zum Haus zurückwandern.

Am Morgen des 15. November fand die Flucht von *père et fille* Brando schließlich in einem kleinen Dorf außerhalb von Orléans, wo sie im Château eines Freundes von Vergès Zuflucht gesucht hatten, ein abruptes Ende. Cheyenne saß mit ihrem Vater in der Küche beim Frühstück, als die Polizei an die Tür klopfte. Brando ließ sie herein, und die Beamten forderten Cheyenne auf, sie ohne Widerstand zu begleiten.

Um 11.30 Uhr wurde sie im Palais de Justice in Orléans abgeliefert, wo man ihr den Haftbefehl aushändigte, der ihre Rückkehr nach Tahiti erforderlich machte. Cheyenne nahm die Aufforderung anscheinend gefaßt entgegen. Später erschien Vergès in seiner Anwaltsrobe, um der Polizei bei der Ausstellung der notwendigen Dokumente zur Hand zu gehen.

Zwei Tage später bestieg Cheyenne in Begleitung zweier Gendarmen ein französisches Militärflugzeug, das sie nach Tahiti bringen sollte, und am folgenden Morgen, dem 18. November 1991, trat sie mit den Beamten an ihrer Seite in das helle tahitianische Sonnenlicht. Sie trug einen leuchtendroten Pullover, einen dazu passenden Lippenstift und eine dunkle Sonnenbrille und wirkte spröde und abweisend. Dreißig Polizisten befanden sich auf dem Rollfeld, um die Journalisten zurückzuhalten, die sie nach zehnmonatiger Abwesenheit erwarteten. Doch sie erhaschten nur einen kurzen Blick auf sie, da sie zur Erledigung der Formalitäten sofort ins Lutania-Gefängnis und von dort in einen bewachten Raum in einem nahe gelegenen Krankenhaus weiterbefördert wurde.

Zwei Wochen vor Cheyennes Rückkehr war auf der Insel das

Gerücht umgegangen, daß Drollet und Brando zu einer Aussöhnung bereit seien. Richter Gatti sollte eine offizielle «Konfrontation» arrangieren und die beiden Männer sich durch ihre Anwälte erklären. Doch plötzlich schien Brando seine Strategie – sofern an dem Gerücht überhaupt etwas Wahres gewesen war – radikal geändert zu haben. «Keine Aussicht, daß Marlon Brando nach Tahiti kommt», erklärte Vergès überraschend. «Wie immer manipuliert Marlon Brando die Leute lieber aus den Kulissen, statt auf offener Bühne zu agieren und die Wahrheit zu sagen», konterte Drollet.

Brando war allerdings nicht untätig. Während die Justiz und die Öffentlichkeit den Eindruck hatten, daß er die Vorgänge blockierte, saß er in seinem Hauptquartier am Mulholland Drive und plante sorgfältig seine nächsten Züge. Wenn er nicht zu Cheyenne konnte, dann mußte er seine Tochter zu sich holen. Wie viele seiner früheren Manöver sollte ihn dieses teuer zu stehen kommen.

Tatsächlich waren die Summen, um die es ging, selbst für einen Mann von Brandos Vermögen astronomisch. Zu den gewaltigen Anwaltskosten (sieben Anwälte in Los Angeles, zwei in Paris, zwei auf Tahiti, eine Anwältin in London, dazu Juraprofessor Alan Dershowitz aus Harvard, der Brando wegen Christians Berufungsantrag beraten hatte) kamen Arztrechnungen, unzählige Flugtickets (Vergès reiste offenbar nur erster Klasse), Privatdetektive, Sachverständigenaussagen, Leibwächter und die Kosten für den kleinen Abstecher in Frankreich. An einem bestimmten Punkt sprach man sogar davon, Brando hätte sich für Christians Verteidigung eine Million Dollar von Michael Jackson geliehen. Selbst der Vorschuß für seine Autobiographie bewahrte ihn nicht davor, wieder arbeiten zu müssen.

Als Alexander und Ilya Salkind ihm 1991 einen Film anboten, nahm Brando deshalb bereitwillig an. Trotz des langwierigen Prozesses, den er wegen *Superman* gegen sie angestrengt hatte, waren sie bereit, ihm 5 Millionen Dollar für zehn Minuten Leinwandzeit zu zahlen. Was scherte es Brando, daß es sich um *Christopher Columbus: The Discovery* handelte? Daß seine indianischen Freunde entsetzt zusahen, wie ausgerechnet er den Kolumbus-Mythos, den die amerikanischen Ureinwohner als Verunglimpfung empfanden, mit diesem Film sanktionierte? Was scherte es ihn, daß er in seinem Kolumbus-Kostüm ebensogut in einer Karnevalsparade hätte auftreten können? Er brauchte das Geld, und wie seine ehemalige Freundin Pat Quinn erkannte, «ging es ihm zuallererst um seine Familie ... Er brauchte das Geld, um seine Tochter nach Los Angeles zu holen und ihr ein Haus zu kaufen.»

Kurz nach Beginn der Produktion gerieten die Salkinds in finanzielle Schwierigkeiten, Gehaltsschecks platzten und Rechnungen blieben unbezahlt. Als sie ihre Gläubiger vertrösteten, daß der gemeinsame Werbeeffekt von Brando und Tom Selleck «das Geld schon in die Kinokassen bringen würde», protestierte Selleck empört, «sie haben kein Recht, unsere Namen mit ihren Betrügereien in Verbindung zu bringen». Brando dagegen enthielt sich vor oder während seiner zwölf Tage vor der Kamera jeden Kommentars. Er vergewisserte sich, daß er im voraus bezahlt wurde, erschien im Januar 1992 zu seinem Auftritt in Madrid und flog anschließend, ohne Aufsehen zu erregen, wieder nach Hause.

Zu Beginn des Jahres 1992 lebte Cheyenne mit Tarita, Tuki sowie Teihotu und seiner Familie im Urlaubsort Punaauia. Sie wurde ständig von Tarita, Cynthia oder ihrem Bruder beaufsichtigt, und ihre Mutter bewahrte über ihren Zustand völliges Stillschweigen. Cheyenne stand nach wie vor unter Anklage, und Gatti war entschlossen, die Anklage nicht fallenzulassen, bis er Brando vernommen hatte.

Der Fall bekam ein völlig anderes Gesicht, als Vergès am 13. April verkündete, Cheyenne nicht länger vertreten zu wollen, weil Brando sich gegen eine Vernehmung sträubte. Manche behaupteten, Brando habe den Anwalt entlassen, Vergès dagegen erklärte der Pariser Zeitung *Le Figaro*, er sei freiwillig gegangen. Jedenfalls nahm Brando sich umgehend einen neuen französischen Anwalt, Jean-Yves Le Bourne, den er sofort nach Tahiti schickte, damit er Cheyenne am 15. April 1992 vertrat.

In ihrer fünften Aussage vor einem tahitianischen Gericht sorgte Cheyenne für eine Sensation: «Mein Vater», behauptete sie, «manipuliert die Leute.» Sie wiederholte ihren Verdacht, daß er Christian stark gegen Dag eingenommen hatte. Für ähnliche Schlagzeilen sorgte ihre Behauptung, das Verhalten ihres Vaters ihr gegenüber hätte «immer etwas Anstößiges» gehabt. Zwar weigerte sie sich, näher ins Detail zu gehen, sagte aber aus, eine Einladung, bei Brando zu wohnen, ausgeschlagen zu haben, weil «ich nicht sein Dienstmädchen oder seine Gouvernante sein will».

Inzwischen verstärkte Brando direkt oder über seine Anwälte seine Anstrengungen, Cheyenne nach Los Angeles zurückzuholen. Da er bei den tahitianischen Gerichten nicht weiterkam, versuchte er, seine Beziehungen in Frankreich spielen zu lassen. Bei seiner fast vierzigjährigen Liebe zu Frankreich war er bei den Franzosen weit mehr beliebt als in Amerika und hatte in Paris viele einflußreiche Bekannte, darunter den Kultusminister Jack Lang, den er gebeten haben soll, einen Deal mit dem amerikanischen Innenministerium auszuhandeln. Allerdings erfuhr Drollet im Juni über seine eigenen Kontakte, daß Brandos Versuche erfolglos geblieben waren.

Dieser Mißerfolg schien Brando endlich davon zu überzeugen, daß er Cheyennes Freilassung nur durch eine eigene Aussage bewirken konnte, so daß er sich schließlich zu einer Vernehmung durch die französischen Behörden bereit erklärte. Allerdings bestand er darauf, im Büro seines Anwalts Edward Medvene durch einen von den Tahitianern benannten amerikanischen Anwalt vernommen zu werden, ohne daß Steven Barshop dabei anwesend war. Die Aufgabe fiel dem amerikanischen Richter Gregory W. Jessner zu, der am 19. Juni 1992 mit einem dreiseitigen Fragenkatalog der tahitianischen Justiz in Medvenes Anwaltsbüro eintraf.

Seit Monaten hatte Jacques-Denis Drollet gehofft, daß Brandos Aussage das Geheimnis um den Tod seines Sohnes endgültig lüften würde. Gemeinsam mit Gatti hatte Drollet die Fragen formuliert, die seinen Verdacht bestätigen sollten, daß sowohl Cheyenne als auch Brando an dem Verbrechen und an der späteren Verschleierung der tatsächlichen Umstände mitschuldig waren.

Wie das vierundfünfzig Seiten lange Gerichtsprotokoll zeigt, beantwortete Brando die an ihn gerichteten Fragen sechsundfünfzigmal mit *Das weiß ich nicht, Ich erinnere mich nicht* oder *Ich kann mich nicht entsinnen.*

Als es um Cheyennes überstürzte Abreise nach Tahiti dreieinhalb

Wochen nach der Mordtat ging, verstieg Brando sich zu den kühnsten Behauptungen. Nicht nur war ihm das Datum ihrer Flucht entfallen, er behauptete auch, von ihrer bevorstehenden Gerichtsvorladung nichts gewußt zu haben. «Ich habe versucht, ihr abzuraten ... Ich wollte nicht, daß sie fuhr ... aber sie bestand darauf. Ich konnte nichts dagegen machen», sagte er. Jessner ließ sich die Gelegenheit entgehen, ihn darauf hinzuweisen, daß Brando selbst Cheyenne heimlich das Ticket gekauft hatte, und zwar nur Stunden nachdem sie den Kriminalbeamten gegenüber die inkriminierende Aussage gemacht hatte: «Es geht um Mord, wenn Sie's genau wissen wollen.»

Obwohl Richter Gatti Cheyenne nur unter der Bedingung, daß sie ihren Paß abgab und ihren Aufenthalt auf die Klinik in Le Vésinet beschränkte, erlaubt hatte, Tahiti zu verlassen, stritt Brando ab, davon gewußt zu haben. Angeblich hatte er keine Ahnung, daß die Polizei einen Haftbefehl gegen sie erlassen würde, sobald sie die Clinique des Pages verließ. Diese Behauptung war absurd, da Brando seine Anwälte in Französisch-Polynesien, Los Angeles, London und Paris monatelang konsultiert hatte. Doch wieder unterließ Jessner es, den Zeugen auf die eklatanten Widersprüche oder auf die Tatsache hinzuweisen, daß der Schauspieler seine Tochter begleitet, die Behörden über ihren Verbleib im dunkeln gelassen und Cheyenne mehrmals dem Zugriff der Polizei entzogen hatte.

Es lag auf der Hand, daß Brando sich über jede Rechtsprechung erhaben fühlte, wenn es um das Wohl seiner Kinder ging.

Am 27. Juli, sechs Wochen nach der Aussage ihres Vaters, erschien Cheyenne vor Richter Jean-Bernard Taliercio, um gegen die fortgesetzte richterliche Aufsicht zu protestieren. Auf die erste Frage des Richters schwieg Cheyenne; bei der zweiten begann sie plötzlich zu schreien und die Anwesenden – Taliercio, seine Sekretärin, ihre eigenen Anwälte – zu beschimpfen. Sie warf mit Gegenständen um sich und führte sich in einer Weise auf, daß sie unter Polizeischutz nach Haus begleitet werden mußte. Jacques Drollet konnte sich den Vorfall nicht erklären und versuchte, eine Kopie der Vernehmung zu bekommen. Zu seiner Verblüffung erfuhr er, daß entgegen sonstigen Gepflogenheiten kein Protokoll von der Sitzung vorlag.

Am folgenden Tag wurde offiziell Berufung eingelegt, und zwei

Tage später hob der Cour d'Accusation, die höchste gerichtliche Instanz in Französisch-Polynesien, Cheyennes Ausreiseverbot aufgrund ihres «seelischen Zustands» und der Notwendigkeit psychiatrischer Behandlung auf. Nach Aussage des Gerichts hatte Brandos Entgegenkommen wesentlich zu dieser Entscheidung beigetragen. Bisher hatte das tahitianische Gericht vergeblich auf das Protokoll von Marlons Vernehmung in Los Angeles vom 19. Juni gewartet. Während der zweitägigen Beratungen des Gerichts tauchte plötzlich eine Kopie auf, und zwar nicht über offizielle Kanäle, sondern über einen privaten Abgesandten Brandos.

Staatsanwalt Bill Clark in Los Angeles konnte über die Entscheidung des tahitianischen Gerichts nur den Kopf schütteln. Wie sollte die Wahrheit über den Mord an Dag Drollet ohne die Aussage Cheyennes jemals ans Licht kommen? «Ich glaube, sie hat Christian zu der Tat angestiftet, ohne sich über die Konsequenzen im klaren zu sein», sagte er. «Er hat den Menschen umgebracht, der in ihrem Leben die wichtigste Rolle spielte, wichtiger als Marlon. Danach mußte sie mit ihrer Schwangerschaft und ihren Schuldgefühlen fertig werden und war schließlich an einem Punkt, wo sie nicht ein noch aus wußte und sich umbringen wollte. Das hätte vermieden werden können, wenn sie sich die Last von der Seele gesprochen hätte, aber Marlon hinderte sie daran.»

Offenbar erkannte Marlon dieses Bedürfnis seiner Tochter nicht und reagierte auf die einzige ihm verständliche Art – nämlich mit Geld und der Hilfe von Rechtsanwälten. Es ging darum, seine Schäfchen um sich zu scharen. Nach dem Unfalltod von Mikos Frau am 2. Juni 1992 holte er Miko und seinen zweijährigen Sohn Shane zu sich ins Haus. Mitte Mai hatte Brando ein weiteres geräumiges, gesichertes, ruhiges Haus mit Gästeapartment, Tennisplatz und Swimmingpool in Sherman Oaks gekauft, keine fünfzehn Minuten vom Mulholland Drive entfernt. Der Name der zukünftigen Bewohnerin war unschwer zu erraten: Cheyenne. Am 1. August 1992 traf Brandos tahitianische Tochter in Begleitung Teihotus, seiner Frau und seiner Kinder unauffällig in Los Angeles ein.

Die ersten Tage nach ihrer Ankunft hielt Cheyenne sich am Swimmingpool auf der Zitadelle ihres Vaters verborgen. Doch die

Paparazzi waren auf der Pirsch und entdeckten sie bald in Begleitung von Teihotu, Rebecca, Avra Douglas oder Petra Barrett auf dem Sunset Strip. Den Zugang zu einem der Familienautos hatte Marlon ihr strengstens untersagt.

Vor ihrem Umzug in das Haus in Sherman Oaks klopfte Cheyenne eines Abends Mitte Dezember an die Tür ihres Vaters, um eine Aussprache mit ihm herbeizuführen. Marlon hatte sich in letzter Zeit rar gemacht, das Schild an seiner Tür besagte, daß er nicht gestört werden wollte; doch Cheyenne fühlte sich einsam und vernachlässigt und vermißte Tahiti, ihre Freunde und vor allem ihr Baby.

Es dauerte nicht lange, bis sie in Streit gerieten. Cheyennes anfänglich zögernde Fragen arteten bald in lautstarke Vorwürfe aus. Sie schrie ihren Vater an und beschuldigte ihn erneut, Dag umgebracht zu haben. Zum ersten Mal stellte sie ihn offen zur Rede und wurde tätlich ihm gegenüber. Wie sie später selbst berichtete, hieb sie mit den Fäusten auf ihn ein, woraufhin er sie ins Gesicht schlug. Benommen taumelte sie ins Nebenzimmer, wo Dag erschossen worden war, und saß wie betäubt auf dem Fußboden. Nach einer Weile kam ihr Vater ins Zimmer und teilte ihr mit: «Hier sind Leute vom Psychiatrischen Zentrum, die dich mitnehmen wollen.» Er sprach begütigend auf sie ein. «Es ist besser, wenn du mitgehst. Du brauchst Hilfe.»

Trotz ihrer Angst erklärte Cheyenne sich bereit, die Pfleger von der Psychiatrie in Westwood zu begleiten. «Ich hatte zwar Angst mitzugehen», sagte sie später, «aber ich konnte mich nicht dagegen wehren. Kurz bevor ich in den Krankenwagen stieg, tat mein Vater etwas, was mich wirklich verblüfft hat: Er ließ sich eine Zigarette von mir geben und rauchte sie, und zwar demonstrativ.»

Brando meldete Cheyenne unter angenommenem Namen als Privatpatientin in dem Krankenhaus an. Sie verfiel bald in eine stumpfsinnige Routine, hockte tagsüber zusammengekauert im Aufenthaltsraum und rauchte ununterbrochen. Weder nahm sie den unablässig laufenden Fernseher zur Kenntnis, noch las sie oder sprach mit irgend jemandem. «Sie lebte völlig in ihrer eigenen Welt», sagte Lorie Kligerman, eine der sie beaufsichtigenden Schwestern.

«Interesse hatte sie nur für ihre Vitamine, besonders die Kalziumtabletten, die sie nahm.»

Niemand ahnte, was tatsächlich in ihrem Kopf vorging, doch ihre Feindseligkeit gegen ihre Umwelt nahm zu. In einem Gespräch mit ihrem Vater bat sie darum, nach Hause gehen und ihr Kind bei sich haben zu dürfen. Brando versuchte ihr den Gedanken auszureden. Cheyenne protestierte, und es kam zu einer weiteren heftigen Auseinandersetzung. «Sie schlug mit dem Fuß ein riesiges Loch in die Wand und ging auf ihn los», erinnerte Kligerman sich. Noch völlig verstört, vertraute Cheyenne Kligerman später an, daß sie sich mit ihrem Vater noch nie so gestritten hätte. Der Grund war, daß sie ihren Vater beschuldigt hatte, Christian zum Mord an Dag angestiftet zu haben.

Brando war über die Art ihrer Behandlung in ständigem Kontakt mit Dr. Robert Gerner, Cheyennes Therapeuten in der Anstalt. Dr. Gerner schien sich darüber im klaren, daß Brando an Cheyennes Problemen nicht ganz unschuldig war, und schlug vor, Cheyenne in ein anderes Zentrum zu verlegen, damit eine gewisse geographische Distanz zwischen ihnen geschaffen und Cheyenne nicht ständig an Dags Tod erinnert würde.

Warum der Psychiater ausgerechnet das Boyer House im kalifornischen Berkeley vorgeschlagen hatte, war Cheyenne schleierhaft. Am 2. Februar 1993 traf sie in dem sogenannten Rehabilitationszentrum ein, einem vernachlässigten, ebenerdigen Haus in der Woolsey Avenue am südlichen Rand des Universitätscampus. Sie kannte keine Menschenseele in Berkeley und kam sich einsam und verlassen vor.

Cheyenne wurde im Boyer House unter dem Namen «Susan Ferguson», dem gleichen Namen wie in der Psychiatrischen Anstalt in Westwood, geführt. Außer ihr gab es nur eine einzige stationäre Patientin, so daß sie, abgesehen von gelegentlichen Besuchen durch Rebecca, Avra Douglas oder Miko, meist sich selbst überlassen war.

Inzwischen hatte Richter Taliercio auf Tahiti das Verfahren gegen sie eingestellt. Allerdings hielt es keiner für nötig, Cheyenne davon zu benachrichtigen, so daß sie erst viele Tage später in einem Gespräch mit Cynthia Garbutt zufällig davon erfuhr. Sie sehnte sich danach, endlich nach Tahiti und zu ihrem Kind zurückzukehren. Doch trotz der Entlastung durch das tahitianische Gericht saß sie in Berkeley fest, ohne eine Vorstellung, wann oder wie sie dort herauskommen würde.

Reporter von *Paris Match* versuchten seit langem, ihr auf die Spur zu kommen, und hatten sämtliche größeren psychiatrischen Kliniken in San Francisco und Umgebung abgeklappert. Schließlich wurden sie fündig, als ein Pfleger in Berkeley den Aufenthalt von «Susan Ferguson» im Boyer House bestätigte. Die Reporter legten sich auf die Lauer, beobachteten Cheyenne bei ihren täglichen Spaziergängen und sprachen sie schließlich an. Sie teilte ihnen mit, daß sie schon längst ein Bekenntnis hatte ablegen wollen, damit die Wahrheit endlich ans Licht käme. Einer der Journalisten riet ihr, mit ihrem Arzt zu sprechen, ehe sie sich an die Presse wandte.

Noch am selben Abend rief sie Dr. Gerner an und teilte ihm mit, daß sie entschlossen sei, nicht länger zu schweigen. Zwei Tage später, am 8. Juni 1993, traf Cheyenne sich mit Reportern zu einem dreitägigen Interview. Manchmal war sie in Tränen, dann wieder packte sie flammender Zorn, und gelegentlich wurde ihr Gesicht von einem leuchtenden Lächeln verklärt, wenn sie ihr Leben auf Tahiti beschrieb oder von ihrem Sohn sprach. Sie antwortete abwechselnd auf französisch und auf englisch. Ohne das Gericht oder die Anwesenheit ihres Vaters fürchten zu müssen, konnte sie endlich ihre Version der Geschichte berichten.

Als Cheyennes Interview mit *Paris Match* in den frühen Morgenstunden des 17. Juni 1993 an den Zeitungsständen in Paris erschien, war es in Kalifornien ungefähr elf Uhr abends. Brando war offensichtlich bereits alarmiert worden: Cheyenne war plötzlich «incommunicado», und gegen Mittag desselben Tages war das Patiententelefon im Boyer House «außer Betrieb.» Einige Wochen später wurde Cheyenne in die psychiatrische Abteilung des Alta Bates Hospital in Berkeley eingeliefert, eine «straffer organisierte» Anstalt, wo ihre Behandlung fortgesetzt werden sollte. Das Boyer House stand anschließend leer, und Dr. Robert Gerner hatte offenbar nichts mehr mit ihrer Therapie zu tun.

Im späten Herbst 1993 arrangierte Brando telefonisch einen Besuch bei seiner Tochter. Cheyenne selbst hatte sich auch um ein besseres Verhältnis zu ihrem Vater bemüht. Obwohl sie unbedingt nach Tahiti zurückkehren wollte, erklärte sie sich bereit, das Frühjahr über in Berkeley zu bleiben, um ihre Behandlung abzuschließen. Gleichzeitig sprach sie davon, mit ihrem neuen Freund zusammenziehen zu wollen. Dieser Plan war offenbar nicht nach Brandos Geschmack und mag ihn zu dem Anruf bei Cheyenne veranlaßt haben, denn der neue Freund war angeblich ein bärtiger arabischer Fundamentalist in den Fünfzigern, der gelegentlich an Cheyennes ordinärer, «gotteslästerlicher» Sprache Anstoß nahm. Er maßte sich die Rolle eines Beschützers an und hatte vor, sich mit «Mr. Brando» zu treffen, um mit ihm über Cheyennes Zukunft zu sprechen.

Was die beiden Männer voneinander hielten, bleibt der Spekulation überlassen. Jedenfalls durfte Cheyenne zu Weihnachten 1993 nach Tahiti zurückkehren. Bald darauf wurde bekannt, daß sie wieder im Krankenhaus war. Im Februar 1994 wurde sie entlassen und kehrte zu ihrer Mutter und ihrem Bruder in Punaauia zurück. Solange sie ihre Medikamente nahm, war ihr Zustand stabil; sonst konnte es vorkommen, daß sie am hellichten Tag mitten auf dem Boulevard Pomare, Papeetes Hauptverkehrsstraße, stand und den Verkehr zum Stillstand brachte. Nachdem sich die Berichte über ihr seltsames Verhalten in der Yellow Press häuften, machte Marlon den Vorschlag, seine Tochter zu entmündigen. «Ihr Verhalten schadet nicht nur ihr selbst, sondern auch dem Ansehen ihres Vaters», lautete eine lapidare Presseerklärung, von der sich Brando schnell distanzierte, nachdem in der Öffentlichkeit ein Sturm der Entrüstung losgebrochen war. Alternativ hierzu erwog man eine ständige Unterbringung in einem Sanatorium. Cheyenne aber kam den Plänen ihres Vaters zuvor und schied freiwillig aus dem Leben. Nach dem Selbstmord ihrer Tochter kümmerte sich Tarita wie bisher um Tuki. Brando selbst kehrte nie wieder nach Tahiti oder nach Tetiaroa zurück und lernte seinen langersehnten Enkel bis heute nicht kennen. Die idyllische Vision, die er von der Südseeinsel gehabt hatte, war durch die langwierigen Gerichtsverhandlungen ein für allemal zerstört worden. Auch war die Feindseligkeit, die der Tod von Dag und Cheyenne bei vielen Tahitianern gegen ihn ausgelöst hatte, vermutlich mehr, als er ertragen konnte.

Im Februar 1994 beschloß Brando, seinen Ruhestand für ein einträgliches, wenn auch wenig arbeitsintensives Projekt zu unterbrechen. Für angeblich 3,25 Millionen Dollar und eine Beteiligung von 12¼ Prozent an den Bruttoeinnahmen war er bereit, mit Johnny Depp und Faye Dunaway in *Don Juan de Marco and the Center Fold* aufzutreten. Zur allgemeinen Überraschung war der Produzent des Films Francis Ford Coppola. Litt Coppola etwa an Gedächtnisschwund? Hatte er den erbitterten Prozeß vergessen, den Brando wegen *Apokalypse Now* gegen ihn angestrengt hatte? Oder war der bärtige, inzwischen fünfzigjährige Regisseur nur aufs Geld aus?

Wenn Marx' Credo, daß «die Geschichte sich wiederholt, zuerst als Tragödie, dann als Farce», einer Bestätigung bedurfte, dann geschah das durch das Drehbuch des Films, in dem Brando auftreten wollte. Nach Jahren eigener psychotherapeutischer Behandlung; nachdem seine Tochter in psychiatrische Kliniken und Heilanstalten eingewiesen worden war und die Psychiater seinem Sohn einen unterdurchschnittlichen IQ, mangelndes Selbstwertgefühl und eine Neigung zu Gewalttätigkeit unter Alkoholeinfluß bescheinigt hatten, sollte Brando nun selbst die Rolle des Psychiaters übernehmen. Es steckte eine unglückselige, bittere Logik dahinter. Indem er Depps sexbessene Wahnvorstellungen behandelte, sollte der alternde Psychiater Brando endlich die Geheimnisse der Liebe begreifen.

Nach der Ankündigung des Projekts wurde Brandos Rückkehr zur Leinwand in einer komischen Rolle von den Auguren der Branche begrüßt. *Variety* verkündete, der Schauspieler hätte über fünfzig Pfund abgespeckt, und ließ wenig später verlauten, daß er sich vor der Kamera als kooperativer, pünktlicher, professioneller, ja sogar *liebenswerter* Kollege erweise.

Don Juan brachte Brando mit Hollywoods jüngstem Leinwandidol zusammen: Johnny Depp. «Es war, als habe Marlon einen verlorenen Sohn gefunden», beschrieb Pat Quinn die Situation am Set. «Johnny vergötterte ihn, und Marlon nahm die entgegengebrachte Huldigung dankbar wie ein ausgetrockneter Schwamm auf.» Depp war derart fasziniert von seinem Idol, daß er darauf bestand, ihn auch in seinem nächsten Film unterzubringen. Gönnerhaft übernahm Marlon den Part eines rothaarigen irischen Priesters für die stattliche Gage von 5 Millionen Dollar. Das Studio stöhnte auf, aber nachdem Depp sogar bereit war, auf einen Teil des eigenen Honorars zu verzichten, übertrug man Brando die Rolle in *Divine Rapture*. Die Stimmung während der Dreharbeiten war ausgelassen und fröhlich. Gerissen verführte Brando Depp und die restliche Besetzung dazu, ungehemmt zu improvisieren. Am Ende verfügte man über zweihundert Stunden unbrauchbaren Filmmaterials, wovon bis heute keine einzige Minute in die Kinos gelangte. Brando war mit Vorwürfen als erster zur Hand. In pathetischen Worten machte er «Unprofessionalität, Leichtfertigkeit und Starallüren» für das Scheitern verantwortlich und zog sich schmollend zurück. Gekränkt ließ er sich am Telefon verleugnen, sobald sein «heißgeliebter Sohn im Geiste» anrief. Statt eines weiteren Films mit Depp über einen Polizeispitzel, der sich das Vertrauen eines Mafiabosses erschleicht, übernahm Brando den Part des Forschers in *D.N.A. – The Island of Dr. Moreau*. Der Film, den Brando zu seinem persönlichen Statement gegen Genexperimente stilisierte, ging vor allem wegen der Streitigkeiten zwischen Val Kilmer mit dem restlichen Stab, dem Austausch des Regisseurs und ungeheurer Verschwendung in die Annalen Hollywoods ein. Hatte man Brando zunächst einen Oscar prophezeit, so schüttete sich nun die Presse vor Lachen über den apokalyptischen Flop aus.

Tief bestürzt und in «seiner Ehre als Schauspieler» gekränkt, verkündete Brando, er werde sich für immer von der Leinwand zurückziehen. Den Hilferuf seines Idols erhörend, bot ihm Depp wider alle Vernunft die Rolle des Kommunistenjägers McCarthy in seinem Leinwanddebüt *The Brave* an. Brando ließ sich lange bitten, bevor er den Vertrag für eine nicht genannte Rekordsumme unterzeichnete. Doch als die Medien Depps Regieversuch als «mißglückten Versuch» brandmarkten, stieg in Brando Panik auf. Verzweifelt suchte er nach einer geeigneten Rolle, um seine Laufbahn würdig abzuschließen.

Das Angebot Madonnas, an ihrer Seite den Pressezaren William Randolph Hearst in *Citizen Hearst* zu verkörpern, schmeichelte ihm; was ihn aber am meisten lockte, war die Rolle des Don Clericuzio in der Verfilmung von Puzos *The Last Don*. Brando willigte ein, begann aber sofort zu mäkeln, daß das Werk nicht an den *Paten* heranreichen würde. Zunächst brachte man unendlich viel Geduld auf, doch als Brando den Regisseur Graeme Clifford als «verzogenes Kind» titulierte, das keinen Respekt vor Brandos «schauspielerischem Esprit» hätte, wurde Clifford das Ganze zuviel. Über Nacht ersetzte man «das aufgedunsene Etwas, das vorgab, einst Marlon Brando gewesen zu sein», durch Danny Aiello.

In seiner Not wandte sich Brando an Francis Ford Coppola. «Als ich damals den *Herbst des Patriarchen* von García Márquez las, schwebte mir Marlon für die Rolle des Diktators vor», erinnerte sich der Regisseur. Uneigennützig rührte er die Werbetrommel für seinen ehemaligen Hauptdarsteller, und auch Sean Penn und John Travolta schienen davon angetan, mit Brando zu arbeiten. Brando erklärte das Buch, «auf das ich (sic) seit sechzig Jahren gewartet habe», als ideales Angebot und traf sich mit Travolta und Penn in Mexico City. Gefragt, wie die Begegnung mit ihrem Idol verlaufen sei, hüllte sich Travolta in Schweigen, während Penn erklärte, er habe sich des Eindrucks nicht erwehren können, daß Brando «die Bezahlung seiner 46 Tortillas wichtiger war als die Ausarbeitung seiner Rolle». Obwohl das erste Treffen nicht gerade vielversprechend verlaufen war, kündigte Brando eine Woche später an, er werde sich mit diesem Film für immer von der Leinwand verabschieden.

New Yorks Filmkritiker nahmen diese Botschaft mit gemischten Gefühlen auf. «Im Grunde hat er sich schon vor Jahren verabschiedet», meinte Pauline Kael und sprach aus, was viele aus seinem Freundeskreis bereits seit langem wußten: die völlige Zurückgezogenheit war Brando längst schon zur zweiten Natur geworden. Im Verlauf seiner Karriere hatte er zuerst das Theater gegen Hollywood eingetauscht. Dann war der Film von seinem politischen und ökologischen Aktivismus in den Hintergrund gedrängt worden. Zu guter Letzt war «die Familie» als einziger Lebensinhalt geblieben. Aber wie König Lear hatte Brando entdecken müssen, daß er «ein närrischer alter Mann» war. Seine Träume von einem privaten, friedlichen Königreich waren zerronnen. Übrig geblieben war nur ein selbsterrichtetes Gefängnis, wo er «wie ein Spion Gottes dem Geheimnis des Lebens» auf den Grund gehen und seine eigene Cordelia um Verzeihung bitten konnte.

Eines Nachmittags sah ein Freund des Schauspielers bei einem gewaltigen Unwetter dem Spiel der Blitze über dem Tal unterhalb von Brandos Anwesen zu. Zu seiner Überraschung sah er, wie Brando aus dem Haus trat. Barfuß, mit über der Brust gekreuzten Armen, stand der Schauspieler bewegungslos im Regen. Der Sturm fuhr ihm durchs Haar und schlug ihm den Kimono um die Beine.

Plötzlich stemmte er sich gegen den Wind. Wie König Lear auf der Heide schrie er über dem krachenden Donner in das Unwetter hinaus: «Ich liebe den Wind! Wenn ich sterbe, will ich eins mit ihm werden!»

Anhang

Filmographie

von Michael O. Huebner

Zeichenerklärung

B: Besetzung
P: Produzent
R: Regie
D: Drehbuch
K: Kamera
AD: Art Director
M: Musik
Ko: Kostüme
L: Spieldauer (bezieht sich auf die Originallänge)
S: Schnitt
T: Ton

The Men (dt. *Die Männer*)
United Artists, 1950, **L:** 86 min
B: *Marlon Brando*, Ken; *Teresa Wright*, Ellen; *Everett Sloane*, Dr. Brock; *Jack Webb*, Norm; *Richard Erdman*, Leon; *Arthur Jurado*, Angel; *Virginia Farmer*, Schwester Robbins; *Dorothy Tree*, Ellens Mutter; *Howard St. John*, Ellens Vater; *Nina Hunter*, Dolores; *Patricia Joiner*, Laverne; *John Miller*, Dr. Doolin; *Cliff Clark*, Dr. Kameran; *Ray Teal*, Mann in der Bar; *Marguerite Martin*, Angels Mutter.
R: Fred Zinnemann; **P:** Stanley Kramer; **D:** Carl Foreman; **K:** Robert De Grasse; **AD:** Rudolph Sternard; **M:** Dimitri Tiomkin; **S:** Harry Gerstad.

A Streetcar Named Desire (dt. *Endstation Sehnsucht*)
Warner Brothers, 1951, **L:** 125 min
B: *Vivien Leigh*, Blanche DuBois; *Marlon Brando*, Stanley Kowalski; *Kim Hunter*, Stella; *Karl Malden*, Mitch; *Rudy Bond*, Steve; *Nick Dennis*, Pablo; *Peg Hillias*, Eunice; *Wright King*, Kassierer; *Richard Garrick*, Doktor; *Anne Dere*, Matrone; *Edna Thomas*, Mexikanerin.
R: Elia Kazan; **P:** Charles K. Feldman; **D:** Tennessee Williams und Oscar Saul nach dem gleichnamigen Bühnenstück von Tennessee Williams; **K:** Harry Stradling; **AD:** Richard Day; **M:** Alex North; **S:** David Weisbart.

Viva Zapata! (dt. *Viva Zapata*)
20th Century Fox, 1952, **L:** 112 min
B: *Marlon Brando*, Emiliano Zapata; *Jean Peters*, Josefa; *Anthony Quinn*, Eufemio Zapata; *Joseph Wiseman*, Fernando; *Arnold Moss*, Don Nacio; *Alan Reed*, Pancho Villa; *Margo*, Soldadera; *Harold Gordon*, Madero; *Lou Gilbert*, Pablo; *Mildred Dunnock*, Señora Espejo; *Frank Silvera*, Huerta; *Nina Varela*, Tante; *Florenz Ames*, Señor Espejo; *Bernie Gozier*, Zapatista; *Frank DeKova*, Col. Guajardo; *Joseph Granby*, General Fuentes; *Pedro Regas*, Innocente; *Richard Garrick*, alter General; *Fay Roope*, Diaz; *Harry Kingston*, Don Garcia; *Ross Bagdasarian*, Offizier; *Leonard George*, Ehe-

mann; *Will Kuluva*, Lazaro; *Fernando Eliscu*, Fuentes Frau; *Abner Biberman*, Captain; *Phil van Zandt*, C. O.; *Lisa Fusaro*, Garcias Frau; *Belle Mitchell*, Nacios Frau.
R: Elia Kazan; **P:** Darryl F. Zanuck; **D:** John Steinbeck; **K:** Joe MacDonald; **AD:** Lyle Wheeler; **M:** Alex North; **S:** Barbara McLean.

Julius Caesar (dt. *Julius Cäsar*)
MGM, 1953, **L:** 123 min
B: *Marlon Brando*, Mark Anton; *James Mason*, Brutus; *John Gielgud*, Cassius; *Louis Calhern*, Julius Cäsar; *Edmond O'Brien*, Casca; *Greer Garson*, Calpurnia; *Deborah Kerr*, Portia; *George MacReady*, Marullus; *Michael Pate*, Flavius; *Richard Hale*, Wahrsager; *Alan Napier*, Cicero; *John Hoyt*, Decius Brutus; *Tom Powers*, Metellus Cimber; *William Cottrell*, Cinna; *Jack Raine*, Trebonius; *Ian Wolfe*, Ligarius; *Morgan Farley*, Artemiderus; *Bill Phipps*, Mark Antons Diener; *Douglas Watson*, Octavius Cäsar; *Douglas Dumbrile*, Lepedus; *Rhys Williams*, Lucilius; *Michael Ansara*, Pindarus; *Dayton Lummis*, Messala; *Edmund Purdom*, Strato; *Paul Guilfoyle*, 1. Römer; *Lawrence Dobkin*, 2. Römer; *John Doucette*, 3. Römer; *Jo Gilbert*, 4. Römer.
R: Joseph L. Mankiewicz; **P:** John Houseman; **D:** Joseph L. Mankiewiecz nach dem Bühnenstück von William Shakespeare; **K:** Joseph Ruttenberg; **AD:** Cedric Gibbons; **M:** Miklos Rosza; **S:** John Dunning.

The Wild One (dt. *Der Wilde*)
Columbia, 1953, **L:** 79 min
B: *Marlon Brando*, Johnny; *Mary Murphy*, Kathie; *Robert Keith*, Harry Bleeker; *Lee Marvin*, Chino; *Jay C. Flippen*, Sheriff Singer; *Peggy Maley*, Mildred; *Hugh Sanders*, Charlie Thomas; *Ray Teal*, Frank Bleeker; *John Brown*, Bill Hannegan; *Will Wright*, Art Kleiner; *Robert Osterloh*, Ben; *Robert Bice*, Wilson; *William Vedder*, Jimmy; *Yvonne Doughty*, Britches; *Keith Clarke*, Gringo; *Gil Stratton jr.*, Mouse; *Darren Dublin*, Dinky; *Johnny Taragelo*, Red; *Jerry Paris*, Dextro; *Gene Peterson*, Crazy; *Alvy Moore*, Pidgeon;

Harry Landers, GoGo; *Jim Connell*, Boxer; *Don Anderson*, Stinger; *Angela Stevens*, Betty; *Bruno DeSoto*, Simmonds; *Pat O'Malley*, Sawyer.
R: Laslo Benedek; **P:** Stanley Kramer; **D:** John Paxton, nach einer Story von Frank Rooney; **K:** Hal Mohr; **AD:** Walter Holscher; **M:** Leith Stevens; **S:** Al Clark.

On The Waterfront (dt. *Die Faust im Nacken*)
Columbia, 1954, **L:** 108 min
B: *Marlon Brando*, Terry Malloy; *Karl Malden*, Pfarrer Barry; *Lee J. Cobb*, Johnny Friendly; *Rod Steiger*, Charley Malloy, *Pat Henning*, Kayo Dugan; *Eva Maria Saint*, Edie Doyle; *Leif Erickson*, Glover; *James Westerfield*, Big Mac; *Tony Galento*, Truck; *Tami Mauriello*, Tillio; *John Hamilton*, Pop Doyle; *Heldabrand*, Mott; *Rudy Bond*, Moose; *Don Blackman*, Luke; *Arthur Keegan*, Jimmy; *Abe Simon*, Barney; *Barry Macollum*, J. P.; *Mike O'Dowd*, Specs; *Marty Balsam*, Gilette; *Fred Gwynne*, Slim; *Thomas Handley*, Tommy; *Anne Hergeira*, Mrs. Collins.
R: Elia Kazan; **P:** Sam Spiegel; **D:** Budd Schulberg, nach der Artikelserie von Malcolm Johnson; **K:** Boris Kaufman; **AD:** Richard Day; **M:** Leonard Bernstein; **S:** Gene Milford.

Desiree (dt. *Désirée*)
20th Century Fox, 1954, **L:** 110 min
B: *Marlon Brando*, Napoleone; *Jean Simmons*, Désirée; *Merle Oberon*, Josephine; *Michael Rennie*, Jean Baptiste Bernadotte; *Cameron Mitchell*, Joseph Bonaparte; *Elizabeth Sellars*, Julie; *Charlotte Austin*, Paulette; *Cathleen Nesbitt*, Madame Clary; *John Hoyt*, Talleyrand; *Alan Napier*, Despereaux; *Nicolas Koster*, Oscar; *Richard Deacon*, Etienne; *Edith Evanson*, Königin Hedwig; *Carolyn Jones*, Mamade Talleyrand; *Sam Gilman*, Fouché; *Larry Craine*, Louis Napoleon; *Judy Lester*, Caroline Bonaparte; *Richard Van Cleemput*, Lucien Bonaparte; *Florence Dublin*, Elisa Bonaparte; *Louis Borell*, Baron Morner; *Peter Bourne*, Graf Bahe; *Dorothy Neumann*, Königin Sofia; *David Leonard*, Barras; *Siw Paulsson*, Prinzessin Sofia; *Lester Matthews*, Caulaincourt; *Gene*

Roth, von Essen; *Colin Kenny*, General Becker; *Peter Raynolds*, Jerome; *Leonard George*, Papst Pius VII.; *Richard Garrick*, Graf Reynaud; *Violet Rensing*, Marie Louise; *Cameron Grant*, Montel. **R:** Henry Koster; **P:** Julian Blaustein; **D:** Daniel Taradash, nach dem gleichnamigen Roman von Annemarie Selinko; **K:** Milton Krasner; **AD:** Lyle Wheeler und Leland Fuller; **M:** Alex North; **S:** William Reynolds.

Guys and Dolls (dt. *Schwere Jungs, leichte Mädchen*)
MGM, 1955, **L:** 149 min
B: *Marlon Brando*, Sky Masterson; *Jean Simmons*, Sarah Brown; *Frank Sinatra*, Nathan Detroit; *Vivian Blaine*, Adelaide; *Stubby Kaye*, Nively-Nicely Johnson; *Johnny Silver*, Benny Southstreet; *B. S. Pully*, Big Jule; *Sheldon Leonard*, Harry the Horse; *Robert Keith*, Lt. Brannigan; *Regis Toomey*, Arvide Abernathy; *Veda Ann Borg*, Laverne; *Kathryn Givney*, General Cartwright; *Dan Dayton*, Rusty Charlie; *Joe McTurk*, Angie, the Ox; *George E. Stone*, Society Max; *Kay Kuter*, Calvin; *Mary Alan Hokanson*, Agatha; *John Indrisano*, Louie; *Stapelton Kent*, Missions-Mitglied; *Earle Hodgins*, Pitch-Man; *Harry Tyler*, Kellner.
R: Joseph L. Mankiewicz; **P:** Samuel Goldwyn; **D:** Joseph L. Mankiewicz nach dem gleichnamigen Bühnenmusical von Jo Sterling und Abe Barrows und der Erzählung von Damon Runyon; **K:** Harry Stradling; **AD:** Joseph Wright; **M:** Frank Loesser; **S:** Daniel Mandell.

The Teahouse of the August Moon (dt. *Das kleine Teehaus*)
MGM, 1956, **L:** 123 min
B: *Marlon Brando*, Sakini; *Glenn Ford*, Capt. Fisby; *Machiko Kyo*, Lotusblüte; *Eddie Albert*, Capt. McLean; *Paul Ford*, Col. Purdy; *Jun Negami*, Mr. Seiko; *Nijiko Kiyokawa*, Miss Higa Jiga; *Mitsuko Sawamura*, die kleine Japanerin; *Harry Morgan*, Sgt. Gregovich; *Minoru Nishida*, Mr. Sumata; *Kienzaemon Sarumaru*, Mr. Hokalda; *Frank Tkunaga*, Mr. Omura; *Raynum K. Tsukamoto*, Mrs. Oshira.
R: Daniel Mann; **P:** Jack Cummings; **D:** John Patrick, nach dem

gleichnamigen Bühnenstück von John Patrick, basierend auf dem Roman von Vern J. Sneider; **K:** John Alton; **AD:** William A. Horning; **M:** Saul Chaplin; **S:** Harold F. Kress.

Sayonara (dt. *Sayonara*)
Warner Brothers, 1957, **L:** 140 min
B: *Marlon Brando*, Major Lloyd Gruver; *Patricia Owens*, Eileen Webster; *Red Buttons*, Kelly; *Ricardo Montalban*, Nakamura; *Martha Scott*, Mrs. Webster; *James Garner*, Katsumi; *Kent Smith*, General Webster; *Douglas Watson*, Colonel Crawford; *Reiko Kuba*, Fumiko-San; *Soo Yong*, Teruko-San.
R: Joshua Logan; **P:** William Goetz; **D:** Paul Osborn nach dem gleichnamigen Roman von James A. Michener; **K:** Ellworth Fredericks; **AD:** Ted Haworth; **M:** Franz Waxman; **S:** Arthur B. Schmidt und Philip W. Anderson.

The Young Lions (dt. *Die jungen Löwen*)
20th Century Fox, 1958, **L:** 162 min
B: *Marlon Brando*, Christian Diestl; *Montgomery Clift*, Noah Akkerman; *Dean Martin*, Michael Whiteacre; *Hope Lang*, Hope Plowman; *Barbara Rush*, Margaret Freemantle; *May Britt*, Gretchen Hardenberg; *Maximilian Schell*, Hauptmann Hardenberg; *Dora Doll*, Simone; *Lee Van Cleef*, Sgt. Rickett; *Liliane Montevecchi*, Françoise; *Parley Baer*, Brandt; *Arthur Franz*, Lt. Green; *Hal Baylor*, Private Burnecker; *Richard Gardner*, Private Cowley; *Herbert Rudley*, Capt. Colclough; *John Alderson*, Unteroffizier Kraus; *Sam Gildman*, Private Faber; *L. Q. Jones*, Private Donnelly; *Julian Burton*, Private Brailsford; *Robert Ellenstein*, Rabbi; *Kurt Katch*, SS-Offizier; *Nick King*, Sanitäter.
R: Edward Dmytryk; **P:** Al Lichtman; **D:** Edward Anhalt, nach dem gleichnamigen Roman von Irwin Shaw; **K:** Joe MacDonald; **AD:** Lyle R. Wheeler; **M:** Hugo Friedhofer; **S:** Dorothy Spencer.

One-Eyed Jack (dt. *Noch hänge ich nicht; Der Besessene*)
Pennebaker, 1960, **L:** 141 min
B: *Marlon Brando*, Rio; *Karl Malden*, Dad Longworth; *Pina Pellicer*, Louisa; *Ben Johnson*, Bob Amory; *Kathy Jurado*, Maria; *Slim Pickens*, Lon; *Larry Durant*, Modesto; *Sam Gilman*, Harvey Johnson; *Timothy Carey*, Howard Tetley; *Miriam Colon*, Redhead; *Elisha Cook*, Bankkassierer; *Rudolph Acosta*, Anführer der Rurales; *Ray Teal*, Barmann; *John Dierkes*, bärtiger Bürger; *Margarita Cordova*, Flamenco-Tänzerin; *Hand Worden*, Doc; *Nina Martinez*, Margarita.
R: Marlon Brando; **P:** George Glass, Walter Seltzer, Frank P. Rosenberg; **D:** Guy Trosper und Calder Willingham nach dem Roman *The Authentic Death of Henry Jones*; **K:** Charles Lang jr.; **AD:** Hal Pereira; **M:** Hugo Friedhofer; **S:** Archie Marshek.

The Fugitive Kind (dt. *Der Mann in der Schlangenhaut*)
Jurow-Pennebaker-Shepherd/United Artists, 1961, **L:** 119 min
B: *Marlon Brando*, Val Xavier; *Anna Magnani*, Lady Torrance; *Joanne Woodward*, Carol Cutrere; *Maureen Stapelton*, Vee Talbott; *Victor Jory*, Jabe Torrance; *R. G. Armstrong*, Sherrif Talbott; *Emory Richardson*, Onkel Pleasant; *Ruby Lightfoot*, Spivy; *Sally Gracie*, Dolly Hamma; *Lucille Benson*, Beulah Binnings; *John Baragrey*, David Cutrere; *Ben Yaffe*, Dog Hamma; *Joe Brown jr.*, Pee Wee Binnings; *Virginia Chew*, Schwester; *Frank Borgman*, Tankwart; *Janice Mars*, Frau des Wärters; *Debbie Lynch*, einsames Mädchen.
R: Sidney Lumet; **P:** Martin Jurow und Richard A. Shepherd; **D:** Tennessee Williams und Meade Roberts, nach dem Bühnenstück *Orpheus Descending* von Tennessee Williams; **K:** Boris Kaufman; **AD:** Richard Sylbert; **M:** Kenyon Hopkins; **S:** Carl Lerner.

Mutiny On The Bounty (dt. *Meuterei auf der Bounty*)
MGM, 1962, **L:** 179 min
B: *Marlon Brando*, Fletcher Christian; *Trevor Howard*, Capt. William Bligh; *Richard Harris*, John Mills; *Hugh Groffith*, Alexander

Smith; *Richard Haydn*, William Brown; *Tarita*, Maimiti; *Tim Seely*, Edward Young; *Percy Herbert*, Matthew Quintal; *Gordon Jackson*, Edward Birkett; *Noel Purcell*, William McCoy; *Duncan Lamont*, John Williams; *Chips Rafferty*, Michael Byrne; *Ashley Cowan*, Samuel Mack; *Eddie Byrne*, John Fryer; *Keith McConell*, James Morrison; *Frank Silvera*, Minarii; *Ben Wright*, Graves; *Henry Daniell*, Court Martial Judge; *Torin Thatcher*, Staines; *Matahiarii Tama*, Häuptling Hitihiti.
R: Lewis Mildestone; **P:** Arcola; **D:** Charles Lederer nach dem Roman von Charles Nordhoff und James Norman Hall; **K:** Robert L. Surtees; **AD:** George W. Davis; **M:** Bronislau Kaper; **S:** John McSweeneney jr.

The Ugly American (dt. *Der häßliche Amerikaner*)
Universal, 1962, **L:** 120 min
B: *Marlon Brando*, Harrison Carter MacWhite; *Eijo Okada*, Deong; *Sandra Church*, Marion MacWhite; *Pat Hingle*, Homer Atkins; *Arthur Hill*, Grainger; *Jocelyn Brando*, Emma Atkins; *Kurrit Pramoj*, Premierminister Kwen Sai; *Judson Pratt*, Joe Bing; *Reiko Sato*, Rachani; *George Shibata*, Munsang; *Judson Laire*, Senator Brenner; *Philip Ober*, Sears; *Yee Tak Yip*, Sawad; *Stefan Schnabel*, Andrei Krupitzyn; *Pick Rock Ahn*, Colonel Chee.
R: George Englund; **P:** George Englund; **D:** Stewart Stern, nach dem gleichnamigen Roman von William J. Lederer und Eugene Burdick; **K:** Clifford Stine; **AD:** Alexander Golitzen; **M:** Frank Skinner; **S:** Ted J. Kent.

Bedtime Story (dt. *Zwei erfolgreiche Verführer*)
Universal / Lankershim-Pennebaker, 1964, **L:** 99 min
B: *Marlon Brando*, Freddy; *David Niven*, Lawrence; *Shirley Jones*, Janet; *Dody Goodman*, Fanny Eubank; *Aram Stephan*, André; *Parley Baer*, Colonel Williams; *Marie Windsor*, Mrs. Sutton; *Rebecca Sans*, Miss Trumble; *Frances Robinson*, Miss Harrington; *Henry Slate*, Sattler; *Norman Alden*, Dubin; *Susanne Cramer*, Anna; *Cynthia Lynn*, Frieda; *Ilse Taurins*, Hilda; *Francone York*, Gina.

R: Ralph Levy; **P:** Robert Arthur und Stanley Shapiro; **D:** Stanley Shapiro; **K:** Clifford Stine; **AD:** Alexander Golitzen; **M:** Hans J. Salter; **S:** Milton Carruth.

Morituri (dt. *Morituri*)
20th Century Fox / Arcola-Colony, **L:** 128 min
B: *Marlon Brando*, Robert Crain; *Yul Brynner*, Kapitän Müller; *Janet Margolin*, Esther; *Trevor Howard*, Colonel Statter; *Martin Benrath*, Kruse; *Hans Christian Haufler*, Banner; *Rainer Penkert*, Milkereit; *William Redfield*, Baldwin; *Oscar Beregi*, Admiral; *Martin Brandt*, Nissen; *Gary Crosby*, Ensign Sloan; *Charles De Vries*, Kurz; *Carl Esmond*, Busch; *Martin Kosleck*, Wilke; *Norbert Schiller*, Steward; *Robert Sorrells*, Matrose; *Rick Traeger*, Matrose; *Ivan Triesault*, Leutnant Brand; *Robert Wilke*, Commander Kelling.
R: Bernhard Wicki; **P:** Aaron Rosenberg und Barney Rosenberg; **D:** Daniel Taradash nach dem Roman von Werner Jörg Lüddecke; **K:** Conrad Hall; **AD:** Jack Martin Smith und Herman A. Blumenthal; **M:** Jerry Goldsmith; **S:** Joseph Silver.

The Chase (dt. *Ein Mann wird gejagt*)
Columbia / Horizon, 1966, **L:** 135 min
B: *Marlon Brando*, Sheriff Calder; *Jane Fonda*, Anna Reeves; *Robert Redford*, Bubber Reeves; *E. G. Marshall*, Val Rogers; *Angie Dickinson*, Ruby Calder; *Janice Rule*, Emily Stewart; *Miriam Hopkins*, Mrs. Reeves; *Martha Hyer*, Mary Fuller; *Richard Bradford*, Damon Fuller; *Robert Duvall*, Edwin Stewart; *James Fox*, Jason «Jake» Rogers; *Diana Hyland*, Elizabeth Rogers; *Henry Hull*, Briggs; *Jocelyn Brando*, Mrs. Briggs; *Katharine Walsh*, Verna Dee; *Lori Martin*, Cutie; *Marc Seaton*, Paul; *Paul Williams*, Seymour; *Clifton James*, Lem; *Malcolm Atterbury*, Mr. Reeves; *Nydia Westman*, Mrs. Henderson; *Joel Fuller*, Lester Johnson; *Steve Ihnat*, Archie; *Maurice Manson*, Moore; *Bruce Cabot*, Sol; *Steve Whittaker*, Slim.
R: Arthur Penn; **P:** Sam Spiegel; **D:** Lillian Hellman, nach dem gleichnamigen Roman und Bühnenstück von Horton Foote;

K: Joseph La Shelle; **AD:** Robert Luthardt; **M:** John Barry; **S:** Gene Milford.

The Appaloosa (dt. *Südwest nach Sonora*)
Universal, 1966, **L:** 98 min
B: *Marlon Brando*, Matt Fletcher; *Anjanette Comer*, Trini; *John Saxon*, Chuy Medina; *Emilio Fernandez*, Lazaro; *Alex Montoya*, Squint Eye; *Miriam Colon*, Ana; *Rafael Campos*, Paco; *Frank Silvera*, Ramos; *Larry D. Mann*, Priester; *Argentina Brunetti*, Yaqui-Indianerin.
R: Sidney J. Furie; **P:** Alan Miller; **D:** James Bridge und Roland Kibbee, nach dem gleichnamigen Roman von Robert MacLeod; **K:** Russell Metty; **AD:** Alexander Golitzan; **M:** Frank Skinner; **S:** Ted J. Kent.

The Countess From Hong Kong (dt. *Die Gräfin von Hongkong*)
Universal / Jerome Epstein, 1967, **L:** 108 min
B: *Marlon Brando*, Ogden Mears; *Sophia Loren*, Natasha; *Sydney Chaplin*, Harvey Crothers; *Tippi Hedren*, Martha; *Patrick Cargill*, Hudson; *Margaret Rutherford*, Miss Gaulswallow; *Michael Medwin*, John Felix; *Oliver Johnston*, Clark; *John Paul*, Kapitän; *Angela Scoular*, Society Girl; *Peter Bartlett*, Stewart; *Bill Nagy*, Crawford; *Dylis Laye*, Verkäuferin; *Angela Pringle*, Baronesse; *Jenny Bridges*, Komtesse; *Arthur Gross*, Einwanderungsbeamter; *Balbina*, französische Zofe; *Burnell Tucker*, Hotel-Rezeptionist; *Leonard Trolley*, Zahlmeister; *Len Lowe*, Elektriker; *Francis Dux*, Oberkellner; *Kervin Manser*, Fotograf; *Carol Cleveland*, Schwester; *Charlie Chaplin*, Steward.
R: Charles Chaplin; **P:** Jerome Epstein; **D:** Charles Chaplin; **K:** Arthur Ibbetson; **AD:** Bob Cartwright; **M:** Charles Chaplin; **S:** Gordon Hales.

Reflections In a Golden Eye (dt. *Spiegelbild im goldnen Auge*)
Warner Brothers – Seven Arts, 1967, **L:** 109 min
B: *Elizabeth Taylor*, Leonora Penderton; *Marlon Brando*, Major Weldon Penderton; *Brian Keith*, Lt. Colonel Morris Langdon;

Julie Harris, Alison Langdon; *Zorro David*, Anacleto; *Gordon Mitchell*, Stall-Sergeant; *Irvin Dugan*, Capt. Weincheck; *Fay Sparsk*, Susie; *Robert Forster*, Private Williams.
R: John Huston; **P:** Ray Stark; **D:** Capman Mortimer und Gladys Hill, nach dem gleichnamigen Roman von Carson McCullers; **K:** Aldo Tonti; **AD:** Bruno Avesani; **M:** Toshiro Mayuzumi; **S:** Russell Lloyd.

Candy (dt. *Candy*)
Selmur / Dear / Corona-Films, 1968, **L:** 123 min
B: *Eva Aulin*, Candy; *Charles Aznavour*, der Bucklige; *Marlon Brando*, Grindl; *Richard Burton*, McPhisto; *James Coburn*, Dr. Krankheit; *John Huston*, Dr. Dunlap; *Walter Matthau*, General Smight; *Jonathan J. John*, Enrico Maria Salerno; *Ringo Starr*, Emmanuel; *John Astin*, Daddy und Onkel Jack; *Elsa Martinelli*, Livia; *Sugar Ray Robinson*, Zero; *Anita Pallenberg*, Schwester Bullock; *Lea Padovani*, Silvia; *Florinda Bolkan*, Lolita; *Marili Tolo*, Conchita; *Nicoletta Macchiavelli*, Marquita; *Mitglieder des Living Theatre*.
R: Christian Marquand; **P:** Selig J. Seligman und Peter Zoref; **D:** Buck Henry nach dem Roman von Terry Southern und Mason Hoffenberg; **K:** Giuseppe Rotunno; **AD:** Dean Tavoularis; **M:** Dave Grusin; **S:** Giancarlo Cappel.

The Night of the Following Day (dt. *Am Abend des folgenden Tages*)
Gina / Universal, 1969, **L:** 93 min
B: *Marlon Brando*, Bud; *Richard Boone*, Leer; *Rita Moreno*, Vi; *Pamela Franklin*, das Mädchen; *Jess Hahn*, Friendly; *Gerard Buhr*, Gendarm; *Jacques Marin*, Barmann; *Hughes Wanner*, der Vater; *All Lettier*, Pilot.
R: Hubert Cornfield; **P:** Jerry Gershwin und Elliott Kastner; **D:** Hubert Cornfield und Robert Phippeny, nach dem Roman *The Snatchers* von Lionel White; **K:** Willy Kurant und Jean Klissak; **AD:** Jeran Boulet; **M:** Stanley Myers; **S:** Gordon Pilkington.

Queimada! (dt. *Queimada*)
Alberto Grimaldi-Produzioni Europee Associates-Les Productions Artistes Associes/United Artists, 1970, **L:** 112 min
B: *Marlon Brando*, Sir William Walker; *Evaristo Marquez*, José Dolores; *Renato Salvatori*, Teddy Sanchez; *Norman Hill*, Shelton; *Tom Lyons*, General Prada; *Wanani*, Guarina; *Joseph Persuad*, Juanito; *Gianpiero Albertini*, Henry; *Carlo Pammucci*, Jack; *Cecily Browne*, Lady Bella; *Dana Ghia*, Francesca; *Maurice Rodriguez*, Ramon; *Alejandro Obregon*, englischer Major.
R: Gillo Pontecorvo; **P:** Alberto Grimaldi; **D:** Franco Solinas und Giorgio Alorio, nach einer Story von Gillo Pontecorvo, Franco Solinas und Giorgio Alorio; **K:** Marcello Gatti; **AD:** Sergio Canevari; **M:** Ennio Morricone; **S:** Mario Morra.

The Night Comers (dt. *Das Loch in der Tür*)
Elliot Kastner–Jay Kanter–Alan Ladd jr.–Scimitar/Avco Embassy, 1972, **L:** 96 min
B: *Marlon Brando*, Peter Quint; *Stephanie Beacham*, Margaret Jessel; *Thora Hird*, Mrs. Grose; *Verna Harvey*, Flora; *Christopher Ellis*, Miles; *Harry Andrews*, Herr von Bly House; *Anna Palk*, Gouvernante.
R: Michael Winner; **P:** Jay Kanter; **D:** Michael Hastings, unter Benutzung der Charaktere des Romans *The Turn of the Screw* von Henry James; **K:** Robert Paynter; **AD:** Herbert Westbrook; **M:** Jerry Fielding; **S:** Fredrick Wilson.

The Godfather (dt. *Der Pate*)
Paramount Pictures, 1972, **L:** 176 min
B: *Marlon Brando*, Don Vito Corleone; *Al Pacino*, Michael Corleone; *James Caan*, Sonny Corleone; *Richard Castellan*, Clemenza; *Robert Duvall*, Tom Hagen; *Sterling Hayden*, McCluskey; *John Marley*, Jack Woltz; *Richard Conte*, Barzini; *Diane Keaton*, Kay Adams; *Al Lettieri*, Sollozo; *Abe Vigodo*, Tessio; *Talia Shire*, Connie Rizzi; *Gianni Russo*, Carlo Rizzi; *John Cazale*, Fredo Corleone; *Rudy Bond*, Cuneo; *Al Martino*, Johnny Fontane; *Morgana King*, Mama Corleone; *Lenny Montana*, Luca Brasi; *John Martino*,

Paulie Gatto; *Salvatore Corsitto*, Bonasera; *Richard Bright*, Neri; *Alex Rocco*, Moe Greene; *Tony Giorgio*, Bruno Tattaglia; *Vito Scotti*, Nazorine; *Tere Livrano*, Theresa Hagen; *Victor Rendina*, Phillip Tattaglia; *Jeannie Linero*, Lucy Mancini; *Julie Gregg*, Sandra Corleone; *Ardell Sheridan*, Mrs. Clemenza; *Simonetta Stefanelli*, Apollonia; *Angelo Infanti*, Fabrizio; *Corrado Gaipa*, Don Tommasion; *Franco Citti*, Calo; *Saro Urzi*, Vitelli.
R: Francis Ford Coppola; **P:** Albert S. Rudy; **D:** Mario Puzo und Francis Ford Coppola, nach dem gleichnamigen Roman von Mario Puzo; **K:** Gordon Willis; **AD:** Warren Clymer; **M:** Nino Rota; **S:** William Reynolds und Peter Zinner.

L'Ultimo Tango A Parigi (dt. *Der letzte Tango in Paris*)
P. E. A. Cinematografica–Les Artistes Associés/United Artists, 1972, **L:** 129 min
B: *Marlon Brando*, Paul; *Maria Schneider*, Jeanne; *Jean-Pierre Léaud*, Tom; *Darling Legitimus*, Concierge; *Catherine Sola*, TV-Script Girl; *Mauro Marchetti*, TV Kameramann; *Dan Diament*, TV Tonmeister; *Peter Schommer*, TV Kameraassistent; *Catherine Allégret*, Catherine; *Maria-Hélène Breillat*, Monique; *Catherine Breillat*, Mouchette; *Stéphanie Kosiak*, Möbelpacker; *Gérard Lepennec*, Möbelpacker; *Maria Michi*, Rosas Mutter; *Veronica Lazare*, Rosa; *Luce Marquand*, Olympia; *Michel Delahaye*, Bibelverkäufer; *Laura Betti*, Miss Blandish; *Massimo Girotti*, Marcel; *Giovanna Galetti*, Prostituierte; *Armand Aplanalp*, Kunde der Prostituierten; *Gitt Magrini*, Jeannes Mutter; *Rachel Kesterber*, Christine; *Mimi Penson*, Präsidentin der Tango-Jury; *Ramon Mendizabal*, Dirigent des Tango-Orchesters.
R: Bernardo Bertolucci; **P:** Alberto Grimaldi; **D:** Bernardo Bertolucci und Franco Arcalli; **K:** Vittorio Storaro; **AD:** Ferdinando Scarfiotti; **M:** Gato Barbieri; **S:** Franco Arcalli.

The Missouri Breaks (dt. *Duell am Missouri*)
Elliott Kastner/United Artists, 1976, **L:** 129 min
B: *Marlon Brando*, Robert Lee Clayton; *Jack Nicholson*, Tom Logan; *Randy Quaid*, Little Tod; *Kathleen Lloyd*, Jane Braxton;

Fredric Forrest, Cary; *Harry Dean Stanton*, Calvin; *John McLiam*, David Braxton; *John Ryan*, Si; *Sam Gilman*, Hank Rate; *Steve Franken*, the Lonesome Kid; *Richard Bradford*, Pete Marker; *James Greene*, Hellsgate Rancher; *Luana Anders*, Ranchfrau; *Danny Goldman*, Gepäckschaffner; *Hunter von Leer*, Sandy; *Virgil Frye*, Woody; *R. L. Armstrong*, Bob; *Dan Ades*, John Quinn; *Dorothy Neumann*, Puffmutter; *Charles Wagenheim*, Frachtkutscher; *Vern Chandler*, Vern.
R: Arthur Penn; **P:** Elliot Kastner und Marion Rosenberg; **D:** Thomas McGuane; **K:** Michael Butler; **AD:** Albert Brenner und Stephen Berger; **M:** John Williams; **S:** Jerry Greenberg, Stephen Rotter und Dede Allen.

Superman (dt. *Superman*)
Dovemead-International Film Production, 1978, **L:** 143 min
B: *Marlon Brando*, Jor-El; *Christopher Reeves*, Superman / Clark Kent; *Margot Kidder*, Lois Lane; *Gene Hackman*, Lex Luthor; *Valerie Perrine*, Eve Teschmacher; *Ned Beatty*, Otis; *Jackie Cooper*, Perry White; *Marc McClure*, Jimmy Olson; *Susannah York*, Lara; *Trevor Howard*, 1. Ältester; *Harry Andrews*, 2. Ältester; *Vass Anderson*, 3. Ältester; *John Hollis*, 4. Ältester; *James Garbutt*, 5. Ältester; *Michael Gover*, 6. Ältester; *David Neal*, 7. Ältester; *William Russell*, 8. Ältester; *Penelope Lee*, 9. Älteste; *John Stuart*, 10. Ältester; *Alan Cullen*, 11. Ältester; *Lee Quigley*, Kal-El als Baby; *Aaron Sholinski*, Clark Kent als Junge; *Maria Schell*, Vond-Ah; *Terence Stamp*, General Zod; *Jack O'Halloran*, Non; *Sarah Douglas*, Ursa; *Glenn Ford*, Pa Kent; *Phyllis Thaxter*, Ma Kent; *Jeff East*, Clark als Jugendlicher; *Diane Sherry*, Lana Lang; *Jeff Atcheson*, Trainer; *Brad Flock*, Footballer; *David Petrou*, Teammanager; *Billy J. Mitchell*, Redakteur; *Larry Lamb*, 1. Reporter; *James Brockington*, 2. Reporter; *John Cassidy*, 3. Reporter; *John F. Parker*, 4. Reporter; *Antony Scott*, 5. Reporter; *Ray Evans*, 6. Reporter; *Su Shiffrin*, 7. Reporter; *Miquel Brown*, 8. Reporter; *Vincent Marcello*, 1. Copyboy; *Benjamin Feitelson*, 2. Copy Boy; *Lise Hilboldt*, 1. Sekretärin; *Leueen Willoghby*, 2. Sekretärin; *Jill Ingham*, Perrys Sekretärin; *Pieter Stuyck*, Fensterputzer; *Rex Reed*, Rex Reed;

Weston Gavin, Straßenräuber; *Stephen Kahan*, 1. Offizier; *Ray Hassett*, 2. Offizier; *Randy Jurgenson*, 3. Offizier; *Matt Russo*, Zeitungsverkäufer; *Colin Skeaping*, Pilot; *Paul Avery*, TV-Kameramann; *David Baxt*, Einbrecher; *Larry Hagman*, Major; *Chief Tug Smith*, Indianerhäuptling; *Roy Stevens*, Gefängniswärter.
R: Richard Donner; **P:** Ilya Salkind und Pierre Spengler; **D:** Mario Puzo, David Newman und Leslie Newman, nach der Comicvorlage von Jerry Siegel und Joe Schuster; **K:** Geoffrey Unsworth; **AD:** John Barry; **M:** John Williams; **S:** Stuart Baird und Michael Ellis.

Apocalypse Now (dt. *Apokalypse Now*)
Omni Zoetrope, 1979, **L:** 153 min
B: *Marlon Brando*, Colonel Walter E. Kurtz; *Robert Duvall*, Lt. Colonell Bill Kilgore; *Martin Sheen*, Captain Benjamin L. Willard; *Frederic Forrest*, Hicks; *Albert Hall*, Chief Phillips; *Sam Bottoms*, Lance B. Johnson; *Larry Fishburne*, «Clean»; *Dennis Hopper*, Fotoreporter; *G. D. Spradling*, General Corman; *Harrison Ford*, Colonel Lucas; *Jerry Ziesmer*, Zivilist; *Scott Glenn*, Captain Richard Colby; *Bo Byers*, MP Sergeant; *James Kean*, Kilgores Bordschütze; *Kerry Rossal*, Mike from San Diego; *Ron McQueen*, verwundeter Soldat; *Tom Mason*, Versorgungssergeant; *Cynthia Wood*, Playmate of the Year; *Collen Camp*, Playmate; *Linda Carpenter*, Playmate; *Jack Thibeau*, Soldat im Schützengraben; *Glenn Walken*, Lt. Carlsen; *George Cantero*, Soldat im Koffer; *Damien Leake*, Maschinengewehrschütze; *Herb Rice*, Roach; *William Upto*, Spotter; *Larry Carney*, MP Sergeant; *Marc Coppola*, ARFS-Sprecher.
R: Francis Ford Coppola; **P:** Francis Ford Coppola; **D:** John Milius und Francis Ford Coppola nach dem Roman *Heart of Darkness* von Joseph Conrad; **K:** Vittorio Storaro; **AD:** Dean Tavoularis und Angelo Graham; **M:** Carmine Coppola und Francis Ford Coppola, **S:** Richard Marks, Walter Murch, Gerald B. Greenberg und Lisa Furchtmann.

The Formula (dt. *Die Formel*)
MGM / CIC / CIP, 1980, **L:** 117 min
B: *George C. Scott*, Barney Caine; *Marlon Brando*, Adam Steiffel; *Marthe Keller*, Lisa; *John Gielgud*, Dr. Esau; *G. D. Spradlin*, Clements; *Richard Lynch*, Kladen / Tedesco; *John van Dreelen*, Hans Lehman; *Robin Clarke*, Major Neeley; *Ike Eisenmann*, Tony; *Marshall Thompson*, 1. Geologe; *Dieter Schidor*, Mörder; *Werner Kreindl*, Schellenberg; *Jan Niklas*, Gestapo-Mann; *Wolfgang Preiss*, Franz Tauber; *Calvin Jung*, Sergeant Yosuta; *Alan North*, Nolan; *David Byrd*, Obermann; *Ferdy Mayne*, Siebold; *Gerry Murphy*, Chauffeur; *Francisco Prado*, Mendosa; *Louis Basile*, Vince Rizzo; *Ric Mancini*, Printman; *Weston Gavon*, U.S. Army Captain; *Craig T. Nelson*, 2. Geologe; *Herb Voland*, 3. Geologe; *Diane Tyler*, Telex Operator; *Jim Brewer*, Sicherheitsbeamter; *Lavelle Box*, Sekretärin; *Albert Carrier*, Butler; *Stephanie Edwards*, Reporter; *Nathan Roberts*, Reporter; *Tom Hall*, Reporter; *Reinhard von Bauer*, Dr. Esau als junger Mann; *Janos Gönczöl*, Karl Saur; *Heinz Kammer*, Hans Luschen; *Rene Kolldehoff*, Reimeck; *Martin Brandt*, deutscher Portier; *Paul Glawion*, Schweizer Portier; *Emil Steinberger*, Postbeamter; *Emily Jensen*, Tänzerin; *Sandie Lawrence*, Tänzerin; *Ursula Warel*, Tänzerin; *Jane Faith*, Tänzerin; *Wendy Baldock*, Tänzerin; *Ursula Hamann*, Pan-Am-Angestellte.
R: John G. Avildsen; **P:** Steve Shagan; **D:** Steve Shagan, nach seinem gleichnamigen Roman; **K:** James Carbe; **AD:** Herman A. Blumenthal und Hans-Jürgen Kiebach; **M:** Bill Conti; **S:** Jane Kurson.

A Dry White Season (dt. *Weiße Zeit der Dürre*)
MGM / CIC / PIC, 1989, **L:** 107 min
B: *Donald Sutherland*, Ben du Toit; *Janet Suzman*, Susan du Toit; *Zakes Mokae*, Stanley; *Jürgen Prochnow*, Captain Stolz; *Susan Sarandon*, Melanie Brower; *Marlon Brando*, Ian McKenzie; *Winston Ntshona*, Gordon Ngubene; *Thoko Nsthinga*, Emily Ngubene; *Leonard Maguire*, Mr. Bruwer; *Gerard Thoolen*, Col. Viljoen; *Susannah Harker*, Suzette du Toit; *Andrew Whaley*, Chris; *Rowen Elmes*, Johan; *Stella Dickin*, Susans Mutter; *David De Keyser*, Susans Vater; *John Kani*, Julius; *Sophie Mgcina*, Margaret; *Bekhi-*

themba Mpofu, Jonathan Ngubene; *Tinashe Makone*, Robert; *Precious Phiri*, Wellington; *Richard Wilson*, Cloete; *Michael Gambon*, Magistrate; *Ronald Pickup*, Louw; *Paul Brooke*, Dr. Herzog; *Derek Hanekom*, Viviers.
R: Euzhan Paley; **P:** Paul Weinstein und Tim Hampton; **D:** Colin Welland und Euzhan Paley, nach dem gleichnamigen Roman von André Brink; **K:** Kelvin Pike; **AD:** John Fenner und Mike Phillips; **M:** Dave Grusin; **S:** Sam O'Steen und Glenn Cunnigham.

The Freshman (dt. *Ein Leguan zum Küssen; Freshman*)
Tri-Star, 1990, **L:** 102 min
B: *Marlon Brando*, Carmine Sabatini; *Matthew Broderick*, Clark Kellogg; *Bruno Kirby*, Victor Ray; *Penelope Ann Miller*, Tina Sabatini; *Frank Waley*, Steve Bushak; *Jon Polito*, Chuck Greenwald; *Paul Benedikt*, Arthur Fleeber; *Richard Grant*, Lloyd Simpson; *Kenneth Welsh*, Dwight Armstrong; *Pamela Payton Wright*, Liz Armstrong; *B. D. Wong*, Edward; *Maximilian Schell*, Larry London; *Bert Parks*, Bert Parks; *Tex Konig*, Leo; *Leo Cimino*, Lorenzo; *Gianni Russo*, Mâitre vom Gourmetclub; *Warren Davis*, Vater Frank; *Vera Lockwood*, Tante Angelina; *Jefferson Mappin*, Hunter; *Daniel Dion*, Tankwart; *Marnie Edwards*, Mutter; *Soug Silberstein*, Mr. Glassman; *J. H. Millington*, FBI Mann; *Joe Ingoldsby*, Kellner.
R: Andrew Bergman; **P:** Mike Lobell und Andrew Bergman; **D:** Andrew Bergman; **K:** William A. Fraker; **AD:** Ken Adam; **M:** Bob Dylan; **S:** Barry Malkin.

Christopher Columbus – The Discovery (dt. *Christopher Columbus – Der Entdecker*)
Scotia / Constantin / Monopole Pathé, 1990, **L:** 122 min
B: *Marlon Brando*, Torquemada; *Tom Selleck*, König Ferdinand; *George Corraface*, Christopher Columbus; *Rachel Ward*, Königin Isabella; *Robert Davi*, Martin Pinzon; *Catherine Zeta Jones*, Beatriz; *Oliver Cotton*, Haran; *Benicio Del Toro*, Alvaro; *Matthieu Carriere*, King John; *Manuel De Blas*, Vincente Penzon; *Glyn Grain*, de la Cosa; *Peter Guinness*, Fra Perez; *Nigel Terry*, Roldan;

Nitzan Sharon, Benjamin; *Steven Hartley*, Terreros; *Hugo Blick*, De Torres; *Nigel Harrison*, Gonzalo; *Chris Hunter*, Morales; *Simon Dormandy*, Bives; *Christopher Chaplin*, Escobedo; *Michael Gothard*, Spion der Inquisition; *Clive Arrindell*, Lord Guarco; *Richard Cubinson*, Isaac; *Mark Long*, Joseph; *Nicholas Selby*, Monsignor Camos; *John Grillo*, Chios der Kartenzeichner; *Serge Malik*, Alcalde von Malaga; *Joseph Long*, Alguazil; *Branscombe Richmond*, Indianerhäuptling; *Tailinh Forest Flower*, Indianerin; *Anthoy Sarda*, Indianer; *Michael Halphie*, Chios Vendor.
R: John Glen; **P:** Jane Chaplin, Ilya und Alexander Salkind; **D:** John Briley, Cary Bates und Mario Puzo; **K:** Alec Mills; **AD:** Gil Parrondo; **M:** Cliff Eidelman; **S:** Matthew Glen.

Don Juan de Marco and the Centerfold (dt. *Don Juan de Marco*)
American Zoetrope, 1995, **L:** 94 min
B: *Johnny Depp*, Don Juan DeMarco; *Marlon Brando*, Jack Mickler; *Faye Dunaway*, Marilyn Mickler; *Geraldine Pailhas*, Dona Ana; *Bob Dishy*, Dr. Paul Showalter; *Rachel Ticotin*, Dona Inez; *Talisa Soto*, Dona Julia; *Marita Geraghty*, Frau im Restaurant; *Richard Sarafin*, Detective Sy Tobias; *Tresa Hughes*, Großmutter DeMarco.
B: Jeremy Leven; **P:** Francis Ford Coppola, Fred Fuchs und Patrick Palmer; **D:** Jeremy Leven; **K:** Ralf Bode; **M:** Michael Kamen; **S:** Tony Gibbs.

Personenregister

Abbott, Elizabeth 19
Abbott, Grace 19
Adler, Alan 186
Adler, Ellen 69, 95 f., 103, 109, 111, 127, 131, 150, 173 ff.
Adler, Luther 111, 186
Adler, Sarah 107
Adler, Stella 67, 69 ff., 72 f., 86, 92, 95 f., 103 f., 108, 111, 254 ff., 418, 450
Allen, Woody 76
Ambler, Eric 354, 356
Anderson, Esther 440, 449, 454
Anderson, Maxwell 104
Andress, Ursula 264 f., 681 f.
Atkinson, Brooks 111, 152
Augustine, Henri «Papa» 97 f.
Autant-Lara, Claude 175

Baldwin, James 103
Ballard, Lucinda 93, 149 f., 170
Balsam, Martin 167
Bankhead, Tallulah 104, 114 ff., 117 ff., 182
Banks, Dennis 537 f., 544, 561 f., 566 ff., 569
Barrett, Petra 690
Baziotes, William 99
Beacham, Stephanie 484 ff.
Behm, Dorothy de Riviera 36
Belafonte, Harry 66, 103, 459
Bennett, Kay Phillips 83, 156, 211, 292
Bergfold, M. J. 34 f.
Bergman, Ingmar 516 f.
Bernstein, Leonard 103
Bertolucci, Bernardo 502 f., 506 ff., 509 ff., 513 ff., 516 f., 524 ff., 527 ff., 530, 583
Betcher, Charles 61 f.
Bittner, Jack 112
Blaustein, Julius 258 f.
Bloostein, George 81
Bogart, Humphrey 187, 198, 247, 270
Bradford, Dorothy 35
Brando, Anna «Anichka» 389 f., 403 f.
Brando, Cheyenne 554, 588, 622, 628 ff., 631 ff., 634, 636, 643, 645 f., 651 ff., 654 ff., 656 f., 660, 662, 665 ff., 670 ff., 676, 679 f., 682 ff., 685 ff., 687 ff., 690 ff., 693

Brando, Christian «Devi» 9f., 64, 315, 324, 354, 371f., 397, 403f., 409ff., 412ff., 517ff., 521f., 524, 543f., 550ff., 553f., 570, 587ff., 597ff., 600, 614f., 617f., 620, 623, 627ff., 630, 634ff., 637ff., 640ff., 643, 649f., 653, 657f., 660ff., 663, 666, 669ff., 672ff., 676ff., 680
Brando, Dorothy «Dodie» 9, 11f., 14ff., 17ff., 20ff., 23ff., 26ff., 29f., 34ff., 37ff., 40f., 43, 50ff., 55, 59, 63ff., 69, 72, 80ff., 83f., 87ff., 92, 111, 119ff., 122, 131, 138, 140, 151, 154ff., 157, 210, 245, 252ff., 275
Brando, Frances «Fran» 18, 20, 22, 26, 36f., 43, 51, 55, 65f., 80, 87, 252, 412f., 586
Brando, Jocelyn 12, 15f., 17, 24ff., 30, 38f., 43, 50f., 63, 65, 71, 78, 80ff., 87, 90, 92, 112, 153f., 158, 190f., 209, 221, 245, 252, 394, 410, 476, 497f.
Brando senior, Marlon 9, 11, 14ff., 17ff., 20ff., 23f., 26ff., 29f., 37ff., 40f., 43, 45ff., 48, 50ff., 55, 62ff., 65, 80f., 83, 120ff., 138, 151, 154f., 252, 275ff., 278, 304, 311, 332, 389ff., 403f., 423ff.
Brando, Serge «Miko» 359f., 372, 397, 403f., 440, 607, 648, 659, 669
Brecht, Bertolt 66f.
Brenman-Gibson, Margaret 418f.
Bridges, James 425f., 428f.
Briscoe, Jimmy 517
Broderick, Matthew 625
Bruno, Victor 100
Brynner, Yul 405f.
Burford, William 52f., 57f., 62
Burton, Richard 441, 443

Caan, James 489, 492, 577
Cable, Bill 591
Cagney, James 316
Cammell, Donald 594ff., 618, 620
Capote, Truman 129f., 286ff., 289ff., 292, 381
Carone, Walter 176
Castenada, Movita 204f., 208ff., 215, 222, 241ff., 244, 262, 296, 330, 359f., 371f., 374f., 385f., 389, 397f., 402f., 414, 440, 455, 466, 505
Cazale, John 489
Chandler, Joan 170f.
Chaplin, Charles «Charlie» 187, 218, 435ff., 441
Christians, Mady 92f.
Claypool, David 64
Cleve, Edith «Edie» Van 82,

86, 104 f., 110, 137, 165, 173, 227 f.
Clift, Montgomery «Monty» 104, 107 ff., 151, 169, 173, 187, 292 ff., 300, 305 f., 342, 441
Clurman, Harold 67, 69, 72, 104 ff., 130, 158, 160 f., 165, 169, 418, 458
Coburn, James 446 f., 448 ff., 457
Coca, Imogene 100
Cocteau, Jean 176 f., 179 f.
Colbert, Claudette 191
Cooper, Gary 316
Cooper, Jack 188
Cooper, Mae 69, 77
Copland, Aaron 96
Coppola, Francis Ford 480 ff., 483, 487 ff., 490 ff., 493 f., 496, 498 ff., 501 ff., 504, 523, 542, 575 ff., 578 ff., 581 ff., 584 f., 597 f.
Cornfield, Hubert 453 ff.
Coward, Noel 109
Cox, Wally 42, 103, 123 ff., 130 f., 133, 137 f., 151, 241, 355, 407, 470, 530 ff.
Crosbie, Joyce 98 f.
Crowther, Bosley 190, 197, 313 f., 396, 399
Cui, Marie 400 ff.
Cui, Maya 402 f.
Curtis, Tony 66
Curtiz, Michael 250 f.
Dalí, Salvador 126
Dalrymple, Stewart 59
Davis, Bette 248 f.
Davis, Frances 432
de Havilland, Olivia 193
Dean, James 173, 255 ff., 393
Denman, Dick 48, 60
Dennis, Nick 163 f.
Depp, Johnny 694 f.
Diamond, David 96, 108 f., 175
Dickinson, Angie 415
Dietrich, Marlene 94
Dmytryk, Edward 295, 298, 300 ff., 303, 305 f.
Douglas, Kirk 181, 255, 274
Doyle, Fitzy 19
Doyle, Lom 19
Drollet, Dag 627 ff., 630, 633 f., 643 ff., 645 f., 650, 654 ff., 661 f., 666, 675, 678
Drollet, Jacques 631, 633, 644, 656, 659, 664, 667, 673, 675
Drummond, Harry 46, 55, 60 f.
Druten, John Van 92 ff.
Dublin, Darren 70, 76 f., 79, 81, 84, 90, 99, 112, 123 ff., 126, 128 ff., 140, 222, 241
Dunaway, Faye 694
Dunham, Katherine 97 f., 103, 606
Dunn, Robert 32
Duvalier, «Papa Doc» 396
Duvall, Robert 415, 489, 576
Dyer, Chouteau 89
Dylan, Bob 431 ff., 434

Eldridge, Florence 104
Emerson, Faye 189
Englund, George 317, 393 f., 616
Erdman, Richard 185, 188
Ernst, Max 99
Evans, Gil 100
Evans, Lila 100
Evans, Robert 187

Farwell, Sara 73, 84, 86 f.
Feldman, Charles 191 f
Felgar, Ruth 35 f.
Fermine, Giselle 517 f.
Fiore, Carlo 84 f., 87 f., 129, 186, 236, 282, 308, 315, 319 f., 354, 547
Fite, Jim 54
Fitzgerald, Ella 100
Flynn, Errol 205
Fonda, Henry 19
Fonda, Jane 415 f., 540
Fonda, Jayne 19
Fontanne, Lynn 109
Forbes, Kathryn 92
Ford, Glenn 271 ff.
Foreman, Carl 182
Frenke, Gene 389 f., 400 f.
Fulbright, J. William 393, 395
Furie, Sidney J. 426 ff., 429 f.

Gable, Clark 205, 266, 377
Gabor, Zsa Zsa 79
Gahan, Bessie J. 12 ff., 16 f., 19, 28, 183
Gahan, June 13
Gahan, Myles J. 12 f.
Gahan, Vine 13
Garland, Robert 112
Garner, James 283 f.
Garson, Greer 211, 215
Gassner, John 67 f.
Gazzara, Ben 66
Gelin, Daniel 179
Gielgud, John 211 f., 216 f.
Gottlieb, Adolph 99
Grant, Cary 142, 191
Greco, Juliette 178
Greenbaum, Everett 131
Grimm, Barbara 130, 132, 134 ff., 136 f.
Grove, Eddie 77
Grosz, George 99
Guggenheim, Peggy 99

Hammerstein, Oscar 92
Hanmer, Don 38 ff., 43, 51, 55, 80, 82, 87, 158, 190
Harris, Eoghan 612 f.
Harris, Richard 368, 378, 380
Hecht, Ben 110 f.
Heflin, Fran 93 f.
Helburn, Theresa 67
Hellman, Lillian 415
Henning, Don 48 ff., 58, 75
Hepburn, Katharine 87
Herold, Bernie 113
Heston, Charlton 86
Hitchcock, Alfred 425
Hofman, Hans 65, 87
Homolka, Oskar 92 f.
Hopper, Hedda 188 f., 324

Hormel, Geordie 59
Hoskins, Bob 44, 55, 156 f.
Houseman, John 209, 211
Howard, Trevor 368 f., 386 f., 405
Hunter, Kim 143, 146, 163 f.
Huston, John 442 ff., 446

Jackson, Michael 607 ff., 684
Jaffe, Stanley 481 ff.
Johnsen, Marian 80, 82, 155
Judd, Valerie 79, 227, 244
Jürgens, Curd 300

Kanter, Jay 186 ff., 191, 193, 227, 234, 241 f., 318, 341 f., 381, 483, 562
Kashfi, Anna 9, 103, 274, 278 ff., 285, 295 ff., 300, 304, 307 ff., 310 ff., 313, 316, 324, 331 f., 351, 354 ff., 360, 366, 371 f., 374 f., 392, 397 ff., 409 ff., 412, 414, 505, 517 ff., 519 ff., 522, 542 f., 587 f., 635 f.
Kastner, Elliott 455, 483, 562, 616 f., 619 f.
Kazan, Avram 145
Kazan, Elia «Gadg» 69, 103 ff., 106, 142 ff., 145 ff., 148 f., 159, 166 ff., 169, 172 f., 184, 191, 193 ff., 197 ff., 200 f., 203 ff., 206 f., 213 f., 229 ff., 232 f., 235 ff., 238, 240, 242, 245 ff., 248 f., 255, 313, 418, 457, 464, 490
Kelly, Gene 265
Kelly, Hugh 475
Kenwith, Herbert 93 ff., 118
Kerr, Deborah 211, 213, 217
King, Martin Luther 459 ff., 461 ff., 465
Koster, Henry 254 f.
Kramer, Stanley 181 ff., 188 f., 191, 218 f., 222, 224
Kubrick, Stanley 319 ff., 322 f., 326

Lancaster, Burt 143, 265, 274, 459
Lederer, Charles 364 f.
Lee, Sondra 127 ff., 134 ff., 160, 204, 241 ff., 264, 466, 622
Leigh, Vivien 193 ff., 196, 198
Lewis, Bobby 74, 93 f., 114 ff., 144, 169, 172
Light, James 67
Lindner, Robert 226
Lipchitz, Jacques 96
Littlefeather, Sacheen 533 ff., 536
Logan, Joshua 142, 280 ff., 284, 287 f.
Loren Sophia 436 f.
Loving, Frances s. Brando, Frances «Fran»
Loving, Richard «Dick» 38, 42, 66, 74 f., 81 f., 154 f., 412 ff., 423 f.
Lumet, Sidney 169
Lunt, Alfred 94, 109

Magnani, Anna 340f., 343ff., 345ff., 348, 351f.
Mailer, Norman 186f., 241
Malden, Karl 69, 103, 107, 146, 151, 163, 169f., 235, 246, 248, 328f., 334, 336, 339
Malina, Judith 78, 88
Maney, Richard 116
Mankiewicz, Joseph L. 197, 209, 211ff., 214ff., 266ff., 269, 609
Mann, Marty 119f.
Marchak, Alice 502, 509
Mariani-Berenger, Josanne 260ff., 263ff.
Marquand, Christian 103, 178ff., 305, 325, 420, 438, 445, 447, 470, 537, 542
Martin, Dean 279, 609
Martin, Mary 270
Marvin, Lee 223f.
Matthau, Walter 66, 446
Mature, Victor 250
Mayer, Louis B. 110, 142, 383
Mayer-Selznick, Irene 141ff., 144, 147, 164, 166
Maynard, Morris 86, 90ff., 181
McCarthy, Kevin 108f., 169
McGuire, Dorothy 55
Means, Russell 538, 544
Meisner, Sanford 67
Menjou, Adolphe 187
Meyers, Ray 32, 34
Miko s. Brando, Serge
Milar, Mildred 25f.
Milestone, Lewis 372f.
Mille, Gérard 176f., 179
Mille, Hervé 175ff., 178ff.
Miller, Arthur 169
Mittelmann, Bela 159f., 165, 242f., 257
Monroe, Marilyn 204, 260, 266, 394, 474
Moreno, Rita 260, 262, 295, 356, 359, 366, 371, 452f., 549
Moss, Thelma Schnee 470f.
Muni, Paul 111
Murphy, Mary 220ff., 223
Myers, Betty 15
Myers, Frank A. 13f., 16f.

Newman, Paul 316, 351ff., 353, 458f.
Nicholson, Jack 505f., 537, 563f., 569, 577, 605, 649
Niven, David 400
Norse, Harold 101
Nurmi, Maila 132
Nuyen, France 356, 360

Obenauf, Harvey 42f.
O'Brien, Edmond 143
Olivier, Laurence 94, 195f., 212, 480
O'Neill, Eugene 67
Osborne, Ann Lombard 83

Pacino, Al 488f., 504
Pallenberg, Anita 446

Papke, Tom 601 ff., 604 ff., 610, 646 ff., 660 f., 670
Parsons, Louella 188
Peck, Gregory 86, 143
Pellicer, Pina 329 ff.
Penn, Arthur 415 ff., 420, 562 ff., 565
Penn, Sean 694
Pennebaker, William John 12 f.
Perón, Juan 396
Peters, Jean 203 f.
Philippe, André 265
Piscator, Erwin 65 ff., 69 f., 73, 84, 87 ff., 90, 124
Plumb, «Blossom» 79, 88 f., 99, 115, 127, 132, 139 f.
Poitier, Sidney 316
Pollock, Jackson 99
Pontecorvo, Gillo 457 f., 467 ff., 472 f.
Ponti, Carlo 480
Poppleton, A. J. 13
Power, Tyrone 86
Pryor, Tap 571 ff.
Puffer, Dorothy 41
Puzo, Mario 479 f., 483, 490, 496, 586

Quinn, Anthony 165 f., 201, 205 ff., 208
Quinn, Patricia «Pat» 420 ff., 431 ff., 434, 438, 479, 496 f., 506, 531, 565, 570, 598, 607, 610 ff., 615 f., 621, 626

Reagan, Ronald 606
Redfield, Billy 169, 227 ff., 243 f., 407, 570
Redford, Robert 415, 577
Rhodes, Marie 124, 398, 407, 622
Rhodes, Philip «Phil» 124 f., 131, 160, 202, 289, 301, 330, 349, 394, 398 f., 401 f., 407, 421, 466, 468, 482, 488, 495, 500, 510, 531, 580, 622, 668 f.
Robeson, Paul 67
Robinson, Julie 98 f., 103
Rodgers, Richard 92
Rogers, Tom 32 f.
Rose, Norman 68
Rosenberg, Aaron 325, 354 f., 357 f., 366, 376, 378 f., 385, 388
Rosenberg, Frank P. 318 ff., 321 f., 326 ff., 333, 337
Roth, Beulah 84

Sadoff, Fred 107 f., 497
Saint, Eva Marie 237 f., 240, 248 f., 278
Salinger, David 23
Salkind, Ilya 585 f., 685 f.
Sartre, Jean-Paul 175
Schneider, Maria 511 ff., 514 ff., 525 ff., 528
Schulberg, Budd 230 ff., 233 f., 239 f., 248
Selznick, David O. 142
Shannon, Hugh 100

Shaw, Irwin 96, 302f.
Shaw, Sid 99f., 129
Shepherd, Ann 105
Shire, Talia 489
Simmons, Jean 250, 270
Sinatra, Frank 111, 234, 266ff., 274
Skoura, Spyros 207
Snow, Clyton 100ff.
Sorel, Marilyn 304, 348ff., 351
Spery, Joe 32ff., 35, 37, 44, 55f.
Spiegel, Sam 233ff., 342, 415f.
Stapleton, Maureen 74, 81, 107, 131, 137ff., 152, 158, 169, 213f., 314, 345f., 384
Steiger, Rod 237f., 248f., 278
Steinbeck, John 199f.
Strand, Ray 53
Strasberg, Lee 69, 97, 172, 313
Streep, Meryl 617
Stritch, Elaine 79f., 87f., 168
Surtees, Robert 357f.

Tamarin, Igor 113f., 125ff., 130, 439
Tandy, Jessica 143, 146ff., 148f., 150, 161ff., 164ff., 193, 195f.
Tarita 366ff., 370f., 375, 384ff., 401, 410, 414, 454, 477f., 554, 588, 590, 628, 630, 648, 651, 655, 671f., 676
Taylor, Elizabeth 187, 342, 353, 441ff.
Taylor, Laurette 141
Teihotu 386, 401
Thayer, Standish 96
Thompson, Edward 61, 64
Thomson, Joy 67f., 81, 83f., 86ff., 89, 253
Tierney, Gene 250
Tone, Franchot 96
Travolta, John 694
Tyler, Parker 100

Ullmann, Liv 533

Vadim, Roger 178f.
Vampira s. Nuremi, Maila
Velazquez, Diego Rodriguez de Silva 170
Vidal, Gore 103
Viertel, Peter 173
Vogel, Joseph 381ff.

Wagner, Earle M. «Duke» 49ff., 51, 54, 56, 58ff.
Wallach, Eli 169, 171f.
Wallis, Hal B. 110, 340f.
Warner, Jack 173, 191f., 197, 284
Wasserman, Lew 110, 191, 392
Webb, Cecilia «Celia» 65f., 96, 123, 127, 131, 140, 173f., 285
Webster, J. L. 13
Whipple, Henry Benjamin 45

Whitty, May 100
Wicki, Bernhard 407, 565
Wilder, Billy 378
Williams, Tennessee 66, 99, 101, 141 ff., 144, 146, 148, 150 ff., 153, 169, 192 f., 339 f., 344, 351 ff.
Winner, Michael 484, 487
Winters, Shelley 66, 186 f.
Woodward, Joanne 347, 351 f.
Woolward, Elizabeth 19

Zanuck, Darryl F. 199 ff., 250 ff., 404
Zinnemann, Fred 188